W0272621

btb

Aus Freude am Lesen

btb

Buch

Zwei Fälle für Kommissar Berndorf, der eigentlich seinen wohlverdienten Ruhestand genießen wollte:
Die Entlassungsurkunde hat er im ersten Band gerade ausgehändigt bekommen, als ihn der Brief eines Selbstmörders dazu zwingt, sich erneut in schwierige Ermittlungen zu stürzen. Diese werden zu einer Zeitreise in den heißen RAF-Sommer des Jahres 1972.
Auch im zweiten Fall stößt er durch Zufall auf eine ungelöste Frage. Denn sein ehemaliger Kollege Jonas Seiffert ist gestorben; zurückgelassen hat er nicht nur seinen Hund …

Autor

Ulrich Ritzel, Jahrgang 1940, geboren in Pforzheim, verbrachte Kindheit und Jugend auf der Schwäbischen Alb und lebt heute in Ulm. Er studierte Jura in Tübingen, Berlin und Heidelberg. Danach schrieb er für verschiedene Zeitungen und wurde 1981 mit dem begehrten »Wächter-Preis« ausgezeichnet. Nach 35 Jahren Journalismus, in deren Verlauf er auch viele Gerichtsreportagen verfasste, hatte er genug. In wenigen Wochen entstand sein Erstling »Der Schatten des Schwans«, der bei seinem Erscheinen zum Überraschungserfolg wurde und seinen Autor zu einem gefeierten Hoffnungsträger des deutschsprachigen Kriminalromans machte. 2001 bekam er für »Schwemmholz« den »Deutschen Krimipreis« verliehen. »Der Hund des Propheten« wurde mit dem Burgdorfer Krimipreis ausgezeichnet.

Ulrich Ritzel bei btb

Der Schatten des Schwans. Roman (72800)
Schwemmholz. Roman (72801)
Die schwarzen Ränder der Glut. Roman (73010)
Der Hund des Propheten. Roman (73256)
Halders Ruh. Erzählungen (73332)
Uferwald. Roman (73557)
Forellenquintett. Roman (btb-HC 75182)
Der Schatten des Schwans/Schwemmholz (Doppelband 73529)

Ulrich Ritzel

Die schwarzen Ränder der Glut

Der Hund des Propheten

Zwei Romane in einem Band

btb

FSC
Mixed Sources
Product group from well-managed forests and other controlled sources

Cert no. GFA-COC-1223
www.fsc.org
© 1996 Forest Stewardship Council

Verlagsgruppe Random House FSC-DEU-0100
Das FSC-zertifizierte Papier *Munken Print* für Taschenbücher aus dem btb Verlag liefert Arctic Paper Munkedals AB, Schweden.

Einmalige Sonderausgabe November 2007, btb Verlag
In der Verlagsgruppe Random House GmbH, München

Umschlaggestaltung: Design Team München
Umschlagfoto: Plainpicture/wildcard
Satz: IBV Satz- und Datentechnik, Berlin
Druck und Einband: Clausen & Bosse, Leck
SR · Herstellung: BB
Printed in Germany
ISBN 978-3-442-73731-4

www.btb-verlag.de

Die schwarzen Ränder der Glut

»Im Juni 1972 hat es in Mannheim zwei Geschichten gegeben, für die sich heute noch jemand interessieren könnte«, sagt Steffens schließlich in die Stille. »Das eine war der Überfall auf einen Geldtransporter der Landeszentralbank, angeblich waren es Terroristen, die mit anderthalb Millionen Mark Beute abgezogen sind. Und dann war noch die Geschichte mit Franziska, das war eine Redakteurin des Aufbruch, *der die Polizei in der Nacht darauf den Lover erschossen hat, einen Iren. Wegen welcher Sache sind Sie nun wohl zu mir gekommen?«*

»Es ist eine *Geschichte«, sagt Berndorf zu dem Lichtkegel, hinter dem Steffens sitzt.*

»Mag sein«,antwortet es von dort. »Aber was ist daran so aufreizend, dass es heute noch die pensionierten Polizisten auf die Beine bringt?«

»Wir waren damals ein ziemlich wilder Haufen, und eingenistet hatten wir uns bei Rüdiger, der war Feuilleton-Chef, eins von diesen Weicheiern, würden die Kids heute sagen, der sich stark vorkam, wenn die richtig harten Typen bei ihm aus und ein gingen. Schatte war einer davon, ein entschlossener Kämpfer gegen den US-Imperialismus, vor allem auf dem Papier, denn für alles andere hatte er zwei linke Hände. Ich dagegen hielt mich für einen wirklichen Revolutionär, für einen Proletarier, der schreibt. Und der vielleicht auch kämpft. Also ich hätte damals schon Wert darauf gelegt, dass man es mir zutraut.«

Heidelberg, Mittwoch, 28. Juni

Die Sonne, schon über den Ausläufern des Odenwalds, wirft lange blauschwarze Schatten auf den am Vortag gemähten Rasen. In der Luft hängt der Geruch nach Heu und Sommer, später am Tag wird es heiß werden. Schrappend dreht sich der Sprenger und regnet eine fein sprühende Fontäne über Brombeerhecken und Rosenbeet, die Wassertropfen spritzen hoch und fallen funkelnd durchs Sonnenlicht, bis die Fontäne kehrtmacht und wieder zu den beiden Apfelbäumchen wandert. Im Rasen, jenseits der Reichweite des Sprengers und unterhalb der marmorgefliesten Terrasse, kauert ein fuchsroter Kater und frisst mit bedächtiger Aufmerksamkeit von einem Teller. Die Frau, die barfuß auf die Terrasse tritt, ist schlank und dunkelhaarig und trägt ein kurzes, braun-grün geflammtes Leinenkleid. Behutsam nähert sie sich dem Kater, bleibt aber sofort stehen, als das Tier zu fressen aufhört und wachsam aus grünblauen Augen zu ihr hochsieht.

»Du brauchst doch keine Angst zu haben«, sagt sie mit leiser lockender Stimme. »Ich bin es doch nur, die Birgit. Die bescheuerte Birgit, die extra in den Supermarkt fährt, um das Katzenfutter aus der bescheuerten Fernseh-Werbung zu holen.«

Der Kater verharrt ungerührt.

»Wir werden uns schon noch kennen lernen«, fährt sie beschwörend fort. »Wir haben jede Menge Zeit. *Und jedem Anfang wohnt ein Zauber inne …*«

Die Gartentür öffnet sich. Der Kater witscht zur Seite und

Birgit bekommt nur noch den buschigen Schwanz zu sehen, der hinter Nachbars Holzzaun abtaucht.

»Jetzt hast du meine Katze vertrieben«, sagt sie zu ihrem Mann, der verschwitzt auf die Terrasse tritt. Hubert Höge steckt in einem Sportdress mit kurzen Hosen, die den Blick auf muskulöse, behaarte Beine freigeben.

Es sind keine Hosen, denkt Birgit. Es sind Höschen. Sie sitzen zu knapp. Ich will nicht, dass ihn die Nachbarinnen so sehen. Oder was für Weiber er sonst trifft.

»Das ist erstens nicht deine und zweitens überhaupt keine Katze«, antwortet er kurzatmig. »Das ist ein herrenloser Fritz-the-cat, und wenn du ihn ins Haus bringst, müssen wir ihn kastrieren lassen. Der Gestank ist sonst nicht auszuhalten. Da hilft auch kein Rilke.«

»Das war *nicht* Rilke, mein Lieber. Auch als Musikerzieher solltest du etwas an deiner Allgemeinbildung arbeiten«, bemerkt Birgit honigsüß. »Außerdem bin ich durchaus nicht damit einverstanden, dass hier kastriert wird, was nach Mann riecht.« Plötzlich ist ihre Stimme ins Rauchige umgeschlagen. »Ich geh ja schon unter die Dusche«, antwortet Hubert. »Aber mit dem Kater wird das nicht so einfach. Das Duschen von Katern zählt unter Kennern zu den ausgesprochen heftigen Events. Außerdem hat das Vieh Flöhe. Sonst kann man dich mit so etwas doch jagen ...«

»Flöhe?« Birgit ist empört. »Hunde haben Flöhe. Meine Katze nicht. Du müsstest mal sehen, wie die sich putzt ...«

»Das stört die Flöhe nicht. Aber du wirst es schon noch merken. Du erkennst Flohstiche übrigens daran, dass sie immer hübsch in einer Reihe sind.« Hubert Höge – im Jargon des Droste-Hülshoff-Gymnasiums Piano-Bertie genannt – geht mit schwingenden Hüften am gedeckten Frühstückstisch vorbei und verschwindet im Wohnzimmer. Birgit sieht ihm nach. Flöhe? Plötzlich spürt sie einen Schauder. Sie geht auf die Toilette im Erdgeschoss und untersucht ihre Beine. Kein Stich. Nirgends. Hubert, du Lügner. Wie immer, bevor sie sich auf die Klobrille setzt, wischt sie sie vorher mit Sagrotan ab.

Eine gute halbe Stunde später sind sie auf dem Weg zur Schule, vor dem Fußgängerüberweg an der Kußmaulstraße springt die Ampel auf Rot, fluchend bremst Hubert den Peugeot ab, und ein kleiner krummbeiniger Mann in kurzen Sporthosen rennt watschelnd über den Zebrastreifen.

Birgit lächelt und streckt die Hand aus dem offenen Wagenfenster, um dem Mann zuzuwinken.

»Wieso kennst du den?«, will Hubert wissen.

»Hast du gesehen, er hat auch so schicke Shorts wie du«, sagt Birgit. »Ich hätte ihn fast nicht darin erkannt. Es ist der Kaplan von Maria Immaculata.« Der Gedanke zuckt durch ihren Kopf, dass die Neuenheimer katholische Kirche so wahrscheinlich doch nicht heißt. »Ein sehr einfühlsamer Mann.«

»Einfühlsam? In seine Ministranten, wie?«

Volltreffer. Hubert hat einige Schuljahre in einem katholischen Internat verbracht. »Ach Gott, das wollen wir nicht so eng sehen«, antwortet sie heiter. »Jedenfalls hat er in unserem Dienstagskreis ein sehr schönes Referat über Julien Green gehalten.«

Noch ein Treffer. Der Literarische Dienstagskreis steht auf Huberts Hassliste ganz weit oben und kommt gleich nach dem Oberschulamt, der Schulleiterin Bohde-Riss, dem Hausmeister des Droste-Hülshoff-Gymnasiums und allem, was mit der katholischen Kirche zu tun hat.

»Ein Grund mehr, warum ich da nicht hingeh«, bemerkt Hubert dunkel. »Im Übrigen trag ich keine solchen Shorts. Solche nicht. Das weise ich zurück. Mit Abscheu und Empörung.«

Birgit setzt das silberhelle Lachen auf. »Aber ganz gewiss tust du das, mein Lieber. Nur ahnst du wahrscheinlich gar nicht, wie du von hinten aussiehst. Ich meine, wenn du diese Höschen anhast. Die Ministranten von dieser Kirche da würden ganz feuchte Augen bekommen.«

Hubert schweigt. Vor der Theodor-Heuss-Brücke staut sich der Verkehr. Sie würden zwei oder drei Phasen brauchen.

»Du hast doch heute die 12b?«, fragt er unvermittelt.

Abweisend sieht Birgit durch die Frontscheibe. »Ja. Leider. Eine blasierte Bande unmotivierter und überernährter Professorenkinder. Gottes Strafe für die 68er.«

»Bist doch selber eine davon.«

»Aber ich habe mich nicht fortgepflanzt«, erwidert Birgit nicht ohne Schärfe. »Was interessieren dich eigentlich meine halslosen Ungeheuer? Reichen dir die deinen nicht?«

»Bettina ist doch in der 12b?«

Unwillkürlich zieht Birgit die Augenbrauen zusammen. Was heißt hier Bettina? Das Bild eines grünäugigen Mädchens taucht vor ihr auf, mit Grübchen im Babyspeck und einem zu knappen T-Shirt oder einem zu dicken Busen darin. »Und was soll mit dieser Bettina sein?«

»Sie hat einen recht schönen Alt, *brawny, vibrating*«, erklärt Hubert. »Ich hab ihr diesen Schmachtfetzen gegeben, den die Zarah Leander im Repertoire gehabt hat.« Er hebt die Stimme und beginnt, tuntig die Windschutzscheibe anzusingen: »*Kann denn Liebe Sünde sein* …«

»Bitte nicht«, unterbricht ihn Birgit. »Der Morgen ist mir zu früh für so etwas.« Bettina also. Recht schöne Altstimme. Genug Holz vor der Hütte für einen Resonanzboden. Kann denn Liebe Sünde sein. Glauben Sie das? Tiefer grüner Blick in Lehrers Augen. Und dann nach Schulschluss von hinten auf dem Flügel im Musikzimmer, oder wie?

»Eigentlich sollte ich noch den Hit von dieser neuen kanadischen Band einbauen«, fährt Hubert fort, die Stimme wieder normal. »Die wird Kult, ganz bestimmt wird die das.« Seine Stimme bekommt einen hämmernden Klang:

»*Nothing is like it seems to be* … Sehr schön gerappt ist das. Und passt doch wie bestellt fürs Droste und für Heidelberg.«

Vibrating, ja. Die dümmste Kuh war wohl wieder einmal sie selbst. Dass das Droste zum Schuljahresschluss eine Herz-und-Schmerz-Travestie aufführen sollte, im Stil des neuen französischen Kino-Singsangs, ist schließlich ihre Idee gewesen, niemand sonst war darauf gekommen, Hubert schon gar nicht, von alleine kommt er auf nichts. Höchstens auf diese Bettina drauf. Verhüten sie wenigstens?

»Bettinen hab ich übrigens zwei in der Klasse.« Ihre Stimme klingt heiser. Sie schluckt. Nur keine Wirkung zeigen. »Aber ich weiß, wen du meinst. Nettes Mädchen. Schade, dass sie dieses Problem mit ihrer Figur hat.«

Hubert schüttelt den Kopf. »Was für ein Problem? Reden wir wirklich vom selben Mädchen?«

»Sicher doch. Angenehmer Alt, auffallend grüne Augen. Ich vermute allerdings, dass sie zu früh mit der Pille angefangen hat. Oder mit der falschen. Manche Mädchen gehen davon auf wie ein Hefekuchen.«

Sie wirft einen kurzen prüfenden Blick auf Hubert. Ihr Mann starrt auf die Ampel, als sei er von dem Gedanken an Bettinas Vorkehrungen unangenehm berührt. So etwas sind Frauengeschichten für ihn, und sie stehen auch ziemlich weit oben auf seiner Liste. Aber vielleicht weiß er wirklich, wie sie verhütet. Was tu ich, wenn er sagt: nöh, wir nehmen Gummis?

»Redet ihr mit den Girlies nicht über solche Sachen?« Seine Stimme klingt harmlos, unbeteiligt.

»Von uns lassen die sich noch weniger sagen als von ihren Müttern.« Welches Stück führen wir eigentlich gerade auf? Das vom leicht trotteligen, aber väterlichen Lehrer? Oder bilde ich mir das alles nur ein? Wieso erzählt er mir von dieser Bettina, wenn er etwas mit ihr hat? So blöd ist er doch nicht.

Doch, denkt sie dann. Der ist so blöd, und kommt sich dabei noch schlau vor. Ich erzähl ihr von der Bettina, dann meint sie, es kann nichts dahinter sein, weil ich es ihr sonst nicht erzählt hätte.

Der Peugeot rollt an, wird aber wieder jäh abgebremst. Hubert flucht. Birgit blickt hoch. Die Kreuzung ist blockiert, der Wagen steht mitten auf dem Zebrastreifen, Passanten zwängen sich an der Motorhaube vorbei, mit ärgerlichen, manchmal auch höhnischen oder verächtlichen Blicken auf Hubert Höge und auf sie selbst, junge Leute sind es, ältere Leute, Birgit sieht durch die Passanten hindurch, als ob sie Luft seien, ich will jetzt von niemandem gesehen werden, und niemanden will ich sehen, diese Frau mit den Staubfängern um den Kopf sieht aus wie … ich will gar nicht wissen wie, außerdem bin ich nicht wirklich hier, ich habe nichts zu tun mit diesem Menschen da neben mir. Hätte ich nur nichts zu tun mit ihm …

Franziska Sinheim schiebt sich zwischen der Kühlerhaube des Peugeot und einem empört schnaufenden Rentner hindurch, der schwer mit Einkaufstüten beladen ist. Für den Bruchteil eines Augenblicks zögert sie. Dann schüttelt sie unmerklich den Kopf und geht mit raschen Schritten zur anderen Straßenseite hinüber. Sie hat ein schmales, noch jugendliches Gesicht unter einem kühnen Gewirr grauer Haare, die wie ein Strahlenkranz von ihrem Kopf abstehen, und trägt Jeans und ein weites, schlabbriges Jackett.

War das Birgit?, überlegt sie. Ähnlich sähe es ihr. Die Neue Deutsche Unhöflichkeit. Noch einmal schüttelt sie den Kopf. Der Morgen ist zu schön.

Später am Vormittag würde sie zu einer Buchvorstellung gehen. Eine der Koryphäen der Universität Heidelberg hat eine Abrechnung mit der *political correctness* verfasst; das Ereignis soll nun in einem ehrwürdigen Universitäts-Innenhof der Öffentlichkeit nahe gebracht werden. Als Festredner ist einer der renommierteren Schriftsteller der Republik gewonnen worden, ein höchst renommierter, überhaupt ist alles höchst renommiert, der Autor, der Festredner, der Verlag und der Innenhof. Franziska ist von Mannheim herübergefahren, weil sie hofft, einen Artikel über das Ereignis an die Berliner Zeitung verkaufen zu können, die ihr ab und an eine Gerichtsreportage oder einen Artikel über die Heidelberger Universität abnimmt.

Es ist mühsam verdientes Geld, und in der letzten Zeit immer mühsamer erarbeitet. Denn in den Chefetagen der Zeitungen sind die Kenzo-gekleideten Rationalisierungsexperten eingezogen, in handgearbeiteten spitzen Schuhen und mit italienischen Seidenkrawatten, und haben sich darangemacht, den Journalismus in niedliche kleine Formate zu tranchieren und kleinzuköcheln, bis nichts übrig bleibt als eine appetitliche Garnitur fürs Werbeumfeld.

Die Buchvorstellung soll um 11 Uhr beginnen, bis dahin ist noch mehr als genug Zeit, eine Freundin zu besuchen. Sie geht zwei Straßen weiter, dann biegt sie nach rechts in eine kleine baumbestandene Seitenstraße ab. Hinter den Bäumen erheben sich mehrgeschossige Backsteinhäuser, deren Erker und Rundbögen nach spätem, gut abgelagertem 19. Jahrhundert aussehen. Im Erdgeschoss oder besser: im Hochparterre eines der Häuser ist Isabellas Galerie eingerichtet, als Ausstellungsraum hat sie genutzt, was früher einmal der Salon einer wilhelminischen Professorenfamilie gewesen sein mochte, vielleicht hatte Max Weber hier Tee getrunken oder stefan george ein biskuit genommen.

Franziska schiebt die beiden gläsernen Flügeltüren auf, die die Galerie von der Garderobe trennen, und tritt ein. Der hohe Raum ist angenehm kühl.

An der zartgrau tapezierten Wand hängen kleinformatige Aquarelle und Bleistiftzeichnungen auf Japanpapier, Franziskas Blick fällt auf die krakelige Zeichnung eines Tierkadavers, und darunter steht, akkurat und etwas linksgeneigt in Tusche geschrieben, der Satz: *Alles, was unbegreiflich ist, besteht dennoch weiter.*

Franziska unterdrückt ein Schulterzucken. Kein Kunde da. Sie wird enttäuscht sein, dass nur ich es bin.

In Glasvitrinen ist einzelner Schmuck ausgestellt, Franziska sieht näher hin, es sind Silberarbeiten, in einem Stil, der an die Handarbeiten bolivianischer Indios erinnert.

Isabella schnauft in den Verkaufsraum. Sie ist eine untersetzte Frau mit grauen Strähnen im kurz geschnittenen dunklen Haar. Ihre stämmigen Beine sind in Jeans verpackt, die sie oberhalb der derben Schuhe aufgekrempelt hat. Darüber trägt sie ein kariertes Baumwollhemd. Sie umarmt Franziska und drückt ihr, die filterlose Zigarette in der gelb verfärbten linken Hand, einen Kuss auf die Wange.

»Wenn du weiter so qualmst, werde ich vorsichtshalber

schon mal einen Nachruf auf dich schreiben. Was hast du da an den Wänden?«

»Aus dir spricht die typische Intoleranz der Konvertiten. Die Aquarelle sind zauberhaft, findest du nicht auch? Anrührend und tief.« Sie überlegt, ob sie einen hastigen Zug aus der Zigarette nehmen soll, und vergisst es wieder. »Ganz versteh ich es auch nicht. Aber das eben ist Kunst. Dass der Bruch bleibt, und der Schrei, und dass dir keiner einen Trost weiß.« Franziska nickt höflich. »Vielleicht nehm ich das.«

Ein Leuchten zieht über Isabellas Gesicht. »Eins von den Aquarellen, ja?«

»Nein, tut mir Leid. Kann ich meinem Bankkonto nicht zumuten. Diesen Satz da von dem Schrei wollte ich nehmen.«

Isabella sieht sie verständnisvoll an und inhaliert nun doch einen tiefen Zug.

»Für deinen Nachruf«, erklärt Franziska.

»Miststück«, antwortet Isabella und schnaubt zwei mächtige Rauchwolken durch die Nase. Die Türklingel schlägt an, und die Postbotin bringt einen Stapel Prospekte und Briefe, die nach Franziskas Erfahrung verdächtig nach Mahnungen aussehen. Taktvoll wendet sie sich ab und betrachtet den Silberschmuck in den Glasvitrinen, eine der ausgestellten Arbeiten ist ein Kette aus Silberfäden mit fein gearbeiteten Blättern, und die Kette hält einen kleinen blauroten Granat. Nicht schon wieder, denkt Franziska, wie lange ist das alles her? Sie blickt hoch, ein Strichmännchen irrt durch ein Gewirr aus labyrinthischen Linien, und in der linksgeneigten Tusche-Schrift steht darunter der Satz: *Das ewige Schweigen dieser unendlichen Räume erschreckt mich*.

Die Postbotin ist wieder gegangen, Isabella überfliegt einen der Briefe, für eine kurze Weile kehrt Stille ein.

»Hör dir das mal an«, sagt Isabella plötzlich. »Die wollen hier einen Fahrstuhl einbauen, das ist doch verrückt, die machen das ganze Treppenhaus kaputt, das darf doch niemand genehmigen! Und Thermopen-Fenster, oder wie dieser Scheiß heißt, von dem man Schimmel in die Wohnung kriegt ...«

»Gib mal her.« Franziska nimmt den Brief und liest ihn sorgfältig durch. Der Absender ist eine Frankfurter Firma, eine Helios Heimstatt GmbH & Co. KG, die das Haus vor einigen Wochen einer Erbengemeinschaft abgekauft hat. Der Name sagt ihr nichts, aber die Sprache scheint ihr bekannt.

»Über den Schimmel brauchst du dich nicht aufzuregen«, sagt sie dann. »Wirklich nicht.«

Isabella sieht sie nur an, fragend und unsicher.

»Diese Leute haben eine Luxus-Sanierung vor«, fährt Franziska fort. »Entweder gehst du Pleite, während die noch das Haus zur Baustelle machen, oder danach. Weil du dann nämlich die Miete nicht mehr bezahlen kannst.«

Franziska tritt auf die Straße hinaus. Die Alleebäume geben Schatten, aber der frische Geruch des Sommermorgens ist verflogen. Schon jetzt ist zu spüren, wie sich die Hitze zwischen den Häusern staut. Ein Satz, der unter einem der Aquarelle in Isabellas Galerie steht, klingt nach.

Der Mensch ist nur ein Schilfrohr, das schwächste der Natur, aber er ist ein denkendes Schilfrohr.

Schwer genug fällt es einem ja, denkt Franziska, sich die Freundin als Schilfrohr vorzustellen. Sie sieht auf die Uhr. Es ist später, als sie gedacht hat.

An der Ecke stößt sie beinahe mit einem stirnglatzigen, stämmigen Mann zusammen, der die Jacke seines dunklen Anzugs über den Arm gehängt hat. Im letzten Augenblick stoppt der Mann ab und lässt sie vorbei.

Die Mieter sollten sich zusammentun und an die Öffentlichkeit gehen, hat sie Isabella geraten. Vielleicht haben die neuen Eigentümer noch andere Altbau-Häuser aufgekauft. Vielleicht weiß man in Frankfurt etwas über diese Kommanditgesellschaft; sie würde noch am Nachmittag, wenn sie wieder in Mannheim in ihrer Wohnung ist, eine Kollegin in der *Rundschau* anrufen.

Aber mach dir keine Illusionen. Geld lässt sich von nichts aufhalten und nirgendwo auf der Welt gibt es einen Naturschutzpark für kettenrauchende chaotische Galeristinnen und krakelige Aquarelle.

Franziska erreicht die Haltestelle und bleibt auf dem Trottoir stehen, dort, wo noch Schatten ist. Die Straßenbahn zum Bismarckplatz muss gleich kommen.

Aber wehren muss man sich trotzdem.

Der Mann sieht Franziska unschlüssig nach. Dann geht er langsam bis zu einem Fußgängerüberweg weiter. Dort bleibt er stehen und wartet – obwohl keine Autos kommen –, bis die Ampel schließlich auf Grün schaltet.

Auf der anderen Straßenseite gelangt er zu einem spitzgiebligen Backsteinhaus, dessen Vorgarten mit einem schmiedeeisernen Zaun gegen die Straße abgegrenzt ist. Er klingelt an dem Schild einer neurologischen Praxis und tritt ein. Das Haus ist durch eine Klimaanlage gekühlt, plötzlich spürt er den Schweiß auf seinem Körper.

Die Assistentin im Sekretariat sieht zu ihm hoch und lächelt. Das sollte sie nicht tun, findet der Mann. Sie hat schiefe Zähne, und gelbe dazu. »Bei diesem schönen Wetter sollten Sie aber nicht zu uns kommen müssen.«

An der Wand hinter dem Arbeitsplatz der Assistentin hängt ein großes blaues Bild. Es ist nichts als blau, und die dunkle satte blaue Farbe scheint mit einem Spachtel aufgetragen. Vermutlich ist es Acryl. Der Mann weiß, dass in manchen Therapien damit gearbeitet wird. Er sieht wieder zu der Assistentin. »Ich wollte das Rezept abholen«, sagt er. »Der Doktor hat mir am Telefon gesagt, es liegt für mich bereit.«

Die Assistentin hat das Lächeln eingestellt. »Ich weiß.« Sie sieht einen Hängeordner durch. »Sie hören ja nicht auf mich. Aber es gibt einen Lauftreff, da sind wirklich nette Leute drin. Auch Patienten von uns. Die schwören darauf. Jetzt wisse sie wieder, was Lebensfreude ist, hat mir eine Frau neulich gesagt. Kein Medikament schafft das.«

»Ich weiß«, antwortet der Mann. »Aber ich bin zu schwer. Ich muss erst abnehmen. Das geht sonst auf die Bänder.«

Die Assistentin zuckt mit den Achseln. Dann hat sie das Rezept gefunden und reicht es ihm.

»Er warf ihm die Gewänder auf die Schulter … welche er für den … Ausgang geholt hatte«, übersetzt der blonde Junge, angestrengt über den Text gebeugt, »sittsame Gewänder des ordnungsgemäßen Lebens, dessen Armut … mit dem Waschtisch des … Maskenballs beschworen wurde.« Erwartungsvoll sieht er zu Birgit hoch. Im Klassenzimmer hängt der strenge Geruch einer die Lider beschwerenden vierten Schulstunde. Niemand hört zu.

»Thorsten«, sagt Birgit sanft, »überlegen Sie noch einmal, was Sie da übersetzt haben? *Il lui jeta sur les epaules les vêtements qu'il avait apportés pour la sortie*. Wer wirft da wem etwas über die Schulter?«

»Ihm wirft er das«, antwortet Thorsten. »Einem *ihm* halt.«

»Und sind Sie ganz sicher, dass *jurer avec quelq'un* beschwören heißt?« Thorsten zuckt mit den Achseln. Birgit sieht sich resigniert um. »Phan, versuchen Sie es?«

Phan ist der Sohn eines vietnamesischen Ordinarius (Angewandte Mathematik). »Er legte ihr den Mantel über die Schultern, mit dem sie ausgegangen war«, übersetzt er, als ob er den fertigen Text vorlese, »einen bescheidenen Alltagsmantel, dessen Ärmlichkeit in einem schreienden Gegensatz zur Eleganz ihres Ballkleides stand.«

Birgit nickt. »Na also. Glauben Sie nicht, Thorsten, dass das eher einen Sinn ergibt?«

Der blonde Junge verzieht das Gesicht. »Das is nich fair. Bei Charlie zu Hause reden sie zum Nachtisch Französisch.« Eines der Mädchen kichert. Bettina? Nein, die betrachtet ihre lackierten Fingernägel.

Phan bemerkt, seines Wissens sei Thorsten bisher noch nicht bei ihm eingeladen gewesen.

»Das Problem ist, dass diese ganze Geschichte keinen Sinn ergibt«, wirft Donatus (Internationales Zivilrecht) ein. »Ich verweise nur auf den Schluss. Da beschwert sich die Freundin, dass sie das Collier so spät zurückbekommt, dann schaut sie es aber nicht einmal an, und nach zehn Jahren will sie noch immer nicht gemerkt haben, dass sie statt einer falschen eine echte Kette im Tresor hat. Natürlich versteht da einer, der ein bisschen einfacher gestrickt ist, nur noch Bahnhof.«

Thorsten (Regierungsdirektor, Kreiswehrersatzamt) runzelt die Stirn.

Bettina (Chefarzt Endokrinologie) hat den Blick von ihren Fingernägeln losgerissen und richtet große schläfrige grüne Augen auf Birgit. »Da ist noch was. Maupassant hat das doch irgendwann nach 1870 geschrieben, oder lieg ich da falsch?«

Birgit, plötzlich unsicher geworden, nickt zurückhaltend.

»Also. Damals hat es bereits Versicherungen gegeben, Assekuranzen hieß das, glaub ich. Und wenn der Schmuck wirklich kostbar gewesen wäre, hätte diese Madame Forestier ihn auch versichern lassen. Also wäre es die erste Frage von Mathilde gewesen, ob das Collier versichert ist, und die Madame hätte sagen müssen, nöh, isses nich, hat auch bloß vier Mark fünfzig gekostet, und wir könnten alle ins Freibad oder die Backyard Boys hören, *Nothing is like it seems to be,* da ist doch diese ganze Geschichte schon drin.«

Die Klasse lacht, nur Donatus fragt pikiert, woher sie das mit der Versicherung wissen wolle.

Bettina legt den Kopf schief und schließt träumerisch die großen grünen Augen.

»Carius II«, erklärt Esther (Homiletik, prot.), die zwei Tischreihen weiter hinten sitzt.

»Exakt«, ergänzt Bettina. »Er hat gerade ein Praktikum beim Zentralverband der deutschen Versicherungswirtschaft gemacht.« Sie wirft einen selbstzufriedenen Blick auf Birgit und lässt die Augen langsam bis zu deren Füßen gleiten.

»Zu schade«, sagt Birgit, zieht den Stuhl neben ihrem Arbeitstisch hervor und setzt sich mit übergeschlagenen Beinen, »zu schade, dass Maupassant keine deutschen Versicherungsfuzzis hat konsultieren können.« Schau du nur meine Beine an. »Es wäre überhaupt zu prüfen, was von der Weltliteratur übrig bliebe, wenn alle rechtzeitig bei der Allianz vorgesorgt hätten.« Wo hab ich diesen Schlagertext schon einmal gehört? Aber natürlich. Hubert hat davon geredet. Wer sonst.

Im Efeu-umrankten Innenhof des Instituts für Rechtsgeschichte drängt sich erwartungsvolles Publikum, die Herren im hellen Sommeranzug, die Damen in luftigen Kleidern, wie sie es sich sonst für einen Tagesbummel in Salzburg oder Verona ausgesucht hätten, für einen Augenblick muss Franziska gegen das heftige Gefühl ankämpfen, sie sei *underdressed*. Aufatmend erblickt sie die Kollegin vom Intelligenzblatt für den gehobenen Schuldienst, die Kollegin glänzt im schwarzlilaseidenen Cocktailkleid, wie beschissen das aussieht! Schmalhüftige junge Frauen in hochhackigen Pumps und knappen schwarzen Miniröcken balancieren Serviertabletts durch das Gedränge, ein Fernseh-Team bringt Scheinwerfer in Stellung, Franziska erkennt den Rektor der Universität und den Dekan und auch den Baron, der ihr aus der Entfernung zunickt, sehr aus der Entfernung, zum Glück.

Neben einem Tisch mit Stapeln von neuen Büchern im immergleichen Hochglanz-Umschlag steht ein Mensch mit nach hinten gekämmten dünnen Haaren und lächelt panisch, es sieht aus, als habe ihm sein Zahnarzt zum festlichen Anlass ein perlweiß neues Gebiss gefertigt.

Aus ihren Unterlagen weiß Franziska, dass der Autor bisher nur mit Abhandlungen wie zum Beispiel über die Hinterbliebenenansprüche im Staatshaftungsrecht hervorgetreten ist. Eines Tages aber fand er heraus, dass unsere Gesellschaft die Begabten und schöpferisch Tätigen krass benachteiligt zu Gunsten von Homosexuellen, von Frauen und anderen Minderheiten, und schrieb ein Buch darüber. Und nun ist der Rektor da und sogar das Fernsehen und filmt seine neuen perlweißen Zähne. Kommt er sich vielleicht komisch vor, überlegt Franziska. Vielleicht wird sie doch den Baron befragen müssen, was den guten Mann zu seinen Einsichten gebracht hat.

Neben ihr unterhalten sich halblaut zwei Männer, beiläufig

stellt der eine – hoch gewachsen und mit einem Gesicht, als sei er einmal durch die Windschutzscheibe geflogen – eine Frage, Franziska glaubt zu verstehen: *Schatte konnte nicht kommen?* Und der andere antwortet: *Nein, er kümmert sich um diese Elsass-Geschichte*.

Nicht schon wieder, denkt sie, ich seh und höre Gespenster. Sie wendet sich ab, denn die Menge teilt sich und schiebt sie zur Seite. Sanfte Röte überfliegt das Gesicht des Autors, sommerlich-duftig gewandetes Verlagspersonal geleitet den Festredner zum Mikrofon, einen in dieser Umgebung fremd und mit dem Publikum doch wieder auf distanzierte Weise vertraut wirkenden Mann. Sein Gesicht mit den hängenden Backen und buschigen Augenbrauen sieht wach und misstrauisch aus, so als verberge er hinter seiner scheinbaren Schwerfälligkeit eine höchst empfindliche Aufmerksamkeit für alle Verletzungen und Kränkungen, die Menschen weniger einander als vielmehr ihm zuzufügen in der Lage sind.

Die Gespräche im Innenhof verstummen, der Verlagschef zelebriert die Begrüßungsrituale der Branche, Franziska sieht sich um und versucht, von dem Mann weiteren Abstand zu gewinnen, der durch die Windschutzscheibe geflogen ist, aber dann geriete sie neben den Baron, jetzt noch nicht, der Mundgeruch ist sehr streng, so bleibt sie stehen. Natürlich ist es nicht die Windschutzscheibe gewesen, weiß der Dichter eigentlich, in welcher Gesellschaft man ihn da sieht? Der Verlagschef plaudert über das Diktat der Mittelmäßigkeit und die wahre Freiheit des Geistes, die darin bestehe, selbst zu entscheiden, was dem freien Geist wichtig sei – der Verlagschef deutet eine leichte Verbeugung an, einmal zum Autor hin, dann zum Festredner –, Freiheit sei es also auch, den Fernsehapparat abzuschalten, was redet der da, denkt Franziska, wenn das keine Binse ist, was ist es dann?

Der Autor hat das Lächeln eingestellt, langsam verblasst die Röte, vielleicht suckelt er mit der Zunge an der Gebissplatte, ob sie denn auch wirklich festsitze, der Festredner ergreift das Wort oder vielmehr das Weinglas und nimmt einen tiefen

Schluck Rotwein. Dem Wort nähert er sich eher zögernd, als sei es ein fluchtbereites Wesen und entziehe sich dem Zugriff blitzartig und gewandt wie eine Seeforelle, Franziska hat ihren Block aus der Jackentasche geholt und versucht mitzuschreiben, der Festredner redet von den Verhältnissen und Bedingungen des Gewissens, die nicht verfügbar seien, sich nicht zur Fertigung von Moralkeulen eigneten. Worauf will nun das hinaus? Der Festredner nimmt einen zweiten tiefen Schluck. In den Fragen der Nation und des Gewissens gebe es Dinge, fährt er fort, die könnten zu dieser Zeit so nur über die Deutschen gesagt werden, noch immer nur über sie, plötzlich sind die Worte nicht mehr wie Seeforellen, sondern nur noch schlüpfrig und aalglatt, dann ist das Glas ausgetrunken, beflissen nähert sich eine Mini-Berockte mit der Flasche.

Was tu ich hier?

Der Mann verlässt die Apotheke und tritt auf die Gasse hinaus, die zur Plöck führt, die Jacke noch immer über dem Arm. Der schmale Gehsteig liegt im Schatten, die Tabletten hat er in einer der Jackentaschen verstaut. Er holt sie immer hier, weil der Apotheker ein ruhiger älterer Mann ist, der ihm die Packung bringt und nichts weiter dazu sagt, nichts darüber, wie man sie nehmen müsse, und auch nichts über den schönen Tag und dass die Sonne scheint, und der ihn vor allem nicht ansieht, nicht mit diesem forschenden Blick, und auch nicht mit dem mitleidigen, der noch schlimmer ist.

Der Mann will zur Plöck, aber dort steht eine Gruppe junger Männer, glatzköpfig und in Springerstiefeln, und verteilt Flugblätter, er mag sich von ihnen nicht ansprechen lassen. Widerstrebend wendet er sich zur Hauptstraße. Vielleicht sollte er besser gleich eine der Tabletten nehmen, aber dazu bräuchte er einen Schluck Wasser. Er hätte den Apotheker darum bitten können, aber dann hätte ihn der angesehen wie jemanden, der es wirklich braucht. Soll er in ein Café gehen? Es ist Mittagszeit, vermutlich sind die Cafés voll und er würde keinen Tisch für sich allein bekommen.

Dann fällt ihm das Kaufhaus am Bismarckplatz ein. Dort hat es Toiletten, und er kann die Tablette mit einem Schluck aus dem Wasserhahn herunterspülen. Er biegt in die Hauptstraße ein, aber dort ist ein so dichtes Gedränge, dass er immer wieder anderen Leuten ausweichen muss, vor allem Touristen, die ihm in ganzen Trupps entgegenschlendern, als ob es niemanden gäbe, der vielleicht arbeiten muss oder sonst einen wichtigen Grund hat, unterwegs zu sein. Junge Mädchen auf Rollschuhen, die wie Schlittschuhe aussehen, schießen an ihm vorbei, sie tragen knapp sitzende kurze Hemdchen, die den Bauchnabel frei lassen, er versteht nicht, warum die Eltern das erlauben, und gefährlich sind diese Rollschuhe auch, im öffentlichen Verkehrsraum darf das doch gar nicht zugelassen sein. Etwas unterhalb der Providenzkirche sind Leute stehen geblieben und bilden einen Kreis, manchmal spielen russische Geiger dort oder Indios, Bettelmusikanten eben, aber diesmal hört er keine Musik.

Der Mann schiebt sich an dem Kreis der Zuschauer vorbei, dann fällt sein Blick auf eine weiße lebensgroße stumme Marionette, auch das Gesicht kalkweiß, eine Puppe, und die Puppe verharrt bewegungslos, wie lange schon?, um plötzlich in einer abgezirkelten und ruckartigen Geste einen Arm zu bewegen oder besser: zu verschieben, der Arm schlägt hoch, als ob ein Mechanismus eingerastet sei, und die Hand richtet sich auf den Mann und zittert dabei ein klein wenig wie der Sekundenzeiger einer Bahnhofsuhr, wenn er auf die volle Minute vorrückt und kurz verharrt. Der Mann schüttelt den Kopf, was hatte dieses Ding auf ihn zu zeigen, auf einmal sieht er, dass die Marionette nackt ist, am ganzen Körper nackt, und nur weiß geschminkt. Nein, sagt der Mann, vielleicht schreit er es auch, und rennt los, mit schweren plumpen Schritten, er stößt eine Frau zur Seite, die ihn verschreckt oder eher höhnisch ansieht, rennt die Hauptstraße hinab, die Touristen weichen ihm aus, der Mann rennt und läuft und holpert, seine schwarzen Straßenschuhe drücken ihn, und seine Jacke, die er zusammengeknüllt hält, schlägt ihm gegen das Hosenbein.

Birgit reibt sich die Schulter. Was für ein gestörter Mensch! Zu allem Überfluss hat sie Kopfschmerzen, es ist drückend heiß geworden, eine Dunstglocke hat sich über Stadt und Flusstal gelegt. Hubert ist noch im Droste geblieben, um für das Schulfest zu proben. Ich lass dir den Wagen, hatte sie gesagt, und geh im *Schafheutle* eine Kleinigkeit essen. Aber dann hatte sie doch keinen Appetit und war durch die Hauptstraße geschlendert, bis sie vor einem Plakat stehen geblieben war. Die Schwetzinger Schlossfestspiele bringen am Sonntag Shakespeares *Was ihr wollt,* das ist weder Huberts Geschmack noch kommt er auf den Gedanken, dass das vielleicht der ihre sein könnte. Sie hat sich schon wieder weggedreht, als dieser Rüpel sie unversehens rempelt.

Der Morgen ist schön, denkt sie, und du bist fröhlich und freust dich an den Rosen, und auf einmal siehst du nur noch Mehltau. Vielleicht liegt es an dir? Birgit überlegt. Welchen objektiven, nachprüfbaren Grund hat sie eigentlich? Nur einen. Hubert hatte nach Bettina gefragt.

Na und?

Vielleicht hatte er einen ganz zufälligen harmlosen Anlass. Gut möglich, dass er sie heute zur Probe eingeteilt hat. Sie hätte ihn doch einfach danach fragen können. Vielleicht hat er ein dramaturgisches Problem mit seinem Singspiel, vielleicht gerade mit diesem albernen *Kann denn Liebe Sünde sein,* warum nimmt sie nicht mehr Anteil daran? Schließlich hat sie ihn auf dieses Projekt gebracht.

Und dann dieser Carius römisch zwo. Ist es nicht sehr einleuchtend, dass Miss Babyspeck sich einen dieser flotten jungen Schnaftis aussucht? Praktikum bei der Versicherungswirtschaft, BWL also, zweisitziger Roadster vom Vater zum Abitur, auch wenn ich nicht weiß, wie sie es darin treiben, jedenfalls hat das mehr Chic als im angejahrten Peugeot des Lehrerehepaars Höge, also wirklich. Trotzdem wird sie sich die Sitzpolster nächstens einmal genauer ansehen.

Schluss jetzt. Sie wird die Straßenbahn nehmen, zu Hause eine Tablette schlucken und erst einmal schlafen.

»Ach das«, sagt der Baron, ein Sektglas in der einen und ein Brötchen mit Räucherlachs in der anderen Hand, »ich dachte schon, dass Sie danach fragen würden.« Der Baron arbeitet im Pressereferat der Universität, gelegentlich kann Franziska etwas von ihm erfahren, was brauchbar ist, vielleicht hat er ein unterdrücktes Mitteilungsbedürfnis, weil die Leute sonst nur ungern mit ihm reden, es sei denn am Telefon.

»Es ist sein Sohn«, fährt der Baron fort und nimmt einen Schluck Sekt, »Junior war an einer dieser NRW-Unis auf der Vorschlagsliste für irgendwas schrecklich Alttestamentarisches, bei dem Vater ist es ein Wunder und dann irgendwo auch wieder keins, dass der Sohn Theologe geworden ist, und dann hat es eine Mitbewerberin gegeben, wieso studieren Frauen so etwas? Aber das Besetzungsgremium hat entschieden, gleiche Qualifikation, also kommt die Frau zum Zug.«

»Und jetzt übt der Senior Rache?«

»Auge um Auge, Buch um Buch. Steht schon im Alten Testament, hab ich mir sagen lassen.«

»Danke«, sagt Franziska. »Wenn ich einen Stein finde, schmeiß ich ihn in Ihren Garten.«

»Wer schmeißt heut noch mit Steinen. Moralkeulen sind angesagt ...«

Über den Kies der kleinen Grünanlage hüpfen graubraun gefiederte Spatzen. Sie sehen staubig aus und suchen zwischen Zigarettenkippen nach Brotkrumen. Der Mann sitzt auf einer Bank. Eine Taube lässt sich auf dem Kies nieder, wenig später folgt ein Täuberich und beginnt, sie gurrend zu umkreisen. Der Mann versucht durchzuatmen. Irgendwie ist er hierher gekommen, es war vor ein paar Minuten, vielleicht war es auch schon länger her, bleiben kann er hier nicht. Wer sagt es denn, dass ihm die Marionette nicht folgen wird und auf ihn zeigen will, wieder und wieder?

Dann fällt es ihm ein. Er wollte in das Kaufhaus. Es liegt auf der Südseite des Bismarckplatzes, man muss nur die Straßenbahngleise überqueren. Er zwingt sich aufzustehen, und trotz der Hitze zieht er das zerknautschte Jackett an, das neben ihm auf der Bank liegt. Wenn man mit der Jacke über dem Arm in ein Kaufhaus geht, werden die Detektive misstrauisch.

An den Auslagen mit Sommerkleidern vorbei betritt er die Eingangshalle, die kühle Luft, die aus der Klimaanlage bläst, lässt ihn frösteln. Suchend sieht er sich um, das Kaufhaus muss vor einiger Zeit umgebaut worden sein, früher hat es ein Selbstbedienungsrestaurant im Untergeschoss gegeben, jetzt ist dort ein Heimwerkermarkt. Das ist ärgerlich. Wo ein Restaurant ist, müssen sie auch eine Toilette haben, sonst darf es nicht genehmigt werden.

»Kann ich Ihnen behilflich sein?« Ein Mensch mit Hundeblick hat sich vor ihm aufgebaut. An der Brusttasche seines hellblauen Hundediensthemdes baumelt ein Plastikausweis.

»Danke«, antwortet der Mann. »Das heißt nein. Ich suche …« Ja, was sucht er eigentlich?

»Menschenskind, du …!« sagt Hundeauge. »Ich hab dich erst gar nicht erkannt.« Er packt die Hand des Mannes und drückt zu. Der Mann erschrickt. Revier Mannheim-Innenstadt? Oder noch in Weinheim. Irgendwas mit – Welt. Weltner? Wellner? Wallat?

»Chikago, mittlerer Bezirk«, fährt der Untersetzte fort, »unsere Späßchen von damals. Na ja. Wie lange ist das her? Auch schon bald 30 Jahre. Und so lustig war das alles ja auch nicht.«

Stegner? Nein. Steguweit. »Nein, besonders lustig war es nicht«, sagt der Mann.

»Richtig«, meint Steguweit, und seine Stimme klingt plötzlich lauernd. »Jetzt weiß ich es wieder. Du bist dann ja ausgeschieden … Und was machst du jetzt denn so?«

»Ich bin in Rente.«

»Sei froh.« Steguweit schaut ihn zweifelnd an. »Doch nicht wegen der Sache von damals?«

»Es ist halt nicht mehr gegangen«, sagt der Mann.

»Ah ja«, macht Steguweit. »Kann ich gut verstehen. Bin ja auch nicht mehr dabei. Der Schichtdienst, verstehst du. Ich mach jetzt hier den Sicherheitsdienst. Wenigstens hab ich da meinen regelmäßigen Feierabend.«

Der Mann nickt.

Steguweit nähert sich ihm vertraulich. »Was brauchst du denn? Wir haben hier nämlich Kollegenrabatt. Und vielleicht gibt es auch noch Remittenden-Ware, das geht« – Steguweit zwinkert kurz – »also das geht praktisch unter der Hand ...«

Ein Glas Wasser, denkt der Mann. Aber das muss ich nicht gerade dir auf die Nase binden. »Einen Schlagbohrer, aber es muss etwas Solides sein.« Wie kommt er darauf? So weit ist das sogar richtig, er hat wirklich keinen. Und die Decke im Wohnblock ist der reine Stahlbeton.

»Wenn es weiter nichts ist.« Steguweit zeigt zur Rolltreppe. »Wir haben da unten eine erstklassige Heimwerkerabteilung. Aber ich geh mit und rede ein Wort mit dem Ersten Verkäufer.« Er neigt vertraulich den Kopf und sagt halblaut: »Der Junge ist mir noch was schuldig.«

Der Junge ist ein etwa 40 Jahre alter Mann mit einem fliehenden Kinn und einem Ausdruck in den Augen, den der Mann sofort versteht. Es ist Angst, Steguweit hat den Verkäufer in der Hand und nimmt ihn aus wie eine Weihnachtsgans, plötzlich erinnert sich der Mann an die Geschichte mit dem Mädchen, das außerhalb des Sperrbezirks auf den Strich gegangen war. Es war keine schöne Geschichte gewesen, und Steguweit war nur davongekommen, weil ein paar Kollegen einen glatten Meineid geschworen hatten.

Sie stehen zu dritt in dem kleinen Kabuff hinter der Kasse, und der Verkäufer schleppt eine Schachtel nach der anderen her. »Es ist Eins-a-Ware«, versichert er, »nur die Verpackungen sind ein wenig angestoßen, bitte sehen Sie selbst, und das Gerät hier hat einen Fehler im Lack ...«

Es ist ein solide Maschine mit stufenlos verstellbarem Getriebe, die dem Mann schwer und Vertrauen erweckend in der Hand liegt, den Ladenpreis schätzt er auf gut und gerne 150 Mark. Aber das hat keine Bedeutung. Er muss hier raus. Er erträgt es nicht. Was erträgt er nicht? Steguweit. Die Erinnerungen. Das Kabuff. Den Blick des Ersten Verkäufers.

»Wie viel?«, fragt er. Der Verkäufer wirft einen ängstlichen Blick auf Steguweit. »Zwanzig Mark.« Der Mann holt sein Portemonnaie heraus und fingert zwei Zehn-Mark-Scheine heraus, dazwischen fällt ihm ein grüner Zettel zu Boden, er will sich bücken, aber der Verkäufer ist schneller und reicht ihm den Zettel, der Mann nimmt ihn und steckt dem Verkäufer das Geld zu, der grüne Zettel ist der Beleg des Schuhmachers, dem er vor einer Woche ein paar schwarze Halbschuhe zum Besohlen gebracht hat.

»Du siehst«, sagt Steguweit, »wir lassen einen alten Kumpel nicht im Stich.«

Als er das Kaufhaus wieder verlässt, schlägt ihm die Hitze wie eine Wand entgegen. Er hat die Jacke wieder ausgezogen und trägt sie in der einen Hand, in der anderen hält er die Einkaufstüte mit dem Schlagbohrer, den Dübeln und den Haken, die der Verkäufer ihm als Dreingabe herausgesucht hat. Die Schuhmacherwerkstatt liegt in der Nähe des St.-Josefs-Krankenhauses, nur wenige Minuten Fußweg entfernt, aber schon nach wenigen Schritten breiten sich in seinem Hemd große nasse Schweißflecken aus.

Er überquert die Kreuzung an der Kurfürstenanlage und kann dann wenigstens im Schatten gehen. Doch die Hitze brütet überall zwischen den Häusermauern. Auf einem Innenhof spielen Kinder Seilhüpfen. Der Mann bleibt stehen und wischt sich den Schweiß von seiner Stirnglatze. Die Kinder sind Mädchen, acht oder neun Jahre alt, zwei lassen das Seil kreisen, das dritte hüpft lässig und in aufrechter Haltung darüber hinweg, es trägt einen blonden Pferdeschwanz und einen Rock, der beim Hüpfen hochfliegt und ein weißes Höschen zeigt.

Der Mann spürt, dass ihn jemand beobachtet. Es ist eine Frau mit Brille und scharfen Gesichtszügen. Er nickt ihr zu und geht weiter, ehe sie zu zetern beginnt.

Der Laden des Schuhmachers liegt in einer Seitenstraße. Er mag den Geruch der Werkstatt. Der Schuhmacher bringt die Schuhe, sie sehen nicht aus wie neu, sondern so, wie getragene und frisch besohlte Lederschuhe aussehen sollen. Der Mann bezahlt und verlässt den Laden, die Plastiktasche mit dem Werkzeug in der einen, die Jacke und eine Papiertüte mit den Schuhen in der anderen Hand.

Er geht zurück, in Richtung des Busbahnhofs, und kommt dabei an einem kleinen Platz mit Recycling-Containern vorbei. Einer der Behälter ist von einem Hilfswerk aufgestellt, das gebrauchte Schuhe sammelt. Der Mann bleibt stehen, dann holt er die beiden Lederschuhe aus der Tüte und bindet sie mit den Schnürsenkeln zusammen und steckt sie in den Container. Wenig später erreicht er den Bahnhof, ein Bus der Linie 41 wartet schon, er steigt ein und stellt sich in den tiefer gelegten Mittelraum, denn die Sitzplätze sind schon belegt von jungen Leuten mit Badezeug, die zu einem der Baggerseen wollen, und von Frauen, die vom Einkaufen kommen oder vom Arzt. Kurz darauf startet der Busfahrer und der Mann überlässt sich seinen Gedanken.

Birgit irrt durch die langen Flure, links und rechts gleiten die Verschläge mit den halbhohen Glasfenstern an ihr vorbei, die Glasscheiben sind blind von Staub, warum findet sie das Feuilleton nicht? Sie hat die Maupassant-Novelle übersetzt, die Blätter liegen glatt und sauber getippt in ihrer Hand, die Novelle soll in der Juni-Beilage erscheinen, und die wird doch vor der Abendmesse gedruckt, die Flure werden immer dunkler, plötzlich ist sie in der Bierschwemme in Q 11, das kann aber nicht sein, sie arbeitet doch in Heidelberg im Droste, irgendjemand hämmert auf dem verstimmten Klavier, vor dem Tresen sitzt das Mädchen aus der Lokalredaktion und trinkt Bier aus der Flasche, ich hab die Übersetzung, will Birgit sagen, aber dann sieht sie, dass das Mädchen sie schon hat, die Übersetzung ist aus Silber mit blassroten Granatsteinen.

Hat gerade mal vierfuffzich gekostet, sagt das Mädchen und schüttelt ihre Staubfängerlocken, und Birgit wacht auf, den Mund klebrig vom Schlaf.

Unten in seinem Musikstudio klimpert Hubert auf seinem Flügel, irgendwie klingt es aber nicht nach Chopin. Birgit schließt die Augen, das Geklimper hört nicht auf, plötzlich fällt ihr der Titel ein, es ist *Non, je ne regrette rien*, also arrangiert er wieder an seinem Potpourri herum. Was das nur werden mag, manchmal gibt es schon etwas zu bedauern, zum Beispiel, einen Pianisten zum Mann zu haben und keinen, der einem einen Kaffee kocht.

In einem der ersten Dörfer außerhalb Heidelbergs steigt der Mann aus, geht an einer kleinen Kirche aus schmutzig gelbem Sandstein vorbei und eine Straße hinab, die an kümmerlichen Häusern mit Eternit-verkleideten Fassaden vorbeiführt. Er nickt zwei Männern zu, die ihm entgegenkommen und die er vom Sehen kennt, und sieht lieber weg, als er der alten Vettel begegnet, die einen Stützwagen vor sich her schiebt. Nun hängst du mal nicht am Fenster, das trifft sich aber gut. Vor einem Wohnblock mit verblasstem rotem Anstrich bleibt er stehen und schließt auf und wirft einen Blick auf seinen Briefkasten. Er ist leer. An Kinderwagen und Fahrrädern vorbei geht er zur Treppe. Langsam und bedächtig, sodass er nicht außer Atem kommt, steigt er bis zum dritten Stock hoch.

In seiner Wohnung geht er in die Küche, legt die Plastiktüte mit dem Schlagbohrer auf den Tisch und holt aus dem Kühlschrank eine angebrochene Flasche Mineralwasser. Er nimmt einen kräftigen Schluck, dann schraubt er die Flasche wieder zu und stellt sie zurück. Er überlegt kurz, ob er eine der Tabletten nehmen soll. Es ist nicht mehr nötig. Er geht zum Besenschrank und holt die Trittleiter. Im Wohnzimmer schließt er mit einem Verlängerungskabel den Schlagbohrer an und steigt auf die Leiter. Er würde zwei Haken brauchen, und er würde sie seitlich der Deckenlampe anbringen, damit er nicht auf die Stromleitung trifft.

Er setzt den Schlagbohrer auf und drückt den Starthebel.

Kalkiger Putz spritzt ihm in die Augen, aber die Betondecke ist so hart, dass sie den Schlagbohrer abfedern lässt wie eine Gummiwand. Der Mann lässt den Starthebel los und wischt sich den Kalk aus den Augen. Dann setzt er den Bohrer noch einmal an. Die Maschine kreischt auf und versucht auszubrechen, aber der Mann hält sie mit harten kräftigen Händen gepackt und zwingt sie, sich in den Beton zu fressen.

Schließlich setzt er den Bohrer wieder ab. Sein Gesicht ist kalkverschmiert. Das Loch ist noch nicht tief genug, bei weitem nicht. Er stellt eine höhere Geschwindigkeit ein und versucht es erneut. Das Kreischen schwillt an, aber diesmal dringt der Bohrer tiefer.

Das müsste reichen.

Der Mann lässt den Hebel los. Irgendjemand hämmert gegen seine Wohnungstür. Er steigt von der Leiter, geht zur Tür und späht durch den Spion.

Vor der Tür steht ein dicker unrasierter Mann in einem schmuddeligen T-Shirt. Der Bosnier aus der Dachwohnung.

Der Mann öffnet.

»Wastu machen für Krach? Ich haben Spätschicht, Menschekind.«

»Entschuldigung«, sagt der Mann. »Ich bin gleich fertig. Nur noch einmal. Kommt nicht mehr vor.«

Er schließt die Tür und kehrt zur Trittleiter zurück. Der Dübel passt in das Bohrloch. Er dreht den Haken ein, bis er unverrückbar fest sitzt.

Wenig später hat er auch den zweiten Haken eingedübelt. Er steigt von der Trittleiter und geht mit dem Schlagbohrer in die Küche zurück und verstaut ihn in einer Schublade mit anderem Werkzeug. Im Bad wäscht er sich das Gesicht und die Hände. Mit dem Staubsauger säubert er den Teppichboden. Dann geht er durch die Wohnung und schließt die Fenster. Er blickt auf den gegenüberliegenden Block und überlegt, ob er die Jalousie herunterlassen soll. Aber die Alte, die dort sonst immer am Fenster hängt, ist nicht zu sehen. Brave Alte. Schieb dein Wägelchen.

Aus seiner Kommode holt er Schreibzeug und setzt sich an den Tisch. Er hat lange keinen Brief mehr geschrieben, und auch früher hatte er es nicht gerne getan. Lange überlegt er, schließlich fällt ihm ein, dass er im Grunde nur eine Frage hat, und dass sie ganz einfach ist. In einem Zug schreibt er Datum, Anrede, den einen Satz und darunter seinen Namen. Er liest den Brief noch einmal durch, dann steckt er ihn in einen Umschlag, klebt den Umschlag zu und adressiert ihn.

Er sollte noch aufs Klo.

Wieshülen, 28. Juni, abends

Die Sonne ist untergegangen, und ein rötlicher Schimmer zieht sich über den Himmel. Die Tafelberge der Alb schieben sich in die dunstige Ebene vor, scharf umrissen und doch fast durchscheinend, als seien sie aus dunklem Glas. Tief unten auf der Bundesstraße haben die Autofahrer die Lichter eingeschaltet und kriechen aneinander vorbei wie Prozessionen von Leuchtkäfern. Sie kommen von den Industriedörfern des Unterlandes, deren Lichterteppiche sich im Nordwesten erstrecken, oder sind auf dem Weg dorthin.

Neben dem Vorsprung, auf dem Florian Grassl steht, sind Stufen in den Fels geschlagen. Hier beginnt der Franzosensteig, doch ein weißrotes Plastikband versperrt den Weg, der zwischen Krüppelkiefern und Buchengehölz hindurch in eine Tiefe geführt hätte, die bereits mit der Dunkelheit zu verschmelzen beginnt. Den Steig hinab kam man sonst ins Tal hinunter und zu der Bushaltestelle dort. Aber der Dauerregen des Frühsommers hat einen Teil des Weges weiter unten weggespült und nahezu unpassierbar gemacht.

Florian Grassl, ein mittelgroßer, trotz seiner kaum 30 Jahre schon etwas dicklicher Mann, blond und mit sorgfältig gestutztem Schnurrbart, hat ohnehin nicht vor, ins Tal zu gehen. Beim Abendessen hat er zwar angekündigt, er wolle noch nach den Fledermäusen sehen. Gerolf Zundt hatte ihn nur leer angesehen. Schließlich macht Grassl öfters solche Spaziergänge. Und am Felsen gibt es wirklich Fledermäuse.

Grassl dreht sich um und geht auf dem Weg zurück. Nach

wenigen Metern kommt er zu der Kreuzung mit dem Wanderweg, der den Albtrauf entlangführt. Er wendet sich nach rechts, in Richtung zum Schafsbuck. Ein wenig Abwechslung ist nicht zu viel verlangt. Den ganzen Tag über hat er sich durch den Staub und Moder von Bücherkisten wühlen müssen, die Zundt von einem seiner Gönner hinterlassen worden waren. *Nachtwache auf dem Toten Mann, Sturm um die Höhe 304, Wetterleuchten auf dem Linge* heißen die Titel, die er erfassen und verzetteln muss. Manche der alten Scharteken sind in Leder gebunden, andere broschiert und zum Teil noch nicht einmal aufgeschnitten.

»Kostbarkeiten der Zeitgeschichte«, hatte Gerolf Zundt geraunt, das Runzelgesicht verschwörerisch zusammengefaltet, als er am Nachmittag kurz in der Bibliothek vorbeischaute und von Grassls Arbeitstisch einen der broschierten Bände aufnahm.

Grassl lächelt fein. Er muss daran denken, wie sich Zundts Gesicht unversehens ins Kummervolle umgefaltet hatte. »Wie dürfen wir denn das verstehen?« Der broschierte Band ist Oskar Wöhrles »Bumserbuch«, 1925 in Konstanz erschienen.

»Es ist ein Kriegsbuch«, hatte Grassl geantwortet. »Der Autor war Kanonier. Ein Bumser also. Lustig gemeint hat er den Titel aber nicht. Wöhrle war damals Pazifist und linker Sozialist. Später allerdings hat er sich den Nationalsozialisten angeschlossen. Oder besser: sich ihnen angedient.«

»Ein Märzgefallener also?«, hatte Zundt gefragt.

»Nein, erst später. Es war sozusagen eine Überlebensfrage.«

»Stellen Sie es in den Giftschrank«, hatte Zundt angeordnet. »Ich möchte nicht, dass meine Gattin das sieht. Morgen kommt übrigens ein Besucher, Professor Schatte aus Freiburg, dem können Sie es natürlich zeigen.«

Auch beim Abendessen – Kräuterquark und Apfelschalentee – war der morgige Besucher Thema gewesen. Margarethe Zundt, die *Hohe Frawe,* wie Grassl sie insgeheim nannte, hatte wissen wollen, ob der Gast über Nacht bleiben werde.

»Nein«, hatte Zundt geantwortet, »wir wollen uns nur unterhalten, Faden schlagen ... Vielleicht kann ich ihn für unser nächstes Frühjahrsseminar gewinnen.«

»Ein Weisheitslehrer?«, hatte die Hohe Frawe wissen wollen. »Nein«, antwortete Zundt, »kein Philosoph. Ernst Moritz Schatte hat einen Lehrstuhl für Kommunikationstheorie und Internationale Politik, hochinteressanter Mann, die Medien reißen sich um ihn ...«

Die Hohe Frawe war nicht angetan. »Ich wünschte, es gäbe noch Wissende«, bemerkte sie strafend. »Nicht nur solche, die sich ins Fernsehen drängen und die Hände in den Hosentaschen haben.«

Zundt hatte etwas davon gemurmelt, dass die Akademie doch auch mit der Zeit gehen müsse, und sich seinem Knäckebrot mit Kräuterquark zugewandt. Nach einer Weile, noch kauend, war er wieder auf das Frühjahrsseminar zu sprechen gekommen. »Es soll sich diesmal mit der globalen Herausforderung für das Europa der Nationen beschäftigen, ein eminent wichtiges Thema ... der Erhalt unserer gesamten abendländischen Kultur hängt davon ab. Wenn ich nur daran denke, welchen Schund und Schmutz ich dieser Tage in der Kreisbücherei habe entdecken müssen, Romane von diesem Grass, Asterix-Hefte, alles mit Steuergeldern angeschafft, kein Wunder, dass die jungen Leute keine Werte mehr kennen ...«

»Und dieser Gelehrte – der wird darüber sprechen?«, hatte die Hohe Frawe wissen wollen.

»Ich denke, er wird tiefer graben ... Im Grunde geht es um nichts weniger als den Begriff des Gesellschaftlichen im 21. Jahrhundert. Wir wollen da eine umfassende Ausarbeitung vorlegen, vielleicht wird daraus auch eine –«, er hatte gezögert und mit einem Anflug von plötzlichem Zweifel das angebissene Knäckebrot betrachtet, »wie soll ich sagen – eine institutionelle Mitarbeit.«

Jetzt, im Wald, überlegt Grassl, wie er das im Sinn der Hohen Frawe am besten ausdrücken würde. *Anstaltshafte* Mitarbeit? Oder gar eine *leitungsweise*? Auch für ihn kein so besonders schöner Gedanke. Der Herr Professor aus Freiburg könnte sonst wo Leute kennen ... Vergiss es. Ewig ist nirgends. Er verlässt den Wanderweg und folgt behutsam einem Pfad entlang einer Fichtenschonung. Rechts neben ihm liegt ein Buchenwald, dessen glatte helle Stämme er mehr ahnen als sehen kann. Weiter vorne ist ein Wanderparkplatz. Vorsichtig sucht er sich seinen Weg, schließlich bleibt er stehen und horcht.

Der Wald schweigt. Grassl geduldet sich. Zeit muss man haben, sonst hat es keinen Sinn. Das Ohr muss sich auf die Geräusche des Waldes einstellen, auf das Rascheln der Tiere und auf das, was sonst noch zu hören ist. Man muss ein Teil des Waldes werden, Teil der Dunkelheit, unsichtbar und unhörbar.

Hoch und klagend schreit ein Vogel. Ein Käuzchen? Grassl überlegt, ob er sich vorsichtig durch die Schonung hindurch auf den Parkplatz zubewegen soll. Er würde sogar sehr vorsichtig sein müssen. Irgendetwas liegt in der Luft. Manchmal fahren sie mit ihren Autos bis unter die Bäume.

Er schiebt sich an einer Jungfichte vorbei.

Das matt glänzende schwarze Auto steht so unmittelbar vor ihm, dass er beinahe gegen die Fahrertür gelaufen wäre. Grassl spürt, wie sein Herz bis zum Hals schlägt. Für einen Augenblick überkommt ihn das dringende Verlangen, sich umzudrehen und durch die Schonung zu brechen und davonzurennen, so schnell ihn die Füße tragen.

Doch in dem Wagen rührt sich nichts. Niemand ist darin. Es ist ein schwarzer BMW mit einem Rennlenker und gelben oder jedenfalls hellen Lederpolstern. Grassl legt die Hand auf die Motorhaube. Sie ist noch warm.

Er überlegt. Wenn *sie* ausgestiegen waren und hier irgendwo zwischen den Fichten liegen, hätte er sie längst hören müssen. Aber er hatte nichts gehört.

Also ist es etwas anderes. Ein einzelner Mann? Jedenfalls keiner aus dem Dorf. Keiner der jungen Leute von dort hat ein solches Auto. Aus seiner Hosentasche holt er den Schlüsselbund mit der Minilampe, bückt sich und sieht sich das Kennzeichen an, wobei er den Lichtschein mit der Hand abschirmt. Der BMW ist in Stuttgart zugelassen.

Womöglich jemand wie …? Grassl verzieht das Gesicht. Der Wagen ist nicht klug geparkt. Überhaupt nicht klug. Falls es kritisch wird, muss der Fahrer mit dem BMW ja auf den Wanderparkplatz zurückstoßen.

Na ja, du wirst schon sehen, wie dir das bekommt.

Behutsam schiebt er sich an den Jungfichten vorbei und gelangt in ein Waldstück mit älteren Bäumen. Er umgeht den Wanderparkplatz, bis er zu einem Holzstoß am Waldrand kommt, von dem aus er sowohl den Parkplatz als auch die Zufahrt zu ihm einsehen kann. Es ist ein günstiger Standort, denn wenn er sich umdreht, überblickt er den Waldrand links davon und die Hochfläche mit den Wacholderweiden bis hin zum Gelände der Johannes-Grünheim-Akademie.

Er holt sein Fernglas hervor und stellt es ein. Es ist ein Nachtsichtgerät, wie es eine Blondine in einem Outdoor-Katalog um den Hals hängen hatte. Die Blondine steckte in Springerstiefeln und einem fleckfarbenen Bustier.

Der Parkplatz ist leer. Er zuckt mit den Achseln und beginnt, mit dem Glas den Waldrand abzusuchen.

Auch da ist niemand. Vielleicht ist es noch zu früh am Abend. Er wendet sich nach rechts, zur Akademie, und bekommt zunächst nur das dunkle Dach des Gästehauses ins Blickfeld. Dann plustern sich die Kronen der Kastanien, satt und dunkelgrün, vor dem Nachthimmel auf und schimmern im Widerschein des Lichtes, das aus dem Akademiegebäude fällt. Licht brennt nicht nur in Zundts Arbeitszimmer, sondern auch in den Bibliotheksräumen im ausgebauten Walmdach und unten im Erdgeschoss. Grassl kann einen Schatten sehen, der sich im Arbeitszimmer hin und her bewegt.

Was treibt Zundt da? Um diese Zeit hockt er sonst vor dem Fernseher, trinkt Portwein und schlummert sanft in die Schlafenszeit hinüber, während die Hohe Frawe ihre Tarotkarten legt. Vermutlich tut sie das auch jetzt, denn im Brentano-Salon brennt Licht. Die Hausmeisterwohnung hingegen ist dunkel.

Freißle sitzt also schon im »Waldhorn«. Grassl geht mit dem Fernglas noch einmal den Waldrand ab. Nichts. Vielleicht liegt es daran, dass er gewohnt ist, auf andere Hinweise zu achten. Die Stelle, an der die Dunkelheit auf andere Weise dunkel ist als die Bäume darum herum, hätte er fast übersehen. Er ist mit dem Fernglas schon darüber hinweg, als er innehält und noch einmal den Waldrand davor absucht.

Beim zweiten Hinsehen wundert er sich, dass es ihm nicht gleich aufgefallen war.

Unter dem Schutz einer ausladenden Buche steht ein Mann, dunkel gekleidet und an den Stamm gelehnt. Angelehnt hat er sich, um sein Fernglas besser halten zu können.

Der Kollege. Wenn man ihn so nennen kann. Aber wieso hat er es auf die Akademie abgesehen?

Donnerstag, 29. Juni

In einem Büro des Neuen Baues, dem Sitz der Ulmer Polizeidirektion, ist die Kriminalkommissarin Tamar Wegenast – Dezernat I, Kapitalverbrechen – damit beschäftigt, Ablagekörbe aus Plastik mit Papierservietten auszulegen und Butterbrezeln darin zu arrangieren. Auf dem Tisch, auf den sie die Körbe stellt, steht außerdem eine Batterie von Weinflaschen, Großbottwarer Trollinger für den, der Rotwein vorzieht, und Auggener Schäf Gutedel.

»Die Kollegen werden ja so intelligent sein und Gläser mitbringen?«, fragt sie einen älteren Mann, der sich über eine herausgezogene Schreibtischschublade gebeugt hat.

»Schauen Sie, was ich gefunden habe«, antwortet der Mann und richtet sich wieder auf. Er steckt in einem grauen Glencheck-Anzug und hat sich zu einem blauen Hemd eine rote Krawatte umgebunden. »Eine alte Ausgabe von Johann Peter Hebels Kalendergeschichten.« Er lächelt verlegen und hält einen in verblasstes rotes Leinen gebundenen Band hoch. »Ich erinnere mich, dass ich das irgendwann im Herbst bei einem Antiquar gekauft habe. Als Trost. Es war nasskalt und neblig, und ich hätte mich am liebsten damit nach Hause verkrochen. Aber ob das jetzt drei oder fünf Jahre her ist, weiß ich wirklich nicht mehr.« Dann bemerkt er Tamars Blick.

»Entschuldigen Sie. Zur Intelligenz der Kollegen möchte ich mich eigentlich nicht mehr äußern. Für die Beschaffung von Trinkgefäßen wird es wohl reichen.«

Kriminalhauptkommissar Berndorf, Leiter des Dezernats I, hat sich an diesem Morgen sorgfältiger als sonst rasiert und den noch am besten erhaltenen Anzug herausgesucht. Dies ist ein besonderer Tag, in wenigen Minuten wird ihm Kriminalrat Englin die Entlassungsurkunde überreichen, und wenn das überstanden ist und die unsäglichen Worte über den Kollegen, *dessen Rat uns immer willkommen sein wird,* wenn das Händegeschüttel vorbei ist und der Umtrunk – dann wird Berndorf ein freier Mann sein, frei, zu tun und zu lassen und zu lesen, was immer ihm gefällt.

Oder in das schwarze Loch zu fallen.

Markus Kuttler stößt die Türe auf und schleppt zwei Plastiktüten voll Flaschen ins Zimmer. »Ich hab' noch Mineralwasser besorgt«, erklärt er. Kriminalkommissar Kuttler wurde im Frühjahr vorübergehend in das Dezernat I abgeordnet und wird jetzt, nach Berndorfs Abschied, wohl länger bleiben.

»Übrigens hab ich Englins Sekretärin auf dem Gang getroffen. Der Herr Kriminalrat brütet schon den ganzen Morgen über seiner Ansprache. Sein Papierkorb muss voller Entwürfe sein. Wenn ich ein besonders schönes Exemplar finde, lass ich es rahmen und schenk' es Ihnen.«

»Machen Sie sich nicht unglücklich. Die Staatsanwaltschaft hängt Ihnen ein Verfahren wegen Verletzung des Dienstgeheimnisses an.«

Das Telefon klingelt. Tamar Wegenast nimmt den Hörer ab und meldet sich. Mit schmalen Augen sieht sie zu Berndorf hinüber.

»Das geht jetzt schlecht, Kollege«, sagt sie dann. »Wir haben gleich Dienstbesprechung.«

Der Gesprächspartner lässt nicht locker.

»Danach wird es erst recht nicht gehen. Aber das erklärt er Ihnen vielleicht doch besser selbst.« Mit einer resignierenden Geste reicht sie den Hörer zu Berndorf, der ihn nimmt und sich meldet, an den Schreibtisch gelehnt.

Am Telefon ist ein Beamter der Polizeidirektion Heidelberg. »Hauptkommissar Berndorf? Entschuldigen Sie bitte, wenn mein Anruf ungelegen kommt. Aber sagt Ihnen der Name Troppau, Wilhelm Troppau etwas?« Berndorf antwortet nicht.

»Kollege, sind Sie noch da?«

»Ja«, sagt Berndorf schließlich. »Der Name sagt mir etwas. Was ist mit ihm?« Er greift sich einen Stuhl und setzt sich an seinen Schreibtisch, sodass er Tamar den Rücken zuwendet.

»Suizid. Troppau hat sich aufgehängt. Vermutlich gestern, gegen Abend, meint der Arzt.« Die Stimme am Telefon wird zutraulich. »Eine Nachbarin hat durchs Fenster gesehen, dass in seiner Wohnung ... also dass da einer hing, und hat die Kollegen vom örtlichen Revier in Sandhausen, hier bei Heidelberg, angerufen.«

»Und die Kollegen haben ihn dann gefunden?«

»Und heruntergenommen, ja. Wir haben ihn inzwischen zweifelsfrei identifiziert, und ein Fremdverschulden können wir auch ausschließen. Aber warum ich Sie anrufe – wir haben bei dem Toten einen Brief gefunden. Er lag auf dem Tisch, neben dem die Leiche hing.«

Berndorf wartet.

»Der Brief ist an Sie adressiert.«

Wieder Schweigen. Diesmal fragt der Heidelberger Kollege nicht nach.

»Wilhelm Troppau war ein Kollege«, sagt Berndorf schließlich. »Aber das wissen Sie sicher schon. Wenn Sie einverstanden sind, möchte ich mir alles ansehen, nicht nur den Brief.«

Wenig später legt er auf. Tamar schaut zu ihm hin. Was hat er? Er steht auf und dreht sich zu ihnen um. In seinem Gesicht hat sich ein Ausdruck eingenistet, den Tamar nicht deuten kann. Für einen Moment hat sie das Gefühl, sie stehe jemand anderem gegenüber, einem ratlosen, überforderten jungen Mann.

»Entschuldigen Sie mich in der Konferenz. Erzählen Sie irgendwas. Dass ich dringend nach Heidelberg muss. Ist ja auch wahr. Und laden Sie an meiner Stelle die Kollegen ein. Sie sollen mich *in absentia* zum Teufel schicken.«

Er packt den Hebel-Band und einen Stapel voll geschriebener Notizblöcke in seine Tasche und wendet sich zum Gehen.

»Chef, das können Sie nicht machen«, protestiert Tamar. »Das ist ein Affront für die Kollegen. Auch für uns.«

Berndorf ist bereits an der Tür. Er wendet sich noch einmal zu Tamar. »Kein Affront. Es geht nicht anders.«

»Kann ich wenigstens erklären, dass Sie dienstlich in Heidelberg sind?«, will Tamar wissen.

»Es ist dienstlich, aber nicht nur.«

»Mehr wollen Sie mir nicht sagen?«

»Nein«, sagt Berndorf und sieht sie ruhig an. »Mehr will ich nicht sagen.« Er verlässt das Büro.

»Jetzt hab ich das Mineralwasser für die Katz hochgeschleppt«, sagt Kuttler. »Von den anderen trinkt das doch keiner.«

»Wer, bitte, hat diesen lausigen Kaffee verbrochen?«, fragt Elfriede Pirschka (Deutsch, Geschichte) und hält anklagend den Porzellanbecher hoch, den ihre langen knochigen Finger mit den rot lackierten Nägeln umklammert halten wie ein besonders glitschiges Opfer. Niemand antwortet.

»Warum bricht eigentlich in dieser Anstalt zum Schuljahresende regelmäßig der kollektive Irrsinn aus?«, fährt sie fort. »Der Kaffee wird immer lausiger, die Konversation gefriert ein, und in der Aula treiben sie ich weiß nicht was.«

Wieder antwortet niemand. Sie zuckt mit den mageren Achseln und sieht sich um. Ihr Blick fällt auf Hilffreich (Eberhard, ev. Religion). »Pfarrerchen, erklär mir das mal. An Pfingsten haben wir doch die Aussendung des Heiligen Geistes, oder hab ich das falsch verstanden? Gibt es auch so etwas wie die Aussendung des allgemeinen Dummtreibens? Also dass die Leute nicht in Zungen reden, sondern alle Internet-Aktien kaufen oder deutsche Schlager singen und Festansprachen üben?«

Hilffreich quält sich ein ratloses Lächeln ab. Birgit sieht von ihrem Arbeitsplan auf. »Den Kaffee habe ich gekocht, meine

Liebe, und wenn er ein wenig dünn geraten ist, so liegt das daran, weil nicht mehr Kaffee da war. Wenn mich nicht alles täuscht, wärest du an der Reihe gewesen, neuen zu besorgen.« Sie vertieft sich wieder in ihren Plan. Etwas fehlt noch. »Aber wenn solche Regeln nicht eingehalten werden«, fügt sie mit kätzchensanfter Stimme hinzu, »ist es kein Wunder, dass das allgemeine Klima hier gegen den Nullpunkt tendiert.«

Ich hätt' sie noch sollen Elfriede nennen.

Die Tür des Lehrerzimmers geht auf und Hubert tritt ein. Wie immer bewegt er sich ein wenig zu beschwingt, als sei er im Begriffe, das Podium eines Konzertsaales sowie die Herzen des versammelten Publikums im Sturm zu nehmen. Am Fenstertisch steht Miriam Bachfeld (Englisch, Sport) auf und huscht zu ihrem Schrank.

»Bertie«, sagt Pirschka, »geh nicht so. Du brichst mir sonst noch einmal das Herz.«

Dann schenkt sie Birgit ein schmelzendes Lächeln, als könne sich beim Anblick von Hubert Höges Hintern doch niemand mehr über Kleinigkeiten wie einen nicht gekauften Kaffee echauffieren.

Hubert bleibt stehen. »Pirschka«, sagt Hubert, »du hast doch nachher die 12b?«

Nicht schon wieder, denkt Birgit. »Hab ich, Bertieschatz.«

»Ich muss dir Bettina entführen. Die Übergänge bei ihrem Auftritt klappen noch nicht.«

»Schatz«, antwortet die Pirschka und klappert mit den Augenlidern, »warum willst du Bettina entführen? Entführ doch lieber mich. Meine Übergänge klappen immer. Schau – gestern hab ich mir deine Homepage über neue Platten angetan, ich war so etwas von hin und weg, eine Stelle hab ich mir aufgeschrieben, Moment« – sie setzt ihre Lesebrille auf und holt sich einen Zettel aus ihrem Notizbuch, »hier: *flockig weggedreschter Garagenbeat, mit bizarren Loops und Samples overstylt* ... Ich hab auf der Stelle einen Orgasmus von gehabt.«

»Elfriede«, sagt Birgit warnend, diesmal mit ausgefahrenen Krallen in der Stimme.

Elfriede Pirschka zieht eine Grimasse, stellt den Becher ab und geht zu ihrem Platz. »Hol dir von meinen Schülern, wen du willst. Oder von meinen Schülerinnen.« Ein anzügliches Grinsen huscht über ihren Mund. »In dieser Anstalt ist offenbar alles wichtig, nur nicht der Unterricht.«

»Danke«, sagt Hubert und setzt sich, Birgit gegenüber, an ihren Tisch. Mit einer mechanischen Geste nimmt er seine Bifokal-Brille ab und beginnt, sie mit einem kleinen weißen Tuch zu putzen. Birgit mag es nicht, wenn er die Brille abnimmt. Seine Augen sehen dann klein und müde aus, als wäre aller Schwung nur eine Maske gewesen, an die Brille angeheftet und mit ihr abgelegt.

»Wenn du willst, kannst du nachher den Wagen haben«, sagt er. »Ich weiß nicht, wann ich heute hier rauskomm. Mit den Dekorationen gibt es auch noch Ärger.«

Du weißt nicht, wann du hier rauskommst. Aus was oder wem raus? »Ist mir recht. Ich muss sowieso noch Katzenfutter holen.«

Auf dem erhöhten Richtertisch stecken die drei Berufsrichter die Köpfe zusammen und tuscheln. Dann zieht der Vorsitzende Richter das Mikrofon zu sich heran und teilt mit, dass nun doch noch weitere Zeugen geladen werden müssten und die Verhandlung deshalb bis zum Nachmittag unterbrochen werde. Die beiden Burschen auf der Anklagebank grinsen. Der Mann im dunklen, schmal geschnittenen Anzug neben ihnen hebt die Augenbrauen.

Erleichtert steckt sich Franziska Kugelschreiber und Notizblock in die Jackentasche. Wieder ein Vormittag, an dem sie nichts verdient hat. Aber wenigstens kann sie diesen fensterlosen Saal verlassen, den sie schon immer als beklemmend empfunden hat, dunkel, schäbig, schlecht beleuchtet, von miserabler Akustik, eine Vorhölle. Die ihr hier eintretet, lasst alle Hoffnung fahren! Irgendwann wird sie eine Geschichte über die Schwurgerichtssäle der Republik schreiben, einen Rundgang durch die Architektur der Einschüchterung, vom gemütlichen dielenknarrenden bayerischen Schwurgericht mit dem Kreuz und den knackig langen Freiheitsstrafen über die Stuttgarter Festungsarchitektur zum wilhelminischen Götterdämmerungstribunal in Braunschweig. Und Mannheim wäre das Exempel für die Verbunkerung der Justiz.

Ja, irgendwann.

Eisholm, einer der Verteidiger, den Talar über den Arm gehängt, kommt auf sie zu. »Da werden Sie heute aber wenig Honig gesaugt haben«, sagt er. Er ist ein hagerer groß gewachsener Mann mit grauer Mähne und hellen Krähenaugen.

Franziska zuckt mit den Schultern. »Was halten Sie von einer netten kleinen Geschichte über skrupellose Anwälte, die einen Prozess bis zum Nimmerleinstag verschleppen?«

»Wer verschleppt denn hier? Was wollen Sie denn machen bei einer Anklage, die auf dem nackten brüllenden Nichts aufgebaut ist? Die Hände falten und sagen, ja, liebes Gericht, an der Anklage ist zwar nichts dran, absolut nichts, aber damit uns nur ja niemand Prozessverschleppung vorwirft, verurteilen Sie bitte meinen Mandanten und stecken ihn ins Loch ...«

Eisholm, zu diesem Behuf eigens aus München geholt, verteidigt den Mann im dunklen Anzug, einen Manager aus der mittleren Führungsebene eines Brauerei-Konzerns und dort für die Immobilien zuständig. Eine davon, eine heruntergekommene Kneipe mit noch heruntergekommeneren Wohnungen darüber, war abgebrannt, und in den Wohnungen hatte die Feuerwehr die verkohlten Leichen von zwei Sozialhilfeempfängern gefunden.

Franziska schüttelt den Kopf. Dann kommt ihr ein Gedanke. »Trinken wir einen Kaffee zusammen?«

»Gerne«, meint Eisholm und lächelt geschmeichelt. Er hat es schon immer für hilfreich fürs Image gehalten, wenn Journalistinnen den Kontakt zu ihm suchen.

Sie treten zusammen aus dem Gerichtsgebäude, das sich vor dem Anblick des Mannheimer Schlosses auf der anderen Seite der Allee klein und unbedeutend ausmacht. Es ist wieder heiß geworden, am Abend soll es Gewitter geben.

»Sie können mir dann erklären, warum es *nicht* den Gepflogenheiten Ihres Mandanten entspricht, diese Bruchbude abfackeln zu lassen, und was in dieser Branche überhaupt geschäftsüblich ist.«

»Ich sag dir, ich war hackedicht zu, so was von breit und knülle, ich hab dem Prof seinen Assi für Kowalskis Fuchs gehalten, das ist auch so ein bebrillter Warmduscher ...«

Der Zug rollt über den Viadukt bei Bietigheim. War das der Neckar? Unsinn, es ist die Enz. Berndorf schließt die Augen und versucht, den jungen gesichtsfleckigen Mann am Fensterplatz ihm gegenüber telekinetisch aus seinen Gedanken und – vor allem – aus dem Zug zu entfernen. Irgendwie geht es nicht. Er öffnet die Augen wieder und schlägt den Hebel-Band auf.

... und sie saumte vergeblich selbigen Morgen ein schwarzes Halstuch mit rotem Rand für ihn zum Hochzeitstag, sondern als er nimmer kam, legte sie es weg und weinte um ihn und vergaß ihn nie. Unterdessen wurde die Stadt Lissabon in Portugal durch ein Erdbeben zerstört, und der Siebenjährige Krieg ging vorüber, und Kaiser Franz der Erste starb, und der Jesuitenorden wurde aufgehoben ...

»... sach mal, kannste mir ein' Gefallen tun? Ich hab nachher eine Klausur bei Gallenheimer, er reitet gerade auf der mittelbaren Täterschaft herum, ich weiß nicht, was ich mit diesem konstruierten Zeug soll, klar, wenn ich einen Depp mit einer Knarre losschicke und der legt Leute um, bin ich dran, aber wann passiert so etwas, außerdem kann ich mit meinem Kopf keine Klausur schreiben ...«

Berndorf lässt das Buch sinken. Das Handy ist die Narrenpritsche unserer Zivilisation. Lärmend teilt es mit, dass die Leute keinen Anstand und keinen Verstand mehr haben. Die elektronische Nabelschnur für eine Generation, die keinen Augenblick mehr allein sein kann.

Gleichmäßig und einschläfernd schottelt der D-Zug über die Gleise, grau zerbröselt Zeit vor seinen Augen, warum wird er so müde, er hat gestern doch gar nicht ...?

… und Polen geteilt, und die Kaiserin Maria Theresia starb, und der Struensee wurde hingerichtet, Amerika wurde frei, und die vereinigte französische und spanische Macht konnte Gibraltar nicht erobern …

Wieder lässt er den Band sinken. Waldhänge und Felder ziehen vorüber, As time goes by, die Tagesschau flimmert schwarzweiß, vor dem Denkmal des Warschauer Aufstandes fällt Willy in die Knie, so nicht, sagt Rainer Barzel, Wienand schleppt seine Aktentasche durch dunkle Flure, kauft ihr vier, kauf ich fünf, gerne trinkt Jule Steiner noch einen Schoppen, die Segelohren haben nichts dagegen, dass Guillaume mit nach Norwegen fährt, Onkel Herbert besorgt schon mal einen Strauß roter Rosen …

Irgendetwas jault im Abteil, wie es sonst nur ein vergessener Wecker in der Reisetasche fertig bringt. Der junge Mann blickt strafend aus seinen roten Schnapsaugen.

Berndorf sieht suchend um sich. Dann fällt es ihm ein. Es ist kein Wecker, und es ist auch nicht in der Reisetasche. Es ist sein Handy, und es steckt in seiner Jackentasche, und während er es herauszuziehen versucht, jault das Ding weiter und verhakt sich mit seiner Stummelantenne im Taschenfutter und stülpt es um. Schließlich hat er es herausgefingert und meldet sich.

Es ist Barbara. Er hätte es sich denken können.

»Darf ich dir gratulieren? Hast du's überstanden?«

»Jein«, antwortet Berndorf lahm.

»Ihr feiert noch, oder was ist das für ein Geräusch?«

»Ja. Nein. Die Kollegen feiern, hoffe ich doch. Das Geräusch ist der Zug. Ich sitz im Zug nach Heidelberg. Komischerweise ist es ein D-Zug. Ich wusste gar nicht, dass es den noch gibt.«

»Wo, bitte, bist du?« Das *bitte* klingt eisgekühlt.

»Im Zug nach Heidelberg. Es hat da einen …« Er zögert und sieht sein Gegenüber an.

Der junge Mann hat zu telefonieren aufgehört und sich die Kopfhörer eines Walkmans aufgesetzt. »Ein Todesfall. Um mit Johann Peter Hebel zu sprechen, es hat sich einer mit des Seilers Tochter kopuliert. Eine späte Verbindung, aber sie hat gehalten, was sie halten sollte.«

»Ein Todesfall, wie originell. Ich denke, das hat dich nichts mehr anzugehen?« Jetzt ist der ganze Satz tiefgefroren.

»Dieser Fall schon. Er hat eine Vorgeschichte. Du kennst sie.« Der Zug nimmt Fahrt auf.

»Ich versteh dich nicht. Wen oder was kenne ich?«

Das Abteil verdunkelt sich. Der Zug taucht in einen Tunnel. Die Verbindung bricht ab.

Berndorf schaltet das Handy aus.

»Das sind doch alles Klischees«, sagt Eisholm und klopft aus einem Plastikdöschen zwei Süßstofftabletten in seinen Kaffee. »Diese Schauergeschichten von den Immobilienhaien, die die Gasleitungen ansägen lassen, um ihre Mieter in die Luft zu sprengen, ich bitte Sie! So etwas mag es früher vielleicht einmal gegeben haben ... Heute wäre das viel zu plump.«

»Und was gilt in dieser Branche als elegant? Explosionen, mit dem Handy ferngezündet?« Missvergnügt betrachtet Franziska ihr Gegenüber. Sie hätte ihn nicht sollen einladen. Das hurtige Gerede dieser Leute ist wie ihr Kaffee. Zu viel Süßstoff.

»Ich bin Strafverteidiger«, sagt der Anwalt, »Mietsachen sind eine andere Baustelle. Aber schauen Sie doch, wie das hier gelaufen ist. Ein altes baufälliges Haus, der Besitzer – Eigentum verpflichtet! – will abreißen lassen und einen Neubau hinstellen. Wissen Sie, wie sich das hinzieht? Eine Behörde setzt die andere ins Brot, immer neue Auflagen und Anforderungen, und plötzlich meldet sich das Sozialamt und sucht eine Bleibe für Leute, die ein Akzeptanz-Problem haben. Mein Mandant sagt, na gut, lassen wir sie mit befristeten Mietverträgen herein.« Er nimmt einen Schluck von seinem Kaffee, verzieht das Gesicht und greift nach seiner Süßstoffdose. »Die Baugenehmigung lässt noch immer auf sich warten, die Leute mit dem Akzeptanz-Problem haben sich eingerichtet und wollen nicht mehr heraus, das Haus kommt immer weiter herunter ...«

»Und irgendwann brennt die Bude dann ab. Sehr praktisch.«

»Kein Grund zur Häme«, sagt Eisholm. »Die Miete für diese Leute kam vom Sozialamt. Das ist sicheres Geld. Auch wenn in diesem Land alles Pleite geht, wird es noch immer das Sozialamt geben. Warum sollte mein Mandant sicheres Geld in den Wind schlagen? Wozu investieren, wenn das ein solcher Umstand ist? So lukrativ ist das ja gar nicht mehr, einen Neubau hinzustellen, nicht in dieser Lage, nicht mit einer anatolischen Nachbarschaft ...«

»Sie wollten mir erklären, wie es aussieht, wenn die Branche Ihres Mandanten subtil wird. Was macht mein Vermieter, wenn er mich aus meiner Dachstockwohnung heraushaben will, weil das ein schickes Penthouse werden soll?«

Die Krähenaugen blicken sie merkwürdig, fast abwesend an. »Sie wohnen im Dachgeschoss? Da haben Sie sowieso keine Chance. Da ist dann plötzlich das Wasser weg, weil der Druck leider nicht ausreicht, veraltete Installation, Sie verstehen? Und Sie wissen doch, wie das dauert bei den Installateuren. Und das Treppenhaus muss umgebaut werden, und ein Lift muss her, wenn Sie Glück haben, erreichen Sie ihre inzwischen unheizbare Wohnung übers Außengerüst ...«

»Und wenn ich mir das alles nicht gefallen lasse, ins Hotel ziehe und den Vermieter verklage?«

Wieder streift sie dieser kurze, wie zufällige Blick. »Ich weiß nicht, ob ich Ihnen das raten würde.« Er schüttelt den Kopf. »Den Leuten passiert so schnell etwas. Sie halten mit Ihrem Auto vor der Ampel, und ein Lastwagen kann nicht bremsen. Oder Sie haben einen Termin abends, Sie wissen doch, was für Leute sich heutzutage auf den Straßen herumtreiben, Leute, die mir nichts, dir nichts zum Messer greifen ...«

Er trinkt seine Tasse aus. »Nein, ich würde Ihnen raten, sich gütlich zu einigen. Wenn Ihnen eine Abfindung geboten wird, nehmen Sie sie und gehen.«

»Und wenn er nichts bietet?«

»Gehen Sie trotzdem.«

Vor der Zufahrt zu der Waschstraße steuert Birgit den Peugeot nach rechts in eine der Haltebuchten, an denen Münzstaubsauger aufgestellt sind. Sie steigt aus, holt die Fußmatten heraus und sieht sie sich dabei an. Außer weißlichem Staub und den Kiesbrocken, die nach Lehrerparkplatz aussehen, ist nichts zu entdecken. An einer Stelle kleben noch immer Reste von dem Kaugummi, in den Hubert einmal hineingetreten sein will.

An einem Blechgestell klopft sie die Matten aus. Hingebungsvoll kniet neben ihr ein junger Mann in einem goldmetallic lackierten Opel sonst was und hantiert mit Staubsauger und Eselsgeduld zwischen irgendwelchen Polstern. Aber wenn deine Freundin will, dass du beim Hausputz hilfst, schaust du sie kariert an, denkt Birgit und betrachtet den in eng sitzende Jeans eingezwängten Hintern, der aus dem Wagen herausragt. Auch nicht schlecht.

Im Polster des Fonds findet sie eingeklemmt einen ihrer alten Drehbleistifte und leider nicht das kleine Kettchen mit dem Amethyst, das sie seit Wochen vermisst. Im Seitenfach der Fahrertür stecken zusammengeknüllt zwei Parkscheine, sie faltet sie auseinander, die Parkscheine stammen von einem Automaten am Hauptbahnhof, der eine war am 20., der andere am 13. Juni ausgestellt, der eine um 22.24 Uhr, der andere um 22.26 Uhr, und beide für jeweils eine Viertelstunde. Sie schaut in ihrem Taschenkalender nach, beides waren Dienstage gewesen, dienstags war sie im Literaturzirkel, zum Literaturzirkel ging sie zu Fuß.

Wen bringt er da zum Zug?

Bettina wohnt? Irgendwo draußen. Neckargemünd? Wenn das so ist, warum bringt er sie dann nicht mit dem Peugeot dorthin?

Na klar. Sie will dort nicht mit ihm gesehen werden.

Unsinn. Er muss sie ja nicht bis vors Elternhaus fahren.

Sie steckt die beiden Parkscheine ein; sicherheitshalber wird sie im Fahrplan nachsehen, welche Nahverkehrszüge um oder kurz nach 22.30 Uhr vom Hauptbahnhof abfahren, vermutlich in alle Richtungen um diese Zeit, überhaupt kann es für die Zettel völlig harmlose Erklärungen geben. Was für eine hirnlos eifersüchtige Ehefrau ist sie doch, sich wegen zweier Parkscheine weiß der Henker was einzubilden!

Dann sieht sie noch im Aschenbecher nach, natürlich ist dort keine Kippe mit Lippenstiftspuren, es ist überhaupt keine Kippe darin, keiner von ihnen raucht, Bettina ihres Wissens übrigens auch nicht, im Aschenbecher liegt nur ein kleines weißes Plastikstück, wie von einer Verpackung abgerissen, Birgit setzt ihre Lesebrille auf, das weiße Plastik ist innen beschichtet. Sie tastet nach dem klebrigen Zeug.

Das Plastik war feucht beschichtet.

Angeekelt schleudert sie es von sich. Ihre Hand tastet nach dem Dach des Peugeot, mit zitternden Knien lässt sie sich seitlich auf den Fahrersitz gleiten.

Nichts denken. Alles wegschieben. Nichts heranlassen.

»Is Ihnen nich gut?«

Opelbubi steht vor ihr. Goldkettchen um den Hals, tätowierte Unterarme.

Birgit öffnet die Augen und betrachtet das Goldkettchen. »Danke«, bringt sie heraus. »Alles okay.« Sie steht auf, sieht suchend um sich, bis sie das weiße Plastikstück auf dem Boden entdeckt, bückt sich und nimmt es auf und steckt es zu den beiden Parkscheinen. Dann wirft sie eine Mark in den Automaten ein und beginnt, den Wagen mit dem Staubsauger zu säubern, immerhin ist es das Mindeste, was mit dem Wagen jetzt getan werden muss.

Goldkettchen kehrt zu seinem Opel zurück.

Mechanisch legt sie die Fußmatten in den Wagen zurück, mechanisch fährt sie den Peugeot in die Waschstraße, dazu ist sie doch hergekommen, oder nicht? Ein Mann im Overall kommt zu ihr und kassiert und gibt auf zwanzig Mark zehn zurück, am liebsten hätte sie dem Overall die zehn Mark gelassen und ihm gesagt, nehmen Sie einen Schlauch und spritzen damit den Wagen von innen aus, so gründlich und fest es irgend geht …

Nein, Bettina nimmt nicht die Pille.

Birgit legt den Gang ein und steuert den Wagen auf die Rollbänder der Waschstraße.

Was mag sich Hubert gedacht haben, als sie … Klar doch. Du blöde Kuh, wenn du wüsstest.

Irgendjemand beginnt zu schreien. Wild fuchtelt der Mann im Overall mit den Händen vor der schaumbedeckten Frontscheibe. Dann versteht sie es.

»Links, links einschlagen!«

Birgit kurbelt am Steuer, der Peugeot rumpelt gegen die Gleitschiene, sie steuert zurück, durch den Schaum hindurch sind die Handzeichen fast gar nicht zu erkennen, immer fährt sie die Waschstraße falsch an, überhaupt hasst sie Waschstraßen. Ruckelnd wird der Peugeot von den beiden Rollbändern mitgetragen, Wasser trieft außen die Scheiben herab, wascht ab, wascht alles ab! Kreiselnd senken sich die Bürsten. Birgit lehnt sich zurück und schließt die Augen.

Hubert, das wirst du mir büßen.

Breitflächiges, bäuerliches Gesicht. Großporig. Stirnglatze. Die Augenbrauen buschig. Der Ausdruck um den Mund: abwesend. Entspannt. Keine Tabletten mehr. Das schwerblütige Leben ausgestanden.

Unsinn. Es ist der *Rigor mortis.*

»Sie erkennen ihn?« Faltenhauser. Der Kollege, der ihn am Heidelberger Hauptbahnhof abgeholt hat. Behutsam. Unauffällig.

»Ja«, sagt Berndorf einfältig. Er nickt zum Aufseher, einem braunhäutigen Mann mit ruhigen dunklen Augen, und der deckt den Toten sorgsam wieder zu.

Berndorf und Faltenhauser verlassen den klimagekühlten Raum und gehen durch die Korridore zum Besucherparkplatz hinaus in die Hitze. Fern im Westen, über dem Dunst von Mannheim und Ludwigshafen, baut sich eine Wolkenwand auf.

Berndorf hat sich sein Jackett ausgezogen und trägt es über

dem Arm. Mit der freien Hand nestelt er an seiner roten Krawatte und zieht sie aus dem Kragen. Dann stopft er sie in eine Jackentasche.

Faltenhauser hat bei der Herfahrt keinen Parkplatz im Schatten gefunden. Jetzt öffnet er alle vier Türen, um den aufgeheizten Dienstwagen etwas abkühlen zu lassen.

»Inzwischen haben diese Autos doch alle Klimaanlagen«, sagt er anklagend. »Ich weiß nicht, wie sie es fertig bringen, dass in unseren Blecheimern niemals welche sind.«

»Sie werden einen Aufpreis zahlen, dass sie wieder ausgebaut werden. Klimaanlagen gibt es erst ab Besoldungsstufe B 3.«

Faltenhauser nickt. »Da hätt' ich allerdings auch draufkommen müssen.« Sein Gesichtsausdruck wird wieder dienstlich. »Wollen Sie noch seine Wohnung sehen?«

»Wenn Sie noch so viel Zeit haben.« Red nicht so. So viel Zeit muss sein. Wilhelm Troppau war immerhin Kollege.

Leider.

Sie steigen in den Wagen, noch immer ist die Hitze nahezu unerträglich. Faltenhauser startet und kann, weil er den Wagen rückwärts eingeparkt hat, sofort losfahren. Sie haben die Fenster heruntergekurbelt, der Fahrtwind bringt Erfrischung. Aber es ist später Nachmittag, und auf der Zufahrt zur Neckarbrücke geraten sie in den Stau.

»Ich hab mir seine Personalakten angesehen«, beginnt Faltenhauser vorsichtig. »Diese Sache damals.«

Berndorf schweigt. Ja, diese Sache damals.

»Ein IRA-Terrorist, oder habe ich da was falsch verstanden?«

»Ich dachte, Sie haben die Akten gesehen?« Berndorfs Stimme wird unwirsch. »Offenbar meinen Sie den Mann, der damals erschossen worden ist. Brian O'Rourke. Ein Ire, allerdings. Hochgefährlich, diese Leute.«

Faltenhauser sieht unsicher zu ihm herüber. Die Blechschlange vor ihm kriecht um vier Wagenlängen auf die Ampel zu.

»Ja, ein Immobilienkaufmann. Taucht einfach hier auf und will in Mannheim eine Kneipe kaufen«, fährt Berndorf fort. »Im Auftrag einer Dubliner Brauerei. Damals kamen Irland und die irischen Pubs gerade sehr in Mode. *A pint of stout*, und dazu *My bonny is over the ocean* … Ich weiß nicht, was sie dann auf seiner Beerdigung gespielt haben.«

Faltenhauser runzelt die Stirn. »Sie haben aber doch damals diesen Einsatz geleitet?«

»Ja, Kollege«, antwortet Berndorf, »ich habe damals diesen Einsatz geleitet. Aber zur Beerdigung war ich nicht eingeladen.«

Faltenhauser greift zur Ablage und holt das mobile Blaulicht hervor und setzt es aufs Wagendach. »Wir kommen da sonst nie mehr hin.«

Noch immer ist es drückend heiß, aber die Sonne ist hinter einer machtvoll aufgetürmten Wolkenwand verschwunden. Franziska steht in ihrem Dachgarten und betrachtet die Dächer um sie herum und den Himmel. Efeu, Glyzinie und Geißbart müssen nicht gegossen werden, auch nicht die Töpfe mit den anderen Pflanzen. Dafür wird das Gewitter sorgen.

Am Nachmittag war sie noch in einer zweiten Verhandlung gewesen, bei einem sich ebenfalls seit Wochen hinziehenden Strafverfahren gegen zwei Direktoren einer regionalen Sparkasse, die mächtig in den Neuen Markt hatten einsteigen wollen und dabei noch mächtiger mit einigen hundert Millionen Mark Miesen bauchgelandet waren. An diesem Tag hätte der Vorsitzende des Verwaltungsrates aussagen sollen, ein Kommunalpolitiker, der sich jedoch an nichts erinnern konnte, für nichts zuständig gewesen war und in nichts eingeweiht. Mit einigen Anrufen hatte Franziska die Höhe der Aufwandsentschädigung herausgefunden, die der Kommunalpolitiker fürs Nichtwissen, Nichterinnern und Nichtstun bezog; es war – zusätzlich zu seinem Gehalt – ein Mehrfaches dessen, was sie selbst in einem guten Monat verdiente.

Sie hatte rasch ein kleines Feature darüber geschrieben,

aufs Wochenende hin war es noch schwieriger als sonst, eine größere Geschichte unterzubringen. Immerhin wird sie wenigstens diesen Beitrag ganz gut verkaufen können. Hinter ihr klingelt das Telefon. Sie geht in ihre Wohnung zurück und meldet sich. Es ist die Freundin aus der *Rundschau*, die sie bisher nicht erreicht hatte.

Wie immer, hat die Freundin schrecklichen Stress, aber wundervolle Projekte in Vorbereitung, Franziska müsse unbedingt wieder einmal kommen, und der Katze gehe es gut, »nur wird sie so entsetzlich dick, sie wird doch keine Jungen kriegen – was mach ich im Westend mit einem Wurf junger Katzen?«

Über die Helios Heimstatt GmbH & Co. KG weiß sie nichts, »es tauchen auch immer wieder neue Namen auf, aber ich frag mal unter den Kollegen von den Stadtteilausgaben nach, die sind näher dran«. Nein, größere Geschichten habe die *Rundschau* über dieses Thema nicht mehr gebracht. »Es ist nicht mehr *p.c.*, verstehst du?«

Franziska versteht nicht.

»Weißt du, diese ganzen Geschichten mit der Heizung, die mitten im Winter abgestellt wird, oder dem Treppenhaus, das ein paar Monate lang umgebaut wird – die kannst du alle vergessen, das machen sie vielleicht noch in der Pampa, nicht hier. Wenn hier im Westend oder in Bockenheim einer ein Wohnhaus leer kriegen will, dann muss er nur einen Mieter rauskaufen. Das geht immer. Und dann vermietet er diese eine Wohnung an eine Roma-Familie, das ist vom Magistrat sogar inzwischen vorgeschrieben, zehn Prozent der Wohnungen sollen an *randständige Familien* vergeben werden, auch so ein Begriff fürs Wörterbuch des Unmenschen … Und diese Roma sind ja ganz reizende Leute und können ganz wunderschön Gitarre spielen, aber wenn sie in der Wohnung unter dir im Badezimmer die Hühner schlachten, kommst du dann vielleicht doch ins Nachdenken.«

»Und wenn mir das nichts ausmacht? Vielleicht geben sie mir ja ein Hühnerbein ab.«

»Ach, dann wird sicher bald eine zweite Wohnung frei, und die wird dann an Aussiedler vermietet, die haben nämlich Anspruch auf weitere zehn Prozent, und dann zieht eine Familie aus Kasachstan ein, seien Sie vorsichtig, tuschelt dir der Hausverwalter zu, der Sohn war Soldat in Afghanistan und ist jetzt schwer traumatisiert, im Krieg hat er afghanischen Frauen die Brüste abgeschnitten, dabei ist er ganz ein lieber Kerl, aber wenn er zu viel Wodka erwischt, muss man die Küchenmesser wegschließen, sonst greift er sich eins und läuft durch Bockenheim und sucht nach afghanischen Frauen.«

»Das ist nicht wirklich wahr.«

»Du alte Zottel, darauf kommt es doch gar nicht an. Es genügt, was die Leute denken. Was sie so einem armen Teufel von Aussiedler zutrauen, der sich in Afghanistan vielleicht wirklich einen Schatten eingefangen hat. Und um es nicht noch schlimmer zu machen, bringen wir solche Tatarengeschichten auch gar nicht erst.«

Die Zweizimmerwohnung, in der Wilhelm Troppau zuletzt gelebt hatte, riecht muffig, nach Hausstaub und ungelüfteten Anzügen, ist aber so ordentlich gehalten, wie ein allein stehender Mann das fertig bringt. Sie ist klein und mit dunklen schweren Möbeln voll gestellt, Gelsenkirchener Barock aus den Fünfzigerjahren.

Berndorf und Faltenhauser stehen im Wohnzimmer, zwischen der dunkel gebeizten Kommode und einem schweren Tisch mit einer geblümten, stockfleckigen Decke. An der Wand gegenüber, neben einem Bücherbord, lehnt eine Trittleiter. Auf dem Teppich mit dem Persermuster markieren Kreidestriche, wo sie stand, als man Troppau gefunden hat.

Berndorf sieht zur Decke und betrachtet die beiden dort eingedübelten Haken.

»Doppelt genäht hält besser«, sagt Faltenhauser neben ihm. »Er muss ein vorsichtiger Mensch gewesen sein.«

»Ja«, sagt Berndorf, »wenn ihm die Zeit dazu blieb.« Er geht zu dem Bücherbord. Einige Klassikerausgaben im falschen

Halbleder einer Buchgemeinschaft, daneben die Bibel, das Liederbuch einer freikirchlich-evangelischen Gemeinde, medizinische Ratgeber. Berndorf bückt sich und zieht das Liederbuch heraus und schlägt es auf, das Lesebändchen ist bei dem Choral »Näher mein Gott zu Dir« eingelegt.

Berndorf klappt das Liederbuch wieder zu und stellt es zurück. Die Ratgeber haben Titel wie »Neuer Tag, neuer Mut«, »Die Depression bezwingen« oder »Jedem Anfang wohnt ein Zauber inne«, und auf den Schutzumschlägen blecken Psycho-Yogis ihre kostspielig sanierten Betrügergebisse.

»Kein Wunder.«

»Wie meinen?« Faltenhauser blickt stirnrunzelnd.

»Nichts«, sagt Berndorf. »Keine Briefe oder persönliche Unterlagen?«

»In der Kommode waren zwei Aktenordner. Wir haben sie erst einmal sichergestellt.«

»Könnte ich sie mir anschauen?«

Faltenhauser blickt unglücklich. »Wir haben die Ordner in der Direktion. Ich wollte heute eigentlich nicht mehr zurück.«

»Ich wollte sowieso bis morgen bleiben«, sagt Berndorf. Wieso eigentlich? Ich habe nicht einmal Gepäck dabei. »Geht das, wenn ich morgen Vormittag zu Ihnen komme?«

»Um zehn Uhr, vor unserer Dienstbesprechung?« Es klingt zurückhaltend. Berndorf nickt.

»Mit dem Brief können Sie nichts anfangen?«

Ach ja, Troppaus Abschiedsbrief. Faltenhauser hat ihm eine Kopie gegeben, noch auf dem Hauptbahnhof, wo er ihn abgeholt hatte. Das Original liegt bei den Akten.

»*Warum eine silberne Kette?* Nein, Kollege, das sagt mir nichts. Warum nicht Rosenknospe? Letzte Worte sind das Rätsel, das keiner mit Gewissheit löst.«

Birgit, allein zu Haus, hat den Computer eingeschaltet. Oberhalb des Bildschirms klebt der Zettel mit der Aufschrift *Mu$$ik*, dem Passwort für Huberts Homepage. Aber die Musik-Kolumne des Studienrats Höge interessiert jetzt nicht. Birgit hat die Zugauskunft der Bahn aufgerufen. Um 22.29 Uhr fährt vom Heidelberger Hauptbahnhof ein Nahverkehrszug nach Bruchsal, und um 22.38 Uhr einer nach Darmstadt.

Und wer nach Neckargemünd will, kann um 22.40 die Regionalbahn nach Heilbronn nehmen.

Birgit notiert sich die Abfahrtszeiten. Sie hätte sie sich vom Computer auch ausdrucken lassen können. Als Beweismaterial? So weit war es noch nicht.

Außerdem: Was beweisen die Abfahrtszeiten? Nichts. Birgit legt die CD-ROM mit dem Adressenverzeichnis ein. Ihre Idee war es nicht gewesen, sich so etwas zuzulegen.

Tatsächlich wohnt Bettinas Familie in Neckargemünd. Die Adresse klingt nach Odenwald-Hängen hoch über dem Tal, nach Südlage und gewiss nicht nach einem Reihenhaus mit handtuchgroßem Garten.

Sie lehnt sich zurück. Draußen ist es dunkler geworden. Birgit sieht es mit grimmiger Genugtuung. Was hat die Sonne an solchen Tagen zu scheinen?

Der Wetterbericht hat ein Gewitter angekündigt. Schön. Vielleicht wird der Blitz die beiden treffen. Coup de foudre.

Aber Hubert hat den Wagen gar nicht dabei. Wo also? Im Musiksaal? Du – gehaucht, über den Flügel gebeugt – du, ich hab so Angst, fühl doch nur, wie mein Herz schlägt.

Ach woher. Bettina wird einen eigenen Wagen haben. Was schenkt man bei Chefarzts der Tochter, dass sie damit Ficken fahren kann? Ein Käfer Cabrio? Birgit erinnert sich. Es geht im Käfer. Zwar nicht gut, aber es geht. Doch darf die Frau nicht zu dick sein. Plötzlich lächelt sie. Tückisch? Ja, tückisch. Vor allem nämlich darf sie keine zu dicken Beine haben.

Sie hört, wie die Haustür sich öffnet. Hubert. Nicht vom Blitz erschlagen! Wie denn auch. Das Gewitter hat noch gar nicht angefangen. Na schön. Hören wir, was er uns vorlügt.

»Da hab ich vermutlich gerade noch Glück gehabt. Das Gewitter muss jeden Augenblick losbrechen.« Er steht in der Tür zum Arbeitszimmer und hat die Brille abgenommen. »Du solltest den Computer besser ausschalten.«

Schweigend betrachtet sie ihn.

»Was ist?« Unsicher äugt sein brillenloses Gesicht zu ihr hin.

»Was soll sein?«

»Du siehst mich so an, ich weiß nicht wie.«

»Dann weiß ich es auch nicht. Bist du zufrieden mit deinem Nachmittag?«

Hubert setzt sich seufzend auf den Drehstuhl vor der Regalwand, in der sie beide ihre Unterrichtsmaterialien untergebracht haben.

»Der Chor!«, sagt er. »Ich will ja nichts Übermenschliches von ihnen. Nur einen klaren, hellen, klingenden Ton. Aber diese Wohlstandskinder schaffen es nicht.«

»Ich dachte, du hast mit Bettina … geübt.«

Hubert Höge schüttelt kurz den Kopf. »Ich weiß nicht, was du immer mit Bettina hast. Da ist kein Problem. Die bringt das.« Oh ja. Die bringt das. Nicht nur das. Birgit dreht sich wieder dem Computer zu und geht aus dem Programm.

Der Tee wird im Tiberius-Fundel-Salon gereicht. Auf dem ovalen Mahagonitisch ist für vier Personen gedeckt, Meißner Porzellan, Zwiebelmuster preußischblau. Von den zartrosa gestreiften Tapeten wandert der Blick durch die mit Sprossen aufgeteilte Fensterfront auf die grüne Wand der Stangenbohnen, zwischen denen Ringelblumen gepflanzt sind. Margarethe Zundt, weiße Bluse mit bestickten Borten, das lange weißblonde Haar mit einem violetten Band im Nacken zusammengefasst, lässt es sich nicht nehmen, selbst einzuschenken. Bräunlich und wässerig ergießt sich der Aufguss in die Tasse des Besuchers.

»Kakaoschalen-Tee«, erklärte sie. »Anregend, aber schonend. Wenn sie ihn erst kennen gelernt haben, schwören alle unsere Gäste darauf, nicht wahr, Gerolf?« Zundt schreckt hoch und sortiert seine Gesichtsfalten zu eilender Zustimmung.

»Ich bin sicher, gnädige Frau, dass ich keine Ausnahme machen werde«, antwortet der Besucher höflich. Ernst Moritz

Schatte ist ein hagerer Mann, nach Grassls Schätzung zwischen 50 und 60 Jahre alt, etwas größer als er selbst, mit einem Gesicht, in dem die vorspringende Nase auffällt und ein Mund, um den kaum merklich ein abschätziger Zug liegt. Die Augen sind dunkel, fast körperlich spürt Grassl den forschenden, misstrauischen Blick. Schatte trägt das dunkle, grau melierte Haar lang, aber im Nacken und über den Ohren sorgfältig ausrasiert.

Der Besucher nimmt vorsichtig einen Schluck. Grassl beobachtet ihn. Nichts geschieht. Grassl wirft einen Blick auf Zundt. Ihre Augen begegnen sich, und wie zwei ertappte Verschwörer wenden sie sich stracks voneinander ab und den Keksen aus Dinkelschrot zu.

Schatte setzt die Tasse wieder ab. »Vorzüglich«, sagt er dann. »Ich beglückwünsche Sie. In unserer amerikanisierten Zivilisation ist es gewiss alles andere als einfach, sich natürlich zu ernähren …«

Die Hohe Frawe findet, dass der Herr Professor Schatte hier einen wunden Punkt angesprochen hat.

Gleich kommen die Bohnen, denkt Grassl.

»Wenn Sie wüssten«, seufzt die Hohe Frawe, »welchen Kampf ich jedes Jahr führen muss, nur um Sägemehl aus unbehandeltem Holz zu bekommen. Für die Bohnen, wissen Sie. Es gibt kein besseres Mittel gegen Schnecken.«

Professor Schatte bedauert, dass solche Kenntnisse zunehmend in Vergessenheit gerieten: »Und die internationalen Konzerne reiben sich die Hände.« Damit leitet er über zu einem Exkurs über das Konsortium, das die Weltmarktpreise für Kakao kontrolliert. »Es wird Sie nicht überraschen, gnädige Frau, dass dieses Konsortium jüdisch beherrscht ist.«

Da haben sich zwei gefunden, denkt Grassl.

»Sie haben darüber gearbeitet?«, fragt Gerolf Zundt.

»Früher einmal«, antwortet Schatte. »Mein Beitrag darüber würde Ihnen aber kaum gefallen haben. Ich neige dazu, die Dinge sehr deutlich zu artikulieren. In Zeiten der ideologischen Nebelkerzen ist das nötig.«

»Unterschätzen Sie uns nicht«, meint Margarethe Zundt, deren Wangen sich leicht gerötet haben. »Mein Vater hat immer gesagt, in unserem Hause reden wir deutsch, also deutlich.«

Schatte wendet sich wieder ihr zu. »Ich habe das richtig eingeordnet – Ihr Herr Vater war Johannes Grünheim, der Gründer der Akademie hier?«

Fast unmerklich richtet sich Margarethe Zundt auf. »Die Akademie war sein Lebenswerk. Mein Gatte und ich sind sehr stolz, es weitergeführt zu haben.«

»Er hat doch ursprünglich ein«, Schatte zögert kurz, »ein Landschulheim geleitet. War das bereits hier auf diesem Gut?«

Margarethe Zundt bestätigt mit einem knappen Nicken.

»Hat er 1945 keine Probleme mit der französischen Besatzung bekommen?«, will Schatte wissen.

Dieser Besucher fragt sehr unverblümt, denkt Grassl. Wieder wirft er einen Blick auf Zundt. Unversehens haben sich dessen Gesichtsfalten zu taktvoller Zurückhaltung geordnet.

»Nein«, antwortet die Hohe Frawe knapp. »Warum sollte er?«

»Wissen Sie«, schaltet sich Gerolf Zundt ein, »als die französischen Soldaten hier mit ihren Panzerspähwagen vorfuhren, traten die Zöglinge draußen auf dem Hof an und sangen zur Begrüßung die Marseillaise. Die sprachen ja alle Französisch.«

»Und auf dem Stuhl, auf dem Sie jetzt sitzen, saß damals der französische Colonel, ein kleiner Mann mit gelber Gesichtsfarbe, und trank mit meinem Vater dessen letzten Bohnenkaffee.« Auch Margarethe Zundt hat wieder ins Wort gefunden. »Wir mussten dann das Gut trotzdem verlassen«, fährt sie fort und wirft einen wehmütigen Blick auf ihre Stangenbohnen. »In diesen düsteren Jahren nach 1945 war ja niemand vor Anfeindungen gefeit.«

Schatte nickt Anteil nehmend. »Aber Ihr Herr Vater hat das Gut zurückbekommen?«

»Das war 1952, nach der Zeit der Entrechtung«, bestätigt Margarethe Zundt. »Sie glauben nicht, in welchem Zustand wir das Haus vorgefunden haben. Aber an Pfingsten 1953 durften wir hier das erste Treffen heimattreuer Schriftsteller und Dichter erleben ...« Sie greift nach der Serviette und tupft sich einen imaginären Krümel von der Lippe.

»Damals ist auch das Odilien-Hilfswerk ins Leben gerufen worden?«, fragt Schatte.

Grassl beugt sich über seinen Teller mit den anderthalb Dinkelkeksen. Am Tisch breitet sich Schweigen aus. Es ist schwül geworden, denkt Grassl. Und drückend.

Gerolf Zundt räuspert sich. »In der Tat«, sagt er. »Die Idee einer betreuenden Hilfe für das unterdrückte deutsche Sprachgut im Elsass ist beim Pfingsttreffen 1953 geboren worden. Aber von Anfang an war allen Mitwirkenden klar, dass diese Hilfe nur im Verborgenen ihre heilende Kraft entfalten kann.«

»Tue Gutes, und rede *nicht* darüber, hat mein Vater immer gesagt.« Margarethe Zundt greift nach der Kanne. »Darf ich Ihnen noch eine Tasse einschenken?«

Kurz vor Ladenschluss und in aller Eile hat sich Berndorf in dem Kaufhaus am Bismarckplatz einen Pyjama gekauft und zwei Hemden, dazu zwei Garnituren Unterwäsche, einen Nassrasierer und eine Zahnbürste und schließlich eine Sporttasche, in die er alles hineinstopfen kann.

Aber warum bleibt er eigentlich? Er weiß es selbst nicht. Es gibt zum Fall des Selbstmörders Troppau nichts zu ermitteln, und wenn, wäre es Faltenhausers Sache gewesen. Nicht die seine. Er ist außen vor. Schließlich hat er genau das auch gewollt. Niemals mehr Polizeiarbeit.

Doch für den nächsten Vormittag ist er mit Faltenhauser verabredet. Die Korrespondenz des Wilhelm Troppau durchsehen. Es gibt Lustigeres. Ein Glück, dass der Verblichene allem Anschein nach einen lakonischen Stil gepflogen hat. Noch immer steht Berndorf vor dem Kaufhaus. Unversehens ist es dunkel geworden und der Himmel Unheil drohend bleigrau. Ein Windstoß wirbelt eine leere Plastiktüte über den Platz. Die letzten Kunden hasten an ihm vorbei.

Auch Berndorf beeilt sich. Faltenhauser hat ihm ein Zimmer in einem kleinen Hotel garni in der Altstadt besorgt, nur wenige Schritte vom Bismarckplatz entfernt. Doch seit jenem Unfall, als sein Citroën von einem Lastwagen gerammt wurde, tut er sich mit dem Laufen schwer. Die Schrauben in seinem linken Bein erlauben nicht mehr als ein eiliges Humpeln. Noch ehe er in die Plöck einbiegt, fallen erste schwere Tropfen. Er erreicht das Hotel, als hinter ihm Hagelkörner hart auf Pflaster und Asphalt schlagen.

»Und hier haben wir unseren Giftschrank«, sagt Zundt und öffnet die Tür zu einer von der Bibliothek abgeteilten Kammer. Die Wände sind deckenhoch mit Bücherregalen voll gestellt, unter dem Mansardenfenster der Tür gegenüber steht ein Arbeitstisch, auf dem noch Oskar Wöhrles Kriegserinnerungen liegen.

Obwohl der Himmel bedeckt ist, brütet in der Kammer noch die Sommerhitze.

Schatte mustert die Buchreihen. Grassl bemerkt, dass der Besucher sich in seiner und in Zundts Gesellschaft keine Mühe mehr gibt, nicht gelangweilt zu erscheinen. Wöhrles Buch blättert er achtlos durch, greift dann nach einem dickleibigen in Leinen gebundenen Band, schlägt scheinbar zufällig eine Seite auf und liest laut vor:

»*... Es ist nicht das amerikanische Volk als geschichtliche Erscheinung, sondern jene Entartung des Amerikanismus, der, um seine ungelösten inneren Schwierigkeiten zu verbergen, die Errichtung einer Weltherrschaft anstrebt ...*«

Er legt das Buch wieder zurück. »Giselher Wirsing. Originalton 1942. Wird später bei *Christ und Welt* nur ungern daraus zitiert haben. Aber ich verstehe nicht, warum Sie das wegschließen. Jeder, der klar denkt, wird diesen Satz unterschreiben. Hochaktuell ist der.«

»Sie vergessen«, wendet Zundt ein, »dass meine Generation die amerikanische Politik anders zu sehen gelernt hat.«

»Richtig«, sagt Schatte. »Man hat es Ihnen eingetrichtert. Wie die gesamte deutsche Kulturintelligenz sind Sie darauf dressiert worden, nicht mehr klar zu denken.«

Zundt sagt erst einmal nichts. Grassl zieht sich behutsam nach links zurück, wo die Ecke zwischen den Bücherregalen besonders dunkel ist.

»Sie sind doch ein Konservativer von altem Schrot und Korn«, fährt Schatte fort, »Staatspartei, in der Wolle gefärbt. Haben Sie sich eigentlich noch nie überlegt, warum Ihre Leute wirklich die Macht in Berlin verloren haben?«

Zundt murmelt etwas von unglücklichen Personalentscheidungen.

Schatte wedelt abschätzig mit der Hand. »Sie sind wie die Bourbonen, Zundt. Sie vergessen nie, aber Sie lernen nichts daraus.« Er beugt sich nach vorn, sodass er mit dem kleineren Zundt auf gleiche Augenhöhe kommt. »Einige von euren Leuten beginnen zwar, die richtigen Fragen zu stellen. Der eine oder andere nimmt schon auch einmal das Wort *Überfremdung* in den Mund. Ein bisschen Bedenken da, ein paar Unterschriftenaktionen dort. Aber ihr traut euch nicht, es richtig zu tun. So, wie Sie sich nicht trauen, Ihre Bücher zu zeigen. Sie haben nie gelernt, was Sie aus 1968 hätten lernen sollen.«

»Ich kann Ihnen nicht ganz folgen«, sagt Zundt widerstrebend. »Was für Fragen sind das, die wir nicht richtig stellen?«

»Die Fragen nach der nationalen Identität und dem nationalen Interesse«, antwortet Schatte. »Nehmen wir das Thema, das Sie für unser Seminar vorgeschlagen haben: Die Globalisierung und das Europa der Nationen … Was heißt denn das, Zundt? Warum reden Sie von Globalisierung, als ob Sie Leitartikler bei der *Zeit* wären, und warum nennen Sie das Popcorn-gemästete Kind denn nicht bei seinem Namen? Es ist die Dampfwalze der amerikanischen Hegemonie, die unseren eigenen Lebensentwurf platt machen will, einebnen auf den kleinsten gemeinsamen Nenner von Coca-Cola und McDonalds …«

»Ich glaube nicht, dass dieser Zusammenhang …« Zundt muss den Satz unvollendet lassen, denn Schatte fährt ihm dazwischen: »Doch, genau das sollten wir tun! Die Dinge in den Zusammenhang stellen, in den sie gehören. Nehmen wir doch«, Schatte richtet seinen Zeigefinger auf Zundt, »nehmen wir doch diesen schönen Begriff vom Europa der Nationen, den sogar die Gaullisten unterschreiben könnten, wenn sie nicht gerade mit dem Abkassieren ihrer Bauunternehmer beschäftigt sein sollten. Ist dieses Europa der Nationen auch das der katalanischen Nation, der baskischen, der bretonischen, der walisischen? Und ist es womöglich auch das Europa der elsässischen Nation, oder sollte ich den Leiter des Odilien-Hilfswerks danach lieber nicht fragen?«

Er packt den Stuhl, der vor dem Arbeitstisch steht, und schiebt ihn einladend seinem Gastgeber zu. Dann setzt er sich selbst auf den Tisch. Zundt bleibt stehen.

»Sie schweigen«, fährt Schatte fort, »wie überhaupt das Odilien-Hilfswerk von dem Guten, das es tut, nicht reden mag, wie mir Ihre liebenswürdige Gattin erklärt hat. In einer bestimmten historischen Situation mag das auch angemessen gewesen sein. Aber Volkstum, Zundt, das sich selbst zum Schweigen verurteilt, das stirbt. Nein, es ist schon tot.«

»Deshalb fördern wir ja das heimische Volkstum und seine Sprache«, widerspricht Zundt. »Dies freilich ist nur im Verborgenen möglich.«

»Sprache findet im öffentlichen Raum statt«, antwortet Schatte und hebt wieder den Zeigefinger. »Im Verborgenen kann sie nicht überleben. Das wissen auch Sie. Nun will ich Ihnen gerne zugestehen, dass Trachtenvereine und Volkstanzabende höchst lobenswerte Veranstaltungen sind. Falls Sie auf diesem Gebiet mäzenatisch tätig sein sollten. Aber was hat Ihr Hilfswerk denn konkret für das deutsche Volkstum im Elsass bewirkt? Nennen Sie mir doch einen einzigen Autor oder Publizisten, der die elsässischen Probleme auf eine in unserem Sinne nationale Weise darstellt …«

»Sie unterstellen hier eine politische Zielsetzung, wie sie

das Hilfswerk stets weit von sich gewiesen hat«, entgegnet Zundt, die Hände um die Lehne des Stuhl gekrampft.

»Dass ich nicht lache!«, antwortet Schatte. »Es geht um den Fortbestand deutschen Volkstums, und Sie kommen mir mit der Vereinssatzung …«

Zundt schüttelt den Kopf. Dann sieht er Hilfe suchend um sich und erblickt Grassl in seiner Ecke. »Das ist hier nicht der richtige Ort … Gehen wir in mein Arbeitszimmer.«

Wenig später verlassen Zundt und Schatte die Bibliothek, Grassl bleibt allein zurück. Was tun? Erst einmal geht er zum Regal mit den Nachschlagewerken und holt sich Kürschners Gelehrtenkalender. Schatte, Ernst Moritz, Prof. Dr., ist tatsächlich Ordinarius in Freiburg und lehrt dort an einem Institut für Geopolitik und Kommunikationswissenschaften.

Grassl stellt den Gelehrtenkalender ins Fach zurück und versucht nachzudenken, was aber zu nichts führt, denn es erscheint Margarethe Zundt und fragt, ob er ihr im Internet eine Bahnverbindung heraussuchen könne, sie wolle am nächsten Tag nach Sonthofen zu einem Vortrag.

Während Grassl den Computer einschaltet und darauf wartet, dass ihn der Server ins Netz bringt, beugt sie sich vertrauensvoll über seine Schulter. »Wissen Sie, es gibt da einen Kreis sehr kultivierter, sehr gebildeter Damen, wir wollen ein wenig über das Geheimwissen des Kaukasischen Grals plaudern.«

Dann ist Grassl glücklich im Internet und sucht nicht nur die Bahnverbindungen des nächsten Tages heraus, sondern lässt ihr auch noch den Fahrplan ausdrucken, was die Hohe Frawe dann doch sehr aufmerksam findet. »Sehr anstelliger junger Mann!«, sagt sie zum Abschied und steigt mit dem ihr eigenen majestätischen Gang wieder die Treppe hinab.

Aber weil Grassl nun schon im Netz ist, beginnt er ein wenig herumzusuchen. Auf dem Bildschirm erscheint schwarz-weiß-rot eingefärbt die Titelseite des Informationsdienstes der Nationalen Aktion. Schwarz-Weiß-Rot bringt sich mit allen drei Strophen des Deutschlandliedes in Empfehlung und hat im

Wortlaut einen Vortrag anzubieten, den Schatte auf dem Stiftungsfest einer Burschenschaft gehalten hat. Ein Foto ist beigefügt, und wieder fällt Grassl der Gesichtsausdruck Schattes auf, der eigentümliche Zug um den Mund, der ihm jetzt aber doch eher verächtlich und höhnisch erscheint.

Der Vortrag handelt von der Überfremdung Deutschlands. Grassl bleibt an einer Stelle hängen, an der Schatte von dem Versuch spricht, *»die deutschen Eliten in die Schuldfrage der Verbrechen im Zweiten Weltkrieg zu verstricken …«*

Versteh ich nicht, murmelt Grassl. Wieso Versuch? Die waren doch alle dabei, und nicht zu knapp. Er ruft eine andere Seite auf und findet ein Interview, das Schatte der *Phalanx* gegeben hat, einer Zeitschrift für die *Aristokratie des Geistes*, wie es in ihrem Untertitel heißt. In dem Interview geht es um den Vorwurf, der Freiburger Universitätsprofessor Schatte rufe zum Fremdenhass auf, worauf dieser antwortet, er habe sich sogar für den Bau von Moscheen ausgesprochen, *»solange niemand etwas gegen den Bau von Synagogen einzuwenden hat«*.

Grassl lässt den Cursor bis zum Ende des Interviews laufen und findet dort eine kurze biografische Notiz, wonach Professor Schatte in den späten Sechzigerjahren der Radikalen Sozialistischen Opposition angehört habe.

Berndorfs Zimmer ist eng und die Einrichtung spartanisch. Das Fenster bietet den Ausblick auf eine unverputzte Mauer, im Teppichboden wechseln sich die Brandspuren ausgetretener Zigarettenkippen mit Flecken ab, von denen Berndorf die Herkunft lieber nicht wissen will. Immerhin gibt es eine Dusche. Berndorf packt seine Einkäufe aus, klaubt die Nadeln und Cellophan-Einschiebsel der Verpackung aus seinen neuen Hemden und betrachtet misstrauisch den eben gekauften Nassrasierer. Soll er sich nicht besser einen Bart stehen lassen? Einen flotten Rentner-Schnäuzer für den Tanztee – *When I'm sixty-four* – der Aktiven Senioren?

Was ein Glück, dass er nicht tanzen kann.

Dann steigt er unter die Dusche. Als er sich abgetrocknet hat, setzt er sich, noch nackt, auf das Bett, das verdächtig nachgibt, holt sein Handy heraus, schaltet es ein und ruft von den Nummern, die dort gespeichert sind, die erste auf. Während er wartet, versucht er, durch das Fenster einen Blick auf den Himmel zu werfen, oder was davon zwischen Brandmauern, Dachrinnen und Schornsteinen noch zu sehen ist. Offenbar ist die dunkle Gewitterfront weitergezogen, erleichtert, nachdem sie ihren Hagel über Stadt und Tal abgeschlagen hat.

Es dauert eine Weile, dann wird abgehoben und es meldet sich die angenehme, klare, gewinnende, aber leider und unüberhörbar noch immer mit Eiswürfeln versetzte Stimme von Professorin Barbara Stein.

»Ich hatte nicht mehr mit deinem Anruf gerechnet.«

Sie ist sauer, denkt Berndorf. Am Abend würde sie ihr Seminar halten und danach mit den Studenten noch in eine Dahlemer Eckkneipe gehen. Weil er das weiß, hätte er sie früher anrufen müssen.

»Ich bin in Heidelberg«, sagt er dümmlich.

»Wie nett.«

Sie ist sogar richtig sauer. »Ich will dich nicht stören.«

»Du störst mich nicht. Was sollte mich daran stören, wenn du nach Heidelberg fährst? Du bist dein eigener Herr.«

Berndorf runzelt die Stirn.

»Gehe ich recht in der Annahme«, fährt die Stimme gnadenlos fort, »dass du morgen nicht kommen wirst? Auch das wäre deine Entscheidung. Ich sollte es nur wissen.«

So nicht. »Ich bin hier, weil sich ein Kollege umgebracht hat. Ein Kollege von früher. Ich sagte dir doch, dass du den Fall kennst. Troppau hieß der Mann. Er war es, der 1972 drüben in Mannheim den Iren erschossen hat. Damals, als ich danebenstand wie ein Narr.«

Schweigen.

»Bist du noch da?«

»Ja«, antwortet Barbara. »Entschuldige. Ich bin noch da. Wer hat dich zugezogen?«

»Niemand. Falsch. Er selbst hat es getan. Der Tote. Bei der Leiche lag ein Brief. Der Brief war an mich adressiert.«

Schweigen.

Berndorf wartet.

»Und was will er – oder wollte er von dir? Wenn du es mir sagen magst.« Der Zusatz diesmal ohne Eiswürfel.

»Moment.« Berndorf legt das Handy weg, steht auf und holt aus seiner Jackentasche die Kopie, die ihm Faltenhauser gegeben hat. Die Handschrift Troppaus ist akkurat, ordentlich, wenig ausgeprägt. »Der Brief trägt das Datum von gestern und ist an mich adressiert, korrekte Adresse, Hauptkommissar Hans Berndorf, Dezernat Kapitalverbrechen, Polizeidirektion Ulm, Neuer Bau. Der Text ist sehr kurz: *Lieber Herr Berndorf! Warum eine silberne Kette? Ihr Wilhelm Troppau.* Zitat Ende.«

»Das ist alles?«

»Ich verstehe es auch nicht. Da geht einer und steigt die letzten Stufen hinauf, und alles, was er von dieser Welt noch will, ist, dass sie sich um ein albernes Glitzerding kümmern soll …«

»Du weißt wirklich nicht, was er meint?«

»Ich glaube doch.« Plötzlich klingt Berndorfs Stimme verändert. »Es hatte damals in Mannheim einen Überfall auf die Geschäftsstelle der Landeszentralbank gegeben, eine ziemlich spektakuläre Geschichte …«

»Ich weiß«, unterbricht ihn Barbara. »Sehr gut weiß ich das. Ein Geldtransporter wird bei der Rückfahrt von einem Volvo unmittelbar vor dem Hof der Bank gestoppt, ein Maskierter bedroht den Fahrer mit einer Bazooka, ein zweiter lässt sich eine Sporttasche mit den großen Scheinen füllen, der dritte wartet im Wagen, und dann sind sie auch schon weg, mit anderthalb Millionen, wenn ich es noch recht weiß, damals nicht ganz wenig … Aber die Kette?«

Sie hat nichts davon vergessen, denkt Berndorf. »Die beiden Männer aus dem Geldtransporter hatten behauptet, der Angreifer mit der Bazooka sei eine Frau gewesen. Und so wurde es dann auch in den Fahndungsaufrufen durchgegeben.«

»Und es war gar keine Frau?«

»Spät in der Nacht kam ein Anruf in die Zentrale. Ruhige Stimme, klare Angaben. Der Fahndungsaufruf sei falsch. Der fragliche Täter sei keine Frau. Es sei ein Mann mit langen Haaren, zu einem Pferdeschwanz gebunden. Der Mann halte sich in einer Wohnung in Mannheim-Feudenheim auf. Es folgte die Adresse. Dritter Stock, rechts. Allerdings sei eine Frau bei ihm. Und: Es gebe ein besonderes Kennzeichen. Eine silberne Kette.«

Die Wolkenfront ist weiter nach Osten gezogen, hat ein paar Heilbronner Weinberge verhagelt und Stuttgart einen Platzregen beschert. Jetzt hat sie die nachtblaue Bank des Albtraufs erreicht, verharrt dort kurz und lässt mit einigen kurz angerissenen Blitzen die Industriedörfer des Unterlandes in der Dunkelheit aufleuchten. Rumpelnd folgt ferner Donner.

Florian Grassl steht, in seinen Anorak gehüllt, auf dem Felsen und überlegt. Majestätisch, wie? Es wäre lustig zu sehen, wenn der Blitz ... Aber in dieser Nacht sind sie nicht draußen.

Wenn jemand im Wald sein wird, ist es der Mann mit dem BMW. Irgendwie hat er keine Lust, das nachzuprüfen.

Nach dem Abendessen hatte ihm Zundt, das Gesicht in verschwörerische Falten gekrumpelt, noch in sein Arbeitszimmer gebeten. Aus dem Schreibtisch wurde die Zigarrenkiste mit den handgerollten Havannas hervorgeholt. Vorsicht, hatte Grassl noch gedacht, während er sich bedächtig eine der Zigarren aussuchte.

Als sie sich schließlich in die stilvoll rissigen Lederfauteuils gesetzt und die Havannas angezündet hatten, war Zundt zur Sache gekommen.

Es gebe da politische Entwicklungen, hatte er gesagt und einen Rauchkringel in die Luft geblasen, »die doch unerfreulich sind. Sehr unerfreulich.«

Grassl hatte teilnehmend genickt. Fällt dir das erst jetzt auf?

»Dieses Land verändert sich.« Zundt verzog seinen Mund.

»Überhaupt nicht zu seinem Vorteil.« Mit hochgezogener Oberlippe blies er den Tabakkrümel weg, der sich in seinem Gebiss verfangen hatte. »Wir müssen für die Akademie Vorsorge treffen.«

Die Sache war darauf hinausgelaufen, dass Grassl am nächsten Tag die Hohe Frawe nach Ulm bringen und in den Zug setzen würde. Danach aber sollte er nicht nach Wieshülen zurückfahren, sondern weiter nach Friedrichshafen und mit der Fähre über den Bodensee nach Romanshorn, zwei Pakete im Kofferraum, »Unterlagen höchst vertraulicher Natur!« Grassl sollte sich in der Romanshorner Niederlassung des Helvetischen Trusts melden und mit einem Kennwort ausweisen, dann würde er Zutritt zu Zundts Schließfach bekommen und die beiden Pakete dort deponieren können.

Das Kennwort hieß »Réunion«.

Danach hatten sie noch gemeinsam die Tagesschau angesehen. Berlin erwartete eine Regierungsumbildung, weil der Staatsminister im Kanzleramt zum UN-Administrator für den Kosovo berufen worden war, in Köln stand ein muslimischer Sektenführer vor Gericht, der angeblich einen abtrünnigen Jünger in einem Hochofen hatte entsorgen lassen, ein früherer Staatssekretär und Geheimdienstchef, der sich mit einigen Millionen im Aktenkoffer ins Ausland abgesetzt hatte, blieb gleichfalls unauffindbar, trotz oder wegen der gemeinsamen Anstrengungen der Nachrichtendienste, drohend blickte ein wuschelköpfiger Abgeordneter der neuen Regierungspartei durch seine dicken Brillengläser und murmelte etwas von einem Untersuchungsauftrag für die Parlamentarische Kontrollkommission, wenn anders die Loyalität der Nachrichtendienste nicht herzustellen sei …

»Dieser Narr!«, sagte Zundt, »das würde denen so passen, den Geheimdienst gleichschalten, ein Stück aus dem Lehrbuch des Stalinismus ist das …« Dann hatte er sich so echauffiert, dass Grassl ihm das Bundestag-Handbuch holen musste, weil Zundt wissen wollte, ob der Wuschelköpfige nicht einer aus dem Osten sei.

Das war er nicht, sondern hatte seinen Wahlkreis an der Wupper. Schließlich war Grassl mit Zigarre und in Gnaden entlassen.

Was ist gegen eine Fahrt in die Schweiz zu sagen, überlegt Grassl und betrachtet die nächtliche Landschaft, ohne sie zu sehen. Nichts, wenn nicht die Zigarre gewesen wäre. Wieso dieser Gunstbeweis?

Es ist der Besuch. Das Gespräch mit Schatte ist Zundt peinlich. Er will so tun, als ob er darüber steht. Was aber, wenn der Besuch von heute Nachmittag dem Alten nicht einfach nur peinlich war? Wenn er seine *Unterlagen höchst vertraulicher Natur* nicht vor den finsteren Machenschaften der Linken, sondern vor Schatte in Sicherheit bringen will? Vor Schatte, der so penetrant nach dem Odilien-Hilfswerk gefragt hat?

Wieder muss Grassl an den Mann mit dem Fernglas denken. Und an den im Unterholz geparkten Stuttgarter BMW.

Blendend hell leuchtet ein Blitz das Tal aus, das tief eingeschnitten zu Grassls Füßen liegt. Krachend folgt der Donnerschlag.

Es beginnt zu regnen.

Das Unwetter hat sich verzogen, die Luft ist frisch und erquickt Lungen und Seele. Berndorf lehnt an der Brüstung der Alten Brücke und sieht dem Neckar zu, der in der Dunkelheit eilig und nachtschimmernd dem Rhein zustrebt, *traurigfroh*? Heute kein Hölderlin. Was *herein in die Berge* scheint, sind Mannheim und Ludwigshafen und die BASF, von wegen *reizende Ferne*.

Für einen Augenblick war er versucht gewesen, mit der Straßenbahn nach Handschuhsheim hinauszufahren und in jene Kneipe zu gehen, in der er – bald 30 Jahre war das her – Barbara zum zweiten Mal begegnet war …

… Es war später Freitagabend. Die »Soko Waidmann« hatte den ganzen Tag einen Zahnarzt und Kreisjagdmeister verhört, dessen verschwundene schwangere Gehilfin einige Tage zuvor gefunden worden war, aufgeteilt auf die Luderplätze der Jagdreviere zwischen Weinheim, Mannheim und Heidelberg. Irgendwann war der Zahnarzt weich gekocht, das Geständnis protokolliert und unterschrieben, die Staatsanwaltschaft beantragte Haftbefehl, der Haftrichter erließ ihn. »Was tun mit dem angebrochenen Abend?«, frug Sielaff von der Heidelberger Kripo und gab sich selbst die Antwort: »Gehen wir doch in *Hendesse* ein Bier trinken.«

Die Kneipen in Handschuhsheim waren alle voll, irgendwann landeten sie an einer Theke in einer hohen holzgetäfelten Wirtsstube, stritten über die neue Bonner Politik und über Willy Brandt, der seit kurzem Kanzler war, Sielaff zog Berndorf auf, er werde ja wohl bald Karriere im Innenministerium machen, einen Job bekommen mit Sessel und Ärmelschoner, Innere Führung für den Polizeidienst, dann kamen sie auf den neuen deutschen Terrorismus zu sprechen und schließlich doch lieber auf den neuen deutschen Fußball, passten Netzer und Overath in eine Mannschaft?

Schrecklicherweise verfielen sie darauf, Obstschnäpse zu kippen, wie Männer, die zu spät begonnen haben und sich nun beeilen, um noch zu ihrem Rausch zu kommen. Ganz spät am Abend fand sich eine Gruppe von Studenten am Tresen ein, Berndorf trat zur Seite, um einer jungen Frau mit langen dunklen Haaren Platz zu machen …

»Hey«, sagte die junge Frau, und in ihrem ovalen, um nicht zu sagen herzkirschenförmigen Gesicht ging ein strahlendes Lächeln auf, »Sie sind doch mein Freund und Helfer, erinnern Sie sich nicht?«

Natürlich erinnerte er sich, so viele Schnäpse hätte der Wirt gar nicht gehabt. Vor wenigen Wochen war er zu einem Observationstrupp nach Heidelberg abgeordnet, bei einer Demonstration vor der Universität sollten Gewalttäter herausgefischt werden. Viel wäre da zu fischen gewesen, auf der einen wie auf der anderen Seite, irgendwann flogen Steine, in der Alten Universität gingen die ersten Fensterscheiben zu

Bruch, eine junge Frau stellte sich den Steinewerfern entgegen und schrie: »Nicht provozieren! Keine Steine!« Was glaubst du, Mädchen, wozu die hier sind, hat Berndorf gedacht, das Geschrei der Sprechchöre und das Blechern der Polizeidurchsagen walzte die einzelne Stimme nieder, Steinbronner stürzte mit erhobenem Knüppel auf sie zu, ein anderer Polizist riss ihm den Arm zurück …

»… das war im letzten Augenblick«, sagte Herzkirschengesicht, »sonst wär ich in der Neurologie gelandet. Haben Sie eigentlich Ärger bekommen?«

»Oh.« Berndorf lächelte blöde. Was widerfuhr ihm da? Steinbronner hatte eine Luxation des Schultergelenks davongetragen, Freunde würden sie wohl nicht mehr werden. Die Einsatzleitung ließ den Vorfall auf sich beruhen, aber den Hardlinern im Präsidium war Berndorf nun vollends verdächtig geworden.

»Mein Kollege hat ein kleines Problem mit seiner Dingsda, mit seiner Schulter. Es gibt Schlimmeres, glauben Sie mir. Hauptsache, seinem Ellenbogen ist nichts passiert, den braucht er noch. Aber Sie, wie sind Sie …«

»Was willst'n mit dem da?« Ein junger Mann mischte sich ein, vorspringende Nase, die dunklen Haare schulterlang. »Das ist ein Bulle. Fraternisier nicht mit so was.«

»Der is nett. Ohne den wär mein Kopf entzwei.«

»Du blickst es mal wieder nicht. Das ist ein altes Bullenspiel. Böser Bulle, guter Bulle. Nicht entsolidarisieren lassen.«

Herzkirschengesicht verzog den hübschen Mund und sagte etwas, das so ähnlich klang wie *Genosse, halt das Maul*. Dann wandte sie sich wieder Berndorf zu.

»Trinken wir was zusammen?«

Eigentlich hab ich schon genug, schöne Dame, Schnaps auf zerstückelte Zahnarztgehilfinnen haut den stärksten Mann um, wie werd' ich jetzt auf die Schnelle wieder nüchtern …

Langhaar trollte sich. »Dann agitier ihn wenigstens.«

»Schöne Dame, dass Sie nicht entzwei sind, beglückt mich mehr, als ich sagen kann und mag«, brachte Berndorf heraus, und: »Sielaff, tust du mal deinen Arsch von dem Hocker und bietest ihn der schönen Dame an, den Hocker, nicht deinen Arsch.«

Stunden später, im Morgengrauen, rissen die Nebelfetzen des Rausches auf, Berndorf lag auf einem schmalen quietschenden Bett, wieso quietschend? Blöde Frage, schlank und weiß und nackt kauerte Herzkirsche über ihm, Göttin meines Herzens! Was soll das geben, wenn ich nicht betrunken bin, falls es ein zweites Mal geben wird …

Eine Gruppe von jungen Leuten kommt über die Brücke, zwei junge Frauen in ihrer Mitte, lachend, barfuß, die Schuhe in der Hand. Nachtschimmernd eilt der Neckar noch immer der BASF zu, noch immer *hängt schwer in das Tal,* was nicht die Wetter zerrissen, sondern Ezechiel Comte de Melac hatte sprengen lassen, Berndorf kehrt ins Jahr 2000 zurück und beschließt, ins Hotel zu gehen.

Freitag, 30. Juni

Florian Grassl tritt aus dem Eingangsportal des lang gestreckten Fachwerkbaus, zwei mit Schnüren verknotete Pakete unter dem Arm. Auf dem Treppenaufgang bleibt er stehen und mustert den blauen, noch dunstigen Himmel. Hoch oben hat ein Bussard eine Thermik gefunden und kreist darin.

»Aber passen Sie um Himmels willen auf, dass Ihnen niemand folgt«, sagt Gerolf Zundt. Er kommt hinter Grassl aus dem Portal und trägt – wie immer, wenn keine Tagung ist – Khakihemd und Kniebundhosen.

»Ja, Chef«, antwortet Grassl. »Nur könnte ich da ein Problem bekommen.« Er weist zu dem altersrostigen Golf, der unter den Kastanien steht. »Damit häng ich keinen ab.«

»Das soll ja keine Rallye werden«, meint Zundt. Aber seine Stirnfalten beginnen, sich neu zu sortieren.

Grassl wartet.

»Könnten Sie den Audi denn überhaupt fahren?«

»Vor zwei Jahren hab ich einen Alten Herrn der Rhenania durch Frankreich chauffiert«, sagt Grassl ohne zu zögern, »einen Wirtschaftsanwalt, der nach einem Festkommers ein Malheur mit der Polizei hatte.« Vor Wirtschaftsanwälten hat Zundt großen Respekt. »Der hatte auch einen Audi, aus der gleichen Baureihe wie der Ihre.«

Eine Viertelstunde später setzt Grassl mit dem königsblauen Audi aus der Garage zurück und wendet auf dem Vorplatz. Im Lodenkostüm, mit Plaid und Sommermantel überm Arm sowie den Koffer schleppenden Zundt und Freißle im Gefolge erscheint die Hohe Frawe. Man hätte ihr den altersschwachen Golf wirklich nicht antun können, denkt Grassl. Margarethe Zundt steigt in den Fond, ihr Gepäck wird im Kofferraum verstaut. Die beiden flachen verschnürten und versiegelten Pakete dort nehmen keinen Platz weg und fallen nicht weiter auf.

»Erzählen Sie meiner Frau nichts davon, sie beunruhigt sich sonst«, hatte Zundt ihm noch eingeschärft.

Grassl steuert den Wagen auf die kleine Asphaltstraße, die zunächst durch ein Trockental und dann über die Kuppe nach Wieshülen führt. Er sitzt etwas steif hinter dem Steuer, mit angewinkelten Armen, denn Zundt ist kleiner als er. Aber er muss erst herausfinden, wie er den Sitz verstellen kann. Schließlich hat er noch nie einen Audi gefahren.

Es würde ein schöner Tag werden, teilt die Hohe Frawe mit. Sie weiß es nicht aus dem Wetterbericht, sondern vom Flug der Mauersegler, »das geheime Wissen der Natur, junger Mann!« Ein schöner Tag, ja. Fast ein Ferientag. Mit einer Schifffahrt über den Bodensee. Zwar ein bisschen konspirativ, das alles. Hat der Alte womöglich zu viele Romane von John Le Carré gelesen? Gestatten Old Smiley Zundt, Schlapphut.

Der Kirchturm von Wieshülen kommt in Sicht. Grassl fährt an den Wochenendhäusern vorbei, die sich am Südhang gegenüber dem Dorf ausbreiten, und überholt eine junge Bäuerin, die breithüftig auf einem Traktor sitzt. Er erkennt sie und unterdrückt ein Lächeln.

An der Dorfausfahrt steht vor dem Gerätehaus der Freiwilligen Feuerwehr ein Tanklöschfahrzeug Magirus-Deutz, Baujahr 1962, lackglänzend und mit hochgeklappter Motorhaube. Neben dem Oldtimer unterhalten sich zwei Männer. Der eine ist hoch gewachsen, aber leicht nach vorne gebeugt, Grassl kennt ihn, es ist der Ortsvorsteher, und neben ihm glotzt sein gelbschwarzer stummelschwänziger Hund triefäugig in den Tag, ein Tier, so grobknochig wie sein Herr. Der andere Mann steckt in einem ölverschmierten blauen Anton.

Grassl deutet ein Kopfnicken an, als er an den beiden Männern vorbeifährt, und gibt vorsichtig Gas.

»So isch recht, Bürschle«, sagt Marzens Erwin, einen Schraubenschlüssel in der rechten Hand, und sieht dem Audi nach. »Verschwind und scher dich zum Teufel und nimm die alte Hex gleich mit. Aber komm mir nicht mehr her.«

»Erwin«, sagt Jonas Seifert, der Ortsvorsteher, »du sollst keine solchen Reden führen.«

»Schon recht, Jonas«, antwortet Marz. »Aber das Bürschle, wenn's noch einmal rumlurt oben auf dem Schafbuck, dann braucht's ein Schubkärrele, dass sie ihn heimbringet.«

»Was hast du auf dem Schafbuck zu tun? Ich denk, aus dem Alter bist du heraus.«

Marz wirft ihm einen säuerlichen Blick zu. »Ich mein ja bloß. Was die jungen Leut im Dorf so reden.«

»Seit wann geht das so?«

Marz überlegt. »Seit Frühjahr. Seit das Bürschle auf dem Gut ist.«

Seifert nickt. »Ich red mal mit dem Herrn Zundt.«

Schniefend steht der gelbschwarze Boxer auf, der bis dahin neben seinem Herrn gelegen hat.

»Gleich, Felix«, sagt Seifert, tätschelt ihm kurz den dicken Kopf und wendet sich wieder Marz zu. »Die Leute vom Albverein liegen mir in den Ohren, wir sollten den Franzosensteig wieder herrichten. Es ist wegen der Busverbindung.«

»Warum richtet's dann nicht der Albverein selbst? Wir sind mit dem Magirus ins Oberland eingeladen ...«

»Der Umzug in Gauggenried ist erst am Sonntag in acht Tagen«, stellt Seifert klar. »Und um den Steig muss sich nun einmal die Gemeinde kümmern, das war schon immer so.«

Ein klarer blauer Himmel wölbt sich über dem hügeligen Land. Vor einer guten halben Stunde hat Grassl auf dem Ulmer Hauptbahnhof die Hohe Frawe in den Zug gesetzt, der sie ins Allgäu bringen wird, und ist dann über die B 30 in Richtung Bodensee weitergefahren.

Von dem BMW ist nichts mehr zu sehen. Es war ein dunkler Wagen, und Grassl ist sich fast sicher, dass er eine Stuttgarter

Nummer hat. Irgendwo zwischen Schelklingen und Blaubeuren war die Limousine hinter ihnen aufgetaucht und ihnen von da bis Ulm gefolgt, mit wechselnden Abständen, ohne dass der Fahrer Anstalten gemacht hätte, Grassl zu überholen. Aber das geht auf dieser Strecke ohnehin nur schlecht.

Vermutlich hat er sich nur etwas eingebildet. Sich von Old Smiley Zundt anstecken lassen. Die Welt, ein Theater der Verschwörungen. Nichts als Gespinste. In Wahrheit scheint die Sonne, und er fährt in die Schweiz.

Inzwischen liegt die Schnellstraße hinter ihm, aber bis Friedrichshafen wird sich die Fahrt noch eine Weile hinziehen. Er hat die Seitenscheibe abgesenkt und fährt in gemächlichem Tempo, den linken Unterarm lässig auf die Kante der Fahrertür gelegt. Ein Wohnwagen zockelt vor ihm her, im Autoradio kommen Nachrichten, er hört nur mit halbem Ohr zu, der in Köln angeklagte Sektenführer warnt alle Ungläubigen und besonders die in der nordrhein-westfälischen Staatsanwaltschaft, in Berlin soll der einstige Straßenkämpfer und Alt-68er Tobias »Tobby« Ruff neuer Staatsminister im Kanzleramt werden, der untergetauchte Geheimdienstchef ist noch immer untergetaucht, samt seinen 3,8 Millionen Mark im Koffer, und die vereinten deutschen Schlapphüte lassen mitteilen, für die Fahndung seien doch gar nicht sie zuständig und könnten schon deswegen nichts verschnarcht haben.

Grassl stellt sich vor, in Zundts beiden Paketen seien 3,8 Millionen verschnürt. Ganz zufällig hätte er es mitbekommen. Ein kleiner Riss im Packpapier? Er hätte darunter nachgesehen, das Packpapier ganz vorsichtig angehoben, behutsam den Riss vergrößert.

Und drinnen, in alten Zeitungen eingepackt, wären die Millionen. 38 Bündel mit jeweils hundert Tausendmarkscheinen. Das müsste sogar hinkommen. 19 in jedem Paket.

Warum eigentlich nicht? Was bringt das Odilien-Hilfswerk im Jahr an Spenden zusammen? Zehn Millionen, vielleicht auch zwanzig, Grassl hat keine Ahnung. Zahlen lässt Zundt nicht heraus. Alles geheime Chefsache. Und die Ausgaben?

Die Druckkosten der *Festgaben für Heimat und Volkstum*, ein schmales Heft, einmal im Jahr. Die Honorare und Spesen der Referenten für Frühjahrs- und Herbsttagung. Dann die Bewirtungskosten für die VIPs, die Sponsoren, meistens stiernackige Kleinfabrikanten aus dem Unterland. Peanuts, alles in allem.

Und sonst? Wieder hat Grassl von nichts eine Ahnung. Er lächelt, denn ihm kommt ein Gedanke. Was wäre, wenn es wirklich ein Nichts ist, von dem er eine Ahnung hat?

Für einen kurzen Abschnitt wird die Straße gerade und überschaubar. Der Wohnwagen klebt hinter einem Silozug. Grassl schaltet in den vierten Gang herunter und drückt das Gaspedal durch. Der Audi schießt an Wohnwagen und Lastzug vorbei. Ein zweiter, dunkler Wagen folgt ihm. Aus einer Einmündung kommt ein Lieferwagen entgegen. Grassl schert ein. Hinter ihm quetscht sich der dunkle Wagen in die kleine Lücke vor dem Silozug. Die Lichthupe des Lieferwagens flammt auf. Das war knapp, denkt Grassl. Erst dann nimmt er den anderen Wagen wahr. Es ist ein dunkler BMW, und zwei Männer sitzen darin.

Ein Kälteschauer kriecht über seine Unterarme.

Ein zweites Mal braucht er nicht in den Rückspiegel zu sehen. Der dunkle BMW war in Stuttgart zugelassen. So sicher, wie er gelbe Lederpolster hat und einen Rennlenker.

Faltenhauser scheint in ein Vernehmungsprotokoll vertieft. Als Berndorf eintritt, blickt er scheu und flachsfarben hoch.

»Ich sehe, ich komme ungelegen«, sagt Berndorf und wünscht einen guten Morgen.

Faltenhauser steht auf und reicht ihm über den Schreibtisch hinweg eine weiche knochenlose Hand.

»Nein, selbstverständlich sind Sie willkommen«, sagt er. »Es ist nur – Sie hätten nicht zu kommen brauchen. Leider wusste ich das gestern noch nicht …«

»Sicher brauchen Sie mich nicht. Ich wollte auch nur einen Blick auf Troppaus Korrespondenz werfen, vielleicht kann ich dann seinen Abschiedsbrief besser verstehen.«

Faltenhauser blickt gequält. »Es ist eine Anweisung aus Stuttgart gekommen, sie haben den Fall an sich gezogen …«

»Also doch ein Fremdverschulden?«

»Nein«, antwortet Faltenhauser unglücklich. »Das nicht …«

»Dann gibt es auch keinen Fall, den Stuttgart an sich ziehen könnte.«

»Trotzdem kann ich Ihnen keinen Einblick in die Unterlagen geben. Ich hab da klare Weisung bekommen.«

Berndorf betrachtet ihn. Weisung, ja. Und wenn sie dich anweisen, Windeln zu tragen?

»Dann bedanke ich mich für die Mühe, die Sie sich gemacht haben, um mich herzuholen.«

Er nickt kurz, dreht sich um und verlässt das enge, mit Aktenschränken voll gestellte Büro. Auf dem Korridor geht er zwei Türen weiter und tritt ohne anzuklopfen ein. Dieses zweite Büro ist ein wenig heller und geräumiger als das erste. An einem ausladenden Schreibtisch sitzt ein Mann mit einem bleichen runden aufgeschwemmten Gesicht, der Berndorf empört aus blassblauen Augen anstarrt.

»Warum gibt mir dein Schleimschleicher keine Akteneinsicht?«

»So nicht«, sagt der Mann hinter dem Schreibtisch. »Du richtest hier kein Unheil an.« Dann wuchtet er sich aus seinem Sessel hoch. In aufgerichtetem Zustand ist der Hauptkommissar und Dezernatsleiter Sielaff einen guten Kopf größer als Berndorf. Anklagend weist er mit seinem dicken Zeigefinger auf den Eindringling. »In deinen Kleinkrieg mit Stuttgart lassen wir uns nicht hineinziehen. Außerdem bist du außen vor. Ausgemustert und abgetakelt, und wenn du mich fragst, war es dafür auch höchste Zeit.«

»Ich hab keinen Krieg mit Stuttgart, du Pfannkuchen«, antwortet Berndorf milde. »Es war dein Schlappohrmaki, der mich angerufen hat. Ihr habt mich hergeholt, also gebt ihr mir auch Akteneinsicht. Das geht Stuttgart überhaupt nichts an.«

Sielaff schüttelt den mächtigen Kopf. »Es war ein Fehler,

dich überhaupt zu verständigen. Wir haben deswegen einen schweren Rüffel von Rentz eingefangen. Das reicht.« Ministerialdirektor Rentz ist Leiter der Polizeiabteilung im badenwürttembergischen Innenministerium. »Und willst du wissen, was ich denke? Rentz hat Recht. Du bist selbst betroffen. Du bist es, der damals den Einsatz geleitet hat.«

Berndorf sieht ihn an. »Ja. Sicher hab ich das. Und noch was. Ich bin noch immer derselbe.« Er lächelt. »Aber du bist es nicht. Nicht derselbe. Heute machst du Männchen, wenn Stuttgart pfeift.« Abrupt hört er auf zu lächeln. »Das war mal anders. Schade. Bleib weiter brav.« Er dreht sich um und geht zur Tür. »Heh«, sagt Sielaff zu Berndorfs Rücken. »Mach kein' Scheiß. Wir gehen ein Bier trinken, ja?«

Vor Ravensburg hat Grassl nicht die Umgehungsstraße genommen, sondern ist in die Innenstadt gefahren. Der BMW ist noch immer hinter ihm. Dessen Fahrer überholt nicht, sondern hat sich zweimal selbst überholen lassen und ist an der ersten Ampel vor Ravensburg sogar eine Phase zurückgeblieben.

Wäre er geistesgegenwärtiger oder ortskundiger, hätte Grassl diese Gelegenheit genutzt, sich irgendwo in eine Seitenstraße zu schlagen. Aber vielleicht hatten es die Leute in dem BMW genau darauf angelegt. Dass er in eine Seitenstraße fährt, in eine verlassene Sackgasse womöglich.

Grassls Mund ist trocken. Und trotzdem spürt er darin wieder den Geschmack von Blut. Wie damals, als ihm »Butzi« Bullinger mit der breiten behaarten Hand ins Gesicht schlug, links und rechts und links, und sein Kopf unter den Schlägen hin und her schlenkerte wie das Gemächte vor dem nackten behaarten Bauch Bullingers, dabei war er noch ein Kind gewesen, niemand darf ein Kind so schlagen ...

An der übernächsten Ampel ist der BMW wieder da, drei Autos hinter ihm, aber in der gleichen Phase. Grassl fühlt sich schutzlos, ausgeliefert. Er muss unter Menschen, unter Leute, die er zu Hilfe rufen kann.

Er folgt dem Wegweiser in die Altstadt. Vor der Kreuzung mit einer Straße, die nach dem Ravensburger Altstadtring aussieht, muss er wieder halten. Der BMW ist nur noch einen Wagen hinter ihm. Plötzlich fällt ihm ein, dass die Ravensburger Altstadt denkmalgeschützt ist. Vermutlich würde er nur in einer Tiefgarage parken können.

Dann sitzt er erst recht in einer Falle. Dunkle Gänge unter niedriger Decke, noch dunklere Ecken, ölfleckiger Betonboden. Niemand, der nachsehen kommt, was in einem finsteren Winkel vor sich geht.

Er atmet tief durch. Die Ampel vor ihm schaltet auf Grün.

Es ist später Vormittag. Er würde nicht der Einzige sein, der in der Tiefgarage unterwegs ist.

Mit unbewegtem Gesicht steuert er die Tiefgarage Marienplatz an, fährt – während er den Schweiß auf seiner Stirn spürt – in die enge Einfahrtsschlucht und zieht das Parkticket.

Hinter ihm rollt ein grünrostiger Daimler, Baujahr späte Siebzigerjahre, am Steuer ein rundköpfiger Einheimischer. Ein Tettnanger Hopfenbauer?

Dahinter der BMW. Wer denn sonst.

Grassl fährt langsam und suchend an den Parkreihen entlang, die Scheinwerfer eingeschaltet. Die Parkplätze sind alle belegt, er biegt in die zweite Ebene hinab, jemand versucht, einen Toyota auszuparken, Grassl wartet und hinter ihm der Daimler und der Stuttgarter BMW, der Jemand ist eine Frau und das Ausparken dauert, Grassl zieht eine nervöse Grimasse, was tun, wenn die beiden aussteigen und auf ihn zukommen? Die Frau hat es geschafft und fährt endlich davon, Grassl folgt ihr langsam und lässt die Parklücke frei für den Hopfenbauern, im Rückspiegel sieht er, dass der Daimler schräg in die Lücke gesteuert wird, so wird das nie was, guter Mann, aber besser kann ich das gar nicht treffen. Grassl folgt dem Toyota bis zur Ausfahrt und schließt dann auf.

Wieder dauert es.

Die Fahrerin muss die Scheibe herunterkurbeln, dann sucht sie nach dem Ticket, dann ist ihr Arm zu kurz, um das Ticket einzustecken, Grassl ist versucht, wild auf die Hupe zu drücken, immer wieder sieht er in den Rückspiegel, die Frau öffnet die Fahrertür und schafft es schließlich, die Schranke geht auf und die Frau fährt so ruckartig los, dass Grassl Mühe hat, dicht hinter ihr zu bleiben und – Stoßstange fast an Stoßstange – unter der Schranke gerade noch durchzukommen.

An der Einmündung in den Marienplatz drückt er sich an ihrem Toyota vorbei, kein Stuttgarter BMW ist mehr zu sehen.

In der Kneipe hängt der Geruch nass ausgewischter Aschenbecher, eine unausgeschlafene Kellnerin bringt ein Weizenbier für Sielaff und eine übergeschwappte Tasse Kaffee für Berndorf. »Prost!«, sagt Sielaff. »Ich denk, du bist der Alte geblieben? Aber als Blaukreuzler hab ich dich nicht gekannt, bei Gott nicht.«

Missmutig betrachtet Berndorf die böse Schwiegermutter. »Ich hoffe, das da ist wenigstens heiß.«

»Des Menschen Wille ist sein Himmelreich«, sagt Sielaff fromm, nimmt einen lustvollen Schluck und wischt sich selbstzufrieden den Schaum ab. »Dieses Getränk da tust du allein dir selbst an. Übrigens gilt das auch für die andere Geschichte. Und die ist nun wirklich kalter Kaffee.«

»So kalt noch nicht. Das war vorgestern, dass der Kollege die Leiter hoch ist.«

»Und wenn.« Sielaff lehnt sich zurück. »Du bist der Letzte, der sich darum kümmern sollte. Es ist nicht professionell.«

»Ich bin nicht mehr bei der Firma.«

»Ermittlung bleibt Ermittlung.« Sielaff nimmt noch einen Schluck. »Weißt du, wonach mir jetzt wäre? Nach Weißwürsten und einem ausgiebigen runden schönen Kneipenvormittag. Ohne Konferenz. Ohne Papierkram. Einfach ins Wochenende hinüberdämmern. Aber die Weißwürste hier kannst du vergessen.« Seufzend greift er in seine Jackentasche und holt ein Bündel zusammengefalteter DIN-A4-Blätter heraus. »Und den Papierkram wirst du ums Verrecken nicht los. Das da zum Beispiel«, er faltet die Blätter auf und sieht sie durch, »geht mich einen feuchten Kehricht an. Irgendein Idiot hat das kopiert und liegen lassen.« Er schiebt die Blätter über den Tisch. »Bist du das gewesen?«

»Kann schon sein«, antwortet Berndorf, faltet die Blätter wieder zusammen und steckt sie in seine Jackentasche.

»Das Weizen zahlst du«, sagt Sielaff.

Die Rampe zur Fähre führt vom Kai steil nach oben. Holpernd fährt der Audi über die Planken auf das Schiff, der Schaffner weist Grassl auf die rechte Spur des Fahrzeugdecks ein. Nur noch wenige Plätze sind frei.

Grassl stellt den Motor ab, zieht die Handbremse an und legt den ersten Gang ein. Dann wirft er einen Blick in den Rückspiegel. Die Fähre müsste in wenigen Minuten ablegen. Der dunkle BMW mit dem Stuttgarter Kennzeichen ist nirgends zu sehen. Er steigt aus und geht die Treppe zum Passagierdeck hinauf. Blaugrün schimmert der Bodensee in der Sonne, die Schweizer Vorberge liegen im Dunst, hoch über ihnen zeichnet sich zartblau der Säntis gegen den Himmel ab.

Grassl wendet sich der Stadt zu. Vor der weißen Terrasse des Friedrichshafener Hafenbahnhofs betrachten Touristen die Plakate der Zeppelin-Jubiläumsausstellung, an der Anlegestelle rauchen zwei Hafenarbeiter ihre Zigaretten, der Schaffner wartet auf das Ablegen, ein Wagen schießt auf die Rampe zu, der Schaffner hebt beruhigend die Hand und winkt den Fahrer zur Auffahrt, der Wagen ist ein blauer BMW, und als er die Planken hochfährt, kann Grassl von oben sehen, dass zwei Männer darin sitzen.

Auf den Neckarwiesen sonnen sich junge Leute, einige hoch gewachsene Burschen üben mit einem Rugby-Ball, andere Jünglinge mit Haargel-Frisuren und den roten Schönfelder-Gesetzestexten im Beipack versuchen, Studentinnen anzubaggern, die Studentinnen sind – so scheint es Berndorf – in der Mehrzahl ein wenig üppig geraten, *forget it!* In dieser Altersklasse ist deine Meinung schon lange nicht mehr gefragt.

Er geht weiter, und am Uferrand findet er schließlich einen Platz, wo er seine Jacke ausziehen und sich ins Gras setzen kann. Aus der Jackentasche holt er die zusammengefalteten Blätter, die ihm Sielaff zugeschoben hat. Es sind Kopien, auf den ersten Blick erkennt er die wenig ausgeprägte, aber gut lesbare Handschrift des dahingeschiedenen Polizeihauptmeisters außer Diensten, Wilhelm Troppau. Dazwischen findet er Ablichtungen amtlicher Bescheide und von Zeitungsartikeln, einer davon kündigt das Herbstkonzert des Posaunenchors Heidelberg-Kirchheim an, Berndorf schüttelt den Kopf und liest als Nächstes eine knappe handschriftliche Absage: Aus der Justizvollzugsanstalt Aichach teilt eine Sabine Eckholtz mit, dass sie nicht bereit sei, mit Troppau zu sprechen.

Berndorf sieht sich um. Er ist allein. Einige Meter entfernt liegt eine blasse Brünette, die sich die Bluse ausgezogen hat und sich erkennbar eine andere Nachbarschaft gewünscht hätte als die seine. Er faltet die Kopien zusammen – bis auf zwei Blätter – und verstaut sie wieder in seiner Jacke. Bei den beiden Blättern handelt es sich um die Ablichtung eines Schreibens, das Troppau im Dezember 1998 an den Leitenden Oberstaatsanwalt in Mannheim gerichtet hat.

Wilhelm Troppau, Polizeihauptmeister i. R.
Sandhausen, Philipp-Schmidt-Straße 27b

An den Herrn Leitenden Oberstaatsanwalt
der Staatsanwaltschaft Mannheim
Sehr geehrter Herr, hiermit erstatte ich Selbstanzeige wegen Mordes, begangen am 24. Juni 1972 zum Nachteil des irischen Staatsbürgers Brian O'Rourke, geb. am 13. Oktober 1939 in Dublin.

Der Sachverhalt: Ab Januar 1971 gehörte ich als Polizeihauptmeister dem Revier Mannheim Innenstadt an. In der Nacht zum 24. Juni 1972 war ich außer der Reihe zum Spätdienst eingeteilt, weil wegen eines am 23. Juni stattgefundenen Raubüberfalls zum Nachteil der Landeszentralbank Mannheim erhöhte Einsatzbereitschaft angeordnet war.

Am 24. Juni gegen 3.10 Uhr ging bei der Zentrale der Polizeidirektion ein Anruf ein, wonach sich einer der gesuchten Täter in einer Wohnung in Mannheim-Feudenheim, Carlo-Mierendorff-Straße 34, aufhalte. Entgegen der über Rundfunk verbreiteten Fahndungsaufrufe sei dieser Täter keine Frau, sondern ein Mann mit langen Haaren. Der Tatverdächtige sei bewaffnet.

Von dem Dienst habenden Schichtführer in der Direktion, Kriminalkommissar Berndorf, wurde ich daraufhin zu der Einsatzgruppe eingeteilt, die den genannten Tatverdächtigen überprüfen und gegebenenfalls festnehmen sollte. Vor dem Einsatz wurden Schusswesten und Maschinenpistolen ausgegeben. Kommissar Berndorf belehrte mich, dass der Tatverdächtige möglicherweise bewaffnet sei. Ausdrücklich erklärte der Einsatzführer, Schusswaffengebrauch sei nur zur Gefahrenabwehr zulässig.

Gegen 3.50 Uhr hatte die Einsatzgruppe das o. g. Anwesen erreicht und umstellt. Die Haustüre wurde mit dem dafür vorgesehenen technischen Gerät geöffnet. Gemeinsam mit zwei weiteren Beamten, die die Sicherung übernahmen, stiegen Kommissar Berndorf und ich in das dritte Stockwerk zu der uns genannten Wohnung. Kommissar Berndorf läutete mehrmals.

Nach dem o. a. mehrmaligen Läuten wurde die Tür von einer unbekleideten männlichen Person geöffnet. Die Person hatte gewelltes, kurz geschnittenes rötliches Haar. Als sie mich erblickte, stieß sie die Tür wieder zu.

Obwohl ich erkannt hatte, dass die fragliche Person unbekleidet und unbewaffnet war und nicht der Täterbeschreibung entsprach, eröffnete ich das Feuer. Die genannte Person wurde dabei durch die Türe von mehreren Kugeln in Oberkörper und Bauch getroffen und verblutete noch am Tatort.

Dies stellt ein Verbrechen der vorsätzlichen Tötung dar, wobei ich mir die Wehrlosigkeit des Opfers zu Nutze gemacht habe, welches nach § 211 StGB wegen Mordes zu bestrafen ist.
Hochachtungsvoll
Wilhelm Troppau

Berndorf faltet die beiden Blätter zusammen und steckt sie zu den anderen. Troppau, Wilhelm. Bauernkind aus dem Warthegau. Mit der Mutter und den letzten beiden Pferden durch den polnischen Winter. Breitflächiges, verschlossenes Gesicht. Augen, die einen unsicher streifen. Ob er auch richtig verstanden hat. Nicht, dass es ironisch gemeint war.

Nach dem Dienst kein Schnaps. Und keine Späße. Schon gar nicht über Frauen. Einmal, in der Nachtschicht, hat er Berndorf von der Flucht durch den polnischen Winter erzählt. Wie das war, als die Stute hinfiel und nicht mehr aufstand. Wie der Iwan den Treck überrollt hat, und was mit den Frauen war. Das Schweigen danach.

Ein abweisender Blick streift an ihm vorbei. Die Brünette, deren Ambiente er stört. Berndorf zuckt mit den Schultern. Dann greift er nach dem Zettel in seiner Brusttasche, auf dem die beiden Telefonnummern notiert sind, die er sich in der Hauptpost herausgesucht hat, vorhin, nach dem Gespräch mit Sielaff.

Aber von hier aus geht es nicht. Ich muss ins Hotel zurück.

Grassl ist in die Cafeteria gegangen, hat sich an einen Tisch in die Nähe des Büfetts gesetzt und einen Kaffee bestellt. Die Bedienung ist eine gelangweilte junge Frau mit gepiercten Lippen, Grassl wäre gerne ins Gespräch mit ihr gekommen, um sie auf sich aufmerksam zu machen.

Aber das ist schon immer sein Problem. Er weiß nicht, wie er eine Frau ansprechen soll.

Und dann ist es auch schon zu spät. Zwei Männer betreten die Cafeteria und sehen suchend um sich. Sie sind Mitte zwanzig, beide breitschultrig, und haben beide einen auffällig kurzen Haarschnitt. Sie tragen Jeans, die unten aufgerollt sind, und kräftige schwarze Lederstiefel.

Sie erblicken Grassl und kommen auf seinen Tisch zu.

»Das ist er ja«, sagt der Größere der beiden und lächelt. Das Lächeln verzieht das feuerrote Mal auf seiner Wange. »Fast hätten wir unseren Freund verloren. Wär zu dumm gewesen.«

Er greift sich den Stuhl neben Grassl und setzt sich ungefragt. Der zweite Mann nimmt den Stuhl auf der anderen Seite.

Grassl blickt zu den großen Kajütfenstern hinaus. Der See schimmert wie aus unzähligen blau gefassten Spiegeln.

»Aber nun haben wir uns ja wieder gefunden.« Unwillkürlich streift Grassls Blick über das Gesicht mit dem Feuermal. Das Lächeln hat aufgehört. »Und damit uns das nicht noch einmal passiert, wird nachher Shortie mit dir fahren.«

Grassl schweigt. Du hast schon schlimmeren Ärger überstanden als diesen. Irgendwie wirst du rauskommen.

»Hab ich dir übrigens von der letzten Geschichte mit Shortie erzählt? Das war die Sache mit dem Asylanten. Irgendwas aus Balkanesien. Er ist Shortie dumm gekommen, und da hat ihm der die Rippen eingetreten.« Wieder verzieht sich das Feuermal. »Dem Mann aus Balkanesien fehlt jetzt eine Lunge. Und weißt du, was das Lustigste ist? Der Polizei hat Shortie gesagt, der Mann ist gegen eine Mauerkante gelaufen, da muss das wohl passiert sein. Und alle haben wir gesagt, ja, Herr Wachtmeister, so ist das gewesen. Es war eine Mauerkante. Lustig,was?«

Shortie nickt. Eine verschämte Röte fliegt über sein Gesicht. Er hat sich mit den Armen auf dem Tisch aufgestützt. Es sind kräftige Arme mit breiten, kurzfingrigen Händen. Auf dem linken Oberarm sind Buchstaben in nachgeahmter Fraktur tätowiert, »VolksZorn« entziffert Grassl. Davor stehen zwei gleiche Zeichen, die er nicht deuten kann: Jeweils ein gerader Strich, der eine Art Andreaskreuz durchschneidet.

»Sie haben Ihre Fahrausweise?« Der Schaffner tritt an den Tisch heran.

»Bitte verständigen Sie die kantonale Polizei«, sagt Grassl mit fester, volltönender Stimme. »Diese Männer bedrohen mich. Sie wollen mir meinen Wagen stehlen.« Er nennt die Nummer des Audi. »Die Polizei soll bitte diesen Wagen überprüfen. Es ist dringend.«

An den Tischen um ihn herum sehen einzelne Fahrgäste auf. »Eh«, bringt der Schaffner heraus, »ich weiß nicht ob …«

»Sie haben doch gehört, was dieser Mann gesagt hat«, fährt ihn eine schmale junge Frau an, die am Tisch neben dem Grassls sitzt. »Verständigen Sie die Polizei. Das ist ja wohl nicht zu viel verlangt.«

»Kein Problem, nirgends«, sagt der Bursche mit dem Feuermal und hebt beschwichtigend beide Hände. »Mein Freund hat nur einen Spaß gemacht. Das heißt, keinen Spaß. Wir sind vom Fernsehen. Wir wollen testen, wie hilfsbereit die Leute sind, wissen Sie, bei all diesen ausländerfeindlichen Übergriffen …«

»Da ist nirgends eine Kamera«, bemerkt die Frau.

»Ja soll ich jetzt die Kantonspolizei anrufen?« Der Schaffner blickt ratlos.

»Rufen Sie sie«, wiederholt Grassl mit fester Stimme. »Sie sollen diesen Wagen überprüfen.« Er diktiert ihm die Zulassungsnummer von Zundts Audi.

Das Taxi hält in einer Seitenstraße, die ein Wohnviertel aus den Sechzigerjahren von angrenzenden Werkstätten und Lagerhallen trennt. Vor einem Getränkemarkt stapeln sich Kisten mit leeren Flaschen, in der Einfahrt einer Kneipe daneben, deren Jalousien heruntergelassen waren, spielen drei Türkenjungen Fußball. Auf der Straßenseite gegenüber steht ein zweigeschossiger Backsteinbau, auf dessen Giebelseite sich ein mit Neonröhren besetztes Kreuz über beide Stockwerke zieht.

Berndorf bezahlt den Fahrer und geht durch einen gekiesten Vorgarten zur Tür des Backsteinbaus. Ein Messingschild teilt mit, dass dies die Reformierte Kirche des Wahrhaftigen Wortes sei und Bruder Hesekiel ihr Prediger; in einem Glaskasten sind die Gottesdienstzeiten angekündigt (samstags 17, sonntags 10 Uhr; Gebetskreise dienstags und donnerstags um 19 Uhr). Berndorf klingelt, ein hagerer, trotz der hochsommerlichen Hitze hochgeschlossen in Schwarz gekleideter Mann öffnet und betrachtet ihn aus dunklen forschenden Augen.

Berndorf nennt seinen Namen. »Ich hatte vorhin angerufen.«

»Ich habe Sie erwartet«, sagt der Schwarzgewandete und stellt sich als Bruder Hesekiel vor. Er hat einen festen Händedruck. »Aber treten Sie doch ein.«

Berndorf folgt dem Schwarzen in ein kleines Büro, dessen eine Wand von einem Regal voller Broschüren eingenommen wird, während an der Seite gegenüber, hinter dem bis auf eine Altarbibel säuberlich leeren Schreibtisch des Predigers, ein wandhohes Plakat hängt, braun, schwarz und weiß. Auf dem Plakat steht nichts weiter als »Im Anfang war das Wort«, gedruckt mit den großen Holzlettern, wie sie früher in Provinzdruckereien für Zirkus- oder Volksfestreklame verwendet wurden.

Sie setzen sich, Berndorf auf einen Holzstuhl, der Bruder Hesekiel hinter seinen Schreibtisch. Er stützt seine Unterarme auf dem Schreibtisch auf und faltet die Hände.

»Sie sagten, Sie kommen wegen eines Trauerfalles?«

»Der Name ist Troppau, Wilhelm Troppau. Ein früherer Kollege von mir. Zuletzt hat er hier in der Nähe gelebt, in Sandhausen. Ihre Gemeinde, nicht?«

Der Prediger deutet ein Lächeln an. »Sandhausen, ganz recht. Unsere Kirche zieht keine engen Sprengelgrenzen.« Er hat *Sandhause* gesagt, registriert Berndorf, wie denn überhaupt das Hochdeutsch des Predigers auf eine kaum merkliche Weise regional eingeschliffen klingt. Das Lächeln verschwindet. »Bruder Wilhelm, ja. In letzter Zeit ...« Er lässt den Satz unvollendet. »Ganz sicher ist Gott seiner Seele gnädig. Wie ist es ...?«

Wenn Berndorf genau hingehört hat, klingt das *gnädig* doch sehr nach *gnedisch.* Ein Pfälzer? Eher ein *Mannemer.*

»Er hat sich aufgehängt.«

Der Prediger nickt. So, als ob ihn nichts überraschen könne. »Das ist eine schwere Sünde.« Ein flinker Blick streift Berndorf. »Nur Gott kann die Schuld von den Menschen nehmen. Nicht der Mensch selbst.«

»Schuld, sagen Sie. Haben Sie mit ihm über solche Fragen gesprochen?«

»Ja«, antwortet der Prediger widerstrebend. »Sicher. Ich habe versucht, ihm deutlich zu machen, dass den Menschen darüber kein letztes Wort zusteht.« Er hebt ganz leicht die Stimme an. Das Mannemerische verschwindet. »*Was gewesen ist, soll euch nicht belasten / was kommt, darf euch nicht schrecken.* Wenn die Menschen nicht glauben, dass ihre Sünden vergeben werden können, dann glauben sie nicht an Christus.«

»Und was tut ein Seelsorger, wenn das, was gewesen ist, sich nicht daran hält?«

Bruder Hesekiel schüttelt unwillig den Kopf. »Manchmal hilft nur das Gebet. Aber das Gebet ist eine Sache zwischen dem Glaubenden und Gott. Allein zwischen ihnen.«

»Manchmal, so heißt es, sollen Gespräche helfen. Gespräche zwischen Menschen.«

»Jeder Mensch lädt Schuld auf sich. Wir wollen sie nicht wissen. Es genügt, dass Gott es weiß.« Wieder blickt er kurz zu Berndorf auf. »Ich nehme an, Sie sind wegen der Beerdigung gekommen?«

»Nein«, antwortet Berndorf. »Troppau hat seinen Körper dem Anatomischen Institut überlassen. In seinen Unterlagen haben meine Kollegen eine entsprechende Erklärung dazu gefunden. Ich kann Ihnen eine Kopie davon zeigen.«

Abwehrend hebt der Prediger die Hand. »Sagen Sie mir lieber, was ich dann für Sie tun kann.«

Berndorf geht auf die Frage nicht ein. »Sie schienen vorhin anzudeuten, dass er sich in letzter Zeit von Ihrer Gemeinde gelöst hat. Das könnte auch erklären, warum er keine Beerdigung wollte.«

»Es erklärt vor allem, warum er sich aufgehängt hat«, antwortet der Mann in Schwarz schroff. Plötzlich ist der Traktätchen-Ton aus seiner Stimme verschwunden.

Dieser Logik bin ich nicht gewachsen, denkt Berndorf. »Sie wissen nicht, wie es zu dieser Entfremdung gekommen ist?«

»Wir treiben keine Gehirnwäsche. Und Reisende soll man nicht aufhalten.«

»Ich dachte, Sie hätten dafür einen anderen Satz«, bemerkt Berndorf sanft. »*Nötigt sie, hereinzukommen*. Hat es niemand in Ihrer Gemeinde gegeben, der das versucht hat?«

»Nein«, sagt der Prediger, »jedenfalls weiß ich nichts davon. Wir spionieren unseren Gemeindegliedern nicht hinterher. Habe ich Ihnen das nicht deutlich gesagt? Und wir wollen auch nicht, dass jemand von außen das tut.« Unvermittelt steht er auf, wobei er sich mit beiden Händen auf dem Schreibtisch abstützt. »Einen katholischen Priester würden Sie so nicht bedrängen. Warum versuchen Sie es dann bei mir?«

Auch Berndorf steht auf. »Ich wollte Sie nicht bedrängen.« Er setzt ein kurzes Lächeln auf. »*Die etwas fragen / verdienen Antwort*. Das ist aus einem Gedicht. Aber vielleicht hätten Sie den Dichter nicht gemocht.« Er nickt seinem Gegenüber zu und geht. Der Prediger folgt ihm schweigend bis zur Haustüre und schließt sie hinter ihm.

Im Kirchenbüro zur Wahrhaftigen Diskretion war es kühl. Draußen brennt die Sonne warm auf die Haut. Die Türkenjungen üben das Spiel zwei gegen einen, es gewinnt, wer zum Schuss kommt. Berndorf geht in Richtung der Bushaltestelle. Er wird zum Hauptbahnhof fahren und mit dem nächsten Zug nach Mannheim.

Einer der Türkenjungen grätscht nach dem Leder und trifft es voll, der Ball fliegt Berndorf vor die Füße, er stoppt ihn ab und schlenzt ihn zurück. Offenbar hat er ihn zu hart getroffen. Der Ball setzt auf der Einfahrt auf und springt krachend gegen den Aushang der Kneipe. Glas splittert.

»Shit«, sagt einer der Türkenjungen, schnappt sich den Ball und rennt weg. Die beiden anderen folgen.

Scheiße, denkt Berndorf. Sie glauben nicht, dass man ihnen glaubt. Seufzend geht er über die Straße und klingelt an der Kneipe. Niemand meldet sich.

Der Audi kriecht im ersten Gang auf das Thurgauer Ufer.

Die Planken klappern nicht, weil Schweizer Planken das nicht tun. Im Rückspiegel sieht Florian Grassl, dass auch der blaue BMW mit dem Stuttgarter Kennzeichen anrollt. Nach dem Zwischenfall mit dem Schaffner hatten sich die beiden Männer weggesetzt und waren kurz darauf nach unten zu ihrem Wagen gegangen.

Am Ufer warten zwei Uniformierte mit den hohen runden Schirmmützen eidgenössischer Ordnungshüter und besehen sich die Kennzeichen der Autos, die die Fähre verlassen. Als sie Grassl und den Audi sehen, winken sie ihn zur Seite.

Einer der Grenzer kommt zu Grassl ans Fenster der Fahrertür und bittet um die Papiere.

»Lustiges Mützlein, was Sie sich da aufgesetzt haben«, sagt Grassl. »Bei uns könnten Sie damit auf den Fasching gehen. Großes Ehrenwort.«

Der Uniformierte sieht ihm ins Gesicht. »Können Sie verstehen, was ich Ihnen sage? Ich möchte Ihren Ausweis sehen, und die Fahrzeugpapiere.«

»Oh! Die Papiere«, sagt Grassl. »Aber bitte.« Er holt umständlich seine Brieftasche aus dem Jackett und klappt sie auf. »Schau'n wir mal, was wir da haben.« Er holt einen grünen Zettel heraus und betrachtet ihn. »Hier.« Er hält den Zettel dem Grenzer vors Gesicht. »Hätt' ich fast vergessen. Einer von meinen besseren Anzügen. Ich muss ihn aus der Reinigung holen. Merci vielmals, dass Sie mich erinnert haben.«

»Steigen Sie bitte aus«, befiehlt der Grenzer und winkt den zweiten Beamten herbei. Der nähert sich, die Hand auf die Dienstpistole an seinem Gürtel gelegt. Grassl löst den Gurt, öffnet die Tür und bequemt sich, sehr langsam und sehr bedächtig, aus dem Audi. Die Kolonne der Autos aus der Fähre rollt wieder an und fährt an ihm und dem Grenzposten vorbei in den Kanton Thurgau.

Auch der BMW mit der Stuttgarter Zulassung.

»Unsere alten Städte sind heruntergekommen«, klagt Eisholm und wedelt mit den weiten Ärmeln seines Talars zu den Zuhörern, als sei die fensterlose Trübsal des Sitzungssaales Beweis genug, »leider ist das so, alte Wohnviertel zerfallen, verlieren ihre Identität, ihre Seele, werden zum Ghetto ...«

Schwätzer, denkt Franziska.

»Nicht alle beklagen das«, fährt der Anwalt fort. »Nehmen Sie meinen Mandanten, kein großes Kirchenlicht, aber das werden Sie selbst bemerkt haben, mit der Verwaltung der Brauerei-Immobilien beauftragt, ein schöner Titel, in Wahrheit mit weniger Kompetenz ausgestattet als jeder Hausmeister. Er betreut eine heruntergekommene Kaschemme in einem heruntergekommenen Viertel. Was tun damit? Wer will da investieren? Wer Pacht dafür bezahlen? Die einzige Kundschaft, mit der ein Wirt rechnen könnte, holt sich die Zwei-Liter-Bombe bei der nächsten Tankstelle oder beim nächsten Wasserhäuschen.«

Eisholm verschränkt die Arme vor der Brust. »In dieser Situation nun kommt das Sozialamt und sucht Wohnungen. Einfache Wohnungen. Wohnungen, in denen nicht viel kaputtgehen kann, wenn der Mieter mal wieder alles kurz und klein schlägt. Können Sie sich die Erleichterung meines Mandanten vorstellen? Plötzlich bekommt er für die alte Bruchbude Miete, richtiges Geld, pünktlich überwiesen ...«

Die Tür des Verhandlungssaals öffnet sich, ein Zuhörer tritt ein, Eisholm blickt hoch, irritiert, als habe er den Neuankömmling erkannt und wisse nicht, was dieser hier soll. Franziska dreht sich um. Das Gesicht des Mannes, der einige Reihen hinter ihr Platz nimmt, sagt ihr nichts.

»Wenn Sie die Mietabrechnungen betrachten«, fährt Eisholm fort, »werden Sie feststellen, hohes Gericht, dass der Arbeitgeber meines Mandanten durchaus kein schlechtes Geschäft mit dem Sozialamt gemacht hat, es ist ein so wenig schlechtes Geschäft gewesen, dass Sie sehr wohl Ihre eigene Meinung davon haben können, möglicherweise keine besonders gute von den moralischen Eigenschaften meines Mandanten und seines Arbeitgebers – aber zu fällen haben Sie eben kein moralisches, sondern ein juristisches Urteil, und da kommen Sie an der Feststellung nicht vorbei, dass mein Mandant an einem warmen Abbruch dieses Gebäudes gar nicht interessiert sein konnte ...«

»*Kein Feuer, keine Kohle kann brennen so heiß / als heimliche Liebe, von der niemand nichts weiß*«, singt Solveig, das heißt, sie will es singen, aber Hubert Höge klopft ab und unterbricht sie und sagt: »Solveig, dieses Mädchen ist verliebt, das wissen Sie doch sicher, was das ist? Das können Sie nicht singen, als ob Sie sich an der Hühnersuppe die Zunge verbrannt hätten ...«

Die in der Aula versammelte Laiensingspielschar kichert. Solveig schaut Hubert Höge aus verständnislosen braungrünen Augen an, in denen tief die Frage schlummert, seit wann Lehrer denn etwas von Liebe verstehen. Sie habe doch alles richtig gesungen? So, wie es auf dem Notenpapier steht?

Hubert Höge sieht sich hilflos um. Die Studienassessorin Miriam Bachfeld (Englisch, Sport) schaltet sich ein. »Solveig, sehen Sie, dieses Mädchen ist ein Punk, tough und ausgekocht, und dass die sich verliebt hat, so richtig verliebt mit allem Drum und Dran und Herzklopfen bis zum Hals, das ist der so rasend peinlich, als ob die Mutter zu Besuch käme. Und damit ist es ja nicht genug. Ihr Typ, dieser Prinz mit seinem lila Benz-Coupé und seinen Versace-Anzügen und den reaktionären Farben einer piekfeinen Verbindung – der ist so was von daneben, dass die ganze Szene sich kugelt vor Lachen ...«

Reaktionäre Farben? Offensichtlich weiß Solveig nicht, was das sein soll. Miriam Bachfeld, als Regieassistentin in die Vorbereitung der Schlussfeier eingebunden, nimmt einen neuen Anlauf.

»Das Mädchen weiß doch, dass das mit diesem Typ nichts werden kann, dass das jenseits aller Vorstellung ist und einfach unmöglich, und deswegen darf niemand davon etwas wissen, klar doch, aber im gleichen Augenblick möchte dieses Mädchen alles herausschreien, alle Welt soll es wissen, die ganze Stadt ... und damit sie an diesem Zwiespalt nicht zerbricht, will sie es singen ...« Die Tür der Aula öffnet sich, Birgit Höge schlüpft hinein und zieht die Tür wieder hinter sich zu.

Rehlein, was redest du da? Unsere Kids kennen keinen Zwiespalt und kein Geheimnis und kein Zerbrechen, denkt Birgit. Dass der Akku des Handys leer ist, das kann ihnen passieren. Oder dass Hubert die Gummis vergessen hat. Aber dann haben sie selber welche im Täschchen.

»Okay«, sagt Solveig. »Sie will es herausschreien, aber sie tut es nicht. Also muss das doch verhalten sein, irgendwie leise, fast still.«

Miriam stimmt zögernd zu.

Bevor Solveig neuerlich in Töne ausbricht, huscht Birgit nach vorn zu Hubert an den Konzertflügel. Ihrer Mutter gehe es nicht gut, sagt sie rasch, sie werde am Nachmittag zu ihr nach Freiburg fahren, aber mit dem Zug, und vermutlich übers Wochenende dort bleiben: »Nein, du musst wirklich nicht mit, aber vergiss nicht, der Katze zu fressen zu geben, im Vorratsschrank sind noch Dosen, die mit dem Tunfisch mag sie besonders ...«

Die Angeklagten schließen sich in ihren Schlussworten den Ausführungen ihrer Verteidiger an, nur Eisholms Mandant verwahrt sich mit blassem entrüstetem Gesicht dagegen, dass er vom Sozialamt überhöhte Mieten kassiert habe, aufgedrängt worden sei ihm das Geld, wenn er nur die Leute aufnehme ... Nach kurzem Getuschel auf der Richterbank teilt der Vorsitzende mit, dass das Urteil nicht vor 18 Uhr zu erwarten sei. Ärgerlich packt Franziska Kugelschreiber und Notizblock ein, für sie ist das die dümmste Zeit, die das Gericht sich hätte aussuchen können, die überregionalen Zeitungen, für die sie arbeitet, haben da schon Redaktionsschluss der Deutschland-Ausgabe und jedenfalls keinen Platz mehr für ein Feature, vermutlich würde sie nur eine knappe Meldung verkaufen können.

Eisholm kommt auf sie zu. Heute keinen Kaffee!, denkt

Franziska, aber der Anwalt geht an ihr vorbei auf den Mann zu, der während seines Plädoyers gekommen war.

»Ich dachte, man hat Sie aus dem Verkehr gezogen?«

»Hat man auch.« Die beiden Männer tauschen einen Händedruck.

»Und dann zieht es Sie ausgerechnet hierher! Sie werden doch kein forensisches Groupie von mir werden wollen? Nächste Woche hätte ich da einen schönen Termin in Memmingen, der Dorfpfarrer und die kleinen Firmlings-Mädchen, leider ist Worm ebenfalls vor kurzem in Pension gegangen ...«

Franziska schiebt sich an den beiden Männern vorbei.

»Entschuldigen Sie mich«, sagt der andere Mann und wendet sich Franziska zu. »Sie sind Frau Sinheim, Franziska Sinheim?« Der Mann ist mittelgroß, zwischen 50 und 60 Jahre alt, hat angegrautes dunkles Haar und hält sich sehr aufrecht.

Franziska bleibt stehen und blickt den Mann fragend an.

»Hätten Sie eine oder zwei Minuten Zeit für mich?« Der Mann hält ihr eine Visitenkarte hin. Es ist eine der Karten, wie sie die Beamten der baden-württembergischen Polizei verwenden, mit einem stilisierten blau-grün-gelben Stern am Rand. »Das hat aber nichts zu sagen«, fügt der Mann hinzu. »Ich habe keine dienstliche Frage an Sie.« Franziska zuckt mit den Schultern. »Wir unterhalten uns besser draußen.« Sie geht ihm voran zum Ausgang. Was hat sie eigentlich in letzter Zeit geschrieben, dass es einen Bullen aufstört?

Im Vorraum des Sitzungssaals bleibt sie vor einem der wandhohen Außenfenster stehen und wendet sich um. Irgendwie ist es ihr nun doch, als hätte sie den Mann schon einmal gesehen.

Sie sieht sich noch einmal die Visitenkarte an. Kriminalhauptkommissar Irgendwer.

»Wir kennen uns«, sagt Berndorf. »Und das ist vielleicht das Schlimmste, was Ihnen passiert ist. Und mir.«

Ja, denkt Franziska. Ich kenne diesen Mann. Ihr Mund fühlt sich trocken an. Dunkle Haare damals, ein schmales, blasses Gesicht.

»These fucking …«, flüstert Brian. Er liegt auf dem Boden, nackt. Dann läuft Blut aus seinem Mund. Sie wirft sich auf ihn. Jemand zieht sie weg. Polizisten in Schutzwesten und mit Maschinenpistolen stürmen die Wohnung.

Sie atmet durch und sieht den Mann vor sich an. »Komisch«, bringt sie heraus. »Wie oft habe ich mir gedacht, Sie will ich noch einmal sehen. Und Sie dann fragen, was Sie sich denken. Wie Sie sich fühlen.« Sie versucht ein Lächeln. »Was haben Sie gerade gesagt? Das Schlimmste, was auch Ihnen passiert ist? Passiert ist es? Einfach so, Ihnen und dem anderen an der Tür?«

»Deswegen bin ich hier«, sagt Berndorf. »Wegen dieses anderen. Ich wollte Sie fragen, ob er versucht hat, mit Ihnen Kontakt aufzunehmen.«

»Und warum wollen Sie das wissen?«

»Dieser andere, Wilhelm Troppau, hat sich vor zwei Tagen aufgehängt.« Berndorf sieht der Frau ins Gesicht. Erleichterung? Genugtuung? Nichts. Klare, graue forschende Augen. »Ich würde Ihnen gerne zwei Briefe zeigen, die er geschrieben hat. Lesen Sie sie, und entscheiden Sie dann, ob Sie mit mir reden wollen.« Aus der Brusttasche seines Jacketts zieht er die zusammengefalteten Seiten hervor und hält sie ihr hin.

Franziska sieht sich um. Neben den Aushängen mit den Gerichtsterminen ist eine Holzbank. Sie streckt die Hand aus und nimmt die beiden Briefe an sich. Dann geht sie zu der Bank. Berndorf will ihr folgen. Mit einer Handbewegung weist sie ihn an, am Fenster zu bleiben. Sie setzt sich und beginnt zu lesen.

Langsam schieben sich Kirchtürme und Dächer näher. Dann erkennt Florian Grassl den weißen Turm des Friedrichshafener Hafenbahnhofs. Er steht an der Reling und genießt den Fahrtwind und die Sonne, die ihm auf den Rücken brennt. Diesmal ist kein Stuttgarter BMW mit an Bord, und am Fährhafen würde auch keiner auf ihn warten.

Haben die beiden Burschen mitbekommen, dass die Käppis ihn mit der nächsten Fähre nach Deutschland remittiert haben? Selbst wenn.

Im Aufenthaltsraum hängt eine Panoramakarte des Bodensees, und er hat sie sich genau angesehen. Auf dem Landweg können sie die Fähre nicht mehr einholen, nicht über Lindau und nicht einmal über Konstanz.

Wahrscheinlich fahren die beiden sinnlos die Landstraße zwischen Romanshorn und Amriswil auf und ab. Und warten, dass er nachkommt. Sehr lustig.

Tatsächlich gibt es im Augenblick nur ein Problem. Was tun, wenn die Käppis die deutschen Grenzer angerufen haben? Dass sie einen Audi-Fahrer zurückgeschickt hätten, der nicht ganz richtig im Kopf sei?

Aber auch das wäre kein wirkliches Problem. Ach! Das ist mir aber außerordentlich peinlich, würde er sagen, ich war auf der Fahrt nach St. Gallen, zu einem wissenschaftlichen Meinungsaustausch über frühgeschichtliche alsatische Runenschriften, und Ihr Schweizer Kollege hat mich etwas – wie soll ich sagen – etwas harsch befragt, da bin ich leider wohl etwas ironisch geworden, wenn Sie verstehen, was ich meine …

Die Fähre schäumt in den Hafen ein, Grassl steigt ins Fahrzeugdeck hinab, rumpelnd dockt das Schiff an, rumpelnd rollt der Audi Minuten später über deutsche Planken ans Ufer, die Grenzer winken ihn weiter, niemand will etwas von ihm wissen, vielleicht sind die Käppis der Ansicht, merkwürdige Vögel gebe es auf dem Nordufer genug, da brauche man niemanden zu verständigen, vielleicht gibt es auch gar keinen kurzen Dienstweg zwischen Schweizer und deutschem Zoll.

Grassl steuert den nächsten Parkplatz an und stellt den Audi ab. Was nun? Er sieht sich um. Nirgends ein BMW mit gelben Lederpolstern und Stuttgarter Nummer, natürlich nicht. Auch keine anderen Autos mit Männern, die die Haare kurz geschoren haben. Er holt sein Handy heraus und versucht, Zundt anzurufen. Durch den Hörer schwebt der Mezzosopran der Hohen Frawe.

»Unsere Treue gilt der Heimat. Hier spricht der selbsttätige Anrufbeantworter der Johannes-Grünheim-Stiftung. Unsere Schriftstelle ist im Augenblick nicht besetzt …«

Klar doch, denkt Grassl. Die Hohe Frawe ist in Sonthofen, Freißle hilft freitags seinem Schwager auf dem Hof im Lautertal, der Alte geht nicht hin, damit man nicht merkt, dass er keine Sekretärin hat.

Er stellt das Handy ab und überlegt. Keine Kurzgeschorenen, schön und gut. Wie lange noch? Warum sind sie überhaupt hinter ihm her?

Wegen der beiden Pakete, Dummkopf.

An einer Bushaltestelle am Rande des Parkplatzes hängt ein Stadtplan. Er steigt aus und sucht den Standort der Hauptpost.

Franziska Sinheim faltet die beiden Briefe wieder zusammen. Für einen Augenblick bleibt sie sitzen, als ob sie müde sei.

Berndorf hat sich abgewandt und betrachtet die angelaufenen Fensterscheiben oder die Straße, die man dahinter sieht. Genau weiß er es selbst nicht.

Zeit vergeht.

Eine verirrte Wespe krabbelt die Scheibe hoch.

»Und was, bitte, hat die Staatsanwaltschaft nun unternommen?« Franziska steht neben ihm.

»Sie hat das Verfahren eingestellt«, antwortet Berndorf und sieht weiter der Wespe zu. »Was dachten Sie? Troppau war im Dienst. Was man ihm hätte vorwerfen müssen, wäre fahrlässige Tötung gewesen. Oder Körperverletzung mit Todesfolge. Das hat man schon 1972 nicht getan. Und bei seiner Selbstanzeige war das verjährt. Für alles andere fehlt der Vorsatz.«

Die Wespe gerät an eine blinde Stelle und verharrt.

»Und warum ist 1972 nichts unternommen worden?«

»Das fragen Sie?« Kennst du die Branche nicht? Du schreibst doch darüber. Was ist dem Hauptwachtmeister Kurras passiert, der 1967 den Studenten Ohnesorg erschossen hat? Und was dem Berliner Polizeichef, der damals die Prügelperser auf die Studenten losgelassen hat? Nichts ist ihnen passiert. Niemals ist ernsthaft etwas unternommen worden, nichts gegen Kurras, nichts gegen den Polizeipräsidenten, nichts gegen Troppau oder irgendeinen anderen der Polizisten, die einen Menschen erschossen haben, in den bleiernen Jahren oder später. Die aus Überforderung getötet haben. Aus Nervosität. Die sich nicht mehr unter Kontrolle hatten, weil sie nach pausenlosen Einsätzen bis unter die Haarspitzen aufgeladen waren von Aggressivität und Frust. Die falsch ausgebildet waren. Und falsch eingesetzt. Die geschossen oder zugeschlagen haben, weil sie von den Zeitungen aufgehetzt waren, von den Zeitungen in Berlin und anderswo.

»Wie viele andere ist auch dieser Fall nicht vor Gericht gekommen«, fährt er schließlich fort, »weil Staatsanwaltschaft und Polizeiführung ihn um keinen Preis geklärt haben wollten ...«

»Vielleicht sagen Sie mir wenigstens, warum Sie mich sprechen wollen? Und wie Sie mich überhaupt gefunden haben?«

»Sielaff von der Heidelberger Direktion hat mir gesagt, dass Sie als Gerichtsreporterin arbeiten. Mit ihrem Anrufbeantworter wollte ich nicht reden. Also habe ich es hier versucht.«

Die Adresse von diesem Mädchen brauch ich dir nicht rauszusuchen, hatte Sielaff gesagt, die lebt in Mannheim. Schreibt Gerichtsberichte für irgendwelche auswärtigen Blätter. Unsereins hat sie noch immer dick.

»Und haben mich aufgespürt«, stellt Franziska fest. »Sehr scharfsinnig. Und warum das alles?«

»Warum eine silberne Kette?«

»Keine Fragen.« Franziska Sinheim betrachtet ihn mit kalten ruhigen Augen.

»Ich weiß nicht, warum ich Ihre Gegenwart überhaupt ertrage. Warum ich nicht losschreie. Es ist Ihr Risiko, wenn ich's tue.« Sie sieht ihn ruhig an. »Ich sagte es Ihnen schon: Einmal wollte ich schon noch mit Ihnen reden. Warum nicht jetzt? Aber unter einer Bedingung. Die Fragen stelle ich.«

Berndorf nickt. Franziska Sinheim dreht sich um und geht ihm voran zum Ausgang.

Sirrend macht die Wespe einen Anflug auf das, was sie für ein Stück Himmel hält.

Auf den Tischen in dem kleinen Tagescafé in der Nähe des Justizgebäudes liegen grob gewebte braune Decken. Franziska Sinheim hat sich für einen Platz in der Nähe des Fensters entschieden, das auf eine trübe, von Mülltonnen und rostfleckigen Autos gesäumte Nebenstraße hinaussieht. An den anderen Tischen sitzt Gerichtskundschaft, ein Anwalt erklärt halblaut seinem Mandanten, wie er vielleicht doch noch davonkommt, mit nur halb geschorenem Fell.

»Zu Hause ginge es nicht«, erklärt Franziska. »Ich könnt es nicht ertragen, dass Sie auch nur einen Schritt ...«

Die Bedienung bringt zwei Portionen Kaffee. Berndorfs Kännchen ist zu voll eingeschenkt, dünne Brühe schwappt über. Sie schenken sich ein, beide nehmen weder Milch noch Zucker. Franziska lässt die Tasse stehen. Sie stützt die Arme auf dem Tisch auf und faltet die Hände. Sie hat schlanke oder magere Arme, eine Frage der Definition. Sie trägt keine Ringe. Ein Armreif mit blauroten Granatsteinen rutscht an ihrem rechten Unterarm bis fast zum Ellenbogen. Graue ruhige Augen unter gesträubter grauer Mähne nehmen Berndorf ins Visier.

»Zur Klarstellung. Für diesen Einsatz waren Sie verantwortlich?«

»Ja.« Was immer das heißt. Gar nichts heißt es. Frag die Politiker.

»Sie hatten auch die Zuständigkeit dafür?«

Berndorf zögert. »Ja und nein.« Das ist keine Antwort. »Nach dem Überfall auf den Transport der Landeszentralbank wurde eine Sonderkommission gebildet unter Einbeziehung von Experten des Bundeskriminalamtes. Die Experten wurden erst am Morgen erwartet.«

»Das heißt, Sie haben eigenmächtig gehandelt?«

»In meinem Disziplinarverfahren ist mir das zum Vorwurf gemacht worden.«

»Und?«

»Es wurde akzeptiert, dass nach dem Anruf Gefahr im Verzuge war. Ich meine den Anruf, in dem auf Ihre Wohnung hingewiesen wurde.«

»Haben Sie diesen Anruf selbst entgegengenommen?«

»Nein. Ein Beamter in der Zentrale hat das getan.«

»Was genau wurde in diesem Anruf mitgeteilt?«

»Dass einer der Täter keine Frau sei, wie es der Rundfunk berichtet habe, sondern ein Mann mit langen Haaren. Ein Mann mit einer Silberkette. Dass er sich in einer Wohnung in Mannheim-Feudenheim aufhalte. Es folgte die Adresse. Dritter Stock rechts.« Halt, denkt Berndorf. Das ist nicht exakt. Irgendetwas ist zu kurz dargestellt. »Und noch etwas. Eine Frau sei bei ihm.«

Keine Reaktion. »Wurde etwas über diese Frau gesagt?«

»So viel ich weiß: nein.«

»Ist der Anruf aufgezeichnet worden?«

»Nein. Das Tonbandgerät war defekt.«

»Was wissen Sie über den Anrufer?«

»Nichts. Der Beamte in der Zentrale sagte mir, die Person habe klare präzise Angaben gemacht. Nicht betrunken, keine Drogen, nicht hysterisch.«

»Sie sprechen von einer Person. Ist damit eine Frau gemeint?«

»Nicht unbedingt. Ob Mann oder Frau – eine Person hat angerufen. Polizistendeutsch.« Warum hast du nicht nachgefragt? Weil es dir nicht schnell genug ging, du Narr, ins Unglück zu rennen.

»Ist die Person später ermittelt worden?«

»Nein.«

»Wer hat die Polizisten eingeteilt, die in meine Wohnung eindringen sollten?«

»Ich.«

»Nach welchen Gesichtspunkten haben Sie den Mann ausgesucht, der mit Ihnen zu meiner Wohnungstür gehen sollte?«

»Ich habe Troppau ausgesucht, weil er als besonders ruhig und besonnen galt.«

Franziska lässt die Arme sinken. »Wenn das der Besonnenste war, müssen Sie ja eine lustige Truppe beisammengehabt haben. Lauter Zwangsneurotiker und Hyperaktive, wie?«

Berndorf nimmt einen Schluck brauner Brühe. Nächste Frage. »Warum hat Troppau geschossen?«

Warum sitzen wir hier? »Das hat nicht einmal er selbst gewusst. Ich denke, dass er auch deshalb die Selbstanzeige erstattet hat. Er wollte bestraft werden, damit er seine Schuld begreifen konnte.«

»Sülzen Sie nicht. Warum hat er *Ihrer* Ansicht nach geschossen?«

»Eine Fehlreaktion. Die Tür wird ihm vor der Nase zugeschlagen, er will die Waffe dazwischenschieben, drückt stattdessen ab. Vielleicht auch Panik. Vielleicht war der Druckpunkt des Abzugs seiner Waffe zu gering eingestellt. Alles Punkte, die man hätte klären müssen.«

Er überlegt. Ein heikler Punkt. »Er ist – er war in sehr engen Verhältnissen aufgewachsen, kleinbürgerlich, bigott erzogen. Möglich, dass ihn der unerwartete Anblick eines Nackten schockiert hat, vielleicht war es für ihn die Konfrontation mit einer verbotenen, tabuisierten Welt ... Ach Unsinn. Ich habe keine Erklärung. Ich weiß es einfach nicht.« Zu vieles, das eine Rolle spielen könnte. Der Flüchtlingstreck. Die Russen. Das Schweigen danach. Gehört nicht hierher. Die Justiz hätte es klären müssen. In cinem ordentlichen Strafverfahren mit Sachverständigen und Gutachtern. Jeder 17-Jährige, der einer Oma die Handtasche wegreißt, kriegt seinen Seelenklempner. Troppau nicht. Die Justiz hat gekniffen. Hat ihn allein gelassen mit seiner Schuld.

Franziska lehnt sich zurück.

Ihre Hände liegen jetzt auf dem Tisch. Es sieht ganz entspannt aus.

»Ich hatte tief geschlafen. Irgendjemand läutete Sturm. Es war schon Morgengrauen. Brian steht auf. Lass die klingeln, sag ich. *I thought in this country they had given up grabbing people at dawn*, sagt Brian und geht in den Flur und zur Wohnungstür.«

Franziska greift nach der Tasse mit der Brühe und zieht die Hand wieder zurück.

»Es war unsere erste gemeinsame Nacht, müssen Sie wissen.« Sie versucht ein Lächeln. Es geht nicht. »Vorhin sagten Sie, Sie seien für jenen Einsatz verantwortlich. Sie haben also Brians Tod auf dem Gewissen. Was bedeutet so etwas? Wie lebt man damit?«

Berndorf blickt in graue forschende Augen. Was willst du hören? Der eine Mann ist tot, der andere Mann lebt. Wer davongekommen ist, soll nicht über Hühneraugen klagen.

»Ich hab mir angewöhnt, nicht mehr daran zu denken.« Stimmt nicht.

»Sehr praktisch.« Franziska trinkt nun doch einen Schluck Brühe. »So hab ich mir das auch vorgestellt. Aber warum kommen Sie jetzt zu mir? Der Tod von diesem Troppau hat Sie doch gar nichts anzugehen. Selbst wenn Sie zuständig wären, müssten Sie den Fall abgeben, weil Sie befangen sind.«

»Es ist noch nicht einmal ein Fall. Er hat Selbstmord begangen. Das steht außer Zweifel.«

»Dann versteh ich Sie erst recht nicht.«

»Warum eine silberne Kette?«

Franziska schüttelt den Kopf. »Keine Fragen. Ich saß ein halbes Jahr in U-Haft. Nie wieder lass ich mich von einem Bullen verhören.«

Berndorf wartet. Franziska betrachtet ihn. Dann winkt sie der Bedienung. Kamelbeinig steht die Bedienung auf und kommt kassieren. Franziska und Berndorf zahlen getrennt.

»Ich biete Ihnen einen Deal an«, sagt Franziska und steckt das Wechselgeld ein. »Finden Sie etwas über jenen Anrufer heraus. Wer es gewesen sein könnte. Ein Indiz. Etwas, das brauchbar ist. Wenn Sie etwas gefunden haben – aber nur dann –, können Sie mich anrufen.« Sie holt aus ihrem Jackett einen Notizblock und reißt einen Zettel ab und schreibt etwas darauf.

»Der Mann heißt Rüdiger Volz. Er war Feuilleton-Redakteur beim *Aufbruch*, das war die Zeitung, bei der ich damals gearbeitet habe. Er wohnt heute in Bobenheim, das ist eines dieser Dörfer zwischen Frankenthal und Worms. Sagen Sie ihm, dass Sie seine Adresse von mir haben. Vielleicht spricht er dann mit Ihnen.«

Sie steht auf und geht.

Zwischen hohen Parkmauern findet Birgit Höge einen von überhängenden Ästen beschatteten Platz für den kleinen japanischen Wagen, den sie sich am Morgen für das Wochenende gemietet hat. Die Äste könnten zu einer Sequoia gehören, so vornehm ist das Viertel hoch über Neckargemünd. Sie holt die *Zeit* heraus und entfaltet einen Aufsatz über Frauenliteratur. Sie liest, aber die Worte fallen ihr durch das Sieb.

Blödes Huhn, denkt sie. Was machst du, wenn das Trampel vorbeikommt und dich sieht? So ein popliges Auto fällt hier doch sofort auf. Da schau her, Hubermayers müssen eine neue Putzfrau haben.

Und wenn? Lass sie doch kommen und gucken. Dann weiß sie wenigstens, dass Krieg ist.

Unsinn. Wenn sie allein kommt, ist vielleicht gar nichts. Noch immer hast du keinen Beweis. Nur ein Stück beschichtetes Plastik. Nein. Kein Beweis. Er kann sonst wen gefickt haben.

Du weißt ganz genau, dass es Bettina ist. Seine verdruckte Art, nach ihr zu fragen. Dass er ihr die besten Auftritte zuschanzt. Seine Fürsorge, dass sie nur ja nicht fehlt.

Und der Ausdruck, mit dem sie dich ansieht.

In Schräglage biegt ein Jeep aus der nächsten Querstraße ein und hält mit quietschenden Reifen vor Chefarzts Anwesen. Hinter dem Essay zur Frauenliteratur geht Birgit in Deckung, über die Schlagzeile lugend. Zwei Köpfe stecken zusammen, dann springt das Mädchen aus dem Jeep. Ihr Sommerrock weht hoch und gibt den Blick frei auf gebräunte stämmige Beine. Sie winkt dem Jeep-Fahrer zu und entschwindet, die Schultasche schlenkernd.

Du kleines Biest, denkt Birgit, das ist ja gar nicht Hubert.

Winklige Gassen. Grau und ocker verputzte Fassaden, manche mit Eternit verkleidet. Vordächer aus gelb getöntem Glas. Die Jalousien heruntergelassen. Eine türkische Familie belädt einen Kombi, turmhoch sind Koffer und Bündel aufgeschnürt. Last exit Bobenheim.

Die Sonne neigt sich den Pfälzer Bergen zu, aber in den Gassen hockt die Hitze wie eine Bruthenne und hackt dem Menschen, der zu lange draußen bleibt, ins Gehirn. Eine der Gassen führt zu einer Kreuzung. Ein zweistöckiges Haus ist von der Hauptstraße so weit zurückgesetzt, dass es für einen Vorgarten reicht, im Erdgeschoss buckelt sich ein halbrunder Vorbau in staubige Rosenbeete, darüber der Balkon. Blau gestrichene Läden.

Berndorf hat vom Bahnhof keine zehn Minuten hierher gebraucht, aber der Schweiß läuft ihm über das Gesicht. Er holt ein Taschentuch heraus und wischt sich übers Gesicht, während er bei Volz klingelt. Es dauert eine Weile, bis ein älterer magerer Mann in Jeans, die zu weit sind, und in einem Hemd, das zu kariert ist, im Hauseingang erscheint und mit luftloser Stimme krächzt: »Nur herein, wenn's kein Bulle ist!«

Berndorf öffnet das Gartentor und geht zum Hauseingang und drückt eine knochige Hand. Dr. Rüdiger Volz hat wirres rotes Haar mit grauen Strähnen und eine rote Gesichtsfarbe, die nicht von der Sonne kommt, und gelbe Finger, die von den filterlosen Roth-Händle kommen, von denen ihm eine im Mund hängt, und unter der knubbeligen Stirn betrachten den Besucher muntere blaue Augen.

»Ihre freundliche Einladung stürzt mich ein wenig in Zweifel«, sagt Berndorf höflich. »Ich war Polizist, bis gestern, falls meine Entlassungsurkunde richtig datiert ist.«

»Wer auf dem richtigen Wege ist«, antwortet Volz, »soll in diesem Haus nicht abgewiesen werden.«

Er geht Berndorf voran durch eine Flurtür, die mit Glasbildern im Geschmack des Jahres 1910 ausgekleidet ist, in einen dunklen Korridor und dann in den Raum mit dem halbrunden Vorbau, durch dessen Fenster Licht auf übervolle Bücherregale aus Fichtenholz und auf einen Tisch mit einem Strauß dunkelroter Rosen fällt. Berndorf wird in einen leise knarzenden Schaukelstuhl gesetzt und muss klarstellen, dass er kein Bier will und auch keinen trockenen Weißen aus Gau-Bickelheim und nicht einmal einen Obstschnaps. Enttäuscht bringt Volz ein Mineralwasser und sich ein einsames Glas Weißwein.

»Fränzchen hat Ihnen meine Adresse gegeben, sagten Sie am Telefon«, stellt Volz fest und eröffnet damit. »Wie geht's der alten Schlumpel denn so?«

Berndorf stellt klar, dass er das leider nicht beurteilen könne. »Ich habe sie wegen Brian O'Rourke aufgesucht. Das ist der Mann, der 1972 in ihrer Wohnung erschossen wurde ...«

»Seien Sie versichert, Verehrtester, dass wir uns alle sehr gut daran erinnern«, unterbricht ihn Volz. »Aber erzählen Sie mir nicht, dass die Polizei diese«, er sucht nach einem Wort, »dieses Verbrechen nun doch noch aufklären will. Das würde ich Ihnen nicht glauben.«

»Der Polizist, der die tödlichen Schüsse abgegeben hat, hat sich vor zwei Tagen erhängt«, fährt Berndorf fort. »Er hat einen Abschiedsbrief hinterlassen.«

»Rührend«, sagt Volz. »Ein Abschiedsbrief. Er bittet um Verzeihung, wie? Spät kommt Ihr ...«

»Ich habe damals den Einsatz gegen Frau Sinheims Wohnung geleitet«, antwortet Berndorf. »Der Abschiedsbrief ist an mich gerichtet. Ich soll herausfinden, wie es zu diesem Einsatz gekommen ist.«

Volz lässt das Weinglas sinken und fingert nach einer neuen Roth-Händle. Eine stämmige Frau mit langen braunen Haaren betritt das Zimmer. Berndorf steht auf und wird ihr vorgestellt, es ist die Ehefrau: »Edeltraud, das ist der Polizist, du wirst es nicht glauben, der damals für diesen Überfall verantwortlich war, damals, als der Freund von Fränzchen ...«

Die Ehefrau Edeltraud setzt sich und betrachtet Berndorf mit ruhigem ernstem Lehrerinnenblick, noch einmal muss er seine Geschichte erzählen, ein Hausierer des Unglücks und der Schuld, bald wird er sich komisch vorkommen.

»Herausfinden kann ich aber nur dann etwas«, fügt er hinzu, als er mit seiner Geschichte fertig ist, »wenn ich mehr über die Umstände und Beziehungen weiß, in denen Brian O'Rourke und Franziska Sinheim damals gelebt haben.«

»Das kommt mir aber reichlich salvatorisch vor, Verehrtester«, wirft Volz ein. »Müsste die Polizei hier nicht erst einmal vor ihrer eigenen Tür kehren?«

Berndorf nickt demütig. Fatzke, denkt er. Und erzählt von Troppaus Selbstanzeige, und wie die Staatsanwaltschaft das niedergebügelt hat.

Dann sagt eine Weile niemand etwas, und Berndorf betrachtet den Strauß mit den dunkelroten Rosen, der auf dem Tisch in der Mitte des Zimmers steht. Warum fährt er nicht zurück, zurück nach Heidelberg, wenn er sich beeilt, kann er noch sein Gepäck aus dem Hotel holen und den letzten Zug nach Ulm nehmen, lass den toten Troppau seinen toten Iren begraben, die Toten sind tot, und was aufzuklären wäre, ist verjährt, vergessen, unauffindbar ...

»Haben Sie, Verehrtester, eigentlich schon einmal die Irish Connection überprüft?«, fragt Volz. »Brian O'Rourke war Ire, Dubliner, wenn ich mich recht erinnere, das war damals doch kurz nach dem Bloody Sunday von Londonderry, die IRA war fast wehrlos überrascht worden und musste aufrüsten ... vielleicht war O'Rourke Waffenaufkäufer, und die Mannheimer Polizei hat nichts weiter als einen Hinweis des britischen MI 5 exekutiert, im Wortsinne ...«

Berndorf nickt: »In ihrer ersten Stellungnahme am Tag danach hat die Polizeiführung etwas anklingen lassen, das in diese Richtung weist.« Die Pressekonferenz hatte der damalige Mannheimer Polizeidirektor gehalten, aber an seiner Seite hatte ein unauffälliger Mensch aus dem Stuttgarter Innenministerium gesessen, und der Polizeidirektor hatte immer wieder neben sich schauen müssen, ob der Mensch aus Stuttgart auch nichts missbilligt. So jedenfalls hatte ein Kollege es Berndorf erzählt. »Ich selbst war sofort beurlaubt worden und von den Ermittlungen ausgeschlossen. Aber zufällig weiß ich, dass keinerlei Hinweise auf eine Verbindung zur IRA gefunden wurden. Der baden-württembergische Innenminister hat das wenig später gegenüber dem irischen Generalkonsul auch mit dem Ausdruck des Bedauerns klargestellt.«

Und der Mannheimer Polizeidirektor hatte aus Stuttgart einen weiteren mächtigen Rüffel kassiert – für das, was ihm die Stuttgarter eingeflüstert hatten. Längst liegt Aktenstaub darüber.

»Ich koch uns jetzt einen Tee«, hört Berndorf die Ehefrau Edeltraud sagen. »Und Rüdiger überlegt sich, wie das damals war. Das, wenigstens, sind wir Fränzchen schuldig.«

Birgit Höge ist einmal ums Karree gefahren. Jetzt steht der Wagen wieder unter der Sequoia, in der Straße ist es still, sie könnte endlich einmal den Artikel zu Ende lesen, aber sie hat Hunger, zuletzt hat sie in der Pause vom wässerigen Kollegiums-Kaffee getrunken und einen Keks gegessen, den ihr Rehlein angeboten hat, die schwänzelt ja auch so um Hubert herum. Bei Chefarzts wird jetzt wohl ein später, sommerlich leichter Imbiss gereicht, Mama dürfte es kaum entgangen sein, dass wir ein wenig auf Bettinas Figur Acht geben sollten, vielleicht ein geräuchertes Forellenfilet an Meerrettich-Sauce, getoastetes Weißbrot, ein Schälchen Salat in Yoghurt-Dressing …

Ach Scheiße, warum fahr ich nicht ins Städtchen runter und werf an einem Kiosk einen Döner ein oder eine Bratwurst? Dann seh ich's ja, wenn Hubert vorbeikommt. Oder sein Pummel.

Der Tee ist heiß und kräftig und tut gut gegen die Hitze draußen, Volz zündet sich die nächste Roth-Händle an und die Ehefrau etwas, das wie ein leichtes Zigarillo aussieht.

»Ich war damals, 1972, Chef des Feuilletons beim *Aufbruch*«, sagt Volz, »vielleicht erinnern Sie sich, der *Aufbruch* war eine von den wenigen sozialdemokratischen Kümmerpostillen, die es damals noch gab, letzte Mohikaner im Kampf für das Menschenrecht und die Leitlinien des Parteipräsidiums …«

Berndorf erinnert sich.

»Das Feuilleton bewohnte einen eigenen Verschlag und verfügte über eine Olympia-Schreibmaschine, zwei Regale für die Rezensionsexemplare, eine Schere und einen Leimtopf für die Überschriftenzettel, was alles ich nach Kräften dazu nutzte, unseren Abonnenten aus den Ortsvereinen in Käfertal und Seckenheim und anderswo die Grundbegriffe einer revolutionären Ästhetik nahe zu bringen.«

Er nimmt einen Schluck, um der angespannten Stimme aufzuhelfen. Das hilft dir nicht, denkt Berndorf, es ist das Lungenemphysem.

»Schreiend komisch, aus heutiger Sicht«, fährt Volz fort. »Und doch. Es lag etwas in der Luft, damals, und mein kleiner Verschlag war eine – nun, revolutionäre Zelle wäre zu viel gesagt, aber ein Kristallisationspunkt waren wir doch, ich fand Mitarbeiter, die zuvor und danach nie auf den Gedanken gekommen wären, für ein solches Blättchen zu schreiben, und alle träumten wir von einem neuen, linken, aufgeklärten Journalismus, wollten mit Willy *mehr Demokratie wagen*, Heine und Tucholsky auch für Oggersheim …«

Aber ein Heine hat nicht für euch geschrieben, und auch kein Tucholsky, geht es Berndorf durch den Kopf. Das weiß er, weil er sich den *Aufbruch* manchmal gekauft hat, morgens, auf dem Weg von seiner Wohnung in die Polizeidirektion, oder am Kiosk an der OEG-Haltestelle in Heidelberg, wenn er bei Barbara übernachtet hatte, damals, als die Welt jung war.

»Natürlich bekam ich mächtigen Ärger«, hört er Volz sagen, »die Betonköpfe im Unterbezirksvorstand verstanden nicht und nahmen übel, vor allem ein Parteisekretär, später im Bundestag und dort ein Hinterbänkler von herausragender Farblosigkeit, verfolgte mich mit seiner Inkompetenz … Schließlich gab er es auf und ließ uns gewähren, in einer dunklen Ahnung, dass es so besser sei.«

»Moment«, wirft Edeltraud Volz ein, »keine dunkle Ahnung. Die Macher im Unterbezirk wussten ganz genau, dass der *Aufbruch* nach der Bundestagswahl '72 eingestellt werden würde. Jeder Genosse wusste das, nur ihr nicht.«

Volz hebt beide Hände, Weinglas in der einen, Zigarette in der anderen. »Das Ewig-Weibliche, das uns auf dem Erdboden hält! Sicher war es so, wie du sagst. Aber ein paar schöne Monate waren es doch.«

Er wendet sich wieder zu Berndorf. »Ein junges Mädchen gehörte dazu, wilde Mähne, blanke Augen, frisch entheiratet, frisch in die Lokalredaktion eingetreten, viel zu aufgeweckt und zu *tough* – wie man heute sagen würde – für den Geschmack der Mannheimer Lokalfunktionäre … Fränzchen – denn meine Rede ist von ihr – schleppte dann ihren Ex an, einen düster blickenden Soziologen, der auf der Magazin-Seite noch düsterere Analysen über die *prinzipielle Insuffizienz interaktionstheoretischer Kategorien* veröffentlichte, suchen Sie dazu mal eine Illustration!« Er wendet sich wieder seiner Frau zu. »Erinnerst du dich an die Geschichte mit der Kakao-Bananen-Pampe?«

»Ich kenne sie auswendig«, antwortet Edeltraud, und ihre Stimme ist wenig ermutigend.

»Busse hat sie aufgebracht«, fährt Volz fort, unbeeindruckt, »der Polizeireporter Winfried Busse. Eines Tages kommt er in unsere Stammkneipe und erzählt, wie eine Frau in den Laden für Südfrüchte geht und dort eine Bananenstaude sieht, tropengoldfarben und knackfrisch, und die Frau kann nicht widerstehen und will sich ein Bündel davon abmachen, aber als sie zugreift, gleitet ein schmales grünes Band über die Bananen und züngelt ihr ins Gesicht, eine Grüne Mamba, gerade aus der Erstarrung des Kühlraums aufgetaut … Busse bekam gar nicht genug davon, uns vorzuführen, wie die Frau aufschreit und wegkippt, er mochte das, kreischende Frauen nachmachen … Natürlich war alles frei erfunden, es war das schiere haltlose Gerücht. Aber wie nun Schatte – Ernst Moritz Schatte, Fränzchens Ex – das hört, setzt er sich an die Schreibmaschine und hackt mir ein Stück herunter über die Mütter, die ihren Bälgern diese Kakao-Bananen-Pampe füttern und damit ein *Gewaltverhältnis* zu den armen westafrikanischen und guatemaltekischen Bauernfamilien errichten, weil deren Überleben davon abhängt, ob sich die *Mannemer* Mütter im Supermarkt diese oder jene Pampe aus dem Regal nehmen – ein scheinbar unwissend oder besser im Wortsinne unbewusst aufgebautes Gewaltverhältnis also, weil sich nämlich im Unbewussten dieser Mütter offenbar doch eine Ahnung vom Bedrohlichen dieses Gewaltverhältnisses halten müsse, eine Ahnung, die sich im obsessiven Gerücht von der Grünen Mamba Ausdruck verschaffe …«

»Das stand bei Ihnen so in der Zeitung?«, erkundigt sich Berndorf.

»Das stand so in der Zeitung«, bestätigt Volz. »Heute noch sehe ich den Parteisekretär vor mir, die Brille auf die Igelhaare hochgeschoben, wie er am nächsten Tag mit dem Blatt auf den Konferenztisch schlägt und herumbrüllt, durch diese Brühe lasse er sich nicht ziehen …«

Volz unterbricht sich und scheint nachzudenken. »Merkwürdig, was aus manchen Leuten geworden ist.« Dann nimmt er einen Schluck, stellt beruhigt fest, dass es ein Gau-Bickelheimer ist und keine Kakao-Bananen-Pampe, und fährt fort.

»Ja, wir haben dann auch so etwas wie einen Bitterfelder Weg unter den Bedingungen des Kapitalismus versucht, *authentisches Schreiben*, hat Fränzchen das genannt und dazu einen Anzeigensetzer aus der *Aufbruch*-Mettage gekeilt, Micha Steffens, ein anstelliger Junge. Wenn einer eine Wohnung gesucht hat, und Micha bekam eine Annonce herein, in der eine angeboten wurde, gab er einem einen Tipp, bevor noch die Zeitung erschien, aber man musste einen Hunderter rüberschieben oder zwei, er hat das dann mit einem Anzeigenvertreter geteilt, den sie Blümchen nannten … Für mich hat Steffens die neuen Italowestern rezensiert, als Handlungsanweisung für die Macht des Volkes, die aus den Gewehrläufen kommt. Schatte hatte ihm das beigebracht …«

»Es war wohl so«, sagt Edeltraud nicht ohne Schärfe, »dass

Fränzchen das Feuilleton als Ablege für alle Kerle angesehen hat, die sie nicht mehr im Bett brauchen konnte. Weiß der Kuckuck, wie sie darauf gekommen ist.«

Mitleid heischend sieht Rüdiger Volz zu Berndorf. »Was soll mann dazu sagen? Natürlich haben wir nicht scharf getrennt, die Befreiung der Produktionsverhältnisse ist in jenen Tagen auch eine solche des reproduktiven Bereichs gewesen …« Volz krächzt kurz, es ist nicht zu unterscheiden, ob es ein Altherrenkichern ist oder das Lungenemphysem. »Edeltraud sieht das zu eng.« Volz hat sich ausgekrächzt. »Spät abends, kurz vor Andruck, kehrt in die Zeitungsredaktionen eine eigentümliche Stille ein, die Welt ist zur Ruhe gekommen … Wenn keine US-Präsidenten umgebracht werden oder die Russen nicht gerade in Prag einmarschieren, ist das die Stunde der Kontemplation … Bei mir hat dann oft noch das Licht gebrannt, wir haben diskutiert und Bier getrunken …«

»Letzteres vor allem«, wirft die Ehefrau ein.

»… einer der Galeerensklaven aus der Nachrichtenredaktion hat ein Andruck-Exemplar gebracht, oder Busse schaute herein, der Polizeireporter, bevor er zu den sinistren Treffpunkten aufbrach, wo er einen von seinen Knaben zu finden hoffte – schon deswegen keiner von Fränzchens Exen! Manchmal saß noch eine Langhaarig-Brünette aus Schattes Umkreis in der Ecke, sie hat irgendwelche finsteren Texte aus irgendwelchen obskuren französischen *Cahiers* übersetzt, das heißt, die Texte waren nicht bloß finster, sondern schwarz wie die Fahne des Anarcho-Syndikalismus, dabei war sie ein ganz liebes Mädchen, der Name will mir nicht mehr einfallen …«

Berndorf lässt sich noch eine Tasse Tee einschenken.

Ernst Sonstwas Schatte, Soziologe; Micha Steffens, Anzeigensetzer; der Galeerensklave Namenlos; Busse, schwul; Brünettchen Will-mir-nicht-Einfallen; Dr. Rüdiger Volz, Rentner; Elfriede Volz, Lehrerinnenblick; Blümchen, Anzeigenvertreter … Fahr nach Hause, Berndorf. Oder noch besser: Nimm den nächsten Flieger nach Berlin.

Er setzt die Tasse Tee wieder ab und räuspert sich und fragt.

»Erinnern Sie sich dran, dass einmal über eine silberne Kette gesprochen wurde? Dass jemand so etwas getragen hat, oder dass sie jemandem aufgefallen ist?«

Nein, Dr. Rüdiger Volz schüttelt abweisend den Kopf, die Gedanken verweilen noch in den schönen revolutionären Tagen des republikanischen Aranjuez, der Geist der Utopie schwebt über dem stillsten Wasser, Django schmilzt Nschotschis Silberkette in das Blei seiner tödlichen Kugeln, oder war das Winnetou?

Berndorf blickt fragend zur Gattin.

»Nein«, sagt Edeltraud Volz und legt das halb gerauchte Zigarillo in den Aschenbecher, »ich habe Rüdigers Geisterstunden nicht so sehr geschätzt, müssen Sie wissen.« Außerdem müsse sie jetzt noch Zeugnisse schreiben. »Ich hoffe für Fränzchen, dass Sie etwas herausfinden, und ich hoffe es auch für Sie ...«

»Haben Sie Brian O'Rourke gekannt?«, fragt Berndorf rasch, ehe sie gehen kann. »Und wissen Sie, wie Franziska mit ihm zusammenkam?«

Edeltraud Volz ist schon aufgestanden und hat sich zur Tür gewandt. Nun bleibt sie stehen. »Doch, das wissen wir.« Rüdiger Volz blickt unsicher. Er kann sich nicht erinnern.

»Klar, dass du dich nicht erinnern kannst«, sagt Ehefrau Edeltraud und setzt sich wieder. »Es war im *Quadrätche*, am späten Vormittag, nach der Redaktionskonferenz.« Sie wendet sich an Berndorf. »Das *Quadrätche* war eine Kneipe, ein paar Schritte vom Verlagshaus entfernt. Fand man Rüdiger nicht im Büro, dann war er dort. Wir waren am Vorabend verabredet gewesen, wollten uns *Clockwork Orange* ansehen, aber er hatte mich versetzt, und nun wollte ich ihm sagen, dass es aus ist.«

Dr. Rüdiger Volz blickt gequält.

»Richtig, er saß hinten am Stammtisch, Fränzchen war bei ihm, und Busse wohl auch, wenn ich es noch recht weiß, als Trennungszeugen kamen sie mir gerade recht, an einem der Tische davor hockte dieser schreckliche Anzeigenakquisiteur und wartete darauf, dass er jemanden mit seinen frommen Sprüchen ansülzen konnte … Ich steuere auf den Stammtisch zu, die Schultasche – ich hatte am Morgen noch eine Lehrstunde halten müssen – im Schlepptau, und ehe ich mich's versehe, bleibe ich mit der Tasche an dem Stuhl von diesem Blümchen hängen und komme vor lauter Hast und Hass ins Stolpern und wäre längelang auf den Kneipenboden geflogen, wenn mich nicht ein einzelner Gast aufgefangen hätte, der an der Theke stand. Noch heute höre ich, wie er sagt, dass so reizende Frauen keine so abscheulichen Schultaschen sollten tragen müssen … Sein Deutsch ist nahezu perfekt, aber er spricht es mit diesem liebenswürdigen insularen Akzent, dann geleitet er mich bis zum Stammtisch und zu Rüdiger, der wieder mal nur dasitzt …«

Sie unterbricht sich und betrachtet ihren Ehemann. »Manchmal denke ich, du hast dich seither wirklich nicht sehr verändert.«

Unwillkürlich betrachtet auch Berndorf den Ehemann. Sie hat Recht, denkt er.

Volz greift zum Weinglas.

»Das war es dann auch schon«, fährt die Ehefrau fort. »Irgendwie war mir der richtige Ansatz für meine Trennungsarie abhanden gekommen, Rüdiger bedankte sich bei dem fremden Gast für sein promptes Eingreifen und bat ihn an den Tisch, Jakupp der Säufer brachte eilends eine Runde Schnaps, und Fränzchen überfiel mich mit tausend Entschuldigungen, die Betriebsgruppe des Journalistenverbands hätte am Abend zuvor zu einer spontanen Plenarversammlung aufgerufen wegen eines angeblich neuen verlegerischen Konzeptes für den *Aufbruch* … Sie sehen ja, was aus meinen Vorsätzen geworden ist.«

»Was Sie erzählt haben, lässt eigentlich einen anderen Fortgang erwarten«, wendet Berndorf höflich ein.

»Sie vergessen Fränzchen«, antwortet die Ehefrau. »Ich weiß nicht mehr, wie es kam, aber plötzlich hat sie dieses Funkeln in den Augen, ebenso plötzlich fällt ihr ein, an der Jukebox fünf Mark für Schnulzen einzuwerfen …« Unvermittelt bricht Edeltraud in Gesang aus, sie hat einen etwas zu tiefen Lehrerinnen-Alt, aber trifft sehr schön einen Ton, an den sich Berndorf durchaus zu erinnern glaubt:

»*Vogelfrei war mein Herz bis heut* …« Ebenso unvermittelt, wie er begonnen hat, bricht der Gesang wieder ab, Dr. Rüdiger Volz stellt das Glas, das er erschreckt zur Brust genommen hat, vorsichtig auf den Tisch zurück, und die Gattin fährt mit normaler Stimme fort.

»Erinnern Sie sich? Vicky Leandros war das, ich hab's noch immer im Ohr, und noch immer rieche ich diesen Kneipengeruch und sehe uns zu. Rüdiger und ich essen Bratkartoffeln mit Spiegelei, Busse hat sich gedrückt, Jakupp der Säufer kippt ein Stützbier, aber Fränzchen und der Gast mit dem aparten Akzent lehnen an der Jukebox und schauen sich an und albern über Vicky und machen sie nach, wie sie singt …«

Sie hebt den Kopf und bricht erneut in Gesang aus:

»*Dann kamst Du, und mit Dir kam die Liebe* …«

Ganz schnell hört sie wieder damit auf und lächelt Berndorf verlegen an.

»Also dass wir bei Jakupp jemals Bratkartoffeln gegessen hätten, glaub ich dir nicht«, wendet Rüdiger Volz ein.

Es war kein Döner, sondern eine Currywurst, und die Wurst war labberig und die Tomatentunke schmierig süßsäuerlich und die Cola nachklebend chemisch, und der Mensch, der neben ihr seine Bratwurst schlang, hatte sie angesehen wie … Birgit will lieber nicht wissen, wie er sie angesehen hat, es war ein untersetzter vierschrötiger Mensch in einem verschmierten Overall, und sein Lastzug war auf dem Parkplatz neben dem Imbiss abgestellt, ein komischer Lastzug war das, nicht mit Planen, sondern die Aufbauten holzverschalt, und der Mensch hatte sich die Bratwurst in den Mund gesteckt, und sie dann angesehen, und die Bratwurst hing ihm dabei zum Mund heraus. Wenigstens hat sie jetzt keinen Hunger mehr. Zum dritten Mal an diesem Tag parkt sie unter der Sequoia, jedes

Mal ein wenig näher am chefärztlichen Anwesen, weil der Schatten wandert, das muss doch den Leuten auffallen, denkt sie, wie machen Detektive das? Falls es die in Wirklichkeit überhaupt gibt und nicht bloß in Fernsehkrimis, in denen der Detektiv dann umgebracht wird, weil er mehr herausgefunden hat, als er soll.

Birgit kommt ins Tagträumen und stellt sich vor, wie bei Chefarzts die schweren Limousinen vorfahren und Männer mit schwarzen Sonnenbrillen aussteigen und die Geldkoffer anschleppen, mit denen die fünfte Lebertransplantation für einen kuwaitischen Scheich bezahlt wird ... Ach Quatsch, das ist ein Endokrinologe, der transplantiert doch keine Lebern, was tun Endokrinologen eigentlich? Ich muss mal nachgucken. Und was der Plural von Leber ist.

Es klopft an die halb herabgelassene Fensterscheibe, gebückt steht ein weißhaariger Greis im sommerlichen Leinenjackett am Auto und streckt ihr die Altersflecken auf seiner Stirn entgegen. »Entschuldigen Sie, aber suchen Sie jemanden hier?« Birgit atmet flach durch. »Nein, aber Sie sind sehr aufmerksam.« Schleicht umher und linst, dass keiner in eurem schnieken Villenviertel einbricht. »Ich ruhe mich nur etwas aus, wie Sie sehen. Im Schatten, es ist sehr heiß heute, wissen Sie.« Leute in deinem Alter merken das gar nicht mehr. Denen kann es nicht warm genug sein. Aber schnüffeln, dazu reicht es. Kümmer dich doch mal um die Leute in euren feinen Villen, die anderen den Mann wegnehmen, als wär's ein Spielzeug.

»Brauchen Sie Hilfe?«

Heuchler. Außerdem wirst du allmählich penetrant. »Nein, sehr freundlich. Aber können Sie mir sagen, wo ich hier eine Telefonzelle finde?«

Ich muss wirklich telefonieren. Mutter weiß noch gar nichts. Ein Glück, dass sie Hubert nicht mag, und Hubert sie nicht. Er wird nicht anrufen, es sei denn ...

Immer kann irgendetwas sein. Irgendein Unsinn, den das Rektorat gestiftet hat. Etwas mit der Katze. Irgendetwas im

Haushalt geht kaputt, der Kühlschrank oder der Wäschetrockner, Männer können grauenvoll hilflos sein. Hubert jedenfalls. Der Schnüfflergreis zeigt ihr den Weg. Sie bedankt sich und fährt los, und erst als sie die Telefonzelle findet, fällt ihr ein, dass es Freitag ist. Wieso hat sie eigentlich ihr Handy nicht mitgenommen?

Noch ehe sie aussteigt und die Münzen herausgesucht und in der stickigen, unerträglich heißen Zelle die Freiburger Nummer gewählt hat, hört sie den entsetzensschrillen, hohen, gleich bleibenden Klageton: »Aber Kind, ich habe heute doch meinen Bridge-Abend …«

Aber das hilft nichts. Was man einmal angefangen hat …

Florian Grassl fährt mit dem Audi durchs dämmrige Wieshülen, vorbei an zwei Bäuerinnen und drei Hühnern, Ortsvorstehers gelbschwarzer Köter geht Amtsgeschäften nach, Grassl biegt nicht zur Akademie ab, sondern nimmt die nächste Straße, die in einen Flurbereinigungsweg mündet, und der führt zum Schafsbuck.

Am Waldrand hält er an, parkt den Audi halb unter den Bäumen, überlegt, ob er aussteigen soll, und tut es dann doch, weil er vom vielen Fahren steif ist im Rücken. Aus seiner Tasche nimmt er das Fernglas mit und stellt sich unter einen Baum, von dem aus er die Akademie sieht.

Grassl will nachdenken. Er hat die beiden Pakete nicht im Schweizer Safe verstaut, und er bringt sie auch nicht zurück.

Also muss er dem Alten eine Geschichte erzählen.

Was kommt in dieser Geschichte nicht vor? Unnütze Dinge werden nicht vorkommen. Wozu muss Gerolf Zundt wissen, dass Frau Roswitha Bullinger, gesch. Grassl, in Nördlingen wohnt, Am Grünen Meer 5? Nichts kann er damit anfangen, denn Roswitha Bullinger wird die beiden Pakete, die sie morgen per Eilboten bekommen wird, sorgfältig aufbewahren. So sorgfältig, dass nicht einmal ihr Gatte Heinz »Butzi« Bullinger etwas davon mitbekommt, geschweige denn irgendjemand sonst.

Muss Gerolf Zundt wissen, wer alles in einem blauen BMW mit Stuttgarter Nummer zwischen Wieshülen und Friedrichshafen unterwegs ist? Auch das muss Gerolf Zundt nicht wissen. Denn entweder weiß er sowieso nichts von diesen Leuten, dann weiß Grassl etwas, das Zundt nicht weiß. Oder Zundt weiß davon, und dann war es kein besonders schöner Zug, ihn diese Pakete durch die Landschaft kutschieren zu lassen.

Strafe muss sein, denkt Grassl.

Und Ihnen ist kein blauer BMW gefolgt? Mit so Kurzgeschorenen darin?

Nein, Chef, mir ist nichts aufgefallen.

Wo aber sind dann die Pakete?

Das war so, Chef. Da war eine große Rauschgiftfahndung. Also der Schweizer Zoll hat. Und da hab ich doch Bedenken bekommen. Und die Pakete in den See …

Nein. Das geht nicht. Florian Grassl verzieht das Gesicht und nimmt sein Fernglas und betrachtet erst einmal die Akademie, irgendwie muss er sich atmosphärisch besser darauf einstellen, einfühlen sozusagen.

Sommersattgrün die Kastanien. Dahinter das Haus. Dunkel. Noch dunkler der Alte Stall mit den Gästezimmern im ausgebauten Dach.

Ist Meister Zundt wirklich nicht da? Er korrigiert die Einstellung und bekommt die Bronzetafel vor Augen mit Grünheims Dichterwort:

Und wenn mein Blut denn fließen muss
noch einen letzten Abschiedsgruß
deutsche Erde

Grassl will den Feldstecher schon anheben, als ihm eine schwarz glänzende glatte Fläche unter den Bäumen auffällt. Er senkt das Glas und stellt fest, dass ein Daimler unter der Kastanie geparkt ist. Dann entdeckt er zwei weitere Autos, beides dunkle VW Passat. Wenn Besuch da ist, denkt Grassl, wieso brennt im Haus kein Licht?

Plötzlich nimmt er einen Lichtschein wahr. So, als ob er ihn durch einen Spalt erblickt hätte. Offenbar sind die Vorhänge vorgezogen, und dahinter ist eine Lichtquelle. Eine Lichtquelle, die sich bewegt.

Grassl lässt den Feldstecher sinken. In seinem Gehirn beginnt es zu arbeiten. Niemand geht mit Stehlampen spazieren. Wenn eine Lichtquelle sich bewegt, dann bedeutet das, dass jemand mit einer Taschenlampe hantiert. Wenn einer in einem dunklen Haus mit der Taschenlampe hantiert, ist er ein Einbrecher. Üblicherweise.

Seit wann fahren Einbrecher gleich mit drei Wagen vor? In der Johannes-Grünheim-Akademie sind allenfalls Bücher und alte Stilmöbel zu holen, auf deren Echtheit Grassl nicht einmal seinen alten Golf verwettet hätte.

Es sind also keine Einbrecher. Jedenfalls keine gewöhnlichen. Also sind es die Leute, wegen denen ihn der Alte Hals über Kopf mit zwei Paketen in die Schweiz geschickt hat.

Grassl findet, dass er schon angenehmere Gedanken gehabt hat.

»So Bürschle, wieder am Lure?«, sagt eine Stimme an seinem Ohr. Es ist eine grobe Stimme. Eine Hand packt seinen rechten Arm und reißt ihn zu sich her. Der Feldstecher fällt zu Boden. In der Dämmerung erkennt Grassl vierschrötige Umrisse. Er wendet sich ab und läuft in einen krachenden Schlag, Funken irren zitternd über den Horizont, Grassl erstarrt, dann lässt er sich fallen, bleibt reglos liegen, keine Reaktion, nichts, liegen bleiben.

»So billig kommst net davon«, sagt die grobe Stimme über ihm und packt ihn am Hemdkragen und reißt ihn hoch, Grassl windet sich und rammt seinen Ellbogen in den Bauch, der zu der Hand und der Stimme gehört, die Hand lässt ihn los, halb gebückt stürzt Grassl nach vorn, rempelt einen zweiten Mann, es ist der, von dem der Schlag gekommen war, der zweite Mann greift nach ihm, verfehlt ihn, Grassl stolpert ins Gebüsch, kratziges drahtiges Fichtengezweig schlägt ihm ins Gesicht, er rennt blindlings in die Düsternis, hinter ihm brechen die beiden Männer fluchend durchs Geäst, Grassl erreicht den

Waldweg und rennt und hastet in seinen Sommerschuhen, gleich wird er Seitenstechen bekommen, wenig hat er so gehasst wie Waldlauf, gleich nach dem Felgaufschwung kam das, er erreicht ein Gebüsch, wirft sich zwischen die buschigen Jungfichten und bleibt dort liegen, flach atmend … Über sich hört er zwei Stimmen.

»Wo ist das Scheißerle jetzt hin?«

»Der ist vor zum Trauf.« Die Antwort klingt ein wenig atemlos. »Vielleicht hagelt's ihn runter.«

»Jedenfalls reicht's ihm. Morgen läuft er marmoriert durchs Dorf.«

Irgendetwas juckt Grassl im Nacken. Mit schier übermenschlicher Anstrengung zwingt er sich, nicht zu kratzen. Zwingt sich, weiter flach und fast unhörbar zu atmen.

Die Schritte entfernen sich. Langsam kehrt Waldesstille zurück. Grassl fasst sich in den Nacken und zieht vorsichtig einen abgebrochenen dürren Zweig heraus. Dann tastet er nach seinem Gesicht.

Es fühlt sich feucht an. Und klebrig.

Vom Waldrand her hört er ein Splittern. Es hört sich rhythmisch an. Was …? Dann läuft so etwas wie ein kindliches Lächeln über sein zerschundenes Gesicht.

Es ist Zundts Audi, den sie kurz und klein schlagen.

Berndorf sitzt allein in einem schmuddeligen Abteil des Regionalzugs, der ihn zurück nach Heidelberg bringt, und schlägt den Hebel-Band auf, dort, wo er das Lesezeichen eingelegt hat: … *Als aber die Bergleute in Falun im Jahr 1809 etwas vor oder nach Johannis zwischen zwei Schachten eine Öffnung durchgraben wollten, gute dreihundert Ellen tief unter dem Boden, gruben sie aus dem Schutt und Vitriolwasser den Leichnam eines Jünglings heraus, der ganz mit Eisenvitriol durchdrungen, sonst aber unverwest und unverändert war …*

Vergangenes, das nicht vergehen will. Er legt den Band auf den Sitz neben sich. Johann Peter Hebels Falun verschwindet in nordischen Nebeln, Berndorf holt sein Notizbuch hervor und schreibt aus alter Gewohnheit ein paar Stichworte auf. Denn Volz hatte ihm noch alte Zeitungsfaszikel aus dem Jahre 1972 angeschleppt, vergilbte Seiten, noch ein paar Jährchen, und sie würden ganz zerfallen, 36 Punkt hohe Schlagzeilen, die von längst vergessenen Aufregungen handelten … Wortreich hatte Ernst Moritz Schatte die Krokodilstränen analysiert, die der internationale Monopolkapitalismus über das Schicksal sowjetischer Dissidenten wie Bukowski verliere, Micha Steffens hatte Schulmädchen- und Hausfrauenreports streng unter dem Gesichtspunkt überprüft, ob es unter den Bedingungen der Marktwirtschaft denn eine andere als eine prostituierte Sexualität geben könne, und eine Birgit Schiele hatte über Carlos Saura und seinen Film »Anna und die Wölfe« geschrieben, das heißt, sie hatte erzählt, wovon dieser Film handelt, wenigstens etwas, dachte Berndorf, als er es las.

Volz hatte ihm bei der Lektüre über die Schulter gesehen, als sei es ihm selbst ein immer neues Wunder, was da aus seiner Feuilleton-Stube ans Tageslicht einer wie auch immer verkauften Zeitung gekrochen sei. Sehen Sie doch nur, schien er zu sagen, wie frech und aufmüpfig wir waren! Was aus seinen Autoren wurde, wusste er freilich nur ungefähr; Schatte sei heute wohl Professor in Freiburg, wenn er es recht wisse, und lehre leider allerhand krudes Zeug, Birgit Schiele – »keine Ahnung, sie wird einen ihrer Professoren geheiratet haben und im Sommer die Festspiele von Avignon besuchen …«

Franziska? »Die saß im Knast, weil niemand unschuldig sein kann, dem die Polizei einen Menschen abknallt, und bis sie nach einem halben Jahr wieder herauskam, gab es den *Aufbruch* nicht mehr.«

Und Micha Steffens? Ja, das sei wirklich merkwürdig. »Der war plötzlich weg, ohne Kündigung, von heute auf morgen, ich glaube sogar, das war unmittelbar nach der Geschichte mit O'Rourke. Wir sind damals alle von der Polizei nach ihm befragt worden, vielleicht haben Sie oder Ihre Kollegen ihn auch umlegen lassen, und dann waren es zu viel Tote, und den einen haben Sie vertuscht …« Er hatte das ganz freundlich gesagt, so, als käme es auf einen Toten mehr oder weniger nicht mehr an.

Berndorf notierte, was ihm von Volzens Geplauder im Sinn geblieben war. Was soll er damit anfangen? Darüber will er lieber nicht nachdenken, verschwitzt und müde und eingeräuchert von Volzens Roth-Händle. Am liebsten will er an gar nichts denken. Das heißt, er denkt, Barbara könnte anrufen, und schaltet sein Handy ein. Nichts rührt sich.

Links sieht er die Fabrikanlagen der BASF Ludwigshafen. Nun denkt er doch etwas.

Ich will hier weg. Da ist nichts, was ich noch zu tun hätte. Er schließt die Augen, aber das hilft nichts, denn er sieht die grauen Augen Franziska Sinheims und die geschlossenen Augen Troppaus und hört Troppaus schwerfällige Stimme: *Warum eine silberne Kette?* Und er hört Franziska: *Finden Sie etwas über jenen Anrufer heraus …*

Das sagst du so, Mädchen. 28 Jahre ist das her. Du findest nicht mal heraus, wer gestern der alten Oma am Telefon vorgelogen hat, ihr einziges Enkelkind sei vom Lastwagen totgefahren worden. Und wenn ich es herausfinde? Dann ist es ein gesetzestreuer Bürger gewesen, der der Polizei behilflich sein wollte. Einer, der nur seine Pflicht getan hat. Der sich ein bisschen geirrt hat. Irren Sie sich nie, Herr Hauptkommissar?

Der Zug verlässt Ludwigshafen, links unter sich sieht Berndorf den Rhein, in der Dämmerung dunkel schimmernd talwärts ziehend, zielstrebig und leise jaulend. Mit einem Griff hat Berndorf das Handy ans Ohr genommen und die Gesprächstaste gedrückt. »Wo bist Du?«, will Barbaras klare helle Stimme wissen.

»Iwer der Brick«, antwortet Berndorf und berichtet. Was er jetzt machen wird? Zurückfahren wird er nach Heidelberg, ins Hotel gehen und unter die Dusche, und dann versuchen, nicht an den Sommer 1972 zu denken.

»Ruf mich an, wenn du geduscht hast!«

Über die Autobahn zwischen Lahr und Offenburg rauscht dichter Freitagabendverkehr, auf der linken Spur fegen aufgeregte Freiburger, Schweizer und Franzosen heimwärts, vor Birgit fährt ein Lastzug, der Anhänger hat keine Planen, sondern holzverschalte Wände. Den hab ich schon einmal gesehen, denkt Birgit, und wieder sieht sie die Imbissbude in Neckargemünd vor sich, sieht den Fahrer, dem die Bratwurst unterm Glotzen aus dem Maul hängt, es graust ihr, sie will überholen, aber hinter ihr schert ein überladener Türkenkombi auf die Überholspur und schiebt sich langsam an ihr und an dem Viehtransporter vorbei.

Im Autoradio versteigert ein Sprecher die Staumeldungen, 14 Kilometer am Offenbacher Kreuz, 27 am Biebelrieder Dreieck, Birgit versucht ein weiteres Mal, auf die linke Spur zu wechseln, ein Benz mit Lichthupe schießt von hinten auf sie zu und scheucht sie wieder nach rechts, der Radiosprecher bittet einen Menschen aus Gelsenkirchen, unterwegs mit einem dunkelroten Ford Omega, dringend zu Hause anzurufen, der Benz fährt aufblendend auf den Türkenkombi auf, der zieht vor dem Viehtransporter knapp nach rechts, der Viehtransporter weicht aus, sein Anhänger beginnt merkwürdig nach links und rechts zu schwänzeln, Birgit tritt auf die Bremse ihres Japaners, unbeteiligt sieht sie zu, wie der Anhänger vor ihr abhebt, das heißt, nur die eine Seite hebt ab, dann kippt der Transporter samt Anhänger nach rechts über die Böschung und fällt zur Seite. Die verschalten Wände brechen auf und Schweine purzeln heraus und fallen übereinander. Sie reißen sich die fetten nackten Leiber an den splitternden Brettern auf und rennen blutend über die Fahrbahn, eines der Tiere ist auf die Motorhaube von Birgits Japaner geschleudert worden, es strampelt und will da runter, aber es schafft es nicht, vielleicht hat es sich ein Bein gebrochen, Birgit weiß nicht, wie das heißt, ist es eine Pfote? Oder eine Haxe? Das Schwein starrt sie aus winzigen panischen Augen an und reißt die Schnauze auf und schreit und hört nicht auf zu schreien, hoch, durchdringend, selbst die Hände, die sich Birgit an die Ohren presst, helfen nicht.

Miriam betrachtet Huberts weißlichen Bauch, der vom Skrotum bis zur Brust mit einem Flaum dunkel gekräuselten Haares überzogen ist. Sie liegt auf einer Decke, die Hubert Höge in einem Anfall von *amour fou* auf ihren Schreibtisch gelegt hat. Huberts Hände halten ihre gespreizten und angezogenen Beine an den Fesseln. Ihre Arme hat sie unter dem Kopf gekreuzt, weil sie zusehen soll, wie Hubert es aus der Hüfte heraus tut. Sie sieht, dass ihm dabei Schweißtropfen auf die Stirn treten.

Jetzt muss er sich auch noch so anstrengen, denkt sie und überlegt, ob sie stöhnen soll. Schließlich ist das, was jetzt stattfindet, hier auf diesem tintenfleckigen Schreibtisch, das Glück, das unglaubliche, zitternd erhoffte, immer unmögliche, kerzenflackernd erflehte, die Erfüllung, die Offenbarung, wenigstens für einen Abend, wenigstens so lange, bis Hubert des Kontrollanrufes wegen nach Hause will.

Denn Birgit musste zu ihrer Mutter.

Huberts Stöße kommen wuchtiger. Die Schweißtropfen perlen auf Huberts Stirn. Irgendetwas tut ihr weh.

Zu ihrer Mutter musste Birgit. Immer schneller wird Hubert. Es ist nur eine kleine Stelle, aber sie ist wund gescheuert. Schwimmunterricht, dreitausendfach verfluchter. Hallenbad, die schwarze tiefe Hölle soll dich holen und deine Pilze.

Nie wieder werd ich Schwimmunterricht geben, wenn es Birgit müssend zu ihrer Mutter zieht.

Hubert macht den Mund auf und ächzt.

»Ja«, sagt Miriam, »komm, fick mich, zeig's mir, mach mit mir, was du willst.«

Nicht alle Tage muss Birgit zu ihrer Mutter.

»Ich will ja nicht neugierig sein«, sagt der Arzt in der Ambulanz des Reutlinger Krankenhauses, »aber wo Sie sich diese schöne Schramme eingefangen haben, würde ich schon gerne wissen.«

Grassl jammert leise auf, teils, weil ihm gerade allerhand Dreck- und Waldpartikel aus der aufgeplatzten Augenbraue gezupft werden, teils, weil er sich eine Antwort überlegen muss. Zum Glück fällt ihm der Albtrauf ein.

»Ich war auf der Alb, bei Wieshülen, und wollte – autsch! – und wollte den Abstieg nehmen, der dort ins Tal führt, aber ...« Plötzlich tat es wirklich ekelhaft weh.

»Aber?«

»Der Abstieg ist von den Regenfällen im Frühjahr unterspült, und ich bin ins Rutschen gekommen ... konnte mich gerade noch an einer Wurzel festhalten.«

»Na ja«, sagt der Arzt und beginnt die Wunde zu klammern. »Wenn es nicht so gewesen wäre, wie Sie sagen – ich hätte direkt gedacht, Sie haben Streit gehabt mit einem, mit dem Sie keinen Streit haben sollten.«

Red du nur, denkt Grassl. Er hat fast eine Stunde gebraucht, bis er zum nächsten Dorf und zu einer Telefonzelle kam. Aber selbst dann war es noch schwierig genug. Der Taxifahrer wollte ihn, blutverschmiert wie er war, nicht mitnehmen. Wenigstens hatte Grassl seine Brieftasche nicht verloren. Und in seiner Brieftasche hat Grassl immer einen oder zwei Hunderter, für Notsituationen. Und mit einem Hunderter lässt sich auch ein ausgesprochen bornierter Taxifahrer überzeugen.

Grassl überlegt, ob er einer größeren Katastrophe entronnen ist. Oder ob er sich vielmehr in einer ebensolchen befindet, und zwar mittendrin.

Wahrscheinlich lässt sich das hin und wieder gar nicht so genau unterscheiden. Wie war das nochmal mit dem Auge des Taifuns?

Berndorf hat lange geduscht, den Schweiß, den Rauch, den Dreck eines Sommertages abgewaschen. Nun trocknet er sich ab und greift, das Badetuch noch über den Schultern, zum Handy und ruft die Nummer auf, die dort als Erste gespeichert ist.

»Geduscht?«, fragt Barbaras Stimme.

»Ja«, antwortet Berndorf, leicht befremdet.

»Gut.« Und schon bricht der Anruf ab. Schritte nähern sich

über den Korridor, die Tür wird geöffnet und auf tritt, grünäugig, Venus im knappen Bademantel, dessen sie sich sogleich entledigt.

Allmählich wird es Samstag, 1. Juli

Mitternacht rückt näher schon, am Stammtisch verabschieden sich die Handwerker, die am nächsten Morgen zur Schwarzarbeit müssen. Die ersten Tische werden aufgestuhlt, der Adler-Wirt wirft einen misstrauischen Blick ins Lokal, links tagt oder nächtet eine verhockte Seminarrunde, rechts unter dem gerahmten Mannschaftsfoto der Rugby-Mannschaft von 1912 steckt immer noch das späte Paar die Köpfe zusammen, die Dame sitzt vor einem Auggener Schäf, der Herr vor einem Mineralwasser.

»Diese Franziska ist ein kurz entschlossenes Mädchen«, fasst Barbara zusammen, was Berndorf soeben über seinen Besuch in Bobenheim berichtet hat. »Und die Gattin Volz registriert das ohne jeden Weichzeichner.«

Das sei ihm auch aufgefallen, sagt Berndorf. »Aber vorerst hab ich's zur Seite gelegt. Mich stört, dass jeder Schwätzer mich auf diese Irish Connection anspricht. Natürlich war es auffällig, wie der Innenminister das damals dementiert hat …«

Barbara runzelt die glatte weiße Stirn. »Der Bloody Sunday von Londonderry war im Januar 1972, und die IRA ist damals ziemlich kalt erwischt worden. Das hat Volz nicht aus einem schlechten Thriller, sondern das war wirklich so. Ob aber die IRA damals einen Waffenaufkäufer hierher geschickt hätte, müsstest du eigentlich besser beurteilen können als ich.«

Heute wäre es möglich, denkt Berndorf. Heute kannst du dich auf jedem besseren Heimwerkermarkt mit Kalaschnikows eindecken und dem pfiffigen tschechischen Sprengstoff, der die Leute in so handliche Portionen zerteilt, dass du damit die Tauben füttern kannst. Aber damals? »Das hat sie ganz sicher nicht«, meint er schließlich. »Als seriöser Terrorist hat man sich zu jener Zeit das Gerät in Libyen oder bei den Scheichs besorgt.« War O'Rourke aber womöglich ein Emissär, einer, der Geld beschaffen oder Kontakte knüpfen sollte, vielleicht zur westdeutschen RAF?

Ein Emissär, aber ja doch. Einer, der Bier verkaufen wollte.

»Ich glaube es auch nicht«, meint Barbara sanft, nachdem sie ihm beim Denken zugesehen hat. »Irgendwie hab ich ein Problem, mir eine Mannheimer Kneipe, die *Quadrätche* heißt, als den Treffpunkt der internationalen terroristischen Szene vorzustellen. Apropos. Du hast da etwas erzählt von diesem Soziologen, den Franziska im Feuilleton abgelegt hat. Weißt du den Namen noch?«

Aus seiner Jackentasche holt Berndorf den Notizblock, auf dem er während der Rückfahrt im Zug festgehalten hat, was ihm vom Gespräch mit Volz noch in Erinnerung war.

»Schatte, Ernst Moritz«, entziffert er.

Barbara lacht, halb verwundert, halb amüsiert. »Du weißt, dass du ihn kennst?«

Berndorf weiß es nicht. Barbara betrachtet ihn mit großen grünen Augen. »Hier hast du ihn getroffen. In dieser Kneipe. An unserem ersten Abend. Als wir uns das zweite Mal getroffen haben. Es hat ihm nicht gepasst, dass wir miteinander geredet haben. Was danach war, hätte ihm noch weniger gefallen.«

Berndorf erinnert sich. Vor allem an das Danach. »Du hast ihm gesagt, er soll das Maul halten. Irgendwie fand ich es einen überraschend wenig akademischen Ausdruck.«

»Nein«, sagt Barbara und schüttelt den Kopf, »ich sagte nicht, halt das Maul. Ich nannte ihn bei seinem Namen. Den, den er nicht gern hört.«

Sie unterbricht sich und zögert. »Ich kenne die Geschichte nur vom Hörensagen, und vielleicht ist sie auch böswillig verzerrt … Es muss in den späten Sechzigerjahren gewesen sein, bei einer Demonstration in Köln gegen die Erhöhung der Straßenbahntarife, Ernst Moritz Schatte vorneweg mit dem Megafon. Aber dann kamen eure Leute mit ihren Greifertrupps, und als sie sich Schatte krallen wollten, hat er die Flüstertüte rasch einem Kommilitonen in die Hand und sich selbst zur Seite gedrückt ...«

»Die Instinkte des geborenen politischen Führers«, wirft Berndorf ein.

»Ich selbst habe Schatte erst später kennen gelernt, in Frankfurt, wo er um 1969 aufgetaucht ist«, fährt Barbara fort. »Es gibt Leute, denen man zuhört, sobald sie den Mund aufmachen. Das hat zunächst nichts zu tun mit dem, was sie sagen. Eher damit, wie sie es tun. Schatte war so jemand. Vermutlich ist er es heute noch. Einmal habe ich ihn bei einer Hörsaal-Besetzung erlebt, die uns aus dem Ruder gelaufen ist – der Institutsdirektor, ein alter tappriger Herr, war plötzlich von einem ganzen Rudel von Studenten eingekeilt. Es war eine kritische Situation, der alte Herr hatte es am Herzen, einen Toten hätten wir nun wirklich nicht brauchen können ... Schatte war der Erste, der reagierte. Er griff sich das Megafon und stellte den Antrag, diese Charaktermaske von Universitätslehrer wegen erwiesener Unwürdigkeit des Hörsaals zu verweisen ...«

»Und?«

»Allgemeine Zustimmung, der Alte konnte gehen und von da an ungestört seiner Emeritierung entgegendämmern. Ich war beeindruckt. Schatte grinste nicht einmal, nur Tobby sah ihn mit einem ganz merkwürdigen Blick an ... Ich glaube, Tobby hat damals klammheimlich begonnen, sich über Schatte zu erkundigen.«

»Tobby?«, fragt Berndorf.

»Tobias Ruff«, antwortet Barbara. »Dem hat damals auch nicht geträumt, wohin ihn der Marsch durch die Institutionen noch verschlagen würde. Ein paar Wochen nach der Geschichte im Hörsaal ist es dann passiert. Es war eine Zusammenkunft im Kolb-Keller, unten in einem Bockenheimer Studentenheim … *Was tun?* Die alte Frage, und keine Antwort in Sicht. Ums Verrecken ist aus der westdeutschen Arbeiterschaft kein revolutionäres Bewusstsein herauszukitzeln, das war allen klar, aber Schatte hatte eine Idee. Damals kam die erste Generation türkischer Arbeiter ins Land, und Schatte, der manchmal zweieinhalb Stunden am Stück reden konnte, monologisierte darüber, dass hier eine industrielle Reserve- und Streikbrecher-Armee rekrutiert werde, ein Fakt, der dem westdeutschen Proletariat als unmittelbare Bedrohung des eigenen, nur vermeintlich sicheren sozialen Status vor Augen geführt werden müsse … Das geht so hin und dreht sich und nimmt kein Ende, aber irgendwann packt sich Tobby, rund und kompakt und bullig, ein Mikrofon und sagt, der Genosse Schatte wolle offenbar den räudigen Tiger des Rassismus gegen die Hyäne des Kapitalismus hetzen, doch wer mit dem Genossen auf Safari ziehen wolle, der müsse immer eine Hand frei haben. Damit er, falls plötzlich der Parkwächter kommt, schnell mal für den Genossen Schatte den Tiger am Schwanz halten kann … Und dann erzählt er, wie Schatte in Köln seinen Nebenmann das Megafon in die Hand drückt und sagt: ›Halt das mal …‹« Sie greift nach dem Weinglas, trinkt aber nicht.

»Was ist aus diesen Leuten geworden?«, will Berndorf wissen. Barbara schüttelt kurz den Kopf und kehrt mit ihren Gedanken aus dem Kolb-Keller und den frühen Siebzigerjahren zurück in den *Adler* nach Handschuhsheim. »Ruff sitzt seit 1987 im Bundestag, vermutlich holt ihn jetzt der Kanzler als Chef-Einpeitscher, solltest du eigentlich gelesen haben. Was aus mir geworden ist …, das siehst du ja. Und Schatte heißt seit damals unter denen, die ihn kennen, nur noch der Genosse Halt-das-mal, in Frankfurt hat nicht einmal mehr ein RCDS-Mensch ein Flugblatt von ihm genommen. Ich fand es sehr erheiternd, ihn in Heidelberg wieder zu treffen.«

»Aber auf Safari ist er nicht?«

»Wohl doch«, antwortet Barbara zögernd. »Nachdem der *Aufbruch* Ende 1972 eingestellt worden war, hat man lange nichts mehr von ihm gelesen oder gehört. Irgendwann hieß es, Schatte habe an einem palästinensischen Trainingscamp irgendwo in der arabischen oder libyschen Wüste teilgenommen, in der Szene hat man das eher komisch gefunden. Um 1975 war er wieder im Land und bekam einige Jahre später in Freiburg einen Lehrstuhl für Internationale Kommunikation oder so ähnlich, frag mich nicht, was das sein soll …«

»Hast du Kontakt mit ihm?«

»Ich vermeide es nach Möglichkeit«, antwortet sie. »Er ist ein peinlicher Fall. Einer von denen, die ganz rechtsaußen gelandet sind. In seinem Türken-Monolog hat sich das ja wohl schon angekündigt.« Sie trinkt ihr Glas aus. »Vor einiger Zeit hat er ein Buch herausgebracht, eine Abhandlung über den angeblich bevorstehenden Weltbürgerkrieg der Kulturen. Pfrontner – du hast ihn bei mir kennen gelernt – hat in einer Besprechung in der FAZ das Elaborat gnadenlos verrissen, der Kollege Schatte müsse sich bei seinem spätpubertären Ausflug in die libysche Wüste wohl wirklich einen Schatten eingefangen haben …«

»Ein Wortspiel mit dem Namen?«, fragt Berndorf missbilligend und kramt in seiner Erinnerung. Aber außer den langen schwarzen Haaren, einer vorspringenden Nase und einer Hornbrille finden sich keine weiteren Bruchstücke, die sich zu einem Gesicht zusammensetzen ließen. Irgendwann, irgendwie hatte Ernst Moritz Schatte ein Mädchen wie Franziska herumgekriegt. Und Barbara hat er immerhin *beeindruckt*. Aber wer versteht schon die Frauen?

Und irgendwann war Schatte im Feuilleton des *Aufbruch* abgelegt worden. Vielleicht hat er das nicht besonders gut ertragen. Vielleicht war er der Anrufer. Ein Denunziant aus Eifersucht? Mach ein Fragezeichen dazu. Ein dickes …

Mit Falkenaugen hat der Adler-Wirt Barbaras leeres Glas erblickt und erscheint am Tisch und fragt, ob er kassieren darf. Das Paar schaut sich an, Barbara nickt, und Berndorf zahlt, ein Mineralwasser und einen Auggener Schäf und zwei Portionen Wurstsalat mit Zwiebeln.

Dann steht das Paar auf und geht.

Aber an der Theke bleibt es stehen und fällt sich in die Arme und küsst sich. Der Wirt guckt, die Stammgäste gucken und reden für einen Augenblick lang nicht von der Europameisterschaft, nur die Seminarrunde hat es noch immer mit Sloterdijks Menschenpark. Als eine Studentin dann doch aufmerksam wird, ist das Paar schon in der linden Sommernacht verschwunden.

Arm in Arm schlendern Barbara und Berndorf durch *Hendesses* dunkle Gassen. Hier hat ihre Geschichte begonnen, denkt Berndorf, und es ist einer der Augenblicke, in denen er, grau und pensioniert und hinkefüßig, den Boden verlassen und durch die Nacht schweben möchte wie ein Chagall'scher Bräutigam.

Wie damals. In dem Jahr vor dem Unglück.

Und schon ist er wieder auf dem Boden. Sieht Barbara vor sich. Die rasende, empörte, verzweifelte Barbara von damals. Die den Haufen Zeitungsausschnitte mit beiden Händen packt und ihn ins Spülbecken knüllt und anzündet.

Ich will das nicht lesen. Damit hast du nichts zu tun.

Schlagzeilen krümmen sich im Feuer.

Aber das warst doch nicht du, der das getan hat.

Qualm steigt beizend hoch.

Glaub mir, verdammt noch einmal, dass es nicht deine Schuld ist.

Bläulich gelb fressen sich Flammen durch Vorspänne und Kommentarspalten.

Schmink dir deine beschissene Verantwortung ab. Wieso sollst du die Verantwortung haben, wenn ein Idiot neben dir durchdreht und losballert?

Verkohltes Papier kräuselt sich schwarz über der Glut.

Mir ist es verdammt noch einmal egal, was sie in der Szene über mich und dich und uns daherreden. Es gibt ein Einziges, das mir nicht egal ist. Willst du es wissen? Dass du mir wieder in die Augen schaust. Wenigstens das.

Lang ist’s her.

»Da vorne ist dieser kleine Platz«, sagt an seinem Arm Barbara. »Weißt du noch?«

Natürlich weiß er es.

Eigentlich ist es nicht einmal ein Platz, sondern nichts weiter als die Einmündung einer zweiten Gasse, an jenem ersten Abend waren sie hier vorbeigekommen, ziellos durch *Hendesse* wandernd, alle beide illuminiert von des Adler-Wirts Obstschnäpsen, und auf dem kleinen Platz, inmitten der im Mondlicht hingeduckten Häuser, waren sie stehen geblieben und hatten sich angesehen und hätten sich eigentlich in die Arme fallen müssen.

Aber bevor sie es tun konnten, waren sie beide erstarrt.

Denn etwas war merkwürdig an diesem Platz. Sie hatten gelauscht. Aber wirr im Kopf vom Fusel und dem, was da noch werden sollte, dauerte es eine Weile, bis sie begriffen.

Es waren zwei Schläfer. Einer im Haus links, einer im Haus rechts. Der eine schnarchte ruhig, ein bedächtiges handwerksmäßiges Sägen. Der andere setzte die Synkopen, zu jedem dritten Sägezug fiel er scharf und hoch ein, manchmal war es auch nur beim vierten, ein sehr unordentlicher Schnarcher.

Berndorf und Barbara hatten sich angesehen, und Barbara legte den Finger an den Mund, nicht stören!

Sie lächelten, selig und albern zugleich, und unversehens war es klar, dass es an der Zeit war, ins Bett zu gehen. *Spend the night together.*

Fast drei Jahrzehnte ist das her, denkt Berndorf. Arm in Arm gehen sie durch die Gasse auf die kleine Einmündung zu und bleiben unterm Sternenlicht stehen.

Es ist still, nichts ist zu hören, von ferne scheppert die letzte OEG-Bahn.

»Psst!«, macht Barbara, und wieder legt sie den Finger an den Mund. Ein fast unhörbares »Chrrrpfüh!« dringt von links durch geschlossene Fensterläden an ihre Ohren.

Langsam, sonor antwortet ein zweiter Schläfer von rechts. »Siehst du«, flüstert Barbara, »nichts ist verloren.«

Noch einmal küssen sie sich und entscheiden, dass es – wieder einmal! – Zeit ist, ins Bett zu gehen.

Ins gemeinsame Bett.

Entschlossen nehmen sie den Weg zur Tiefburg unter die Füße, wo es einen Taxenstand gibt. Am Adler vorbei kommen sie zur Mühltalstraße, und richtig hält vor dem Zebrastreifen ein Taxi, aber leider ist es besetzt, und so gehen sie weiter zur Tiefburg und überqueren den Zebrastreifen.

Arm in Arm verschwindet das Paar auf der anderen Straßenseite, das Taxi fährt weiter, Birgit Höge überlegt sich, wo sie den Fahrer halten lassen soll. Nicht vor dem Haus, 50 Meter unterhalb. Wenn sie im Haus sind, sollen sie nichts hören, absolut nichts. So lange nicht, bis Birgit vor ihnen steht.

Die Motorhaube des kleinen japanischen Autos war nur ein wenig eingedrückt gewesen. »Trotzdem können Sie damit nicht weiterfahren«, hatte einer der Verkehrspolizisten gesagt, und wirklich war etwas kaputt oder gerissen und das Auto tat es nicht mehr. Später hatte sie von der Wache der Autobahnpolizei aus einen aufgeregten Menschen angerufen, der der Offenburger Vertreter der Mietwagen-Firma war und der ihr das Auto weder reparieren noch ihr einen Ersatzwagen geben konnte oder sonst zu irgendetwas nütze gewesen wäre. Schließlich war sie mit einem Taxi zum nächsten Bahnhof gefahren und hatte sich dort entschieden, den letzten Zug zurück nach Heidelberg zu nehmen. Sie war zu aufgelöst, um ihre Mutter zu ertragen oder gar die anderen Bridge-Damen.

Noch auf der Autobahn war ihr der Verdacht gekommen, dass Hubert und sein Trampel sie ganz einfach ausgetrickst hatten. Die brauchten sich ja gar nicht am Nachmittag zu treffen, wenn sie das ganze Wochenende zur freien Verfügung hatten. Bettina würde den Nachmittag zu Hause sein und dann eine Freundin besuchen, nein, Mama, ich übernachte dort und komm dann am Sonntag zurück, wir müssen für die

Schlussfeier üben, mach dir keine Sorgen, ich bleib schon brav …

Vielleicht wird sich die Sache mit dem Viehtransporter noch als Glücksfall herausstellen. Schwein gehabt. Sie würde Hubert stellen. Mittendrin. »Halten Sie hier.« Sie bezahlt und steigt aus. Langsam geht sie das Trottoir entlang, an den anderen Reihenhäusern vorbei, fast überall ist es dunkel, aus einem der Fenster flimmert das blaue Licht des Fernsehers, die Nacht ist still.

Ihr Haus ist dunkel. Maunzend streicht die Katze an ihren Füßen vorbei. Geh! Das ist jetzt nicht die Zeit. Morgen, Katze. Gleich wird es laut und hell und lärmend. Geräuschlos schließt sie die Türe auf und lauscht. Die Katze entgleitet in die Dunkelheit.

Was hat er aufgelegt? *Love me tender* vielleicht, oder *Like a bird on a wire?* Vielleicht will er sich so jung fühlen, wie sie es ist.

Nichts ist zu hören. Keine Musik. Keine Zeit zum Wechseln der CD?

Behutsam steigt sie die Treppe zum Schlafzimmer hinauf. Kein Quietschen. Kein Rumpeln und Kichern. Kein Stöhnen. Schläft man, erschöpft, ausgefickt?

Sie öffnet die Schlafzimmertür. Noch immer nichts zu hören. Sie drückt auf den Lichtschalter. Helligkeit flammt auf, und im Bett richtet sich ein schlaftrunkener Hubert Höge auf. Wo ist sein Trampel?

Die Bettdecke neben Hubert ist glatt und unberührt.

»Was ist …? Ich denk, du bist bei deiner Mutter.«

Plötzlich bricht Birgit in Tränen aus. Sie wirft sich auf das Bett und rollt sich zu Hubert und klammert sich an ihn.

»Es war alles so schrecklich«, heult sie, »sag mir, dass es vorbei ist …«

Durch das Glasfenster, das den im Kyffhäuser schlummernden Kaiser Friedrich Barbarossa zeigt, fällt unpassende Morgensonne und malt blaugrünrote Muster auf die Tischdecke im kleinen Frühstücksraum des Tübinger Verbindungshauses der Suevo-Danubia. Am Tisch sitzt Florian Grassl, die zusammengeflickte Augenbraue unter einer Mullbinde verborgen, und plaudert bei einer zweiten Kanne Kaffee mit einem der Chargierten, einem ernsthaften, schon leicht kahlköpfigen Doktoranden der Betriebswirtschaft. Sie unterhalten sich über den akademischen Nachwuchs, wie es sich fügt, war Grassl selbst einmal Fuchsmajor gewesen, natürlich nicht bei der Suevo-Danubia und natürlich nicht in Tübingen, sondern in Erlangen, aber man gehört doch dem gleichen Konvent an, weshalb der Chargierte es sich auch zur hohen Ehre anrechnet, dem Erlanger Alten Herrn nach dessen ärgerlichem Unfall behilflich sein zu dürfen.

Denn Grassl hat sein gesamtes Gepäck verloren, alles ist im Wagen verbrannt und ausgeglüht, diese türkischen oder polnischen Lastwagenfahrer geben auch auf nichts Acht! Zu dumm, wo er doch am Montag wichtige Verhandlungen im Stuttgarter Wissenschaftsministerium hat, es geht um ein grenzübergreifendes Projekt – »das ist aber noch alles sehr vertraulich« – zur Förderung eines speziellen deutschen Sprachunterrichts, insonderlich im Elsass: »Wir wollen es die *Sesenheimer Wegweisung* nennen ...« Aber jetzt muss er sich erst einmal einen Anzug kaufen, in seinem derangierten Outfit kann er schlecht bei der Landesregierung vorsprechen ...

»Ich würde Ihnen ja gerne ...«, hebt der Chargierte an und wirft einen zweifelnden Blick auf Grassls Oberweite, die weniger in den Schultern, dafür aber mehr um den Bauch herum eine ausgeprägte ist.

»Aber ich bitte Sie«, sagt Grassl. »Ich stehe ja jetzt schon tief in Ihrer Schuld. Ohne Gepäck und in meiner verbeulten Verfassung«, vorsichtig tastet er nach seiner zusammengeflickten Augenbraue, »hätte ich doch nirgends ein Hotelzimmer bekommen.«

Der Chargierte wiederholt, dass das nicht der Rede wert sei. »Für solche Fälle haben wir ja unser Gästezimmer. Übrigens hoffe ich doch sehr, dass Sie auch in den kommenden Tagen unser Gast sind, zumindest bis Sie Ihre Verhandlungen in Stuttgart abgeschlossen haben.«

Das sei wirklich sehr freundlich, meint Grassl und zögert noch etwas, bis er das liebenswürdige Angebot dann doch annimmt: »Hoffe nur, uns in Bälde erkenntlich zeigen zu können.« Der Chargierte antwortet höflich, dass dieses bereits am nächsten Dienstag geschehen könne, wenn es Dr. Grassl denn einrichten könne, so lange zu bleiben und im abendlichen Studium generale den Füchsen etwas über das unterdrückte deutsche Schrifttum des Elsass zu erzählen, einem Thema, das er vorhin so interessant habe anklingen lassen. Dr. Grassl greift nach seinem Notizbuch, um seine Termine abzugleichen, aber das Notizbuch ist leider auch verbrannt. »Ich glaube aber«, meint er schließlich, »das lässt sich einrichten …«

Über den Flurbereinigungsweg, der von Wieshülen zum Schafbuck führt, holpert ein ältlicher blauschwarzer Ford-Kombi. Am Steuer sitzt Ortsvorsteher Jonas Seifert. Neben ihm hockt Marzens Erwin, der noch immer nicht einsehen will, warum der Albverein den Franzosensteig nicht selbst richtet. Im Fond hinter ihnen hat Felix, der Hund, Platz genommen, und wenn der Ford über eine Bodenwelle huckelt, nicken sie alle mit den Köpfen, erst der Ortsvorsteher und Marzens Erwin, dann Felix, der Hund.

Der Weg führt in den Wald und wird so eng, dass am Ford links und rechts die Fichtenzweige vorbeistreifen. Marz' Blick fällt auf Fahrspuren, die den Flurbereinigungsweg verlassen, er späht durchs Geäst und sieht tatsächlich einen Wagen unter den Bäumen, als ob man ihn dort versteckt habe. Aber irgendwie sieht das, was von dem Wagen zu sehen ist, ein wenig zerknittert aus, falls man das von einem Auto sagen kann. »Jonas, halt doch mal«, sagt er, und sie halten und steigen aus. Wachsam und pflichtbewusst läuft ihnen Felix voran.

»Hier«, befiehlt Seifert, denn das, was einmal ein Audi gewesen war, liegt nun auf platten aufgeschlitzten Reifen inmitten kristalliner Glasbrocken.

Aufschnaufend setzt sich Felix auf seine Hinterläufe und sieht zu, wie sein Herr langsam um das Auto herumgeht, Dellen und eingeschlagene Scheiben begutachtet und schließlich zwei prachtvolle Buchenprügel aufhebt und sie durch die nicht mehr vorhandene Scheibe des hinteren Seitenfensters auf den Rücksitz des Wagens wirft.

»Erwin«, sagt Seifert, »wenn du mir das hier erklären kannst – erklär es mir jetzt.«

Marzens Erwin macht ein empörtes Gesicht. Wie kann ihm Jonas so etwas unterstellen?

»Was ist da passiert, und was weißt du davon?«, insistiert Seifert.

»Ich hab's dir doch gesagt«, mault Marz. »Es ist das Bürschle, das hier rumlurt. Die Jungen mögen das nicht.«

»Was ich sehe, ist das Auto vom Herrn Zundt«, sagt Seifert. »Das ist ein angesehener Bürger. Und außerdem sehe ich einen groben Fall von vorsätzlicher Sachbeschädigung. Und das ist auch etwas, was wir in unserem Dorf nicht haben wollen.« Er holt ein Handy hervor und tippt mit knochigen großen Fingern die Nummer des Polizeireviers Wintersingen ein und teilt mit, was er vorgefunden hat.

»Und schickt auch einen Abschleppwagen vorbei. Das kann hier so nicht bleiben.«

Dann gehen Seifert, Marzens Erwin und Felix zurück zum Ford und steigen ein und fahren weiter, bis sie zur Einmündung des Wanderwegs kommen. Dort halten sie an, Marz holt Spaten und Werkzeugkasten aus dem Kofferraum, Seifert hängt sich ein zusammengerolltes Stahlseil über die Schulter, und Felix läuft ihnen voran, weil er den Weg zum Felsen und ins Tal kennt.

Wieder ist es ein schöner Sommermorgen geworden, die Luft ist noch frisch, durch die Bäume am Albtrauf lässt sich tief und dunstig das Unterland ahnen, Felix schnappt nach einer verirrten Fliege und bleibt dann auf dem Felsen stehen, weil es immer so ist, dass man auf dem Felsen erst eine Weile stehen bleibt, und äugt aus dunklen schwersichtigen Hundeaugen in die blauklare Ferne oder ins nächste Dorf hinunter, wo es vielleicht eine läufige Hündin gibt.

Diesmal aber legt Jonas Seifert keine Andachtspause ein, die beiden Männer steigen steifbeinig über die Absperrung, Felix läuft drunter durch und drückt sich an den Männern vorbei und macht sich gemsenartig, mit hochgestrecktem Hinterteil, an den Abstieg auf dem vom Regen abschüssig gespülten Franzosensteig. Vor einer Abzweigung verharrt er kurz und sieht sich um, bis er aus Seiferts Miene entnimmt, dass sie heute weiter ins Tal gehen.

Er läuft einige Meter weiter und bleibt erneut stehen. Auf seinem Rücken richtet sich ein Streifen Fell auf.

»Ruhig, Felix«, sagt Seifert.

Felix knurrt. Seifert kommt heran. Rechts von ihm ist der nackte verwitterte Fels, links haben sich Krüppelkiefern in Fels und Erdreich gekrallt. Der Franzosensteig ist nichts weiter als ein schmales, zwischen Fels und Garnichts ins Tal führendes Band. Unter ihnen verheißen Baumwipfel und grüne Äste lügnerisch einen weichen Fall.

Marz macht sich daran, einen Haken in den Fels zu schlagen, damit man das Stahlseil verankern kann. Seifert betrachtet den Steig. Er stellt fest, dass er nicht der Erste ist, der über die Absperrung gestiegen ist. Im Erdreich zu erkennen sind Spuren von kräftigen, genagelten Schuhen. Und von glatten, spitz zulaufenden. Spuren von Halbschuhen, womöglich noch mit Ledersohle. Seifert schüttelt den Kopf und geht langsam weiter, bedächtig Schritt für Schritt, immer erst Fuß fassend, ehe der andere nachgezogen wird. Felix folgt zögernd, das Fell noch immer gestellt, witternd.

Seifert kommt zu einer Biegung, und vor sich sieht er eine Spur, die ihm überhaupt nicht gefallen will. Er zögert, dann ruft er Marz.

»Schau dir das an«, sagt er, »merk es dir, und tritt nicht drauf.« Dann machen beide einen Schritt vor an den Rand, dorthin, wo die merkwürdige Spur aufhört. Es ist eine Stelle, von der aus man weit nach unten sehen kann. Ganz unten, zu

Füßen der Bäume, liegt etwas, das von oben so aussieht, als sei es noch einigermaßen ganz. Nur ein bisschen verdreht, als hätten die in einem dunklen Anzug steckenden Arme und Beine irgendjemandem nicht gefallen und er hätte sie ein wenig zurechtbiegen wollen. Seifert wirft einen strengen Blick auf Marz. Der sagt lieber gar nichts.

Unvermittelt stößt Felix ein Jaulen aus. »Platz«, befiehlt Seifert und steigt entschlossen den letzten Teil des Steiges hinab. Von dem Weg ist nun fast nichts mehr übrig, trotz seiner soliden Stiefel kommt Seifert fast ins Rutschen, schließlich ist er unten angekommen und betrachtet, was hier vor ihm, mit dem Gesicht zu Boden liegt, grauhaarig, die verrenkten Arme und Beine ausgebreitet, und das Jackett halb aufgeschlagen und obszön ein weißes Hemd bloßlegend.

Seifert sieht, dass er hier nach keinem Puls mehr fühlen muss. Er kniet sich nieder und hebt vorsichtig den blutverkrusteten Kopf des Toten am Kinn an. Die Leichenstarre hat bereits eingesetzt.

»Das ist ja gar nicht der«, sagt neben ihm Marzens Erwin.

»Wer ist das, der dieser nicht ist?«, fragt Seifert zurück und bekommt einen ganz alttestamentarischen Ton in der Stimme.

»Der, von dem wir geredet haben. Der Lurer halt«, antwortet Marz. »Ich meine, der ist es nicht.«

»Nein«, sagt Seifert. »Der ist es nicht. Es ist der Herr Zundt. Und das ist eine Geschichte, Erwin, die ist so faul, dass du es dir gar nicht vorstellen kannst.«

Barbara und Berndorf haben das frugale Frühstück eines Hotels der unteren Preisklasse zu sich genommen und gehen nun durch die Heidelberger Hauptstraße, um irgendwo noch einen richtigen Kaffee zu trinken. Sie gehen so beschwingt, wie das nur irgend möglich ist, wenn mann und frau eine Nacht mit sehr wenig Schlaf hinter sich haben und ein wenig knieweich sind. Es ist ein Morgen, als ob sie Ferien hätten, wovon freilich keine Rede sein kann, denn Barbara muss am Sonntag zurück nach Berlin, das Semester ist schließlich noch in vollem Gange, sodass Berndorf erst einmal die Frage hat unterdrücken müssen, warum sie sich den Flug überhaupt zugemutet habe … Aber Berndorf hat über die Frauen wenigstens so viel gelernt, dass man eine solche Frage nicht stellt. Jedenfalls dann nicht, wenn einem eine solche Frau ins Hotel schneit.

Barbara will wissen, was Berndorf heute tun wird. Berndorf antwortet, dass er mit ihr zusammen sein will.

»Das kommt leider nicht in Frage«, sagt Barbara. »Du hast einen klaren Auftrag. Und den wirst du erfüllen. Du kannst gar nicht anders. Also?«

Berndorf sagt kleinlaut, dass er nichts weiter vorhat als lauter Mäusedreckgeschnüffel. Er will sich in des diskreten Predigers Gemeinde umhören. Und falls er jemanden im Ulmer Neuen Bau erreicht, Tamar oder Kuttler, sollen die mit ein wenig Amtshilfe herausfinden, ob diese Birgit Schiele irgendwo an Rhein oder Neckar zu finden ist und wie sie gegebenenfalls heute heißt. Und vielleicht finden sie auch heraus, wo dieser wohnungsvermittelnde Cineast Steffens abgeblieben ist. Außerdem muss ihm einfallen, wie der Kollege heißt, der damals in der Telefonzentrale den Anruf mit den tückisch präzisen Angaben entgegengenommen hat.

»Willst du mit Schatte sprechen?«

Berndorf zögert. »Sicher. Ja doch. Nur sollte ich vorher wissen, ob damals eine Frau angerufen hat oder ein Mann.«

»Soll ich dir nun ein Gespräch mit Schatte vermitteln oder nicht?«

»Ich bitte dich sehr darum«, sagt er eilig.

»Das ist kein Problem. Aber täusche dich nicht«, sagt Barbara. »Wer Schatte nicht kennt, serviert ihn nicht so ohne weiteres ab … Damals im *Adler* waren das besondere Bedingungen.«

»Das musst du mir erklären«, sagt Berndorf.

»Ach«, antwortet Barbara, »wenn eine Frau wirklich entschlossen ist, dann ist ihr kaum ein Mann gewachsen. Das kann man nicht erklären. Das ist einfach so.«

Was soll Berndorf dazu sagen? Glücklicherweise ist er auch

gar nicht gefragt, denn es kommt ihnen Sigmund Freud entgegen, mit ausgebreiteten Armen, die sich naheliegenderweise nicht um ihn schließen wollen, sondern um Barbara. Es bricht allgemeines Entzücken aus, von dem sich Berndorf ein wenig ausgeschlossen fühlt. »Und dies ist Berndorf«, wird er Sigmund Freud vorgestellt, der es aber gar nicht ist, sondern nur dessen Bart hat. Außerdem ist er – auch – ein alter Freund aus Barbaras Heidelberger Tagen.

Man geht ins *Schafheutle* einen kleinen trockenen Weißen trinken, Berndorf bestellt bockig einen Kaffee. Der alte Freund heißt Armand von Tressen-Kositzkaw, ist in der Tat Psychoanalytiker und trotzdem – findet Berndorf – eigentlich ein netter Mensch mit spintisierenden grünen Augen. Am Ringfinger seiner linken Hand ist ein heller Streifen zu bemerken, überflüssigerweise teilt er auch gleich mit, dass er frisch geschieden sei. Das tue ihr aber Leid, meint Barbara.

»Kein Beileid«, wehrt der alte Freund ab, »aber auch keine Glückwünsche. Ehrlich gesagt, ich weiß selbst nicht, was ich davon halten soll, eigentlich komme ich mir vor wie frisch gehäutet, irgendwie bin ich meine alte Haut endlich los, aber was die neue taugt, weiß ich wirklich nicht ...«

Bei deinen galanten Vergleichen wirst du noch lang gehäutet bleiben, denkt Berndorf und rührt in seinem Kaffee, bis ihm einfällt, dass das ziemlich sinnlos ist, weil er keinen Zucker nimmt. Warum will ihm nicht einfallen, wer der Kollege in der Telefonzentrale war, damals, alles dreht sich um damals, im Augenblick will ihm nur einfallen, wie Georg Christoph Lichtenberg einmal in den unergründlichen Tiefen der Erinnerung und schier verzweifelt nach dem Namen eines dänischen Buchhändlers gesucht hat.

Barbara und Tressen-Kositzkaw reden über alte Freunde, als sei dieses Heidelberg ein ganzes Nest voll Kellerasseln alter Freunde, von Zeit zu Zeit wirft Barbara einen Blick zu Berndorf. Gleich ist es überstanden, soll der Blick bedeuten, oder irgendetwas Ähnliches. Der alte Freund klagt darüber, wie sich die Zeit verändert habe und die alten Freunde mit ihnen.

»Merkwürdige Dinge tun sich, gespenstische geradezu, dieser Tage hatten wir größeren Auftrieb um einen unserer Jura-Professoren, wenn manche Männer in ein bestimmtes Alter geraten, kommt es über sie und sie müssen Bücher schreiben, wie 17-Jährige Gedichte, Gott soll mich schützen!«

Berndorf übt sich in Geduld, für etwas muss es schließlich nütze sein, dass er ein ganzes Berufsleben lang Schnüffler gewesen ist, Schnüffler haben Geduld gelernt, trotzdem will ihm der Name nicht einfallen, auch jener in der Zentrale war ein Schnüffler gewesen, ein lausiger übrigens, das weiß er noch oder vielmehr ist es ihm gerade eingefallen.

»Ja, und über diesen Juristen ist es gekommen wie eine Offenbarung, dass an allem die *political correctness* schuld ist«, fährt Tressen-Kositzkaw fort, »am Benzinpreis, an den Schwarzfahrern in der Straßenbahn und den Graffiti in den Professorenscheißhäusern, es muss ihm da der Geist von Hamlets Vater begegnet sein … Das alles hätte weiter keine Bedeutung gehabt als eine lokale, wenn der Verlag zur Vorstellung des Werks nicht einen unserer Großschriftsteller eingeflogen hätte, den, der das Grundrecht aufs Wegsehen erfunden hat …«

Gjörwell. Kein Däne, ein Schwede. Lichtenberg kam drauf, als er sich schwedische Namen vorsagte.

»Wir erleben«, sagt Tressen-Kositzkaw, »die entsetzliche Rückkehr zu einer entsetzlichen Normalität, es sind die Spätfolgen einer gescheiterten Trauerarbeit, und irgendwie sind wir selber schuld, denn wir haben es zugelassen, dass sie abgebrochen wurde, dass an ihre Stelle diese selbstgerechte Anklägerpose getreten ist. Erinnerst du dich noch an diese Sprechchöre *USA – SA – SS?* Damit haben wir, unwissend und unbewusst erleichtert, unsere Eltern freigesprochen, uns wieder mit ihnen versöhnen dürfen. Nicht sie waren die Mörder, die Amerikaner waren es, und jetzt haben wir die Bescherung … Leute wie Schatte – du erinnerst dich sicher an ihn – spielen noch heute auf dieser Klaviatur, und wenn er von sich behauptet, er sei sich treu geblieben, dann hat er sogar Recht. Denn das politische Credo dieser Neuen Rechten ist im Kern nichts anderes als die Verweigerung von Trauerarbeit ...«

Barbara wirft wieder einen dieser Blicke zu Berndorf, aber der wird nun doch allmählich ungehalten. Trauerarbeit ist ein Begriff, mit dem er nicht viel anfangen kann, Mord ist Mord, Mörder gehören eingesperrt, aber wie hält er es mit den Denunzianten? Zwei Tische weiter sitzen zwei Mädchen, grell falschblond die eine, rastazöpfig die andere, Prosecco trinkend zur Erholung nach der Nachtarbeit in einem Hochhaus-Appartement, jetzt fällt es Berndorf auch ein, was mit dem lausigen Schnüffler in der Telefonzentrale war, eine üble Geschichte mit einem Mädchen, das er für sich hatte arbeiten lassen. Nachweisen konnte man es ihm nicht, aber man hatte ihn aus dem Schichtdienst herausgenommen.

Tressen-Kositzkaw spekuliert inzwischen über die *radical personality,* und dass sie aus einer unverarbeiteten, misslungenen Ablösung von der Vaterfigur resultiere ...

Da hast du dir aber eine schöne Couch durch die bleierne Zeit gerettet, denkt Berndorf. Ein Erbstück des Sozialistischen Patientenkollektivs? Neu gepolstert, versteht sich, und mit dem feinen Leder vom Büffelrind bezogen. Ob Troppau wohl darauf gelegen hat? Eher nicht. Der hat sich die Gummihammer-Pillen verschreiben lassen. In seinem Badezimmer hab ich's gesehen. Was schaut mich Barbara an? Der Genosse Halt-das-mal und sein ungelöster Ödipus-Komplex interessieren mich eher nicht, was kann ich dafür, dass der baltische Adel keine Trakehner mehr züchten kann und sich auf Neurosen verlegt hat. Baltisch? Tressen-Kositzkaw. Klingt halt so. Oder ostpreußisch. *Es trinkt der Mensch, es säuft das Pferd / In Insterburg ist's umgekehrt.* Ostpreußen?

Steguweit.

Berndorf entschuldigt sich und steht auf und geht zu einer Telefonkabine, die es im *Schafheutle* dankenswerterweise gibt, denn mit dem Handy im Lokal zu telefonieren, ist ihm doch zu blöd, und klingelt Sielaff heraus, der an diesem späten Samstagmorgen noch nicht ganz nüchtern klingt.

»Tschuldige, aber ich such einen Kollegen von uns, damals Mannheim, Revier Mitte, Steguweit. Sagt dir der Name was?«

»Warum gehst du fauler Sack eigentlich in Rente, wenn man dann doch keine Ruhe vor dir hat? Nicht einmal zu nachtschlafender Zeit.«

»Gleich darfst du weiterschlafen. Steguweit heißt der Mann.«

»Was willst du mit dem schrägen Vogel? Aber bitte. Geh ins Kaufhaus am Bismarckplatz. Er arbeitet dort als Hausdetektiv. Trau ihm nicht! Er ist nicht sauber.«

Berndorf bedankt sich und geht zum Tisch zurück. Barbara blickt besorgt zu ihm auf, Tressen-Kositzkaw sagt artig, er falle Berndorf doch hoffentlich nicht auf die Nerven mit seinem Geplauder. »Aber nein«, antwortet Berndorf und schaut auf die Uhr, »Sie haben mir sehr geholfen.« Doch der Psycho-Balte will gar nicht erst wissen, weshalb, sondern plaudert weiter ... »... näheren Kontakt zu Schatte hatte ich natürlich nicht, das heißt, er war jemand, der Kontakte eher nicht zuließ, ich glaube, was andere Menschen angeht, lebte er wie hinter einer dicken Glaswand, politische Führerfiguren haben das manchmal, Willy hatte es ...«

Barbara lacht und sagt, dass dieser Vergleich der Persönlichkeit des Genossen Halt-das-mal doch etwas zu viel Bedeutung zumesse.

»Sicher«, räumt Tressen-Kositzkaw ein, »aber Schatte hatte durchaus die Instinkte eines politischen Führers, das ist damals auch akzeptiert worden, ebenso wie seine – nennen wir es einmal so – prinzipielle Laxheit in Fragen des persönlichen Eigentums. Auch die Sache mit dem Megafon damals in Köln war in Ordnung, so empfand ich es jedenfalls, es war wichtig, dass Schatte für die Bewegung verfügbar blieb, und deshalb durfte er auch nicht den Bullen in die Hände fallen ...«

Ihr sei das alles unfassbar, unterbricht ihn Barbara. »Ihr habt nicht Vietcong gespielt. Ihr habt die Hitlerjungen gespielt, die sich mit der Panzerfaust für den Führer opfern ...«

Tressen-Kositzkaw blickt etwas verlegen in sein leeres Glas.

Berndorf sagt, dass er noch jemanden sprechen müsse, und verabschiedet sich.

Barbara verabredet sich mit ihm zum Mittagessen beim Italiener in der Plöck und wendet sich dann wieder dem Balten zu. »Bei Frauen war Schatte ja wohl nicht ganz so kontaktscheu – erinnerst du dich an eine Romanistik-Studentin, lange braune oder rötliche Haare?« Sie blickt zu Berndorf hoch, der inzwischen aufgestanden ist, jetzt aber am Tisch stehen bleibt. »Schiele«, fügt sie hinzu, »Birgit Schiele hieß sie wohl.«

»Sicher«, sagt Tressen-Kositzkaw, »warum fragst du? Sie hat diese Beziehung mit Schatte nicht so gut vertragen. Aber vermutlich ist sie nicht die einzige Frau, die mit der angeblichen sexuellen Befreiung eher wenig beglückende Erfahrungen gemacht hat. Übrigens lebt sie noch immer hier, ist Oberstudienrätin an einem unserer Gymnasien und seit einigen Jahren spät, aber so weit ganz glücklich mit einem ihrer Kollegen verheiratet.« Er lächelt abwehrend. »Ich war bei der Hochzeit eingeladen und saß dort unter lauter Studienräten, es gab gebratene Wachteln, Berge von gebratenen Wachteln, dass man Albträume davon bekommen konnte ...«

Florian Grassl, ein Taschentuch vor dem Mund, hört Margarethe Zundts wohlklingende Ansagen, wartet aufs Piepsen und legt dann los.

»Tut mir Leid um den Audi, Herr Zundt, aber sie haben mich erwischt, und leider sind auch die beiden Pakete weg, ich konnte gar nichts machen. Ich rufe vom Krankenhaus aus an, mein ganzes Gesicht ist verbunden, ich hoffe, Sie können mich trotzdem verstehen. Wenn ich besser sprechen kann, melde ich mich wieder.«

Zufrieden legt er auf. Wieshülen wird ihn so bald nicht mehr sehen. Einen schmerzlichen, aber kurzen Gedanken wendet er an die zwei Anzüge und die drei Paar Socken, die er dort zurücklässt. Aber man soll sein Herz nicht an solche irdischen Güter hängen, vor allem, wenn sie schon ein wenig fadenscheinig sind. Das Auto, freilich, wird er irgendwann holen müssen.

Er geht zur Stiftskirche hinauf und an ihr vorbei bis zur Steinmauer, die den Platz unter den Platanen dort begrenzt. Dort schwingt er sich auf die Mauer und lässt die Beine baumeln und schaut über die Dächer zu den steingrünen Baumkronen der Neckarpromenade. Als er sich satt gesehen hat, gilt ein prüfender Blick dem neuen sommerlichen Anzug, der fast aussieht wie ein italienischer, leider nur fast, denn mehr hat sein Konto nicht hergegeben. Seine alten Klamotten würde er am Dienstag aus der Reinigung zurückbekommen, vielleicht brachten sie die Blutflecken heraus. Dann fällt ihm seine Augenbraue ein, und er tastet mit den Fingerspitzen nach der Mullbinde, es wird ein Weilchen dauern, bis er sich die Fäden ziehen lassen kann.

Freilich ist er ein bisschen klamm. Soll er Muttchen anrufen? Eigentlich geht das nicht, denn das letzte Mal hat sie schon laut gejammert, dass ihr ganzes Sparbuch aufgebraucht sei, »wenn Butzi das mitkriegt!«

Doch es scheint die Sonne, er sieht keine Kurzgeschorenen und keinen Stuttgarter BMW, wo ist das Problem? Die nächsten Tage ist er bei der Suevo-Danubia bestens untergebracht, und wenn der Vortrag über das deutsche Schriftgut im Elsass gut ankommt, zeichnet sich etwas ab, das ausbaufähig ist.

Sehr ausbaufähig sogar, geht ihm plötzlich durch den Kopf. Dabei wissen wir noch gar nicht, was sich in Old Smileys hochgeheimen Dokumenten finden lassen wird. Ich sollte Muttchen doch anrufen, denkt er und schaut auf die Uhr. Es ist Samstag, Butzi wird beim Frühschoppen sein, vermutlich im *Engel*, falls sie ihn dort nicht wegen akuter Unausstehlichkeit hinausgeworfen haben.

Grassl steht auf und geht wieder zu der einen Telefonzelle, die nicht demoliert ist. Wie immer gibt es ihm einen Stich, wenn er die Nördlinger Vorwahl wählen muss. Zum Glück ist Muttchen am Apparat und nicht etwa Butzi.

»Ja Muttchen, es geht mir gut, sehr gut sogar«, sagt er, »ich hab dir zwei Pakete geschickt, vielleicht bekommst du sie heute schon ... in den Paketen sind wichtige Papiere für meine

Promotion drin, aber jetzt hab ich kurzfristig einen Vortrag in Tübingen übernommen, und da brauch ich die Papiere …« Und er diktiert ihr die Adresse: *Dr. Florian Grassl, c/o Suevo-Danubia, Tübingen, Österberg* …

»Oh«, schluchzt es glücklich durchs Telefon, »du hast mir ja gar nichts davon erzählt …«

»Mit Absicht, Muttchen, mit Absicht«, sagt er eilig, »das muss vorerst noch niemand wissen. Und vor allem muss es Butzi nicht wissen. Die Leute sind so hämisch. Du weißt, wie sie zu mir waren. Niemand muss das in Nördlingen wissen. Nur für die Adresse darfst du es verwenden.« Er überlegt kurz. »Da musst du es sogar. Weißt du, der Doktortitel ist Bestandteil des Namens.«

Das ist es, denkt er dann. Ich muss mir Visitenkarten machen lassen.

Am Abhang ist es kühl und schattig, wie es sich gehört für einen Ort des Todes. Die Kriminalkommissarin Tamar Wegenast steigt den schmalen Weg hinab, hinter ihr geht Kuttler, die Hand an einem Stahlseil, dessen Halterung provisorisch in den Kalkstein geschlagen ist.

»Warum müssen sich die Leute zum Runterfallen auch so rutschige Wege aussuchen«, will Kuttler wissen. Aber Tamar antwortet nicht.

Dann sind sie unten, ein groß gewachsener, hagerer alter Mann begrüßt die beiden Polizisten mit kräftigem Händedruck: »Seifert, Jonas«, sagt er, »Ortsvorsteher.« Neben ihm äugt ein gelbschwarzer Boxerhund zu Tamar hoch und entschließt sich, kurz und dienstlich mit seinem Stummelschwanz zu wedeln. Etwas abseits steht ein uniformierter Polizist und telefoniert hinter dem Gerichtsmediziner her, der offenbar den Weg nicht gefunden hat.

»Kommissar Berndorf hat frei?«, will der Ortsvorsteher wissen, und Tamar zieht die Augenbrauen hoch. Dann fällt ihr ein, dass Seifert der Prophet Jonas sein muss. Berndorf hat ihr von ihm erzählt. In jenen altvorderen Zeiten, als Berndorf jung war und man ihn nach Stuttgart versetzt hatte, war der Prophet einer seiner Kollegen gewesen, und den Namen bekam er, weil er auf dem Wochenmarkt predigte, wenn es in der Mordkommission gerade nichts zu tun gab.

»Ihr alter Kollege ist leider im Ruhestand«, antwortet sie. War das zu vertraulich?

Egal. »Seit zwei Tagen. Am Donnerstag hat er seine Entlassungsurkunde bekommen.« Hat er nicht. Englin hat sie. Mir wollte er sie nicht geben.

»So bald schon?«, wundert sich Seifert. Er lässt sich nicht anmerken, ob es ihn gefreut hat, dass sie weiß, wer er ist. Tamar murmelt höflich, ihr sei das auch zu früh erschienen, und wendet sich dem zu, was einige Meter weiter auf dem Waldboden liegt und ganz einfach nach jemandem aussieht, der den Felsen heruntergefallen ist.

»Der Tote heißt Gerolf Zundt«, sagt der Prophet Jonas, »wenn ich es recht weiß, ist er Jahrgang 1932, ihm oder vielmehr seiner Frau gehört ein früherer Gutshof, er betreibt dort eine Art politischer Akademie ...« Prüfend blickt er von Tamar zu Kuttler und zurück. »Er ist, oder war, Mitglied des Kreistags, Staatspartei.«

Kuttler schaut ihn bedenklich an, als ob er sagen will, dass sogar die Mandatsträger der Staatspartei den Fels herunterfallen könnten, ohne dass es deswegen etwas anderes sei als ein hundsordinärer Unfall.

»Ich hab Sie angerufen«, sagt Seifert, »weil ich nicht glaube, dass das ein Unfall ist. Zundt lebt seit Jahrzehnten hier, und er kennt den Albtrauf.«

Tamar betrachtet den Toten, der in einem dunklen Anzug steckt, und vor allem betrachtet sie seine Halbschuhe. Es sind schwarze Halbschuhe, deren mit nasser Erde verschmierte Sohlen nach oben schauen. Soweit es Tamar erkennen kann, sind es Ledersohlen, nicht ganz neu, denn an der Spitze sieht man Lederflicken. Wer Halbschuhe mit Ledersohlen trägt und diesen Weg nimmt, kann sich so gut auskennen, wie er will, denkt Tamar. Die Ledersohlen rutschen ihm trotzdem weg.

»Zundt hat nie so etwas getragen, wenn er spazieren ging. Die Bauern kennen ihn nur in Kniebundhosen und Stiefeln.«

Tamar blickt den Propheten fragend an. Da ist doch noch irgendwo ein Kaninchen.

»Es gibt auch nur einen einzigen Grund, warum er in diesem Anzug den Franzosensteig hinab ist. Er wollte zur Bushaltestelle unten im Tal. Das machen wir alle so, wenn wir ins Unterland wollen. Sonst müssten wir erst nach Wintersingen und dort umsteigen.«

Tamar nickt, als ob das eine Erklärung sei.

»Nur versteh ich eines nicht«, fährt Seifert fort. Mein Gott, denkt Tamar, sind das die Vernehmungsmethoden der alten Schule?

»Ich verstehe nicht, warum er zum Bus wollte. Wenn er wegfährt, nimmt er seinen Audi. Er nimmt ihn immer. Noch nie ist er mit dem Bus gefahren.« Unter buschigen Augenbrauen mustert der Prophet die Kommissarin.

»Und Sie wissen nicht zufällig, warum er diesen verdammten Audi hat stehen lassen?«

Streng schüttelt der Prophet den Kopf. »Nicht solche Worte, junge Frau. Sie versündigen sich. Das wäre schade um Sie. Aber warum er sein Auto stehen gelassen hat, das zeige ich Ihnen jetzt.«

Er wendet sich zum Steig und geht hinauf. Sein Hund schaut zu Tamar auf, die achselzuckend seinem Herrn folgt. Nach einem kurzen, befriedigten Wedeln des Stummelschwanzes schließt der Hund sich ihnen an.

Im fensterlosen miefigen Büro des Hausdetektivs lehnt Steguweit gegen seinen Schreibtisch und hat die Hosen heruntergelassen. Vor ihm kniet die kleine Dunkelhaarige, die er in der Parfümerie erwischt hat.

Ein *blow job* ist für alle Beteiligten angenehmer als eine Strafanzeige. Für die Dunkelhaarige, und für ihn auch. Findet Steguweit. Sogar für die Staatsanwaltschaft, die sowieso nicht weiß, wohin mit all den Strafanzeigen. Außerdem, denkt Steguweit, wird er der Kleinen den Pass abnehmen. Nur zur Sicherheit. Und die Abende sind lang in dieser Jahreszeit.

An der Tür klopft es. Die Kleine fährt erschreckt zusammen, Steguweits Schwanz glitscht aus ihrem Mund. »Mach weiter«, flüstert er. Wieder klopft es an der Tür. Die Kleine steckt gehorsam wieder in den Mund, was dort noch nicht fertig hat. Noch einmal klopft es an der Tür.

Hau ab, du Arsch. Unter ihm macht die Kleine mit ihren Lippen und ihrer Zunge, was sie tun soll. So ist es recht. Lutsch dir die Bananenmilch.

Draußen entfernen sich Schritte. Steguweit kommt es. Die Kleine will den Kopf wegziehen. »Bleib«, sagt Steguweit und zwingt ihren Kopf mit beiden Händen an sein Gemächte. »Brav schlucken. Gute Medizin. Hilft gegen Polizei, Knast und Ausweisung ...«

Dann ist Steguweit fertig und will, dass die Kleine noch schön sauberleckt, aber das Mädchen springt plötzlich auf und rennt in das kleine Klo, das zu seinem Büro gehört, und kauert sich vor die Kloschüssel und kotzt und kotzt und hört nicht mehr auf zu kotzen und zu würgen.

»Hab dich nicht so«, sagt Steguweit und zieht sich die Hosen hoch. »Du hast den Job nicht zum ersten Mal gemacht, meinst du, ich merk so was nicht?« Ich werd sie besser laufen lassen, denkt er dann. Das kann keiner brauchen, dass so ein Mädchen ihm die ganze Wohnung voll reihert. Dann holt er eine Schachtel Tabletten aus seinem Schreibtisch und schüttelt eine heraus und geht zum Handwaschbecken im Klo, die Kleine hockt noch immer vor der Schüssel und würgt, er greift über sie hinweg und füllt einen Pappbecher mit Wasser und wirft die Tablette hinein. Er wartet, bis sie sich aufgelöst hat, dann beugt er sich zu dem Mädchen herunter und zieht seinen Kopf an den Haaren hoch: »Trink das!« Das Mädchen will nicht, aber dann trinkt es doch, die Hälfte sabbert vorbei.

Das Gewürge hört auf, nur Steguweits lausiges, versifftes, fensterloses Büro stinkt nach Kotze, dass man den Gestank mit dem Messer schneiden möchte. Steguweit dreht den Lüftungsschalter auf, aber viel hilft das nicht. »Hau ab«, sagt er und geht zur Tür und schließt sie auf.

»Das da«, sagt das Mädchen bittend und schaut zu ihm und zeigt auf eines der Parfümflakons, die Steguweit ihm abgenommen hat und die jetzt auf dem Schreibtisch aufgereiht sind. »Verschwinde«, antwortet er, und das Mädchen greift sich das Flakon und huscht zur Tür hinaus, die Steguweit hinter ihr schließen will, was aber nicht geht, weil jemand seinen Fuß dazwischenstellt. Es ist ein mittelgroßer, angegrauter Mann, der das tut.

»So nicht«, sagt Steguweit und hebt die Hand, um den Mann zurückzuschieben. Dann lässt er es bleiben, er weiß nicht warum. Nicht genau.

»Steguweit?«, fragt der Mann, schiebt mit der Schulter die Türe ein Stück weiter auf und geht hinein in das lausige kleine Büro und sieht sich darin um, wie es Steguweit nun schon gar nicht mag. Aber Steguweit muss vorsichtshalber erst einmal nach seinem Hosenladen tasten, ob der auch zu ist. Er ist es.

»Und mit wem hätten wir dann das Vergnügen?«

»Vergnügen?«, fragt der Mann zurück und betrachtet die Parfümflakons und den Armesünderstuhl für Steguweits Kundschaft und greift mit spitzen Fingern zu und hebt den Slip hoch, den das Mädchen vor lauter Kotzen erst gar nicht mehr angezogen hat.

»Sie glauben ja nicht, was Sie bei diesen kleinen Ludern alles finden. Wo sie es versteckt haben …«

Der Mann legt den Slip schweigend auf den Schreibtisch und dreht sich zu ihm um. Plötzlich weiß Steguweit, dass er diesen Mann kennt.

»Was redest du da, Steguweit? Ihr Ladenschnüffler habt bei niemandem eine Leibesvisitation zu machen, niemals! Das steht euch nicht zu. Schon gar nicht bei kleinen Mädchen.«

Berndorf. Der arrogante Sack. Der damals den Einsatz in Feudenheim vergeigt hat. Du bist mir gerade der Rechte.

»Vielleicht sagen Sie mir, was Sie von mir wollen.«

»Oh, man ist vornehm heute. *Vielleicht sagen Sie mir …*«

Berndorf schiebt die Flakons zur Seite und setzt sich auf den Schreibtisch. »Was hast du eigentlich mit ihr gemacht, dass es hier so nach Kotze stinkt?«

Steguweit lehnt sich gegen die Tür und atmet durch. »Sie sind doch Berndorf? Dann wissen Sie, wie es in der Branche zugeht. Wenn der Fehlbestand zu hoch ist, bin ich dran. Aber wenn ich wegen jeder Flasche Kölnischwasser eure Leute hole, werden die sich schön bedanken. Außerdem gefällt das weder der Kundschaft noch der Geschäftsführung, wenn alle naslang die Grünen im Haus sind. Also Meister – was soll ich Ihrer Meinung nach tun mit den kleinen Ludern?«

»Das hast du früher auch so gemacht«, sagt Berndorf. »Immer schlau um die faulen Eier herumgeredet. Was ist mit dem Mädchen?«

»Ich weiß nicht, was Sie wollen. Sie haben sie doch gesehen.« Berndorf greift hinter sich und hebt den Slip hoch und wedelt damit zu Steguweit. »Soll ich die Leute vom Jugendschutz anrufen?«

»Okay«, sagt Steguweit. »Hören Sie zu, Chef. Ihr Rock ist so komisch ausgebeult, und ich sag zu ihr, was hast denn da drunter, und sie fängt an zu heulen und holt heraus, was sie versteckt hat, und dann zieht sie den Slip aus und schlägt den Rock hoch und sagt, ich soll sie ficken, und ich denk, sie ist nicht ganz richtig im Kopf, und schick sie weg ... das ist alles.« Berndorf legt den Slip wieder zurück. »Na schön. Du hast sie weggeschickt. Danach.« Der kalte Blick kehrt zu Steguweit zurück. »Wissen will ich etwas ganz anderes. Wer war der Anrufer damals?«

Steguweit schaut ihn ratlos an. Dann dämmert es ihm. »Ach so. Deswegen sind Sie da. Ich hab mich schon gewundert.« Er denkt nach. Berndorf sieht ihm dabei zu.

»Das ist aber eine komische Geschichte«, sagt Steguweit schließlich. »Erst vor ein paar Tagen war Troppau hier. Sie wissen doch, der Kollege ...«

»Was wollte Troppau von dir?«

»Nichts, das war ja das Komische«, antwortet Steguweit.

»Er wollte einen Schlagbohrer kaufen, sagte er, aber ich hätte schwören können, dass ihm das nur so eingefallen ist. Als eine Art Ausrede. Ich weiß nicht, was der hier wollte.«

»Und der Schlagbohrer?«

»Ich habe ihm einen besorgt, Remittenden-Ware, einem alten Kollegen ist man so etwas schuldig.«

»Nett von dir. Troppau hat damit die Haken in die Decke gedübelt. Die Haken, weißt du, an denen er sich dann hat aufhängen können.«

Steguweit schüttelt den Kopf. »Nicht wirklich«, sagt er dann. »Doch«, sagt Berndorf. »Wer war der Anrufer? Du weißt doch. Der Überfall auf den Geldtransporter. Der Anrufer, der gesagt hat, einer der Täter sei keine Frau, sondern ein Mann. Ein Mann mit langen Haaren.«

»Ich weiß es nicht mehr. Woher soll ich es auch wissen? Es ist drei Ewigkeiten her. Es war ein anonymer Anruf.«

Berndorf greift wieder nach dem Slip. »Exakte Angaben. Adresse, Stockwerk. Silberne Kette als besonderes Kennzeichen. Klare, feste Stimme, hast du damals gesagt.«

»Ja. Sicher doch.« Steguweit hat sich gesammelt. »Aber weiter weiß ich nichts. Ich weiß nicht, ob sie Hochdeutsch gesprochen hat oder einen Dialekt. Oder ob sie einen Akzent gehabt hat. Ich weiß nur, dass ich es damals angegeben hätte, wenn so etwas gewesen wäre.«

Er redet nicht von einer Person. Er redet von einer Frau, denkt Berndorf.

»Du bist sicher, dass das kein Mann war?«

»Bin ich. Natürlich gibt es Kerle, deren Stimmen man für die einer Frau halten kann, vor allem am Telefon. Aber ich habe damals keinen Zweifel gehabt, dass es eine Frau war.«

»Warum steht dann in den Akten nur, dass es eine Person war?«

»War es doch auch. Wenn ich sie für einen Mann gehalten hätte, hätte ich es auch so angegeben. Ich hätte reingeschrieben, dass es eine männliche Person war.« Berndorf schließt kurz die Augen. Wenn die Frau ein Mann ist, ist sie eine männliche Person. Was für ein Kinder fickender bürokratischer Schriftkünstler. »Bist du später dazu vernommen worden?«

Steguweit schaut misstrauisch zu Berndorf hinüber. »Sicher doch. Immer wieder.« Plötzlich strafft er sich. »Und ich bin vergattert worden, dass meine gesamte Aussage vertraulich bleiben muss. Wer hat Sie eigentlich befugt, mich dazu zu vernehmen?«

»Das da«, sagt Berndorf und greift mit Daumen und Zeigefinger nach dem Slip und hält ihn hoch. »Das da befugt mich, Steguweit. Wer hat dich vernommen?«

»Das war der alte Kuhlbauer. Vom Polizeipräsidium Karlsruhe. Das müssen Sie doch wissen. Der hat doch auch Sie in der Mangel gehabt.« Er grinst hämisch.

Berndorf erinnert sich. Es ist keine angenehme Erinnerung. Und trotzdem hätte er Kuhlbauer ganz gerne aufgesucht und ihm eine oder zwei Fragen gestellt. Aber der Fall hat sich erledigt. Vor anderthalb Jahren ist Polizeidirektor i. R. Albin Kuhlbauer, im Krieg Gestapochef in einer galizischen Stadt, sanft in seinem Bett den Rentnertod gestorben, unbehelligt von der Justiz, ein paar Zeitungen haben ihm nachgerufen, was wohl die Wahrheit war und ihn trotzdem nicht mehr zu stören brauchte.

Berndorf lässt sich von dem Schreibtisch herunter und geht auf Steguweit zu und hält ihm den Slip hin. Der greift danach, aber Berndorf nimmt ihn wieder weg.

»Nur eines noch. Die Frau hat etwas von einer Silberkette gesagt. Sag mir, wie das genau war.«

Steguweit macht ein klägliches Gesicht. »Chef, das war 1972. Das sind bald dreißig Jahre her.«

»Ich bin nicht dein Chef. Erinner dich.«

»Ich hab es doch schon gesagt. Sie hat gesagt, die Durchsage in den Nachrichten ist falsch. Es war keine Frau dabei, sondern ein Mann mit langen Haaren.« Plötzlich verändert sich seine Stimme. Geziert sagt er etwas auf. »*Sie finden ihn in Feudenheim*. Dann hat sie die Straße und Hausnummer genannt. Dritter Stock. Rechts. *Eine Frau ist bei ihm. Achten Sie auf die silberne Kette*.«

»Das gibt aber keinen Sinn. Wer hat eine silberne Kette?«

»Die Frau, Chef. Die Frau, die bei dem Mann ist, hat eine silberne Kette. Daran erkennt man sie. Sie ist seine Komplizin. So hab ich's verstanden.«

Unsinn. Beide waren nackt. Keiner trug eine Kette.

Berndorf steckt den Slip in die Brusttasche von Steguweits Hemd und schiebt ihn von der Tür weg und macht sie auf.

»Noch was, Steguweit. Auf der Liste von den Kollegen stehst du ganz weit oben. Die warten nur darauf, dass eines von den Mädchen angeheult kommt, und du bist dran. Da hilft dir dann auch keine Remittenden-Ware mehr, und wenn du sie im Lastwagen anlieferst. Glaub mir das.« Hoffentlich ist das auch so, denkt er und geht den Korridor hinunter.

Hubert Höge hat das schnurlose Telefon ins Musikzimmer mitgenommen, durch dessen Isolierscheiben er draußen im Garten seine Frau sieht, die gerade auf den herrenlosen räudigen Kater einredet. Trotz der dicken Scheiben spricht er mit gedämpfter Stimme.

»Sie ist gestern Nacht zurückgekommen. Nach einem Unfall auf der Autobahn.«

Miriam glaubt ihm nicht. »Was redest du da? Sie ist doch mit dem Zug gefahren.«

»Sie hat es sich anders überlegt. Sie hat sich einen Mietwagen genommen.«

»Oh!«, sagt Miriam, »Birgit hat es sich anders überlegt. Birgit nimmt sich einen Mietwagen, Birgit baut einen Unfall, Birgit kommt in der Nacht zurück, und Hubert muss Händchen halten. Hat sie wenigstens ein blaues Auge? Einen Nervenzusammenbruch vielleicht?«

»Red nicht so«, wehrt Hubert ab. »Sie hat keinen Unfall gebaut. Sie ist in eine von diesen Massenkarambolagen verwickelt worden …«

»Birgit wird immer in etwas verwickelt«, stellt Miriam fest, »immer in irgendetwas, dass Hubert Händchen halten muss. Die Tränen trocknen. Kopfwickel machen. Ob es mir vielleicht auch zum Heulen ist, interessiert kein Schwein. Weißt du eigentlich noch, dass du versprochen hast, mit mir nach Schwetzingen zu den Festspielen … ach Scheiße!«

Birgit hat draußen ihre Konversation mit dem Kater beendet und geht ins Haus zurück. Von den Souterrainfenstern des Musikzimmers aus sieht Hubert, wie ihr Rock um ihre Beine schwingt.

»Ich muss jetzt Schluss machen«, sagt er eilig, »ich versuch, dich später noch mal anzurufen.« Und legt auf, ehe ihm Miriam ausführlich erklären und nachweisen kann, was für ein Feigling und Schlappschwanz er doch ist.

Oben ruft Birgit nach ihm, er stellt das Telefon in das Notenregal und geht die Treppe hinauf. Birgit sitzt beim Kaffee und erzählt ihm von ihrer Konversation mit der Katze.

»Sie schnurrt nicht, wenn sie mich sieht. Sie gurrt. Es ist eine Art *rrrit,* es klingt ganz kehlig.«

Wieder einmal erklärt Hubert, dass dieses Tier ein Kater ist und keine Katze, und schenkt sich auch noch eine Tasse ein.

»Ach!«, sagt Birgit und betrachtet ihn mit schummrigen Augen, »mein Kater bist doch du, und was glaubst du, wie du mich gurren machst!«

Am frühen Morgen war Birgit, noch ganz aufgelöst von ihrer Schreckensfahrt, unter der Decke zu ihm gekommen. Danach hat es geknallt, wie schon lange nicht mehr im Höge'schen Ehebett, was leider die Dinge nicht einfacher macht, denn Birgit fängt tatsächlich schon wieder das Gurren an und schlägt vor, den Samstag doch einfach so fortzusetzen, wie er begonnen hat.

»Irgendwann gehen wir dann zum Italiener, und danach zurück ins Bett.«

Hubert strengt sich zu begeisterter Zustimmung an. *Und Gaby wartet im Park.* Das ist auch eine der Schnulzen, die er in sein Singspiel hätte einbauen können, fällt es ihm ein. Und plötzlich ist es Hubert, als werfe er einen Blick in die Zukunft, und die Zukunft steht über ihm wie eine dunkle und unheilvolle Wolkenwand, die Wolken verdichten sich zu grauen schemenhaften Erinnyen, und aus dem Off ertönt dazu die deutsche Schlagerparade. Er nimmt seine Brille ab, blickt sich suchend um, dann geht er zum Sideboard und greift sich eines der Brillenputztücher, die er dort deponiert hat, und reißt die weiße, innen feucht beschichtete Plastikverpackung auf, in der das Tuch steckt, und Birgit schaut ihm zu, als tue er da weiß Wunder was.

In der Diele schrillt das Telefon. Birgits Blick umwölkt sich, denn das Telefon ist die schrecklichste Waffe überbesorgter Erziehungsberechtigter.

»Ich geh schon«, fällt es Hubert ein, »es wird wegen der Web-Seite für unser Musical sein.« Lieber Gott, lass es nicht Miriam sein. Nicht den *final countdown*. Nicht jetzt.

Er hebt ab, eine Frauenstimme meldet sich, aber Gott ist heute Morgen lieb zu ihm. Es ist nicht Miriam. Hubert atmet durch. »Mein Name ist Stein«, sagt die Frauenstimme, und sie klingt angenehm und kultiviert, »Barbara Stein, ich hätte gern Ihre Frau gesprochen ...«

Hubert gibt den Hörer weiter und macht eine beruhigende Handbewegung, aus der hervorgeht, dass die Anruferin vermutlich keine von den Leidenden Müttern ist. Birgit meldet sich und macht trotzdem erst einmal ein sehr reserviertes Gesicht, weil sie keine Frauenstimmen mag, die diesen besonderen Schmelz haben.

»Ja«, hört Hubert sie antworten, »das ist mein Mädchenname, aber Journalistin war ich nicht, wirklich nicht, ich habe damals für den *Aufbruch* ein paar kleinere Sachen geschrieben, und vermutlich ist es ganz schreckliches Zeug, das mir heute rasend peinlich wäre, wenn ich es noch mal lesen müsste ...«

Nun ist es die Stimme am anderen Ende, die schnurrt oder gurrt oder sonst etwas dergleichen tut, denn aus Birgits Gesicht verliert sich der reservierte Ausdruck, plötzlich lächelt sie, halb kokett, halb ein wenig stolz: »Natürlich waren wir damals glühend dabei«, sagt sie, »wir glaubten wirklich daran, dass wir ein Gegengewicht aufbauen könnten zur Springer-Presse, so komisch das klingt, und als der *Aufbruch* dann

Knall auf Fall eingestellt wurde, weil sich die Bonzen mit den Großverlagen arrangieren wollten – da hab ich das als persönliche Niederlage empfunden, als einen Verrat an einer Sache, die mir damals sehr wichtig erschien.«

Das Gespräch endet damit, dass Birgit die Anruferin am Nachmittag zum Kaffee erwartet, der Mitarbeiter der Anruferin sei gleichfalls willkommen, und man sehe sich dann um 16 Uhr. »Stell dir das vor«, sagt Birgit, nachdem sie den Hörer aufgelegt hat, »das war eine Berliner Professorin, und sie will eine Geschichte über die alten Arbeiterzeitungen machen, weißt du eigentlich, dass ich mal für eine von diesen Postillen geschrieben habe? Das war der *Aufbruch* in Mannheim, lange vor unserer Zeit …«

Von einem *Aufbruch* hat Hubert noch nie gehört, auch nichts von der journalistischen Vergangenheit seiner Frau, aber das will nichts heißen, denn Hubert ist Musiklehrer und liest außer Noten und Konzertkritiken eher nichts. »Was dagegen, wenn ich joggen geh, solange diese Professorin da ist?«, fragt er.

Birgit schaut ihn an, und das kokette Lächeln von vorhin ist wieder weg. »Aber sicher doch, Katerchen. Ich weiß schon, dass dich das nicht interessiert …«

Ich hätte sie danach fragen sollen, was das für Artikel waren, geht es Hubert Höge durch den Kopf. Aber so etwas fällt ihm immer zu spät ein. So ist er nun einmal. Jedenfalls hat er jetzt eine gute Stunde Zeit herausgeholt. Eine gute Stunde, um sich dem Problem Miriam zu widmen.

Der Mann im grünen Kittel wirft einen prüfenden Blick auf die Frau, die neben der Kriminalkommissarin Tamar Wegenast steht, dann schlägt er die Decke auf, die über den Schragen gebreitet ist. Kaltes Neonlicht fällt auf ein geschrumpftes blutentleertes Gesicht, in dem zwei Augen geschlossen sind.

Aber wie ein großes, entsetzenvolles drittes Auge klafft auf der Stirn ein Loch, das sich auch nach dem Tod nicht schließen lassen will.

Nun sieht auch Tamar zu der Frau hin, es ist nicht nur ein behutsamer, sondern auch ein ahnungsvoller Blick, denn unterm Zusehen wird Margarethe Zundt bleich und bleicher, sie blickt kurz nach links zu Tamar, dann nach rechts, wo der Polizeihauptmeister Leissle steht, genannt Orrie, um dann doch langsam nach links an Tamars Seite zu kippen. Das ist insofern eine glückliche Entscheidung, als es sich bei Margarethe Zundt um eine hoch gewachsene Person handelt, die – bis sie von Orrie hätte aufgefangen werden können – bereits eine erhebliche Fallgeschwindigkeit erreicht haben würde.

Denn dass PHM Leissle, genannt Orrie, hoch gewachsen sei, hat wirklich noch niemand behaupten wollen.

Eilends kommt auch schon der Mensch in dem grünen Kittel und bringt eine Trage, auf die man die Ohnmächtige betten kann. Mit seinen dunklen, traurigen transsilvanischen Augen betrachtet der Aufseher die Witwe Zundt, die Augen gleiten an der lang gestreckten Gestalt entlang, die in allerlei handgewebten blaugrünen Röcken und Jacken steckt, verweilen ein wenig bei den langen weißblonden Haaren und den arischen Jochbögen – dann bricht der Blick ab, ertappt, denn Tamar hat den Aufseher scharf ins Visier genommen.

Du saugst keiner ohnmächtigen Witwe das Blut aus. Und von Seelenwanderung fängst du schon gleich gar nicht an.

Der Aufseher nickt demütig, weil schon wieder jemand ihn und sein höheres Wissen nicht versteht, und zusammen mit Orrie trägt er die irdische Hülle hinaus, die nicht zu Margarethe Zundts Astralleib gehört. Tamar folgt ihnen und stellt fest, dass die Witwe alsbald wieder zu sich kommt. Ein pakistanischer Assistenzarzt muss sie erst überreden, sich den Blutdruck messen zu lassen, aber eine Spritze geben lässt sie sich nicht und auch kein Beruhigungsmittel, nur ein Glas Wasser. »Junger Mann«, sagt sie zu dem Pakistani und betrachtet missbilligend seinen dunklen Teint, »dem Tod sieht der nordische Mensch klaren Verstandes und unerschrocken ins Gesicht.«

Du altdeutsche Grete, warum fällst du dann um, denkt Tamar. »Das verstehe ich sehr gut«, antwortet höflich der Pakistani. »Alle Menschen tun gut daran, den Tod wahrzunehmen, wie Sie sagen. Trotzdem wäre es besser, wenn Sie sich jetzt von jemandem nach Hause begleiten ließen.«

Wenig später sitzen sie wieder in dem Dienstwagen, mit dem sie Margarethe Zundt am Ulmer Hauptbahnhof abgeholt haben, und Orrie fährt sie an den Äckern und Wiesen der Alb vorbei, im Sommerdunst locken die baumbestandenen Hügel mit ihrem schützenden Schatten.

Um ein Gespräch anzuknüpfen, berichtet Tamar, wie sie mit Hilfe des Ortsvorstehers den Hausmeister der Akademie ausfindig gemacht hat. »Einen Augenblick«, sagt sie und blickt suchend auf ihren Notizblock …

»Sie meinen Freißle«, hilft Margarethe Zundt, »er wird bei seinem Schwager gewesen sein, auf dem Hof helfen.«

Tamar bedankt sich und fährt fort. »Freißle hat uns dann sagen können, wo wir Sie erreichen. Sie haben in Sonthofen ein Seminar gehalten, habe ich das richtig verstanden?«

»Es waren Tage der Einkehr«, stellt die Witwe richtig. »Tage der Besinnung. Der Besinnung auf das verborgene Wissen.«

Für einen Augenblick huscht durch Tamars Kopf die höchst alberne Vorstellung eines Nordischen Lesbos, eines mittsommernächtlichen Lagerfeuertreibens nackter blondflechtiger Nazissen, die blondeste und schamhaargekrauseltste von allen darf mit der Lagerführerin ins Heidekraut …

Ach, Schnüss!

»Sie sind Polizistin?«, fragt in diesem Augenblick die Lagerführerin. »Tragen Sie denn keine Uniform?«

Würde dich das wohl anmachen? Beige Diensthose, breitärschig geschnitten, Pistolenhalfter drüber? Tamar erklärt, dass sie Kriminalbeamtin ist und dass Kriminalbeamte keine Uniform tragen.

»Aber das verstehe ich nicht«, sagt Margarethe Zundt. »Was hat die Kriminalpolizei mit dem Tod meines Gatten zu schaffen? Das ist doch ein Unfall, ein schrecklicher, oder verheimlichen Sie mir etwas?«

»Ihr Mann ist diesen Franzosensteig hinabgestürzt«, antwortet Tamar vorsichtig. »Der Steig war gesperrt, aber mit den richtigen Schuhen wäre es wohl nicht passiert …«

»Was reden Sie da!«, fährt Margarethe Zundt auf. »Mein Gatte kennt die Alb wie seine Westentasche. Und er weiß, welches Schuhwerk er tragen muss.«

»Als wir ihn fanden, trug er Straßenschuhe«, gibt Tamar sanft zur Antwort. »Schwarze Straßenschuhe mit Ledersohlen.«

»Das kann nicht sein«, beharrt die Witwe.

»Das ist auch dem Ortsvorsteher aufgefallen«, sagt Tamar. »Es war einer von zwei Gründen, warum er uns gerufen hat.«

Margarethe Zundt wendet den Kopf. Blassblaue Augen gleiten Tamars Nackenlinie entlang. »Und was ist der andere Grund?«

»Der andere Grund ist der Wagen Ihres Mannes. Der Ortsvorsteher hat ihn in der Nähe des Steigs gefunden. Das Auto ist demoliert.«

»In Deutschland sollten wir deutsch sprechen, junge Frau. Es war also doch ein Unfall?«

»Nein«, sagt Tamar. »Es war kein Unfall. Irgendjemand hat mit Holzprügeln auf das Auto eingeschlagen. Er hat es sehr lange und sehr gründlich getan. Außerdem hat er die Reifen zerstochen. Hatte Ihr Mann eigentlich Feinde?«

Die Witwe betrachtet sie mitleidsvoll.

»Aber Kindchen!«, sagt sie dann. »Mein Gatte war politisch tätig, gewiss nicht im Rampenlicht, denn das hat er nie gesucht. Aber er hat im Verborgenen gewirkt, in sehr schwierigem, gefahrvollem Auftrag, das dürfen Sie mir glauben! Wie sollte er da keine Feinde gehabt haben …«

Birgit hat den Rechaud angezündet und die Teekanne darauf gestellt, jetzt sieht sie sich noch einmal prüfend um. Gedeckt ist auf der Terrasse, die Markise schützt vor der Sonne, die nun steil einfällt. Nach kurzem Zögern hat sich Birgit dann doch für das Wegdwood-Service entschieden, aber nur etwas englisches Gebäck dazugestellt, es soll nicht so aussehen, als würde sie ein Kalb schlachten. Auf dem Boden, etwas abseits, steht ein Teller mit frischem Katzenfutter.

Hubert ist tatsächlich zum Jogging entflohen. Irgendwie gibt ihr der Gedanke daran einen Stich. Wenn er nicht selbst im Mittelpunkt steht, muss er davonlaufen. Sie zuckt die Achseln, dann rückt sie die Träger ihres leichten grüngelben Sommerkleides zurecht, es ist aus Rohseide, für die Schule hätte sie es nicht angezogen. Sie hat etwas Puder aufgelegt, denn ihre Wangen sind ein wenig zu voll und röten sich zu leicht. Im Arbeitszimmer hat sie die Mappe mit ihren Zeitungsausschnitten herausgesucht, eigentlich ein kleines Wunder, denkt sie, dass sie sie noch gefunden hat. Zeigen freilich wird sie die Mappe erst, wenn sie danach gefragt wird. Dann schlägt die Türklingel an, Birgit geht zur Haustüre, vor ihr steht eine schmale Frau mit kurzen dunklen Haaren, an den Falten um die Augen sieht Birgit, dass die Professorin Barbara Stein eher älter ist als sie selbst. Und nach Birgits Geschmack ein wenig zu alt für ihr sehr kurz berocktes hellbeiges Leinenkostüm.

Birgit bittet die Besucherin herein und führt sie auf die Terrasse, der Professorin folgt ihr Assistent, etwas verwundert registriert Birgit, dass das kein junger Mann mehr ist, sondern aus dem Assistentenalter schon lange heraus. Sie setzen sich um den gedeckten Tisch, Birgit schenkt den Tee ein, die Professorin lehnt Zucker und auch Kandis dankend ab, nimmt aber gerne vom englischen Gebäck. Und die Zuckerdose wird von der Professorin gar nicht erst an ihren Senior-Assistenten weitergereicht, der aber den Tee gleichfalls ungesüßt nimmt. Da sind zwei doch sehr miteinander vertraut, denkt Birgit.

Man plaudert über den schönen Tag und über Heidelberg und sucht nach gemeinsamen Bekannten, mit von Tressen-Kositzkaw bietet sich der erste schon an.

»Bei einem so reizenden Besuch«, sagt Birgit, »sollte ich es Armand wirklich nicht übel nehmen, dass er Ihnen gesagt hat, wie ich zu finden bin. Trotzdem werde ich noch ein Hühnchen mit ihm rupfen. In seinem Beruf müsste er ein wenig verschwiegener sein, finden Sie nicht?«

Für einen unmerklichen Augenblick verdüstert sich ihr Gesicht. Klingt das jetzt so, als ob ich Patientin bei ihm bin?

»Das Hühnchen müssen Sie mit mir rupfen«, antwortet die Besucherin fröhlich, »ich habe ihn höchst indiskret nach Ihnen gefragt, Sie könnten auch sagen: ausgeforscht.«

Birgit ringt sich ein versöhnliches, silberhelles Lachen ab. Dann entdecken die beiden Damen, dass sie beide zu Beginn der Siebzigerjahre in Heidelberg studiert haben und sich eigentlich begegnet sein müssten. Als in der Alten Universität die Fensterscheiben barsten, war Birgit allerdings nicht dabei gewesen, auch nicht bei dem berühmten Mückenlocher Weiber-Wochenende der Revolutionären Studentinnen, als es um dic Frage ging, was die sexuelle Befreiung denn – rein lustmäßig – für die Frauen gebracht habe ...

»Nein«, sagt Birgit und nimmt, den kleinen Finger abgespreizt, einen Schluck Tee, »meine politische Sozialisation ist spät erfolgt, eigentlich bin ich gar keine richtige 68erin mehr. Und Feministin«, sie macht eine Pause und sieht mitleidsvoll zu dem Assistenten hin, »bin ich nie gewesen.«

Der Assistent blickt unbewegt zurück.

Die Professorin will wissen, wann Brigit für den *Aufbruch* zu schreiben begonnen hat.

»Wenn ich es noch recht weiß«, antwortet Birgit, die vorhin alles noch einmal nachgesehen hat, »begann das im Frühjahr 1972. Ich erinnere mich noch an einen meiner ersten Besuche in der Redaktion, es drängten sich alle im Fernschreibraum, Rüdiger – der Feuilleton-Chef Rüdiger Volz – hastete von einem Ticker zum anderen, in der einen Hand die Bierflasche, in der anderen die Roth-Händle, pass auf, Mädchen, sagte er zu mir, dies ist einer der Tage, an denen die Geschichte unserer Republik geschrieben wird ...« Sie greift zur Teekanne und schenkt nach.

»Es war der Tag, an dem Barzels Misstrauensvotum gegen Brandt scheiterte«, fährt sie fort, »ich sehe noch, wie Rüdiger mich in die Arme nimmt und unter Tränen sagt: *No pasaran!* Heute haben wir gewonnen, wir alle. Und meine Nase steckt in Rüdigers Pullover, dass ich schier ersticke in diesem Dunst von Bier und Zigarettenrauch …« Sie schüttelt sich. »Glauben Sie, heute wüsste einer meiner 17-jährigen Gymnasiasten noch, wer Willy Brandt war? Oder gar Barzel?«

Lächelnd deutet Barbara Stein Einverständnis an. »Wie haben Sie Dr. Volz kennen gelernt?«

Birgit hat die Teetasse in der Hand, zögert, und setzt die Tasse zurück. »So genau weiß ich das eigentlich gar nicht mehr. Wissen Sie, ich fand die Debatten in unseren studentischen Zirkeln schon damals ein wenig öde, auf schreckliche Weise deutsch und provinziell. Was in den französischen Blättern diskutiert wurde, schien mir intellektuell aufregender, spannender, geistvoller …« Ein nachsichtiges Lächeln tröstet die Besucherin über das intellektuell Unaufregende ihres rechtsrheinischen Universitätslebens hinweg.

»Ich dachte«, fährt Birgit fort, »das muss man doch auch deutschen Lesern zugänglich machen. Natürlich war es eine furchtbar alberne Idee, damit ausgerechnet zu einer sozialdemokratischen Vorstadtpostille zu gehen. Ich glaube, damals dachte ich wirklich, auch die Arbeiter in Mannheim und bei der BASF in Ludwigshafen hätten Anspruch, über Sartre und Godard und Michel Foucault Bescheid zu wissen.«

Barbara setzt noch einmal an. »Und so sind Sie zu Dr. Volz und haben ihm Ihre Artikel angeboten?«

Birgit zögert kurz. »Übrigens war ich damals nicht die Einzige, die für den *Aufbruch* schreiben wollte. Einer meiner damaligen Freunde gehörte auch dazu, Moritz …« Sie unterbricht sich und blickt forschend auf ihr Gegenüber. »Ich könnte mir vorstellen, Sie kennen ihn auch, Ernst Moritz Schatte …«

Barbara nickt. »Wir lagen nicht ganz auf gleicher Wellenlänge«, antwortet sie, und in ihrer Stimme liegt ein etwas reservierter Ton. »Aber durch ihn weiß ich erst, dass es dieses *Aufbruch*-Projekt überhaupt gab. Wir wollen ihn übrigens als Nächsten aufsuchen.« Sie wirft einen kurzen Blick auf ihren Assistenten, damit dieser – vermutet Birgit – das Gefühl hat, er gehöre auch dazu.

»Ja«, sagt Birgit zusammenhanglos, »aber was wollen Sie nun eigentlich von mir wissen?«

»Uns interessiert, wie das Umfeld reagiert hat«, erklärt Barbara. »Sehen Sie, da ist ein fest gefügtes, abgeschottetes politisches Milieu, kämpferisch und unerschütterlich vertritt man die Meinungen des Unterbezirksvorstandes, und da kommen nun junge Leute und wollen die Welt neu erklären ... Was passiert da? Wie geht man damit um?«

Das habe sie sich nie so recht überlegt, gesteht Birgit. »Ich glaube, damals hat man es von den jungen Leuten erwartet, dass sie so etwas tun. Die Welt neu erklären, wie Sie sagen. Oder sie sogar neu erfinden. Vielleicht haben auch die alten Professoren, die in ihren muffigen Talaren, insgeheim geahnt, dass etwas Neues kommen muss. Heute ist das anders. Die 68er«, sie bedenkt Barbara mit einer weiteren Schnellprägung des silberhellen Lächelns, »kämen auf einen solchen Gedanken gar nicht erst. Sie glauben noch immer, dass sie selbst das Neue sind.«

Im Hintergrund hört man ein weiches plumpsendes Geräusch. Dann macht es *rrrt!* und die rote Katze erscheint auf der Terrasse. Misstrauisch äugt sie zum Teetisch, scheint aber alsbald beruhigt und widmet sich mit aufgeplustertem Schwanz dem Teller.

»Ist sie nicht schön?«, fragt Birgit stolz. »Sie ist mir zugelaufen ...«

Der Assistent räuspert sich. »Hat es keine Konflikte gegeben? Mit der Chefredaktion oder der Anzeigenleitung?«

Birgit betrachtet ihn nachdenklich. Irgendwie klingt er nicht nach Hörsaal. Die Haltung ist auch falsch. Oder sind es die Schultern? Nicht die eines Assistenten. Also?

Er ist ihr Beischläfer. Passt auch besser zu ihr als der kurze Leinenrock. »Sicher hat es Konflikte gegeben. Da gab es einen kleinwüchsigen cholerischen Menschen, der immer in Hosenträgern herumlief, die Brille auf den Kopf geschoben, wenn man ihn sah, wusste man, dass es Ärger gab. Einmal ...« Sie schüttelt den Kopf. »An Details kann ich mich nicht erinnern.

Das hat alles Rüdiger aufgefangen und abgefedert. Wie er es gemacht hat, weiß ich nicht. Vielleicht hatten die Chefs sich irgendwann abgewöhnt, das Feuilleton zu lesen.«

Der Assistent-Beischläfer scheint nicht zufrieden. »Wie haben die anderen Redakteure das alles aufgenommen? Gab es Gespräche, Diskussionen über das journalistische Selbstverständnis? Oder hatten Sie keine weiteren Kontakte?«

Birgit zögert. »Zu tun hatte ich nur mit Rüdiger.« Sie überlegt. »Und Rüdiger ist mehr monologisch veranlagt. Natürlich habe ich im Feuilleton auch andere Mitarbeiter kennen gelernt. Und wenn Sie in einem solchen Verlagshaus aus und ein gehen, begegnen Sie zwangsläufig auch Redakteuren aus anderen Ressorts, auf dem Flur und in der Kantine. Oder auch in der Kneipe. Unweit vom Verlagshaus, im nächsten Block, gab es ein ausgesprochen düsteres Loch. Journalisten und Setzer haben dort abends das letzte Bier heruntergeschüttet. Oder morgens das erste. Manchmal war ich mit Rüdiger dort, heute ist es mir unfassbar, dass ich mir das angetan habe.«

»Sie erinnern sich an niemanden mehr?«

»Eigentlich sind es nur noch einzelne Gesichter, Namen bringe ich nicht mehr zusammen.« Sie zögert wieder. »Dass ich nichts Falsches sage. An Micha Steffens kann ich mich erinnern. Ein Setzer oder Metteur, der sich als Filmkritiker versucht hat. Sehr wilde Sachen. Vielleicht auch komische. Ich will es lieber nicht nachlesen.«

»Wissen Sie, was er später gemacht hat?«

Birgit schüttelt nachdrücklich den Kopf. »Näheren Kontakt hatten wir nicht. Übrigens habe ich beim *Aufbruch* nur ein sehr kurzes Gastspiel absolviert. Leider oder Gott sei Dank. Das jämmerliche Zeilenhonorar hat die Mühe und den Ärger über sinnlose Kürzungen nicht gelohnt. Und in den Semesterferien wollte ich zurück zu meinen Eltern.«

Es bricht eine Pause aus, in der es leise *rrrt!* macht. Die Katze nähert sich dem Teetisch, zögert und springt dann kurz entschlossen auf den Schoß von Professorin Barbara Stein, um dort in heftiges Schnurren auszubrechen.

»Oh!«, sagt Brigit, und ein Schatten zieht über ihr Gesicht. »Seien Sie vorsichtig! Ich weiß nicht, ob sie nicht Flöhe hat.«

Barbara krault die Katze hinter den Ohren. Das Tier streckt seinen Kopf der Hand entgegen, die Augen lustvoll geschlossen.

»Wie ging die Zeitung damit um, dass in der Wohnung einer Redakteurin ein Mann von der Polizei erschossen wurde?«

Widerwillig kehrt Birgits Blick zu dem Assistenten zurück. Sie setzt zu einer Antwort an, und bricht wieder ab.

»Vielleicht erinnern Sie sich«, die Stimme kommt aus dem Schatten, als lasse sie sich nicht abschütteln, »das war im Juni 1972, und die Redakteurin kam als angebliche Terroristin für längere Zeit in Untersuchungshaft.«

»Wie kommen Sie darauf«, Birgits Stimme setzt wieder ein, »dass man so etwas vergessen könnte? Natürlich erinnere ich mich. Nur war diese Frau, von der Sie sprechen, eine Redakteurin aus dem Lokalen, ich kannte sie so gut wie gar nicht, und ich kann Ihnen heute nicht einmal mehr ihren Namen sagen. Aber es ist richtig. Man konnte ihr nichts nachweisen, und sie kam dann frei.«

»Was hätte man ihr denn nachweisen sollen?«

Eine leise Röte zieht über Birgits Gesicht. »Da habe ich mich gerade nicht sehr freundlich ausgedrückt, nicht wahr? Sie müssen verstehen, dass mir diese Geschichte sehr unangenehm war. Sie war auch der eigentliche Grund, warum ich mich vom *Aufbruch* dann sehr schnell zurückgezogen habe. Natürlich will ich Ihnen gerne glauben, dass diese junge Frau nichts mit den Terroristen zu tun hatte.«

Sie lehnt sich zurück. Die Röte ist wieder verschwunden. »Übrigens ist mir jetzt ihr Name wieder eingefallen, Sinheim, Franziska Sinheim. Ein ganz nettes Mädchen, ein wenig unbedarft vielleicht. Vielleicht hat das auch getäuscht. Immerhin – es gab eine Merkwürdigkeit. Franziska hat eine Beziehung mit Steffens gehabt – das war dieser wilde Filmkritiker. Die beiden waren schon wieder auseinander, als ich sie kennen lernte. Aber sehen Sie – Steffens ist damals verschwunden, von einem Tag auf den anderen. In der ganzen Aufregung um den Raubüberfall der Terroristen und die Schießerei in der Sinheim-Wohnung hat niemand so besonders darauf geachtet. Aber er war weg. Einfach weg.«

Die Katze macht sich auf dem Schoß der Professorin Stein breit, streckt eine enorm lange Hinterpfote aus und beginnt, sich angelegentlich zu putzen. Birgit sieht nicht hin.

»Da war noch so ein merkwürdiges Detail«, sagt der Assistent und sucht ihren Blick. »Aber ich weiß nicht, ob Sie damit etwas anfangen können.« Dann macht er eine Pause, als ob er es provozieren wolle, dass sie ihm in die Augen sieht.

»Ja, und …?«, fragt Birgit schließlich.

»Wem hat die silberne Kette gehört?«

Birgits Gesicht wird glatt und unbewegt, und plötzlich sind es ihre Augen, die sich groß und fragend auf den Assistenten richten. »Sind Sie ganz sicher, dass das zum Thema Ihrer Untersuchung gehört?« Dann lächelt sie entschuldigend. »Aber das müssen Sie selbst wissen. Nur kann ich Ihnen von silbernen Ketten leider gar nichts erzählen, was immer sie mit der Geschichte dieser Zeitung zu tun haben mögen. Das heißt, mein Patenonkel hat mir so etwas einmal zur mittleren Reife geschenkt, eine Kette mit einem Rosenquarz-Anhänger, vermutlich hab ich es noch irgendwo, denn es war oder ist eines von diesen scheußlichen Dingern, die sich an einen kletten, als wüssten sie, dass niemand sonst sie haben will. Soll ich sie Ihnen heraussuchen?«

»Sie müssen entschuldigen, dass wir danach fragen«, sagt die Professorin. »Angeblich war die Kette ein Kennzeichen. Für wen oder was auch immer. Ich brauche Ihnen nicht zu sagen, dass es weiter keine Bedeutung hat. Wir sind nur zufällig darauf gestoßen.«

»Ach ja? Aber es klingt spannend. Keine Affäre um ein Halsband, sondern um eine silberne Kette? Reizend. Und wen suchen wir uns als Cagliostro dazu aus?« Neckisch legt Birgit den Kopf schief und betrachtet Berndorf. »Ihr Assistent«, sagt sie dann zur Professorin und lässt das Wort *Assistent* im Mund zergehen, »scheint mir jedenfalls nicht die richtige Statur zu haben. Er ist, wenn Sie mir die Bemerkung erlauben, dafür in den Schultern doch etwas zu breit geraten.« Sie lacht, und das Lachen perlt silberhell über den Teetisch.

Am Horizont säumt dunkler Waldrand den Albtrauf. Das Sträßchen, auf dem sie von Wieshülen kommen, schlängelt sich über einen Hügel, und der breit hingelagerte, von Kastanien umgebene Fachwerkbau der Johannes-Grünheim-Akademie kommt in Sicht. Orrie fährt den Dienstwagen auf den gekiesten Vorplatz und parkt unter Bäumen neben einem rostfleckigen Golf. Dann steigt er aus und hält Margarethe Zundt dic Wagentür auf.

Wir sollten dir eine Chauffeursuniform schneidern lassen, denkt Tamar. Dunkelblau, hochgeschlossen, Orrie. Was glaubst du, wie die alten Damen auf dich fliegen.

Ein Mensch mit einer rot geäderten Nase kommt auf sie zu. Er hat sich in einen schwarzen Anzug gezwängt und eine schwarze Krawatte um den Hals gebunden. Lang und verlegen drückt er der Witwe die Hand, Unverständliches murmelnd.

»Ich danke Ihnen«, sagt die Witwe, »Freißle, ich habe meinen Gatten verloren, und Sie einen guten Herrn.«

Gerührt schnieft Freißle durch die rot geäderte Nase.

Das kann ja wohl nicht wahr sein, denkt Tamar und wendet sich Kuttler zu, der aus dem Eingangsportal des Fachwerkbaus heraustritt und mit dem Daumen hinter sich zeigt.

»Die Witwe tickt nicht richtig«, flüstert sie, als sie mit Kuttler durch das Portal in eine mit abgeblassten Teppichen ausgelegte Halle tritt. Im Sonnenlicht tanzen Staubpartikel. An den Wänden hängen keine Hirschgeweihe, sondern gerahmte Schwarzweißfotografien von Männern mit gescheitelten Haaren und akkurat gebundenen Krawatten. Aus manchen Kragen quellen massige Speckwülste, aus anderen wieder recken sich faltige magere Rechthaberhälse mit vorspringenden Adamsäpfeln dem Betrachter entgegen. Tamars Blick bleibt an dem Bild eines Mannes mit schütterem, quer über den Kopf gekämmtem Haar hängen. Das Gesicht des Mannes ist von lächelnder Jovialität überzogen, als habe man sie mit einem Zwei-Komponenten-Kleber befestigt.

»Was ist das für eine politische Scheiße, in die wir getreten sind?«, hört sie Kuttler halblaut neben sich fragen.

»Ich selbst kann mich nicht erinnern«, sagt Tamar und deutet auf das Bild des Großen Lächelnden, »aber es gibt Fotos von mir, auf denen dieser da unseren Kindergarten besucht und ich ihm einen Blumenstrauß hochreichen muss. Ich weiß nicht, warum mir diese Kindergarten-Kühe so etwas angehängt haben. Vermutlich, weil ich besonders drollig aussah.«

Kuttler wirft von der Seite einen Blick zu ihr hoch. Drollig? Kaum, denkt er. »Ich würde dir gerne was vorspielen«, sagt er dann und geht ihr voran zu einem Telefon, das auf einer Konsole neben der weit geschwungenen Treppe steht, die ins Obergeschoss führt. Das Telefon gehört zu einer ISDN-Anlage, und eine Anzeige blinkt. Kuttler gibt Tamar den Hörer und drückt auf einen Knopf. Eine gedämpfte Stimme dringt an Tamars Ohr:

»Tut mir Leid um den Audi, Herr Zundt, aber sie haben mich erwischt, und leider sind auch die beiden Pakete weg, ich konnte gar nichts machen. Ich rufe vom Krankenhaus aus an, mein ganzes Gesicht ist verbunden, ich hoffe, Sie können mich trotzdem verstehen. Wenn ich besser sprechen kann, melde ich mich wieder.«

Tamar und Kuttler sehen sich an.

»Wer ist denn das?«, fragt Tamar. »Klingt, als ob er sich ein Tuch vor den Mund hält.«

»Ich nehme an, ein gewisser Herr Grassl«, antwortet Kuttler. »Er ist hier in der Akademie eine Art wissenschaftlicher Mitarbeiter, so viel ich dem Hausmeister entlockt habe, *wissenschaftlich* in dem Sinne, dass er sonst nichts gemacht hat …«

In diesem Augenblick geht die Türe auf und der Ortsvorsteher Jonas Seifert betritt die Halle, und während er auf sie zukommt, lässt die von draußen einfallende Sonne sein schütteres Haupthaar ganz eigentümlich aufleuchten.

»Ich habe gehofft, dass ich Sie hier antreffe«, sagt Seifert und entschuldigt sich, dass er die Ulmer Beamten schon wieder in Beschlag nehme. »Aber wissen Sie schon etwas über den Todeszeitpunkt?«

Tamar weiß auch nur, was der Gerichtsmediziner Dr. Kovacz ihr als vorläufige Annahme gesagt hat. »Zundt ist gestern gestorben, um die Mittagszeit oder am frühen Nachmittag.«

Seifert hebt abwägend die Hand. »Viel hilft das nicht weiter ... Es ist wegen des Autos. Gestern Vormittag ist nämlich nicht Zundt, sondern ein Herr Grassl mit Zundts Audi unterwegs gewesen. Grassl ist, wenn ich das richtig weiß, eine Art Bibliothekar in der Akademie. Er hat Margarethe Zundt nach Ulm zum Zug gebracht. Hat sie Ihnen das nicht gesagt?«

»Nein«, antwortet Tamar und ärgert sich, weil sie die Spinnstuben-Lesbe nicht danach gefragt hat.

»Grassl kann natürlich bis zum Mittag wieder zurück gewesen sein«, fährt Seifert fort. »Nur gibt es noch einen anderen Grund, warum der demolierte Wagen mit Zundts Tod möglicherweise doch nichts zu tun hat.« Er sieht sich um. In einer Ecke ist eine Sitzgruppe, die nach ausrangiertem Zahnarzt-Wartezimmer aussieht. Man nimmt Platz.

»Unsere jungen Männer im Dorf«, sagt Seifert mit gedämpfter Stimme, »sind auf diesen Herrn Grassl nicht besonders gut zu sprechen. Wenn es stimmt, was mir mein Gemeindearbeiter gesagt hat, dann gilt Grassl als Spanner.« Entschuldigend hebt er beide Hände. »Ich will dem Herrn Grassl gerne glauben, dass er jemand ist, der einfach die Natur beobachten möchte, die Turmfalken und Mauersegler und Milane. Ich hoffe, dass es so ist. Nur sind unsere jungen Männer im Dorf ein wenig misstrauisch, und was sich bei ihnen einmal im Kopf festgesetzt hat, geht da nicht mehr so leicht heraus.«

Das könnte den eingedellten Audi allerdings durchaus auch erklären, denkt Tamar. Und den Anruf. Nein, vom Anruf nur einen Teil. Was ist mit den Paketen?

»Ich habe nun meinen Erwin Marz – das ist unser Gemeindearbeiter – etwas eingehender befragt«, berichtet Seifert. Das *eingehender* klingt so, dass Tamar aufhorcht. »Man will ja schon wissen, wer solche Erkenntnisse über den Herrn Grassl in Umlauf setzt. Mein guter Marz ist dann aber plötzlich sehr schweigsam geworden. Und das gibt mir zu denken. Wenn Sie einverstanden sind, würde ich jetzt gerne mit Ihnen zu einem unserer jungen Männer fahren.«

Kuttler wirft einen etwas irritierten Blick auf Tamar. Wer führt hier eigentlich die Ermittlungen? Doch Tamar steht auf und meint, dass sie das sehr gerne tue, und Kuttler solle vielleicht doch die Spurensicherung anrufen.

»Schon geschehen, Chef«, sagt Kuttler und horcht auf.

Von oben schrillt ein hohes, klagendes Geräusch durch Türen und Vorhänge und weht die Treppe herab.

Tamar stutzt, dann setzt sie mit langen Sprüngen über die Stufen hoch. In Abständen folgen Kuttler und, bedächtig, der Prophet Jonas.

Tamar erreicht ein Arbeitszimmer, in dem zwischen langen deckenhohen Bücherregalen kalter Zigarrenrauch hängt. Eines der Regale hat sich herausziehen und zur Seite schieben lassen. Dahinter sieht man Mauerwerk, in das ein altertümlicher Safe eingelassen ist. Die Tür steht offen. Soweit es Tamar beurteilen kann, ist der Tresor nicht gewaltsam geöffnet worden.

Die Fächer selbst sind leer. Margarethe Zundt steht daneben und hält sich an dem frei stehenden Bücherregal fest. Immerhin hat sie das Schrillen eingestellt. Kuttler und der Prophet verharren taktvoll an der Tür.

Die Witwe sieht Tamar an, beginnt zu schwanken und lässt sich auf sie sinken. Tamar fängt sie auf und verstaut sie behutsam in einem Sessel mit gedrechselten Beinen.

»Es ist alles weg«, haucht die Witwe Zundt und hält Tamars Hand fest. »Alles.«

»War der Tresor geöffnet, als Sie nachgeschaut haben?«

Die Witwe schüttelt den Kopf.

»Und das Bücherregal?«

»Das war über den Stahlschrank geschoben, wie sonst auch. Es sah alles so aus, als ob nichts geschehen wäre. Aber ich habe es sofort empfunden. Ich trat hier ein und wusste, dass sich Böses Zutritt verschafft hat. Dass etwas Zerstörendes, Zersetzendes hier eingedrungen ist.« Noch immer hält sie Tamars Hand umklammert. Ein spinnentrocken harter Griff.

»Wollen Sie mir sagen, was Sie in dem Tresor aufbewahrt haben?«

Die Witwe sieht sie groß an. »Die Aufzeichnungen, Kindchen. Schriften von unschätzbarem Wert. Die Tagebücher meines Vaters. Was mein armer Gatte …«

Der Satz bleibt unvollendet, weil die Witwe in Tränen ausbricht. Tamar sucht mit der freien Hand nach einem Papiertaschentuch und findet zum Glück ein ungebrauchtes. Schniefend nimmt es die Witwe, was Tamar Gelegenheit gibt, sich aus dem Klammergriff zu befreien.

»Wer hat einen Schlüssel für den Tresor?«

Übers Taschentuch hinweg schaut die Witwe sie aufmerksam an. »Nur ich und mein Gatte. Wer sonst soll einen haben?«

Beim toten Zundt fand sich nichts, denkt Tamar, was nach einem Schlüssel für einen Tresor aussieht. Und Aufzeichnungen hatte er auch keine bei sich. Sie sieht sich um. Der ausladende altmodische Schreibtisch ist leer bis auf das schwarze Telefon, ein abgegriffenes Telefonbuch und einen hohen grauen Steinkopf mit merkwürdig geschlitzten Augen. Einzelne der Bücherregale haben unten vorspringende Schrankfächer und darüber Konsolen, auf denen sich ein Buch oder sonst ein Schriftstück ablegen lässt. Auf einer der Konsolen liegt ein dicker, kleinformatiger Band in schwarzem Kunststoff, aufgeschlagen und mit den Seiten nach unten. Was hat Kuttler hier zu feixen? Sie blickt ihn strafend an.

»Die Nachricht«, sagt er halblaut. Erst jetzt fällt ihr wieder ein, was auf den Anrufbeantworter gesprochen worden war. Sollten sich die unschätzbaren Aufzeichnungen in den Paketen befunden haben, scheint Zundt davon gewusst zu haben. Sie nimmt den Band auf, der auf der Konsole liegt, es ist eine Loseblattsammlung: das amtliche Handbuch des Deutschen Bundestags, Legislaturperiode 1998–2002.

Laut sagt Tamar, dass sie und ihr Kollege jetzt prüfen wollten, ob die Spurensicherung zugezogen werden soll. »Diese Beamten würden feststellen, ob sich hier Fremde Zutritt verschafft haben.« Sie blickt von dem Handbuch zur Witwe auf. »Wir bräuchten zuvor aber eine Liste der Gegenstände und Aufzeichnungen, die Sie vermissen.«

Der Hefter der Loseblattsammlung ist aufgeklappt, und von dem Blatt rechts bleckt das kleinformatige Porträt des Abgeordneten Theophil Schnatzheim – Staatspartei, Rheinland-Pfalz – zu ihr hoch.

Die Witwe streckt die Hand nach ihr aus, oder vielmehr macht sie eine Bewegung, als ob sie das tun wolle. Dann lässt sie die Hand wieder sinken. »Aber Kindchen! Natürlich waren Fremde hier …«

Tamar nickt artig und sagt rasch, dass sie ihr gerne glaube. Auf dem Blatt, das vor jenem des MdB Schnatzheim eingeordnet ist, finden sich Porträt und biografische Angaben der Abgeordneten Gabriele Schnaase-Schrecklein. Tamar legt das Handbuch auf die Konsole zurück und notiert sich zwei Namen auf dem Stenoblock, den sie in der Jackentasche bei sich führt. Dann wirft sie einen Blick auf die Bücherreihen in dem Regal vor ihr, zieht sich einen Band heraus und betrachtet ihn, ohne ihn aufzuschlagen. Offenbar ist ihr nicht bewusst, dass ihr sowohl die Witwe als auch Kuttler und der Prophet dabei zusehen. Sie stellt den Band zurück und holt sich, aus einer anderen Regalreihe, den nächsten heraus.

»Kindchen, was tun Sie da?«

Tamar stellt auch das zweite Buch zurück, ohne es aufgeschlagen zu haben, und nimmt sich das dritte. »Haben Sie oder Ihr Mann die Bücher in letzter Zeit abstauben lassen?«

Die Witwe lässt ein kurzes, bassgeigenhaft-tiefes Lachen erklingen. »Ich bin hier *nicht* die Putzfrau.«

»Sicher nicht«, meint Tamar und kündigt an, dass sie jetzt versuchen wird, etwas über das beschädigte Auto herauszufinden. Noch einmal nickt sie der Witwe zu und verlässt eilig das Studierzimmer, ehe noch einmal das Wort *Kindchen* an ihr Ohr dringen kann. Die beiden Männer folgen ihr.

Nachdenklich sieht Margarethe Zundt ihnen nach. Dann atmet sie tief durch, steht auf und geht zum Schreibtisch, wo sie das Telefon zu sich herzieht.

»Spurensicherung is nich«, sagt Kuttler und schüttelt den Kopf. »Das mit dem Tresor«, er zeigt auf die braunlackierte Tür des Studierzimmers, »ist eine interne Geschichte.«

»Ja?«, macht Tamar und sagt nichts weiter.

»Es hat jemand die Bücher durchgesehen«, schlägt der Prophet vor. »Sie haben es am Staub bemerkt. Daran, wo er nicht ist.« Bingo, will Tamar sagen. Aber dann schaut sie ihn nur an und nickt.

»Yeah, Miss Marple.« Das ist Kuttler. »Und was lernt uns das?«

»Vielleicht sollten wir doch nach der Spurensicherung schicken«, meint Tamar. »Aber das muss ich dann doch mit Englin absprechen.«

Wenig später steigen Seifert und Tamar in den alten Ford-Kombi des Ortsvorstehers, auf dem Rücksitz stemmt sich Felix schniefend hoch, verfällt in heftiges Wedeln seines Schwanzstummels und schiebt seinen dicken Hundekopf über die Rückenlehne an Tamars Ohr. »Platz!«, sagt Seifert, aber Tamar meint, so streng müsse er nicht sein, dreht sich um und krault Felix hinter den Ohren. Seifert startet und der Kombi rumpelt mit altersschwachen Stoßdämpfern über die Auffahrt.

»Erzählen Sie mir etwas über den jungen Mann, den wir besuchen?«

Das sei eine längere Geschichte, antwortet Seifert bedächtig. »Es hat mit einer Sau zu tun.« Dann muss er schalten.

»Ich sagte Ihnen doch«, fährt er schließlich fort, »dass mein guter Marz Erwin auf einmal ganz zugeknöpft war. Um nicht zu sagen: verstockt. Und ich hab mir überlegt, warum das so ist, und wie ich so überlege, kommt mir der Sohn von Marzens Schwester in den Sinn, der Lothar Jehle. An seiner Konfirmation war das noch ein schmächtiges Büble, aber jetzt ist der Lothar ein kräftiger Kerl geworden, einer, den man brauchen kann, und ich habe schon sagen hören, das hätte sogar die Christa vom Waldnerhof gefunden. Und das will etwas heißen. Der Waldnerhof und das Anwesen der Jehles liegen beide im Unterdorf, es sind Nachbarn, und die einen können den anderen in die Küche schauen.«

»Nett«, meint Tamar. »Und was ist mit der Sau?«

»Es muss in der ersten Nachkriegszeit gewesen sein«, antwortet Seifert. »Der Erbe vom Waldnerhof war ein paar Monate zuvor aus der französischen Kriegsgefangenschaft zurückgekommen und hat dann eine von den jungen Flüchtlingsfrauen heiraten wollen, das war selten, und im Dorf hat man noch lange darüber geredet. Die Braut hat keine Aussteuer gehabt, aber die Waldners hatten einen guten Kunden aus Reutlingen, einen Textilfabrikanten, der hat ihnen alles besorgt, und der jungen Frau auch ein Brautkleid, wie man es vor dem Krieg hatte, ich glaub nicht, dass man es heute für zwei Schweinehälften bekäme ...«

Ein bisschen verwirrend, das alles, denkt Tamar. Und nicht gerade mein Thema.

»Aber es wurde nichts mit dem Brautkleid«, fährt Seifert fort. »Es war die Zeit, in der alles bewirtschaftet war, Fleisch gab es, wenn überhaupt, nur auf Marken, und die Bauern mussten alles abliefern. Und als der alte Waldner die Sau abgestochen hat und die Frauen in der Waschküche dabei sind, alles herzurichten für den Reutlinger Fabrikanten, da steht die Gendarmerie in der Waschküche und nimmt den Waldner mit, und die schönen zwei Schweinehälften auch, denn die Sau war schwarz geschlachtet.«

Der Ford zockelt auf die Dorfstraße und biegt dann nach rechts in eine abschüssige Straße ein. Seifert hält auf der Einfahrt vor einem Haus mit einem Vorgarten, in dem Gemüse wächst und bunt blühende Blumen. Dazwischen steht gebückt eine Frau in Jeans und jätet Unkraut. Seifert steigt aus und sagt: »Grüß Gott!« und fragt, wo denn der Lothar sei.

Die Frau in den Jeans richtet sich auf, und ihr Gesicht ist von der Arbeit gerötet. »Nein«, antwortet sie unwirsch, sie weiß es nicht, »der Bub schafft genug, Jonas, der muss auch mal raus, zu anderen jungen Leuten.«

Seifert nickt bedächtig. Dann geht er zur Dorfstraße zurück und in die nächste Einfahrt, die zu einem Bauernhof gehört, der noch richtig einen Stall hat und eine Miste. Auf dem Hof ist niemand, er geht in das Wohnhaus, bleibt dort aber nicht lange.

Felix nützt die Zwischenzeit, seinen dicken Kopf wieder auf Tamars Rückenlehne zu legen und sie vertrauensvoll anzuschniefen.

»Haben Sie noch etwas Zeit?«, fragt Seifert, als er wieder in den Wagen steigt. »Ich will noch einen Versuch machen.«

Tamar ist einverstanden. »Außerdem wollten Sie mir noch erzählen, was aus dem Brautpaar wurde.«

»Die haben dann auch ohne Aussteuer geheiratet«, antwortet Seifert. »Aber kein Waldner hat bis heute jemals mehr ein Wort mit einem Jehle geredet. Noch immer können sie sich gegenseitig in die Küche schauen. Aber sie reden nicht miteinander. Die Alten nicht und nicht die Jungen. Und deren Kinder auch nicht. Vielleicht ist es jetzt, in der vierten Generation, anders geworden.«

»Die Jehles haben also die anderen angezeigt«, vermutet Tamar. »Aber warum?«

»Vielleicht waren sie es auch gar nicht.« Ruckelnd fährt der Ford-Kombi wieder aus dem Dorf heraus. »Aber wenn es doch der alte Jehle gewesen war, dann vielleicht nur deshalb, weil sein Ältester nicht aus dem Krieg zurückkam. Oder weil der Waldner Ortsbauernführer war in der Nazizeit und wie ein Schießhund dahinterher, dass die anderen alles abgeliefert haben … Solche Geschichten haben lange Wurzeln, und immer treiben sie neue Schößlinge.«

Der Kombi holpert auf einem Feldweg eine Anhöhe hinauf, bis sie auf eine Hochfläche kommen. Unter dem blassblauen Himmel erstrecken sich Getreide- und Maisfelder fast bis zum Waldrand im Norden. Die ersten Felder sind bereits abgeerntet. Am Rand eines Feldwegs ist ein Traktor abgestellt, und einige Meter weiter ein Wagen. Davor stehen zwei Leute, und es sieht aus, als seien sie in ein Gespräch vertieft.

Seifert fährt auf die zwei zu, es sind ein junger Mann und eine junge Frau, die Frau trägt ein Kopftuch und Jeans und Gummistiefel.

Seifert hält hinter dem Wagen, der dort abgestellt ist; es ist ein alter BMW, neu lackiert, mit Rallyestreifen und Weißwandreifen. Seifert und Tamar steigen aus, der Hund Felix folgt ihnen, gewandt über den Rücksitz springend. Die jungen Leute sehen ihnen abweisend entgegen, Seifert und Tamar und der Hund sind so willkommen wie der Gerichtsvollzieher am Polterabend.

Tamar bemerkt, dass die Frau ein gerötetes Gesicht hat, wie es nicht von der Sonne kommt. Polterabend? Die beiden haben gestritten, denkt sie.

Seifert grüßt und macht alle miteinander bekannt: »Das hier ist die Kriminalkommissarin Wegenast aus Ulm, und das hier sind die Christa Waldner und der Lothar Jehle. Frau Wegenast hätte gerne mit dem Lothar gesprochen, da habe ich mir gedacht, vielleicht finde ich ihn hier.«

»Ich versteh nicht, was Sie das angeht, ob der Lothar hier ist«, sagt Christa. »Ich glaube nämlich, dass das gar niemand etwas angeht.«

Tamar nickt zustimmend.

»Er ist ja nun einmal hier«, antwortet Seifert versöhnlich. »Und vielleicht ist das ganz gut so. Es muss ja niemand sonst wissen, was wir hier reden.«

Tamar wendet sich an den jungen Mann. Er ist ein stämmiger Kerl mit einem kräftigen Zinken im Gesicht.

Tamar erklärt, was sie wissen will. Dass der Herr Zundt zu Tode gestürzt ist. Dass man seinen Wagen nicht weit davon gefunden hat. »Das Auto war ziemlich beschädigt. Vorsätzlich beschädigt.« Und dass jeder einen Zusammenhang annehmen muss, solange es keine bessere Erklärung gibt.

»Verstehen Sie«, fasst Tamar zusammen, »wenn dieses Auto mit dem Tod von Herrn Zundt nichts zu tun hat, interessiert es mich nicht. Aber das kann ich erst entscheiden, wenn ich genau weiß, was hier gelaufen ist.« Sie sieht dem jungen Mann in die Augen. Doch die bleiben verschlossen und trotzig.

»Ich weiß nicht, was Sie von mir wollen«, kommt es schließlich abweisend. »Der Herr Zundt geht mich nichts an, und sein Auto auch nicht.«

Tamar wirft einen Blick auf die junge Frau. Es ist ein bittender, Verständnis heischender Blick. Christa zögert. Zu viert stehen sie vor dem Traktor. Die Sonne wirft lange schwarze Schatten. Felix legt sich zu Füßen seines Herrn ins Gras. Nichts ist zu hören, nicht einmal eine Lerche.

Ich nehm ihn jetzt einfach mit, denkt Tamar. Das geht mir alles zu lange. Glaubt ihr eigentlich, ich hätte niemanden zu Hause, der auf mich wartet?

»Sag es ihnen«, sagt Christa in die Stille. »Erzähl ihnen alles. Warum ihr diesen Unsinn gemacht habt. Erzähl es ihnen, damit nicht alles noch schlimmer wird.«

Hubert Höge parkt den Wagen im Carport und steigt verschwitzt aus, denn er ist gerade auf der Bergstraße zum Heiligenberg einen guten Kilometer gerannt. Hinauf und wieder hinunter. Reine Vorsichtsmaßnahme. Wenn er gesagt hat, er geht joggen, dann muss er verschwitzt heimkommen. Außerdem traut er es Birgit zu, dass sie sonst riecht, was von Miriam an ihm ist.

Der Besuch aus Berlin ist entweder nicht gekommen oder zum Glück schon wieder weg. Höge legt die Autoschlüssel auf die kleine Kommode, dazu den Geldbeutel und was er sonst in der Tasche seiner Sporthose hat, wieso hat er da eigentlich solchen Papierkram drin, dann geht er ins Wohnzimmer, Birgit sitzt vor dem Fernseher und schaut sich ein Tennismatch an. Der Ton ist abgestellt, dafür hat sie die Kopfhörer aufgesetzt. Scarlatti? Oder ein Flötenkonzert von Mozart? Jedenfalls ist das keine Art, Musik zu hören, denkt Höge und weiß, dass Birgit gar nicht Musik hört. Und auch nicht Wimbledon guckt.

Birgit ist sauer.

Höge winkt ihr mit der Hand zu und geht ins Bad. Was für ein Tag, denkt er. Jetzt das, und davor die Szene mit Miriam. Großes Klagelied mit Rezitativ und Arie:

Freuen darf sich Miriam und ihr Herz singen! Hubert hat sich ein Stündchen davongeschlichen. Für ein Stündchen von Birgit davon. Ein Stündchen für ein Nümmerchen mit Miriam. Mit der kleinen Miriam. Der es genügen muss, wenn Hubert sie zwischen dem Joggen kurz mal durchbürstet. Für ein ganzes Wochenende muss ihr das genügen, der kleinen Kuh. Die sich noch immer und immer wieder in die Tasche lügt. Die Theaterkarten besorgt, weil sie wahrhaftig glaubt, Hubert würde mit ihr auf die Schwetzinger Schlossfestspiele gehen, ein einziges Mal nur …

Höge zieht sich aus. Vorsichtig nimmt er seinen Schwanz in die Hand. An einer Stelle ist die Haut wund, wie aufgescheuert. Dreimal gestern Abend. Einmal heute Morgen mit Birgit. Dann am Nachmittag noch einmal Miriam. Als die Arie kein Ende nehmen und er gehen wollte, hatte sie ihm ins Gesicht geworfen, was gerade zur Hand war, Theaterkarten, seine Autoschlüssel, die Rhein-Neckar-Zeitung, und wie er die Hände hoch genommen hatte, um den Hagel abzuwehren, war sie ihm an die Hose gegangen. Schließlich hatte sie es sich auf dem Sessel besorgen lassen. A tergo. Da hatte es schon wehgetan. Was für ein Stress. Und immer ist eine nicht zufrieden. Er dreht die Dusche auf und wartet, bis das Wasser warm wird.

Bloß: Für Birgits miese Laune kann er nichts. Diesmal nicht. Irgendetwas ist mit dem Besuch schief gelaufen. Er steigt unter die Dusche. Das ist doch das Schönste am Joggen.

Nach dem Abtrocknen sucht er in der Hausapotheke, was

er auf die wunde Stelle tun kann. Er findet nichts. Wenn es nicht besser wird, muss er in die Apotheke. Aber was zum Teufel ist es, was er da hat? Schließlich zieht er sich Jeans und ein T-Shirt an und geht in die Küche. Aus dem Kühlschrank holt er sich Apfelsaft, den es neuerdings nicht in der Flasche gibt, sondern in einer grünen Tüte aus beschichtetem Papier, und er muss erst eine Schere holen und eine Ecke aufschneiden, ehe er sich ein Glas voll gießen kann. Dann zieht er die Türe unter der Spüle auf, sodass sich gleichzeitig der Abfalleimer öffnet.

Als er das abgeschnittene Ende hineinwerfen will, sieht er, dass der Eimer bis oben hin voll ist mit Dosen von Katzenfutter. Dic Dosen sind ungeöffnet.

Vorsicht!, denkt Höge. Da ist etwas schief gelaufen. Und zwar gründlich. Ein stilles Lächeln zieht sonnig über sein Gesicht.

»Ach Hubert!«, ruft es aus der Diele. »Was für eine reizende Idee. Schwetzingen!«

»Und wie er sich dann so hingestellt und angefangen hat, durch seinen Feldstecher zu glotzen, sind wir zu ihm hin und haben ihn gefragt, was das soll«, berichtet Jehles Lothar, »also ganz ruhig haben wir ihn das gefragt, aber dann hat er auch schon geschrien wie die Sau, wenn sie abgestochen wird, und ist weg und ab ins Gebüsch.«

Tamar sieht zu, wie er sich mit der schweren Hand übers Gesicht fährt, um sich den Schweiß abzuwischen. Beim Schreien wirst du ein bisschen nachgeholfen haben. Dass der Spanner auch einen Grund dazu hat.

»Und das war der Herr Grassl?«, Seifert will es genau wissen.

»Was weiß ich, wie der heißt«, antwortet Jehle trotzig. »Er ist drüben auf dem Gut.«

»Wenn er auf dem Gut wohnt, wieso fährt er dann mit dem Auto zum Schafbuck?«

Jehle zuckt nur mit den Schultern.

»Da stimmt doch etwas nicht«, hakt Seifert nach. »Ihr sagt, der Mann, der euch beobachtet hat, kommt vom Gut. Er schleicht sich also zum Schafbuck, so hab ich das verstanden.« Jehle und Waldners Christa nicken einträchtig mit den Köpfen. »Gut«, fährt Seifert fort. »Er schleicht durch den Wald, weil er selbst nicht gesehen werden will. Schön oder nicht schön, solche Menschen gibt es. Aber wieso kommt er dann auf einmal mit einem Auto, von dem jeder weiß, wem es gehört, und von dem jeder das Nummernschild ablesen kann?«

Jehle guckt und schwitzt.

»Der war nicht zum ersten Mal mit einem Auto da«, meldet sich Christa zu Wort. »Der kam auch schon mit einem BMW. Der oder ein anderer.« Ihr Gesicht glüht, was auch diesmal nicht von der Sonne kommt, wie Tamar vermutet. »Wir haben zuerst gedacht, der Wagen gehört zu einem Spaziergänger oder einem Ausflügler. Aber es war schon am Abend, und da gehen dort keine Fremden spazieren, eigentlich niemand tut das um diese Zeit.«

»Ein jegliches Ding hat seine Zeit«, sagt Jonas Seifert dunkel und nickt. Tamar will wissen, ob einer der beiden das Kennzeichen notiert hat.

Christa sagt nichts und schaut sie nur an.

Was eine blöde Frage, geht es Tamar auf. Die beiden waren mit etwas beschäftigt, bei dem man einen Bleistift zur Hand eher selten oder nie hat.

»Es war ein blauer BMW, Siebener-Baureihe«, meldet sich Jehles Lothar zu Wort, froh, etwas zum Gespräch beizutragen, was Hand und Fuß hat und jedenfalls nicht gelogen ist. »Und die Nummer war eine Stuttgarter.«

Die Schatten der Bäume, die die Sonne auf der Neckarwiese wirft, werden länger. Barbara hat sich ins Gras gesetzt, und Berndorf legt seinen Kopf in ihren Schoß.

Nicht zu alt für so etwas? Mit schrägem Blick geht ein akademischer Nachwuchsgreis an ihnen vorbei, den Schönfelder unterm Arm und den Bierzipfel seiner Verbindung am Gürtel. Die beiden im Gras achten nicht auf ihn.

»War das ein Flop?«, will Barbara wissen.

Vor einer halben Stunde hatten sie die Oberstudienrätin Birgit Höge wieder verlassen. Der Abschied war etwas kühl angehaucht. Trotzdem hatte die Gastgeberin sich Berndorfs Handynummer geben lassen. Dass er in Professorin Steins Berliner Institut offenbar nicht zu erreichen sein würde, schien sie nicht weiter zu wundern. »Allerdings werde ich kaum etwas nachzutragen haben«, hatte sie noch angemerkt. »Vor allem nicht zur Affäre der geheimnisvollen silbernen Kette.« Kurzes silberhelles Lachen. »Leider nicht. Zu gerne wäre ich in ein gruseliges kleines Geheimnis verwickelt. Aber ich bin nun einmal nur eine langweilige Lehrerin. Eine Person ganz ohne Geheimnisse.«

Das silberhelle Lachen klingt Berndorf noch in den Ohren, während er nachdenkt. »Nein«, sagt er schließlich. »Kein Flop. Eine kleine Rundfahrt mit der Geisterbahn. Vergilbtes wertloses Papiergeld in falsche Münze umgewechselt. Sielaff hat Recht. Es ist nicht professionell.«

»Immer muss der kleine Junge getröstet werden«, antwortet Barbara. »Ich bin aber nicht deine Mama. Sollte ich dir nicht besser einen Tritt in den Hintern geben?«

»Tu mal.«

»Dann sag mir, was wir inzwischen wissen und was nicht. Und danach entscheiden wir, was wir als Nächstes tun.«

»Sehr einfach«, antwortet Berndorf. »Wir wissen, und das seit 28 Jahren, dass die Polizei durch einen irreführenden Anruf zu der Wohnung von Franziska Sinheim gelockt wurde. Das heißt, mit mir hat man das gemacht. Außerdem wissen wir, dass es in Franziskas Umfeld einige Leute gibt, denen diese junge Frau ein wenig zu entschlossen und unbefangen gewesen sein mag. Sonst wissen wir nichts.«

»Das gefällt mir nicht.« Barbara beugte sich über ihn. »Wer hat, konkret, ein Motiv gehabt, Franziska zu denunzieren?«

»Dein Genosse Halt-das-mal. Nur scheidet der schon wieder aus, weil es eine Frau war, die angerufen hat. Falls sich Steguweit richtig erinnert. Vielleicht die Dame Volz. Vielleicht unsere klirrende Gastgeberin von gerade eben. Aber warum eigentlich gerade die? Kurz, wir wissen gar nichts. Wir wissen nicht, wem Franziska Jugendschön alles den Freund ausgespannt hat oder mit ihren kessen Artikeln auf die Zehen getreten ist. Wir wissen nicht, ob es die wohlmeinende Nachbarin war, auch nicht, was es mit dem Silberschmuck auf sich hat, wir wissen nichts über die Leute, die den Geldtransporter überfallen haben, und wir wissen nicht, wo die Beute abgeblieben ist.«

»Wieso wissen wir da nichts?«

Berndorf greift in sein Jackett und fingert einen Packen Papiere heraus. Er sieht sie durch und reicht Barbara die Absage, die Troppau aus der JVA Aichach bekommen hat.

Barbara hebt die Augenbrauen. »Sabine Eckholtz – ist das nicht eine von diesen Terroristinnen, die in der DDR untergekommen waren?«

»Ja«, sagt Berndorf. »Ein paar Jahre nach der Wende ist sie dann aufgeflogen und in München verurteilt worden. Sie war dabei, als sie diesen Manager am Starnberger See erschossen haben. Vielleicht war sie es sogar, die geschossen hat.«

»Und der Überfall auf die Landeszentralbank? Da habt ihr doch auch nach einer Frau gesucht?«

»So klar ist das nicht. Zwar galt Sabine Eckholtz als Geldbeschafferin der Terroristen. Und als diejenige, die das Sagen hatte, wenn sie bei einer Aktion beteiligt war. Die Anklage hat es jedenfalls so dargestellt. Aber ist damals in Mannheim wirklich eine Frau beteiligt gewesen?«

»Dass es keine war, hat doch nur diese Anruferin behauptet. Und das war eine Lügnerin.«

»Richtig. Und trotzdem. Der Eckholtz-Prozess hatte übrigens nicht nur Troppau neugierig gemacht, sondern auch mich. Ich habe damals bei der Bundesanwaltschaft angerufen und gefragt, ob die Eckholtz zu dem Überfall bei der Landeszentralbank befragt worden sei.«

»Und?«

»Nichts. Der Fall ist verjährt.«

Barbara überlegt. »Trotzdem solltest du noch einen Versuch machen, mit der Eckholtz zu sprechen.«

Sie lässt nicht locker, denkt Berndorf. »Wenn ich es tue, dann nicht so, wie Troppau es gemacht hat«, antwortet er ausweichend. »Vielleicht werde ich ihren Anwalt anrufen. Ich glaube, ich kenne ihn. Es ist derselbe, der vor zwei Jahren Thalmann verteidigt hat.«

»Deinen Rasiermesser-Mörder? Igitt.«

»Das ist ein sehr netter Mensch«, widerspricht Berndorf. »Der Anwalt, meine ich. Hartnäckig, aufmerksam. Und vor allem nicht eitel.«

»Also machst du doch weiter?«

»Frag mich was Leichteres.«

Barbara betrachtet ihn von oben. Berndorf hat die Augen geschlossen. Oder fast geschlossen.

»Was hast du sonst noch aus Troppaus Nachlass?«

Berndorf reicht ihr den Packen hoch. Barbara sieht die Kopien durch, und während sie dies tut, muss Berndorf daran denken, dass er gestern, an dieser gleichen Stelle, genau so weit gewesen ist wie eben jetzt, bei Troppaus Selbstanzeige, auf die es nie eine ernsthafte Antwort gegeben hat und die jetzt ihm auf der Seele liegt wie eine überschuldete Erbschaft, die er nicht ausschlagen kann. Er muss an Hebel denken, an den Husar in Neiße: *Es gibt Untaten, über die kein Gras wächst …*

»Was ist das hier?«, fragt Barbara. »Ein Zeitungsausriss. Der Posaunenchor Heidelberg-Kirchheim lädt ein zum Großen Herbstkonzert mit Werken symphonischer Blasmusik. Eine musikalische Weltreise von der Moldau zum Mississippi. Das muss ein Lärm gewesen sein.«

»Ich hab mich auch schon gewundert, warum Troppau das aufgehoben hat«, sagt Berndorf schläfrig. »Bis ich dahinter gekommen bin. Es war Sielaff, der Arsch.«

»Nun versteh ich gar nichts mehr.«

»Sielaff hat die falsche Seite kopiert. Was Troppau aufheben wollte, stand auf der Rückseite.« Berndorf gähnt. »Geh'n wir ins Hotel?«

»Nöh«, sagt Barbara entschieden. »Wir finden jetzt heraus, was das war.«

»Zu spät, mein Schatz.« Berndorf pliert zu ihr hoch. »Wir müssten die Heimatzeitungen abklappern. Das heißt, die Anzeigenblätter. Der Ausschnitt sieht nicht nach einer richtigen Zeitung aus. Aber es ist Samstag Nachmittag. Da hat keine Geschäftsstelle mehr offen.«

»Keine faulen Ausreden!«, befiehlt Barbara. »Wir sind hier in Deutschland. Dieser Posaunenchor hat mit Sicherheit nicht nur einen Dirigenten, sondern auch einen Schriftführer und einen Pressewart. Wer ist hier eigentlich der Detektiv?«

»Weiß nicht«, murrt Berndorf und richtet sich auf. »Ich bin jedenfalls keiner. Keiner mehr. Hab ich sogar schwarz auf weiß. Oder Tamar hat es.«

Sie klopfen sich Gras und etwelche Ameisen aus den Kleidern. Danach strebt Barbara entschlossen der Theodor-Heuss-Brücke zu. Fast ein wenig widerstrebend folgt ihr Berndorf. Sein linkes Bein schmerzt, und er muss sich zwingen, nicht zu hinken.

Seifert hält auf dem gekiesten Vorplatz vor der Johannes-Grünheim-Akademie. Rechts neben ihnen steht der Dienstwagen, mit dem Orrie und Tamar die Witwe Zundt hergebracht haben. Orrie sitzt am Steuer und hört »Heute im Stadion«. Weiter rechts rostet noch immer der Golf vor sich hin, von dem der Hausmeister Freißle ohne erkennbare Wärme erklärt hat, er gehöre diesem Herrn Grassl. Ganz hinten unter den Kastanien parkt ein angebeultes kleines weißes Auto mit einem Presseschild an der Frontscheibe. Am Eingangsportal diskutiert Kuttler mit einem Menschen, der in einer Lederweste steckt und eine Kamera umhängen hat.

»Was machen wir jetzt mit den jungen Leuten?«, fragt der Prophet Jonas zum Abschied.

»Im Augenblick gar nichts«, antwortet Tamar, als sie schon

ausgestiegen ist. »Wir überprüfen, was es mit dem BMW aus Stuttgart auf sich hat. Mag sein, dass wir dann eine Aussage brauchen, am besten von dem jungen Mann. Die Christa Waldner möchte ich aus dem Spiel lassen, so lange es geht. Vielleicht kann bis dahin auch der Schaden an dem demolierten Audi reguliert werden, ohne dass es zu einer Strafanzeige kommt. Und ob diesem Herrn Grassl etwas passiert ist, oder ob er überhaupt Anzeige erstatten will ... also der Rechtsstaat hängt für mich davon nicht ab.«

Der Prophet schaut sie an und meint, das klinge alles sehr vernünftig und er wolle behilflich sein, so gut es gehe. Dann hebt er grüßend die Hand, Tamar schließt die Beifahrertür, ein Blick aus dunklen Hundeaugen streift sie, und dann ist Seiferts Ford auch schon fort.

Tamar geht zum Hauptportal. »Ich sagte Ihnen doch, es deutet alles auf einen Unglücksfall hin«, hört sie Kuttler reden, »Herr Zundt ist beim Abstieg ausgerutscht und die Steilwand heruntergestürzt. Mehr ist dazu von uns nicht zu sagen. Und Frau Zundt ist jetzt nicht zu sprechen.«

Der Mensch in der Lederweste bleibt hartnäckig. Wenn es zu dem Fall oder Sturz nichts weiter zu sagen gäbe, wozu seien dann die ganzen Kriminalbeamten im Haus?

»Keine weiteren Auskünfte«, sagt Kuttler. »Außerdem ist dies Privatgelände. Ich glaube nicht, dass Sie befugt sind, sich hier aufzuhalten oder hier Bilder zu machen.«

Plötzlich hat er einen Gedanken. »Sie können doch die Stelle fotografieren, wo der Steig ins Tal führt. Da ist eine Absperrung davor, da sehen dann Ihre Leser, wie gefährlich es dort ist.« Schließlich zieht der Mensch ab, und Kuttler wendet sich Tamar zu, heftig mit dem linken Auge zwinkernd. »Du sollst Englin anrufen.«

Tamar überlegt. Den Kriminalrat? Am Samstag Nachmittag? Sie setzt sich zu Orrie in den Wagen, der pflichtbewusst das Autoradio abschaltet, ruft die Zentrale im Neuen Bau an und lässt sich mit der Roten Nummer verbinden, Englins Privatanschluss.

»Ja?« Unappetitlich nah knarzt die Stimme auf ihr Trommelfell. Tamar entfernt den Hörer um einiges von ihrem Ohr und meldet sich. »Ich sollte Sie anrufen.«

»Allerdings«, sagt Englin. »Allerdings sollten Sie das. Vielleicht ist Ihnen entgangen, dass Herr Zundt eine Persönlichkeit des öffentlichen Interesses ist? Glauben Sie mir, er ist es.«

»Das ist mir durchaus bewusst«, antwortet Tamar. Während sie das sagt, sieht sie dem Journalisten zu, der sich mit seiner Kamera in der Auffahrt herumdrückt.

»Dann verstehe ich nicht, warum Sie mich nicht früher verständigt haben. Und warum Sie sich da draußen aufführen wie der Elefant im Porzellanladen.«

»Ich weiß nicht, wovon Sie reden.« Tamars Stimme schaltet auf Gefrierstufe. »Die Kollegen und ich führen unsere Ermittlungen so zurückhaltend wie möglich.«

»Wie ein Elefant, werte Kollegin.« Unfrohes Lachen kriecht aus dem Hörer. »Den Lärm hört man bis Stuttgart. Wie kommen Sie dazu, bei einem bedauerlichen, tragischen, aber unzweifelhaften Unfall kriminelle Hintergründe zu unterstellen? Haben Sie eine Vorstellung, was Sie damit anrichten?«

Tamar atmet kurz durch. Was heißt das: *Den Lärm hört man bis Stuttgart?* Dann versucht sie zu erklären, dass Gerold Zundt nicht im Straßenanzug den Franzosensteig hinabgegangen sein kann. Dass im Übrigen die kriminellen Hintergründe so offen dalägen, wie es die Tür des Zundt'schen Tresors gewesen sei. Während sie das alles sagt, hat sie das fatale Gefühl, dass es ziemlich dünn klingt.

»Ziemlich dünn, finden Sie nicht?«, hört sie Englin sagen. »Ein Mann fällt einen Abhang hinab und ist tot. Sehr bedauerlich. Aber das Dezernat Kapitalverbrechen geht das so lange einen feuchten Kehricht an, solange Sie mir nicht darlegen, dass und warum jemand diesen Mann hinuntergestoßen haben soll.«

Tamar wendet ein, auf dem Steig habe es noch andere Spuren gegeben. Spuren von Leuten in Stiefeln.

»Und die haben den Herrn Zundt in die Tiefe gestoßen, ja?

Das können Sie belegen?« Hohn träufelt aus dem Hörer. »Ich sage Ihnen jetzt, was Sie tun. Sie schreiben Ihren Bericht über den Unfall und dass Sie keinen Hinweis auf ein Fremdverschulden haben, denn der Straßenanzug des Herrn Zundt ist ein solcher mitnichten. Wenigstens das hätte man Ihnen auf der Fachhochschule beibringen können.«

»Sie vergessen den Tresor«, antwortet Tamar und zwingt sich, ruhig zu bleiben. »Und die Unterlagen, die daraus entwendet worden sind. Ich meine, wir sollten die Spurensicherung zuziehen.«

Die Stimme bleibt unbeeindruckt. »Welchen Hinweis haben Sie denn, dass dieser Tresor nicht von dem Herrn Zundt noch zu seinen Lebzeiten ausgeräumt worden ist? Ich finde, wir sollten der Witwe erst einmal so viel Zeit lassen, dass sie nachsehen kann, ob überhaupt etwas entwendet worden ist. Vielleicht liegen die kostbaren Papiere in der Ablage auf dem Zundt'schen Schreibtisch. Hat es alles schon gegeben. Wenn aber tatsächlich etwas fehlt, können wir ja neu entscheiden. Vielleicht werden dann weitere Ermittlungen stattfinden. Vertrauliche, diskrete Ermittlungen. Aber erst dann, wenn wir griffigere Hinweise haben als die Ledersohlen des Herrn Zundt. Haben Sie mich verstanden?«

Tamar schweigt.

»Ob Sie mich verstanden haben?«

»Sie werden meinen Bericht erhalten. Und Sie werden ihm entnehmen können, warum ich weiterhin von einem Fremdverschulden überzeugt bin.«

Als sie den Hörer aufgelegt hat, bleibt Tamar noch im Wagen sitzen. Warum hab ich ihm nichts von dem demolierten Auto gesagt? Weil es nichts mit Zundts Tod zu tun hat. Und was ist mit dem anderen Wagen, dem BMW mit dem Stuttgarter Kennzeichen? *Den Lärm hört man bis Stuttgart*, hat Englin gesagt. Also hat man ihn von dort aus alarmiert. Bisschen viel Landeshauptstadt.

Sie wendet sich zur Tür, und ihr Blick fällt auf den rostlaubigen Golf. Was tut überhaupt dieser Herr Grassl, wenn er keinen Liebespaaren nachstellt, und wo befindet er sich jetzt? Sie überlegt. Ist Grassl bei seiner Begegnung mit dem Jungmann Lothar doch etwas stärker ramponiert worden, als dieser zugeben will? Tamar beschließt, in den Krankenhäusern anzurufen. In Wintersingen, in Reutlingen, vielleicht auch in Ehingen. Abschlussbericht hin oder her.

Kuttler erscheint an der Wagentür. »Wir sind aus dem Spiel, nicht wahr?«

Kühl und abweisend blickt Tamar hoch. Vielleicht haben wir da doch noch ein Wörtchen mitzureden, will sie antworten. Aber dann klingt ihr das doch zu zickig. Und zu großmäulig. Außerdem ist sie für einen Sekundenbruchteil irritiert. Irgendetwas hat, als sie zu Kuttler hochblickte, ihr Auge gestreift. Etwas, das aufgeblitzt war und sofort wieder verschwand.

Sie lehnt sich im Wagen zurück, so dass ihr Gesicht im Schatten bleibt. Vor sich sieht sie den Dienstwagen, in dem Orrie noch immer oder schon wieder Fußball hört. Dahinter hat Tamar Kastanien im Blickfeld und immergrüne Büsche, und hinter den Kastanien erhebt sich bis zu dem Waldrand im Nordosten ein von der Sonne beschienener Hang.

Tamar steigt aus und schaut nicht länger zu dem Waldrand hoch. Dort könnte, zum Beispiel, ein Kind stehen, das mit einem Handspiegel Sonnenlicht einfängt und Lichtflecke über die Hauswand und die Leute davor wandern lässt.

Nur glaubt sie nicht, dass es ein Kind ist. Und auch nicht, dass es einen Handspiegel hat.

»Vielleicht haben wir da doch noch ein Wörtchen mitzureden«, sagt sie zu Kuttler und findet sich überhaupt nicht großmäulig. »Kommst du mal mit?«

Sie geht zu Orries Wagens und steigt auf der Beifahrerseite ein. Kuttler zwängt sich in den Fond. Orrie dreht den Zündschlüssel um. Dem Radiosprecher schnappt der Ton weg.

»Und?«

»Was soll schon sein«, sagt Orrie. »1:0. Für die anderen.«

Der *Adler* hat zu, das *Waldhorn* ist eine Pizzeria, der *Pfälzer Hof* ein China-Restaurant und der tamilische Taxifahrer, den Barbara und Berndorf am Bismarckplatz aufgetan haben, am Ende seiner Ortskenntnis. Dunkel erinnert sich Berndorf an eine Eisenbahn-Restauration, ein trübseliges Lokal mit einem noch trübseligeren Nebenzimmer, wo er in grauer Vorzeit zwei- oder dreimal mit der Schachmannschaft des Polizeisportvereins angetreten war. Der Tamile findet auch glücklich die Restauration, sie hat geöffnet, ist frisch herausgeputzt, und innen hockt eine Stammtischrunde aus Männern, die schon leicht abgegriffen aussehen, aber einheimisch, und die den fremden Gast und vor allem seine Begleiterin durchaus zu sich an den Tisch einladen möchten.

Berndorf bedankt sich und fragt höflich, ob jemand wisse, wo er den Vorstand vom Posaunenchor finden könne, und wie er es sagt, denkt er, dass das vielleicht ein bisschen blöd ankommt.

»Oh!«, sagt einer aus der Runde, dem ein mächtiger violetter Erker aus dem Gesicht ragt, »Sie suchen einen Vorsteher, dem getutet und geblasen wird! Da sind Sie hier ganz recht. Vor allem vom Blasen haben wir viel Ahnung.« Und betrachtet eingehend Barbara, die kühl zurücklächelt.

Ein zweiter teilt mit, dass ganz gewiss der *Adler* das Vereinslokal der Posaunisten sei, was von einem Dritten heftig bestritten wird. Das *Waldhorn* sei es, wie schon der Name sage.

Berndorf beginnt, leise Verwünschungen auszustoßen unter besonderer Berücksichtigung spät berufener Detektivinnen, dann mischt sich die Bedienung ein und weiß, dass der Präsident des Posaunenchors im Neubaugebiet wohnt, weil er nämlich ihr ehemaliger Musiklehrer ist.

Eine Viertelstunde später läuten sie an der Tür eines Bungalows im frühen Beamtenheimstätten-Stil, weiße Klinker, etwas zu dicht gepflanzte Koniferen davor, und nach einer Weile öffnet ihnen ein hagerer Mann in Hemdsärmeln und mit einer Brille, die so aussieht, als habe er vor jedem Auge doppelte Gläser.

Barbara bittet artig, den nachmittäglichen Überfall zu entschuldigen, sie seien gerade dabei, das Vermächtnis eines nahen Verwandten zu ordnen, der unerwartet verstorben sei ... Der Hagere ist zwar richtig Musiklehrer und Posaunenchor-Präsident, blickt aber so verständnislos, als solle ihm eine Illustrierte in Brailleschrift verkauft werden.

»Und jetzt haben wir in seinen Papieren einen Zeitungsausschnitt gefunden«, fährt Barbara fort, »der ihm offenbar sehr wichtig war, nur wissen wir nicht, warum, denn von dem Ausschnitt ist nicht mehr viel da, nicht viel mehr als die Überschrift, es ist die Ankündigung eines Herbstkonzertes, einer musikalischen Weltreise, sonst können wir nichts mehr darauf erkennen, mein armer Halbbruder hat nämlich im Bett geraucht und ist dann eingeschlafen und überhaupt ist es ganz schrecklich ...« Rasch greift sie zum Papiertaschentuch, das ihr Berndorf beflissen reicht, und tupft sich ein wenig an den Augen herum.

»Ja so«, sagt der Präsident, »das Rauchen ist wirklich ein Krebsübel, ich sag es auch immer meinen Schülern. Glauben Sie, die hören da drauf? Aber kommen Sie doch herein.« Er führt sie in ein kleines Arbeitszimmer, das mit Noten, Arbeitsheften und Ordnern voll gestellt ist. Nach kurzem Überlegen greift er sich einen der Ordner und schlägt ihn auf.

»Wenn Sie von der musikalischen Weltreise sprechen, dann war das unser Herbstkonzert vor zwei Jahren«, erklärt er. »Sehr schöne Kompositionen, sehr anspruchsvoll, in eigene Arrangements für unsere Bläser umgesetzt, von Smetana bis Gershwin, keine leichte Aufgabe für Laienmusiker, das heißt, unser Chor hat durchaus ein gehobenes Niveau ...« Stolz blättert er die Rezensionen und die Seiten um, auf denen die Programme abgeheftet sind, und schließlich kommt er zu den Ankündigungen, auch sie sorgfältig abgeheftet.

Barbara fragt artig, wer denn die Arrangements gesetzt habe, und der Präsident sagt, dass er das selbst gemacht habe. Das sei aber sicherlich eine so reizvolle wie schwierige Aufgabe gewesen, meint daraufhin Barbara, was die hageren Wangen des Präsidenten rosenfarben aufglühen lässt. Ein wahres Wort sage sie da, meint er dann, besonders die Transpositionen für die Tuba seien durchaus nicht einfach, aber sie hätten nun einmal eine vorzügliche Tuba im Chor …

Berndorf blättert derweil weiter und findet schließlich eine Seite aus einem kleinformatigen Anzeigenblatt. Die Ankündigung der musikalischen Weltreise steht ganz unten, links neben dem Sonderangebot eines Lebensmittelmarktes: Ungarische Salami 1,59, Tiroler Hinterschinken 2,09, Tennissocken, weiß mit Wimbledon-Emblem, 2,29 Mark. Das Blatt ist abgeheftet, nicht auf Papier aufgeklebt. Berndorf bittet, es aus dem Hefter herausnehmen zu dürfen, weil er sonst nicht lesen kann, was rechts unten auf der Rückseite steht, der Präsident nickt und plaudert weiter über Kontrapunkt, Tuba und sinfonische Blasmusik.

Berndorf nimmt das Blatt heraus und schlägt es auf. Von links äugt Barbara in die Seite, gleichzeitig angeregt dem Präsidenten zuhörend. Was rechts unten auf der Rückseite des Blattes steht, ist das Impressum:

Umsonst & Überall, Ihr Wochenblatt für die ganze Familie, erscheint wöchentlich mittwochs im Wir-Selbst-Verlag, Leimbach, Anzeigenschluss mittwochs 10 Uhr, Herausgeber und V. i. S. d. P.: Michael Steffens, Leimbach.

Berndorf und Barbara sehen sich an. Barbara greift wieder zum Taschentuch.

»Meinen Sie«, sagt der Posaunenchor-Präsident und klingt plötzlich nicht mehr ganz so enthusiastisch, »Ihr – äh – Halbbruder war doch nicht auf unserem Herbstkonzert?«

»Sieh mal zu«, sagt Tamar zu Orrie, »dass wir auf einen Feldweg kommen, der zu dem Wald links oben führt.«

Orrie nickt. Im Augenblick fahren sie eine asphaltierte Straße entlang, die allerdings nicht in nordöstliche Richtung führt, sondern nach Süden abweicht.

»Sagst du uns, was wir da finden werden?«, will Kuttler aus dem Fond wissen.

»Einen Menschen mit einem Feldstecher«, antwortet Tamar. »Irgendwie will ich wissen, ob der mit einem Auto gekommen ist. Mit einem BMW der Siebener-Baureihe, um genau zu sein. Und in Stuttgart zugelassen.«

Orrie hält an der Abzweigung eines Feldwegs, der nach links führt. Tamar steigt aus und betrachtet sinnend Kies und Grasbüschel. An einer Stelle ist der Kies überdeckt mit gelbem Lehmstaub. Im Staub zeichnet sich der Abdruck eines Fahrrads oder eher eines Mountainbikes ab. Tamar richtet sich wieder auf und geht zum Wagen zurück.

»Howgh!«, sagt Kuttler, als sie wieder in den Wagen gestiegen ist. »Was hat meine weiße Schwester herausgefunden?«

»Dass hier keiner mit einem BWM gefahren ist.«

Närrin, denkt sie. Natürlich kann der Kerl mit dem Feldstecher auf einem Bike unterwegs sein. In einer solchen Gegend wäre das erstens unverfänglicher, und beweglicher wäre er außerdem. Doch Orrie fährt bereits weiter.

»Also mit einem BMW würd' ich hier nicht herumgurken«, nörgelt es aus dem Fond. »Ich hätt' ein Bike genommen.«

»Kuttler, halt's Maul«, sagt Tamar genervt.

Sie gelangen über eine Kuppe, von der sie auf ein weiteres Tal mit weit gestreckten Feldern blicken. Unterhalb der Kuppe zweigt ein geteerter Weg von der Straße ab, führt an den Feldern vorbei und in den Wald, der linker Hand liegt. Auf ein Zeichen Tamars folgt Orrie dem Weg. Unmittelbar vor dem Waldrand bricht der Asphalt ab. Orrie hält.

Tamar und Kuttler steigen aus. Im Schatten der Bäume ist der Modder, der auf dem Fahrweg liegt, feucht geblieben. Deutlich zeichnen sich Reifenprofile ab.

»Gürtelreifen«, sagt Kuttler, »fast neuwertiger Zustand.«

Sie gehen ein paar Schritte weiter und kommen auf etwas, das wie ein Waldparkplatz aussieht. Hinter einem Holzstoß ist eine dunkle Limousine geparkt.

Es ist ein schwarzer Daimler mit Ludwigsburger Kennzeichen. Kuttler wirft einen fragenden Blick zu Tamar. Aber die sagt nichts, sondern wendet sich einem mit Buchen bestandenen Waldstück zu, in der Richtung, in der die Sonne steht. Vorsichtig gehen sie an den glatten silberhellen Baumstämmen vorbei.

Die Sonnenstrahlen, die durch das Laub fallen, überziehen Tamars Gesicht und Gestalt mit einem Netz wandernder Lichtflecken.

Eine Leopardin, denkt Kuttler. Kannst von Glück sagen, dass sie keine Männer frisst.

Dann hält Tamar inne, und einen Schritt danach auch Kuttler. Am Waldrand sehen sie den Oberförster vom Silberwald und seinen Adjunkten. Der Oberförster hat kein Gewehr, sondern ein Fernglas, und sein Adjunkt beugt sich über etwas, das wie ein Stativ aussieht.

»Guten Tag«, sagt Tamar und geht auf den Oberförster zu. Er ist ein Mann Ende fünfzig, die grauen Haare akkurat gescheitelt, trägt Kniebundhosen und eine Windjacke. Während er Tamar grußlos aus kalten Aufseheraugen betrachtet, schreckt sein Adjunkt hoch. Auch er steckt in Kniebundhosen und Jacke, ist aber etwas jünger als der Oberförster, mit krausen dunklen Haaren.

Und dann, nach einer Schrecksekunde, dieser gleiche Blick. Wie eingeschaltet, denkt Kuttler. Als könne ihn keiner. Irgendwoher kenn ich das doch. Auf dem Stativ steht eine Kamera mit Teleobjektiv. Unter ihnen im Tal sieht man das breitgestreckte Walmdach der Johannes-Grünheim-Akademie.

»Gehört Ihnen der Wagen mit dem Ludwigsburger Kennzeichen?«, fragt Tamar und hält dem Oberförster ihren Dienstausweis vor die Aufsichtsaugen. »Fahrzeugkontrolle. Ich hätte gerne Führerschein und Fahrzeugpapiere gesehen.« Der Oberförster weist mit dem Kinn zu seinem Adjunkten.

»Darf ich Sie fragen, junge Frau, welchen Anlass es zu dieser Überprüfung gibt?« Seine Stimme hat den leicht nasalen, herablassenden Anklang des Stuttgarter Schwäbisch.

Tamar wiederholt, dass sie Fahrzeugpapiere und Führerschein sehen will.

Der Adjunkt sagt, dass er sie im Wagen hat. Er wendet sich

an den Oberförster. »Geben Sie solange auf die Kamera Acht?« Dann macht er Anstalten, zu seinem Daimler zu gehen.

»Schönes Gerät, das Sie da haben«, sagt in diesem Augenblick Kuttler und betrachtet Kamera und Objektiv. »Teure, professionelle Ausrüstung. Würd' ich auch nicht so stehen lassen. Was fotografieren Sie denn Schönes da unten im Tal?«

Der Adjunkt verharrt und wirft wieder einen Blick zum Oberförster. »Wir sind vom Verein der Vogelfreunde«, sagt er dann. »Aus Ludwigsburg. Wir arbeiten an einer Dokumentation über bedrohte Vogelarten.«

Das sei aber sicher interessant, meint Kuttler. »Und was haben Sie speziell im Visier? Turmfalken vielleicht? Ich wusste gar nicht, dass vorne am Steig welche nisten. Oder doch nicht unten auf der Akademie?«

»Äh, nein«, antwortet der Adjunkt, »keine Turmfalken, sondern Wanderfalken.«

»Jetzt wird es aber richtig spannend«, sagt Kuttler. »Wenn Sie hier oben am Albtrauf Wanderfalken finden, ist das so gut wie eine ornithologische Sensation. Seit Jahren haben die Leute vom BUND hier keine mehr gesichtet. Sie sagen, der Uhu hat die Falken verdrängt.«

Der Adjunkt schweigt, und der Oberförster hat einen rötlichen Anflug im Gesicht bekommen. Für einen Augenblick herrscht Stille.

»Ich glaube, Sie kommen jetzt am besten beide mit uns«, unterbricht Tamar das Schweigen. »Wir müssen Ihre Personalien überprüfen.«

Die beiden bleiben stehen. »Das ist nicht nötig, junge Frau«, sagt der Oberförster mit verbissenem Gesicht und zeigt nun selbst einen Ausweis, auf dem unübersehbar das Landeswappen zu erkennen ist. Der Adjunkt folgt seinem Beispiel.

»Wie es sich fügt«, sagt Kuttler, »die Herren Ornithologen kommen aus der Stuttgarter Taubenstraße und sind vom Landesamt für Verfassungsschutz! Wenn Sie von dem einen so viel verstehen wie vom anderen, wundert mich nichts mehr.«

Der Adjunkt blickt ihn finster an.

»Wir ermitteln in einem Todesfall«, sagt Tamar. »Nach Lage der Dinge sind Sie wichtige Zeugen. Wir brauchen Ihre Aussagen.«

»Das ist ein vertraulicher Einsatz«, antwortet der Grauhaarige, bei dem es sich nun doch um keinen Oberförster handelt, sondern um einen Karl-Heinz Weimer, wenn der Name auf seinem Ausweis denn der richtige ist. »Auskünfte darüber müssen Sie über den Dienstweg anfordern.«

Tamar betrachtet ihn. Sie hat gute Lust, die beiden Männer mit in den Neuen Bau und dort in die Mangel zu nehmen. So lange, bis ihnen die Selbstgefälligkeit in Stücken vom Gesicht fällt. Doch insgeheim weiß sie, dass sie nichts dergleichen tun wird. Nichts würde sie aus den beiden herausbringen, und am Ende jämmerlich auf den Dienstweg zurückkriechen müssen.

Tamar zuckt mit den Achseln. »Sie sind sehr kooperativ. Ich finde das aufschlussreich.« Sie wendet sich zum Gehen.

»Wenn Sie das nächste Mal einer fragt«, sagt Kuttler zum Adjunkten, »dann sagen Sie, sie wollten die Braunkehlchen da drüben im Gebüsch fotografieren. Oder den Bussard da oben. Merken Sie sich den Namen: Bussard heißt das Tier. Nicht, dass Sie wieder die ganze Zunft blamieren.«

Wie sie es ihm aufgetragen hatten, hat der Tamile gewartet, bis sie wiederkommen, und in der Zwischenzeit Radio gehört. Als Barbara und Berndorf zum Wagen zurückkommen, schlägt ihnen ein merkwürdig staatstragender Ton entgegen, es klingt, als könne der Sprecher nur mühsam das bangende Beben in seinem Busen bändigen, und als der Tamile die Beifahrertür öffnet, steht ein breites sonniges Grinsen im dunklen schmalen Gesicht.

»Was bitte, ist mit diesem Reporter passiert?«, will Barbara wissen. »Fußball«, erklärt der Tamile, »2:0. Aber nicht für deutsche Mannschaft. Leider.« Dann muss er noch breiter grinsen.

Berndorf ruft mit dem Handy den Wir-Selbst-Verlag an, aber es meldet sich nur der Anrufbeantworter.

»Wir versuchen es trotzdem«, entscheidet Barbara.

»Ja, Chef«, sagt Berndorf ergeben und nennt dem Tamilen die Adresse, die im Impressum von *Umsonst & Überall* angegeben war. Der Tamile nickt und versichert, dass er sich in Leimbach sehr gut auskennt und dass er diese Adresse sofort finden wird, und ob er sie später zu einem indischen Restaurant fahren solle, er kenne da ein ganz vorzügliches mit der besonderen tamilischen Küche. Oder vielleicht gleich? »Und niemand dort redet über deutschen Fußball.« Aber Barbara bleibt hart, obwohl sie allmählich Hunger hat, und so fahren sie an allerhand Großdörfern und Denkfabriken vorbei Richtung Süden, bis sie schließlich Leimbach erreichen, das freundlich sandsteinfarben ist und ein barockes Rathaus hat mit einer Säule, die irgendwie prachtvoll und irgendwie befremdlich aussieht. Barbara will wissen, was das ist.

»Eine Prangersäule«, antwortet Berndorf. »Sie haben Übeltäter daran zur Schau gestellt. Irgendwie praktisch. Wenn die Leute bummeln gingen, konnten sie Ehebrecher oder Kinderschänder angucken gehen. Das war besser als jede Talkshow heute.«

»Diesen Standard werden sie bald haben«, meint Barbara. »Das geht schneller, als du denkst.«

Der Tamile fährt aber schon weiter, durch Straßen und Gassen, so gut kennt er sich wohl doch nicht aus, gleich werde ich ihn wegen Hochstapelei vor dem Rathaus anbinden, denkt Berndorf, aber da hält das Taxi auch schon vor einem älteren Haus, das schon lange keinen Anstrich mehr gesehen hat. Unverdrossen behauptet eine verblasste Aufschrift, es gebe hier Aussteuer und ff. Bettwäsche. Im Schaufenster sind einzelne Seiten von *Umsonst & Überall* ausgehängt, und dahinter zieht eine alte Linotype-Setzmaschine die Blicke auf sich. Doch dient sie nur zur Dekoration, denn auf dem Verkaufstresen steht ein Computer. Kein Licht brennt, und die Tür ist verschlossen. Oberhalb der Bettwäsche-Aufschrift hängen Gardinen an den Fenstern. Anhaltend drückt Berndorf auf den Klingelknopf.

»Was'n los?«, rauscht schließlich eine Stimme aus der Sprechanlage. Es ist die Stimme einer Frau, und die Frau ist nicht gut aufgelegt.

Berndorf sagt seinen Namen. Er komme von auswärts und hätte gerne eine Anzeige aufgegeben. Nur müsse er gleich weiter und könne nicht bis Montag warten. Ob man ihm ausnahmsweise behilflich sein könne?

Die Stimme knurrt etwas von Geschäftszeiten, das Knurren klingt aus in etwas, das sich nach »Moment!« anhört.

Einige Minuten später erscheint im Laden ein mittelgroßer Mann, geht zur Tür und schließt sie auf. Er trägt Jeans und ein T-Shirt, auf dem sich ein Che-Guevara-Porträt gerade noch ahnen lässt, hat einen Drei-Tage-Bart und das schüttere angegraute Haar hinten zu einem kümmerlichen Zopf gebunden.

Aus flinken braunen Augen mustert er Barbara und Berndorf, wobei er Ersterer entschieden mehr Beachtung schenkt. Berndorf stellt Barbara und sich vor und wiederholt seine Geschichte von der Annonce, die sie dringend aufgeben müssten. Selbstverständlich würden sie gleich bezahlen.

Mit einer Kopfbewegung bittet der Mann sie herein, geht zu dem Computer hinter dem Verkaufstresen und schaltet ihn ein.

»Eigentlich wollte ich Fußball gucken«, sagt er zu Berndorf und deutet mit dem Daumen nach oben zu seiner Wohnung. »Aber das Gegurke ist im Kopf nicht auszuhalten. Also wenn Sie mich fragen, dann hat es seit dem Wembley-Spiel von 1972 keine wirklich gute deutsche Mannschaft mehr gegeben.« Dann will er wissen, für welche Rubrik die Anzeige bestimmt ist.

»Für Verschiedenes«, sagt Berndorf. »Wir hätten es gern etwas größer, sodass es ins Auge springt.«

Er werde einen Entwurf machen, sagt der Mann und klickt das Anzeigenprogramm an. »Also?«

Barbara hat sich inzwischen einen Block genommen und schreibt den Text auf. »Sie sind ein ahnungsvoller Mensch«, sagt sie und lächelt, als sie den Zettel abreißt und ihn über den

Tresen schiebt. »1972 muss ein besonderes Jahr gewesen sein. Es ist auch unser Stichwort.«

Che Guevara nimmt den Zettel und liest ihn.

Mannheim, Juni 1972. Wer weiß etwas über den Verbleib der silbernen Kette? Vertrauliche Hinweise, auch auf andere Vorgänge im Umfeld der Zeitung »Aufbruch«, erbeten unter Chiffre …

»Ort und Datum hätte ich gern gefettet«, sagt Barbara. »Auch die silberne Kette sollte herausgehoben werden. Das Ganze vielleicht zweispaltig?«

Der Mann blickt vom Tresen zu ihr hoch. »Sie wissen schon, dass wir in Mannheim nicht erscheinen? Unser Verbreitungsgebiet ist der südliche Rhein-Neckar-Kreis.«

»Dann ist es genau richtig«, meint Barbara.

Che Guevara wendet sich dem Computer zu. Dann kehrt sein Blick zurück, wandert von Barbara zu Berndorf und bleibt dort hängen. »Wollen Sie keine Belohnung aussetzen?«

»Warum nicht?«, fragt Barbara zurück. »Was kann man da anbieten? Ich nehme an, das sollte sich nach dem Wert der Kette richten. Oder was damit verbunden ist. Aber sehen Sie, diesen Wert kennen wir noch gar nicht.«

»Sie sind der Kunde«, meint Guevara. »Aber warum schreiben wir nicht einfach: *Hohe Belohnung zugesichert*?« Ohne eine Antwort abzuwarten, gibt er es ein, dann sieht er auf und lächelt schief. »Freilich ist es ein bisschen hochstaplerisch, finden Sie nicht? Ausgediente Polizisten haben es meines Wissens nicht so üppig.« Beruhigend hebt er die Hand und sieht Berndorf an. »Kein Vorwurf. Unsereins muss auch knapsen.«

»My dear Watson«, sagt Berndorf. Barbara lacht. Dann will sie eine Erklärung haben.

»Bitte sehr«, sagt Che Guevara. »Ein Blinder mit Krückstock kann sehen, dass Ihr geschätzter Begleiter – entschuldigen Sie bitte den Ausdruck – ein Bulle ist. Einzige Frage: Ist er einer, oder war er einer? Sie, schöne Dame, sind nicht von der Polizei. Also ist er nicht dienstlich bei mir. Überhaupt kommen in dieser Sache nur Bullen zu mir, die keine mehr sind. Also?«

»Ich dachte«, bemerkt Berndorf kleinlaut, »ich sei erst der zweite.«

»Bingo«, sagt Guevara. »Übrigens, meine Name ist Steffens, und wie es der Zufall will, war ich 1972 Anzeigensetzer beim *Aufbruch*. Anzeigensetzer und Filmkritiker, nebenbei bemerkt. Und das will auch nicht der Zufall, sondern eben deshalb sind Sie zu mir gekommen. Wie hieß noch Ihr anderer Kollege?«

»Troppau«, sagt Berndorf. »Wilhelm Troppau.«

»Richtig. Und was glauben Sie, was ich von all diesen Besuchen denken soll?«

»Erzählen Sie es uns?«

Steffens sieht sich um. »Gehen wir nach nebenan«, sagt er dann und führt seine Besucher in ein kleines fensterloses Kabuff. Zwischen Rollschränken, die so voll gestopft sind, dass sie sich nicht mehr schließen lassen, finden sich zwei Holzstühle für die Besucher. Steffens knipst eine Tischlampe an, dann löscht er die Deckenbeleuchtung und nimmt hinter seinem Schreibtisch Platz, auf dem sich Abrechnungen und Druckvorlagen stapeln. In dem Kabuff ist es dämmerig, und es riecht nach Klebstoff und altem Papier. Eine ganze Weile lang spricht niemand.

»Im Juni 1972 hat es in Mannheim zwei Geschichten gegeben, für die sich heute noch jemand interessieren könnte«, sagt Steffens schließlich in die Stille. »Das eine war der Überfall auf einen Geldtransporter der Landeszentralbank, angeblich waren es Terroristen, die mit anderthalb Millionen Mark Beute abgezogen sind. Und dann war noch die Geschichte mit Franziska, das war eine Redakteurin des *Aufbruch*, der die Polizei in der Nacht darauf den Lover erschossen hat, einen Iren. Wegen welcher Sache sind Sie nun wohl zu mir gekommen?«

»Es ist *eine* Geschichte«, sagt Berndorf zu dem Lichtkegel, hinter dem Steffens sitzt.

»Mag sein«, antwortet es von dort.

»Aber was ist daran so aufreizend, dass es heute noch die pensionierten Polizisten auf die Beine bringt? Ich kann mir nicht helfen, aber da fallen mir immer die anderthalb Millionen ein, die nie aufgetaucht sind. Apropos. Wollen Sie einen Blick in meine Bücher werfen? Dann wüssten Sie, dass das Geld nicht bei mir gelandet ist.«

»Warum sollten wir das vermuten?«, fragt Berndorf zurück. »Etwas bleibt immer hängen«, sagt Steffens. »Irgendjemand hat damals bei der Polizei angerufen und Franziska angeschwärzt. Ihr Lover sei einer der Bankräuber gewesen. Nachdem die Bullen ihn prompt umgelegt haben, hat sich dann herausgestellt, dass er es nicht gewesen sein kann. Hatte irgendwelche Geschäftstermine. Dumm gelaufen für den armen Teufel. Vielleicht hat der Anrufer den Iren mit jemand anderem verwechselt. Mit jemand, der auch schon einmal mit Franziska zusammen war.«

Er macht eine Pause.

»Ich zum Beispiel war es.« Plötzlich hat seine Stimme einen anderen Klang. »Es war nur eine sehr kurze Zeit, aber ich war mit ihr zusammen.«

»Da war doch noch etwas anderes?«, fragt Berndorf. »Nur wegen einer Bettgeschichte wird Sie niemand mit einem Terroristen verwechseln.«

»Weiß nicht«, kommt es abweisend. »Wir waren damals ein ziemlich wilder Haufen, und eingenistet hatten wir uns bei Rüdiger, der war Feuilleton-Chef, eins von diesen Weicheiern, würden die Kids heute sagen, der sich stark vorkam, wenn die richtig harten Typen bei ihm aus und ein gingen. Schatte war einer davon, ein entschlossener Kämpfer gegen den US-Imperialismus, vor allem auf dem Papier, denn für alles andere hatte er zwei linke Hände. Ich dagegen hielt mich für einen wirklichen Revolutionär, für einen Proletarier, der schreibt. Und der vielleicht auch kämpft. Also ich hätte damals schon Wert darauf gelegt, dass man es mir zutraut.«

»Dann tun wir mal so«, sagt Berndorf. »Was also haben Sie an diesem 23. Juni gemacht, als der Geldtransporter überfallen wurde? Es war wohl irgendwann nachmittags.«

»Stopp. Was soll das nun werden?«

»Sie haben es selbst vorgeschlagen. Sie wollten, dass wir Ihnen eine Beteiligung zutrauen. Jetzt sollten Sie nicht kneifen.«

»Na schön«, kommt es nach einer Weile. »Ich hatte an dem Tag Spätschicht. Beginn 16 Uhr, Ende 1 Uhr. Der Überfall muss kurz nach 15 Uhr gewesen sein.«

»Und Sie haben sich um 16 Uhr zur Arbeit gemeldet.«

»So ist es. Und wenn Sie sich den Mannheimer Stadtplan anschauen, hätte ich keine zehn Minuten gebraucht, um vom Tatort zum Verlagshaus zu kommen.«

»Sie haben den Schichtdienst danach normal zu Ende gebracht?«

»Es muss ein Freitag gewesen sein, und wenn es Freitag war, haben wir ganz sicher zum Schichtende hin noch Quadrätche geworfen. Ein altes Spiel der Leute von der schwarzen Kunst, um Bierrunden auszuknobeln. Außerdem musste ich noch meinen Urlaubsausstand geben.«

»Sie gingen am nächsten Tag in Urlaub?«

»In den Jahresurlaub. Ich weiß noch, dass er lange vorher angemeldet war.«

»Was war nach den Bierrunden?«

»Knülle war ich, was denken Sie? Wie man das damals machte, bin ich in mein Auto geklettert, einen alten VW, der noch eine geteilte Heckscheibe hatte und den man mit Zwischengas schalten musste, und bin ein bisschen durch die Landschaft gefahren. Nur so, um wieder nüchtern zu werden. Ich war ja solo damals.«

»Waren Sie erfolgreich?«

»Irgendwann ist mir eingefallen, dass ich noch nach Schwetzingen fahren könnte, auf das Sommerfest von Busse. Winfried Busse war Polizeireporter, hatte ein Häuschen in Schwetzingen, vermutlich gemietet, vielleicht hat es ihm auch gehört. Vor allem aber war er schwul, und schon damals hat man das in der Szene nicht diskriminieren dürfen. Es wäre verklemmt gewesen, nicht hinzugehen, und soweit ich mich erinnere, war auch ein ganzer Haufen Leute da, Schatte, wie immer mächtig am Agitieren, Rüdiger und seine Edeltraud, der wir alle ein wenig verdächtig waren, natürlich allerhand Tunten ... Busse war etwas geknickt, weil er seinen neuesten Knaben im Badezimmer mit einem Pizzabäcker aus dem *Waldhof* angetroffen hatte, aber er war sehr tapfer und fest entschlossen, sein Sommerfest nicht zu schmeißen. Franziska war nicht da, die hatte kurz davor ihren Iren kennen gelernt ... Ja, was will ich Ihnen eigentlich erzählen?«

»Birgit Höge, oder Schiele, wie sie damals hieß, war nicht dabei?«, fragt Barbara.

»Der Name sagt mir nichts mehr.«

»Sie hat für Volz Artikel aus dem Französischen übersetzt.«

»Dann war sie vermutlich eine der abgelegten Freundinnen von Schatte. Moment. Dunkle schulterlange Haare? Ein bisschen ein Hamstergesicht? Schiele, ja doch, ich erinnere mich. Aber auf dem Sommerfest sehe ich sie nicht.«

»Sie haben dann weitergetrunken?«

»Ich glaube nicht«, kommt es über den Tisch. »Ich erinnere mich, dass mir eine der Tunten einen Topf Kaffee gekocht hat. In meinem Kopf hatte sich die Vorstellung festgesetzt, Franziska würde bald genug von diesem irischen Bierverkäufer und Immobilienfuzzi haben, vielleicht würde es sogar schon in dieser Nacht sein, und sie käme doch noch zum Sommerfest, und wir würden reden können ... Was sich ein besoffener Kopf so alles vorlügt.«

Er schweigt. Berndorf und Barbara warten.

»Es ging dann gegen Morgen, irgendjemand brachte Busse dazu, den Polizeifunk einzustellen, er hatte ein Gerät, auf dem das ging. Heute wäre das wohl nicht mehr möglich. Ich höre noch das Rauschen und Knistern.« Steffens macht eine Pause, als müsse er sich die Szene in Erinnerung rufen.

»Ich saß auf einem Kissen auf dem Boden«, fährt er fort, »und hab mich an einem Becher Kaffee festgehalten, eine große runde Papierlampe baumelte mir vor der Nase, im Zimmer waberte der Geruch von Gras, an den Wänden hingen Aktzeichnungen, lauter Rückenansichten von irgendwelchen Knaben, eine der Tunten redete auf mich ein, Junge, du musst auch was essen. Ich dachte an Franziska und dass sie mit dem Iren vögelt, der weiß doch gar nicht, wie sie es haben will, viel zu verklemmt sind diese Leute von der Insel, so ging es durch den Nebel in meinem Kopf. Dann kam eine Durchsage und noch eine, plötzlich hörte ich Franziskas Adresse, richtig, sie ist ja zu Hause mit diesem verdammten Iren, dachte ich noch, und dann brach in dem Radio das Chaos aus und ein unglaublicher Krach, irgendjemand schrie, es habe Schüsse gegeben, einer rief den anderen, Martha drei ruft Martha fünf und Martha sieben ruft Martha drei, pausenlos, wir alle waren auf den Beinen, oder die meisten von uns, und standen um das Radio herum, und plötzlich kam eine kalte ruhige Stimme und hat einen Notarzt angefordert, und wenig später einen zweiten: *Wir haben eine Frau hier, mit schwerem Schock …*«

Micha Steffens macht eine Pause, steht auf und geht zu einem altersschwachen Kühlschrank. »Ich brauch ein Bier. Wollen Sie auch eines?« Berndorf lehnt dankend ab, aber Barbara hat nichts dagegen und kommt auch ohne ein Glas zurecht. Steffens holt zwei Flaschen und öffnet sie und drückt eine davon Barbara in die Hand.

»Diese kalte Stimme«, fährt Steffens fort, nachdem er seine Kehle angefeuchtet hat, »habe ich heute wieder gehört. Ist es nicht so?«

»Kann schon sein«, sagt Berndorf. »Wie ging die Party weiter?« Eine Weile lang schweigt Steffens. Sein Gesicht ist im Halbdunkel verborgen, seine rechte Hand liegt auf dem Tisch, der Lichtschein beleuchtet kräftige Armmuskeln und mehrere Narben, die sich wie eine Kette ungleichförmiger Verätzungen über seinen Unterarm ziehen. »Schatte hat versucht, in Franziskas Wohnung anzurufen«, sagt er schließlich. »Er hat dann aber sofort wieder aufgelegt, ganz blass im Gesicht. Die Polizei ist wirklich dort, höre ich ihn sagen. Und damals hab ich gedacht … ach, das spielt jetzt keine Rolle mehr. Wir haben diskutiert, ob wir hinfahren sollen, und Busse hat gesagt, er macht das sowieso, es ist sein Job.«

»Sie sind aber nicht hin?«

»Nein«, kommt zögernd die Antwort. »Ich bin nach Hause gefahren, und habe ein paar Stunden geschlafen. Am Abend bin ich nach Frankfurt und mit dem Flieger nach Spanien an die Costa del Sol.« Er zuckt mit den Achseln. »Den Urlaub und den Flug hatte ich gebucht und bezahlt. Unsereins kann das nicht verfallen lassen. Was passiert war, hab ich drei Tage später in einer deutschen Zeitung gelesen. Und in den ganzen Tagen am Strand habe ich nur gebrütet, ob ich nicht zurückfliegen soll und mich um Franziska kümmern. Aber sie war im Knast, und irgendwie wusste ich, dass sie mich nicht sehen will.«

»Sie haben sie dann lange Zeit nicht mehr gesehen.«

»Überhaupt nicht mehr. Eines Tages, in der zweiten Urlaubswoche, bin ich an einer kleinen Klitsche vorbeigekommen, und da hat ein Mensch auf einer baufälligen Linotype eine Urlaubszeitung für die Deutschen am Ort gesetzt, Zeitung ist zu viel gesagt, ein Anzeigenblatt mit einem bisschen PR ... Im Schaufenster hing ein Schild, Hilfskraft gesucht, Wohnung und gute Bezahlung, und da habe ich gedacht, das ist der beste Weg, dass ich niemanden mehr sehen muss, und hab dem Verlag meine Kündigung geschickt und bin in der Sonne geblieben.«

»Geht das so einfach?«, fragt Barbara. »Sie hatten doch eine Wohnung oder ein Zimmer. Und was war mit Ihrem Wagen?«

»Ein Kumpel hat meine Wohnung aufgelöst und mein bisschen Krempel einer Spedition mitgegeben, Kumpel ist vielleicht zu viel gesagt, es war Busse. Dafür hab ich ihm den VW vererbt, für einen seiner Knaben, was mich noch am meisten gereut hat. Sonst gab es kein Problem. Arbeitsgenehmigung und Sozialversicherung hat mein Chef geregelt, und auf den Job verstand ich mich ... Es sind dann alles in allem ganz gute Jahre geworden. Von April bis November habe ich gearbeitet, nicht allzu viel, Mädchen waren immer zu haben, und wenn zwei Wochen rum waren, saßen sie wieder im Flieger und sind zurück nach Sulz am Neckar. Den Rest des Jahres hatte ich meine Ruhe und hab mir das Land angesehen. Was wollen Sie mehr?«

»Warum sind Sie dann heute hier?«, will Barbara wissen.

»Irgendwann hat der Mensch seine Klitsche an einen großmäuligen deutschen Verlag verkauft, und die haben einen smarten Jungen geschickt, den ich mir nicht antun wollte. Außerdem habe ich dieses Abbruchhaus hier geerbt. Ich wäre besser unten geblieben. Das hier ist kein Land mehr für mich. Verheiratet bin ich jetzt auch noch.«

»Und in der ganzen Zeit hat sich kein Bulle daran gestört«, fragt Berndorf, »dass Sie, der revolutionäre Proletarier, so plötzlich verschwunden waren?«

»Mein Pass ist anstandslos verlängert worden. Niemand hat je etwas von mir wissen wollen, bis vor anderthalb Jahren. Da kam dieser andere pensionierte Polizist, Wilhelm Troppau, und fing an, mich auszufragen. Auch nach dieser silbernen Kette.«

»Und wissen Sie etwas darüber?«

Steffens nimmt einen langen Schluck. »Wenn ich etwas wüsste, warum hätte ich es Troppau sagen sollen? Sehen Sie, diese alten Geschichten interessieren doch kein Schwein. Verjährt sind sie außerdem. Das ist alles so tot und vergessen wie der Fußball, den die Deutschen 1972 gespielt haben. Was also ist es, was man hier noch ausgraben kann?« Herausfordernd schaut er seine beiden Besucher an.

»Sie irren«, sagt Berndorf. »Wir spielen nicht Schatzinsel.«

»Es kommt nicht darauf an, was Sie spielen«, erwidert Steffens. »Wenn Sie herausfinden, was damals war, dann führt Sie das wie an einer Hundeleine zu dem Geld, oder was davon noch übrig ist. Glauben Sie mir – wenn ich eine Ahnung hätte, wo es liegt, hätte ich schon längst den Spaten geholt.«

»Ich nehme an, das haben Sie auch Troppau erklärt?«

Steffens überlegt. »Ich habe es versucht. Aber ich fürchte, er hat es nicht begriffen. Es war ein Abend irgendwann im November, als er hier erschienen ist. Ich hab ihn hereingebeten, und er saß hier, wie Sie jetzt hier sitzen, in einem schweren regennassen Mantel, den er nicht ablegen wollte ... Er tat so, als ob er von dem Geld gar nichts wissen wolle. Es gehe ihm nur um diesen Toten, sagte er, und darum, wer damals bei der Polizei angerufen hat ...«

»Wieso glaubte er, dass Sie etwas über diese Kette wissen könnten?«

»Mir sagt diese Kette nichts. Sie wissen doch auch, dass das nur ein Hirngespinst ist.« Er macht eine Pause, als ob er auf Widerspruch warte. Schließlich spricht er weiter. »Troppau war bei mir, weil ich zu dieser Clique um Franziska gehört habe. Und weil er dachte, wenn er mir den Überfall anhängen kann, dann steckt die gesamte Clique mit drin, und der ganze mörderische Aufmarsch Ihrer Staatsgewalt ist halbwegs gerechtfertigt, spät, aber irgendwie doch.«

Schweigen breitet sich aus.

»Also haben Sie ihm doch geglaubt«, sagt Barbara in die Stille. »Sie haben ihm abgenommen, dass er nicht hinter dem Geld her war.«

Steffens schweigt. Unvermittelt steht er auf, geht in den Empfangsraum und macht sich an dem Computer zu schaffen. Ein Drucker läuft leise ratternd an.

Dann kommt Steffens zurück und legt den Abzug auf den Schreibtisch, sodass Barbara und Berndorf ihn sehen können. Die Schlagzeile: *Mannheim, Juni 1972* ist in 30 Punkt Univers gesetzt.

»Da liest keiner drüber weg. Sie können es natürlich auch als Textanzeige haben. Fällt noch mehr auf. In der nächsten Ausgabe stellen wir die neuen Spieler beim SV Waldhof vor, und dann gibt es eine sehr schöne Geschichte über ein Jugendzentrum, mit Steuermitteln neu hergerichtet und ausgestattet. Jetzt ist es fest in der Hand von Skinheads. Neulich sind sie herausgestürmt und haben zu zwölft einen Griechen halb totgeschlagen. In der Heimatzeitung lesen Sie so was nicht.«

»Keine Filmkritik?«, fragt Barbara.

»Mit Micha ins Kino«, antwortet Steffens. »Kein sehr fetziger Kolumnentitel. Wird aber gerne gelesen.«

»Blocken Sie die Anzeige in die Glatzen-Geschichte ein, zweispaltig«, sagt Berndorf und holt sein Scheckbuch heraus, denn als Textanzeige wird es noch ein bisschen teurer. Außerdem legt er seine Visitenkarte dazu. »Falls Ihnen doch noch was einfällt.«

»Und die Belohnung? Rein theoretisch gefragt.«

»Verhandlungssache. Praxisbezogen, wenn Sie so wollen. Wo haben Sie eigentlich die Narben her?«

»Welche Narben?«

»Auf Ihrem Arm.«

»Ach das«, antwortet Steffens. »Nicht der Rede wert. War mal in einem brennenden Wagen. Aber ich bin wieder herausgekommen.«

Steffens geleitet die späten Besucher zur Tür. Draußen wartet der Tamile im Taxi und hört versonnen zu, wie jemand im Radio herumstottert.

»Deutsche Trainer«, erklärt er dann. »Er treten zurück.«

Silbergelocktes Haar, täglich neu geföhnt. Stotternd wird – »ja, gut« – Verantwortung übernommen. Daneben der Mann mit der Nase, die so aussieht, als habe er einmal einen Elfmeter damit gehalten. Die nächste Roth-Händle. »Neuanfang«, sagt der Mann mit der Nase. Die Nase lässt das *Neuahnfang* noch eine Spur nasaler, stuttgarterischer klingen.

Mit dir wohl nicht, denkt Florian Grassl und drückt auf die Zappe. Er sitzt vor einem Computer im Bibliothekszimmer der Suevo-Danubia, zwischen wandhohen dunkel gebeizten Regalen, die mit den hinterlassenen Buchbeständen verstorbener Alter Herren bestückt sind, und denkt über den Vortrag nach, den er am Dienstag vor den Füchsen halten will. Er hat zwar keine Unterlagen dabei, und unter den Hinterlassenschaften der Alten Herren findet sich Literarisches eher nicht. Aber für eine Plauderei über Oskar Wöhrle oder Friedrich Lienhard wird es reichen, denkt Grassl, so genau muss das nicht sein, wer kennt diese Leute denn noch! Wie er das denkt, fällt ihm auch ein Titel ein, *Hans im Schnookeloch und seine vergessenen Brüder* wird er seinen Vortrag nennen, ausbaufähig klingt das, er wird nicht nur vor der Suevo-Danubia damit auftreten können. Während er das denkt, muss er wieder an die zugepflasterte Augenbraue tupfen, nächste Woche wird er sich die Fäden ziehen lassen, bis dahin besser keine nächtlichen Spaziergänge! Morgen will er ohnedies arbeiten, stressfrei, schließlich hat er den ganzen Sonntag zur ungestörten Verfügung, an den Wochenenden ist kaum jemand im Verbindungshaus, und am Montag wird er in der Landesbibliothek in Stuttgart nachschlagen, was ihm noch fehlt und was er nicht mehr genau im Gedächtnis hat, denn den Montag muss er sowieso irgendwie in Stuttgart herumbringen …

Es ist kurz vor 20 Uhr, er hat das Regionalprogramm eingestellt, auf dem Bildschirm erscheinen die Landesnachrichten. Grassl stellt den Ton lauter, aber viel ist nicht passiert im Ländle, denn auch hier haben sie kein wichtigeres Thema als die Europameisterschaft und das Ausscheiden der Nationalmannschaft. Er greift schon nach der Zappe, als auf dem Bildschirm etwas erscheint, das wie ein zerknülltes gebrauchtes Laken aussieht. Grassl hält verblüfft inne, denn bei dem zerknitterten Laken handelt es sich um das Gesicht von Gerolf Zundt.

»Wieshülen, Alb-Donau-Kreis«, sagt die Nachrichtensprecherin, »Gerolf Zundt, der langjährige Leiter der Johannes-Grünheim-Akademie, ist tot. Nach Angaben der Polizei ist der 68-Jährige am Freitag bei einem Spaziergang am Albtrauf abgestürzt und hat dabei tödliche Verletzungen erlitten. Seine Leiche wurde heute Morgen gefunden, als Gemeindearbeiter einen gesperrten Wanderweg am Albtrauf überprüften. Zundt hat die von seinem Schwiegervater Johannes Grünheim gegründete *Akademie für Sprache und Volkstum* seit den Siebzigerjahren geleitet. Für sein Wirken ist er mit der Goldenen Staatsmedaille des Landes Baden-Württemberg sowie dem Bundesverdienstkreuz am Bande des Verdienstordens der Bundesrepublik Deutschland ausgezeichnet worden …«

Grassl schaltet den Fernseher ab, steht auf und wischt sich mit dem Handrücken über die Stirn. Wieder berührt er das Pflaster. Seine erste Reaktion war gewesen, dass er kichern wollte, klammheimlich. Der Alte fällt den Albtrauf runter und bricht sich den Hals, zu komisch. *Also die Alb kenne ich wie meine Hosentasche.* Von wegen.

Dann hat er plötzlich wieder die Männer vor sich gesehen. Die in dem blauen BMW. Und die, die ihm am Waldrand aufgelauert hatten. Denen er gerade noch entwischt war.

Die Männer waren auch hinter Zundt her gewesen.

Aber Zundt war ihnen nicht entwischt.

Sie haben ihn umgebracht. Florian Grassl beginnt, sich zu überlegen, was das für ihn selbst bedeutet. Was daraus folgt, wenn man es mit Mördern zu tun hat.

Wieder kommt er am Fernseher vorbei, läuft auf die Bücherwand zu und dreht um. Das wievielte Mal ist das schon? Er weiß es nicht.

»Beeil dich mal«, ruft Hannah ins Badezimmer, »im Fernsehen bringen sie gerade deinen Toten.« In der Tür erscheint Tamar, in einen Bademantel gepackt, und trocknet sich mit schräg geneigtem Kopf die langen dunklen Haare .

... der Bundesrepublik Deutschland ausgezeichnet worden, ist alles, was sie noch zu hören bekommt.

»Der war ja schon zu seinen Lebzeiten ziemlich gruftig«, sagt Hannah. »Leute, die mit deutscher Sprache umgehen, sollten nicht so vertrocknet aussehen. Nicht einmal in Wieshülen. Aber wieso eigentlich Wieshülen? Haben die da den schwäbischen Urdialekt erforscht? Die armen Leute brauchen doch einen halben Tag, dann sind sie mit dreimal Umsteigen gerade bis Reutlingen gekommen, stell dir das mal vor.«

Tamar setzt sich neben Hannah und pult sich Wasser aus den Ohren. »Wenn ich das richtig verstanden habe, was mir der Ortsvorsteher gesagt hat, dann war diese Akademie früher eine Art Nazi-Internat. Und zwar für Kinder aus dem krummen Elsass. Die armen Dinger sollten aufgenordet werden, oder wie das damals hieß.«

»Und warum haben die das Internat nach dem Krieg nicht abgefackelt?«

»Wer hätte es tun sollen? Die Kinder? Als die Franzosen kamen, hat sich der Internatsleiter ihnen als großer Nazi-Gegner angedient und ist nicht nur irgendwie davongekommen, sondern hat es sogar fertig gebracht, sich das Haus unter den Nagel zu reißen. Das war dieser Johannes Grünheim, der Vater der Sonnwend-Tucke, und er hat dann die Akademie gegründet ...« Sie lässt das Frottiertuch sinken und blickt vor sich hin. »Die Sprache dieser Leute kann ich mir ganz gut vorstellen«, sagt Hannah. »Aber wer hat diese Akademie finanziert? Ich möchte nicht von Goethe-Gedichten leben müssen, auch wenn sie in Fraktur gesetzt sind.«

»Das frage ich mich inzwischen auch«, sagt Tamar und blickt auf den Fernsehschirm. Sie stellt den Ton lauter.

»... Mit Nachdruck hat der baden-württembergische Innenminister die Forderung des Bundestagsabgeordneten Giselher Schnappauf zurückgewiesen, eine Untersuchungskommission einzusetzen, die die Arbeit und Effektivität der deutschen Nachrichtendienste und der Verfassungsschutzämter überprüfen soll. Der Bund habe keinerlei Kompetenz, von den Verfassungsschutzbehörden der Länder Rechenschaft zu verlangen, erklärt der Minister. Im Übrigen aber könnten von Schnappaufs Vorschlag nur die inneren und äußeren Feinde der Bundesrepublik profitieren.«

Tamar steht auf und sucht in ihrem Jackett, das sie über eine Stuhllehne geworfen hat, nach ihrem Notizblock. Schließlich findet sie ihn. »Hör dir das an«, sagt sie. »Amtliches Handbuch des Deutschen Bundestags, in der Fassung der Grünheim-Akademie. Die Abgeordneten in alphabetischer Reihenfolge als Loseblattsammlung. Da gibt es eine Gabriele Schnaase-Schrecklein, einfach furchtbar, und dann kommt das nächste Blatt, einen Theophil Schnatzheim, auch nicht besser, und wen gibt es nicht, den es dazwischen geben müsste?«

»Weißt du, was ich glaube? Du sollst dich nicht von solchen schrecklichen Traditions-Lesben betatschen lassen müssen. Das tut dir nicht gut.«

»Dieser Herr Schnappauf, Giselher fehlt, eben der, über den sich gerade der Innenminister aufregt«, erklärt Tamar. »Weißt du, was das bedeuten könnte? Als der Herr Zundt noch nicht den Fels heruntergefallen war, wollte er nichts von Frau Schnaase-Schrecklein wissen und nichts von Herrn Schnatzheim. Das bedeutet es. Er wollte etwas von Herrn Schnappauf wissen, dabei ist der in einer ganz anderen Partei. Und es war ihm sogar so wichtig, dass er das ganze Blatt herausnahm. Nur – bei der Leiche haben sie es nicht gefunden.«

Hannah betrachtet sie schweigend. Tamars Gesicht glüht, und ihre Augen sind groß und klar und leuchtend. In Spitzen fällt das noch immer feuchte Haar über ihre Schultern, und der Bademantel hat sich über ihrer Brust geöffnet.

Hannah atmet tief durch. »Hier hast du was zum Schreiben«, sagt sie und schraubt einen Tuschestift auf. »Schreib diesen albernen Namen zu den anderen albernen Namen, und dann komm und leg den Zettel weg. Leg ihn schnell weg.«

Sonntag, 2. Juli

Es ist ein schöner klarer Morgen, so schön und klar, dass man es selbst auf der zugigen Hochpassage über den Bahnsteigen des Heidelberger Hauptbahnhofs wahrnimmt.

»Eigentlich kein Tag zum Zugfahren«, sagt Barbara.

»Es wäre ein Tag für den Odenwald«, sagt Berndorf. Er sieht Wanderwege vor sich, die durch stille Täler führen, an Bachläufen vorbei und über grüne Hügel, die im Licht liegen. Es hat Zeiten gegeben, da sind sie diese Wege gegangen.

Aber Barbara muss zurück. Zurück nach Berlin. Der Flieger wartet nicht.

»Wir holen es nach«, sagt Barbara. »Und die Erinnerungen werden uns nicht mehr bedrücken.«

»Ich hoffe es«, meint Berndorf, aber seine Stimme klingt, als ob ihn gleich die Übelkrähe der Depression anfliegen wird.

»Was machst du heute noch?«, will Barbara wissen. Berndorf sagt, dass er sich noch einmal die fromme Gemeinde anschauen wird, in der Troppau eine Zeit lang sein Seelenheil gesucht hat. »Vielleicht finde ich jemanden, mit dem sich reden lässt. Danach geh ich in ein Internet-Café und versuche, die Adressen von diesem Busse herauszufinden. Falls der nicht längst am Virus gestorben ist.«

»Du bist dran, nicht wahr? An irgendetwas hast du dich festgebissen, und nun wirst du nicht mehr loslassen.«

Berndorf zögert. »Genau besehen, habe ich nichts, schon gar nichts, um mich daran festzubeißen. Aber das ist es ja. Wo etwas sein sollte, ist nichts. Es gibt nicht einmal Kollegen, die etwas von Steffens hätten wissen wollen. Es gibt nur Löcher. Die Brandnarben etwa, die Steffens auf seinem Arm hat.«

Lautsprecher scheppern, dass der Interregio nach Frankfurt Einfahrt hat. Barbara und Berndorf steigen zum Bahngleis hinab.

»Morgen ruf ich bei Schatte an«, sagt Barbara. »Er wird mit dir reden. Ich versprech's dir.«

»Danke«, sagt Berndorf. »Ist es eine große Überwindung für dich, ihn anzurufen?«

»Ach, mein lieber Schatz!«, antwortet Barbara. »Was glaubst du, mit was für Leuten ich in Berlin telefonieren muss, angefangen bei der Senatsverwaltung für kulturelle Angelegenheiten. Ich bin abgebrühter, als du denkst.«

»Eure Rede aber sei: Ja, ja; nein, nein, sagt der Herr, denn was darüber ist, das ist vom Übel. Und gilt dies heute nicht mehr denn je, liebe Gemeinde?«, fragt Prediger Hesekiel und lässt seine dunklen Augen forschend über die Reihen seiner Schäfchen gleiten. »Neulich waren wir bei einem Freund, der Fernsehen hat, und er hat es uns eingeschaltet, und – liebe Gemeinde! – selten sind wir so erschrocken wie beim Anblick und beim Anhören dieser unwissenden und verlassenen Menschen, die – von nichts gehemmt – die Geheimnisse ihres kleinen, schmutzigen Lebens ausbreiten vor aller Welt, als empfänden sie eine niedrige Lust daran ...« Die Augen gleiten weiter und sparen nur einen aus, den Mann, der später gekommen ist und hinten sitzt.

Die dunkelhaarige Frau in der dritten Reihe, das Liederbuch in der Hand, nickt. Er sagt, wie es ist. Gestern hatten sie eine junge Frau gezeigt, die erzählte, wie sie es ...

»Eure Rede sei: Ja, ja; nein, nein«, wiederholt der Prediger, »ja sollt ihr sagen zum HERRN, ja und zweimal ja; aber nein, zweimal nein sollt ihr denen entgegenschleudern, die euch zum unnützen Reden verführen wollen, zu unwahrhaftigen Worten, mit kleinen, schmutzigen Fragen, die vor gierige Augen zerren wollen, was ihr in eurem Herzen bewahrt ...«

Das konnte doch gar nicht sein, denkt die Frau in der dritten Reihe. Gleichzeitig mit zwei, wie soll das gehen? Aber sind das Gedanken, die man im Haus des HERRN denken sollte?

Jetzt ist der Prediger auch schon beim Amen, und die Gemeinde singt, dass ihr der HERR ein reines Herz bewahren solle, dann wird still gebetet, die Frau in der dritten Reihe bittet verstohlen – weil es dem Prediger sicher nicht recht ist, dass sie es tut – für den armen Mann, der sich vorige Woche aufgehängt hat, wie sie im Drogeriemarkt erzählt haben, noch immer wird ihr ganz schlecht, wenn sie daran denkt. Es folgen die Abkündigungen, die Jugendgruppe wird in der nächsten Woche für ein Zeltlager im Odenwald sammeln, das Opfer ist auch diesmal für die Mission unter den armen Landsleuten bestimmt, die aus Russland gekommen sind, und am kommenden Sonntag werden sich gleich zwei Paare die ewige Treue geloben, daran sieht man, sagt der Prediger, dass der HERR mit Wohlgefallen auf seine Gemeinde des Wahrhaftigen Wortes blickt. Die dunkelhaarige Frau hört es gerührt, es ist immer schön, wenn die Menschen zusammenfinden, denkt sie, aber plötzlich ist sie auch ein bisschen traurig und muss noch einmal an den Wilhelm Troppau denken, der …

Dann ist der Gottesdienst vorbei, und die Frau geht hinaus und schiebt einen Zwanzigmarkschein in den Opferstock, sie weiß, dass das nicht viel ist für die armen Russen, aber wenig ist es auch nicht, nicht für eine Kassiererin im Drogeriemarkt. Wie die anderen Gläubigen auch darf sie dem Prediger die Hand geben, sie geht am Vorgarten vorbei auf die Straße, es ist ein schöner Sommertag, kein Wölkchen am Himmel, als sie hochsieht, fällt ihr Blick auf die Dachantenne über dem Haus der Gemeinde des Wahrhaftigen Wortes, irgendwie wundert sie das, aber es will ihr nicht einfallen, warum.

Gemeinsam mit einem älteren Ehepaar aus Walldorf geht sie zur Hauptstraße vor an die Haltestelle. Sie sprechen darüber, wie schön der Gottesdienst wieder gewesen ist, und dass es doch wirklich schlimm sei, was sie im Fernsehen alles ausbreiten. Sie kommen nur langsam voran, denn die Frau aus

Walldorf hat eine schlimme Arthrose, bald wird sie an Stöcken gehen müssen, die Kasse würde ihr vielleicht eine Kur in einem Thermalbad bezahlen, aber wer sorgt dann für den Mann?

Sie kommen aber doch noch rechtzeitig zur Haltestelle, der Bus hält wenig später, mit ihr und dem Paar aus Walldorf steigt auch ein Mann ein, der ihr den Vortritt lässt. Sie verabschiedet sich von dem Paar und setzt sich auf eine Bank beim Ausstieg, denn sie fährt nur wenige Stationen mit. Der Bus schaukelt an den Hängen der Berge entlang, es wäre schön, einmal wieder einen Ausflug zu machen, denkt die Frau, aber am Nachmittag will sie die Tante im Altenheim besuchen.

Dann hält der Bus auch schon am Bahnhof von St. Ilgen, sie steigt aus, ebenso der Fremde, der an der Haltestelle gewartet hatte. Sie steigt die Überführung hinauf und auf der Sandhausener Seite der Bahnlinie wieder hinunter, der Mann aus dem Bus hat den gleichen Weg wie sie, irgendwie ist das seltsam, sie hat ihn noch nie gesehen, warum läuft er hartnäckig hinter ihr her? Man könnte direkt meinen, er folgt ihr, angenehm ist das nicht, eigentlich ist sie aus dem Alter heraus, dass ihr Männer nachlaufen. Plötzlich muss sie daran denken, dass es auch schon Überfälle auf Supermärkte gegeben hat, bei denen die Verbrecher die Kassiererin als Geisel genommen haben, aber heute ist doch Sonntag …

»Entschuldigen Sie«, sagt der Mann hinter ihr. Sie erschrickt, dreht sich um und sieht ihn an und ist dann doch etwas beruhigt.

Er ist zwischen 50 und 60 Jahre alt, hält sich aufrecht, irgendwie straff, und blickt sie offen an, nicht so verdruckt, wie sie es auch kennt. Er sucht die Philipp-Schmidt-Straße, sagt er, aber das gibt ihr schon wieder einen Stich, denn das ist die Straße, in der Wilhelm … Sie erklärt ihm, dass er vorgehen soll bis zur evangelischen Kirche und dann rechts. Der Mann bedankt sich. »Ich suche einen Kollegen von früher … eigentlich dachte ich, er ist in dem Gottesdienst, wissen Sie, bei diesem Prediger, Sie waren doch auch dort.«

Oh nein, denkt die Frau und sieht ihn an. Hitze fällt vom Himmel, und der Boden schwankt.

»Ist Ihnen nicht gut?«

Die Frau wehrt ab. »Es geht schon.« Sie atmet durch. »Sagen Sie doch – wie heißt Ihr Kollege?«

Er sagt es ihr, aber sie weiß die Antwort schon. »Sie werden Wilhelm nicht antreffen«, antwortet sie entschlossen. Plötzlich findet sie nichts dabei, seinen Vornamen zu nennen. »Er ist tot. Er hat …« Das muss nicht auf der Straße beredet werden. »Wollen Sie nicht auf einen Kaffee mitkommen? Ich wohne gleich da vorne.«

Einige Minuten später nimmt Berndorf in dem Sessel vor dem Couchtisch Platz, er sieht sich in dem kleinen, dunklen Wohnzimmer um, Fernseher, Schrankwand, an der anderen Wand hängen ein paar gerahmte Fotos, auf der Couch breitet ein Pandabär die Plüscharme aus … Die Frau macht sich in der Küche zu schaffen, Berndorf steht auf und sieht sich die Fotos an, Kindheitserinnerungen, nichts von Wilhelm Troppau.

Die Frau kommt mit einem Tablett herein, blau geblümtes Service, dazu gibt es Kekse aus der Reformhaus-Abteilung. Der Kaffee lässt sich trinken, findet Berndorf und lobt ihn. Und dann erzählt er, wie sie zusammen bei der Polizei waren, Troppau und er, damals in Mannheim.

»Da wissen Sie sicher auch von dieser schrecklichen Geschichte?«, fragt sie plötzlich.

Das also hat er ihr erzählt. »Ja«, sagt er, »ich weiß davon. Natürlich weiß ich es.« Er erklärt ihr, dass er der Einsatzleiter war. Damals. »Für das, was da geschehen ist, bin ich verantwortlich. Nicht Wilhelm.« Er hat gemerkt, dass es bei ihr besser ankommt, wenn er ihn beim Vornamen nennt.

Die Frau sieht ihn aufmerksam und zweifelnd an. »Das verstehe ich nicht. Aber er hat doch … Und warum hat man dann dieses schreckliche Flugblatt überall verteilt?«

Berndorf, der gerade nach der Kaffeetasse greifen will, hält inne. Flugblatt? Er wirft einen Blick auf die Frau. Dunkle Haare, dunkel vermutlich nicht mehr lange. Falten um Augen und Mund. Farbloser Lack an den Fingernägeln, der langsam abbröckelt. Und du? Seit drei Tagen läufst du durch den Heidelberger Sommer. Ein Pflastertreter auf der Suche nach Dingen, die nicht sind. Einer, der das Nichts selbst dort findet, wo etwas sein sollte. Ein Entdecker der Leere.

Aber diese Frau da … Was für Flugblätter?

»Ja, nun haben Sie es selbst angesprochen«, lügt er. »Wegen dieses Flugblattes wollte ich mit ihm reden. Was man da vielleicht tun kann, verstehen Sie? Wann ist es denn aufgetaucht?«

Die Frau sieht ihn noch immer zweifelnd an. Sie merkt die Lüge, denkt er.

»So gut haben wir uns gar nicht gekannt«, sagt sie plötzlich. »Ich bin Kassiererin in einem Drogeriemarkt, in dem er manchmal Kunde war, wir haben immer nur ein paar Worte gewechselt, aber daran, dass er dort überhaupt eingekauft hat, hab ich gemerkt, dass er allein stehend ist.« Ein leichte Röte zieht sich über ihr Gesicht.

Dass er *auch* allein stehend ist, willst du sagen, denkt Berndorf. »Irgendwie hat er mir Leid getan. Ein großer stämmiger Mann, der immer so aussah, als ob er sich verlaufen hätte. Erst später hat er mir gesagt, dass er Depressionen hat.«

»Da kannten Sie ihn schon näher?«

»Ich hab mir mal ein Herz genommen und ihn eingeladen, er soll doch mit auf unser Gemeindefest kommen. Das war im Sommer vor drei Jahren. Er ging dann auch mit, und es war sehr nett, und er ist dann auch zu unseren Gottesdiensten gekommen …«

Aber mehr war nicht? Berndorf wartet.

»Mir kam es damals so vor, als sei er fröhlicher geworden, aufgeschlossener. Aber dann gab es immer wieder eine Zeit, in der er sich ganz in sich vergraben hat. Dann wollte er sich auch nicht mit mir treffen. Aber irgendwann hat er mir dann diese Geschichte erzählt. Die, wo Sie dabei waren.«

Sie macht eine Pause und greift nach einem Stück Gebäck. Berndorf sieht zu, wie ihre Finger den Keks zerbröseln.

»Ich glaube, das Schlimmste war, dass ihm niemand gesagt hat, was er tun soll. Wenn einem so etwas passiert, dann muss doch jemand da sein, der sagt, du hast das und das gemacht, und das und das ist deine Strafe …« Sie unterbricht sich. »Das klingt gerade, als ob er im Drogeriemarkt ein Fläschchen Parfüm heruntergeworfen hätte. Vielleicht war das der Fehler.«

»Es sind damals einige Dinge unklar geblieben«, weicht Berndorf aus. »Wir wissen bis heute nicht ganz genau, was sich abgespielt hat. Kann es sein, dass er versucht hat, das herauszufinden?«

Red nicht so wie dieser Prediger. Du weißt nicht.

»Woher wissen Sie das?«, fragt die Frau zurück. »Manchmal, wenn er noch nicht in seiner schlimmen Stimmung war, hat er gesagt, die haben mich damals hereingelegt. Haben mich in ein Feuer gestellt, damit etwas anderes im Dunkeln bleibt. Aber er wird es noch herausfinden. Nur …«

Berndorf wartet.

»Nur war das mehr so eine Art Laune von ihm. Ich hab dann schon gewusst, das kippt jetzt gleich, und er verkriecht sich wieder …«

»Er hat also nur davon gesprochen, dass er etwas herausfinden will. Unternommen hat er nichts?«

Die Frau überlegt. »Das dürfen Sie so nicht sagen. Ich weiß, dass er manchmal tagelang unterwegs war. Dass er versucht hat, mit Leuten zu sprechen. Aber mit wem er gesprochen hat und worüber, hat er mir nie erzählt.«

»Und irgendwann hat er damit aufgehört?«

»Ich weiß nicht, was er später gemacht hat. Ich weiß nur, wie es war, als die Flugblätter kamen«, antwortet die Frau. »Eines Sonntags lagen sie in der Kirche. Ich glaube, es war im Spätherbst. Und jemand hatte auf jeden Platz eines von diesen Blättern gelegt, dass man es nicht übersehen konnte … Das ist doch abartig, finden Sie nicht? Da gehen doch auch Kinder in die Kirche, und die müssen dieses Foto sehen, dieses Foto von einem nackten Mann, der auf dem Boden liegt und voll Blut ist.«

Wieder muss Berndorf die Frau anschauen. Was redest du da? Von Brian O'Rourke ist kein Foto veröffentlicht worden, nicht von der Leiche, niemand hat sie fotografiert, niemand außer dem Polizeifotografen, wenn einer darüber Bescheid weiß, dann bin ich es …

»Hat Troppau das Foto gesehen?«

»Ja, er hat es gesehen«, antwortet die Frau. »Ich war mit ihm gekommen. Wir sind zu unseren Plätzen gegangen, und ich habe den Wisch in die Hand genommen und nichts verstanden. Das heißt, ich habe nur gemerkt, dass etwas mit Wilhelm ist. Noch heute sehe ich, wie er auf den Zettel starrt und ihn zerknüllt und um sich sieht, wie ein gehetztes Tier, als ob er die anderen Zettel auch alle einsammeln und zerknüllen müsste … Und dann ist er aus der Kirche gelaufen.«

Berndorf blickt fragend.

»Ich bin in der Kirche geblieben«, fährt die Frau schließlich fort. »Wegen einem solchen Wisch läuft man nicht weg, dachte ich. Ich kann ihm am besten helfen, wenn ich dableibe. Grade drum.«

Sie trinkt einen Schluck Kaffee. »Aber es war ein Fehler. Von da an hat er sich ganz in sich eingeschlossen. Er hat nicht mehr mit mir reden wollen, und ich glaube, er hat es darauf angelegt, dass er mich nicht mehr sieht.«

»Sie haben dieses Flugblatt nicht aufgehoben?« Zaghaft fragt Berndorf, so, als könnte die Spur beim leichtesten Hauch zerstieben.

Die Frau schaut ihn an, dann steht sie schwerfällig auf und geht zur Schrankwand. Sie schließt ein Fach auf und sucht eine Weile herum. Schließlich kehrt sie zurück und legt schweigend ein angegilbtes Blatt vor Berndorf auf den Couchtisch. Auf dem Blatt sieht man die schlechte Reproduktion einer Fotografie. Sie zeigt den nackten blutverschmierten Körper eines toten Mannes. Darunter steht ein kurzer Text:

Ein ungesühnter Mord

Am 24. Juni 1972 ist der irische Staatsbürger Brian O'Rourke von Polizeibeamten, die nachts in die Wohnung seiner

Freundin eingedrungen waren, heimtückisch und kaltblütig erschossen worden. Brian O'Rourke war unbewaffnet und wehrlos. Er hatte keine Straftat begangen und war keiner verdächtig. Der Mann, der ihn erschossen hat, ist der pensionierte Polizist Wilhelm Troppau. Er gibt sich als frommer und angesehener Bürger und verzehrt in Ruhe seine Rente. Wann endlich stellt er sich der Gerechtigkeit?

Berndorf dreht den Zettel um. Aber auch auf der Rückseite steht kein Vermerk über Verfasser oder Hersteller. Er fragt die Frau, ob er den Zettel behalten könne.

»Nehmen Sie ihn nur. Ich bin froh, wenn ich ihn aus dem Haus habe. Übrigens sind auch in Wilhelms Nachbarschaft welche verteilt worden. Aber die meisten werden den Wisch weggeworfen haben. Irgendwie merkt doch jeder, dass es unrecht ist. Ich meine, so etwas darf man doch nicht drucken, über keinen Menschen, was immer er auch getan hat ...«

Es ist heiß im Foyer des Schwetzinger Schlosstheaters. In der einen Hand hält Birgit das Glas Sekt, das ihr Hubert gebracht hat, in der anderen den hübschen Fächer, der aussieht, als hätte sie ihn aus der Ballgarderobe ihrer Großmutter, geöffnet zeigt der Fächer einen Glücksdrachen, auf durchbrochener schwarzer Seide feurig-golden schimmernd und dann wieder blaugrün. Dazu trägt Birgit das Schulterfrei-Knöchellange aus Shantung-Seide, es ist seitlich geschlitzt, hoch bis zur Hüfte, aber sie hat ja schließlich Beine, die einen aufblitzenden Blick vertragen.

Hubert trägt seinen Musikerzieher-Smoking, ein klein wenig zu konventionell. Aber war es nicht eine für seine Verhältnisse ungewöhnlich charmante Idee, ihr an diesem dummen unnützen Samstag noch die Karten für die Festspiele zu besorgen? Gewiss sieht sie »Was ihr wollt« nicht zum ersten Mal, aber die Idee des Regisseurs, die Rolle der Viola ganz elisabethanisch zu besetzen, also mit einem knackigen jungen Mann, hat durchaus etwas für sich ... »Also es ist ein Junge, der ein

Mädchen spielt, das sich als Junge verkleidet«, erklärt sie Hubert, der ihr irgendwie nervös erscheint, als sitze ihm der Smoking zu knapp, und der schon wieder eines dieser weißen Plastiktütchen aufreißt, um sich ein frisches Brillentuch zu nehmen.

»Ist es nun sie oder ist es er«, fährt Birgit fort, »der sich in den Herzog verliebt, und ist es er oder ist es doch sie, die Olivia zum Schmelzen bringt?« Der Glücksdrache fächelt mit rotgoldener Zunge, und für einen Augenblick geht es durch Birgits Kopf, wie sie es denn vorziehen würde, wäre sie Olivia, aber dann fällt ihr Blick auf zwei Frauen, eine dick und qualmend und in ein unmögliches Abendkleid gestopft, die andere in grauem Fummel und mit langen abstehenden grauen Haaren, nicht schon wieder, denkt Birgit und wendet sich Hubert zu, der widersprechen will.

»Nein«, sagt er, »ich weiß nicht, ob mir das gefällt – dass Olivia sich zu einer verkleideten Viola hingezogen fühlt, das ist ja irgendwie hübsch und vielleicht auch traurig, für die Olivia, meine ich. Aber wenn Viola ein Kerl ist, der dem Herzog nachstellt …«

»Die Schwulen würden sagen, du bist homophob«, bemerkt Birgit, aber dann kommt auch schon das Klingelzeichen, das das Ende der Pause ankündigt, und sie gehen wieder hinein in das Theater mit seinen goldverzierten Rokoko-Logen, spielerisch schlägt Birgit den Fächer auf, dies ist dein Abend, ein Abend für dich, soll ihr der Glücksdrache sagen, aber plötzlich glaubt sie ihm nicht mehr.

Außerdem spürt sie wieder dieses Jucken.

»Ich komm nicht darüber weg«, schnauft Isabella und zwängt sich auf ihren Platz, »also dieser Kerl kommt zu mir und sagt, dass die Betriebsgenehmigung für die Heizung abgelaufen ist, hast du so etwas schon einmal gehört? Und dass der Eigentümer die ganzen Rohre ausbauen lassen will, weil Zentralheizungen ökologisch sowieso überholt seien, kannst du dir das vorstellen? So ein Heini in knappen Jeanshöschen und mit kurz geschorenen Haaren und mit Goldring im Ohr, und will mir was von Ökologie erzählen!«

Auch Franziska setzt sich. »Ich nehme an, du hast ihn gefragt, wann der Umbau stattfinden soll?«

»Natürlich hab ich ihn das gefragt«, antwortet Isabella, »immer wieder, und immer wieder habe ich eine von diesen wachsweichen Antworten bekommen, nach den Handwerkerferien, *selbstverständlich werden wir uns bemühen, gnädige Frau, bis zu Beginn der Heizperiode* ... Der verarscht mich doch, der Heini, macht sich über mich lustig mit seinem« – hasserfüllt bekommt Isabella einen ganz spitzen Mund – »mit seinem Gnädige Frau, andersrum ist er wahrscheinlich auch noch, ganz sicher ist er das, das sind die Schlimmsten, in meiner Branche muss ich mich da auskennen ...«

In der Kuppel über dem Parkett erlöschen die Kronleuchter. Das Gemurmel im Publikum verstummt, in der Luft hängt der Geruch der Deos und des Parfüms, das von nackten Frauenschultern aufsteigt.

»Ich bin morgen in Frankfurt«, flüstert Franziska, »eine alte Freundin besuchen, schau'n wir mal, was ich über diesen Eigentümer herausfinde.«

OLIVIA: Bleib! Ich bitt dich, sage, was du von mir denkst.
VIOLA: Nun, dass Ihr denkt, Ihr seid nicht, was Ihr seid.
OLIVIA: Und denk ich so, denk ich von Euch dasselbe.
VIOLA: Da denkt Ihr recht: ich bin nicht, was ich bin ...

Bin ich denn, was ich bin, fragt sich Birgit. Bin ich wohl. Mann ist Mann, oder? Nicht immer. Aber Frau ist Frau. Da gibt es keine Täuschung. Keine wirkliche. Wer den anderen täuschen will, muss den anderen verstehen. Viola kann Olivia täuschen, weil beides Frauen sind. Oder sein sollten. Nur deshalb. Ein Mann kann eine Frau nicht täuschen. Nicht auf Dauer. Wieso hat Hubert eigentlich am Samstagnachmittag noch die Karten besorgt? Und wo hat er sie um diese Zeit bekommen?

Und wieso hab ich eigentlich einen Pilz eingefangen, oder

was ist es, was ich da unten hab? Ich war doch gar nicht schwimmen. Und wenn ich den von Hubert hab, von wem ....

OLIVIA: Verschämte Liebe, ach! Sie verrät sich schnell wie Blutschuld ...

Montag, 3. Juli

Die Fenstersprossen gliedern das Sonnenlicht, das in das dunkle holzgetäfelte Büro fällt, zu lang gestreckten Rechtecken. Tamar bleibt an der Türe stehen. »Sie haben mich rufen lassen?«, sagt sie zu dem Mann, der am Schreibtisch sitzt und über ein Schriftstück gebeugt ist. Der Schreibtisch ist leer, denn auf der Führungsakademie hat man Kriminalrat Englin beigebracht, dass ein leerer Schreibtisch eines der Kennzeichen eines guten Vorgesetzten ist.

Englin reagiert nicht und liest weiter. Denn wenn er ein Schriftstück liest, ist es ein wichtiges Schriftstück. Eines, das zu Ende gelesen werden muss, auch wenn es nur Tamars Bericht ist, den sie noch vor der Morgenkonferenz bei Englins Sekretärin abgegeben hat. Eines nach dem anderen zu tun ist auch eines der Kennzeichen, die Englin auf der Führungsakademie ...

»Nehmen Sie bitte Platz«, sagt er schließlich und sieht zu ihr hoch. Trotz des Gegenlichts erkennt Tamar, wie sein linkes Augenlid kurz und hektisch zuckt. »Ich wollte mit Ihnen noch über diese Geschichte in Wieshülen sprechen ...«

Tamar nimmt den Besucherstuhl und setzt sich, gerade aufgerichtet, ohne sich anzulehnen. Dann fällt ihr ein, dass das exakt die *Das-ist-aber-ein-wohlerzogenes-Mädchen-Haltung* ist, und fläzt sich tief in den Stuhl.

»Ich meine, und das ist vielleicht bei unserem Telefonat am Samstag nicht deutlich genug ausgesprochen worden«, beunruhigt zuckt das Augenlid, »dass Sie da ja sehr umsichtig vorgegangen sind, es wäre ja unverzeihlich, ja geradezu verhängnisvoll, wenn wir bei dem Tod einer solchen Persönlichkeit nicht alle Umstände einer sorgfältigen …«

Wieder zuckt das Augenlid. Jetzt weißt du nicht weiter, wie, denkt Tamar. Im Gehege deiner Gewundenheiten verstolpert. Und was ist das überhaupt für eine neue Teufelei, die du vorhast?

»Also sehr umsichtig«, schließt Englin fürs Erste seinen Gedankengang. »Und ich bin Ihnen auch durchaus dankbar, dass Sie die Umstände aufgelistet haben, die – nun ja, an ein Fremdverschulden denken lassen könnten. Äh.« Er beugt sich wieder über den Bericht, dann zieht er ein zweites Schriftstück darunter vor. »Glücklicherweise können wir die von Ihnen zusammengetragenen Fragen – nun ja, vielleicht nicht gänzlich, aber doch insoweit beantworten, dass dritte Personen an dem Unfalltod des Herrn Zundt nicht beteiligt gewesen sein können, weil sich solche dritten Personen zur fraglichen Zeit nicht im Umkreis der Grünheim-Akademie aufgehalten haben …«

Was für ein Unsinn!, denkt Tamar. Vom Oberverfassungsförster und seinem Adjunkten haben wir uns sogar die Papiere zeigen lassen.

»Ich habe hier eine Mitteilung aus dem Landesamt für Verfassungsschutz«, fährt Englin fort. »Regierungsdirektor Weimer teilt mir darin mit, dass seiner Dienststelle Hinweise zugegangen seien, die …« – heftiges Zwinkern – »… also die auf mögliche bedenkliche Aktionen im Umfeld der Akademie hinweisen, ein an sich sehr bedauerlicher Umstand.«

Hinweise, die hinweisen, weisen hin.

»Regierungsdirektor Weimer hat sich deshalb entschlossen, die Akademie observieren zu lassen. Aber das wissen Sie ja.« Englins Gesichtsmuskeln zerren seine Oberlippe hoch. »Fernmündlich hat sich Kollege Weimer übrigens sehr anerkennend über Sie geäußert. Er hätte nicht gedacht, dass Sie die Oberservation bemerken würden. Er hat mir sogar gesagt, wenn ich keine Verwendung mehr für Sie hätte, würde er Sie mit Handkuss nehmen!« Ein merkwürdiges Geräusch bricht aus ihm heraus. Tamar braucht einige Zeit, bis sie begreift, dass es ein Kichern ist. »Ich habe natürlich sofort klargestellt, dass wir Sie uns auf gar keinen Fall abwerben lassen.«

Pfui Teufel, denkt Tamar. Diese Geschichte wird oberfaul.

»Ja«, fährt Englin fort, nachdem seine Gesichtsmuskeln die Oberlippe wieder haben fallen lassen. »Wir haben hier also die zuverlässigsten Zeugen, die wir uns wünschen können. Und wir können zweifelsfrei sagen, dass es im Fall Zundt kein irgendwie geartetes Fremdverschulden gegeben hat ... Wir können diese Akte also guten Gewissens schließen.«

»Versteh ich das recht«, fragt Tamar zurück, »der Verfassungsschutz entscheidet, wann wir ermitteln und wann nicht?«

Weh zuckt Englins Augenlid. »Aber ich bitte Sie! Das ist doch nichts weiter als kollegiale Amtshilfe, eine uns bedrängende Frage wird zweifelsfrei und fundiert beantwortet ...«

Tamar kehrt in ihr Büro zurück, wo Kuttler dabei ist, am Telefon mit dem Gerichtsmediziner Kovacz über eine Frau zu streiten, die es am frühen Sonntagmorgen fertig gebracht hat, in ihrer Badewanne zu ertrinken.

Kalt hat sich Wut in Tamars Gesicht gekrallt. Sie fühlt sich – begrapscht fühlt sie sich, das ist die einzige Assoziation, die ihr einfällt. Und ausgetrickst.

Entschlossen setzt sie sich an ihren Computer und klickt den Internet-Anschluss an, den sie sich mit unermüdlichen Eingaben und immer neuen Begründungen erkämpft hat. Wie es sich inzwischen gehört, hat auch der Deutsche Bundestag eine Website, Tamar ruft die Liste der Abgeordneten in alphabetischer Reihenfolge auf, und richtig erscheint nach Schnaase-Schrecklein, Gabriele der Abgeordnete Schnappauf, Giselher und erst dann Schnatzheim, Theophil. Und weil sie schon dabei ist, ruft Tamar die Bundestagsverwaltung in Berlin an und lässt sich mit dem Büro des Abgeordneten Schnappauf verbinden, wo sich eine sehr junge, sehr professionell und sehr norddeutsch klingende Stimme meldet, die Schnappaufs Parlamentarischer Mitarbeiterin gehört.

»Tut mir Leid, er ist jetzt in der Fraktionssitzung, und danach hat er einen Fernsehtermin, von dort muss er in den Innenausschuss …«

Tamar sagt schnell, dass sie in einem Todesfall ermittelt, und ob die Stimme am anderen Ende ihr vielleicht sagen könne, ob ein Zundt, Gerolf in der vergangenen Woche mit Schnappauf verabredet gewesen sei …

Die Mitarbeiterin schweigt für einen Augenblick. »Sie sind Kriminalbeamtin? Merkwürdig. Entschuldigen Sie. Merkwürdig ist, dass Sie nach einem Herrn Zundt fragen. Ist er tot? Wir haben uns nämlich schon gewundert … Ein Herr Zundt hatte letzte Woche angerufen, abends, und hatte dringend um einen Gesprächstermin gebeten. Allerdings hat er mir nicht gesagt, um was es ging, er sagte nur, er habe wichtige Informationen. Giselher hatte für den nächsten Tag seine Teilnahme an einer Konferenz der Personalräte der Gewerkschaft der Polizei zugesagt und meinte, der Herr Zundt solle dort, im Stuttgarter Gewerkschaftshaus, auf ihn warten, nach seinem Referat werde er eine Viertelstunde Zeit für ihn haben …«

Abends erreicht Zundt die Mitarbeiterin, denkt Tamar, und die Mitarbeiterin klärt auf der Stelle, wo und wann Giselher empfangen kann? Sehr eng, diese Arbeitsbeziehung.

»Aber dieser Herr Zundt ist nicht gekommen«, fährt die Mitarbeiterin fort, »mich hat es nicht überrascht, nach meinem Eindruck am Telefon war es ein wichtigtuerischer, grober Mensch, vielleicht war es nur der Dialekt, aber das ist sicher ungerecht, Sie zum Beispiel hören sich ganz anders an …«

Mir ist aber nicht nach Turteln. »Wann hätte Zundt denn in Stuttgart sein sollen?«

»Wir hatten ihm gesagt, er solle sich bis 14 Uhr beim Pförtner melden und im Foyer warten. Ich hätte ihn dann in Empfang genommen. Aber dort hat sich niemand gemeldet.«

»Das wundert mich nicht«, sagt Tamar und gibt sich alle Mühe, möglichst kühl und abweisend zu klingen. »Um 14 Uhr war er schon tot. Er ist einen Felsen hinuntergefallen.«

»Ein Bergsteiger? Aber was will so jemand von uns?«

»Sehen Sie – eben dies hätte ich auch gerne gewusst.« Wann Schnappauf denn persönlich zu sprechen sei? »Unter vier Augen wäre es mir lieber als am Telefon.«

»Ach ja?«, macht die Herrin der Termine. Dann gibt es eine kurze Pause. »Wenn es noch in dieser Woche sein soll und Sie nicht nach Berlin kommen wollen, geht es eigentlich nur morgen Abend. Er hält einen Vortrag in der Evangelischen Akademie Tutzing …«

Missmutig blickt Berndorf auf seinen Schreibtisch, den er sich vor einigen Jahren bei einem Möbel-Discounter besorgt hat und der zu jenen Erzeugnissen gehört, denen mit dem Alter keinerlei Würde zuwächst. Es liegen darauf herum: die noch ungeöffnete Telekom-Rechnung, ein Schreiben des Landesamts für Besoldung, ebenfalls ungeöffnet, Montaignes Tagebuch seiner Bäderreise, zwei Bände aus der Lichtenberg-Taschenbuchausgabe, das Reiseschach, bei dem ein weißer Springer durch ein abgebrochenes Streichholz ersetzt ist, ein alter, erheblich beschädigter Band *Aus dem Schatzkästlein des Rheinischen Hausfreunds,* eine von jenen Tesa-Kleberollen, die sich, sollten sie gebraucht werden, als leer erweisen werden … Und das Flugblatt. Der Wisch, der aussieht, als ob er in einer billigen Klitsche gedruckt worden sei. In einer Klitsche wie der in Leimbach, und von einem Drucker, der für einen Hunderter oder zwei auch schon mal das Impressum vergisst.

Gestern war sein erster Gedanke gewesen, Steffens aufzusuchen und ihm den Wisch unter die Nase zu halten. Aber dann war ihm klar geworden, dass er Steffens nicht in die Mangel nehmen würde. Niemanden wird er mehr in die Mangel nehmen. Er muss abwarten, was Steffens ihm freiwillig erzählen wird. Immerhin: Steffens braucht Geld. Irgendeine kleine unnütze Information wird er verkaufen wollen.

Er war dann von Sandhausen zurück nach Heidelberg gefahren und hatte dort in einem Internet-Café die Ortsnetze im näheren und weiteren Umfeld der Rhein-Neckar-Region abgesucht. In Bensheim/Bergstraße hatte er schließlich den Anschluss und die Adresse eines oder einer W. Busse gefunden, aber gemeldet hatte sich nur die helle, angenehm akzentuierte Stimme eines automatischen Anrufbeantworters. Ein Mann also, und mit einer Stimme … Aber das musste nichts heißen. Er hatte aufgelegt, ohne eine Nachricht zu hinterlassen.

Eine Stunde später war er in den Zug nach Ulm gestiegen.

Ein Montagvormittag also in seiner Ulmer Wohnung, und niemand will etwas von ihm. Seit zwei Stunden schon wird der Münchner Rechtsanwalt Auffert »in den nächsten zehn Minuten« in seiner Kanzlei erwartet. Bei Anwälten ist das nun einmal so. Verhandlungen ziehen sich hin, Urteilsverkündungen lassen auf sich warten.

Wenigstens hat Berndorf den Sektenbeauftragten der Evangelischen Landeskirche in Baden erreicht, einen zögernden Herrn …

»Ja, die Gemeinde des Wahrhaftigen Wortes in Heidelberg-Kirchheim ist uns bekannt … nein, fernmündlich wollen wir uns darüber nicht äußern … nein, unseres Wissens gibt es keine anderen Gemeinden dieser Richtung, auch keinen Bischof … ja, wir nehmen an, dass dieser Prediger Hesekiel auch der Leiter dieser, äh, Gruppe ist, Wehlich heißt er übrigens, Friedemann Wehlich … nein, ich kann Ihnen keine weiteren Auskünfte geben, wir legen schließlich keine Dossiers an …«

Aufferts Sekretärin will immerhin ausrichten, dass Berndorf angerufen habe. Aber manchmal ist es bei Anwälten auch so, dass sie keineswegs jeden zurückrufen, der etwas von ihnen will. Egal, sagt sich Berndorf und überlegt, ob er in der Zwischenzeit die angesammelten Ausgaben des *Tagblatt* durchsehen soll, wird nicht lange dauern … Vielleicht wird er auch kurz zur Tankstelle unten in der Karlstraße gehen und sich das Hamburger Magazin holen, so bald wird sich Auffert nicht melden. Plötzlich spürt er, wie Panik in ihm hochkriecht. Das würden seine Montagvormittage sein? Zur Tankstelle latschen, *Spiegel* kaufen, warum nicht auch den *Kicker*, irgendwann den Berbern nebenan ein Bier ausgeben …

Das Telefon klingelt, er stürzt zum Schreibtisch, aber es ist nicht Auffert, sondern Barbara, nun, das darf keine Enttäuschung sein … leider ist Barbara in Eile.

»Höre, das mit dem Genossen Halt-das-mal ist schwieriger, als ich dachte. Ich habe nur eine schnöselige Assistentin erreicht, die mir etwas von einer Beerdigung vorgenölt hat, offenbar die einer bedeutenden Persönlichkeit eurer baden-württembergischen Zeitgeschichte, Schatte soll den Nekrolog halten, in Wieshülen, ist das nicht in der Nähe von Ulm …?«

Dann verabschiedet sie sich auch schon, am Abend werden sie mehr Zeit füreinander haben, das heißt, sie wird Zeit für ihn haben … Berndorf holt sich die angesammelten ungelesenen Ausgaben des *Tagblatt*, rasant geht es mit dem deutschen Fußball abwärts, die Bundesregierung weiß noch immer nicht, ob sie die rechtsradikale Nationale Aktion verbieten lassen soll oder nicht, wegen Aufforderung zu Mord hat ein muslimischer Sektenführer vier Jahre eingefangen, in Straßburg wird ein deutsch-französisches Regierungstreffen vorbereitet … Chefredakteur Dompfaff kommentiert mit spitzen Fingern die Entscheidung des Regierungschefs, den einstigen Revolutionären Sozialisten und Straßenkämpfer Tobias Ruff als seine neue rechte Hand ins Kanzleramt zu berufen: Offenbar wolle der »im Glashaus seiner Fehlentscheidungen nervös gewordene Kanzler sich dadurch schützen, dass er sich der Dienste ausgerechnet eines ehemaligen Steinewerfers versichert …«

Berndorf schüttelt den Kopf und blättert weiter, bis er in der Montagausgabe schließlich den ausführlichen Nachruf auf Gerolf Zundt findet. Der Name ist ihm dunkel ein Begriff, Wieshülener Akademie für irgendwas, Staatspartei, Mitglied des Kreistags, dortselbst mit einer Attacke auf die zersetzende Literatur hervorgetreten, die angeblich in der Kreisbücherei zu finden sei … War es Grass gewesen, der Zundts Zorn erregt hatte, oder waren es doch eher die Asterix-Hefte? Jedenfalls ist er jetzt den Albtrauf hinuntergefallen, *risum teneatis, amici!* würde Goscinnys einbeiniger Pirat bemerken.

Berndorf verspürt wenig Lust, sich eine schwarze Krawatte und eine Beerdigung anzutun, weder des Professors Schatte und schon gar nicht des Kreisrats Zundt wegen. Eigentlich ist er davon überzeugt, dass nicht einmal der unerlöste Geist des Wilhelm Troppau das von ihm verlangen kann.

Es klingelt an der Tür.

Berndorf geht hin und öffnet. Vor ihm steht, hinreißend konkret, Tamar. Jeans. Khakihemd. Das raubtiergleiche Lächeln einer Kriegerin.

»Tag, Chef.« Sie tritt ein. »Ich bin froh, dass Sie wieder im Land sind.« Leider hat sie seine Entlassungsurkunde nicht dabei. »Englin besteht darauf, dass er Ihnen das Papier persönlich überreicht, wissen Sie, er hat so lange an seiner Ansprache geübt …« Nein, einen Tee will sie nicht, aber ein Mineralwasser, gerne. Wie es denn in Heidelberg gewesen sei? Sie nimmt am Schachtisch Platz, es ist ein Platz, der ihr steht, aber er merkt, dass sie bedrückt aussieht.

Diese Heidelberger Geschichte – weiß nicht, ob ich dir das auf die Nase binden muss. »Ich schnüffle einer alten Sache nach. Aus einer Zeit, da hat es Sie – glaub ich – noch gar nicht gegeben. Aber es ist ein hartes Brot, so als Klinkenputzer, ohne den ganzen Apparat von euch Amtsbullen … Wie läuft's denn so im alten Neuen Bau?« Du bist doch nicht gekommen, nur, um mir die Urkunde nicht zu bringen.

»Manchmal sind Sie ganz schön abweisend«, bemerkt Tamar. »Wissen Sie das? Trotzdem würde ich Ihnen gerne etwas erzählen. Es ist eine Geschichte, in der etwas schief läuft, und ich verstehe nicht was. Darf ich?«

Berndorf nickt, und Tamar holt Atem und beginnt von Zundt zu berichten, der den Albtrauf hinuntergefallen ist, was Berndorf nun auch schon weiß, und von den Dingen, die er nicht weiß, von Zundts demoliertem Audi und dem im Waldesdickicht verschwundenen Assistenten Grassl, vom leeren Tresor und der kreischenden Witwe und dem Bundestagshandbuch, in dem der Name des Abgeordneten Schnappauf fehlt, der sich mit den Oberförstern angelegt hat, von denen sich prompt einer samt Adjunkt am Waldrand aufstöbern lässt … »Und jetzt haben sie uns die Ermittlungen auf die kalte Tour abgewürgt. Die Sache ist so faul, dass sie zum Himmel stinkt. Also kann ich sie nicht auf sich beruhen lassen.«

Berndorf hat schweigend zugehört. Und als sie alles erzählt hat, sagt er noch immer nichts. Schließlich schlägt er vor, dass Tamar vielleicht doch eine Tasse Tee mit ihm trinkt.

Diesmal ist sie einverstanden, und sie gehen beide in die winzige Junggesellenküche. »Wenn ich Sie recht verstanden habe«, sagt Berndorf, während er wartet, dass es im Wasserkocher zu sprudeln beginnt, »dann soll ich morgen zur Beerdigung von diesem Zundt gehen und mich dort ein wenig umsehen?«

Tamar nickt. »Ja, wenn es möglich ist. Ich will ja nach Tutzing. Aber woher wissen Sie, dass dieser Zundt morgen beerdigt wird?«

»Weil ich weiß, dass dort jemand eine Ansprache halten will.« Er gießt den Tee auf. »Ein Ernst Moritz Schatte. Zufällig weiß ich das, und wie es sich fügt, habe auch ich eine Bitte an Sie. Dieser Schatte hat im Juni 1972 im Rhein-Neckar-Raum gelebt, irgendwo in Heidelberg oder Mannheim oder dazwischen. Ich würde gerne wissen, ob und wo er damals polizeilich gemeldet war.« Tamar hat ihren Notizblock herausgezogen und notiert den Namen.

»Außerdem würde ich das gerne auch von einer Birgit Schiele wissen«, fährt Berndorf fort, während er das Tablett mit dem Tee und dem Geschirr in sein Wohnzimmer trägt. »Und weil ich zu dem Termin eine schwarze Krawatte umbinden muss, was mir ganz besonders grauenhaft ist, hätte ich noch gerne gewusst, ob es zu einem gewissen Wehlich, Friedemann ein Strafregister gibt. Er ist etwa 50 Jahre alt, Sektenprediger von Beruf, was er gelernt hat, weiß ich nicht …«

»Was soll weitergehen?« Große schläfrige grüne Augen richten sich auf Birgit Höge. »Diese Frau hat zehn Jahre schuften müssen wie blöd, die ist doch alt und fertig, das schreibt doch der Maupassant selbst. Da geht nichts weiter. Wenn man alt ist, ist es vorbei ...«

Selbstgefällig lehnt Bettina sich zurück, nicht ohne Birgit mit einem andachtsvollen Augenaufschlag zu bedenken.

»Das ist vielleicht nicht sehr intelligent ausgedrückt«, wirft Donatus ein. »Trotzdem hat Bettina Recht. Diese Geschichte ist sowieso ziemlich ätzend, aber wenn wir sie weiterschreiben, dann machen wir sie vollends kaputt. Der Plot lebt doch davon, dass dieses Ehepaar sich für etwas krumm arbeitet, was in seiner Vorstellung immer kostbarer erscheinen muss, immer unbezahlbarer, und je länger sie sich abplagen, desto strahlender stellen sie sich das Collier vor, vielleicht sind sie auf ihre Weise sogar glücklich, dass sie ein solches Schmuckstück neu schaffen dürfen, und weil das so ist, tritt die Katastrophe erst dann ein, als sie erfahren, dass dieses wundersame Ding Talmi war, nicht mehr wert als ein paar läppische Mark ... Wenn sie das begreifen, stürzt ihre Welt ein und begräbt sie unter sich, und deswegen kann es nichts geben, was danach kommt.«

Bettina betrachtet Donatus mit großen runden Augen. Das hast du wohl nicht begriffen, denkt Birgit und wird dabei vom Pausenzeichen unterbrochen.

»Es wird sehr interessant sein, Donatus, diese Interpretation in Maupassants Sprache nachzulesen«, sagt Birgit zuckersüß. »Und auch Bettina darf ihre Gedanken, oder was sie dafür hält, zu Papier bringen. Sie könnten sich dabei ja auch überlegen, wie es wäre, wenn Sie zehn Jahre älter wären und putzen gehen müssten.«

Plötzlich waren ihr Krallen in die Stimmbänder gefahren. Sie atmet kurz durch und fährt fort, wieder sanft und katzenmild. »Wir sind uns also einig? Sie schreiben mir entweder eine Fortsetzung der Geschichte, oder Sie begründen, warum diese Fortsetzung nicht möglich ist ...« Sie wendet sich zur

Tür. Ihr führt mich nicht vor. Niemand tut das. Ihr werdet euch noch wundern, wie ich mit euch fertig werde.

Sie geht auf die Toilette. Am Waschtisch im Damenscheißhaus steht das Huhn Miriam und fummelt mit Wasser im Gesicht herum. Liebeskummer, wie? Verschon mich damit. Sie geht ins Klo und schließt ab und holt aus ihrer Handtasche die Salbe gegen den Pilz …

Ein Schaudern läuft über ihren Körper. Sie muss sich gegen die Kabinenwand lehnen. Für einen kurzen Moment schließt sie die Augen, plötzlich ist sie wieder die verschüchterte Studentin von damals, sie sieht die hochgezogenen Augenbrauen, mit denen der Arzt sie mustert …

»*Phthirius pubis,* vulgo Filzläuse, weiter kein Problem, verehrte Kommilitonin, aber vielleicht sollten Sie bei der Auswahl Ihrer Partner künftig doch etwas strengere Maßstäbe anlegen …«

Wie lange war das her? Der heiße Sommer. Ihr Elend damals. Ich bin nicht, was ich bin. Bist du doch. Nichts hat sich geändert.

Das wirst du mir büßen.

Als sie das Klo wieder verlässt, ist auch das Huhn verschwunden. Birgit geht ins Lehrerzimmer und holt sich einen Becher Kaffee, der so müffelt, als ob die Kanne zu lange auf der Heizplatte gestanden sei. Hubert sitzt schon an seinem Platz und tut sich mit Hilffreich wichtig, der am nächsten Dienstag nach dem Volleyball wieder zum Bahnhof gebracht werden will, was ist das nun wieder für eine Lügengeschichte? Das weiß ich doch, was du dienstags treibst, oder kann das arme Mädchen gerade nicht, weil es ein kleines Wehweh hat?

»Hört euch das mal an«, übertönt Elfriede Pirschkas herrschsüchtige Stimme das Pausengemurmel. *»Der androgyne Liebreiz, mit welchem der Darsteller der Viola in seinem Werben jungmännliche Virilität und hingebungsvolle Sehnsucht zu vereinen wusste …«* Anklagend hebt sie die Rhein-Neckar-Zeitung hoch, oder genauer: deren Feuilleton-Seite, die im Griff der rot lackierten Krallen schon ganz zerknittert scheint. »Da willst du diesen Kinderchen beibringen, dass sie wenigstens ab und zu einen Blick in die Zeitung werfen – und dann steht ein solcher Stuss darin! Offenbar wird diese Welt galoppierend verrückt, erst lassen sie in Schwetzingen einen Knaben als Viola auftreten, was ein alter Hut, und schon schnappt dieser Feuilletonist über …«

Irgendetwas hat Hubert aufgestört. Einem Goldfisch gleich, der vergessen hat, wie er im Kreis herumschwimmen muss, starrt er auf die Pirschka.

»Ist kein alter Hut, finde ich«, sagt Birgit kühl. Keine Wirkung zeigen. Vor niemandem. »Wir waren draußen in Schwetzingen, und es war ein ganz reizender Abend, nicht wahr, Hubert?« Nun ist es sie, die er anstarrt, als ob er gegen die Glasscheibe gedöselt sei. »Und der Kerl, der die Viola gespielt hat, war hinreißend, niemand hätte vom bloßen Anschein her sagen können oder wollen, ist das ein Junge, der ein Mädchen spielt, das einen Jungen darstellen will, oder ist es ein Mädchen, das ein Junge ist, der ein Mädchen spielen will … So daneben ist das also gar nicht, was du vorgelesen hast.«

Die Pirschka lässt ihre Zeitungsbeute sinken und betrachtet Birgit mit aufgerissenen Augen. »Birgit, was höre ich? Ahne ich da eine Anmutung von Sappho? Und welche verborgenen androgynen Liebreize wohl Hubert hat?!«

Schrillschnepfe, herrschsüchtige. Birgit trinkt rasch einen Schluck Kaffee, der aber wirklich nur zum Abgewöhnen ist. Du willst wissen, was die verborgenen Liebreize Huberts sind? Das lässt sich machen. Allerdings lässt sich das machen … Miriam huscht zur Tür hinaus. Birgit blickt ihr nach. Immer huscht Miriam irgendwo zur Tür hinaus. Ein Huscherl.

Die Helios Heimstatt GmbH & Co. KG residiert in einem schmucklosen grauen Bau, der überhaupt nicht nach dem postmodern gelifteten Frankfurter Westend und den Kenzogewandeten Geschäftemachern der New Economy aussieht, sondern nach fleckigem Bodenbelag und nach den Aussiedlern aus Kasachstan.

Die Haustür lässt sich mit Hilfe eines Plastikstreifens öffnen, das ist einer der Tricks, die sich Franziska von einem Mannheimer Kripo-Mann hat beibringen lassen. Schon von außen war zu sehen, dass zur Helios Heimstatt kein Fahrstuhl führen wird. Wir haben es nicht mit der arrivierten desodorierten Habgier zu tun, denkt sie, während sie die Treppe mit den Kunststein-Stufen hinaufsteigt, sondern mit einer anfängerhaften, einer, die noch aus den Achselhöhlen riecht.

Das wird die Sache für Isabella nicht leichter machen.

Im dritten Stock links sieht sie das kleine Messingschild der Helios und klingelt nachdrücklich. Sie hat zuvor nicht angerufen, mit Absicht nicht. Wenn sie erst auf der Matte steht, kann man sie so leicht nicht abwimmeln.

Die Tür geht auf, ein hoch gewachsener junger Mann öffnet, Designer-Jeans, schwarzes T-Shirt, kurzes blondes Haar, Ring im Ohr.

Isabellas schwuler Heini, denkt Franziska. Und ob der desodoriert ist. Gucci for men, oder etwas in der Art.

»Bitte, was kann ich für Sie tun?« Blick: unangenehm berührt. Stimme: wohlmoduliert, gewandt.

Franziska legt los. Die Helios habe doch in Heidelberg-Neuenheim dieses wirklich reizende Haus erworben, »wunderhübsches 1910, meinen Glückwunsch!« Zufällig suche sie für ihren Patensohn eine passende Eigentumswohnung, für das Wintersemester hat er einen Ruf an die Heidelberger Universität angenommen, »er ist Mediävist, müssen Sie wissen«, eine passende ansprechende kleine Wohnung sollte es sein, »ich glaube, ein Loft, sagt man heute dazu ...«

Munter plappernd nähert sie sich dem jungen Mann, darauf vertrauend, dass ihm munter plappernde Frauen so angenehm sein werden wie ein besonders unappetitliches, besonders schleimig sich ringelndes Otterngekreuch, aber der junge Mann tritt nur höflich zur Seite und meint, wenn sie nun schon einmal da sei, solle sie doch ruhig hereinkommen. »Aber die Wohnungen in unserem Heidelberger Projekt sind eigentlich noch nicht so weit ...«

Franziska betritt ein unauffälliges Büro, nicht gestylt, nicht ärmlich, helle Holzmöbel, Grafiken von Keith Haring an den Wänden, sie nimmt in einem schwarzen Ledersessel Platz und hört an, was ihr der Blonde vorträgt.

»Das Haus hat einen indiskutablen Energieverbrauch, und das bedeutet, dass wir tief greifende Verbesserungen vornehmen müssen …«

Schönschwätzer, denkt Franziska.

»Finanzieren lässt sich das aber nur, wenn wir hochwertigen Wohnraum schaffen, wie er dieser Lage übrigens auch angemessen ist, und das setzt wiederum einige weitere Investitionen voraus, wir werden einen Fahrstuhl einbauen müssen, und anderes mehr – verstehen Sie, das geht nicht so schnell, bis zum Beginn des Wintersemesters eher nicht …«

Das leuchte ihr durchaus ein, meint Franziska, aber ob ihr ein ungefährer Zeitrahmen genannt werden könne? »Sie haben ja auch das lästige Problem mit den Altmietern …«

Der junge Mann mit der angenehmen Stimme nickt höflich. »Auch das können wir noch nicht abschätzen. Wir nehmen an, dass die meisten der Wohnungen sich nach der Sanierung für die bisherigen Mieter finanziell nicht mehr darstellen lassen. Aber dabei erlebt man Überraschungen, sodass ich Ihnen jetzt noch nicht sagen kann, welche Einheiten frei werden – und, verstehen Sie mich bitte richtig, wir lehnen es ab, in irgendeiner Weise auf unsere Mieter Einfluss zu nehmen …«

Was für eine scheißfreundliche, aalglatte Halsabschneider-Schwuchtel. Laut sagt Franziska, man möge sie doch vormerken. »Und sobald Sie einen Prospekt haben, schicken Sie ihn mir bitte.« Sie gibt ihre Mannheimer Adresse an, und der Blonde notiert sie höflich. Dann blickt er aber doch zu ihr hoch und lächelt fein. »Ihr Patensohn ist Mediävist, sagten Sie? Das ist dann sicher der Lehrstuhl von Schmalbach … Ich hätte nie gedacht, dass er schon emeritiert ist.«

Dreimal verfluchte mediävistische Spekulantenschwuchtel, flüstert Franziska tonlos, als sie die Treppe hinabsteigt und das Haus verlässt.

Draußen kommt sie an den reservierten Parkplätzen vorbei. Ein Mann parkt ein orangefarbenes Coupé ein, das Auto sieht nach irgendeiner italienischen Luxusmarke aus und hat kein Frankfurter F-, sondern ein HP-Kennzeichen aus dem Kreis Bergstraße, ist der Fahrer vielleicht der Chef des mediävistisch gebildeten Blondchens? Der Fahrer steigt mühsam aus, so, als ob der Sportwagen doch zu niedrig für ihn sei. Franziska streift den Mann mit einem flüchtigen Blick, ein gebräuntes hageres Gesicht, irgendwas in Franziskas Kopf stupft sie, noch einmal hinzusehen, aber dann hat sich der Mann schon abgewandt.

Egal, denkt Franziska und geht weiter, weil sie sich mit ihrer Freundin zum Brunch in ein kleines plüschiges Café in der Nähe des Grüneburgparks verabredet hat. Aber nach ein paar Schritten holt sie dann doch ihr Handy heraus und ruft Tomaschewski an, den Mannheimer Kripo-Mann, von dem sie den Trick mit dem Plastikstreifen gelernt hat, und gibt ihm das Fahrzeugkennzeichen durch, und der Kripo-Mann will schauen, was er herausfindet.

Das ist nicht zu viel verlangt, schließlich hat Tomaschewski ihr ein paar neue Hosen zu verdanken. Die alten hatte er sich im letzten November versaut, als er im Mannheimer Hafen einem flüchtenden Kosovo-Albaner, der nicht schwimmen konnte, nachgesprungen war und ihn aus dem Wasser gezogen hatte. Das Land hatte ihm die Beinkleider nicht ersetzen wollen, bis Franziska eine kleine Geschichte über die Hosen des Hauptkommissars T. schrieb. Zwei Tage später erhielt Tomaschewski den Bescheid, die Kosten würden erstattet.

Berndorf steht am Fenster und starrt in den Sommertag hinaus. Er wartet. Statt schwimmen zu gehen und in der Sonne zu liegen und sich dem Geruch und dem Lärm des Freibads auszuliefern, wartet er. Er ist allein, Tamar ist gegangen, kurz nachdem er ihr Troppaus Geschichte erzählt hatte, die auch die seine ist.

»Wir haben von dieser Sache gewusst«, hatte Tamar gesagt, »alle im Neuen Bau haben es gewusst.«

Ein Leben hinter der Glaswand. »Sie haben mich nie darauf angesprochen.«

»Niemand hätte das für klug gehalten …«

Das Telefon klingelt, dankbar nimmt Berndorf ab. Es ist, höflich und zurückhaltend, der Strafverteidiger Auffert.

»Ich hoffe sehr, Thalmann ist nicht schon wieder …?«

»Nein«, sagt Berndorf, »es ist nicht wegen Thalmann. Sie haben doch damals in Düsseldorf die Sabine Eckholtz verteidigt …?« Auffert bestätigt, aber seine Stimme zieht sich noch mehr zurück.

»Ich möchte Sie bitten, dass Sie mir ein Gespräch mit Frau Eckholtz vermitteln.« Eilig fügt er hinzu, dass dies keine dienstliche Bitte sei. »Ich bin im Ruhestand, und der Fall, für den ich mich aus einem privaten Anlass interessiere, ist längst verjährt. Strafrechtliche Konsequenzen können sich daraus also für niemanden mehr ergeben. Ich erzähle Ihnen gerne mehr davon, wenn Sie es wünschen …«

Schweigen. Also fährt er ungebeten fort. »In der Sache selbst geht es um einen Banküberfall, der im Juni 1972 in Mannheim stattgefunden hat und bei dem angenommen wurde, dass er einen terroristischen Hintergrund habe. Inzwischen bin ich mir da nicht mehr so sicher, und ich hätte gerne gewusst, wie das in der Szene eingeschätzt wurde …«

Kälte kriecht durch das Telefon. »Warum sagen Sie nicht, was wirklich Sache ist? Sie wollen mit Frau Eckholtz sprechen, weil Sie vermuten, sie sei damals beteiligt gewesen.«

»Sie wissen doch – der Fall ist verjährt. Ihre Mandantin vergibt sich nichts, wenn sie mit mir redet. Und zweimal nichts, wenn die Szene mit dem Fall tatsächlich nichts zu tun gehabt hat.«

Auffert schweigt. Dann will er aber doch wissen, was es mit Berndorfs privatem Anlass auf sich hat.

Berndorf holt Atem. Wieder einmal muss er seinen Spruch aufsagen. »Bei einer Personenüberprüfung ist in der Nacht nach dem Überfall ein Unbeteiligter von der Polizei erschossen worden. Ich war der verantwortliche Leiter dieses Einsatzes ... Uns ist damals ein falscher Hinweis gegeben worden. Irgendwer hatte mit falschen Karten gespielt. Vielleicht auch schon bei dem Überfall.«

Wieder zögert Auffert. »Ich wollte Frau Eckholtz ohnehin in den nächsten Tagen besuchen«, meint er schließlich. »Ich werde Ihre Bitte vortragen. Aber versprechen kann ich nichts ...«

Wenig später verlässt Berndorf, die Badetasche in der Hand, seine Wohnung und geht zur Bushaltestelle. Zehn Runden auf der Fünfzigmeterbahn sind immer möglich.

Außerdem helfen sie gegen Gespenster.

Isabella bringt den Kaffee und die Kekse, das Tablett mit beiden Händen haltend, und während sie mit ihrem ausladenden Hintern die Tür zu ihrem winzigen Arbeitszimmer zudrückt, steigt von ihrer linken Hand der Rauch der Zigarette hoch und vermischt sich mit dem Aroma des Kaffees.

»Die wollen mich auf die ökologische Tour rausekeln, hab ich das richtig verstanden?«, fragt sie voll Abscheu und setzt das Tablett auf ihrem überladenen Schreibtisch ab, Aschenbecher, Prospekte und einen Wust vermutlich unbezahlter Rechnungen zur Seite schiebend. »Und ich blöde Kuh hab seit Jahren unerschütterlich grün gewählt.« Sie gießt Kaffee ein, Zigarette im Mundwinkel, das eine Auge wegen des Rauches zusammengekniffen.

Geduldig erklärt Franziska, dass das eine mit dem anderen nun wirklich nichts zu tun hat. »Außerdem ist das vielleicht eine Chance. Vielleicht sind das doch Leute, denen nicht ganz gleichgültig ist, wie sie in der Öffentlichkeit dastehen.«

Was redest du da, geht es ihr durch den Kopf. Zwar war die Helios Heimstatt bisher nicht aufgefallen, jedenfalls nicht in Frankfurt, so hatte es ihre Freundin erzählt. Aber das bedeutet überhaupt nichts, hatte die Freundin hinzugefügt, »vielleicht sind sie auch nur besonders raffiniert oder hinterhältig ...«

»Weißt du, vielleicht können wir auch aushandeln, dass sie

dir einen vernünftigen Abstand bezahlen«, schiebt Franziska zaghaft nach und blickt dabei lieber nicht in Isabellas umflorte Augen.

»Ach Fränzchen! Was redest du da … Wenn ich ein paar Tausender Abstand bekomme, dann machen die Leute von meiner Bank einfach happs! Und weg ist das Geld. Die werden nicht einmal rot dabei … Wenn ich hier raus muss, bin ich fertig, pleite, aus die Maus«, Isabella schnieft und spült ihren Kummer entschlossen mit einem großen Schluck Kaffee herunter.

Beide schweigen, und in das Schweigen hinein piepst Franziskas Handy. Es meldet sich der Rettungsschwimmer Tomaschewski aus der Mannheimer Polizeidirektion.

»Was sind das für Leute, hinter denen Sie her sind?«, will er wissen. »Auf dieses Bergstraßen-Kennzeichen, das Sie mir genannt haben, ist ein Maserati zugelassen. Haben Sie eine Ahnung, was so ein Schlitten kostet?«

»Nöh«, sagt Franziska, »aber er ist orangefarben, irgendwie voll scheußlich. Eigentlich wollte ich aber nicht wissen, was das für ein Auto ist, sondern wem es gehört.«

»Busse«, sagt Tomaschewski, »Busse, Winfried … sagt Ihnen der Name etwas … Hallo, sind Sie noch da …?«

Aber dann bricht das Gespräch auch schon ab, weil der Akku von Franziskas Handy mal wieder leer ist.

Dämmerung sinkt herab, und Florian Grassl schaltet die Stehlampe auf dem Schreibtisch des kleinen Gästezimmers ein. Vor ihm liegt ein Stapel von großformatigen Heften, die in schwarzes Wachstuch eingebunden sind. Es sind die Tagebücher des Johannes Grünheim, sorgsam geführt von den Zwanzigerjahren bis in die Nachkriegszeit, danach brechen sie ab. Grassl hat eines davon aufgeschlagen, die Notizen sind mit Bleistift in einer akkuraten Sütterlinschrift eingetragen.

Sonnabend, 21. April. Gretchen findet im Garten erste Schlüsselblumen. Fast kein Kaffee mehr. Den Weinkeller durchgesehen. 12 Fl. Reichenweier Edelzwicker in das Fach für besondere Gäste. Der Russe nimmt Bautzen und Cottbus. Schreckliches aus Freudenstadt. Sonntag, 22. April. Stuttgart offenbar gefallen. Mit dem Pfarrer gesprochen. Die Frauen sollen in der Kirche bleiben. Auch Gretchen. Unsere elsässischen Zöglinge werden sich mit den Besuchern selbst zu verständigen haben. Am Nachmittag Dr. Hendriksen von Schloss Christophsbrunn zum Abschiedsbesuch da. Alpenfestung? Er widerspricht nicht. Ganz und gar nordischer Mensch, kalten Auges im Weltenbrand.

Montag, 23. April. Wir legen die weißen Laken bereit. Johanna hat noch blauen Stoff gefunden. Daraus, aus Bettlaken und dem Stoff der anderen Fahnen schneidern die Zöglinge blau-weiß-rote Trikoloren. Den Rest der anderen Fahnen verbrennen wir am Abend. Der Führer hat Göring aus allen Ämtern entlassen. Zu spät, zu spät …

Missmutig schlägt Grassl das Heft zu. Wendehals, so geschwätzig wie der Schwiegersohn. Wozu hat man das aufgehoben? Nicht einmal der Stern kauft mehr solches Zeug …

Er schließt die Augen. Den Tag hatte er in Stuttgart verbracht, in der Landesbibliothek, denn er liebt den Geruch der Bücher, das beredte Schweigen der Regalreihen, in deren Beständen sich die unerwartetsten Einblicke finden lassen, die Augen-Leidenschaft … Nur – es hat sich nichts entzündet. Kein Feuer. Keine Einblicke. Nur Staub und Gilb. Gewiss, er hat sich Notizen gemacht, hat sogar halbe Gedichte abgeschrieben. Aber nichts davon will sich zu einem Referat fügen. Über einen der bekannteren elsässischen Autoren von anno dazumal hat er notiert, dieser habe *zum beharrend-völkischen Lebensgrund der Dichtung* zurückführen wollen … Das stand so in einer renommierten, lange nach 1945 herausgegebenen Literaturgeschichte, wie bestellt für die Suevo-Danubia, dachte er in seiner ersten Begeisterung, bis er versuchte, den Satz nachzusprechen. Es ging nicht. Kein Mensch kann »beharrend-völkisch« sagen, ohne komisch zu wirken.

Warum können diese Professoren keine Literaturgeschichte herausbringen, die ein armer Teufel auch einmal einfach abschreiben kann? Ist doch nicht zu viel verlangt. Müde und besorgt war er nach der Rückfahrt von Stuttgart den Osterberg zum Verbindungsheim hinaufgegangen, aber dann hatte ihm der Hausmeister die beiden gewichtigen Pakete gebracht … Für einen Augenblick hatte sein Herz höher geschlagen.

Eilends und mit mütterlicher Sorgfalt hatte Roswitha Bullinger die beiden Pakete noch am Samstag bei der Nördlinger Post aufgegeben. Nun liegen vor Grassl die Hefte mit der Sütterlinschrift des Johannes Grünheim, dazu Zeitungsausschnitte und gelbfleckige Broschüren, alles *Unterlagen höchst vertraulicher Natur*, wie Zundt geraunt hatte. In Grassl keimt ein hässlicher Verdacht.

Wenn er es richtig weiß, ist Johannes Grünheim erst 1967 in die Grube gefahren. Warum, so überlegt Grassl, bricht Grünheims Tagebuch kurz nach 1945 ab? Warum ist nichts zu finden darüber, wie Zundts Schwiegervater sich über die Zeiten der Entnazifizierung schlaumeiert, und nichts darüber, wann und mit welcher Hilfe er den Faden wieder aufnimmt für das Gespinst seines spendenreichen Hilfswerks?

Grassl blättert durch, was Zundt ihm außer dem schwiegerväterlichen Tagebuch sonst noch anvertraut hat. Das heißt, anvertraut hat Zundt es ihm nur scheinbar, nur zum Schein, denn in Wahrheit war es ein Ablenkungsmanöver gewesen, so viel begreift Grassl jetzt. Er sollte die beiden Kurzgeschorenen auf sich ziehen, als Lockvogel, unwissend gebrandmarkt, als ob Zundt ihm eine Schießscheibe auf den Rücken geklebt hätte. Dabei hatte er ihm nur Altpapier mitgegeben, Spielmaterial, um seine Verfolger sich den Kopf darüber zerbrechen zu lassen, nachdem sie es aus ihm herausgeprügelt hatten …

Ja, Zundt. Hast du dir fein ausgedacht. Zu fein. Wer liegt denn jetzt in der Kiste? Plötzlich wieder heiterer im Gemüt, schiebt Grassl den Stapel mit den Wachstuchheften zur Seite. Er greift sich einen dickleibigen broschierten Jahresband der *Oberrheinischen Heimat*, Ausgabe 1940, gewidmet dem Elsass, denn damals ist es gerade eben und mal wieder deutsch geworden. »*Vielleicht kann keiner im Reich es uns am Oberrhein ganz nachfühlen, mit welcher freudigen Eile wir über die Brücken unserer Pioniere gingen, hinüber ins heimgenommene Land am anderen Ufer unseres heiligen Stromes*«, schreibt der Herausgeber. Grassl liest es, und plötzlich gerät er ins Träumen. Vor sich sieht er Kompanien von Heimatschriftstellern, vorrückend über die Pionierbrücken, das Samtbarett in die Stirn gedrückt, die Knickerbocker frisch gebügelt, ausschwärmend ins heimgenommene Land, ein hübscher Ausdruck, wer heimgenommen werden soll, braucht nicht erst gefragt zu werden …

Er blättert den Band durch. Nicht nur die Heimatschriftsteller eilen freudig in jenem Sommer. Auch die Kreditinstitute tun es, und ihre Annoncen, freudig von den Herausgebern des Jahresbandes akquiriert, teilen mit, wer sich wo mit eilends neu eingerichteter Filiale dem heimgenommenen elsässischen Kunden empfiehlt, ganz so, als seien mit der vordersten Kampftruppe, aufgesessen auf Guderians Panzer, auch die Bankbeamten vorgestoßen, das Haar akkurat gescheitelt, die Aktentasche unterm Arm, mit aufgepflanzter Füllfeder bereit zum Häuserkampf, auf den kopfsteingepflasterten Gassen geht das Rasseln der Panzerketten über in das der Eisengitter, die vor den neuen Filialen zur Seite geschoben werden, einladend zum lukrativen Geschäft mit Reichsanleihen und den dividendenträchtigen Aktien der *IG Farben* und der *Degussa*, siegreich schlagen wir den *Credit Lyonnais*, wer schenkt dem Führer die fachwerkprangendste Filiale?

Schluss mit der Geisterstunde, befiehlt sich Grassl.

Franziska hat die Auskunft angerufen und sich die Nummer in Bensheim geben lassen. Nun sitzt sie vor Isabellas Telefon und denkt nach.

»Ich weiß nicht, ob es nicht besser ist, ihn von einer Telefonzelle aus anzurufen.«

»Ach was!«, meint Isabella. »Wir spielen hier doch nicht

Tatort. Du willst dem doch nur in aller Freundschaft sagen, was du weißt und dass er seine dreckigen Finger von meiner Galerie lassen soll …«

Franziska zuckt mit den Schultern, nimmt den Hörer ab und wählt. Nach einigen Rufzeichen meldet sich eine kultivierte männliche Stimme und teilt Franziska mit, dass sie nach dem Signalton eine Nachricht hinterlassen könne. Franziska lächelt, denn sie kennt die Stimme bereits. Dann atmet sie kurz durch. »Hier spricht Franziska mit einer Nachricht für Winfried. Es ist schade, dass wir uns so aus den Augen verloren haben. Aber das kann man ändern. Ich würde gerne mit dir über den Weg sprechen, den du zurückgelegt hast. Und über deine Pläne als Hausbesitzer hier in Heidelberg. Aber vielleicht müssen diese Pläne auch nicht unbedingt verfolgt werden, und es kann alles bleiben, wie es ist … Rufst du mich an?« Dann gibt sie noch ihre Handynummer durch und legt auf.

Dienstag, 4. Juli

Das Taxi hält auf dem unteren Dorfplatz, weil sich die schwarzen Benze mit den Stuttgarter, Tübinger und Ulmer Nummernschildern bis zur Kirche hinauf stauen. Berndorf bezahlt und steigt aus, die schwarze Krawatte ist zu eng gebunden und das Jackett des dunklen Anzugs kneift in der Taille, seit wann hat er so viel zugenommen? Er geht an den Limousinen vorbei, quer zwischen ihnen parkt ein schwarzer Porsche mit Freiburger Nummer, die Sonne steht schon hoch und brennt den Menschen auf den Kopf, in ihrer dunklen Kleidung streben sie der kleinen weißen Kirche zu, dort wird es kühl sein.

Als er zuletzt hier war, hatten sie auch einen Trauerfall im Dorf, so ist das auf dem Land, bei der Leich' treffen sich die Leut'. Berndorf geht an den schwarz glänzenden Sänften vorüber, mit einem stillen Nicken grüßt er die anderen Trauergäste, die mit ihm zur Kirche gehen, starr sieht eine von der Osteoporose gekrümmte Frau an ihm vorbei, vor der Kirche stehen die Honoratioren beisammen, er erkennt den Regierungspräsidenten im Gespräch mit Staatssekretär Schlauff und dem Landrat des Alb-Donau-Kreises, ernste Männerworte in schwerer Stunde, beflissen huscht Kriminalrat Englin hierhin und dorthin, die Sicherheitsvorkehrungen überwachend, Berndorf wendet sich zur Seite und tauscht einen kräftigen Händedruck mit einem großen hageren Mann, der vom Alter ein wenig nach vorne gebeugt erscheint, noch ein wenig gebeugter und hagerer, seit sie sich das letzte Mal gesehen hatten …

»Ich hab Ihnen einen Platz auf der Empore reservieren lassen«, sagt Jonas Seifert, denn Berndorf hat ihn am Abend zuvor angerufen und darum gebeten. Die Wieshülener Dorfkirche gehört nämlich zu den Gotteshäusern, in die nicht alle hineingehen, wenn alle hineingehen.

Berndorf geht die kleine steile Stiege zur Empore hoch. Es riecht nach Bohnerwachs und altem Holz und Blumen, und irgendwie hängt dazwischen der Geruch vieler Menschen, die erhitzt und schwitzend in die Kirche gekommen sind. Auf der Empore versammeln sich die Männer aus dem Dorf, rotgesichtig und mit gemessener Würde. Berndorf blickt über die Brüstung auf das Kirchenschiff hinunter, vor dem Altar ist der Sarg aufgebaut, den schwarz-rot-golden die Bundesfahne schmückt. Vier Uniformierte haben zur Totenwache Aufstellung genommen und sehen nach der Kameradschaft der Reserveoffiziere aus. Wieso eigentlich, überlegt Berndorf. Als Angehöriger des Jahrgangs 30 wird Zundt kaum gedient haben, aber vielleicht gibt es jetzt auch schon Bundeswehrmajore honoris causa. Außerdem macht sich die Totenwache gut. Richtig fesch. In der vordersten Bank, neben Staatssekretär Schlauff und dem Regierungspräsidenten, sitzt eine große Dame mit Wagenrad-Hut und schwarzem Schleier. Die Orgel intoniert »Jesus meine Zuversicht«, ein hagerer Pfarrer tritt zum Mikrofon neben dem Sarg und der Totenwache, und als die Orgel wieder schweigt und die Gemeinde begrüßt ist, betet er mit den Worten des 39. Psalms:

»Herr, lehre mich doch,
dass es ein Ende mit mir haben muss …«

Im Dezernat Kapitalverbrechen der Ulmer Polizeidirektion sitzt Kriminalkommissar Kuttler fluchend über dem Abschlussbericht im Fall der Frau, die – 3,7 Promille Alkohol im Blut – nachts ein Bad einlaufen lässt, beim Einsteigen in der Wanne ausrutscht, sich den Schädel bewusstlos schlägt und jämmerlich im parfümierten Schaumbad ertrinkt … »Wieso müssen sich jetzt auch schon Weiber dermaßen voll laufen lassen?«, will er von Tamar wissen, aber die blickt ihn nur ungnädig an, weil sie sich mit allerhand Einwohnermeldeämtern herumärgern muss. Dabei will sie am Nachmittag freinehmen, Überstunden abfeiern. Liegt einem nicht ständig Englin in den Ohren, dass Freizeitausgleich so bald als möglich genommen werden soll?

Immerhin hat sie herausgefunden, was Florian Grassl getan hat, nachdem er den Erziehungsversuchen der Dorfjugend entronnen war. Grassl hat sich im Krankenhaus Reutlingen eine Platzwunde an der Augenbraue nähen lassen, was der behandelnde Arzt ihr mitteilen darf, ohne größere Skrupel wegen seiner ärztlichen Schweigepflicht zu empfinden.

»Hat er eine Schlägerei gehabt? Mir hat er erzählt, er wäre den Albtrauf hinuntergefallen.«

»So ganz falsch ist das nicht«, hatte Tamar geantwortet. »Da fallen manchmal wirklich Leute runter.«

Außerdem weiß sie jetzt, dass Grassl eine niedliche kleine Vorstrafe wegen Beleidigung und Hausfriedensbruch hat, vermutlich nachts in den Vorgarten und die Jalousie angehoben ... Auch Berndorfs Sektenprediger Friedemann Wehlich, Verlagskaufmann von Beruf, weiß aus eigener Anschauung, dass wir allzumal Sünder sind, 1974 setzt es zehn Monate auf Bewährung wegen Betrugs und Untreue, ausgeworfen vom Schöffengericht Kaiserslautern, 1976 gibt das Amtsgericht Idar-Oberstein weitere vier Monate dazu, wieder wegen Betrugs und ebenfalls noch auf Bewährung, mit der es aber ein Ende hat, als Wehlich vom Landgericht Frankenthal – diesmal hat sich zum Betrug auch noch Urkundenfälschung gesellt – zu einer Gesamtstrafe von zweieinhalb Jahren verknackt wird. Danach nichts mehr ...

»Kuttler – was machen eigentlich Verlagskaufleute?«

»Weiß nicht. Unverkäufliche Bücher zählen. Vielleicht Anzeigen akquirieren ...« Dann klingelt das Telefon und eine Sachbearbeiterin der Heidelberger Stadtverwaltung teilt mit, dass Ernst Moritz Schatte, geboren 1943 in Pirmasens, und Birgit Schiele, geboren 1949 in Offenburg, im Juni 1972 in der Heidelberger Hauptstraße 137b gemeldet waren.

In der Wieshülener Dorfkirche hat die Gemeinde das Vaterunser gesprochen, und aus der ersten Bank erhebt sich einer der Trauergäste und geht zum Mikrofon. Er ist mittelgroß und trägt Haare, die nicht eigentlich kurz geschnitten sind, aber doch so, dass die Partie über den Ohren frei geschoren scheint. Sein Blick gleitet über die Bankreihen bis hinauf zur Empore, als könne er jedes einzelne Gesicht erfassen.

Das also, denkt Berndorf, ist der Genosse Halt-das-mal. Das heißt, er war es. Denn jetzt spricht Professor Ernst Moritz Schatte, Universität Freiburg, er begrüßt die Notabeln, den Regierungspräsidenten, den Staatssekretär, den Landrat …

»… verehrte Trauergemeinde, Mitbürger, Freunde, *begraben will ich Cäsarn, nicht ihn preisen,* sagt Antonius, und daran will auch ich mich halten, denn wie Cäsar dem Antonius war Gerolf Zundt *mein Freund, war mir gerecht und treu.* Doch, verehrte Trauergemeinde, welches Gewicht hat ein solches Zeugnis auf der unbestechlichen Waagschale des Höchsten Richters, dem wir uns alle stellen müssen …?«

Wie bestechen wir eine Waagschale, denkt Berndorf und betrachtet die Bauerngesichter um sich herum. Verschlossen und undurchdringlich geben sie den Blick zurück.

»… *Was Menschen Übles tun, das überlebt sie / das Gute wird mit ihnen oft begraben* – auch dies sagt Antonius, auch dies gilt noch heute, zumal für einen Menschen, der – wie Gerolf Zundt – sich unerschrocken dem Zeitgeist entgegengestellt hat, einem Zeitgeist, der die Hirne so verklebt, wie es der *Chewing Gum* mit unseren Gehsteigen tut, einem Zeitgeist, der die deutsche Muttersprache zum Kauderwelsch der vorgeblichen *political correctness* verhunzt und der das Land des Johann Sebastian Bach überzieht mit einem unstillbaren Lärmteppich, aus dem wir vielleicht noch die Bongo-Trommeln heraushören können, aber nicht mehr den Geist, der die Kunst der Fuge geschaffen hat … Hier zögere ich, denn ich weiß nicht, ob Gerolf Zundt dies alles ebenso scharf ausgesprochen hätte. Der klarsichtige Deuter der Zeit und ihrer über den Tag hinaus zielenden Strömungen hat es vorgezogen, mit dem Florett zu kämpfen, nicht mit der Hellebarde, er war jemand, der in der Stille gewirkt hat, der in der Stille wirken musste, um den Auftrag nicht zu gefährden, den er von eben jenem unvergessenen Johannes Grünheim übernommen hat, an dessen Seite wir ihn nun zur Ruhe betten werden. Und doch, verehrte Trauergemeinde! Es ist an der Zeit, die Stimme zu erheben gegen eine neuerliche Umerziehung, gegen eine Kolonisierung unseres Landes und seiner Kultur, es ist Zeit geworden, aufzustehen, und ganz gewiss hätte sich der Verstorbene …«

Er hätte. Also hat er nicht, denkt Berndorf. Nicht so ganz. Hat sich nicht recht aus der Deckung gewagt. Aber jetzt ist wieder die Zeit, wenn ich das richtig verstanden habe.

»Wohlauf, wohlan, wie Gott es will!«, sagt der Pfarrer, »zum letzten Gang in Jesu Namen …« Die Kameraden Reserveoffiziere nehmen den Sarg hoch und fädeln sich damit in den schmalen Gang zwischen den Bankreihen ein, dabei kommen sie zu weit nach rechts und rumpeln gegen die Bank, sodass sie einen neuen Anlauf nehmen und zurückstoßen müssen. Nur um Haaresbreite werden dabei die zwei mannshohen Kerzenleuchter vor dem Altar nicht umgesemmelt. Aber dann schaffen sie die Überreste des Gerolf Zundt doch noch zwischen die Bankreihen und zur Kirche hinaus. Die verschleierte Witwe folgt, vom Regierungspräsidenten geleitet, die anderen Notabeln schließen sich ihr an, auf der Empore warten die Bauern und sonstigen Männer aus dem Dorf, dazwischen Berndorf, den Herrschaften aus der Stadt den Vortritt lassend. Noch hat Wieshülen keinen neuen Friedhof anlegen müssen, und auch für Gerolf Zundt findet sich ein Platz in der schlichten, aber unübersehbaren Familiengrabstätte der Grünheims, gleich an der Kirchenmauer, wo nun der Totengräber seinem Handwerk nachgeht und den Sarg herunterlässt, sodass die Trauergemeinde sich daranmachen kann, Abschied zu nehmen und die lehmig-steinigen Schollen der Alb zu jener Erde zu geben, die Gerolf Zundt nun wieder werden soll.

Auch Berndorf wirft pflichtschuldig eine Schaufel dazu,

Tote lassen sich alles gefallen, sogar, dass man sie in einen engen Kasten steckt, *ein Rosmarin auf der kalten Brust oder eine Raute*, wie den armen reichen Herrn Kannitverstan, und dass man sie begräbt und zuschüttet, bis man nichts mehr sieht von ihnen und nichts mehr riecht.

Berndorf drückt der Witwe die Hand, dann geht er zur Seite. Zwischen den Gräbern stehen Trauergäste im Gespräch, wie es sich fügt, bleibt er stehen, wo Professor Schatte gerade halblaut einer jungen Frau einige Anweisungen gibt, die junge Frau trägt ein schwarzes Kostüm und über beide Ohren halblang herunterfallende flachsfarbene Haare.

Schatte blickt hoch, Berndorf stellt sich vor. »Professorin Barbara Stein hat gemeint, Sie könnten mir behilflich sein – ich glaube, sie hat deswegen auch schon in Freiburg angerufen ...«Schatte blickt ihn aus kunststoffblauen Augen an, es ist ein durchdringender Blick und einer, der abwehrt. Trug er nicht früher eine Brille? Mit einer Handbewegung schickt er die Flachsfarbene weg und wendet sich Berndorf zu.

»Ich will meine alte Kollegin Barbara nicht enttäuschen – aber sind Sie ganz sicher, dass das hier der angemessene Ort ist für das, was immer Sie von mir wollen?«

»Sicher nicht«, antwortet Berndorf. »Aber es wäre albern gewesen, Sie nicht anzusprechen, nachdem ich Ihnen hier über den Weg gelaufen bin.«

»So, sind Sie das?«

»Ich bin nicht wegen Ihnen hier.« Berndorf lächelt vage.

»Zu diesem Ort habe ich die eine oder andere Beziehung. Deshalb ...«

Ein kurzes Zucken verzieht Schattes Mund. »Sie haben allerhand Beziehungen, ich weiß schon. Wir kennen uns ja. Sie sind der Polizist, der ... Übrigens habe ich Sie immer für eine Mesalliance Barbaras gehalten. Aber die Mesalliance hat gehalten. Respekt.«

Berndorf sagt, dass er nur ein oder zwei Fragen habe. Schatte zuckt mit den Schultern. »Von mir aus. Aber gehen wir ein paar Schritte.«

Sie verlassen den Friedhof und gehen unter den Kastanien des Vorplatzes hindurch zur Dorfstraße und weiter im Schatten an den Bauernhäusern vorbei, während Berndorf einmal mehr seinen Hausierer-Spruch aufsagt …

»Vor mir braucht Ihnen das nicht genierlich zu sein«, sagt Schatte und zieht sich das schwarze Jackett aus. »Ich bin für einen wehrhaften Staat. In der Auseinandersetzung mit dem Terrorismus musste der Hobel angesetzt werden. Niemand soll sich da über Späne beklagen.«

Berndorf wirft einen Blick zur Seite. Schatte, das Jackett überm Arm, scheint es ernst zu meinen.

»Übrigens will ich Ihnen gerne sagen, was ich weiß. Natürlich war ich tangiert. Die Geschichte hat mich für zehn Tage hinter Gitter gebracht. Untersuchungshaft, eine lehrreiche Erfahrung, hätten Sie sich auch mal antun sollen. Zehn Tage unter Rauschgiftsüchtigen, Zuhältern und Gewohnheitsdieben, da erfahren Sie einiges über unsere Gesellschaft … Nun wissen Sie sicherlich, dass ich in Haft war, und Sie werden auch wissen, dass ich ganz früher mal mit Franziska verheiratet gewesen bin. Wir waren 1968 in Worms getraut worden, Franziska noch mit Brautschleier, eine ziemlich voreilige Sache, eigentlich wollten wir beide nur dem kleinstädtisch-pfälzischen Milieu entfliehen … Zwei Jahre später haben wir uns scheiden lassen, nachdem wir schon längst nicht mehr zusammenlebten.«

»Sie haben aber Kontakt gehalten? Franziska hat Sie zum *Aufbruch* gebracht, nicht wahr?«

Wieder ein kurzer Blick zur Seite. So gefällt es ihm nicht.

»Über Franziska habe ich Rüdiger Volz kennen gelernt, das ist richtig. Aber sonst hatte Franziska auf meine Arbeit für den *Aufbruch* keinen Einfluss, das war nicht ihre Spielklasse.«

»Bei Birgit Schiele war das anders?«

Schatte bleibt stehen und sieht Berndorf an, den Mund ärgerlich zusammengepresst. »Das wird ein richtiges Verhör, wie?«, sagt er schließlich. »Aber bitte. Birgit Schiele hat auf meine Anregung hin einige Texte aus dem französischen Anarcho-Syndikalismus übersetzt, mehr oder weniger elegant. Gelegentlich musste ich Formulierungshilfe geben. Übrigens – falls Sie das noch nicht herausgefunden haben – war ich auch mit ihr eine Zeit lang liiert, wir hausten in einer Wohngemeinschaft in der Heidelberger Hauptstraße, Dachgeschoss, Flokati-Teppiche, indische Sitzkissen, ab und zu ein Pfeifchen mit dem guten Gras. Tempi passati.«

»Erinnern Sie sich an ein Sommerfest in Schwetzingen, das der Gerichtsreporter Winfried Busse gab? Es war in der Nacht, in der O'Rourke erschossen wurde. Busse und andere Gäste haben den Polizeifunk abgehört.«

»Sicher erinnere ich mich. Ich habe ja selbst bei Franziska angerufen, nachdem im Polizeifunk die Hausnummer genannt worden war. Irgendein Polizist hat abgenommen. Vielleicht waren das sogar Sie. Ich weiß noch, dass ich wirklich erschrocken bin. Ich mochte Franziska, noch immer. Der Anruf hat mir dann die zehn Tage in der Untersuchungshaft eingebracht, bedankt habe ich mich wohl schon bei Ihnen.«

Gleichgültig blickt Berndorf auf den Weg. »Haben Sie damals von einer silbernen Kette gehört? Dass es einen Streit darum gegeben hat, oder dass sie für jemanden ein Erkennungszeichen sein sollte?«

Wieder bleibt Schatte stehen. Er nimmt sein Jackett und zieht es sich wieder an. »Hören Sie. Ich bin wirklich guten Willens und kooperativ. Obwohl ich Professorin Stein durchaus zu nichts verpflichtet bin. Aber wir sind hier nicht bei Edgar Wallace oder Francis Durbridge. Guten Tag.«

»In Ihrer Umgebung ist nie über diese Kette gesprochen worden?«

Unwillig schüttelt Schatte den Kopf und geht zur Kirche zurück.

Blaugrün lächelt der Starnberger See, eine Brise fährt durch die Uferbäume und fächelt den kühlen Geruch des Wassers zu den beiden Frauen, die durch den Park der Akademie schlendern. »Weil im Handbuch ausgerechnet Giselhers Blatt fehlte, haben Sie also herausgefunden, dass dieser Herr Zundt zu uns wollte?«, fragt Kerstin. Sie ist die Parlamentarische Mitarbeiterin des MdB Giselher Schnappauf, hat kurzes blondes Haar und auf der Nase eine Brille mit großen runden Gläsern, wie das in diesem Jahr sonst überhaupt niemand trägt.

Das sei ja wohl nahe liegend gewesen, murmelt Tamar. Sie ist etwas verlegen, vermutlich, weil sie um einiges zu spät gekommen ist. Zwischen Augsburg und Dachau war Stau auf der Autobahn, sodass sie über die Dörfer hatte fahren müssen. Nun muss sie warten, bis Schnappauf sein Referat gehalten hat. Zum Glück kennt diese Kerstin die Referate ihres Chefs bereits auswendig und hielt sich in der Rezeption auf, als Tamar eintraf. So kommt Tamar an ihrem freien Nachmittag wenigstens zu einem Spaziergang, und seltsam rasch hat sich dabei ergeben, dass sich Tamar und Kerstin mit dem Vornamen anreden.

»Und dieser Zundt hat eine Art Akademie betrieben, also so etwas wie das hier, und der baden-württembergische Verfassungsschutz hat das überwacht?«

So, wie du das sagst, haben die vermutlich auch einen Grund dazu gehabt. Gleich wirst du mir erzählen, dass das sicher alles seine Richtigkeit hat. Wozu fahr ich dumme Kuh hierher? Um dein schwarz-weiß gestreiftes Hemdblusenkleid zu bewundern? Es sitzt ein wenig knapp, Schätzchen.

»Wissen Sie«, fährt Kerstin entschuldigend fort, »seit Giselher diese Geschichte über die Verfassungsschutzämter und Nachrichtendienste losgetreten hat, bekommen wir ständig solche Anrufe. Von Leuten, die sich verfolgt fühlen und jetzt entdeckt haben wollen, es ist der Verfassungsschutz. Und dann rufen auch wieder die ganz aufrechten Demokraten an, solche, die schon immer das Grundgesetz unterm Arm getragen haben, und fragt man nach, dann kommt heraus, dass das genau diejenigen sind, denen wir aber nun wirklich auf die Finger sehen sollten.«

»Rufen sonst auch Leute an, die danach den Berg hinunterfallen und sich den Hals brechen?«, fragt Tamar.

Kerstin bleibt stehen. »Nein, bisher allerdings nicht«, sagt sie und blickt durch ihre Brillengläser mit großen und nachdenklichen Augen zu Tamar hoch. »Deswegen finde ich ja auch, dass Sie mit Giselher reden sollen. Nur – es wird ihm gerade alles etwas zu viel.« Ein knappes Lächeln taucht auf ihrem Gesicht auf und ist auch schon wieder verschwunden.

Er hat Schiss, willst du mir sagen. Die Brise spielt mit dem Laub der Uferbäume und lässt das Sonnenlicht flirren. Ein Lichtflecken tanzt über Kerstins Kleid und berührt für einen keuschen Augenblick den Ausschnitt, der den Ansatz heller runder Brüste zeigt.

»Das heißt, wir müssen ihm einen klaren Ansatzpunkt geben«, sagt Kerstin und geht weiter. »Ein Ansatzpunkt, dem er sich nicht entziehen kann.«

Wir müssen. Gewiss doch, meine Schöne. Warum sag ich eigentlich nichts?

»Was hat dieser Zundt eigentlich getrieben? Mir ist das noch nicht ganz klar.«

Mir auch nicht, denkt Tamar. »Es ist irgendetwas Rechtsgestricktes. Esoterik und Bücher in Frakturschrift«, antwortet sie. »Offen gestanden – ich weiß es nicht. Ich weiß nur, dass es einen Grund geben muss, warum Zundt zu Ihnen wollte und nicht zu jemandem aus seiner eigenen Partei. Und ich weiß auch, dass er nicht von allein diesen Felsen heruntergefallen ist.«

Sie sind am Ufer angelangt und bleiben stehen. Der See sieht grün aus und sanft. Vor der blauen Linie der bewaldeten Hänge am anderen Ufer treibt ein weißes Segel.

»Ich kann Sie gut verstehen«, sagt Kerstin zögernd. »Sehr gut sogar. Nur ist es der Staatsanwalt, der sich darum kümmern müsste. Es wäre sehr problematisch, wenn sich Giselher da einmischen würde …«

Ja, Süße. Der Staatsanwalt müsste sich darum kümmern. Nur wird er es nicht tun. Täte er's, hätte ich nicht hierher fahren müssen, Hemdblusenkleider bewundern. »Ich weiß nicht, ob man das Einmischung nennen sollte«, antwortet Tamar sanft. »Haben Sie nicht daran gedacht, dass Ihr Chef unmittelbar betroffen sein könnte? Vielleicht ist er sogar persönlich in Gefahr …«

»Das verstehe ich nun wirklich nicht«, sagt Kerstin, und die Augen hinter den großen Gläsern blicken befremdet.

Was hast du nur für eine große Brille. »Sehen Sie, Kerstin – ich habe das Blatt aus dem Bundestagshandbuch mit den Angaben über Schnappauf bisher nicht finden können. Es ist nicht bei Zundts Papieren, und es ist nicht bei der Leiche. Jemand hat es weggenommen?«

Jetzt blicken Kerstins Augen nicht mehr befremdet, sondern vor allem ratlos.

»Wer immer das Blatt an sich genommen hat, weiß, dass Zundt zu Ihnen Kontakt aufgenommen hat. Und will vielleicht nicht, dass das bekannt wird. Sonst hätte er das Blatt liegen lassen. Einverstanden?«

Kerstin nickt.

»Und dann haben wir den Verfassungsschutz«, fährt Tamar fort. »Er hat die Akademie überwacht. Also hat er mit Sicherheit auch das Telefon abgehört und weiß von Zundts Gespräch mit Ihnen. Nun sind aber die Verfassungsschützer nach Zundts Tod nicht abgezogen. Sie observieren weiter, obwohl das für sie riskant ist, wie sich gezeigt hat. Warum tun sie es?«

»Sie werden wissen wollen«, meint Kerstin, »wer diesen Laden übernehmen wird. Aber was könnte das mit Giselher zu tun haben?«

»Vielleicht wollen die Verfassungsschützer wissen, ob Ihr Chef sich die Akademie ansehen wird. Und was passieren wird, wenn er das tut …« Tamar zuckt die Achseln und lässt offen, was immer dem MdB Schnappauf in Wieshülen widerfahren könnte. »Jedenfalls steht der Tod dieses Gerolf Zundt in direktem Zusammenhang mit dem Gespräch, das er mit Ihnen geführt hat. Und der Verfassungsschutz tut alles, damit dieser Zusammenhang durchaus nicht vom Staatsanwalt untersucht wird.«

Kerstin blickt auf ihre Armbanduhr. »Allmählich verstehe

ich. Nur habe ich noch immer keine Idee, wie wir Ihnen helfen könnten ...«

»Ihr Chef könnte sich doch an das Innenministerium in Stuttgart wenden«, schlägt Tamar vor. »Nur eine kleine Anfrage, was es mit dem Tod von Zundt auf sich hat. Damit diese Geschichte nicht mehr so leicht vertuscht werden kann.«

Kerstins Gesichtsausdruck meldet Bedenken an. »Solange wir nicht noch mehr wissen, wird sich Giselher nur ungern in Verbindung mit jemandem wie diesem Herrn Zundt bringen lassen. Das kann uns sehr unangenehm ausgelegt werden ... Aber wir könnten ganz allgemein danach fragen, was über mögliche verfassungsfeindliche Aktivitäten dieser Akademie bekannt ist.« Sie schenkt Tamar ein kurzes geschäftsmäßiges Lächeln. »Übrigens wird Giselhers Referat gleich zu Ende sein, und danach müssen wir zum Flughafen. Sie werden nur ganz kurz mit ihm sprechen können, das heißt – lassen Sie es mich tun ...«

Ja, Schätzchen. Tu was für mich. Vor allem spar dir dein Sekretärinnen-Lächeln. Sonst vergesse ich mich noch und nehm dir die Brille ab. Nur um zu gucken, was du für Augen hast.

Aber da strebt die Parlamentarische Mitarbeiterin auch schon mit energischen Schritten den Efeu-umrankten Gebäuden der Akademie Tutzing zu.

Nachdenklich folgt Tamar. Soll sie Hannah davon erzählen? Nettes Mädchen, muss sich hinter großen, runden Brillengläsern verstecken. Nein, ich habe sie ihr nicht abgenommen. Eine Hete, sicher doch ...

Die Halbtagskraft, die in der Ortsverwaltung Wieshülen das Melderegister verwaltet und die Anträge auf Gasölverbilligung entgegennimmt, ist schon gegangen, und so muss Jonas Seifert erst aufschließen, ehe ihm Berndorf in das kühle, nach billigen Zigarren riechende Amtszimmer folgen kann. Die beiden Männer hängen ihre schwarzen Jacketts an den Garderobenständer und setzen sich an den Besprechungstisch.

»Rasch tritt der Tod den Menschen an«, sagt Seifert. »Aber

der Herr Zundt ist mir ein wenig zu schnell unter die Erde gekommen.«

»Dazu hab ich keine Meinung«, antwortet Berndorf.

Seifert nickt. »Polizisten sollten wissen, nicht meinen.«

Berndorf schüttelt den Kopf. »Ich bin keiner mehr. Und eigentlich bin ich auch gar nicht wegen des toten Herrn Zundt hier.« Fast unmerklich hebt Seifert die buschigen Augenbrauen. »Ja so.«

»Ich bin wegen der Leichenrede gekommen«, erklärt Berndorf. »Ein guter Nekrolog ist ein Kunstwerk. Vom Licht reden, und doch keine Schatten zeigen.«

»Dazu hab jetzt ich keine Meinung«, sagt Seifert. »Aber der, den wir gehört haben, hat nicht vom Licht geredet. Es sind Irrlichter, die er aufsteckt.«

»Kennen Sie ihn?«

Seifert schüttelt den Kopf. »Ein Chaldäer. Wie die anderen auch. Ich habe nur gehört, dass er ein Freiburger Professor ist. Er hätte Zundt zur Seite stehen sollen.«

»Gab es einen Grund dafür?«

»An die Quelle drängt es manchen Knaben …« Er spricht nicht weiter, steht auf und geht zu einem Rollschrank, den er öffnet. Die schwarze Hose, von Hosenträgern gehalten, schlottert ihm um die Hüften. Berndorf überlegt. Was, beim Beelzebub, sind Chaldäer?

»Hier«, sagt Seifert und legt drei dünne Hefte vor Berndorf auf den Tisch. »Urteilen Sie selbst.« Die Hefte sind auf Hochglanzpapier gedruckt und nennen sich *Festgaben für Heimat und Volkstum*, sie erscheinen jährlich, wie Berndorf dem Impressum entnimmt, Herausgeber ist ein Hilfswerk St. Odilien in Zusammenarbeit mit der Johannes-Grünheim-Akademie, presserechtlich verantwortlich zeichnet Gerolf Zundt. Die Hefte enthalten jeweils einen oder zwei Aufsätze, zumeist zur Kunst- und Literaturgeschichte des Elsass, Farbbilder zeigen Trachtengruppen beim Tanz, fotografiert von Zundt höchstselbst, und mundartliche Gedichte gibt es auch, Berndorf versucht, eines davon zu lesen:

O Heimet in der Farne, bli
Dann trej, wo dir nit trej gsi isch!

So reden die armen Leute dort?, überlegt Berndorf, zuckt mit den Schultern, holt seinen Notizblock heraus und notiert sich die Namen der Autoren. Mag sein, dass die Autoren unverdächtig sind, denkt er dann. Aber diese Festgaben sind es nicht. So aufwendig gedruckt wie der Jahresbericht der Deutschen Bank. Wer treibt da was im Elsass? Ich muss Barbara anrufen. Vielleicht kennt sie jemanden dort.

»Von der Grünheim-Akademie habe ich eine ungefähre Vorstellung«, sagt er dann. »Zwei Tagungen im Jahr, das Publikum gut situierte Herrschaften, die dafür sind, dass in den Schulen wieder Goethe-Gedichte auswendig gelernt werden – irgendetwas in der Art. Aber von diesem Hilfswerk St. Odilien habe ich noch nie gehört.«

»Sollten Sie auch nicht«, antwortet Seifert. »Das Hilfswerk fördert deutsche Sprache und Kultureinrichtungen im Elsass. Sagt Zundt. Dafür sammelt er Spenden. Überall im Land. Bei Leuten, die ein Geld dafür haben und die rechte Gesinnung. Das Ganze ist vertraulich und geheim, weil die Franzosen es sich sonst verbeten haben wollten.«

Berndorf wartet, aber Seifert scheint der Ansicht zu sein, dass er vorerst genug mitgeteilt hat.

»Und diese Aufsätze hier« – Berndorf deutet auf die Hefte – »sind Vorträge, die auf den Tagungen gehalten worden sind?« Seifert schüttelt den Kopf. »Keine Vorträge. Alles Nachdrucke, und die Verfasser seit Jahrzehnten tot.«

Berndorf sieht ihn scharf an, und über des Propheten strenge Züge huscht ein verlegenes Lächeln.

»Wer einmal Polizist war …« Seifert lässt den Satz unvollendet. »Irgendwann wollte ich doch auch wissen, was es mit der Grünheim-Akademie und dem Hilfswerk auf sich hat«, fährt er schließlich fort. »Ich habe lange herumsuchen müssen, und erst in der Stuttgarter Landesbibliothek habe ich schließlich den einen oder anderen Namen gefunden.« Wieder lächelt er. »Fast alles waren Namen aus der Vorkriegszeit, manche aus der Zeit vor 1918 ... Eigentlich hätte ich es schon daran merken müssen, wie diese Aufsätze geschrieben waren.«

»Und da fahren Sie also nach Stuttgart und gehen in die Landesbibliothek ... Das ist nicht der nächste Weg. Sie müssen einen Grund gehabt haben, das zu tun.«

Die Augenbrauen heben sich und geben den Blick auf sehr helle Augen frei. »Sicher gibt es den, und er hat mit dem Gut zu tun. So sagen wir im Dorf, denn es war ein Gut, bis es in den Zwanzigerjahren auf die Gant kam und die Äcker an die Bauern hier im Dorf versteigert wurden. Das Gutshaus hat dann ein Reutlinger Unternehmer erworben, aber der war Jude, und nach 1933 hat man es ihm abgenommen. Wie man das damals gemacht hat, aber mit Kaufvertrag ... 1940 zog dann Johannes Grünheim auf, ein Schulungsleiter der Partei, und hat ein Heim für Kinder aus dem Elsass eingerichtet. Kinder, deren Eltern als nicht so recht zuverlässig galten ...«

»Die Kinder waren Geiseln?«

»So wird man es nennen müssen.« Seifert richtet sich auf. »Ich erinnere mich gut an die kleinen Franzosen, ich war ja in ihrem Alter. Sie trugen alle das gleiche dünne Baumwollzeug, und manche bettelten im Dorf, was ihnen verboten war ... Sie würden nicht aus Hunger betteln, sondern aus Bosheit, hat Grünheim behauptet, als ihm eine Frau aus dem Dorf zur Rede gestellt hat.« Er macht eine Pause, und sein Blick senkt sich.

Es wird Seiferts Mutter gewesen sein, die gefragt hat, geht es Berndorf durch den Kopf.

»Ja«, fährt Seifert fort, »und dann ist der Koloss von seinen tönernen Füßen gestürzt und hat die Chaldäer unter sich begraben, oder besser: manche von ihnen, und der Johannes Grünheim hätte eigentlich auch dazugehören sollen. Aber als die Franzosen kamen, hat er die Kinder Aufstellung nehmen und das *Allons-Enfants* singen lassen, und die Franzosen haben ihn nicht aufgehängt. Zwar erschien nach ein paar Wochen dann doch die Gendarmerie und steckte ihn in ein Internierungslager, und im Gutshof wurden Flüchtlinge untergebracht. Die blieben dort aber nur bis Anfang der Fünfzigerjahre, und eines Tages war Grünheim wieder hier, und es kam heraus, dass der Gutshof ihm gehörte, alles ordentlich im Grundbuch eingetragen und noch mit Reichsmark bezahlt ...«

Berndorf nickt. Ein Chaldäer also, kein Zweifel.

»Und seither will ich doch gern wissen«, schließt der Prophet, »was mit dem Gutshof ist und was dort geschieht ...«

Die Deckenlampen im großen Saal werden heruntergedimmt, von draußen fällt das letzte Licht des Sonnenuntergangs herein und lässt die Glasfenster mit den Heldengestalten abendrot aufleuchten. Florian Grassl sitzt am Kopfende des langen schwarzen Tisches, neben ihm steht der Fuchsmajor der Suevo-Danubia, ein stämmiger, untersetzter cand. jur., der nun zu den einführenden Worten ansetzt ...

»Vom Elsass, Kommilitonen, kennt ihr den Pinot noir und den Gewürztraminer und den Riesling, seid vielleicht schon einmal schnuckelig Essen gegangen in Rappoltsweiler oder Reichenweiher, falls die neue *political correctness* nicht gebietet, Ribeauville und Riquewihr zu sagen, habt euch sogar den Isenheimer Altar angesehen oder das Colmarer Klein-Venedig – und vielleicht habt ihr euch da einmal überlegt, was das für ein Land ist, ist es Frankreich? Warum sprechen dann noch so viele der Menschen dort nicht Französisch, sondern einen alemannischen Dialekt? Aber was ist es, wenn es nicht Frankreich ist? Darüber wird uns jetzt Dr. Florian Grassl einiges erzählen, er ist Politologe und Literaturwissenschaftler, ein ausgewiesener Kenner einer deutschen Kultur, die *deutsch* zu nennen man uns lange Zeit auszutreiben versucht hat ...«

Grassl verbeugt sich freundlich und ordnet die Manuskriptseiten, auf denen er am Nachmittag seine Gedanken und die Zitate dazu zusammengeschrieben hat. Den meisten Platz nehmen die Zitate ein, zum Glück hat er einen Einleitungssatz gefunden, der von René Schickele stammt und also irgendwie nicht zu beanstanden ist, Vogesen und Schwarzwald seien wie die *zwei Seiten eines aufgeschlagenen Buches,* ein praktischeres Motto für ein Referat kann sich keiner ausdenken, man liest aus der einen Seite vor und dann aus der anderen, *es ist alles möglich,* sagt der Herr Präsident in Johann Peter Hebels Kalendergeschichte vom Wolkenbruch in Türkheim … Die Geschichte hat er in einem Almanach entdeckt, und weil sie damit beginnt, wie schon zu Hebels Zeiten einer einen Streifzug auf Wein ins Elsass tut, liest Grassl sie vor, und während er sie vorliest, gefällt ihm der Satz des Präsidenten immer besser, sein Publikum scheint auch zufrieden, rosenfarbene Heiterkeit steigt in ihm hoch, und so traut er sich, auch noch ein kleines Gedicht von André Weckmann vorzutragen:

was seid ihr nun
het de schwob gfroit:
Franzosen oder Elsässer?

Elsasser
het de elsasser xait
also seid ihr keine Franzosen
het de schwob xait
un esch d deer nüsgflöjje

Das Gedicht kommt nicht so gut an, vielleicht liegt es daran, dass er sich mit dem Dialekt schwer tut, vielleicht missfällt der Inhalt, jedenfalls merkt Grassl, dass er noch etwas für die Stimmung tun muss, und er liest rasch noch aus Oskar Wöhrles Kriegsbuch die Geschichte vom betrunkenen bayerischen Trompeter vor, der in der masurischen Kälte erfroren ist:

… und nun umgeht ohne Glück und Ruhe. Wie ein Soldat marschiert, folgt er ihm als Schatten. In die Schützengräben geht er hinein und in die Unterstände, und wo er Schnaps sieht, nimmt er das Glas vom Bord und schüttet es aus.

Die Elsässer haben den Spuk zuerst gemerkt; und wenn sie jetzt ihren Kognak verwahren, treiben sie der Vorsicht halber einen festen Kork in die Flasche.

»Sonst säuft's der Trompeter aus!«, sagen sie.

Das wieder gefällt, und Grassl redet weiter und weiter und irgendwann verbeugt er sich und dankt für die Aufmerksamkeit. Erst jetzt merkt er, dass er sein Hemd nass geschwitzt hat.

Franziska kommt vom Mannheimer Schloss, von der Antrittsvorlesung eines Steuerrechtlers. Wenn sie ihn richtig verstanden hat, will der neue Prof die Kinderaufzucht steuerrechtlich als Gewerbe behandelt sehen, weil nur so die wirklichen Kosten in Anschlag gebracht werden könnten ... Vielleicht kann sie ein niedliches Feature daraus machen. Aber nicht mehr heute. Heute ist Feierabend. Über die Planken bummeln noch Passanten, junge Leute auf Inline-Skates fegen an ihr vorbei, eine Gruppe Indios flötet und trommelt in den linden Sommerabend, ein Straßenverkäufer lockt das Publikum mit zwei Handbreit großen Spielzeugrobotern, die ratternd Räuber und Gendarm spielen, der Gendarm hat ein Nussknackergesicht und feuert Laserblitze aus seiner erhobenen Pistole. Franziska bleibt einen Augenblick stehen und sieht dem Nussknacker zu, aber dann tritt aus einer Gruppe von jungen Männern, die Flugblätter verteilen, einer auf sie zu und hält ihr eines hin. Eher unwillig wirft sie einen Blick darauf und entziffert eine Frakturschrift: *Steh auf, Deutsches Volk ...*

»Leider stehe ich grundsätzlich nur auf, wenn ich es will«, sagt Franziska und betrachtet den jungen Mann: aufgerollte Jeans, Schnürstiefel, kurz geschorene Haare. Auf den Arm, der das Flugblatt hält, ist die Aufschrift *VolksZorn* tätowiert und dazu irgendetwas, das nach Runen aussieht.

»Es ist gegen den Schandantrag«, sagt der junge Mann. »Gegen den Schandantrag, die Nationale Aktion zu verbieten.«

»Ich hoffe sehr«, antwortet Franziska, »dass dieser unappetitliche Verein so schnell wie möglich aus dem Verkehr gezogen wird. Guten Abend auch.« Sie wendet sich ab.

»Rote Zecke«, sagt der Mann zu ihrem Rücken. »Kommunistenvotze.« Sie überquert die Planken und taucht ein in eine dunkle Straße mit heruntergelassenen Rollgittern. Die Straße führt zum Haus der Rheinisch-Pfälzischen Assekuranz, und sie ist verlassen bis auf zwei oder drei Halbwüchsige, die sich in einer Einfahrt herumdrücken und vermutlich ihren nächsten Bruch ausbaldowern.

Franziska geht am Teppichgeschäft mit den ewiggleichen Persern vorbei zum Eingang und schließt die Haustüre auf. Das Foyer ist dunkel, nur über dem Fahrstuhl funzelt eine Leuchte. Sie geht zum Fahrstuhl, steigt ein und drückt auf den obersten Knopf, und während der Lift sich schwerfällig vom Boden löst und nach oben in Bewegung setzt, betrachtet sie – zum wievielten Mal? – die Metallplakette mit den technischen Daten dieses Geräts, das erstmals im Jahre des Herrn 1957 zugelassen worden ist, Tragkraft vier Personen. Wie immer an solchen Abenden, wenn das Assekuranz-Haus leer und verlassen ist, weil außer ihr niemand dort wohnt, malt sie sich mit leisem Schauder aus, was sie tun wird, wenn der Lift einmal stecken bleiben sollte …

Rüdiger Volz war das einmal passiert, und wie immer in solchen Fällen war der Monteur sonst wo oder in Frankenthal, und die Metteure hatten sich oben um den Schacht versammelt und mit einer Stange eine Luke im Dach der Fahrstuhlkabine geöffnet und an einer Schnur eine Flasche Bier zu Volz hinabgelassen, damit sich dieser an etwas festhalten konnte, bevor ihn die Klaustrophobie in die Krallen bekam.

Aber hier, in diesem großen leeren Büroturm, wäre niemand, der ihr zu Hilfe kommen könnte. Nicht einmal telefonieren könnte sie, weil der Akku des Handys leer ist … Der Lift setzt sanft auf und hält, er ist im fünften Stock angekommen, Franziska öffnet die Tür und geht zur Treppe, die zu ihrer Dachwohnung führt. Sie freut sich auf ein Bad und ein Glas Wein und auf die CD der jungen polnischen Pianistin Magdalena Lisak. Sie kommt zum Treppenabsatz, und dann geht das Licht aus. Zu dumm, denkt Franziska, hat sie nicht auf den Lichtschalter gedrückt? Sie tastet nach dem Geländer und zieht sich – als sie es gefunden hat – vorsichtig daran hoch. Allmählich gewöhnen sich ihre Augen an die Dunkelheit, gleich müsste sie oben sein. Es ist still im Haus. Noch nie ist ihr die Stille so aufgefallen.

Der Handlauf des Geländers biegt nach links ab. Sie ist oben. Ein paar Schritte noch, und sie wird an ihrer Wohnungstür sein. Der Leuchtknopf für das Treppenlicht ist erloschen. Also doch Stromausfall. Plötzlich bleibt sie stehen. Irgendetwas liegt vor ihrer Tür. Irgendetwas, das hell durch die Dunkelheit schimmert.

Unvermittelt setzt ein Geräusch ein. Rasselnd nähert es sich. Ehe sie reagieren kann, stößt etwas hart und metallisch gegen ihren Knöchel.

Sie schreckt zurück und strauchelt. Mit beiden Händen greift sie rudernd nach einem Halt. Ihre linke Hand bekommt das Geländer zu fassen und kann sich daran festklammern.

Jetzt ist sie halb gegen das Geländer gelehnt. Sie atmet tief durch. Zu ihren Füßen setzt das Rasseln wieder ein und schiebt sich suchend durch die Dunkelheit. Lärm heult auf. Franziska lässt das Geländer los und hält sich mit beiden Händen die Ohren zu. Bläulich weiße Blitze zucken über den Boden. Für Sekundenbruchteile beleuchten sie eine weiße, nackte Gestalt, die an Franziskas Wohnungstür lehnt. Hoch jault eine Stimme. Nein, falsch. Sie jault nicht. Sie singt. Es ist die Stimme von Vicky Leandros. *Vogelfrei war mein Herz bis heute.* Die Stimme kommt aus einem Recorder, der neben ihr auf dem Treppenvorsprung abgestellt ist. Scheppernd schießt das Ding, das die Blitze macht, in Achterkurven über den Steinboden. *Dann kamst du.*

Die nackte weiße Gestalt an ihrer Wohnungstür ist rot verschmiert. *Und mit dir kam die Liebe.*

Wer immer das gemacht hat, er kennt dich. Aber nicht gut genug. Franziska richtet sich auf. Wieder rattert der Spielzeugroboter auf sie zu und spuckt Blitze aus seiner Laserpistole. Mit einem gezielten Fußtritt trifft sie das Blechding und kickt es die Treppe hinunter. Es schlägt blechern auf den Stufen auf, bis es auf dem Treppenabsatz landet. Dort rutscht es unter das Geländer und bleibt mit dem Nussknackergesicht hängen, noch immer nutzlos Blitze um sich schleudernd.

Franziska bückt sich und packt den Ghettoblaster, aus dem der Lärm kommt, und wirft ihn über das Geländer. *Frag nicht nach …* hallt es durch das leere dunkle Treppenhaus, bis unten ein splitternder Schlag die Stimme wegschnappen lässt und plötzlich wieder Stille einkehrt.

Franziska schiebt die rot verschmierte Schaufensterpuppe zur Seite und versucht tastend, den Schlüssel in das Sicherheitsschloss ihrer Wohnungstür zu stecken und aufzuschließen. Du bleibst ganz ruhig. Du zitterst nicht. Kein einziges bisschen. Endlich geht die Tür auf, Franziska tritt ein und schiebt die Tür hinter sich zu und lehnt sich dagegen. Von draußen dringt der Lichtschein der nächtlichen Stadt in ihre Wohnung. Das Telefon klingelt.

Franziska schüttelt den Kopf.

Der Apparat steht in der Diele, keine zwei Schritte von ihr entfernt. Er hört nicht auf zu klingeln.

»Ja?« Sie hofft, dass ihre Stimme gleichmütig klingt.

»Es freut mich, dass Sie gut nach Hause gekommen sind«, sagt eine kultivierte, helle, angenehme Stimme. »Dass keine Gespenster Ihren Heimweg gestört haben. *Frag nicht nach vergangener Zeit* singt Vicky Leandros, oder irre ich mich da?«

Franziska schweigt.

»Doch, doch«, sagt die Stimme, »das heißt schon so. Ein kluger Ratschlag, finden Sie nicht? Die Gespenster der Vergangenheit sollte man ruhen lassen. Es gibt Gespenster, die können auch noch ganz anders … Ich wünsche Ihnen einen angenehmen Abend. Und grüßen Sie Ihren Herrn Patensohn.«

Mittwoch, 5. Juli

Die Stadt Aichach liegt an der Paar, etliche Meilen ostwärts von Augsburg und unfern der Wälder, in denen sich Ludwig Thomas Füchse gute Nacht sagen. Als es zu München noch eine königlich-bayerische Regierung gab, hatte sie eines Tages huldreich die Stadtväter von Aichach zu sich gerufen und ihnen gesagt, höchstderoselbst wolle sie ihnen etwas Gutes tun. Ob sie denn gerne eine Garnison hätten mit schmucken jungen Soldaten, oder vielleicht doch lieber ein Zuchthaus? Und die Stadtväter dachten an ihre Töchter im mannbaren Alter und sanken auf die Knie und baten submissest um ein Zuchthaus …

So ungefähr wird es sich abgespielt haben, stellt sich Berndorf vor, während er die beiden Tortürme betrachtet und das Rathaus dazwischen und die Spitalkirche in der Mitte der Giebelhäuser ihm gegenüber und den weiß-blauen bayerischen Himmel darüber. Am Abend zuvor hatte er zu Hause auf dem Anrufbeantworter die Nachricht des Rechtsanwalts Auffert vorgefunden, Sabine Eckholtz sei bereit, mit ihm zu reden, und er habe für den nächsten Tag einen Besuchstermin in der JVA Aichach vereinbart. Und so ist Berndorf am Morgen mit dem Intercity nach Augsburg gefahren und dort in den Zug umgestiegen, der ihn nach Aichach bringt. Es war ein Zug, der sehr oft hält, ein Glück, dass Berndorf Zeit hatte und Lektüre. Die Münchner Zeitung brachte ein Feature über den neuen Staatsminister Tobias Ruff und seine umstrittene Vergangenheit als studentischer Revolutionär, in Dortmund war beim

Start der Deutschland-Tournee einer kanadischen Band ein halbes Hundert halbwüchsiger Mädchen in Ohnmacht gefallen, und nach dem Anschlag auf eine Synagoge im Rheinland hat die Polizei neben anderen Tatverdächtigen auch zwei Funktionäre der Nationalen Aktion festgenommen, woraus die üblichen gut informierten Kreise den Schluss zogen, dass der Innenminister nun doch seinen Verbotsantrag beim Bundesverfassungsgericht werde einreichen müssen … Dann hielt der Zug wieder einmal, diesmal in Aichach Bf, und Berndorf stieg aus, zusammen mit zwei vom Alter und der Arbeit krummen Bäuerinnen und einem Menschen, der in einer Lederjacke steckte und die dick besohlten Schuhe eines gelernten Pflastertreters trug.

Weil bis zum vereinbarten Besuchstermin noch Zeit ist, hat sich Berndorf zu Fuß auf den Weg zur Justizvollzugsanstalt gemacht und ist nun auf dem kopfsteingepflasterten und vormittäglich leeren Marktplatz angelangt. Er schlendert zum westlichen Torturm und kommt an einer Wirtschaft vorbei, die *Zum Specht* heißt und leider so aussieht, als sei sie vom Requisiteur des Tegernseer Bauerntheaters renoviert worden. Berndorf bleibt einen Augenblick stehen und lässt einen Mann an sich vorbei, wie der Zufall oder sonst wer will, ist es der Pflastertreter in der Lederjacke, den er schon am Bahnhof gesehen hat und der nun seinerseits kurz zögert, dann aber doch raschen Schrittes übers Pflaster zum *Specht* strebt … Berndorf überlegt einen Augenblick, ob er ihm folgen und sich ein Weizen bringen lassen soll und ein Paar Weißwürste dazu, ein Gespräch wird sich dann schon ergeben unter den frühen Gästen.

Aber dies ist jetzt nicht die Zeit und nicht der Anlass, weist er sich zurecht. Er erinnert sich, dass er weiter oben am Marktplatz einen Taxistand gesehen hat, und so dreht er um und geht dorthin zurück. Schließlich muss er an sein Bein denken, noch immer kann er es nicht voll belasten und die JVA liegt doch etwas außerhalb der Stadt, an der Dachauer Straße, wie sich das so ergeben hat.

Birgit lässt die Hefte einsammeln. Aufgesetzt hat sie das kleine Ihr-werdet-schon-sehen-Lächeln, denn anmerken lässt sie sich nichts, niemals. Ihr Blick gleitet über die Klasse. Beiläufig registriert sie, dass Bettinas Haar heute stumpf und glanzlos aussieht, überdies steckt sie in Jeans, die sie sich bei ihren Hüften nun wirklich nicht antun sollte. Juckt dich der Pilz, Kleines ...? Die Hefte werden neben Birgit auf den Tisch gestapelt, sie wirft noch einen Blick in die Runde, Donatus lächelt selbstgefällig, Phan gibt den Blick zurück mit der höflichen Aufmerksamkeit eines Zirkushundes, der auf das Kommando für das nächste Kunststück wartet, Bettina betrachtet – wie immer – ihre farblos lackierten Nägel, wann tut sie das eigentlich nicht, überlegt Birgit und greift sich eines der Hefte, schlägt es auf und liest den Schlusssatz:

Desormais on a vu Mathilde Loisel demeurant sur l'escalier de Sacre Cœur, une vieille mendiante, qui murmurait des phrases incompréhensibles et obscures, et quelques années plus tard on l'a nommée la folle de Montmartre ...

»Donatus«, sagt Birgit, »was bitte soll das: die Irre vom Montmartre ...?«

»Na ja«, sagt Donatus, »ganz einfach. Die Mathilde erzählt ihrer reichen Freundin Forestier, wie sie den Schmuck ersetzt hat, und dann sagt die Forestier, das ist ja ganz schrecklich, aber es kann nicht sein, was du da erzählst, liebe Mathilde, das hätte mir ja auffallen müssen, niemals wäre es mir entgangen, wenn das ein echtes Collier gewesen wäre, völlig ausgeschlossen, dass ich mich da geirrt hätte, an den Steinen und ihrem Leuchten siehst du es auf einen Blick, und die Mathilde kriegt das Zittern und Heulen und bettelt, sie solle doch in ihrer Schmuckkassette nachsehen und sich überzeugen, und da wird die Madame Forestier ganz kühl und abweisend und sagt: Du – den Schmuck haben wir nicht mehr, den haben wir unserem Curé geschenkt, als der eine Tombola für den Bau von Sacre Cœur veranstaltet hat, stell dir vor, irgendeine Frau aus der Provinz hat doch tatsächlich 300 oder 400 Francs für das billige Ding bezahlt, es war ja nur Talmi ... Und Mathilde

Loisel geistert seither wahnsinnig und bettelnd über die Stufen von Sacré Cœur.«

Donatus lehnt sich zurück und verschränkt die Arme vor der Brust. Thorsten kichert. »Und die Forestier hat das Collier längst zur Seite geschafft und versilbert, wie?« Donatus zuckt mit den Schultern. »Vielleicht hat sie einen jungen Liebhaber, den sie damit aushält«, schlägt Bettina vor. »Die Forestier ist da ja auch schon nicht mehr jung ...« Ein lammfrommer Augenaufschlag trifft, wie zufällig, auf Birgit.

Nur ein paar Jahre noch, denkt Birgit, ein paar flüchtige Jahre, Kleines, und du wirst selbst wissen, wie das ist mit den jungen knackigen Männern, die sich nicht mehr nach dir umdrehen ... Betrug, Kleines, ist das, was die Welt am Laufen hält, der junge Liebhaber betrügt die Forestier mit einer kleinen Verkäuferin, und die kleine Verkäuferin lässt sich im Packraum vom Patron schwängern, denn am Ende sind immer die Frauen die Dummen, geködert mit einer paar Glasmurmeln oder sonst einem Glitzerding ...

Sabine Eckholtz ist eine blasse aschblonde Frau, ihr Gesicht wirkt grau und schwammig, so, als ob sie Medikamente nehmen muss, die ihr nicht gut tun. Eigentlich kann sie nicht viel älter als 50 sein, überlegt Berndorf. Aber im Knast altern die Leute anders. Sie raucht nicht, nimmt aber das Päckchen Zigaretten, das er ihr anbietet.

»Auffert meinte, ich sollte mit Ihnen reden«, sagt sie mit belegter Stimme. »So ganz klar ist mir das aber nicht. Sagen doch Sie mir, warum ich es tun sollte.«

»Mir genügt es schon, wenn ich Ihnen eine Geschichte erzählen darf«, antwortet Berndorf. »Und Sie müssen mir nur sagen, ob Ihnen der Schluss gefällt ...« Die Stores vor den Gitterfenstern des Besuchsraums filtern das Sonnenlicht, als tue zu viel davon den Häftlingen nicht gut.

Sabine Eckholtz zuckt mit den Schultern.

»Wir schreiben das Jahr 1972«, beginnt Berndorf. »Was tun? Auch ein junger Mann überlegt sich das. Er ist nicht dem soziologischen Proseminar entlaufen, sondern ein richtiger Arbeiter und jemand, der sich in vielen Dingen auskennt. Er kann zu Wohnungen verhelfen, die rasch angemietet sein wollen, am besten mit Bargeld auf die Hand, es gibt Leute damals, die so etwas nützlich finden ...«

Sabine Eckholtz betrachtet ihn unbeteiligt. In dem gefilterten Licht kann Berndorf ihre Augen nicht richtig sehen. Er erinnert sich an ihr Fahndungsfoto. Da sah sie aus, als seien ihre Augen dunkel vor Zorn und Hass.

»... Und eines Tages stellt sich irgendjemand die Frage, ob dieser junge Mann nicht noch zu anderem nütze wäre. Auch der revolutionäre Kampf braucht Geld, und in der Stadt, in der unser angehender Revolutionär arbeitet, gibt es eine Landeszentralbank, freitags fällt da einiges an, das Problem ist eigentlich nur der Fluchtweg, es ist eine sehr übersichtliche Stadt, wenn die Polizei ein paar Brücken und Autobahnzufahrten abriegelt, kommt so schnell keiner raus ...«

Sabine Eckholtz führt die Hand zum Mund und unterdrückt ein Gähnen.

»Wie es sich fügt, hat der junge Mann an dem ins Auge gefassten Freitag Spätschicht. Vor allem aber liegt sein Arbeitsplatz innerhalb der Stadt, gar nicht so weit von der Landeszentralbank entfernt. Die Führung der Revolutionären Kommandos gibt grünes Licht für den Einsatz, die Sache ist perfekt geplant und läuft perfekt ab, unser junger Mann kommt pünktlich zu seiner Spätschicht und verstaut in seinem Spind die anderthalb Millionen, um die man die Landeszentralbank leichter gemacht hat. Und während er wieder in den proletarischen Arbeitsalltag eintaucht, setzen sich die beiden anderen Aktivisten unbehelligt in ihre Ruheräume ab. Das Geld wird man in der Woche darauf holen, ohne Risiko ...«

»Sehr lange her, all das, finden Sie nicht?«

»Gewiss doch«, räumt Berndorf ein, »ich bin auch gleich fertig. Die Aktion ist bereits abgeschlossen, aber dann geht doch noch etwas schief. Die Polizei bekommt einen Hinweis auf jemanden aus dem Umfeld des jungen Mannes, es gibt einen Einsatz, bei dem ein Unbeteiligter erschossen wird … Unser junger Mann bekommt kalte Füße, er setzt sich in den Flieger nach Spanien und bleibt gleich die nächsten Jahre dort unten, niemand will etwas von ihm, bis auf ein paar unangenehme Vögel, die die Angewohnheit haben, ihre Zigaretten auf den Armen anderer Leute auszudrücken … Aber der inzwischen nicht mehr ganz so junge Mann kann die Vögel überzeugen, dass er das Geld der Landeszentralbank nicht hat, und hat von da an auch keinen ungebetenen Besuch mehr. Keine Polizisten kommen. Niemand kommt.«

Berndorf wirft einen Blick zu der Frau ihm gegenüber. Sie gibt den Blick zurück, gleichgültig und abweisend.

»Sehen Sie«, fährt Berndorf fort, »das ist der Punkt, der mich noch immer stört. Mir ist es gleichgültig, ob bei der Aktion gegen die Landeszentralbank eine Frau dabei gewesen ist, oder ob ein Mann mit langen Haaren den Befehl hatte. Spielt alles keine Rolle mehr. Nur, warum hat die Polizei von unserem jungen Mann so gar nichts wissen wollen?«

»Sollten Sie da nicht besser Ihre Kollegen selbst fragen?«

»Mein Nachteil ist, ich bin kein Polizist mehr. Vielleicht ist es auch ein Vorteil. Ich kann mir Fragen ausdenken, die nicht einmal meine Kollegen beantworten würden. Gerade die nicht.«

»Denken Sie sich doch aus, was Sie wollen. Was geht mich das an?«

Für einen Augenblick schweigt Berndorf. »Wir wissen beide«, sagt er dann, »dass der Überfall auf die Landeszentralbank Mannheim im Juni 1972 getürkt war. Sie wissen es schon länger. Aber nicht von Anfang an. Es war eine Aktion, bei der Polizei, Nachrichtendienste oder Verfassungsschutz mitgemischt haben. Vermutlich sollte ein Undercover-Mann legitimiert werden. Es ist schief gelaufen, weil es bei der Fahndung einen Toten gab. Deswegen hat nicht nur Micha Steffens, unser kämpfender Proletarier, kalte Füße bekommen. Auch andere haben das Weite gesucht. Der Mann zum Beispiel, der als Undercover eingeschleust werden sollte …«

»Warum könnte das nicht dieser Steffens gewesen sein?« Plötzlich schien sie aus ihrer Gleichgültigkeit erwacht. »Nicht, dass es mich wirklich interessiert. Aber wenn wir schon Märchenstunde haben ...«

»Steffens war für Handlangerdienste gut. Zu mehr nicht. Jedenfalls nicht aus Sicht der Leute, die diese Aktion verantwortet haben. Deren Aufwand und Risiko waren so groß, dass sie die Hoffnung gehabt haben müssen, einen hochkarätigen Mann in der Szene zu platzieren. Einen, der rasch in der Kommandostruktur aufsteigen würde. Deshalb musste das jemand sein, der dafür geschult und ausgebildet war.«

»Na schön. Und was ist aus diesem schwäbischen 007 geworden?«

Berndorf zögert. »Ich weiß nicht, was das für ein Landsmann war. Ich muss es auch nicht wissen. Wichtiger ist mir jemand anderes. Wer hat für 007 die Türe geöffnet? Denn der konnte nicht einfach losziehen und an der Wohnung klingeln und sagen, Tag auch, ich bin ein smarter Typ und möcht' jetzt bei den Revolutionären Kommandos anheuern ...«

»Viel wissen Sie ja wirklich nicht. Aber als Türöffner hätte Steffens durchaus dienen können. Wenn es zutrifft, dass er als Wohnungsvermittler nützlich gewesen war, hatte er ja bereits den Kontakt zur Szene.«

Berndorf schüttelt den Kopf. »Warum hat er dann das Weite gesucht? Panisch, als wäre die gesamte Polizei so höllisch hinter ihm her, wie sie im Traum nicht daran dachte, es zu sein ... Wäre er der Türöffner gewesen, hätte er entschieden mehr Grund gehabt, vor den Kommandos davonzulaufen, aber nicht nach Spanien, sondern in die nächste Polizeiwache.«

»Also – wer war es dann? Sagen Sie es mir. Sie wollten mir doch was erzählen.«

Berndorf lehnt sich zurück und sieht Sabine Eckholtz lange und ruhig an. Du weißt es doch. Du hast doch das Kommando in Mannheim gehabt. Und du weißt, dass ich es weiß. Er breitet beide Hände aus und versucht ein Lächeln. »Sehen Sie – zu den

Merkwürdigkeiten in diesem Fall gehört auch, dass sich die Kommandos nie zu dem Überfall auf die Landeszentralbank geäußert haben. Das war doch ein Coup, eine Erfolgsmeldung – am helllichten Nachmittag anderthalb Millionen abgeschöpft, das teilt man doch mit in der Szene. Aber nein. Schweigen im Walde. Geh ich recht in der Annahme, dass die anderthalb Millionen nicht in die Kasse der Bewegung geflossen sind?«

Er wartet, aber noch immer kommt keine Reaktion. »Ein großer Coup – und plötzlich fällt alles in sich zusammen, wie ein Luftballon, den man mit einer Nadel stupft. Der 007 wird zurückgezogen, plötzlich gibt es ihn nicht und hat ihn nie gegeben, denn seine Auftraggeber dürfen sich um keinen Preis mit einer Sache in Verbindung bringen lassen, bei der es einen Toten gegeben hat. Der Agent löst sich in Luft auf, das Geld offenbar auch – was denken sich die Revolutionären Kommandos denn da? Was müssen sie sich denken?«

Sabine Eckholtz lächelt verächtlich. »Sie drehen sich im Kreis. Oder wie ein Hamster im Laufrad. Das trifft es besser.«

Berndorf überlegt. Da ist was dran. »Wir haben ein Problem«, sagt er schließlich. »Sie wollen nicht zugeben, dass die Kommandos damals einer getürkten Geschichte aufgesessen sind. Keine gute PR, so etwas. Nichts, was man anderen Leuten auf die Nase bindet.«

»Für die Erschießung von Brian O'Rourke sind doch Sie verantwortlich«, kommt es von der anderen Seite des Tisches. Die Stimme ist nicht mehr belegt, sondern klar und kühl.

»Sie und niemand sonst. Es war Mord. Ein Mord von Staats wegen. Und ausgerechnet Sie wollen sich jetzt als großer Aufklärer aufspielen. Warum sollte gerade ich Ihnen dabei behilflich sein?«

Berndorf nickt. »Das wäre auch reichlich naiv, wenn ich das erwarten würde. Trotzdem verstehe ich nicht, warum Sie ausgerechnet den schrägen Vogel decken, der Ihnen damals das faule Ei angedreht hat. Ich begreife, dass diese Person kein Fall für die revolutionäre Justiz mehr ist, weil es diese erstens nicht mehr so recht gibt und sie zweitens sonst zugeben müsste, dass sie sich hat hereinlegen lassen. Autoritäre Strukturen kennen den Irrtum nicht ... Aber dieser Mensch, von dem wir reden, ist nun wirklich eine zwielichtige Person. Warum helfen Sie mir nicht, ihn ins rechte Licht zu rücken?«

»Sie sind noch immer ein Bulle. Was dabei herauskommt, wenn Sie etwas in ein rechtes Licht stellen wollen, kann ich mir sehr gut vorstellen.«

Sie will nicht mit mir reden, denkt Berndorf. Dabei haben wir doch etwas gemeinsam. Wir habe beide Menschenleben auf dem Gewissen. Eben. Das ist ihr zu viel.

Er sieht sich im Besuchsraum um. Sauber. Frisch aufgewischt. Die Stores kommen alle zwei Monate in die Anstaltswäscherei. Trotzdem hängt in der Luft dieser kalte Geruch nach Elend, Kernseife und Zigaretten. Berndorf steht auf und geht zum Fenster und schiebt die Vorhänge zur Seite. Über den Mauern sieht er bewaldete Hügel und darüber einen blauen Himmel. In der Ferne ziehen weiße Wolken, hinweg über barocke Kirchtürme und Pflaumenbäume, wohin nur? Dumme Frage. Wohin immer der Wind sie tragen mag.

»Ich weiß nicht wirklich, was es bedeutet, im Knast zu leben«, sagt Berndorf. »Keiner, der nicht drin war, kann es wissen. Wir draußen gehen hierhin und dorthin, wie es uns gefällt, und es gibt nichts, das uns zwingt und festhält ...«

»Geben Sie sich keine Mühe«, antwortet Sabine Eckholtz. »Sie sind doch selbst ein Käfigtier. Und das, was ich abzurechnen habe, erledige ich schon selbst. Irgendwann. Aber Sie sollen nicht ganz umsonst gekommen sein. Etwas habe ich für Sie. Damit dem Hamster nicht das Laufrad einrostet.« Sie lächelt herb. »Es sollte ein Tresor sein, kein Spind. Wenn es stimmt, was man sich in der Szene erzählt hat.«

Donnerstag, 29. Juni. – Trouble mit der Otternbiss. Diese Frau ist inkontinent, lügnerisch und dumm. Fünfte und sechste Stunde Kostümprobe, Solveig bringt es einfach nicht. Vielleicht sollte ich sie einmal so heavy pflöckeln, bis sie voll Rohr ins Kreischen kommt.

Freitag, 30. Juni. – Solveig vorerst on the rocks. Too much. Nach der Probe waren alle schon up and away, als Bettina neben mir steht. Sie guckt mich an, wartet, bis ich was sagen will, und dann knöpft sie sich ma non troppo die Bluse auf. Kinderüberraschung! No bra. Whow …

Birgit hört auf zu tippen. Wie weiter? Auf dem Flügel, klar doch. Sofern das überhaupt funktioniert. Sie steht auf und geht ins Musikzimmer, wo Hubert Höge auf seinem Steinway irgendwelche Überleitungen einstudiert.

»Entschuldige die Störung«, sagt Birgit, lächelt das Kannst-du-mir-mal-helfen-Lächeln und lehnt sich mit der Hüfte gegen den Steinway. »Weißt du noch, wann diese Berliner Professorin bei mir war? War das nun am Sonntag oder schon am Samstag? Ich will dieser Frau noch ein paar Zeilen schreiben, und jetzt weiß ich nicht mehr … mein beginnender Alzheimer.«

»Am Samstag«, antwortet Hubert. »Und ich bin joggen gegangen, das war ziemlich gedankenlos von mir …«

»Das Gespräch hätte dich wirklich nicht interessiert«, sagt Birgit und gibt dem Steinway einen kleinen Schubs mit der Hüfte. »Außerdem warst du ein ganz ein Lieber und hast ja noch die Theaterkarten besorgt.« Sie wendet sich vom Flügel ab. Er ist etwas größer als ich. Es müsste gehen.

Hubert will wissen, wie lange sie noch den Computer braucht. Eine gute Stunde, antwortet Birgit, und Hubert meint, das sei ihm recht, »aber danach würd' ich noch gern die neue Scheibe von den Backyard Boys besprechen, das ist diese kanadische Group, die jetzt in Deutschland tourt …«

Tu das nur, mein Schatz, denkt Birgit. Die Kids lieben Bertie's Pop-Corner. Weil, es ist nicht nur zum Lesen, sondern auch zum Lachen.

Sie werden beides bekommen. Birgit geht ins Arbeitszimmer zurück und schreibt weiter .

… wuchte sie bäuchlings auf den Flügel, kein Slip, very prospective! Wie sie da liegt, seh ich, dass sie die Hand vors Gesicht hält & ihre Nägel beglotzt. Das bringt mich so in die

Gänge, dass ich ihr prestissime ans Pianola gehe. Nur hat sie's zu dick um die Groove, mein Bamboo flutscht nicht, ich muss ihr die Schenkel hochkranen – Mann oh Mann, da hast du was in den Händen – & den ganzen Shebang outspreaden …

Wieder hält Birgit inne und liest stirnrunzelnd, was sie geschrieben hat. Bamboo? Mit einem Bambus, mein Lieber, hat man früher Stabhochsprung getrieben, im vorliegenden Fall könnte davon keinesfalls die Rede sein. Höchstens von Bauchpflatschen. Unsinn. Du wirst ihn wohl sich einbilden lassen, was er will. Entschlossen schreibt sie weiter.

Tamar parkt ihren Wagen auf den reservierten Plätzen der Bahnpolizei, die jetzt Grenzschutz heißt, und zeigt einem strohblonden Uniformierten, der nörgeln will, Zähne und Dienstausweis. Durch Horden kreischender Kinder hindurch drängt sie sich zum Bahnsteig 1. Sie ist in Eile, weil sie denkt, sie sei zu spät dran. Aber dann muss sie doch noch ein paar Minuten warten, bis der Intercity aus Augsburg eintrifft.

Berndorf hatte sie vor einer guten Stunde im Büro angerufen, ob sie sich nicht am Hauptbahnhof zu einer Tasse Tee treffen könnten – »nur ein bisschen über alte Bekannte plaudern, wer so alles wo auf der Pirsch ist …« Das treffe sich gut, hatte Tamar gemeint, schon lange habe sie kein waidmännisches Gespräch mehr geführt.

Schließlich rollt der Zug ein, und schon von ferne sieht Tamar, wie Berndorf ihr auf dem Bahnsteig entgegenkommt, noch immer zieht er das linke Bein um ein Geringes nach, die Behinderung ist fast unmerklich, vielleicht nimmt Tamar sie auch nur deshalb wahr, weil sie darauf achtet.

Als er nur noch wenige Meter vor ihr ist, sieht sie, dass er ihr ein kurzes Zeichen mit den Augen gibt, danach aber starr an ihr vorbeisieht und weitergeht. Unbeteiligt blickt sie über ihn hinweg und sucht mit den Augen die Reihen der anderen Fahrgäste ab, die dem Ausgang zustreben, eine Frau fällt ihr ins Auge, sie trägt ein kurzes helles Kleid, das kräftige gebräunte Beine zur Geltung bringt, ein mittelgroßer Mensch mit krausen dunklen Haaren drängt sich an der erdnahen Schönen vorbei, der Mensch trägt diesmal keine Kniebundhosen, sondern eine sommerliche Kombination … Weimers Adjunkt.

Tamar macht einen Schritt zurück und verschwindet hinter einem Cola-Automaten. Der Adjunkt geht an ihr vorbei und bleibt noch immer im unauffälligen Abstand hinter Berndorf. Tamar folgt langsam. In der Halle muss sie sich erst umsehen, schließlich entdeckt sie Berndorf. Er steht vor der Schautafel mit den Abfahrtszeiten. Der Adjunkt hat sich vor dem Obststand aufgestellt und betrachtet die Auslagen. Die gelben krummen Dinger nennen wir Bananen, mein Freund. Berndorf notiert sich, wann er wohin fahren will.

In der Halle sammeln überforderte Lehrer die herumtobenden Kids ein, die man zum Schulausflug hierher gekarrt hat. Neben Tamar steht eine Gruppe von qualmenden Gören: Plateausohlen, die Lippen schwarz geschminkt. Gesprächsthema ist der mutmaßlich neue Freund einer von ihnen, einem Mädchen mit gesträubtem giftlilafarbenen Haar, das sich dazu aber nicht äußert, sondern plötzlich mit dem Hintern zu wackeln beginnt und in eine Art Sprechgesang verfällt: »*Nothing is like it seems to be …*«

»Hey du«, sagt Tamar zu dem Mädchen. »Hast du nicht gesehen, wer da drüben steht?« Sie zeigt zum Obststand. »Das ist einer von den Managern der Backyard Boys, die wollen hier ein Konzert machen …«

»Echt?«, fragt das Mädchen.

»Ich sag dir's doch«, antwortet Tamar und will hinzufügen, dass sie an Stelle der Giftlilafarbenen den Typ auf der Stelle um Karten anhauen würde oder um ein Date im Backstage. Aber da ist die ganze Horde schon ausgeschwärmt und stürzt sich Plateausohlen-klappernd auf den Menschen am Obststand, das Kreischen in der Halle schwillt an, den Schwarzgeschminkten folgen die nächsten Kids, erst einzelne, dann alle, magnetisch zieht der Obststand an, was sich bis dahin in der Halle herumgedrückt hat, hilflos fuchteln Lehrkräfte am

Rande des Gedränges, in dessen Mitte von Weimers Adjunkten schon nichts mehr zu sehen ist.

»Bingo«, sagt Tamar und macht sich auf den Weg ins Bahnhofsrestaurant.

Abschied nehmend blickt Grassl nach rechts, zu den Platanen auf der Neckarpromenade und weiter zu den hochragenden Häusern auf der anderen Uferseite.

»Ach«, sagt neben ihm der Fuchsmajor und lümmelt sich hinter das Steuer seines Käfer-Cabrios, während es vorne an der Ampel noch immer nicht grün wird, »Sie haben doch in Erlangen studiert, sagten Sie, da waren Sie doch sicher bei der Marcomannia?«

»In Erlangen, ja«, antwortet Grassl, und irgendetwas ist ihm unbehaglich, »aber ich war kein Marcomanne, Cimbria war mein Panier, sehr tatkräftige Nachwuchsarbeit, ähnlich wie bei Ihnen, habe ja auch ein Semester lang den Job als Fuchsmajor ausgekostet …«

Vorne an der Ampel wird es gelb, der Fuchsmajor legt den Gang ein und lässt die Kupplung kommen. Der Motor spuckt, als liefe er auf drei Töpfen. Sie rollen an Schulmädchen vorbei, die vom Gehsteig aus den einen oder anderen nabelfreien Seitenblick in das Cabrio fallen lassen.

»Sie werden weitere solche Vorträge halten?«, setzt der Fuchsmajor nach. »Vielleicht in Heidelberg?«

Das Unbehagen, das Grassl empfindet, tritt aus dem Dunkel. Gleich wird es Konturen bekommen. »Nicht eigentlich«, antwortet er, »ich arbeite an einem Projekt, das Lernmaterial für den Unterricht in deutscher Sprache und Literatur zur Verfügung stellen soll – für den Unterricht im Ausland, weshalb dies alles sehr vertraulich behandelt werden muss …«

»Sehr vertraulich, ich verstehe«, antwortet der Fuchsmajor bedächtig und fährt das Cabrio ins Halteverbot gegenüber dem Eingang zum Tübinger Hauptbahnhof.

»Also keine Vorträge mehr vor Verbindungen, das ist auch besser so, sehr viel besser …« Er dreht sich zu Grassl um und sieht ihm in die Augen. »Ich habe einen Freund in Erlangen, ein Cimbrione, wie es sich fügt, und ich habe ihn heute früh angerufen …«

Ja doch, denkt Grassl. Sicher hast du einen Freund in Erlangen. Immer ist das so. Immer müssen irgendwelche Ärsche irgendwo anrufen, andere Ärsche ausholen. Er löst seinen Blick von den Augen des Fuchsmajors und sucht nach dem Türgriff.

»Machen Sie sich keine Mühe«, sagt der Fuchsmajor, »wir stehen dicht neben einem Pfosten, sodass Sie die Tür nicht aufkriegen würden. Wollen Sie nicht die lustige Geschichte hören, die mir mein Erlanger Freund erzählt hat? Er hatte gestern Kneipe und war eigentlich nicht ansprechbar. Aber als ich Ihren Namen genannt habe, wurde er auf der Stelle hellwach, als ob ich ihn angestochen hätte. Und die Geschichte sprudelte nur so, die Geschichte von dem strebsamen Studenten und Kofferträger, der sich nützlich macht, gefragt und ungefragt, typisch kleinbürgerlicher Möchtegern-Aufsteiger, hat fast schon eine halbe Assistentenstelle sicher, bis man ihn nachts vor dem Schlafzimmerfenster der minorennen Professorentochter aufgreift … Hübsch, nicht?«

»Ja«, sagt Grassl. »Hübsch. Sehr lustig. Es war sehr nett von Ihnen, dass Sie mich zum Bahnhof gebracht haben. Aber könnten Sie jetzt etwas vorfahren, damit ich aussteigen kann?«

»Gleich«, antwortet der Fuchsmajor. »Gleich dürfen Sie aussteigen. Aber vorher sollten Sie doch auch wissen, warum Sie so davonkommen. Es ist nämlich durchaus keine Empfehlung für uns, dass wir auf Sie hereingefallen sind, Herr *Doktor* Grassl. Bei wem hätten Sie eigentlich promovieren wollen? Bei dem Prof, dessen Töchterchen Sie nächtlicherweile betrachten wollten? Aber ich schweife ab. Wir machen Ihnen keinen Ärger, weil die Sache für uns peinlicher wäre als für Sie. Altmodisch ausgedrückt: Sie sind nicht satisfaktionsfähig. Aber täuschen Sie sich nicht. Wir werden sämtliche Verbindungen, Landsmannschaften, Corps und Burschenschaften über Sie in Kenntnis setzen.« Er lässt das Cabrio anrollen, um einige Meter weiter vorne, gegenüber dem Taxistand, wieder zu halten. »Per E-Mail geht das ruck, zuck. Und nirgendwo werden Sie Ihre Schnorrermasche mehr abziehen können. Nirgends. Und jetzt raus.«

Grassl steigt aus und greift sich vom Rücksitz seine Tasche, in der sich nicht viel mehr befindet als die Kombination, die er aus der Reinigung geholt hat, und des alten Zundt Altpapier. Der Fuchsmajor drückt aufs Gaspedal und lässt Grassl allein zurück, allein mit seiner Segeltuchtasche und umgeben von einer bläulichen Abgaswolke.

In einer halben Stunde bin ich weg aus Tübingen, denkt Grassl. Er tastet nach der Augenbraue, die er sich aufgeschlagen hatte. Sie fühlt sich an, als sei der Riss schon fast geheilt.

Na also. Und Vorträge hasst er sowieso. Viel zu sauer verdientes Geld. Über den Zebrastreifen geht er zum Portal des Hauptbahnhofs, gelassen, ruhig. Heiter? Heiter.

Bis in die Achtzigerjahre war das Ulmer Bahnhofsrestaurant eine Zuflucht der Handlungsreisenden gewesen, die dort, mühselig und beladen, eines Schweizer Wurstsalats sicher sein konnten oder eines Tellers Spaghetti bolognese, während sie im trüben Funzellicht der Deckenlampen ihre Provisionen abrechneten. Beim Umbau des Hauptbahnhofs war das Restaurant durch ein Bistro mit Spiegeln und grünlich gefasertem Holzfurnier ersetzt worden, sodass die Gäste seither ganz von selbst darauf achten, ihren Zug nicht zu verpassen. Wegen der zuverlässig sich einstellenden Verspätungen ist ihnen das allerdings ohnehin kaum mehr möglich.

An einem der Tische, der wenigstens etwas abgeschirmt scheint von den übrigen, haben Tamar und Berndorf Platz genommen und warten darauf, dass das heiße Wasser in ihren Gläsern eine Farbe annimmt, die nach Tee aussieht.

»Die Oberförster sind hinter Ihnen her«, stellt Tamar fest. »Nett. Wie kommen Sie zu der Ehre?«

Berndorf zuckt die Achseln. »Ich sitze im Zug nach Aichach und sehe plötzlich einen, und der sieht nach Schlapphut aus.

Erst habe ich gar nicht begriffen, dass ich es bin, dem er nachläuft. Als ich zurückfuhr, war er von diesem Kinderfreund abgelöst worden. Was war das eigentlich, was mit ihm in der Halle passiert ist?«

Tamar erklärt es ihm. »Jedenfalls hat er sich dann in ein Taxi geflüchtet und ist weg.« Sie wirft einen prüfenden Blick auf ihr Gegenüber. »Sie waren in Aichach? In der JVA dort?«

Berndorf nickt nur und nimmt den Teebeutel aus seinem Glas. Dann nimmt er vorsichtig einen Schluck und setzt das Glas wieder ab. »Diesen Tee kann man nicht trinken.«

Du musst mir nichts erzählen, denkt Tamar. Gar nichts musst du. Aus ihrer Jackentasche holt sie zwei zusammengefaltete Fotokopien und schiebt sie wortlos über den Tisch.

»Ich hab in Aichach mit einer Strafgefangenen gesprochen«, sagt Berndorf und sieht die beiden Kopien durch. Es sind Auszüge aus dem Strafregister. »Sabine Eckholtz. Eine ehemalige Terroristin. Eigentlich wollte sie nicht mit mir reden, schon gar nicht über diese Geschichte von 1972. Trotzdem weiß ich jetzt wirklich, dass der Banküberfall getürkt war.«

Tamar betrachtet ihn nachdenklich. »Deshalb also die Oberförster?«

»Warum sonst?« Berndorf steckt die beiden Fotokopien ein. »Danke übrigens. Sagen Sie – Zundts merkwürdiger Assistent ist nicht aufgetaucht?«

»Warum sollte er, wenn er es nicht auf der Beerdigung getan hat?« Tamar klingt ein wenig kühl, wie jemand, der ruhig ein paar Informationen mehr hätte vertragen können. »Ich weiß nur, dass Grassl sich im Reutlinger Krankenhaus eine aufgeschlagene Augenbraue hat flicken lassen. Vorsichtshalber hab ich die bayerischen Kollegen in seinem Heimatort gebeten, behutsam bei seinen Angehörigen nachzufragen, falls noch welche da sind.«

»Behutsam? Das wird was werden.«

»Außerdem habe ich Ihnen herausgefunden, dass dieser Ernst Moritz Schatte im Juni 1972 in Heidelberg gemeldet war. Hier.« Sie reicht ihm einen Zettel, auf dem eine Anschrift notiert ist. »Diese Frau Schiele ebenfalls. Die gleiche Anschrift … Dieser Schatte ist das Verbindungsstück, nicht wahr? Von Ihrem Fall zu meinem, will sagen, zum Tod von Zundt?« Berndorf betrachtet den Zettel. »Danke. Schatte hat es mir übrigens schon von sich aus gesagt, ganz freimütig …«

»Ich kann nicht ganz folgen.«

»Entschuldigung«, sagt Berndorf. »Er hat mir gesagt, dass er mit der Schiele zusammengelebt hat. Aber ich weiß noch immer nicht, wie die beiden Geschichten wirklich zusammenhängen. Schatte hat den Nekrolog auf Zundt gehalten. Das kann auch Zufall sein, oder besser: Seelenverwandschaft … Jetzt wächst eben zusammen, was zusammengehört. Die alte Rechte und die neue.« Ganz kurz hebt er die Hand, als lohne der Unterschied noch nicht einmal das Handumdrehen. »A propos: Haben Sie diesen Abgeordneten Schnappauf für Wieshülen interessieren können?«

Tamar nimmt einen Schluck von ihrem Tee und verzieht das Gesicht. »Ihn nicht so sehr. Er hat mit den Geheimdienstleuten offenbar mehr Ärger bekommen, als er überblicken kann. Zundt war ihm kein Begriff, und bisher findet er nichts Anstößiges daran, dass die Schlapphüte da observiert haben.«

»Aber jemanden haben Sie interessiert?«

»Kerstin will …« Sie unterbricht sich. Berndorf sieht zu ihr hoch. Plötzlich lächelt sie breit. »Bei Ihnen rede ich reichlich ungeschützt heraus, finden Sie nicht? … Kerstin ist die Parlamentarische Mitarbeiterin des MdB Schnappauf, und sie wird ihm eine Anfrage an das Innenministerium aufsetzen, was über die Bestrebungen dieser Akademie in Wieshülen bekannt sei und ob es Überschneidungen zu verfassungsfeindlichen Gruppierungen gebe.« Das Lächeln ist wieder verschwunden. »Kerstin hat mich aber vorgewarnt, ich solle mir nicht all zu viel Hoffnungen machen. Das dauert, bis solche Anfragen beantwortet werden, und eine andere als eine abwiegelnde Auskunft ist kaum zu erwarten.«

»An die Presse will …« Nun unterbricht sich Berndorf, weil

er nicht weiß, ob er von Schnappaufs Mitarbeiterin als Kerstin sprechen darf, oder ob dies eine Vertraulichkeit ist, die Tamar vorbehalten bleiben muss. Was soll's. Nun gibt es die eben auch. »An die Zeitungen will Kerstin die Anfrage nicht geben?« Dann sieht er Tamar in die Augen, und damit ist klar, dass er die Dinge so akzeptiert, wie Tamar sie benennt. Die Dinge und die Frauen.

»Ich weiß nicht, ob das gut wäre«, meint Tamar. »Kerstins Chef wird damit zu weit aus der Deckung geholt. Das wird er nicht wollen, und Kerstin auch nicht.«

»Es muss auch nicht sein«, antwortet Berndorf. »Mir genügt schon, wenn ich weiß, dass da eine Anfrage läuft.«

»Wofür genügt Ihnen das?«

»Für den Fall, dass ich am Albtrauf vorbei muss. Oder dass jemand wieder einen Lastwagen auf die Reise schickt.«

Nackte, rot verschmierte Arme strecken sich ins Licht der Glühbirne, neben einem einsamen Bein liegt ein zwei Handbreit großer blecherner Gendarm hilflos auf dem Rücken, sein Nussknackergesicht bleckend. So behutsam, wie es mit seinen dicken Pratzen möglich ist, untersucht ein breitschultriger Mann, was von der Inszenierung des Vorabends übrig geblieben und nun in Franziskas Besenkammer verstaut ist.

»Das Bein da ist abgegangen, als ich ihn durch die Tür gezerrt habe«, sagt Franziska entschuldigend, als habe sie Staatseigentum beschädigt.

»Ich werde die Kaufhäuser anrufen und fragen, ob eine solche Puppe abgegeben worden ist und an wen«, sagt der Mann mit den Rettungsschwimmerschultern. Es ist Hauptkommissar Tomaschewski vom Raubdezernat der Mannheimer Polizei, und er hat sich nicht aufhalten lassen, als Franziska ihn am Morgen anrief und um Rat bat. »Vielleicht gibt es auch freiberufliche Dekorateure oder Fachgeschäfte für Dekorationsbedarf. Wer immer Ihnen diese Bescherung angerichtet hat – ich finde ihn.«

»Das fällt doch aber gar nicht in Ihr Dezernat«, fragt Franziska. »Jetzt finden wir erst mal den Knaben«, antwortet Tomaschewski, »und dann unterhalten wir uns über das Dezernat. Kann es übrigens sein, dass diese Sache etwas mit dem Maserati-Fahrer zu tun hat, nach dem Sie sich erkundigt haben?«

Franziska denkt nach. »Trinken wir erst einmal Kaffee?« Tomaschewski hat genug gesehen und folgt ihr in die Küche, wo er auf der Bank hinter dem Frühstückstisch Platz nimmt. Dabei muss er den Tisch etwas nach vorne rücken.

Franziska setzt Wasser auf. Dann dreht sie sich zu ihm um. »Ich weiß, wer das inszeniert hat«, sagt sie entschlossen. Und während das Wasser heiß wird und sie schließlich den Kaffee aufgießt, erzählt sie die Geschichte von der Helios Heimstatt, die auch die Geschichte des Polizeireporters Winfried Busse ist und seines noch unklaren Aufstiegs zum Nischenhai auf dem Immobilienmarkt.

»Vermutlich tritt er aber nicht selbst in Erscheinung«, fügt sie hinzu und schenkt ein. »Es war sein kurzhaarblonder Freund oder Partner, der mich danach angerufen hat.«

Tomaschewski rührt den Kaffee um und vermeidet es, ihr ins Gesicht zu sehen. »Als Sie mich am Montag angerufen hatten, bin ich neugierig geworden. Ich habe nachgesehen. Aber gegen diesen Busse liegt nichts vor. Doch das ist nur das eine. Das andere ist …«

Er schweigt und rührt weiter in seinem Kaffee.

»Wir kennen uns lange genug«, sagt Franziska in die Stille. »Reden Sie schon.«

Der Mann blickt auf. »Sie haben Busse unter Druck gesetzt. Hässliche Leute werden das einen Erpressungsversuch nennen. Sie können ihn nur unter Druck setzen, weil Sie etwas von ihm wissen. Dass er schwul ist, spielt dabei heute keine Rolle mehr. Was also ist es?« Plötzlich lächelt er verlegen. »Ich weiß es nicht. Aber ich weiß einiges über Sie. Sie interessieren mich eben. Und wir kennen alle diese Geschichte über den Mann, der in Ihrer Wohnung von unseren Leuten erschossen worden ist. Auch wenn das lange vor meiner Zeit war. Unsere

Leute glaubten, der Mann habe etwas mit einem Überfall auf die Landeszentralbank zu tun. Der Überfall war am Vortag.«

»Brian hatte mit dem Überfall absolut nichts zu tun, und ich ebenso wenig«, sagt Franziska leise. »Sogar Ihre Leute haben mir das bestätigen müssen. Sie hätten alles getan, um das Gegenteil zu beweisen, wenn sie gekonnt hätten.«

Tomaschewski hebt seine breiten Hände. »Aber eine Verbindung muss es geben. Sonst könnten Sie Busse nicht unter Druck setzen. Und zwar so unter Druck, dass er das hier inszenieren lässt.« Mit dem Daumen zeigt er in die Richtung der Abstellkammer.

»Tja«, meint Franziska. »Polizist bleibt Polizist. Sie können vermutlich nicht anders. Ich habe einen Fehler gemacht, Sie anzurufen.«

Tomaschewski schüttelt den Kopf. »Kein Fehler. Sehen Sie, diese Inszenierung mit der Schaufensterpuppe, dem Spielzeugpolizisten, dem Recorder, der auf Funkbefehl eine Cassette abspielt – das sind, für sich genommen, alles Lappalien, man braucht keine allzu speziellen Kenntnisse dazu, um sich das Gerät zu besorgen und es einzusetzen. Sicher, man muss sich Zutritt zu dem Haus verschaffen und beobachten, wann Sie zurückkommen. Aber auch das ist nicht allzu schwierig. Ich habe mir vorhin das Kellergeschoss angesehen. Es hat eine Außentüre, die sich mit einem einfachen Dietrich öffnen lässt. Kein Problem, nirgends. Offenbar gut versichert, diese Versicherung hier im Haus. Aber wenn man alles zusammennimmt, und wenn man außerdem berücksichtigt, dass der Regisseur nur wenige Stunden Zeit gehabt hat, dann muss man diese Inszenierung ernst nehmen.«

»Und was heißt das?«

Tomaschewski starrt wieder auf seine Kaffeetasse. »Das heißt, dass Sie hier nicht allein bleiben sollten. Ich meine, Sie sollten mit mir kommen. Zu mir.«

Über der Biscaya braut sich eine unheilschwangere Wolkensuppe zusammen, so hat es am Morgen der Wetterprophet des

Frühstücksfernsehens mitgeteilt, bekümmert hing ihm dabei seine gelbe Fliege vom Hals, als sei sie schon jetzt begossen. Inzwischen ist es ein grauer und bedeckter Nachmittag, noch nicht gewitterträchtig und doch bedrückend. Die Straßen sind staubig und leer. Ein Halbwüchsiger stellt sein mit Zeitungsstapeln voll gepacktes Fahrrad vor einem Wohnblock ab und verteilt das Blatt in den Briefkästen. Ein Taxi biegt in die Straße ein und hält, der Fahrgast steigt aus und gibt dem Jungen einen Fünfer für das Blatt, was dem Jungen auch noch nicht passiert ist, denn das Anzeigenblatt *Umsonst & Überall* gibt es zwar nicht wirklich überall, aber immer umsonst.

Der Fahrgast steigt ein, und das Taxi fährt weiter, bis es vor einem Haus hält, dessen Giebelseite ein hohes, mit Glühbirnen versehenes Kreuz ziert. Berndorf steigt aus, das Anzeigenblatt in der Hand, drückt dem Taxifahrer einen Schein in die Hand und sagt ihm, er soll warten. »Das dauert nicht lange.«

Er geht an dem Vorgarten vorbei zur Tür des Wahrhaftigen Wortes, und als er an einem Topf mit Geranien vorbeikommt, zupft er sich eine blassrote Blüte ab. Dann hält er den Finger auf der Klingel, bis ihm eine schmale blasse Frau öffnet, sie hat Augen, denen man nichts vormachen kann und die auch schon weniger fromme Tage gesehen haben; tut nichts, denkt Berndorf, wenn man es an den Füßen hat, kommt es auf die Salbe an, nicht auf die Sünderin.

Bevor sie über den Klingellärm zetern kann, hält er ihr seine Visitenkarte hin, die, auf der noch der Stern mit den drei Stauferlöwen drauf ist.

»Ich hätte gern Herrn Wehlich gesprochen, Friedemann Wehlich.«

Die Frau hat nur einen flüchtigen Blick auf die Visitenkarte geworfen. Die Karte hat ihr nicht gefallen, das sieht Berndorf, aber nach der Hundemarke fragt sie nicht.

»Der Prediger ist jetzt nicht zu sprechen«, sagt sie abweisend. »Er betet.«

Zwiesprache mit seinem HERRN. Ringt um einen neuen Dekalog? Du sollst deinen Anzeigenakquisiteur lieben und ehren und seine Provisionsabrechnungen nicht anzweifeln. »Sie werden ihn leider stören müssen«, sagt er so höflich, als es ihm möglich ist. »Es ist wichtig. Auch für seine« – er zögert – »für seine weitere Arbeit.« Er versucht, mit seinen Augen den Blick der Frau festzuhalten. Glaub mir. Es wird ernst für euch.

Die Frau zögert. Dann zuckt sie die Achseln und lässt ihn herein. Berndorf findet sich in dem Büro des Predigers wieder, und wieder betrachtet er das Plakat mit den großen, grob gemaserten Druckbuchstaben. *Im Anfang war das Wort,* warum hab ich nicht sofort gesehen, aus welcher Branche er kommt, denkt Berndorf und legt das Anzeigenblatt vor sich auf den Schreibtisch. *Staatsknete für Glatzen-Treff* hat Micha Steffens seinen Aufmacher getitelt, und zweispaltig knallt dazwischen eine Textanzeige ins Auge: *Mannheim, Juni 1972 …*

Der Prediger betritt das Zimmer. Wieder ist er gekleidet, als müsse er den Besucher gleich auch beerdigen, und sein Gesicht ist angeknittert wie nach einem zu langen Mittagsschlaf. Er zwingt sich, Berndorf die Hand zu reichen, und setzt sich hinter seinen Schreibtisch.

»In diesem Hause wird niemand abgewiesen. Aber ich weiß wirklich nicht, was ich für Sie tun kann.«

Berndorf sagt nichts. In der linken Hand hält er die blassrote Blüte, die er gezupft hat, und betrachtet sie. Dann legt er sie auf das Anzeigenblatt und holt aus seiner Jackentasche das Flugblatt, vor dem Wilhelm Troppau davongelaufen ist, davongelaufen aus dem frommen Hause und schließlich auch aus dem Leben. Berndorf reicht das Blatt über den Tisch.

Der Prediger betrachtet es. Dann reicht er es zurück. »Schlimm. Was sündige Menschen einander anzutun vermögen … Aber warum zeigen Sie mir das? Damit habe ich nichts zu schaffen.« Berndorf sieht ihn an. »Eines versteh ich nicht«, sagt er schließlich. »Weshalb lügt Ihr Gott?«

Bleich und entrüstet blickt der Prediger auf. »Sie kommen in dieses Haus, um … um Gott zu lästern?«

»Ich doch nicht«, widerspricht Berndorf fröhlich. »Sie tun

es. Wer vom wahrhaftigen Wort Gottes redet, teilt mit, dass es auch ein gelogenes gibt.« Er nimmt die blassrote Blüte wieder auf und riecht daran. »Es ist immer das Gleiche mit euch Zeitungsleuten, Blümchen. Die Sünde des Adjektivs. Unweigerlich nennt ihr einen Todesfall einen tragischen. Dabei gibt es komische, glauben Sie mir. Wissen Sie überhaupt, warum man Sie *Blümchen* gerufen hat?«

»Hören Sie«, sagt der Prediger, »was Sie da reden, ergibt für mich keinen Sinn. Sagen Sie mir, was Sie wollen, aber vergeuden Sie nicht meine Zeit. Ich habe sie nicht gestohlen.«

»Jetzt reden Sie schon sehr viel normaler«, antwortet Berndorf und schiebt ihm das Anzeigenblatt zu. »Ich will wissen, ob Sie mir wenigstens zu dieser Anzeige etwas sagen können.«

»Wie käme ich dazu?«, wehrt der Prediger ab, liest die Anzeige dann aber doch. Dann schüttelt er den Kopf. »Tut mir Leid.«

»Schön«, meint Berndorf. Er lehnt sich im Besucherstuhl zurück und betrachtet den Prediger. »Diese Geschichte, um die es geht, treibt mich seit 28 Jahren um. Lässt mich des Nachts nicht schlafen. Und wenn ich schlafe, verfolgt sie mich in meinen Träumen. Jetzt kann ich sie vielleicht aufräumen. Die Toten begraben, wie es sich gehört.« Er lächelt. »Aber der Herr Friedemann Wehlich, Verlagskaufmann, mehrfach vorbestraft, zuletzt vermutlich bei einem Kirchenblatt angestellt, zu seinen besseren Zeiten Stammkunde im *Quadrätche,* Blümchen also will sich nicht erinnern.«

Der Prediger gibt den Blick zurück, scheinbar ungerührt. »Worauf soll das hinaus? Auf eine Erpressung?«

»Sie würden es gewohnt sein«, antwortet Berndorf. »Troppau hat sich nicht deshalb Ihrer Gemeinde angeschlossen, weil er sich Beistand oder Trost oder was weiß ich von Ihnen versprochen hätte. Das wäre ja auch gewesen, als ob er einen Ochsen hätte melken wollen ...« Berndorf macht eine kurze Pause, spricht aber weiter, bevor der Prediger etwas sagen kann. »Troppau kam zu Ihnen, weil er Sie erkannt hat. Er wusste, dass sie für den *Aufbruch* gearbeitet haben. Vermutlich hat er Sie aus dem *Quadrätche* gekannt, Polizisten verkehrten manchmal dort. Was wollte er von Ihnen?«

»Wenn Sie so schlau sind«, antwortet der Prediger, »erzählen Sie es mir. Erzählen Sie mir ruhig, was Sie sonst noch alles erfunden haben.«

»Ich glaube nicht«, fährt Berndorf fort, »dass er wegen des Geldes zu Ihnen kam. Sie wissen schon – die Beute aus der Landeszentralbank. Wenn Sie die zur Seite hätten schaffen können, wie auch immer, hätten Sie danach keine Provisionsabrechnungen fälschen müssen. Troppau hat Sie nach der silbernen Kette gefragt, nach Franziska Sinheim und den Leuten, die mit ihr in Beziehung standen. Was haben Sie ihm gesagt? Nicht viel. Nicht, weil Sie irgendjemanden hätten decken wollen. Für die Leute aus der Redaktion haben Sie nicht gezählt. Für die waren Sie Blümchen, ein komischer kleiner Pflastertreter, der den Leuten Löcher in den Bauch redet, bis sie komische kleine Anzeigen aufgeben, von denen dann die Gehälter der Damen und Herren Redakteure bezahlt werden. Nein, Sie haben keinen von denen geschützt. Aber es war nicht viel, das Sie Troppau erzählen konnten. Vielleicht ...« – Berndorf wirft einen abschätzenden Blick auf sein Gegenüber – »vielleicht haben Sie ihm erzählt, wie die Lehrerin über den Stuhl an Ihrem Tisch stolpert und der Ire sie auffängt, damals an dem späten Vormittag im *Quadrätche* ...«

Der Prediger lacht unfroh. »Ja, gestolpert. Sie kommt herein, sieht ihn, und wie sie ihn sieht, schlenkert sie auch schon ihre Tasche gegen den Stuhl, dass sie im Schwalbenflug in Richtung Tresen schwebt. Aber es hat nicht sollen sein.«

Berndorf grunzt zustimmend. »Der Ire war schon vergeben?«

»Die Netze und Leimruten waren schon ausgelegt«, antwortet der Prediger. »Dieser Ire war ein groß gewachsener Mann, mit langen dunklen Haaren und den dunklen Augen, die die Frauen mögen, er sprach gut Deutsch und er hatte diese ungezwungene Art, die manche Menschen haben, wenn Sie wissen, was ich meine. Die Franziska Sinheim am anderen

Tisch hatte das schon lange bemerkt und sprühte Feuer … Aber ich bin dann gegangen. Ich musste kleine komische Anzeigen akquirieren, wie Sie sagen …«

»Was bedeutet die silberne Kette?«

»Das weiß ich nicht. Ich weiß nur, dass die Sinheim wenig später einen silbernen Armreif trug, mit blauroten Granatsteinen darauf, das heißt, der Armreif bestand aus lockeren Teilen, die sich ineinander schieben konnten« – mit den zusammengelegten Fingerspitzen beider Hände zeigt er, wie sich die Kettenglieder gegeneinander bewegen konnten –, »man könnte auch sagen, es sei eine Kette gewesen.« Plötzlich lächelt er. »Früher habe ich mal in Idar-Oberstein gearbeitet. Man bekommt da einen Blick dafür …«

Ja so, denkt Berndorf. Er sieht das kleine Tagescafé vor sich, Franziska sitzt ihm gegenüber, der Armreif mit den blauroten Steinen rutscht ihr zum Ellbogen, die ganze Zeit schon hätte er wissen können, was es mit der Kette auf sich hat. »Sie hat sie noch immer«, sagt er, sich aufraffend. »Hat Troppau sie gefragt, wer sonst mit der Sinheim in Beziehung gestanden hat?«

»Ja, hat er. Aber so genau erinnere ich mich nicht an das Gespräch. Und erst recht nicht an die Zeit damals. Die Menschen dürfen auch vergessen können.«

»Hat Troppau nicht ganz konkret nach einzelnen Leuten gefragt? Nach einem Ernst Moritz Schatte zum Beispiel, einem freien Mitarbeiter im Feuilleton?«

»Jetzt, wo Sie es sagen, erinnere ich mich an diesen Namen«, kommt die Antwort. »Allerdings erinnere ich mich daran. Er war ein Kommunist, jawohl, das war er. Was glauben Sie, wie das ist, wenn Sie in einen Lebensmittelladen gehen und eine schöne halbseitige Anzeige vorschlagen fürs Sonderangebot, und der Filialleiter hält Ihnen die Zeitung vors Gesicht, und da steht, in den Bananen kringeln sich Grüne Mambas … Da kommt Freude auf. Aber sonst weiß ich nichts über diesen Menschen, und das habe ich Troppau auch so gesagt.«

»Und was ist mit Steffens? Gerade den müssen Sie doch auch gekannt haben.«

Der Prediger nickt. »Sicher doch. Ich habe Troppau auch gesagt, dass er wieder im Land ist. Aber das wusste er schon.«

»Haben Sie mit Steffens über Troppaus Besuch gesprochen?« Ärgerlich blickt der Prediger auf.

»Ich habe mit Steffens nichts zu tun. Das ist nicht mehr mein Gewerbe.«

Schön, dass du von deinem Gewerbe sprichst. »Sie haben aber mit Dritten über Troppau gesprochen. Mit Leuten, die noch etwas unangenehmer waren.«

Das Gesicht des Predigers erstarrt, als habe er die Jalousien heruntergelassen. »Ich weiß nicht, wovon Sie reden.«

»Aber sicher doch«, meint Berndorf. »Wir sind gerade zu dem Flugblatt zurückgekehrt. Dem Flugblatt, das diese anderen Leute mitgebracht haben. Diese anderen Leute haben Sie in die Mangel genommen. So lange, bis Sie erzählt haben, was Troppau von Ihnen wissen wollte. Und bis Sie einverstanden waren, dass dieser Wisch in Ihrer Kirche ausgelegt wurde. Vielleicht haben Sie es sogar selbst tun müssen. Das hätten Sie nicht freiwillig gemacht. Sie haben den Troppau vielleicht nicht gerne gesehen. Aber von sich aus hätten Sie ihn nicht bloßgestellt. Er hätte sich revanchieren können.«

Der Prediger zuckt mit den Achseln. »Was fragen Sie, wenn Sie es wissen? Außerdem waren es Leute aus Ihrer Firma.«

»Haben die sich ausgewiesen? Oder meinen Sie es nur, weil die Ihr Strafregister kannten?«

Der Prediger schüttelt den Kopf. »Es gibt Gesichter, die brauchen keinen Ausweis. Es waren zwei Leute, und Sie traten so auf, wie Sie es wahrscheinlich auch tun, wenn Sie ein armes vorbestraftes Menschenkind fertig machen.«

»Gleich muss ich heulen. Beschreiben Sie mir die Leute.«

»Es waren zwei. Einer mittelgroß, mit krausen dunklen Haaren. Der andere etwas größer, graue Haare, sorgfältig gescheitelt. Er war der Chef. Aufgefallen ist mir das Gebiss. Das sah aus wie bei jemandem, dem der Staat den Zahnarzt zahlt. Und die Versicherung legt noch ein Schmerzensgeld drauf. Ich weiß doch, wie es bei den Beamten zugeht.«

»Als Mann Gottes sollen Sie den Zöllnern nicht ihre Zulagen neiden«, ermahnt ihn Berndorf fromm. »An den Namen erinnern Sie sich nicht?«

»Die haben keinen Namen gesagt. Einem Vorbestraften doch nicht.«

Berndorf betrachtet ihn. Mann Gottes oder Sünder. Der eine so unausstehlich wie der andere.

Hubert Höge hat sich zum Waldlauf verabschiedet. »Vielleicht geh ich noch in die Sauna«, hat er zum Abschied gesagt. Geh du nur, dachte Birgit, strampel dich aus und schwitz schön, wenn Bettina dein Strampeln schon wieder verträgt, außerdem muss ich telefonieren, mit dem Schlüsseldienst, und mit der Spedition, was du alles nicht wissen musst, denn es würde dich nur aufregen. Inzwischen hat sie telefoniert und sitzt nun wieder vor dem PC, an dem links oben der Zettel mit Huberts Passwort hängt: *mu$$ik*, und liest, was es Neues in Bertie's Pop-Corner zu lesen gibt:

... nach Würstel & Deutschrock nun Toronto-Hip-Hop, von den Backyard Boys slick und smart gerappt, eine hochintelligent arrangierte Uptempo-Sause, finally fast durchgeknallt und durchaus mehr, als es scheint ...

Kein Wunder, dass ich das nicht toppen kann, denkt Birgit. Was nehmen wir denn? Uptempo-Sause? Durchgeknallt? Deutschrock, na klar. Das hat so was Kraut-Stampfendes, passt für Bettinchen wie bestellt. Sie markiert das Wort und setzt den Link zu dem Tagebuch, von dem Hubert noch gar nicht weiß, dass es das seine ist.

Dann schaltet sie den Computer ab, steht auf und freut sich auf eine Tasse Tee, vielleicht wird sie einen Chivas Regal dazu nehmen. Die Türklingel schlägt an, und Birgit schreckt hoch. Jetzt keine Erziehungsberechtigte, bitte. Kein Gespräch über verhaltensgestörte, unterbegabte halslose Ungeheuer.

Sie geht zur Tür und wirft einen Blick durch den Spion. Es ist keine von den Schrecklichen Müttern. Es ist der merkwürdige beischlafende Assistent dieser merkwürdigen Berliner

Professorin. Warum nicht? Eilig ordnet sie ihr Gesicht zum Dass-wir-uns-wiedersehen-Lächeln. Sie öffnet die Tür.

Der Assistent entschuldigt sich höflich, dass er sie noch einmal stören muss. »Ich habe noch eine Frage, die mir sehr wichtig ist und die nur Sie beantworten können.«

Ach ja?, denkt Birgit. Merkwürdiger Mann. Angespannt. Straff. Ein wenig breit in den Schultern. Welche Frage ist es, die nur ich ihm beantworten kann?

Sie bittet ihn herein. »Trinken Sie einen Tee mit mir?«

Er lehnt ab. »Ich bitte Sie nur, mich anzuhören.« Sie nehmen im Wohnzimmer Platz, auf der italienischen Garnitur, der Besucher im Licht, das die tief stehende Sonne ins Zimmer wirft und das die scharfen Falten in seinem Gesicht nachzeichnet.

»Ich bin Ihnen eine Klarstellung schuldig. Ich bin pensionierter Polizeibeamter und ermittle im Fall Brian O'Rourke. Ich habe mich also, auch im Namen von Professorin Stein, für die Täuschung zu entschuldigen, mit der wir uns bei Ihnen Zutritt verschafft haben.«

Eisern zwingt sich Birgit, das Lächeln auf ihrem Gesicht festzuhalten. »Eine Täuschung – ach Gott! Nun entschuldigen bitte Sie, aber ich hoffe doch, dass Ihre sonstigen Manöver weniger durchsichtig sind als dieses. Der wissenschaftliche Hintergrund Ihrer Anfrage war ein sehr fadenscheiniger, ist Ihnen das nicht aufgefallen?« Das Lächeln vertieft sich. »Ein bisschen mehr Mühe hätten Sie und Ihre – eh – Partnerin sich vielleicht doch geben sollen. Dass Sie es nicht getan haben, finde ich nun doch fast ein wenig beleidigend ...«

Berndorf sieht sie ruhig an. »Es lag mir sehr fern, sie zu beleidigen. Aber ich brauchte eine Einschätzung, oder besser: ein Stimmungsbild, das Sie einem Polizisten – und sei es einem pensionierten – nicht gegeben hätten.«

»Ein Stimmungsbild, wie lyrisch«, sagt Birgit. »Und ihre Begleiterin hat sich auf diese Maskerade eingelassen ... Ist diese Professorin denn überhaupt eine?«

»Sie können Sie anrufen und sich überzeugen. Sie hat ein

persönliches Interesse an den Vorgängen, die damals abgelaufen sind.«

»Ein persönliches Interesse, wie nett. Und wie könnte nun ich zur Befriedigung dieses Interesses beitragen, wenn wir uns schon so preziös unterhalten?«

Berndorf lächelt freundlich. »Wir haben auch über Schatte gesprochen, sicher erinnern Sie sich. Warum haben Sie uns nicht gesagt, dass Sie damals mit ihm zusammengelebt haben?«

Birgit lacht silberhell. »Vermutlich habe ich gedacht, dass Sie das nichts angeht. Das tut es doch auch nicht, oder?«

Berndorf nickt höflich. »Ernst Moritz Schatte hat einen merkwürdigen Weg zurückgelegt«, sagt er dann, ganz im Plauderton. »Gestern habe ich ihn selbst gehört, er hat einen Nachruf gehalten ... Nun haben Nachrufe gerne etwas Gespensterhaftes. Aber Schatte beschwört Geister, von denen ich einmal gedacht habe, diese würden niemals mehr ihren Spuk treiben dürfen ...« Er beugt sich nach vorne. Sein Blick sucht Birgits Augen. »Nun gibt es eine Geschichte aus der Zeit der Studentenrevolte, in der Schatte einen eigenartigen Auftritt hatte. Bei der Besetzung eines Hörsaals gerät ein herzkranker Professor in ein bedrohliches Gedränge, aus dem ihn Schatte herausholt, indem er dafür sorgt, dass der Kranke des Saales verwiesen wird. Was war das? Die demagogische List der Vernunft?«

»Ich kenne die Geschichte«, antwortet Birgit. »Jedenfalls so, wie Schatte sie mir erzählt hat. Schatte war damals noch nicht lange in Frankfurt und kannte noch nicht sehr viele Leute. Bei jener Besetzung war auch gar nicht er der Wortführer. Ruff war es, Tobby Ruff. Aber als der alte Professor in das Gedränge geriet, wusste Schatte, dass das seine Chance war. Seine Chance, zu zeigen, wie man die Leute in den Griff bekommt. Wie man mit ihnen reden muss, damit sie tun, was sie eigentlich nicht tun wollen ... Er hat es mir erzählt, als wir im Fernsehen ein Fußballspiel angesehen haben, irgendwann so um 1971, die Nationalmannschaft spielte, ich weiß nicht mehr gegen wen, es gab einen Freistoß, der deutsche Mannschaftskapitän legte sich bedächtig den Ball zurecht, und dann kam – glaub ich – der junge Netzer und lief an dem Kapitän vorbei und haute den Ball ins Netz … Genau so hab ich das damals auch gemacht, sagte Schatte zu mir. Die Chance genützt. Gezeigt, was ich draufhabe.«

Birgit steht auf und geht zur Schrankwand, in der hinter einer gläsernen Schiebetür eine kleine Bar eingebaut ist. »Den Tee haben Sie abgelehnt. Trinken Sie vielleicht einen Whisky mit? Ich brauche einen.«

Sie wartet nicht auf seine Antwort, sondern schenkt zwei Gläser ein, beide mehrere Fingerbreit hoch. Sie kommt zurück und gibt Berndorf sein Glas. »Sagen Sie bloß nicht *cheers*, oder so etwas«, sagt sie und nimmt einen Schluck, noch im Stehen. »Natürlich muss ich Ihnen nichts erzählen«, fährt sie fort, als sie wieder in ihrem Sessel sitzt. »Und mein Leben geht Sie auch gar nichts an. Aber dass Schatte der widerlichste Mensch ist, den ich je gekannt habe, das kann jeder wissen.« Sie nimmt einen zweiten Schluck. »Sie kommen doch wegen der Schießerei bei der kleinen Sinheim? Und Sie wissen auch, dass dieses Mädchen in den Überfall auf diese Bank verstrickt war. Aber jetzt sage ich Ihnen etwas, was Sie nicht wissen. Diesen Überfall – den hat Schatte organisiert. Niemand anderes.«

Schrappend schiebt der Drucker die Seiten mit dem Aufsatz heraus, den ein früherer Präsident des Bundeskriminalamtes über die bleierne Zeit geschrieben hat, Tamar greift sich die Blätter und liest sie, als handle der Text von einem fremden unbekannten Land. Zwar kommen Namen in dem Aufsatz vor, von denen sie schon gehört hat, und Ortsangaben, aus denen klar hervorgeht, dass das Beschriebene offenbar in der wirklichen Bundesrepublik stattgefunden hat, jedenfalls in der, die man so auch im Autoatlas findet, aber dieses Land hat nichts mit ihr zu tun, oder doch? Es ist so fern wie jener Mann mit dem eingeschweißten Lächeln, und doch war sie es gewesen, die ihm einen Blumenstrauß hatte überreichen müssen, der Mann war auf seine Weise Teil der bleiernen Zeit, dieser und wohl auch einer anderen davor. Ihr fällt das Spiel ein, wie viel Hände musst du schütteln, bis du bei Elvis Presley bist oder beim Dalai Lama oder dem Tellerwäscher Raoul Gonzalez in Miami …

Eine Hand nur, und Tamar ist bei der Nazi-Marine, und wiederum nur eine Hand, und Tamar ist bei einem, der auch dabei war, als es *67 Tote und 230 zum Teil schwer verletzte Menschen auf beiden Seiten* gab, wie der frühere BKA-Präsident schreibt. Merkwürdige Formulierung, denkt Tamar, es klingt, als ob es eben doch ein Bürgerkrieg gewesen wäre … Und wenn es stimmt, was Berndorf sagt, dann waren es noch sehr viel mehr Tote, und begonnen hat es auch sehr viel früher, schon 1967, als die Berliner Polizei einen Demonstranten erschossen hat und die Schläger des persischen Geheimdienstes auf die deutschen Studenten losließ. Doch von alledem steht nichts im Aufsatz des BKA-Präsidenten …

Das Telefon schlägt an, Tamar hebt ab. Es wird der Kollege Beyschlag sein von der Landespolizei-Inspektion Nördlingen, denkt sie. Die ganze Zeit wartet sie schon auf seinen Rückruf. »Weimer hier«, sagt eine Stimme, die angespannt klingt und ein wenig herablassend. »Wir haben uns in Wieshülen kennen gelernt …«

Ja. So kannst du es nennen. Höflich wünscht Tamar einen guten Tag und fragt, was sie für den Anrufer tun könne.

»Wir wollen ja nicht aufdringlich sein«, sagt Weimer. »Aber nachdem wir in diese Wieshülener Geschichte ja nun auch – äh – involviert sind, interessiert es uns schon, wie Ihre Ermittlungen weitergegangen sind … Und da dachte ich, ich rufe die junge Kollegin einfach an.«

Die Eier sollte ich dir eintreten. Allein schon für die *junge Kollegin*. »Da ist nichts weitergegangen«, antwortet sie rasch. »Nach Ihrer Aussage, die ja äußerst bestimmt war, hatten wir keine Handhabe zu Ermittlungen mehr. Ich dachte, das wäre Ihnen klar gewesen.«

»Höre ich da eine leichte Verstimmung?«, fragt die Stimme. »Es täte mir Leid, und ich könnte es gut verstehen. Aber für uns schien der Ablauf eindeutig.«

Schien, denkt Tamar und wartet.

»Aber vielleicht haben wir uns geirrt«, säuselt die Stimme. »Glauben Sie mir, ich bin der Letzte, der einen eigenen Fehler nicht zugeben würde.«

»Einen Fehler?«

»Ja, leider. Wir haben dem Verbleib dieses Florian Grassl, dem Assistenten des toten Herrn Zundt, vielleicht doch zu wenig Bedeutung beigemessen.«

Tamar beschließt, weiter schweigend zuzuhören.

»Sie wissen nicht zufällig, wo Grassl abgeblieben ist?« Manchmal wird eine Stimme vom Telefon bis zur Kenntlichkeit verzerrt. Weimers Frage kommt drängend, fast gierig.

Was sag ich dem, und was sag ich nicht? »Wir wissen nur«, antwortet Tamar nach kurzem Zögern, »dass sich Grassl im Krankenhaus Reutlingen spätabends wegen einer aufgeschlagenen Augenbrauc hat behandeln lassen. Das war aber schon am Freitag ...«

»Er ist aber nicht im Krankenhaus geblieben?« Die Stimme hat sich wieder unter Kontrolle.

»Nein«, antwortet Tamar. »Es war eine ambulante Behandlung.« Und, honigsüß: »Leider haben wir im Augenblick keine Möglichkeit, nach seinem Verbleib zu suchen ...« Sie verspricht, sich mit Weimer in Verbindung zu setzen, wenn sie etwas erfahren sollte, und dann ist das Gespräch auch schon beendet. Tamar legt den Hörer auf, doch im gleichen Augenblick schlägt das Telefon erneut an.

Diesmal ist es nun tatsächlich der Kollege Beyschlag von der bayerischen Landespolizei. »Sie hatten bei uns angerufen, wegen diesem Grassl, Florian«, sagt Beyschlag. »Ich war jetzt bei seiner Mutter, einer Frau Bullinger, es war kein ganz einfaches Gespräch, wenn ich das so sagen darf ...« Er spricht mit einer Dialektfärbung, von der Tamar nicht sagen könnte, ob sie mehr schwäbisch oder mehr bayerisch klingt.

»Ich glaube Ihnen das gern, Kollege«, sagt sie, »eine leidgeprüfte Mutter, nicht wahr?«

Beyschlag stimmt zu. »Der junge Mann ist bei uns bekannt. Ein Spanner. Zwanghaft, wenn Sie mich fragen. Er lässt sich hier auch nicht mehr sehen. Allerdings behauptet die Mutter, dass er das jetzt alles hinter sich hat …«

»Weiß sie, wo er sich aufhält?«

»Sie streitet es ab«, antwortet Beyschlag. »Wahrscheinlich ist es meine Schuld. Ich hab ihr gesagt, wir bräuchten ihn als Zeugen, und da war es ganz aus. Als ob man auf einen Knopf gedrückt hätte, fing sie an zu heulen. Immer will der Flori nur helfen und aufmerksam sein, und dann dreht man ihm einen Strick daraus … So ging das, und es hat nicht mehr aufgehört.«

»Beileid, Kollege«, sagt Tamar. »Mütter können Furien sein…«

»Etwas war aber komisch«, fährt Beyschlag fort. »Vor mir muss schon jemand nachgefragt haben. Sie hat es mir selbst verraten.« Seine Stimme verändert sich. »Was lauft ihr mir alle das Haus ein, der kommt doch gar nicht mehr hierher …«, greint es durchs Telefon. Dann kehrt Beyschlag wieder zu seinem gemächlichen Tonfall zurück. »Ich weiß nicht, wie Sie das verstehen. Aber für mich war es klar. Ich hab dann in der Nachbarschaft herumgefragt, und tatsächlich hat die gute Frau Besuch von außerhalb gehabt.« Er macht eine Pause.

Er will sein Bonbon, denkt Tamar. »Das wäre natürlich sehr, sehr wichtig für uns, wenn wir da eine Beschreibung bekämen«, sagt sie artig.

»Aber ich weiß nicht, ob Ihnen die Beschreibung gefallen wird«, antwortet Beyschlag. »Mir gefällt sie nämlich auch nicht. Es war einer von diesen Glatzköpfigen mit Stiefeln, keiner von den unsrigen, denn er hat einen dunklen BMW mit Stuttgarter Nummer gefahren. Einem der Nachbarn war der Mann verdächtig vorgekommen. Bloß, die Nummer hat er nicht aufgeschrieben …«

Glatzen also, denkt Tamar einige Augenblicke später, als sie aufgelegt hat. Der Verfassungsschützer Weimer ist hinter Grassl her, und die Glatzen sind es auch. Merkwürdige Gemeinsamkeit. Hätte Weimer sich nicht viel eher um die Glatzen zu kümmern?

Die Sonne versinkt hinter den Pfälzer Bergen und macht den Wolken, die von der Biscaya oder von der BASF gegen die Bergstraße ziehen, rot glühende Ränder. Birgit hat die Stehlampe neben ihrem Sessel eingeschaltet und erzählt von den Wohngemeinschaftszeiten in der Heidelberger Hauptstraße, Dachgeschoss, fast scheint es, als habe sie den Besucher vergessen, der halb im Schatten sitzt. Ganz ferne, hinter den Schatten, sieht Birgit eine Romanistik-Studentin aus der badischen Provinz, mit schulterlangen Haaren und knappem Mini, schüchtern und unsicher und jungfräulich, aber fest entschlossen, dies alles abzulegen … Endlose Nächte ziehen an ihr vorbei, Wolkenfelder von Wortfetzen, die Macht des Volkes kommt aus den Gewehrläufen, die Stunde des Handelns wird bestimmt durch das Handeln selbst, am nächsten Morgen die verrauchte Küche, die gekräuselten Haare im Handwaschbecken, das verdreckte Klo, sauber machen müssen immer die Frauen, keine Revolution wird daran etwas ändern …

»Sie hatten ein gemeinsames Zimmer mit Schatte?«, fragt Berndorf durch die Dämmerung.

»Ich bitte Sie! Das wäre ja bereits der Beginn einer dieser entsetzlich kleinbürgerlichen Bratkartoffel-Ehen gewesen … Ich hatte ein hübsches Mansardenzimmer, im Sommer konnten wir auf dem Dach draußen sitzen. Schatte hauste in einer besseren Besenkammer gleich neben der Tür … Wir waren ja alle knapp, aber Schatte hatte überhaupt kein Geld. Sein Vater hatte die Beziehung abgebrochen, das Tischtuch zerschnitten, wie er seinem Sohn schrieb. Er muss ein ziemlich unangenehmer Mensch gewesen sein, dieser Vater, ein Volksschullehrer irgendwo in Montabaur und einer von denen, die noch hemmungslos geprügelt haben. Damit es im Dorf nicht hieß, der Lehrerssohn werde weniger verdroschen als die anderen, bekam der kleine Schatte womöglich noch mehr ab als die andern. Und samstags musste er die Haselnussruten holen gehen, die sein Vater in der nächsten Woche auf seinem Hintern und dem der anderen Kinder zerschlagen würde. Er hat mir einmal beschrieben, wie das war, wenn er die Ruten aussuchte, sie mussten sowohl fest als auch biegsam sein, und die Dorfjugend sah ihm dabei zu …«

Solche Lehrer gab es, erinnert sich Berndorf. Durchaus gab es sie. Trotzdem. Irgendwann sind die Menschen für sich selbst verantwortlich. »Sie müssen aber doch sehr vertraut mit ihm gewesen sein? Sonst hätte jemand wie Schatte Ihnen eine solche Geschichte nicht erzählt …«

Birgit zögert. »Vertraut? Natürlich war er oft bei mir. Aber das war eine Beziehung ohne Besitzansprüche, wer zweimal mit derselben pennt, Sie wissen schon …«

Geschenkt, denkt Berndorf. »In welchem Verhältnis stand Schatte zu Franziska Sinheim?«

Kurze Pause. »Nehmen Sie es mir nicht übel, aber viel wissen Sie wirklich nicht.« Birgits Stimme klingt wieder kühl, gleichgültig. »Die beiden waren verheiratet gewesen, eine dieser Ehen, die geschlossen wurden, weil es keine gemeinsamen Zimmer für Unverheiratete gab. Als sie dann das Glück der Zweisamkeit in vollen Zügen genießen konnten, fanden sie's unausstehlich und ließen sich schleunigst scheiden.«

»Wenn ich das richtig weiß, hat aber die Sinheim ihm die freie Mitarbeit beim *Aufbruch* vermittelt. Die beiden waren also in Kontakt geblieben. War das eine rein freundschaftliche Beziehung, oder mehr?«

Abweisend blickt Birgit hoch. »Woher soll ich das wissen? Meine Hand hatte ich nicht dazwischen.«

»Ich frage, weil ich mir überlegt habe, ob Ihre Beziehung zu Schatte deswegen in die Brüche gegangen ist.«

»Nein«, antwortet Birgit entschieden. »Nicht deswegen.« Ein kleines, verächtliches Lächeln zieht über ihr Gesicht. »Eine Erinnerungsnummer mit der kleinen Sinheim hätte mich nicht weiter gestört. Für die Bruchstelle hat ein französischer Philosophie-Dozent gesorgt. Sehr französisch, sehr intellektuell, sehr viril. Leider hat Schatte, wie unsere 68er überhaupt, die Befreiung der Sexualität vor allem auf die der Männer bezogen. Dass ihnen dabei Hörner wachsen könnten, war im Fahrplan der Revolution nicht vorgesehen.« Sie nimmt einen Erinnerungsschluck. »Aber es gab da noch etwas, und ich erzähle es Ihnen weniger gern. Aber da es Schatte mehr betrifft als mich, sollen sie es ruhig wissen.«

Berndorf wartet.

»Es war einer dieser späten Abende in der Feuilleton-Redaktion, Schatte war ins Sinnieren geraten, sprach ins Halbdunkle, ich glaube, es ging darum, was wir tun sollen, wenn die revolutionäre Bewegung scheitert, und genau danach sah es schon damals aus ... Dann sind wir alle gefangen, sagte Schatte, im Netzwerk des Kapitalismus eingesponnen wie die Fliegen im Spätherbst, und je mehr wir zappeln, desto tiefer verstricken wir uns ins klebrige Spinnennetz der repressiven Toleranz, keiner soll da noch kommen und von Reformen reden oder von Veränderung! Da wäre es noch ehrlicher, gleich als Spitzel zur Polizei überzulaufen oder zum Verfassungsschutz ...«

Berndorf versucht, sich nichts anmerken zu lassen.

»Mir war dieses Gerede ziemlich unangenehm«, führt Birgit fort. »Aber ich hätte damals nicht sagen können, warum. Es lief darauf hinaus, dass es keinen Mittelweg gebe und dass nur der als freier Mensch überlebe, der sich mit einem unwiderruflichen Schritt ein für alle Mal vom Spinnensystem trenne ...« Sie unterbricht sich und trinkt ihr Glas aus. Dann steht sie auf und gießt sich noch einmal ein. Fragend blickt sie zu Berndorf, aber dessen Glas ist noch voll.

»Wirklich peinlich ist nur«, sagt sie dann und lächelt ein wenig schief, »dass Schatte mich an einem der nächsten Tage nach Mannheim schleppte, vor eines dieser Bankhäuser auf den Planken, und mir tatsächlich sagte, ich solle aufschreiben, wann dort Geldtransporte angeliefert würden, und wie viel Begleitung dabei sei ... Natürlich sträubte ich mich und sagte, dass ich das nicht machen will, aber Schatte beschimpfte mich, was ich für eine blöde Zicke sei, jetzt sei endlich die Zeit gekommen, in der auch die Frauen ihren Beitrag für den revolutionären Kampf leisten könnten, und da solle ich mich doch nicht so anstellen. Ich glaube, ich bin eine halbe Stunde dort geblieben. Aber nach dem dritten Italiener, der mich anquatschte, bin ich spornstreichs zur OEG-Haltestelle gelaufen und zurück nach Heidelberg gefahren. Von da an war wirklich Schluss zwischen uns.«

Berndorf betrachtet das Glas mit dem Whisky, der ihm verlockend in die Nase steigt. Aber bisher hat er das Glas nicht angerührt. »Könnten Sie mir ein Taxi bestellen?«, fragt er unvermittelt. »Ich möchte nach Leimbach, zu Micha Steffens. Und ich hätte gerne, dass Sie mich begleiten.«

Birgit versucht einen Ansatz des silberhellen Lachens. Aber er bricht ab. »Wie käme ich dazu? Der Herr Steffens ist nun wirklich nicht mein gesellschaftlicher Umgang.«

Berndorf nickt. »Das weiß ich. Aber ich möchte, dass Sie vor ihm wiederholen, was Sie mir erzählt haben. Wir wollen die Sache aufräumen. Jetzt. Nach 28 Jahren ist es Zeit dazu.«

Die Sonne ist untergegangen, unter dem weiten blaugrauen Himmel bewegt eine Brise kühler Abendluft die Blätter des Birnbaums. Tamar und Hannah sitzen nebeneinander auf der Bank hinter dem kleinen Bauernhaus, das sie gemietet haben, und sehen dem Birnbaum und den Wolken und dem Windlicht auf dem Holztisch vor ihnen zu.

»Erzähl mir was«, sagt Hannah. Sie hat sich in ein Fransentuch eingehüllt, so, als ob sie fröstelt.

»Ich hab nichts zu erzählen«, antwortet Tamar. »Kuttler ist ganz happy, weil die tote Frau mit den 3,7 Promille vielleicht doch erst vorher eins auf den Schädel bekommen hat, bevor sie in die Badewanne gefallen ist, kannst du dir vorstellen, dass einen so etwas richtig glücklich macht? Morgen hab ich wahrscheinlich den ganzen Tag Vernehmungen deshalb ...«

Hannah sagt nichts.

»Und in der Geschichte mit dem heruntergefallenen Akademiedirektor ist der Spanner, sein Assistent, noch immer verschwunden. Und jetzt sind auch noch Glatzen hinter ihm her …« Weil Hannah schweigt, erzählt Tamar von dem Anruf des Nördlinger Kripo-Mannes, und wie die arme Mutter ihren Sohn verteidigen muss, den sie immer vor den Mädchenzimmern erwischen. »Vorhin hab ich mir vorgestellt, was wir mit ihm machen würden, wenn der vor unserem Fenster klebt …«Erst jetzt merkt sie, dass Hannah gar nicht zuhört. Was hat sie nur?

»Mit Kerstin hast du nicht mehr gesprochen?« Leise, fast unhörbar, schlägt die Frage zu, als käme sie aus der unergründlichen Tiefe des grauen Himmels über ihnen.

Ach du liebe Göttin, denkt Tamar. Was soll das nun werden? Auf dem Tisch vor ihr jault nun auch noch das Handy auf, als müsse es sich angesprochen fühlen. Warum hab ich das verdammte Ding nicht ausgemacht?

Ärgerlich meldet sie sich.

»Hey, hier ist Kerstin«, schlappert es munter aus dem Hörer, »ich hoffe, ich störe dich nicht grade bei einem furchtbar wichtigen Mord …« Eigentlich will sie nur sagen, dass sie die Anfrage an das baden-württembergische Innenministerium auf den Weg gebracht hat. »Giselher mochte nicht so recht, noch immer kann er sich nicht so recht vorstellen, was dieser Mensch von ihm wollte, der dann den Berg hinuntergefallen ist …« Die Bank neben Tamar ist leer.

»Aber ich habe ihn dann überredet, du weißt doch, den Männern musst du pausenlos in den Hintern treten, sonst trauen sie sich gar nichts, ach – wir sind doch auf du? Weißt du, in unserem Verein ist es alte Tradition, sich zu duzen, und wenn ich an dich denke, sage ich automatisch du zu dir, kannst du dir das vorstellen?«

Durch Tamars Kopf ziehen widerstreitende Bilder. Eines davon zeigt den Ansatz runder heller Brüste, um die Sommerlicht spielt, und das andere zeigt eine zornzitternde Hannah, irgendwohin verkrochen …

»Das ist sehr nett, dass du angerufen hast«, sagt Tamar entschlossen. »Übrigens sind in den Fall die Glatzen verwickelt, die richtig harte rechte Szene. Morgen sag ich dir mehr dazu, aber jetzt muss ich leider aufhören, eine dringende Besprechung ...«

Sie schaltet das Handy aus und läuft mit langen Sätzen zurück ins Haus und die Treppe hoch zu der Stube, die Hannah als Atelier dient, und reißt die Türe auf. »Hannah ...«

Das Ding, das durch das abendliche Zwielicht auf sie zuschießt, ist irgendwie weiß. Sie will es noch mit ihrer Hand abwehren oder auffangen, aber da zerbricht es schon auf ihrer Stirne und zerfällt zu einem Sternenregen weißlicher Lehmbrocken.

Es war eine vier Handbreit hohe Tonfigur, zu der Tamar selbst Modell gestanden hatte. Aber das weiß sie jetzt schon nicht mehr, denn sie kippt nach hinten, fällt gegen den Türpfosten und sackt in sich zusammen. Das dauert eine Weile, denn Tamar ist eine sehr große Frau.

»Ich weiß wirklich nicht, warum ich mich von Ihnen so abschleppen lasse«, sagt Birgit, als ihr Taxi vor dem Haus hält, das einmal bessere Zeiten und *ff. Bettwäsche* gesehen hat. »Machen sie das öfters so?«

Berndorf geht nicht darauf ein, sondern steigt aus und hält Birgit die Tür auf. Dann stehen sie vor der Sprechanlage von *Umsonst & Überall,* aber es meldet sich nur die Frau, die noch immer oder schon wieder nicht gut drauf ist. Berndorf sagt höflich seinen Namen, und dass er Herrn Steffens sprechen wolle.

»Was der Herr Steffens ist, der ist Saufen.«

Ob es denn ein Lokal gebe, das Herr Steffens bevorzuge?

»Saufen ist er, wie oft soll ich das noch sagen. Je übler die Kaschemme, desto eher ist er dort.«

Der Tag ist fortgeschritten, und Berndorf hat noch nichts gegessen. In der Nähe des Rathauses und seiner Prangersäule hat er einen Italiener gesehen, der zwar nicht so aussieht, als ob dort Micha Steffens zu finden sein werde, aber doch so, als ob er bei der Dame Birgit Anklang finden könnte. Nach dem Essen wird er es noch mal bei Steffens versuchen.

»Da Sie mich nun schon entführt haben, kommt es darauf nun auch nicht mehr an«, antwortet sie auf seinen Vorschlag. Der Taxifahrer hat auf sie gewartet, und so steigen sie ein. Der Fahrer wendet in einer Einfahrt. Als sie wieder auf die Fahrbahn einbiegen, streift das Scheinwerferlicht einen Mann, der übers Pflaster geht. Er hat kurz geschorene Haare, und er trägt Springerstiefel.

Der Italiener ist einer der gehobenen Preisklasse, postmodern weiß und chromglänzend und von Neonröhren erleuchtet. Birgit stellt sich ein Menü zusammen, dessen Intonation den Beifall des Obers findet, und erstmals muss Berndorf daran denken, dass er niemand hat, dem er die Spesen zur Erstattung vorlegen kann. Zwischen Antipasti und Tagliatelle mit Hummerragout beginnt Birgit, Berndorf zu examinieren. Wer er wirklich sei und was ihn treibe, einer Geschichte nachzugehen, die bald drei Jahrzehnte zurückliegt. Berndorf gibt höflich und zurückhaltend Antwort, verschweigt aber nicht, welche Rolle er gespielt hat …

»Versteh ich das recht – Sie sind es, der diesen Iren auf dem Gewissen hat?« Birgit muss dazu lachen und spült das Lachen mit einem Schluck des Soave herunter, den sie sich hat empfehlen lassen. Berndorf bleibt beim Mineralwasser.

Er antwortet nicht. »Macht nichts«, meint Birgit. »Wir haben doch alle eine Leiche im Keller, das bringt das Leben so mit sich. Hauptsache, man bleibt anständig. Hat Himmler gesagt. Santé.« Sie trinkt ihr Glas aus, und Berndorf schenkt nach. Birgits Gesicht ist gerötet, und die Bäckchen unter den Augen leuchten prall.

Mein Gott, denkt Berndorf. Noch eine Stunde, und ich sitze mit einem betrunkenen menschengroßen Hamsterweibchen zusammen.

»Wissen Sie, wir wohnen in einem alten Bauernhaus«, sagt Tamar zu dem dunkelhäutigen Arzt, »mit Balken, die an den unmöglichsten Stellen herunterhängen …«

»Ein Balken, aber sicher doch«, sagt der Arzt und wirft einen nachdenklichen Blick auf Hannah, die klein und verzweifelt neben Tamar sitzt und ihr die Hand hält. Der Arzt ist vermutlich ein Pakistani, denkt Tamar, ganz sicher kenn ich ihn, nur weiß ich beim besten Willen nicht, woher, vielleicht ist in meinem Kopf doch etwas durcheinander gewirbelt …

»Nein«, sagt der Arzt, den Hannah irgendetwas gefragt haben muss, »eine Computertomographie ist jetzt wirklich nicht angezeigt …«

»Allerdings nicht«, sagt Tamar, »glaubst du, ich lass mich in eine solche Röhre stecken?« Entschlossen steht sie auf. »Nein«, rufen unisono Hannah und der Arzt, im Spiegel über dem Handwaschbecken des Ambulanzraumes taucht eine geisterhafte Gestalt auf, überkrönt von einem weißen Turban, und starrt Tamar bleich ins Gesicht.

Und schon wieder kippt sie hinweg, der Boden kommt auf sie zu, es ist ein Waldboden, sie stürzt den Albtrauf hinab, gleich wird sie aufschlagen und verrenkt daliegen wie ein verbogenes Hakenkreuz …

»Strikte Bettruhe, Verehrteste«, sagt der Pakistani, der sie gerade noch aufgefangen hat.

Es ist ein später, aber milder Abend geworden. Die Oberstudienrätin Birgit Höge und Berndorf gehen durch die kleine Stadt Leimbach, sie hat sich bei ihm eingehängt, ist aber im Laufe der letzten Stunde nicht erkennbar betrunkener geworden. Sie gehen zu der Gasse, die zu Steffens Haus und Anzeigenladen führt, ein Paar beim abendlichen Bummel, das sich auch nicht weiter stören lässt, als sich vom Rathaus röhrend ein Wagen nähert, es ist ein älterer BMW, der in die Seitenstraße einbiegt, wer in dem Wagen sitzt, ist nicht zu erkennen, zu erkennen ist das Heidelberger Kennzeichen.

Es ist eines der Kennzeichen, die 88 als Ziffern haben.

Berndorf geht langsam weiter, im Arm hängt ihm noch immer die Oberstudienrätin. Das Röhren des BMW bricht ab. »Ein aufregender Abend«, sagt Birgit, »nun hat man mich doch tatsächlich auf meine alten Tage entführt und beschwipst gemacht, und ich kann nicht einmal zur Polizei gehen, weil mein Entführer selber eine *Bulle* ist. Oder war.« Als sie Bulle sagt, fällt ihre Stimme ins Gurren.

»Hören Sie gut zu«, sagt Berndorf eindringlich, aber so leise, wie es gerade noch möglich ist, um Birgits Ohr zu finden. »Ich habe etwas gesehen, was nach Ärger aussieht. Tun Sie mir einen Gefallen? Gehen Sie bitte in das Restaurant zurück, trinken Sie noch einen Espresso oder einen Grappa, und wenn ich in einer halben Stunde nicht zurück bin und auch nicht angerufen habe, verständigen Sie bitte die Polizei. Sagen Sie, es hat einen Überfall gegeben.

»Das kommt nicht in Frage«, erklärt Birgit. »Sie haben mich entführt und hierher geschleppt, und jetzt stellen Sie mich gefälligst nicht ab wie einen Regenschirm, den man doch nicht braucht. Ich gehe jetzt mit Ihnen mit ...« Plötzlich kichert sie. »Wo du hingehst, da will ich auch hingehen ...«

»Sie wissen nicht, worauf Sie sich einlassen«, antwortet Berndorf und macht seinen Arm los. Sie greift sich ihn wieder.

»Seien Sie nicht so unritterlich. Wenn wir hier Arm in Arm bummeln, dann können Sie doch ganz unverdächtig re kog-nos-zieren, oder wie das in Ihrer Sprache heißt? Hab ich doch schön rausgebracht.«

Das Paar erreicht die kopfsteinpflastrige Gasse. Sie verläuft abschüssig und in einer leichten Linkskurve, an deren Ende der Laden von *Umsonst & Überall* im Gefunzel einer Straßenlaterne zu erkennen ist. Halb in einer Einfahrt, im Dunkel, steht ein Wagen. Wieder ist es ein BMW. Nur ist es diesmal ein fast neues Fahrzeug, und es hat auch kein Kennzeichen mit den Ziffern 88, sondern ein unauffälliges aus Stuttgart.

Berndorf bleibt stehen und zieht Birgit zu sich her. »Sind Sie ganz sicher, dass ich das so gemeint habe?«, fragt sie in die Dunkelheit.

Sie sind auf der Höhe eines Hauses, zu dem ein überdachter Treppenaufgang führt. Die Fenster des Hauses sind unbeleuchtet. Berndorf schiebt seine Begleiterin hinter den Aufgang. »Bleiben Sie ganz still«, flüstert er, »bitte!«

»Wie Sie befehlen«, flüstert Birgit zurück. Unvermittelt wendet sie sich ihm zu und presst ihren Körper gegen den seinen. Berndorf spürt ihre Brüste und ihre Hüften. In der Gasse ist es still, nur aus zwei oder drei Häusern flimmert das blaue Licht der Fernseher.

Allmählich gewöhnen sich Berndorfs Augen an die Dunkelheit. Auf dem Beifahrersitz des BMW kann er einen Mann erkennen, der – wie er selbst – die Gasse abwärts blickt.

Mit dem Fahrer sind es also mindestens zwei, denkt er. Dazu werden noch die in dem anderen Wagen kommen. Dann überlegt er, wie viel Uhr es sein mag. Er könnte auf seinem Handy nachsehen, aber dazu müsste er sich erst aus der Umklammerung der Oberstudienrätin lösen … Im Autoradio des Taxifahrers hatten sie die 20-Uhr-Nachrichten gehört, irgendetwas über den bevorstehenden deutsch-französischen Regierungsgipfel in Straßburg, dann hatten sie bei Steffens geklingelt, waren schließlich zu dem Italiener gegangen, hatten zu Abend gegessen – alles in allem musste es inzwischen zehn Uhr vorbei sein, spät genug für Steffens, seinen Rausch heimzutragen, wenn er am nächsten Morgen wieder vor dem Bildschirm sitzen wollte … An seiner Brust schnieft die Oberstudienrätin. »Ich glaube, das wird mir langweilig.« Endlich, denkt Berndorf und will ihr sagen, sie soll einen Kaffee trinken gehen.

In diesem Augenblick erscheint, schemenhaft, am unteren Ende der Gasse ein Mensch, mitten auf der Gasse, und pfeift. Berndorf braucht eine Weile, bis er die Melodie erkennt, und dann wundert er sich, dass er so lange gebraucht hat, denn es ist die Internationale. Der Mensch geht langsam, und er hat die Hände in den Hosentaschen. Berndorf hat sich von Birgit gelöst. Er gibt ihr das Handy. »Gleich geht es los«, flüstert er, »drücken Sie nur auf die Telefontaste, die Nummer des Notrufs ist schon eingegeben …«

Der Mann am Ende der Gasse nähert sich dem Laden von *Umsonst & Überall,* die Internationale bricht ab, das nächtliche Wunschkonzert wechselt über zu einem Liedvortrag:

Und über unseren Schützengräben /
breitet Spanien seine Sterne aus,

dargeboten in einem etwas verwaschenen Bariton. Jetzt, denkt Berndorf und löst sich von Birgit. »Steffens! Vorsicht«, ruft er durch die Nacht. Aus der Dunkelheit zu beiden Seiten der Gasse lösen sich zwei Schatten. Der Bariton bricht ab, der Mann beginnt zu rennen, halb stolpernd, als habe er Mühe, die Hände aus den Hosentaschen zu bekommen, er rennt im Zickzack, die beiden Schatten hinter ihm her.

»Rufen Sie an«, sagt Berndorf, »lassen Sie sich nicht abwimmeln!« Holprig, schwerfällig, fast ungelenk läuft er los, noch immer spürt er sein linkes Bein. Vor ihm öffnen sich die Türen des BMW, zwei Männer springen heraus, einer läuft dem Betrunkenen entgegen, der andere wendet sich Berndorf zu: »Hau ab, Alter, verpiss dich!« Einer der Schatten hat Steffens eingeholt und will ihn zu Boden reißen, aber der – überraschend flink – dreht sich um und umklammert den Angreifer, bis beide zu Boden stürzen.

»Halt«, brüllt Berndorf und läuft weiter mit erhobener Hand auf den Mann aus dem BMW zu: »Polizei!« Vom Treppenaufgang her hört er, wie Birgit über das Handy mit klarer, deutlicher fester Stimme den Namen der Straße durchgibt, »es ist ein Überfall, vier Skinheads …« Verflucht, denkt Berndorf, sie hätte sagen sollen, dass es Türken sind.

Der Mann aus dem BMW kommt auf ihn zu, die linke Hand ausgestreckt, als ob er den Gegner abtasten wolle, auf der rechten ist der Totschläger aufgezogen, ein Lichtschimmer muss ihn gestreift haben, Berndorf ist es, als könne er in dem Halbdunkel jede Bewegung erkennen, jeden Schatten … merkwürdig, fast fleckig das Gesicht des Mannes, der ihn plötzlich anspringt, doch Berndorf duckt sich zur Seite und lässt den Mann ins Leere laufen und gibt ihm noch einen gezielten Stoß mit auf den Weg, sodass er längelang auf dem Pflaster aufschlägt …

Im nächsten Augenblick kniet Berndorf auf ihm und reißt ihm den rechten Arm nach hinten und hoch.

In den Häusern links und rechts der Gasse öffnen sich Fenster, ein Hund bellt keifend, in dem Laden von *Umsonst & Überall* gehen die Lichter an, auf dem Pflaster wälzen sich Micha Steffens und einer der Kurzgeschorenen, ein zweiter steht hilflos daneben und versucht nach Steffens zu treten, die Oberstudienrätin Birgit Höge sagt mit schneidender Stimme ins Handy, wie oft sie es noch sagen soll, dass es ein Überfall von Skinheads sei, ein Überfall auf einen einzelnen Passanten …

Der zweite Mann aus dem BMW hat kehrtgemacht und will seinem Kumpel zu Hilfe kommen, dem, der auf dem Pflaster liegt. »Bleiben Sie weg«, befiehlt Berndorf, »oder der da ist ein Krüppel.«

Türen öffnen sich, Birgit gibt zum dritten oder vierten Mal den Namen der Straße durch, der zweite Mann läuft weiter auf Berndorf zu, irgendetwas reißt und macht dabei ein hässlich krachendes Geräusch, der Mann auf dem Pflaster brüllt auf und hört nicht auf zu brüllen, eine Frau läuft schreiend aus dem Anzeigenladen und schwingt etwas, das nach einer Bratpfanne aussieht, aus dem Haus links schießt der Hund mit der sich überschlagenden Kläffe, er ist schwarz-weiß gefleckt und umkreist schnappend den Kerl, der noch immer nach Steffens zu treten versucht, die Frau beginnt, mit der Bratpfanne nach allem zu schlagen, was sich auf der Gasse bewegt, Birgit verlangt nach dem Notarzt, der Mann, der nach Berndorf treten wollte, überlegt es sich anders und läuft die Gasse abwärts, wo die eine Glatze der anderen aufhilft, während die Frau mit der Bratpfanne weiter zuschlägt, plötzlich rennen die Skins – verfolgt von dem wutkläffenden schwarz-weiß gefleckten Hund – zu dritt davon und lassen sich nicht aufhalten und verschwinden in der Dunkelheit, bis es auch dem schwarz-weiß Gefleckten zu dumm wird und er hechelnd zurückkehrt … »Das war das letzte Mal, du Scheißkerl«, sagt die Frau mit der Bratpfanne und beugt sich über Micha Steffens, der noch immer auf dem Pflaster liegt.

»Is ja gut«, sagt Steffens und hält sich die Hand vor die Augen, und die Hand ist voll Blut, denn er hat eine mächtige Platzwunde abbekommen beim Bodenkampf auf dem Leimbacher Pflaster, »issa gut ...«

Der Mann, von dessen Schulter das hässlich krachende Geräusch gekommen war, hat sich hochgewälzt und kniet, er will mit der linken Hand nach der verletzten Schulter greifen, lässt es dann aber doch besser bleiben. Berndorf steht daneben und greift ihm in die Brusttasche seiner Lederweste. Der Mann will die zudringliche Hand abwehren. »Ruhig bleiben«, sagt Berndorf und packt den linken Arm am Handgelenk, »oder gleich musst du wieder schreien.« Auf dem Unterarm des Mannes erkennt Berndorf eine Tätowierung, »VolksZorn« entziffert er im trüben Licht der Straßenlaterne. Dann holt er mit der freien Hand die Brieftasche des Mannes heraus und lässt ihn los und geht zu der Laterne.

»Habrecht, Kai«, sagt er schließlich, als er sich den Ausweis des Mannes ansieht, »nach dem Ding zu schließen, das Sie im Gesicht haben, sind Sie's wirklich ...« Zwischen vier oder fünf Hundertmarkscheinen findet Berndorf einen Zettel und steckt ihn ein. Birgit ist neben ihn getreten und schaut zu Habrecht hinüber, der schwankend aufzustehen versucht. »Was ist mit ihm? Er atmet so komisch ...«

»Sein Arm ist ein bisschen kaputt«, sagt Berndorf.

In der Ferne beginnt ein Martinshorn zu jaulen. Berndorf geht zu Steffens. »Tun Sie doch was«, sagt die Frau mit der Bratpfanne, »der kippt mir weg, da ist doch überall Blut, das darf doch nicht sein, der versaut sich das ganze Hemd ...«

Berndorf bückt sich und legt Steffens behutsam auf die Seite und sagt der Frau, sie soll ihm ihre Strickjacke geben.

»Wassnlos«, sagt Steffens, als ihm Berndorf die Jacke unter den Kopf schiebt.

»Stirbt er?«, fragt Birgit.

»Sind Sie verrückt?«, fragt die Frau zurück, die jetzt in ihrem dünnen Nachthemd in der Gasse steht. Die Bratpfanne liegt neben ihr auf dem Boden.

Das Jaulen des Martinshorns kommt näher.

»Hören Sie, Steffens«, sagt Berndorf, über den Mann auf dem Boden gebeugt, »der Tresor – wo stand der Tresor?«

»Im Lokalen«, sagt Steffens, »wieso …« Aber dann kippt er wirklich weg.

Jaulend und mit Blaulicht biegt ein Streifenwagen um die Ecke. »Kommen Sie«, sagt Berndorf zu Birgit und greift sich ihren Arm, »wir gehen hier …«

Der Streifenwagen hält bei dem Mann, der noch immer auf dem Pflaster kniet. Berndorf und die Oberstudienrätin Höge verschwinden in einer Seitengasse.

In einer Seitenstraße im Frankfurter Nordend hat Florian Grassl ein Zimmer in einem kleinen Hotel gefunden. Das Hotel wäre eines für Staubsaugervertreter, wenn es die noch gäbe, das Zimmer hat eine tropfende Dusche und eine Tapete mit Sonnenblumen und ein Fenster über einem Lichtschacht, aus dessen Tiefen der Küchendunst eines chinesischen Restaurants hochquillt.

Tut nichts, denkt Grassl, plötzlich hat er Appetit auf Ente süßsauer, vorhin hat er Kassensturz gemacht, von den Füchsen der Suevo-Danubia waren 500 Mark und ein paar Zerquetschte für die Not leidende deutschsprachige Literatur des Elsass zusammengekommen …

Lustig, dass der Fuchsmajor sie ihm gelassen hat. Hat er nicht daran gedacht? Nein, denkt Grassl. Der Fuchsmajor hatte keine Lust, das Geld seinen Jungstudis zurückzugeben. Es wäre ihm peinlich gewesen. Er hätte zugeben müssen, dass er sich hat austricksen lassen. Immer den Anschein wahren.

Na ja, weit kommst du nicht mit den paar Mark. Und das Konto ist leer. Aber das muss nicht so bleiben. Morgen hast du den ersten Termin in den Banktürmen. *Lebbe geht weiter*. Wer hat das gesagt? Ein Frankfurter, na also …

Entschlossen rafft sich Grassl auf und verlässt sein Zimmer, um mit dem hinfällig ächzenden Fahrstuhl zum Restaurant hinunterzufahren.

Das Taxi, das Berndorf aufgetan hat, hält vor dem Heidelberger Hauptbahnhof, weil Berndorf seine Reisetasche aus dem Schließfach holen muss. Außerdem will er an einem Automaten einen Tausender abheben, denn die Taxen und italienischen Abendessen und das Hotel, das er sich erst noch suchen muss, laufen ins Geld. Wie waren eigentlich, so überlegt er sich beim Rückweg, die notorisch klammen Helden des amerikanischen Kriminalromans zurechtgekommen, von Nestor Burma ganz zu schweigen? Kein Schwein hat je davon gelesen, dass Lew Archer oder Sam Spade hätten klein beigeben müssen, nur weil sie keinen Dollar mehr fürs Taxi hatten.

Im Taxi empfängt ihn Birgit vorwurfsvoll. »Ich dachte schon, Sie überlassen mich hier meinem Schicksal und diesem Taxameter.«

»Keine Sorge«, antwortete Berndorf. »Ich bringe Sie jetzt nach Hause.« Der Taxifahrer fährt an, und Berndorf nennt ihm die Adresse.

»Ach ja?« Birgits Stimme klingt halb spöttisch, halb enttäuscht. »Irgendwie dachte ich, bei einer Entführung käme da noch etwas anderes.«

Berndorf schweigt.

»Da hätten wir dann ja auch auf die Polizei warten können. Ich bin nämlich eine gesetzestreue Bürgerin.«

»Und morgen haben Sie wieder Schule«, fällt es Berndorf ein. »Sie werden mir noch dankbar sein.«

Nein, denkt Birgit, morgen habe ich nicht Schule.

Für morgen haben wir das Programm ein wenig geändert. Morgen werde ich krank sein. Wenn der Schlüsseldienst da war und die Schlösser ausgetauscht sind und die Spedition den Flügel rausgehievt hat und Huberts Plattensammlung, dann werde ich zu Armand gehen und ihm eine kleine, perfekte, umwerfende Störung des vegetativen Nervensystems hinlegen, dass er mich mindestens für eine Woche krankschreiben muss.

Das Taxi hält vor dem Höge'schen Bungalow. Berndorf steigt aus und hält Birgit die Tür auf. »Wenn Sie meinen«, sagt sie und steigt aus, langsam, damit ihre kurz berockten Beine auch zur Geltung kommen. »Netter Abend«, sagt sie, »den Italiener werde ich mir merken ... das Dessert ließ allerdings zu wünschen übrig.« Im Bungalow geht das Licht an, die Haustüre öffnet sich, Hubert Höge erscheint, er trägt Shorts und das Licht spielt um seine behaarten muskulösen Beine. Besorgt fragt er ins Dunkle: »Birgit, bist du das?«

Birgit wendet sich ab. »Noch etwas«, sagt sie zu Berndorf, »sollte ich wegen dieser Schlägerei auf der Straße nicht zur Polizei gehen? Die brauchen doch sicher meine Aussage.«

»Sicher können Sie das«, meint Berndorf und nickt dem Mann an der Türe zu. »Aber seien Sie nicht zu enttäuscht, wenn der Aufklärungseifer meiner Kollegen ein begrenzter sein sollte. Ein sehr begrenzter.« Im Nachtlicht sieht er ihr ins Gesicht. »Ich werde Sie noch einmal besuchen, an einem der nächsten Tage.« Dann dreht er sich zum Wagen um und nennt die nächste Adresse. Das Taxi verschwindet in der Nacht.

»Was treibst du? Und wer ist dieser Kerl?«

Birgit geht an Hubert Höge vorbei. »Ein Mann. Du brauchst nichts über ihn zu wissen. Ihr habt nichts gemeinsam.«

Hoch überm Kopfsteinpflaster, das sich den Berg hinaufzieht, ahnt der nächtliche Spaziergänger die Doppeltürme der Bensheimer Stadtkirche. Es geht auf Mitternacht zu, Schweigen hat sich in der kleinen Stadt breit gemacht, einzelne Lichter brennen noch in den wohlgefügten wohlgedrechselten Fachwerkhäusern links und rechts der Gassen und des Platzes, auf dem Berndorf steht und sich umsieht.

Vor einer halben Stunde hat er unten an der Hauptstraße ein Hotelzimmer bekommen, was tun mit dem knappen angebrochenen Abend? Es war keine Zeit, um noch anzurufen, aber wer hätte ihn hindern wollen an einem kleinen Abendspaziergang ... In der Rezeption hatte er sich einen Stadtplan von Bensheim geben lassen, zu der Adresse, die er sich im Internet besorgt hatte, war es kein weiter Weg, er musste nur die Altstadt hinaufgehen.

Es ist ein schmales Haus, wie eingezwängt zwischen zwei großen Bürgerhäusern, das Fachwerk hat sich ein wenig ins Schiefe verschoben, wie das nur echtes Fachwerk tun kann. Selbst im Licht der Straßenlaternen erkennt Berndorf, dass das Haus sorgfältig hergerichtet ist, das Schnitzwerk an den Balken schimmert glatt und unversehrt, Türen und Fensterstöcke sind solide gearbeitet. Aus den Fenstern im ersten Stock fällt warmes Licht, nicht das blaue der Bildschirme.

Berndorf tritt näher und drückt auf den Klingelknopf, entschlossen und nachdrücklich. In dem Haus rührt sich nichts. Berndorf wartet.

»Bitte?«

Berndorf sagt seinen Namen, und dass er Herrn Winfried Busse sprechen wolle.

»Wissen Sie, wie spät es ist?« Die Stimme, die aus der Gegensprechanlage dringt, klingt – wie überall – auch hier verzerrt. Aber Berndorf kann sich erinnern. Es ist noch immer der höfliche, kultivierte Tonfall, den er von dem Anrufbeantworter her kennt.

»Ich kann es Ihnen sagen«, antwortet er. »Es ist 23.42 Uhr, wenn meine Taschenuhr nicht vorgeht.«

»Zu aufmerksam. Warten Sie.«

Berndorf wartet und blickt zu den Türmen hoch. Irgendwie sehen sie nicht ganz authentisch aus. Vielleicht ist alles nur gelogen. Auch das Fachwerk, das so aussieht, als hätte der Schnitzer erst letzte Woche das Messer weggelegt.

Plötzlich hört er leichte Schritte, die eine Treppe herunterkommen.

Die Tür öffnet sich, ein schlanker, mittelgroßer Mann mit kurzen blonden Haaren steht vor Berndorf.

»Je später der Abend …«, sagt er. »Aber treten Sie doch ein.« Berndorf deutet eine leichte Verbeugung an und geht an ihm vorbei in einen dunklen, holzgetäfelten Flur. Irgendetwas stimmt mit ihm nicht, denkt er. Dann sieht er es. Irgendein Türpfosten muss gegen den jungen Mann gelaufen sein und ihn im Gesicht erwischt haben.

»Sie sollten einen Umschlag mit essigsaurer Tonerde machen«, sagt er und deutet auf das verschwollene rechte Auge des Blonden.

»Sie sind wirklich sehr aufmerksam«, kommt die Antwort, »aber zunächst müssen wir uns um unsere Gäste kümmern. Ich bin übrigens David.« Er geht Berndorf eine steile Holztreppe voran, das Holz ist alt und schwarz gebeizt.

Oben führt er Berndorf in ein großes, helles Wohnzimmer. Die Vorhänge sind nicht zugezogen, Bücherregale füllen die Wände, als Sitzmöbel dienen dunkle Holzstühle mit kunstvoll gedrechselten Rückenlehnen.

Vor einem der Regale steht ein nackter, nervig-muskulöser männlicher Bronzetorso. Auf einem Eichentisch sind Bücher und Zeitungen gestapelt. Nicht ins Ambiente passt ein Liegesessel am Fenster, der nach Pflegeheim aussieht, vielleicht auch deshalb, weil der Mann, der darauf liegt und ein Plaid über den Knien hat, blass und hinfällig wirkt, die Augen tief in ihren Höhlen.

»Guten Abend allerseits«, sagt Berndorf, weil sich in dem Raum noch zwei andere Menschen aufhalten. Rechts von ihm hat auf einem der Holzstühle Franziska Sinheim Platz genommen, die grauen Haare kühn und ungebändigt wie immer. Sie hat die Hände im Schoß gefaltet, und der Armreif, der vielleicht auch eine Kette ist, eine silberne Kette mit rötlich blauen Steinen, ist bis aufs Handgelenk gerutscht. Sie sieht nur kurz zu ihm hin und blickt rasch wieder weg.

Neben ihr sitzt ein stämmiger Mann, leichtes Übergewicht vom Kantinenessen, das Haar angegraut, Jackett im preisbewussten Beamtenkaro, Berndorf schätzt ihn auf gut und gerne 30 Dienstjahre, nur der Gesichtsausdruck passt nicht ganz ins Raster. Ein wenig konsterniert, leider. Berndorf wirft einen Blick auf die Arme des Mannes, die dieser vor der Brust verschränkt hat. Die Knöchel der rechten Hand sind etwas aufgeschlagen.

Also dieses war der Pfosten, gegen den David gelaufen ist. Ein knackiger rechter Haken. Nur war damit nichts entschieden, durchaus nicht, so, wie Franziska und der Kollege da hocken. »Guten Abend, Herr Berndorf«, sagt der Mann im Liegesessel. »Wir kennen uns. Sie haben sich weniger verändert, als es bei mir der Fall ist. Sie sind zu beglückwünschen.«

Berndorf erinnert sich. Vor 28 Jahren war Winfried Busse ein zurückhaltender junger Mann gewesen, schon damals blass, mit starkem Bartwuchs. Sie hatten einige Male miteinander gesprochen, Busse war aufmerksam und nachdenklicher als sonst die Leute in seiner Branche.

»Wir verändern uns alle«, antwortet Berndorf und wirft einen Blick auf Franziska und den Mann mit den aufgeschlagenen Knöcheln.

»David hat sich Ihnen sicher vorgestellt«, sagt Busse. »Er ist mein Partner. Franziska kennen Sie, sie hat uns heute etwas überraschend aufgesucht und den Herrn da mitgebracht, dessen Namen ich mir nicht merken kann …«

»Tomaschewski«, sagt der Mann neben Franziska, »Polizeidirektion Mannheim, Raubdezernat.«

Du Narr, denkt Berndorf. Bensheim ist hessisch. Niemals bist du dienstlich hier.

»Ich nehme allerdings an, dass dies hier ein eher privates Treffen ist«, fährt Busse fort. »Und bitte – nehmen Sie doch Platz.« Berndorf sieht sich um und greift sich einen Holzstuhl mit Lehne, der nicht nur antiquarisch, sondern auch etwas weniger unbequem aussieht als die übrigen freien Sitzmöbel. In seinem Rücken steht David, an die Tür gelehnt.

»Vielleicht sollten Sie uns jetzt sagen, was Sie hier hergeführt hat.«

Ja, das sollte ich wohl. Noch einmal das alte Lied. »Am 23. Juni 1972 sind bei einem Überfall auf einen Geldtransport der Landeszentralbank in Mannheim anderthalb Millionen Mark erbeutet worden. Die Täter wurden nie gefasst, sicher ist aber, dass der Anzeigenmetteur Micha Steffens und die Terroristin Sabine Eckholtz beteiligt waren sowie ein mir nicht namentlich bekannter Agent des Verfassungsschutzes.«

Er unterbricht sich kurz. Verfassungsschutz? Sicher doch.

Warum sonst wären ihm heute Morgen die Schlapphüte nachgeschickt worden …

»Vorbereitet hat diese Aktion Frau Sinheims früherer Ehemann Ernst Moritz Schatte«, fährt Berndorf fort, »und zwar im Auftrag des Verfassungsschutzes. Einziger Zweck war es, dem Undercover-Agenten zu einer glaubhaften terroristischen Legende zu verhelfen.« Berndorf wirft einen kurzen Blick zu Franziska. Aber sie hat die Augen gesenkt.

»Aus Gründen, die Ihnen alle bekannt sind, scheiterte das Projekt. Es gab einen Toten, Steffens verlor die Nerven und setzte sich ab. Außerdem verschwand das Geld, das eigentlich in einem Tresor der Lokalredaktion hätte gebunkert werden sollen. Der Agent des Verfassungsschutzes wurde zurückgezogen, und die tatsächlichen Vorgänge sind bis heute vertuscht worden.« Er blickt zu Busse, und dann wieder zu Franziska. Sie schaut noch immer nicht auf. »Was ich nicht verstehe – wozu braucht eine Lokalredaktion einen Tresor?«

»Das Ding war ein Erbstück der Nazizeit«, erklärt Busse. »Der *Aufbruch* hatte 1945 das Gebäude und Inventar einer Mannheimer Nazizeitung übernommen. Darunter war auch der Stahlschrank, in dem vor 1945 die täglichen Sprachregelungen weggeschlossen werden mussten, die Goebbels' Reichspresseamt herausgab. Im *Aufbruch* haben wir den Kasten benutzt, um vertrauliche Unterlagen aufzubewahren – wenn uns mal jemand solche geben wollte …«

»Geschichten, bei denen vertrauliches Material gesichert werden muss, fallen meist in das Ressort des Polizeireporters, nicht wahr?«

»Ja«, stimmt Busse zu, schmallippig.

»Und deswegen besaßen Sie auch einen eigenen Schlüssel …«

»Natürlich hatte ich einen Schlüssel«, sagt Busse leise. »Allerdings nicht den einzigen.«

»Nein«, bestätigt Berndorf. »Nicht den einzigen. Es gab noch einen anderen Schlüssel, und den bekam Steffens. Um die Beute zu verstauen. Aber geholt wurde die Beute mit

Ihrem Schlüssel, Busse. Wie ich sehe, haben Sie mit dem Geld etwas anzufangen gewusst.«

In dem Raum zwischen den Bücherwänden breitet sich Schweigen aus und bringt das leise Ticken einer goldenen Standuhr zu Gehör.

»Da sind Sie jetzt gerade so weit wie meine beiden anderen Besucher«, sagt Busse. »Die haben es sich sozusagen vom Ergebnis her ausgerechnet. Was freilich kein zwingender Beweis ist. Wenn es so wäre, wie Sie sagen, hätte ich meine Immobiliengeschäfte mit Schwarzgeld aufgezogen. Aber ich bin immer wieder vom Finanzamt überprüft worden. Und niemals hat es eine Beanstandung gegeben ... Was nun, Herr Kommissar?«

»Kein Kommissar«, antwortet Berndorf. »Wir unterhalten uns ohne Rechtsfolgen. Ich weiß, dass das Geld verschwunden ist, und ich weiß, dass nur Sie es genommen haben können. Von Ihren Immobiliengeschäften hingegen weiß ich gar nichts, aber wenn Sie welche getätigt haben, dann haben Sie darin auch das Mannheimer Geld angelegt. Intelligent genug sind Sie, um das so zu bewerkstelligen, dass es dem Finanzamt nicht auffällt.«

»Zu freundlich«, meint Busse. »Aber was wollen Sie jetzt von mir? Diese da« – er deutet auf Franziska und Tomaschewski – »wollten mich, glaube ich, ein wenig erpressen. So etwas ist wirklich zu dumm.« Er zieht seine rechte Hand hervor, die bis dahin unter seinem Plaid versteckt war, und lässt Berndorf die Mauser sehen, die er darin hält.

Na also, denkt Berndorf. Irgendwas war doch, was dem Kollegen mit dem knackigen rechten Haken die Laune verdorben hat. »Das Ding da ist aber noch dümmer«, sagt er dann. »Sie können keine drei Leute erschießen. Erstens hört man das in diesem Dorf, und zweitens können Sie die Leichen nicht entsorgen.«

»Machen Sie sich da nur keine Sorgen«, antwortet Busse, fast fröhlich. »Um diese Zeit wird in sechzehn von zwanzig Fernsehprogrammen geballert, was das Zeug hält. Und für

Ihre Leichen haben wir einen schönen Keller in einem Altbau in Heidelberg-Neuenheim, da ruhen Sie für Jahrzehnte unbehelligt, ohne dass Sie vor der Zeit rausmüssen wie in diesen seelenlosen kommunalen Friedhöfen. Fragen Sie nur Franziska, sie kennt das Haus.«

»Na schön«, seufzt Berndorf. »Wenn das alles kein Problem sein soll, dann erzählen Sie mir wenigstens, wie die Sache gelaufen ist.«

»Das wissen Sie doch weitaus besser als ich«, sagt Busse. »Sie waren doch derjenige, der sich eingemischt und die Dinge umgeworfen hat. Wir hatten damals ein Sommerfest, draußen in meinem Haus in Schwetzingen, ein Fest mit Pfälzer Wein und Gras und *Lucy in the sky with diamonds*, aber irgendein Idiot überredet mich, den Polizeifunk einzuschalten ... und plötzlich bricht der nackte Horror aus, unvorhersehbar, sinnlos, weil nämlich der Herr Kommissar Berndorf hat schießen lassen, der junge, der aufgeschlossene, der linke Kommissar Berndorf ... Ich hab mir dann rasch einen frischen Kaffee gemacht, weil ich mich um die Sache kümmern musste, und wie ich vor der Kaffeemaschine stehe und warte, höre ich, wie Schatte und Steffens draußen in meinem Garten halblaut reden und streiten ... Du musst das Geld in Sicherheit bringen, sagt Schatte, wir können es nicht in der Redaktion lassen, der Tresor ist das Erste, was dort ins Auge fällt ... Und Steffens jammert, da gehe ich nicht hin, um keinen Preis, da sind jetzt schon die Bullen ... Quatsch, sagt Schatte, scheiß dir nicht in die Hosen, du siehst ja vorher an den Wannen, ob Bullen da sind ...«

Busse hebt die rechte Hand und lässt sie wieder sinken, dann fährt er sich mit der linken über die Stirn. »Ich war Polizeireporter, natürlich musste ich raus, zum Tatort, aber mir kam das Gespräch der beiden so merkwürdig vor, dass ich zuerst in die Redaktion gefahren bin und im Tresor nachgesehen habe. Na ja ...« Er macht eine kleine Pause und versucht ein sklerotisches Lächeln. »Das Geld war da. Eine dicker Haufen dicker Scheine, in Plastiktaschen gestopft. Und das war nun wirklich ein Scoop, jedenfalls auf den ersten Blick, Polizeireporter findet Millionenbeute, so eine Schlagzeile haben Sie einmal und nie wieder ...«

»Nur haben Sie keine draus gemacht«, stellt Berndorf fest.

»Wie denn auch?«, fragt Busse zurück. »Ich sagte doch, der Riesen-Aufmacher war nur auf den ersten Blick einer. Glauben Sie denn, der *Aufbruch* hätte mit einer Story herauskommen dürfen, dass Terroristen seinen Tresor als Versteck für eine Millionenbeute nutzen? Was wäre da wohl mit diesem Parteiblatt passiert, ein paar Monate vor der Bundestagswahl? Das alles war ganz und gar undenkbar ... Was also tun mit dem Geld. Ich nahm die Plastiktaschen aus dem Tresor, ging voll gepackt durch das leere Verlagshaus zum Parkplatz, es war ja noch immer Nacht, und warf die Taschen hinten in meinen Fiat 500, und so fuhr ich dann nach Feudenheim, wo Sie Ihre Schießerei veranstaltet hatten, durch die ganzen Polizeikontrollen hindurch, sprach mit den Nachbarn, und bin dann wieder nach Schwetzingen zurück, mit anderthalb Millionen auf dem Rücksitz ...«

Er unterbricht sich und schließt für einen kurzen Moment die Augen. Jetzt sollte ich ..., denkt Berndorf – und lässt es bleiben. »Ein halbes Jahr später war ich meinen Job los«, fährt Busse fort, und seine Stimme klingt müde, »kein Aufbruch brach mehr auf, niemand wollte einen arbeitslosen schwulen Polizeireporter, und da habe ich das Schwetzinger Häuschen, baufällig und von einer Tante geerbt, hergerichtet und modernisiert, mit Handwerkern, die gerne die halbe Rechnung fürs ganze Geld ausgestellt haben, und dann hab ich ein paar Monate später der Tante ihr klein Häuschen gut verkauft ... Das war der Einstieg. Ganz beiläufig habe ich auf diese Weise gelernt, wie ich mit den Mäusen, die mir zugelaufen sind, richtig Kasse machen kann ... Insofern trifft Ihre Vermutung zu. Behutsam und in kleinen Tranchen habe ich die anderthalb Millionen in die Renovierung von alten Häusern gesteckt, in Projekte, die ich mit Bankkrediten allein nicht hätte finanzieren können. Inzwischen ist das Geld immer wieder neu investiert worden, und das ganz legal, unter pflichtschuldigster Begleichung aller Steuern, Sie können meine Buchhaltung auf den Kopf stellen und werden keine 50 Pfennig Schwarzgeld finden ... Eigentlich sollte ich Ihnen dankbar sein.«

Plötzlich muss er husten, aber es ist eher ein jämmerliches Keuchen, das nicht aufhören will. Berndorf sieht ihm zu und wartet. Schließlich bricht der Husten ab, oder erstickt in sich selbst. Erschöpft starrt Busse vor sich hin. »Ohne Sie«, fährt er schließlich fort, als er knapp wieder atmen kann, »ohne Sie wäre ich heute irgendwo ein armseliger Lokalreporter ...«

Na, denkt Berndorf, so besonders gut bist du nicht drauf. Aber den Virus hättest du wohl auch in einem anderen Leben eingefangen. Er steht auf und geht zu dem Mann im Liegesessel. Der schaut ihm mit Augen entgegen, die jetzt noch tiefer in ihren Höhlen liegen.

»Nicht«, sagt Busse und versucht, die Hand mit der Mauser zu heben. Berndorf schüttelt nur den Kopf, beugt sich über ihn und nimmt ihm die Waffe aus der Hand. »Ich mag solche Dinger nicht.« Hinter sich spürt er eine Bewegung, ein Stuhl wird umgestoßen und kracht auf den Boden, jemand stößt einen halb unterdrückten Schmerzensschrei aus, Berndorf dreht sich um und kann gerade noch David auffangen, dem Tomaschewski den Arm nach hinten gedreht hat ... »Der wollte Ihnen an den Hals«, sagt Tomaschewski.

»Schon gut«, antwortet Berndorf. »Lassen Sie ihn los. Ich finde, wir sollten jetzt zum einvernehmlichen Teil des Abends übergehen.«

Donnerstag, 6. Juli

Der Blick geht weit über die Stadt und den Main und hinüber nach Sachsenhausen, Grassl kann den Henningerturm erkennen. »Schön haben Sie's hier«, sagt er zu dem Menschen auf der anderen Seite des Schreibtischs mit der schwarzen leeren Glasplatte. Der Mensch hat einen eng geschnittenen dunklen Anzug an und ein eng geschnittenes Lächeln. Nach einer Kostümträgerin und einem spitzschuhigen Jüngling ist Grassl damit an diesem Vormittag bereits beim dritten Schreibtischbesitzer aus der Öffentlichkeitsabteilung jener Großbank angelangt, die er als Erste aufzusuchen beschlossen hat.

»Noch immer ist mir nicht ganz klar, in welcher Weise Ihr Projekt für unser Haus von Interesse sein könnte«, sagt der Schreibtischbesitzer.

In gar keiner Weise, denkt Grassl. Von Interesse für deinen Laden kann nur sein, dass dieses Projekt nicht stattfindet. »Ich hatte dies schon Ihren Mitarbeitern dargelegt«, hebt er von neuem an, »als Referent der Johannes-Grünheim-Akademie für Sprache und Volkstum – wenn mich nicht alles täuscht, unterstützt Ihr Haus unsere Arbeit in sehr dankenswertem Maße …«

Hier unterbricht er sich und sucht den Blick seines Gegenübers, der aber verschlossen bleibt. »Als Referent der Grünheim-Akademie also«, fährt Grassl dann fort, »habe ich insbesondere auf dem lange vernachlässigten Gebiet der hochsprachlichen Kultur- und Wirtschaftsbeziehungen des Elsass gearbeitet …«

Hochsprachliche Wirtschaftsbeziehungen? Sehr gut. Sehr unauffällig.

»... ein sehr interessantes Forschungsgebiet, wie ich Ihnen versichern darf, auch im Hinblick auf das Wirken der deutschen Geldwirtschaft nach 1940, einem unter den gegebenen und gewiss nicht leichten Umständen sehr verdienstvollen Wirken, wie ich hinzufügen darf ...«

Das Wirken der deutschen Geldwirtschaft ein verdienstvolles zu nennen, denkt Grassl, kann nie falsch sein.

»... einem Wirken, das ich nun gerne in einer Monografie für eine weitere Öffentlichkeit aufbereiten möchte, wozu ich freilich Ihre Unterstützung bräuchte, insbesondere, was die Nutzung Ihres Archivs anbetrifft ...«

»Aber wo denken Sie hin!« In dem Schreibtischbesitzer kommt erstmals Leben auf. »Wir können einem Außenstehenden doch nicht so ohne weiteres Zugang zu unseren internen Archiven gewähren!«

»Das wäre sehr bedauerlich, wenn Sie es nicht tun«, gibt Grassl zurück. »Meine Darstellung über das Auftreten Ihrer Bank im okkupierten Elsass und die Übernahme fremder Vermögenswerte müsste sich dann ausschließlich auf andere Berichte und Quellen stützen, bei denen es allerdings sehr gut möglich ist, dass sie auf die weniger gewinnenden Aspekte dieses Auftretens abstellen werden, insonderlich, wenn es sich um Vermögen jüdischer Provenienz handeln sollte ...«

Grassl macht eine kurze Pause. »Ja«, sagt er dann und steht auf, »so ist das nun mal. Tut mir Leid, dass ich Ihre und meine Zeit vergeude. Ich werde in meiner Monografie natürlich festhalten müssen, dass Ihr Haus Einblick in die Unterlagen aus jener Zeit verweigert hat. Ich wünsche einen guten Tag!« Er wendet sich zur Tür. »Einen Augenblick«, kommt es von dem schwarzgläsernen Schreibtisch.

Grassl dreht sich um und bleibt stehen. »Ich will den hier verantwortlichen Herren der Vorstandsetage nicht vorgreifen. Aber ich könnte mir durchaus vorstellen, dass Ihre Forschungsarbeit auch für uns von Interesse ist, als ...« – er zögert, bis er das richtige Wort gefunden hat – »… als Beitrag zur Aufarbeitung unserer eigenen Firmengeschichte … Schließlich ist es die Philosophie unseres Hauses, die Vergangenheit nicht auszugrenzen …«

Grassl entscheidet sich, wieder Platz zu nehmen.

»Welchen zeitlichen und finanziellen Rahmen stellen Sie sich für Ihre Arbeit denn vor?«

Vorstellen können wir uns viel, denkt Grassl. »Das kommt darauf an«, sagt er, »ob diese Monografie das Wirken Ihres Hauses fokussieren soll, oder das der deutschen Geldwirtschaft insgesamt …«

»Ich bin sicher, dass wir eine Arbeit über unser Haus vorziehen würden. Wenn wir auch andere Institute einbeziehen wollten, könnte es von diesen oder deren Rechtsnachfolgern – äh – missverstanden werden.«

Grassl nickt verständnisvoll. Auch recht. Je mehr Tamariskensträucher, desto mehr kleine Schnecken für den schlauen kleinen Fenek.

»Es ist nur so, dass ich darüber erst mit den Herren in den oberen Etagen sprechen muss, Sie verstehen. Aber vielleicht kann ich Ihnen morgen bereits einen ersten Bescheid geben.«

Wieder nickt Grassl höflich. Du legst mich nicht herein. »Sicher können Sie das nicht von jetzt auf gleich entscheiden. Das kann ich gut verstehen. Nur – ich muss meine Dispositionen treffen. Sie sind, wenn ich offen sprechen darf, nicht mein einziger Verhandlungspartner. Ich wäre Ihnen schon sehr zu Dank verbunden, wenn Sie ihr Interesse an einer Zusammenarbeit mit mir etwas konkreter dokumentieren könnten …«

Eine halbe Stunde später verlässt Grassl den blau schimmernden himmelspiegelnden Doppelturm, in der Brieftasche einen Barscheck über 10 000 Mark – schließlich hat ein Geschäftsmann seine Unkosten, wenn er länger in Frankfurt verhandeln muss. Vor einer Telefonzelle bleibt er stehen, zögert. Nein, entscheidet er dann. Die Zeit der Anrufe aus stinkenden Telefonzellen ist vorbei. Als Erstes wird er sich ein Handy kaufen. Immerhin gibt es viel zu telefonieren. Frankfurt ist schließlich die Stadt der Banken.

Hubert Höge eilt, die Tasche in der Hand, vom Musiksaal zum Lehrerzimmer. Was ein merkwürdiger Tag, denkt er. Birgit krank, er macht ihr ein Frühstück, sie will es nicht, dann kommt er fast zu spät, weil es wieder einen Stau auf der Theodor-Heuss-Brücke gibt, er schafft es gerade noch in den Musiksaal, wo er in den ersten beiden Stunden zwei untere Klassen hat, in dem Alter, in dem sie noch kein Problem sind, aber was müssen sie an diesem Morgen kichern und grienen, als hätten sie noch nie einen gestressten Musiklehrer gesehen? Jetzt braucht er einen Kaffee, eine Gruppe aus der Zehnten kommt ihm entgegen und hält unvermittelt an, zögernd, irgendwie staunend wird ihm Platz gemacht, es ist, als gehe er durch eine Gasse. Irgendjemand pfeift auf den Fingern, er müsste einschreiten, aber vor allem braucht er jetzt einen Kaffee, das wird eine Brühe sein, wenn Birgit nicht da ist, kümmert sich niemand darum …

Vor ihm öffnet sich die Tür der Lehrertoilette. Bitte nicht Miriam! Es ist Miriam, was hat sie denn nun schon wieder? Das Gesicht verheult, so kann sie hier doch nicht rumlaufen, jetzt bloß keine Szene …

»Hubert, geh da nicht rein. Geh nicht ins Lehrerzimmer.«

»Sind heute alle verrückt geworden? Warum soll ich nicht ins Lehrerzimmer?« Er hebt die Tasche an, damit er sie nicht streift, und geht an ihr vorbei. Die Klotür fällt wieder zu. Bei diesem Gesicht wird sie noch einige Arbeit haben. Was hat sie nur? Wir hatten doch nichts ausgemacht …

Er öffnet die Tür zum Lehrerzimmer, wo die Kollegen um den Tisch der Pirschka glucken. Aufgestört wie ein Hühnerhaufen starren sie ihm entgegen, als hätten sie den leibhaftigen Habicht erblickt.

»Der Kollege Hubert Höge«, flötet die Pirschka. »Sieh an. Der Beglücker unserer hoffnungsvollen Jugend. Unser Platz- und Bambushirsch. Unser Wortschöpfer und Blusenaufknöpfer. Reizend.«

Höge schüttelt unwirsch den Kopf und geht zur Kaffeemaschine.

»Kein Kaffee, Kollege Höge«, sagt die Pirschka. »Nicht jetzt. Jetzt begeben Sie sich ins Direktorat. Stehenden Fußes. Frau Bohde-Riss verlangt nach Ihnen.«

Höge betrachtet die Kollegenschar. »Seid Ihr alle verrückt geworden?«

»Nein«, antwortet die Pirschka, »das sind wir durchaus nicht. Wir nicht. Aber jetzt gehen Sie schon. Gehen Sie prestissime. Es eilt.«

Achselzuckend verlässt Höge das Lehrerzimmer und geht drei Türen weiter. Im Vorzimmer der Otternbiss blickt ihm, wie immer, ihre Sekretärin schlangenstarr entgegen. »Die Kollegin Pirschka sagt, Ihr verlangt nach mir.« Die Sekretärin betrachtet ihn schweigend.

»Verlangen ist gut. Aber gehen Sie nur rein«, sagt sie schließlich. »Sie werden erwartet.«

Höge klopft an die Tür und öffnet sie dann vorsichtig. Die Direktorin Bohde-Riss ist nicht allein. Ein weißhaariger Mann sitzt neben ihr, die wulstigen Lippen und die Halbbrille kommen Höge bekannt vor. Dann fällt es ihm ein. Der Weißhaarige ist ein Mensch vom Oberschulamt Karlsruhe, die rechte Hand des Präsidenten Heuchelmann, zuständig für Personalien, und zwar dann, wenn es sich um unangenehme handelt. Heuchelmanns Henker nennen sie ihn.

»Setzen Sie sich«, sagt die Bohde-Riss.

»Mir ist nicht klar, was Franziska bei Busse gewollt hat«, fragt Barbara. »Erpressung ist doch nicht ihr Stil.«

»Sicher nicht«, antwortet Berndorf. Er steht auf dem Gang vor seinem Abteil, das Handy am Ohr, und draußen schaukelt die oberrheinische Tiefebene an ihm vorbei. »Ihr ging es um eine Freundin, die in einem von Busses Häusern eine kleine Galerie betreibt, einen von diesen Läden, die gerade so über die Runden kommen, wenn die Miete nicht zu hoch ist. Nach einer Luxussanierung wäre sie erledigt.«

»Und jetzt?«

»Jetzt hat sie einen Fünfjahresvertrag, Franziska schreibt keinen Artikel über den Aufstieg des Immobiliensammlers Busse, und der Bulle Tomaschewski kriegt keine Anzeige wegen Erpressung.«

»Was ist mit dem Geld?«, fragt Barbara.

»Ich habe hier in der Brusttasche eine eidesstattliche Erklärung, heute Morgen vor einem Notar in Bensheim ausgefertigt und unterschrieben. Busse beschreibt darin, wie sich Schatte und Steffens in seinem Garten darüber gestritten haben, ob sie das Geld aus dem Tresor der Lokalredaktion holen sollen oder nicht. Das Geld aus dem Überfall.«

»Wie hast du Busse dazu gebracht?«

»Wir sagen ja nicht, wer es geholt hat. Muss ja auch niemand wissen. Lächerliches Geld. Peanuts für die Landeszentralbank, falls das Geld nicht überhaupt von der Oberförsterei kam.«

»Hast du Franziska nach der Kette gefragt?«

»Nein.«

»Versteh ich nicht.«

»Es war nicht die Zeit dafür. Und es waren die falschen Leute dabei.«

Berndorf ahnt, dass ganz ferne, am anderen Ende der Telefonverbindung, jemand die Augenbrauen hochzieht.

»Wie du meinst«, kommt es kühl durch den Hörer. »Hast du was zu schreiben? Du hast mich nach deinem Besuch in Wieshülen um Informationen über die Autonomisten-Szene im Elsass gebeten. Ich hab dir hier die Adresse und die Telefonnummer eines Kollegen, der dir etwas darüber erzählen kann.« Berndorf klemmt sich das Handy mit der Schulter ans Ohr, kramt eine Visitenkarte aus seiner Brieftasche und schraubt seinen Füller auf.

»Du solltest Raymond Marckolsheimer aufsuchen, er hat einen Lehrauftrag am Staatswissenschaftlichen Institut der Universität Strasbourg III, das ist die Université Richard Schumann, seine Telefonnummer ist 0-0-3-3, also die Vorwahl für Frankreich, dann 3-8-8, kommst du mit …?«

Berndorf notiert die Zahlen, die Barbara ihm durchgibt. »Bleib mal dran«, sagt er dann und sucht den Zettel heraus, den er gestern Abend Kai von der kaputten Schulter abgenommen hat. Auf dem Zettel steht nichts weiter als eine Zahlenreihe mit neun Ziffern, zu viel für eine normale Telefonnummer ohne Vorwahl, jedenfalls beginnt die Zahlenreihe nicht mit einer Null, sondern mit 3-8-8, Berndorf hat das für eine Chiffre gehalten, wie sie in Kai Habrechts Milieu ihre besondere Bedeutung hat, vielleicht nicht nur für Autokennzeichen …

»Sag mal, ist 3-8-8 die Vorwahl für Strasbourg?«

»Ich nehme an«, antwortet Barbara verwundert, »in Frankreich wirst du aber erst eine Null wählen müssen …«

»Danke«, sagt Berndorf fröhlich, »du hast mich vor einem blamablen Fehler bewahrt.«

Hubert Höge steuert den Peugeot in die Einfahrt und hält und sucht mit noch immer zitternder Hand nach der Fernbedienung fürs Garagentor und drückt darauf, aber irgendwie handhabt er das Gerät nicht richtig, nichts bewegt sich am Tor, er versucht es noch einmal, die Batterie wird leer sein, warum soll an einem Tag wie diesem nicht auch noch die Fernbedienung ausfallen, jetzt kommt es darauf auch nicht mehr an, alles in einem Aufwasch, wie? Er zieht den Zündschlüssel ab und nimmt seine Tasche vom Beifahrersitz, auf der Rückbank steht der Karton mit seiner Geige und dem Metronom und dem anderen persönlichen Kram, den er unter Aufsicht der otternbissigen Sekretärin aus seinem Schreibtisch hat ausräumen müssen …

Er will aussteigen, aber als er die Wagentür öffnet, fällt ihm ein, dass er jetzt Birgit berichten muss, was an diesem Vormittag geschehen ist, wie man ihn ins Direktorat zitiert hat, was ihm die Otternbiss gesagt hat, warum sie ihn suspendiert haben … Wieder spürt er den Schweißausbruch auf seiner Stirn. Alles das soll er einer Birgit erklären, die krank im Bett liegt? Außerdem – was heißt hier erklären? Wie soll man etwas erklären, von dem man nichts weiß, nichts versteht, nichts begreift?

»Nehmen Sie sich einen guten Anwalt«, hatte ihm Heuchelmanns Henker zum Abschied gesagt, »einen sehr guten, Sie werden ihn brauchen …« Angeblich hatten bereits am Vormittag drei angesehene Heidelberger Familien, deren Töchter Bettina hießen, Schadenersatzklagen angedroht. Nur zu, denkt Höge, klagt nur, gleich wird jemand kommen und sagen, das ist alles nicht wahr, es sind alles nur Traumgespinste, die drei Bettinen und Heuchelmanns Henker und die Otternbiss …

Er steigt aus dem Wagen und geht mit seiner Tasche zur Haustür. Seine Hände zittern doch noch, denn er kriegt den Schlüssel nicht ins Loch, was soll das? Er betrachtet seine Hände, eigentlich sind sie ganz ruhig, er versucht es noch einmal, der Schlüssel passt nicht, ist das überhaupt sein Haus? Erst jetzt sieht er den Brief, der mit einem Klebestreifen an der Tür befestigt ist und auf dem in Birgits runder Schrift sein Name steht. Mechanisch löst er den Brief ab und öffnet ihn, beim Öffnen zerreißt er den Umschlag fast in Stücke, dann setzt er sich auf die Treppenstufen und liest:

Hubert, nach dem Vorgefallenen sollte selbst dir klar sein, dass es für uns kein Zusammenleben mehr gibt. Ich wünsche dir, dass du an Bettina den Rückhalt findest, den du brauchst, gerade in den Zeiten, die jetzt auf dich zukommen. In der Anlage findest du die Auftragsbestätigung der Spedition, von der ich deinen Flügel und dein sonstiges privates Eigentum habe abholen lassen. Sobald du eine neue Anschrift hast, teile sie mir bitte mit, damit mein Anwalt sich mit dir ins Benehmen setzen kann. Birgit

PS. Die Schlüssel am Haus sind ausgewechselt. Gib dir also keine Mühe. Hier kommst du nicht mehr rein. Den Schlüssel für den Peugeot wirfst du bitte in den Briefkasten. Der Wagen ist auf mich zugelassen.

Wunderbar, denkt Höge. Jetzt sind sie nicht nur in der Schule übergeschnappt. Alle sind es. Und du? Du wachst auf. Die

Sonne scheint. Du fährst zur Schule wie an jedem Tag. Wie an jedem anderen Tag auch steht dir die Straßenbahn im Weg und der Neckar fließt nach Mannheim und die Touristen schleppen ihre Nikkons durch Heidelberg. Alles wie sonst auch.

Nur eines ist anders. Zufällig sind mal eben alle verrückt geworden.

Ein Wagen hält.

Meschugge, überkandidelt, durch den Wind.

»Hubert«, hört er eine Stimme. Miriam? Willkommen im Irrenhaus.

»Du kannst da nicht sitzen bleiben.«

Er blickt hoch. Es ist wirklich Miriam in ihrem komischen, kleinen, altersschwachen Fiat.

»Muss ich aber. Ich kann nicht rein«, sagt er hilflos und deutet mit dem Daumen auf die Tür hinter sich. »Sie hat das Schloss auswechseln lassen.«

»Komm mit mir.« Miriam steigt aus und öffnet den Kofferraum.

Hubert Höge steht mühsam auf. Seine Knie fühlen sich wacklig an. Miriam geht zum Peugeot und öffnet die Tür zum Rücksitz und wuchtet den Karton mit der Geige und dem Metronom und dem anderen Krempel heraus.

Höge sieht zu, wie die kleine schmächtige Miriam den viel zu großen Karton zu ihrem Fiat schleppt, und plötzlich muss er daran denken, wie er als Bub einmal eine kleine Ameise beobachtet hat, eine winzig kleine schwarze Ameise, die eine große, dicke, stachelige, hilflose Raupe über den Waldboden zerrte, beharrlich und unaufhaltsam …

Eine meiner weniger guten Ideen, denkt Berndorf und betrachtet die Nasenlöcher des Polizeiinspektors Groignac vom Politischen Departement der Straßburger Polizeipräfektur. Die Nasenlöcher sind ausgefüllt mit dichten schwarzen Haaren und werden unten abgefangen von einem Schnauzbart, ebenfalls aus dichten schwarzen Haaren. Der Ausdruck des

Schnauzbartes und der Nasenlöcher scheint von einem habituellen Misstrauen geprägt, das sich gegen Groignacs Mitmenschen im Allgemeinen und jetzt gegen Berndorf im Besonderen richtet …

Groignac kommt aus Zentralfrankreich und spricht kein Deutsch, was ihn – vermutet Berndorf – aus Sicht seiner Vorgesetzten vermutlich ganz besonders für den Dienst in Straßburg qualifiziert hat. Berndorf trägt daher in seinem kariösen Französisch vor, was sich weniger stockend auch nicht schlüssiger anhören würde – dass er nämlich pensionierter deutscher Kriminalbeamter sei und im Zuge von privaten Ermittlungen auf Angehörige der gewaltbereiten, rechtsextremen Szene gestoßen, die Kontakte nach Frankreich hätten …

»Un fouinard, hein?« Warum er sich nicht mit den deutschen Behörden in Verbindung gesetzt habe?

Weil er fürchte, dass es dann womöglich zu spät sei, antwortet Berndorf dunkel und versucht zum dritten Male, Groignacs Aufmerksamkeit auf den Zettel mit der Zahlenreihe zu lenken, die mit 388 beginnt und deshalb vielleicht eine Straßburger Telefonnummer ist.

Er hätte es wirklich besser wissen müssen. Am Wochenende soll in Straßburg ein deutsch-französisches Regierungstreffen stattfinden, die Stimmung ist nervös, der Chef im Élysée kann nicht mit dem neuen Herrn, der in Berlin an die Macht gekommen ist, die Chemie stimmt nicht, und das schlägt offenbar durch bis auf die Sicherheitsbehörden, die die Straßburger Polizeipräfektur in irgendetwas verwandeln, was doch sehr an einen aufgestörten Wespenschwarm erinnert.

Unvermittelt greift Groignac zum Telefonhörer, Berndorf versteht etwas, das nach *ici il'y a un fanfaron, qui m'est neigé dans mon bureau* klingt, der Inspecteur nimmt sich den Zettel und gibt die Zahlenreihe durch, ohne die drei ersten Ziffern, falls Berndorf richtig zugehört hat. Und dann wartet er, den Hörer am Ohr.

Auch Berndorf wartet und betrachtet das Porträt des gegenwärtigen Herrn im Élysée, der verkniffen und mit lauerndem

Lächeln in das Büro seines Untergebenen Groignac blickt, über Holzstühle und Rollschränke und das bodenfleckige Linoleum hinweg zu Gloire und Farce de Force und sonst was. Den würde ich nicht gewählt haben wollen, denkt Berndorf, aber dann geraten die Nasenlöcher von gegenüber unvermutet in schnaubende Bewegung, der Hörer wird aufgelegt und Groignac schiebt den Zettel verächtlich über den Tisch.

»Futile. Inoffensiv. Sans importance.«

Eine Handbewegung wedelt zur Tür.

Berndorf steht auf und nimmt den Zettel. Er überlegt sich einen Satz, in dem Worte wie Inkompetenz, Ahnungslosigkeit, Blindheit und verschiedene andere Defekte der Sinnesorgane vorkommen. Aber auf die Schnelle will ihm das alles nicht zu einer schlüssigen Darlegung gerinnen, außerdem fällt ihm Hebels Salzwedeler Hauswirt ein, der einen Sundgauer als Einquartierung bekam und eine gewaltige Ohrfeige dazu, und so verbeugt er sich und geht hinaus und verlässt die Präfektur. Es sind doch verdammt höfliche Leute, diese Franzosen, denkt Berndorf dabei. Aber was zum Teufel ist ein *fanfaron*? Ein Blechbläser?

Tamar, vor einer halben Stunde aus dem Krankenhaus heimgekommen, liegt auf der Couch im Wohn- und Malzimmer, eingewickelt in eine Wolldecke, ihr Kopf und der weiße Turban, den sie um den Kopf hat, ruhen auf einem Kissen. Durch die kleinen, von Sprossen geteilten Fensterscheiben sieht sie, dass es draußen bedeckt ist, manchmal geraten die Blätter des Birnbaums aufgeregt ins Zittern, wenn ein Windstoß unter sie fährt …

Hannah kommt herein und schleppt eine weiße Bettdecke an, zum Schwitzen im Februar, als frau ein kleines Mädchen war und Grippe hatte.

»Hast du sie nicht mehr alle? Willst du mich jetzt ersticken?« Hannah lässt die Decke sinken. »Ich dachte nur …« Sie fährt sich über die Augen. »Entschuldige. Ich mach alles nur noch falsch.«

»Hör auf rumzuflennen. Setz dich lieber zu mir her.«

Ein Blick, tränenumflort. »Ich hab so Angst, dass es bei mir auch ...« Der Satz bleibt unvollendet.

Sie meint die Geschichte mit ihrem Vater, denkt Tamar. »Solang' ich hier keine Rasiermesser im Haus finde, geht es ja noch.«

»Du machst dich lustig über mich.«

»Heute Morgen ist das eine der leichteren Übungen.«

Hannah setzt eine heroische Miene auf. »Soll ich dir das Telefon bringen? Magst du Kerstin anrufen? Du musst es nur sagen, dann geh ich so lange raus.«

»Wie oft soll ich dir noch sagen, dass ich mit Kerstin nichts am Hut habe«, sagt Tamar entschieden. Zu entschieden, denn irgendwie fährt ihr plötzlich ein heftiger Schmerz durch den Kopf. »Und falls Kerstin zufälligerweise anrufen sollte, bleibst du bitte dabei, weil das eine dienstliche Geschichte ist, wichtig für mich und wichtig für den Alten Mann ...«

Wird ja auch wahr sein.

Die Kellner bringen die Schüsseln für den zweiten Gang, das Licht der Kerzen auf dem Tisch spiegelt sich in den runden silbernen Haubendeckeln, unter denen eine Forelle blau aus einem Vogesen-Bach für Berndorf zum Vorschein kommt und ein T-Bone-Steak vom Angoulême-Rind für Marckolsheimer. Der Abend ist kühler als an den Tagen zuvor, immer wieder fahren Windböen in die Markisen, Berndorf und Marckolsheimer haben sich deshalb nicht auf die Terrasse gesetzt, sondern einen Tisch im Innenraum der Brasserie genommen.

Nach seinen Gesprächen in der Präfektur hatte sich Berndorf ein Hotel in Nähe der Place Kleber gesucht und danach Marckolsheimer angerufen, der bereits durch Barbara von seinem Kommen unterrichtet war. Marckolsheimer, ein kleiner, grauhaariger Herr mit melancholischen Augen, die die Welt eulenhaft und erstaunt durch eine große runde Brille wahrnehmen, hat ihn dann am Abend im Hotel abgeholt und zu der Brasserie geführt.

Berndorf fühlt sich müde, abgespannt und doch erleichtert. Diesmal wenigstens sitzt er einem Menschen gegenüber, mit dem er sich ohne Berechnung unterhalten kann, zwanglos und ungeschützt. Vielleicht, so überlegt er, rührt das Staunen in den Eulenaugen daher, dass sie das Unverständnis nicht verstehen, die Unfähigkeit der Menschen, ihre Angelegenheiten einvernehmlich zu regeln.

Berndorf filetiert seine Forelle selbst, man plaudert, über den Regierungsgipfel, über die neue Berliner Republik und ihr noch immer nicht festgestelltes, noch immer nicht austariertes internationales Gewicht, über die Neue Rechte, die doch nur die Alte Rechte ist, wie Berndorf meint, unter einer Maske, die ihr mittlerweile selbst überflüssig erscheine ...

Er sehe das etwas anders, meint Marckolsheimer: »Leider hat die Linke hier ein Wahrnehmungsproblem, denn es gibt die Neue Rechte wirklich. Neu daran ist vor allem, dass sie sich aus Milieus rekrutiert, die wir lange Zeit als links anzusehen gewöhnt waren. Denken Sie nur an Ernst Moritz Schatte in Freiburg, der jetzt nicht mehr gegen den US-Imperialismus predigt, sondern gegen die amerikanische Überfremdung ... Natürlich kann sich auch so jemand auf sehr respektable Zeugen berufen, die amerikanische Hegemonie, die auf vielen Feldern besteht, beginnt wirklich sehr hässliche Züge anzunehmen. Allerdings mögen manche in Ihrem Land die Amerikaner vor allem deshalb nicht, weil es GIs waren, von denen die Großeltern an den Leichenfeldern in Buchenwald vorbeigeführt wurden ...«

Später kommen sie auf die Situation des Elsass zu sprechen, auf die autonomistische Szene und ihre möglichen Querverbindungen nach Deutschland. Eigentlich sei diese Szene kein Thema, sagt Marckolsheimer: »Das sind Splittergruppen, und sie sind von der Geschichte bis heute diskreditiert. Das ist im Elsass eben anders als in der Bretagne oder in Occitanien – bei uns würde eine Abwendung von Frankreich zwangsläufig mit einer Hinwendung zu Deutschland assoziiert, und im Bewusstsein des Elsässers steht Deutschland noch immer für

Krieg und Nazismus.« Er zögert kurz. »Übrigens hat das Auftreten Ihrer Landsleute, die sich hier ein kleines schmuckes Häuschen kaufen, diese Einschätzung keineswegs eine freundlichere werden lassen. Einer unserer Autonomisten will deshalb neuerdings aus Elsass-Lothringen eine Art Österreich machen, vermutlich will er es haiderisieren, wirklich sehr komisch. Aber er vermeidet so das Reizwort Deutschland ...« Berndorf bestellt sich einen Espresso und denkt lieber nicht darüber nach, ob er ein haiderisiertes Elsass würde komisch finden können.

»Die Linke und das Elsässer Bürgertum sind für die Autonomisten praktisch nicht ansprechbar«, fährt Marckolsheimer fort, »und die rechte Klientel wird ihnen durch den Front National abgegraben. Was tun? In ihrer Verzweiflung und auf der Suche nach neuen Bündnispartnern hat ein Teil des autonomistischen Milieus beim Streit um den Bau einer Moschee in Strasbourg unversehens die Partei der Nordafrikaner ergriffen, weil diese doch auch Opfer des Pariser Zentralismus seien. Weiß der Himmel, welche Konstellationen sich da noch zusammenbrauen werden ...«

Der Espresso ist gekommen, und Berndorf nimmt einen vorsichtigen Schluck. »Sagen Sie, könnten Sie mir ein paar der Leute aus dieser Szene nennen? Sie sollten allerdings in Strasbourg wohnen.« Wieder zeigt er den Zettel, den er Habrecht abgenommen hat. »Es würde mich interessieren, ob man diese Telefonnummer einem von ihnen zuordnen kann.«

Marckolsheimer wirft einen Blick auf den Zettel. Er müsse sowieso noch einmal in sein Institut, meint er dann. Ob Berndorf ihn nicht begleiten wolle? »Wir können im Internet nachsehen. Es gibt ganze Netzwerke dieser Leute.«

Berndorf hat dann aber noch eine Bitte. Er holt aus seiner brüchigen Aktentasche die drei Hefte der *Festgaben für Heimat und Volkstum*, die er sich aus Seiferts Wieshülener Gemeindebibliothek entliehen hat, und zeigt sie seinem Gegenüber. Marckolsheimer blättert die Hefte durch, erst amüsiert, dann stirnrunzelnd.

»Sagen Sie mir bitte, was das ist?«

Berndorf erzählt von Johannes Grünheim, von dessen Schwiegersohn Gerolf Zundt und von der in den Buchenwäldern am Albtrauf verborgenen Akademie. »Eigentlich hoffte ich, Sie könnten mir sagen, wo diese Hefte verbreitet werden und von wem.«

Marckolsheimer blickt verwundert zu ihm hoch. »Grünheim und sein Internat für elsässische Kinder, die nazifiziert werden sollten, sind mir allerdings ein Begriff. Dass nach ihm eine Akademie benannt ist …« Er lässt den Satz unvollendet. »Offenbar gibt es Leute mit unheilbar gutem Gewissen. Übrigens muss diese Akademie sehr diskret arbeiten, im Elsass jedenfalls hat man von ihr noch nie gehört, sie hätte sonst ganz gewiss ein sehr lautstarkes Echo gefunden …«

»Sie haben auch keines dieser Hefte bisher zu Gesicht bekommen?«

»Bestimmt nicht. Eine solche Kuriosität wäre mir sofort aufgefallen. Diese Aufsätze sind mittelmäßige Ausgrabungen, spätes 19. Jahrhundert und längst überholt, sofern sie heimatkundliche Themen behandeln. Wenn der Offsetdruck und die Fotos nicht wären, könnte man sie für eine eilige Zusammenstellung aus dem Jahr 1940 oder 1941 halten, als man händeringend deutsche Texte brauchte …«

Freitag, 7. Juli

Berndorf sitzt in dem Peugeot, den er sich am Morgen gemietet hat und der zwischen einem Kastenwagen und einem altersrostigen Simca am Straßenrand geparkt ist, einige 30 Meter von der Philatélie Charles Roos entfernt. Er sieht die Zeitungen durch, die er sich auf dem Weg vom Hotel zur Mietwagengarage in einem Tabakladen gekauft hat.

Noch immer ist er ein wenig aufgebracht, und zwar über sich selbst. Wenn man herausbringen will, wem ein Telefonanschluss gehört, dann ist es die einfachste Sache auf der Welt, dort anzurufen. Er hatte das nicht getan, weil er keine schlafenden Hunde hatten wecken wollen, welche auch immer, und war deshalb am Vorabend mit Marckolsheimer in dessen Institut gegangen. Nur – Berndorfs oder Habrechts Straßburger Telefonnummer war keinem der bekannten Autonomisten zuzuordnen und in keinem ihrer Netzwerke zu finden.

Nach dem Frühstück hatte er – bereits fest entschlossen, seine lächerlichen Straßburger Amateur-Recherchen noch an diesem Vormittag abzubrechen – schließlich getan, was er gleich hätte tun können. Er hatte angerufen, eine Frauenstimme meldete sich, und Berndorf brauchte eine längere Schrecksekunde, bis er begriff, dass er mit einer Briefmarkenhandlung verbunden war.

»Entschuldigung«, hatte er dann gesagt, »ja natürlich, ich wollte ja eine Briefmarkenhandlung, ich sammle Zweiten Weltkrieg und hier vor allem besetzte deutsche Gebiete, haben Sie das im Sortiment …?«

Er hatte das so unbefangen deutsch gefragt, wie dies ein deutscher Briefmarkensammler mit besetzten deutschen Gebieten als Fachgebiet wohl wirklich tun würde, jedenfalls in Strasbourg. Zwar war in seinem Kopf kurz der Verdacht hochgeschossen, dass es solche Spezialgebiete der Philatelie vielleicht gar nicht gebe und sie nur eine Ausgeburt seiner Fantasie seien …

»Ja, haben wir«, antwortete die Frauenstimme in einem Deutsch, das für Berndorfs Ohren sehr rechtsrheinisch klang, »natürlich vor allem Elsass, aber auch Kanalinseln und Generalgouvernement … Wenn Sie vorbeikommen wollen?«

Berndorf hatte sich den Weg beschreiben lassen, die Philatélie Charles Roos lag in einem südwestlichen Vorort, und inzwischen hätte er sie längst aufsuchen können. Dass er es nicht getan hatte, hing mit einem schwarzen Porsche zusammen, der fünf Rostlauben und ein paar Meter vor ihm geparkt war, ein Porsche mit einer Freiburger Nummer, in Strasbourg hatte das nichts zu bedeuten, auch wenn dies hier ein eher kümmerlicher Vorort war und nichts zu bieten schien, was einen Porsche fahrenden Bundesdeutschen würde anlocken können, aber auch das musste nichts heißen …

Den schwarzen Porsche mit dem Freiburger Kennzeichen hat Berndorf schon einmal gesehen. Bedeckt ist der Himmel heute, aber wenn er sich erinnert, wird es ihm eng im Hals, die Wieshülener Beerdigungssonne brennt auf den Kopf: *Staub zu Staub, Asche zu Asche, übrigens habe ich Sie immer für eine Mesalliance Barbaras gehalten …*

So hat er beschlossen, erst einmal zu warten und Zeitung zu lesen. In den *Nouvelles d'Alsace* dreht sich alles um den am Wochenende bevorstehenden deutsch-französischen Regierungsgipfel, im Lokalteil ist abgedruckt, wo es in der Innenstadt zu Absperrungen kommen wird und wo die Regierungschefs sich – vielleicht – der Öffentlichkeit zeigen werden. Der französische Staatspräsident hat den deutschen Bundeskanzler zu einem Abstecher auf die Vogesenhöhen eingeladen, zu einem der Schlachtfelder des Ersten Weltkriegs, auf denen sich damals französische Alpini und badische Landwehrmänner und bayerische Jäger zu Zehntausenden massakriert hatten, einer der im Stacheldraht verbluteten Alpini war der Großvater des Staatspräsidenten gewesen ...

Zu seiner Überraschung hat Berndorf in dem Tabakladen auch den *Mannheimer Morgen* bekommen, der nicht mit dem Regierungsgipfel aufmacht, sondern mit dem Antrag des Berliner Innenministers beim Bundesverfassungsgericht, die Nationale Aktion zu verbieten. Er blättert weiter, aber eine Notiz über eine nächtliche Schlägerei in Leimbach findet er nicht. Dabei waren immerhin zwei Männer krankenhausreif zugerichtet worden, mehrere der Beteiligten hatten das Weite gesucht, sonst war so etwas doch eine Notiz im Polizeibericht wert? Er überlegt schon, ob er vielleicht eine Mannheimer Stadtausgabe bekommen hat, die keine Nachrichten aus der Region bringt. Aber dann fällt ihm doch eine Geschichte aus Heidelberg ins Auge, *Auf dem Flügel der Liebe* lautet die kursiv gesetzte Überschrift, und weil sich in und vor der Philatélie Roos noch immer nichts getan hat, beginnt er zu lesen ...

... die in diesen Tagen in Heidelberg mit Abstand am häufigsten aufgerufene Internet-Seite ist die eines Musikerziehers an einem der städtischen Gymnasien. Auf der Homepage des Oberstudienrats, auf der dieser bisher vor allem Konzerte und neue Plattenaufnahmen besprochen hat, findet sich ein Link zu dem privaten Tagebuch des Erziehers. Geschildert wird darin die Beziehung zu einer seiner Schülerinnen, die der verheiratete Pädagoge beim Vornamen nennt und zu der er sich unter anderem auch auf dem Flügel in der Musikaula der Schule hingezogen gefühlt haben soll.

»Wir müssen leider bestätigen, dass unsere Schule in einen empörenden Zusammenhang mit einer solchen Homepage gebracht worden ist«, erklärte gestern die Direktorin des Gymnasiums, Hildegard Bohde-Riss. Auf Nachfrage bestätigte sie außerdem, dass eine der Lehrkräfte des Gymnasiums bis zur Klärung der Vorwürfe beurlaubt worden sei. »Der betreffende Pädagoge bestreitet aber, Autor dieses Tagebuchs zu sein. Und

nachdrücklich bestreitet er auch, je eine intime Beziehung zu einer seiner Schülerinnen gehabt zu haben.«

Die auch anatomisch detailreiche Schilderung hat inzwischen mehrere Rechtsanwälte auf den Plan gerufen. Sie vertreten Familien mit Töchtern, die alle das fragliche Gymnasium besuchen und den gleichen Vornamen tragen wie der in dem Internet-Tagebuch genannte …

Merkwürdig, denkt Berndorf. Diese Birgit Höge ist doch mit einem Musiklehrer verheiratet …

Die gläserne Fensterfront des Büros, das Florian Grassl an diesem Morgen aufgesucht hat, lässt den Blick über den Taunus schweifen und über die Wolken, die über den Großen Feldberg hinweg gen Osten segeln.

»Sie haben Verständnis, dass wir uns auf dieses Gespräch vorbereitet haben«, sagt der Mann hinter dem Schreibtisch. Wieder hat der Schreibtisch eine dieser gläsernen Platten, die das leere aufgeräumte Nichts spiegeln. Der Mann dahinter hat diesmal kurze blonde gekräuselte Haare, die eine ausgeprägte Stirnglatze säumen, und einen aufgezwirbelten Schnurrbart.

»Ich wäre enttäuscht«, sagt Grassl heiter, »wenn Sie das nicht getan hätten.«

Der Mann mit der Stirnglatze nickt, etwas überrascht, greift zum Hörer und sagt, der Kollege – dessen Namen Grassl nicht versteht – könne jetzt kommen. Dann lehnt er sich zurück, so dass sein aufgezwirbelter Schnäuzer sich noch selbstgefälliger ins Licht reckt.

»Unter anderem haben wir bei unseren Kollegen von der anderen Baustelle angerufen. In den zwei gläsernen Türmen, Sie verstehen. Wir wollten uns vergewissern, ob Sie vielleicht dort schon vorgesprochen haben.« Der Schnäuzer zuckt. »Sie haben.«

»Das kann Sie kaum wundern«, antwortet Grassl. Kalt bis ans Herz bleiben. Die Tür öffnet sich, schweigend betritt ein schmalbrüstiger dünnhaariger Mensch den Raum, nimmt sich einen Stuhl und setzt sich neben den Schreibtisch.

»Ich habe einen Kollegen unserer Rechtsabteilung dazugebeten«, sagt der Schnauzträger. »Der Kollege hat ein kleines Papier vorbereitet. Sie werden es unterschreiben. Es ist nur die Bestätigung, dass Sie uns gegenüber einen Doktortitel angegeben haben, der Ihnen nicht zusteht, und dass Sie ferner wegen einer bankgeschichtlichen Untersuchung vorgesprochen haben, zu der Sie in keiner Weise qualifiziert sind.«

Der Mann mit den dünnlich schwarzen Haaren verbeugt sich leicht und ergreift nun selbst das Wort. Auch seine Stimme ist dünnlich. »Sie akzeptieren weiterhin eine Vertragsstrafe von 50 000 Mark für den Fall, dass Sie noch einmal bei einem deutschen Kreditinstitut wegen angeblich von Ihnen geplanter Publikationen vorstellig werden. Als Gegenleistung verzichten wir auf eine Strafanzeige.«

Grassl blickt die beiden Männer an. Der Mensch ist ein Wurm. Wenn man ihn tritt, krümmt er sich. Wie viel Tritte hält ein Mensch aus? »Sehr aufschlussreich«, bringt er heraus und muss sich räuspern, »wirklich sehr aufschlussreich, in welcher Weise Sie auf die bescheidene Bitte um Unterstützung einer wissenschaftlichen Arbeit reagieren ... Aber wie Sie wünschen.«

Grassl nimmt seinen Kugelschreiber aus der Jackentasche. »Wo?« Eine Dokumentenmappe wird aufgeschlagen auf den Tisch mit der spiegelnden Glasscheibe gelegt, Grassl beugt sich darüber und unterzeichnet hastig. »Wünschen Sie ein Duplikat?«, fragt die dünne Stimme. Grassl schüttelt den Kopf und geht zur Tür. Bevor er sie erreicht, dreht er sich noch einmal um.

»Merken Sie sich dieses Datum«, sagt Grassl und sieht von dem Schnauzträger zu dem Dünnhaarigen. »Heute haben Sie Ihrem Haus einen großen Dienst erwiesen. Je schändlicher die Dinge sind, desto tiefer will man sie vergraben. Aber keine Grube ist so tief, dass die Vergangenheit nicht aus ihr aufstehen könnte und nach Ihnen greifen und Sie einholen wird ...«

Er greift nach der Türklinke und zerrt daran, bis ihm bewusst wird, dass er sie erst herunterdrücken muss.

Zwei Jungen, die marokkanisch aussehen, haben Berndorf in seinem Peugeot entdeckt. Bevor sie einen größeren Auflauf veranstalten können, gibt er ihnen zwanzig Franc und den Auftrag, nach deutschen Autos zu sehen, die in den Nachbarstraßen geparkt sind.

Dann öffnet sich vorne an der Briefmarkenhandlung die Tür, hoch gewachsen, mit etwas fahrigen Bewegungen kommt heraus der Freiburger Universitätsprofessor Ernst Moritz Schatte, der sich kurz umsieht und dann zur Ladentür hin nickt. Es folgen ihm zwei Männer, von denen einer aussieht, als wolle er im Frühtau zu Berge, er ist groß und stämmig und steckt in Kniebundhosen, zu denen er ein rot kariertes Hemd trägt. Warum kein Tirolerhut?

Dann sieht Berndorf den dritten Mann und atmet tief durch. Diesmal kein Leistungswanderer des Schwäbischen Albvereins. Klein und fast zierlich neben den beiden Deutschen geht ein Mann mit olivfarbenem Teint und einem kümmerlichen, aber rund geschnittenen Kinnbart, der Mann sieht aus wie eine halbe Portion, möchte man meinen, nur Berndorf meint das nicht.

Marckolsheimer fällt ihm ein und die Geschichte über die Autonomisten mit der Maghreb-Connection. Und der Prozess gegen den muslimischen Sektenprediger, dessen abtrünniger Jünger im Hochofen endete.

Der Mann aus dem Maghreb bleibt bei einem Renault-Lieferwagen stehen und wartet, während die beiden Deutschen zu dem Porsche gehen. Der Bursche mit den Kniebundhosen nimmt einen voll gepackten Rucksack aus dem Kofferraum, er und Schatte nicken sich kurz zu, dann steigt Schatte in seinen Porsche und der Leistungswanderer trägt seinen Rucksack zu dem Kombi und verstaut ihn im Laderaum.

Gleich darauf schiebt sich der Porsche aus der Parklücke und zieht leise aufbrummend davon. An der Kreuzung vorne biegt der Fahrer nach rechts ab, in Richtung Stadtmitte. Der Renault bläst eine blaue Qualmwolke aus dem Auspuff und folgt, aber vorne an der Kreuzung wird der linke Blinker gesetzt, er funktioniert sogar, obwohl das Glas über der Birne halb eingeschlagen ist, es geht stadtauswärts, in Richtung der Nationalstraße 83, falls Berndorf den Stadtplan richtig gelesen hat.

Schon vorher hat er ohne langes Überlegen entschieden, dass er nicht dem Porsche nachfahren wird.

Grassl geht durch die Bockenheimer Anlage, an einem kümmerlichen Teich vorbei, auf dem ein verirrter Schwan kümmerliche Kreise zieht. Wie viel Tritte verträgt der Mensch? Mehr als er meint.

Was soll's? Ein Wisch. Ein hingekrakelter Schriftzug auf einem Wisch. Ein Tamariskenstrauch, der fürs Erste abgebrannt ist. Was heißt: fürs Erste? Abgebrannt ist abgebrannt.

Was tun? Anders gefragt: Was hättest du tun müssen? Aus ahnungsvollen Tiefen kommt glockenschwer die Antwort.

Du hättest ihnen die fertige Arbeit auf den Tisch legen müssen. Und ihnen überlassen, was sie dazu sagen. Und das, mein Lieber, kannst du immer noch. Du fährst ins Elsass. Zeitreise auf den Spuren deutscher Eroberer …

Er geht eine Treppe hoch und kommt auf einen Weg, der zur U-Bahn-Haltestelle Eschenheimer Tor führt. Es ist später Vormittag, am besten, er wird in sein Hotel im Nordend gehen und mit dem Rest des Geldes aus dem Doppelturm erst einmal einen strategischen Rückzug antreten.

Er bleibt stehen. Warum nicht Straßburg? Wo es eine Universität gibt, wird es auch Archive geben. Er lächelt still. Die zwei Männer, die hinter ihm die Treppe hochgekommen sind, gehen an ihm vorbei.

Dann bleiben sie stehen. Einer der Männer trägt den rechten Arm in einer Stützschiene.

Und dann sieht Grassl auch schon das feuerrote Mal, das sich über die Wange des Mannes zieht. Grassl wendet sich zur Seite. Aber da packt ihn schon Shortie am Handgelenk, es ist ein schraubstockharter Griff, der ihm den Arm auf den Rücken reißt.

»Ganz ruhig«, sagt der Bursche mit dem Feuermal, »diesmal hilft dir kein Schaffner ...«

Ein Wagen, der halb im Halteverbot und halb auf dem Gehsteig geparkt ist, wird gestartet. Sie gehen auf den Wagen zu, Shortie öffnet die Tür zu den Rücksitzen und stößt Grassl hinein. Dann setzt er sich neben ihn. Der Bursche mit dem Feuermal und der Stützschiene hievt sich etwas mühsam auf den Beifahrersitz. Kaum werden die Türen geschlossen, fährt der Wagen auch schon an. Es ist ein dunkelblauer BMW, Grassl hat auf das Kennzeichen nicht weiter geachtet, dass es ein Stuttgarter Kennzeichen ist, weiß er auch so.

»Wo ist dein Hotel?«

Berndorf hat seinen Peugeot in einer Tiefgarage abgestellt und findet sich nun am Tageslicht zu Füßen des Generals Jean Rapp wieder, einst Gouverneur in Danzig und bekannt als Autor von Erinnerungen, die er nicht geschrieben hat. Rapp ist aus Stein und fast ein deutsch-französischer Held, denn er hat zu Ende der napoleonischen Zeit Danzig gegen die Russen verteidigt, das heißt – so überlegt Berndorf –, getan haben das seine Soldaten. Mit den Heldentaten des Generals verhält es sich ebenso wie mit seinen angeblichen Memoiren: sie werden ihm nur zugeschrieben. Nichts ist, was es scheint.

Berndorf ist in Colmar, nach einer Fahrt, die ihn von den schmutzig grauen Vororten Straßburgs durch die Äcker und Felder des Elsass geführt hat, vorbei am Blaugrün der aus dem Tal ansteigenden Weinberge. Nur hat Berndorf keinen Blick dafür gehabt, weil er sich in nicht allzu naher Sichtweite des Renault-Lieferwagens halten musste, zuweilen aufschließend, dann wieder in einigem Abstand.

Bis Colmar konnte er dem Renault folgen. Aber dann, kurz nachdem sie von der Nationale 83 ins Stadtgebiet kamen, hat er ihn doch aus den Augen verloren.

Er fragt sich zu einer Librairie durch und findet dort nicht nur eine Straßenkarte, sondern auch eine Wanderkarte im Maßstab 1:25 000. Noch einmal vergewissert er sich in den

Nouvelles d'Alsace, was im Programm des Regierungsgipfels vorgesehen ist und was er am Morgen nur überflogen hat: dass nämlich der Staatspräsident den deutschen Regierungschef – *accompagné par M. Ruff* – persönlich über das Schlachtfeld auf dem Lingekopf führen wolle …

Accompagné par M. Ruff. Ein läppischer Nebensatz. Hat nichts weiter zu bedeuten. Natürlich haben die Chefs ihre Entourage dabei. Warum hat er das beim ersten Mal überlesen? Er schüttelt sich. Was er denkt, kann nicht sein.

Er steckt die Zeitung in die Tasche seines Leinenjacketts und faltet die Straßenkarte auf. Nach einigem Suchen findet er den Namen schließlich wieder, das Linge-Memorial liegt zwischen den Tälern der Weiß und der Fecht, oberhalb von Munster, und das wiederum ist knapp 20 Kilometer westlich von Colmar … Eine Buchhändlerin wird auf ihn aufmerksam, wie er mit aufgefalteter Karte noch immer im Verkaufsraum herumsteht, er fragt, ob es Literatur über die Gefechte am Linge gibt, und sie sucht ihm eine kleine offiziöse Broschüre heraus, verfasst von einem A. Durlewanger.

Wenig später sitzt Berndorf wieder in dem Peugeot, auf der Fahrt in die Vogesen, deren Kuppen unter dem raschen Zug der Wolken zartblau über dem Tal aufragen.

»Ganz schrecklich, diese Sache mit meinem Freund«, sagt Kai Habrecht zu der Frau an der schäbigen engen Rezeption, »plötzlich fällt er um und windet sich auf dem Boden und hat Krämpfe und läuft ganz blau an … Wir haben ihn dann ins Klinikum nach Sachsenhausen gebracht, mit so einer Subtraktion des Abdomen ist nicht zu spaßen, glauben Sie mir.«

Die Frau glaubt es ihm, denn Habrecht bezahlt anstandslos die Rechnung für den Herrn Dr. Grassl, und so gibt sie ihm auch bereitwillig den Schlüssel, damit er und sein anderer Freund das Gepäck ins Klinikum bringen können.

Die beiden Männer gehen nach oben, weil sie zu zweit und wegen der Stützschiene Habrechts nicht in den altersschwachen Aufzug passen. Grassls Zimmer ist noch ein wenig kleiner und muffiger, als sie es sich nach dem Zustand der Rezeption vorgestellt haben. Im Schrank hängt eine etwas fadenscheinige Kombination, außerdem finden sie Wäsche, die nicht mehr sehr sauber aussieht.

»Auch die verschissenen Unterhosen?«, fragt Habrechts Begleiter, der in seiner Szene »Dülle« genannt wird.

»Pack's rein«, antwortet Habrecht, der gerade dabei ist, den Stapel altersmuffiger und stockfleckiger Scharteken durchzusehen, der sich auf dem Tisch in Grassls Zimmer findet. »Pack alles ein. Der Prof will es so.«

Berndorf hat die Straße Richtung Orbey genommen, an Turcheim vorbei, eine Bratwurst oder zwei wären auch nicht schlecht, aber dazu ist jetzt nicht die Zeit. Er biegt zum Col de Wettstein ab, die Straße gewinnt an Höhe, er fährt durch Mischwälder und an Viehweiden vorbei, weiter oben lädt eine allein stehende Ferme zum *menu touristique.* An einer Wegbiegung steht ein Gedenkstein mit goldgeprägten Lorbeerkränzen und Rangbezeichnungen. Dem Gedenkstein gegenüber ist ein kleiner Parkplatz, auf dem Berndorf noch eine freie Bucht für den Peugeot findet.

Er steigt aus und geht an einem hässlichen niedrigen Steinbau vorbei und gelangt so zu einem Fußweg, der zu einem Hügel führt. Der Hügel gehört zu einer Bergkette, die sich in südöstlicher Richtung hinzieht. Der Hügel selbst ist nicht bewaldet und groß genug, dass hier – hätte man es mit einem Freizeitgelände zu tun – ein gutes Dutzend Familien picknicken könnten, ohne sich auf die Füße zu treten.

Der Fußweg führt an Gesträuch und Stacheldraht und Mauerwerk vorbei, das tief in den roten Stein des Hügels eingelassen ist. Gräben und Laufgänge winden sich über den Hügel, dazwischen scheinen Einlässe in dunkle Unterstände und Bunker hinabzuführen. Sie sind für den Besucher gesperrt. Abgesperrt ist auch der oberste Bereich der Kuppe. Berndorf versteht nicht, was er da sieht. Die Kuppe erinnert ihn an einen Ameisenhügel, dessen oberste Schicht abgedeckt worden ist, sodass die unterirdischen Wege und Kammern freigelegt sind. An einer Stelle, an der der Fußweg das erlaubt, tritt er zurück und lässt eine französische Familie an sich vorbei. Er holt Durlewangers Monografie heraus und liest nach, warum der Hügelkette des Linge im Jahre 1915 *die gefährliche Ehre zugefallen ist, eine geschichtliche Rolle zu spielen*, wie das der Historiograf so anmutig formuliert.

Es ist eine Geschichte, die mit den hell schmetternden Clairons der französischen Kürassiere beginnt, die im August 1914 im Elsass einziehen. Sie setzt sich fort mit dem deutschen Gegenangriff, dem Klatschen der Gewehrkugeln, die in die Baumstämme der Vogesenwälder einschlagen, mit den Verwundeten, die mit letzter Kraft zu einem der quellklaren plätschernden Vogesenbäche kriechen, es ist eine Geschichte der Männer, die zwischen den Sterbenden und Toten knien und hastig einen Schluck Wasser schöpfen, um dann blind weiter durch Laub und Tann zu stolpern, mit aufgepflanztem Bajonett gegen die Maschinengewehrnester, die sich im satten Grün der Wälder und der Hügel voller Heidelbeeren eingenistet haben.

Einer dieser Hügel ist der Linge. Zu Beginn des Jahres 1915 ist er im Besitz der Deutschen, die damit das Tal der Fecht kontrollieren und zugleich die nördliche Flanke der französischen Stellungen am Hartmannsweilerkopf bedrohen. Vor allem aber schirmt der Höhenzug die Stadt Colmar gegen einen weiteren Vormarsch ab, und so schickt der örtliche französische Befehlshaber, ein General Dubail, seine Alpenjäger gegen diese winzige, alsbald auf Schritt und Tritt von Festungsgräben und Bunkern durchzogene Hügelkuppe und lässt angreifen, eins um das andere Mal, allein am 24. Februar 1915 haben die Alpini fast 1600 Tote. Am 20. Juli werden fünf Alpini-Bataillone der 129. Division ins Feuer gejagt und verlieren bereits bei der ersten Angriffswelle ein Drittel der Mannschaft, am 22. Juli folgt der nächste Angriff, wieder bricht er im Maschinengewehrfeuer zusammen, am 26. Juli wird ein Teil des Bunkersystems gestürmt, das genügt nicht, die 129.

Division muss weiter angreifen, am 29. Juli, am 1. August, bayerische und mecklenburgische Jäger halten trotzdem den Gipfelbunker, am 3. August holen sich die Deutschen den Lingekopf zurück, es ist Hochsommer, *2000 Leichen, welche man erfolglos mit Phenol übergoss, verwesen unter Mückenschwärmen …*

Die 129. Division ist am Ende, ausgeblutet, die jungen Soldaten verzweifelt, am 20. August sollen sie abgelöst werden, aber General Dubail besteht darauf, dass die Division *einer letzten Anstrengung unterzogen werde,* die 20-jährigen Soldaten stürmen am 18. August einen Teil des deutschen Grabensystems, das ist nicht genug, *in seinem Hauptquartier wird General Joffre ärgerlich beim Empfang der Berichte über diese harmlosen Erfolge,* den Zwanzigjährigen der 129. Division wird eine weitere letzte Anstrengung auferlegt, aber der Aufmarsch bricht im deutschen Geschützfeuer zusammen, am 31. August rollt ein deutscher Gegenangriff an, Giftgas bereitet ihn vor, *nach 13 Uhr werden die Explosionen dumpfer, es verbreitet sich ein Geruch von Knoblauch und Äther, der bald zu einer zerfetzten, am Boden hinkriechenden Wolke wird …*

Eine französische Stimme spricht Berndorf an. Er blickt hoch. Vor ihm steht ein Soldat in blauer Uniform und mit weißen Handschuhen. Leider müsse er Monsieur bitten, sagt der Alpenjäger, das Linge-Memorial zu verlassen, ein offizieller Besuch werde erwartet, was besondere Sicherheitsvorkehrungen notwendig mache.

Berndorf nickt und wendet sich zum Gehen. Sein Blick fällt auf den inneren, abgesperrten Bereich der Hügelkuppe. Mücken tanzen im Sonnenlicht. Die Kuppe ist abgesperrt, weil dort noch immer Hunderte von Toten verschüttet sind.

Der Pfad steigt steil Richtung Südwest an, Laubgebüsch schlägt mit seinen Zweigen Berndorf ins Gesicht, hoch über ihm strecken Fichten ihre zerzausten Kronen dem Westwind entgegen. Er folgt der Wanderkarte, die genau genug ist, um Höhenlinien aufzuzeigen und auch die Pfade, die von den ausgeschilderten Wanderwegen abzweigen. Einem solchen folgt er jetzt, wenn es denn der ist, den er auf der Karte zu erkennen geglaubt hat.

Welches Ziel verfolgt er? Er weiß es selbst nicht. Nicht genau. Vom Linge-Memorial hatte er zunächst den Weg zurück Richtung Colmar genommen, war dann aber abgebogen und zu dem Wallfahrtsort Trois Épis hochgefahren. Dort hatte er zu Mittag gegessen und entschieden, dass er einen letzten Versuch unternehmen wird. Denn Trois Épis liegt nur wenige Kilometer östlich des Linge, auf dem gleichen Höhenzug wie dieser, und aus Durlewangers Monografie weiß Berndorf, dass die deutsche Artillerie ihre Batterien von Trois Épis aus in Stellung gebracht hatte. Irgendwo auf den Anhöhen über ihm müssen deshalb die Feuerleitstellen gewesen sein, dort, wo sich das Licht des Nachmittags über Krüppelgehölz und dem Gelächter der Tannenhäher ausbreitet.

Er geht langsam, weil sein linkes Bein zu schmerzen beginnt, und er geht vorsichtig. Keinen Ast, keinen Zweig will er abbrechen. Er hört auf die Geräusche des Waldes, aber nichts ist zu hören als sein eigener Atem …

Zu seiner Linken ahnt er das Tal und darüber das Massiv, zu dem der Grand Ballon gehört. Also ist er auf der Kammlinie, und das bedeutet, dass er jeden Augenblick auf einen alten Beobachtungsposten der deutschen Artillerie stoßen kann, geschützt hinter dem rötlichen Fels, der sich zwischen dem Laubwald hervordrängt, oder einbetoniert in den Boden.

Misstönend schlägt ein Häher Alarm und stört die mittägliche Ruhe. Berndorf verharrt. Falke oder Habicht? Im wolkenbewegten Himmel ist nichts zu sehen. Ein Störenfried auf dem Boden also, denkt Berndorf, bist du es selbst? Aber der Häher lärmt weiter vorne …

Berndorf beschließt, nicht auf der Kammlinie zu bleiben, die Bäume stehen hier zu licht. Behutsam, Schritt für Schritt, schiebt er sich auf den südlichen Abhang zu. Der Abhang ist so steil, dass er dort kaum gehen kann. Aber in den Abhang hat sich Laubgebüsch gekrallt, das Deckung gibt.

Kies spritzt auf, als der BMW auf dem Vorplatz der Johannes-Grünheim-Akademie zum Stehen gebracht wird. Grassl wird herausgestoßen, er reibt sich den Arm, aber dann packt Shortie auch schon wieder zu und hält ihn fest.

»Du wirst dich hier ganz manierlich aufführen«, sagt der Bursche mit dem Feuermal, von dem Grassl inzwischen weiß, dass er Kai heißt. »Falls wir die Frau Zundt zu Gesicht bekommen, entschuldigst du dich für dein langes Fernbleiben und sagst, nun seist du ja wieder da … Ach ja, kondolieren wirst du ihr auch noch. Der Alte ist hinüber, falls du das noch nicht weißt.«

Grassl, dessen rechter Arm weiter in Shorties Griff ist, nickt. Kalt bleiben. Und höflich. Kein unnützer Widerspruch.

Zu dritt gehen sie zum Eingang, voran Kai mit der Stützschiene, dahinter Shortie und Grassl. Der Fahrer, von dem Grassl inzwischen weiß, dass man ihn »Dülle« nennt, bleibt noch bei dem BMW.

In der Tür erscheint, majestätisch in einen schwarzen Umhang gehüllt, die Hohe Frawe und jetzige Witwe Margarethe Zundt und sagt nichts.

Grassl spricht sein tief empfundenes Beileid aus. »Ich hatte noch einen Auftrag Ihres Gatten, dabei bin ich aufgehalten worden … als ich die schreckliche Nachricht …«

»Ich habe es als sehr enttäuschend empfunden, dass Sie nicht zu seiner Beerdigung gekommen sind«, stellt die Hohe Frawe fest. »Mein Gatte hätte es wohl erwarten dürfen, nach allem, was er für Sie getan hat. Und was wollen Sie jetzt hier? Wir haben Ihr Zimmer geräumt …«

»Der Herr Professor hat mit ihm noch einiges zu klären, gnädige Frau«, schaltet sich Kai ein. »Es geht darum, ob alle Hinterlassenschaften Ihres Gatten noch vorhanden sind.«

»Dann klären Sie das«, sagt die Hohe Witwe und wendet sich wehenden Umhangs ins Haus. Kai bleibt einen Augenblick stehen. Dann folgt er ihr, und auch Grassl und Shortie treten in die Eingangshalle, in der der Blick jetzt auf ein großes, schwarz gerahmtes Foto des verblichenen Gerolf Zundt fällt, das ihn mit staatstragendem Faltenwurf des Gesichtes zeigt, zwei Finger denkerisch an die Wange gelegt.

Sie gehen die Treppe in den ersten Stock hoch und weiter in die Bibliothek. Hinter ihnen folgt Dülle, er ist schmaler als Shortie und trägt die Haare länger. Dülle redet wenig. Er lächelt nur, manchmal.

Noch immer hält ihn Shortie am Arm. Kai greift sich einen der Lehnstühle, die vor den Bücherwänden bereitgestellt sind, und zieht ihn in die Mitte des Bibliotheksraumes. Es ist ein schwerer, unbequemer Lehnstuhl aus massivem Eichenholz, mit gerader Lehne und geraden harten Armstützen.

»Willst dich nicht setzen?«, fragt Kai.

Shortie stößt Grassl in den Lehnstuhl. Erst jetzt sieht Grassl, dass Dülle eine Leine in der Hand hält. Er kommt auf ihn zu und lächelt sein freundliches offenes Lächeln. Es ist keine Leine, die er in der Hand hat, denkt Grassl, es ist das Abschleppseil. Deswegen ist er zurückgeblieben. Er musste es erst aus dem Kofferraum holen.

Der Häher hat sich für eine Weile beruhigt. Stetig und in unaufhaltsamer Fahrt nach Osten ziehen dunkle Wolken über den Himmel. Unter Berndorf schimmert das Tal der Fecht. Im Westen kann er grüne Hänge und bewaldete Hügelkuppen erkennen, wer dorthin Sicht haben will, hat sie hier. Über ihm hängt graues, moosbewachsenes Gestein, mit schießschartigem Mauerwerk verbunden, über das sich Efeu zieht. Halblaut bröckeln Bruchstücke eines Gesprächs nach unten. Er versucht, sich ein Stück nach oben zu schieben, näher an das Mauerwerk heran. Ehe er es abwehren kann, fährt ihm eine Brombeerranke ins Gesicht.

Eine der Stimmen klingt rau, fast guttural. Plötzlich setzen sich Silben zusammen.

»C'est du cochon. Ça je ne mange pas.«

Eine zweite Stimme antwortet. »Was is'n jetzt schon wieder? Is gut, glaub mir. Feines Happi-Happi.«

»Moi suis un musulman.«

Zwei Männer biwakieren in dem alten Beobachtungsposten, denkt Berndorf, zwei Männer auf der Wanderschaft, was ist dabei? Irgendwo unten auf der anderen Seite des Kamms wird der Renault-Transporter stehen, vermutlich am Ende eines Holzwegs unter den Bäumen versteckt, nicht zu weit von dem Beobachtungsstand entfernt, so viel Zeit bleibt den zwei Männern morgen dann nicht mehr … jedenfalls dann nicht, wenn sie ihren Job getan haben.

Welchen Job?

Zischend wird oben eine Dose geöffnet, Bier oder Cola. Der Häher erschrickt und kreischt einen neuerlichen Wutausbruch durch den Nachmittag. Berndorf nutzt den Lärm und hangelt sich an jungem Laubgehölz nach unten. Die Schramme in seinem Gesicht brennt.

»Helvetischer Trust«, sagt Grassl, den Kopf gesenkt, um die Augen vor dem grellen Licht der Lampe zu schützen, die auf ihn gerichtet ist, »ich sagte es Ihnen doch, Zweigstelle Romanshorn, das Kennwort ist Reunion.«

»Du lügst schon wieder«, sagt Kai, der irgendwo hinter der Lampe steht. »Wir haben genug davon. Genug von deinen lausigen Tricks. Du hast das Material nicht in den Safe gebracht. Das wissen wir doch. Wir waren dabei, weißt du das nicht mehr?«

Ja, denkt Grassl, er hält die Augen geschlossen und sieht vor sich das weiße Deck der Fähre, auf dem er nach Friedrichshafen zurückgeschickt wird, der See ist blau, zart sieht man im Süden die Berge, und irgendwo tölpeln Kai und Shortie und sind die Hereingelegten … Ein paar Tage ist das erst her.

»Wo also hast du das Material? Muss Dülle noch einmal telefonieren?«

Aus dem Hintergrund kommt Dülle und lächelt wieder und hat wieder das Telefonbuch in der Hand.

»Sie haben doch alles«, bringt Grassl heraus und windet sich in dem Abschleppseil, mit dem man ihn in dem Lehnstuhl festgebunden hat, »Sie haben es doch bei meinem Gepäck im Hotel gefunden …«

»Verscheißer uns nicht. Wir sind nicht deine Unterhosen. Das Zeug in deinem Gepäck ist Altpapier. Kein Mensch kann damit etwas anfangen …«

Wie oft darf man einen Menschen treten? Alles hat seine Grenze, denkt Grassl. Sie werden mich wieder schlagen. Sollen sie. Diesmal werde ich das Bewusstsein verlieren. Ich werde den Atem anhalten, wenn der Schlag kommt, und dann werde ich bewusstlos sein. Gar nichts mehr nützt es ihnen dann …

»Du kannst vielleicht nichts damit anfangen«, sagt er entschlossen. »Du nicht und dein infantiler Schläger auch nicht. Überlegt euch mal, warum ihr das nicht könnt … Habt ihr denn keinen, der ein bisschen schlauer ist?«

»Oh«, sagt Kai, »der kleine Scheißer wird frech.«

Dülle tritt an Grassl heran und lächelt dieses sonnige Kinderlächeln und legt ihm das Telefonbuch an den Kopf, diesmal an die linke Seite, und holt mit der Faust aus und schlägt sie krachend auf das Telefonbuch, und vor Grassls Augen splittert ein Funkenregen auf, der seinen Kopf ausfüllt und sein Gehirn zerreißt … Dann kippt er nach vorne, in das Abschleppseil, das ihm um Brust und Oberarme gespannt ist.

Der grüne Glasschirm der Lampe wirft einen hellen Lichtkreis auf die fleckige Schreibtischmappe. Durch das hohe Fenster an der Seite dringt ein letztes Glimmen der Dämmerung herein. Von dem Mann hinter dem Schreibtisch sind nicht viel mehr als die Umrisse zu erkennen. Es ist schon eine ganze Weile, dass er nichts gesagt hat.

»Ich fasse noch einmal zusammen«, unterbricht Commissaire Mueller sein Schweigen. Plötzlich spricht er Deutsch. »Sie sind deutscher Polizist, das heißt, Sie waren es. Seit wenigen Tagen erst sind Sie pensioniert, die Tinte auf Ihrer Entlassungsurkunde ist noch nicht trocken, und schon tauchen Sie hier auf, geben uns Hinweise auf ein Attentat, das möglicherweise geplant ist – welche Motive haben Sie, wer ist Ihr Auftraggeber, warum haben Sie nicht die deutsche Polizei kontaktiert, warum erst jetzt uns?«

Der Mann vor dem Schreibtisch massiert den Oberschenkel seines linken Beines. »Keine Auftraggeber. Privates Motiv. Deutsche Sicherheitsbehörden nicht zuständig. Die französischen Sicherheitsbehörden sind gestern kontaktiert worden, sofern Inspecteur Groignac und seine Nasenlöcher dazu gehören. Monsieur Groignacs Nasenlöcher halten mich für einen Fanfaron, und die Philatélie Charles Roos für harmlos. Vielleicht haben die Nasenlöcher Recht, vielleicht sind auch die beiden Männer da oben in dem alten Beobachtungsstand harmlos … Ich weiß es wirklich nicht. Mein linkes Bein schmerzt, ich sollte mir ein Hotel suchen, also habe ich auch nichts dagegen, wenn Sie mich wegschicken. Nur sollten Sie sich morgen dann über nichts wundern …«

Müde, zerschlagen, mit aufgerissener Wange hatte Berndorf vor Stunden zu dem Wanderparkplatz zurückgefunden. Wenig später war er auf der Rückfahrt nach Trois Épis von einer Polizeikontrolle angehalten worden, offenbar waren inzwischen auch die Zufahrten zu dem Waldgebiet um den Lingekopf abgesperrt, spät kömmt ihr, spät! Er hatte nach dem Einsatzleiter verlangt, war an einen gelbsüchtigen Pariser geraten und schließlich in einem Polizeiwagen zur Präfektur nach Colmar gebracht worden. Berndorfs geliehener Peugeot würde schon nicht gestohlen werden, hatte ihm der Pariser hinterhergerufen.

Mueller hebt die Hand. »Gedulden Sie sich.« Er nimmt den Telefonhörer und führt eine Reihe von Gesprächen. Mueller ist ein knapp mittelgroßer Mann mit müden braunen Augen und hat die in Berndorfs Ohren so angenehme Stimme eines nachdenklichen kultivierten Franzosen. Aber irgendwann hebt sich die Stimme und geht in ein Accelerando über, dem Berndorf nicht mehr folgen kann. Schließlich lässt Mueller den Hörer sinken. »Ich habe gerade mit Ihrem Freund in Strasbourg gesprochen«, sagt er erklärend. »Das Gespräch hat ihm wenig Freude bereitet.« Dann wählt er schon die nächste Nummer.

Nacht senkt sich übers Land, und noch immer treiben die Wolkenfelder in zügiger Fahrt nach Osten, hinweg über die Vogesenkämme und die Höhen des Schwarzwalds, über Island braut sich ein neues Tief zusammen, die Nachrichtensender auf den britischen Inseln und in der Normandie geben Sturmwarnung aus, die Wolkenfelder fegen über die dunkle Barriere der Alb, ab und zu reißt die rasche Folge auf und lässt den Widerschein eines erschreckten halben Mondes auf Fluren und Wälder fallen.

Auf einer schmalen Koje liegt Florian Grassl und versucht, seine Wahrnehmung von dem dumpfen Schmerz zu lösen, der ihm durchs Gehirn dröhnt und in den Halswirbeln sticht. Sein Mund ist klebrig, dunkel erinnert er sich an den Abend, irgendjemand hat ihm ein Glas Wasser mit einer Medizin eingeflößt, aber das war nicht alles, er weiß nicht mehr, was vorher war, er versucht die Augen zu öffnen, er sieht vor sich das enge Lattengitter eines Verschlags, und hoch über sich ein kleines schmales Fenster, niemals käme er da hindurch, vielleicht kann er eine von den Latten des Verschlags aufwuchten, aber dann fällt ihm ein, dass sie seinen rechten Arm mit einer Handschelle an den Pfosten der Koje gefesselt haben, wieder reißt der Himmel draußen auf, aber das Mondlicht tut seinem Kopf weh, und er schließt die Augen.

Weiße Beine gespreizt. Alabasterweiß im Weichzeichner. Zweimal zwei braune Beine irgendwie dazwischen. Irgendwie keine Schwänze. Alles reingesteckt und aufgeräumt. Titten hüpfen wie Wackelpudding. Mündchen gespitzt. Stöhnen vom Band. Wer gähnt?

In der Zweizimmerwohnung, die er seit seiner Scheidung bewohnt, wuchtet sich der Kriminalhauptkommissar Sielaff aus dem Fernsehsessel und schaltet die Glotze aus. Ein Elend, das. Als erwachsener Mann. Was tun?

Im Pfaffengrund. Schickes kleines Etablissement. Frische polnische Ware. Hochwangig. Grüne glitzernde Augen. Zu spät. Eins von den Bieren war wohl nicht. Schwamm drüber. Morgen ist auch.

Das Telefon klingelt.

Verpisst euch. Keine Bereitschaft. 235 Überstunden.

»Berndorf hier.«

»Verpiss dich. Weißt du, wie spät …«

»Ihr hattet eine Schlägerei in Leimbach. Mit Skinheads. Zwei Verletzte. Micha Steffens, Kai Habrecht. Bist du informiert?«

»Jein. Was geht dich das überhaupt an?«

»Was ist Steffens passiert?«

»Rübe gedellt. Geht mich nichts an. Nichts Ernstes also. Was geht …«

»Habt ihr diesen Habrecht vernommen?«

»Höre. Du bist aus dem Spiel. Wie oft …«

»Habt ihr ihn nun vernommen oder nicht?«

»Jein. Der Knabe ist … Stopp. Ich weiß nicht, in was für einer Geschichte du drinsteckst. Ich will es auch gar nicht wissen. Ich kann dir nur sagen, was sie uns auch gesagt haben. Von diesem Vöglein fein soll der Greifer die Greifer lassen. Ende der Botschaft.«

»Ein Täuberich, wie?«

»Denk dir doch, was du willst …«

Hörer drauf. Aber mit Schmackes. Ab ins Bett. Leckt mich. Alle.

Auch Berndorf legt den Hörer auf und lehnt sich auf seinem Holzstuhl zurück. Der Schmerz in seinem Bein ist stärker geworden.

»Hat Ihnen Ihr Freund behilflich sein können?«, fragt Commissaire Jean-Christoph Mueller von der anderen Seite des Schreibtischs.

Berndorf zögert. Wie sag ich's meinem Kinde? Schluss. Keine Umwege mehr. »Es sind drei Probleme. Erstens. Sie haben noch jemanden, der hier mitspielt. Zweitens. Wenn ich mich nicht sehr irre, handelt es sich dabei um den baden-württembergischen Verfassungsschutz. Drittens brauche ich ein paar Stunden Schlaf. Ich brauche sie jetzt …«

»Ich kann Ihnen ein Notbett bringen lassen«, sagt Mueller und greift zum Hörer. »Unsere Zellen riechen nicht so gut … Wie sicher ist Ihre Information über diesen« – er zögert – »diesen anderen Mitspieler?«

»Was ist schon sicher in diesen Zeiten?«

Samstag, 8. Juli

Rosenfingrig breitet sich im Osten, über den Bergrücken des Schwarzwalds, die Morgendämmerung aus, noch sind die Farben des Tages und des Waldes grau, abgesehen von den geschwärzten Gesichtern der Bereitschaftspolizisten, die sich lautlos zwischen den Bäumen verlieren, die Maschinenpistolen umgehängt, einige schleppen tragbare Scheinwerfer den Berg hoch, die anderen schwärmen links und rechts des kleinen, kaum wieder zu erkennenden Pfads aus, den Berndorf sie hinaufführt …

Zwei oder drei Stunden hat er tief und traumlos auf einem Notbett im Büro mit dem hohen Fenster geschlafen, kein Schatten, keine Erinnerung hat ihn aufgestört, danach hat er in den Mannschaftsräumen im Keller der Präfektur geduscht und sich sogar rasieren können, irgendwann in der Nacht hatte ihm jemand seine Reisetasche ins Zimmer gestellt, also war der Peugeot wohl auch eingetroffen.

Noch immer schmerzt das Bein, aber Jean-Christoph Mueller hat aus den Beständen der Präfektur eine Krücke mit Armschiene aufgetrieben, und so humpelt Berndorf hangaufwärts, im Frühtau zu Berge, ja pfui Teufel!

Es ist der gleiche Weg, aber sie kommen kaum schneller voran als Berndorf gestern, und da war er behutsam genug gegangen. Zu viel der Vorsicht? Plötzlich fallen ihn hinterrücks Zweifel an, und während die Kette der schwarz uniformierten Männer durch den Wald nach oben vorrückt, malt sich Berndorf selbstquälerisch aus, wie das sein wird, wenn sie da oben zwei friedlich campierende Wanderer aus dem schnarchtiefen Schlaf aufstören, wie eine markerschütternde, eine die Berge zerreißende Lächerlichkeit über ihm zusammenschlagen wird …

Sie erreichen die Kammlinie, Berndorf hebt die freie, die nicht mit der Krücke beschäftigte Hand. Mueller gibt halblaut Anweisungen durch sein Sprechfunkgerät, aus der Ferne nähert sich das Brettern eines Hubschraubers. Von Baum zu Baum rücken die Schwarzuniformierten vor in Richtung auf Fels und Gemäuer, die grau durch Laub und Dämmerung schimmern. Hasserfüllt kreischt der Häher auf.

Für einen kurzen erschrockenen Augenblick herrscht Stille. Dann bellen Lautsprecher durch den Wald: Die Polizei ist hier, kommen Sie heraus, kommen Sie mit erhobenen Händen … Berndorf kennt diese Szenen, er verabscheut sie, der Anblick des Tieres in der Falle ist um nichts weniger schrecklich, wenn das Tier ein Mensch ist.

Die Lautsprecher schweigen. Zwischen dem grauen Gemäuer rührt sich nichts. Links von Berndorf löst sich ein Schwarzuniformierter von dem Baum, hinter dem er in Deckung stand.

Hart und trocken schlägt der Feuerstoß einer Maschinenwaffe durch die Stille. Links und rechts von Berndorf klatschen Kugeln in Baumstämme und splittert Holz. Ratternd antworten Maschinenpistolen. Über ihnen kreist der Hubschrauber und tastet mit Suchscheinwerfern den Steinhügel ab, der vor ihnen liegt. Männer treten einen knappen Schritt aus ihrer Deckung und feuern Tränengasgranaten ab und springen wieder zurück, denn immer neue Salven fegen über den Hügelkamm. Nebelschwaden wabern um das Gemäuer, hüllen es ein und ziehen durchs Gehölz, wer immer dort drinnen ist, wird jetzt herauskommen müssen, denkt Berndorf, aber erst dringt ein schmetternder, ein die Luft und den Hügel erschütternder Schlag zu ihnen her, der schmetternde Schlag kommt vom Westen, von dort, wo der Lingekopf ist und der Friedhof der Toten ohne Begräbnis …

Tamar und Hannah frühstücken im Bett, auch wenn es schon zehn Uhr ist, aber für ein Frühstück im Garten ist es zu windig und zu kühl. Tamar hat den Turban abgenommen, ein größeres Pflaster deckt die zusammengenähte Platzwunde ab. Im Radio kommt eines der Klavierkonzerte von Mozart, das Tamar liebt, sie sitzt mit gekreuzten Beinen auf dem Bett und löffelt ein halbweiches Ei, während sie gleichzeitig die Nackenlinie von Hannah betrachtet, die sich halb zur Seite gewandt hat und in der Zeitung liest. Dieser Tag kann so bleiben, denkt Tamar, aber da ist das Klavierkonzert leider auch schon aus, es kommen Nachrichten …

… Straßburg. Ein Sprengstoffanschlag überschattet den deutschfranzösischen Regierungsgipfel. Wie die französische Polizei mitteilte, ist die Krieger-Gedenkstätte auf dem Lingekopf in den frühen Morgenstunden durch eine ferngezündete Bombe schwer beschädigt worden. Menschen kamen dabei nicht zu Schaden. Zwei Tatverdächtige, ein Deutscher und ein Nordafrikaner, werden derzeit von den Sicherheitsbehörden verhört. An der Gedenkstätte auf dem Lingekopf, einem der Schlachtfelder des Ersten Weltkriegs mit 30 000 deutschen und französischen Toten, hätte der Bundeskanzler heute Nachmittag einen Kranz niederlegen sollen …

»Das war aber knapp«, sagt Hannah. »Meinst du, die hatten es auf den abgesehen …?«

»Weiß nicht«, antwortet Tamar. »Ich stell mir den nicht gern als Märtyrer vor …«

»Wo steckt eigentlich dein Berndorf? Wollte der nicht ins Elsass?«

Tamar lässt den Eierlöffel sinken und blickt nachdenklich zu Hannah.

Vom Fußboden neben dem Bett quäkt es. Tamar entknotet ihre Beine und schwingt sie über den Bettrand und nimmt das Handy hoch. »Ja?«

»Haben Sie noch Ihren Draht zu diesem Abgeordneten?«

Tamar macht ein Geräusch, das entfernt an ein Grunzen erinnert. »Worum geht es denn? Und wo stecken Sie überhaupt?«

»Im Augenblick in Freiburg. Aber nicht lange. Am Nachmittag bin ich wieder im Gäu, vielleicht auf der Alb. Was ist mit diesem Politik-Menschen? Können Sie ihm etwas ausrichten?« Tamar steht auf und geht zu dem kleinen Tisch, der am Fenster zwischen den schrägen Wänden steht, und findet dort nicht nur einen Malblock, sondern auch einen Tuschestift, um mitzuschreiben.

»Du ruinierst mir mein Handwerkszeug«, rügt Hannah, als das Gespräch beendet ist. »War das Berndorf?«

»Ja«, antwortet Tamar. »Und entschuldige.« Kurz zögert sie. »Da ist noch was. Ich möchte dich bitten, jetzt nicht mit der Teekanne zu werfen, und auch bitte nicht mit dem Brotmesser. Ich muss Kerstin anrufen …«

Berndorf schaltet das Handy aus und steckt es ein. Dann steigt er aus dem Peugeot, den er zwischen zwei Bäumen in einer Seitenstraße geparkt hat, und geht unter den Straßenbäumen zu dem von der Straße zurückgesetzten, spitzgiebligen Haus mit graublau gestrichenem Fachwerk. Eine Messingtafel teilt mit, dass sich hier das Institut für Geopolitik und Kommunikationswissenschaft befindet. Er klingelt, und obwohl es Samstag ist, wird ihm geöffnet.

Er betritt eine holzgetäfelte Eingangshalle, in der ihm die junge Frau entgegenkommt, der das flachsblonde Haar zu beiden Seiten der Ohren herabhängt. Die Frau trägt einen weiten Rock und eine knappe weiße Bluse. Überrascht, aber nicht erfreut betrachtet sie Berndorf, als habe sie jemand anderes erwartet. »Wir haben uns schon einmal gesehen«, sagt Berndorf, »auf der Beerdigung des unglücklichen Herrn Zundt.« Dann nennt er seinen Namen und fragt, ob er Professor Schatte sprechen könne.

Der Herr Professor sei nicht da, kommt die Antwort, »ich weiß auch nicht, ob er heute ins Institut kommen wird …«

»Kann ich ihn zu Hause erreichen?«

Die junge Frau hat graue Augen, deren Blick nicht freundlicher wird.

»Über die Privatsphäre des Herrn Professors kann ich Ihnen keine Auskunft geben …«

Berndorf dankt und geht.

»Trinken Sie wirklich keinen Kaffee?«, fragt Birgit den Beamten, der sie an diesem Morgen unter vielen Entschuldigungen aufgesucht hat, weil er diese bedauerliche Geschichte mit Herrn Hubert Höges Homepage …

»Aber selbstverständlich müssen Sie das untersuchen«, hatte ihm Birgit geantwortet, »ich hätte schon von mir aus darauf dringen sollen, aber als Ehefrau gilt man doch als befangen, oder wie sagen die Juristen dazu?«

Inzwischen ist man im Wohnzimmer angelangt, der Kripo-Beamte muss einräumen, dass eine Tasse Kaffee keine Bestechung darstellt.

»Da bin ich aber froh«, sagt Birgit und schenkt ein, »ich mag es nicht, wenn Sie so trocken dasitzen, und ich brauch irgendetwas, nach diesen Tabletten, die ich genommen habe, ich muss ja auch zum Schlafen kommen, gerade nach einer solchen Geschichte …«

Sie greift nach dem Papiertaschentuch und tupft sich die Augen ab.

Der Beamte nickt Anteil nehmend und verständnisvoll. Nach einigem Räuspern meint er dann, dass er sich doch gerne einmal den PC des Herrn Höge ansehen würde …

»Der ist nicht mehr hier«, antwortet Birgit mit Entschlossenheit. »Das war das Erste, was ich getan habe. Ich habe die nächstbeste Spedition angerufen und gesagt, sie sollen das alles forttun oder in ihre Lagerhallen stellen, alles, was meinem Mann gehört, und vor allem dieses abscheuliche Gerät, wo diese widerlichen Sachen drinstehen …«

»Diese Seite steht nicht in seinem PC, sie steht im Internet«, wendet der Beamte vorsichtig ein.

»Davon verstehe ich nichts«, erklärt Birgit. »Er hat das in dieses Gerät geschrieben, also steht es auch da drin, und ich hab es wegbringen lassen, damit es aus dem Haus ist. Basta!«

Der Beamte fragt nach der Spedition, und Birgit holt das Telefonbuch. Den Namen der Firma hat sie angekreuzt.

»Außer Ihrem Mann«, fragt der Beamte, »hat niemand Zutritt zu dem Gerät gehabt? Ich meine, außer Ihnen und ihm? Zum Beispiel am vergangenen Mittwochnachmittag?«

»Diese Frage verstehe ich nicht«, antwortet Birgit und runzelt die Stirn. »Wer sonst soll hier Zutritt haben? Meinen Sie vielleicht« – silberhelles Auflachen –, »ich hätte mich an diesem Gerät vergriffen? Ausgerechnet ich, die man am meisten bloßgestellt hat?« Beschwichtigend hebt der Beamte beide Hände. »Schon gut«, sagt Birgit, »Sie tun nur Ihre Pflicht. Aber am Mittwochnachmittag waren wir beide hier, mein Mann und ich. Dann hat er seinen Waldlauf gemacht, wie er mir immer gesagt hat, jetzt wissen wir ja, was es wirklich war … Aber ich war dann nicht allein. Ich habe Besuch bekommen.« Sie macht eine Pause. »Von einem Bekannten.« Scheues Lächeln. »Er ist oder war Polizist. Wie Sie. Ich gebe Ihnen seine Karte …«

Das niedergezogene, geduckte Walmdach ist mit Schiefer gedeckt, und die Wände sind mit Schindeln verkleidet. Die Fenster in ihren Metallrahmen spiegeln schwarz den Himmel. Über den Rasen und die Koniferen des Gartens kann man über das Rheintal hinweg unter dichten Wolkenfeldern die blaue Kammlinie der Vogesen sehen. Es ist kein Garten, aus dem Kirschen zu stehlen wären oder Rosen. Trotzdem ist er eingefasst von einem hohen Metallzaun. Warum nicht auch noch NATO-Draht, denkt Berndorf und sieht sich um.

Vor dem Nachbarhaus verschnürt ein Mann das Kaminholz, das an seiner Hauswand aufgeschichtet ist. Berndorf geht zu ihm hin und blickt fragend.

»Wir bekommen Sturm«, erklärt der Mann, »in den Atlantikhäfen sind schon jede Menge Schiffe abgesoffen. Bis zum Nachmittag ist er hier.«

Berndorf klingelt ein zweites Mal. Nichts versäumen, hatte er gedacht und war mit seinem gemieteten Peugeot von Freiburg hinauf in den Schwarzwald nach St. Märgen gefahren, wo Professor Ernst Moritz Schatte seinen Wohnsitz hat.

»Der ist nicht da«, sagt der Mann und hält die zwei Enden eines Seils, von dem er nicht weiß, wo er es anbinden soll. »Der ist schon vor zwei Stunden weg, ziemlich eilig.«

»Na ja«, sagt Berndorf friedvoll, »er hat ja auch das richtige Auto, um damit eilig zu sein.«

»So, wie es heute auf den Straßen zugeht, ist der auch nicht schneller als ich mit meinem alten Benz.«

»Professor Schatte lebt allein?«

Der Mann wendet sich wieder dem Kaminholz zu. »Das müssen Sie ihn schon selber fragen. Wir kennen uns nur vom Sehen ...«

Diesmal kein hölzerner Lehnstuhl. Es ist eines der stilvoll rissigen Lederfauteuils in Zundts altem Arbeitszimmer. Und festgebunden ist Grassl diesmal auch nicht.

Er ist unrasiert. Er hat Hunger und, vor allem, Durst. Sein Kopf schmerzt, und er kann seinen Hals kaum bewegen. Er ist schwach und kraftlos. Sie haben ihn nicht festgebunden, weil es nicht mehr nötig ist.

Am Morgen hat er draußen vor dem Alten Stall die Stimme der Hohen Witwe gehört. Er hat nicht um Hilfe gerufen. Warum sollte er? Ihm wird niemand helfen. Der Hausmeister Freißle nicht, der schon gar nicht, außerdem haben sie ihn vermutlich weggeschickt. Seinem Bruder – gluck, gluck – bei der Ernte helfen. Dass die Hohe Witwe noch da ist, bedeutet nur eines. Sie steckt mit den anderen unter einer Decke. Vielleicht hat sie den Alten sogar umbringen lassen, und Kai mit dem Feuermal ist ihr Killer.

Wenn sie aber den Alten umgebracht hatten – was haben sie dann wohl mit ihm vor? Verblüfft hat er festgestellt, dass ihn dieser Gedanke befremdet. Gewiss kann es passieren, dass man in einen finsteren Verschlag gesteckt wird. Ihm ist es passiert. Dass man geschlagen wird. Auch das ist mit ihm passiert. An das andere will er nicht denken, nicht jetzt. Aber dass man am Ende umgebracht wird? Hier in Deutschland? Dass sie einen ersäufen? Erwürgen? Oder einem die Kugel geben? Das kann nicht wirklich sein, das ist schlechtes Kino, und auch im Kino gibt es einen, der dann doch noch dazwischengeht …

»Sie wollen mir jetzt sagen, wo die Liste ist«, sagt der Mann hinter dem Schreibtisch. Grassl hat den Professor Ernst Moritz Schatte vom ersten Augenblick an nicht leiden können, allein schon der im Nacken und über den Ohren ausrasierten Haare wegen, einmal mehr weiß er, dass mensch dieser allerersten Einschätzung trauen darf und muss, wahrscheinlich ist es Teil seines genetischen Erbes, dieser Durst ist unerträglich …

»Ich weiß nichts von einer Liste«, antwortet Grassl heiser, fast tonlos, »könnten Sie mir nicht eine Tasse Kaffee bringen lassen?«

»Tote brauchen keinen Kaffee mehr, Grassl«, antwortet Schatte. »Und Sie sind tot. Nur dass Sie noch nicht den Schlaf der Toten schlafen dürfen. Sie werden noch darum betteln.« Schatte lehnt sich in Zundts Sessel zurück. Seine Finger trommeln ganz leicht auf die lederne Schreibtischunterlage.

Das sieht nicht souverän aus, denkt Grassl. Deutsche Professoren tun so etwas nicht.

»Natürlich haben Sie die Liste«, fährt Schatte fort. »Wie hätten wir Sie sonst erwischt? Überlegen Sie doch. Sie sind zu Bankern gegangen, die auf Zundts Liste standen. Und dann haben die bei uns angerufen und rückgefragt. Ist ja verständlich. Da haben sie jahrzehntelang für Zundt geblecht, und jetzt kommt eine halbe Portion wie Sie und will auch kassieren. Da hätte ich auch wissen wollen, wer hier eigentlich die Hand aufhalten darf … So, und jetzt höre ich.«

»Es gibt keine Liste«, will Grassl sagen, aber seine Stimme hat zu funktionieren aufgehört. Er macht einen neuen Anlauf, und krächzend bringt er etwas heraus, das so ähnlich klingt wie »keine Liste«, heiser und missgebildet ist die Stimme, aber sie ist wieder da, »weiß von keiner. Banker habe ich ausgerechnet. Einen Kaffee bitte, oder Wasser …«

»Wasser möchte er«, sagt Schatte und winkt Dülle, der weiter hinten an einem Bücherregal lehnt. »Hol Shortie, und geht mit ihm ins Badezimmer.«

»Es ist so«, sagt Kerstins Stimme und windet sich durch den Hörer, »ich habe mit Giselher gesprochen, nur ist da ein Problem ...«

»Natürlich ist da ein Problem, deswegen hab ich dich ja angerufen«, antwortet Tamar ungehalten. Sie sitzt in ihrem alten Ledersessel, und auf dem Fußboden vor ihr liegt, die aufgeschlagenen Seiten nach unten, nun schon der dritte Kriminalroman, den sie zu lesen angefangen hat ...

»Giselher würde es vorziehen, wenn ihr euch direkt an das baden-württembergische Innenministerium wenden würdet ...«

Tamar nimmt das Handy von ihrem Ohr und betrachtet es, als wolle sie es gegen die Wand werfen. Das ist aber die reine Hundescheiße, Schätzchen, die dir aus dem Mund läuft. Sie atmet tief durch. »Wenn wir das Innenministerium einschalten«, sagt sie und versucht, ihre Stimme ruhig und gelassen klingen zu lassen, »dann können wir genauso gut die Leute direkt anrufen, die diese Schweinerei angezettelt haben. Diese Sache muss die Bundesanwaltschaft übernehmen, sonst wird sie vertuscht, aber nur ihr könnt euch Knall und Fall an Karlsruhe wenden.« Sie steht auf, und plötzlich ist ihr egal, wie ihre Stimme klingt. »Ihr habt euch wählen lassen, ihr habt diese gottverdammten Privilegien, jetzt tut auch was! Wenn ich bei einem Bundesanwalt anrufe, wimmelt mich der ab und verweist mich auf den Dienstweg ...«

»Ich versteh dich ja ...«

»Gar nichts verstehst du! Vielleicht ist es für Wuppertal-Nord eine Petitesse, aber wenn die französische Polizei nicht vorher zugegriffen hätte, wären die Regierungschefs von Frankreich und Deutschland in die Luft geflogen, nicht bloß ein paar Totenschädel und Blindgänger. Stell dir das mal vor, unser Kanzler in einem seiner schönen Anzüge bei der Kranzniederlegung, und plötzlich sind von dem Brioni-Anzug und dem Kranz und dem ganzen Mann nur noch hunderttausend kleine Fitzelchen übrig …«

»Giselher sagt, das mit dem Attentat sei nicht bewiesen«, wendet Kerstin ein. »Vielleicht hat der Anschlag nur der Gedenkstätte gegolten … Du musst das verstehen. Giselher hat eine besondere, eine herausgehobene Vertrauensstellung, er kann nicht einfach ein einzelnes Bundesland bloßstellen, noch dazu in einer so emotional aufgeladenen Situation wie eben jetzt, morgen oder übermorgen braucht der Kanzler vielleicht schon wieder die baden-württembergischen Stimmen im Bundesrat …«

Tamar bleibt stehen. Sie betrachtet das Handy, aus dem noch immer Kerstins Erklärungen blechern. Entschlossen drückt sie auf die Aus-Taste.

»Enttäuscht?«, fragt Hannah.

»Du halt dich da raus!«

Wie einen nassen Sack schleppen Dülle und Shortie den leblosen Körper Grassls durch den Alten Stall und werfen ihn in den Verschlag. Grassl bleibt auf dem Boden liegen, er fühlt sich blutleer im Kopf und zu schwach, um auf die Koje zu kriechen. Noch immer weiß er nicht, ob er nicht besser dort unten bleiben wird, für immer, in dem Land, in dem das Licht so unwirklich scheint und er Dinge und Menschen sieht, die er schon lange nicht mehr gesehen hat, nicht alle will er sehen …

Seine Mutter nicht, wie sie im Badezimmer ist und der Butzi Bullinger diese Dinge mit ihr tut, aber gleich ist es vorbei, er muss es nur wollen, und er sieht wieder die Mädchen im Schulhof beim Seilhüpfen, und gleich darauf dieses andere Mädchen, wie es sich den BH auszieht und sich umdreht und zu ihm hersieht, oder jedenfalls zu den Jalousien, die nicht ganz heruntergelassen sind, dann verschwindet das Bild …

Irgendwer will schreien, aber er hat keinen Atem, nur ein krampfendes Keuchen, er selbst ist es, der so keucht, und wieder drücken Shortie und Dülle ihn nach unten, er spürt den

Griff noch, mit dem sie ihm die Arme auf den Rücken drehen, und plötzlich fällt er nach unten, immer tiefer ins weiche Wasser, das glatt und kühl ist und ihn aufnimmt und davonträgt und die Bilder vorbeiziehen lässt …

Dann läuft das Wasser ab, betrügt ihn, wie ihn alle betrügen, und lässt ihn zurück wie einen an den Strand gespülten, nach Luft schnappenden Fisch. Bald werden sie wieder kommen, aber nun wird er sie doch noch einmal austricksen, er tastet nach dem Gürtel an seiner Hose, der Gürtel ist noch da, damit müsste es gehen, oben an einer Querlatte.

Grassl versucht aufzustehen. Mühsam stemmt er sich an der Koje hoch. Dann hält er inne. Leise öffnet sich die Türe des Alten Stalles. Und schließt sich rasch wieder. Irgendetwas späht durch den Verschlag.

»Wohin willst du?« Besorgt stellt sich Hannah vor die Tür des Wohnzimmers. Tamar steckt in Jeans und in einer Lederjacke, die weit genug herunterhängt, um das Pistolenhalfter mit der P 9 zu verdecken.

»Ich muss nach dem Alten Mann sehen«, antwortet sie. »Ich habe seinen Auftrag nicht erledigen können. Also muss ich sehen, was ich sonst tun kann.«

»Das ist Quatsch. Du weißt doch gar nicht, wo und was.«

»Doch. Er wollte auf die Alb. Nach Wieshülen, denke ich.«

»Wer soll da sein? Die Bösen, wie?« Hannah stellt sich zwischen die Türpfosten. »Und Tamar-with-the-gun kommt und rettet die Guten? Hast du sie noch alle?«

In Tamars Lederjacke quäkt das Handy. Tamar meldet sich. Niemand antwortet.

Tamar runzelt die Stirn. Undeutlich hört sie eine Stimme.

»Keine Bewegung, hab ich gesagt … , drehen Sie sich langsam um …, nehmen Sie die Hand aus der Tasche, aber langsam, dass ich sehen kann …, jetzt beide Hände hoch …, stellen Sie sich vor den Verschlag, mit dem Rücken zu mir, und lassen Sie die Hände oben, stützen Sie sich am Verschlag ab … Was haben Sie in der rechten Hosentasche?«

Eine zweite Stimme antwortet. »Nur mein Handy …«

Die Verbindung bricht ab. Tamar wartet noch einen Augenblick, dann steckt sie ihr Handy ein. »Lass mich vorbei.«

»Nur wenn du mich mitnimmst.«

»Kommt nicht in Frage. Ich mal dir auch nicht in deinen Bildern rum.«

Es wär ein bisschen blöd, guten Tag zu sagen, denkt Grassl. Wozu überhaupt reden? Er hat sich den Gürtel ausgezogen und steht jetzt auf seiner Koje. Wieso ist da überhaupt eine Koje? Für den Stallknecht vielleicht, einstmals, als hier Kühe kalbten. Er tastet im Halbdämmer nach oben. Von dem Außenpfosten der Koje führt eine Querlatte zum Lattenverschlag an der Seite. Er versucht, das eine Ende seines Gürtels über die Querlatte zu werfen.

»So schaffen Sie es nicht«, sagt der Mann, der vorhin gekommen war und den sie in den Verschlag nebenan gesperrt haben. »Sie renken sich höchstens das Kinn aus, soll ziemlich schmerzhaft sein.«

»Sehr aufmerksam«, sagt Grassl. »Aber wissen Sie denn überhaupt, was Sie hier erwartet?«

»Das weiß man nie«, antwortet der Mann. »Das ist wie mit dem Herrn, der unter die Falschmünzer gefallen ist. Der steckte auch im Loch, so wie wir. Am Ende bekam er eine schöne goldene Uhr, für die ihm später ein Regierungsdirektor 75 nagelneue Euro bot. Können Sie alles bei Johann Peter Hebel nachlesen. Der Herr hat die Uhr übrigens behalten. Er hatte wohl seine Zweifel, was die Euro des Regierungsdirektors betraf. Ich vermute, Sie sind der Herr Grassl?«

Ein Verrückter, kein Zweifel. Trotzdem entschließt sich Grassl, von der Koje herunterzusteigen. »Nett, dass jemand meinen Namen kennt, solange ich einen habe. Und mit wem hätte nun ich die Ehre?«

»Berndorf«, sagt der Mann. »Kriminalbeamter außer Dienst.«

»Das sehe ich«, antwortet Grassl und lässt sich auf die Koje nieder. In dem anderen Verschlag nimmt Berndorf einen leeren Eimer, dreht ihn um und setzt sich darauf.

»Sie hören sich etwas besser an«, sagt er dann. »Sie könnten mir jetzt eigentlich erzählen, was Schatte von Ihnen will …«

Grassl überlegt. Es kommt nicht mehr darauf an. Ich kann es ihm ebenso gut erzählen wie jedem anderen. »Es geht um Zundts Geldgeber …«

In diesem Augenblick öffnet sich die Stalltür. Im einfallenden Licht steht Dülle, ein Schnellfeuergewehr unter dem Arm. Dülle ist der Mann, der Berndorf aufgespürt hat. Er greift sich den Schlüsselbund, der an einem Haken neben der Tür hängt, und geht damit zu dem Verschlag, in dem Berndorf sitzt.

»Der Prof will Sie sprechen. Sie gehen mir voraus, die Hände im Nacken gefaltet.« Dann schließt er auf.

Sie gehen über den gekiesten Hof, an den Kastanien vorbei. Am Eingang zur Akademie lehnt Shortie, einen großkalibrigen Revolver im Gürtelhalfter. Beim Vorbeigehen sieht Berndorf ihm in die Augen. Shortie blickt weg.

Durch die Halle, vorbei an dem mit einem Trauerflor geschmückten Bild Zundts, gehen sie nach oben, auf ein Zimmer zu, dessen Tür nur angelehnt ist. Berndorf stößt sie auf und tritt ein.

»Entschuldigen Sie freundlichst, dass ich Sie habe warten lassen, mein Bester!«, sagt der Mann, der hinter einem schweren, ausladenden Schreibtisch aus Eichenholz sitzt. Es ist Ernst Moritz Schatte.

Auf dem Schreibtisch stehen eine Lampe mit Bronzefuß und eine schmale hohe Porträtbüste aus grauem Granit, außerdem ein schwarzes Telefon, noch mit Wählscheibe. Daneben liegt ein Telefonbuch. Die dunkle lederne Schreibunterlage ist leer. »Wir haben uns erst vergewissern müssen«, fährt Schatte fort, »dass Sie niemand mitgebracht haben.«

Berndorf steht in der Mitte des Raumes, das Zimmer liegt im Zwielicht, denn draußen hat eine Wolkenfront den Tag verdunkelt. Hinter ihm lehnt Dülle an einer Bücherwand, das

Schnellfeuergewehr lässig im Arm. Es ist ein plumpes eckiges Ding mit Zielfernrohr. Rechts sitzt Kai Habrecht, den Arm noch immer in der Schiene. »Ein unverhofftes Wiedersehen«, sagt Berndorf und nickt Habrecht zu. Dann greift er sich den Ledersessel, der vor dem Schreibtisch steht, und setzt sich.

Hastig steht Habrecht auf und schwankt, weil er mit seinem geschienten Arm das Gleichgewicht nicht richtig halten kann. »He«, sagt Dülle, »dazu hat Sie niemand eingeladen.«

Berndorf hebt beruhigend die rechte Hand. »Wir wollten uns doch freundlich unterhalten. Also machen Sie halblang.«

»Allerdings wollten wir uns unterhalten«, antwortet Schatte. »Sie werden uns etwas erzählen. Darüber, was Sie hier tun. Und in wessen Auftrag.«

»Ich kümmere mich darum, dass die Leute hier lebend herauskommen. Zum Beispiel der junge Herr da hinten mit seiner Kugelspritze, aber auch unser Freund Habrecht, und ebenfalls Sie, verehrter Herr Professor Schatte.«

Habrecht macht einen Schritt auf ihn zu. »Wart du erst ab, bis ich mit dir fertig bin …«

Mit einer ärgerlichen Handbewegung winkt Schatte ab. Dann stützt er die beiden Ellbogen auf dem Schreibtisch auf und verschränkt die Hände unterm Kinn. »Unser Besucher ist ein Scherzbold. Er fragt Trauergäste, ob sie eine silberne Kette gesehen haben. Und ausgerechnet jetzt sorgt er sich um den Wanst anderer Leute. Sehr komisch.« Langsam setzt sich Habrecht wieder, den auf der Stützschiene aufgelegten Arm anklagend in den Raum gestreckt.

»Diese Gangster-Nummer haben Sie nicht gut drauf, Schatte«, antwortet Berndorf. »Vergessen Sie nicht, dass Sie ein deutscher Hochschullehrer sind. Aber Sie sind nicht in Form. Eigentlich ist Ihnen alles schief gelaufen. Sie sind zu nervös. Sie wollen zu viel. Wenn Sie ein solches Ding vorhaben wie das im Elsass – warum schicken Sie dann vorher Ihren Dilettanten Habrecht los, um den kleinen Micha Steffens und sein jämmerliches Anzeigenblatt aufzumischen? Steffens war doch drei Nummern zu klein für Sie …«

»Haben Sie schon einmal überlegt, Berndorf, dass Sie das auch sind?«, fragt Schatte und lehnt sich zurück. »Nämlich drei Nummern zu klein.«

»Wegen dieses Schwachsinns ist Ihnen Habrecht ausgefallen«, fährt Berndorf fort. »Von einem Menschen, der kaum richtig durch eine Tür kommt, hätten ihre moslemischen Hiwis keine Anweisungen entgegengenommen. Übrigens auch nicht von einer Frau. Deswegen konnten Sie auch ihre Assistentin nicht vorschicken, wie Sie das sonst gerne getan hätten, sondern mussten selbst zur Philatélie Charles Roos …« Er blickt Schatte an, dessen Gesicht keine Reaktion zeigt. »Sie werden sich wohl daran erinnern, es war ja erst gestern. Aber inzwischen sucht die französische Polizei Sie mit internationalem Haftbefehl. Verschwörung, Mordversuch, Bildung einer terroristischen Vereinigung, was weiß ich, was sie im französischen Strafrecht dafür alles an Folterwerkzeugen haben.«

Berndorf dreht sich zu Dülle um. »Weißt du eigentlich, dass in zwei oder drei Stunden die SEK-Leute hier anrücken werden? Und wenn sie dich und dein Macho-Spielzeug sehen, reden die nicht mehr lange mit dir. Du hast gar keine Ahnung, wie schnell dann aus wie vielen Löchern dir das Blut herauslaufen wird. Die SEK-Leute schießen nämlich nicht mit Gotcha-Kugeln. Aber wenn du es weißt, wird es zu spät sein.«

»Der hat sie doch nicht alle«, sagt Dülle und blickt unsicher im Zimmer umher.

»Was soll das mit dieser Briefmarkenhandlung?«, fragt Schatte. »Wer setzt solchen Quatsch in die Welt?«

»Kein Quatsch, Meister. Nicht wahr, Habrecht?« Die Blicke der drei anderen richten sich auf den Mann mit dem geschienten Arm.

»Was schaut ihr so?« Selbst im Zwielicht sieht man, dass Habrecht blass geworden ist.

»Dieser Tölpel hat Ihnen alles verdorben, Schatte«, sagt Berndorf. »Wahrscheinlich hat er Ihnen aus lauter Schiss nicht einmal gesagt, dass ich ihm den Zettel mit der Straßburger Telefonnummer abgenommen habe …«

»Was ist mit diesem Zettel, Kai?«, fragt Schatte mit leiser Stimme.

»Ich hab doch keinen Zettel gehabt«, sagt Habrecht hastig, »ich hab die Nummer auswendig gelernt und den Zettel verbrannt … der Kerl lügt doch, pausenlos tut er das.«

Schweigen macht sich breit. Dann schlägt die Hausklingel an und scheppert laut und lärmend durch die Eingangshalle zu ihnen hoch.

»Geh nachgucken und pass auf, dass Shortie keinen Scheiß macht«, sagt Schatte. Vor ihm auf dem Schreibtisch liegt eine kleine, schwarz schimmernde Pistole. Berndorf hat nicht gesehen, wann Schatte sie herausgezogen hat. Sie ist einfach da.

Dülle lehnt das Schnellfeuergewehr an das Bücherregal und verlässt den Arbeitsraum. Schatte lehnt sich zurück. Berndorf betrachtet den schmalen hohen Steinkopf mit den mongolischen Gesichtszügen.

Schweigend warten die drei Männer.

Dülle kommt zurück. »Da ist ein alter Mann mit einem Hund und will die verrückte Alte besuchen. Shortie weiß nicht, was er tun soll.«.

»Das wird der Ortsvorsteher sein«, sagt Schatte. »Keine Umstände. Und bitte höflich. Aber geh dann mal über das Gelände. Allmählich bekommen wir zu viel Besucher hier.«

Dülle greift nach seinem Gewehr. »Lass es hier. Ich will nicht, dass dieser Ortsvorsteher dich damit sieht.«

Dülle zuckt mit den Achseln und geht wieder.

»Genug Zeit verloren«, sagt Schatte. »Ihre Plaudereien, Berndorf, hören sich ganz nett an, aber es ist nichts dahinter. Das war bei Ihnen wohl schon immer so. Von allem etwas, und nichts richtig. Alles nur lau und halbherzig. Ein bisschen Bulle, ein bisschen links. Ein bisschen Leute totschießen, ein bisschen schlechtes Gewissen. Aber irgendwann wollten Sie ganz groß rauskommen, wie einer der Liedermacher damals gesungen hat. Haben Sie nie darüber nachgedacht, warum sich Barbara Stein ihr Kind von einem anderen hat machen lassen …?«

Berndorf betrachtet Schatte aufmerksam. Thomas Stein, 1975 geboren, ist der Sohn eines Hamburger Kunsthistorikers, mit dem Barbara zwei oder drei Jahre zusammengelebt hat, damals, als es zwischen ihr und Berndorf nicht mehr weiterging. »Nun ist mir das Fortpflanzungsverhalten der Kollegin Stein ebenso gleichgültig, wie Sie es mir sind«, fährt Schatte fort. »Aber Sie kommen ein wenig ungeschickt, auch das haben Sie so an sich. Und wieder einmal begreifen Sie nicht, worum es geht. Die Welt steht vor einem Umbruch, der so gewaltig ist, dass alles, was davor war, ein Maienlüftchen gewesen sein wird. Man hat mich ausgelacht, als ich über den bevorstehenden Weltbürgerkrieg der Kulturen geschrieben habe. Den Leuten wird das Lachen noch vergehen, glauben Sie mir! Sturm kommt auf, haben Sie das denn nicht bemerkt? In solchen Zeiten soll keiner auf die Brücke, der keinen Stand hat. Der nicht den Mut hat, die Tat zu wagen, kalten Blutes und mit unerschrockenem Auge. Alles Große steht im Sturm, Berndorf – aber was haben Sie dabei zu suchen?«

»Die Sturmwarnung habe ich heute auch schon gehört«, sagt Berndorf. »Im Autoradio. Diese Meteorologen sollen inzwischen ja recht zuverlässig sein. Aber machen Sie sich keine Sorgen. Wenn Sie erst im Knast sind, werden Sie es auch wieder stiller haben.«

Schattes Stimme wird kalt: »Spielen Sie nicht den Narren. Das hilft Ihnen nichts mehr. Sie wissen immer noch nicht, was hier abläuft. Kein Einsatzkommando wird kommen. Niemand wird kommen. Wir sind nicht in Frankreich. Wir sind in Deutschland, im Land Baden-Württemberg, selbstverständlich wird der Innenminister in Stuttgart alles unternehmen, um den französischen Behörden behilflich zu sein, falls wir von dieser komischen kleinen Explosion in den Vogesen reden, von der in den Nachrichten zu hören war, und ebenso selbstverständlich wird sich bei all dem unverzüglich herausstellen, dass kein Bediensteter des Landes mit dieser Sache etwas zu tun hat. Haben Sie noch immer nicht kapiert, Berndorf, wer Ihnen gegenübersitzt?«

»Wir kennen uns ja nun von Kindheit an«, sagt Jonas Seifert noch einmal. Er steht an der Tür des Salons und hat sich eigentlich schon wieder verabschiedet. Felix wartet geduldig neben ihm. »Ich meine, das ist ja ein großes Anwesen, und wenn du Hilfe aus dem Dorf brauchst, musst du es mir nur sagen.«

»Das ist sehr lieb von dir, Jonas«, antwortet Margarethe Zundt würdig, »aber wir sind hier draußen immer ganz gut zurechtgekommen, auch ohne die Hilfe der Leute aus dem Dorf, wie du wohl weißt. Du willst wirklich keinen Kaffee?«

»Danke«, sagt Seifert. Und: »Du hast ja nun auch neue Helfer im Haus, nicht nur den Freißle, den ich jetzt gar nicht gesehen habe ...« Seifert lässt den Satz unvollendet.

»Wir müssen ja die Akademie weiterführen«, erklärt Margarethe Zundt. »Sie ist jetzt das gemeinsame Vermächtnis meines Vaters und meines Mannes. Professor Schatte hat diese Aufgabe übernommen, und er arbeitet sich gerade ein.«

»Zwei seiner Mitarbeiter habe ich gesehen«, sagt Seifert, »draußen in der Halle, aber Studenten sind es nicht ...«

»Ich weiß nicht, was du meinst«, bemerkt Margarethe Zundt etwas spitz, aber dann verabschiedet sich Seifert nun endgültig und geht mit dem Hund Felix durch den Flur zur Eingangshalle und an dem Mann vorbei, der auf einem Ledersessel die *Bild-Zeitung* liest und misstrauisch zu ihm hochsieht.

»So«, sagt Seifert und bleibt vor ihm stehen, »jetzt habe ich meinen Besuch hinter mich gebracht. Schön, dass Sie hier ein Auge aufs Haus haben ... Sie sind aber neu hier?« Schniefend nähert sich Felix dem Mann im Sessel.

Shortie hat das Gefühl, er sollte aufstehen. Außerdem mag er keine Hunde. Vor allem solche nicht. Er steht auf. Im Hintergrund öffnet sich eine Tür.

»Und fass!« Seiferts Kommando kommt halblaut, fast beiläufig.

Der Boxer Felix stellt sich auf die Hinterpfoten und schnappt sich, ohne zuzubeißen, Shorties rechtes Handgelenk.

»Ganz ruhig«, sagt Seifert, »bleiben Sie ganz ruhig, bewegen Sie sich nicht!« Mit einer unerwartet raschen Bewegung greift Seifert unter Shorties Jacke und zieht den Revolver aus dem Gürtelhalfter.

»Weiter ruhig bleiben«, sagt er dann, und: »Gut so, Felix.« Der Hund hält noch immer Shorties Handgelenk zwischen den Zähnen. Aus den Augenwinkeln sieht Shortie, dass jemand mit kaum hörbaren, aber ausholenden Schritten die Treppe hochläuft, irgendwo ist es ihm, als ob es eine große, schlanke Frau sei.

Seifert hat die Magazintrommel herausgeklappt und untersucht den Revolver. »Schönes Gerät haben Sie da«, sagt er dann. »Aber ich fürchte, Sie haben keinen Waffenschein dafür.« Er klappt das Magazin zurück, entsichert die Waffe und steckt sie sich in den Hosenbund.

»Hören Sie ...«, bringt Shortie heraus, aber er weiß nicht, was er sagen will. Warum kommt Dülle nicht?

»Ganz still«, sagt Seifert und legt den Finger an den Mund.

»Hübscher Plan«, sagt Berndorf. »Die Schlapphüte haben Ärger mit dem Berliner Innenminister, also lassen sie eine kleine Farce inszenieren, deutsche Neonazis machen beim Straßburger Regierungsgipfel Krawall, sprengen vielleicht ein paar Denkmäler, die französische Öffentlichkeit tobt, der deutsche Innenminister muss seinen Hut nehmen und die Republik weiß wieder, wie dringend sie Schlapphüte braucht. Es soll Feuerwehrleute geben, die das auch so machen ...«

Berndorf wendet sich zur Seite, dorthin, wo Habrecht sitzt. »Das Personal ist kein Problem, wozu hat man die Schläger der *VolksZorn*-Gruppe? Der Kollege Habrecht ist dort bestens eingeführt, wenn man genau hinsieht, hat er die Gruppe vielleicht sogar selbst aufgebaut. Alles paletti, wenn es im Kopf reichen würde. Das tut es nicht, nicht beim Kollegen Habrecht, aber auch das ist kein Problem, wie man ein gutes Ding dreht, weiß der Professor – Entschuldigung: es ist der Herr Professor Ernst Moritz Schatte, der es weiß, wozu steht er seit gut 30 Jahren auf der Honorarliste?« Berndorf blickt wieder zu Schatte. »Der Herr Professor würde das Ding inszenieren wie damals den Überfall auf die Mannheimer Landeszentralbank, war doch saubere Arbeit.«

»Ich glaube nicht, dass wir uns das anhören müssen«, sagt Habrecht langsam.

»Lass ihn reden«, antwortet Schatte. »Es spart uns Arbeit, wenn er es freiwillig tut.«

»Nur spielt der Professor nicht so mit, wie das gedacht war«, fährt Berndorf fort. »Statt der Farce plant er gewalttätigen, blutigen Ernst. Die Tat, von der Sie vorhin so schön geredet haben. Die Tat, die Europa erschüttert. Und warum? Rache für den Verbotsantrag gegen die Nationale Aktion? Das haben Sie vielleicht den *VolksZorn*-Leuten erzählt.« Berndorf lehnt sich zurück und lächelt Schatte an. »Der wahre Grund ist, dass Sie es den anderen heimzahlen wollten. Allen anderen. Tobias Ruff, weil er Sie einmal vorgeführt hat. Den Professoren, von denen Sie nicht für voll genommen werden. Dem Verfassungsschutz, von dem Sie 30 Jahre lang abhängig waren. Der es sogar fertig gebracht hat, Sie in einem verdammten Wüstencamp die Kalaschnikows putzen zu lassen ... Nun aber, so haben Sie es sich gedacht, werden Sie es sein, der den Verfassungsschutz in der Hand hat. Weil die Schlapphüte dann in eine Geschichte verwickelt sind, aus der sie nie mehr herauskommen ... Hübscher Plan, ja. Kostspielig, freilich. Sie mussten Spezialisten anheuern. Die sind teuer. Aber Geld brauchen Sie ohnehin. Geld für Ihren Weltbürgerkrieg der Kulturen. Für die Nachfolge der Nationalen Aktion, falls sie verboten wird. Das erklärt, warum Sie sich das Betrugs- und Spendenunternehmen des alten Zundt unter den Nagel reißen wollten. Aber auch schon das ging schief. Zundt wollte seinen Laden nicht abgeben. Auch Ihre Freunde vom Verfassungsschutz konnten ihn nicht überreden. Zum Schluss traute er niemandem mehr und wollte überlaufen. Zum politischen Feind in Berlin. Ihre Leute sind ihm nach und haben ihn den Albtrauf hinuntergestoßen.«

»Quatsch«, sagt Kai Habrecht aus seinem Sessel. »Dülle ist ihm nach, weil er ihn aufhalten wollte. Bloß reden wollte er mit ihm und ihn dabehalten, so lange, bis der Prof kommen würde. Und dann hat der Alte zu rennen angefangen und ist ausgerutscht, ganz von selbst …«

Schatte winkt mit einer ärgerlichen Bewegung ab. »Zundt war ein Parasit. Nicht der Rede wert. Aber unser Freund hier hat nichts begriffen. Es ödet mich an.«

»Entschuldigung«, sagt Berndorf und lacht unfroh. »Ich habe Ihre Moslem-Connection vergessen. Vermutlich hatten Sie längst die Bekennerbriefe vorbereitet, mit denen eine erfundene türkische Gruppe die alleinige Verantwortung für das Attentat übernimmt. Wäre es gelungen, hätte man am Tatort wohl auch noch die Leiche Ihres muslimischen Helfers gefunden … Leute Ihres Schlages lieben solche Spiele.«

Leise wird die Türklinke herabgedrückt. Nicht leise genug. Schatte blickt hoch. Die Tür fliegt auf, eine hoch aufgeschossene schwarze Gestalt ist mit zwei Schritten im Zimmer und hält mit beiden Händen eine Pistole im Anschlag.

Schatte hebt erschrocken die Hände.

Berndorf duckt sich und lässt sich seitlich aus seinem Sessel gleiten. Aus den Augenwinkeln sieht er, dass Habrecht aufgesprungen ist und schwankend sein Gleichgewicht sucht.

Schatte hat noch immer die Hände erhoben. Sein Mund ist verzerrt, angstvoll oder höhnisch.

Habrechts Arm schwenkt auf seiner Stützschiene nach oben und richtet sich dann, drohend, ausgestreckt, zur Tür.

Die schwarze Gestalt wirbelt nach links. Zwei Schüsse hämmern durch den Raum. Schattes Hand schnellt nach der kleinen schwarzen Pistole.

Dann schreit er gellend auf. Berndorf hat ihm die Adenauer-Büste auf das Handgelenk geschmettert. Schatte tastet mit der Linken nach der verletzten Hand und zuckt zurück, das Gesicht schmerzverzerrt.

Tamar beugt sich über den Sessel, in den Habrechts Körper zurückgeschleudert worden ist. Hilflos hängt der Arm auf der

Stützschiene nach unten. Aus dem Loch in Habrechts Stirn fließt fast gar kein Blut. Aber über seiner Brust rötet sich das Hemd.

»Oh Scheiße«, sagt Tamar. »Wo ist denn seine verdammte Knarre. Ich kann sie nicht sehen …«

»Er hatte keine. Aber das konnten Sie nicht erkennen«, sagt Berndorf. Er hat Schattes Pistole in der Hand. »Wir waren in unmittelbarer Lebensgefahr. Beide waren wir das. Niemand wird Ihnen einen Vorwurf machen dürfen.«

Scheiße, denkt er. Du wirst noch davon träumen, Mädchen. Lange. Länger als du ahnst. Glaub es mir.

Berndorf steht am Fenster des Arbeitszimmers und sieht zu den Kastanien hinaus, an denen unter schwarzdunklen Wolken ein böiger Wind zerrt. Sturm wird kommen, hat der Mensch in St. Märgen gesagt. Der Sturm ist bereits über Nordfrankreich, legt Hochleitungen um und deckt die Dächer ab, so hat es Berndorf im Autoradio des kleinen Peugeot gehört. Aber das war schon vor Stunden …

Tamar kommt ins Zimmer. Er dreht ihr den Rücken zu, aber er weiß, dass sie es ist.

»Wir haben Schatte ein Beruhigungsmittel gegeben, ich und diese Alte, und ihm den Arm in eine Schlinge gelegt«, sagt sie. »Aber er muss in ein Krankenhaus. Sie haben ihm das ganze Handgelenk zertrümmert. Und wir müssen die Kollegen verständigen. Ich habe einen Mann erschossen …«

»Auf eine halbe Stunde mehr oder weniger kommt es jetzt nicht an«, antwortet Berndorf. »Danke übrigens, dass Sie auf meinen Hilferuf so schnell gekommen sind. Das heißt, es war ja für Sie gar nicht so einfach, das als Hilferuf zu erkennen, ich will nicht daran denken, was jetzt mit mir wäre, wenn Sie das Ding abgeschaltet gehabt hätten …« Ruhig Unsinn reden. Hauptsache, anderes Thema.

»Es ist doch klar, dass ich für Sie erreichbar sein wollte. Aber wie haben Sie das eigentlich gemacht – ich meine, Sie hatten ja keine Zeit mehr zu wählen?«

Es klappt. Ein bisschen. »Ich hatte zuletzt mit Ihnen gesprochen, danach mit niemandem mehr.« Schiefes Grinsen. »Als mich der Kerl an dem Verschlag mit diesem halb toten Grassl überrascht hat, konnte ich gerade noch zweimal auf die Gesprächstaste drücken. Die Rufwiederholung. Wo ist Grassl jetzt?«

»Seifert und ich haben ihn aus seinem Stall geholt und der Alten gesagt, dass sie ihm einen Tee kochen soll …, übrigens war er gerade dabei, seinen Gürtel wieder anzuziehen. Hat er versucht …?«

»Er hat es sich überlegt?«

Tamar nickt. »In den Stall haben wir dann die beiden anderen eingesperrt. Der eine ist noch nicht ganz da. Ich glaube, ich habe ihn etwas zu hart an der Schläfe getroffen, als er um die Ecke kam, vielleicht stirbt er auch noch, dann hab ich zwei …« An ihrer Stimme zerrt aufkommende Panik. Manchmal hilft Zynismus, denkt Berndorf. »Fein, dass nicht nur mir so etwas passiert.« Keine Reaktion. Einfach weiterreden. »Wie haben Sie es fertig gebracht, gleichzeitig mit dem Propheten aufzutreten?«

»Dass Sie hier sind, konnte ich mir denken. Aber ich hab jemand gebraucht, der mir Zutritt verschafft. Oder die Aufpasser ablenkt. Also bin ich zu ihm gefahren.« Berndorf hat sich jetzt vom Fenster abgewandt. Sie sieht, dass er ihr zunickt und lächelt wie über einen gelungenen Einfall.

»Aber jetzt müssen wir im Neuen Bau anrufen, wirklich«, wiederholt Tamar. »Haben Sie denn nicht begriffen – ich habe einen Menschen umgebracht …«

»Natürlich habe ich begriffen«, sagt Berndorf. »Ich war ja dabei. Sie haben geschossen, weil wir in Lebensgefahr waren, erinnern Sie sich? Vielleicht sind wir das noch immer. Bitte denken Sie daran.«

»Ich verstehe nur, dass Sie mich ablenken wollen.«

Berndorf schüttelt den Kopf. »Es gibt zwei Möglichkeiten. Die eine: Schatte hat Recht, und die Oberförster stecken so tief in der Geschichte drin, dass sie ihn herauspauken müssen, wie auch immer. Das ist schon schlecht. Sie könnten keine Zeugen brauchen.«

»Und was soll die zweite Möglichkeit sein?«

»Dass ich Recht habe. Dann stecken die Oberförster sogar noch etwas tiefer drin. So tief, dass sie als Erstes Schatte liquidieren. Leider bei Verhör aus Fenster gefallen. Leider Gerangel bei der Festnahme, sodass sich tief bedauerlich Schuss gelöst. Auch nicht besser. Sie könnten noch immer keine Zeugen brauchen. Was tun?«

»Die Kollegen anrufen. Ich habe ...«

»Mein Vorschlag ist, dass Sie nicht sofort anrufen«, unterbricht sie Berndorf. »Erst in ein paar Minuten. Lassen Sie mich erst einen kleinen Feld-Wald-und-Wiesen-Versuch machen.« Er geht zu dem Bücherregal, an dem noch immer das Schnellfeuergewehr des Mannes lehnt, der eines auf die Schläfe bekommen hat. Das klobige Ding ist eine G 11 von Heckler & Koch, ein teures Gerät mit extrem hoher Feuergeschwindigkeit, wie Berndorf aus einer Fachzeitschrift weiß. Er geht damit wieder zum Fenster. »Zeigen Sie mir doch, wo ungefähr Weimer und sein Gehilfe gestanden sind, damals, als Sie die beiden aufgestöbert haben.«

Tamar betrachtet das Waldstück, das sich südwestlich des Akademiegebäudes über die Hänge zieht. »Sehen Sie in Richtung zwischen zweiter und dritter Kastanie einen Bestand von Jungbuchen am Waldrand? Da ungefähr.«

»Gehen Sie zur Seite, ein Stück zur Wand bitte.« Berndorf öffnet das Fenster, ein Windstoß zieht herein, er nimmt die G 11 und gibt zwischen zweiter und dritter Kastanie hindurch eine Salve ab, dass vorne im Wald Laub und morsches Holz durch die Luft wirbeln. Dann drückt er sich zur Seite, hinter die Wand neben dem Fenster.

Prasselnd antwortet ein Kugelhagel aus dem Wald, lässt Fenster splittern und stäubt in Buchrücken.

»Variante zwei«, sagt Berndorf. »Wo ist Schatte jetzt?«

»Unten, in einem Zimmer hinter der Eingangshalle«, antwortet Tamar. »Als ich ihn zuletzt sah, saß er apathisch in einem Sessel. Er bat darum, dass wir Felix aus dem Zimmer nehmen. Ich habe ihm gesagt, dass der Hund bleibt.«

»Gibt es noch einen anderen Weg hier heraus, nicht nur den hier auf dem Präsentierteller?« Vorsichtig deutet er in Richtung des Waldes draußen, an dem vorbei das Sträßchen nach Wieshülen verläuft.

»Sicher«, antwortet Tamar. »Es gibt den Weg, den Zundt genommen hat. Vom Garten an der Rückseite des Hauses kommen Sie direkt darauf. Es ist der Franzosensteig, er heißt so, weil ihn französische Pioniere angelegt haben, irgendwann zu Napoleons Zeiten, ich wusste gar nicht, dass der mal bei Ulm eine Schlacht gewonnen hat, der Prophet hat es mir erklärt. Der Steig führt runter ins Tal … Dort gibt es eine Bushaltestelle.«

»Einen Bus? Eher nicht. Vielleicht kann Seifert jemand aus seinem Dorf anrufen … Der Vorschlag mit diesem Weg ins Tal klingt jedenfalls gut. Halten Sie mal dieses Ding.«

»Sind Sie verrückt? Ich nehm so was nicht mehr in die Hand. Wissen Sie nicht …«

»Sie sollen es halten. Nichts weiter.«

Zaghaft klopft es an der Tür. »Vorsicht«, ruft Berndorf, »herein nur auf allen vieren!«

Die Tür öffnet sich, geduckt steht Florian Grassl im Rahmen. Er ist unrasiert, seine Augen sind blutunterlaufen, das Gesicht ist eingefallen. »Ich wollte fragen, ob Sie eine Waffe für mich haben. Oder ob ich sonst helfen kann …«

»Sie sollten Ihren Tee trinken. Aber wenn Sie schon hier sind – was war das, was Sie mir über Zundts Geldgeber erzählen wollten?«, fragt Berndorf. Grassl lässt sich langsam auf alle viere nieder und robbt zum Schreibtisch. Dort richtet er sich mühsam auf, mit einem ängstlichen Blick auf das zerschossene Fenster und den Scherbenteppich davor.

»Keine Sorge«, sagt Berndorf, »wir sind hier außerhalb des Schussfelds der Leute draußen.« Tamar lehnt an der Fensterlaibung und späht nach dem Buchengehölz, das Gewehr über dem rechten Arm.

»Diese Geldgeber waren Zundts großes Geheimnis«, sagt Grassl, »er wollte nie darüber sprechen. Es müsse still geholfen werden, hat er immer gesagt, sodass es kein Aufsehen gebe. Keine Spendernamen, keine Besuche, keine Abrechnungen … ich weiß auch nicht, wohin das Geld gegangen ist. Wirklich nicht.«

»Das nehme ich Ihnen nicht ab«, sagt Berndorf freundlich.

»Na ja«, meint Grassl zurückhaltend, »vielleicht hat er einen Teil für sich behalten. Auf ein österreichisches Nummernkonto eingezahlt. Oder nach Liechtenstein gebracht. Vielleicht nicht bloß einen Teil. Sondern das Ganze.«

Berndorf blickt ihn prüfend an. »Wer erhielt diese Festgaben?«

»Die hat er von der Druckerei in Wintersingen verschicken lassen. Einmal war ich dabei. Die Liste mit den Anschriften wurde in die Adressiermaschine eingescannt, und danach hat er darauf bestanden, dass die Adressen wieder gelöscht werden.« Grassls misshandeltes Gesicht verzieht sich zu einem Lächeln. »Ich hab natürlich auf ein paar der Anschriften einen Blick werfen können und sie mir gemerkt. Bauunternehmer aus dem Land, ein oder zwei Textilfabrikanten, aber auch Leute aus dem Bankgewerbe, lauter stille Helfer …«

Berndorf sieht sich auf dem Schreibtisch um. Wo die Adenauerbüste stand, ist jetzt ein heller Fleck. Daneben liegt noch immer das Telefonbuch für Ulm und den Donau-Alb-Kreis, Ausgabe 1997.

»Demnächst ist hier die Polizei im Haus«, sagt Berndorf. »Ich werde nicht da sein, und der Herr Schatte auch nicht. Der Herr Professor muss ins Krankenhaus. Was werden Sie dann der Polizei erzählen?« Während er das fragt, blättert er das Telefonbuch durch.

»Ich muss doch die Wahrheit sagen«, antwortet Grassl. »Dass diese Leute mich umbringen wollten. *Sie sind schon tot, aber Sie werden noch darum betteln, den Totenschlaf zu tun*, sagte dieser Professor zu mir. Glauben Sie, ich vergesse so etwas?«

»Sie wissen, dass diese junge Frau hier Ihnen das Leben gerettet hat?«

»Aber sicher weiß ich das, ich weiß nur nicht …« Unsicherheit macht sich in seiner Stimme breit.

»Wenn Sie nur dabei bleiben, was Sie mir gesagt haben, auch vor der Polizei«, antwortet Berndorf. »Sagen Sie – kennen Sie einen dieser Leute?« Und er hält ihm das Telefonbuch hin, das er am Ende aufgeschlagen hat, denn dort sind einige Seiten eingeklebt. Die Seiten sind aus dem dünnen Durchschlagpapier, wie es zu Zeiten der alten Olympia-Schreibmaschinen im Gebrauch war, und säuberlich sind darauf in alphabetischer Reihenfolge Namen und Firmenbezeichnungen und deren Anschriften getippt.

»Ja natürlich«, sagt Grassl und erkennt zwei oder drei Namen. »Das sind welche von den Geldgebern, von denen ich Ihnen erzählt habe …« Plötzlich ist seine Stimme ganz aufgeregt. »Das muss die Liste sein, verstehen Sie? Die Liste, nach der mich dieser Professor immer wieder gefragt hat …«

»Von mir aus«, sagt Berndorf. »Übrigens ist das ein veraltetes Telefonbuch. Ich hab nichts dagegen, wenn Sie es mitnehmen. Als Souvenir … Zur Türe bitte wieder mit Vorsicht.«

Grassl kriecht zurück, und in der Linken zieht er das Telefonbuch mit sich.

»Ich werde jetzt auch gehen«, sagt Berndorf, zu Tamar gewandt. »Lassen Sie mir noch eine halbe Stunde, bevor Sie die Kollegen anrufen, und wenn Sie ein Übriges tun wollen – nageln Sie die Oberförster ein bisschen fest, so lange das Magazin reicht.«

»Das ist eigentlich zu viel verlangt«, sagt Tamar. »Aber einverstanden. Ich werde es versuchen. Nur – bevor Sie gehen, sagen Sie mir doch, was ich unseren Kollegen erzählen soll? Es ist ja eine Situation, in der Sie nicht ganz unerfahren sind …«

Sehr gut. Sarkasmus ist gar nicht schlecht. »Sie sagen gar nichts«, antwortet Berndorf. »Sie stehen unter Schock. Das tun Sie übrigens wirklich, auch wenn Sie es noch nicht begriffen haben. Sagen Sie zumindest so lange nichts, wie Sie nichts aus Frankreich gehört haben. Dann klärt sich einiges von selber. Bis dahin haben die Kollegen genug mit dem zu tun, was ihnen Grassl und die verrückte Alte und die beiden Knaben im Stall erzählen werden …«

Der Nachmittag geht in den Abend über, aber die dunkle Wolkenfront ist nach Osten gezogen, der Himmel ist von einem gelb unterlegten Grau, für einige Augenblicke herrscht eine trügerische Ruhe, bis wieder die Detonationen losbrechen, mit denen das G 11 seine Salven ausspuckt. Halb von der Fensterlaibung gedeckt, hält Tamar in das Laubgehölz zwischen zweiter und dritter Kastanie, die Kugeln zerfetzen Ast und Gezweig, dann robbt sie zur anderen Fensterseite, wartet, ob das Feuer erwidert wird …

Es kommt nichts. Schweigen im Walde.

Die sind weg, denkt Tamar. Kein Wunder. Natürlich kennen die den Franzosensteig. Haben lang genug hier herumgelungert. Ich muss ihnen den Weg abschneiden.

Sie kauert sich nieder und tauscht das Magazin aus. Dann läuft sie gebückt zur Türe und setzt mit langen Sprüngen die Treppe hinunter.

»Wohin rennen Sie denn?«, ruft es erschreckt hinter ihr. Tamar wirft einen Blick zurück, blass und mit fiebrig erregten Wangen steht Margarethe Zundt in der Küchentür. »Hören Sie nicht – dort wird geschossen«, sagt sie, »so kommen Sie doch zu mir, helfen Sie mir, sagen Sie mir, was hier geschieht, es ist mein Haus, warum geschehen so schreckliche Dinge darin …« Tamar steht inzwischen an der Eingangstür und späht zum Wald hinüber. Alles scheint ruhig.

»Es sind die Geister, die Sie im Haus haben, Frau Zundt«, sagt sie, ohne lang zu überlegen, »die Geister, die Sie längst hätten vertreiben sollen.« Dann nimmt sie das Gewehr in beide Hände und läuft geduckt zu der zweiten Kastanie, hinter deren Stamm sie fürs Erste gedeckt ist.

Gut 300 Meter nordöstlich des Laubgehölzes ist eine eingezäunte Fichtenschonung, dahinter erhebt sich der Waldsaum.

Wer ungesehen vom Gehölz zum Franzosensteig will, denkt Tamar, wird hinter der Schonung gehen. Sie nimmt das Gewehr und deckt das nördliche Ende der Schonung mit einem Kugelhagel ein.

Mit ruhigen Schritten geht auf der anderen Seite des Hauses Jonas Seifert durch die Dämmerung und führt Ernst Moritz Schatte an dessen unverletztem Arm. Gleichmütig folgt ihnen Felix. Berndorf geht als Letzter. Er hat Schattes Pistole, aber er hat sie in den Hosenbund gesteckt. Wenn die Oberförster mit ihren Maschinenwaffen ihnen den Weg abschneiden … Aber eigentlich will er gar nicht denken, was dann sein wird. Tamar wird sie aufhalten.

Dunkel baut sich vor ihnen der Wald auf. Vom Haus her hören sie das Feuer der Heckler & Koch. Jonas Seifert geht schneller. Hinter ihnen bricht das Hämmern ab. Der Prophet bleibt unter einer Buche stehen und lässt Schattes Arm los. Felix verschwindet witternd im Schatten des Waldes. Dann erreicht auch Berndorf den Waldsaum.

»Das gefällt mir nicht«, sagt der Prophet und deutet nach oben. Berndorf hat nicht auf die Geste geachtet und versteht nicht. »Sie haben uns den Weg abgeschnitten?«, fragt er und tastet nach der Pistole.

»Nein«, kommt die Antwort, »der Hund hätte sonst Laut gegeben. Aber der Sturm kommt. Wir müssen hier raus.« Er wendet sich an Schatte. »Bleiben Sie dicht hinter mir.«

Rasch durchquert Seifert den düsteren Fichtenwald, seine beiden Arme wehren das trockene kratzende Nadelgezweig ab, während über ihnen eine seufzende Unruhe durch die Gipfel fährt. Hinter ihm läuft Schatte, stolpernd und benommen, den einen Arm in der Schlinge. Dann wird es heller, Seifert erreicht einen Weg und geht ihn geradeaus in nördlicher Richtung, ohne nach rechts oder links zu sehen, hinter ihm Schatte, dem Felix nicht von der Seite weicht. Besorgt, fast zögernd folgt ihnen Berndorf.

»Schneller«, ruft der Prophet. Vor ihm öffnet sich der Wald,

Berndorf sieht eine von Krüppelkiefern bestandene Felskuppe vor sich und dahinter den schmutzig grauen Himmel, neben dem Fels führt ein Weg in die Tiefe. »Hierher, schnell!«, der Prophet kauert sich hinter den Aufgang zum Felsen und zieht Schatte zu sich herunter, endlich begreift auch Berndorf und flüchtet sich in den spärlichen Schutz der Kuhle zwischen Weg und Fels. Neben ihm wittert Felix, plötzlich winselt er, der Fichtenwald vor ihnen stöhnt auf und jammert, ein eigentümliches pfeifendes Singen ist in der Luft, eine unbändige unsichtbare Wut prügelt die Krüppelkiefern gegen den Fels, zerrt an Berndorfs Leinenjacke, das pfeifende Singen wird übertönt von einem reißenden Krachen, abgerissene Zweige und Äste werden über die Felskuppe gewirbelt …

Wie lange geht das so? Berndorf weiß es nicht, zwei, drei Minuten, vielleicht auch länger, er hat das beklemmende Gefühl, der Sturm reiße ihm den Atem aus dem Gesicht, Tannenzapfen prasseln auf seinen Rücken, ein abgerissener Ast schrammt seine Schulter, erst jetzt nimmt er das berstende und splitternde Geräusch wahr, das den Wald erfüllt, den sie gerade erst durchquert hatten. Er versucht, etwas zu erkennen, aber er sieht nur gesplitterte Stämme und zerrissenes, verdrehtes, geknicktes Holz. Nur am Waldsaum sind einige Bäume stehen geblieben, als hätten sie dort schon immer mehr Widerstandskraft entwickeln müssen.

Berndorf blickt zur Seite. Geduckt hockt neben ihm Schatte, über seinen verletzten Arm gebeugt, starrt vor sich hin, in sich gekehrt, unansprechbar. Felix hebt seinen dicken Hundekopf und wittert. Sein Nackenfell sträubt sich. Berndorf lauscht auf das Knacken der abgebrochenen, gesplitterten Äste, dann wird ihm klar, dass die schlimmste Wucht des Sturms weitergezogen ist.

Felix steht auf und läuft einige Schritte den Weg hoch. Dann bleibt er stehen, das Fell noch immer gesträubt. »Wir können weitergehen«, sagt Seifert halblaut zu Berndorf. Der deutet fragend auf Felix.

»Gut möglich, dass da hinten Leute waren«, sagt der Prophet gelassen. »Wenn sie noch leben, haben sie anderes zu tun, als sich um uns zu kümmern.«

Sie stehen auf. Doch Schatte kauert sich noch immer an den Fels, den unbeschädigten linken Arm schützend vor den in der Schlinge gelegt. »Was soll dieser Irrsinn? Sie wollten mich in ein Krankenhaus bringen.«

»Hier hinunter«, sagt der Prophet.

»Ich bin nicht schwindelfrei«, protestiert Schatte.

»Das müssen Sie auch nicht sein«, antwortet der Prophet. »Ich werde langsam gehen, und wenn es schwierig wird, geben Sie mir die linke Hand … Wir werden bald unten sein. Schwierig kann es nur im Tal werden. Falls es dort umgestürzte Bäume gibt.«

Und er beginnt, durch die Dämmerung den Weg hinabzusteigen. Schatte ist aufgestanden, geht aber nicht weiter.

»Weiter«, befiehlt Berndorf. »Gehen Sie zu, Sie Mann der Tat.« Langsam setzt Schatte einen Fuß vor den anderen, das Führungsseil an der Felswand ist rechts von ihm, er kann sich mit der linken Hand nicht daran halten und muss sich von Seifert führen lassen, Schritt für Schritt, bis sie an einen Vorsprung kommen. An der Wegkante wartet der Boxer Felix und wittert in die dunkle Tiefe.

»Vorsicht«, sagt der Prophet, »hier ist Zundt zu Tode gekommen. Nicht hinuntersehen.« Vorsichtig stakt Schatte an dem Hund vorbei.

Der Weg wird noch steiler, führt aber nicht mehr über den nackten Fels, sondern über Erdreich. Stufen – vor kurzem neu angelegt – erleichtern den Abstieg, dann kommt eine Kehre und Schatte kann sich von da an selbst am Seil sichern.

Sie sind unten, und der Hund schlägt sich ins Unterholz. »Zurück, Felix!«, befiehlt der Prophet, und der Boxer gehorcht widerstrebend. Diesmal liegt kein heruntergefallener Kreisrat im Unterholz.

»Da drüben haben wir ihn gefunden«, erläutert der Prophet. Wieder blickt Schatte nicht hin.

Das Tal ist übersät von abgerissenen Ästen und totem Holz.

Sie müssen einer umgestürzten Fichte ausweichen, danach verläuft der Weg zwischen Laubgehölz, das dem Sturm standgehalten hat. Der Wald öffnet sich, vor sich sehen sie ein schmales Asphaltband, am Straßenrand steht das Schild einer Bushaltestelle. Seifert setzt sich auf eine Bank am Waldrand.

»Bitte«, sagt er einladend zu den beiden anderen Männern. »Wir können jetzt nur warten. Ich weiß nicht, wie Marz durchkommen wird.«

Berndorf blickt fragend.

»Unser Gemeindearbeiter. Sie wollten doch, dass uns jemand abholt.«

Schatte bleibt einen Augenblick stehen, ehe er widerstrebend Platz nimmt. Berndorf setzt sich neben ihn.

Mit einem tiefen Schnaufer legt sich Felix vor die drei Männer. Seine Hundeaugen blicken schwarz in den Abendhimmel, der das Tal zuzudecken beginnt.

Der Hof der Johannes-Grünheim-Akademie ist bedeckt mit Kastanienzweigen und zerbrochenen Dachziegeln.

Im Garten irrt Margarethe Zundt an den verwüsteten Beeten und den entblätterten Rosensträuchern vorbei. Schließlich bleibt sie vor den umgestürzten Bohnenstangen stehen. Sie nimmt eine davon und richtet sie auf und versucht, sie wieder im Boden zu verankern. Dann sieht sie, dass die Stange abgebrochen und das Rankenwerk der Pflanzen abgerissen ist.

»Es ist alles zerstört«, sagt sie zu Grassl, der mit ihr gegangen ist. »Dabei sind sie so gut gekommen …« Sie geht zur nächsten Stange, aber auch da ist nichts mehr zu retten. »Die schönen Bohnen, was glauben Sie, welche Arbeit ich mir gemacht habe, dass die Schnecken sie nicht kaputtfressen …«

Grassl blickt zum Walmdach hoch. Auf der Ostseite klaffen große Lücken, aufgerissen wie nach dem Einschlag einer Granate. Sie wird es schon noch merken, denkt er. Ich muss es ihr nicht zeigen.

Von ferne hört er ein Geräusch. Es klingt, als ob ein Tier rufe, oder ein Mensch. Hat es den Schatte doch erwischt? Oder einen von den alten Männern? Das Schicksal ist hart und ungerecht. Sieht man an den Bohnen der Hohen Witwe. Er jedenfalls hat das Telefonbuch. Irgendwie muss er weg von hier. Irgendwo steht noch immer sein alter Golf. Wenn ihn der Sturm übrig gelassen hat.

Tamar tritt aus dem Stallgebäude. Als der Sturm aufgekommen war, hatte sie sich in das Haus zurückgeflüchtet. Jetzt eben hat sie nach den Verschlägen gesehen, in denen Shortie und Dülle verwahrt sind.

»Lassen Sie uns raus, Chefin«, hatte Dülle sie angesprochen, »dann sind wir weg und Sie sehen uns hier nie wieder ...«

»Schön, dass Sie so weit wieder klar sind«, hatte Tamar geantwortet. »Bald kommen Sie auch hier raus. Wir haben einen schönen, gut geführten Untersuchungsknast in Ulm, Sie werden nicht enttäuscht sein ...«

»Hören Sie doch!«, ruft Grassl ihr zu und deutet nach Norden. Tamar bleibt stehen. Undeutlich dringt eine Stimme an ihr Ohr. Dann begreift sie, dass es ein Hilferuf ist. Das darf nicht sein, denkt sie. Es ist nicht der Franzosensteig. Der liegt weiter westlich. Viel weiter. Diesen Weg ist der Alte Mann nicht gegangen. Ein Frösteln läuft ihr über die Arme.

»Ich geh' nachsehen«, sagt sie zu Grassl. »Könnten Sie Werkzeug holen? Eine Säge, falls jemand eingeklemmt ist ...«

»Ich weiß nicht, wo eine ist«, antwortet er. »Außerdem war ich in erster Hilfe noch nie gut.« Ich muss hier weg. Das Gepäck holen und in den Golf packen und weg. Versteh doch, Mädchen. Wenn ich hier bleibe, muss ich der Polizei irgendwelche Geschichten erzählen. Ich mag die Polizei nicht.

»Grassl«, sagt Tamar leise und macht einen Schritt auf ihn zu, »wenn du nicht tust, was ich sage, lass ich dich so was von einbuchten, allein schon, weil du Beweismaterial zur Seite schaffst, glaubst du, ich hab das mit dem Telefonbuch nicht gesehen?«

»Das hat mir dieser Mann gegeben ...«

»Davon weiß ich nichts. Ich weiß nur, dass du's hast. Hol die Säge!«

Grassl wendet sich zur Remise, wo Freißle seine Werkstatt hat. Was ein tyrannisches Weib. Möcht' ich mal.

Lieber nicht.

Entschlossen geht Tamar zum Wald.

»Aber Kindchen, sehen Sie doch«, hört sie hinter sich die wehklagende Stimme der Witwe Zundt. »Die Bohnen …«

Tamar nähert sich dem Wald. Es wird dunkel, aber der Wald sieht lichter aus als sonst. Als sie am Waldrand ankommt, weiß sie auch, warum das so ist.

»So helfen Sie doch«, klingt es wieder aus dem Gewirr der niedergebrochenen Bäume, »ein Mann ist eingeklemmt …«

Tamar dringt so weit vor, wie es fürs Erste möglich ist. »Wer sind Sie? Was tun Sie hier?«

»Ich und mein Kollege sind Beamte im besonderen Einsatz, und mein Kollege ist schwer verletzt, ich glaube, sein Bein ist gebrochen.« Die Stimme ist nah und kläglich.

»Noch einmal: Wer sind Sie?«

Undeutliches Murmeln. Dann wird die Stimme wieder fester. »Mein Kollege ist Regierungsdirektor Weimer …«

Es ist dunkel geworden in dem stillen Tal, und noch immer sitzen die drei Männer auf der Bank. Der Hund vor ihnen hat den Kopf auf die Pfoten gelegt und schläft. Manchmal träumt er und stößt ein kurzes Winseln aus.

Schatte hat es aufgegeben, Fragen zu stellen. Mit nach vorne gekrümmtem Oberkörper sitzt er zwischen Berndorf und Seifert. Hoch über ihnen treiben graue Wolkenfelder unaufhaltsam nach Osten.

Der Hund hebt den Kopf. Langsam stemmt er sich hoch, zuerst mit den Hinterläufen, dann streckt er die Vorderpfoten aus. Gähnend öffnet sich der Hunderachen.

Dröhnendes Motorengeräusch nähert sich aus dem Tal. Scheinwerfer tasten über die Bäume, darüber flackert es blau. Berndorf runzelt die Stirn.

»Es sind nicht die kurzen Wege, die zum Ziel führen«, sagt Seifert.

Um die Kurve biegt ein großes rotes Tanklöschfahrzeug, ein Magirus-Deutz, Baujahr 1962, und hält vor ihnen. Die Tür, auf der blau und grün das Wappen der Freiwilligen Feuerwehr Wieshülen aufgebracht ist, öffnet sich, in der blauen Uniform eines stellvertretenden Ortskommandanten steigt Erwin Marz aus und legt grüßend die Hand an den Schirm der Uniformmütze.

Berndorf und Seifert helfen Schatte in die Mannschaftskabine hinter dem Fahrerhaus. Dann setzen sie sich nach vorne. Felix berechnet kurz, dann folgt er mit einem überlegten Sprung.

»Eigentlich dachte ich, du nimmst den Transporter vom Bauamt«, bemerkt der Prophet.

»Ich hätt' mit dem da morgen sowieso ins Oberschwäbische sollen«, erklärt Marz, »zum Jubiläum nach Gauggenried.«

»Da wird morgen nichts gelöscht«, stellt der Prophet fest. »Was morgen ist, haben die Mannen im Wald zu tun.«

»Und wir?«

Der Prophet erklärt es ihm.

»Nicht über Karlsruhe«, antwortet Marz und deutet auf das Autoradio, das er auf leise gestellt hat. »Bei Pforzheim ist der Schwarzwald auf die Autobahn gefallen. Da geht gar nichts mehr. Wir müssen es über Heilbronn versuchen ...«

Die Nacht zieht über das vom Sturm aus seiner samstagabendlichen Ruhe aufgestörte Land. Blaulicht zuckt über Autobahnen und Landstraßen, Polizei, Feuerwehr und Technisches Hilfswerk machen sich daran, die vom Orkan blockierten Straßen freizuräumen und Eingeschlossene zu bergen und Umleitungen auszuschildern. Mit jaulenden Martinshörnern bahnen sich Krankenwagen die Fahrt über verstopfte Autobahnen, Ortskundige suchen sich Schleichwege und bleiben vor umgestürzten Straßenbäumen stecken. Stunden vergehen.

Durch das Gewirr schiebt sich langsam und geduldig der

Magirus-Deutz der Feuerwehr Wieshülen, arbeitet sich durch die Stuttgarter Vororte und auf die Bundesstraße 27, wenn sie an einem Polizeiwagen vorbeikommen, legt der Fahrer grüßend die Hand an die Uniformmütze, hinter Stuttgart erreicht der Magirus-Deutz die Heilbronner Autobahn, biegt brummend ein und nimmt mit seinen 150 PS bedächtig Fahrt auf.

Marz hat das Autoradio lauter gestellt, das ARD-Nachtprogramm spielt steinalte Schlager, Seifert will das Gerät leiser stellen, aber Berndorf legt ihm die Hand auf den Arm, denn während Marz den Magirus-Deutz durch die Hügel des Kraichgaus steuert, immer wieder überholt von wild sirrenden BMWs und Mercedes, singt Franz Josef Degenhardt die Ballade von P.T., dem Indianer aus Arizona, der es mit der Roten Rita Hilfe schafft, nicht nach Vietnam zu müssen …

Über Frankreichs grüne Grenze
Ziehen im Herbst viel bunte Vögel
Und die wollen an das warme Mittelmeer
Und auch P.T. der Apache zog mit ihnen
Und er glich dem Bauern Pflimli
Aus dem krummen Elsass sehr …

Berndorf wirft einen Blick nach hinten, wo Professor Ernst Moritz Schatte nicht nach draußen schaut, sondern zusammengesunken auf der Mannschaftsbank hockt, den Arm in der Schlinge, scheinbar nichts hörend und nichts wahrnehmend.

Nein, denkt Berndorf, du wirst keinen Futtermais in Frankreich anbauen.

Sonntag, 9. Juli

Et Mme. Forestier regardait des yeux amoureux la belle suédoise, qui n'était habillée par qu'une superbe rivière de diamants, et elle commençait à rire …

Birgit vergewissert sich, dass sie auch wirklich das Heft von Esther (prot. Homiletik) vor sich liegen hat, und kehrt kopfschüttelnd zu dem Text zurück, der unschuldig in runder linksgeneigter Kinderschrift zu ihr hochblickt. Wie viel Punkte? Zum Schuljahresende notiert Birgit aus taktischen Überlegungen zwei Punkte mehr als sonst, ausgenommen bei Bettina, über deren sechs Punkte sich sowieso niemand zu wundern braucht, am wenigsten Bettinen selbst, also gibt es für das schöne Schwedenkind zwölf.

Birgit ist krankgeschrieben, aber am Mittwoch wird sie kalt lächelnd im Droste erscheinen, Nägel und Zähne geschärft für jeden, der sich mit Anteil nehmender Ranschmeiße zu nähern wagt. Sie trägt die Punktzahl ein und greift sich das nächste Heft. Im Radio klingt das Scarlatti-Konzert aus, es kommen Nachrichten, Birgit schlägt das Heft auf, es gehört Thorsten, in vorauseilender Langeweile muss sie gähnen …

… Mit Bestürzung hat das baden-württembergische Wissenschaftsministerium auf die Nachricht von der Verhaftung des Freiburger Hochschullehrers Ernst Moritz Schatte reagiert. Wie berichtet, ist Professor Schatte in den frühen Morgenstunden des Sonntags im elsässischen Wissembourg festgenommen worden. Die französischen Sicherheitsbehörden werfen

Schatte vor, an der Planung des Anschlags auf die Gedenkstätte am Lingekopf in den Vogesen beteiligt gewesen zu sein …

Birgit hat aufgehört zu lesen. Sie muss lächeln. Also haben sie ihn doch erwischt. Doch noch. Alles fügt sich.

Sie blickt zum Fenster, ohne etwas zu sehen, und ihre Gedanken beginnen zu schweifen. Merkwürdiger Mann. War auch hinter ihm her …

Ein Schatten taucht am Fenster auf. Der rote Kater blickt zu ihr herein und miaut tonlos durch die Glasscheibe. Erst jetzt fällt es Birgit auf, wie struppig das Tier ist.

Kommt nicht in die Tüte. Entschlossen steht sie auf und öffnet die Terrassentür und klatscht in die Hände. Mit einem erschrockenen Satz verschwindet der Kater im Nachbargarten. Wir lassen uns unseren Garten nicht von dir voll scheißen. Und Vögel machst du auch tot. Überhaupt können wir keine Katze im Haus brauchen. Wir werden auf Reisen gehen. Neues entdecken. Spannendes. Abenteuer gar, am Tage und vielleicht auch zur Nacht.

Die Türklingel im Haus schlägt an.

Birgit runzelt die Stirn. Hubert? Auf Zehenspitzen kehrt sie ins Haus zurück und geht behutsam zur Türe. Durch den Spion erspäht sie, dass es durchaus nicht Hubert ist.

Sie atmet tief durch und fährt sich durchs Haar. Sie öffnet. Welches Lächeln? »Ach! Der Treulose … Mit Ihnen habe ich schon gar nicht mehr gerechnet.«

Berndorf verbeugt sich artig. Er ist unrasiert, hat einen tiefen Kratzer im Gesicht und sieht übermüdet aus. Und murmelt etwas, das nach Entschuldigung klingt. »Ohne Vorwarnung, am Sonntagnachmittag …«

»Kommen Sie herein.« Silberhell. »Sie stören überhaupt nicht, denn ich korrigiere gerade unsägliche Klassenarbeiten, da ist mir jede Unterbrechung willkommen, umso mehr, wenn es ein so geheimnisvoller Besuch ist.« Sie führt ihn ins Wohnzimmer, zu spät denkt sie daran, dass es noch etwas kahl wirkt, weil Huberts Buch- und Plattenbestände noch nicht ersetzt sind.

»Ich mach uns einen Kaffee, ja? Sie sehen aus, als ob sie einen nötig hätten. Auf welchen Straßen haben Sie sich denn diesmal geprügelt?«

»Danke«, sagt Berndorf. »Keinen Kaffee. Ich möchte Sie bitten, mit mir eine Fahrt zu machen. Es wird der Abschluss sein. Danach ist nichts mehr zu tun.«

Sie blickt ihn fragend an. Er gibt den Blick zurück, ernsthaft, ruhig.

»Wir werden das Taxi nehmen. Es steht draußen.«

Birgit wendet ein, dass sie für einen Ausflug doch gar nicht angezogen ist.

»Sie müssen sich nicht eigens umziehen.«

»Sie entführen mich schon wieder.« Birgit versucht ein Lachen. Es kommt ein wenig klirrend. »Aber trotzdem muss ich mir erst die Nase pudern.« Sie enteilt in ihr Zimmer.

Berndorf betrachtet die Schrankwand, deren Lücken alle weiteren Fragen zu dem Diaristen und Musiklehrer beantworten, von dem er im *Mannheimer Morgen* gelesen hat. Das heißt, nicht alle. Auf Anhieb würden Berndorf eine oder zwei einfallen, die noch nicht beantwortet sind. Er gähnt, denn er ist wirklich müde. Man schläft nicht so gut in einem Magirus-Deutz von 1962.

Das Nasepudern dauert. Ob er sich setzen soll? Lieber nicht. Zu schnell fallen Augen zu. Gedanken schweifen. Blau locken die Kuppen der Vogesen. Weit, weit von hier …

Er schreckt hoch. Rohseidenes sommergrünes Kleid, sehr kurz. Puder auf Nase und Apfelbäckchen. Dunkelroter Lippenstift. »Voilà, mein Entführer …«

Sie verlassen das Haus, Birgit schließt sorgfältig ab. Der Taxifahrer fährt los, kaum dass sie eingestiegen sind, ohne erst nach dem Ziel zu fragen.

»Besuchen wir Ihren Freund von neulich?«, will Birgit wissen. »Wie geht es ihm denn überhaupt?«

»Sie meinen Micha Steffens«, antwortet Berndorf. »Sie haben ihn aus dem Krankenhaus wieder entlassen. Er hatte eine Gehirnerschütterung, nicht weiter schlimm.«

»Ich sollte doch vor ihm wiederholen, was ich über Schatte weiß und über den Banküberfall von damals. Übrigens« – ihr Gesicht wendet sich Berndorf zu und nähert sich dem seinen – »ist Schatte in Frankreich, er ist dort festgenommen worden, ich habe es gerade in den Nachrichten gehört, angeblich ist er in dieses komische Attentat verwickelt ...«

»Ich weiß«, antwortet Berndorf. »Wir haben ihn heute Morgen in der Polizeistation Wissembourg abgeliefert, das ist gleich hinter der französischen Grenze ...«

Für einen Augenblick schweigt Birgit. »Sehr praktisch«, sagt sie dann. »Und wer sind die geheimnisvollen Männer, die so etwas tun, außer Ihnen?«

»Ein Hund war auch dabei«, antwortet Berndorf. »Das mit Steffens hat sich übrigens erledigt. Es ist so, wie Sie es gesagt haben. Schatte hat den Überfall auf die Landeszentralbank organisiert. Oder besser: getürkt ...«

»Das verstehe ich nicht.«

Berndorf erklärt es. Während er spricht und wie traumverloren ins Erzählen kommt und den Ablauf der letzten Tage zu schildern beginnt, fädelt sich das Taxi auf die Autobahn ein und fährt im dichten Sonntagnachmittag-Treiben Richtung Mannheim. Besorgt hört Berndorf sich selber zu und denkt, das wird etwas werden, bis ich diese Aussage den Kollegen gelöffelt habe ... Der Taxifahrer verlässt die Autobahn, und sie erreichen Mannheim.

Nein, keine Kollegen, denkt Berndorf. Aussage nur vor einem Bundesanwalt.

»Schatte war ein Spitzel?«, fragt Birgit, als Berndorf seinen Bericht abgeschlossen hat. »Als er mich nach Mannheim geschleppt hat, die Banken ausbaldowern – da war ich schon verkauft und verratzt?«

»In den Schuldienst sind Sie ja trotzdem gekommen«, antwortet Berndorf. »Beklagen Sie sich nicht. Die Schlapphüte waren noch gnädig ...«

»Ich fass es nicht«, sagt Birgit unbeeindruckt. »Dieser Kerl hat es auch noch angekündigt. Es gibt Schlimmeres als den

Spitzel, hat er gesagt. Ich hab es Ihnen ja erzählt. Und ich sitze daneben und höre es und begreife nicht, was es bedeutet …«

Das Taxi rollt durch eine Allee und biegt dann nach rechts in eine kleine, von einer gut mannshohen Mauer gesäumten Seitenstraße ab. Der Wagen hält vor einem Einlass. Berndorf beugt sich nach vorne und bezahlt. Dann steigen sie aus. Berndorf bietet Birgit seinen Arm. Wie selbstverständlich nimmt sie ihn und geht mit Berndorf durch den Einlass, der sie in eine Art Park zu führen scheint.

»Wo sind wir hier?«

»Auf dem Hauptfriedhof.«

Birgit will stehen bleiben und ihren Arm aus dem Berndorfs lösen. Aber plötzlich ist sein Griff unnachgiebig.

»Ich habe Ihnen gesagt, dass ein Teil der Geschichte noch nicht aufgeräumt ist«, sagt er. »Wir werden das besorgen, und wir werden es jetzt tun. Natürlich können Sie auch einfach schreien. Dann muss ich Sie loslassen und Sie können weglaufen. Das heißt, vor mir können Sie weglaufen. Aber nicht vor dem, was war. Das hat sie schon eingeholt.«

Dann lässt er ihren Arm los. »Kommen Sie.«

Birgit zögert. Noch ein Verrückter. Einfach wegrennen. Oder losschreien. Wie er es gesagt hat. Einen richtigen schnuckeligen kleinen Skandal auf dem Hauptfriedhof. Wundern wird er sich. Warum stöckel ich weiter neben ihm her? Wieso weiß ich das genau? Weil du jetzt keinen Skandal brauchen kannst, Schätzchen. Hubert wartet nur auf so etwas.

»Es wäre sehr liebenswürdig, wenn Sie mir sagen wollten, wohin wir gehen …«

»Wir sind gleich da«, antwortet Berndorf. Der Weg führt an einem Denkmal für badische Freiheitskämpfer vorbei, die 1849 von preußischen Soldaten füsiliert worden sind. Rechts von ihnen machen sich alte Frauen an Gräbern zu schaffen. Eine Weißhaarige, von der Osteoporose nach vorne gekrümmt, schleppt ihnen eine Gießkanne entgegen. Das weiße Haar ist schütter. Die Sonne brennt auf Immergrün und Totengeblüm. Sie kommen an einem Brunnen vorbei, auf dem schmutzig grau eine einstmals kalkweiß Trauernde die steinernen Hände zum gleichgültig blauen Himmel hebt.

Berndorf geht zwischen zwei immergrünen Hecken hindurch. Dann bleibt er abrupt stehen, steif und aufrecht.

Auch Birgit hält inne. Ihr Blick fällt auf ein schmuckloses Grab. Immergrün, von einer Steinmauer eingefasst. Keine Blumen. Ein Gedenkstein, unbearbeitet. Die Inschrift ist halb von Moos zugewachsen. Sie braucht eine Weile, bis sie sie entziffern kann.

Brian O'Rourke
1939–1972
R.I.P.

Birgit dreht sich um, als ob sie Hilfe suche oder Schutz oder einen Fluchtweg. Ihr Blick fällt auf eine Frau, die auf einer Steinbank hinter ihr sitzt. Die Frau hat ein schmales, fast junges Gesicht unter einer wilden ungebändigten Mähne langer grauer Locken. Sie trägt ein langes, ärmelloses graues Kleid. Ihre Hände sind im Schoß gefaltet. Am linken Arm, fast am Handgelenk, trägt sie eine Silberkette, oder ist es ein silberner Armreif?

»Guten Tag, Birgit«, sagt Franziska Sinheim. »Wir haben uns lange nicht gesehen. Aber es ist gut, dass du einmal hier bist.«

»Guten Tag«, sagt Birgit widerstebend. Sie sieht zu Berndorf. »Es ist nur … Ich habe diese Begegnung nicht gesucht. Es ist mir auch nicht klar, was sie bezwecken könnte.«

»Das ist das Grab von Brian«, sagt Franziska. »Weißt du nicht mehr? Ihr habt ihn umgebracht. Du und dieser Mann da.«

»Entschuldige«, antwortet Birgit, »aber ich glaube, du bist krank. Das tut mir sehr Leid. Nur kann ich dir nicht helfen, ich bin solchen Situationen nicht gewachsen.«

»Das sind Sie durchaus«, schaltet sich Berndorf ein und nimmt ihren Oberarm und führt sie zu der Steinbank. »Setzen Sie sich. Sie wissen jetzt, dass Weglaufen nicht mehr hilft.«

Birgit nimmt am äußersten Ende der Bank Platz. Berndorf

sieht sich um, dann setzt er sich auf die Steinmauer von O'Rourkes Grab.

»Erzählen Sie ihr die Geschichte der silbernen Kette?«, wendet er sich an Franziska.

»Es ist keine Kette. Es ist das da«, antwortet Franziska und hebt kurz den linken Arm.

Die ineinander geschobenen Glieder des Armreifs lösen sich und fallen auseinander. Kein massives Silber, denkt Berndorf. Eine Legierung. Die kleinen blauroten Granatsteine sehen im Sonnenlicht fast verschämt aus.

»Es hat meiner Mutter gehört«, fährt Franziska fort, »sie hat es getragen, wenn sie zum Tanzen ging. Ich war traurig, als ich dachte, ich hätte es verloren.«

»Sagen Sie uns, wann das war.«

»Als ich mich von Schatte getrennt habe. Das war in Frankfurt ... Ich war mit ihm verheiratet, eigentlich nur ein paar Monate, und dann bin ich Hals über Kopf von ihm weg. Als ich ein eigenes Zimmer hatte und meine Sachen holen wollte, war der Reif weg. Schatte sagte, er wisse nicht, wo er abgeblieben sei, und ich solle ihn mit meinem Kinderspielzeug in Ruhe lassen.«

»Sie haben nicht noch einmal nachgefragt?«

»Ich dachte, sei froh, dass du von ihm weg bist ...«

»Wann haben Sie Schatte wieder getroffen?«

»Er rief mich in Mannheim an, als ich schon Redakteurin beim *Aufbruch* war, und weil er mich darum bat, habe ich ihn schließlich mit Volz bekannt gemacht. Schatte drängte sich dann in die Redaktion, so, wie er es immer macht, aber das kennen Sie wohl schon.«

»Sie arbeiteten in der Lokalredaktion. Wer verwahrte den Schlüssel für den Tresor, der dort stand?«

»Die Redaktionssekretärin. Sie hatte ihn in ihrem Schreibtisch, an der hinteren Seite einer Schublade festgeklemmt. Wenn ich ihn brauchte, holte ich ihn dort.«

»Wer sonst kannte das Versteck?«

»Außer mir nur Busse. Dass er sich einen zweiten Schlüssel

hat machen lassen, weiß ich allerdings erst seit unserem Gespräch in Bensheim.«

Birgit meldet sich. »Sind Sie ganz sicher, dass ich irgendetwas mit diesen Dingen zu tun habe? Sollte ich nicht besser gehen?«

»Ich bin ganz sicher, dass Sie nicht gehen sollten«, antwortet Berndorf und wendet sich wieder an Franziska. »Haben Sie mit Schatte über den Schlüssel gesprochen?«

»Im Juni 1972. Er kam zu mir und sagte, er hätte vertrauliches Material von Freunden aus Frankreich. Ob ich ihm den Schlüssel besorgen könne.«

»Was antworteten Sie?«

»Dass er die Zeitung nicht in sein konspiratives Gemauschel hineinziehen soll. Und dass ich meinen Armreif zurückhaben will.«

»Warum wollten Sie den gerade damals zurück?«

»Ich hatte Brian kennen gelernt. Ich wollte mit ihm tanzen gehen. Und dabei wollte ich den Armreif tragen. Wie meine Mutter.« Sie macht eine kurze Pause. »Und diesmal hatte ich etwas, womit ich Schatte unter Druck setzen konnte. Denn er wollte ja den Schlüssel.«

»Und ein paar Tage später hatten Sie den Reif wieder?«

»Ja«, antwortet Franziska. »Ein paar Tage später. Und dann habe ich ihm den Schlüssel gegeben.«

Berndorf wendet sich an Birgit. »Wollen Sie uns nun nicht Ihre Geschichte erzählen? Den Reif kennen Sie doch. Sie hatten ihn von Schatte bekommen, als Geschenk.«

Birgit blickt abweisend zu ihm hinüber. Rot zeichnen sich die Backen in ihrem Gesicht ab. »Sie reden über Dinge, von denen ich leider überhaupt nichts weiß. Könnte es sein, dass es diese Dinge ganz einfach nicht gegeben hat?«

»Er hat Ihnen den Armreif geschenkt«, wiederholt Berndorf. »Und ich bin sicher, dass er Ihnen das Ding nicht einfach auf den Nachttisch gelegt hat. Wie die Luft zum Atmen braucht Schatte das Gefühl, die Welt drehe sich um ihn, er sei der Mittelpunkt von allem. Wenn er schenkt, muss es ein besonderes Geschenk sein, eines, das kein anderer so schenken kann.«

»Schatte hat mir einmal Schmuck geschenkt«, sagt Birgit. »Eine indische Silberarbeit. Nicht das da ...« Ohne hinzusehen macht sie eine Handbewegung zu Franziska. »Er war Ende der Sechzigerjahre in Indien gewesen, irgendwo im Himalaja hat er einmal ein Kind aus einem reißenden Fluss gerettet, und die Mutter hat ihm zum Dank eine ... eine silberne Kette geschenkt.«

»Sie haben sie nicht mehr?«

»Nein«, antwortet Birgit, »ich habe sie nicht mehr. Und jetzt würde ich ganz gerne gehen.«

»Schatte kann nicht schwimmen«, sagt Franziska sanft.

Berndorf betrachtet Birgit. »Ich kann Sie gut verstehen. Sie wollten an das Geschenk glauben, an das Besondere, an die Geschichte, die er Ihnen erzählt hat. Denn diese Geschichte unterschied Sie von den vielen anderen, die Schatte gebraucht und benutzt hat ...«

Er steht auf und wendet sich dem Grab zu. »Nur – irgendwann war der indische Silberschmuck weg, irgendwer hatte ihn aus Ihrem Zimmer genommen, die grundsätzliche Laxheit in Sachen privaten Eigentums! Alles war zu ertragen, nur nicht, dass Sie den Schmuck an einem der nächsten Tage wiedergesehen haben, Franziska trug ihn, lachend, vergnügt, fröhlich, sie war verliebt und glücklich und lief mit dem Schmuck am Arm an Ihnen vorbei ... Und Sie? Sie sehen das silberne Ding und denken, er hat es ihr gegeben, er geht zu ihr zurück, ich war nur ein Zeitvertreib, der Entreakt, bis man sich wieder versöhnt hat ...«

»Es war in der Kneipe«, bemerkt Franziska. »Sie saß mir schräg gegenüber. Als ich ihren Blick sah, hätte ich mir alles denken müssen. Nur hab ich damals nicht darauf geachtet.«

»Ich war für dich nur ein verschrecktes, kleines, blaustrümpfiges Huhn, nicht wahr?«, bricht es unvermittelt aus Birgit heraus. »Eine von seinen Groupies. Eine, die ...« Sie lässt den Satz unvollendet.

»Das andere liegt auf der Hand«, sagt Berndorf. »Um nicht zu ersticken, brauchten Sie Ihre Rache. Und als Sie im Radio von dem Banküberfall hörten, hatten Sie auch schon ihre Waffe. Sie wussten, dass Schatte in diesen Überfall verstrickt war. Und so haben Sie bei der Polizei angerufen. Sie haben uns, die Bullen, auf Franziska gehetzt. Sie dachten, Schatte ist dort. Vielleicht haben Sie sich sogar ausgerechnet, dass es genau so kommen würde, wie es gekommen ist. Und alles hat geklappt. Fast alles. Künstlerpech, dass wir dummen Bullen den falschen Mann umgebracht haben …«

Nun steht auch Birgit auf. Plötzlich hat sie ihr Gesicht wieder in der Gewalt. »Jetzt ist es genug. Dies alles geht mich nichts an, und ich habe nichts damit zu tun. Allerdings sollte ich Ihnen doch sagen, dass Ihre moralischen Maßstäbe noch fragwürdiger sind, als ich dachte. Offenbar sind Sie der Ansicht, Sie wären gerechtfertigt, wenn Sie damals Schatte hätten erschießen lassen … Sie verstehen, dass mir diese Polizisten-Moral unerträglich ist.« Sie wendet sich Franziska zu, und ihr Gesicht nimmt den Ausdruck gütiger Besorgtheit an. »Ich möchte dir wünschen, dass du dich aus dieser schlimmen Verstrickung lösen kannst und die Dinge wieder klarer siehst.« Dann blickt sie sich um, als suche sie den Weg zum Ausgang. »Gehen Sie rechts«, sagt Berndorf. Birgit nickt noch einmal kurz, als sei nun alles gesagt, dann folgt sie dem Hinweis und geht an O'Rourkes Grab vorbei.

»Noch etwas«, sagt Berndorf in ihrem Rücken. »Ihren Mann haben Sie doch auf ähnliche Weise fertig gemacht? Das angebliche Tagebuch ist eine Fälschung von Ihnen, nicht wahr?«

Birgit bleibt unvermittelt stehen. »Jetzt sind Sie wirklich übergeschnappt.«

»Jeder bleibt bei seinem Handwerk«, fährt Berndorf fort. »Ihres ist das der Denunziation und der Fälschung. Nur haben Sie einen Fehler gemacht. Daten im Internet sind dokumentiert. Meine Kollegen werden auf die Minute genau ermitteln, wann das Tagebuch Ihres Mannes geschrieben wurde und von wo es auf den Server geschickt wurde …«

Birgit beginnt zu rennen. Sie gehört zu den Frauen, die das nicht können. Berndorf sieht ihr nach, wie sie knickebeinig zwischen den Gräbern läuft, so, als seien die Beine in den Hüften falsch eingehängt, vielleicht liegt es auch an ihren Pumps, stöckelnd läuft sie über die gekiesten Wege, bis sie hinter Koniferen und anderem Dunkelgrün verschwindet. »Ich glaube, Sie sollten jetzt auch gehen«, sagt Franziska. »Ich danke Ihnen für die Mühe, die Sie sich gemacht haben. Und für Ihre Hilfe. Das war am Mittwoch, als Sie nach Bensheim kamen. Ich habe damals Todesangst ausgestanden.« Sie sieht zu ihm hoch und lächelt. »Nehmen Sie es mir nicht übel, wenn ich sitzen bleibe. Aber wenn ich aufstehe, muss ich mich entscheiden, ob ich Ihnen die Hand geben soll. Ich möchte das offen lassen. Gehen Sie jetzt.«

Ein unrasierter, übernächtigt wirkender Mann tritt aus dem Einlass der Friedhofsmauer, geht über die Straße und bleibt im Schatten eines Baums stehen. Aus der Seitentasche seines zerbeulten Leinenjacketts zieht er ein Handy und drückt auf die Kurzwahltaste.

Eine klare, entschiedene Frauenstimme teilt mit, dass er mit dem Anrufbeantworter von Barbara Stein verbunden sei. Der Mann wartet den Signalton ab. »Einem ist der Himmel auf den Kopf gefallen, und Troppau hat seine Antwort«, sagt er dann. »Ende.«

Der Hund des Propheten

Der Blautopf, um den sich sonst Busladungen von Touristen drängen, ist verlassen. Am Steinbild der Schönen Lau vorbei geht sie einige Schritte den baumbestandenen Weg hoch, der um das Quellbecken führt. Traurig sieht die Schöne aus, ausgezehrt vom sauren Regen. Tamar hat Mörikes Geschichte von der Schönen Lau in der Schule gelesen. In einer württembergischen Schule ist das unvermeidlich. Sie weiß noch, dass es eine traurige Geschichte gewesen sein muss: eine verbannte Halbnymphe, die erst in ihre Heimat zurückkehren darf, wenn sie das Lachen gelernt hat …
Und das ausgerechnet hier. Das leuchtende Blau des Quelltopfs kommt ihr vor wie Kupfervitriol. Ist das Depression? Ein Glassplitter im Auge, der einen alle Dinge hässlich und verfallen sehen lässt …

Samstag, 20. Oktober 2001

Ein Strom von Menschen fließt durch die Eingangshalle der Universitätsklinik, Besucher mit Blumensträußen in der Hand, Patienten im Bademantel auf dem Weg zur Cafeteria, Frauen mit Kindern, alte Frauen, dunkel gekleidete Frauen, Frauen mit Kopftüchern und der ganzen türkischen Großfamilie im Gefolge. Ein Pulk von Männern, rotgesichtig, schwitzend, unförmige schwarze Koffer in den Händen, strebt dem begrünten Innenhof zu. Ein grauhaariger Mann bahnt sich den Weg durch den Pulk, bis er zu dem Empfangsschalter kommt, hinter dem ein verdrossener Pförtner über dem Wochenend-Rätsel des »Tagblatts« brütet.

»COLTAN«, sagt der Mann, nachdem er ihm eine Weile zugesehen hat. »Das Erz mit den sechs Buchstaben, ohne das Ihr Handy nicht funktioniert, heißt Coltan.«

Der Pförtner blickt hoch.

»Bei der Gelegenheit«, fährt der Mann fort, »könnten Sie mir sagen, wo ich Herrn Seiffert finde, Jonas Seiffert.« Er buchstabiert den Nachnamen.

»Zimmer 317, dritter Stock«, sagt der Pförtner, nachdem er den Namen in seinem Computer gefunden hat. »Wie, haben Sie gesagt, soll das Zeugs heißen?«

»Coltan«, wiederholt Berndorf. Seit er pensioniert ist, hat er morgens sogar Zeit für das Kreuzworträtsel.

»Mit C?«

Berndorf nickt.

»Das kann hinkommen«, antwortet der Pförtner, und Berndorf geht zur Treppe. Wenn es nicht zu viele Stockwerke sind, verschmäht er Aufzüge. Während er das Treppenhaus hinaufsteigt, sieht er durch die gläserne Außenfront, wie die rotgesichtigen Männer auf dem Innenhof Aufstellung nehmen. Die Oktobersonne lässt das Messing der Musikinstrumente aufblitzen, die die Männer aus ihren Koffern auspacken.

Vom Treppenaufgang im dritten Stock gehen mehrere Korridore ab, schließlich findet er den richtigen. Die Tür zu Nummer 317 ist angelehnt, er klopft behutsam, mehr um anzuzeigen, dass ein Besucher eintreten will, dann schiebt er die Tür auf und tritt ein.

Das Zimmer mit den beiden Betten liegt im Halbdunkel, wegen der schon tief stehenden Herbstsonne sind die Jalousien heruntergelassen. Auf den ersten Blick weiß Berndorf nicht, ob er nicht doch eine falsche Zimmernummer bekommen hat. Im Bett an der Seite zur Tür liegt ein Patient, dessen Alter er nicht schätzen kann, das Gesicht ist spitznasig und seltsam aufgeschwemmt in einem. Eine Frau sitzt neben ihm, die blonden Haare straff nach hinten gebunden, sie erwidert seinen angedeuteten Gruß mit einem kurzen Nicken.

Zögernd geht Berndorf auf das zweite Bett zu, dann sieht er, dass sich dort eine knochige Hand hebt, begrüßend oder einladend. Auf dem hochgestellten Kissen liegt ein kahler Kopf mit gelblich verfärbtem Gesicht, der Hals wie angebunden an einen Infusionsständer, zu dem mehrere Schläuche führen. Wenigstens ist der Händedruck noch so – oder fast so –, wie Berndorf ihn von Jonas Seiffert kennt.

»Schön, Sie zu sehen«, sagt Seiffert, und Berndorf weiß nicht, was er antworten soll, denn es ist bei Gott nicht schön, den Propheten Jonas so zu sehen.

Seiffert enthebt ihn einer Antwort, er zeigt auf einen Stuhl, den Berndorf näher ans Bett heranziehen kann.

Als er schließlich Platz genommen hat, rafft Berndorf sich auf und fragt, was die Ärzte meinen. Eine täppische Frage, aber

er kann den Propheten mit dem gelben Gesicht und dem Hals, der an drei Infusionsschläuchen hängt, nicht fragen, wie es ihm denn so geht. Ums Verrecken kann er das nicht.
»Alles hat seine Zeit«, antwortet Jonas Seiffert. »Ich hab meine gehabt. Die Ärzte sagen, ich hätte ein Rezidiv.« Er hebt die Hand an und lässt sie wieder auf die Bettdecke sinken. »Aber erzählen Sie mir doch von sich... Ich dachte, Sie gehen nach Berlin?«
Berlin, ach ja, denkt Berndorf, davon lässt sich einiges berichten, und beschreibt seine blauäugigen Versuche, für sich und Barbara ein Haus zu finden, in Dahlem oder wenigstens an einem der brandenburgischen Seen... Seiffert scheint zuzuhören, aber Berndorf drängt sich immer mehr der Verdacht auf, dass selbst das Zuhören zu viel von einer Kraft verbraucht, die schon fast gar nicht mehr da ist.
»Jedenfalls habe ich meine Ulmer Wohnung zum Jahresende gekündigt«, beschließt Berndorf seinen Bericht, »der Blick aufs Münster wird mir fehlen, anderes nicht...«
Schweigen – oder besser: Verlegenheit senkt sich über die beiden Männer. Was muss er an den Propheten hinreden, wer alles in Ulm ihm nicht fehlen wird? Auch am Bett nebenan wird nicht gesprochen.
»Wer kümmert sich eigentlich um Felix?«, fragt Berndorf schließlich, und heuchelt den Halbsatz hinterher: »Solange Sie hier sind.«
Felix ist des Propheten alter, knochiger, stummelschwänziger und sabbernder Boxerrüde.
»Marzens Erwin«, antwortet Seiffert knapp, und Berndorf sagt sich, dass er sich das auch hätte denken können. Erwin Marz ist Gemeindearbeiter und Feuerwehrkommandant in Wieshülen, dem Albdorf, zu dessen Ortsvorsteher Seiffert schon vor vielen Jahren gewählt worden war.
Dann sieht Berndorf, dass die knochige Hand ihn zu sich herwinkt. Er beugt sich über den Kranken.

»Da ist noch eine Geschichte…«, sagt Seiffert halblaut. Berndorf sieht ihm ins Gesicht. Plötzlich erkennt er wieder die Augen des Kriminalbeamten Jonas Seiffert, über den sich keiner lustig je zu machen wagte. Höchstens, dass man ihn hinter vorgehaltener Hand den Propheten Jonas genannt hat. Seiffert öffnet den Mund, aber kein Wort ist zu hören, für einen Augenblick bleibt die Zeit stehen, Berndorf starrt in den Mund, in dessen Zahnreihen zwei große Lücken klaffen, dröhnend stürzt eine Wand von Lärm ein und begräbt das Zimmer unter sich. Berndorf schrickt hoch und tauscht einen entsetzten Blick mit der blonden Frau am Bett nebenan. Der Lärm stürzt und stürzt und schüttet alles unter sich zu und nimmt kein Ende, denn er wird von dem Posaunenchor gemacht, der draußen vom Innenhof mit unermüdlicher frommer Kraft gegen die Glasfassaden des Klinikums anzublasen begonnen hat. Wenn Berndorf sich nicht sehr täuscht, fliegt ihm gerade der Choral »Näher mein Gott zu Dir…« um die Ohren.

Deutlicher können sie es den Patienten aber wirklich nicht sagen, denkt er.

Die Frau am Bett nebenan steht entschlossen auf und will aus dem Zimmer gehen. Eine Schwester kommt mit einem Tablett herein, und die Frau sagt: »Hören Sie – wer verantwortet diesen Posaunenchor da draußen? Dieser Choral ist für meinen Freund nicht zu ertragen, nicht in seiner Verfassung…« Die Frau spricht schriftdeutsch, mit einer fast unmerklichen Einfärbung, die Berndorf aber nicht zuordnen kann. Eine Schwäbin ist sie nicht.

»Da kann ich Sie jetzt aber gar net verstehen«, sagt die Schwester, »das sind doch lauter nette Leute, die blasen da ganz umsonst, weil sie den Patienten eine Freude machen wollen, da können Sie doch nicht so sein…« Die Schwester bleibt stehen und betrachtet nun ihrerseits die blonde Frau, sichtlich empört.

»Wenn das so nette Leute sind«, antwortet die Frau, »dann können die doch sicher auch Choräle spielen, die fröhlicher sind, die gibt es nämlich auch, und die keine zusätzliche Belastung darstellen für Menschen, die mit ihrer letzten Kraft darum kämpfen, Fassung zu bewahren…«

»Ich hab jetzt keine Zeit, mit Ihnen zu streiten«, gibt die Schwester zurück und schiebt sich mit ihrem Tablett an ihr vorbei, zu Seifferts Bett. »Schauen Sie, der Herr Seiffert hier, der freut sich immer, wenn ein Posaunenchor da ist, aber das ist auch ein ganz ein lieber Herr…«

Dann erklärt die Schwester, dass sie den Besucher leider wegschicken muss, und Berndorf steht auf, fragt dann aber, ob er nicht draußen warten könne. Doch Seiffert entscheidet anders.

»Nein, nein«, sagt er, »das hier ist alles keine Unterhaltung mehr für einen jungen Mann…«

»Aber Sie wollten doch…«, widerspricht Berndorf.

Seiffert hebt die Hand. »Auch Fragen haben ihre Zeit, ich hab nur grad nicht dran gedacht… Nett, dass Sie da waren. Und grüßen Sie die junge Kollegin.«

Die Hand bewegt sich, Abschied nehmend und zugleich den Weg weisend.

Berndorf versteht. Er nickt und hebt grüßend beide Hände, mit der linken die zur Faust geballte rechte Hand fassend. Ich halte Ihnen die Daumen, soll das heißen. Als er sich zur Tür wendet, stellt er fest, dass die blonde Frau verschwunden ist.

Dienstag, 6. November 2001

Der Bus hält am Dorfeingang, auf dem Platz vor der Alten Molke, Berndorf steigt aus und schlägt den Kragen seines Trenchcoats hoch. Dabei wirft er einen Blick zum Himmel, über den in rascher Folge regengraue Wolken aus Nordwest ziehen. Im Geäst der schon halb entlaubten Apfelbäume auf der anderen Straßenseite hat sich ein Schwarm Saatkrähen niedergelassen, unversehens fliegt einer der Vögel auf, kreischend und ratschend folgen die anderen und kreisen in der undurchschaubaren Ordnung ihrer Flugbahnen.

Berndorf zupft den Trauerflor zurecht, den er am Revers trägt, und geht ins Dorf hinein, so eilig, wie es mit einem Trauerflor am Revers gerade noch schicklich ist. Das Dorf scheint verlassen, giftfarben schliert Öl durch eine Pfütze, vor einem der Höfe ist ein magerer, großer gelber Hund an einer Laufleine angebunden und starrt die Straße hinauf. Für einen Augenblick bleibt Berndorf stehen und versucht, den Hund anzusprechen, aber der wendet ihm nur einen kurzen Blick zu und versucht ein Wedeln mit dem Stummelschwanz und äugt schon wieder die Dorfstraße hinauf.

Berndorf geht weiter und biegt an einem kleinen, mit Kastanien bestandenen Platz zur Kirche ab. Das Dorf gehört zu den wenigen, die noch keinen neuen Friedhof angelegt haben. In den Reihen der Gräber rund um die Kirche ist eines frisch ausgehoben. Der Trauergottesdienst hat bereits begonnen, er steigt die Wendeltreppe hinauf, die zur Glockenstube und zur Empore führt, auch die Empore ist dicht besetzt, und so geht er vor bis zur Brüstung und legt seine Hände auf den Querbalken. Der Balken ist braun gebeizt und grob behauen, Risse durchziehen ihn der Länge nach. Er will durchatmen, und lässt es sogleich bleiben. Die Luft ist dunstig von alten, feuchten dunklen Kleidern und Mänteln, in Schwaden steigt der Geruch der Mottenkugeln auf.

Er beugt sich leicht über die Brüstung. Köpfe, dicht gereiht und grau. Manche altersweißgelb, das Haar strähnig über dem durchscheinenden Schädel. Vorne der Sarg, poliertes Holz schimmert im Kerzenlicht, wieso poliert? Jonas wäre es nicht recht gewesen. Zwei Frauen, die eine noch jung. Kräftige Rücken, kerzengerade. Tochter und Enkelin? Berndorf erinnert sich dunkel an ein Foto auf dem Schreibtisch der Ortsverwaltung. Hinter dem Altar der Öldruck mit den drei Kreuzen unterm Himmel von Flandern 1917.
Eine Novemberböe wirft sich gegen die Kirchenfenster und lässt die Holzrahmen aufseufzen.
Da ließ der HErr einen großen Wind aufs Meer kommen und hub sich ein groß Ungewitter auf dem Meer, dass man meinete, das Schiff würde zerbrechen.
Den Propheten und Ortsvorsteher Jonas Seiffert, Kriminalinspektor in Ruhe, hat nicht das Meer verschlungen und nicht der Walfisch. Der steinige Boden der Alb wird ihn unter sich begraben und nicht mehr herausgeben, bis die Liegezeit gemäß kommunaler Friedhofsatzung abgelaufen ist. Falls nicht vorher, man kann nie wissen, der Jüngste Tag eintritt. Und dann? Auferstehung? Keine sehr appetitliche Vorstellung, denkt Berndorf. Hat der Prophet das geglaubt? Was glauben die Frommen wirklich? Manchmal hatten sie Gespräche geführt, in den Stunden, bevor die Bosheit der großen Landeshauptstadt Ninive heraufkam vom Nesenbach und anläutete im Dezernat I, Kapitalverbrechen.
Na, so groß auch wieder nicht.

Aber die Gespräche hatten, bei Gott, nicht vom HErrn oder sonst den letzten Dingen gehandelt. Dienst ist Dienst. Der Prophet nahm es auch damit genau.
Und wenn Jonas keine Schicht hatte und auf dem Wochenmarkt gepredigt hat gegen den Eigennutz und die Selbstgerechtigkeit und weiß der Himmel was sonst noch, hat sich Berndorf das nie angehört. Er wäre sich wie ein Voyeur vorgekommen.
Was glauben die Leute überhaupt? Er sieht sich um. Neben ihm: Bauernschädel, breitflächig, apoplektisch. Einzelne erwidern den Blick, kurzes Nicken. Angedeutet. Würdig. Fast, aber nur fast, gehört er schon dazu. Ein Blick drängt sich zu ihm her. Noch ein Trenchcoat, angeschmuddelt. Verbeugung über die Bankreihen hinweg. Fettiges Haar ringelt sich, nach hinten gekämmt, überm speckigen Nacken. »Tagblatt« oder Generalanzeiger? »Tagblatt«. Im Namen irgendetwas mit Holder. Der Rasende Reporter des Lautertals. Immer dabei, wenn das Blaulicht lockt oder der Posaunenchor spielt. Holderbaum? Höllerer? Ich muss mir diesen Namen nicht merken. Warum ärgere ich mich, dass ich ihn nicht weiß?
»Ein im Glauben gelebtes und erlittenes Leben.« Der Pfarrer nuschelt.
»Ein Christ, der zu seinem HErrn betete und, wenn es sein musste, auch mit ihm gerungen hat und gerechtet.« Mag sein, denkt Berndorf. Dass er mit ihm gerechtet hat, glaub ich aufs Wort. Trotzdem ist es mir zu wohlfeil.
»Ein treuer Wächter.« Wer? Jonas? Oder sein Hund? Und wer überhaupt hat den Felix in dieser Hofeinfahrt angebunden? Wer immer es war: dort kann der Hund nicht bleiben.
Einmal hat Jonas von seinem Enkelkind erzählt, und dass er es besuchen will, irgendwo in Neusüdwales. Das hört sich nicht gut an. Wer nimmt schon einen verwaisten, alten, sabbernden Boxer nach Neusüdwales mit? Außerdem würde er dort erst in Quarantäne müssen.

Wer jault da? Nein, es ist die Orgel.

»Was suchst du, Mensch, bis in den Tod? Du suchst so viel, und Eins ist not!« Wenn der Pastor nicht nuschelt, sondern singt, hat er einen schönen Bariton, der schwebt der Gemeinde voran.
»Wohlauf, wohlan zum letzten Gang.« Es hilft nichts. Berndorf weiß jetzt, dass er mit den Frauen reden muss. Unweigerlich werden sie ihn dann zum Essen einladen.

Und was, bitte, willst du mit des Propheten altem Hund?

Die Männer von der Freiwilligen Feuerwehr Wieshülen wuchten den Sarg hoch. Rechts vorne Marzens Erwin, Kommandant. Rot das Gesicht, vor Würde oder Rührung oder beidem. Das Gewicht kann es nicht sein. Zeitlebens war Jonas Seiffert ein hoch gewachsener kräftiger Mann gewesen. Aber der Krebs oder die Therapie oder beides zusammen hatten zuletzt nicht mehr viel an ihm gelassen.
Der Sarg wird durchs Kirchenschiff getragen, und Berndorf wirft einen Blick auf das, was er für die australischen Seiffert-Frauen hält. Aber sie halten die Köpfe gesenkt.
Eine Bankreihe weiter wartet das »Tagblatt« darauf, dass Berndorf zu ihm aufschließt. Berndorf lässt einen schwergewichtig schnaufenden Lodenmantelträger vorbei, der nach dem Vorstand des Hegerings aussieht.
Keine Lust auf ein Geplauder. Was soll ich dir erzählen, dass es ein Zeitungsmensch wie du begreift und nicht durcheinanderbringt? Von einem Landgendarmen, der doch ein Prophet war und den der HErr in die große Stadt gesandt hat?
Nein, es war nicht der HErr, dessen Namen wir nicht kennen. Es waren die Herren im Polizeipräsidium oder noch weiter oben, die ihn haben versetzen lassen, und ihre Namen will keiner mehr wissen.

Langsam, Stufe für Stufe, steigen die Männer die Wendeltreppe von der Empore herab. Der Vorstand vom Hegering ist womöglich doch keiner. Einen Kick zu lodenmantelmäßig. Drei Stufen weiter dieser Hollergoller.
Draußen fährt nassforscher Novemberwind in die Gesichter und vertreibt fürs Erste den Kirchendunst, diesen Geruch von Kerzenlicht und alten Leuten. Berndorf kommt an einem Familiengrab vorbei und nickt, wieder wartet vor ihm der Mensch, von dem Berndorf nun plötzlich weiß, daß er Hollerbach heißt, und diesmal gibt es kein Entrinnen.
Kurzer Händedruck.
»Sie waret doch au Kolleg zu ihm?«
Halblaut, aber mit voller Wucht schlägt ihm Mundgeruch ins Gesicht.
Kurzes Murmeln, das als Zustimmung gedeutet werden kann.
»In Stuttgart?«
Zu viel Magensäure. Kein Wunder. Immer im Stress. Die ewig unlösbaren Rätsel des deutschen Satzbaus und der Orthographie. Was sich die Leute aufregen, wenn ihr Name mal ein bisschen falsch in der Zeitung steht.
Eine von der Osteoporose nach vorne gekrümmte Frau blickt scharf zu Berndorf hoch und gleich wieder weg, noch ehe er grüßen kann.
Mit uns beiden wird es nichts mehr in diesem Leben.
»Ja, in Stuttgart.«
Warum geht es nicht weiter? Auch noch Reden am Grab?
»Ich hätt' gern mal mit Ihnen über die Zeit damals …«
»Für den Nachruf?« Das fehlte noch.
»Nein, net direkt …«
Bis knapp unters Kreischen erhebt sich eine Stimme.
Der lodengrüne Rücken schiebt sich zurück und drängt den Reporter Hollerbach gegen Berndorf. Vorne, wo das offene Grab sein sollte, kommt Bewegung auf. Halblaute Anwei-

sungen, mehr gezischt als gerufen, flehentlich fast und offenbar ungehört.
Ein Verdacht überkommt Berndorf. Er schiebt sich an dem Lodengrünen vorbei und steigt über ein Grab und noch ein zweites und umgeht auf dem äußeren Friedhofsweg den Zug der Trauermäntel, der irgendwie in Unordnung geraten ist, und kommt so schließlich zu dem Hügel aus Lehmbrocken und Albgestein, der neben einer offenen Grube aufgeworfen ist. Schräg davor, als habe man ihn hastig abgestellt, steht der Sarg auf dem Weg. Dahinter hat der Pfarrer Zuflucht gesucht und hinter ihm die beiden australischen Frauen und wiederum hinter ihnen ein jüngerer bebrillter Mann mit einem Gesichtsausdruck, als hätte er leider auch grad keinen passenden Paragraphen zur Hand.
Der neue Ortsvorsteher? Vor dem Sarg lauert Marzens Erwin, die Gesichtsfarbe ins Hochrot-Violette verfärbt, gebückt versucht er sich dem zu nähern, was vor dem ausgehobenen Grab steht.
Vor dem Grab steht der Hund. Groß und knochig und mit durchgebissener Leine hat Felix, der Boxer des Propheten, vor der Grube Aufstellung genommen und leidet es nicht, dass man seinen Herrn da hineintut. Auf seinem Rücken ist ein dichter Streifen Fell aufgerichtet.
»Wer lässt denn dieses Tier hier herein«, klagt der Pfarrer und blickt aus seinen großen runden Brillengläsern vorwurfsvoll zu Berndorf, als hätte er in diesem nun endlich eine zuständige Aufsichtsperson gefunden. »Sehen Sie denn nicht, dass wir hier eine Beerdigung haben…«
Vom Grab her antwortet, leise und doch unüberhörbar, ein tiefes Knurren, das Vibrieren einer aufgestörten und verzweifelten Hundeseele.
Aber als Marzens Erwin nach dem Hund greifen will, wird das Knurren scharf und warnend, Lefzen ziehen sich hoch und legen das Gebiss frei mit den großen gelblichen Reiß-

zähnen, so dass die Hand von Marzens Erwin gleich wieder zurückzuckt.
»Können Sie denn gar nichts tun!«, jammert der Pfarrer.
Berndorf steigt über den Hügel mit der ausgehobenen Erde. Felix ist noch drei oder vier Schritte von ihm entfernt. Erst jetzt sieht er, wie mager der Hund geworden ist. Er ist grau um die Schnauze, und die Flanken sind eingefallen.
Überlege dir gut, was du tust. Wenn du ihn jetzt rufst und er kommt, gibt es kein Zurück.
Aber dann soll es so sein.
»Hier, Felix«, sagt er zu dem Hund. »Guter Hund. Hierher.«
Er spricht ruhig, hebt nicht einmal die Stimme.
Es geschieht nichts. Der Hund steht weiter da, zur Menge gerichtet, den Kopf kampfbereit gesenkt. Hinter dem Sarg wartet die Trauergemeinde in stummem Vorwurf. »Braver Felix«, wiederholt Berndorf.
Der Hund rührt sich nicht. Aber der Stummelschwanz bewegt sich leise und schlägt dann aus, ein-, zweimal.
»Hier!«, sagt Berndorf. »Es ist gut. Wir gehen jetzt.«
Die Zeit löst sich von den Brillengläsern des Pfarrers und geht wieder ihren Gang, Felix wendet sich zögernd von der Menge ab und nähert sich Berndorf, widerstrebend, fast scheu, ohne hochzusehen.
»Braver Felix«, sagt Berndorf und dreht sich um. Als er durch das Friedhofstor geht, läuft Felix gebückt neben ihm her, aber der gesträubte Streifen Fell auf seinem Rücken ist schon nicht mehr ganz so hoch aufgerichtet.

»Ich kann Hunde nicht leiden«, sagt der Lokalredakteur Frentzel und blickt von seinem Bildschirm zu Hollerbach hoch. »Überhaupt ist das keine lustige Geschichte. Absolut nicht. Oder willst du, dass wir uns über Beerdigungen lustig machen? Was glaubst du, wie das werden wird, wenn wir dann beide in der Chefredaktion antanzen dürfen? Überhaupt nicht lustig wird das ...«

»Chef«, sagt Hollerbach mit schmelzender Stimme, »Chef, du hast da was falsch verstanden ...«

Frentzel nimmt seine Brille ab und reibt sich die rotgeäderten Augen. »Weißt du, wer hier heute Nachmittag auf der Matte gestanden hat? Da warst du noch beim Leichenschmaus und hast zugelangt, aber hallo! Und ich hatte den Bürgermeister von deinem Alb-Kaff in der Leitung, wir möchten doch ...« Frentzel unterbricht sich und macht einen spitzen Mund. »Wir würden doch sicherlich diesen kleinen bedauerlichen Vorfall unerwähnt lassen ..., das Andenken des Toten, nicht wahr, und die Gefühle der Pietät, und ich solle auch schön den Herrn Chefredakteur Dompfaff grüßen, man kenne sich von den Weikersheimer Schlossfestspielen ...«

Hollerbach verzieht das Gesicht. »Vielleicht liegt der Fehler wirklich bei mir ... Es soll ja auch keine lustige Geschichte sein, Chef. Eine rührende ist es.« Er erhebt seine Stimme. »Treuer Hund verteidigt seinen Herrn noch am Grab. Stell dir das doch mal in der Zeitung mit den großen Balken vor.«

»Untersteh dich«, sagt Frentzel, setzt seine Brille wieder auf und blickt Hollerbach strafend an. »Wenn ich diese Geschichte morgen sonstwo lese, sind wir geschiedene Leute.«

»Aber Chef«, antwortet Hollerbach und breitet seine Hände aus, »von irgendwas muss unsereins doch auch leben ...«

»Mir bricht das Herz«, unterbricht ihn Frentzel. »Weißt du, was den bedeutenden, den großen Journalisten ausmacht? Nein, Hollerbach, du weißt es nicht. Aber ich sag es dir. Der große Journalist weiß, wann er schweigen muss. Er kann nämlich etwas für sich behalten. Kann warten, bis die Zeit gekommen ist ...«

»Chef«, sagt Hollerbach flehentlich, »kein Mensch will doch nächste Woche noch von einer Leich' von heute lesen ...«

»Aber das ist eben der Zeitgeist«, fährt Frentzel fort. »Die Leute haben keine Pietät mehr. Kein Gefühl für die Würde des Wortes, das ungeschrieben bleibt.« Er wendet sich wieder dem Bildschirm zu. »Was hast du vorhin gesagt? Treuer Hund verteidigt seinen Herrn noch am Grab? Für einen Zweispalter hab ich da noch Platz. 60 Zeilen. Kennwort Köter.« Er schaut auf die Uhr. »Du hast dich heute auf einer schönen Beerdigung durchfressen können. Ich aber nicht, und deshalb brauch ich jetzt was, was dem Vater aufs Fahrrad hilft. Bis ich zurückkomm', hast du das blöde Vieh im Kasten.«

Vor Frentzel öffnet sich die Glastür auf den Platz mit dem Obelisken, den der Architekt des neuen »Tagblatt«-Gebäudes dort hatte errichten lassen. Es ist nur ein kleiner Obelisk, und fast nie verfängt sich ein Sonnenstrahl an seiner Spitze.
Aber Erleuchtung, denkt Frentzel, ist eine seltene Gabe Gottes. Wer wollte dem widersprechen, gerade beim »Tagblatt«?
Er überquert die Straßenbahngleise und geht einen Block von Wohnhäusern entlang, die der Straße abwechselnd altersbraunen Backstein und schmutzig grauen Waschbeton zukehren. Nach dem Block weitet sich die Straße, Frentzel kommt am Landgericht vorbei und wirft einen wehmütigen Blick auf die Säulen und steinernen Löwen des Portals.
Noch immer ist die Schnauze des einen Löwen rot verschmiert. Wie viele Jahre schon? Mindestens seit dem Golfkrieg von Bush senior. Eigentlich lange genug her, dass man es hätte wegmachen können.
Er geht weiter, am Westportal des Justizgebäudes vorbei zu Tonios Café, und hängt sein Cape an einen der Garderobehaken. Dabei muss er erst einen Lodenmantel zur Seite schieben, der Lodenmantel sieht nach einem Messebesucher aus,

denn derzeit findet im Ausstellungsgelände in der Au die SilvAqua statt, alles für den Jäger und Sportfischer. Noch ist es nicht spät am Nachmittag, die Aktentaschenträger sind noch nicht von ihren Büros ausgeschwärmt, Frentzel mag diese stille halbe Stunde. Am Tresen hockt das Paar, das dort schon immer hockt und Endstation Sehnsucht nachspielt, den Hüftspeck mit immer größerer Mühe in die Jeans gezwängt. Weiter hinten sitzt ein massiger Mensch, den Frentzel nicht kennt und der vermutlich zu dem ausladenden Lodenmantel gehört. An einem der Tischchen vorne lässt ein dunkelhaariger Mann die Zeitung sinken, in der er gelesen hat, und nickt Frentzel zu, es ist nicht ganz klar, ob er nur grüßen oder ihn an den Tisch einladen will.
Frentzel bleibt stehen und wirft einen Blick auf die Zeitung, bei der es sich nicht um das »Tagblatt« handelt, sondern um die »alternative zeitung«.
»Das können wir nicht billigen, Hochwürden«, bemerkt er streng.
»Um Vergebung«, antwortet Pfarrer Johannes Rübsam, »ich wusste nicht, dass Ihre Auflage Not leidend geworden ist. Aber wollen Sie sich nicht setzen?«
Frentzel zieht sich einen Hocker an den Tisch und setzt sich. Noch einmal wirft er einen Blick auf die aufgeschlagene Zeitungsseite. Ein großformatiges Foto zeigt Leichen, die von einem Panzer durch den Straßenstaub gezogen werden.
»Neues aus Afghanistan?«, fragt er. »Sind das die Guten, die wieder einmal siegen?«
»Nein«, antwortet Rübsam. »Das ist nicht Afghanistan. Ein Massaker in Katanga.«
Frentzel nickt der Bedienung zu. Maria heißt sie, weil alle Bedienungen bei Tonio so heißen. Außerdem ist sie neu, aber dass Frentzel um diese Zeit einen trockenen norditalienischen Weißen bekommt, gehört zu den ersten Dingen, die sie bei Tonio gelernt hat.

»Wer den tapferen Leuten den Panzer bezahlt hat, steht nicht in Ihrer Zeitung?«
»Irgendwelche Gnome«, meint Rübsam. »Gnome aus Zürich oder Manhattan. So genau wissen sie es auch nicht.«
»In diesen Tagen sollten Sie nicht von Gnomen reden.« Frentzel hebt die Hand. »Nicht von Gnomen in Manhattan. Bleiben Sie bei Ihrer Heimatzeitung. Hier spielt die Musik, hier bellt der Hund.«
Maria, das Weinglas auf dem Tablett, hat sich genähert und artig gewartet. Ihrem blassen, von langen schwarzen Haaren eingerahmten Gesicht ist weder Erstaunen noch Belustigung anzumerken. Nun stellt sie das hochstielige beschlagene Glas vor Frentzel ab. Er dankt und sieht ihr nach, wie sie zum Tresen zurückgeht.
Sie trägt einen schwarzen langen Rock, der zeigt, dass sie lange Beine hat und einen hübschen Hintern.
»Jetzt kann ich Ihnen nicht ganz folgen«, meint Rübsam.
Frentzel hebt die Hand. »Warten Sie es ab. Lesen Sie morgen unsere Zeitung. Alles über totgefahrene Füchse und losgerissene Hunde, unter besonderer Berücksichtung des kirchlichen Bestattungswesens. Katanga, dass ich nicht lache!«
Die Tür fliegt auf, mit einem Stoß frischer Luft weht herein eine auffallend große Frau, die ihr langes braunes Haar hoch gesteckt hat. Sie trägt Jeans und ein ausgebeultes graues Jackett in Fischgrätmuster. Grüßend nickt sie zu den beiden Männern und lehnt sich an den Tresen.
»Die Mordkommission«, sagt Frentzel. »Meine Verehrung! Sie haben nicht zufälligerweise eine Kleinigkeit übrig für einen ewig dankbaren Lokalredakteur? Eine unbedeutende Leiche vielleicht, oder ein wenig Brandstiftung?«
»Wenn Sie Ihrer Arbeit nachgehen würden«, antwortet die Besucherin, »hätten Sie jetzt durchaus etwas zu schreiben. Beispielsweise darüber, wie überarbeitete Polizisten mit sinnlosen, absurden und wichtigtuerischen Zeugenvorladungen

zum Zweck der Prozessverschleppung behelligt werden.« Sie bestellt sich eine Latte Macchiato.

Frentzel sieht ihr zu, wie sie der neuen Bedienung zusieht und dem Hantieren der langen und zartgliedrigen Finger.

Dann nickt er betrübt. »Sie sehen mich als einen Verbannten. Als ein Opfer der Stiefelknechte.« Er wartet, aber dass das »Tagblatt« sich den Kaputtsanierer einer Schuhfabrik als Prokuristen ins Haus geholt hat, ist den Stammgästen schon etwas zu oft vorgetragen worden. »Ich betreue neuerdings die Seite ›Christ und Hund‹, um die Wahrheit zu sagen, ist das nicht schrecklich?«

Rübsam betrachtet ihn, dann holt er einen zusammengefalteten Zeitungsausschnitt aus seiner Brieftasche. »Ist das da auch Ihrem neuen Ressort entsprungen?«

Frentzel setzt seine Halbbrille auf und nimmt den Ausschnitt. »Ach das! Schöne Geschichte. Musik, weil mit Geräusch verbunden… Stuttgarter Theologin beschwert sich über Posaunenchor von der Alb, da ist doch alles drin. Zugereiste, aber fest besoldete Kirchenbeamtin vermiest ehrenamtlichen einheimischen Posaunenbläsern das Lob Gottes. Da wissen die Leute doch gleich wieder, warum sie aus der Kirche ausgetreten sind. Hat Ihnen der Beitrag nicht gefallen?«

Rübsam sagt nichts, sondern winkt Maria zu sich her und bezahlt einen doppelten Espresso. Dann entschuldigt er sich, er müsse zu einer Sitzung.

»Eine Sitzung, nett«, sagt Frentzel. »Versuchen Sie wieder einmal, einen neuen Dekan zu wählen? Den letzten Kandidaten hatten Sie doch abgeschmettert. Hatte der nicht behauptet, die Erde sei eine Hohlkugel?«

»Nein, hat er nicht«, antwortet Rübsam missvergnügt.

»Gibt es denn diesmal weißen Rauch? Und könnten Sie mich das dann vielleicht gleich wissen lassen?«

»Sie werden lachen«, antwortet Rübsam. »Durch den Aufsatz über die Posaunenbläser sind verschiedene Dinge nicht un-

bedingt einfacher geworden. Aber ich will sehen, was ich für Sie tun kann.« Er verabschiedet sich und geht.
Weiter hinten bezahlt auch der Mensch, der zu dem Lodenmantel gehört, die Kommissarin Tamar Wegenast bekommt ihre Latte Macchiato, und als sie sie bekommt, schaut Frentzel noch einmal genau hin, aber es fällt ihm nichts daran auf, wie die Kommissarin die Maria ansieht. Wie soll sie sie schon anschauen, denkt er dann. Wie einen netten Menschen halt.

Wie es in der Bezirkssynode Brauch ist, beginnt auch die Sitzung des Wahlausschusses mit einer Andacht, die an diesem Abend Pfarrerin Schaich-Selblein hält. Sie spricht über das, was die Menschen seit dem Flugzeug-Anschlag von New York bewegt, über die Angst, dass diese Welt aus den Fugen geraten könnte, dass aber Frieden nicht mit Waffen, sondern nur durch das Gespräch geschaffen werde …
Vor seinen Augen hat Johannes Rübsam zum einen die gelblichen, vom Fliegendreck schwarz punktierten Kugellampen im Großen Saal des Evangelischen Gemeindehauses, ferner das leicht gerötete und entfernt an einen nicht mehr sehr jungen Cherub erinnernde Gesicht des Prälaten Wildenrath und schließlich die nächste Tischreihe, wo sich die Ausschussmitglieder der Frommen Gemeinde irgendwie von selbst um die Synodale Christa Fricke herum eingefunden haben.
Rübsams Gedanken schweifen und kreisen und machen unversehens fest an dem Busen der Pfarrerin Kollegin Schaich-Selblein sowie an ihren sehr langen, vorstehenden Zähnen, und so stellt er sich vor, die Kollegin sei in einem gottesfürchtigen Pietisten-Haushalt aufgewachsen und die vorstehenden Zähne dort als ein wertvolles Geschenk Gottes betrachtet worden, das die junge Tochter vor den Anfechtungen geschlechtlicher Gelüste bewahren werde.

Pfarrerin Schaich-Selblein hat indessen von Afghanistan übergeleitet zu den bisherigen Zusammenkünften des Ausschusses. Schon bisher habe man es sich nicht leicht gemacht, manch hartes Wort sei gefallen, vielleicht auch manche Verletzung zugefügt worden.
Rübsam ertappt sich bei dem Gedanken, dass sich – sollte er je in die Verlegenheit kommen – ein a tergo empfehlen würde, so dass die vorstehenden Zähne gar nicht weiter zu stören bräuchten... Um sich abzulenken, holt er den Zeitungsausschnitt aus seiner Brieftasche und liest ihn noch einmal.

Ehrenamtlichen Musikern schlecht gedankt

Von unserem Mitarbeiter Eugen Hollerbach

WINTERSINGEN • »Undank ist der Welt Lohn«, das hat Gottfried Buck schon immer gewusst. Aber in diesen Tagen muss Buck, Vorstand des Posaunenchors Wintersingen, besonders oft an diese alte Weisheit denken. Denn die Posaunenbläser, die seit Jahren an den Samstagen die Patienten der Universitätsklinik mit ihrem Spiel erfreuen und aufmuntern, sollen dort nicht mehr erwünscht sein. Eine aus Stuttgart angereiste Besucherin hat sich von dem Spiel der vielfach kirchenmusikalisch ausgezeichneten Wintersinger Posaunenbläser gestört gefühlt und sich jetzt sogar schriftlich beschwert.

»Bei unserem letzten Ständchen ist plötzlich eine Frau auf mich zugekommen und hat mich angefahren, ob wir nichts anderes spielen könnten«, berichtet Buck. »Ich war ganz sprachlos, denn wir sind ein kirchlicher Posaunenchor, sollen wir da vielleicht einen Rumba spielen?« Der Chor setzte dann sein Konzert fort, doch Tage später erhielt Buck einen Anruf vom Bezirkspräsidenten der Posaunenchöre, dass eine Beschwerde vorliege, weil das Spiel der Wintersinger Bläser einzelne Patienten »seelisch belaste«. Buck kann darüber nur den

Kopf schütteln. Überhaupt kein Verständnis mehr aber hat er dafür, dass es sich bei der Beschwerdeführerin um eine evangelische Religionslehrerin aus Stuttgart handelt. »Da sieht man doch«, sagt Buck, selbst Wintersinger Kirchengemeinderat, »wohin es mit der Kirche gekommen ist.«

Die Andacht kommt zu einem sinnträchtigen Schluss, denn Pfarrerin Schaich-Selblein bittet darum, dass das Vergangene nicht den Blick für die anstehende Aufgabe trüben möge. Rübsam blickt hoch und in die Augen des Prälaten Wildenrath. Der Prälat nickt Rübsam auf eine Weise zu, als wollte er sagen: Da haben wir die Bescherung!

Die haben wir allerdings, denkt Rübsam. Dem Wahlausschuss war bereits im Frühsommer ein erster Kandidat vorgeschlagen worden, ein Pfarrer aus einer Schwarzwaldgemeinde, der als Schützling des neuen pietistischen Landesbischofs ausgewiesen war. Bei seiner Vorstellung hatte sich herausgestellt, dass der Schwarzwaldpfarrer das Universum zwar nicht für eine Hohlkugel hielt, wohl aber der Ansicht war, es sei vor 7000 Jahren erschaffen worden, und zwar auf einen Sitz.

Nun ist man in Ulm sehr stolz auf einige kleine, aus Mammutzähnen geschnitzte Tier-Plastiken, die in den Trockentälern der Alb gefunden worden waren und die einige zehntausend Jahre alt sind. Da man entweder an die Radiokarbon-Methode glauben kann, mit der die Plastiken untersucht worden waren, oder aber an die Schwarzwälder Schöpfungsgeschichte, schloss sich die Mehrheit im Wahlausschuss dem Vorschlag Rübsams an, um einen neuen Kandidaten zu bitten, sehr zur Empörung der Frommen Gemeinde. Der Landeskirchenausschuss musste zähneknirschend sich von neuem umsehen und wurde schließlich in einer Problemgemeinde des Stuttgarter Ostens fündig, bei Dr. Guntram Hartlaub, einem Seelsorger, für den vor allem sprach, dass er sich bis dahin mit

keinem der innerhalb der Landeskirche maßgeblichen Gesprächskreise angelegt hatte.
Fein gesponnen, denkt Rübsam. Leider hatte der Landeskirchenausschuss nicht bedacht, dass Dr. Hartlaub auch eine Frau hat, und Frauen gelegentlich dazu neigen, den Mund aufzumachen. Rübsam kennt das Ehepaar Hartlaub, wie man sich unter den Pfarrern und aus den Zeiten des Studiums so kennt, und so weiß er, dass die Stuttgarter Religionslehrerin, die sich mit den frommen Posaunisten angelegt hatte, Marielouise Hartlaub ist.
Und nicht nur er weiß das. Der Blick des Prälaten hat daran keinen Zweifel gelassen.

All mein Beginnen, Tun und Werk
Erfordert von Gott Kraft und Stärk'…
Zum Abschluss der Andacht wird gesungen, und da die Mitglieder des Ausschusses es gewohnt sind, ihren Gemeinden vorzusingen, gibt es einen kräftigen Klang.
»Sehr schöne, sehr angemessene Worte haben Sie da aufgesetzt«, sagt Wildenrath, und man kann zusehen, wie die Schaich-Selblein einen roten Kopf bekommt.
Was reitet den Prälaten, das einen Aufsatz zu nennen?, fragt sich Rübsam.
»Besonders gefallen hat mir Ihre Bemerkung über den Blick, den wir auf die künftigen Aufgaben richten sollten«, fährt Wildenrath fort, »ein Glück, dass hier niemand silberne Löffel gestohlen hat, meines Wissens jedenfalls nicht, man könnte es sonst falsch verstehen…«
»Nein«, sagt Rübsam und fasst den Prälaten ins Auge, »es hat hier niemand silberne Löffel gestohlen, und es gibt auch nichts falsch zu verstehen. Vielleicht aber könnten wir jetzt in die Tagesordnung eintreten?« Sein Blick richtet sich auf den Sparkassen-Weglein, der so heißt, weil er pensionierter Bankdirektor ist. Außerdem ist er der Vorsitzende der Bezirkssy-

node und stets bemüht, wie der Prälat einmal bemerkte, jedem Nadelöhr aus dem Weg zu gehen.
Weglein fährt erschrocken hoch und räuspert sich.
»Aber gewiss doch«, sagt Wildenrath, »die Tagesordnung, ei freilich! Sie haben ja zu wählen. Dass Ihnen diesmal nur keine Knochen dazwischenkommen, oder was sich sonst in der Vergangenheit so finden lässt…«
Er lächelt Rübsam an, freundlich und scheinbar ohne Arg.
Woran zündelst du jetzt schon wieder?, überlegt Rübsam, doch dann zuckt er zusammen, denn glasharfenzart dringt an sein Ohr die Stimme der Synodalen Christa Fricke. Sie findet, dass Pfarrerin Schaich-Selblein da eine sehr bewegende Andacht gehalten hat, und es gehe auch wirklich nicht darum, was in der Vergangenheit gewesen sei, aber man dürfe seine Augen auch nicht davor verschließen, welche Kränkungen gläubige Kirchenglieder in jüngster Zeit hätten erleiden müssen, »auch von einer Seite, von der sie es nicht hätten erwarten dürfen.«
Also doch, denkt Rübsam. Die Fromme Gemeinde will ihre Rache. »Ich nehme an«, sagt er und hält den zusammengefalteten Zeitungsausschnitt hoch, »Sie beziehen sich auf diesen Zeitungsartikel hier…« Und er beginnt, davon zu reden, dass man immer auch die andere Seite hören müsse, und dass nun wirklich nicht jeder Choral für jede Gelegenheit…
Während er redet, sieht er, wie Wildenrath unmerklich den Kopf schüttelt.

Tamar schlägt den langen braunen Mantel um sich und geht mit entschlossenen Schritten die Platzgasse hinauf. Es ist dunkel geworden, die Gasse öffnet sich auf den Münsterplatz, In dem weiß schimmernden runden Steinbau des Stadthauses leuchten die großen Fenster wie Transparente. Tamar hat kein Auge dafür, und auch nicht für das Münster, dessen Turm sich oben in der Dunkelheit verliert. An diesem Abend ist sie als Schichtführerin für den Bereitschaftsdienst eingeteilt, aus Erfahrung weiß sie, dass es mit dem Aufarbeiten der unerledigten Berichte doch nichts wird, und so hat sie sich einen der Ripley-Romane der Patricia Highsmith eingesteckt … Auch so wird die Nacht lang genug werden. Sie verscheucht den Gedanken, wie es sein wird, wenn sie nach Hause kommt, ins Bett, zum weichen atmenden Körper der schlaftrunkenen Hannah, der Gedanke will sich nicht verscheuchen lassen, und so bleibt sie zur Ablenkung vor einem Plakat des »Tagblatts« stehen, das zu einer Diskussion mit einem eierköpfigen brillengesichtigen Menschen einlädt, auf dessen Gesichtszügen sich der Ausdruck einer habituellen Besserwisserei eingenistet hat.

Kein Wort würd' ich dir glauben.

Anderes geht ihr durch den Kopf. Sie will nicht daran denken. Aber die Gedanken sind frei. Sie malen ein Bild, ein Gesicht, schwarz eingerahmt, um den Mund ein Zug von verborgener insgeheimer Aufsässigkeit.

Schnüss.

Berndorf hat einen Hund, der in die Landredaktion zwangsversetzte Gerichtsreporter Frentzel hat es ihr erzählt. Drollig? Eigentlich hätte auch sie zur Beerdigung gehen wollen, wäre da nicht diese Zeugenladung gewesen. Wieso eigentlich? Der Prophet war ein bigotter alter Mann.

Trotzdem.

Sie geht über den kopfsteingepflasterten Innenhof des Neuen Baus und passiert das Portal. Aus der aquariumsgläsernen Wache grüßt der Polizeihauptmeister Leissle, Orrie ist also in der gleichen Schicht, das ist schön, irgendwann wird sie einen Becher Kaffee mit ihm trinken. Besondere Vorkommnisse? »Nöh«, meint Orrie, »im Stadthaus redet ein Politiker, Englin ist drüben und was sonst verfügbar ist, außerdem hat der

Mensch seinen eigenen Personenschutz mitgebracht, eigentlich kein schlechter Job, sollt' ich mich auch mal drum bewerben…«
»Was glaubst du, was deine Frau dir dann erzählt.«
Tamar geht die Treppe hoch, vorbei an den gerahmten Schwarzweißfotos alter Ulmer Schutzpolizisten, Tschako auf dem Kopf, scharfgesichtig. Kein Foto zeigt, was alte Ulmer Schutzpolizisten in den Einsatzgruppen gemacht haben, im Baltikum oder sonst im Russlandkrieg.
In ihrem Büro knipst sie als Erstes die Stehlampe auf ihrem Schreibtisch an und löscht die Deckenlampe. Sie hängt ihren Mantel auf, zieht den Schreibtischstuhl hervor, setzt sich und legt die Füße auf den Schreibtisch.
So, haben wir jetzt alle Klischees beisammen über eine Polizistin im Nachtdienst? Nein, denkt sie, etwas fehlt noch, und sie holt das Taschenbuch aus ihrer ausgebeulten Jackentasche und schlägt es auf: *»Es gibt keinen perfekten Mord«, sagte Tom abschließend zu Reeves…«*

Die Herrentoilette riecht wie der Abtritt in einem alten Schulhaus. »Man legt sich nicht mit den Posaunenbläsern an«, sagt Prälat Wildenrath, der neben Rübsam steht. »Niemand darf das. Niemals. Die Posaunenchöre wird es noch geben, wenn es schon lange keine Volkskirche mehr gibt.«
»Wir wählen hier aber immer noch einen Dekan«, wendet Rübsam ein, »und nicht die Ehefrau. Was hier stattfindet, kommt mir nachgerade vor wie Sippenhaft.«
»Es wäre nicht die erste Wahl, bei der nicht der Mann, sondern die Ehefrau durchfällt«, widerspricht der Prälat. »Jedenfalls ist Hartlaub, wenn Sie so weitermachen, aus dem Spiel und wir kriegen womöglich noch den weinenden Scheuermann. Wollen Sie das verantworten?«

Theodor Scheuermann, ein Stadtpfarrer im Oberschwäbischen, der jederzeit und wie auf Wunsch in Tränen ausbrechen kann, lauert seit Jahren auf ein vakantes Dekanat.
»Ich glaube ja auch, dass es schief geht«, meint Rübsam und knöpft sich den Hosenladen zu. »Aber ich weiß nicht, wie man es noch retten kann.«
»Sie haben vorhin von Sippenhaft gesprochen«, antwortet der Prälat. »Ein großes Wort. Aber warum nicht? Spielen wir doch ein bisschen damit. Sippenhaft mag niemand. Aber wir müssen es über die Bande spielen. Darauf versteht sich die Fricke nicht. Überhaupt können Frauen das nicht. Es hat mit dem räumlichen Vorstellungsvermögen zu tun.«
»Das alles ist mir ein wenig dunkel«, sagt Rübsam abweisend. Verschwörerisch sieht sich Wildenrath um, ob sie auch allein sind. »Sie sollten«, fährt er dann fort, »nach seinem Vater fragen. Nach dem alten Wilhelm Hartlaub. War Pfarrer hier im Bezirk, und für ein paar Wochen einer meiner Vorgänger, ein Deutscher Christ, wie er im Völkischen Beobachter stand … Sie brauchen bloß danach zu fragen, ganz freundlich, das reicht schon, und der Streit mit den Posaunisten ist vergessen, nicht mehr sie sind es, die in Schutz genommen werden müssen, sondern unser Kandidat, er ist die arme Sau, oder wenigstens sein toter Vater …«
»So etwas mach ich nicht«, erklärt Rübsam entschieden.
Wildenrath zieht mit beiden Händen an der Handtuchrolle, aber es kommt kein frisches Tuch mehr. »Sie Unschuldsengel!«, sagt er und trocknet sich die Hände missmutig am gebrauchten Leinen. »Wir haben hier eine Personalentscheidung, da geht es um Biographien, um Schicksale. Was wissen denn Sie, was da alles ausgegraben werden kann, worüber besser Gras wächst … Warum also nicht selbst ein bisschen Gras abrupfen, damit die Kamele sagen können, mit diesem alten braunen Heu soll man ihnen aber bitte vom Leib bleiben. Wenn Sie aber lieber die Tränen unseres Amtsbruders Scheu-

ermann ertragen wollen…« Er horcht auf. Aus dem Sitzungssaal dringen wütende Proteste.
Rübsam geht zur Eingangstür des Sitzungssaals. Mehrere der Synodalen sind aufgesprungen und starren empört auf einen Mann, der am Kopfende der linken Tischreihe steht. Der Mann trägt Jeans, hat das graue Haar zu einem Zopf geflochten und versucht etwas zu sagen.
»Schweigen Sie«, ruft von der rechten Reihe ein hoch gewachsener Mann mit beschwörender Stimme und richtet einen anklagenden Zeigefinger auf den Mann mit dem Zopf, »schweigen Sie von diesen Dingen! Was wissen wir denn, wer Ihr Vater gewesen ist und was er getan hat in Zeiten, von denen auch Sie nicht wirklich wissen, wie sie gewesen sind…«
»Keine Ahnung hat er!«, ruft eine andere Stimme dazwischen.
»Jawohl, keine Ahnung!«, echot ein ganzer Chor. Mit einer eckigen Bewegung schüttelt sich der Hochgewachsene die geföhnten weißen Haare zurecht, die ihm in die Stirn gefallen sind, und hebt die Hand, um die Zwischenrufer zum Schweigen zu bringen.
»Niemand«, sagt er dann, »niemand soll unter dieser Asche nach Glut suchen, um sein Süppchen darauf zu kochen…«
Der Prälat ist neben Rübsam getreten.
»Na also«, sagt er und betrachtet Rübsam spöttisch. »Lieben und Hassen hat seine Zeit. Irgendeiner musste ja davon anfangen…«

Die Schicht beginnt ruhig. Zwei Auffahrunfälle, ein betrunkener Freier im »Alten Württemberger«, ein verdächtig Unbekannter im Villenviertel auf dem Kuhberg, Orrie schaltet den kleinen transportablen Fernseher ein und will Fußball gucken, aber dann ruft seine Frau an und sagt, dass sie nach dem

Volleyball noch zum Weiberstammtisch geht. Orrie verzieht ein wenig das Gesicht und meint, dass es recht sei.
Die Bayern führen, das müsste auch nicht sein, dann quäkt das Funktelefon, und Orrie dimmt den Lautsprecher des Fernsehers herunter, zum Glück, denn der Anrufer ist Kriminalrat Englin und er ist sehr erregt. Im Stadthaus ist Gefahr im Verzuge, die Punker stören gerade den Herrn Referenten, einen wahrhaftigen Staatssekretär, was macht denn das in Berlin für einen Eindruck! Tamar sagt, dass Orrie die eine Streife hinüberschicken soll, die gerade noch verfügbar ist …
Zeit vergeht, die Bayern führen noch immer und die Streife bringt die Störer aus dem Stadthaus, das heißt, es sind der Stächele Frieder und eine Punkerin. Die Punkerin ist aus Düren/Westfalen und wegen Unterhaltspflichtverletzung und Beischlafdiebstahls zur Festnahme ausgeschrieben, was dann alles doch recht unangenehm wird, denn der Stächele Frieder hält eine längere Rede, die vom Krieg ums Öl handelt und von den Lügen der Politiker, vom Übermut der Behörden unter besonderer Berücksichtigung der Bosheit und Heimtücke kommunaler Jugendämter, von den Verbrechen an den Ländern der Dritten Welt ganz zu schweigen …
Orrie denkt, dass er sich das eigentlich nicht anhören will, aber Tamar macht unverändert ein höfliches Gesicht. Die Punkerin hat violette Haare und ist gelb um die Augen und kichert, wenn man es am wenigsten erwartet, und schnieft die Nase hoch und kichert wieder.
»… das da zum Beispiel«, sagt Stächele und holt eine zusammengefaltete Zeitungsseite hervor, »das zum Beispiel interessiert euch einen feuchten Kehricht, warum geht ihr denn nicht hin und fragt euren Herrn Staatssekretär: Wollen Sie uns vielleicht gütigst eine Aussage machen, Herr Staatssekretär, wo diese famosen Panzer herkommen, mit denen sie die armen Neger massakrieren, also die Eingeborenen, ich will ja nix Falsches sagen …«

Er faltet die Zeitungsseite auseinander, und Orrie sieht ein Foto mit Strohhütten und einem Panzer, und an dem Panzer sind die Überreste von etwas angebunden, was einmal menschliche Körper waren.
Die Punkerin sagt, dass ihr übel ist. »Aber nix«, fährt Stächele fort, »Herr Staatssekretär hinten, und Herr Staatssekretär vorne! Nur keine Aussage nicht…«
»Herr Stächele«, sagt Tamar sanft, »ich kann Sie gut verstehen. Aber vielleicht ist es doch besser, wenn wir Ihre Freundin jetzt erst einmal zu einem Arzt bringen, damit er sie sich ansieht, und dann schauen wir mal, wie sie ihre Angelegenheiten mit dem Jugendamt in Ordnung bringen kann…«
Irgendwann ist die Punkerin fürs Erste in der Frauenklinik untergebracht, weil das Mädchen schon wieder schwanger ist, und der Stächele Frieder nach Feststellung seiner Personalien in die Nacht entlassen. Orrie kann einen Kaffee kochen und schaltet, weil sich an der Führung der Bayern nichts geändert hat, die Harald-Schmidt-Show ein. Tamar setzt sich dazu, und Orrie ruft lieber nicht zu Hause an, weil der Weiberstammtisch möglicherweise noch immer nicht zu Ende ist.
Eigentlich könnte die Schicht jetzt ganz ruhig und gemütlich zu Ende gehen, aber dann läuft ein Notruf ein, in Lauternbürg, irgendwo da draußen zwischen Alb und Donau und Pfuiteufel brennt ein Haus, gleich darauf kommen ein zweiter und ein dritter Anruf, irgendjemand fordert den Notarzt an, und dann meldet sich die Feuerwehr, sie hätten eine Person geborgen, aber den Notarzt bräuchten sie wohl doch nicht mehr, »der ist schon gut durch…«
Aber wie Orrie das weitergibt, ist die Kommissarin Tamar Wegenast schon draußen vor der Tür und auf der Bundesstraße 311 unterwegs nach Pfuiteufel.

Scheinwerfer beleuchten geschwärztes Mauerwerk. Angekohlte Dachsparren zeigen zu den Wolken, die in rascher Folge nach Osten ziehen. In der Luft hängt der giftige geschmorte Geruch nach kokelndem Schutt. Am Mauerwerk lehnt eine Leiter.

»Wir haben ihn oben gefunden«, sagt der Mann mit dem unterm Helm rußverschmierten Gesicht. Es ist ein schmales, von einem Bart eingerahmtes Gesicht.

Tamar betrachtet, was von dem Haus übrig ist. Es war eines der Häuser, wie sie sich einstöckig und spitzgieblig in Reih und Glied die Straße hinabziehen, kurz nach dem Krieg gebaut oder in den frühen 50er-Jahren. Wie eine dunkle Wand erhebt sich dahinter der Wald. Sie zwingt sich, wieder auf das hinabzusehen, was schwärzlich und irgendwie aufgeplatzt vor ihr auf einer Trage liegt, außerhalb des Lichtkegels der Scheinwerfer. Das Feuer hat die Gesichtshaut zusammenschnurren lassen, so dass das Gebiss freigelegt ist und zum Nachthimmel bleckt.

»Die Nachbarn hatten uns gesagt, dass er noch im Haus sein muss«, fährt der Mann fort. »Da haben wir ihn dann auf der Treppe gefunden.« Der Mann ist der Kommandant der Freiwilligen Feuerwehr Lauternbürg. Neuböckh, Landmaschinentechniker, hat Tamar notiert.

»Er hat hier gewohnt?«

Neuböckh schaltet seine Taschenlampe ein. Ein Lichtstrahl wandert über angekohltes Fleisch, verharrt auf dem Gesicht mit dem bleckenden Gebiss.

»Ich denk schon.« Er löscht das Licht.

»Allein?«

»Seit seine Mutter vor ein paar Jahren gestorben ist.«

»Und was hat er gemacht?«

»Er hat für die Zeitung geschrieben«. Neuböckh schiebt mit dem Fuß ein angekohltes Stück Papier weg. »Fürs ›Tagblatt‹. Darüber, was hier in den Dörfern so passiert. Und in den Ver-

einen. Gelernt hat er als Schriftsetzer, beim Übelhack in Ehingen. Aber dann ist er arbeitslos geworden.«
Ein Zeitungsschreiber. Jetzt weiß Tamar auch, woher sie den Namen kennt: Hollerbach, Eugen. Ihre Erinnerung kramt ein Gesicht hervor, Mundgeruch, aufdringliche Fragen, flinke hurtige Augen.
Sie bückt sich und nimmt das angekohlte Stück Papier mit zwei Fingern auf, so dass sie es am Rand halten kann. Es ist der Überrest eines Fotoabzugs, schwarzweiß, als Tamar ihre eigene Taschenlampe einschaltet, sieht sie, dass es eine Aktaufnahme ist, ein etwas zu fülliger weißer Körper, die Schamhaare zu einem schmalen Streifen rasiert, Kopf abgewandt, die Brüste der Kamera entgegengereckt, noch zu erkennen sind die Druckstellen des Büstenhalters.
»Fotografiert hat er auch«, sagt Neuböckh.
Vorsichtig schiebt Tamar das Foto in einen Umschlag.
»Wollen Sie noch das Haus näher ansehen?«, fragt der Kommandant. »Wir haben oben einen von diesen alten Elektroöfen gefunden, ziemlich verschmort. Ich will mich ja nicht aufdrängen, aber wenn Sie mich fragen…«
»Die Nachbarn wussten, dass er zu Hause war«, sagt Tamar. »Hat jemand gesagt, seit wann?«
»Abends ist er in den Wirtschaften gehockt«, antwortet Neuböckh. »Hier im ›Adler‹ und anderswo. Meistens jedenfalls. Bis sie dort die Stühle auf den Tisch stellen.«

Mittwoch, 7. November 2001

Auf dem Münsterplatz ist Wochenmarkt, es riecht nach Kräutern und erdigen Kartoffeln und Kisten voll Obst, Tamar schiebt sich an Einkaufstaschen und Körben und Netzen vorbei und strebt zur Platzgasse, denn es ist später Vormittag und sie braucht einen Kaffee und ein Sandwich. Sie fühlt sich nicht beschwingt, aber doch merkwürdig leicht, als ob die Dinge und die Welt um sie herum kein Gewicht hätten, das kommt, weil ihr von den sieben Stunden Schlaf, die sie haben sollte, ziemlich genau sechs fehlen.

Über Mittag will sie nicht nach Hause fahren. Denn wenn sie sich hinlegt, kommt sie so schnell nicht mehr hoch. Außerdem ist Hannah in München, bei dieser Galeristin, die eine Ausstellung mit ihr vorbereitet.

Hannah fährt in letzter Zeit oft nach München.

In dem engen Schlauch von Tonios Café drängt sich die Kundschaft vor dem Tresen. Aber ein Tischchen ist noch frei. Nebenan sitzt der Zweirad-Schnäutz mit seinem Rauhhaardackel und lauert darauf, wem er ein Gespräch aufhängen kann.

Nicht mir.

Tamar sitzt kaum, als auch schon Maria vor ihr steht. Sie lächelt höflich und wohlerzogen und ganz und gar nicht aufsässig und nimmt die Bestellung entgegen. Bis der Kaffee und das Salami-Sandwich kommen, greift sich Tamar das »Tagblatt«. Von der Titelseite des Lokalen reckt sich ihr der Staatssekretär von gestern Abend entgegen …

»Wir wissen doch alle, dass die weltwirtschaftliche Stabilität und Sicherheit von dieser Region sehr stark beeinflusst werden kann, in der 70 Prozent der Erdölreserven des Globus und 40 Prozent der Erdgasreserven liegen …«
Tamar blättert weiter, die SilvAqua meldet Rekordzuspruch, der evangelische Kirchenbezirk Ulm hat einen neuen Dekan, Blocher vom Rauschgiftdezernat und eine dicke Schlagzeile, weil er auf dem Eselsberg einen ganzen Wintergarten voller Hanfpflanzen ausgegraben hat. Nur von dem Brand in Lauternbürg und dem toten Hollerbach steht nichts drin. Eine Überschrift springt ihr ins Auge:

Treuer Hund verteidigt seinen Herrn noch am Grab

»Das sind die Geschichten, die das Leben schreibt«, teilt vom Nebentisch der Zweirad-Schnäutz mit. »Da soll noch einer sagen, die Tiere hätten keine Seele.« Er wendet sich seinem Hund zu. »Gell Purzel?« Purzel blickt gelb.
»Ihrem Sarg«, bemerkt Tamar, »wird dieses Tier nur folgen, wenn es glaubt, es sei eine Bratwurst darin.«
Schnäutz sucht entrüstet nach einer Widerrede, aber Tamar hebt nur die Hand und schneidet ihm mit einer brüsken Geste das Wort ab. Ihre Augen sind an einer Autorenzeile hängen geblieben:

Von unserem Mitarbeiter Eugen Hollerbach

Wieder sieht sie die Trage vor sich und riecht den Brandgeruch, und als sie zu lesen versucht, ist es ihr, als flüstere ihr Hollerbachs verkohlter Mund den Text ins Ohr.
Wirklich, zu wenig Schlaf.
Am Eingang zu Tonios Café gibt es Bewegung. Ein Mann hat die Tür aufgestoßen und hält sie offen, um einen großen, gelben grobknochigen Hund hereinzulassen, den er an der Leine führt. Plötzlich ist sehr viel freier Platz um ihn herum. Am

Nebentisch bricht Purzel in schrilles Gekläff aus. »Bleiben S' mit dem Köter da fort«, zetert Zweirad-Schnäutz und nimmt seinen Dackel auf den Arm. Der Mann setzt sich an Tamars Tisch, an der Seite, die dem Schnäutz abgewandt ist. Sein Boxer äugt kurz und eher gleichgültig zu dem Dackel am Nebentisch hinüber und lässt sich aufschnaufend zu den Füßen seines Herrn nieder. Der Durchgang zwischen den Tischreihen und dem Tresen freilich ist jetzt noch enger geworden, und Maria muss vorsichtig über das Tier hinwegsteigen, als sie Tamars spätes Frühstück bringt.
»Sie erlauben doch«, sagt Berndorf. »Felix kennen Sie ja.«

»Was um Gottes Willen«, sagt Johannes Rübsam und hängt seinen Mantel und seine Baskenmütze in den Kleiderschrank, »treiben Sie da?«
Mit gerötetem Gesicht blickt die Pfarramtssekretärin Kuchenbeck von ihrem Schreibtisch auf, der mit einem großen Heftordner und mehreren Stapeln dünn bedruckter, DIN-A5-großer Blätter zugedeckt ist.
»Ich wollt' das einordnen, bevor Sie kommen«, sagt sie mit kläglicher Stimme, »das ist doch wichtig, und dabei wollen Sie nie etwas davon wissen ...«
Die Verordnungen und Gesetze der Landeskirche sind für den Dienstgebrauch in einem blauen Handordner zusammengefasst, einer etwa 2000 Seiten umfassenden Loseblattsammlung, die ständig ergänzt wird. So wurden in den letzten Jahren sämtliche Texte im Sinne einer geschlechtsspezifisch korrekten Schreibweise überarbeitet und mussten Blatt für Blatt ausgetauscht werden.
»Worum geht es denn diesmal?«, fragt Rübsam und tritt an den Tisch heran. »Vielleicht um die korrekte Schreibweise bei der Instandhaltung der Orgelpfeifinnen und -pfeifen?«

Er nimmt einen der Stapel auf und beginnt zu lesen.
»Die Blickle hat angerufen, dass sie beim Altennachmittag morgen nicht spielen kann. Und dann kam noch ein Anruf.« Die Kuchenbeck senkt verschwörerisch die Stimme. »Ein Anruf vom Herrn Pfarrer Hartlaub. Er wollte Sie persönlich sprechen. Das ist doch unser neuer Dekan? Der mit der eigenartigen Frau …«
»Ich hab's«, antwortet Rübsam. »Sie haben die Preise geändert. Wer was verdienen darf. Reisespesen und Tagessätze. Und was etwas kosten darf. Das alles wird jetzt nicht mehr in Mark, sondern in Euro angegeben. Wenn ich meine Wohnung tapezieren sollte, wovor Gott mich schützen möge, darf ich acht Euro für die Rolle ausgeben. Inklusive Mehrwertsteuer. Keinen Cent mehr. Steht hier.« Er deutet auf eines der Dünndruckblätter. »Sie sehen, unsere Kirche ist in guten Händen. Nichts bleibt, was nicht sorgsam bedacht worden wäre.« Er wendet sich zur Tür, die zu seinem Amtszimmer führt. »Wegen des Altennachmittags rufen Sie doch diese Musikstudentin an, die spielt sowieso viel seelenvoller.«
Während er in sein Zimmer geht, spürt er den Blick der Kuchenbeck in seinem Rücken. Das war gerade ein Fehler, denkt er. Ganz genau weiß die, dass ich genau weiß, wie die Studentin heißt.
Er setzt sich an seinen Schreibtisch und greift nach dem Telefon und lässt die Hand wieder sinken. Es ist klar, warum Hartlaub angerufen hat. Die Sitzungen des Wahlausschusses sind geheim. Aber trotzdem wird er wissen wollen, ob und wie viel Gegenstimmen es gegeben hat.
Eigentlich ein unsittliches Ansinnen. Schließlich ist er mein künftiger Chef. Er dürfte mir das nicht zumuten.
Aber es ist Hartlaubs Problem, wenn er jetzt schon Nerven zeigt. Rübsam zieht das Telefon zu sich her, Hartlaub meldet sich, kaum dass die Verbindung hergestellt ist.
»Danke, dass du zurückrufst …«

Hartlaub und Rübsam haben zu gleicher Zeit in Tübingen studiert, saßen beide morgens um acht Uhr beim eruptiven Michel und ließen sich die judaistischen Feinheiten der synoptischen Tradition ins Ohr brüllen. So etwas verbindet. Es wäre albern, würden sie sich nicht duzen.
»Ich bin vorhin vom Oberkirchenrat in Kenntnis gesetzt worden«, sagt Hartlaub, »dass ich jetzt doch nach Ulm gehen soll. Und das hat mich nun ein bisschen umgeworfen... Nach diesem dummen Zeitungsartikel konnten wir nicht mehr damit rechnen, verstehst du? Und ich weiß auch gar nicht, ob ich Marielouise das alles zumuten kann...«
Rübsam ertappt sich dabei, dass er den Hörer ein Stück weit von seinem Ohr entfernt hält. Die Stimme klingt ihm zu nah und zu vertraulich.
»Du weißt ja, wie Marielouise ist«, fährt die Stimme fort, und Rübsam überlegt, ob er das wirklich weiß.
»Sind die Anwürfe wegen dieses Posaunenchors denn nicht zur Sprache gekommen?« Die Stimme wird fast drängend. »Natürlich weiß ich, dass die Aussprache im Wahlausschuss vertraulich bleiben muss. Aber ich kann nicht nach Ulm gehen, wenn ich überhaupt keine Ahnung habe, wer da alles mit dem Dolch im Gesangbuch herumläuft...«
»Mit solchen Leuten musst du immer rechnen«, antwortet Rübsam. »Überall. Aber immerhin kann ich dir sagen, dass Marielouises Ärger mit den Posaunisten zur Sprache gekommen ist. Nur, und das musst du mir jetzt einfach glauben, dieser Ärger hat dann keine Rolle mehr gespielt. Und das Wahlergebnis ist so, dass du dich nicht beklagen kannst. Alles andere muss jetzt deine Entscheidung sein.«
Mehr sag ich dir nicht.
»Ich verstehe dich«, sagt die Stimme. »Und mit meiner Bewerbung habe ich mich eigentlich ja schon entschieden. Einen Rückzieher würde der Oberkirchenrat nicht verstehen... Hättest du denn am Nachmittag etwas Zeit für uns? Marie-

louise und ich würden uns gerne die Stadt etwas genauer ansehen, die Dienstwohnung vor allem. Wir müssten auch wissen, an welcher Schule wir Pascal anmelden sollen.«
Rübsam sagt, dass er sich den Nachmittag freinehmen kann. Erleichtert legt er auf.

»Tut mir Leid, dass ich nicht zur Beerdigung kommen konnte.«
Berndorf schüttelt unmerklich den Kopf. Soll er jetzt sagen, der Prophet werde es ihr nicht übel genommen haben? Sie gehen unter den hohen Bäumen des Ulmer Alten Friedhofs. Tamar hatte im Café gesagt, sie brauche ein paar Atemzüge frischer Luft, und so waren sie hierher gegangen, aber offenbar gibt jetzt der Ort das Thema vor. Berndorf bleibt neben dem Grabmal eines Ulmer Kommerzienrats stehen, dem der saure Regen tiefe Tränenrinnen ins Gesicht gegraben hat, und blickt auf den Hund.
Seit gestern trottet dieses Tier neben ihm her, in unerklärlichem Vertrauen darauf, dass Berndorf es zu seinem Herrn führen wird, frisst achtlos, gleichgültig einen halben Teller von dem feinen proteinreichen Diensthundefressi, das der Hundeführer der Ulmer Polizei gestern Abend noch vorbeigebracht hat, schläft im Flur vor der Wohnungstür, damit ihn nur ja niemand übersieht oder vergisst, wenn es wieder nach Wieshülen geht zu Jonas Seiffert, damit die Welt wieder sein wird, wie es sich gehört.
Aber in dieser Welt bleibt nichts, wie es sich gehört.
Berndorf überlegt, ob er Felix von der Leine lassen kann. Ob der Hund dann womöglich, wie von einer unsichtbaren Leine gezogen, den Weg nach Wieshülen einschlägt, unaufhaltsam trottend über die Straßen und den Autobahnzubringer und die Dörfer und Weiler … Ach was, denkt er, ich kann ihn

nicht die ganze Zeit herumzerren – und er mich –, und macht die Leine los.
Aber Felix rennt nicht weg, sondern läuft zum Grabmal des Kommerzienrats und hebt sein Bein.

»Sie haben in Wieshülen diesen Reporter getroffen? Hollerbach heißt er.«
»Ja, hab ich.« Warum willst du das wissen?
Felix hat auf den von Rasen bedeckten Gräberfeldern des Alten Friedhofs einen Schwarm Saatkrähen entdeckt und sich unversehens in rumpelnde Bewegung gesetzt. Aufflatternd retten sich die Krähen und suchen Zuflucht im Geäst der hohen, dünn belaubten Bäume. Auslaufend schlägt Felix einen Bogen und trottet zu Berndorf zurück.
Hollerbach, ja. Berndorf wirft von der Seite einen Blick auf seine Begleiterin.
Im Tageslicht sieht Tamar blass und müde aus, überrascht bemerkt er Fältchen in den Augenwinkeln, zum ersten Mal sieht er das an ihr.
Falls du mich nach diesem Artikel fragen willst: den hab ich auch schon gelesen. Frentzel wird es mir büßen.
»Die Feuerwehr hat Hollerbach heute Nacht aus seiner Wohnung geholt.«
»Das ist brav«, sagt Berndorf. »Brave Feuerwehrleute.« Red nicht so mit ihr wie mit diesem Hund. Aber was soll er schon sagen? Wenn das Dezernat I sich nach Hollerbach erkundigt, spricht das nicht für den Zustand, in welchem ihn die Feuerwehr abgeliefert hat.
»Zum Glück war noch so viel an ihm dran, dass sie ihn identifizieren konnten.«
Du sollst keine Gedanken lesen. Berndorf bleibt stehen und betrachtet Tamar.
Sie hat wirklich erste Fältchen. Wo war Hollerbach zu Hause? Sie wird es dir erzählen.

»Hollerbach hat in Lauternbürg gelebt, in einem Häuschen, das er von seiner Mutter geerbt hat.«
In Lauternbürg. Hinter den Lutherischen Bergen. Wo die Äcker so steinig sind wie die Herzen fromm. Oder war das umgekehrt?
»Hollerbach kam gegen Mitternacht aus dem ›Dorfkrug‹. Bezahlt hat er vier Weizen und zwei Dujardin.«
Ein solcher Mundgeruch will gepflegt sein.
»Im Brandschutt haben wir einen alten Elektroofen gefunden. So ein Ding mit Glühdrähten.«
Den Säufer und den Hurenbock, den friert es selbst im wärmsten Rock. Hat sich's gemütlich gemacht. Ist eingeduselt. Darf man. Nach solch journalistischen Heldentaten.
»Der Alarm kam gegen 1 Uhr morgens. Ich war etwa eine halbe Stunde später draußen.«
Ein Mensch mit einem Schäferhund kommt entgegen. »Felix, hier!« Der Hundeführer hat Berndorf gesagt, dass er mit Schäferhunden vorsichtig sein soll. Boxer können keine Schäferhunde leiden. Vielleicht ist es auch umgekehrt.
»Ja so«, sagt er dann. »Da ist dem guten Hollerbach nach seinen vier Bieren aber nicht mehr viel Zeit geblieben.«
Felix kommt und lässt sich anleinen. Es ist eine schöne, neue lederne Leine, nicht mehr die abgerissene Laufkette von Wieshülen.
»Das Haus war voll von Zeitungen.« Tamar wirft ihm einen schiefen Blick zu. »Und von Negativen und Fotoabzügen. In der Küche hat er ein eigenes Fotolabor gehabt.«
»Ich dachte, diese Landreporter lassen ihre Filme im »Tagblatt« entwickeln. Damit sie dort gleich eingescannt werden, oder wie das heißt. Frentzel hat es mir mal erklärt.«
»Eben.«
Eben? So einfach: eben? Was hat er denn so entwickelt und abgezogen, daheim in der Küche?
»Sie haben nicht mit Hollerbach gesprochen?«

Ich habe es zu vermeiden gesucht, blasse schöne Frau ... Und mach es nicht so spannend. »Er hat mich nach Jonas gefragt. Nach der Zeit, als wir zusammen in Stuttgart waren ... Ich nehme an, Hollerbach wollte wissen, was dem vorangegangen ist. Warum Seiffert nach Stuttgart versetzt worden ist.«
Und das ist eine Geschichte, die schon wieder mit Lauternbürg zu tun hat. Mit dem frommen Lauternbürg samt seiner braven Freiwilligen Feuerwehr.
Und mit Häusern, von denen plötzlich rein gar nichts mehr da ist.

Tamars Handy jault. Sie meldet sich, im Neuen Bau ist Besuch für sie da, offenbar ist es ein dringlicher Besuch. Berndorf will sie nicht aufhalten. Vielleicht schaut sie noch einmal bei ihm vorbei, wenn sie in der Gerichtsmedizin war.
Dann sieht Berndorf ihr nach, wie sie mit raschen Schritten zurückgeht, an den Grabmälern alter Ulmer Patrizier vorbei, und ihr brauner Mantel weht um ihre langen Beine.
Was Jonas Seiffert mit Lauternbürg zu schaffen hatte, hätte er ihr trotzdem noch erzählen können. So viel Zeit sollte sein. Aber dieser Fall hat sich vor vierzig Jahren abgespielt, und er kennt ihn nur aus zweiter Hand. Was soll er Tamar den Kopf damit zumüllen? Am Ende war es doch nur der Elektroofen, und der Hollerbach hat in seinem Rausch nichts gemerkt, bis er weg war, hinüber und abgefackelt.
Er befindet sich an einer Wegkreuzung, links neben ihm mahnt das Grabmal des Militärdekans Fortunat Fauler (1775–1827) die Lebenden, überhaupt ist es das, was die Toten noch ganz gut können. »Da ist noch eine Geschichte ...«
Jonas hat das gesagt.
Unwillkürlich ist er stehen geblieben, zwischen den Bäumen sieht er am westlichen Ende des Alten Friedhofs das metallverkleidete Verlagsgebäude des »Tagblatts«, schwäbisch und dauerhaft, als habe eine Zeitung noch mehr als anderes den

Zahn der Zeit zu fürchten. Warum lässt er sich nicht im Archiv Jonas' Geschichte von damals heraussuchen? Das, zumindest, ist er dem Andenken des Propheten schuldig.
Und Frentzel schuldet wiederum ihm noch einen Gefallen, mindestens.
Berndorf holt seine Taschenuhr heraus, es ist kurz vor Mittag, also wird Frentzel in der Redaktionskonferenz sein. Da kann er schlecht stören.
Plötzlich spürt Berndorf, dass ihn jemand beobachtet.
Der Hund ist stehen geblieben, und blickt, weil er nicht weiß, in welche Richtung es weitergeht, fragend zu Berndorf hoch. Zum ersten Mal tut er das.
»Erst mal nach Hause«, sagt Berndorf.

Es ist eine Frau, die in Tamars Büro wartet: eckiger, kräftiger Körper, in ein braunes Kostüm gezwängt, das schwarze gelockte Haar mit der weißen Strähne achtlos zu einem Knoten zusammengesteckt, das Gesicht rot, wie gegerbt, die Augen dunkel, schweifend.
Die Frau stemmt sich sofort aus dem Besuchersessel hoch, zögert aber, als Tamar die Hand ausstreckt. Zu spät erkennt Tamar den Grund für das Zögern, der Frau fehlt der rechte Zeigefinger, die Häckselmaschine …
Der Händedruck mit den vier Fingern gerät irgendwie befremdlich, aber doch kräftig, wie denn überhaupt die Ortsbäuerin Waltraud Ringspiel aus Lauternbürg eine sehr Herzliche ist und auch gar nicht auf den Mund gefallen. Außerdem ist sie eine, die weiß, was sie zu tun hat, wenn es darauf ankommt, zum Beispiel wegen dieser schrecklichen Geschichte, also da ist sie gleich nach Ulm gefahren, weil, die jungen Dinger, die sind doch sowas von kopflos, also vielleicht nicht in der Stadt, aber bei uns auf dem Land, auch wenn sie weiß Gott

wie wunderfitzig tun und nach Marbella fliegen oder auf die Malediven...
Tamar sagt nichts, weil sie auch nichts zu sagen braucht, und bugsiert die Frau wieder auf den Besucherstuhl.
Aber sie ist jetzt schon arg froh, sagt die Besucherin, dass sie mit einer Frau reden kann, auch wenn sie ja immer gedacht hat, das ist kein Beruf für eine Frau, also wirklich, wenn sie die Kommissarinnen im Fernsehen sieht und sich vorstellt, sie müsste da die toten Leut' anfassen, obwohl, früher haben sie im Dorf die Leichen auch selber gewaschen, wenn eins gestorben ist, der Sargtischler hat den Sarg gebracht und das andere haben die Frauen selbst gemacht, wenn etwas heikel ist, müssen es immer die Frauen machen, vielleicht ist es auch gerade deshalb, dass eine so nette junge Frau wie die Frau Kommissarin einen solchen Beruf hat, aber jedenfalls denkt sie das jetzt nicht mehr, dass das eine Frau nicht machen sollte, weil, es ist doch besser, wenn man über manche Sachen von Frau zu Frau reden kann...
Tamar hat inzwischen einen Ordner aus ihrer Schublade geholt. Es ist ein nur leicht angekohlter Ordner, sie hat ihn noch in der Nacht gefunden, nicht im ehedem Hollerbach'schen Haus, sondern im Garten dahinter, vom Feuer herausgewirbelt vermutlich, wie sonst kommt der Ordner dahin? Es muss ein ziemliches Feuer gewesen sein, so leicht ist der Ordner nicht, voll gepackt mit Negativen.
Aber dazu äußert sich Tamar jetzt nicht, überhaupt muss sie gar nichts sagen, weil das die Ringspiel Waltraud besorgt.
Also, so erklärt die Ortsbäuerin, man darf den jungen Dingern nicht bös sein, das versteht die Frau Kommissarin doch sicher. Es ist das Fernsehen, das schuld ist, und diese ganzen Pornos, da denken sich die jungen Dinger, sie müssten das alles auch, und natürlich, weil es die Kerle so haben wollten, dabei seien – also wenn sie ehrlich sein soll – die Kerle das gar nicht wert...

Tamar schlägt nun doch den Ordner auf und holt einen der Streifen mit den Kleinbild-Negativen heraus und betrachtet ihn gegen das Licht, während die Ortsbäuerin erst eine Weile weiterredet, und dann doch stiller wird.
Es ist die Container-Generation, denkt Tamar. In der Sauna ist es ihr auch schon aufgefallen. Irgendwann wird einer einen Aufsatz darüber schreiben: »Die Schamhaar-Trachten der heranwachsenden weiblichen Bevölkerung in den ländlichen Regionen Südwürttembergs«, eine Magisterarbeit vielleicht, und sie beim Institut für Empirische Kulturwissenschaften der Universität Tübingen einreichen, das Bildmaterial zur Verfügung gestellt von Eugen Hollerbach †.
»Die jungen Frauen sind also zu diesem Herrn Hollerbach gegangen, um private Aktfotos machen zu lassen«, fasst Tamar zusammen.
»Ja«, sagt Waltraud Ringspiel, »das ist der Ausdruck. Private Aktfotos. Er hat sein Atelier in der Waschküche gehabt.«
»Sehr erotisch«, sagt Tamar. Dann legt sie den Negativ-Streifen wieder zurück. »Ist es vorgekommen, dass dieser Hollerbach aufdringlich geworden ist?«
»Man ist ja nicht dabei«, antwortet die Ortsbäuerin, »aber ich glaub's nicht. Das war ja so ein schwabbeliges Mannsbild, und hat aus dem Mund gerochen, so einen mag keine … Die hätten ihm eins auf die Finger gegeben, wissen Sie, so hilflos sind die jungen Dinger nun auch wieder nicht.«
Tamar überlegt. »Und er hat auch nie Fotos weitergegeben?«
Die Ortsbäuerin weiß nicht, was Tamar meint.
»Sehen Sie«, sagt Tamar, »Sie zum Beispiel haben über das Foto-Atelier in der Waschküche Bescheid gewusst. Andere Leute vielleicht auch. Darunter vielleicht Männer, die gerne ein solches Foto gehabt hätten. Die Sorte Männer, die sich damit einen Spaß machen wollen, wie sie es dann nennen.«
Aber davon hat die Ortsbäuerin nie gehört.
»Ich glaub auch nicht, dass es so etwas gegeben hat. Das hätt'

sich rumgesprochen, und dann wär ja keins mehr gekommen.«

Da ist was dran, denkt Tamar. Ohne Diskretion kein Studio in der Waschküche. Und doch! Leidenschaft respektiert keine Diskretion. »Diese Negative bleiben selbstverständlich unter Verschluss«, sagt sie dann. »Ich sorge selbst dafür, dass da nichts rausgeht. Nichts ans »Tagblatt«, und auch nichts an die Zeitung mit den roten Balken.«

Noch immer huschen die dunklen Augen hin und her, streifen die Kommissarin und irren wieder weg.

»Aber es gibt ein paar Probleme«, fährt Tamar fort. »Erstens weiß ich nicht, ob die Feuerwehrleute etwas aufgesammelt und eingesteckt haben. Da müssten Sie mit dem Kommandanten reden, dass der sich hinter seine Männer klemmt.«

Waltraud Ringspiel nickt. Das habe sie heute Morgen schon getan. »Ich hab dem Neuböckh gesagt, dass er und seine Mannen keinen einzigen guten Tag mehr haben, wenn da etwas rausgeht.«

»Noch etwas.«

Die dunklen Augen heften sich an ihr fest.

»Wir gehen bisher davon aus«, hebt Tamar an und geniert sich. Der Kaffee geht aus, und das Geld, und Hannah und ich, am Abend, hoffentlich. Alles andere ist Schnüss. »Also wir glauben, dass der Herr Hollerbach seinen Elektroofen eingeschaltet hat und dann eingeschlafen ist und nicht mehr gemerkt hat, wie der Ofen irgendwelches Papier in Brand gesetzt hat. Vielleicht ist auch ein Kabel durchgeschmort. Alles gut möglich.« Sie macht eine Pause. Möglich auch, denkt sie, dass das alles in einer knappen Stunde abläuft. Irgendwie wird es auch möglich sein, dass bei dem Feuer ein kompletter Aktenordner hinausgeweht wird in die Nacht und im Garten liegen bleibt, damit sie ihn findet. Aber... Aber bisher haben wir keinen Beweis. Wir können also auch nicht ausschließen, dass es eine Fremdbeteiligung gegeben hat...«

Die Ortsbäuerin schüttelt den Kopf, ratlos.
»Noch einmal«, sagt Tamar, »niemand behauptet, dass jemand bei dem Feuer nachgeholfen hat. Aber ganz sicher ist das nicht. Noch nicht.«
Die schwarzen Augen weichen nicht von der Stelle.
»Und wenn es doch so sein sollte, dass da jemand nachgeholfen hat, dann muss ich auch mit Hollerbachs Kundinnen reden. Es geht dann nicht anders.«
»Aber …« Die schwarzen Augen werden entsetzensvoll groß. Was hast du eigentlich? Wir werden in diesem Ordner doch bei Gott keine Vier-Finger-Venus finden? »Das alles«, sagt Tamar energisch, »muss nicht so sein, das kann so sein. Auch das Münster kann einstürzen. Aber wenn es so kommt, dann wäre es am besten, wenn wir einen Pakt schließen, Sie und ich, einen ganz diskreten Pakt. Sie sorgen dafür, dass sich die Frauen, die sich haben fotografieren lassen, bei mir melden und einen vertraulichen Termin vereinbaren, und kein Mensch muss etwas davon erfahren …«
Das Telefon schlägt an.
Es meldet sich Dr. Roman Kovacz, Pathologe und Gerichtsmediziner der Universität Ulm.
»Das trifft sich gut«, sagt Tamar, »ich wollte nachher bei Ihnen vorbeischauen …«
»Ich verstehe«, antwortet Kovacz, »Sie sind gerade in einer Besprechung? Tut mir Leid, dass ich stören muss …«
Red nicht so herum, denkt Tamar. Du wirst doch nicht …
»Ich werde es kurz machen«, fährt Kovacz ungerührt fort, »aber ich fürchte, dass Sie keine Zeit für einen Besuch bei mir haben werden … Hollerbach, Eugen, geboren 7. März 1946, ist NICHT erstickt und NICHT an einer Rauchvergiftung gestorben.«
Niemand spricht in Großbuchstaben. Auch Dr. Roman Kovacz nicht. Nur Tamar hört es so. Sie sagt gar nichts.
»Eugen Hollerbach ist durch Einwirkung stumpfer Gewalt

auf seinen Kehlkopf gestorben«, teilt Kovacz mit, »damit war die Blutzufuhr zum Gehirn blockiert. Exitus.«
»Stumpfe Gewalt? Gegen den Kehlkopf?«, fragt Tamar. »Ein Handkantenschlag?«
»Ich bin kein Hellseher«, kommt es durch den Hörer, »aber ein Handkantenschlag könnte solche Wirkung haben, durchaus. Zum Beispiel, wenn jemand zugeschlagen hat, der diese Technik beherrscht, ein Profi also. Ich sagte Ihnen ja, dass Sie keine Zeit zu einem Besuch haben werden.«
Tamar legt den Hörer auf und sieht die Frau auf der anderen Seite des Schreibtischs an. »Wo waren wir stehen geblieben? Ach ja, wir sprachen über einen Pakt...« Eine Grimasse huscht über Tamars Gesicht. »Politiker würden jetzt sagen, der Bündnisfall ist eingetreten.«
Die Ortsbäuerin versteht nicht.
»Frau Ringspiel – das Münster IST eingestürzt.«

Berndorf hat in der Eingangshalle des »Tagblatts« Platz genommen und wartet, neben ihm steht Felix und lässt einen Sabberfaden aus dem Maul hängen. Eigentlich kann Berndorf mit diesem Hund nicht unter die Leute, aber was soll er machen? So ist das nun einmal mit dem Vermächtnis der Propheten. Er betrachtet den im Halbdunkel spiegelnden Marmorboden und überlegt, warum die Leute in diesem Haus nicht lieber ihren Stil polieren statt den Boden.
»Ach, da ist ja dieses Tier!« Frentzel kommt auf ihn zu. »Wenn es ein anderer Tag wäre, würde ich sagen: zu viel der Ehre!«
Berndorf ist aufgestanden, sie tauschen einen Händedruck, Felix schnuffelt kurz an dem Redakteur und wendet sich ab.
»Sie wissen, dass Hollerbach...?«
Berndorf sagt, dass er es weiß.

»Die Einschläge nähern sich«, sagt Frentzel. »Aber was mag es wohl bedeuten, dass heute nun ausgerechnet Sie unsere armselige Hütte aufsuchen? Ich kann mir nicht helfen, aber ich rieche …, nun ja, ich rieche Menschenfleisch, verbranntes Menschenfleisch …«
Ich bin pensioniert. Aus dem Geschäft. Abgetakelt. »Ich hätte gerne in Ihrem Archiv etwas nachgelesen, was Jonas Seiffert betrifft – Sie wissen, diesen verstorbenen Ortsvorsteher, er war früher Polizist, ein Freund von mir, wenn ich mir post mortem so viel Vertraulichkeit erlauben darf …«
»Schon klar«, antwortet Frentzel und betrachtet Felix, »dieses Tier da war sein Hund. Hollerbach hat mir abgebettelt, dass ich diese Geschichte bringe, Sie müssen schon entschuldigen. Wenn ich freilich gewusst hätte, dass es sein Schwanengesang wird, obwohl ich ja Hollerbach nie direkt für einen Schwan des deutschen Journalismus gehalten habe …«
Sie steigen von der marmorglänzenden Empfangshalle durch ein marmorglänzendes Treppenhaus in den ersten Stock zu einer Glastür, die mit einer Ausweiskarte geöffnet werden muss, und gelangen über einen längeren verwinkelten Korridor, der nun auf einmal überhaupt nicht mehr marmorglänzend ist, sondern mit abgetretenem Teppichboden ausgelegt, ins Archiv. Das stellt sich als ein enger Durchlass heraus, zu dessen Seiten links und rechts dicht hintereinander wandhohe Regale gehängt sind, die auf Rollen laufen und zur Seite geschoben werden müssen, damit der Besucher an die in den Regalen gestapelten Ordner kommt.
»Diese Regale«, sagt Frentzel und deutet auf eine Kurbel, die wie das verirrte Steuerrad eines größeren Donaukahns aussieht, »müssen von Hand verschoben werden, sind aber so schwer, dass wir eine mechanische Hilfe dazu brauchen …«
Ein weißhaariger Mann mit leicht gebeugtem Rücken nähert sich ihnen und nickt Frentzel zu und Berndorf und betrachtet Felix aus runden Brillengläsern.

»Was kann ich für Sie tun? Einen schönen Boxer haben Sie da. Kräftiger Kerl.«
Komisch, denkt Berndorf. Ein schöner Hund ist das nun wirklich nicht. Dann sagt er, dass er gerne Zeitungsartikel über die Gemeinde Lauternbürg eingesehen hätte, und zwar aus den Jahren 1960 und folgende, und während er das sagt, spürt er fast körperlich, wie Frentzel hellhörig wird.
»Das wäre immer mein Traum gewesen«, sagt der Weißhaarige und beginnt, an der Kurbel zu drehen, »ein solcher Hund. Aber hier in die Zeitung könnte ich ihn ja doch nicht mitnehmen…« Felix setzt sich abrupt und beginnt sich mit dem linken Hinterlauf den Kopf zu kratzen.
»Zu dumm«, sagt der Archivar, »ich hätt' es wissen müssen. Der Ordner ist vor ein paar Tagen ausgeliehen worden…«
Berndorf wartet und vermeidet es, Frentzel anzusehen.
»Ja, es ist doch merkwürdig«, fährt der Archivar fort, »der Eugen Hollerbach hat ihn ausgeliehen, letzte Woche schon, ich dachte mir noch heute Morgen, als ich das mit dem schrecklichen Unglück gehört habe, komisch, dachte ich, da war doch was…«
»Soll ich Ihnen sagen, was ich rieche?«, fragt Frentzel, aber es ist nicht an den Archivar gerichtet.
Berndorf überlegt. »Hatte Hollerbach hier in der Redaktion einen eigenen Schreibtisch?«
»Das fehlte noch«, meint Frentzel, »dass wir den Herren eigene Schreibtische einrichten!«
Aber immerhin gibt es einen Arbeitsplatz für die freien Mitarbeiter, und so gehen Frentzel und Berndorf und der Hund durch die verwinkelten Gänge zurück, weichen einer großen jungen Frau mit wehendem Haar und schwingendem Busen aus, die Frau erinnert Berndorf entfernt an Tamar, und kommen schließlich in das Großraumbüro der Lokalredaktion, wo an einem guten anderthalb Dutzend computerbestückter Schreibtische telefoniert und geschrieben wird. Das ge-

schieht in eher unauffälliger, fast gedämpfter Geschäftigkeit, nur an einem der Schreibtische telefoniert ein Mensch mit einer Lautstärke, als sei es Bells Erfindung gewesen, dass man durch Drähte hindurchbrüllen kann.
Frentzel bleibt an einem leeren Tisch stehen, neben dem Tisch ist ein kleines Regal, aber in dem Regal findet sich keiner der Ordner aus dem Archiv. Frentzel blickt in die Runde: »Weiß jemand, ob der Hollerbach hier irgendwo einen Ordner hat stehen lassen …?« Die Frage nach Hollerbach unterbricht die gedämpfte Betriebsamkeit und auch die brüllende und eine nicht mehr ganz junge Frau mit lustigen braunen Augen weiß, dass Hollerbach letzte Woche mit einem dieser alten Ordner abgezogen ist.
»Das weißt du doch, dass die Ordner nicht außer Haus dürfen …«
»Er hat gesagt, es ist mit dir abgesprochen.«
Berndorf mischt sich ein. »Sie wissen nicht, woran er gearbeitet hat?«
Die Frau mit den lustigen braunen Augen betrachtet ihn nachdenklich. »Wissen Sie, unser Eugen Hollerbach hat immer gern etwas ausgegraben und angebracht, von dem niemand so recht wusste, wozu es gut sein soll …« Sie wendet sich an die Runde. »Erinnert ihr euch noch an die Geschichte mit dem Nazigold? Ein paar Monate lang ist das so gegangen, und Hollerbach hat in alten Bombentrichtern im Lautertal herumgestochert …«
»Du erzählst es wieder falsch«, unterbricht sie der Mensch mit der dröhnenden Stimme, »er hat sich hinter den Tauchsportclub geklemmt, sie sollten in den Löchern nachsehen. Das haben die auch gemacht, ein- oder zweimal, jede Menge alte Schuhe und kaputte Fahrräder rausgeholt und einmal einen alten VW, aber dann sind die Naturschützer dahintergekommen und haben den Unfug übers Landratsamt verbieten lassen, damit die Molche ihre Ruhe haben …«

Berndorf wendet sich an Frentzel. »Sie haben doch sicher auch ganze Jahresbände, also die gesammelten Ausgaben eines Jahres?«
»Sollten wir haben«, sagt Frentzel.

Und so gehen Berndorf und Felix zurück ins Archiv, begegnen leider diesmal nicht der Schönen mit dem wehenden Haar, sondern nur einem Menschen in dunklen Nadelstreifen, der sich bei Felix' Anblick besorgt an die Wand drückt, um sie vorbeizulassen. »Keine Sorge«, lügt Berndorf, »der Hund ist nicht wirklich gefährlich...« Dann erklärt er dem Archivar, was er sucht. Der Archivar nickt aufmerksam und macht sich auf den Weg, denn die Jahrbände aus der Zeit um 1960 sind im Keller gelagert. Berndorf muss eine Weile warten, dann kommt der Archivar zurück und schiebt auf einem kleinen Wagen einen Stapel angestaubter, in grauen Pappdeckel eingebundener Bände vor sich her.
Die Bände werden in ein kleines Kabuff gebracht, das von einer Neonlampe ausgeleuchtet wird und durch eine Glasscheibe von der Telefonzentrale abgetrennt ist. Die Telefonistin hat toupierte gelbe Haare und erzählt – wenn sie gerade keine Anrufe entgegennimmt – einer für Berndorf nicht sichtbaren Kollegin von einem Kurs für Singles, der leider ein Fehlschlag gewesen sei, bei manchen Leuten sei es ja nun wirklich kein Wunder, dass sie solo seien.

Berndorf betrachtet die Bände und überlegt, wo er beginnen soll. Er selbst war im September 1962 nach seinem Abschlusslehrgang zum Dezernat I der Stuttgarter Kriminalpolizei gekommen. Der Prophet war damals noch nicht lange da, vielleicht einige Monate. Er erinnert sich, wie sie beide zum ersten Mal gemeinsam zur Kantine gingen, Seiffert voran, weil sich Berndorf noch nicht so recht auskannte, und wie Seiffert vor seiner Kohlroulade die Hände faltete und ein

Tischgebet sprach und sich nicht daran störte, dass Berndorf nichts dergleichen tat, sondern nur wartete, vor seinen Spiegeleiern mit Spinat, bis Seiffert fertig war. Und wie sie sich danach über den Mord an einem Antiquitätenhändler unterhielten, dem die Augen ausgedrückt worden waren, und Berndorf ein Problem hatte mit seinen Spiegeleiern …
»Sie werden sich noch daran gewöhnen«, hatte Seiffert gesagt, »aber beeilen Sie sich nicht damit.«
Felix hat unter dem Tisch Platz genommen, Berndorf schlägt den Band der ersten Jahreshälfte 1961 auf. Merkwürdig fremd mutet ihn das an, die Typografie ist veraltet, noch vergilbter als das Zeitungspapier. Es dauert, bis die verblassten Geschehnisse des Jahres 1961 Kontur und Farbe annehmen. Überrascht stellt er fest, dass diese Konturen nicht übereinstimmen mit seiner eigenen Erinnerung. Denn aus den klein gesetzten Schlagzeilen steigt ihm ein eigentümlicher, kalter, bedrohlicher Geruch in die Nase, von dem er nichts mehr weiß, denn für ihn ist die Erinnerung an das Jahr 1961 warm und sonnig überstrahlt. Und doch wehmütig. Aber vierzig Jahre später tut die Erinnerung an eine unglückliche, an eine ungelungene Liebe nicht mehr so besonders weh, es ist ein verklingendes, verschleiertes Gefühl. Es hat nicht sollen sein, vielleicht war alles auch gar nicht wahr, sondern nur ein trauriger kleiner Film, aus den Schnipseln und Standfotos einer trügerischen Erinnerung zusammengeschnitten.
Aber mit dem Geruch, der ihm in die Nase steigt, hat das alles nichts zu tun. Es ist der Geruch nach Krieg, der diesen Zeitungsseiten aus dem Jahre 1961 entströmt. Hat er das damals nicht wahrgenommen? Russen, Amerikaner, Franzosen zünden ihre neuen Atombomben, Dag Hammarskjöld bekommt posthum den Friedensnobelpreis, nachdem er abgestürzt ist auf dem Flug nach Katanga zu Moise Tschombe …, immer noch oder schon wieder ist Krieg da unten, denkt Berndorf, auch der UN-Generalsekretär ist nicht einfach so abgestürzt,

er ist abgestürzt worden, waren es die Belgier oder doch die CIA, die ihn haben umbringen lassen, hat ihn das nicht empört damals?
Im Juli allein sind es 30 444 Flüchtlinge, die der DDR davonlaufen, jeden Tag tausend Ossis, die mit den Füßen abstimmen, nur hat sie damals noch niemand Ossis genannt, aber wieso hat niemand im Westen gesagt, dass das so nicht weitergehen kann? Brandt ist in Washington, und dort wird ihm gesagt, dass sich am Berlin-Status nichts ändern wird, also hat Willy Bescheid gewusst, sonst hätte er nicht gefragt. Kurt Hoffmann bringt Dürrenmatts »Ehen des Herrn Mississippi« ins Kino, Berndorf weiß noch gut, wie er den Film sieht, in dem kleinen Programmkino im ersten Stock, das heißt, er weiß noch, dass das Mädchen von damals neben ihm sitzt und sich auch anfassen lässt, aber nach dem Kino sagt sie, dass Schluss ist, sie bummeln über den herbstlichen Schlossplatz, Berndorf hält ihren Arm in dem seinen, und plötzlich bleibt sie stehen, das Gesicht halb abgewandt, und sagt, dass es nichts wird mit ihnen.
Das Lautertal und Lauternbürg finden im »Tagblatt« von 1961 so gut wie nicht statt. Pfingstturnier des TSV, dritter Platz gegen Gauggenried, dann zwei Wochen lang nichts. Der Hegering teilt mit, dass ein tollwütiger Fuchs geschossen worden ist, die evangelische Kirche bekommt eine neue Orgel, der Anlass ist sogar ein Foto wert, verschwommen ein Mensch im Talar und ein zweiter in einem zu engen Anzug: Pfarrer Wilhelm Hartlaub übergibt sinnbildlich das neue Instrument dem Organisten Ludwig Wehleitner. Die Freiwillige Feuerwehr soll ein neues Gerätehaus bekommen, auch werden angehoben die Gebühren für Gemeindestier und -eber.
Unterm Tisch im Kabuff des »Tagblatts« schnauft Felix auf und legt sich umständlich auf die andere Seite. Was tu ich hier, Seite um Seite umblätternd? Berndorf ist schon beim Band für

die zweite Jahreshälfte 1961, die Mauer ist gebaut, die Oberliga startet in die neue Spielzeit, war das nicht ihre letzte? Die Staatspartei hält im »Adler« eine Wahlveranstaltung ab, die Sowjets haben die Mauer nur gebaut, um dem Frahm an die Macht zu helfen, weshalb man in Lauternbürg jetzt erst recht Staatspartei wählen muss, irgendwie geht das aber nicht ganz so auf, nächste Seite … Plötzlich hält er inne und blättert zurück, es ist nur eine kleine Notiz, ohne Überschrift, der Ortsname als gefettete Spitzmarke:

> LAUTERNBÜRG • Im Rahmen einer technischen Übung der Freiwilligen Feuerwehr ist am Dienstagabend ein leerstehendes und baufälliges Haus abgebrochen worden. Wie Kommandant Neuböckh dazu mitteilt, hätten sich in dem Haus Ratten und anderes Ungeziefer eingenistet, weshalb ein Eingreifen dringend geboten gewesen sei.

Berndorf wirft einen Blick auf die Datumszeile, erschienen ist die Ausgabe am Freitag, 6. Oktober 1961, der Abbruch war also in der Nacht zum 4. Oktober erfolgt. Ratten und anderes Ungeziefer! Er hatte sich nicht erinnert, dass die Aktion tatsächlich so begründet worden war.

Im Großen Konferenzraum im Dachgeschoss des Neuen Baus zieht Kriminalrat Englin das Mikrofon zu sich her, klopft dagegen, obwohl er eigentlich wissen müsste, dass es eingeschaltet ist, denn die Kriminalkommissarin Tamar Wegenast hat soeben vorgetragen, was den Mitarbeitern der in den letzten 20 Minuten zusammengetrommelten Sonderkommission Lauternbürg über den gewaltsamen Tod des Hollerbach Eugen bisher an Informationen mitzuteilen ist. Der Polizeiapparat ist bürokratisch, viel zu hierarchisch, von

Empfindlichkeiten, menschlichen Unzulänglichkeiten und entsetzlich vielen Eitelkeiten gebeutelt, anfällig für Intrigen und Mobbing aller Art. Aber manchmal, denkt Tamar, funktioniert dieser Apparat überraschend ruhig und professionell. Kaum dass Kovacz das Obduktionsergebnis durchgegeben hat, läuft der Apparat an, lautlos, fast geschmeidig, aufmerksam und gelassen machen sich die Kollegen an die Arbeit, dabei sind es allesamt Frauen und Männer, die schon genug Überstunden angesammelt haben und von denen niemand darauf gewartet hat, dass der Tag ihm auch noch einen Mordfall ins Haus weht. Und nicht einmal Tamar fuchst sich darüber, dass Kriminalrat Englin nun selbst die Leitung der Soko Lauternbürg übernommen hat, denn das Dezernat I – Kapitalverbrechen – wird wohl erst im neuen Jahr einen Nachfolger für den vor einiger Zeit pensionierten Chef bekommen.

»Ich bitte Sie«, sagt Englin, »diesen Fall außerordentlich ernst zu nehmen …«
Schon ist Tamar der Anflug von staatstragendem Stolz auf die Kollegen wieder vergangen. Außerordentlich ist ein saublödes Wort, erst recht, wenn es außer-ordentlich ausgesprochen wird. Glaubt Englin vielleicht, die Kollegen hätten sich just for fun zur Soko einteilen lassen, oder aus Wunderfitz, wie die Ringspiel Waltraud sagen würde? Natürlich lässt sich zu den Szenen in Hollerbachs Waschküche nur schlecht die Schicksalsmelodie einspielen. Aber an einem Leben, das durch einen Handkantenschlag beendet wurde, ist überhaupt nichts mehr lächerlich, und auch nichts an den drei Dutzend Dorfschönen, die sich für ihren Liebsten in der Waschküche haben ablichten lassen. Überhaupt nicht komisch ist das, wenn man drei Dutzend verbiesterter Zeuginnen nach Aktfotos befragen muss, und das nicht irgendwo in der Großstadt, wo die jungen Frauen lachen und sagen, sicher doch, sind auch ganz hübsch geworden, finden Sie nicht? Nein, die dummen Hüh-

ner sind aus dem Dorf hinter den Lutherischen Bergen, wo es womöglich noch zählt, ob eine Jungfrau ist oder nicht, und wo ein Foto von einer Frau ohne was drüber ganz schnell für einen bösen kleinen Rufmord gut ist, und vielleicht auch für einen richtigen.

»Vor allem in der Angelegenheit dieser Fotografien«, hört sie Englin reden, »müssen wir mit äußerster Behutsamkeit vorgehen, mit Diskretion, um nicht zu sagen: mit Delikatesse. Die in Betracht kommenden Zeuginnen dürfen auf keinen Fall in ihren privaten Beziehungen beeinträchtigt oder verstört werden... Ich bin sehr froh, dass die Kollegin Wegenast diesen Bereich übernehmen wird.«

Tamar nickt. Höflich. Zurückhaltend. Diskretion ist die Seele vom Geschäft. Oder Delikatesse, wie Englin neuerdings sagt. Aber was tut Hollerbach, oder was hat er getan, wenn einer kam und sagte, du Eugen, die Sylvie, das Miststück, die Hur', die hat sich doch auch bei dir ihren Arsch fotografieren lassen, ich geb dir einen Tausender, wenn du mir einen Abzug machst...

Einem Tausender zum Beispiel wird Hollerbach nicht so leicht widerstanden haben, keiner wird das tun, der auf die Mitarbeiterhonorare des »Tagblatts« angewiesen ist. Wenn es überhaupt einen Riesen gebraucht hat.

Aber wird die Soko Lauternbürg wirklich so bald darüber Bescheid wissen? Irgendwie glaubt Tamar das nicht. Noch vor der Einsatzbesprechung war sie im Fotolabor gewesen und hatte dort in Auftrag gegeben, dass ihr aus Hollerbachs Waschküchen-Œeuvre die Köpfe herauskopiert und vergrößert werden. Doch die Abzüge würde sie erst am nächsten Vormittag erhalten, und ob sie brauchbar sein würden, ist noch sehr die Frage.

Berndorf verlässt das Verlagsgebäude durch den Personaleingang und geht an den Parkplätzen vorbei auf die Neithardstraße hinaus, Polizisten kennen diesen Weg, wenn in der Nachtschicht Zeit dafür ist, holt man sich dort eine Andruck-Ausgabe. Die Neithardstraße ist ein Sträßlein, Felix verweilt an einer Straßenlaterne und hebt das Bein, Berndorf wartet, von Nordwest schiebt ein kalter Wind dunkle Regenwolken vor sich her. In Berndorfs Jackentasche stecken die Kopien der Zeitungsartikel, die ihm der Archivar angefertigt hat. Keine schöne Geschichte, denkt Berndorf, ganz gewiss auch nicht für Jonas Seiffert.

Er biegt in die Schafferstraße ein und überquert sie. Ein geparkter Caravan versperrt die Sicht, und so sieht er zu spät, dass er einer kleinen Gruppe ausweichen muss, zwei Männern und einer Frau, die vor dem alten, braunroten, unansehnlichen Evangelischen Gemeindehaus stehen und sich unterhalten. »Oh!«, sagt einer der Männer, als Felix' Kopf sich seiner Hand nähert, »wen haben wir denn da!« Berndorf registriert, dass der Mann genug Verstand hat, um die Hand nicht ruckartig wegzuziehen, dann holt er Felix an der Leine zu sich her.

»Falls ich mich nicht sehr täusche«, mischt sich der zweite Mann ein, »ist das heute einer der bekanntesten Hunde hier in Ulm.«

Berndorf spürt einen Stich in seinem linken Bein, das vor Jahren vom Chirurgen zusammengeflickt worden ist. Denn der zweite Mann ist Pfarrer Johannes Rübsam von der Pauluskirche, er und Berndorf kennen sich, und das hat nicht nur damit zu tun, dass Ulm eine kleine Stadt ist.

»Ich traf den Redakteur Frentzel gestern bei Tonio«, fährt Rübsam fort, »und wunderte mich ein wenig über sein Gerede, wie es einem bei Frentzel zuweilen so gehen mag. Er hatte es von Hunden und dem Bestattungswesen, heute Morgen habe ich es dann begriffen …«

Inzwischen steht man nun doch lange genug zusammen, um sich bekannt zu machen, Rübsam stellt Berndorf vor – »der frühere Leiter der Mordkommission« –, bei Rübsams Begleitern wiederum handelt es sich um das Ehepaar Marielouise und Guntram Hartlaub, »Sie haben es vielleicht heute im »Tagblatt« gelesen, Guntram Hartlaub ist gestern Abend zu unserem neuen Dekan gewählt worden.«
»Meinen Glückwunsch«, sagt Berndorf höflich, obwohl er nicht so genau weiß, was ein evangelischer Dekan zu tun hat und ob man ihn dazu beglückwünschen sollte. Hartlaub ist ein mittelgroßer Mann, Anfang 50, mit vollem Gesicht und dunklem, nach hinten gekämmtem Haar, das ausgeprägte Geheimratsecken freilegt. Sollte der Name Berndorf etwas sagen? Er weiß es nicht, ohnehin scheint ihm die Frau interessanter, ein strenges, herbes Gesicht, die blonden Haare nach hinten gebunden, Marielouise also, ein schöner Name.
Wieso lächelt ihn die Frau an? Es ist ein scheues, ein fast unmerkliches Lächeln und auch schon wieder verweht, aber es galt ihm … Plötzlich kennt er den Grund.
»Wir sind uns schon einmal begegnet.« Nun versucht auch er ein Lächeln.
»Ich weiß«, antwortet die Frau. »In der Universitätsklinik. Sie haben diesen alten Herrn besucht.«
Erste Regentropfen fallen, Rübsam spannt einen Regenschirm auf, der Nordwest fährt in das Gestänge und kippt den Schirm nach oben.
Diesen alten Herrn, ja. Also ist der andere Patient ein jüngerer Mensch gewesen. »Besuch ist zu viel gesagt«, meint Berndorf schließlich. »Es sollte einer werden. Aber dann hat der Posaunenchor die Wand einstürzen lassen.«
»Wenn wir uns beeilen«, sagt Rübsam, »kommen wir noch trockenen Fußes bis zur Kirche …«
Der neue Dekan hat einen Taschenschirm aufgespannt, der nicht umkippt, und hält ihn über seine Frau, die Gruppe wen-

det sich nach links zum Alten Friedhof und weiter zur Pauluskirche. Berndorf und der Hund sind dabei, irgendwie hat sich das so ergeben, denn nach Hause hat er den gleichen Weg. Der Wind wird heftiger, Rübsams Schirm klappt schon wieder nach oben, über ihnen reißen die Wolken auf und schütten sich leer.

»Hierher«, ruft Rübsam und geleitet die Gruppe zu einem Seiteneingang der Pauluskirche. Nass und atemlos findet sich Berndorf im beleuchteten Vorraum eines Vortragssaales wieder.

Er hält sich und den Hund abseits, etwas unsicher, ob er denn überhaupt eingeladen ist, hier Zuflucht zu suchen. Felix schüttelt sich den Regen aus dem Fell, an einem Tisch wird Kaffee ausgeschenkt, Rübsam muss mehrere Hände schütteln und wird einer auffallend großen schwarzhaarigen Frau vorgestellt. Berndorf hört zu, wie Rübsam sein unendliches Bedauern erklärt, nicht rechtzeitig zum heutigen Literarischen Colloquium erschienen zu sein, auch seine Besucher seien untröstlich, aber der Terminkalender! Mit der Stimme eines sehr kleinen Mädchens wendet die Schwarzhaarige ein, sie fürchte, ihre Erzählungen von Mord und Totschlag könnten in einer Kirche als unangemessen empfunden werden, doch Rübsam widerspricht. Schuld und Sühne! Ein zentrales Thema, nicht wahr …

»Sie waren bei dieser Geschichte dabei?« Hartlaub hat sich neben Berndorf geschoben, eine Tasse Kaffee in der Hand.

»Bei welcher Geschichte?«, fragt Berndorf zurück.

»Sie wissen doch – dieser Disput in der Universitätsklinik …«

»Ach das! Eine Geschichte kann man das eigentlich nicht nennen«, meint Berndorf. »Offenbar kommt da jeden Samstag ein Posaunenchor in den Innenhof der Klinik und spielt, dass der liebe Gott zum Ohropax greift, aber weil das schon immer so ist, hat sich niemals jemand etwas dabei zu sagen getraut, bis Ihre Frau gekommen ist.«

Das war sehr wohl eine Geschichte, fällt ihm ein, immerhin hatte es einen Artikel im »Tagblatt« gegeben.
Nicht irgendeinen Artikel. Einen Artikel von Hollerbach. Plötzlich weiß er es so genau, als sähe er die Autorenzeile vor sich.
»... leider hat das für uns ein Nachspiel gegeben«, hört er Hartlaub sagen, »ein misstönendes, manche Menschen sind doch sehr empfindlich, nicht wahr, Marylou?«
»Das ist ja wohl ausgestanden«, sagt Marielouise Hartlaub, die in diesem Augenblick zu ihnen tritt. »Außerdem weiß ich noch immer nicht, wie dieser Hund in die Zeitung geraten ist. Irgendwie fühle ich mich solidarisch mit ihm. Hat er jemanden gebissen? Vielleicht einen der Würdenträger hier?«
Sie mag nicht Marylou genannt werden, geht es Berndorf durch den Kopf. »Ein Zwischenfall auf der Beerdigung. Felix hatte sich losgerissen und stand plötzlich auf dem Friedhof. Ich hab ihn dann mitgenommen.« Während er das sagt, betrachtet Marielouise den Hund und dann Berndorf, sie hat große, ruhige, blaugraue Augen, Berndorf wird verlegen.
»Der alte Herr ist also auch gestorben?«, fragt sie schließlich.
»Ja«, antwortet Berndorf einfältig.
Die Türen zum Vortragssaal haben sich geschlossen, das Colloquium über den zeitgenössischen deutschen Kriminalroman wird fortgesetzt, offenbar muss Rübsam nun auch ein paar Worte sagen. Berndorf und das Ehepaar stehen um den Hund herum, der auch nur dasteht und wartet, den Kopf gesenkt. Draußen trommelt der Regen.
Das sei aber gerade eine schöne Geschichte gewesen, lobt Guntram Hartlaub, »sie erinnert mich« – er wendet sich an seine Frau – »an den Hund des Belgiers, ich hab es dir sicher schon einmal erzählt...«
Er habe sie sogar schon mehrmals erzählt, sagt Marielouise, aber Berndorf meint, Hundegeschichten höre er immer gern.
»Es muss in den Achtzigerjahren gewesen sein«, holt Hart-

laub aus, »wir hatten damals von der EKD aus Kontakte zu einigen lutherisch-reformierten Kirchen in Schwarzafrika zu knüpfen, also Kontakte ist vielleicht zu wenig gesagt, es waren und sind eher Patenschaften, die wir vermitteln wollten, und so besuchte ich ein vor kurzem eröffnetes Theologisches Seminar, irgendwo tief in Shaba, das ist diese Provinz im Kongo, die früher Katanga hieß... Das Seminar war in den Verwaltergebäuden einer aufgelassenen Mine eingerichtet, als Bibliothek und Hauptgebäude wurde die umgebaute Villa des Minendirektors genutzt, übrigens auch Jugendstil wie diese Kirche hier, ganz unverkennbar, und sehr elegant einstmals! An den Säulen draußen konnte man noch irgendwelche halbnackten Karyatiden erkennen, glücklicherweise stört das unsere Glaubensbrüder dort nicht weiter... Ich hatte ein sauberes kleines Appartement, war am Abend von der Reise und einem längeren Arbeitsessen völlig erschöpft, aber in der Nacht habe ich fast kein Auge zugetan, es war Vollmond, denn Stunde um Stunde hindurch heulten die Hunde, jedenfalls kam es mir so vor, ein hohles verstörtes Heulen, ich dachte schon, es sei irgendeine Art von Wölfen oder Hyänen. Irgendwann bin ich in meine Badeschuhe geschlüpft und durch das Gebäude gewandert, auf der Suche nach einem Ausblick, von dem ich etwas sehen könne...«

Er stellt die Kaffeetasse auf einem Sims ab und lässt dabei Berndorf nicht aus dem Auge.

»Mein Gastgeber hat es mir am nächsten Morgen beim Frühstück sofort angesehen. ›Ah!‹, rief er, ›Sie Bedauernswerter! C'était la nuit du chien belge, wie unsere Leute hier sagen...‹ Bei Vollmond sei es immer besonders schlimm, fügte er hinzu, und ich sagte, das sei ja nicht nur ein Hund gewesen, sondern eine ganze Meute, aber er hat mir heftig widersprochen, nein, es sei ein einzelner, und hat mir die Geschichte erzählt, die Geschichte des Belgiers...«

Marielouise hat eine Gruppe aufeinander gestapelter Stühle

entdeckt, sie nimmt sich einen davon und setzt sich, die beiden Männer folgen ihrem Beispiel.

»Der Belgier war zu Anfang der Sechzigerjahre Direktor dieser Mine gewesen«, fährt Hartlaub fort. »Er muss mit seiner Frau noch ganz herrschaftlich gelebt haben. Dann kamen die Kongo-Wirren, die Provinz hatte sich losgelöst, vielleicht erinnern Sie sich, der UN-Generalsekretär Dag Hammarskjöld kam damals bei einem Flug nach Katanga ums Leben.«

Berndorf erinnert sich. Er hat es gerade eben nachgelesen.

»Schließlich intervenierten die Vereinten Nationen und vertrieben die Katanga-Gendarmen. Die Mine wurde von malaiischen Soldaten besetzt, denen ein fürchterlicher Ruf vorausging. Der Direktor war unterwegs gewesen, als die Malaien einrückten, und kam wohl anderntags zurück. Leider war er es nicht gewohnt, sich Anweisungen geben zu lassen, und fuhr an einem der Wachposten vorbei, ohne anzuhalten, weiter auf die Villa zu, die er als sein Eigentum betrachtete. Aber in der Villa hatte sich der malaiische Kommandeur einquartiert, und der Wachposten schoss und die schöne europäische Frau war tot und der Belgier selbst wohl auch verletzt. Trotzdem stieg er noch aus dem Wagen, schwankend, wie betrunken, und mit ihm sprang sein Schäferhund heraus und hüpfte an seinem Herrn hoch, der sich so komisch bewegte, der Belgier versuchte den Hund zu beruhigen oder festzuhalten und gleichzeitig merkte er, dass seine Frau tot im Wagen lag, und hob hilflos drohend die Hand gegen den Wachposten, und der Wachposten schoß wieder, und da war auch der Belgier tot … Die Mine ist wohl erst vor einigen Jahren wieder in Betrieb genommen worden.«

Berndorf will wissen, was mit dem Hund war.

»Das Tier musste wohl auch ein Treffer abbekommen haben, es verkroch sich und ist ein paar Wochen nicht mehr gesehen worden. Danach ist es von Zeit zu Zeit wiedergekommen, erzählte mir der Seminarleiter, sei hinkend um die Villa gestreunt, habe sich nicht verjagen und auch nicht einfangen lassen, bis es schließlich nur noch in den Vollmondnächten kam.« Hartlaub macht eine verlegene Geste. »Nun ja, das alles ist ja vierzig Jahre her, und solche Hunde werden vielleicht zwölf Jahre alt, vielleicht fünfzehn, bei einem Ausflug habe ich am nächsten Tag unweit der Kirche einen abgemagerten, hinkenden Hund gesehen, der sich deutlich von den anderen Dorfkötern unterschied, er hatte hochstehende spitze Ohren und eine hängende Rute ... Ich habe später in einem Lexikon nachgeschlagen, und es ist gar kein Zweifel, dass der abgemagerte Hund in diesem Dorf am Tanganjika-See ein Malinois war, ein belgischer Schäferhund, wenn ich es recht weiß, heißen die Hunde so nach dem wallonischen Namen für die Stadt Mecheln ...«

Die Tür zum Vortragssaal öffnet sich, Rübsam kommt heraus und fährt sich mit einem Taschentuch übers Gesicht.

»Die Geschichte von Herrn ...«, Marielouise Hartlaub zögert, der Name ist ihr wieder entfallen, »also die Geschichte über diesen Hund hier hat mir besser gefallen.« Sie wirft einen prüfenden Blick auf Berndorf. »Es ist eine Geschichte mit einer Moral. Statt sich von Geisterhunden anjaulen zu lassen, sollte man die armen Tiere einfach an die Leine nehmen.«

»Sicher hast du Recht«, sagt Hartlaub eifrig. »Ich wollte auch niemanden übertrumpfen.« Wieder wendet er sich an Berndorf. »Sie müssen entschuldigen, aber bevor wir Sie getroffen haben, waren wir gerade in eine Diskussion vertieft. Es ging über einen geeigneten Ort für den kleinen Empfang, der mit meiner Amtseinführung leider, aber offenbar unausweichlich verbunden ist. Meine Amtsbrüder und -schwestern bestehen auf dem Stadthaus, das ist ja wirklich ein sehr gelungener Bau, eine zeitgenössische Entsprechung zum Münster, spielerisch, elegant, ganz wunderbar ...«

Rübsam kommt zu ihnen und bleibt stehen. Hartlaub hebt ganz leicht die linke Hand, als bitte er um einen Augenblick

Geduld. »Sehen Sie. Als wir darüber gesprochen haben, ist mir das Seminar in Shaba eingefallen. Die Unterrichtsräume im ehemaligen Werksschuppen. Die kargen Appartements. In der Kirche hatten die Katanga-Gendarmen früher ihre Lastwagen gewartet. Nichts davon ist spielerisch, nichts elegant. Aber es ist Kirche. Und was immer wir, hier in Württemberg, heute sind – wir werden sehr bald eine arme Kirche sein. Wir gehören nicht in das von Stararchitekten aus New York oder Chicago geschaffene Ambiente. Dieses Evangelische Gemeindehaus dagegen, mit seinen Holzstühlen und seinen etwas altertümlichen Sanitäreinrichtungen, das kann und darf uns genügen. Wenn es das nämlich nicht tut, gehen wir schweren Zeiten entgegen.« Er lässt die Hand wieder sinken. »Können Sie das verstehen?«
Berndorf hat den Kopf gesenkt. Was will dieser Mensch von dir? Wie zufällig bleibt sein Blick an den Schuhen des neuen Dekans hängen. Es sind elegante italienische Schuhe, so gepflegt, dass der Regen von ihnen abgeperlt ist.
»Ich überlege gerade«, sagt er, »wie sich wohl ihr Amtsbruder aus dem kongolesischen Seminar entscheiden würde. Wenn er frei wählen dürfte.«
»Da besteht ja wohl kein Zweifel«, fällt Rübsam ein. »Er würde das Stadthaus nehmen. Freundlich, demütig, aber entschieden würde er das tun.«
»Man soll nämlich«, sekundiert Marielouise Hartlaub, »mit der Armut nicht kokettieren, vor allem nicht mit der von anderen Leuten.«
Hartlaub hebt beide Hände zum Zeichen, dass er aufgibt. Noch keine gute Tat heute.

Chefredakteur Dompfaff kommt aus der Nachmittagskonferenz und begrüßt Kuttler und den Kriminalrat Englin, natür-

lich nicht in dieser Reihenfolge, sondern – mit der herzlichen Vertrautheit von Männern, die beide ein schweres Amt ausüben – zuerst den Kriminalrat und dann den Herrn Kuttler, den er noch nicht kennt. Das sei aber eine sehr schöne Gelegenheit, sagt er dann, »ich wollte den Herren von der Polizei ohnehin sagen, dass wir uns sehr gut bei Ihnen aufgehoben fühlen. Sie wissen ja, unsere Veranstaltung gestern Abend im Stadthaus … Wir hatten da einen sehr prominenten Gast, das zieht ja leider heutzutage immer auch Störer an, aber Ihre Beamten haben im richtigen Augenblick zugegriffen.«
Das hört unser Kriminalrat aber gern, denkt sich Kuttler. Man setzt sich, vom Fenster des Dompfaff'schen Büros aus sieht man die Bäume des Alten Friedhofs, »Aber so gerne ich Ihnen das sage«, fährt Dompfaff artig fort, »so muss ich doch fürchten, Sie sind nicht deswegen zu mir gekommen.«
»Leider ist das so«, meint Englin, »Sie treffen den Nagel auf den Kopf! Ganz wie in Ihren Kommentaren …« Dann kommt Englin doch noch auf den bedauernswerten Todesfall des Herrn Hollerbach zu sprechen, »der ja ein Mitarbeiter von Ihnen gewesen ist. Leider haben unsere Ermittlungen unerwartete neue Fakten zu Tage gebracht …« Schließlich teilt er mit, was sich aus der Obduktion ergeben hat. »Wir müssen also von einem gezielten, tödlichen Schlag ausgehen, ein außerordentlich beunruhigendes Täterprofil, wobei ich Sie aus ermittlungstaktischen Gründen bitten möchte, diese neuen Erkenntnisse vorerst vertraulich zu behandeln …«
Dompfaff versichert, dass sich das »Tagblatt« selbstverständlich an die von der Polizei gewünschte Sprachregelung halten werde und fragt, ob er sonst behilflich sein könne. Bevor Englin antworten kann, schlägt das Telefon an, Dompfaff nimmt etwas ärgerlich den Hörer ab, dann hört er doch kurz zu.
»Das habe ich Ihnen doch gleich gesagt«, sagt er schließlich, »dass die Berliner da nichts herausfinden werden. Das kommt davon, dass keiner der Kollegen beim Bund gewesen

ist, Sie ja auch nicht! Also Sie rufen jetzt beim Zweiten Korps an, das sitzt hier in Ulm, das sind ganz normale Leute, die kann man befragen und die können Ihnen auch sagen, ob diese Blecheimer aus Bundeswehrbeständen stammen oder nicht doch aus sowjetischer Produktion.«
Er legt den Hörer auf und kommt mit einer entschuldigenden Geste an den Tisch zurück. »Wenn irgendwo Unheil ausbricht – immer sind wir Deutsche es, die schuld sein sollen.«
Dann kehrt man zum Thema zurück, und Kuttler darf nun auch etwas sagen. »Wir hätten gerne gewusst, worüber der Herr Hollerbach in den letzten Monaten geschrieben hat, ob es da möglicherweise Missstimmigkeiten gegeben hat…«
Dompfaff runzelt die Stirn.
»Und wir hätten auch gerne einen Überblick über das Honorar, das er von Ihrer Zeitung bezogen hat.«
Ein schmerzerfüllter Zug huscht über Dompfaffs Gesicht. »Selbstverständlich werden wir Ihnen alle Unterlagen zur Verfügung stellen, nur sollten Sie wissen, dass man bei uns keine Reichtümer verdient…«
Er greift zum Hörer und gibt seiner Sekretärin die Anweisung, dass sie Frentzel herbittet und in der Honorarbuchhaltung die Aufstellung der Hollerbach'schen Einnahmen anfordert. Kurz plaudern die beiden Herren Chefs noch über den gestrigen Abend, dann erscheint auch schon Frentzel, die Herren von der Polizei kennt er aus seiner Zeit als Gerichtsreporter, und er hat auch eine Art Klassenbuch dabei, den Terminkalender der Landkreisredaktion.
Der Chefredakteur erklärt kurz, dass sich im Fall Hollerbach leider eine neue Wendung ergeben hat, und Englin fügt hinzu, dass sich die Hinweise auf ein Fremdverschulden verdichtet hätten, was er aber vertraulich zu behandeln bitte.
»Die allseits geschätzten ermittlungstaktischen Gründe«, sagt Frentzel, »sicher doch, nur ist da vielleicht ein kleines…«
»Sie haben doch gehört«, unterbricht ihn Dompfaff, »dass die

Herren von der Polizei Vertraulichkeit erbeten haben!« – Kuttler beschließt, Frentzel später nach seinem Einwand zu fragen. Einstweilen bittet er nur um Einblick in den Terminkalender der Redaktion und lässt sich die Kürzel der Redakteure und Mitarbeiter erklären. Eugen Hollerbach hatte das Signum hola, für den heutigen Mittwoch ist es eingetragen unter Ehingen, Leistungsschau der Brieftaubenzüchter »Blaue Ferne«, und für Dienstag steht es unter Wieshülen, Beerdigung Ortsvorsteher Seiffert.

»Hat es in letzter Zeit«, fragt Englin, »wegen eines Artikels von Herrn Hollerbach Ärger gegeben?«

»Wir arbeiten zwar sehr sorgfältig«, antwortet Dompfaff, »aber Ärger gibt es immer wieder mal.« Er blickt zu Frentzel. »Gibt es da etwas, von dem ich noch nichts weiß?«

Frentzel hebt beide Hände. »Die einzige Sache, bei der es ein bisschen rumort hat, war die Geschichte mit der Religionslehrerin und dem Posaunenchor …«

»Ich erinnere mich«, sagt Dompfaff. »Die hat sich von den Übungsstunden gestört gefühlt, nicht wahr? Schöne Geschichte, suchen Sie sie nachher für die Herren heraus!«

»Und was daran hat den Ärger gemacht?«, fragt Kuttler.

»Die Religionslehrerin ist die Frau des neuen Ulmer Dekans«, erklärt Frentzel, »wie ich aus zuverlässiger Quelle weiß, wäre die Wahl des Dekans um ein Haar eben daran gescheitert.«

»Hat es Drohungen deshalb gegeben?«, will Englin wissen. Dompfaff blickt zu Frentzel, der schüttelt den Kopf. »Das wäre ja auch etwas sehr merkwürdig gewesen.«

»In der Tat«, meint auch Englin, »überhaupt dürfte das kaum das Milieu sein, in das sich unser Täterprofil einordnen ließe, trotzdem …« Er nickt Kuttler zu, der daraus schließt, dass er sich jetzt darum kümmern soll, was Hollerbach mit den Posaunenchören zu tun hat. »Wichtig ist mir jetzt noch«, fährt der Kriminalrat fort, »ob der verstorbene Herr Hollerbach an

einem besonderen Thema gearbeitet hat, vielleicht an etwas, das aus dem Rahmen gefallen ist?«
»Hach!«, sagt Frentzel. »Der ganze Mensch Hollerbach ist ein wenig aus dem Rahmen gefallen, müssen Sie wissen…«
»Mein Kollege meint«, schaltet sich Dompfaff ein, »dass Eugen Hollerbach eine ausgeprägte journalistische Persönlichkeit gewesen ist, wie er das in seinem Nachruf auch unterstreichen wird.«
Da mögen sich zwei nicht, denkt Kuttler.
»Und woran«, hakt Englin nach, »hat er denn nun zuletzt gearbeitet?«
»Das wissen wir nicht so genau«, antwortet Frentzel, »er hat schon immer ausgefallene Ideen gehabt…« Er wendet sich zu Dompfaff. »Vielleicht erinnern Sie sich an die Aufregung um das Nazigold, das er in den alten Bombentrichtern gesucht hat.«
Unvermittelt strafft sich die Figur des Kriminalrats, Kuttler registriert ein zweimaliges Zucken des Englin'schen Augenlids. »Nazigold? Er hat nach Nazigold gesucht?«
»Nein, nicht jetzt«, stellt Frentzel richtig. »Vor Jahren hat er das getan, bis es ihm das Landratsamt verboten hat, weil er die Molche bei der Paarung gestört hat. In der Redaktion wurde er schon der Jäger des versenkten Schatzes genannt… Nein, wir wissen nicht, was er in der Mache hatte. Aber irgendetwas war es.« Er wirft einen scheuen Blick auf Dompfaff. »Er hat sich aus dem Archiv einen von den ganz frühen Ordnern herausgesucht, Lauternbürg in den Fünfziger- und Sechzigerjahren.«
Ob man den Ordner einsehen könne, will Englin wissen.
Noch einmal ein Blick auf Dompfaff. »Leider nein«, sagt Frentzel dann. »Obwohl es strikt untersagt ist, hat Hollerbach den Ordner mitgenommen…«
Mit Nachdruck erklärt Dompfaff, dass er das nicht verstehen könne. Überhaupt nicht.

»Wir haben es erst vor zwei Stunden entdeckt«, fährt Frentzel fort.« Als Berndorf hier war und danach gefragt hat ...«
Kuttler versenkt sich in den Terminkalender.
»Wer bitte?« Englins Stimme wird knapp vor dem Schreien abgefangen.
»Berndorf«, wiederholt Frentzel, »Ihr früherer Leiter des Dezernats I, Kapitalverbrechen und Brandstiftungen, im vergangenen Jahr ist er in Pension gegangen, vielleicht erinnern Sie sich ...«
»Kollege Frentzel«, warnend erhebt sich die Stimme des Chefredakteurs, »wir sind hier nicht zum Scherzen da.«
»Entschuldigung«, sagt Frentzel, »aber darum kam es mir gleich merkwürdig vor, dass die Sache vertraulich bleiben soll.«
Kuttler fragt, ob es noch eine andere Möglichkeit gebe, die Artikel über Lauternbürg aus jenen Jahren nachzulesen.
»Sicher«, antwortet Frentzel, »Sie müssten halt die ganzen Zeitungsbände aus dem Archiv durchsehen. Das ist auch das, was Berndorf gemacht hat.«
»Sehr schön«, sagt Englin. »Was Berndorf auch schon gemacht hat. Warum schließe ich nicht eigentlich gleich mein Dezernat I und lasse außer Haus arbeiten?«
Die Frage bleibt unbeantwortet. Frentzel begleitet Kuttler ins Archiv, wo der Archivar sich anhört, was Kuttler will, und freundlich antwortet, dass das kein Problem sei, denn der Herr mit dem Boxer habe sich bereits einige Artikel aus den Jahren 1961 und 1962 herausgesucht und Kopien davon machen lassen. Es seien Artikel über Lauternbürg gewesen, und weil eben dieser Ordner nun offenbar verschwunden sei, habe er – der Archivar – sich selbst auch Abzüge gemacht.
Er holt mehrere Kopien, eine davon ist die Ablichtung einer Zeitungsmeldung vom Oktober 1961 über den Abbruch eines leer stehenden Hauses, eine andere die eines längeren Korrespondentenberichts vom Januar 1962. Auf Kuttlers Bitte

sucht er auch Hollerbachs Artikel über den Posaunenchor heraus.
»Wenn Sie noch Fragen haben«, sagt Frentzel, »finden Sie mich in der Landredaktion.« Sie stehen in einem Kabuff neben der Telefonzentrale, Kuttler nickt und findet einen Stuhl und setzt sich und überfliegt zunächst den Zweispalter über den Posaunenchor … Dann schüttelt er den Kopf. Zu absurd. Aber warum eigentlich? Morde sind absurd. Töten ist ein Verbrechen, das jede Vernunft außer Kraft setzt.
Woher weißt du das?
Das weiß ich nicht, woher ich das weiß. Aber dass wegen dieser Geschichte da jemand umgebracht worden sein soll, ist des Absurden doch zu viel.
Er greift zu der Kopie des Artikels von 1962 und beginnt zu lesen.

MdL Schafkreutz spricht von Hetzkampagne gegen Lauternbürg

ULM/LAUTERNBÜRG • Im Lautertal ist die Welt nicht mehr in Ordnung, seit die Staatsanwaltschaft, unterstützt von Kommunalpolitikern aus dem Landkreis Ulm, sich nach Meinung der Bewohner von Lauternbürg in eine üble Kampagne gegen ihre Gemeinde hat einspannen lassen. Doch der Landtagsabgeordnete Silvester Schafkreutz (Staatspartei) will die Vorgänge jetzt im Landtag zur Sprache bringen.
Der Anlaß ist eher geringfügig. Im Oktober ist ein verwahrlostes und leerstehendes Häuschen am Ortsrand von Lauternbürg im Rahmen einer technischen Übung der Ortsfeuerwehr abgebrochen worden, weil Einsturzgefahr bestand. Außerdem hatten die Nachbarn über eine Rattenplage geklagt, die von dem Häuschen ausging.
Der Bauschutt wurde abtransportiert, der Keller zugeschüttet und der gesamte Platz verkehrssicher gemacht. »Das war ein

Schandfleck, und die Leute in Lauternbürg haben ihn beseitigt«, sagt Schafkreutz.
Dennoch erhob der Eigentümer des Häuschens alsbald schwere Vorwürfe. Das Häuschen sei weder verwahrlost noch einsturzgefährdet gewesen, und man habe es nur deshalb abgebrochen, um die vorgesehenen Mieter am bevorstehenden Einzug zu hindern. Bei diesem Eigentümer handelt es sich um die recht wohlhabende Gemeinde Rommelfingen, im Landkreis Ulm und knapp zwanzig Kilometer von Lauternbürg entfernt gelegen. Wieso muß die Gemeinde Rommelfingen eine Immobilie in einem anderen Dorf erwerben? Die Antwort liegt auf der Hand, wenn man weiß, wer die vorgesehenen Mieter sind: eine fahrende Sippe von Schrotthändlern, die ihren Lagerplatz bisher in Rommelfingen hatte.
Unbestritten haben nun die Einwohner von Lauternbürg wenig Bereitschaft gezeigt, die Schrotthändler, die man woanders loswerden will, mit offenen Armen aufzunehmen. In der Tat fürchtet man im Dorf erhebliche Belästigungen. »Sie wissen doch, wie diese Leute arbeiten«, sagt Schafkreutz, »wenn die das Kupfer aus den Kabeln herausholen wollen, dann kennen die nichts und brennen einfach die Kabel ab. Was glauben Sie, was das für ein Gestank ist!«
»Ein übles Spiel« nennt denn auch Lauternbürgs Bürgermeister Karl Heinz Ringspiel das Vorgehen seines Rommelfinger Kollegen, der das baufällige Häuschen von einer Erbengemeinschaft erworben habe, ohne zu sagen, »daß da Zigeuner einziehen sollen«. Eine Beschwerde bei dem für Rommelfingen zuständigen Landratsamt Ulm sei dort leider »vom Tisch gewischt worden«.
Vollends für Empörung in der Gemeinde sorgte nun aber, daß die Kriminalpolizei auf Grund der unbewiesenen Anschuldigungen sofort und ohne Bedenken ein Ermittlungsverfahren einleitete, in dessen Verlauf »wir alle wie Schwerverbrecher vorgeladen wurden«, wie Lauternbürgs Bürgermeister Karl

Heinz Ringspiel klagt. Noch schlimmer: Durch Fangfragen seien Minderjährige dazu gebracht worden, eine Absprache zu gestehen, in die angeblich der gesamte Ort verwickelt gewesen sei.
Indiskretionen aus den Reihen der Polizei führten dann dazu, daß eine auswärtige Zeitung aufmerksam wurde und den Klagen der Schrotthändler-Sippe ihre Spalten öffnete. »Es ist wirklich übel«, sagt MdL Schafkreutz, »wie hier ein ganzes Dorf an den Pranger gestellt wird.« Dabei seien auch hanebüchene Vorwürfe politischer Art erhoben worden: »Da ist der Krieg jetzt bald 17 Jahre vorbei, aber kein Anlaß ist zu gering, um immer wieder die angebliche Verfolgung der Zigeuner im Dritten Reich aufs Tapet zu zerren«, sagt Schafkreutz und vermutet, daß es der Schrotthändler-Sippe wohl nur darum gehe, eine möglichst hohe Entschädigung herauszuschlagen.
Schafkreutz will sich jetzt im Landtag dafür einsetzen, daß die Ermittlungen gegen die unbescholtenen Einwohner Lauternbürgs eingestellt werden. Und der Schrotthändler-Sippe will er ins Stammbuch schreiben, daß man sich so nicht verhält, wenn man in einem Dorf aufgenommen sein will.

Kuttler legt die Kopie zurück. Traute Heimat, deine frommen Menschen. Hat Hollerbach, der wirkliche Eugen Hollerbach aus dem wirklichen Lauternbürg, ausgerechnet diese Geschichte über seine Nachbarn und Mitbürger ausgraben wollen? Kuttler kann sich nicht helfen, aber das käme ihm vor wie ein sehr extremer Fall von Vergnügungssucht.
Und nun ist Hollerbach tot. Die Ermittlungen in Lauternbürg werden lustig.
Was aber geht das alles den Ruheständler an?
Er holt sein Handy heraus und ruft Tamar an. Aber sie meldet sich nicht. Also tippt er ihr eine Simse:
»b finger drin e springt im 4eck.«

Donnerstag, 8. November 2001

Die Nacht hat Regen gebracht. Vor dem Frühstück ist Berndorf mit dem Hund den Weg hinauf zur Wilhelmsburg und rund um das Kasernengelände gegangen, nun hat er Hunger und macht sich ein Rührei, während der Tee zieht. Noch immer spürt Berndorf den Regen in seinem erhitzten Gesicht. Felix geruht, den Teller leer zu fressen.
So könnten wir die Tage hinbringen, denkt Berndorf. Sie rechtfertigen sich selbst. Merkwürdiger Einfall. Wieso müssen die Tage sich rechtfertigen?
Es klingelt, nicht unwillkommen. Er nimmt das Rührei vom Herd, drückt auf den Türöffner und wartet. Es ist Tamar, die die Treppe hochkommt, die Schritte weniger beschwingt als sonst, schwer hängt der Mantel von ihren Schultern.
»Das trifft sich gut«, sagt Berndorf, »der Tee müsste gerade gezogen haben.« Felix drängt seinen Kopf zwischen Berndorf und dem Türrahmen durch und wackelt kurz mit seinem Hinterteil, als er Tamar erkennt, und Tamar zwingt sich nun doch ein Lächeln ab. Eigentlich hat sie keine Zeit, und überhaupt ist sie dienstlich hier: »Englin besteht darauf, dass ich mit Ihnen rede, es geht um die Sache in Lauternbürg ...«
Aber dann hat sie doch Zeit, sich an den Schachtisch zu setzen und eine Tasse Tee zu trinken. Berndorf stochert in seinem Rührei. »Am Heizofen lag's also nicht.«
»Hollerbach ist durch einen Handkantenschlag getötet worden«, antwortet Tamar. »Kovacz hat es mir gesagt.«
Ein Handkantenschlag. Das hat man auch nicht alle Tage,

denkt Berndorf. »Und Englin ist ein wenig echauffiert, sagten Sie? Weil ich im »Tagblatt« ein paar Kopien gezogen habe?«
»Echauffiert?«, fragt Tamar zurück. »Wenn Sie es so nennen wollen. Aber im Ernst – was ist das für eine Geschichte, und warum interessieren Sie sich dafür?«
»Weil mich Hollerbach danach gefragt hat«, antwortet er. »Aber das habe ich Ihnen doch erzählt.«
»Das haben Sie nicht«, sagt Tamar. »Sie sagten nur, dass Hollerbach Sie nach Jonas Seiffert gefragt hat, nach seiner Zeit in Stuttgart und warum er dorthin versetzt worden ist.«
»Seiffert war versetzt oder weggelobt worden, weil er sich mit den braven Leuten aus Lauternbürg angelegt hatte«, antwortet Berndorf. »Nur wollte ich darüber nicht mit Hollerbach reden. Genaue Auskunft hätte ich ihm ohnehin nicht geben können. Die Sache liegt vierzig Jahre zurück, und ich kenne sie nur aus zweiter Hand. Zum Glück hat es dann den Auflauf wegen dieses Hundes da gegeben.«
Felix hat sich unter den Schachtisch gezwängt. Berndorf nimmt einen Schluck Tee und wirft dabei einen beiläufigen Blick auf seinen Gast. Tamar betrachtet ihn schweigend. Die glaubt dir nicht, stellt er fest, überrascht und fast belustigt. Warum erzählst du ihr nichts von dem, was Jonas gesagt hat? Weil es nichts davon zu erzählen gibt. Jonas hat anders entschieden.
»Sie müssen das verstehen.« Er versucht ein Lächeln. Es wird nicht erwidert. »Als ich erfuhr, dass Hollerbach tot ist, habe ich mir natürlich Fragen gestellt. Warum hat er mich auf diese alte Geschichte angesprochen? Und was hat sich damals, vor vierzig Jahren, wirklich zugetragen? Deshalb, und aus keinem anderen Grund, bin ich zum ›Tagblatt‹ gegangen.«
»Also fragen ausgerechnet Sie«, wirft Tamar ein, »nach eben dem Ordner, den ausgerechnet der tote Hollerbach ausgeliehen hat. Verstehen Sie nicht, dass Englin hohl dreht?«
Berndorf zuckt die Achseln. »Englin dreht hohl, weil er nicht

das Kamel sein will. Das Kamel, das das Gras abfrisst, das man so sorgfältig über diese Geschichte hat wachsen lassen.« Er steht auf und geht zu seinem Schreibtisch und holt eine der Kopien, die ihm der Archivar gemacht hat. »Hier – der Abgeordnete Schafkreutz fordert eine ›faire Behandlung‹ der unbescholtenen Einwohner von Lauternbürg, schreibt das ›Tagblatt‹. Überall in diesem rechtschaffenen Musterland war man um den guten Ruf von Lauternbürg besorgt, auf den guten Ruf der Zigeuner kam es ja nicht an, die haben keinen guten Ruf bei den Rechtschaffenen. Und auch der gute Ruf des Polizisten Jonas Seiffert zählte nicht weiter. Polizisten werden dafür bezahlt, dass sie sich bei Bedarf auch verheizen lassen. Man hat ihn nach Stuttgart wegbefördert und das Verfahren eingestellt. Ich nehme an, auch der Sinti-Familie wurden ein paar Mark zugesteckt, damit sie Ruhe gab …«
»Trotzdem verstehe ich nicht«, unterbricht ihn Tamar, »warum Hollerbach dieser alten Geschichte nachgeschnüffelt haben soll. Er hat in Lauternbürg gewohnt und gelebt und war darauf angewiesen, dass ihm die Leute dort etwas zu schreiben und zu fotografieren geben …«
Sie macht eine kurze Pause und denkt lieber nicht an die Abzüge, die sie sich heute Morgen im Labor angesehen hat. Die Ausschnitte zeigen Gesichtspartien mit geschlossenen Augen und leicht geöffneten Mündern, die Köpfe zurückgelehnt oder zur Seite gewandt, in nachgeahmter Verzückung, als seien es Aufnahmen von Straftäterinnen, die bei der erkennungsdienstlichen Behandlung einen Orgasmus vorzuspielen gezwungen worden waren.
»Ich weiß nicht, wem Hollerbach nachgeschnüffelt hat und warum. Ich muss es auch nicht wissen«, gibt Berndorf zurück. »Ihr müsst es herausfinden. Mich interessiert nur Jonas. Aber wenn wir schon dabei sind – Sie haben mir gestern gesagt, Hollerbach habe auch fotografiert und ein eigenes Labor gehabt. Was waren denn das für Fotos?«

»My dear Watson«, sagt Tamar und verzieht den Mund. »Sie können es sich doch selber denken. Wozu hatte er wohl ein eigenes Labor? Der Mann hat Aktfotos gemacht, das Fotostudio war in seiner Waschküche, alles wie in den Siebzigerjahren, für einen Camcorder wird das Geld nicht gereicht haben. Gut möglich, dass eines dieser Fotos für Ärger gesorgt hat. Trotzdem muss ich wissen, ob es in der Geschichte von 1961 ein Detail gibt, ein Verbindungsstück, irgendeinen Haken, an dem sich Hollerbach verfangen haben kann…«
Berndorf schenkt Tee nach. Auf dem Schachtisch liegt noch immer die Kopie mit dem »Tagblatt«-Bericht über Schafkreutz' Rede im Landtag. Irgendetwas war damit gewesen.
Wenig später ist er wieder allein. Widerstrebend setzt er sich an seinen Schreibtisch und nimmt sein Telefon und ruft die Auskunft an. Felix folgt schnaufend und kriecht unter den Schreibtisch.

Es ist ein kalter Morgen, aber der Mann trägt unter seinem blauen Arbeitskittel kurze Hosen. Der halb offene Kittel gibt den Blick frei auf Waden, die von Krampfadern überzogen sind. In seiner Hand hält der Mann einen Kehrbesen.
»Und bitte«, sagt er zu Kuttler und deutet anklagend auf das Häuschen hinter sich, »wer zahlt uns das, die ganze Sauerei wegmachen, sagen Sie mir das einmal!«
Das Häuschen ist spitzgieblig und hat einen Wintergarten und über dem Eingang einen Balkon mit einem Geländer aus Zirbelholz, als wäre man in Reit im Winkel. Auch die Fassade ist mit Holzlatten verkleidet, und man sieht, dass das Holz im Frühjahr frisch gestrichen wird. Abgesehen von zwei oder drei verkohlten Papierfetzen auf der Hofeinfahrt kann Kuttler nichts von einer Sauerei erkennen.
»Was glauben Sie, wie die Stores ausgesehen haben«, fährt der

Mann fort und deutet auf die Fenster, die mit allerhand Weißgerafftem zierlich verhängt sind. »Der ganze Qualm zieht da rein und setzt sich fest. Keine Sau zahlt das. Gebäudebrandversicherung, dass ich nicht lache … Abkassieren, das ist alles, was die können.«
Kuttler betrachtet die Straße. Hollerbachs Haus – oder was davon übrig geblieben ist – liegt auf der anderen Straßenseite schräg gegenüber. Durch das Weiß-Geraffte hindurch musste man einen guten Überblick gehabt haben.
»Hat der Herr Hollerbach eigentlich öfter Besuch gehabt?«, will er wissen.
»Woher soll ich das wissen?«, fragt der Mann zurück. »Glauben Sie, ich hab nichts anderes zu tun, als dem Herrn Hollerbach seinem Umgang nachzuluren? Wir sind hier in der Siedlung rechtschaffene Leute, da gibt es ganz andere Ecken, wo die Polizei ein Auge drauf haben müsste, aber nix!«
»Da haben Sie sicher Recht«, sagt Kuttler, »aber jetzt ist halt grad das Haus da drüben abgebrannt. Und da dachte ich mir, vielleicht ist in den letzten Tagen jemand aufgefallen, der nicht so richtig hierher gehört.«
»Also so richtig hierher gehört hat auch der Herr Hollerbach nicht«, antwortet der Mann, »wenn das Haus nicht abgebrannt wär, könnten Sie sehen, warum nicht. Aber über die Toten …« Er stellt den Kehrbesen zur Seite und fasst Kuttler scharf ins Auge. »Also, junger Mann, warum fragen Sie das nicht gleich? Vor ein paar Tagen ist da einer herumgefahren, in einem umlackierten Opel, mit einem Drachen oder Adler auf der Motorhaube, wissen Sie, das Fahrgestell tiefer gelegt und schwarze Scheiben hinten. Mir ist der Opel gleich aufgefallen, weil ich gedacht hab, das ist so einer, wo die Stereoanlage wummert, und dass das hier in der Siedlung nicht geht, aber die Lautsprecher waren gar nicht eingeschaltet … Und es war auch nicht vor ein paar Tagen, es war vorgestern, am Nachmittag, wo am Abend das Feuer war.«

Von Hollerbachs Grundstück tritt ein Mann auf die Straße, es ist einer der Kriminaltechniker der Spurensicherung, und sieht sich suchend um.
»Den Fahrer von diesem Opel können Sie nicht beschreiben?«, fragt Kuttler.
»Ein Ausländer«, kommt die Antwort. »Ein Dunkelhaariger, so mit Locken.«
Der Kriminaltechniker kommt auf den Hof und grüßt und fragt Kuttler, ob er ihm kurz etwas zeigen könne. Kuttler dankt dem Mann im Arbeitskittel und sagt, dass man von seiner Aussage noch ein Protokoll machen werde. Dann geht er mit dem Kriminaltechniker zu Hollerbachs Grundstück und an der Ruine vorbei durch den Garten. Schief hängt ein verrostetes Gartentor in den Angeln.
»Es hat hier jede Menge Spuren«, sagt der Techniker, »die meisten werden von den Feuerwehrleuten sein.«
Und durch das Gartentor konnte jeder durch, denkt Kuttler. Sie gehen weiter, auf einem Pfad, der durch Buchengehölz führt und dann zwischen Fichten hindurch, bis sie auf einen größeren Weg kommen, wie er für Forstarbeiten angelegt wird. An der Einmündung des Pfades auf den Weg sind Reifeneindrücke markiert. Im nassen, ein wenig lehmigen Boden sind die Profile deutlich zu erkennen. Ein zweiter Techniker ist dabei, Abdrücke zu nehmen.
»Vermutlich ein Landrover«, sagt sein Kollege, »der Reifentyp könnte zu einem Daimler passen.«
Jedenfalls kein Opel mit schwarzen Scheiben, denkt Kuttler.

Das Anwesen der Ringspiels ist ein Aussiedlerhof, halb auf einer Anhöhe über dem Lautertal gelegen. Tamar hat ihren Dienstwagen auf dem gepflasterten Hof abgestellt und sieht sich um. Eine Tigerkatze nähert sich ihr mit aufgeplustertem

Schwanz und drückt sich an ihre Beine. Die Ringspiels halten Milchvieh, aber auf dem ganzen gepflasterten Hof ist kein einziger Kuhfladen zu sehen. Das Wohnhaus ist neu und weiß und versucht auch nicht, wie ein Berner Landhaus auszusehen. Ein Schild zeigt freie Ferienwohnungen an.
Von den Stallungen kommt die Ortsbäuerin Waltraud Ringspiel auf sie zu. Sie trägt Jeans und Gummistiefel und begrüßt Tamar, ohne dass diese die Vier-Finger-Hand drücken muss. Tamar wird in das Haus gebeten und dort in ein kleines Büro, in dem sich ein Computer befindet, ein Regal voller Aktenordner und an der Wand neben einem Kalender die Meisterurkunden des Ehepaars Ringspiel.
Das hat sie schon gewusst, sagt Waltraud Ringspiel, dass sie noch einmal mit der Frau Kommissarin wird reden müssen, es hat ja gleich nicht gut ausgesehen, aber was redet sie da! Wenn eins tot ist und noch so schrecklich verbrannt, was soll da gut aussehen… Aber die ganze Nacht hat sie kein Auge zugetan, und sie weiß es wirklich nicht, wie sie es den jungen Frauen sagen soll, überhaupt weiß sie ja nicht genau, welche zum Hollerbach gegangen ist, eigentlich weiß sie es überhaupt nicht…
Tamar holt schweigend den Stapel mit den Vergrößerungen heraus, fächert ein paar davon auf und legt sie der Ortsbäuerin auf den Schreibtisch.
Waltraud Ringspiel wirft einen Blick darauf, dann legt sie die linke Hand auf ihren Mund. »Oh du lieb's Herrgöttle von Biberach«, sagt sie schließlich und ringt sich dazu durch, die Aufnahmen dann doch eine nach der anderen vom Tisch zu nehmen und eingehender zu betrachten.
»Hat der das so fotografiert?«, fragt sie schließlich.
»Nein«, antwortet Tamar, »unser Labor hat Ausschnitte gemacht und die dann vergrößert.«
»Aber so wird's schier gar noch schlimmer«, wendet die Ortsbäuerin ein.

»Das war auch mein erster Eindruck«, sagt Tamar. »Aber« – und ihre Stimme bekommt plötzlich einen sehr kühlen, gleichgültigen Klang – »wenn es gar nicht anders geht, werden wir die Fotos im ›Tagblatt‹ veröffentlichen müssen, Überschrift: wer kennt diese Frauen...«
»Das da? Im ›Tagblatt?‹«, fragt die Ortsbäuerin zurück. »Das meinet Sie net im Ernst.« Sie sucht nach einem Wort. Schließlich hat sie es: Jugendgefährdend wäre es, und die armen dummen Dinger könnten sich nicht mehr auf die Straße trauen, keinen Tag mehr!
»Dann machen wir es, wie ich es Ihnen gestern vorgeschlagen habe«, meint Tamar. »Sie rufen diese Frauen an und sorgen dafür, dass sie zu mir nach Ulm kommen. Oder Sie sagen mir gleich, wen Sie davon kennen und wer es ist.«
»Die kratzet mir die Augen aus«, antwortet die Ortsbäuerin, wie aus der Pistole geschossen.
»Hören Sie, ich werde denen doch nicht sagen, von wem ich die Namen habe«, erklärt Tamar. »Ich kann das Foto vorzeigen und habe die Frau, von der es gemacht wurde, vor mir sitzen. Da kann es nicht mehr so sehr das Thema sein, wie ich an die Adresse gekommen bin. Vielleicht hat Hollerbach ja auch Notizen hinterlassen.«
Die Ortsbäuerin wirft einen flehentlichen Blick zur Decke. Die Kommissarin müsse doch wissen, wie die Frauen sind. »Da findet doch jede ein Fädle, an dem sie rumzupfen kann, und dann hört sie nicht mehr auf, bis alles aufgeriefelt ist.«
Noch einmal versichert Tamar, dass sie ihre Informantin auf keinen Fall preisgeben wird. Immerhin gehört der Informantenschutz zum Handwerk der Polizei, das dürfe ihr die Frau Ringspiel nun wirklich glauben. Seufzend sieht die Ortsbäuerin die Fotos noch einmal durch.
Das Ergebnis ist enttäuschend. »Also nein«, sagt sie, »diese Gesichter, die diese dummen Dinger schneiden, wenn bei den Landfrauen eins so schaut, täten wir ihr gleich ein Glas kaltes

Wasser bringen ...« Sicher ist sie sich eigentlich nur, wenn jemand nicht von Lauternbürg ist, der Stapel der angeblich auswärtigen und leider gänzlich unbekannten Kundinnen von Hollerbach wird immer größer, bis Tamar der Geduldsfaden reißt. Sie sammelt die Fotos ein. »Wenn das so ist, müssen wir die Fotos eben doch ans »Tagblatt« geben.«

Aber da will die Ortsbäuerin dann doch lieber noch einen Versuch machen. »Das da zum Beispiel, das ist die Christa, aber Sie werden sie heute kaum mehr erkennen, das Foto muss schon ein paar Jahre alt sein, vor einem Vierteljahr ist das zweite Kind gekommen, der Mann hat eine Neue, eine Sekretärin, die ist beim Luethi im Büro ...«

Ja, so mag das sein, denkt Tamar, und vielleicht ist an all diesen Fotos nichts weiter, als dass einer sagt: Ach Gott! So hat die einmal ausgesehen ...

»Und das da ist die Carmen, eigentlich ein nettes Mädchen, schafft jetzt als Bedienung in Blaubeuren ...«

Im Konferenzraum der Kreissparkasse Wintersingen sitzen um den runden Besprechungstisch, der nach Mooreiche finnisch aussieht, der Kriminalkommissar Kuttler und ein Kollege vom Dezernat Wirtschaftskriminalität im Gespräch mit dem Sachbearbeiter der Bank. Das heißt, ein Gespräch ist es nicht eigentlich, denn Kuttler wartet, dass der Kollege die Kontoauszüge des verstorbenen Eugen Hollerbach durchgesehen hat. Der Bankkaufmann trägt einen gelben Binder zu einem weinroten Jackett und hat sein Gesicht in bekümmerte Falten gelegt, denn das weiß man doch, dass das nicht gut ausgeht, wenn einer jahraus, jahrein am Limit vom Überziehungskredit herumschrammt.

»Also Kollege«, sagt der Kollege vom Dezernat Wirtschaftskriminalität schließlich und schiebt die Auszüge, die er stu-

diert hat, über den Tisch zu Kuttler, »dafür braucht ihr mich nicht. Der hier war ein armer Schlucker, ständig pleite, und wenn er irgendwo ein paar Mäuse schwarz verdient hat, dann wird es nicht der Rede wert gewesen sein.«
Kuttler sagt, dass ihn das nicht überzeugt. »Ist das sicher, dass der sich nicht bloß vorm Finanzamt tarnen wollte?«
»Ach, das Finanzamt!«, antwortet der Kollege. »Unser Freund hat nicht mal so viel verdient, dass es das Papier für die Steuererklärung gelohnt hat. Sehen Sie« – er holt sich einen der Auszüge zurück – »sobald er nur ein paar Mark über dem Limit war, hat er's abgehoben. Keiner, der mehr als nur ein paar Mark nebenbei hat, mutet sich eine solche Würgerei zu.«
Aus dem weinroten Jackett räuspert es sich. »Auch wir hatten den Eindruck, dass Herrn Hollerbachs finanzielle Verhältnisse sehr beengt waren, um es vorsichtig zu sagen. Aufs Äußerste beengt… In letzter Zeit hatte er ja gehofft, sein Haus verkaufen zu können, leider hatten wir ihm da keine Hoffnungen machen können, oder nur wenig…«
Kuttler horcht auf. Hollerbach wollte verkaufen?
»Ja«, fährt der Bankmensch fort, »keine Hoffnungen, leider, das Haus war ja eigentlich nur ein Häuschen, Siedlungsbau der Fünfzigerjahre, äußerst bescheidener Wohnkomfort. Manche unserer Kunden haben aus diesen Siedlungshäuschen ja ganz zauberhafte Heimstätten gemacht, my home is my castle, könnten unsre Schwaben sagen, wenn sie englisch reden würden, aber Herrn Hollerbach war das weniger gegeben, er war ja mehr ein Mann der Feder, und außerdem waren da die beiden Hypotheken, also für eine finanzielle Sanierung schien uns nur ein geringer Spielraum gegeben…«
Das Häuschen wolltet ihr ihm abnehmen, für fünf Mark und ein paar Zerquetschte, denkt Kuttler und unterbricht. »Hollerbach wollte weg von Lauternbürg?«
»Wenn Sie das so fragen«, antwortet der Sachbearbeiter,

»dann hatten wir auch diesen Eindruck, allerdings. Er wolle sich beruflich noch einmal verändern, sagte er mir, einen neuen Anfang machen…«
»Wann haben Sie mit ihm darüber gesprochen?«
»Ich glaube, das war bei unserem letzten Gespräch, also das ist keine vierzehn Tage her.«

Über eine vierspurig ausgebaute Bundesstraße rollt das Taxi durchs Neckartal, vorbei an Ansiedlungen, die sich über Hänge und Anhöhen ausbreiten. Von Zeit zu Zeit wirft der Fahrer einen misstrauischen Blick in den Rückspiegel, sein Fahrgast hat einen Hund bei sich, einen großen gelben Köter, der schon beim Einsteigen am Plochinger Bahnhof nur mit Mühe davon abzuhalten war, auf den Rücksitz zu springen.
Schließlich verlässt der Fahrer die Bundesstraße und steuert eine Ortschaft an. Eine restaurierte Weinkelter, Fassaden aus Glas und Stahl und freigelegtem Fachwerk berichten von der Dorfsanierung in den Achtzigerjahren. Die Fahrt endet in einer Nebenstraße, das Taxi hält vor einem Reihenhaus, in dessen verwildertem Vorgarten Dolden von Vogelbeeren rot durch fast schon blattleeres Gesträuch leuchten.
Berndorf und Felix steigen aus, Berndorf klingelt bei Walz, ein nach vorn gebeugter, grauhaariger, magerer Mann in einer grauen ausgebeulten Wolljacke öffnet.
»Menschenskind Berndorf, wie kann man nur so auf den Hund kommen!« Er hält Felix eine Altmännerhand hin, die kurz beschnuffelt wird, und lässt die Besucher eintreten. Der winzige Flur ist zusätzlich verengt durch ein bis oben hin voll gestelltes Bücherregal. Vom Flur geht es in ein kaum größeres Wohnzimmer mit einer durchgesessenen Polstergarnitur, es riecht nach Kaffee und ungelüfteten Kleidern. An der einzigen Wand, an der sich keine Bücherregale hochziehen, hängt

ein großes gerahmtes Schwarzweißfoto, zwei Männer auf einem Podium in einem dunklen rauchgeschwängerten Saal, der eine am Mikrofon ist straff, durchaus nicht mager, mit vollem schwarzen Haar, seine Hand zeigt auf den zweiten Mann, der – den Kopf mit dem hohen Haaransatz leicht geneigt, die Augenbrauen hochgezogen – freundlich und doch wie aus großer Distanz zur Kamera blickt…

Bis in die 70er-Jahre war Heiner Walz Mitglied des baden-württembergischen Landtags und sicherheitspolitischer Sprecher seiner Partei, was nichts weiter zu bedeuten hatte, denn als einzigem gelernten Kriminalbeamten in einer sonst hauptsächlich aus Lehrern zusammengesetzten Fraktion war ihm gar nichts anderes übrig geblieben. Berndorf hatte ihn auf einem Seminar kennen gelernt, das Walz zusammen mit der Carlo-Mierendorff-Stiftung veranstaltet hatte. Seither waren sie in losem Kontakt geblieben. Als Berndorf am Morgen angerufen hatte, bestand Walz auf einem Besuch, so am Telefon mag er nicht mehr reden, außerdem ist ihm Berndorf ohnehin noch einen Bericht über die Geschichte im Elsass schuldig, gerade ihm ist Berndorf das schuldig!

Sie setzen sich, es gibt Kaffee – überraschend stark – und Kekse aus dem Supermarkt, so ein spät zum Witwer gewordener alter Knacker wird nicht noch das Backen anfangen. Über Politik mag Walz nicht reden, es gibt Leute, da muss er neuerdings den Kanal wechseln, wenn er sie im Fernsehen sieht! Lieber redet er über Hunde, seinen Spaniel hat er vor zwei Jahren einschläfern lassen müssen, leider kann er sich keinen neuen Hund mehr zulegen, »die Arthrose!«

Irgendwann, nach der dritten Tasse, kann Berndorf von Jonas Seiffert erzählen und von der Beerdigung und dass ihn der Hund darauf gebracht hat, noch einmal nachzufragen, wie das damals war… Wer soll das auch glauben?, denkt er. Aber die Geschichte mit Hollerbach ist doch ein wenig umständlich, außerdem geht sie uns Rentner nichts an.

»So«, sagt Walz gedehnt, »dann ist das also des Propheten Hund... Ich habe Seiffert gekannt, und ich kenne auch seine Geschichte, trotzdem ist mir dein sozusagen rein historisches Interesse daran nicht so ganz klar, aber ich verstehe das, du musst selbst wissen, was du mir erzählst.«

Berndorf hebt beide Hände. »Du hast Recht, da war noch was.« Und er erzählt nun doch, wie der Zeitungsmensch Hollerbach ihn angesprochen hat, und erzählt auch von dem Handkantenschlag, der vorerst alles Weitere beendet hat.

»Schau, schau«, sagt Walz, »ein Handkantenschlag, das gibt der Sache ja nun doch etwas mehr Biss... Allerdings ist das, was ich dir erzählen kann, eher lächerlich. Wir haben uns damals in der Sache Lauternbürg zurückgehalten, die Staatspartei solle ruhig selber sehen, wie sie den Schutt wegräumt, den ihr die eigenen Leute vor die Tür gekippt hätten. Schließlich war es ein Streit zwischen zwei Dörfern und zwei Landkreisen, alle tiefschwarze Staatspartei, wir bräuchten uns da nicht einzumischen, hieß es. Natürlich eine faule Ausrede, wir haben hier im Land schon immer so besonders begnadete Taktiker in der Partei gehabt, leider...«

Die hatten Angst, denkt Berndorf.

»Schau nicht so«, sagt Walz. »Natürlich hatten wir Schiss. Die anderen haben ja nur darauf gewartet, dass wir ihnen den Gefallen tun und sie uns als die Partei der Landfahrer ausschellen können. Da sieht man es wieder: vaterlandslose Gesellen, hätte es geheißen... Der Landtag war damals schon umgezogen, von der Heusteigstraße in diesen braunen Glaskasten, kurz vor der Aktuellen Stunde tagt noch die Staatspartei, ich bin etwas zu früh im fast leeren Plenarsaal und komme am Tisch von Silvester Schafkreutz vorbei, beide saßen wir ja nicht gerade vorne. Und wie ich da stehe, sehe ich ein maschinengeschriebenes Manuskript auf seinem Tisch liegen. Maschinengeschrieben! Der Müllermeister Silvester Schafkreutz hatte Finger wie Bratwürste... Also werde ich neugie-

rig und will doch sehen, wie hoch die Trefferquote bei Silvesters neuen Schreibkünsten ist, aber siehe da! Es ist ein völlig fehlerfreier Text, durchaus professionell, zweizeilig getippt, sehr eloquent, mit Anweisung für die Aussprache, da steht dann zum Beispiel: *Wir fordern eine faire – sprich: führe – Behandlung der unbescholtenen Einwohner von Lauternbürg* … Ich habe mir sonst Silvesters Reden gerne angehört, er hatte einen eigenen Ton, eine holzgeschnitzte Beredsamkeit, in keinem Parlament gibt es so etwas heute noch. Die Rede, die er vorlas, war schwächer als sonst. Aber zuverlässig wie ein Mahlwerk hat er alles vorgelesen, was man ihm aufgeschrieben hatte, hat auch brav ›eine fa-ire sprich führe Behandlung‹ verlangt. Nur ein- oder zweimal ist er ins Extemporieren verfallen …« Walz wirft sich in die Brust und intoniert im nasalen Klang des Lautertaler Schwäbisch: »Ja kreuziget nur, heißt es jetzt in Rommelfingen. In der Karwoche wär's ein Passionsspiel, der Bürgermeister gibt den Judas, seine Gemeinderäte sind die Schriftgelehrten und der Herr Landrat von Ulm gastiert als Pontius und wäscht seine Hände in der Donau. Nur dem Häscher hat noch keiner ein Ohr abgehauen …«
Walz lehnt sich wieder zurück. »Und das hat schon genügt«, fährt er in seinem gewohnten Tonfall fort, »dieser Müllermeister hat der räudigen Katze des Rassismus die folkloristische Schelle umgehängt, das konnten dann alle komisch finden, und weiter war nichts dabei.«
»Bis auf den Häscher«, sagt Berndorf, »der wird es nicht so komisch gefunden haben. Wer den Text aufgesetzt hat, weißt du nicht?«
»Sicher weiß ich das«, antwortet Walz fröhlich, »es war der Landrat von Wintersingen, sein Briefkopf stand ja oben auf dem Entwurf, ein Dr. Sowieso Autenrieth, er hat dann ja auch auf die Versetzung von deinem Propheten Jonas gedrängt. Im Innenausschuss haben sie es zugegeben. Der Landrat von Wintersingen hätte darauf hingewiesen, dass Seiffert der

rechtstreuen Bevölkerung des Landkreises nicht mehr vermittelbar sei und er zu seinem eigenen Schutz mit einem weniger sensiblen Aufgabenbereich betraut werden sollte.« Walz bricht in ein kurzatmiges Altmänner-Lachen aus. »Die rechtstreue Bevölkerung! Das Wort hat mich lange verfolgt.«

Tamar sitzt in einer vom Glas und Chrom der Apparaturen spiegelnden Wohnküche, auf einem schmalen Barhocker aus Stahl und schwarzem Leder, den rechten Arm auf den Tresen gelegt, der den Arbeitsbereich mit Herd und Grill und Spüle umgibt. Die Schiebetür zum Wohnzimmer mit der hellen Ledergarnitur ist aufgeschoben, auf dem Teppich spielt ein dreijähriges Kind mit einer Barbiepuppe und schaut von Zeit zu Zeit zu Tamar, ob sie ihr auch zusieht. In einem Kinderbett, das neben den Tresen geschoben ist, schläft ein Säugling.

Der Frau, die gerade einen Kocher einschaltet, um die Babyflasche zu sterilisieren, sieht man die beiden Kinder nicht an. Was Tamar der Frau ansieht, ist Kummer, Bitterkeit, Resignation.

Ja, dann kommen Sie halt, hatte sie am Telefon gesagt, und so war Tamar nach Schmiechen gefahren, eine Gemeinde auf halbem Weg zwischen Lauternbürg und Blaubeuren gelegen, zu einem unverputzten Doppelhaus.

Sie schiebt einen der Abzüge, den das Fotolabor gemacht hat, über den Tresen. Die Frau wischt sich die Hände ab und sieht das Foto an und lacht verächtlich. Eigentlich ist es kein Lachen, sondern nur eine Art Schnauben.

»Wo haben Sie das her?«

Tamar erklärt es.

»Und wer hat Ihnen gesagt, dass ich das bin?«

»Sind Sie doch.« Na ja, denkt Tamar. Das Foto zeigt das volle Gesicht eines sehr jungen Mädchens, einen Finger an den

Mund gelegt. Tamar versucht einen zweiten Anlauf. »Wir haben das Negativ von diesen und anderen Aufnahmen bei Hollerbach gefunden. Die Negative waren nicht verbrannt. Ich nehme an, er hat Ihnen erzählt, er würde die Negative vernichten. Und er wird Sie auch nicht nach dem Namen gefragt haben, man kennt sich ja auf dem Land. Aber wie das so ist. Er hat die Negative nicht vernichtet. Glauben Sie denn wirklich, er hat sich da nicht auch Notizen gemacht?«
»Das sieht ihm ähnlich«, sagt die Frau, deren Mann schon wieder eine Neue hat, wie die Ortsbäuerin weiß. »Auf den Fotos war aber mehr drauf, glauben Sie bloß nicht, dass mich das geniert.« Ein herausfordernder Blick trifft Tamar. »Ich könnt noch heute welche machen lassen.«
Wieder einmal will Tamar wissen, ob von den Fotos jemals welche in falsche Hände geraten sind. Oder ob es sonst Ärger gegeben hat damit.
»Mit denen hier nicht«, antwortet die Frau und deutet auf den Abzug. »Ich hab sie dem meinigen wieder abgenommen, er hat es nicht einmal gemerkt, dass sie ihm fehlen.«
Sie verzieht das Gesicht zu einer spöttischen Grimasse. »Aber das will nichts heißen. Der wär uns am liebsten alle los.«
Quäkend wacht der Säugling auf. Die Mutter geht zu dem Kinderbett und redet leise und beruhigend auf das Kind ein. Das Quäken ebbt ab, geht über in leises Brabbeln.
Das Dreijährige kommt aus dem Wohnzimmer und hängt sich an das Kinderbett und schaut durch die Stäbe.
»Hat jemand anderes Ärger gehabt? Eine Ihrer Bekannten oder Freundinnen?«
»Ich wär ja eine gute Freundin, wenn ich Ihnen das auf die Nase binden würde«, antwortet Christa. »Aber Ärger hat es schon gegeben. Es gibt hier ja Familien, wo Sie es wirklich nicht glauben, wie ehrbar und fromm die sind, und doch sind die Mädchen zum Hollerbach gegangen. Aber wenn es wirklich stimmt, dass dieser Kerl alles aufgeschrieben hat, müss-

ten Sie das ja wissen …« Ein misstrauischer Blick streift Tamar. »Einmal, in der Realschule in Wintersingen, hat es einen richtigen kleinen Skandal gegeben, Sie werden es nicht glauben, da hat die Klassenlehrerin bei der einen im Vokabelheft Fotos von einer anderen gefunden, die beiden waren noch keine 16, können Sie sich das vorstellen? Die andre, also die, von der die Fotos waren, kam auch aus Lauternbürg.«

Das Dreijährige steckt seinen Arm durch das Gitter und schlägt nach dem Baby. Nach einer Schrecksekunde verzieht sich das Gesicht des Säuglings, und er beginnt gnadenlos zu brüllen.

Rasch verabschiedet sich Tamar und verlässt die Wohnküche. Das ist nun schon die fünfte Frau, der sie eine dieser albernen Vergrößerungen hat vorlegen müssen. Nicht, dass die Frauen in Panik ausgebrochen wären oder in hysterisches Flehen, was hatte sie sich da nur eingebildet. Drei waren inzwischen Hausfrauen und Mütter, bis auf die unglückliche Christa schon ziemlich breit um die Hüften, beim Anblick der Fotos kaum merklich errötend. Eine hatte zu kichern begonnen und hörte nicht mehr damit auf, obwohl sie eigentlich damit beschäftigt war, Krautwickel zu machen. Eine Frisöse konnte sich beim besten Willen nicht mehr erinnern, wem alles sie einen Abzug gegeben hatte, aber sie wusste, dass Hollerbach nicht knickerig gewesen war und sich von manchen Mädchen auch bargeldlos hatte honorieren lassen – »ein bisschen Tatschen, und schon war er zufrieden.« Die Vierte, eine Bankangestellte, hatte die Abzüge für Anzeigen gebraucht …

Für Anzeigen?

»Ach, Sie wissen doch, wenn es heißt: Aussagekräftige Bildzuschriften erbeten unter Chiffre …«

Durch eine enge Dorfgasse kommt sie zur Schmiech, einem unruhig strömenden Bach, und fährt weiter auf die Bundesstraße. Es ist ein klarer Spätherbstnachmittag, einzelne weiße

Wolkengespinste überziehen das verblasste Blau des Himmels. Im Süden weitet sich das Tal zur Moorlandschaft des Schmiechener Sees, einem Naturschutzgebiet. Tamar überlegt, wie es wäre, wenn sie den Wagen einfach stehen lassen und den See entlangwandern würde, vielleicht würde sie einen Milan sehen oder Singschwäne auf dem Vogelzug…

Doch da ist sie schon nach links abgebogen. Die Bundesstraße führt durch ein breites Tal, nach wenigen hundert Metern erinnert nichts mehr an Milane und Singschwäne. Das Tal wird von den Silos und Förderbändern der Zementwerke gesäumt, die hier den Jura-Kalk abbauen. Die Dörfer auf der anderen Straßenseite sehen grau aus, mit kleinen Häusern, die sich in ihren Eternit-Verkleidungen unter der Abluft der Zementwerke ducken.

Hannah ist in einem dieser Häuser aufgewachsen, bei einer dicken, frommen, gutmütigen Pflegemutter, Tamar hat einmal mit ihr gesprochen, kurz bevor sie Hannah kennen lernte, warum macht ihr diese Erinnerung ein so blödes Gefühl im Bauch? Hannah wohnt nicht mehr hier…

Noch ein staubgraues Dorf, dann ist sie in Blaubeuren und fährt durch eine Hauptstraße mit Häusern, die ihr noch nie so unansehnlich erschienen sind wie heute, zu den Parkplätzen am Klosterhof. Sie stellt den Wagen ab und geht durch die Anlagen des Klosters, das seit der Reformation ein evangelisches Internat beherbergt, zur Altstadt. Fern übt jemand Tonleitern auf einem Klavier.

Der Blautopf, um den sich sonst Busladungen von Touristen drängen, ist verlassen. Am Steinbild der Schönen Lau vorbei geht sie einige Schritte den baumbestandenen Weg hoch, der um das Quellbecken führt. Traurig sieht die Schöne aus, ausgezehrt vom sauren Regen. Tamar hat Mörikes Geschichte von der Schönen Lau in der Schule gelesen. In einer württembergischen Schule ist das unvermeidlich. Sie weiß noch, dass es eine traurige Geschichte gewesen sein muss: eine verbannte Halbnymphe, die erst in ihre Heimat zurückkehren darf, wenn sie das Lachen gelernt hat…

Und das ausgerechnet hier. Das leuchtende Blau des Quelltopfs kommt ihr vor wie Kupfervitriol. Ist das Depression? Ein Glassplitter im Auge, der einen alle Dinge hässlich und verfallen sehen lässt…

Schließlich tut Tamar, wovor sie schon eine ganze Weile Angst hat. Sie holt ihr Mobiltelefon aus der Tasche und gibt eine Kurzwahl ein. Das Telefon läutet viermal, es meldet sich eine ruhige warme Stimme, die nicht die ihre ist:

»Hier spricht der Anrufbeantworter von Tamar Wegenast und Hannah Thalmann. Leider sind wir nicht zu Hause…«

Sie drückt auf die Taste, die die Verbindung abbricht, und tippt eine zweite Kurzwahl. Aber auch bei Hannahs Handy meldet sich nur die Box.

Sie hat keine Lust, eine Nachricht zu sprechen. Was soll sie auch sagen? Ich weiß nicht, wann du heimkommst. Ich weiß nicht, was los ist. Ich häng in der Luft… Hannah weiß das alles. Sie muss es wissen. Offenbar ist es ihr egal.

Plötzlich weiß Tamar, dass sie diesen Quelltopf und dieses Blau hassen wird.

Noch immer hält sie das Mobiltelefon in der Hand. Erst jetzt sieht sie, dass eine Textmeldung eingetroffen ist:

Hol pleite wollte weg Lockenkopp fragte nach

Sie verzieht das Gesicht und gibt eine dritte Kurzwahl ein. Nach zwei Rufzeichen meldet sich Kuttler.

»Moment«, sagt er und klingt irgendwie belegt. Tamar hört Schritte und das Geräusch einer Tür.

»Hier bin ich wieder«, sagt er dann, und seine Stimme ist auch wieder klarer. »Ich bin nur grad' im ›Adler‹, Wurstsalat mit Bratkartoffeln, in der Gaststube wollte ich nicht reden.« Dann will er wissen, ob Tamar nicht vorbeikommen kann und Gesellschaft leisten.

»Erklär mir lieber die Simse. Ich versteh sie nicht.«

»Hollerbach war notorisch klamm«, sagt Kuttler dann, »weshalb er seiner Oma ihr klein Häuschen verkaufen wollte, was sagst du nun?«
»Was ist mit dem Lockenkopp?«
»Soll ein paar Stunden vor dem Brand in der Siedlung herumgefahren sein. Aber es hat wohl nichts zu bedeuten«, fährt Kuttler fort. »Das andere ist wichtiger. Hollerbach wollte fort von hier, wollte irgendwo neu anfangen, offenbar auch privat. Jedenfalls haben sie uns das bei der Kreissparkasse erzählt. Der Bankmensch hat ein weinrotes Jackett und eine gelbe Krawatte dazu, soll ich mir so was auch mal zulegen?«
»Sei mal still«, sagt Tamar. »So eine besonders lustige Nachricht ist das gar nicht.«
»Weiß ich, Commander«, antwortet Kuttler. »Wenn Hollerbach von Lauternbürg weg wollte, hat er keinen Grund mehr gehabt, die Zigeunergeschichte nicht aufzurühren.«

Kuttler schaltet das Handy aus und steckt es ein und geht zurück, das Bier ist leider abgestanden, und so bestellt er einen Kaffee, was ihm auch die Gelegenheit gibt, mit der Bedienung zu reden.
Die Bedienung heißt Sonja und ist ein schmales brünettes Mädchen, sie hat am Abend, als der Brand war, im »Adler« bedient …
»Ich habe es auch Ihrer Kollegin gesagt, der Herr Hollerbach war fast bis zur Polizeistunde hier und hat vier Weizen und zwei Dujardin gehabt …«
»Hat er denn auch bezahlt?«
»Oh, ich seh schon, Sie wissen Bescheid«, sagt Sonja, »aber vorgestern hat er bezahlt und hat auch ein ganz nettes Trinkgeld gegeben. Das war eigentlich immer so. Wenn er bezahlt hat, hat er auch Trinkgeld gegeben. Obwohl …«

Kuttler wartet, aber das Obwohl wird nicht erklärt, es bleibt bei einem anmutigen Zucken der Schultern.
»Er war Stammgast hier?«
»Früher«, kommt es nach kurzem Überlegen. »In letzter Zeit kam er eher selten.«
»Vielleicht, weil er mit anderen Gästen Ärger hatte? Ich meine, er hat doch für die Zeitung geschrieben, und was in der Zeitung steht, gefällt nicht jedem.«
»Ach, da sind unsere Stammgäste nicht so«, antwortet Sonja. »Die haben das eher von der lustigen Seite genommen. Manchmal haben sie laut vorgelesen, was im »Tagblatt« stand, und der Eugen hat einen roten Kopf bekommen und gesagt, dass der Redakteur wieder einen schlechten Tag gehabt haben muss... Einmal haben sie schier gar keine Ruhe mehr gegeben. Das war, als der Eugen angefangen hat, in den Wasserlöchern oben an der Lauter herumzustochern, er hat nämlich geglaubt, dort hätten sie im Krieg Nazigold versenkt.«
»Und«, fragt Kuttler, »hat er welches gefunden?«
Sonja kichert. »Wenn, kann es nicht viel gewesen sein. Aber der Jäger hat's ihm dann verboten. Wenn er ihn noch einmal an einem der Wasserlöcher erwischt, hat er gesagt, dann verpasst er ihm einen Posten Schrot in den Hintern.«
»Und der Herr Hollerbach ist dann nicht mehr zu den Wasserlöchern gegangen?«
Sonja hebt die Schultern. »Das weiß ich nun wirklich nicht.«
»Raue Sitten«, meint Kuttler. »Wer hat denn hier die Jagd?«
»Das ist der Neuböckh, der Landmaschinenhändler. Seine Werkstatt haben Sie sicher schon gesehen, sie liegt gleich links, wenn Sie ins Dorf kommen.«
Kuttler notiert sich ein paar Stichworte. Noch ein Jäger des versunkenen Schatzes. Wenn das die Zeitung mit den großen Buchstaben spitzkriegt, dreht Englin hohl. »Hollerbach hat doch auch fotografiert«, sagt er dann, mehr zur Ablenkung.

»Hat er da manchmal Geld bekommen? Für Aufnahmen in einem Prospekt zum Beispiel?«

»Dass er fotografiert hat, weiß ich schon«, antwortet Sonja schnippisch. »Mich geht das nichts an.«

Das soll ich dir mal glauben, denkt Kuttler. »In der Wirtschaft hat man doch auch über ihn gesprochen und darüber, wovon er eigentlich gelebt hat? So ganz klar war das ja nicht.«

»Ach! Da ist er nicht der Einzige, bei dem das nicht so ganz klar ist«, antwortet Sonja und betrachtet ihn aus haselnussbraunen Augen.

»Ist schon einmal von Fremden nach ihm gefragt worden? Dass ihn jemand gesucht hat oder wissen wollte, wo er wohnt?«

»Warum fragen Sie so, wenn Sie es doch wissen? Ich hab das ganz vergessen, Ihrer Kollegin zu sagen, aber sie hat auch nicht danach gefragt. Jedenfalls war vorgestern einer da, am frühen Abend war das, so ein Dunkelhaariger, den sie Paco rufen, ich glaub, er fährt für den Neuböckh ... Er hat mich gefragt, ob der Fotograf schon da war.«

»Und was haben Sie gesagt?«

»Dass ich nicht weiß, wen er meint«, antwortet Sonja schnippisch. »Da könnte ja jeder kommen und uns ausfragen, wir sind doch eine Gastwirtschaft und nicht die Auskunft.«

»Der war nicht gut aufgelegt, dieser Mann, der nach Hollerbach gefragt hat?«

»Ich weiß nicht, was Sie meinen.« Plötzlich haben die haselnussbraunen Augen einen sehr kühlen Ausdruck. »Und für uns ist Kundschaft immer gut aufgelegt. Auch wenn sie nur ein Spezi bestellt. Er ist dann gegangen, lange bevor der Eugen gekommen ist. Vielleicht war das auch besser so. Paco ist ein Kerl mit ordentlich Muckis« – sie hebt die rechte Hand und ballt sie spielerisch zur Faust, um den Bizeps hervorspringen zu lassen – »also schon einer, der Ärger machen kann, falls es das ist, wonach Sie gefragt haben.«

Ein nachsichtiger Blick streift die schmalen Schultern Kuttlers.

Tamar geht durch die kleine Stadt. Ein Schnellimbiss nennt sich nach »Bienzle«, Tamar schüttelt den Kopf. Das hat der Kollege nicht verdient. Dann biegt sie ab und kommt zu der Gastwirtschaft, in der Carmen arbeiten soll. Durch angestaubte Fenster ahnt sie Neonlicht über dem Tresen.
Die Wirtshaustür öffnet sich in einen niedrigen Schankraum. Braune Vorhänge und angegraute Stores behüten den vor sich hin dämmernden Nachmittag. Schirmlampen hängen über den braun gedeckten Tischen mit ihren Plastikblumen, Bierdeckelhaltern und Salzstreuern.
An einem Tisch gegenüber der Theke hocken Männer, zwei in Arbeitskluft und ein dritter in einem Jackett, das zu große Karos hat, und unterhalten sich mit der blassgesichtigen Bedienung, die an der Theke lehnt. Trotz der schwarzen Mähne kann die Bedienung kaum die eigentlich ganz nette Carmen sein, vermutet Tamar. Es sei denn, Hollerbach hätte sein Waschküchen-Atelier schon vor gut dreißig Jahren eröffnet.
Tamar setzt sich an einen der freien Tische, neben ihr ist ein Geldspielautomat in die Wand eingelassen, einer von der Sorte, von der sie gar nicht wusste, dass es sie noch gibt. Ihr Blick fällt auf ein Bild im gnadenlos heiteren Volksgeschmack, ein apoplektischer Mönch läuft über Kopfsteinpflaster, eine von Wasser triefende Kappe in der Hand, im Hintergrund ist der Blautopf zu ahnen und eine nackte Frau darin.
»Und ich sag zu ihr, Kind, was hast dir da ins Gesicht geschmiert«, sagt die Bedienung, »so kannst du nicht unter die Kundschaft, da vergeht der doch der Appetit, wenn du die Heppen bringst und hast den ganzen Kleister um die Augen…«

»Deine Kundschaft guckt woandershin«, wirft der Karierte ein und zündet sich eine Zigarette an, »und die Titten von der Kleinen hat man schon immer anschauen können …«
»Wo du hinguckst, wissen wir«, antwortet die Bedienung, »aber wir sind ein Speiserestaurant, und da kann ein Mädchen nicht so rumlaufen. Aber wie ich ihr sag, sie soll den Kleister abwaschen, fängt sie an zu heulen, und die ganze Brühe läuft ihr das Gesicht herunter und darunter kommen zwei solche, also ich sag euch« – sie legt sich die geballten Fäuste vor die Augen – »zwei solche Pfannkuchen von blauen Augen hervor, wie ich sie noch nie gesehen habe, und ich hab viel gesehen, was ein Fätschnerspenk so alles anstellt …«
»Manchmal«, summt der Mann und nimmt die Zigarette aus dem Mund und fährt in einer Art von Singsang fort, »aber nur manchmal haben Frauen ein bisschen Haue ganz gern …«
»Alles Huren«, sagt ein Zweiter, der einen grauen Arbeitskittel trägt, wie es Lageristen tun.
»Lass hier noch mal die Luft raus«, sagt der dritte Mann, der seinen mächtigen Bauch in eine blaue Trägerhose verpackt hat, und deutet auf sein Glas.
»Kommt gleich«, antwortet die Bedienung, die offenbar mehr die Chefin als die Bedienung ist, und zapft ein Bier, dann stellt sie es hin, alles mit bedächtiger Eile. »Und dann hat sie mir die ganze Geschichte erzählt, von diesen Scheissfotos, die der Eugen gemacht hat, und dass der Paco ihr dahinter gekommen ist …« Sie unterbricht sich und ringt sich nun doch durch, zu Tamar zu kommen und zu fragen, was die Dame wünsche. Tamar blickt in das blasse Gesicht und fragt sich, wer sich hier eigentlich die Augen und die Nase gepudert hat, dann wartet die Chefin noch immer, und Tamar bestellt eine Portion Kaffee und ein belegtes Käsebrot, weil sie allen anderen Angeboten nicht traut.
Aber Veilchen sind es nicht. Sie hat bloß geheult.
»Und dann hast du den Eugen rausgeschmissen, wenn ich

das richtig sehe?«, fragt der Mann, nachdem er mit dem Summen aufgehört hat. »Weil er der Kleinen gezeigt hat, wo sein Vöglein rauskommt, wie?«
»Quatsch«, antwortet die Chefin, »die Fotos sind uralt. Aber der Eugen hätte aufpassen müssen, dass das Zeug nicht unter die Leute kommt.« Dann verschwindet sie in der Küche, von wo man sie klappernd hantieren hört.
»Also mit so was«, sagt der Karierte, »kann sich einer leicht die Finger verbrennen.« Er sieht sich um, ob man seinen Witz auch verstanden hat.
»Nicht bloß die Finger«, ergänzt er sicherheitshalber. Dann senkt er die Stimme. »Habt ihr gesehen, wie die Wally um die Augen aussieht? Also wenn die Funken schlägt, will ich auch nicht im Papierlager sein.«
»Alles Huren«, sagt der Lagerverwalter.
»Anwesende ausgenommen«, antwortet der Karierte, klopft die Asche von seiner Zigarette und pliert zu dem Tisch, an dem Tamar sitzt.
»Diese Ulmer Plempe kannst du eigentlich überhaupt nicht trinken«, sagt der Mann im blauen Anton und wischt sich den Schaum vom Mund.
Es dauert noch eine Weile, am Stammtisch schläft das Gespräch vollends ein, dann erscheint die Chefin und bringt eine Portion Kaffee und das Käsebrot. Auf dem Käsebrot sind halbweiche Essiggürkchen sowie ein verkümmertes Sträußchen Petersilie verteilt.
»Ich wünsche wohl zu speisen«, sagt der Mann im karierten Jackett vernehmlich.
»Carmen ist heute nicht da?«, fragt Tamar. »Oder arbeitet sie nicht mehr bei Ihnen?«
»Oha«, sagt die Chefin und betrachtet Tamar aus großen Augen. »Darf man wissen, wer nach ihr fragt?«
Tamar zeigt ihr wortlos ihren Ausweis, die Chefin wirft einen Blick darauf und nickt.

»Ich hab ja gedacht...«, sagt sie dann, aber Tamar hebt nur kurz die Hand.
»Ich hätte nachher gerne mit Ihnen gesprochen«, erklärt Tamar, »unter vier Augen.« Die Chefin nickt und will wieder zur Theke gehen, als die Tür auffliegt und einen schwarzlockigen Kerl hereinwirbelt. Der Kerl hat eine Narbe auf der Stirn und sieht sich kurz um, dann geht er auf die Chefin zu, die sich ihm zugewandt hat, und fragt:
»Wieso ist die Carmen nicht da?«
Die Chefin sieht zu ihm hoch. »Das weißt du ganz genau«, sagt sie leise. Dann, nach einer Pause: »Du hast sie halb malkobert, Paco. Weißt du das nicht mehr?« Dann wendet sie den Blick von ihm ab. »Und jetzt machst du, dass du hier rauskommst.« Plötzlich wird die Stimme laut, aufkreischend wie eine Kreissäge. »Raus hier...«
»Is' ja gut«, antwortet der Kerl und weicht einen Schritt zurück, »ich frag ja bloß...«
»Raus!«, schreit die Chefin, und ihre lange knochige Hand mit den schreiend rot lackierten Fingernägeln weist unerbittlich zur Tür. Vom Stammtisch schauen die drei Männer mit belustigten Männergesichtern zu. Tamar steht auf und legt Paco die Hand auf den Arm. »Kriminalpolizei. Ich hätte gerne...«, sagt sie, aber Paco wischt sie mit dem linken Arm zur Seite wie eine Schaufensterpuppe, nur dass die Schaufensterpuppe plötzlich Pacos Arm wie einen Hebel packt und herumreißt und Paco mit dem Schwung seiner eigenen Bewegung zur Seite wuchtet, dass er gegen den Tisch stolpert und Kaffeekännchen samt Käsebrot unter sich begräbt.
»Und jetzt...«, setzt Tamar an, als ein heftiger Stoß sie zur Seite rempelt. Für einen Augenblick muss sie Pacos Arm loslassen, um wieder ins Gleichgewicht zu kommen. Der Stoß kam von dem Menschen in dem karierten Jackett. Neben ihm drängt sich der Lagerverwalter heran. »Moment, gnä' Frau«, sagt der Karierte, »lassen Sie mal die Fachleute ran!«

Paco stößt sich von dem Tisch ab und hechtet zur Seite und schlägt eine Rolle und ist wieder auf den Beinen, ehe Tamar auch nur nach ihrer Dienstwaffe hätte greifen können.
Außerdem wäre das auch ganz und gar sinnlos gewesen. Der Karierte steht jetzt zwischen ihr und Paco.
Die Chefin hat sich hinter die Theke geflüchtet. Am Stammtisch hebt der Mann im blauen Anton sein Glas und sagt: »Zum Wohl!« und trinkt. Paco, geduckt, macht einen Schritt auf den Karierten zu, dann schlägt er mit der Linken eine Finte und mit der Rechten einen Haken, der den Karierten knapp unterm Brustbein trifft und ihn krachend gegen den Geldspielautomaten schleudert.
Rasselnd beginnen die Räder des Automaten sich zu drehen. Dem Karierten knicken die Beine weg.
»Jetzt mal friedlich«, sagt der Lagerverwalter und weicht zurück, wobei er gegen Tamar stolpert.
Paco hilft nach, indem er ihm mit der flachen Hand einen Stoß gibt. Der Lagerverwalter fällt nach hinten, Tamar muss ihn auffangen und sieht Paco noch aus der Tür rennen. Dann herrscht für einen Augenblick Ruhe. Nur die Räder des Automaten drehen sich rasselnd.
Tamar stößt den Lagerverwalter von sich. »Idiot!«
Der Karierte krümmt sich auf dem Boden und schnappt nach Luft. Es hat ihn am Solarplexus erwischt, denkt Tamar. Das gibt sich von selbst. Sie holt ihr Mobiltelefon heraus und gibt die Kurzwahl der Zentrale ein.
»Beleidigen muss ich mich von Ihnen nicht lassen«, sagt der Lagerverwalter.
»Wegenast hier«, meldet sich Tamar, »ich habe eine Fahndungsmeldung …«
»Unglaublich«, sagt der Lagerverwalter, »da will man der Polizei behilflich sein, und muss sich beleidigen lassen.«
Tamar hat durchgegeben, was ihr zu Paco einfällt. Sie schaltet das Handy ab. Auf dem Tisch vor ihr liegen die zer-

mantschten Reste des Käsebrotes zwischen den Scherben der Kaffeetasse. Bräunlich tropft Kaffeebrühe vom Tisch auf den Boden. Das Räderwerk des Geldspielautomaten ist zum Stillstand gekommen und zeigt dreimal »Niete« an.
»Also ich sag euch«, sagt der Mann im blauen Anton, »dieses Bier ist wirklich nicht zu trinken.«

Es ist dämmrig geworden. Die Straßenlampen haben Lichtglocken in den Dunst gehängt, später am Abend wird es Nebel geben.
Berndorf und Felix verlassen das »Tagblatt«-Gebäude. Vor einer guten halben Stunde sind sie mit dem Zug zurückgekommen, nach einem Nachmittag, von dem Berndorf nicht weiß, wozu er gut war. Außer, dass er einem alten Mann ein bisschen Gesellschaft geleistet hat. Ist das nichts?
Im »Tagblatt«-Archiv hat er sich zwei Artikel heraussuchen lassen über den letzten Landrat des Landkreises Wintersingen. Der Landkreis war zu Beginn der 70er-Jahre aufgelöst und der Landrat in der letzten Zusammenkunft des Kreistags Wintersingen verabschiedet worden. Eine Regionalausgabe des »Tagblatts« hatte ausführlich darüber berichtet. Der zweite Artikel war ein Nachruf, gut zehn Jahre später erschienen.
Nichts davon geht mich etwas an, denkt er, während er vor dem Gebäude des Landgerichts nach links zur Stadtmitte abbiegt und der Hund neben ihm hertrottet, gleichgültig, aber auch so, als ob ihn nichts müde machen oder erschüttern könne. Berndorf hat Hunger und will einen Teller Spaghetti oder einen Risotto essen, nicht nur ein Sandwich bei Tonio.
Spaghetti könnte er auch auf seinem eigenen Herd kochen. Aber wenn er jetzt nach Hause geht, dann würde ihn die Übelkrähe schon hinter der Wohnungstür anfallen und ihm

ins Ohr zischeln, was für ein lustiges Leben er hat mit einem verwaisten alten Hund als Gefährten...
Von der Frauenstraße wenden sich Herr und Hund nach rechts und gehen in das Café, das durch die Jahrzehnte hindurch den Stil der frühen Ulmer Sachlichkeit weniger bewahrt als vielmehr durch langen Gebrauch mit einer Patina überzogen hat. Das Café ist gut besucht, dennoch findet Berndorf einen Tisch am Fenster. Ohne dass er darum hätte bitten müssen, wird eine Schale Wasser für Felix gebracht. Berndorf bestellt einen Risotto und eine Portion Tee dazu und das »Tagblatt«, denn alle anderen Zeitungen, die aushängen, haben schon ihre Leser gefunden. Den Umschlag mit den Kopien hat er vor sich auf den Tisch gelegt.

Chefredakteur Dompfaff wirft die Frage auf, »ob nach den jüngsten Terroranschlägen das noch der richtige Zeitpunkt für ein liberales Zuwanderungsgesetz ist...« Eine Motte irrt vor Berndorfs Gesicht, er nimmt die Zeitung und wedelt sie damit weg. Dann blättert er weiter und findet den Nachruf auf Eugen Hollerbach...

> ...Er war ein Heimatjournalist im besten Sinne des Wortes, voll wacher Aufmerksamkeit für Menschen und ihre Geschichten. Wann immer er in unsere Redaktion kam, im offenen Trenchcoat, mit ansteckender Fröhlichkeit das vollgeschriebene Notizbuch in der Hand schwenkend, wehte mit ihm der Geruch des Lautertals herein und wir wussten: Eugen Hollerbach bringt wieder reiche Ernte ein. In der Nacht zum Mittwoch ist er in seinem geliebten Lauternbürg tot von der Feuerwehr aus seinem brennenden Haus geborgen worden. Noch wissen wir nicht, wie es zu dem tragischen Tod...

Was schreibt Frentzel da? Es war der Geruch nach vier Weizen und zwei Dujardin, mindestens... In den Nachruf eingeblockt ist ein Foto, das ein lachendes, rundes, glattes Gesicht zeigt, mit vollem Haar. Das Foto muss gut und gerne 15 Jahre alt sein, denkt Berndorf, für eine Recherche völlig unbrauchbar. Aber dann bringt der Kellner auch schon den Risotto mit anderthalb Garnelen darin, Berndorf isst mit gutem Appetit, jedenfalls wird der Teller leer. Die Motte hat sich an der Tischkante niedergelassen.

Er greift wieder nach der Zeitung, als ihm die Frau ins Auge fällt, die mit einem rothaarigen Buben an der Hand – der Junge ist neun oder zehn Jahre alt – im Café steht und sich suchend umblickt. Berndorf zögert kurz, er hat nicht damit gerechnet, dass er Marielouise Hartlaub so bald wiedersehen wird. Dann begegnen sich ihre Augen, und die Frau lächelt kurz, wieder ist das Lächeln nur angedeutet, Berndorf weist auf die zwei freien Stühle an seinem Tisch und erhebt sich, als die Frau auf ihn zukommt.

»Ich hoffe, Sie haben beide kein Problem mit meinem Hund«, sagt er, als sie sich die Hand geben.

Der Händedruck ist fest, sachlich. Du hast, denkt Berndorf, etwas zum ersten Mal gesagt. Mein Hund, hast du gesagt.

»Aber nein«, antwortet Marielouise Hartlaub, »ich habe Pascal Ihre Geschichte erzählt, er ist ganz neugierig auf Felix und will ihn unbedingt kennen lernen.«

Pascal nickt und verbeugt sich artig, als er Berndorf die Hand gibt, aber wählt dann doch von den beiden Stühlen den, der etwas weiter von Felix entfernt ist. Der hat sich inzwischen auf die Seite gelegt und schläft, Vorder- und Hinterläufe weit ausgestreckt.

Der Kellner kommt und nimmt die Bestellung der Hartlaubs entgegen. »Für ihn vielleicht eine Brause«, schlägt die Mutter vor, der Kellner runzelt die Stirn, Pascal will eine Cola, schließlich wird ein Apfelsaft in Auftrag gegeben. Berndorf erkundigt sich, wie weit die Vorbereitungen des Hartlaub'schen Umzugs gediehen sind.

»Das wollen Sie nicht wirklich wissen«, antwortet Marielouise Hartlaub. »Bitte nicht. Ich habe mir das Haus angesehen, das wir beziehen werden, ein schönes Haus, ich sage gar nichts dagegen. Aber wenn ich daran denke, was wir allein an Vorhängen und Stores in Auftrag geben müssen, und was sich dabei an Missverständnissen und Irrtümern einschleichen wird, einfach, weil die jungen Mädchen in den Läden nicht mehr zuhören können oder nicht mehr richtig aufschreiben oder nicht mehr lesen...« Sie unterbricht sich und betrachtet Berndorf nachdenklich. »Aber vielleicht ist es auch ganz anders. Vielleicht bin ich es, die nicht richtig zuhört. Oder die die Mädchen merken lässt, dass mir diese albernen Vorhänge völlig gleichgültig sind. Es ist ja auch wahr, ich selbst müsste das alles gar nicht haben. Aber was werden die Leute hier sagen, wenn es beim Dekan nicht einmal Vorhänge an den Fenstern gibt!«
Er habe auch keine Vorhänge an den Fenstern, meint Berndorf. »Versuchen Sie es doch, und lassen die Leute reden.«
»Ich weiß nicht.« Marielouise betrachtet ihn skeptisch. »Ich fürchte, es stehen auch so noch genug Fettnäpfchen herum. Mit dem Kirchenpfleger habe ich es jetzt schon verdorben. Ich hatte ihn gefragt, ob sich bei einem so großen Haus nicht der Einbau eines Solardaches rechne, und plötzlich war er richtig pikiert, als ob ich ihm nicht zutrauen würde, selbst an so etwas zu denken. Ich glaube, ich muss irgendetwas an meiner Einstellung zu den Leuten hier ändern...«
»Der Kirchenpfleger wird Ärger mit dem Denkmalschutz vorhergesehen haben«, vermutet Berndorf.
»Davon hat er tatsächlich gesprochen«, antwortet Marielouise, »und ich habe auch gar nicht weiter insistiert. Überhaupt will ich keine Umstände machen, und mich beklagen schon gar nicht. Aber wir wollen in vier Wochen umziehen, und manchmal denke ich, das ist nie zu schaffen.«
Wieder sieht sie suchend um sich, aber es kommt nur der Kell-

ner und bringt Tee für die Dame und den Apfelsaft und ein Paar Wiener für den Sohn. Um auf dem Tisch Platz zu schaffen, nimmt Berndorf den Umschlag mit den Kopien und legt ihn auf das Sims des Sprossenfensters hinter sich.
Felix richtet sich auf und schnüffelt.
»Ist das ein Kampfhund?«, will Pascal wissen.
»Nein«, antwortet Berndorf und verscheucht die Motte, die schon wieder durch sein Blickfeld taumelt. »Man könnte eher sagen, Boxer sind Wachhunde. Vor allem sind sie nicht aggressiv.« Stimmt das auch? So genau weiß er es nicht.
»Früher hat man mit Hunden Krieg geführt«, bemerkt Pascal. »Auf dem Wandteppich von Bayeux kann man es sehen. Und zwar solche Hunde mit runden Köpfen, wie er ihn auch hat.«
»Da ist er bei mir direkt unterfordert«, antwortet Berndorf und betrachtet den Jungen. Rotes Haar, helle Augen. Den Mund keck ins Gesicht gesetzt.
Unterm Tisch gibt es ein kurzes Schnappen. »Der hat die Motte gefressen«, sagt Pascal. »Macht er das öfter? Fliegen auch? Und Wespen?«
»Nach Wespen schnappt er schon auch.« Berndorf glaubt, dass er das nach einem Spaziergang mit Jonas gesehen hat, als sie in einer Gartenwirtschaft eingekehrt waren. »Aber er tut es mit hoch gezogenen Lefzen. Und er schnappt nur ganz kurz, und schleudert die Wespe dann wieder weg. Und wenn sie auf dem Boden liegt, scharrt er mit der Pfote nach ihr, ob sie sich noch rührt.«
»Und die kann ihn nicht stechen?«
»Offenbar nicht«, meint Berndorf.
»Wespen sind ein besonderes Thema bei uns«, erklärt Marielouise Hartlaub.
Pascal lehnt den Kopf zurück und deutet auf eine Stelle unterhalb seines Kehlkopfs. Berndorf beugt sich vor und sieht eine kleine, etwas gezackte Narbe.
»Ich hab einmal eine verschluckt«, sagt Pascal und hält den

Kopf wieder gerade. »Die war in mein Glas gefallen, und ich hab sie nicht gesehen. Und dann hat sie mich in den Hals gestochen.« Er deutet auf seine Mutter. »Die da hat die Luftröhre aufgeschnitten. Sonst wär ich tot gewesen. Man nennt das eine Tracheotomie.«
Berndorf blickt auf Marielouise Hartlaub. »Es war auf einer Berghütte im Allgäu«, sagt sie, als ob damit alles erklärt wäre.
»Sie sind Ärztin?«, fragt er.
»Aber woher denn!«, antwortet sie. »Ich hab mal in einer Bezirkstierklinik volontiert. Da habe ich erlebt, wie das bei einem Hund gemacht wurde. Zum Glück. Auf den Rettungsdienst hätten wir nicht warten können. Auf einer Berghütte schon gar nicht.« Sie zuckt mit den Schultern. »Da hab ich das Messer genommen, mit dem man Speck schneidet.«
Noch immer betrachtet Berndorf die Frau. Sie gibt den Blick zurück, fast ein wenig verlegen. »Aber zu Ihnen – wie kommen Sie denn nun mit diesem Tier zurecht?«, fragt sie dann.
»Wir müssen das Zurechtkommen wohl beide erst noch lernen«, antwortet Berndorf.
»Das ist immer ein Glück, wenn jemand noch etwas lernen kann.« Ein Augenaufschlag aus blaugrauen Augen trifft Berndorf. Dann wandert der Blick zu ihrem Sohn. »Wir mögen es beide nicht, wenn ein ...« – sie zögert, als suche sie das richtige Wort – »wenn ein Lebewesen in seiner Not oder seiner Verzweiflung allein gelassen wird.«
Das haben Sie aber ein wenig hoch gehängt, Verehrte.
Sie greift nach dem Teeglas und lässt es dann doch stehen. »Sie haben den früheren Besitzer gekannt, sonst hätten Sie ihn ja nicht im Krankenhaus besucht. Also müssen Sie mit dem Hund vertraut gewesen sein. Hätten Sie dieses Tier auch dann mitgenommen, wenn es Ihnen völlig fremd gewesen wäre?«
»Das ist nicht die Frage«, antwortet Berndorf. »Er wäre nicht mitgekommen.«

»Aber Ihnen folgte er.«
»Felix, sein Herr und ich haben einmal eine Nacht damit verbracht, jemanden über die französische Grenze zu bringen. Das verbindet.«
»Sein Herr war auch Polizist gewesen, habe ich das richtig verstanden?«
Worauf soll das hinaus? »Ja.« Ein bisschen einsilbig. »Wir hatten einige Jahre im gleichen Dezernat gearbeitet. Aber das ist schon bald vierzig Jahre her.«
»Sie sind ein sehr zurückhaltender Mann.« Wieder das knappe ernste Lächeln. »Sie waren befreundet?«
»Die letzten Jahre habe ich ihn einige Male getroffen.« Nun lächelt auch er, verlegen. »Ich weiß aber nicht, ob ich Jonas Seiffert – so hieß er – meinen Freund hätte nennen dürfen. Es ist eine Vertraulichkeit dabei, die ich mir dem Lebenden gegenüber nicht herausgenommen hätte.«
Er zögert, aber Marielouise Hartlaub scheint darauf zu warten, dass er weiterspricht.
»Jonas war fast eine Generation älter als ich, und das bedeutet, dass ich eigentlich nichts über ihn weiß. Er war fromm – ich bin das nicht –, und zwar fromm auf eine Weise, die mir schon damals altmodisch erschien, auf eine nicht unangenehme Weise altmodisch, unaufdringlich, ohne jeden Anflug von Selbstgerechtigkeit…«
»Das haben Sie nett gesagt«, fügt Marielouise Hartlaub mit sanfter Stimme ein. »Es ist ja nicht ganz selbstverständlich, dass jemand Frommes nicht selbstgerecht ist.«
Wenn du das so verstehen willst…
»Aber erzählen Sie mir doch noch etwas mehr von ihm«, fährt Marielouise fort. »Ich würde mir gerne ein Bild von ihm machen, das zu diesem Hund passt.«
Um Vergebung, denkt Berndorf: Jonas war nicht bloß das Zubehör seines Hundes. »Er war ein hartnäckiger wortkarger Knochen, einer, der mit seinen breiten ungeschlachten Hän-

den versucht hat, den kleinen Faden zu finden, den sonst keiner sieht. Dabei hatte er Skrupel, mehr Skrupel, als Polizisten haben sollten, und ich glaube, dass er keinen seiner Kunden gerne in den Knast gebracht hat. Ja, werft nur den ersten Stein, sagte er einmal, als wir uns in der Schicht über einen ziemlich scheußlichen Mord unterhielten …«
Er unterbricht sich. Eine Ehefrau hatte ihren trunksüchtigen Mann mit Rattengift umgebracht, in kleinen Dosen, damit er auch etwas hatte vom Sterben … Vor dem Kind hier musste er das nicht ausbreiten.
»Sie haben Mörder gejagt?« Pascal hat offenbar sehr genau zugehört. »Richtige Killer?«
»Jagen ist vielleicht nicht ganz der richtige Ausdruck«, antwortet Berndorf. »Es gibt einen falschen Eindruck. Es ist Arbeit, Arbeit mit entsetzlich viel Kleinkram.« Pascal nickt wohlerzogen, wie ein Junge eben, der schon sehr oft einen Vortrag über Arbeit mit entsetzlich viel Kleinkram gehört hat.
»Und die richtigen Killer, wie du sie nennst, sind eher selten«, schiebt Berndorf nach. »Die meisten Mörder sind ganz alltägliche Leute.«
»Leute, wie sie hier im Café sind?«
»Das nun auch wieder nicht. Nicht unbedingt.« Dabei ist das eine Überlegung wert. Durchaus. Wer von den Gästen zum Beispiel, die hier harmlos bei ihrem Milchkaffee sitzen oder beim Weizen, hat schon mal der dementen Oma das Kissen auf den Kopf gedrückt oder das Insulin überdosiert?
»Aber könnten Sie es den Leuten ansehen? Also ich zeige auf jemanden und Sie sagen mir einfach, ob der positiv ist oder negativ?«
»Pascal«, mit Nachdruck schaltet sich nun seine Mutter ein, »niemals zeigen wir auf jemanden mit dem Finger. Nicht hier im Café und sonst auch nicht. Außerdem wollte mir Herr Berndorf noch etwas erzählen. Über den Mann, dem Felix früher gehört hat.«

Berndorf, erleichtert, wendet sich wieder Marielouise Hartlaub zu. »Übrigens hätten Sie Berührungspunkte mit ihm gehabt, nur bin ich nicht sicher, ob Sie davon sehr angetan gewesen wären. Er war nämlich Laienprediger, ich weiß nicht, ob er einer pietistischen Gruppe angehört hat oder – wie soll ich sagen? – auf eigene Rechnung aufgetreten ist. Angeblich hat er auch auf dem Stuttgarter Wochenmarkt gepredigt, zwischen Krautständen und Remstäler Obst. Daher hatte er auch seinen Namen – wir nannten ihn alle nur den Propheten Jonas.«

»Es ist eine Bereicherung für eine Mordkommission, wenn ihr ein Prophet angehört«, meint Marielouise.

»Du bist der Mann!«, wirft Pascal ein, fast träumerisch.

Berndorf horcht auf.

»Nathan sagt das«, erklärt Marielouise. »Der Prophet Nathan, als er David den Mord an Uria nachweist.«

Berndorf nickt höflich und macht ein Gesicht, als sei ihm etwas in Erinnerung gerufen worden, von dem er immerhin schon einmal gehört hatte.

»David hat den Befehl gegeben, dass die eigenen Leute Uria im Stich lassen sollen«, sagt Pascal. »Und der Uria hat selbst den Befehl überbringen müssen. Und alles bloß wegen seiner Frau.« Pascal zuckt mit den Schultern.

»Zurück zu Ihrem Propheten«, sagt Marielouise. »Wann ist er in den Sturm geraten?«

»Kurz bevor wir uns kennen gelernt haben«, antwortet Berndorf. »Jonas hatte es fertig gebracht, gegen das gesunde Volksempfinden zu ermitteln. Es hat deshalb sogar eine Aktuelle Stunde im baden-württembergischen Landtag gegeben, einen parlamentarischen Sturm schwäbischer Rechtschaffenheit. Seiffert fand sich danach strafversetzt oder fortgelobt im gleichen Dezernat in Stuttgart wieder, in das dann auch ich geraten bin. Er mochte Stuttgart nicht. Aber er ist kein Querulant geworden, auch nicht nachlässig oder zynisch oder gleichgültig, was man alles hätte werden können, wenn einem so mitgespielt wurde wie ihm... Er hat weiter seine Arbeit gemacht, gewissenhaft, misstrauisch und doch auch wieder menschenfreundlich. Ich habe nie begriffen, wie das zusammengeht, aber bei ihm ging es...«

»Gerade Philanthropen müssen misstrauisch sein«, sagt Marielouise, »sie überleben sonst nicht. Aber wie ist es mit Ihnen – sind Sie auch zu den Menschen freundlich?«

Über wen reden wir eigentlich, meine Dame? »Sie müssen mich für sehr abweisend halten«, antwortet er und lächelt ein wenig schief. »Sie hätten diese Frage sonst nicht gestellt. Übrigens kann ich sie selbst nur sehr schlecht beantworten.«

»Wer ein Berufsleben lang Polizist war, dem muss Misstrauen zur zweiten Natur geworden sein«, meint Marielouise und deutet wieder einen Anflug ihres Lächelns an. »Sie zum Beispiel trauen sich selbst so wenig, dass Sie nicht einmal wissen, ob Sie ihren Freund auch so nennen dürfen. Und Ihr Freund war er. Sie hätten ihn sonst nicht so beschrieben.«

»Darf ich Felix das geben?«, fragt Pascal und deutet auf seinen Teller. Es folgt ein längerer Disput mit Marielouise, die nicht findet, dass irgendjemand ein Paar Wiener bestellen sollte, um dann nur der Form halber ein kleines Ende davon abzubeißen, aber Pascal hat leider überhaupt keinen Hunger mehr. Also soll Berndorf entscheiden, aber was zum Teufel hat er Felix Vorschriften zu machen?

Vorsichtig hält Pascal die Würste dem Hund hin, der irgendwie – und ohne dass es weiter aufgefallen wäre – schon eine ganze Weile neben dem Stuhl des Jungen sitzt. Der Hund schnüffelt kurz, dann packt er behutsam, aber entschlossen die Wiener mit der Schnauze und hat sie auch schon gefressen, ehe Berndorf auch nur einen Mucks machen kann.

Dafür muss Berndorf sich jetzt nicht weiter über sein möglicherweise beruflich, möglicherweise auch regional bedingtes Misstrauen explorieren lassen – Misanthropie als Grund-

und Lebenshaltung in der Provinz! –, denn es ertönt eine angenehme tragende Stimme:
»Das ist ja eine richtige Tierfütterung, wie im Zoo, nur ohne Gitter!« Im seinem dunklen Mantel tritt Guntram Hartlaub an den Tisch heran und fährt seinem Sohn mit der Hand über den Kopf. Mit einem Mal sieht Pascal sehr klein und zerbrechlich aus.
Hartlaubs Augen sind auf Berndorf gerichtet. »Ich vermutete Sie dienstlich unterwegs«, sagt er und reicht Berndorf die Hand, der inzwischen aufgestanden ist. »Dienstlich bin ich überhaupt nicht mehr unterwegs«, antwortet dieser. »Ich bin im Ruhestand, irgendwie dachte ich, Ihr Kollege Rübsam hätte das gesagt, als er mich Ihnen gestern vorgestellt hat.«
»Das hat er auch«, wirft Marielouise Hartlaub ein.
»Entschuldigung«, sagt Hartlaub, »es sind im Augenblick etwas zu viel Informationen, der Speicher verarbeitet es nicht.« Er blickt sich um und erbittet von den Gästen am Nachbartisch einen freien Stuhl, den er sich heranzieht.
»Als ich das mit diesem Brandunglück gelesen habe«, sagt er, während er seinen Mantel auszieht und über die Lehne hängt, »als ich das gelesen habe, dachte ich sofort an Sie und dass Sie nun deshalb in dieser Sache ermitteln würden …«
»Was für ein Unglück?«, will Marielouise Hartlaub wissen.
»Ach, da steht eine schreckliche Geschichte in der Zeitung«, antwortet Hartlaub, »ein Journalist ist umgekommen, in seinem Haus verbrannt, die Zeitung schreibt merkwürdig darüber, als ob nicht klar sei, was da wirklich passiert ist.«
»Du meinst, ein Mörder hat das Haus angezündet?«, fragt Pascal. »Damit man nicht merkt, wie er den anderen totgemacht hat?«
Hartlaub antwortet, dass er gar nichts meint und schon gar nicht solche Dinge. Seine Ehefrau fragt, ob es nicht vielleicht Gesprächsthemen gebe, die ein wenig kindgemäßer seien, worauf Berndorf sich irgendwie schuldig fühlt und sagt, er

müsse sowieso mit Felix noch einen Weg machen und verabschiede sich deshalb. Nach Austausch der unvermeidlichen Höflichkeiten – Hartlaub versichert, keinesfalls wolle er Berndorf vertrieben haben – entfernen sich Herr und Hund, Berndorf zahlt an der Theke, dann kehrt er noch einmal um und holt den Umschlag mit den Kopien, beinahe hätte er ihn vergessen, und tritt schließlich mit Felix hinaus in den Nebel, der bereits dicht in den Straßen hängt.

»Das verstehe ich nicht«, wiederholt Englin und beugt sich nach vorne, um Tamar über den Tisch hinweg zu fixieren. »Erklären Sie es mir. Erklären Sie es so, dass es auch ein Polizist versteht, der nicht an der Fachhochschule studiert hat.«
Tamar atmet tief durch und nimmt einen neuen Anlauf. »Ich habe dem Jiri Adler, genannt Paco, erklärt, dass ich mit ihm sprechen wolle. Er hat mich weggestoßen, ich habe ihn festgehalten, auf den Tisch niedergedrückt, dann hat mich einer der Gäste zur Seite gestoßen, angeblich, weil er mir behilflich sein wollte. Dadurch kam Adler frei.«
Wally Reinert, die Pächterin der Bahnhofsrestauration, hatte Tamar den Namen nennen können. Inzwischen lief eine Fahndung nach Adler und seinem Wagen, einem Opel, wie die Zulassungsstelle mitgeteilt hatte.
Englins Augenlid zuckt. »Und warum sind Sie ihm nicht nach?«
»Weil ich erst einen der Gäste abschütteln musste, den Adler gegen mich gestoßen hatte.«
Englin lehnt sich zurück. »Abschütteln mussten Sie ihn? Wir sind hier nicht beim Pflaumenpflücken, Kollegin.« Wieder zuckt das Augenlid. »Abgesehen davon«, fährt er dann fort, »dass hier deutlich wird, wie gering die Akzeptanz weiblicher Beamter in der Bürgerschaft ist – abgesehen davon, was glau-

ben Sie, wie wir diesen Ablauf den Medien erklären sollen? Wie Kollege Kuttler ermittelt hat, ist dieser Jiri Adler dringend tatverdächtig, aber« – Englin hebt die Stimme – »wenn eines der blinden Hühner in diesem Dezernat einmal im halben Jahr ein Korn findet, vergackeiert es das andere ...«

Tamar will aufstehen. Kuttler legt ihr beruhigend die Hand auf den Arm und hält ihn fest. »Wir haben gegen Jiri Adler so gut wie nichts in der Hand«, sagt er ruhig, »außer dass er das Mädchen verprügelt hat.«

Tamar unterdrückt den heftigen Impuls, Kuttlers Hand abzuschütteln. Er hat Recht, denkt sie dann. Viel hab ich wirklich nicht anzubieten. Nicht einmal eine Aussage dieser Carmen. Sie hatte das Mädchen in einer schmuddeligen Dachkammer gefunden, ein verschüchtertes Geschöpf mit blond gefärbten Haaren und verschwollenen Augen. Carmen hatte sich zwar in die Klinik zur Untersuchung bringen lassen, sich aber strikt geweigert, auch nur ein Wort darüber zu sagen, wer sie so zugerichtet hatte.

»Nichts in der Hand?«, echot Englin. »Junger Kollege, der Mann war am Tatort, der Mann hat offenbar ein Motiv, der Mann ist gewalttätig, verhält sich verdächtig und befindet sich auf der Flucht ...«

»Adler war am späten Nachmittag in Lauternbürg«, wendet Kuttler ein. »Aber nicht zur Tatzeit. Jedenfalls haben wir keine Aussage dazu. In dieser Siedlung funktioniert die soziale Kontrolle. Den Nachbarn entgeht nur wenig. Jiri Adlers Wagen ist auffällig, er wäre gesehen worden, wenn er damit um Mitternacht in der Siedlung herumgefahren wäre ...«

»Das musste er ja nicht«, sagt Englin. »Das ist ja kein Dummer. Der hat den Wagen irgendwo abgestellt und ist dann zu Fuß zu Hollerbach.«

»Eben«, antwortet Kuttler. »Der oder die Täter sind zu Fuß gekommen. Nachdem sie ihren Wagen abgestellt haben. Zum Beispiel im Wald. Und dort haben wir auch Fahrspuren ge-

funden. Aber es waren Spuren von einem Landrover. Nicht von einem Opel.«
Kriminalrat Englin lehnt sich zurück und stützt die Ellbogen auf und legt die Fingerspitzen der Hände gegeneinander. »Ich frage mich, Kollege Kuttler, ob Ihnen das alles auch eingefallen wäre, wenn die Kollegin Wegenast die Festnahme nicht vergeigt hätte… Apropos – was machen eigentlich Ihre Nachforschungen über diesen Artikel, mit dem Hollerbach in kirchlichen Kreisen angeeckt sein soll?«
»Angeeckt ist zu viel gesagt«, antwortet Kuttler ausweichend, »gestritten haben diese kirchlichen Kreise unter sich, den Hollerbach brauchten sie dazu gar nicht, der hat nur darüber geschrieben. Und Sie haben ja selbst gesagt…«
»Junger Kollege, ich weiß sehr genau, was ich gesagt habe«, unterbricht ihn Englin. »Laut und vernehmlich habe ich gesagt, dass das Täterprofil schlecht zu diesen Kreisen passt, dass Sie aber trotzdem und gerade darum nachprüfen werden, wie es zu diesem Artikel gekommen ist und ob es womöglich Drohungen gegen den Verfasser gegeben hat…«
Englin richtet den Zeigefinger auf Kuttler. »Gerade weil wir einen dringend Tatverdächtigen haben, das heißt, wir haben ihn ja nicht, sondern wir haben ihn laufen lassen, aber wenn wir ihn dann doch einmal haben werden, ohne dass…, aber das führt zu weit. Also, was ich sagen will: Falls es doch noch wahr wird und wir kriegen ihn und er ist es dann auch wirklich und es kommt zum Prozess, dann will ich nicht von so einem schmierigen Linksanwalt hören, wir seien keinen anderen Spuren nachgegangen, nur weil sie in kirchliche Kreise geführt hätten… Das will ich nicht hören und auch nicht in der Zeitung lesen, begreifen Sie das?«

Berndorf zieht die Tür hinter sich zu und schält sich aus seinem Trenchcoat. Die Wohnung ist warm, er geht in sein Wohnzimmer und schaltet die Stehlampe ein. Der Lichtkegel erfasst den Schachtisch und beleuchtet die Stellung vor dem 18. Zug von Paul Keres als Weißem in der Partie, die er 1948 in Den Haag gegen Botwinnik verloren hatte.
Vom Bücherregal her lächelt grünäugig und rätselhaft das Foto einer Frau. Aber heute ist Donnerstag, donnerstags ist Barbaras Hauptseminar, meistens geht sie danach mit den Studenten noch in eine Kneipe. Wie immer in diesen Wochen wird es um den Anschlag auf das World Trade Center gehen und um den Feldzug gegen den Terrorismus, an dem sich nun auch die Bundesrepublik beteiligen wird, in uneingeschränkter Solidarität, wie es heißt. Wie immer, wenn ihm zu viel Adjektive um die Ohren fliegen, wird Berndorf misstrauisch.
Innenwelt/Außenwelt heißt das Thema des Seminars, das die Professorin Barbara Stein hält. Falls er richtig verstanden hat, geht es um die Unfähigkeit von Staaten, außenpolitische Sachverhalte anders wahrzunehmen als im Zerrspiegel innenpolitischer Interessen und Absprachen. Seit versucht wird, die Welt nach dem Muster von Texas neu zu gestalten, mutet ihn das gar nicht mehr akademisch an.
Er setzt sich und holt die Kopien aus dem Umschlag, wieder fällt ihm auf, dass sich der Hund unter den Schreibtisch gezwängt hat, merkwürdig, bisher lag er doch immer auf dem Fußabstreifer an der Tür.

Wintersingen war ein altes württembergisches Oberamt, abseits aller Handelsstraßen gelegen und im Lauf der Jahrhunderte ein einziges Mal aus dem Schatten der Ereignislosigkeit herausgetreten. Das war im Jahr 1481, als in Wintersingen ein Sukzessionsstreit zweier Linien des württembergischen Grafenhauses beigelegt wurde. Berndorf wäre dieses Ereignis kaum gegenwärtig gewesen, hätte nicht das »Tagblatt« in seinem Bericht über die Verabschiedung des letzten Wintersinger Landrats im März 1970 darauf verwiesen:

> Aus seinem Amt scheide er nicht mit Bitterkeit, sagte Landrat Dr. Eberhard Autenrieth zu Beginn seiner Abschiedsrede. Denn er habe für einen der reizvollsten Landkreise unserer Heimat und seine bei aller herben Zurückhaltung doch überaus liebenswerten Menschen während langer und oft auch schwieriger Jahre tätig sein dürfen. Bitterkeit empfinde er aber sehr wohl, wenn er daran denke, wie Landesregierung und Landtag eine Stadt behandelt hätten, »mit deren Namen das historische Datum der Wintersinger Kapitulation verbunden ist, ohne welche das Werden des modernen württembergischen Staates gar nicht denkbar gewesen wäre …«

Das kann ich nicht zu Ende lesen, denkt Berndorf, und überfliegt die weiteren Zeilen, bis er doch noch am letzten Absatz hängen bleibt:

> Musikalisch umrahmt wurde die denkwürdige, von Wehmut umflorte letzte Sitzung des Kreistags Wintersingen vom Bläserchor der Jägervereinigung und dem Männerchor Lauternbürg, der in bewegender Weise das Lied »Ich hatt' einen Kameraden, einen besseren find'st du nit« zum Vortrag brachte.

Berndorf zieht eine Grimasse und greift nach dem zweiten Artikel, datiert vom April 1984. Im Vergleich zu 1970 hat sich die Typografie des »Tagblatts« deutlich verändert, die Überschrift ist größer geworden, der Text knapper, wird aber von Zwischenzeilen unterbrochen. Der Artikel handelt von der Beerdigung des im Alter von 74 Jahren verstorbenen früheren Landrats Dr. Eberhard Autenrieth, dem auf dem Stuttgarter Waldfriedhof »zahlreiche Vertreter des öffentlichen Lebens sowie Abordnungen aus dem Altkreis Wintersingen das letzte Geleit gaben«. Am Grab wurden die besonderen Verdienste des Verstorbenen um den Ausbau des Kreisstraßennetzes und den Neubau der Realschule Wintersingen gewürdigt sowie sein unermüdlicher, wenn letztlich auch vergeblicher Kampf um den Erhalt des Landkreises Wintersingen. Berndorfs Augen irren weiter und finden Halt an der Zwischenzeile:

Der Weg des Gerechten

In seiner Predigt hatte Pfarrer i. R. Wilhelm Hartlaub, ein persönlicher Freund des Verstorbenen, den Lebensweg Eberhard Autenrieths unter das Bibelwort gestellt: »Denn der Herr kennt den Weg der Gerechten«. Autenrieth sei zu allen Zeiten diesen Weg gegangen und so allen Hilfesuchenden ein verläßlicher Freund gewesen, auch dann, wenn er dafür Anfeindungen habe erdulden müssen …

Berndorf legt die Kopie auf den Tisch zurück. Dass er dabei Keres' Stellung verschiebt, merkt er nicht.

Das Zimmer ist dunkel, aber von der Straße fällt gerade genug Licht in die beiden kleinen, mit Sprossen unterteilten Fenster, dass sie sich von der Dunkelheit abheben.

Tamar sitzt in der dunkelsten Ecke, in dem Lehnstuhl, den sie sich auf dem Flohmarkt gekauft hat, irgendwann, als noch Frühling war. Sie hat die Schuhe von sich gestreift und die Füße hochgezogen. Eigentlich hatte sie eine Flasche Wein aufmachen und eine Platte auflegen wollen. Zu viel der Mühe.

Sie hat Ärger in der Direktion. Das ist nicht wert, dass sie auch nur daran denkt. Jemand hat diesen Fotografen totgemacht. Schlimm. In der Bundesrepublik Deutschland werden jedes

Jahr fünftausend Menschen umgebracht, ohne dass ein Hahn danach kräht oder ein Arzt beim Ausstellen des Totenscheins auch nur die Augenbrauen hochzieht.
Der Mord an dem Fotografen soll jetzt dem Sinti angehängt werden, der ihr unter den Händen entwischt ist. Pech für ihn. Was läuft er der Polizei auch davon?
Hannah ist noch immer in München. Sie wird dort eine Ausstellung haben. Vielleicht nur das. Oder auch mehr. Beziehungen halten zwei Jahre. Plus minus ein paar zerquetschte Wochen. Hannah und Tamar sind wie lange zusammen? Tamar rechnet nach. Es sind über drei Jahre.
Na also. In der Szene gibt es keine Szenen. Man küsst sich sanft auf die Wange und sagt, mach's gut.
Tamar wüsste nicht einmal, wie sie eine Szene machen sollte, wenn jemand da wäre, dem sie sie machen könnte. Aufstehen? Schreien?
Zu viel der Mühe.
Ein Wagen rollt in die Einfahrt. Am Geräusch erkennt Tamar, dass es ein alter Renault ist. Der Motor wird abgestellt. Einen Herzschlag lang fühlt sie, fast schmerzhaft, Erwartung.
Die Haustür öffnet sich und wird krachend zugeschlagen. Warum hab ich das nie gemerkt, dass sie laut ist und polternd? Weitere Türen werden geöffnet und wieder zugeschlagen. Durch die Türritzen dringt Lichtschein. Jemand pfeift. Tamar erkennt die Arie des Cherubino: *Ich weiß nicht, was ich bin, was ich mache / Bald bin ich Feuer, bald bin ich Eis …*
Sie ist verliebt, denkt Tamar. Vielleicht sollte ich mich jetzt für sie freuen.
Die Tür fliegt auf, und die Deckenbeleuchtung schüttet beißendes Licht ins Zimmer. Noch immer pfeifend marschiert Hannah – schwarze Jeans, schwarzer Pullover, Windstoßfrisur – ins Zimmer und zieht die Vorhänge vor.
»Machst du das Deckenlicht bitte wieder aus?«, sagt Tamar leise.

»Oh.« Hannah dreht sich um. »Ich dachte, du bist noch im Dienst…«
»Machst du das Licht aus, bitte?«
»Entschuldigung.« Hannah geht zum Tisch und knipst eine Stehlampe an. Dann löscht sie das Deckenlicht. »Is' was?«
»Danke.« Tamar lehnt den Kopf zurück. »Zufrieden mit dem Besuch in München?«
Hannah bleibt mitten im Zimmer stehen. »Ach so«, sagt sie unvermittelt. »Daher weht der Wind.« Sie nimmt einen Stuhl und dreht ihn in Richtung zu Tamar und setzt sich rittlings darauf. »Aber ich geb's zu, ich war grad' in Gedanken. Ich bin nämlich sehr glücklich mit meinem Besuch in München. Vanessa wird im neuen Jahr eine Ausstellung mit mir machen, sogar mit Katalog. Sie ist reizend um meine Sachen bemüht, und sie selber ist es auch, wenn sie lacht, hat sie so Grübchen in den Wangen, weißt du, ganz bezaubernd ist das…«
Warum hör ich mir das an, denkt Tamar.
»Aber ich verstehe, dass du das vielleicht nicht hören magst«, fährt Hannah fort. »Vielleicht haben wir unserer Beziehung zu viel zugemutet. Vielleicht auch zu viel Nähe.« Plötzlich verändert sich ihre Stimme, wird tief, als ob sie einen Alt nachmachen wollte. »Schatz, ich lauf noch 'ne Stunde in der Au. Denkst du an den Römertopf, Schatz. Schatz, wir haben noch einen Einsatz.« Ihre Stimme kehrt wieder in den Mezzosopran zurück. »Das ist mir zuletzt ein bisschen zu viel geworden. Deswegen habe ich eine Auszeit gebraucht. Diese Tage in München. Tage, ohne ständige Anwesenheitskontrolle, ohne ständige Anrufe, als wäre ich ein kleines Kind. Das kleine Kind der großen, berufstätigen, tüchtigen Mama…«
Es reicht. Tamar nimmt die Füße vom Lehnstuhl und zieht ihre Schuhe an und steht auf. Irgendein Hotel wird noch ein Zimmer frei haben.

»Nein, er liegt nicht mehr vor der Wohnungstür«, berichtet Berndorf. »Er hat sich unter meinen Schreibtisch gezwängt. Und jetzt schläft er.«
»Wie du das erzählst, rührt es mich geradezu«, sagt Barbara. Sie hat heute den Kneipenbesuch ausfallen lassen und früher angerufen als sonst. Das hat weniger mit Berndorf zu tun als mit den Vorbereitungen für eine Tagung in Helsinki, wohin sie in der nächsten Woche fliegen wird. »Du hast so etwas Fürsorgliches bekommen, ich beginne mich zu fragen, wie du dich als Vater angestellt hättest…«
Berndorf schüttelt den Kopf, obwohl oder weil sie ihn nicht sehen kann. Kinder sind ein Thema, das zwischen Barbara und Berndorf ausgespart blieb. Jedenfalls hat er nie davon gesprochen. Hätte sie es erwartet? Er weiß es nicht.
»Allerdings bin ich mir nicht ganz sicher«, fährt Barbara fort, »ob dieser Hund nicht vielleicht auch der Vorwand ist, dass du dich um diesen Fall kümmern kannst…«
»Dazu brauch ich keinen Vorwand«, sagt Berndorf, fast schroff. »Als ich das letzte Mal bei Jonas war, sagte er, da sei noch eine Geschichte. Aber erzählen tut er nichts mehr, sondern stirbt ein paar Tage später, und auf seiner Beerdigung spricht mich dieser Mann an, fragt, was ich über jene alte Sache in Lauternbürg weiß – und wird noch in derselben Nacht umgebracht. Und da soll ich mich nicht fragen, welche Schrift er an der Wand gesehen hat?«
»Du bist dir darüber im Klaren, dass es Tamars Fall ist?«
»Jede halbe Stunde sag ich mir das«, antwortet Berndorf. »Aber Tamar hat genug mit der Leiche vom vergangenen Dienstag zu tun. Sie kann keiner Geschichte nachspüren, die vierzig Jahre zurückliegt. Nur ein Beispiel: Da hat die Evangelische Kirche – zufällig jetzt – einen neuen Dekan für den Bezirk Ulm berufen, und wiederum zufällig heißt der wie jener Pfarrer, der Seelsorger in Lauternbürg war, damals, als Jonas dort ermittelt hat. Kann Tamar jetzt zu dem neuen Dekan

gehen und sagen, entschuldigen Sie, Euer Merkwürden, aber haben Sie diesen Zeitungsmenschen totgeschlagen?«

»Da würde ich gerne zuhören, wenn du ihn das fragst«, meint Barbara. »Außerdem ist mir völlig schleierhaft, was die Wahl dieses Dekans mit dem Mord an deinem Journalisten zu tun haben soll.«

»Eben«, sagt Berndorf. »Kein vernünftiger Mensch wird hier einen auch nur entfernt denkbaren Zusammenhang erkennen können. Nur ich – ich darf über einen Zufall stolpern, der mir seltsam erscheint. Ich hab die Zeit zum Stolpern, weißt du?«

Die Wohnungsklingel schlägt an, und Felix rumpelt mit seinem dicken Kopf gegen die Seitenwand des Schreibtischs, als er darunter vorkriecht.

»Besuch?«, fragt Barbara, und im Hörer schwingen ihre hochgezogenen Augenbrauen mit.

»Keine Ahnung«, meint Berndorf und sagt, dass er gleich zurückruft.

Er steht auf und geht zur Sprechanlage. »Wegenast«, sagt eine müde, angespannte Stimme. Er drückt auf den Türöffner und blickt ins Treppenhaus. Tamar kommt hoch, eine Sporttasche über der Schulter, im kalten Schein der Treppenleuchten sieht ihr Gesicht blass, fast elend aus.

»Entschuldigung«, sagt sie, als sie fast oben ist, »aber Ihr Telefon war belegt. Ich wollte fragen, ob Ihr Gästebett noch frei ist? Alle Hotels sind ausgebucht...«

Freitag, 9. November 2001

»Für meine Schluckspechte wird's früh genug spät«, sagt die Wirtin Wally Reinert und schließt die Eingangstür ab. Es ist zehn Uhr morgens, öffnen wird sie heute erst in einer Stunde. Schwerfällig geht sie an den Tisch zurück, über dem das Bild des springenden Mönchs und der nackten Frau hängt, und setzt sich breitbeinig, Tamar gegenüber. Die Wirtin hat noch immer diese Schatten um die Augen, von denen Tamar nicht weiß, ob sie von den späten Schnapsrunden mit den Stammgästen kommen oder von einem Kummer.

Der Wirtshausgeruch nach verschüttetem Bier und nass ausgewischten Aschenbechern vermischt sich mit dem Aroma von Instantkaffee. Vermutlich hätte Kaffee aus der Maschine zu lange gedauert. Außerdem ist Tamar kein Gast, sondern eine berufstätige Frau wie die Wirtin auch. Da macht man keine großen Umstände.

Vorsichtig nimmt Tamar einen Schluck. Der Kaffee ist heiß und tut ihrem Kopf gut. Die Wirtin bietet ihr eine Zigarette an, Tamar lehnt ab und entdeckt dabei, dass Wally Reinert sie über die Zigarettenschachtel hinweg prüfend mustert.

»Ist Ihnen nicht gut?«, fragt sie. »Soll ich ein Aspirin bringen?«

Das hat noch gefehlt, denkt Tamar. Dabei fühlt sie sich wirklich nicht besonders. Berndorfs Gästebett ist zu weich und hängt durch, ganz abgesehen von all den anderen Dingen, die sie nicht haben schlafen lassen.

»Danke«, sagt sie knapp. »Es geht schon ..., ich wollte mit Ihnen über den Ärger reden, den Ihre Bedienung Carmen ge-

habt hat. Warum ist dieser Jiri Adler ausgerastet?« Die Wirtin zündet sich eine Zigarette an. »Der Fotograf ist schuld.«
»Welcher Fotograf?«, fragt Tamar, als ob sie nicht genau auf diese Antwort gewartet hätte.
Die Wirtin betrachtet sie erstaunt. »Das wissen Sie doch«, sagt sie dann. »Deswegen sind Sie doch da. Sie sind doch eine Naterer …, wie heißt es bei euch, eine von der Mordkommission, das stimmt doch? Also sind Sie wegen Eugen da.« Sie steht schwerfällig auf und geht zur Theke. »Trinken Sie einen Cognac mit?« Ungefragt füllt sie zwei Schwenker und bringt sie auf einem Tablett, die Zigarette im Mundwinkel.
»Zum Wohl!«, sagt sie, als sie wieder sitzt, und nimmt einen Schluck. »Als Wirtin sollt' ich keinen Schnaps nicht… Nicht am Morgen… Aber die Sache mit Eugen geht mir nach. Dabei war er ein Fätschnerspenk, nichts weiter.« Sie überlegt. »Hat sich hier reingeschmust…« Sie nimmt einen zweiten Schluck. »Hat herumgetan, was er alles in die Zeitung bringen wird. Ich weiß nicht, ob Sie das wissen, aber da war in Lauternbürg eine Schure, die ist schon vierzig Jahre her…«
»Das Haus, das man abgebrochen hat«, sagt Tamar. »Ehe die Sinti einziehen konnten.«
Die Wirtin sieht sie mit einem Blick an, als habe Tamar einen Ausdruck gebraucht, der ihr nicht zusteht. Schließlich nickt sie. »Meine Tante war dabei.«
Wo dabei, überlegt Tamar.
»Die Tante ist ein armes Ding gewesen, hat kaum laufen können …, sie war schon in der Gusch, hat's herrichten sollen, als die Leut' aus dem Dorf kamen und sie weggescheucht haben. Sie hat sich nicht zu helfen gewusst und ist zum Galach gehuckelt, das ist dort ein grillischer…«
Sie unterbricht sich und blickt Tamar forschend an. »Sie wissen schon, was ich mein'?«
»Doch, doch«, sagt Tamar. Irgendwie ist es ihr wichtig, dass die Wirtin am Reden bleibt.

»Dass die Tante nicht recht hat laufen können, das war, weil so ist sie aus Birkenau zurückgekommen, Sie wissen schon, was da war?«

Tamar sagt, dass sie es weiß.

»Aber das war den schaunigen Leuten da schnurz«, fährt die Wirtin fort, »und auch der Galach hat sie weggescheucht.« Sie macht einen spitzen Mund und fährt in einem salbungsvollen Ton fort: »Wür haben nüchts müt oiren Wärken zu schaffen …«

Tamar findet, dass sie nun zur Sache kommen sollten. »Der Herr Hollerbach wollte also über diese Geschichte etwas in die Zeitung bringen, und da hat er Ihre Tante befragt?«

Die Wirtin lacht nur. »Der Herr Hollerbach! Geschmust hat er, bei mir und bei anderen auch. Die Tante ist schon lang tot, und von den anderen wollte keiner mit ihm reden. Aber ich hab ja alles gewusst. Und diese Carmen hat er mir auch angeschleppt, ich hab gleich gesehen, dass es eine lacke Schicks ist, das schad't ja nicht in einem solchen Etablissement, aber wie sie den Paco sieht, hat sie ihn sich gekrallt, die sind ja alle hinter ihm her …«

»Der Paco ist Gast bei Ihnen?«

»Er ist einer von unseren Leuten«, sagt die Wirtin. »Ein Sinde. Hätten Sie eigentlich sehen müssen.«

Sicher, denkt Tamar.

Aber ist das noch p.c., dass man so etwas sieht? »Und was hat dann den Ärger gegeben?«

»Der Paco fährt für seinen Onkel, den Reino«, antwortet die Wirtin. »Reino Rosen, schreiben Sie's nur auf! Hat eine eigene Spedition. Fährt nach Griechenland und Holland und was weiß ich! Meist für den Neuböckh in Lauternbürg. Und irgendein Fünfler vom Neuböckh, der hat der Carmen ans Fitz wollen, aber sie hat ihn ausgelacht. Und da hat der Fünfler dem Paco die Fotos gezeigt, und der ist schalou geworden und hat dabei überhaupt keinen Grund gehabt…«

»Das ist Ihnen klar, dass ich mit Paco darüber reden muss?«, fragt Tamar. »Je früher, desto besser für ihn?«
Die Wirtin betrachtet sie ungläubig. »Das heißt, ich soll ihn zinkieren? Dass Sie ihn zopfen? Wofür halten Sie mich?«
Tamar schüttelt den Kopf. »Sie sollen es ihm nur ausrichten. Falls Sie ganz zufällig mit ihm reden.« Sie hebt die linke Hand ein wenig an und lässt sie wieder fallen. »Kann ja sein, dass er hier noch einmal auftaucht und nach Carmen fragt. Sagen Sie ihm, dass er wirklichen Ärger bekommen wird, wenn er sich nicht meldet. Ärger, wie er noch nie welchen gehabt hat.«
Die Wirtin hebt den Kopf, die Zigarette im Mundwinkel, und betrachtet Tamar aus zusammengekniffenen Augen. »Ich weiß nicht, was Sie für eine sind. Aber wegen dieser Schicks sind Sie nicht hier. Sie nicht. Sie sind wegen Eugen hier, und damit hat der Paco nichts zu tun. Da ist er so unschuldig wie ein neugeborenes Stratz. Mit dem Eugen haben noch ganz andere Leute ihren Mores gehabt, oft genug hat er sich damit aufgeplustert, und Geschichten hat er mir erzählt! Zum Beispiel von einem Grünwedel und seiner Gaie …« Sie legt beide Handflächen aneinander und klappt sie auf, um zu zeigen, wie es mit Hollerbachs Mundfertigkeit bestellt war.
»Und wie war das mit Ihnen«, fragt Tamar, »habe ich das richtig verstanden – der Herr Hollerbach wollte hierher, zu Ihnen ziehen?«
»Hah!«, sagt die Wirtin. »Der Schmalkachel. So einen kann ich nicht brauchen, der die jungen Dinger nackert fotografiert, was glauben Sie!« Dann muss sie plötzlich schniefen, greift nach dem zweiten, bisher unberührt gebliebenen Cognac-Schwenker und kippt einen kräftigen Schluck.

Langsam fährt der Streifenwagen die Landstraße hoch, die von Blaustein auf die Albhochfläche führt, und wird, als er

oben angekommen ist, noch langsamer. Dann steuert der Fahrer den Wagen auf einen Waldparkplatz. Der Blick fällt auf Wiesen und Felder und, in der Ferne, auf ein Dorf.
»Weißt du eigentlich«, fragt der Polizeihauptmeister Krauss, am Steuer, seinen Nebenmann, »was passiert, wenn wir den da finden?«
»Was soll da passieren?«, fragt sein Kollege Alfred Krauser zurück und schiebt das Kinn vor. »Wir nehmen ihn fest und bringen ihn in den Neuen Bau. ›Da!‹ werden wir sagen, und fahren wieder zurück.«
»Schieb nicht so das Kinn vor«, sagt Krauss. »Und überleg dir, was danach sein wird. Danach wird nämlich sein, dass wir die alte Rosen auf dem Hals haben. Glaubst du, dass das lustig wird? Jeden Tag eine greinende alte Zigeunerin vor der Wache, nach zwei Stunden hältst du das im Kopf nicht mehr aus… Weißt du noch, wie das war, als wir den kleinen Dusan kassiert haben, wegen der Messerstecherei damals? Drei Tage und drei Nächte ist sie uns nach, bis zu mir nach Hause und hat meiner Frau dort die Küche voll geheult…«
Krauser erinnert sich. Es ist keine lustige Erinnerung. »Kommt nicht in Frage«, sagt er entschlossen und beantwortet damit, was Krauser so noch gar nicht vorgeschlagen hatte. »Fahr weiter. Wir bringen das jetzt hinter uns.«
»Wir bringen das jetzt hinter uns!«, äfft ihn der PHM Krauss nach und legt den Gang ein. »Du wirst schon sehen, was du davon hast…«
Der Streifenwagen biegt auf die Landstraße ein und fährt auf das Dorf zu bis in ein Neubaugebiet, wo er vor einem großen weißen Haus mit einem Walmdach hält. Auf dem Vorplatz steht vor der geschlossenen Doppelgarage ein alter gepflegter Benz. Über der Haustür leuchtet ein Marienbild, die Maria und das Jesuskindlein haben glutvolle dunkle Augen und Bethlehem ist vom Maler an einen Strand mit goldenem Sand und blauem Meer versetzt worden.

Vom Haus nähert sich ein älterer, untersetzter Mann. Er trägt Cordhosen und eine Wolljacke, die langen grauen Haare sind nach hinten gekämmt.
»Tja«, sagt Krauss und wendet sich an seinen Kollegen, »da hilft alles nix, da musst du jetzt raus.«
Alfred Krauser setzt die Dienstmütze auf und stößt die Wagentür auf und steigt aus. Ganz ruhig, ermahnt er sich, es muss gelassen aussehen, sagt er sich, gelassen und cool.
»Guten Tag auch, Herr Rosen«, sagt er und tippt grüßend mit zwei Fingern an die Dienstmütze.
»Das werd ein guter Tag sein, wenn die Stichelpenk vor der Gusch pflanzen«, antwortet der Mann mit heiserer Stimme.
Der Mann ist Reino Rosen. In seinem Ausweis ist Reisekaufmann als Beruf angegeben, aber als Hausierer arbeitet Reino Rosen schon lange nicht mehr.
»Wir hätten gerne mit Ihrem Neffen gesprochen«, fährt Krauser fort. »Mit Jiri Adler. Reine Formalität. Ein oder zwei Fragen, Sie verstehen.«
Reino Rosen nickt. »Wenn die Naterer nicht weiterwissen, zopfen Sie einen Sinde. Kennen wir. War schon immer so. Aber wir können nicht dienen, grandiger Sens. Paco ist schinageln. Fragen Sie den Neuböckh.«
»Ach ja«, meint Krauser. »Da werden wir dann gleich anrufen, obwohl …, das muss der Herr Neuböckh ja auch nicht unbedingt wissen. Und vielleicht wissen zufällig Sie, wo Ihr Neffe grad im Augenblick ist?«
Rosen hebt beide Hände, die Handfläche nach außen. »Hier und dort.«
»Ja so«, meint Krauser. »Dann wollen wir mal wieder …« Er wendet sich zum Wagen zurück, zögert dann aber. »Vielleicht wäre es besser, Sie würden uns einen Blick ins Haus werfen lassen, damit es ganz klar ist, dass er nicht hier ist …«
Rosen schnaubt durch die Nase. »Einen Fleppen habt ihr nicht?«

Krauser überlegt. »Nein, wir haben keinen Hausdurchsuchungsbefehl. Aber es wäre einfach besser, verstehen Sie …«
Rosen zuckt mit den Achseln und geht ins Haus voran. Krauser folgt ihm. Nach einigem Zögern steigt auch Krauss aus dem Wagen und schließt sich ihnen an. Rosen weist einladend ins Wohnzimmer, es ist ein großer, von einem weiß lackierten Flügel beherrschter Raum, gerahmte Fotografien von Musikern hängen an den Wänden. Eine schmale scharfgesichtige Frau in einer Kittelschürze betritt den Raum und fasst Krauser ins Auge, aber Rosen hebt gebieterisch die Hand, und die Frau macht wieder kehrt.
Schweigend führt Rosen die beiden Polizisten durch das Haus, bis hinauf ins Obergeschoss. In den Zimmern findet sich nichts Verdächtiges, es sind aufgeräumte ordentliche Zimmer mit Stores an den Fenstern und wieder anderen Marienbildern an den Wänden. Das Haus hat ein ausgebautes Dachgeschoss, in einem der Zimmer dort oben fällt Krauser ein Poster auf, das Django Reinhardt zeigt …
»Den Schmälzkasten auch noch?«, fragt Reino Rosen.
»Häh?«, macht Krauss.
Rosen stößt verächtlich die Tür zu einem WC auf.
»Ihre Garage hätte ich mir noch gerne angesehen«, sagt Krauser.
Rosen zögert.
»Es wäre wirklich besser«, setzt Krauser nach.
Rosen blickt ihn an. Es ist ein Blick, den Krauser nicht deuten kann. Rosen zuckt mit den Achseln und geht ihnen voran die Treppen hinab. Er öffnet eine Metalltür und lässt ihnen den Vortritt.
Krauser geht eine Stufe hinab und sucht nach dem Lichtschalter. Neonleuchten flammen auf. In der Garage steht ein großer Wohnwagen und daneben ein tiefer gelegter Opel, Weißwandreifen, schwarz getönte Heckscheiben und ein flammender Drache auf der Motorhaube.

»Na, was haben wir denn da?«, sagt Krauss und geht an Krauser vorbei auf den Opel zu.
Hinter ihnen fällt eine Tür zu, ein Schlüssel wird umgedreht. Draußen springt ein Motor an.
»Was ist das?«, fragt Krauser.
»Das ist unser Streifenwagen, du Idiot«, antwortet Krauss.

Gottfried Buck ist ein rundlicher Mann mit schütterem, aber akkurat geschnittenem Haar. Er trägt eine karierte Hose und eine graue Strickweste. Kuttler hat er in einen Ledersessel komplimentiert, er selbst hat auf der Couch Platz genommen. Die Wand über ihm ist von einer großformatigen gerahmten Farbfotografie ausgefüllt. Sie zeigt die Rückenansicht eines Mannes, der eine Militärkapelle dirigiert.
Buck bemerkt den Blick des Besuchers. »Das ist das Heeresmusikkorps 10«, erklärt er. »Sie haben hier auf einem Wohltätigkeitsfest gespielt, und da haben sie mich gebeten, auch einmal zu dirigieren. Der Reinerlös war für die hungernden Kinder in Afrika.« Kuttler nickt achtungsvoll.
Buck lächelt verlegen. »Wissen Sie, bei einem solchen Klangkörper brauchen Sie sich nicht einzubilden, dass Sie denen was vormachen könnten. Die haben mich da auch nur gebeten, weil ich sie damals eingeladen hab und ja auch mit den meisten gut bekannt war …« Er hat nämlich bis zu seiner Pensionierung im vergangenen Frühjahr in der Standortverwaltung der Bundeswehr in Ulm gearbeitet.
»Jetzt hab ich aber immer noch nicht ganz verstanden, warum Sie mich besuchen«, sagt er dann.
»Vor etwa zwei Wochen«, wiederholt Kuttler, was er schon am Telefon gesagt hat, »muss ein Herr Hollerbach, Mitarbeiter des ›Tagblatts‹, Sie aufgesucht oder mit Ihnen telefoniert haben.«

»Das stimmt«, bestätigt Buck. »Und er hat das dann auch ganz richtig in die Zeitung gebracht. Und jetzt ist er so schrecklich ums Leben gekommen, ich weiß gar nicht, was ich dazu sagen soll! Aber Sie glauben doch nicht, dass diese Sache da mit unserem Posaunenchor …?«

Die Frage bleibt unvollständig, und Kuttler fühlt sich nicht verpflichtet, eine Antwort zu geben. »Wenn wir gerade bei diesem Artikel sind – welche Rückmeldungen haben eigentlich Sie bekommen?«, fragt er.

»Sie haben den Artikel doch gelesen?«, fragt Buck zurück. Kuttler nickt. »Und die Reaktionen sind alle sehr ermutigend gewesen, das darf ich schon so sagen. Die Leute haben uns allseits zugeredet, wir sollten doch weiter samstags in der Klinik spielen, für viele Patienten sei das ein wirklicher Trost …«

»Andere Reaktionen hat es nicht gegeben? Drohungen zum Beispiel? Nächtliche Telefonanrufe?«

Buck schüttelt den Kopf. »Wie kommen Sie nur auf so etwas? Das müssten ja …, also ganz hasserfüllte Menschen müssten das sein.«

Soll es alles geben, denkt Kuttler. »Wie hat der Herr Hollerbach gewirkt? Irgendwie unruhig, oder besorgt?«

»Nein«, meint Buck, »durchaus nicht, der saß hier, im gleichen Sessel, in dem jetzt Sie sitzen, ganz freundlich und aufmerksam, und hat das natürlich auch nicht in Ordnung gefunden, wie diese Frau uns behandelt hat.«

»Wissen Sie eigentlich, wer diese« – Kuttler wirft einen Blick in seine Notizen – »diese Theologin ist?«

Bucks Gesicht fällt ins Förmliche. »Diese Frau ist mir nicht näher bekannt.«

»Aber Sie wussten, dass sie aus Stuttgart ist?«

»Das stand ja im Briefkopf«, sagt Buck. »Sie hat ja einen Brief geschrieben, wissen Sie …«

Kuttler überlegt. »Sie wussten, dass der Mann dieser Frau Hartlaub als Dekan für Ulm vorgesehen war?«

Röte zieht sich über das runde Gesicht. »Also diese Frage versteh ich nun überhaupt nicht mehr …«

»Wussten Sie es?«

»Das stand ja in der Zeitung, wer der neue Dekan ist.« Buck starrt aus empörten Augen auf Kuttler.

»Gestern stand das in der Zeitung. Wussten Sie es, als Hollerbach bei Ihnen war?«

»Darüber haben wir nicht gesprochen. Wir haben von dem Brief der Frau Hartlaub geredet. Und was mit ihrem Mann ist, hat da keine Rolle gespielt. Obwohl das alles dadurch überhaupt nicht lustiger wird …«

»Wie meinen Sie das?«

»Alle zwei Jahre ist der Landesposaunentag in Ulm«, sagt Buck, »da versammeln sich dann alle Chöre vor dem Münster, so etwas gibt es sonst auf der ganzen Welt nicht, aber sagen Sie mir eines: Was für ein Gesicht wird dieser Herr Dekan Hartlaub machen, wenn er dann dabeisteht?«

Der kann sonst ein Gesicht machen, denkt Kuttler, mich geht das nichts an. »Ist Hollerbach eigentlich von sich aus zu Ihnen gekommen?«

Die Rötung auf Bucks Gesicht wird dunkler. »Der hat bei mir angerufen, ob er mich sprechen kann.«

»Aber wie konnte er da von dem Brief aus Stuttgart wissen?«

»Das weiß ich doch nicht. Der Brief war an den Bezirksverband der Posaunenchöre gerichtet, an unseren Präsidenten, und ich hab nur eine Ablichtung bekommen. Aber wir haben natürlich auf unserem Übungsabend darüber sprechen müssen, und alle waren ziemlich erregt, das kann ich Ihnen gar nicht wörtlich wiedergeben, was die so alles gemeint haben. Das sind ja Männer, die auch sagen könnten, nein danke, mein freier Samstag gehört der Familie, und genug zu tun im Garten oder in der Werkstatt haben die auch. In der Stadt weiß man vielleicht gar nicht, was es bedeutet, wenn man den Samstag hergibt und einem dann so gedankt wird …«

»Also Sie wissen nicht, wer Hollerbach den Tip gegeben hat?«
»Das können viele gewesen sein.«
»Sie haben Hollerbach den Brief der Frau Hartlaub gezeigt?«
»Was soll das jetzt?«, fragt Buck zurück. »Natürlich hab ich das.« Er steht auf und holt einen Aktenordner, dem er ein zerknittertes Blatt entnimmt. »Hier, lesen Sie nur.«
Das Blatt ist die Kopie eines Briefes, im Briefkopf ist eine Adresse im Stuttgarter Osten angegeben. Kuttler liest:

Werter Herr Präsident,
am vergangenen Sonnabend besuchte ich im Ulmer Universitätsklinikum einen schwer erkrankten Freund. Während meines Besuches versammelte sich ein Posaunenchor im Innenhof der Klinik und spielte unter anderem den Choral »Näher mein Gott zu Dir«.
Nun sind die akustischen Verhältnisse in den Krankenzimmern so beschaffen, dass ein Weghören nicht möglich ist. Die Patienten müssen zuhören, welche Gefühle auch immer die Choräle in ihnen auslösen und wie immer diese zu einem vielleicht nur unter äußerster Anstrengung gefundenen seelischen Gleichgewicht sich fügen mögen. Für meinen Freund ist der Choral »Näher mein Gott…« in der außerordentlich belasteten Situation, in der er sich befunden hat, unerträglich gewesen, und ich fürchte, er ist nicht der einzige Patient, dem es so ergangen ist.
Ich bitte Sie deshalb zu prüfen, ob die Posaunenchöre aus dem reichen Bestand an Chorälen und kirchlichen Liedern nicht solche aussuchen könnten, die tröstlicher und vielleicht auch fröhlicher sind. Es gibt sie. Die anerkennenswerte Bereitschaft der Chöre, für die Kranken zu musizieren, käme dadurch auf eine Weise zur Geltung, die für niemanden schmerzlich ist.
In der Hoffnung, keine Fehlbitte getan zu haben
Marielouise Hartlaub

Kuttler reicht das Blatt zurück. »Ich versteh ja nicht ganz, warum Sie sich darüber so erregt haben«, sagt er dann. »Aber mich interessiert etwas anderes. In dem Artikel steht, dass die Frau, die sich beschwert hat, eine Theologin sei. Vielleicht hab ich es überlesen – aber aus diesem Brief scheint mir das nicht hervorzugehen …« Er blickt Buck an. »Woher wusste es dann der Hollerbach?«

»Es ist aber doch wahr«, sagt Buck entrüstet. »Sie ist nun einmal Religionslehrerin. Außerdem hat sie es mir gesagt. Wir hatten ja einen Disput damals, diese Frau Hartlaub ist aus der Klinik gestürmt und auf mich zu und hat mich angefahren wie einen Schulerbub …«

»Und da hat sie gesagt, dass sie Religionslehrerin ist?«

»Hat sie«, antwortet Buck. Das runde Gesicht ist nicht mehr rot, sondern fleckig.

»Ich versteh's noch immer nicht«, meint Kuttler. »Dieser Hollerbach will doch keinen Artikel schreiben, nur weil sich irgendeine Frau über die Musik geärgert hat. Was glauben Sie, worüber sich die Leute alles bei uns beschweren? Wenn da jedes Mal das ›Tagblatt‹ kommen und was schreiben wollte … Also ist der Hollerbach auf diesen Fall nur deshalb angesprungen, weil es eine Theologin ist, die sich mit einem Posaunenchor angelegt hat. Knatsch in der Kirche, das ist doch immer für eine kleine Geschichte gut. Folglich hat er es gewusst, bevor er Sie angerufen hat, oder Sie selbst sind es gewesen, der ihn herbestellt hat. Wie war es nun wirklich?«

»Ich weiß nicht, warum Sie mich hier ins Verhör nehmen wie einen Schwerverbrecher«, antwortet Buck nach einer Pause. »Ich weiß es wirklich nicht. Dabei war das, was Sie mich fragen, alles bekannt. Wie dieser Brief kam, hat das doch sofort die Runde gemacht, dass das die Frau von dem Pfarrer Hartlaub aus Stuttgart ist. Und wie der Herr Hollerbach mich angerufen hat, da hat er den Namen schon gekannt und auch gewusst, dass Pfarrer Hartlaub neuer Dekan werden soll.«

Kuttler betrachtet Buck. Warum hast du mir das eigentlich

nicht gleich erzählt? Fromm und fest gibt Buck den Blick zurück. Nur das Gesicht ist noch immer fleckig.
»Ja«, sagt Kuttler, »dann danke ich Ihnen sehr für Ihre Auskünfte ...«

Über die Alb weht Wind aus Nordost und fängt sich in den letzten, braun und gelb verfärbten Blättern. Es ist frisch, aber die Luft riecht noch immer nicht nach Schnee. Durch die Bäume am Wallgraben schnürt ein großer gelber Hund, bleibt schnüffelnd an einem Gesträuch stehen, läuft weiter, scharrt prüfend an einem Erdloch und hält sich doch die ganze Zeit auf fast gleicher Höhe mit einem Mann, der auf dem Pfad am Fuße der Burgmauer entlanggeht.
Berndorf hat diesen Weg erst jetzt entdeckt. Denn der Gürtel von Bäumen, Kleingärten und Buschwerk, der sich fast um die gesamte Festungsanlage der Wilhelmsburg zieht, ist immer für einen Hundespaziergang gut. Es gibt Eichhörnchen dort und Kaninchen, Vögel, die aufflatternd flüchten, dazu die Markierungen läufiger Hündinnen.
»Zu verdanken hast du das dem Kaiser Napoleon«, sagt Berndorf, als Felix vom Wall zu ihm herunterkommt und für ein paar Schritte neben ihm herläuft. Im Oktober des Jahres 1805 hatte Bonaparte 60 000 österreichische Soldaten in Ulm eingeschlossen und zur Übergabe gezwungen, Berndorf hat einmal eine Monographie darüber gelesen ...
»Wie konnten Sie sich nur dazu verrennen, sich in einem so elenden Platz wie Ulm verteidigen zu wollen, der nicht einmal den Namen Festung verdient?«
Angeblich hat Napoleon das dem österreichischen Generalissimus Mack nach dessen Kapitulation an den Kopf geworfen. Berndorf hat sich den Satz gemerkt. Aus der sicheren Entfernung von bald 200 Jahren gefällt ihm dieser professionelle

Zorn über einen Dilettanten. »Und weißt du, was das Schönste ist?«, fragt er Felix, aber der hört nicht zu, sondern bleibt stehen, den dicken Kopf vorgestreckt, wie erstarrt. Sekundenlang bleibt er so stehen.

Das Schönste ist – findet Berndorf –, dass der Deutsche Bund ein halbes Jahrhundert nach dem Debakel des Marschalls Mack die Stadt Ulm zu einem ganzen Komplex von Festungen, Bunkern und unterirdischen Kasematten ausbaut, so dass Napoleon, sollte er jemals wieder auftauchen aus der Weite des Raumes und der Vergangenheit, leicht 300000 Österreicher dort würde einschließen können.

Felix aber ist das Hekuba. Unvermittelt löst sich die Erstarrung, der Hund bricht durchs Unterholz, schlägt sich nach links und wieder nach rechts, bis er schließlich an einem Baumstamm hochspringt, auf den ein Eichhörnchen längst in sichere Höhe gehuscht ist.

»Das ist auch nicht besonders professionell, weißt du das?«, sagt Berndorf, der auf dem Weg stehen geblieben ist. Felix äugt noch einmal zur Baumkrone hoch, dann kehrt er zu Berndorf zurück. Zusammen gehen sie den Weg weiter, der bald scharf nach rechts abbiegt und talwärts führt. Hoch über ihnen starren die toten Geschützluken der Wilhelmsburg über die Stadt und das Donautal den napoleonischen Grenadieren entgegen, die doch niemals mehr kommen werden.

Wieder bleibt Felix stehen. Ein schmaler Streifen Fell sträubt sich über seinem Nacken.

Auf dem Steg, der den Wallgraben überspannt, steht der schwarze Labrador, den Felix schon kennt, und wartet darauf, dass ihn sein Herr an die Leine nimmt und er dann ganz fürchterlich über Felix zetern kann.

Auch Berndorf eilt, Felix anzuleinen und mit ihm ein paar Schritte zur Seite zu gehen, so dass der Labrador und sein Herr passieren können. Das geht nicht ohne heftiges Gezeter des Labradors, der sich fast selbst stranguliert, um von der

Leine zu kommen und diesen hässlichen gelben Köter da drüben zu massakrieren.
Felix wiederum knurrt tief und drohend.
Die beiden Hundebesitzer nicken sich grüßend zu, Berndorf ist es schon die ganze Zeit, als ob sie sich irgendwie bekannt seien, aber woher will ihm nicht einfallen.
Dann geht er mit Felix über die Holzbrücke und durch einen gemauerten Durchlass, der sie in das Wohnviertel unterhalb der Wilhelmsburg führt. Sie kommen an Villen vorbei, eine liegt hinter einem hohen verzinkten Metallzaun und immergrünem Buschwerk, aber so viel ist doch zu sehen, dass die Jalousien heruntergelassen sind. Berndorf nickt. Genugtuung? Er weiß es nicht. Aber das ist eine andere Geschichte.
Am Morgen hat er sich einen Wagen gekauft, einen gebrauchten Kombi, denn er wird in den kommenden Monaten viel unterwegs sein. Vor allem zwischen Ulm und Berlin, vorausgesetzt, Barbara und er finden eine größere Wohnung oder doch noch ein Haus … Jedenfalls hat er einen Wagen gefunden, dem noch einige zehntausend Kilometer zuzutrauen sind. Der Händler hat ihm zugesagt, noch am gleichen Tag die Zulassung zu besorgen, am späten Nachmittag würde er das Fahrzeug abholen können.
Bis dahin sind es noch gut zwei Stunden. Berndorfs Weg führt ihn in die Stadt hinab, aus dem Villenviertel kommt er in ein Quartier, in dem die Häuser noch immer gutbürgerlich sind, aber eben keine Villen. Dass Johannes Rübsam hier seine Dienstwohnung hat, fällt ihm nicht nur zufällig ein. In den letzten Monaten hat sich ergeben, dass er dort gelegentlich eine Partie Schach gespielt hat; außerdem ist Verena Rübsam eine angenehm unaufgeregte Gastgeberin. Aber ist das schon ein Grund, einen Pfarrer an einem Freitagnachmittag am Verfertigen seiner Predigt zu hindern und ihn und seine Frau mit einem sabbernden Boxer heimzusuchen?
Berndorf stellt fest, dass er sich auf Situationen einstellen

muss, die neu für ihn sind. Neu ist für ihn, dass er für jemanden anderen sorgen muss. Dass er morgens, mittags und abends mit ihm spazieren zu gehen hat, nicht weil er es so will oder weil etwas erledigt werden muss, sondern einzig, weil es der Hund Felix so erwartet.

Er kann auch nicht mehr einfach zu jemandem gehen und fragen, wie ist das und das gewesen. Es war sein Beruf, zu den Leuten zu gehen und Fragen zu stellen. Jetzt ist das anders. Niemand muss mit ihm reden, niemand muss seine Fragen beantworten.

Pfarrer Johannes Rübsam ist nicht beim Verfertigen seiner Predigt, sondern recht im Garten Laub zusammen.

»Sie wollen nicht zufälligerweise zu mir?«, fragt er über den Gartenzaun. »Es würde mich freuen…«

»Jein«, antwortet Berndorf, »ich wähnte Sie am Schreibtisch, bei Ihrer Predigt, da hätte ich es nicht gewagt, Sie zu stören.«

»Sie hätten das durchaus dürfen«, meint Rübsam, »im Übrigen bin ich hier gleich fertig. Wenn Sie solange warten, würde ich mich freuen, wenn Sie eine Tasse Tee mit uns trinken.«

Dass die Leute sich freuen, mit einem zu reden, ist auch eine neue Erfahrung, denkt Berndorf. Er geht durch das Gartentor und leint Felix am Zaun an. Der Garten ist nicht besonders gepflegt, verwildertes Buschwerk und abgeblühte Rosensträucher ziehen sich um einen Rasen voll Moos und Klee. Es riecht nach Erde und modrigem Laub. Neben einer Rolle blauer Plastiksäcke liegen eine Heckenschere und Gartenhandschuhe. Berndorf hilft, Laub in Plastiksäcke zu füllen. Dann deutet er auf das Gartengerät.

»Sollten wir nicht auch die Rosenstöcke etwas zurückschneiden?«

»Im Prinzip ja«, meint Rübsam, »falls sich jemand darauf versteht.«

»Ich hatte eine Großmutter«, sagt Berndorf, »eine leidenschaftliche Gärtnerin, weil es nichts anderes für sie zu tun gab.

Wie man Rosenstöcke zurückschneidet, hat sie mir beigebracht. Wenigstens glaube ich mich zu erinnern.« Er zieht die Handschuhe an und macht sich an die Arbeit. Dabei fällt ihm ein, dass seine Mitarbeit im großmütterlichen Garten eine äußerst sporadische gewesen ist, eine tunlichst umgangene.
»Wie Sie das tun«, lobt Rübsam, »sieht es jedenfalls sehr professionell aus. Dabei hätte ich gedacht, Sie besuchen mich, weil ich Ihnen etwas über meinen verstorbenen Amtsbruder Wilhelm Hartlaub erzählen soll.«
Berndorf, der gerade zu einem weiteren Schnitt angesetzt hat, lässt die Heckenschere sinken und blickt hoch.
»Ist das in Ihrem Beruf kein Problem«, fragt er zurück, »wenn Sie die Leute ständig durchschauen?«
Rübsam überlegt. »Ach, so weit her ist das nicht damit. Die wenigsten machen es mir so leicht wie Sie.«
»Hab ich das?«
Rübsam hebt die linke Hand als wäre er Fußballtrainer, und zeigt an, dass noch vier Minuten gespielt werden müssten. »Es ist so einfach wie das Zweimalzwei. Sie waren auf der Beerdigung dieses Ortsvorstehers und kommen mit dessen Hund zurück. Der Journalist, der darüber schreibt, ist aus Lauternbürg. Er kommt ums Leben, noch am gleichen Tag. Das lässt doch Sie nicht kalt... Und dann stelle ich Sie unserem künftigen Dekan vor, und plötzlich bemerke ich, wie Sie hellwach werden und angespannt sind, als wollten gleich Sie und nicht ihr Hund die Katze auf den Baum jagen. Also wussten Sie bereits, dass unser künftiger Dekan Sohn des weiland Seelsorgers von Lauternbürg gewesen ist...«
Berndorf lächelt. Was ihm Rübsam gerade sagt, hat er bisher nur vermuten können, Hartlaub ist in Württemberg kein so seltener Name. Davon abgesehen hatte er bei jenem abendlichen Zusammentreffen durchaus keinen Grund, den Namen Hartlaub mit Lauternbürg in Verbindung zu bringen. Diesen Grund hat er erst seit gestern Abend.

Seit er eine vergilbte Notiz aus dem »Tagblatt« gelesen hat. Und überhaupt. Wenn er im Gespräch mit den Hartlaubs so angespannt gewesen ist, wie Rübsam es behauptet, so ist der Grund durchaus kein kriminalistischer gewesen.
Aber muss er das dem Dr. theol. Watson auf die Nase binden?
»Bingo«, sagt er fröhlich. »Aber wenn Sie so gewappnet darauf sind, dass ich Sie nach Hartlaub senior frage – was also gibt es von Ihrem Amtsbruder zu wissen, Gott hab ihn selig?«
»Das weiß ich gar nicht«, antwortet Rübsam, »ob Gott das tut.«
Berndorf hat sich wieder den Rosenstöcken zugewendet. »Der Verblichene war ein wenig nachlässig bei der Vorbereitung der sonntäglichen Predigten, wie?«
»Sicher nicht«, sagt Rübsam. »Wilhelm Hartlaub hatte einen Ruf als gewaltiger Prediger des HErrn. Sein Gott war übrigens der Gott, der Eisen wachsen ließ. Und all so was. In den Dreißigerjahren gehörte er der Landessynode an, war dort sogar einer der Wortführer der Deutschen Christen.«
Berndorf sammelt ein Bündel dorniges Holz auf und verstaut es in einem der blauen Säcke, die ihm Rübsam hinhält.
»Für einen solchen Prediger hätte sich damals doch ein Gotteshaus finden lassen müssen, das mehr hermacht als die Dorfkirche von Lauternbürg?«, fragt er dann. »Nicht gerade den Dom von Quedlinburg, aber irgendetwas in der Art…«
»Sie werden lachen«, antwortet Rübsam. »Oder auch nicht. Man hat das Ulmer Münster für ihn gefunden. Das muss sich hinter Quedlinburg nicht verstecken.«
»Er war Münsterpfarrer?«
»Für ein paar Wochen war er Prälat in Ulm. Eben hier, wohin sein Sohn jetzt berufen worden ist. Nur für ein paar Wochen, aber er war es. Dann haben der Landesbischof und der Kirchenausschuss, denen Hartlaub senior von den Heil-Hitler-Christen aufgezwungen worden war, die Justiz eingeschaltet und vor dem Stuttgarter Landgericht sogar Recht bekom-

men.« Rübsam bindet den Plastiksack zu. »Komisch eigentlich«, fährt er fort. »Das Dritte Reich war bereits fest etabliert. Trotzdem hat es Gerichte gegeben, die damals noch gegen die Nazis entschieden haben.«
»Wäre der Bischof ein Jud' gewesen«, meint Berndorf, »hätte Ihr Amtsbruder wohl Prälat bleiben dürfen bis zum Endsieg. Mindestens.«
»Ihr Späßchen zum Tage?«, fragt Rübsam.
Berndorf zieht ein wenig die Augenbrauen hoch. Ich weiß durchaus, denkt er, welches Datum wir haben. Am Abend wird eine Gedenkfeier auf dem Weinhof stattfinden, dort, wo am 9. November 1938 die Synagoge niedergebrannt wurde und die Großväter der heutigen Ulmer ihre jüdischen Nachbarn im Brunnen haben Spießruten laufen lassen. Später log man sich darauf hinaus, die Täter seien SA-Leute aus dem Oberschwäbischen gewesen.
»Ein Späßchen?«, fragt er zurück. »Kaum. Dass der Sohn ausgerechnet an die Kirche berufen werden soll, die die Nazis dem Vater zugedacht hatten, ist schon eher eines. Wird das in Ihrer Kirche nicht als peinlich empfunden?«
»Wo denken Sie hin! Wir können doch keine Sippenhaft zulassen«, antwortet Rübsam. »Es ist sogar so, dass Guntram Hartlaub eben deshalb gewählt worden ist. Sie kennen doch die Geschichte von Marielouise, seiner Frau, die sich mit den Posaunisten angelegt hat? Natürlich kennen Sie sie, Sie saßen ja daneben... Man legt sich aber nicht mit den Posaunenchören an, nicht in unserer Kirche, und um ein Haar wäre Guntram nicht gewählt worden, hätte nicht unser Prälat bei Jeremia nachgeschlagen und dort die Verheißung gefunden, dass den Kindern nicht die Zähne stumpf werden sollen, nur weil die Väter Herlinge gegessen haben...«
»Heringe?«, fragt Berndorf nach.
»Herlinge«, korrigiert ihn Rübsam. »Saure oder unreife Trauben. Luther-Deutsch. Und der Prälat hatte tatsächlich mich

ausgeguckt, um den Synodalen damit zu wedeln. Sehr ehrenvoll. Aber ich habe dankend abgelehnt.«

»Herlinge ist ein schönes Wort«, meint Berndorf. »Trotzdem kann ich Ihnen gerade nicht ganz folgen.«

»Der Prälat spielte über die Bande«, erklärt Rübsam. »Glücklicherweise hatte er zuvor wohl noch einige andere Leute munitioniert, und so hat schließlich ein Kirchengemeinderat aus der Luthergemeinde, ein arbeitsloser Historiker und Veteran der Friedensbewegung, der braunen Katze die Schelle umgebunden und das Wirken von Hartlaub senior zur Sprache gebracht. Arbeitslose Historiker und Veteranen der Friedensbewegung stellen für die Mehrheit unserer Synodalen ein noch aufreizender rotes Tuch dar als meine Wenigkeit. Und in dieser Stadt wie anderswo will niemand mehr so genau wissen, wovon die Väter und Großväter sich damals ihren fürchterlichen Durchfall geholt haben. Jedenfalls hat sich die Mehrheit des Wahlausschusses mit Abscheu und Empörung dagegen verwahrt, wegen des Vaters Hartlaub stumpfe Zähne bekommen zu sollen, und damit das auch jedermann ins Stammbuch geschrieben werden konnte, musste Guntram Hartlaub ganz einfach gewählt werden, was immer seine Frau Marielouise sich herausgenommen hatte.«

»Wie geht das Ehepaar Hartlaub junior selbst mit all dem um?«, fragt Berndorf und schneidet die Wildtriebe eines Rosenstocks ab. »Vor allem die Frau sieht mir so aus, als hätte sie Grundsätze. Ich weiß nicht warum, aber ihr würde ich eine gefälschte Spendenquittung nicht andrehen wollen.«

»Ach ja?«, fragt Rübsam und betrachtet Berndorf aufmerksam. »Wen in der Landeskirche halten Sie denn empfänglich für so etwas? Sie sollten das, was damals war, nicht mit dem Fälschen von Spendenquittungen vergleichen. Der Erste, der jeder Verharmlosung der Deutschen Christen entschlossen widersprechen würde, wäre übrigens Guntram Hartlaub selbst. Als ich ihn kennen lernte, sprach er mit einer solch ungefragten Aufrichtigkeit über seinen Nazi-Vater, dass es einem geradezu auf die Nerven gehen konnte. Ich meine, unter Studenten versteht es sich doch von selbst, dass man ganz unerträgliche Elternhäuser hat, da braucht doch keiner darüber zu reden... Sonst wirkte Guntram eher angepasst und unauffällig, ein strebsamer, fast zu adrett gekleideter junger Mann – ungewöhnlich unter Theologen –, der es aber offenbar als seine Berufung ansah, die Verstrickungen des Vaters wieder gutzumachen. Rasend peinlich, so etwas, sogar seine Dissertation handelt von der Verstrickung des Vaters und dem notwendigen oder nicht erfolgten Strafgericht über die Hirten, falls ich nicht irgendetwas durcheinanderbringe.«

»Irgendwann scheint sich dies aber wieder gelegt zu haben«, meint Berndorf und schnipselt die abgeschnittenen Triebe klein, so dass sie leichter in den Plastiksack passen.

»Ich habe dann einige Semester in Heidelberg studiert«, antwortet Rübsam, »und mir über Guntram Hartlaub weiter keine Gedanken gemacht. Als ich nach Tübingen zurückkam, um das Examen zu machen, war er dort bereits als Vikar der Evangelischen Studentengemeinde zugeteilt. Es sind nicht die Dümmsten, die diesen Job bekommen. Ich wunderte mich ein wenig, aber Guntram hatte sich verändert, er hatte das Zuhören gelernt, freundlich, interessiert, geduldig...«

»Wenn das so ist, so ist das nicht wenig«, meint Berndorf und blickt hoch, denn Verena Rübsam erscheint im Garten.

»Der Tee ist fertig«, sagt sie und nickt Berndorf zu. »Ich hab auch schon eine Tasse für Sie dazugestellt.«

Kuttler stellt seinen Dienstwagen neben einem rostigen Toyota ab. Beete mit staubigem und stacheligem Immergrün säumen den Parkplatz. Auf dem Weg zu einem Gebäude aus den frühen 70er-Jahren, das für ein Wohnhaus zu unwirtlich und

für einen Gewerbebetrieb zu wenig professionell aussieht, kommt er an einem Spielplatz vorbei, auf dem eine Gruppe von Halbwüchsigen lungert.
An der Eingangstür steht eine Blumenschale mit verwelkten Herbstblumen. Er klingelt und muss etwas warten, dann öffnet ihm eine blonde Frau, sie wirkt wach, aufmerksam …, ein bisschen schmallippig, denkt Kuttler, aber nicht feindselig.
Er stellt sich vor und bittet um Entschuldigung, wenn er stören sollte. »Sie sind Frau Hartlaub? Marielouise Hartlaub?« Sie nickt und führt ihn in ein kleines Arbeitszimmer, dessen Wände mit überquellenden Bücherregalen zugestellt sind. Auf dem Schreibtisch steht ein aufgeklappter Laptop, der Bildschirmschoner lässt ein Kaleidoskop ins Auge purzeln.
Er ermittle im Fall eines Journalisten, der unter noch unklaren Umständen zu Tode gekommen ist, erklärt Kuttler, als sie Platz genommen haben. »Ein gewisser Eugen Hollerbach …« Auf der Stirn von Marielouise Hartlaub hat sich eine steile Falte gebildet … »Ich wollte mit Ihnen sprechen, weil er vor etwa zehn Tagen einen Artikel geschrieben hat, der sich angeblich auch mit Ihnen beschäftigt. Ich sollte wissen, ob das so stimmt und ob er zuvor mit Ihnen Kontakt aufgenommen hat …«
»Geht es um den Mann, der in seiner Wohnung verbrannt ist?«
Kuttler nickt. Gleichzeitig überlegt er, ob er sagen soll, dass der Mann schon vorher tot war. »In der Wohnung war ein Brand, und er ist dort tot aufgefunden worden.«
»Ich habe davon gehört. Aber es war mir nicht klar, dass der Tote dieser Mann war.« Sie macht eine Pause. »Merkwürdig. Aber wenn es um diesen Herrn Hollerbach geht – der hat tatsächlich einen Artikel geschrieben, der sich irgendwie auch mit mir befasst. Für mich kam das etwas unerwartet, ich hatte nicht damit gerechnet, dass ein persönlicher Brief an die

Zeitung gegeben wird. Und ich hätte mir auch nicht vorgestellt, dass die Zeitung dann tatsächlich darüber berichtet, ohne mitzuteilen, was ich wirklich geschrieben habe und ohne mich vorher auch nur nach meinen Beweggründen zu befragen … Aber man lernt nie aus.«
»Der Herr Hollerbach hat also nicht mit Ihnen gesprochen? Hat Sie auch nicht angerufen oder Sie besuchen wollen?«
Marielouise Hartlaub hebt entschuldigend beide Hände. »Ob er anzurufen versucht hat, weiß ich natürlich nicht. Aber wie jedermann haben auch wir einen Anrufbeantworter, und es sieht weder meinem Mann noch meinem Sohn ähnlich, dass sie eine Nachricht für mich unterdrücken.«
Aus seiner Brieftasche holt Kuttler einen Abzug der Fotografie, die er sich beim »Tagblatt« besorgt hat. »Sie haben diesen Mann auch nie gesehen? Leider ist diese Aufnahme mindestens zehn Jahre alt.« Er legt eine zweite Fotografie dazu, die einen alten VW Käfer mit Ulmer Kennzeichen zeigt. »Oder vielleicht haben Sie diesen Wagen hier irgendwo gesehen? Es ist ja fast ein Oldtimer.«
Sie wirft einen Blick auf das Foto des VW, und betrachtet dann das Porträt. »Nein«, sagt sie, »ein solches Auto ist mir nicht aufgefallen, aber das bedeutet nichts. Ich habe keinen Blick für Autos. Und das Gesicht sagt mir gar nichts. Ist – oder vielmehr war das dieser Eugen Hollerbach?«
»Ja«, sagt Kuttler und hat nun auch schon keine Fragen mehr. Marielouise Hartlaub bringt ihn zur Tür, er verabschiedet sich und geht zu seinem Wagen. Am Spielplatz albern noch immer die Halbwüchsigen an der Kinderschaukel.
Einen Augenblick zögert Kuttler. Dann steckt er die Autoschlüssel ein und geht zu der Gruppe und sagt: »Hallo!« und stellt sich vor.
Das »Hallo!« wird zögernd erwidert. »Ich suche einen Mann, der möglicherweise hier aufgetaucht ist«, fährt er fort und holt die beiden Fotografien heraus.

»Hey Mann«, sagt ein dunkelhäutiger Junge mit einer Baseballkappe, »Infos gibt's nur gegen Cash.«

»Dreh deine Mütze um, mit dem Schild nach hinten«, antwortet Kuttler. »Sieht cooler aus.«

»Ist das ein Mörder?«, will ein Mädchen wissen, das die blonden Haare zu Rasta-Zöpfen geflochten hat.

»Wir sind noch ganz am Anfang der Ermittlungen«, weicht Kuttler aus. »Es kann sein, dass der Typ heute ein bisschen anders aussieht, breiter im Gesicht«, sagt er dann.

»Der ist doch da schon ein versiffter alter Mann«, sagt ein schwarzhaariges Mädchen. »So sehen Kerle aus, die es mit Kindern machen.«

»Woher weißt denn das?«, will der Dunkelhäutige wissen.

»Der VW-Käfer da«, sagt plötzlich ein Junge, der bisher etwas abseits gestanden war und sich dann aber doch auch die Fotos hatte zeigen lassen, »Baujahr 1967, nicht wahr? Man sieht es an den Heckleuchten. Der stand vor ein paar Tagen auf dem Parkplatz da drüben, da, wo jetzt Ihr Opel steht. Es war schon dunkel, aber der Wagen ist mir gleich aufgefallen, mein Vater hat auch noch einen Käfer, aber einen von 1952, er ist nämlich in einem Fanclub …«

Samstag, 10. November 2001

Es ist ein frischer, spätherbstlicher Morgen. Langsam lichtet sich der Nebel, die Sonne lässt das Laub brüchig und goldfarben leuchten. Die Straße windet sich über Kuppen und an Wäldern vorbei, mit Streckenabschnitten, die dem eiligen Fahrer vorgaukeln, hier könne er überholen.

Kuttler ist kein eiliger Fahrer. Trotzdem nervt ihn der grüne Kombi, mit dem ein offenbar älterer Mann über die Alb zockelt. Der Gegenverkehr ist nicht dicht, aber zweimal schon hat er ein Überholmanöver abbrechen müssen, weil über eine Kuppe ein anderes Fahrzeug entgegengekommen war.

»Wir haben Zeit«, sagt Tamar neben ihm. »Dieser Neuböckh wird uns nicht auch noch davonlaufen.«

»Dafür sperrt er uns vielleicht ein«, meint Kuttler. »Ins Spritzenhaus zum Beispiel. Schließlich ist er der Feuerwehrkommandant, hast du mir gesagt.«

»Kuttler«, sagt Tamar müde, »halt's Maul.«

Gestern am späten Nachmittag hatte Reino Rosen im Neuen Bau angerufen und gesagt, er habe da zwei Männer in seiner Garage... Nein, er wisse auch nicht, was die da wollten, vielleicht seien es Einbrecher, aber er habe alles zugeschlossen, das Garagentor und die Tür ins Haus.

Eine Polizeistreife hatte dann die seit zwei Stunden abgängigen Kollegen Krauss und Krauser befreit. Wenig später war auch ihr Streifenwagen gefunden worden, abgestellt auf einem Waldparkplatz an der Landstraße, die von Wintersingen nach Wieshülen führt. Der Streifenwagen war unbeschädigt, es fehlte nichts, und der Zündschlüssel steckte im Schloss. Es war noch nicht klar, wie der Neue Bau reagieren würde; in einer ersten Reaktion hatte Kriminalrat Englin von einem drakonischen Exempel gesprochen, das die Staatsanwaltschaft statuieren müsse. Inzwischen verlautete der Flurfunk, dass Englin das Vorkommnis im Hinblick auf die möglicherweise zu befürchtenden Zeitungsberichte doch etwas niedriger gehängt sehen möchte …

»Am besten, von dieser Geschichte wird nicht mehr geredet«, hatte Orrie von der Frühschicht den aktuellen Meinungsstand für Tamar zusammengefasst. »Es hat sich um ein Missverständnis gehandelt, das es nie gegeben hat.«

Kuttler schaltet zurück und drückt das Gaspedal durch. Der Opel schiebt sich an dem grünen Kombi vorbei, Tamar blickt hinüber und in ein Hundegesicht mit herunterhängenden Lefzen. »Ach Gott!«, sagt sie und winkt mehr pflichtgemäß als begeistert dem Fahrer des Kombis zu.

»Scheiße«, sagt Kuttler, schert wieder ein und wedelt grüßend mit der Hand nach hinten, »das ist ja der Alte Mann und sein gräuslicher Hund, wieso hat er wieder ein Auto?«

»Hat er sich gestern gekauft«, erklärt Tamar.

»Das hättest du mir auch sagen können«, beklagt sich Kuttler. »Hinter ihm muss ich doch nicht so herfahren. Womöglich fühlt er sich gedrängelt …«

»Er wird es aushalten«, antwortet Tamar. »Wohin fährt der überhaupt?«

»Nach Lauternbürg. Er will dort ein paar Tage Urlaub machen. Mit dem Hund spazieren gehen. Damit sie sich aneinander gewöhnen …«

»Quatsch«, unterbricht Kuttler. »Der mischt sich in unseren Fall ein, merkst du das nicht? Schon die ganze Zeit tut er das …«

»Und?«, fragt Tamar. »Kannst du ihn daran hindern? Außerdem bestreitet er es. Er sagt, ihn interessiert nicht, wer diesen

Hollerbach umgebracht hat. Ihn interessiert, sagt er, warum Hollerbach ihn auf dieser Beerdigung angesprochen hat.« Beim Frühstück hatten sie darüber gesprochen, und unter normalen Umständen hätten Berndorf und Tamar einen handfesten Krach bekommen. Aber unter normalen Umständen hätte Tamar auch nicht bei Berndorf gefrühstückt.
»Der kann einfach nicht aufhören«, beharrt Kuttler. »Die ganze Zeit hat er uns vorgesülzt, wie das sein wird, wenn er im Ruhestand ist und an der portugiesischen Küste dem Atlantik zusieht. Und jetzt... Ein Glück, dass er nichts von dieser Pfarrerin weiß, oder Religionslehrerin oder was sie ist.«
»Was ist mit ihr?«
»Die lügt wie gedruckt«, sagt Kuttler. »Wenn man sie so sieht, würde man es nicht glauben. Aber ich sage dir – der Schlüssel für die Lösung liegt bei dieser Frau.«
»Kuttler«, antwortet Tamar, »was gelöst wird, sind Kreuzworträtsel. Wir nehmen höchstens jemanden fest. Wenn er uns nicht gerade davonläuft.«
»Ja, Commander«, antwortet Kuttler ergeben und nimmt das Gas zurück. Sie sind auf der Anhöhe über Lauternbürg angekommen.

Berndorf sieht dem Dienst-Opel nach, mit milder Nachsicht tut er das, denn Tamar hatte ihm erzählt, was Krauss und Krauser widerfahren war. Die Polizei war vorgeführt worden, und das ist genau das, was ein hierarchisch aufgebauter Apparat am wenigsten erträgt. Nun sirrten die Kollegen durchs Land wie die aufgestörten Wespen und suchten einen Jiri Adler, genannt Paco... Da hat es ihnen gerade noch gefehlt, dass nun auch noch er sich in Lauternbürg herumdrücken will. »Sie werden es aushalten«, sagt er zu Felix.
Der liegt auf dem Rücksitz des grünen Kombis und döst in

der Erwartung, dass er jetzt endlich nach Hause und zu seinem Herrn gebracht wird. Wegen des Hundes wäre ein Kombi nicht nötig gewesen. Felix ist es gewohnt, auf dem Rücksitz gefahren zu werden, und nicht bereit, seine Gewohnheiten zu ändern. Doch den Laderaum, denkt Berndorf, wird er auch so noch nutzen können, und während er es denkt, drängt sich eine Gedichtzeile in seine Erinnerung:

Und er packte ein, was er so brauchte:
Wenig. Doch es wurde dies und das.
So die Pfeife, die er immer abends rauchte,
Und das Büchlein, das er immer las.
Weißbrot nach dem Augenmaß…

Mehr bekommt er nicht zusammen. Vor ihm steuert ein Landwirt seinen Traktor auf die Straße. Berndorf schaltet zurück, um zügig zu überholen, und flucht auf die sture Gewissheit schwäbischer Bauern, dass einem Güllewagen schon jeder ausweichen werde.

Der Kombi hat schon einige Jahre auf dem Fahrgestell, ist aber gut gepflegt. Ein biederes Fahrzeug, eben recht für einen pensionierten allein stehenden Beamten, der sich als Begleiter im Ruhestand einen Hund zugelegt hat und mit ihm ein paar schöne Herbsttage im Lautertal spazieren gehen will. Wie es sich fügt, vermietet eine Waltraud Ringspiel Ferienwohnungen und hat auch nichts dagegen, dass er einen Hund mitbringt, und so hat sich Berndorf auf den Weg gemacht, ungeachtet des säuerlichen Ratschlags, den Tamar ihm mitgegeben hat:

»Bei den Ringspiels machen Sie Urlaub? Wie schön. Aber seien Sie bei der Begrüßung vorsichtig – die Hausherrin hat rechts nur vier Finger. Dafür kann es gut sein, dass Sie Ihnen ein Ohr abquasselt…«

Die Straße führt von der Albhochfläche steil hinab. Berndorf fährt durch eine erste Kehre und eine zweite, dann ist auf der Talseite eine gekieste Rast- und Aussichtsplattform angelegt, von einem niedrigen Geländer umgeben. Er fährt bis knapp an das Geländer heran, steigt aus und lässt auch Felix heraus, damit dieser Pfosten und Kieshaufen beschnüffeln kann.
Unten im Tal sieht er Lauternbürg mit seinem gedrungenen Kirchturm und den braunroten Dächern der Bauernhöfe und den ziegelroten der neuen Wohngebiete. Zu seiner Überraschung erkennt er sogar – spielzeuggroß – das Häuschen mit den leeren ausgebrannten Sparren. Weiter links liegt ein Gewerbegebiet mit Hallen und Containerbüros, auf einem Freigelände sind Traktoren und Mähdrescher aufgereiht. Oberhalb von Lauternbürg weitet sich das Tal, zwischen Weiden schlängelt sich der Flusslauf der Lauter.
Dann hat Felix seine Inspektionsrunde beendet, und Berndorf fährt weiter. Nach drei weiteren Kehren passiert er das Ortsschild »Lauternbürg«, links der Straße stehen die Traktoren und Mähdrescher aufgereiht, die er von oben gesehen hat. Auf einer Werkhalle mit Sheddächern liest er die Aufschrift: »Karlheinz Neuböckh Landmaschinen An- und Verkauf«.
An der Kirche mit ihrem gedrungenen Sandsteinturm und am Fachwerkbau des »Adler« vorbei fährt er zum westlichen Ortsende und von dort auf eine kleine Anhöhe, wo der Aussiedlerhof der Ringspiels liegt. Er parkt den Wagen auf einem Platz, der mit Pflastersteinen markiert ist, steigt steifbeinig aus und sieht sich um. Eine getigerte Katze sonnt sich auf einem Holzstapel und ist plötzlich hellwach, als Berndorf den Hund herauslässt. Sie duckt sich, und ihr Schwanz sieht mit einem Mal doppelt so dick aus wie zuvor.
Vom Haus her kommt eine Frau in Gummistiefeln auf Berndorf zu und will wissen, ob er gut hergefunden habe. Im gleichen Atemzug sagt sie, der Hof sei ja leicht zu finden, und mustert Felix. »Das ist aber ein großer Hund, den Sie da ha-

ben, so groß hätt' ich ihn mir nicht vorgestellt, geben Sie nur Acht wegen dem Tigerle, das sieht immer so lieb aus, aber es bringt's fertig und geht auf den Hund los!«

Berndorf sieht sich besorgt um. Die Tigerkatze ist inzwischen auf eine Abfalltonne gesprungen und faucht unverkennbar in Richtung Felix. Nicht nur der Schwanz ist doppelt so dick wie zuvor, sondern das ganze Tier. Felix knurrt, und Berndorf hat einige Mühe, ihn mit sich ins Haus zu zerren, wo es für ihn und den Hund im Hochparterre ein Ferienappartement gibt mit einer kleinen, von Stauden umrankten Terrasse. Die Sesselgarnitur im Wohnraum ist mit braunem Cordsamt bezogen, es gibt einen Fernseher und ein großes gerahmtes Bild, das Kühe vor einem Alpenmassiv zeigt.

Waltraud Ringspiel erklärt ihm die Küche und den Kühlschrank und den Herd, eine Spülmaschine gibt es auch, aber wenn man allein lebt wie der Herr aus Ulm, wird man vielleicht doch lieber im »Adler« essen, die Küche sei dort sehr ordentlich, und er solle auch ruhig sagen, wenn er einen besonderen Wunsch habe oder eine Diät halten müsse. Im Frühjahr seien sogar Herren aus Afrika dagewesen, »also Neger, dass Sie mich richtig verstehen, und die wollten kein Schweinefleisch, das habe ich auch nicht gewusst, dass es solche gibt, die das nicht wollen, und der Koch vom ›Adler‹ hat sich hingesetzt und im Internet nachgeguckt, was er kochen soll, und die Herren aus Afrika sind sehr zufrieden gewesen...«

Schließlich geht sie, und Berndorf kann sein Gepäck unterbringen. Viel hat er nicht mitgenommen ein paar Hemden und die Unterwäsche, zwei Gedichtbände, ein Schach-Lehrbuch über moderne Eröffnungstheorien. Als alles ausgepackt und auch für die Hundedecke ein Platz unter dem Küchentisch gefunden ist, machen sich Berndorf und Felix an einen ersten Spaziergang durch das Dorf.

»Wir kennen uns ja schon«, sagt Karlheinz Neuböckh und tauscht mit Tamar einen kurzen Händedruck. Diesmal steckt er nicht in Feuerwehrmontur, sondern in Kniebundhosen und in einem grauen Pullover. Tamar stellt ihm Kuttler vor, und dann nehmen alle drei am Besprechungstisch Platz. Das Büro ist ein großer, heller Raum, aus den Fenstern sieht man auf einen sorgfältig restaurierten Deere-Lanz-Bulldog, Baujahr 1938. An der Wand neben dem Besprechungstisch ist altes Bauerngerät drapiert, zwei Sensen, hölzerne Gabeln und zwei Dreschflegel. Daneben hängt ein Kalender, der für den Monat November einen wolkenlos südlichen Himmel zeigt und darunter eine Gruppe afrikanischer Erntearbeiter, die vor einem Traktor stehen.

»Wenn ich das so sehe«, sagt Kuttler und deutet auf eine große gerahmte Weltkarte hinter Neuböckhs Schreibtisch, »verkaufen Sie Ihr Gerät nicht nur im Lautertal.«

»Da kann ich nur lachen«, antwortet Neuböckh unfroh. »Was glauben Sie, welcher Bauer hier auch nur einen einzigen neuen Traktor braucht? Es dauert nicht mehr lang, dann haben es die Brüsseler Bürokraten geschafft, und wir können hier den letzten Landwirt als Billettverkäufer im Bauernhofmuseum anstellen. Ohne den Markt im Ausland hätt' ich schon lange dicht machen müssen.«

»Und wo im Ausland ist das?«

Neuböckh schüttelt unwillig den Kopf. »In Südeuropa, aber auch im Osten. Dort gibt es zwar noch Nachfrage, aber nach den Preisen, die die Leute dort bezahlen können, fragen Sie mich lieber nicht. Sie wollen mich doch nicht zum Heulen bringen…«

Als ihn Tamar in der Brandnacht gesehen hatte, war Neuböckhs Gesicht rußverschmiert gewesen. Im Tageslicht ist es noch immer hager, aber von gesunder Farbe, und der Backen- und Kinnbart ist sorgfältig gestutzt. Heul du nur, denkt Tamar, dir glaub ich keine Träne.

»Was sich ganz gut entwickelt«, fährt Neuböckh fort, »das ist die Zusammenarbeit mit ›Pflugscharen International‹ einer Hilfsorganisation.« Er deutet auf den Kalender mit Erntearbeitern. »Kirchlich, oder irgendwie ökumenisch, wissen Sie. Hat sich auf technische Hilfe für die Landwirtschaft in der Dritten Welt spezialisiert, Wasseraufbereitungsanlagen, billige Solartechnik und gebrauchte Landmaschinen.«
»Und was macht der Herr Adler bei alldem? Er arbeitet doch für Sie?«, fragt Tamar.
Neuböckh zieht die Augenbrauen hoch. »Nein, wie kommen Sie darauf? Er fährt für seinen Onkel, den Rosen. Reino betreibt eine Spedition und bekommt immer wieder mal einen Auftrag von mir. Seine Leute sind sonst zuverlässig. Sind zur Stelle, wenn man sie braucht. Tut mir Leid, wenn Paco Ärger mit der Polizei bekommen hat…« Fragend blickt er zu Tamar. Sie geht nicht darauf ein. »Sein Onkel hat gestern zu unseren Beamten gesagt, Paco sei jetzt gerade für Sie unterwegs.« Bei den Worten *unsere Beamten* hebt sich, kaum merklich, ihre Stimme. Dabei vermeidet sie es, Kuttler anzusehen.
»Das hätte so sollen sein«, antwortet Neuböckh. »Der Truck steht noch hier im Hof, bereits beladen, mit einem Auftrag nach Mitrovica, im Kosovo. Die Fähre in Ancona ist für Dienstag früh gebucht. Wenn er jetzt erst am Sonntagabend fahren kann, weiß ich auch nicht, wie er das schaffen will…«
»Warum mit der Fähre?«, will Kuttler wissen.
»Sie bringen auf dem Landweg über Serbien keine Lieferung in den Kosovo«, erklärt Neuböckh. »Niemals. Wir müssen die Fähre nach Patras nehmen und dann über Larissa hoch. Das kostet auch so genug Schmiergeld.«
»Ist das ein Job für einen Mann allein?«, fragt Tamar.
»Paco kennt sich da unten ganz gut aus, und in Larissa wäre ein Mitarbeiter von ›Pflugscharen‹ zugestiegen.«
»Können Sie sich denn einen Grund vorstellen«, setzt Tamar nach, »warum sich der Herr Adler so rar macht?«

Neuböckh macht ein verdrießliches Gesicht. »Es hat da einen privaten Ärger gegeben«, sagt er schließlich. Er nimmt das Telefon und tippt eine zweistellige Nummer ein. »Erwin, komm doch mal zu mir … Sofort.«
Ein rotwangiger, dicklicher junger Mann mit einem verschwollenen linken Auge betritt widerstrebend das Büro.
»Das ist der Erwin Gollinger«, stellt ihn Neuböckh vor, »er arbeitet bei mir in der Buchhaltung, und er wird Ihnen jetzt erklären, wie er zu seinem Veilchen gekommen ist. Geradeheraus und ohne Ausflüchte.«
Gollinger bleibt stehen.
»Setzen Sie sich doch«, sagt Tamar.
Noch immer zögernd und wiederstrebend nimmt der junge Mann Platz. »Das war aber ein tückischer Laternenpfahl, der Ihnen da gegen das Gesicht gelaufen ist«, sagt Kuttler mitfühlend.
»Eh!«, meint Gollinger und murmelt etwas von einem bedauerlichen Missgeschick.
»Lüg uns nichts vor«, sagt Neuböckh, »Paco hat dir die Fresse poliert. Dass es so kommt, hätte ich dir vorher sagen können.« Er wendet sich den beiden Beamten zu. »Das Mädchen kellnert in einer Kneipe und ist eins von der Sorte, die man überall für ein paar Mark bekommt, und diese Knallköpfe müssen sich darum prügeln …«
»Das hätte ich ganz gerne doch von ihm selbst gehört«, stellt Tamar klar.
»Ich weiß auch nicht, wie das kam«, sagt Gollinger, »es war am Donnerstag, und wie ich von der Mittagspause komm, steht der Paco, also der Herr Adler, an meinem Schreibtisch und stiert in meine Brieftasche, und ich sag, he, sag ich, was soll das? Und da hat er sich schon umgedreht und hat mir eine gewischt, dass ich gegen die Registratur geflogen bin, gegen die Kante, Sie können es ruhig sehen.«
Unvermittelt steht er wieder auf und zieht seine Jacke aus und

das Hemd und hebt ein Unterhemd aus angegilbtem Feinripp hoch und dreht Tamar einen weißlichen, mit rotgelben Pickeln übersäten Rücken zu, der aus dem Hosenbund quillt und über den sich ein vertikaler, zwischen grün und violett spielender Streifen vom linken Schulterblatt an abwärts zieht.

»Waren Sie beim Arzt?«, fragt Tamar. »Wenn ja, soll er Ihnen ein Attest ausstellen. Und ziehen Sie sich wieder an.«

Beim Arzt sei er nicht gewesen, sagt Gollinger. »Obwohl ..., es ist nämlich eine Prellung, wissen Sie. Und das kann noch schlimmer sein, als wenn etwas gebrochen ist. Aber wenn jeder gleich zum Arzt rennt ...« Ein Beifall heischender Blick streift seinen Chef.

»Habe ich das richtig verstanden«, fragt Kuttler, »Sie haben Ihre Brieftasche während der Mittagspause hier auf dem Schreibtisch liegen lassen?«

»Ich hab sie vergessen«, sagt Gollinger. »Sie war mir unter die Papiere für die Ladung nach Griechenland gerutscht, und der Herr Adler hat die ja holen sollen.«

»Er hat sie dann aber nicht mitgenommen?«

»Der hat ja hohl gedreht«, antwortet Gollinger. »Der hat hier rumgetobt, also ich hab mich einfach auf den Boden fallen lassen, dass er aufhört.«

»Und dann ist er gegangen?«

»Ich hab gehört, wie er raus ist, und dann ist er weg mit seinem Opel, dass die Räder durchgedreht haben.«

Mit sanfter Stimme meldet sich Tamar zu Wort. »Das Foto hat er mitgenommen?«

»Welches Foto? Ach so.« Gollingers Gesicht rötet sich. »Ja, das hat er mitgenommen.«

»Es war ein Foto seiner Freundin, nicht wahr? Ein Aktfoto. Wie sind Sie eigentlich daran gekommen?«

Gollinger versucht ein Grinsen. »Wie kommt man an so etwas? Fragen Sie sie doch selbst, wem sie's gegeben hat.«

Carmen ist ein mageres Geschöpf, denkt Tamar. Nicht sehr ansehnlich. Auch nicht, wenn man die Hämatome wegdenkt. Aber für diesen Fettsack noch immer zwei Klassen zu gut. Weiß der Henker, worauf sich Heten alles einlassen.
Nicht bloß Heten.
»Sie sagen uns jetzt ganz einfach, von wem Sie das Foto hatten«, sagt Kuttler ruhig, und Gollinger erzählt. Es ist eine der üblichen kleinen miesen Geschichten, denkt Tamar, während sie ihm zuhört, eine Geschichte von einem Mädchen und einem Kerl, das Mädchen lässt ein Aktfoto von sich machen, in Hollerbachs Waschküche und eigens für den Kerl, und als Schluss ist, hat der noch immer das Foto und lässt Abzüge machen und verteilt sie, nur so zum Spaß, und so kommt ein Foto auch zu dem kleinen dicken Gollinger …
»Und dann hat dieser Idiot geglaubt, er muss damit den Paco aufziehen«, mischt sich Neuböckh ein. »Und ich kann womöglich das ganze Geld für die Fähre nach Patras in den Wind schreiben … Was liegt überhaupt gegen Paco vor?«
»Wir wollen nur mit ihm reden«, antwortet Tamar. »Leider will er das offenbar nicht. Seinen Lastwagen würde ich mir übrigens gerne mal ansehen.«
»Kein Problem«, sagt Neuböckh und steht auf. »Hol die Schlüssel«, weist er Gollinger an, und der bringt Schlüssel und Frachtbrief, beflissen und erleichtert, weil das Gespräch sich nicht mehr um ihn dreht.
Neuböckh geht voran. Tamar folgt ihm, Kuttler hängt ein paar Schritte zurück und sieht sich um.
Der rückwärtige Bereich des Firmengeländes ist mit dem unlackierten Schrott der 70er- und 80er-Jahre voll gestellt. Neben der Rampe vor der Halle mit den Sheddächern steht ein Lastzug. Das Planenverdeck ist geschlossen.
Neuböckh gibt Tamar die Schlüssel, sie schließt auf und klettert in die Fahrerkabine. Der Wagen ist auf Reino Rosen zugelassen. Vom Armaturenbrett baumelt die gerahmte Foto-

grafie eines Mädchens, dem man noch keine zwei blaue Augen geschlagen hat, in der Ablage über der Schlafkoje liegt eine Mandoline, als sie sie herunterhebt, kommt darunter ein Stapel Pornohefte zum Vorschein. In den Heften findet sich sogar ein wenig Text, den Tamar für Serbisch hält. Sie sucht weiter. Auf dem Beifahrersitz ein Straßenatlas, weitere Landkarten stecken in der Seitentasche auf der Fahrerseite, sie holt eine heraus, es ist eine Karte der Provinz Kosovo-Metohija.
Neuböckh hat inzwischen die hintere Bordwand heruntergeklappt und die Plane zur Seite geschlagen, so dass sich Kuttler im Laderaum umsehen kann. Der Laderaum ist voll gestellt mit Holzkisten, dazwischen sind die meterhohen Reifen von Traktoren geschoben und festgezurrt.
»Hauptsächlich Ersatzteile«, erklärt Neuböckh, der sich nach Kuttler in den Laderaum geschwungen hat. »Die Leute sollen in Stand gesetzt werden, sich selbst zu helfen. Wenn wir denen komplettes Gerät vors Haus stellen, machen wir nur den Landhandel da unten kaputt.«
»Was für Ersatzteile?«, will Kuttler wissen.
»Motoren«, antwortet Neuböckh, »Getriebe, Kupplungen, Messerstangen für Mähmaschinen, Pflugscharen ...«
Kuttler wirft einen Blick auf Neuböckh. Warum haben diese hageren Leute so gerne einen sarkastischen Zug um den Mund? So, als ob nur sie wüssten, dass sowieso alles den Würmern gehört.
»Sie haben hier doch die Jagd?«, fragt er plötzlich.
»Ja. Warum fragen Sie?«
»Ich hab gehört, der Herr Hollerbach hat nach irgendwelchem vergrabenen Zeug aus dem Krieg gesucht. Ist das wahr?«
»Nun kommen Sie auch noch mit diesem Nazi-Scheiß daher!«, antwortet Neuböckh unwillig. »Beim Zusammenbruch war hier eine Kolonne von SS-Leuten vorbeigekommen, und seither heißt es, sie hätten weiß Wunder was im Tal vergraben.

Aber sie haben nur ihre Waffen und Abzeichen in die Tümpel geschmissen. Wer sich auskennt, weiß das. Nur der Eugen, also der Herr Hollerbach, hat vor ein paar Jahren damit angefangen, dort herumzustochern. Aber die Tümpel sind geschützt, inzwischen gibt es sogar Molche dort, und ich hab ihm gesagt, dass er es bleiben lassen soll.«

»Und Sie haben es ihm so gesagt, dass er wirklich die Finger davon gelassen hat?«

»Wenn ich etwas sag, dann nur einmal«, antwortet Neuböckh. »Mehr braucht es nicht.«

Kuttler nickt. Er sieht, dass Tamar vor der heruntergelassenen Bordwand steht. Sie tauschen einen Blick.

Eigentlich sollten wir diesen verdammten Lastzug sicherstellen und filzen, sagt Tamars Blick. Aber es wäre nicht klug.

Nein, denkt Kuttler, es wäre nicht klug. Es ist viel besser, wir finden heraus, wer am Sonntagabend damit losfährt.

Zum Kaffee ist Berndorf in die Ringspiel'sche Wohnung eingeladen, der Einfachheit halber – und weil Samstag ist – in die Wohnküche.

Der Kaffee ist kräftig, dazu wird Apfelkuchen gereicht, keinen selbst gebackenen, leider habe sie keine Zeit dazu, sagt Waltraud Ringspiel entschuldigend, die Arbeit mit dem Vieh und die Buchführung und dann muss sie sich um die Landfrauen kümmern, das glaubt der Herr aus der Stadt gar nicht, was da so alles zusammenkommt, aber der Kuchen sei aus der Bäckerei im Dorf, kein Fertigprodukt aus einer Großbäckerei von irgendwo, das müsse man doch auch unterstützen, dass so etwas noch im Dorf gemacht wird … Dann will sie wissen, ob der Besuch schon im »Adler« gegessen habe und ob er zufrieden war. Berndorf berichtet, dass es zwar nichts Afrikanisches gegeben habe, sondern ein Hirschgulasch, aber dieses

sei durchaus nicht faserig gewesen, was doch schon etwas heißen wolle.
Auch der Kuchen ist gut, wie anhaltender Regen fällt dazu die Rede von Waltraud Ringspiel auf ihn herab, irgendwann erinnert sich Berndorf, dass auch der Ehemann mit am Tisch sitzt, Jörg Ringspiel ist groß und bedächtig. Und schweigsam, was irgendwie kein Wunder ist.
Der Herr Berndorf habe sich da noch einmal schöne Tage ausgesucht, fährt Waltraud Ringspiel fort, zum Wandern gerade recht, zumal es von Lauternbürg sehr schöne Wege gebe, der Herr Berndorf sitze hier sozusagen an der Quelle, denn ihr Mann sei Wanderwart des Schwäbischen Albvereins und müsse auch immer ein strenges Auge darauf haben, dass die Wegmarkierungen nicht verstellt werden.
Berndorf nützt die Gelegenheit und fragt nach einer Strecke für einen späten Nachmittagsspaziergang, Jörg Ringspiel lässt die Kaffeetasse sinken und sagt, dass er ohnehin noch einen Weg machen will. »Wenn es dem Herrn recht ist...«
Berndorf ist es recht, und eine halbe Stunde später machen sich Ringspiel, Berndorf und Felix auf den Weg und gehen einen erst asphaltierten, dann nur noch gekiesten Weg zu den bewaldeten Anhöhen, die sich westlich des Lautertals hinziehen. Es ist kühl geworden, Berndorf ist froh, dass er sich seinen Anorak angezogen hat und dass Ringspiel kräftig ausschreitet. Ein wenig spürt Berndorf noch das linke Bein, aber vorerst meutert es nicht gegen das Marschtempo.
Nach einer guten halben Stunde sind sie auf der Anhöhe und gehen einen Buchenwald entlang. Zwischen den hohen Stämmen sieht Berndorf linkerhand die Überreste eines grauen Gemäuers, eine Wand mit leeren Fensterhöhlen.
»Die Ruine Wullenstett«, erklärt Ringspiel. »Hat mal zur Blaubeurer Herrschaft gehört.«
Berndorf will wissen, wann sie zerstört worden ist.
»Im Bauernkrieg, sagt man. Aber vermutlich ist sie erst im 18.

Jahrhundert aufgegeben worden. Nach dem Spanischen Erbfolgekrieg.«
Berndorf sucht in seinem Gedächtnis. Aus ferner Erinnerung taucht ein kriegsbesessener Geschichtslehrer auf, Schlacht bei Höchstädt, Prinz Eugen, der edle Ritter, Malbrough s'en va-t-en guerre. Nicht an allem ist Napoleon schuld.
Sie kommen an einer ersten Wegkreuzung vorbei und an einer zweiten, die Markierungsschilder zeigen einen roten Strich auf weißer Raute und sind meistens an Baumstämmen angebracht. An der zweiten Kreuzung zweigt ein Verbindungsweg nach Osten ab, 17 Kilometer nach Schmiechen, 23 nach Blaubeuren. Eines der Blechschilder ist angerostet, Ringspiel – der in einem kleinen Rucksack Werkzeug bei sich trägt – schraubt das Schild ab und ersetzt es durch ein neues. Berndorf studiert den Wegweiser. Felix wartet.
Schließlich geht es weiter. Berndorf fragt, wann Blaubeuren eine eigene Herrschaft gewesen sei.
»Unter den Grafen Helfenstein.« Er wirft einen fast scheuen Blick auf Berndorf. »Zu Blaubeuren gehört ja die Geschichte von der Schönen Lau. Aber zu den Helfensteins gibt's auch eine …«
Ach!, denkt Berndorf. Da ist einer, der auch einmal eine Geschichte zu erzählen hätte. Aber niemals gelingt es ihm.
»Erzählen Sie sie mir?«
»Man müsste sie vorlesen«, antwortet Ringspiel widerstrebend. »Wenn man nicht den Ton der alten Chroniken trifft, ist vielleicht gar nichts Besonderes dabei … Es sollen einmal zwei der Grafen Helfenstein, zwei Brüder, beim Blautopf spazieren gegangen sein, und wie sie so gehen, sieht der Ältere der beiden einen leuchtenden Stein auf dem Boden liegen. Er hebt ihn auf, und mit einem Schlag ist er nicht mehr zu sehen. Sein Bruder schaut sich um, wo bist du denn, ruft er … Und der Ältere antwortet, ich steh doch hier neben dir. Aber der Jüngere sieht noch immer nichts. Da drückt ihm der Ältere

den Stein in die Hand, und jetzt ist es der Jüngere, den man nicht mehr sieht …«

»Kein Ring, sondern ein Stein, der unsichtbar macht«, fasst Berndorf zusammen. »Und was ist daraus geworden?«

Ringspiel antwortet nicht gleich. »Ich stell mir das so vor«, sagt er schließlich. »Die beiden Brüder haben sich ausgemalt, wo sie im Schutz des Steines überall hingehen können und ausspähen, was die Leute tun. Und sich nehmen, was ihnen gefällt. Aber wie sie darüber reden, fragen sie sich, wie sie das eigentlich untereinander halten wollen. Wer darf den Stein haben, wie lange und wann? Wie kann der Bruder, der den Stein nicht hat, durchsetzen, dass der andere ihn hergibt? Und wie der eine so aus den Augenwinkeln auf den anderen schaut, wissen sie plötzlich, dass sie nur eine Wahl haben.«

Der Stein ergreift die Herrschaft über den, der ihn benutzt, denkt Berndorf. Nichts Neues in Mittelerde. »Sie mussten also den Stein loswerden, sonst hätten sie sich gegenseitig totgeschlagen. Wohin haben sie ihn denn geworfen?«

»In den Blautopf«, antwortet Ringspiel. »Jedenfalls heißt es so in der Sage.«

»Wie haben die beiden weitergelebt?«, fragt Berndorf. »Das ist ja nicht so lustig, wenn der eine dem anderen die Mordlust an den Augen abgelesen hat.«

»Die Linien haben sich getrennt. Glück hat es ihnen nicht gebracht. Sie sind alle erloschen.«

Berndorf will wissen, wo er die Sage nachlesen kann.

»Das finden Sie im Internet«, antwortet Ringspiel. »Ich bring Ihnen heute Abend einen Ausdruck.«

Inzwischen hat sich der Wald gelichtet, auf der Hochebene vor ihnen breitet sich Wacholderheide aus.

»Den Hund können Sie jetzt von der Leine lassen«, sagt Ringspiel. »Er wildert ja nicht.«

Berndorf bleibt stehen, bückt sich und löst die Leine.

Felix nutzt die unerwartete Freiheit, ein paar Schritte voraus-

zulaufen und an einem Wacholderbusch das Bein zu heben.
»Das ist doch der Hund, der Jonas gehört hat?«, fragt Ringspiel.
Berndorf runzelt die Stirn. »Sie haben Seiffert gekannt?«, fragt er zurück. Das ist Antwort genug, findet er.
»Den haben viele gekannt.«
Das mag wahr sein, denkt Berndorf. Wieder kehrt Schweigen ein.
Sie kommen zu einer Weggabel, an der ein Pfad von dem ausgeschilderten Wanderweg abweicht. Felix geht zu dem Pfad und bleibt dann stehen und sieht sich wartend um.
»Der Weg da führt nach Wieshülen«, sagt Ringspiel. »Jonas ist oft hier gewesen.«
Berndorf überlegt, ob er Felix jetzt wieder anleinen muss. Aber er lässt es darauf ankommen. »Felix, hier«, befiehlt er, und zögernd, widerstrebend gehorcht der Boxer und folgt ihm auf den Wanderweg und verlässt den Pfad, der ihn in zwei oder drei Stunden nach Wieshülen bringen würde.
»Er hat sich schon ganz gut an Sie gewöhnt«, bemerkt Ringspiel.
»Wir geben uns beide Mühe«, antwortet Berndorf.
»Ich glaub ja sonst nicht, was im ›Tagblatt‹ steht«, meint Ringspiel. »Schon gar nicht, wenn es unser Eugen geschrieben hat. Aber als ich Sie mit dem Hund gesehen hab, wusst' ich gleich Bescheid.«
Berndorf sagt nichts. Bescheid worüber? »Auf der Beerdigung waren Sie nicht?«, fragt er schließlich. »Sie sagten ja, Sie hätten ihn gekannt.«
»Hab ich das gesagt?«, fragt Ringspiel zurück. »Zwischen uns und dem Jonas war es schwierig. Es ist eine alte Geschichte.«
Mit dem Thema hast jetzt du angefangen, denkt Berndorf.
»Das war Ihr Vater, der damals Schultes war?«
Ringspiel wirft ihm einen Blick zu, den Berndorf nicht so recht deuten kann.

»Also doch«, sagt er dann. »Ich hab's mir gleich gedacht, dass das nicht wahr ist.«
Berndorf wartet. Aber es kommt keine weitere Erklärung. »Jetzt kann ich Ihnen grad nicht folgen«, sagt er dann.
»Dass Sie pensioniert sein sollen«, sagt Ringspiel, »das hab ich nicht geglaubt. Und Sie sind zu uns gekommen, weil Sie glauben, dass der Tod von dem armen Eugen Hollerbach mit der Geschichte von damals zu tun hat. Es ist uns ja recht, dass die Polizei hinter der Sache her ist. Solange Sie den Mörder nicht haben, ist keine Ruhe im Dorf. Das tut doch nicht gut, wenn kein Fremder hierher kommen kann, ohne dass die Leute über ihn reden und die Nummer vom Auto aufschreiben. Aber Sie meinen ja, dass es einer von hier war...«
»Ich bin zwar wirklich pensioniert«, antwortet Berndorf, »aber wenn Sie es mir nicht glauben, kann ich's auch nicht ändern.« Was sonst soll er auch sagen? Außerdem beginnt er sein Bein zu spüren, noch keinen wirklichen Schmerz, aber ein Ziehen, das bis in die Hüfte hinauf sticht.
»Hat man denn im Dorf gewusst«, fragt Berndorf schließlich, »dass der Hollerbach diese Geschichte von damals hat ausgraben wollen?«
Ringspiel schüttelt nur den Kopf. »Davon weiß ich nichts. Das ist auch keine von den Fragen, mit denen Sie weiterkommen.« Er bleibt vor einem Ameisenhaufen stehen, der halb unter einem Wacholderstrauch verborgen ist.
»Wenn jetzt Sommer wäre«, sagt er dann, »könnte ich einen Stein nehmen und hier hineinwerfen. Einen so schweren Stein, dass jeder meint, die Ameisen werden den niemals wegschaffen.« Er bückt sich, nimmt einen Stein auf und wägt ihn in der Hand. »Trotzdem sieht nach einer Woche keiner mehr etwas von dem Stein. Aber auch nichts davon, was er angerichtet hat.« Er wirft den Stein weg und geht langsam weiter. »Und wie es ausgeht, weiß auch keiner. Vielleicht kommen die Ameisen nicht über den nächsten Winter, weil sie

durchs Aufräumen zu viel Kraft verloren haben. Vielleicht geben sie den Bau auch auf, weil es ihnen hier zu gefährlich geworden ist. Wer weiß das schon?«
Ein Naturfilosof, denkt Berndorf. »In dieser Geschichte werden gerne Vergleiche bemüht«, sagt er dann. »Der Herr Müllermeister Schafkreutz hat im Landtag sogar auf die Bibel zurückgegriffen. Das sollte man dort nicht tun. Sie verweisen mich jetzt auf Ameisen. Dabei ist es eine Geschichte, die unter Menschen spielt. Ihre Lauternbürger Ameisen sind übrigens ganz gut durch den Winter gekommen.«
Ringspiel antwortet nicht.

Noch ist es nicht spät am Nachmittag, doch die Lampe auf dem Schreibtisch des Ersten Staatsanwalts Eduard Desarts ist bereits eingeschaltet. Scheinbar aufmerksam hat Desarts zugehört, was Tamar vorzutragen hatte. Doch statt selbst etwas zu sagen, weist er nun schon zum zweiten Mal auf die Bonbonniere, die am Rand des Schreibtischs steht, direkt in Griffweite der Besucherin und etwas außerhalb seiner eigenen.
»Aber nehmen Sie doch«, sagt er, »so wie Sie aussehen, müssen Sie nun wirklich nicht auf Ihre Taille achten…«
»Es ist nicht die Taille«, antwortet Tamar abwehrend, » es sind die Plomben. Ich hasse meinen Zahnarzt.«
Desarts erklärt, dass seine Karamellbonbons ganz zu Unrecht im Ruf stünden, Plombenheber zu sein, man müsse sie nur ganz langsam im Mund zergehen lassen. »Es ist immer die Ungeduld, die Probleme schafft…«
Wie lange soll ich diesen Schwätzer noch ertragen, denkt Tamar. Aber es hat gar keinen Sinn, Desarts drängen zu wollen.
»… das scheint auch in Ihrem Fall so«, fährt Desarts fort. »Was Sie mir da an Hinweisen für eine Täterschaft dieses Herrn Adler genannt haben, liebe Frau Wegenast…, also Sie sind doch

auch schon keine heurige Häsin mehr, wenn ich das so sagen darf, aber für einen internationalen Haftbefehl reicht das alles nicht aus, so sehr ich die Verbitterung im Neuen Bau über die bedauerlichen Unannehmlichkeiten verstehe, denen die Kollegen Krauss und Krauser ausgesetzt gewesen sind.«

Der will einfach nicht, denkt Tamar. »Ich bitte Sie!«, sagt sie. »Ich bin doch nicht wegen dieser Geschichte bei Ihnen. Ich bin bei Ihnen, weil Paco Adler aggressiv und gewalttätig ist und weil er an jenem Abend, als Hollerbach getötet wurde, in Lauternbürg gewesen ist und ihn gesucht hat. Und zwar nicht, um Freundlichkeiten mit ihm auszutauschen, sondern um ihn zur Rede zu stellen.« Sie fasst Desarts entschlossen ins Auge. »Um ihn wegen eines Aktfotos seiner Freundin zur Rede zu stellen, eines Aktfotos, das Hollerbach aufgenommen hat und mit dem Adler bewusst provoziert worden ist.«

Desarts hat zugehört, still lächelnd, den Blick gesenkt. Jetzt hebt er ihn wieder. »Und warum einen Internationalen Haftbefehl? Glauben Sie wirklich, das Schengen-Abkommen sei dazu da, die Strafverfolgung von Waschküchen-Pornographie zu gewährleisten?«

»Wie uns die Kollegen vom Wirtschaftskontrolldienst gesagt haben, hat dieser Herr Neuböckh mindestens drei weitere Lastzüge laufen, die alle von Subunternehmern gefahren werden«, antwortet Tamar. »Das sind Leute, die Adler gut kennen. Es spricht einiges dafür, dass er versuchen wird, mit einem von ihnen ins Ausland zu entkommen.«

»Klingen da Vorurteile durch?«, fragt Desarts. »Der Schritt in die berufliche Selbstständigkeit ist gesellschaftspolitisch nur zu begrüßen, und keinesfalls haben wir daran ein Misstrauen zu knüpfen, das im Übrigen weit entfernt wäre von allem Anfangsverdacht, weit entfernt!« Er lacht leise. Das Lachen bricht ab. »Warum haben Sie kein Vertrauen zu mir?«

Überrascht blickt Tamar hoch.

»Ich glaube, dass Sie in Wahrheit gar nicht diesen Paco Adler

suchen«, fährt Desarts fort. Nun ist er es, der Tamars Blick festhält. »Sie wollen, dass die Lastwagen gefilzt werden, die für dieses Hilfswerk unterwegs sind, und das wollen Sie nicht deshalb, weil sich der Herr Adler darin versteckt haben könnte, sondern weil Sie wissen wollen, was diese Lastwagen wirklich geladen haben. Darf ich Ihnen nicht doch …?«
Zum dritten Mal deutet die Hand auf die Bonbonniere.
Matt schüttelt Tamar den Kopf.
»Es ist nämlich so«, fährt Desarts fort, »dass Sie nicht an dieses Waschküchenmotiv glauben. Sie glauben, dass dieser Hollerbach umgebracht wurde, weil er etwas über diese Hilfsorganisation herausgebracht hat. Ich möchte Sie darauf aufmerksam machen, dass ›Pflugscharen‹ eine sehr zurückhaltend operierende, aber durchaus respektierte Hilfsorganisation ist, die Mitgliedsliste des Verwaltungsrates ist sozusagen ein Who's who herausragender Persönlichkeiten. Aber da Sie ja lange genug mit Herrn Berndorf zusammengearbeitet haben, wird Ihnen das erst recht verdächtig sein. Stimmt es übrigens, dass er sich in Lauternbürg herumtreibt? In seinem Alter …« Er schüttelt den Kopf.
Tamar holt Atem. »Es verhält sich gerade anders«, sagt sie dann. »Wenn wir im Mordfall Hollerbach nicht an eine Täterschaft dieses Paco Adler glauben, müssten wir natürlich den Dingen nachgehen, für die sich der Herr Hollerbach sonst so interessiert hat: Da ist zum Beispiel diese alte Geschichte um das Haus, in das Sinti einziehen sollten und das vorher abgebrochen worden ist. Die politischen« – sie sucht nach dem passenden Wort – »die politischen Implikationen, die eine solche Richtung unserer Ermittlungen nach sich ziehen würde, brauche ich Ihnen nicht auszumalen.«
»Politische Implikationen«, ahmt Desarts sie nach, »wie elegant Ihnen das von der Zunge geht! Sie könnten noch Karriere machen … Aber ich habe nichts dagegen, von mir aus kann der Fall Implikationen haben wie Berndorfs neuer Hund

Flöhe, ganz im Gegenteil, vielleicht beschleunigt das meine Pensionierung, bei Berndorf hat so etwas ja auch geholfen …«
Er zieht das Telefon zu sich her. »Sie wollten einen Haftbefehl gegen den Herrn Adler? Wie sagte Lessings Prinz, als es ein Todesurteil zu unterschreiben gab …? Recht gern, nur her geschwind! Wegen Totschlags, nehme ich an.«
Tamar nickt ergeben.

Eine ganze Weile gehen Berndorf und Ringspiel nun schon schweigend nebeneinander her. Der Weg verlässt die Wacholderheide, sie kommen in einen Buchenwald, Ringspiel muss noch einmal eines der rot-weißen Schilder auswechseln. Durch die gelichteten Kronen der Buchen hindurch sieht Berndorf, dass der Himmel grau-diesig geworden ist. Das Ziehen in seinem linken Bein ist stärker geworden.
»Wir gehen einen kürzeren Weg zurück«, sagt Ringspiel und wirft einen prüfenden Blick auf Berndorf, während er sein Werkzeug einpackt. Dann schlägt er einen Pfad ein, der an einer Schonung vorbei steil abwärts und wieder nach Südosten führt. Felix und Berndorf folgen, denn der Pfad ist so schmal, dass sie hintereinander gehen müssen.
Schließlich gelangen sie auf einen grasbestandenen Waldweg, auf dem Fahrspuren zu erkennen sind. In einer halb vertrockneten Pfütze findet sich der frische Abdruck eines Reifenprofils. Ein Geländewagen, vermutet Berndorf. An der Einmündung auf den Waldweg hält sich Ringspiel nach rechts.
»Da drüben geht's zu einer Jagdhütte«, erklärt er. »Das gehört hier schon zum Revier Lauternbürg.«
Ein wenig Gesprächsstoff kann nicht schaden, und so fragt Berndorf, wer der Pächter sei.
»Das ist der Neuböckh«, antwortet Ringspiel. »Er hat einen

Handel mit Landmaschinen, vielleicht haben Sie es gesehen, als Sie hergefahren sind.«
Berndorf nickt. »Ein Einheimischer also. Irgendwer hat mal behauptet, die Jagden hier seien alle an Zahnärzte aus Stuttgart verpachtet.«
»Das ist auch nicht mehr so, dass von den Stuttgartern jeder Preis geboten wird«, meint Ringspiel. »Übrigens war die Jagd lange an einen Auswärtigen vergeben. Zum Schluss hat sich das nicht mehr so bewährt. Das tut ja nicht so besonders gut, wenn der Jäger alle drei Wochen einmal mit dem Landrover vom Flughafen Echterdingen dahergefahren kommt, um nach seinem Revier zu sehen.«
»Zahnärzte sind nun mal viel beschäftigte Leute.«
»Das war kein Zahnarzt«, kommt die Antwort. »Es war ein Beamter aus Bonn, aus irgendeinem der Ministerien dort. Er hatte die Pacht auch nur, weil er sie von seinem Vater übernommen hatte. Der war mal hier Landrat gewesen, als es noch den Kreis Wintersingen gab ...«
»Ja so«, sagt Berndorf, und eigentlich wundert es ihn auch nicht weiter. Dass dem Landrat Dr. Eberhard Autenrieth die Gemeinde Lauternbürg besonders am Herzen gelegen hat, ist ihm jetzt schon ein paarmal aufgefallen.
»Das war der alte Autenrieth, dieser Landrat? Und wann hat der Sohn die Jagd dann zurückgegeben?«
Ringspiel hebt unterm Gehen die Hand, als müsse er etwas abschätzen. »Wann ist der Constantin ins Ausland gegangen? Das ist nun auch schon neun oder zehn Jahre her ...«
»Sie kannten ihn?« Sag jetzt nicht, den haben viele gekannt.
»Der war damals, als sein Vater Landrat war, oft bei uns im Dorf. Er hat sogar hier eine Pfadfindergruppe gegründet, ich war auch dabei.« Er wirft einen fast verschämten Blick auf Berndorf. »Das war damals etwas Besonderes. In den Dörfern hatten die jungen Leute bis dahin nichts anderes gekannt, als dass sie auf dem Hof schaffen mussten, schon die Schulkin-

der mussten das… Als Erstes hat er uns Schwimmen beigebracht, kaum eines von uns Bauernkindern konnte das damals, können Sie sich das vorstellen?«
Berndorf versucht es. Der Gymnasiast und die halbwüchsigen Bauernjungen, strampelnd und prustend in der Lauter. Plötzlich hat er den Geruch des altmodischen Hallenbads in der Nase, in dem ihm selbst, einem mageren knochigen Jungen, das Schwimmen beigebracht worden ist.
»Das waren evangelische Pfadfinder?«
»Was sonst? »
»Der Pfarrer hat die Neugründung unterstützt?«
Ringspiel wirft ihm einen misstrauischen Blick zu. »Muss er wohl. Es wäre sonst nicht gegangen.«

Der Wald öffnet sich auf eine Lichtung. Der Hund verharrt, den Grund erkennt Berndorf einen Augenblick zu spät, denn da rennt Felix schon in einem rumpelnden gestreckten Hundegalopp auf ein Rudel Rehe zu, das in der Dämmerung am anderen Ende der Lichtung steht. Die Rehe verhoffen kurz, dann wenden sie sich ab und verschwinden mit hohen eleganten Sätzen im Waldesdunkel. Das Letzte, was Berndorf von ihnen sieht, ist der weiße Spiegel ihrer Hinterteile.
Von ferne hört Berndorf Motorengeräusch.
Felix hat den Waldrand erreicht, dreht ab, schnüffelt kurz unter den Bäumen, und kehrt dann zu Berndorf zurück, nicht allzu schnell, hechelnd, die Ohren zurückgelegt.
Das Motorengeräusch kommt näher. Berndorf leint den Hund an und dreht sich um. Ein Landrover fährt so direkt auf ihn zu, dass er und Ringspiel zur Seite treten müssen. Als der Fahrer auf gleicher Höhe mit ihnen ist, hält er und blickt durch das geöffnete Seitenfenster auf Berndorf hinab. »Das nächste Mal, wenn Ihr Köter wildert, schieß ich ihn ab.« Er sagt es ruhig, fast gleichgültig. »Und eine Anzeige kriegen Sie auch.«

Der Mann hat ein mageres, von einem grau melierten Bart eingerahmtes Gesicht.
»Ist schon gut, Karl«, sagt Ringspiel. »Das ist ein Gast von uns. Und der Hund da fängt keins von deinen Rehen mehr.«
»Das ist mir egal«, antwortet der Mann, von dem Berndorf vermutet, dass er der Landmaschinenhändler und Jagdpächter Neuböckh ist. »Das Jagdgesetz gilt auch für deine Gäste.«
»Falls Sie Anzeige erstatten wollen, ist das vermutlich Ihr gutes Recht«, sagt Berndorf und holt eine Visitenkarte aus seiner Brieftasche. Er reicht sie zum Wagenfester hoch. Auf der Karte steht nur sein Name und die Adresse. »Ich habe den Hund erst vor einigen Tagen bekommen ...«
»Sie brauchen hier nicht rumzusülzen«, unterbricht ihn der Jäger. »Und solche Karten kann jeder drucken lassen.« Dann steckt er sie doch ein. «Das nächste Mal hab ich mein Gewehr dabei, und die Sache erledigt sich ganz schnell, kapiert?« Der Landrover fährt an und verschwindet im Wald vor ihnen.
Berndorf sagt nichts mehr. Der Hund schaut zu ihm hoch mit einem Blick, wie ihn nur ein sehr alter Hund haben kann, der doch überhaupt nichts getan hat.
»Nehmen Sie's nicht krumm«, sagt Ringspiel. »Der redet immer, als ob er's mit dem Buchenprügel gelernt hätte.«
»Verkauft er auch so seine Landmaschinen?«, will Berndorf wissen.
»Die gehen ins Ausland«, antwortet Ringspiel, »nach Osteuropa, und auch nach Griechenland.«
Berndorf überlegt, welches Licht das auf die Umgangsformen im internationalen Landmaschinenhandel wirft, kommt aber zu keinem Ergebnis. »Ich hatte Sie vorhin gefragt«, sagt er schließlich, »wie sich der Pfarrer zu Ihrer Pfadfindergruppe gestellt hat. Das war doch der Wilhelm Hartlaub, nicht wahr?«
Ringspiel nickt. »Ein sehr angesehener Mann«, sagt er dann, fast erleichtert, als komme ihm das Thema wie bestellt, um

von den Manieren des Lauternbürger Jagdpächters abzulenken. »Ein Prediger, wie Sie ihn heute nicht mehr hören. Einer, bei dem das Alte Testament noch gezählt hat. Streng war er freilich, die Kopfnüsse aus dem Konfirmandenunterricht vergess ich mein Lebtag nicht. Aber die Pfadfinder hat er sehr gefördert, das lag ihm am Herzen. Ich glaub, er hat auch den Constantin dazu gebracht, dass er sich um uns kümmert.«

»Sein eigener Sohn war auch bei den Pfadfindern?«

»Der Guntram? Der war damals noch zu klein, und eine Wölflingsgruppe hatten wir nicht.«

»Sie wissen, dass Guntram Hartlaub jetzt Dekan in Ulm wird?«

»Ich hab's in der Zeitung gelesen«, antwortet Ringspiel. »Wie die Zeit vergeht. Aber wir haben es nicht mehr so mit der Kirche. Wenn es noch Prediger gäb' wie den alten Hartlaub, wär's vielleicht anders.«

»Dieser gewaltige Prediger«, sagt Berndorf unvermittelt, »was hat denn der eigentlich zu der Sache mit dem abgebrochenen Haus gesagt? Ich meine, hat er vom lieben Gott gepredigt, der die Kanaaniter hat totmachen lassen, oder vom Jesus, der die Schrotthändler aus dem Tempel vertreibt?«

»Es ist schade, dass Sie ihn nicht erlebt haben«, antwortet Ringspiel. »Sie hätten von ihm lernen können, dass man keine unnützen Worte macht. Aber wenn Sie's wirklich wissen wollen – er hat über Abraham und Lot gepredigt, vielleicht erinnern Sie sich ...«

»Ich bin nicht bibelfest«, meint Berndorf.

»Das hätte mich auch gewundert«, sagt Ringspiel. »Aber es schadet keinem, wenn er's weiß ... Abraham und sein Neffe Lot zogen mit ihren Herden nach Norden, nach Kanaan, aber ihre Herden waren zu groß geworden.« Er hebt den Kopf und seine Stimme bekommt einen getragenen Klang: »Und das Land ertrug es nicht, dass sie beieinander blieben ...« Der getragene Ton bricht wieder ab. »Die Hirten stritten sich um die

Weideplätze, und Abraham sagte zu Lot, sie seien doch Brüder und müssten keine Händel miteinander haben.« Noch einmal hebt Ringspiel die Stimme. »Steht dir nicht das ganze Land offen? So trenne dich doch von mir. Willst du zur Linken, so gehe ich zur Rechten, oder willst du zur Rechten, so gehe ich zur Linken …«

»Für jemanden, der es nicht mehr so mit der Kirche hat, ist Ihnen das noch sehr gegenwärtig«, sagt Berndorf. »Alle Achtung. Ich weiß nicht einmal mehr meinen Konfirmationsspruch … Die Predigt lief vermutlich darauf hinaus, dass Abraham im Lautertal blieb? Ein Glück, dass die deutschen Innenminister heutzutage keine Bibel mehr lesen, es wäre ihnen ein gefundenes Fressen … Und wann hat Ihr Pfarrer Hartlaub darüber gepredigt? Am Sonntag vor der Woche, in der das Haus abgebrochen wurde?«

»Ja«, antwortet Ringspiel. »Am Sonntag davor. Das hat im Dorf keiner vergessen. Aber dass Sie jetzt nichts Falsches denken: Er hat davon gesprochen, dass Abraham und Lot Brüder seien. Das ist doch« – er sucht nach einem Wort – »menschlich ist das doch, und kein Hass darin.«

»Gewiss doch«, sagt Berndorf. »Und ganz geschwisterlich bricht der eine Bruder dem anderen die Hütte ab. Steht ihm nicht das ganze Land offen? Aber wie war das damals nun mit den Pfadfindern? Haben die den Verkehr geregelt, während das fromme Werk in Gang gesetzt wurde? Oder die Ziegel weggekarrt?« Eigentlich hatte er statt Pfadfindern Junge Pioniere sagen wollen, aber dann war ihm eingefallen, dass das eine andere Geschichte ist aus einem fast anderen Land. Von der Seite sieht er, dass Ringspiels Gesicht sich verändert hat.

»In den Zeitungen stand«, sagt eine mühsam beherrschte Stimme, »dass das gesamte Dorf beteiligt war. Wenn das wahr ist, werden auch die Pfadfinder dabei gewesen sein.«

So kommst du mir nicht davon, denkt Berndorf. »Eigentlich wollte ich wissen, wie Sie das erlebt haben«, setzt er nach.

»Muss sich der Sohn des Bürgermeisters aus so etwas heraushalten, oder macht er ganz vorne mit?«
»Meinen Vater lassen Sie da heraus«, antwortet Ringspiel schroff. »Damit Sie es wissen: Ich bin dabei gewesen, und es ist mir nicht recht. Genügt Ihnen das?«
»Und der Sohn des Landrats?«
»Warum wollen Sie das alles wissen?«
»Es ist nichts weiter dabei«, antwortet Berndorf. »Mich interessiert dieser junge Mann von damals, der Sohn des Landrats, der Vater zeigt den Bauern, wo es langgeht, und der Sohn zeigt es den Bauernsöhnen, früh übt sich, was ein Chef werden will, Schwimmstunden in der Lauter, Fährtensuche auf der Wacholderheide, Constantin Autenrieth – so heißt er doch? – immer vorne dran, weiß immer noch einen neuen Knoten oder einen neuen Trick und wie man nach dem Gummiring taucht. Vielleicht haben Sie und die anderen Burschen ihn bewundert, und vielleicht hat es ihm gefallen, bewundert zu werden... Was tut so einer, wenn im Dorf eine solche Geschichte hochkocht wie damals mit den Zigeunern?«
Ringspiel schweigt. Plötzlich wirft er einen forschenden Blick auf Berndorf. »Was ist mit Ihrem Bein?«
Ohne dass er sich dessen bewusst geworden wäre, hat Berndorf zu hinken begonnen. Sofort zwingt er sich, damit aufzuhören. Hinken macht es nur schlimmer. Außerdem zerrt der Hund an der Leine. Das kommt, weil er keinen humpelnden Chef akzeptiert.
»Ich hatte einen Unfall«, antwortet Berndorf. »Es ist schon eine Weile her, und es ist alles wieder zusammengewachsen. Aber die längeren Wege muss ich erst wieder üben.«
»Morgen wird es Regen geben«, meint Ringspiel. »Leute, die eine alte Verletzung haben, spüren es oft, wenn das Wetter umschlägt.« Dann bietet er an, vorauszugehen und Berndorf mit dem Wagen abzuholen. Berndorf will das nicht und macht sich daran, die letzten zweieinhalb Kilometer mög-

lichst unverkrampft weiterzugehen, auch wenn der Schmerz bis in die Hüfte hochstrahlt. Er zwingt sich, gleichmäßig zu atmen, die Füße nicht schleifen zu lassen, was tut er sich da an! Reicht es nicht, dass er sich diesen Hund zugelegt hat? Was gehen ihn diese vierfingrigen Leute an, diese Blechmarken-Warte und Landmaschinenhändler, ungläubig Gewordene und bigott Gebliebene? Am Abend wird er in Berlin anrufen. Was wird er tun, wenn Barbara sagt: Komm doch einfach, Hundefutter gibt es auch beim Aldi hier in Dahlem?
Aber Barbara wird das nicht sagen. Barbara wird übermorgen zu einer Tagung nach Helsinki fliegen, da ist er in Lauternbürg so gut aufgehoben wie in Dahlem. Ein Rentner ist überall zu Hause, nirgendwo hat er wirklich etwas zu tun.

»Sie haben nach dem Constantin gefragt«, sagt Ringspiel und unterbricht das Schweigen, das nun schon wieder eine ganze Weile zwischen ihnen herrscht. »Es ist schon wahr, wir haben ihn bewundert. Vielleicht braucht man das als junger Mensch, dass man jemanden bewundern kann... Und der Constantin, der hatte etwas. So ein Lächeln, und ein Funkeln in den Augen.«
»Aber irgendwann hat sich diese Bewunderung bei Ihnen wieder gegeben?«
»Es war Constantin gewesen, der diese Idee aufbrachte«, sagt Ringspiel. »Die Idee, das Haus abzubrechen. Im Dorf hatten sie es anzünden wollen. Er hat es uns ausgeredet, mit dem Strafgesetzbuch von seinem Vater in der Hand. Ich seh es noch wie heut. Wir sind in der Alten Schmiede, das war unser Treffpunkt, und der Constantin hat sich auf die Drehbank gesetzt und sagt uns, dass wir das Haus nicht anzünden sollen, sondern abbrechen. Und wenn uns einer fragt, sollen wir sagen, in dem Haus hat es Ratten gegeben. Und jeden Augenblick hat es einstürzen können. Das sollten wir sagen.«
Ringspiel schweigt. Berndorf wagt einen Schuss ins Blaue.

»Aber als das Haus dann wirklich abgebrochen wurde, war er nicht dabei?«
Ringspiel wirft ihm einen kurzen Blick zu. »Warum fragen Sie, wenn Sie es wissen? Aber Sie haben Recht, er war nicht da. Er war in England, als Austauschschüler.«
Der Wald weicht zurück, vor ihnen kommen das Tal und Lauternbürg in Sicht, die Dächer aufragend aus dem Nebel, der von der Lauter aufsteigt.
»Ich bring Ihnen nachher einen Franzbranntwein«, sagt Ringspiel.

Tamar sitzt im Bademantel vor Berndorfs PC, hält sich an einem Glas Whisky fest und betrachtet mit kaltem Interesse die Homepage einer Münchner Galerie. Fotos zeigen alternde Kunstkritiker und ihre in knapp sitzendes Leder gepackte Ganymeds, Society-Lesben, die mal eben andersrum sind, gerade so auf die Schnelle, wie sie sich einen Leopardenmantel umwerfen, bebrillte Intellektuelle mit diesem Blick, der sagt: dies hier ist ein wichtiges Ereignis, denn ich bin ja dabei … Mit wirklich kaltem Interesse? Das bildest du dir nur ein, sagt sich Tamar und klickt das Foto einer nicht mehr ganz jungen Frau an, so dass das etwas füllige Gesicht mit der unerwartet spitzen Nase sich bildschirmbreit aufbaut.
Du also bist das, denkt sie.
Das Telefon meldet sich. Sie greift nach dem Hörer, besinnt sich dann aber und wirft einen Blick auf das Display.
Es ist ihre eigene Nummer, die dort angezeigt ist. Also ist es Hannah, die anruft. Woher weiß sie …?
Sie muss gar nicht wissen. Hannah sucht nach ihr, und weil sie nicht weiterweiß, ruft sie beim Alten Mann an. Warum aber sucht Hannah nach ihr? Muss sie eine Nachricht weitergeben?

Es gibt keine, die wichtig wäre. Die Vermittlung im Neuen Bau weiß, wo sie zu erreichen ist.
Außerdem ist alles auf den Weg gebracht und die Staatsanwaltschaften in Italien und Griechenland sind eingeschaltet. Wenn Paco irgendwo zwischen dem Lautertal und der Grenze den Lastzug übernehmen sollte, wird ihn die Grenzpolizei erwischen. Und wenn er erst nach der Grenze zugestiegen ist, werden ihn die Italiener in Ancona festnehmen oder die Griechen in Patras.
Berndorfs Telefon hat einen leisen, nervenden Rufton.
Warum ruft Hannah an? Ein grauenvolles letztes Beziehungsgespräch? Die so etwas wollen und darum betteln, dass es einen Stein erweicht, das sind doch immer die, mit denen Schluss gemacht worden ist. Die man abserviert hat. Aber nicht Tamar hat mit Hannah Schluss gemacht. Keineswegs ist es Hannah, die abserviert wurde. Was also gibt es da noch zu bereden?
Der Rufton bricht ab. Tamar wendet sich wieder dem Bildschirm zu. Sie überlegt sich, an welches Mädchen aus ihrer Schulzeit sie das Foto erinnert. Sie geht in der Galerie ihrer Erinnerung die Abteilung der Allerunausstehlichsten durch, aber es will ihr keine einfallen, die auch nur annähernd …
In der Tasche ihres Bademantels beginnt das Handy zu vibrieren. Sie holt es heraus und wirft einen Blick auf das Display. Der Anruf kommt nicht von Hannah.
Widerstrebend meldet sie sich.
»Kommen Sie zurecht?«, fragt Berndorf an Stelle einer Begrüßung.
»Womit?«, fragt Tamar zurück. »In Ihrer Wohnung ist alles okay. Falls übrigens Ihre nächste Telefonrechnung aus dem Ruder läuft, müssen Sie es mir sagen. Ich sitze gerade vor Ihrem PC und suche im Netz herum.«
»Wie es sich fügt«, sagt Berndorf. »Ich wollte Sie nämlich bitten, mir eine bestimmte Adresse herauszusuchen, die eines

Constantin Autenrieth, in Bonn oder Umgebung, ein Ministerialrat, vielleicht auch Ministerialdirektor…«
Tamar notiert den Namen und ruft das elektronische Adressbuch auf. Während sie befriedigt zusieht, wie das Gesicht mit der spitzen Nase und den zu dicken Backen vom Bildschirm ausgeblendet wird, will sie wissen, wie es dem Hund geht und wie sich Berndorfs Urlaub auf dem Bauernhof anlässt.
»Haben Sie noch ihre beiden Ohren?«
»Die Ohren hab ich noch, aber das eine Bein könnt ich wegwerfen.« Er berichtet von seiner Wanderung mit dem Wegewart des Albvereins. »Ein Naturfilosof. Leider haben wir dann noch Ärger mit dem Jäger bekommen, das ist dieser Landmaschinenhändler, der will beim nächsten Mal den Felix erschießen, wie finden Sie denn das?«
»Mit Neuböckh?«, fragt Tamar zurück. »Mit dem hatte ich heute auch zu tun. Paco, der junge Mann, der zu schnell zuschlägt, fährt für ihn und hätte Hilfsgüter in den Kosovo bringen sollen. Man sieht es dem Herrn Neuböckh nicht an, aber er arbeitet mit einem karitativen Verein zusammen.«
»Ein viel beschäftigter Mann«, bemerkt Berndorf. »Und hat sogar noch Zeit, meinem Hund nachzustellen…«
»Da ist eine Anschrift Autenrieth«, unterbricht ihn Tamar, »allerdings kein Constantin. Eine Edith Autenrieth, Bonn-Röttgen… Sie haben was zum Schreiben?« Sie gibt Anschrift und Telefonnummer durch.
»Ich frage Sie ja besser nicht, wofür Sie das haben wollen«, sagt sie dann, und während sie es sagt, merkt sie, dass es abwehrend klingt.
Das ist es ja auch, denkt sie. Ich hätte ihm schon von den Ermittlungen gegen Paco Adler nichts erzählen sollen. Es geht ihn nichts an. Also will ich auch nicht wissen, was er treibt.
Wieder schlägt Berndorfs Telefon an.
»Gehen Sie nur dran«, sagt Berndorf, »und wenn es für mich ist, geben Sie dem Anrufer in Gottes Namen meine Handy-

nummer. Ich will Sie dann auch gar nicht weiter aufhalten …«
Das Gespräch bricht ab. Auch recht, denkt Tamar und nimmt den Hörer des Netz-Telefons.
»Endlich erreiche ich dich«, sagt Hannahs Stimme. Die Stimme klingt ärgerlich.
»In der Polizeidirektion hatten sie erst lange herumgetan, bis Sie mir gesagt haben, dass du hier bist. Ich bin mir ziemlich blöde dabei vorgekommen, weißt du das?«
Warum, denkt Tamar, lege ich nicht einfach auf?

Sonntag, 11. November 2001

Tief hängen die Wolken über den Hügeln und Wäldern der Alb, gleichmäßig fällt der Regen, nur manchmal fegt eine Bö von Westen her und peitscht Berndorf die Tropfen ins Gesicht. Felix trottet einige Schritte vor ihm, von Zeit zu Zeit bleibt er stehen und schüttelt sich das Wasser aus seinem Fell.
Wieder zwingt sich Berndorf, nicht zu humpeln. Das Bein schmerzt noch immer, oder schon wieder, es ist nicht nur der Wetterumschlag, sondern auch der Muskelkater oder überhaupt eine Beanspruchung, der er noch nicht gewachsen ist. Oder nicht mehr. Doch der Hund braucht Bewegung.
Vom Dorf aus hat Berndorf den Weg eingeschlagen, der zunächst entlang der Lauter führt und sich dann, allmählich ansteigend, weiter links von ihr hält. Felder und Wiesen sind unterbrochen von einzelnen Baum- und Buschgruppen.

»Das war nicht immer so«, hatte ihm Ringspiel gestern gesagt. »Was Sie da sehen, sind Bombentrichter aus dem Zweiten Weltkrieg. Die Bäume kamen nachher.«
Bombenangriffe auf das Dorf Lauternbürg?
»Wenn das Flakfeuer zu stark war, mussten die Flieger abdrehen. Dann haben sie hier abgeladen, was sie über Ulm nicht losgeworden sind. Bei voller Last hat der Sprit für den Rückflug nicht gereicht.«

Einer der Tümpel ist eingezäunt. Unter den Zweigen einer Weide schwimmt ein Stockentenpärchen. Das erinnert ihn an eine Briefkarte, die er vor ein paar Tagen in seiner Post gefunden hat und die auf den ersten Blick aussah wie der Neujahrsglückwunsch eines chinesischen Restaurants: ein Aquarell, Bäume über einem Gewässer, dazu Schriftzeichen getuscht. Auf der Innenseite der Karte stand ein Vers und darunter handschriftlich: »Statt eines Grußes … F.« Jetzt, im Regen, versucht er, sich an den Vers zu erinnern. Mit einiger Mühe bringt er zusammen:

Wer kann schon ruhig warten,
bis sich der Schlamm gesetzt hat?
Wer kann das Ruhende bewegen,
bis es sich allmählich belebt?

Der Wald nimmt Hund und Wanderer auf. Die Lauter verschwindet zwischen den Bäumen, nur manchmal noch schimmert von ferne eine Flusswindung. Der Weg ist voll von Pfützen, Regentropfen fallen auf das Wasser und machen konzentrische Kreise.

Vorne bleibt Felix an einer Wegkreuzung stehen und wartet, hängeköpfig, hundsgeduldig. Der Pfad trifft hier auf den ausgeschilderten Wanderweg, den Berndorf gestern mit Ringspiel gegangen ist. Eine Fahrspur zweigt nach rechts ab, zur Jagdhütte des Lauternbürger Landmaschinenhändlers mit den viereckigen Manieren und den karitativen Verbindungen. Vorsichtshalber nimmt er Felix an die Leine, und während er das tut, hört er durch den Wald Motorengeräusch.

Etwas treibt Berndorf, hinter einer Wacholderhecke Deckung zu nehmen, den Hund dicht bei sich haltend. Die Hecke zieht sich einen Hang entlang, einige Schritte oberhalb des Weges. Er hockt sich auf einen moosüberzogenen Baumstumpf und schiebt einen stachligen Wacholderzweig zur Seite, um Sicht auf den Waldweg zu haben. Das Motorengeräusch nähert sich. Zu spät hat er bemerkt, dass das Moos nass vom Regen

ist wie ein voll gesogener Schwamm. Ein Daimler-Landrover kommt in Sicht. Der Regen ist stärker geworden und die Scheibenwischer des Wagens haben zu tun, um das Wasser von der Frontscheibe zu schaffen. Der Fahrer ist durch die beschlagenen Seitenscheiben nicht zu erkennen. Aber den Wagen hat Berndorf schon einmal gesehen. Gestern war das.
Dann ist der Landrover vorbei, ächzend stemmt sich Berndorf hoch. Den nassen Arsch hätte er sich ersparen können. Der Fahrer hat genug zu tun, den Wagen auf dem schlammigen Waldweg zu halten. Wie soll er da sehen, ob einer unter den Bäumen steht...
Steifbeinig steigt er auf den Waldweg hinab und folgt der Fahrspur, Felix an der Leine neben sich. Der Regen tropft auf den Hut, die nassen Hosen kleben ihm am Hintern und in seinen Schuhen quatscht das Wasser und beantwortet ganz von selbst die Frage, warum der Jagdpächter Neuböckh schon wieder den Landrover genommen hat, um nach seinem Revier zu sehen.
Der Weg macht eine Biegung. Durch die Bäume erkennt Berndorf die Umrisse eines ausladenden, tief gezogenen Daches. Er bleibt kurz stehen, klettert dann die Böschung hinab und sucht zwischen den Stämmen Deckung, den widerstrebenden Felix mit sich zerrend. Vorsichtig schiebt er sich zu der Lichtung vor, auf der die Jagdhütte steht. Aus der Nähe erscheint sie eher als ein Jagdhaus, zwar aus Holz gebaut, aber massiv, mit einer Veranda unterm vorgezogenen Dach.
Der Landrover ist abseits unter Bäumen geparkt. Der junge Mann, der zwei voll gepackte Plastiktüten ins Haus trägt, ist schlank, regennasse schwarze Haare hängen ihm in langen Strähnen ins Gesicht.
Berndorf nimmt seinen Hut ab, der zu hell ist und zu auffällig. Beißend kalt fährt ihm eine Bö ins Haar.
Der Jagdpächter Neuböckh – Kniebundhosen, grüne Windbluse – steht auf der Veranda und sieht dem jungen Mann zu,

der die Plastiktüten auf der Veranda abstellt, hinter einer massiven Balustrade aus grob behauenen Balken.
Berndorf wirft einen Blick auf seinen Hund. Felix steht neben ihm, den Kopf vorgestreckt, witternd, auf seinem Rücken richtet sich ein Streifen nasses Fell auf. Eilig sucht Berndorf in der Tasche seines Anoraks nach Trockenfutter. Einen knurrenden Hund kann er jetzt nicht brauchen.
Die beiden Männer wenden sich einander zu. Inzwischen schüttet es. Berndorf muss die Augen mit der Hand abschirmen, trotzdem kann er nur verschwommen erkennen, was sich an der Hütte tut. Das Trockenfutter steckt in einer Tüte und muss erst herausgekrümelt werden.
Auf der Veranda ist es offenbar Neuböckh, der die Unterhaltung bestreitet. Seine Hand unterstreicht und bezeichnet und verdeutlicht. Sie beschreibt ein Kommen und ein Abwehren, ein Fragen und ein Nicht-Antworten.
Berndorf spürt eine kühle Hundeschnauze mit weichen Lefzen in seiner Hand. Felix beschnuffelt kurz das Trockenfutter und wendet sich wieder ab.
Neuböckh schließt die Tür der Hütte ab, legt die beiden Riegel vor und sichert sie mit Vorhängeschlössern. Eine Handbewegung scheint zu sagen: »Jetzt bist du dran.«
Der Schwarzhaarige zögert. Schließlich bückt er sich, und als sein Oberkörper wieder oberhalb der Balustrade zu sehen ist, hat er ein Gerät in der Hand oder ein Werkzeug, Berndorf kann es nicht genau erkennen. Mit dem Werkzeug geht der Mann zu der Tür, die gerade eben sorgsam verschlossen wurde. Hammerschläge sind zu hören. Holz splittert.
Neuböckh tippt dem anderen mit der Hand auf die Schultern, grüßend oder anerkennend, und steigt die Stufen der Veranda hinab. Der Schwarzhaarige bleibt oben stehen und sieht ihm nach, ein wenig ratlos, wie es scheint.
Neuböckh klettert in den Landrover und startet. Der Wagen wendet vor der Hütte, ein Gruß mit der Lichthupe holt Hüt-

te und Veranda für einen Augenblick aus dem regentriefenden Zwielicht des Waldes, unterm First der Hütte hängt das Geweih eines Zwölf- oder Vierzehnenders, dann verschwindet der Landrover unter den Bäumen. Der Mann auf der Veranda nimmt wieder Hammer und Stemmeisen auf und nimmt sich den zweiten, tiefer angesetzten Riegel vor.

In seinem Versteck richtet sich Berndorf auf, vorsichtig. Nässe klebt an seinem Rücken, er bewegt die Schultern, als ob er sie damit vertreiben könne. Aber er stellt nur fest, dass er bis aufs Unterhemd durchnässt ist. Eigentlich braucht er jetzt auch keinen Hut mehr, trotzdem setzt er ihn wieder auf, er will die Hand frei haben.

Der Schwarzhaarige hat das Stemmeisen am Türschloss angesetzt. Nach einigen Schlägen schwingt die Tür auf, er nimmt die beiden Plastiktüten und geht in die Hütte.

Berndorf tritt ein paar Schritte zurück, gerade so weit, dass er sein Mobiltelefon benutzen kann, ohne gehört zu werden. Er schaltet es ein, das Display zeigt etwas an, das anders ist als sonst. Schließlich wird ihm klar, dass das Gerät ein Funknetz sucht und keines findet. Das Tal liegt in einem Funkloch.

Er nimmt die Leine wieder hoch und geht behutsam im Schutz der Bäume an der Lichtung vorbei. Von der Seite sieht er die Dachfenster der Hütte, offenbar ist das Dach ausgebaut, aus dem Schornstein zieht ein dünner Rauchfaden.

Die rückwärtigen Fenster der Hütte sind dunkel. Erst jetzt sieht Berndorf, dass der Weg, der von der Lichtung unterbrochen zu sein scheint, sich als schmaler Pfad fortsetzt und steil hinauf zu der westlichen Anhöhe über der Lichtung führt. Er nimmt die Wanderkarte, die ihm Ringspiel in einer Klarsichthülle mitgegeben hat. Soweit er es mit Hilfe einer kleinen Punktleuchte erkennen kann, die er an seinem Schlüsselbund trägt, führt dieser Pfad weiter bis zu einem der markierten Wanderwege. In zwei oder drei Kilometer Entfernung kreuzt dieser Wanderweg die Landstraße nach Wintersingen.

Plötzlich bemerkt er, dass der Hund zu ihm aufschaut. Es ist selten, dass Felix das tut. Offenbar ist er von früher raschere Entscheidungen gewohnt. »Wie du meinst«, murmelt Berndorf und schlägt den Weg zurück zur Hütte ein.
Das dunkle geduckte Dach taucht wieder vor ihm auf. Er geht um die Hütte herum und bleibt vor der Veranda stehen. Durch die kleinen Fenster fällt spärliches Licht. Musik spielt. Eine aufgeraute Stimme, eine Gitarre. Bob Dylan? *Tryin' to get to heaven?* Haben die hier elektrischen Anschluss? Sicher nicht. Ein Recorder mit Batteriebetrieb.
»Hallo!«, ruft er. Und: »Ist da jemand?«
Keine Antwort.
Die Frage ist auch gar zu blöd. »Komm, Felix«, sagt er laut, »wir stellen uns hier unter, bis es sich ausgeregnet hat.« Sie steigen die Stufen zur Veranda hoch.
Die Musik bricht ab.
»'tschuldigung«, ruft Berndorf, »ich such nur einen trockenen Platz.«
Wieder keine Antwort.
Berndorf löst die Leine und gibt Felix einen Klaps, damit er sich hinsetzt.
Hinter ihm bewegt sich die Tür.
»Hau ab, du!«, sagt eine Stimme zu seinem Rücken. Die Stimme ist angespannt. »Das ist Privatbesitz, verpiss dich ...«
»Oh, so freundlich wie immer«, antwortet Berndorf und dreht sich langsam um. »Der Herr Neuböckh, kein Zweifel.«
Die Tür hat sich nur einen Spalt geöffnet, so dass Berndorf nicht erkennen kann, wer dahinter steht. »An der Stimme hätte ich Sie fast nicht erkannt ... Ich suche nur ein wenig Schutz vor dem Regen, da haben Sie doch sicher nichts dagegen.«
Die Drillingsläufe eines Jagdgewehrs werden sichtbar.
Abrupt steht Felix auf und knurrt.
»Mach dich dünne«, befiehlt die heisere Stimme, »oder ich knall deinen Köter ab ...«

Berndorf drängt seinen Hund gegen die Wand der Hütte. »Aber lieber Herr Neuböckh, das wäre gar nicht klug, was glauben Sie, wie sich das in der Zeitung liest – Jagdpächter schießt auf Schutz suchenden Wanderer, das wäre eine Schlagzeile, die Sie gar nicht gerne lesen.«
Langsam schiebt sich die Tür auf. Vor Berndorf steht der Schwarzhaarige, mit einer gezackten Narbe auf der Stirn, das Gewehr im Anschlag. »Schluss mit dem Geschwätz, hau ab, ich hab Zwölfer-Schrot geladen …«
»Das ist ja gar nicht der Herr Neuböckh«, sagt Berndorf, »es sind seine Umgangsformen, aber er selbst ist es nicht, vielleicht sind die Umgangsformen endemisch in den Kreisen der hiesigen Jägerschaft …« Er hat sich einen oder zwei Schritte von der Wand entfernt und auf den Jüngeren zugeschoben, der nun drohend das Gewehr auf ihn richtet.
»Nicht doch!«, fährt Berndorf fort. »So ein Ding geht plötzlich los, und es kommt jemand zu Schaden, da ist dann immer ein kleiner Ärger damit verbunden, das wäre doch auch dem Herrn Neuböckh peinlich, wenn er nur wegen einer solchen Dummheit die Herren von der Staatsanwaltschaft zur Treibjagd einladen muss …«
»Sie haben sie nicht mehr alle«, kommt die Antwort, sachlich, fast belustigt. »Sie haben sich zu viel Schnaps eingedudelt, schlafen Sie Ihren Rausch woanders aus …«
»Schon duzen wir nicht mehr die Leute, mit denen wir keine Schweine gehütet haben«, sagt Berndorf mit freundlicher Stimme und versucht, mit den Augen den Blick des Mannes festzuhalten. »Wir machen Fortschritte.« Plötzlich ist er noch einen Schritt näher an dem Mann. Die dunklen Augen blicken abwehrend. Fast ängstlich.
»FASS!«
Von der Wand löst sich ein gelber Schatten und springt zwischen den beiden Männern auf. Berndorf schlägt das Gewehr zur Seite, er hat fast keine Mühe damit, bewegungslos starrt

der junge Mann auf seinen linken Arm, der plötzlich nach unten hängt wie ein fremder Gegenstand, das Handgelenk im Fang von Felix, der halb aufgerichtet steht, reglos, wartend.
»Ruhig, schön ruhig bleiben«, sagt Berndorf. »Gar nichts tun, dann tut Ihnen der Hund auch nichts …, braver Felix!«
Der Mann lässt sich das Gewehr wegnehmen, als habe er nie gewusst, was er damit eigentlich tun soll. Berndorf kippt die Läufe ab, entlädt die Waffe und steckt die Patronen in die Jackentasche. »Sie sind Paco?«
»Für Sie immer noch der Herr Adler«, antwortet der junge Mann trotzig. Er versucht sich aufrecht zu halten, aber sein Oberkörper ist merkwürdig zur Seite gebeugt, von seinem eigenen Arm nach unten gezogen. Oder doch wohl eher von dem Hund, der daran hängt.
»Felix: AUS!«, befiehlt Berndorf. Widerstrebend gibt der Hund Pacos Unterarm frei. Der betrachtet das Handgelenk, fast erstaunt, dass er kein Blut sieht. Mit der anderen Hand beginnt er, die Druckstellen zu massieren.
»Das finde ich auch, dass wir etwas mehr auf Formen achten sollten«, meint Berndorf. »Sie könnten mich beispielsweise in die Hütte einladen und einen Kaffee anbieten oder einen Schnaps. Das macht man so, wenn einer ein Dach über dem Kopf hat und der andere nicht.«

Knisternd brennt Holz im gusseisernen Kanonenofen. Eine Petroleumlampe taucht die beiden Männer, die sich am Tisch mit der rotweiß gewürfelten Decke gegenübersitzen, in ein blakendes Licht und wirft lange Schatten an die getäfelten Wände. Mit kleinen Schlucken trinkt Berndorf den Instantkaffee, für den er sich in der Küche auf einem Propangaskocher das Wasser heiß gemacht hat. Seinen durchnässten Trenchcoat hat er über den Stuhl neben sich gehängt. Ihm gegenüber sitzt Paco, die Arme verschränkt. Er will keinen Kaffee, und vor allem will er nicht reden. Das schon gar nicht.

Seitlich zum Tisch liegt Felix, den Kopf auf die Vorderpfoten gebettet, aber er lässt Paco keinen Moment aus den Augen.
Den Becher in der Hand, blickt sich Berndorf um. Geweihe an der einen Seitenwand. Ein ausgestopfter Dachs. Ein mehrtüriger, in die Wand eingebauter Schrank, im Mittelteil verglast, dahinter Regale. Zu ahnen sind Steingut-Teller, Zinnbecher, Bierkrüge. In der Ecke neben dem Schrank ein alter Lehnstuhl. Auf dem Fenstersims der CD-Recorder.
Paco ist zu einem Entschluss gekommen. »Der Chef hat auch einen Schnaps da«, sagt er in die Stille, »ich bring Ihnen einen, Sie wollten doch einen ...«
Berndorf schüttelt den Kopf. »Nicht wirklich.«
»Der Chef hat nichts dagegen«, versichert Paco, »ganz bestimmt nicht.«
»Das glaub ich sogar«, sagt Berndorf. »Gar nichts hätte er dagegen, wenn Sie sich den Kopf zuschütten.«
»Versteh ich nicht ...«
»Da gibt es noch ganz andere Dinge, die schwer zu verstehen sind«, meint Berndorf. »Dass da zwei Männer vor einer Tür stehen, und der eine schließt sie ab, damit sie der andere mit dem Stemmeisen aufmacht, das zum Beispiel ist schwer zu verstehen.«
»Ich weiß nicht, wovon Sie reden«, sagt Paco. »Ich weiß auch nicht, was Sie hier überhaupt suchen.«
»Ein Dach über dem Kopf hab ich gesucht«, Berndorf setzt den Kaffeebecher ab, »einen warmen Ofen, einen heißen Kaffee. Gesucht und gefunden.« Er nimmt das Drillingsgewehr, das neben ihm auf der Sitzbank liegt und betrachtet es noch einmal eingehend. Es ist eine Krieghoff Neptun, zwei Schrotläufe, ein Büchsenlauf. Die Waffe ist selbstspannend – wenn sie geladen ist, ist sie auch schussbereit. Das hätte sogar richtig gefährlich werden können, denkt Berndorf und verscheucht den Gedanken sofort wieder. Auf dem Verschluss ist das Bild einer Frau eingraviert, die einen Kranz stilisierter

Blätter um den Kopf trägt und die ihre Brüste mit den Händen bedeckt. Darunter ist, von Rankenwerk umgeben, ein Namenskürzel und eine Jahreszahl eingetragen, Berndorf muss das Gewehr höher an die Petroleumlampe halten, um die Initialen »CA« und die Zahl »1987« zu erkennen.

»Schönes Gerät.« Er legt das Gewehr wieder auf die Bank. »Einer wie Sie ist ein gutes Jahr auf Tour, bis er das Pulver dafür beisammen hat. Aber selbst die schönsten Waffen sind nichts als Werkzeuge des Unglücks. Hab ich mal irgendwo gelesen. Es wundert mich, dass der Herr Neuböckh das Ding so mir nix, dir nix aus der Hand gibt.«

»Ich soll hier aufpassen«, sagt Paco in verdrießlichem Ton. »Und Sie werden noch mächtigen Ärger haben, wenn er rauskriegt, was hier abgelaufen ist.«

»Aber vermutlich hat der Neuböckh Ihnen das Gewehr gar nicht gegeben«, fährt Berndorf fort. »Er hat Ihnen nur gesagt, wo Sie's finden. Wenn das Unglück passiert ist, soll es nicht so aussehen, als ob er es war, der Sie hier hereingelassen hätte. Auf keinen Fall darf es so aussehen, nicht wahr?«

Paco schweigt.

»Es fragt sich nur, was für ein Unglück das sein wird.« Berndorf nimmt einen Schluck Kaffee und betrachtet Paco über den Becher hinweg. »Sie sind ja nicht hier, um sich von der Polizei schnappen zu lassen. Und wenn der Herr Neuböckh Sie verpfeifen wollte« – er unterbricht sich und sieht zu, wie ein Schatten über Pacos Gesicht läuft – »dann hätte er nicht die Komödie mit den aufgebrochenen Schlössern inszeniert.«

»Hören Sie mit dem Gerede auf«, sagt Paco. »Sie legen mich nicht herein, schon gar nicht auf Ihre karierte Art.«

»Ich will doch gar nichts von Ihnen«, antwortet Berndorf und stellt den Becher ab. »Ich denke nur laut. Ein Selbstgespräch. Alte Leute neigen dazu. Ich glaube nämlich nicht, dass der Herr Neuböckh die Schlösser nur sozusagen prophylaktisch hat aufbrechen lassen. Irgendwie kann ich das nicht glauben.«

Er steht auf und verzieht das Gesicht. Unangenehm kleben Unterwäsche und Hosen an seinem Körper. »Ich werde mich hier mal umsehen. In der Zwischenzeit wollen Sie bitte hier am Tisch sitzen bleiben, mein Hund neigt dazu, plötzliche Bewegungen falsch zu verstehen.«
Er steht auf und geht zu dem Wandschrank. Die Seitentüren sehen nach Eiche massiv aus, doch in beiden stecken die Schlüssel, und die Tür rechts ist halb aufgezogen. Dahinter kommt ein Fach mit Gestellen für Gewehre zum Vorschein. Die Gestelle sind leer, bis auf einige Zwanzigerpackungen für Schrot- und Büchsenmunition unten im Fach. Berndorf vergleicht das Kaliber mit dem der Patronen, die er aus dem Drilling genommen hat. Die Kaliber stimmen überein.
Er schließt den Schrank ab und zeigt Paco den Schlüssel. »Wo haben Sie den gefunden? In einem von den Bierkrügen?«
Paco wirft ihm einen gleichgültigen Blick zu. Dann holt er eine Packung Zigaretten aus der Lederjacke, die über seinem Stuhl hängt. »Was dagegen, wenn ich rauche?«
Berndorf fragt nicht weiter, sondern verlässt die Wohnstube und geht durch den Flur in die rauchgeschwärzte Küche mit dem altertümlichen Herd und dem Propangaskocher.
In einem Verschlag steht ein Regal, gelagert sind Weinflaschen, zwei Sechserpack Bier, Ravioli- und Gemüsekonserven. Außerdem finden sich einige Packungen Brot, Käse und Speck, in Plastikfolie eingeschweißt.
Von der Küche führt eine weitere Tür nach draußen. Der Schlüssel steckt. Er öffnet die Tür, vor ihm beginnt der Pfad, der den Hang hinaufführt und dort in der Dunkelheit und unter den Bäumen verschwindet. Er schließt die Tür wieder.
Über eine steile Treppe gelangt er vom Flur ins Dachgeschoss, in dem sich mehrere Mansardenzimmer befinden. Eines davon ist größer als die anderen und nicht mit einer einfachen Pritsche ausgestattet, sondern mit einem französischen Bett, an dessen Kopfende eine mit braunem Frottee

bezogene Nackenrolle liegt. In einem Kleiderschrank hängen ein Anorak und ein grauer gefütterter Regenmantel, auf der Ablage findet sich ein Trachtenhut mit Gamsbart.
Er will die Schranktür schon wieder schließen, als er innehält. Eine Weile steht er so, dann nimmt er die Nackenrolle vom Bett, holt aus dem Schrank Mantel und Tirolerhut und trägt alles die Treppe hinab.
In der Wohnstube wedelt Felix kurz mit dem Stummelschwanz. Paco zündet sich eine neue Zigarette an und sieht teilnahmslos zu, wie Berndorf Nackenrolle, Mantel und Hut auf dem Boden vor dem Lehnstuhl ablegt.
»Sie kennen sich hier ja aus«, sagt Berndorf. »Könnten Sie mir eine Schnur bringen oder eine Rolle Bindfaden?«
»Sie sind gut«, antwortet Paco. »Warum soll ich so was tun? Schließlich bin ich nicht meschugge. Ich bin auch nicht dem Doktor davongelaufen wie andere Leute.«
Berndorf nimmt die Nackenrolle, legt sie in den auf dem Lehnstuhl ausgebreiteten Mantel und knickt sie zwischen Sitzfläche und Lehne ein. »Weiter oben an der Landstraße ist vorgestern ein Streifenwagen abgestellt worden«, sagt er im Plauderton. »Irgendwer hatte ihn sich ausgeliehen, die Polizei ist ja dein Freund und Helfer, die gibt ihn gerne her. Vorgestern war das. Gestern fährt hier der Herr Neuböckh mit seinem Landrover spazieren. Heute finde ich Sie hier… Wollen wir wetten? Wenn einer den Pfad da hinten kennt, braucht er keine Stunde, bis er an der Landstraße ist.« Er schlägt den Mantel um die Nackenrolle. »Geht doch«, sagt er befriedigt. »Gilt die Wette? Um einen Tirolerhut vielleicht?«
Paco ist wieder in sein mürrisches Schweigen verfallen. Berndorf knöpft den auf den Lehnstuhl drapierten Mantel zu und schließt auch den Gürtel. Dann geht er zur Wand links, nimmt den ausgestopften Dachs vom Wandbrett und geht damit zu dem Lehnstuhl. Der Präparator hat dem Tier eine geduckte Haltung gegeben, der Kopf mit dem hellen Streifen,

der von der Stirn zur Schnauze verläuft, ist gesenkt. Berndorf steckt das Tier in den Mantel, so dass es auf der Bettwurst aufsitzt und mit dem Rücken an der Lehne einen Halt hat. Der Dachs versinkt in dem Mantel, bis schließlich nur noch Kopf und Schnauze zu sehen sind. Berndorf nickt und setzt dem Tier den Hut mit dem Gamsbart auf.

»Nett«, sagt Paco. »Haben Sie öfters Kindergeburtstag?«

»Sie wollten mir eine Schnur bringen«, erinnert ihn Berndorf.

»Bitte«, meint Paco. »Wenn Sie's freut.« Er steht auf und geht zur Küche. Berndorf hört, wie Schubladen auf- und zugezogen werden.

Paco kommt mit einer Rolle Bindfaden zurück. »Und jetzt?«

Berndorf holt das Jagdgewehr von der Bank und schiebt es mit dem Kolben zwischen den ausgestopften Mantel und der Seitenlehne des Sessels. »Halten Sie mal!«

Paco hält das Gewehr, während Berndorf mit dem Bindfaden eine Schlaufe knüpft und so um den Lauf legt, dass sie sich in Höhe des Korns festzieht. Dann führt er den Faden zur Nackenstütze des Lehnstuhls und knüpft ihn dort an. Schließlich treten er und Paco zur Seite und begutachten die Vorrichtung.

»Einen Augenblick«, sagt Paco und legt die Mantelärmel so, dass sie das Gewehr zu halten scheinen. »So hatten Sie's doch gedacht, Meister? Sieht aus wie der Räuber Hotzenplotz.«

»Perfekt«, sagt Berndorf und holt seine Taschenuhr hervor. Es ist kurz vor 19 Uhr. »Ein bisschen Zeit haben wir noch. Die Leute, die Neuböckh schickt, werden jetzt noch nicht durchs Dorf fahren wollen.« Er geht zur linken Seitentür des Wandschranks und öffnet sie. In den oberen Fächern steht weiteres Steingut-Geschirr, die drei unteren Fächer sind mit Büchern und Zeitschriften voll gestellt.

»Was soll der Scheiß? Was für Leute?«, fragt Paco. Plötzlich klingt seine Stimme aufgebracht. Felix knurrt.

»Is' ja gut, braver Hund«, sagt Berndorf beruhigend und geht zur Tür. »Sie sollten nicht so hektisch reden. Jetzt weiß ich nämlich nicht, warum der Hund geknurrt hat. Das kann wegen Ihnen gewesen sein, muss aber nicht.« Er öffnet die Tür. »Felix: Such!« Draußen regnet es noch immer. Widerstrebend läuft der Hund auf die Lichtung hinaus und zum Waldrand, schnüffelt kurz, hebt sein Bein, schnüffelt noch einmal und kehrt sehr schnell zur Hütte zurück. »Dann wollen wir mal glauben, dass da draußen noch keiner ist«, sagt Berndorf und wendet sich wieder den Fächern mit den Büchern zu.

»Hören Sie«, sagt Paco fast flehentlich. »Ich hab Ihnen geholfen, und jetzt erklären Sie mir, wofür das alles gut sein soll und was das für Leute sind, auf die Sie warten.«

»Warten ist zu viel gesagt«, erklärt Berndorf. Er zieht einen Stapel Zeitschriften heraus – »country life«, »Die deutsche Waidmannspost«, Kataloge über Jagdwaffen und Munition – und stellt alles wieder zurück. Dabei ist er in die Hocke gegangen, aber das tut seinem linken Knie nicht gut, und so greift er sich einen Stoß Bücher und geht – nachdem er ächzend aufgestanden ist – damit zum Tisch.

»Außerdem weiß ich auch gar nicht, wen Neuböckh schicken wird. Oder ob er vielleicht selbst kommt.« Er hat sich an den Tisch gesetzt. »Ich würde es nur gerne wissen. Manche Menschen interessieren mich eben. Wohltätige Menschen zum Beispiel. Nehmen wir den Herrn Neuböckh. Einmal ist er wohltätig im Kosovo und in der Dritten Welt und was weiß ich wo, dann ist er wieder wohltätig zu Ihnen. Und zu den Rehen ist er's auch noch, fast hätt' ich's vergessen. Wie bringt er das auf die Reihe? Andere Leute wären vielleicht ein bisschen sauer, wenn ihnen ein Pensionsgast in die Jagdhütte schneit... Aber er! Er sorgt für Kost und Logis, solange Sie keine Polizisten sehen wollen. Kauft im Supermarkt für Sie ein. Rührend. Warum tut er das?«

Paco schweigt.

Im Schein der Petroleumlampe blättert Berndorf durch, was er aus dem Schrank mitgenommen hat: zwei Bestimmungs-

bücher zu Fauna und Flora, ein älterer Grisham, zwei Romane von LeCarré, ebenfalls schon vor gut zehn Jahren erschienen. Er legt alles zur Seite, hält plötzlich Eric Amblers »Waffenschmuggel« in den Händen und zögert, als ob sich in seinem Kopf ein Einwand gemeldet hätte.
»Ich glaube fast«, fährt er schließlich fort, »der Herr Neuböckh ist vor allem deshalb so besorgt um Sie, weil er nicht möchte, dass die Polizei Ihnen zu viele Fragen stellt... Paco, verstehen Sie eigentlich, was ich Ihnen sagen will?«
»Sicher versteh ich Sie«, antwortet Paco. »Bahnhof, sagen Sie. In einem fort Bahnhof. Dabei will ich nur wissen, was das für Leute sind, von denen Sie geredet haben. Ich..., ich muss das wissen. Ich hab ein Recht darauf.«
Zwei Romane von Sjöwall/Wahlöö, ein verstaubtes Exemplar des Grundlagenvertrages zur deutschen Einheit, eine Abrechnung mit dem Tierschützer Horst Stern und ein kleines Taschenbuch mit einem Titel, den Berndorf nicht sofort entziffern kann.
Er blickt Paco ins Gesicht und lächelt freundlich. »Wissen Sie eigentlich, wie man jemanden am sichersten vor dummen Fragen schützt? Man bringt ihn um.«
Paco hebt die Hand, als wolle er sich an die Stirn tippen. Berndorf lächelt nicht mehr. Langsam sinkt die Hand wieder auf den Tisch. »Woher...« Die Frage bleibt unausgesprochen.
»Und wenn Sie jemanden auch noch mit einem Gewehr antreffen, das ihm nicht gehört«, fährt Berndorf fort, »und in einer Jagdhütte, die ihm auch nicht gehört – dann bringen Sie den ja nicht einfach um. Dann töten Sie in Notwehr. Begreifen Sie jetzt, wie das hier gedacht war?«
Paco starrt noch immer auf seine Hand, als fände er dort eine Antwort auf Fragen, die er nicht zu verstehen scheint.
Berndorf wendet sich wieder dem Taschenbuch zu. Der Titel besteht aus zwei Worten, das eine horizontal, das andere vertikal gesetzt, und die beiden Worte sind dann doch eines:

V
e
Kreuz
h
ö
r

Er schlägt das Buch auf, es ist eine Sammlung von Kreuzworträtseln aus dem Magazin des Hamburger Wochenblattes für den literarisch interessierten Oberstudienrat. Mehrere der Rätsel sind gelöst, offenbar mühelos und ohne Korrekturen. Die nach rechts geneigten Druckbuchstaben verraten eine geübte Handschrift. Berndorf blättert weiter, eines der Rätsel ist nur zur Hälfte ausgefüllt, diesmal scheint die Schrift eine andere zu sein, die Buchstaben stehen aufrechter, sind sorgfältiger ausgeführt… Morgen, denkt er. Er schaut auf seine Uhr, schlägt das Buch zu und steckt es ein.

»Ich glaube, es wird Zeit.«

»Zeit wozu?«

»Zeit zu gehen.« Berndorf stemmt sich hoch, zieht seinen klammen Trenchcoat an und setzt seinen Hut auf. »Sie sollten nicht warten, bis Sie abgeholt werden. Das wissen Sie doch. Wir nehmen den Pfad, der den Wald hochführt. «

Paco tastet nach seiner Packung Zigaretten. Sie ist leer. Er zerknüllt sie.

Wieder knurrt Felix. Berndorf blickt auf. Zwischen den Bäumen wird es heller. Dann ist Motorengeräusch zu hören. »Wir haben schon zu lange gewartet«, sagt er. Er dreht die Flamme der Petroleumlampe klein, dann geht er durch den Flur zur Küche und schließt die Tür auf. »Kommen Sie!«, ruft er noch einmal. »Sie können sich ja vom Wald aus ansehen, wer Sie da besuchen will…«

Er geht mit Felix in den Regen hinaus. Hinter ihnen breitet sich ein Lichtschein aus, schwarz und geduckt zeichnen sich

die Umrisse der Jagdhütte ab. Berndorf und der Hund sind schon unter den Bäumen verschwunden, als rasche Schritte zu hören sind. Paco schließt zu ihnen auf und zieht sich im Laufen den Reißverschluss seiner Lederjacke zu.
Die Hütte liegt noch immer im Licht. Jemand hupt zweimal. Eine Stimme ruft.
Berndorf und Paco bleiben stehen. »Paco«, ruft die Stimme, »Neuböckh schickt uns…« Die Stimme klingt selbstbewusst und so, als dulde sie keine Widerrede.
»Bloß der nicht«, flüstert Paco und zerrt plötzlich an Berndorfs Arm. »Kommen Sie doch, schnell…«
Sie gehen den Weg weiter, er ist steiler, als Berndorf es sich ausgerechnet hat, sein Bein schmerzt, Paco läuft ihm voraus, Felix ist manchmal bei ihm und manchmal wieder bei Berndorf, als müsse er die Gruppe zusammenhalten… An einer Kehre bleibt Berndorf stehen, unter sich sieht er die Lichtung mit der Hütte, noch immer hell erleuchtet von den Scheinwerfern eines Geländewagens. Vorsichtig geht Berndorf noch einen Schritt vor, bleibt aber im Schutz einer Fichte.
Die Scheinwerfer blenden. Geduckt steht ein Mann neben dem Wagen und hat auf der Motorhaube ein Gewehr aufgelegt.
Krachend fällt die Waldesruh in Stücke. Der Mann hinter dem Wagen feuert in rascher Folge. Keine Maschinenwaffe, denkt Berndorf, vermutlich ein Repetiergewehr. Unten auf der Lichtung läuft ein zweiter Mann, groß und stämmig, auch er mit einem Gewehr in der einen Hand, und hechtet, als wär's eine Turnübung, über die Balustrade.
Berndorf tritt zurück und zählt für sich auf sechs.
Wieder klacken Schüsse.
Nun hat es auch den ausgestopften Dachs erwischt. Berndorf dreht sich um, auf dem Pfad wartet der Hund. »Braver Felix«, sagt Berndorf und geht weiter.

Der Regen hat aufgehört. Noch ehe Berndorf das Motorengeräusch hört, holt Scheinwerferlicht die Kuppe der von Nordwesten heranführenden Landstraße aus der Dunkelheit. Ein Wagen kommt über die Kuppe, das Fernlicht erfasst Berndorf und seinen Hund, dann blendet der Fahrer ab und setzt Blinker und biegt auf den Wanderparkplatz ein.

»Ein freundliches Wetter haben Sie sich da zum Wandern ausgesucht«, sagt Marzens Erwin, als er ausgestiegen ist und von Felix begrüßt wird, als wäre nie ein Zähnefletschen zwischen ihnen gewesen. Weil Sonntag ist und irgendwo ein Jubiläum war, steckt Marz in der blauen Uniform eines Feuerwehrkommandanten.

Berndorf und Marz tauschen einen Händedruck.

»Sie sind aber schnell da«, meint Berndorf. Vor zwanzig Minuten waren er und der Hund und Paco auf dem Wanderparkplatz angekommen, von wo aus Berndorfs Mobiltelefon wieder Funkkontakt hatte. Zu seinem Glück. Den letzten Kilometer hatte er nur noch humpelnd zurücklegen können.

»Die von der Feuerwehr Wieshülen sind schon immer schnell da«, stellt Marz klar und will wissen, wohin er Berndorf und den jungen Mann bringen kann. Berndorf will nach Lauternbürg, aber Paco meldet Widerspruch an.

»Da unten sind diese Typen, Chef. Ich will da nicht hin.«

Berndorf erklärt, dass er seinen Wagen dort hat. »Sie wissen, dass wir den brauchen. Außerdem haben wir jetzt Begleitschutz, der Kommandant Marz kommt überall durch.«

Marz grinst, Paco schüttelt verständnislos den Kopf. Berndorf steigt vorne ein, denn er muss sein Bein ausstrecken können. Felix springt auf den Rücksitz. Widerstrebend folgt Paco.

Wenig später sind sie bereits auf der Rückfahrt nach Lauternbürg, in großem Bogen vorbei an dem Jagdrevier des Landmaschinenhändlers Neuböckh mit seinen Wacholderheiden und seinen Buchenwäldern und den Tümpeln, die die Royal Air Force dort hineingebombt hat.

SWR 4 sendet Volkslieder, munter singt ein Männerchor vom Jäger aus Kurpfalz. »… 'tschuldigung, Chef«, sagt Paco, »haben Sie keinen anderen Sender drauf?«
»Es ist 23.30 Uhr«, sagt die Stimme im Radio und meldet vier Kilometer Stau vor der Autobahnausfahrt Pforzheim West.
Paco blickt zu Berndorf. »Heilbronn?«, fragt er.
Berndorf nickt. Er ist müde, sein linkes Bein schmerzt, er braucht ein Bad. Sie haben die Hochfläche der Alb hinter sich gelassen und sind knapp dreißig Kilometer vor Stuttgart. Eine Stunde, so denkt er, sollten sie noch durchhalten.
Warum eigentlich?
Weil er morgen Vormittag in Bonn sein will. Damit sich endlich etwas bewegt. Und weil er noch mit Paco reden will.
Unsinn. Er will noch eine Stunde durchhalten, weil sie Abstand halten müssen zu den Leuten, denen es vielleicht nicht genügt, dass sie bisher nur einen toten Dachs erledigt haben. Nur deshalb hat er sich bei Waltraud Ringspiel Hals über Kopf verabschiedet und ihr Geld in die Hand gedrückt, er müsse leider … Dringender Anruf! Würde gerne mal wiederkommen! Und empfehlen Sie mich Ihrem Mann …
Die Lichter spiegeln sich auf der nassen Fahrbahn, Berndorf fühlt sich wie in einem Aquarium, aus dessen Dunkelheit Leuchtfische auftauchen und aneinander vorbeiziehen. Auch sein Beamten-Kombi, von Paco gesteuert, folgt zielstrebig seiner Bahn, unaufgeregt, selten die Spur wechselnd, Paco ist ein Profi, und das merkt man.
Berndorf beginnt zu dösen.
»Eins versteh ich nicht«, dringt Pacos Stimme zu ihm durch. »Warum haben Sie nicht gleich gesagt, dass wir abhauen sollen? Dann hätten wir den Dachs nicht verkleiden brauchen.«
»Erstens«, antwortet Berndorf müde, »hätten Sie mir so schnell gar nicht geglaubt. Zweitens muss jetzt jemand erklären, warum er dort herumgeballert hat. Der Bullerei wird er es erklären müssen.«

»Komisch«, meint Paco, »eine Zeit lang hab ich gedacht, Sie sind selber ein Bulle, ein Naterer, wie Onkel Reino sagt. Bis das mit dem Kostümfest losging.«
»Es irrt der Mensch, solang er strebt«, antwortet Berndorf.
»Sie haben öfter mal so einen Spruch. Alle selber erfunden?«
»Der war grad von einem Frankfurter.« Berndorf gähnt. »Sagen Sie mal – wieso fahren eure Leute eigentlich für diesen Landmaschinenhändler? Nach der Sache mit dem Haus, das die Leute von Lauternbürg abgebrochen haben, könnt ihr doch keinem mehr von denen die Hand geben?«
Paco lacht, aber es klingt nicht sehr lustig. »Viel Ahnung haben Sie nicht von uns?«, fragt er dann. »Wir können es uns nicht aussuchen, von wem wir einen Auftrag annehmen. Oder wem wir die Hand geben sollen. Wie die Lauternbürger die Gusch abgerissen haben, ist der alte Neuböckh zu Onkel Reino gekommen und hat gemeint, der Reino solle das nicht persönlich nehmen, sowieso sei es nicht recht, den Zigeunern vorzuschreiben, wo sie wohnen sollen und wie, und ob der Reino beim Schrotteln ihm nicht Ersatzteile raussuchen könnte für Traktoren ... So sind der Onkel und die Neuböckhs ins Geschäft gekommen, und mussten sich dabei nicht groß die Hand geben ...«
Berndorf nickt. »Das versteh ich schon. Aber was ist, wenn die Geschäfte nicht mehr so gut sind? Seit ich Zeitung lesen kann, jammern die Bauern. Wo nimmt da ein Landmaschinenhändler die zwei Mark fünfzig her für die Jagdpacht und was man sonst so braucht als Herr vom Lande?«
»Weiß ich nicht«, antwortet Paco. »Ich bin nur Fahrer. Ich liefere die Ware und was sonst ist, geht mich nichts an.«
»Freilich«, sagt Berndorf. »Es gibt Dinge, die einen nichts angehen und von denen man dummerweise doch etwas weiß.« Er reckt sich und stemmt die Hände gegen das Wagendach, um seinen Rücken und seine Schultern durchzudrücken und dann wieder zu lockern. »Sie müssen mir nicht erzählen, wel-

che Ware Sie für Neuböckh wirklich fahren. Vielleicht PKW-Ersatzteile aus Diebstählen auf Auftrag, fabrikneu für den schwarzen Markt in Polen. Vielleicht Ware, die auf Embargo-Listen steht. Computer für Giftgas-Fabriken in Libyen. Oder vielleicht doch nur das banale Mordgerät für irgendwelche Massaker an Serben, Albanern oder Negerstämmen…«
Er setzt sich wieder aufrecht hin. »Ja, das wird es sein. Die Herren mit den Repetiergewehren haben sich ganz danach angehört. Aber was zum Henker hat dieser Dorfjournalist herausgefunden, dass ihm solche Gesellschaft die Unterlagen filzt? Sie müssten ein wenig mehr davon wissen, Paco, denn Sie haben es gesehen.«
»Entschuldigung«, unterbricht ihn Paco und beugt sich nach vorn zum Autoradio und dreht den Ton lauter. Aus dem Lautsprecher hüpft Sidney Bechets *Petite Fleur* und ist unverschämt munter und vergnügt…
Pfeifen im Walde und auf der Autobahn, denkt Berndorf. Lauf nur davon, mein Lieber. Irgendwer wird dich finden, und das ist nicht gut für dich. Du musst dich mit mir einlassen, das ist nicht angenehm, aber anders kommst du nicht mit heiler Haut davon… Im Nachthimmel sieht er die Positionslichter eines Jets, der zum Landeanflug auf Stuttgart-Echterdingen ansetzt, Berndorf stellt sich die angemüdeten Fluggäste vor, das genervte Warten an der Gepäckausgabe. Dann fällt ihm ein, wie dringend er selbst ein Bett braucht und eine warme Dusche und eine Tür, die er hinter sich abschließen kann.
Petite Fleur ist verklungen, Paco dreht den Ton wieder leiser. »Ich weiß ja nicht, wie lange wir noch brettern sollen«, sagt er dann. »Aber einige Kilometer nach dem Engelbergtunnel können wir einen Autohof anfahren, da hat es immer ein Zimmer…« Er wirft einen abschätzenden Blick auf Berndorf. »Falls Ihnen der Komfort genügt, wie ihn ein Fernfahrer hat.«
»Einverstanden«, sagt Berndorf. »Wenn es nur eine warme Dusche gibt.«

Dann sagt eine ganze Weile keiner der beiden etwas. Disco-Musik vermischt sich mit dem Fahrgeräusch zu kaum unterscheidbarem Klanggeriesel. Wenn du nicht reden willst, denkt Berndorf, willst du nicht reden.
Ein blauweißes Hinweisschild kündigt eine Ausfahrt an.
Paco räuspert sich. »Was meinten Sie damit, dass ich etwas gesehen haben soll?«
»Sie haben nicht irgendetwas gesehen«, stellt Berndorf richtig, »Sie haben gesehen, wie Eugen Hollerbach umgebracht wurde.«
»Ist doch gar nicht wahr«, widerspricht Paco und wechselt mit dem Wagen auf die rechte Spur.
Berndorf sagt nichts und wartet.
»Der war schon tot, als ich dazukam.«
»Erzählen Sie es mir.«
Paco zögert. »Na gut… Ich hab den ganzen Nachmittag nach ihm gesucht, weil, er sollte mir erklären, wie er dazu kommt, mein Mädchen so zu fotografieren. Und die Fotos an die Leute zu geben. Aber ich hab ihn nicht gefunden, und so bin ich einfach herumgefahren, ich weiß auch nicht, wohin und warum… Aber das Herumfahren hat nicht geholfen. Und spät am Abend bin ich noch einmal zurück, das Haus war dunkel, und es stand auch kein Auto davor. Ich hab meinen Wagen dann unten auf dem Kirchplatz geparkt und bin zurückgegangen…«
»Warum?«
»Ich wollte nicht, dass er heimkommt und gleich sieht, dass da jemand auf ihn wartet.«
»Sie wollten ihm die Fresse polieren?«
»Was sonst?«, fragt Paco zurück. »Aber wie ich vor dem Haus stehe, ist es noch immer dunkel, und doch hab ich Licht gesehen, verstehen Sie? Da war einer mit einer Taschenlampe drin, und ich denke, das schau ich mir doch mal an, was der da wieder treibt… Die Haustür war angelehnt, und ich stei-

ge die Treppe hoch und höre zwei Typen halblaut reden, irgendwie nicht freundlich, ich meine, besonders gut drauf waren die nicht, die hatten so miteinander zu tun, dass mich keiner gehört hat … Und dann bin ich oben und sehe durch eine offene Tür Licht, oder besser einen Lichtschein, wie wenn jemand eine Taschenlampe eingeschaltet hat, und das Licht fällt auf einen, der auf dem Boden liegt, irgendwie verkrampft, und plötzlich weiß ich, dass der tot ist …«

Im Scheinwerferlicht leuchtet das Ausfahrtsschild auf. Paco nimmt das Gas zurück. Berndorf wartet.

»Wissen Sie, es war nicht der erste Tote, den ich gesehen habe«, fährt Paco fort, als der Wagen die Ausfahrt passiert hat. »Als Fernfahrer kriegen Sie einiges mit, und auf der Balkanroute sowieso … Also der war mausetot, der da auf dem Boden lag, und zuerst hab ich gemeint, das sei bei dem Streit passiert, den ich gehört hab … Aber dann ist mir klar geworden, dass da noch immer zwei Typen waren und sich zofften, weil der eine fand, dass das mit dem Kerl auf dem Fußboden eine ziemliche Scheiße sei, und wollte gar nicht mehr aufhören damit … Und ich höre ihm zu und finde, so Unrecht hat der gar nicht, als ich plötzlich den Lichtkegel mitten im Gesicht habe und mich einer anschreit, ich soll die Hände hoch nehmen und herkommen und all so was …«

Rechts der Straße rückt ein großer Parkplatz ins Blickfeld, auf dem mehrere Lastzüge abgestellt sind. Dahinter sieht man ein lang gestrecktes zweistöckiges Gebäude, in dem noch vereinzelt Licht brennt oder der bläuliche Lichtschein der Fernseher zu sehen ist. Grüne Neonröhren flimmern die Buchstaben:

ERNF H ERS INKE R

in die Dunkelheit. Paco biegt auf den Parkplatz ein. »Aber sicher sind da noch Zimmer frei«, sagt er und deutet auf das Gebäude.

Dann parkt er den Wagen und stellt den Motor ab. Aber er macht keine Anstalten auszusteigen.

»Die Stimme, die Sie angeschrien hat – das war die gleiche wie vorhin vor der Hütte?«
»Warum fragen Sie, wenn Sie's wissen?«
»Haben Sie die Hände hoch genommen?«
»Hab ich nicht«, antwortet Paco. »Ich bin abgetaucht und die Treppe runter und hab die ganze Zeit gedacht, gleich krieg ich eine Kugel in den Arsch. Aber die Typen haben nicht auf mich geschossen. Na ja, die dachten, sie hätten mit dem toten Kerl schon genug Zores.«
»Aber warum«, fragt Berndorf, »haben Sie nicht die Polizei angerufen?«
Paco dreht sich zu ihm um. »Ich dachte, Sie sind schneller von Begriff. Wenn unsereins die Stichelpenk holt, was glauben Sie, wen die als Ersten pflanzen? Der Sinde ist es, der in den Knast wandert, es haben ja genug Leute mitgekriegt, dass ich nach dem Fotografen gesucht habe, und nicht im Guten.«
»Schon recht«, meint Berndorf. »Aber Sie wissen ja selbst, dass Sie jetzt nicht bloß die Bullen am Hals haben. Sondern auch Leute, die womöglich noch schlimmer sind.« Er öffnet die Tür und steigt aus und gähnt.
Eine Viertelstunde später steht er in der versifften Dusche eines kabinenartigen Zimmers mit pissfleckigem orangefarbenem Teppichboden und lässt selig heißes Wasser über seinen Rücken laufen.

Montag, 12. November 2001

Wieder türmt sich hoch über ihm der Kühler des Lastwagens, lautlos biegt sich Stahlblech, die Tür des Citroëns knickt nach innen und drückt auf seine Brust, er ist eingeklemmt und will schreien und kann es nicht, dann ist der Lastwagen weg, der Pfarrer Rübsam steht neben dem Wagen, der Pfarrer schiebt seine Schnauze unter Berndorfs Hand und stupst sie nach oben, weil es gar nicht der Pfarrer ist, sondern Felix, der meint, dass es Zeit sei, Zeit für einen Spaziergang und für ein Frühstück und überhaupt…

Wo ist er?

Berndorfs Blick fällt auf enge Wände mit einer stockfleckigen Tapete, links vom Bett hängt oben an der Wand ein Billigfernseher, durch schmutzig graue Stores drängt Novemberlicht ins Zimmer. Berndorf fingert nach seiner Taschenuhr, es ist acht Uhr vorbei, schwerfällig wuchtet er sich aus seinem Bett hoch, rasieren kann er sich später, wenn überhaupt. Er holt seine Hosen, die er noch in der Nacht sorgsam über einen Bügel gehängt hat, und stellt fest, dass er sich die Mühe hätte sparen können. Zerknittert und angedreckt, wie sie sind, wird er darin nur schlecht die Gattin eines höheren Beamten aufsuchen können. Dann zieht er sich vollends an, dabei fällt sein Blick auf einen Zettel, den jemand unter seine Zimmertüre hindurchgeschoben hat. Steifbeinig geht er hin und bückt sich mühsam. Der Zettel ist aus einem Notizblock ausgerissen, in einer nach links geneigten Schrift, wie sie sonst nur Mädchen haben, steht zu lesen:

Sorry Chef, aber hier ist ein Kumpel der einen Beifahrer braucht. Ich glaub es ist besser so. Machen Sie es gut. Paco

Im Frühstückszimmer ist er der einzige Gast, die Kellnerin sieht aus und hört sich an, als ob sie aus dem Osten käme, aber der Kaffee ist überraschend gut. Es gibt sogar eine Zeitung, an diesem Morgen hat die Regierung keine Mehrheit mehr, weil acht Abgeordnete der Grünen einem Afghanistan-Einsatz der Bundeswehr nicht zustimmen wollen. Die Nordallianz, mit frischen Dollars und nagelneuen Panzern ausgestattet, macht sich auf den Weg zurück nach Kabul, von wo sie vor Jahren übergroßer Gräueltaten wegen vertrieben worden ist... Ein Regierungssprecher erklärt in Beijing, die Allianz gegen den Terrorismus finde auch die Unterstützung der Volksrepublik China, im Kongo melden irgendwelche Regierungstruppen eine erfolgreiche Gegenoffensive, Berndorf überlegt, ob jemals erfolglose gemeldet worden sind, und klopft sein Frühstücksei auf...

Wieso heißt Peking jetzt Beijing? Wer bestimmt so etwas? Und: Falls es die phonetisch richtigere Transskription ist, warum kommt man erst jetzt darauf? Vielleicht ist es eine ostdeutsche Schreibweise, denkt er. So wie Tiflis bei den Ossis Tbilissi heißt. Er bezahlt und verstaut seine Tasche im Kombi und macht mit Felix einen ersten Pinkelweg, rund um Fernfahrers buchstabenräudige Einkehr gibt es Feldwege, die an den Äckern vorbei zu nebelverhangenen Hügeln führen.

Er lässt den Hund von der Leine und holt das Mobiltelefon heraus. Felix scheucht eine Krähe auf, kehrt aber nach kurzem Galopp über Stoppelfelder zu Berndorf zurück.

Inzwischen ist es neun Uhr vorbei, es ist also nicht allzu unschicklich, jetzt anzurufen. Er gibt die Bonner Nummer ein, die ihm Tamar herausgesucht hat, mehrmals ist das Rufzeichen zu hören, schließlich meldet sich eine Stimme, eine sehr zarte, leicht brüchige Stimme:

»Autenrieth...«

Berndorf gibt sich einen Ruck. Er stellt sich vor und fragt, ob er Herrn Constantin Autenrieth sprechen könne...
»Ach nein«, antwortet die Stimme, und es kommt Berndorf vor, als ob Spott darin aufklinge.
»Darf ich fragen, warum Sie ihn sprechen wollen?«
Berndorf holt Atem. »Ich bin pensionierter Beamter und arbeite an einer heimatgeschichtlichen Monographie über das Lautertal... Nun ist der Vater von Herrn Constantin Autenrieth meines Wissens Landrat im früheren Landkreis Wintersingen gewesen, zu dem das Lautertal gehört hat. Ich habe mir deswegen erhofft, von Herrn Autenrieth nähere Aufschlüsse zu einigen Fragen zu bekommen...«
»Eine Monographie über das Lautertal?«, fragt die Stimme. »Das finden Sie spannend?«
»Spannend wird meine Arbeit sicher nicht«, antwortet Berndorf, »ich meine, für mich ist es spannend, und ob ich dafür Leser finden werde, steht in den Sternen...«
»Da will ich Ihnen viel Glück wünschen«, meint die brüchige Stimme, »es ist nur leider so, dass auch ich Constantin Autenrieth sehr gerne sprechen würde, aber mein Mann ist nicht mehr da, seit zehn Jahren nicht mehr...«
»Sie leben getrennt?«, fragt Berndorf.
»Ich wüsste nicht, wie man es sonst nennen könnte. Wenn wir denn davon reden können, dass wir leben. Leben Sie? Lebe ich? Tut es mein Mann?«
»Können Sie mir denn sagen, wo Ihr Mann zu erreichen ist?«
»Buenos Aires«, kommt die Antwort, »Hotel Four Seasons, Appartement 752. Sie können es da ja mal versuchen. Das Appartement war für ihn reserviert...«
Die tickt nicht richtig, denkt Berndorf. »Und wann ist die Reservierung erfolgt?«
»Im September 1991«, sagt die Stimme. »Ich sagte Ihnen doch, dass ich von meinem Mann seit zehn Jahren nichts mehr gehört habe, nicht ein einziges Wort...«

»Das tut mir Leid«, sagt Berndorf. »Ich bitte um Entschuldigung. Ich habe Sie unbedacht auf einen Sachverhalt angesprochen, der Ihnen schmerzlich sein muss ...«

»Jetzt werden Sie schon wieder langweilig«, antwortet die Stimme. »Was heißt schmerzlich? Man gewöhnt sich an vieles. Aber wenn Sie mit mir über meinen Mann und in Gottes Namen auch über meinen Schwiegervater plaudern wollen, warum besuchen Sie mich nicht einfach? Von wo rufen Sie denn an?«

Er sei gerade in der Nähe von Koblenz, lügt Berndorf. »Ich könnte am Nachmittag bei Ihnen sein, gegen 17 Uhr?«

Das sei recht, sagt die Stimme. »Sie bekommen auch einen Tee ... Wie war noch einmal Ihr Name?«

Dann ist das Gespräch auch schon beendet, er schaut auf die Uhr, von der reinen Fahrzeit her ist es zu schaffen, aber er müsste sich unterwegs eine neue Hose kaufen, außerdem hat er fast kein Hundefutter mehr.

Er pfeift nach Felix, der gerade eine Maushöhle ausgräbt, und wendet sich wieder Fernfahrers Einkehr zu. Unterm Gehen fällt ihm ein, dass Tamar von der Schießerei vor Neuböckhs Jagdhütte erfahren sollte.

Er ruft Tamars Nummer auf, fast sofort meldet sie sich ...

»Berndorf hier ...«

»Es tut mir sehr Leid«, meldet sich Tamar, tiefgekühlt, »ich habe im Augenblick eine sehr wichtige Besprechung, könnten Sie es in einer Stunde noch einmal versuchen? BITTE.«

»Entschuldigen Sie«, murmelt Berndorf. Was für ein aufgestörtes Wespennest!

»Unglaublich, das alles«, sagt Englin. »Wenn ich Sie zu mir bitte, könnten Sie eigentlich dieses Gerät ausgeschaltet lassen, das gebietet schon die schiere Höflichkeit.«

»Entschuldigung«, antwortet Tamar, »ich warte auf einen dringenden Anruf in der Fahndungssache Adler.«
»Ach ja, der Herr Adler, der Ihnen davongelaufen ist!« Englins linker Mittelfinger beginnt, zittrig auf die leere Schreibtischmappe zu trommeln.
Ein neuer Tic?, überlegt Tamar.
»Nach wem oder was fahnden Sie denn eigentlich? Und wann, bitte, gedenken Sie, Ihren Dienstvorgesetzten von Ihrem Treiben in Kenntnis zu setzen? Der bin zufällig ich, falls Sie es vergessen haben sollten.«
Sie verstehe nicht, will Tamar antworten, aber irgendwie kommt sie gar nicht mehr zum Reden.
»Hier«, sagt Englin und schwenkt anklagend ein Fax, »eine Mitteilung des Bundeskriminalamtes. Im Hafen von Rotterdam hat der niederländische Zoll in Containern des Hilfswerks ›Pflugscharen International‹ eine ganze Ladung Schnellfeuergewehre samt Munition sichergestellt, modifizierte Kalaschnikows, was immer das bedeutet und was immer es mich angeht, aber es geht mich etwas an, sogar sehr viel, denn die Überprüfung der Container ist auf Fahndungsersuchen der Staatsanwaltschaft Ulm erfolgt, den Herrn Jiri Adler betreffend, jetzt erklären Sie mir das mal!«
»Sie haben ja selbst darauf gedrängt, die Fahndung nach Adler zu intensivieren«, antwortet Tamar kühl. »Kollege Kuttler und ich haben am Samstag den Eindruck gewonnen, dass Adler mit einem der anderen Transporte der Firma Neuböckh versuchen könnte, ins Ausland zu gelangen.«
»Es gab sogar sehr konkrete Hinweise«, meldet sich Kuttler zu Wort, der neben Tamar vor Englins Schreibtisch sitzt.
Tamar wirft ihm einen warnenden Blick zu. Kuttler, nimm den Mund nicht zu voll.
»Umso mehr Grund hatten Sie, mich zu verständigen«, sagt Englin. »Was glauben Sie denn, was jetzt in Stuttgart los ist? Im Verwaltungsrat dieser Dingsda, dieser Organisation, sit-

zen prominente Persönlichkeiten aus dem Land, Staatssekretär Schlauff hat mich heute schon in aller Frühe angerufen, und ich weiß von nichts, glauben Sie, das ist angenehm ...«

Tamar und Kuttler nicken Anteil nehmend.

»Außerdem sind wir den Fall los.« Der linke Mittelfinger hat das Trommeln eingestellt. »Schlauff hat die Bildung einer Sonderkommission angeordnet. Steinbronner wird die Leitung übernehmen. Er müsste jeden Augenblick eintreffen.«

Kriminaldirektor Steinbronner gilt, so hat einmal eine Stuttgarter Zeitung geschrieben, als der Troubleshooter des Innenministeriums. Wird er zugezogen, so bedeutet es, dass die Polizei den ganz großen Hammer herausholt.

»Es ist völlig undenkbar«, fährt Englin fort, »dass Sie den Kollegen Steinbronner über irgendeine Ihrer Maßnahmen nicht unterrichten. Oder dass Sie mit eingeschaltetem Handy zu ihm kommen. Völlig undenkbar.«

Der Wind, der durch die Gassen der kleinen Stadt mit den schiefergedeckten Fachwerkhäusern fegt, ist so kalt und kommt doch nicht vom Westerwald, sondern vom Hunsrück. Das weiß Berndorf aber auch nur, weil er sich gerade eben im Autoatlas schlau gemacht hat. Missmutig läuft er in seiner neuen grauen Kammgarnhose zum Kombi zurück, die verdreckten Jeans in der schwarz glänzenden Tragetasche mit der Aufschrift »Schünehoevel's mens wear«.

Es ist nicht lustig, im einzigen Herrenbekleidungsgeschäft einer kleinen Stadt mit Fachwerkhäusern eine Hose zu kaufen. Schon gar nicht, wenn der Verkäufer zu verstehen gibt, dass man für Jeans ohnehin ein bisschen zu alt sei. Grau ist eine sehr angemessene Farbe, mein Herr.

Felix wedelt mit dem nicht vorhandenen Schwanz, als Berndorf die Tür aufschließt. Aufschließen muss er sie, denn der

Kombi ist zu alt, als dass er schon eine elektronische Türöffne haben könnte.

Er blickt auf die Uhr, bis Bonn hat er noch Zeit genug, es wird sogar zu einem längeren Spaziergang für Felix reichen. Das fügt sich günstig, denn vor Bonn-Röttgen breitet sich ein größeres Waldgebiet aus, wie er auf der Karte gesehen hat.
Er holt sein Mobiltelefon heraus, der Akku ist noch nicht ganz leer, und ruft erneut bei Tamar an.
»Nett, dass Sie es noch einmal versuchen«, sagt sie, aber ihre Stimme ist noch immer angespannt. »Heute Morgen war es ein wenig schwierig. Wir waren gerade zu Englin zitiert worden.«
Berndorf wartet.
»Erinnern Sie sich – wir hatten uns zuletzt auch über diesen Landmaschinenhändler unterhalten?«, fragt Tamar. »Der mit einer Hilfsorganisation zusammenarbeitet?«
Allerdings, hatten wir.
»Sie schienen etwas skeptisch, nun ja, nicht nur Sie …« Sie berichtet, was am Morgen über das Bundeskriminalamt mitgeteilt worden war. »Offenbar waren es Kisten mit mehreren hundert Kalashnikows, die Ladung sollte nach Angola gehen. Einer der Kollegen aus Stuttgart ist sich sicher, dass die Ware für den Bürgerkrieg im Kongo bestimmt war.«
Berndorf schweigt. Welche Stuttgarter?
»Das Innenministerium hat Steinbronner mit dem Fall beauftragt. Bisher hat er aber keinen größeren Aufstand gemacht. Neuböckh wird vernommen, und die Kollegen, die er mitgebracht hat, filzen gerade Neuböckhs Laden.«
Steinbronner also. Dazu gibt es erst recht nichts zu sagen.
»Sind Sie noch da?«
»Ja«, sagt Berndorf abwesend. »Allerdings habe ich jetzt ein Problem. Es ist ausgeschlossen, dass Steinbronner kein Durcheinander anrichtet. Völlig ausgeschlossen. Deswegen gebe ich

ungern weiter, was ich Ihnen eigentlich sagen wollte…« Nun ist es Tamar, die schweigt.

»Egal«, fährt er schließlich fort. »Hören Sie zu und entscheiden dann, was Sie damit tun wollen. Sie suchen doch diesen Jiri Adler, oder Paco, wie man ihn nennt… Gestern Nacht hat man versucht, Paco zu liquidieren. Er hatte in Neuböckhs Jagdhütte Unterschlupf gefunden. Die Hütte liegt nördlich von Lauternbürg, auf halbem Weg zur Straße, die nach Wintersingen führt. Es hat eine Schießerei gegeben… Vor der Hütte müssten noch die Fahrspuren eines Geländewagens zu sehen sein. Vielleicht ist jemand im Dorf der Geländewagen aufgefallen und er hat das Kennzeichen notiert. Falls Sie den Halter herausfinden, können Sie ihn ja fragen, was er in der Nacht gemacht hat, als Hollerbach ums Leben kam.«

Schweigen. War vielleicht ein bisschen viel auf einmal, denkt Berndorf.

»Und wo, *bitte*, ist Paco?« Das *bitte* ist eisgekühlt.

»Weiß nicht. Weg. Bei irgendeinem Kumpel zugestiegen.«

Wieder Schweigen.

»Etwas hab ich Ihnen vielleicht noch. Falls es nicht zur Seite geschafft worden ist, finden Sie in der Hütte ein Jagdgewehr, eine Krieghoff-Drilling, auf dem Verschluss sind die Buchstaben C und A eingraviert.«

»Und was soll ich damit?«

»Stellen Sie es einfach sicher«, meint Berndorf. »Und fragen Sie Neuböckh, was er darüber weiß…« Er spricht nicht weiter, denn irgendetwas in seinem Mobiltelefon piepst. Er nimmt es vom Ohr und betrachtet es. Das Display zeigt eine Nachricht an: »Akku leer Bitte aufladen«

Nichts zu machen. Angeblich kann man ein Handy auch am Zigarettenanzünder aufladen. Aber irgendwie sehen sein Kombi und dessen Zigarettenanzünder nicht danach aus. Nicht kompatibel. Stammt alles aus der Zeit vor der Erfindung der Taschenquatsche.

Er startet den Wagen und findet schon beim zweiten Versuch die Zufahrt zur Autobahn. An der letzten Tankstelle hält er und tankt auf.
»Sonst etwas gefällig?«, fragt der Verkäufer in der Tankstelle. »Öl? Frostschutz für den Scheibenwischer?«
»Danke«, sagt Berndorf, »der Wagen ist erst vor drei Tagen winterfest gemacht worden.«

Tamar betrachtet den Hörer. So kommst du mir nicht davon. Bis zur ersten Besprechung der Soko Lauternbürg hat sie noch einige Minuten, also ruft sie die Zentrale an und gibt Berndorfs Handynummer durch und fragt, von welcher Funkstation aus das Gespräch an sie weitergeleitet worden ist. Eigentlich könnte sie sogar Berndorfs exakten Standort ermitteln lassen, mit dem Global Positioning System geht das auf ein paar Meter genau. Aber was soll sie mit Berndorfs Standort? Sie hat ihn nicht zu verhaften.
»Das Gespräch ist von einer Funkstation in Stromberg weitergeleitet worden, das ist im Landkreis Kreuznach«, meldet die Zentrale. Tamar holt einen Autoatlas aus ihrem Schreibtisch, Stromberg liegt an der linksrheinischen Autobahn, oder jedenfalls ziemlich nahe daran, was hat Berndorf dort zu suchen? Sie greift noch einmal zum Telefon und sucht sich in ihrem Notizbuch die Nummer der Ringspiels heraus …
»Ja, ich hätt' Sie fast auch schon angerufen deshalb«, sagt Waltraud Ringspiel, »denken Sie nur, der Herr Berndorf ist gestern am späten Abend weggefahren, als ob es ihm ganz furchtbar pressiert, und er hat mir das Geld in die Hand gedrückt, man will sich ja nicht beklagen, aber sagen Sie selbst, ob das eine Art ist …«
»War er allein?«

»Nein, es hat ihn einer mit einem fremden Auto gebracht. Und ein junger Mann war auch bei ihm, so ein Schwarzhaariger, also ich weiß nicht, der hat sich dann auch ans Steuer gesetzt, irgendwie hat der nicht zu dem Herrn Berndorf gepasst, aber man blickt ja nicht in die Leute hinein, und wissen Sie, was mein Mann sagt? Der sagt, der Herr Berndorf sei ein Polizist und überhaupt nicht pensioniert und tut nur so …«
Im Türrahmen erscheint Kuttler und deutet mit dem Finger nach oben, was heißen soll, dass Tamar zur Besprechung der Soko Lauternbühl muss, die Besprechung findet oben im Schulungsraum statt.
»Und wann ist er weggefahren?«, fragt Tamar rasch. »Kurz nach halb elf, ja? Danke. Sie haben mir sehr geholfen. Übrigens ist der Herr Berndorf wirklich pensioniert.«
Dann legt sie auf. Soll sich doch die Ringspiel Waltraud den Kopf zerbrechen, was Berndorf mit schwarzhaarigen jungen Männern zu tun hat.
»Steinbronner wartet«, sagt Kuttler. »Wir sollten … Dieser Mensch ist auch so schon unangenehm genug.«
»Einen Augenblick.« Tamar schlägt den Autoatlas auf. »Berndorf ist gestern Abend kurz nach 22.30 Uhr in Lauternbürg losgefahren. Das heißt, nicht er ist gefahren, sondern Paco, der bei ihm war. Jetzt ist Berndorf in Stromberg, irgendwo im Hunsrück ist das, an der A 61 …«
»Ist Paco noch bei ihm?«
»Angeblich nicht«, antwortet Tamar und betrachtet den Autoatlas. »Die beiden haben die Autobahn genommen, und wegen der Baustellen bei Pforzheim sind sie nicht über Karlsruhe gefahren, sondern über Heilbronn. Und ich glaube nicht, dass sie die Nacht durchgefahren sind, das tut Berndorf sich nur ungern an …« Wieder greift sie zum Hörer.
»Wir müssen …«, wendet Kuttler zaghaft ein.
»So viel Zeit muss sein«, sagt Tamar und wählt die Nummer der Heilbronner Autobahnpolizei.

»Das ist, Kollegen, alles ein logistisches Problem«, erklärt Steinbronner und macht dazu mit beiden Händen eine umfassende Bewegung, als habe er soeben ein schweres verschnürtes Paket vor sich auf den Tisch gewuchtet. »Das ist wie im Krieg. Krieg ist Logistik. Wer kommt wann und wie wohin? Oder wieder zurück. Um nichts anderes geht es. Was wir hier haben, ist auch Krieg. Also? Wer hat wann und wo was getan?« Auffordernd sieht er sich im Großen Besprechungsraum um. Sein Blick bleibt an Tamar haften.

Tamar gibt den Blick zurück. Was sie sieht: ein kantiges Gesicht, das fast ansatzlos aus breiten Schultern herauswächst. Drei-Tage-Bart, Stoppelhaare.

»Sagen Sie es uns, Kollegin.«

Du bist einfach nicht wahr, denkt Tamar. Dich gibt es nicht. Nicht wirklich. »Wir suchen nach einem oder mehreren unbekannten Tätern, die den Journalisten Hollerbach getötet haben«, antwortet sie. »Vor allem müssen wir den flüchtigen Fernfahrer Jiri Adler finden. Er hat den Getöteten wegen privater Aktaufnahmen zur Rede stellen wollen, die dieser von seiner Freundin gemacht hat. Ferner gibt es den Landmaschinenhändler Neuböckh, der für die Wohltätigkeitsorganisation ›Pflugscharen International‹ gebrauchte Landmaschinen in den Balkan, nach Osteuropa und Afrika liefert. Und schließlich gibt es den niederländischen Zoll, der in einem der für Angola bestimmten und von Neuböckh beladenen Container eine Ladung Schnellfeuergewehre gefunden hat.«

Steinbronner nickt. »So. Genau so. Sie gefallen mir, Kollegin. Präzis zusammengefasst. Gibt es etwas hinzuzufügen?«

»Inzwischen habe ich einen neuen Hinweis bekommen. Danach hat Adler vorübergehend in einer Jagdhütte bei Lauternbürg Zuflucht gefunden. Die Jagdhütte gehört Herrn Neuböckh.«

»Ach ja.« Steinbronners Kinn schiebt sich vor. »Was für ein Hinweis?«

»Ein Anruf. Der Anrufer hat seinen Namen nicht genannt. Das Gespräch war zu kurz, um seine Nummer feststellen zu lassen.«

Sie wirft einen Blick zur Seite, Kuttler ist in den Anblick der Tischplatte vor ihm vertieft.

»Kein digitaler Anruf?«

»Offenbar nicht. Außerdem habe ich die Kollegen der Autobahnpolizei gebeten, in den Raststätten nachzufragen, ob Adler bei einem anderen Fernfahrer zugestiegen ist.«

Nachdenklicher Blick. »Na schön. Sonst noch was?« Der Blick wandert zu Kuttler.

»Eh!«, sagt Kuttler. »Es spielt wahrscheinlich keine Rolle, aber dieser Journalist, dieser Hollerbach, hat einen Artikel über einen Posaunenchor geschrieben, oder eher über eine Beschwerde, die eine Religionslehrerin aus Stuttgart gegen diesen Chor vorgebracht hat, und es kann eigentlich wirklich nichts mit dem Tötungsverbrechen zu tun haben, aber ich habe diese Frau aufgesucht und sie gefragt, ob der Hollerbach, also der Journalist, vorher bei ihr gewesen ist, also bevor er den Artikel geschrieben hat, und sie hat gesagt, nein, sie hat diesen Mann nie gesehen…«

Steinbronner hat sich vorgebeugt und den Arm aufgestützt und den Kopf in die Hand gelegt. Er scheint Kuttler mit gebannter Aufmerksamkeit zu betrachten.

»Also, was ich sagen wollte«, fährt Kuttler fort, »auch sein Auto, einen alten VW-Käfer, will die Frau nicht gesehen haben, aber ich habe einen Jungen ausfindig gemacht, dem ist der Wagen aufgefallen, weil er alle VW-Typen kennt… Also der Wagen war etwa zehn Tage vor Hollerbachs Tod vor dem Pfarrhaus geparkt, wo die Religionslehrerin wohnt, und zwar in Stuttgart ist das, oder hab ich das schon gesagt…«

»Na schön«, meint Steinbronner. »Den Frankreich-Feldzug könnt man mit Ihnen nicht gewinnen. Aber die Fakten haben wir jetzt. Was tun wir damit?«

Er blickt sich fragend um. Doch niemand sagt etwas.
»Es ist ganz einfach«, fährt er schließlich fort. »Wir ordnen die Fakten.« Diesmal ist es kein einzelnes großes, sondern es sind mehrere unsichtbare kleine Pakete, die er mit seinen Händen auf den Tisch stellt. »Logistik, sagte ich. Und moderne Logistik ist das Prinzip der Container. Hier ...« – wieder schneiden die Hände ein unsichtbares viereckiges Etwas aus der Luft – »haben wir den Container, der in Rotterdam gefilzt wurde. Und daneben haben wir den Container, der in Lauternbürg beladen wurde. Als Erstes finden wir heraus, ob das zwei Container sind oder einer. Und hier haben wir den Fernfahrer, den wir nicht haben. Wir kriegen ihn aber, und wenn der Hinweis auf die Jagdhütte stimmt, müssten wir ihn bald haben. Und dann nehmen wir ihn auseinander, bis auch das letzte Schräubchen auf dem Tisch liegt. Und schließlich ...« Er sieht sich um, erblickt einen leeren Aschenbecher und zieht ihn zu sich her. »Und schließlich haben wir hier noch das Puppenschächtelchen für die Religionslehrerin.« Er blickt zu Kuttler. »Sie werden sie vorladen und in der Pfeife rauchen, und wenn Sie das nicht schaffen, dann bringen Sie sie zu mir, und ich zeige Ihnen, wie das geht ...«

»Was für ein viereckiger widerlicher Arsch«, sagt Kuttler halblaut, als er mit Tamar durch den Korridor zu den Büros des Dezernats I geht. »Was hat er jetzt eigentlich angeordnet?«
»Kuttler«, sagt Tamar, »wenn du vor diesem Menschen noch einmal so herumstotterst, melde ich dich in der Volkshochschule an für einen Kurs ›Wie spreche ich frei in der Öffentlichkeit‹, irgendsoetwas wird es dort ja geben ...«
»Dieser Sack hat mich an meinen Turnlehrer erinnert«, sagt Kuttler, »plötzlich hing ich wieder am Reck und kam nicht hoch ...«

Auf der Bank vor ihrem Dienstzimmer sitzt ein einzelner Mann. Dunkler Anzug, aufmerksames, gesammeltes Gesicht, beginnende Stirnglatze. Er steht auf.
»Verzeihen Sie«, sagt er höflich, »ich hätte gern Herrn Kriminalkommissar Kuttler gesprochen … Hartlaub ist mein Name, Guntram Hartlaub.«
Auch Kuttler stellt sich vor, dann geht er mit dem Besucher in sein Büro.
»Sie haben am Freitag meine Frau aufgesucht«, sagt Hartlaub, als sie Platz genommen haben. »Sie wollten sie wegen dieses unglücklichen Herrn Hollerbach sprechen. Schade, dass Sie nicht vorher angerufen haben.«
Wir machen keine Höflichkeitsbesuche, mein Lieber, denkt Kuttler und sagt nichts.
»Sie haben sie wohl gefragt, ob Hollerbach bei uns gewesen wäre … Und da muss sie Ihnen unwissentlich eine falsche Auskunft gegeben haben. Hollerbach hat nämlich mich besucht.« Er holt ein Notizbuch aus seinem Jackett und schlägt es auf, »am 23. Oktober, kurz nach 15 Uhr, meine Frau nahm an diesem Nachmittag an einem Seminar teil.«
»Und was wollte er von Ihnen?«
»Er sagte, er kenne mich von früher, aus Lauternbürg, wo ich aufgewachsen bin und wo mein Vater Pfarrer war. Leider konnte ich mich nur mit Mühe an ihn erinnern, er war ein unauffälliger Junge gewesen, einer, den man gerne übersah. Er sagte mir, er habe gehört, dass ich in Ulm Dekan werden solle, und er würde gerne einen Artikel über mich schreiben …«
Kuttler wartet. »Und?«, fragt er schließlich, »hat er ein Interview mit Ihnen gemacht?«
»Eigentlich nicht«, kommt die Antwort. »Ich habe ihm zu verstehen gegeben, dass über meine Bewerbung für Ulm noch gar nicht entschieden sei. Ich könne also unmöglich jetzt schon ein Gespräch mit ihm führen.«
»Hat er sich damit abgefunden?«

»Ich weiß nicht. Er hat so getan, als ob er das verstehe, und meinte, er würde sich dann wieder melden, wenn die Entscheidung gefallen sei… Wir haben dann noch etwas geplaudert, über Lauternbürg und wie mein persönlicher Werdegang gewesen ist, verstehen Sie, ich wollte ihn nicht einfach so wegschicken. Aber er muss dann doch verärgert gewesen sein, als er gegangen ist, sonst wäre es ja nicht zu diesem hässlichen und dummen Artikel über meine Frau gekommen.«
»Hat er sich bei diesem Gespräch Notizen gemacht?«
»Nein, das hätte ich auch nicht gewollt.«
»Haben Sie Ihrer Frau von seinem Besuch erzählt?«
»Eben nicht«, sagt Hartlaub, »welchen Grund hätte ich denn gehabt? Und eben deswegen bin ich jetzt hier bei Ihnen. Meine Frau konnte wirklich nichts von diesem Besuch wissen.«
Auch recht, denkt Kuttler. Steinbronners Aschenbecher können wir vergessen. Falls ich jetzt nicht schon wieder an der Reckstange hänge. Ohne es zu merken.

Die Dämmerung hat eingesetzt, und in dem tief eingeschnittenen Waldtal ist es so dunkel, dass Orrie den Scheinwerfer des Streifenwagens eingeschaltet hat. Regennasses Geäst streift Kotflügel und Seitenscheiben des Wagens. Im Scheinwerferlicht zeichnen sich tief eingedrückte Fahrspuren eines anderen Fahrzeugs ab.
»Was suchen wir eigentlich?«
»Weiß nicht«, antwortet Tamar abweisend. »Eine leere Jagdhütte. Ein Gewehr, das jemand liegen gelassen hat.«
Der Polizeihauptmeister Leissle, genannt Orrie, wirft einen schiefen Blick zu seiner Beifahrerin.
»… 'tschuldigung.«
»Wofür?«
»Für unpassende Fragen.«
»Schon gut.«
Der Wagen biegt um eine Kehre, rechts unterhalb des Weges

sieht Orrie einen schlammigen Tümpel, von stachligem Gesträuch eingefasst.
»Da war ein Anruf, weißt du«, sagt Tamar. »Angeblich soll es eine Schießerei gegeben haben.«
»Eine Schießerei um eine Jagdhütte, das gibt doch was her!«, lobt Orrie.
Tamar beschließt, nichts mehr zu sagen.
Vor ihnen scheint sich der Wald zu lichten, der Scheinwerfer erfasst die Umrisse eines Daches. Orrie lässt den Wagen ausrollen.
»Näher ran?«
»Nein«, sagt Tamar und öffnet die Tür. Mit einer Stablampe sucht sie den Boden ab und findet eine Stelle, wo sie den Fuß aufsetzen kann, ohne allzu tief im Morast zu versinken.
Wieder sieht sie die tief eingegrabenen Fahrspuren vor sich. Sie geht am Wegrand entlang, so dass sie die Spuren nicht beschädigt. Orrie folgt auf der anderen Seite des Weges.
»Soll ich Abdrücke von den Reifenspuren nehmen?«
»Mach mal.«
Der Lichtkegel der Stablampe erfasst die Jagdhütte und tastet sie ab. In der Dämmerung hat sie auf den ersten Blick einladend ausgesehen, wie eine Zuflucht. Jetzt, als die Stablampe zerschossene Fenster ausleuchtet, verfliegt dieser Eindruck. Plötzlich erscheint das hohe, auskragende Dach nur wie die Vortäuschung von Geborgenheit. Das ist ein Ort, der böse Geister fern halten sollte, denkt Tamar. Aber die Geister haben gewonnen …
Sie geht zur Tür. Sie ist verschlossen, aber in Neuböckhs Büro waren ihr die Schlüssel herausgegeben worden. Sie schließt auf und tritt in die niedrige dämmrige Wohnstube. Der Lichtkegel der Lampe fällt auf einen Wandschrank mit zersplitterter Glasscheibe und den Trümmern von Steingut-Geschirr. Der Lichtkegel wandert weiter, plötzlich verharrt er, auf eine in sich zusammengesunkene Gestalt gerichtet, die in einem

Sessel sitzt, ein Gewehr über den Knien. Für den Bruchteil einer Sekunde will Tamar nach ihrer Dienstpistole greifen, dann schüttelt sie den Kopf und geht zu der Gestalt und nimmt ihr den Hut ab.
Das Licht der Stablampe fällt auf ein braunweiß gestreiftes Gesicht. Tückisch leuchten Glasaugen auf. Dann kippt das Gesicht nach vorne, der ausgestopfte Dachs purzelt aus dem Mantel und fällt auf den Boden. Das Gewehr schwankt von links nach rechts und wieder zurück.
Tamar zieht Plastikhandschuhe an, nimmt das Gewehr auf und löst die Bindfadenschlaufe. Die Waffe ist nicht geladen, auf dem Verschluss sind die Buchstaben eingraviert, von denen Berndorf gesprochen hat. Sie stellt das Gewehr weg und beugt sich über den ausgestopften grauen Mantel. Eine Stelle ist eingedrückt, sie zieht den Stoff gerade und erkennt ein rundes, nur wenig ausgefranstes oder eingeschwärztes Loch. Wenn in dem Mantel ein Mensch gesteckt hätte, wäre es ein sauberer Herzschuss gewesen.
Draußen krächzt der Polizeifunk. »Für dich«, ruft Orrie. Sie verlässt die Hütte und geht zum Streifenwagen zurück.
»Glückwunsch«, sagt Kuttler. »Paco hat in einer Raststätte in der Nähe der Ausfahrt Ilsfeld übernachtet. Die Heilbronner Kollegen haben es gerade durchgegeben. Und weißt du, mit wem er dort angekommen ist?«
»Es wird ein Hund dabei gewesen sein«, sagt Tamar.
»Du bist langweilig. Aber heute Morgen ist Paco mit jemand anderem weitergefahren. Mit einem Kerl, der gebrauchte KFZ-Ersatzteile nach Polen karrt...«

Schwarze Locken umrahmen ein blütenweißes Gesicht mit dunklen Augen und einem rosenroten Mund, der Schwanenhals ist leicht geneigt, ein spitzenbehandschuhtes Händchen

hält den Fächer, halb verbergend und halb lockend, der Fächer ist azurblau und drachengolden.
»Donna Elvira«, erklärt Edith Autenrieth. Sie ist selbst eine kleine zierliche Person mit einem Strahlenkranz dünner toupierter blonder Haare. Eine Puppenfrau, denkt Berndorf und blickt durch das große Panoramafenster nach draußen in einen zugewachsenen regennassen Garten, letztes Herbstlaub hängt von den Zweigen eines Birnbaums, das Fenster ist an der einen Seite beschlagen, als habe sich innen in der Isolierung Feuchtigkeit festgesetzt.
»Sie ist eine ganz besondere Kostbarkeit«, plaudert Edith Autenrieth weiter, »ich hab sie in Salzburg entdeckt, nach einer Aufführung, die noch Karajan dirigiert hat, denken Sie nur!«
Keine Puppenfrau. Ein Puppenmädchen in einer Glasvitrine, die ihrerseits voll gestellt ist mit winzigen Vitrinen, in denen weitere, noch winzigere Puppenmädchen ausgestellt sind. Berndorfs Blick wird zu einem weiteren Ausstellungsstück geleitet, Sturmfrisur, die Lippen trotzig aufgeworfen, über Stand- und Spielbein kokettieren schmale Hüften, knappes Höschen deutet an, was eher nicht der Schamhügel ist.
»Bin mal gespannt, ob Sie raten, was das ist?«
Inzwischen hat er begriffen. Die Dame sammelt keine Porzellanhündchen oder -kätzchen oder sonst einen Nippes, die Dame sammelt Nippes aus Mozart-Opern.
»Cherubino?«
Edith Autenrieth beginnt zu trällern. »Ich weiß nicht, was ich bin, was ich mache / Bald bin ich Feuer, bald bin ich Eis …« Sie bricht ab und schenkt Berndorf einen Blick aus porzellanblauen Augen. »Ich bin entzückt. Cherubino, ganz recht.«
Sie bittet zum Tee, Berndorf nimmt in einem mit himmelblauem Samt bezogenen Sesselchen Platz, das Sesselchen ist ein bisschen eng und der Bezug vorne ein wenig abgewetzt, aber das Sitzen tut gut, er ist zuvor eine gute Stunde mit Felix im Kottenforst durch den Regen gelaufen, ebene Wege, sich

im immergleichen rechten Winkel kreuzend, fast hätte er sich verirrt. Irgendwann ließ er den Hund den Weg suchen, das brachte ihn rechtzeitig zum Parkplatz zurück, der keine hundert Meter vom efeubewachsenen Einfamilienhaus der Edith Autenrieth entfernt ist. Felix freilich wollte nicht in den Wagen, erst nach dem dritten »Hopp!« sprang er – die Ohren zurückgelegt – auf seinen Platz im Fond, als ob er wüsste, dass er einige Zeit allein würde warten müssen.

Der Tee wird in hauchdünnen Porzellanschälchen gereicht, Berndorfs Schälchen ist an der Seite ein wenig angeschlagen, aber er hat die Wahl zwischen weißem und braunem Kandis, einen zartsüßen Hauch von Gebäck gibt es auch.

»Also«, sagt die Gastgeberin, »Sie wollten meinen Mann sprechen, und ich sagte Ihnen, dass ich das auch gerne wollte, wenn sich eine Gelegenheit dazu ergäbe. Kurz und gut, er ist weg, verschwunden, sag mir, wo die Blumen sind …«

»Das tut mir Leid«, sagt Berndorf und muss sich erst einmal räuspern. »Ich habe zwar auch gehört, dass er ins Ausland gegangen sei. Aber ich nahm an, das sei eine befristete diplomatische Mission oder Abordnung …«

»Ach, Unsinn!« Eine zarte, von blauen Adern überzogene Hand tippt ihm auf den Arm. »Constantin arbeitete im Bundeskanzleramt, der auswärtige Dienst hat ihn nie gelockt …« Plötzlich ballt sie die Hand zu einer kleinen porzellanfarbenen Faust. »*Ich will gestalten,* hat er mir immer gesagt, *etwas bewirken, nicht einfach nur der Interpret sein oder der Überbringer.*« Sie lässt die Faust wieder sinken und legt die Hand artig auf die andere, als sei ihr die Geste doch etwas zu dramatisch. »Er wollte dort sein, wo die Männer hart am Wind segeln, er liebte solche Ausdrücke, dabei hatte er gar keinen Segelschein, er war Jäger … Trotzdem war es nicht so dahergesagt, er führte die Geschäfte für den Bundessicherheitsrat, müssen Sie wissen, dabei dürfte ich Ihnen das wahrscheinlich gar nicht erzählen.«

Was ist und tut der Bundessicherheitsrat? Berndorf hat keine Ahnung. »Aber warum ist er dann ins Ausland gegangen? Nach Argentinien, wenn ich Sie richtig verstanden habe...«
Das Blau der Augen verdüstert sich. »Reich mir die Hand mein Leben, komm auf mein Schloss mit mir..., ich weiß nicht, wohin er gegangen ist. Und warum. Mir hat er gesagt, er habe eine neue Aufgabe als Repräsentant der deutschen Industrie in Südamerika übernommen.« Sie beugt sich zu ihm und flüstert verschwörerisch. »Alles Unsinn. Es ist ein Geheimauftrag. Sie wollen es mir nur nicht sagen.«
»Wer sind diese ›sie‹, die es Ihnen nicht sagen wollen?«
Edith Autenrieth schüttelt den Kopf. Dann legt sie einen Finger mit karmesinrot lackiertem Nagel an ihre Lippen. »Geheim.«
»Ich verstehe«, sagt Berndorf. »Nein, ich verstehe natürlich nichts... Entschuldigen Sie, wenn ich Ihnen zu nahe treten sollte – aber was ist mit seinem Gehalt?«
»Sie treten mir nicht zu nahe«, antwortet Edith und setzt ein schnelles Lächeln auf und gleich wieder ab. »Mein Mann ist nicht unvermögend, auch wenn er aus einer Beamtenfamilie kommt. Sein Vater hatte einige recht erfolgreiche Grundstücksgeschäfte tätigen können, er war Landrat, als ich in die Familie kam. Und so hat mein Mann einige Vermögenswerte zurückgelassen... Aber von einem Gehalt bekomme ich nichts mehr zu sehen, wenn er denn eines bezieht.«
Berndorf nickt. Wenn er denn eines bezieht. »Das sieht doch sehr danach aus, dass Ihr Mann die Kontakte zu Deutschland abgebrochen hat«, sagt er schließlich. »Schade. Ich hätte natürlich sehr gerne mit ihm gesprochen, insbesondere über seinen Herrn Vater und die Zeit früher im Lautertal und auf der Alb... Sie verfügen nicht zufälligerweise noch über Publikationen, die sich mit Ihrem verstorbenen Herrn Schwiegervater beschäftigen? Oder über Aufzeichnungen, jemand in seiner Position hätte ja durchaus Grund gehabt, seine Erinne-

rungen festzuhalten... Vielleicht gibt es auch noch Fotoalben aus den Fünfzigerjahren oder später...«
»Unsinn.« Strafender Blick aus Augen, preußischblau. »Mein Schwiegervater war ein Mensch ohne einen Funken Phantasie. Völlig unfähig, seine Parteibrille abzunehmen. Es wäre absolut grauenvoll geworden, wenn so jemand seine Erinnerungen hätte aufschreiben wollen.« Sie steht auf. »Aber Fotoalben sind da. Warum soll ich sie Ihnen nicht zeigen? Es hat sie schon lange niemand mehr sehen wollen.«
Sie geht über den schweren goldfarbenen Teppich zu einem Empire-Sekretär mit ziselierten Beschlägen. Über dem Sekretär hängt eine gerahmte Bleistiftzeichnung, das junge, etwas trotzige Gesicht eines weiblichen Harlekins.
»Das ist Cosima. Unsere Tochter«, erklärt Edith Autenrieth. »Mein Mann hat das gezeichnet. Er hat ein Talent für so etwas. Bei Konferenzen hat er manchmal die Minister konterfeit, das waren dann richtige Karikaturen und die sind ihm aus den Händen gerissen worden.« Eine Schublade klemmt. »Helfen Sie doch einmal!«
Berndorf tritt hinzu, drückt die Schublade zurück und kann sie dann vorsichtig aufziehen. Lavendelgeruch steigt hoch, neben Bündeln von Ansichtspostkarten und einem Strauß Trockenblumen sind Alben gestapelt. Edith Autenrieth holt eins nach dem anderen heraus und reicht sie Berndorf, wie versehentlich streift ihn einmal ihr Arm, der sich unter der Rüschenbluse mager und zerbrechlich anfühlt.
Sie kehren zum Tischchen zurück, Berndorf muss die Alben halten, bis das Teeservice abgeräumt ist.
Das erste Album, schweinsledern, mit eingeprägtem Wappen, ist offenbar ein Abschiedsgeschenk für den scheidenden Landrat gewesen. Edith Autenrieth blättert es auf, Schwarzweißfotos aus den Fünfzigerjahren zeigen einen Herrn in dunklem Anzug, die Haare ordentlich geschnitten und gescheitelt, der Herr steht an einem Rednerpult, schüttelt Hän-

de, wird vereidigt, steht wieder an einem Rednerpult, schneidet ein Absperrungsband durch, während im Hintergrund eine Blaskapelle spielt, begrüßt – selbst nur knapp mittelgroß – einen hoch gewachsenen silberlockigen Besucher, lächelnd, erkennbar launige Worte auf den Lippen …

»Müssen wir uns das wirklich antun?«, fragt Edith Autenrieth an seiner Seite und klappt entschlossen das schweinslederne Erinnerungsstück zu und schlägt das nächste Album auf. »Ach! Sehen Sie nur, das sind Constantin und ich …«

Im Schein der Stehlampe – bronzener Sockel, Lampenschirm in zartgelber Seide – springen Berndorf Bilder aus den frühen Sechzigerjahren entgegen, bereits nicht mehr schwarzweiß, wenngleich die roten und blauen und gelben Farbtöne aussehen, als seien sie von den Jahren ausgelaugt worden oder hätten einen Stich bekommen. Ein junges Mädchen, zuerst im weit schwingenden Kleid, dann plötzlich im Mini …

»So schauen Sie nur«, ruft Edith Autenrieth entzückt, »das war doch verboten kurz …«

»Sie konnten es tragen«, sagt Berndorf höflich und erlaubt sich weiterzublättern.

»Ach Sie!«, sagt Edith Autenrieth und tippt ganz leicht, wie tadelnd, mit den Fingerspitzen auf seinen Arm.

Ein junger Mann. Blond. Die Nase etwas schief ins Gesicht gesetzt, der Anflug eines Lächelns um den Mund, auch das Lächeln ist ein wenig schief, Haare kurz geschnitten, Anzug und Krawatte. Der gleiche junge Mann im Fußballdress, dann wieder im Anzug, schließlich mit Mütze und Couleurband.

»Suevo-Danubia. Eine schlagende Verbindung.« Ein weiteres Bild zeigt den jungen Mann im Paukwichs, und es wird ihm gerade eine Wunde an der Stirn genäht. »Die Narbe sieht man heute noch«, sagt Edith Autenrieth und schlägt sich vor den Mund. »Was rede ich nur! Seit zehn Jahren …«

Erstmals sind Edith und Constantin gemeinsam zu sehen, sie:

betont kühl, er: fragend, gestikulierend. Inzwischen trägt der junge Mann die Haare bis zum Kragen, zu sehen ist auch, dass er kaum größer ist als sie… Dann sind Edith und Constantin in einer Jagd- oder Berghütte mit anderen jungen Leuten zu sehen, Edith posiert mit einem Jagdgewehr, den Gewehrkolben stolz auf Constantin gestemmt, der zu ihren Füßen liegt, es folgen Hochzeitsfotos mit einer Braut ganz in Weiß.

»Die Trauung war in der Stuttgarter Stiftskirche, im Juli 1972…«

Ein korpulenter, glatzköpfiger Mann in ausgebeultem Nadelstreifenanzug mit unmöglich breitem Revers hat seinen Arm um die Braut gelegt, es sieht fast so aus, als wollte die ungeschlachte Männerhand dorthin greifen, wohin es sich nun wirklich nicht gehört, schon gar nicht bei einer Braut.

»Sieht ein wenig komisch aus«, kommentiert Edith Autenrieth, »aber das war überhaupt nicht komisch. Der Mann da war nämlich einer der Trauzeugen, ein Landtagsabgeordneter, Silvester Schafkreutz hieß er, und man musste höllisch aufpassen, wenn er in der Nähe war, weil er einem sonst sonstwohin tatschte. Manchmal half nur, dass man ihm eins auf die Finger gab.«

Hochzeitsreise nach Griechenland, Sonnenuntergang am Kap Sounion, die zwei Säulen des Apollo-Tempelchens von Delphi, dann die junge Frau ganz blass und mit einem schwarzbeschopften Säugling auf dem Arm…

»Das ist Cosima«, sagt eine gerührte und weiche Stimme.

Inzwischen laufen die Farben nicht mehr aus, die Haare werden wieder kürzer, Mann trägt jetzt gerne die Helmut-Schmidt-Gedächtnislocke, Cosima hat die Nase vom Vater, doch die Haare bleiben dunkel, Kindergeburtstage auf weiter Rasenfläche, Ausflüge mit Autos, die das eckige Blech der Siebzigerjahre abgelegt haben und irgendwie runder und massiger geworden sind, in der Wohnungseinrichtung verklingt die Erinnerung an Raufasertapete und Papierlampen,

italienisches Design wird komplettiert mit Empire und schließlich ganz davon abgelöst. Es folgen Gartenpartys mit Männern, die weltläufig aussehen und zugleich nach Jogging im Kottenforst, mit Männern, deren Körpersprache, ja selbst deren Lachen die Zugehörigkeit zu einer nicht näher definierten und doch klar abgegrenzten Klasse signalisieren.
Der Garten selbst ist keine kahle Rasenfläche mehr, Bäume werden gepflanzt, Gebüsch grenzt zu den Nachbarn ab, schwarzhaarig und spitznasig steht ein knochiges Mädchen vor einem Bäumchen, es folgen Urlaubsfotos, das schwarzhaarige Mädchen erscheint in seinem Bikini plötzlich nicht mehr ganz so knochig. Auf dem nächsten Bild trägt es Kniebundhosen und steht in einem Steinbruch, mit eher gleichgültigem Gesichtsausdruck hält es in der Hand, was ein versteinerter Ammonit sein könnte. Es folgt das verwitterte Steinbild einer nackten Frauengestalt, daneben zieht das Mädchen – noch immer in Wanderkluft – eine Grimasse, als sei es der Bundesfinanzminister und hätte soeben die neuesten Steuerausfälle bekannt zu geben. Unter Bäumen schimmert im Hintergrund eine runde, von ansteigenden Hängen eingefasste tiefblaue Wasserfläche …
»Grauenvoll«, sagt Edith Autenrieth, »manchmal hatte sie solche albernen Zustände, aber es war Constantin gewesen, der diese Wanderung mit ihr gemacht hatte, und er wollte unbedingt, dass dieses Foto ins Album kommt …«
Die nächsten Bilder zeigen wieder Haus und Garten. Vor einem Weihnachtsbaum in skandinavisch schlichtem Design sitzt ein weißhaariger Herr, die wässerigen Augen vom Blitzlicht gerötet.
Dann trägt das Mädchen einen schwarzen Hosenanzug und blickt kühl und unbewegt in die Kamera.
»Cosimas Konfirmation«, erklärt die Mutter.
An der sommerlichen Kaffeetafel ist ein Gesicht zu sehen, das irgendwie nicht ganz die nach außen gewendete Selbstsi-

cherheit der sonstigen Gäste teilt. Edith Autenrieth will weiterblättern.
»Darf ich das noch einmal sehen?«
Berndorf kennt das Gesicht. Auf dem Foto sind die Geheimratsecken nicht ganz so ausgeprägt. Aber das Breitflächige, das Langsam-Bedächtige ist bereits da.
»Das ist Guntram«, erklärt Edith Autenrieth. »Guntram Hartlaub, ein Theologe. Constantin kannte ihn aus Lauternbürg.«
»Er war Pfarrer hier?«
»Nein, er war ja aus Württemberg. Guntram war als Referent dem evangelischen Militärbischof zugeteilt, ich glaube, Constantin hat ihm das vermittelt... Die Hartlaubs wohnten hier in Röttgen, Guntram sprang auch manchmal für unseren Pfarrer ein und hielt den Gottesdienst, wenn der krank war, wir mochten das sehr, wenn er das tat.« Nun blättert sie weiter. »Wissen Sie – unser Pfarrer hatte so etwas Rechthaberisches an sich, er wollte, dass wir alle gegen diese amerikanischen Raketen demonstrieren, und zu Ostern sollten wir Friedenstauben backen, dabei haben wir viele Familien in der Gemeinde, deren Männer im Verteidigungsministerium arbeiten, die Hardthöhe ist ja nur einen Katzensprung entfernt... Guntram war viel nachdenklicher und nicht so von sich überzeugt. Und vor allem war er jemand, der zuhören konnte... Das da ist übrigens seine Frau, die kam aus Ostdeutschland, sie war dort in Haft gewesen, mein Mann hat gerne mit ihr diskutiert, sie war immer sehr ernsthaft, das hat ihn gereizt, und dann hat er vor ihr gerne ein wenig den Machiavelli gespielt.«
Die Fotografie zeigt Marielouise Hartlaub am gedeckten Tisch draußen im Garten, das blonde Haar schon damals straff nach hinten gekämmt, die Augen grau, fast abweisend, neben ihr sitzt Constantin Autenrieth, der ihr aus einer Kanne einschenken will und Marielouise mit einem Lächeln anschaut, das – nun ja, es kommt Berndorf anders vor als das

Lächeln auf den anderen Fotos. Auch seine Gastgeberin hält einen Augenblick inne und betrachtet das Foto.
Von draußen hört man das Geräusch eines Wagens, der vorfährt und hält.
»Das wird Cosima sein«, sagt Edith Autenrieth. »Ich habe ihr von Ihrem Anruf erzählt. Ich glaube, sie will Sie kennen lernen.«
Kaum, denkt Berndorf. Misstrauen keimt in der kleinsten Puppenstube.
Die Haustür öffnet sich und wird energisch zugeworfen. »Man kann Cosima nie überhören«, sagt ihre Mutter. Dann herrscht für die Länge eines Lippenstift-Nachziehens Ruhe. Noch einmal betrachtet Berndorf die sommerliche Gartenszene, Constantin Autenrieth trägt ein blauweiß gestreiftes Hemd mit weißem Kragen, die Linien in seinem Gesicht scheinen schärfer geworden, tiefer eingezeichnet, wann zum Henker trug man gestreifte Hemden mit weißen Kragen?
Die Tür geht auf, eine zierliche junge Frau betritt die Szene: dunkles Nadelstreifenkostüm, das blasse ungeschminkte Gesicht mit der schiefen Autenrieth'schen Nase von einer Kappe lackschwarzer Haare eingerahmt, eine mephistophelische Spitze in die Stirn gekämmt. Es ist das Gesicht des Harlekins auf der Bleistiftzeichnung. Aber der Harlekin spielt nicht mehr.
Berndorf erhebt sich und wird vorgestellt, er schätzt Cosima Autenrieth auf höchstens 30, dass sie auf den ersten Blick um ein Unwesentliches größer erscheint als ihre Mutter, liegt an ihren hohen Pumps.
Cosima Autenrieth ist Rechtsanwältin, wie ihre Mutter sagt. »Fachanwältin für Internationales Handelsrecht ...«
»Das tut jetzt nichts zur Sache«, schneidet ihr Cosima das Wort ab und bedeutet Berndorf mit einer kurzen Handbewegung, er solle wieder Platz nehmen. Sie selbst zieht sich das dritte Sesselchen heran und setzt sich ihm gegenüber.

»Sie wollen einen Artikel über meinen Großvater schreiben?«, fragt sie. »Jedenfalls habe ich meine Mutter so verstanden. Sind Sie Journalist?«
Berndorf schüttelt den Kopf. »Ich bin pensionierter Beamter und arbeite an einer Monographie über das Lautertal. Ihr Herr Großvater war dort Landrat …«
»Sie waren Beamter? Beim Finanzamt, wie?«
Berndorf sagt, dass er Kriminalbeamter war.
»Ach nein«, sagt Cosima Autenrieth. Für den Bruchteil eines Augenblicks liegt auf ihrem Gesicht ein Widerschein des schief angesetzten Lächelns, das Berndorf schon auf den Fotos ihres Vaters gesehen hat.
»Finden Sie nicht, dass es eine Grenze für den Unsinn gibt, den man den Leuten erzählen darf? In den staatlichen Archiven ist mehr heimatgeschichtliches Material gelagert, als Sie jemals auswerten können, und zwar über jedes Thema, über das Sie schreiben wollen.«
»Nicht über die Geschichte, wie das Haus der Sinti in Lauternbürg abgebrochen worden ist«, wirft Berndorf sanft ein. Zu seiner Überraschung huscht ein ratloser Blick von Tochter zu Mutter, und wird ratlos wieder zurückgegeben.
»Das sagt mir nichts«, kommt die Antwort. »Und meiner Mutter auch nicht.«
»Eben deswegen hätte ich gerne mit Ihrem Herrn Vater gesprochen«, sagt Berndorf, »aber Ihre Mutter sagte mir schon, dass er …« Er macht eine Pause, als suche er nach dem richtigen Wort …, »dass er nicht zu erreichen sei.«
»Jetzt sind wir ja wohl beim Thema«, meint Cosima Autenrieth. »Es hat ein bisschen lang gedauert, finden Sie nicht? Nun hätte ich meiner Mutter zwar dringend geraten, Sie nicht zu empfangen. Aber da Sie nun einmal da sind – sagen Sie uns doch, wer Sie beauftragt hat, nach meinem Vater zu suchen, und warum?«
»Cosima …«, sagt Edith Autenrieth bittend. Aber ihre Tochter

fällt ihr ins Wort. »Sei bitte still. Dieser Mann hat uns etwas zu erklären, und das will ich hören.«
»Ich suche nicht nach Ihrem Vater«, antwortet Berndorf. »Und wenn ich es tun würde, würde ich es nicht hier tun. Aber ich glaube, ich habe Sie und Ihre Frau Mutter bereits zu lange in Anspruch genommen.« Er steht auf. »Wenn die Menschen schweigen, muss man mit den Steinen reden.«
»Mit welchen Steinen?«, fragt Cosima Autenrieth scharf. »Bitte setzen Sie sich wieder.«
»Nehmen Sie es nicht wörtlich«, antwortet Berndorf und bleibt stehen. »Eine chinesische Weisheit. Vielleicht ist es auch nur falsch übersetzt.«
Unsinn. Es wird aus der Bibel sein.
»Setzen Sie sich«, sagt die Tochter. Zögernd nimmt Berndorf wieder Platz. Cosima betrachtet ihn so, als müsse sie sich dazu erst zwingen. Kühle Augen registrieren das Jackett, das an den Ellbogen schon etwas abgewetzt ist, die Hosen vom Herrenausstatter hinter den sieben Bergen, die vom Regen noch immer oder schon wieder durchnässten Schuhe.
»Nach dem Anruf meiner Mutter, die mir Ihren Besuch angekündigt hat, habe ich mich an einen Bekannten bei der Bonner Polizeidirektion gewandt.« Offenbar hat sie genug gesehen. »Natürlich weiß ich längst, wer Sie sind. Sie waren Leiter der Mordkommission in Ulm und haben einen äußerst zweifelhaften Ruf. Sie arbeiten nicht nach den Spielregeln. Das ist beunruhigend für uns. Also noch einmal: warum suchen Sie nach meinem Vater?«
»Warum sucht man nach etwas? Weil es nicht da ist.«
»Hören Sie auf, mir chinesisch zu kommen«, fährt ihn die Anwältin an.
Berndorfs Blick gleitet über sie hinweg und richtet sich auf die Mutter. »Als Ihr Mann nach Südamerika ging, hat er seine Jagd im Lautertal an den Herrn Neuböckh übergeben, nicht wahr?«

Edith Autenrieth hebt die sorgfältig gezupften Augenbrauen. »Ich bitte Sie! Das kann ich doch wirklich nicht mehr wissen.«
»Sie haben hier kein Verhör zu führen«, sagt Cosima fast freundlich, aber in jenem Ton, der ohne jede weitere Vorwarnung schneidend werden kann.
Berndorf hebt nur die Hand, mit einer halb entschuldigenden, halb abwehrenden Geste. »Haben Sie von Herrn Neuböckh keine persönlichen Gegenstände aus dem Eigentum Ihres Mannes erhalten, Waffen zum Beispiel oder Trophäen, die bis dahin in der Jagdhütte aufbewahrt wurden?«
»Tut mir Leid«, sagt Edith Autenrieth, »also so etwas hat es ganz sicher nicht gegeben...«
Berndorf lehnt sich zurück, betrachtet die Tochter, dann wieder die Mutter. »Ihr Mann hatte sich von Ihnen trennen wollen?« Die Frage kommt leise, fast freundlich.
»Was fragen Sie da?« Plötzlich ist nichts Altgeworden-Kleinmädchenhaftes mehr in der Stimme, sondern nur noch Zorn. Eine zarte, fast fiebrige Röte erscheint auf ihrem Gesicht.
»Das genügt jetzt.« Das ist, kalt und energisch, die Tochter, und diesmal ist Cosima Autenrieth nicht wegzuschieben. »Sie haben die Grenzen überschritten. Sie verlassen jetzt dieses Haus. Auf der Stelle. Sagen Sie Ihrem Auftraggeber..., ach, erzählen Sie ihm doch, was Sie wollen.«
Berndorf steht auf und will sich bei der Gastgeberin für den Tee bedanken, aber jetzt ist sie es, die durch ihn hindurchsieht. »Raus!«, befiehlt die Tochter, und Berndorf nickt höflich und verlässt das Zimmer und geht zur Garderobe, gefolgt von der argwöhnischen Tochter. Er zieht seinen noch immer regennassen Trenchcoat an und will seinen Hut aufsetzen, als Cosima Autenrieth kurz die Hand hebt.
»Einen Moment noch!«
Berndorf hält inne.
»Was ist mit den Steinen?«
Berndorf holt seine Brieftasche aus der Jacke und sucht eine

Visitenkarte heraus. »Ich meine, dass wir dort suchen müssen, wo die Steine sind …« Er hält ihr die Visitenkarte hin, zögernd nimmt sie sie. »Übrigens ist unser Gespräch dumm gelaufen, und das ist wohl meine Schuld. Falls Sie doch noch einen Versuch machen wollen – Sie sollten mich in den nächsten Tagen in Ulm erreichen können.«

Der Regen hat aufgehört. Berndorf geht auf den Kottenforst zu, dessen Wipfel sich als dunkle Linie vor ihm abzeichnen. Am Waldrand ist ein Wanderparkplatz angelegt, der Kombi mit dem Ulmer Kennzeichen steht allein. Im Gehen kramt er die Fahrzeugschlüssel aus seinem Mantel, als er aufschließen will, sieht er, dass Felix auf dem Rücksitz steht, die Schnauze am Fenster.

Berndorf verharrt. Aus dem Wagen hört er ein scharrendes Geräusch. Er braucht einen Augenblick, bis er begreift, dass das Geräusch von Felix kommt, der mit der Pfote an Wagenfenster und Holm kratzt.

Was tust du da? Wir hatten doch einen langen Weg …

Ohne nachzudenken schließt er die Tür zum Fond auf und öffnet sie, noch im Öffnen will er innehalten, weil ihm durch den Kopf schießt, was jetzt möglicherweise durchaus auch geschehen könnte und was er nicht bedacht hat und was zu bedenken es womöglich gleich zu spät sein wird, für ein paar Ewigkeiten zu spät, aber da drängt sich schon Felix aus dem Wagen und springt an ihm vorbei auf den gekiesten Boden und begrüßt ihn nicht, sondern läuft mit gesträubtem Fell um den Wagen herum, an der Motorhaube schnüffelnd.

Berndorf schaltet die kleine Taschenleuchte ein. An der Fahrertür findet er nichts, auch nichts am Holm. Felix steht vor der Kühlerhaube. Selbst in der Dunkelheit ist der Streifen Fell zu sehen, der sich auf seinem Rücken aufgerichtet hat.

Berndorf folgt seinem Blick. Der Lichtfleck der Lampe wandert über Blech, tastet die Fuge ab, entlang der die Motorhaube in die Karosserie eingefügt ist. Und verharrt.
Der Wagen war am Freitag durch die Waschanlage gefahren worden. Seither hat er einige hundert Kilometer zurückgelegt. Man kann es sehen. Auf altem, stumpf gewordenem Lack haftet Schmutz besonders schnell.
Seither hat er nur aufgetankt. Er hat weder den Ölstand nachsehen noch das Wasser für die Scheibenwaschanlage auffüllen lassen.
Woher also kommen die Abdrücke am Rand der Motorhaube? Sie sind verschmiert, als hätte jemand mit einem Lappen darübergewischt.
Berndorf fährt sich über die Stirn. Wieso ist sie nass? Der Regen hat aufgehört. Wann? Während er im Puppenheim war. Aber davor hat es geregnet. Stundenlang.
Regen allein spült den Dreck nicht weg. Aber er verwischt Spuren. Er verwässert sie. Er überschwemmt sie mit dem anderen Schmutz.
Trotzdem sind die Abdrücke und Schmierspuren deutlich zu sehen.
Er geht ein paar Schritte zurück, und dann noch ein paar.
»Felix, Fuß.« Er lässt die Tür zum Rücksitz offen. Er holt auch nicht die Leine aus dem Wagen. Er schaltet das Mobiltelefon ein, aber er hört nur ein ärgerliches Schnarren.
»Akku leer Bitte aufladen« liest er auf dem Display.
Berndorf blickt sich um und sieht im nächstgelegenen Haus Licht. Er geht darauf zu, Felix trottet neben ihm her.
Das Haus ist ein heller Klinkerbau. Berndorf klingelt, nach einer Weile meldet sich eine Frauenstimme …
»Entschuldigen Sie bitte die Störung«, sagt Berndorf, »aber könnte ich Ihr Telefon benutzen, um die Polizei anzurufen – oder könnten Sie das für mich tun?«

»Forstenrieder Park 57«, notiert Kuttler, den Telefonhörer am Ohr, »Konsulent, was soll auch das sein? In Ulm gibt es solche Berufe nicht, da sieht man es wieder, was wir für eine Kleinstadt sind… Also, Sie wissen es auch nicht, Kollegin, trotzdem besten Dank.«

Er legt auf und wendet sich Tamar zu. »Mich hat vorhin mein IM Krampfader angerufen, in Lauternbürg wacht jetzt der Nachbar, aber hallo! Also dein Geländewagen ist gesehen worden, und wenn die Nummer stimmt, ist er auf einen Gustav Meunier zugelassen, Beruf Konsulent, das macht doch mehr her, als wenn einer als Kuttler durch die Welt laufen muss.«

»Ruf halt im Polizeipräsidium München an, dass die jemanden vorbeischicken«, antwortet Tamar. Noch immer ist sie auf eine ihr selbst nicht recht erklärbare Weise missgestimmt. Die Fahrt zu der Jagdhütte hat ihr nicht gut getan. Der Anblick der Hütte mit den zerschossenen Scheiben und dem ausgestopften Mantel hat sie an einen ausgerutschten Streich später Jugendlicher denken lassen, an ein boshaftes Vexierspiel, um sie selbst und die Polizei vorzuführen…

Das Telefon klingelt, sie hebt ab, es ist Steinbronner. »Könnten Sie mal kurz vorbeikommen, Kollegin?«

Steinbronner hat sich in einem Büro eingenistet, das eigentlich für den stellvertretenden Amtschef bestimmt ist. Doch dieser Posten ist im Augenblick vakant und wird es der Haushaltssperre wegen wohl noch eine Weile bleiben. Obwohl es in dem Zimmer nicht übermäßig warm ist, hat Steinbronner sein Jackett ausgezogen und sitzt jetzt in Hosenträgern vor ihr.

»Nehmen Sie doch Platz«, sagt er, »die Dinge sortieren sich, das ist immer ein angenehmes Gefühl, finden Sie nicht?«

Tamar setzt sich.

»Diese Sache mit diesem Jiri Adler, der Ihnen davongelaufen ist – das war eine gute Idee, die Raststätten überprüfen zu lassen.« Er hebt ein Fax auf und wedelt damit anerkennend.

»Wir haben ihn. Das heißt, es sind die Sachsen, die ihn haben. Sie haben den Lastwagen, bei dem er zugestiegen ist, hinter Plauen herausgewunken, eine komische Geschichte ...«
Tamar wartet und sagt nichts.
»Als die Kollegen den Wagen überprüfen wollten, sind gleich zwei Leute herausgesprungen und weggerannt, der Fahrer und der Beifahrer.« Steinbronner betrachtet Tamar, und sein Blick scheint belustigt, fast verächtlich. »Die Kollegen waren etwas überrascht, weil sie gedacht hatten, es würde ihnen nur einer davonlaufen wollen. Sie haben aber dann doch beide geschnappt und sich den Lastwagen mit den gebrauchten Ersatzteilen näher angesehen, und siehe da – sie fanden jede Menge fabrikneuer Ware, meist noch in die Folien eingeschweißt, nur leider nicht die richtigen Lieferpapiere dazu ... Licht am Ende des Tunnels, würde ich sagen.« Steinbronner macht eine Pause und betrachtet zufrieden das Fax aus Plauen. »Und Sie, was haben Sie herausgefunden?«
»Ich habe mir diese Jagdhütte angesehen, in der sich Adler aufgehalten haben soll«, berichtet Tamar. »Es muss dort eine Schießerei gegeben haben, die Einschläge in der Hütte sehen ziemlich neu aus. Außerdem haben wir die Reifenspuren eines Geländewagens gefunden, aus Lauternbürg ist uns dazu ein Hinweis gegeben worden. Der Wagen ...«
»... hat ein Münchner Kennzeichen«, unterbricht sie Steinbronner, »und ist auf einen gewissen Meunier Gustav zugelassen.« Er hebt den Kopf und schiebt das Kinn vor. »Ich habe vorhin mit einem seiner Vorgesetzten gesprochen.«

Das Deckenlicht fällt auf einen Schreibtisch mit Aktenbündeln, es ist später Abend, Berndorf sitzt auf einem Holzstuhl und hält sich an dem Plastikbecher mit Automatenkaffee fest, den ihm vorhin ein Uniformierter gebracht hat.

Ihm gegenüber sitzt, zurückgelehnt, der Hauptkommissar Anton Villekens von der Bonner Kriminalpolizei und betrachtet Berndorf oder sieht über ihn hinweg oder schläft mit offenen Augen.
Kaffee aus dem Automaten schmeckt abscheulich. Kann man abscheulich steigern? Eher nicht. Für den Kaffee aus den Automaten von Polizeipräsidien müsste man es aber können.
Wieder einmal zieht Berndorf seine Taschenuhr heraus. 22.35 Uhr. Gott befohlen. Felix schläft in einem Zwinger für Fundtiere. Wann wird Berndorf ein Bett finden und wo? Er schüttelt den Kopf, als wolle er sich die Müdigkeit wie Sandkörner aus dem Pelz schütteln. So ist der Mensch: Gerade dem ganz langen Schlaf entronnen, mault er seiner Bettruhe nach…
Das Telefon schlägt an. Mit einem Griff hat Villekens den Hörer und meldet sich. Dann hört er nur noch zu. Und auf einmal ist es, als würden seine Augen erst jetzt Berndorf wirklich wahrnehmen, sie saugen sich an ihm fest mit einem Ausdruck wacher, alarmierter Besorgnis.
»Willst du ihm das nicht selber sagen?« Es ist der erste Satz, den Villekens spricht.
Der Gesprächspartner antwortet etwas, aus dem auf sehr eindeutige Weise hervorzugehen scheint, dass er das durchaus nicht will. Villekens lacht kurz und unfroh und legt auf.
»Also Kollege.« Er beugt sich nach vorne und sucht Berndorfs Blick. Villekens hat nach hinten gekämmtes, lockiges graues Haar. Es ist schon so schütter, dass die Schädelform sichtbar wird.
Ein Kiebitz, denkt Berndorf. »Sie vergessen schon wieder, dass ich nicht Ihr Kollege bin.«
»Entschuldigung. Der Herr legen Wert auf Distanz.« Villekens hebt kurz beide Hände und lässt sie wieder fallen. »Aber bitte. Hatten Sie Wertsachen in Ihrem Auto?«
»Mein Reisegepäck. Die Hundedecke.« Wieso: hatten…?
»Na schön. Ich habe gerade den Anruf von unseren Spreng-

stoffexperten bekommen. Sie werden sich eine neue Hundedecke kaufen müssen.«
Berndorf blickt ungläubig.
»Es ging nicht anders«, fährt Villekens fort. »Nicht unsere Schuld. Ihre Freunde sind schuld. Eine hübsche kleine Falle. Wenn Sie die Zündschlüssel umgedreht hätten, wären Sie in die Luft geflogen. Rumms! Und was von Ihnen und Ihrem Hund übrig geblieben wäre, das hätten dann wir auseinanderfieseln dürfen, es gibt lustigere Arbeit, glauben Sie mir… Aber das ist nur der Anfang. Eine Bombe an die Zündung anschließen, das ist nämlich praktisch gar nichts. Das kriegen heute doch schon Hauptschüler fertig, wenn ihnen der Deutschlehrer auf den Geist geht. Ihre Freunde aber sind keine Hauptschüler.« Er macht eine Pause. »Aber das haben Sie sicher auch schon selber herausgefunden.«
Berndorf müht sich, ein gleichgültiges Gesicht zu machen.
»Die haben sich noch eine kleine Kleinigkeit zusätzlich ausgedacht«, fährt Villekens fort. »Sie hatten einen zweiten Zünder eingebaut. Mit eigener Batterie. Und mit einer Art Zugband, wenn ich den Kollegen richtig verstanden habe. Können Sie mir folgen?«
Was soll ich dazu sagen, denkt Berndorf. Nichts.
»Also, wenn unsere Kollegen die Verbindung zur Zündung gekappt hätten«, fährt Villekens fort, »dann hätte es ein klein' Schnäpperche' getan« – er schnipst kaum hörbar mit den Fingern – »die zweite Batterie hätte Kontakt gehabt, und die Kollegen wären in die Luft geflogen. Eigentlich eine ziemliche Sauerei, finden die Kollegen, und auf Sie sind sie überhaupt nicht gut zu sprechen… Zum Glück sind die Kollegen nicht ganz so blöde, wie manch anderer aussieht. Sie haben die Leute drum herum evakuiert und ihr Auto ferngezündet. Also nicht das Auto, sondern die Bombe darin, aber das läuft ja auf dasselbe hinaus. Die Kollegen haben nämlich keine Lust gehabt, nachzugucken, ob Ihre Freunde noch irgendwo einen

dritten oder vierten kleinen schmutzigen Trick vorbereitet hatten. Wird aber auch so nicht besonders lustig gewesen sein, nachts die Leute herauszuscheuchen …«

Villekens lehnt sich wieder zurück. »Also Kollege – pardon, Herr Berndorf: Was sind das für Geschäfte, auf die Sie sich eingelassen haben?«

»Keine Geschäfte«, antwortet Berndorf. »Ich bin Rentner. Jemand, der zu seinem Privatvergnügen wissen will, wie eine Geschichte wirklich gelaufen ist, die es vor vierzig Jahren einmal gegeben hat. Nichts Aufregendes, kein Staatsanwalt wird sich dafür interessieren, es ist alles verjährt …«

»Worüber wir uns aufregen, entscheiden noch immer wir«, unterbricht ihn Villekens. »Im Übrigen haben Sie diesen Quark schon fünfmal breitgetreten. Der Rentner, der einen Herrn Autenrieth sprechen will, weil der bei einem Streit um Zigeuner dabei gewesen sein soll, aber der Herr Autenrieth ist nicht da, weil er vor zehn Jahren Zigaretten holen gegangen ist in Südamerika … Doch dann fahren Sie erst recht nach Bonn, um mit einem, der nicht da ist, ein Gespräch oder ein Interview zu führen … Menschenskind Berndorf, Sie sind doch ein Mann vom Fach, angeblich sollen Sie das sein, Sie haben ein Morddezernat geleitet, da muss es Ihnen doch selber im Kopf wehtun, was Sie mir da vorlügen!«

»Dieser Constantin Autenrieth ist verschwunden, und zwar unter Umständen, die für jeden verdächtig sein müssen«, antwortet Berndorf. »Verdächtig ist vor allem die Rolle des Mannes, der Autenrieths Jagd samt Hütte übernommen hat. Diesen Mann könnten Sie allerdings fragen, auf welche Geschäfte er sich eingelassen hat. Wer seine Geschäftsfreunde und Jagdpartner sind, und was er mit den Schnellfeuergewehren zu tun hat, die …«

»Die in Rotterdam gefunden wurden, in Containern seiner Firma, ich weiß. Sechsmal, Berndorf! Sechsmal erzählen Sie mir nun schon von den Kalaschnikows und der Jagdhütte und einer Schießerei, ich kann es Ihnen singen…« Wieder meldet sich das Telefon. Villekens meldet sich. »Nein«, sagt er dann, »nimm es noch mal zurück und leg es ins Zimmer vom Jupp.« Dann steht er auf. »Ich muss Sie einen Augenblick allein lassen.«

Berndorf nickt. Er versucht, sich auf dem Holzstuhl so zurückzulehnen, dass er für einen Augenblick die Augen schließen kann. Aber wenn er die Augen schließt, kippt er weg, gleich wird er vom Stuhl fallen… Er zwingt sich, die Augen offen zu halten, und beginnt, in seinem Gedächtnis nach Gedichten zu suchen, die er lautlos rezitieren könnte, wieder schiebt sich ihm das Bruchstück einer Brecht-Legende in den Sinn:

Doch der Mann in einer heitren Regung
Fragte noch: »Hat er was rausgekriegt?«

Die Tür öffnet sich, Villekens kommt herein und bleibt einen Augenblick neben Berndorf stehen und blickt auf ihn herab. Ohne es zu sehen, weiß Berndorf, dass Villekens mit den Achseln zuckt. Dann geht er hinter seinen Schreibtisch und setzt sich und legt die Ellbogen auf den Tisch und stützt sein Kinn mit den gefalteten Händen und starrt vor sich hin.

»Wir haben jetzt das meiste geklärt«, sagt er schließlich. »Ich hatte Ihnen ja schon gesagt, dass es eine Vermisstenanzeige im Falle des Herrn Autenrieth nicht gibt und nie gegeben hat. Damit ist schon mal ein Teil Ihrer Aussage in Frage gestellt. Und nun zu dem, was wir nicht in Frage stellen.«

Er macht eine Pause und holt aus seiner Schreibtischschublade ein Zigarrenetui heraus. »Rauchen Sie?« Berndorf schüttelt den Kopf. »Aber Sie erlauben?« Ohne eine Antwort abzuwarten, nimmt er sich eine Brasil und schneidet das Mundstück säuberlich mit einem Taschenmesser aus. Schließlich zündet er die Zigarre mit einem Streichholz an, wartet, bis sie Glut gefangen hat, und stößt einen Rauchkringel aus.

»Es stimmt, dass in Rotterdam eine Ladung Waffen sichergestellt worden ist. Es stimmt, dass die Waffen in Containern einer Firma gefunden worden sind, die in Lauternbürg ansässig ist. Wo immer das ist. Und es stimmt, dass es an einer Jagdhütte auf der Gemarkung dieser Gemeinde eine Schießerei gegeben hat. Hat mir alles der Kollege aus Ihrem netten Ulm bestätigt.« Er betrachtet die Zigarre. »Freundlicher Mann. Steinmann? Nein.« Er wirft einen Blick auf seinen Notizblock. »Steinbronner. Auch kein direkter Freund von Ihnen, muss ich schon sagen.«

Nein, denkt Berndorf. Kein direkter Freund.

»Aber es stimmt so weit alles. Inzwischen wissen wir sogar mehr. Der Geländewagen hatte eine Münchner Nummer und war zugelassen auf...« Wieder blickt er auf seinen Notizblock. »Den Namen dieses Mannes müssen Sie nicht wissen. Es genügt, dass ich Ihnen sage, für wen er arbeitet. Er arbeitet für die NSA.« Villekens steckt die Zigarre in den Mund und saugt daran. Offenbar ist er mit der Glut nicht zufrieden. Berndorf gähnt. Was soll er auch sagen? Die NSA, die National Security Agency der Vereinigten Staaten, unterhält in Oberbayern eine Deutschland-Zentrale, von der aus die Amerikaner ihre Spionage in Europa koordinieren.

Villekens betrachtet ihn besorgt. »Wenn ich Sie so sehe, gibt es eigentlich nur zwei Möglichkeiten. Und keine gefällt mir. Entweder stecken Sie so tief in einer ganz üblen Geschichte drin, dass es mir wirklich Leid tut, Sie Kollege genannt zu haben. Oder Sie haben einfach keine Ahnung.«

»Könnte ich Ihr Telefon benützen?«, fragt Berndorf. »Ich würde mir jetzt gerne ein Hotel suchen.«

Villekens lässt die Zigarre sinken und verharrt einen Augenblick, als ob er nachdenken würde.

»Bitte«, sagt er schließlich und schiebt das Telefon über den Tisch und holt aus einer Schreibtischschublade ein Telefonbuch und reicht es nach.

»Eines wollte ich Sie noch fragen«, sagt er, als Berndorf die

Seite mit den Hotels aufschlägt. »Ist Ihnen eigentlich klar, was dieser Trick mit der doppelten Bombenfalle bedeutet?«
Berndorf hebt fragend die Augenbrauen, während er mit dem Finger die Liste der Hotels entlanggeht.
»Es ist eine Warnung«, fährt Villekens fort, »eine Warnung von Profis an einen, den sie für einen Profi halten. Ihre Freunde haben gewusst, dass Sie schlau genug sind, um Lunte zu riechen. Aber der Trick soll Ihnen sagen, dass Ihre Freunde noch ganz anders können. Wollen Sie Polizeischutz?«
»Dieses Hotel Cosmos«, sagt Berndorf, »liegt das einigermaßen ruhig?«

Dienstag, 13. November 2001

»Es ist ganz einfach«, sagt der Mann mit dem grau melierten Haar und beugt sich über das Sofa, und während er das tut, steigt Tamar der Geruch von Tosca for men in die Nase. »Sie ziehen die Lehne nach vorne und gleichzeitig die Sitzfläche nach oben …« Er macht es vor, und Lehne und Sitzfläche rasten nebeneinander ein. »Jetzt ist es wie ein französisches Bett«, sagt der Mann und lächelt zu Tamar hoch. Das Lächeln sieht aus, als ob der Mann feuchte Mundwinkel hätte.

»Nett«, sagt Tamar. Es ist ihr gerade eingefallen, dass sie noch einen Schlafsack hat und eine Matte dafür. »Sehr wohnlich.« Sie setzt sich an den kleinen Tisch, der Stuhl hat einen flauschig rosafarbenen Polsterbezug, und holt ihre Brieftasche heraus. Der Teppichboden ist braun genoppt, das Klappsofa braungelb gestreift, und die Fenster haben geometrisch bedruckte Vorhänge aus einem Synthetikstoff. Tamar zählt das Geld für Kaution und Novembermiete ab. »Dezember läuft dann der Dauerauftrag.«

»Sie sind Kriminalbeamtin, sagten Sie?«, fragt der Mann. »Ich glaube, da haben wir einen richtigen Glücksfang gemacht.« Tamar denkt an die Miete und widerspricht nicht.

»Vor zwei oder drei Jahren hatten wir in der Straße einen Mord«, fährt der Mann fort. »Nur wenige Häuser von hier. Ein pensionierter Richter hat dort gelebt, und er hatte zwei belgische Schäferhunde, beide scharf abgerichtet. Ich sage Ihnen, die ganze Straße hatte Respekt vor diesen Kötern. Aber dem Richter hat das gar nichts genützt. Der Mörder hat den

Hunden den Hals durchgeschnitten und dann ihm. Sie kennen den Fall sicher, der Mörder war dieser Talheimer …«

»Thalmann«, sagt Tamar. »Der Mann hieß Thalmann.«

»Ich sehe, Sie wissen Bescheid … Also seither hat man in der Straße Angst. Jeder hat Angst. Da gibt es kein Haus, an dem keine Bewegungsmelder installiert sind. Aber wenn wir jetzt jemand von der Kriminalpolizei hier haben …«

»Dann nützt das im Ernstfall womöglich ebenso wenig, wie die belgischen Schäferhunde dem Richter genützt haben.«

Kurzes Lächeln. Dann nimmt sie die Schlüssel entgegen, lässt sich den Keller zeigen und darüber belehren, dass sie alle drei Wochen Kehrwoche hat.

»Und bitte auch den Rinnstein.«

Minuten später fährt sie eine lang gestreckte Straße entlang, gesäumt von Einfamilienhäusern, zugewachsen vom Ziergehölz. Tamar will nicht darüber nachdenken, was sie in dieser Straße zu suchen hat. Dafür, dass sie abends die Tür hinter sich zuziehen kann, genügt das Appartement. Sie kann duschen, und sie hat eine Einbauküche, um sich einen Tee aufzusetzen oder ein Spiegelei zu braten. Wenn sie die Vorhänge nicht erträgt, wird sie andere aufhängen.

Mehr braucht sie nicht.

In ihrer Jackentasche hört sie ein kurzes Surren. Es ist das Mobiltelefon, aber es ist kein Anruf aufgelaufen, sondern eine Simse. Während sie hinter einer Straßenbahn wartet, die vor einer Ampel halten muss, liest sie auf dem Display:

bko wants u

Rübsam öffnet die Tür zum Pfarramtssekretariat und fährt erschrocken zurück.

Das Sekretariat ist voll gestellt mit Pappschildern. Eines davon zeigt schwarz vor einem violetten Himmel die Umrisse

der Pauluskirche und auf dieser in flammenden gelben Buchstaben den Aufruf:
Wer den Pfennig nicht ehrt
ist den Euro nicht wert
Spenden Sie Ihr Münzgeld
für unseren Vespergottesdienst
»Was ist das nun wieder?«, fragt Rübsam und nimmt sich eine zweite Tafel vor, diesmal mit der Aufschrift:
Der Euro kommt, die Mark ist futsch
Nur im Vespergottesdienst
drehen wir noch jeden Pfennig
zweimal um
»Die Tafeln hat der CVJM gemacht«, erklärt die Pfarramtssekretärin Kuchenbeck. »Das ist doch pfiffig. Wenn jetzt die Währungsumstellung kommt, wissen doch viele Leute nicht, was sie mit ihrem Kleingeld machen sollen.«
Rübsam hat sich die Tafeln näher angesehen. »Und was ist das da?« Er deutet auf eine stilisierte Sparkasse.
»Ja«, sagt die Kuchenbeck, »die Plakate sollen ja nach etwas aussehen, da haben sich die jungen Leute mit der Sparkasse in Verbindung gesetzt, für die Druckkosten.«
»Warum sagen Sie nicht gleich, dass der Sparkassen-Weglein dahinter steckt?«, fragt Rübsam ungehalten. »Wenn ich ihn das nächste Mal bei uns sehe, werde ich über die Geldwechsler predigen, und wie Jesus sie aus dem Tempel vertreibt.«
»Sie machen es einem wirklich nicht leicht«, klagt die Kuchenbeck zur Antwort. »Dabei ist auch so alles schwer genug, glauben Sie mir nur. Aber Sie wissen ja gar nicht, was die Leute alles so reden, gerade jetzt …«
»Was reden welche Leute worüber?«
»Das wissen Sie doch ganz genau«, weicht die Kuchenbeck aus und schaut weg, als Rübsam ihren Blick mit den Augen festhalten will. Diese Sache mit dem neuen Dekan hat viel böses Blut in der Gemeinde gemacht, ich meine, der Dekan mag

ja ganz ein ordentlicher Mann sein, da hört man nichts Nachteiliges, aber diese Frau, wie die den Männern vom Posaunenchor mitgespielt hat.«
Vorsichtig kehrt ihr Blick zu ihm zurück. »Aber das ist noch gar nicht alles. Da war doch ein Artikel in der Zeitung, ein Artikel über die Geschichte mit dem Posaunenchor. Und jetzt ist der Journalist, der das geschrieben hat, tot. Der ist umgebracht worden. Und die Polizei« – ihre Stimme senkt sich zu einem Flüstern – »die glaubt, dass diese Frau etwas damit zu tun hat …«
»Wer, bitte, setzt solche Geschichten in die Welt?«
»Das sind keine Geschichten«, sagt die Kuchenbeck trotzig. »Es ist die Wahrheit. Sie kennen doch auch jemand bei der Polizei, fragen Sie da doch, ob die beim Herrn Chorleiter Buck gewesen sind und gefragt haben …«
»Also schön. Sie hat den Journalisten abgemurkst. So etwas sollte sie sich allerdings nicht zur Gewohnheit machen. Und was hat sie sonst noch angestellt?«
»Sie glauben mir ja doch nicht«, meint die Kuchenbeck schnippisch. »Aber heute Abend werden Sie es ja selbst hören. Das Dekanatsgebäude muss jetzt umgebaut werden.« Triumphierend hebt sie den Kopf. »Und zwar nur, weil sie es so will. Das alte Haus ist ihr sonst nicht gut genug.«
»Und von wem wissen Sie das?«
Unwillig schüttelt die Kuchenbeck den Kopf. »Es ist nicht anständig von Ihnen, Herr Pfarrer, dass Sie von mir verlangen, über andere zu reden.«

»Weißt du, was der Betonkopf von mir will?«
»Nöh«, antwortet Kuttler und löst den Blick vom Bildschirm. »Nur, dass du gleich zu ihm kommen sollst. Er hat offenbar Oberwasser. Jedenfalls läuft er so durch den Korridor.« Kutt-

ler zieht seinen Kopf zwischen die Schultern und schiebt sein Kinn vor. »Irgendwie so.«
Tamar zieht eine Grimasse. »Sonst was?«
»Er hat den schrotthandelnden Jägermeister laufen lassen.«
»Das ist nicht wahr!«
»Doch wahr«, beharrt Kuttler. »Noch etwas. Im Labor haben sie die Abdrücke untersucht, die Orrie von den Fahrspuren draußen bei der Hütte gemacht hat. Und was glaubst du …?«
»Es sind die gleichen Abdrücke wie hinter Hollerbachs Haus?«
»Bingo …«
Die Tür fällt zu. Kuttler wendet sich wieder dem Bildschirm und seinem Bericht zu. Irgendetwas stimmt nicht. Nachmittags um drei ist es doch noch nicht dunkel …

Tamar geht durch den Korridor zu dem Büro, das Steinbronner bezogen hat. Sie tritt ein, Steinbronner sitzt hinter seinem Schreibtisch und telefoniert, die Füße auf einen Beistelltisch gelegt. Als er Tamar erblickt, weist er auf den Besucherstuhl, es ist weniger eine einladende als eine befehlende Geste.
»Das weiß ich auch, dass die letzten Transfers nicht gut gelaufen sind«, sagt er in den Hörer. »Wenn ich nur das Gesicht von diesem jugoslawischen Meniskusschaden sehe … Aber deshalb werfen wir den Verein doch nicht den Hyänen vor.« Er legt auf und wendet sich Tamar zu. »Nett, dass man Sie auch mal sieht.« Tamar sagt gar nichts.
»Ich habe ein paar Neuigkeiten für Sie«, fährt Steinbronner fort. »Sie haben doch immer sehr eng mit dem Herrn Berndorf zusammengearbeitet?«
»Er war mein unmittelbarer Vorgesetzter.«
Steinbronner blickt auf, über seine Halbbrille hinweg. »Das haben Sie fein gesagt. Aber wie auch immer – es wird Sie interessieren, dass gestern Abend ein Bombenanschlag auf ihn versucht worden ist.«

Dieser Narr, denkt Tamar. Dieser alte Narr. Aber jetzt ist auch klar, warum sie nichts von ihm gehört hat.
»Ist er tot?«, fragt sie.
Steinbronner beobachtet sie weiter. »Nein«, antwortet er schließlich, »ich sagte doch, es war ein Versuch. In seinen Wagen ist eine Bombe eingebaut worden, aber der Hund hat sich auffällig aufgeführt... Seit wann hat er eigentlich einen Hund? Jedenfalls hat er Alarm geschlagen, Berndorf, nicht der Hund, und die Kollegen Feuerwerker von der Bonner Polizei haben sich der Sache angenommen. Sie wissen nicht zufällig, was er in Bonn gesucht hat?«
»Tut mir Leid. Aber ich bin über das, was Herr Berndorf tut oder unterlässt, wirklich nicht unterrichtet.«
Steinbronner lehnt sich zurück. »Ist das wirklich so?«, fragt er dann und setzt ein knappes Lächeln auf, das gerade ausreicht, um die Oberlippe über zwei künstlich weißen Schneidezähnen hochzuziehen. »Sie wohnen doch bei ihm. Oder hat man mir da etwas Falsches erzählt?«
»Sie vermengen Dinge«, antwortet Tamar, »die nichts miteinander zu tun haben.«
Steinbronner lässt das Lächeln noch eine Weile auf seinem Gesicht stehen. »Wir sollten aber wirklich wissen«, sagt er schließlich, »was das für Geschäfte sind, auf die Berndorf sich eingelassen hat. Gegenüber den Bonner Kollegen hat er gemauert. Wie er das immer tut. Diesmal ist es aber noch dümmer als sonst. Die Leute, mit denen er sich angelegt hat, sind nämlich für den guten alten Berndorf eine Nummer zu groß.« Wieder erscheint das Lächeln. »Die Vorrichtung, die man in seinem Wagen angebracht hat, ist den Kollegen so unheimlich gewesen, dass sie die Nachbarschaft evakuiert und die Bombe ferngezündet haben... Verstehen Sie – die haben dem sein Auto in die Luft gejagt, das hat er nun davon.«
»Und der Hund?«
Steinbronner überlegt. »Weiß nicht. Aber da ist etwas, was

mich mehr interessiert. Bei seiner Vernehmung hat Berndorf auf zwei Dinge hingewiesen. Einmal auf diese Gewehre, die der niederländische Zoll in Rotterdam sichergestellt hat, obwohl darüber nirgendwo berichtet worden ist. Und er hat hingewiesen auf die Schießerei bei dieser Jagdhütte des Herrn Neuböckh hier in Lauternbürg…«

Tamar wartet.

»Zwar ist das alles der blühende Unsinn«, fährt Steinbronner fort. »Ich frage mich, warum er das den Bonnern erzählt hat. Gaga ist das. Was juckt die eine Jagdhütte auf der Alb? Aber nach wie vor frage ich mich, woher er das eigentlich alles gewusst hat. Und wie ich mich so frage, fällt mir ein, dass Sie als Erstes von der Schießerei berichtet haben, ein anonymer Anrufer hat Ihnen den Tipp gegeben, nicht wahr? Und der Anruf war so kurz, dass Sie die Herkunft nicht überprüfen konnten… Wenn Sie sich anstrengen, liebe Kollegin: Könnte es sein, dass die Stimme des Anrufers ein klein wenig so ähnlich geklungen hat wie die Ihres früheren Vorgesetzten?«

»Ich sagte Ihnen, dass ich die Stimme nicht erkannt habe.«

»Aber es war eine Männerstimme?«

»Ja.«

»Toll, was Sie so herausfinden«, meint Steinbronner. »Ist Ihnen das nicht peinlich, liebe Kollegin, dass ich hier wie ein Hausierer Klinken putzen muss, bis auch nur ein Brosamen Information für mich abfällt?«

Tamar schüttelt abwehrend den Kopf. »Davon kann keine Rede sein…«

»Menschenskind Wegenast!« Steinbronner schlägt mit der flachen Hand auf den Tisch. »Kapieren Sie doch – Ihr früherer Vorgesetzter hat sich auf etwas eingelassen, das ihn in Lebensgefahr bringt. Und leider Gottes haben die Bonner Kollegen ihn nicht in Verwahrung genommen, vermutlich sind die froh, ihn nicht mehr zu sehen. Kann ich gut verstehen. Trotzdem – wir können die Dinge nicht einfach laufen lassen.

Ich jedenfalls kann es nicht, obwohl ich noch nie dem engeren Freundeskreis des Hans Berndorf angehört habe…«
»Ich kann nur wiederholen«, sagt Tamar, »dass ich die Stimme des Anrufers nicht erkannt habe. Aber ich verstehe, dass wir eine neue Situation haben. Finden Sie da nicht, dass wir jetzt doch diesen Herrn Meunier vorladen sollten? Auch wenn er für die Amerikaner arbeitet, müsste er uns sagen, was hier eigentlich gespielt wird.«
Steinbronner schweigt. Stille breitet sich aus. Schließlich hört Tamar ein leises scharrendes Geräusch. Es dauert eine Weile, bis sie begreift, dass Steinbronner mit dem Fingernagel sein unrasiertes Kinn kratzt.
So was kann ich nicht, denkt sie.
»Chuzpe«, sagt Steinbronner schließlich. »Das ist der richtige Ausdruck. Chuzpe. Erst lügen Sie mir vor, Sie wüssten nicht, wer Ihnen das mit der Schießerei da draußen gesteckt hat. Aber kaum, dass der Herr Berndorf richtig in der Tinte sitzt, sollen wir die Leute von der NSA vorladen und sie ins Kreuzverhör nehmen…« Er macht eine Pause und starrt auf den leeren Schreibtisch vor sich.
Alles recht, solange du nicht wieder das Kratzen anfängst, denkt Tamar.
»Sie lesen Zeitung, hören Nachrichten?« Die Frage kommt leise, fast resigniert.
»Ja, sicher doch… Warum fragen Sie?«
»Sie wissen, was am 11. September war? Dass Amerika sich im Krieg befindet?«
»Ich verstehe nicht…«
»Im Krieg gegen den Terrorismus.« Steinbronner beugt sich nach vorne. »Weltweit. Ein Krieg um Sein oder Nichtsein. Da wird keiner hinterm Kachelofen hocken bleiben. Nirgendwo. Nur bei uns schlägt die Stunde der Bedenkenträger. Drei Tage noch, und dann kracht womöglich diese Regierung in Berlin in sich zusammen, weil diese Gutmenschen nicht einmal den

Marschbefehl für ein paar läppische Minenräumboote herauslassen wollen... Glauben Sie wirklich, dass sich die Amerikaner da ausgerechnet von uns vorführen lassen?«
In Tamars Kopf regt sich Widerspruch. »Dieser Krieg, von dem Sie reden«, fragt sie sanft, »geht der nicht auch ums Öl?«
»Ach so.« Steinbronner betrachtet sie aus großen Augen. »Natürlich ist das auch ein Krieg ums Öl«, sagte er dann. »Ein Krieg um Ressourcen. Um die Pipeline zum kaspischen Öl. Niemand bestreitet das. Auch die Gutmenschen fahren nicht mit Kettcars am Reichstag vor.«
Tamar gibt den Blick zurück. »Ich weiß nur, dass ich noch immer nicht weiß, was dieser Meunier im Lautertal zu suchen gehabt hat. Und mir ist auch nicht klar, was diese Waffenlieferung nach Rotterdam mit Afghanistan zu tun haben soll.«
»Jetzt geht das von vorne los.« Steinbronner senkt den Kopf und stützt ihn in beide Hände. »Sie haben ein Handy?«, fragt er schließlich. »Benutzen es häufig?«
»Ja, sicher doch...«
»Ihr Kommunikationsverhalten ist anders geworden, seit es diese Geräte gibt?«
»Das weiß ich nicht. Vielleicht.«
»Wissen Sie, wie diese Geräte gebaut werden? Was man dazu braucht?«
»Chips wird man dazu brauchen«, antwortet Tamar, »elektronische Bauteile eben...
»Elektronische Bauteile!« Steinbronner lacht kurz. »Ist nie falsch. Aber dafür brauchen Sie bestimmte Grundstoffe mit besonderen Eigenschaften. Mineralien. Erze. Was weiß ich. Eines davon ist Coltan. Das waschen Sie nicht so auf die Schnelle aus dem Donausand heraus... Können Sie mir folgen?«
»Ich denke doch«, antwortet Tamar behutsam.
»Sie haben von diesem Bürgerkrieg im Kongo gelesen?«, fährt Steinbronner fort. »Natürlich haben Sie das, Sie sind ja ganz scharf hinter dieser angeblichen Waffenlieferung her.

Angeblich ist sie für den Kongo bestimmt, und wenn das so ist, wird sie nicht die einzige sein. Angeblich sind ja sogar Panzer aus der Bundesrepublik dorthin geliefert worden. Von mir aus. Aber dieser Bürgerkrieg – das ist keiner. Das ist ein Krieg ums Coltan, und in den lassen sich die Amerikaner so wenig hineinreden wie in den gegen die Taliban. Sie werden die Amerikaner nicht befragen. Punkt.«

Unvermittelt bricht er ab. Das gibt alles keinen Sinn, denkt Tamar. »Ich hatte Sie gestern so verstanden«, sagt sie vorsichtig, »dass der Herr Meunier im Auftrag der NSA wegen illegaler Waffengeschäfte recherchiert... Wenn er das tut, ist er doch auf eine Zusammenarbeit mit uns angewiesen.«

»Es ist der erste Grundsatz unserer Kollegen bei der NSA«, antwortet Steinbronner mit unbewegtem Gesicht, »auf eine Zusammenarbeit mit uns nicht angewiesen zu sein.«

»Aber die müssen doch wissen...«, setzt Tamar an und bricht ab. Dann dämmert es ihr. Natürlich muss sie den Amerikanern nicht mitteilen, was diese längst am besten wissen.

Steinbronner beobachtet sie. »Haben Sie's jetzt verstanden?«

»Ja doch«, antwortet sie. »Es ist die NSA, die diese Gewehre in den Kongo liefert. Die NSA, oder Strohleute von ihr.«

Steinbronner schüttelt den Kopf. »Das habe ich nicht gesagt. Mit keinem Wort. Und selbst wenn es so wäre, würden wir von den Amerikanern auf dem Dienstweg keine Auskunft bekommen. No comment. Sie laufen bei denen nicht gegen eine Gummiwand. Sie laufen gegen eine Wand aus glattem, poliertem, hoch subventioniertem US-Stahl.«

»Trotzdem können wir nicht so tun, als gäbe es diese Gewehre nicht.«

»Tun wir das?«, fragt Steinbronner zurück. »Wir haben diesen Landmaschinenhandel auf den Kopf gestellt. Jeden rostigen und ölfleckigen Winkel durchsucht. Und nichts gefunden. Die Kollegen vom Dezernat Wirtschaftsstraftaten haben die Konten des Herrn Neuböckh auseinandergenommen, bis auf den letzten Pfennigposten. Das Ergebnis ist negativ. Alles ist belegt. Alles schwäbisch bescheiden …«

In Tamars Blick ist etwas, das Steinbronner innehalten läßt.

»Was schauen Sie so? Die Unschuldsvermutung gilt auch für karitative Einrichtungen. Jedenfalls haben wir im Augenblick keinerlei Handhabe. Gegen niemand.«

Stolzes Ergebnis, denkt Tamar. Dazu hätte Stuttgart dich nun wirklich nicht einfliegen müssen. »Und wie soll das jetzt weitergehen?«

»Wir machen unsere Hausaufgaben, Kollegin. Ihr Freund Adler wird uns weiterhelfen. Die Kollegen in Plauen wollen ihn heute überstellen, und wenn wir ihn in die Mangel nehmen, werden wir sehr bald Bescheid wissen. Denn für Adler geht es nur noch um den Mord an Hollerbach. Alles andere sind Peanuts für ihn, und falls er das nicht weiß, werden wir ihm das klarmachen. Dieser Vogel wird in jeder Tonleiter singen, die wir ihm vorgeben.«

»Einen Augenblick«, sagt Tamar. »Adler war nicht für den Lastzug nach Rotterdam eingeteilt. Der sollte einen Transport in den Kosovo bringen.«

Steinbronner schweigt einen Augenblick . »Das hat nichts zu sagen«, fährt er schließlich fort, »wenn der Vogel nicht singt, singt er nicht. Gerupft wird er trotzdem.« Steinbronner beugt sich nach vorn und sucht Tamars Blick. »Außerdem interessiert uns im Augenblick nur eines. Uns interessiert, warum der Jiri Adler den Hollerbach umgebracht hat. Umgebracht hat er ihn, auch wenn's vielleicht doch kein Mord war, sondern nur ein Totschlag oder eine Körperverletzung mit Todesfolge … Es wäre übrigens angebracht, dass Sie ihm diese Unterschiede verklickern. Dabei dürfen Sie durchaus auch anklingen lassen, dass es bei uns liegt, wie wir seine Darstellung werten. Dass wir zum Beispiel eher geneigt sein werden, seiner Version zu glauben, wenn er zuvor auf den Tisch gelegt hat, was er über irgendwelche Waffenlieferungen weiß. Niemand soll uns nachsagen können, wir seien in dieser Frage nachlässig gewesen...«

Er legt beide Hände auf den Tisch, als ob er gleich aufstehen würde. »Ich sage Ihnen das, weil ich heute Nachmittag nicht da sein werde. Sie haben also die Gelegenheit, diese Geschichte sauber aufzuräumen und damit auch den nicht ganz so glücklichen Umstand aus der Welt zu schaffen, dass Adler Ihnen beim ersten Mal davongelaufen ist... Verstehen Sie eigentlich, was ich gerade tue?«

»Sie geben mir Anweisungen für die Einvernahme von Adler.«

»Sie haben es nicht verstanden. Ich gebe Ihnen eine Chance. Das ist es, was ich tue. Es ist Ihre zweite in dieser Sache. Eine dritte gibt es nicht. Noch Fragen?«

»Nein«, sagt Tamar und steht auf. »Nur ein Hinweis. Ganz werden Sie um diesen Meunier nicht herumkommen. Sein Wagen stand in der Tatnacht auf einem Waldweg hinter dem Haus des ermordeten Hollerbach. Wir haben es anhand der Reifenspuren herausgefunden.«

»Hätten Sie mich gefragt, hätte ich Ihnen das sagen können, ohne das Labor zu bemühen«, sagt Steinbronner ruhig. »Ich habe Ihnen ja erklärt, dass ich mit den Amerikanern gesprochen habe. Mit Meuniers Führungsoffizier, um genau zu sein. Kein sehr lustiges Gespräch. Eigentlich wollte er mir überhaupt nichts sagen. Schon gar nichts zu der Schießerei im Wald. Den Mund hat er erst aufgebracht, als ich ihn direkt gefragt habe, ob seine Leute etwas mit dem Tod Hollerbachs zu tun hätten. Ja, hat er gesagt, dieser Journalist hätte merkwürdige Fragen gestellt, deshalb habe Meunier ihn überprüft. Er wollte wissen, mit welchen Karten sich Hollerbach ins Spiel mischt. Und deshalb war Meunier in der Tatnacht dort. Er war auch in Hollerbachs Haus. Aber es war leer, und er hat es verlassen, bevor Hollerbach zurückgekehrt ist.«

»Diesen Führungsoffizier«, fragt Tamar sanft, »den haben Sie angerufen?«

Steinbronner blickt hoch. »Sicher doch«, antwortet er und zieht die Augenbrauen hoch. »Auf dem informellen Weg kann man sogar von den Amerikaner etwas erfahren. Man muss nur den Weg kennen.«
»Aber die Aussage dieses Mannes müssen wir unbedingt aufnehmen und im Detail nachprüfen«, wendet Tamar ein.
»Nichts müssen wir«, widerspricht Steinbronner. »Es gibt übergeordnete politische Interessen, die wichtiger sind als unsere Polizeiprotokolle. Im Übrigen haben die Amerikaner diesen Hollerbach abgehakt. Er ist ohne Bedeutung für sie. Ihre Recherchen haben ergeben, dass er ein Windmacher gewesen ist, ein Aufschneider …«

Berndorf legt die Zeitungen zur Seite, die er auf dem Bonner Hauptbahnhof gekauft hat, und lehnt sich in seinem Abteilsitz zurück.
Vor seinen schläfrigen Augen zieht der Rhein an abgeernteten Weinbergen vorbei und füllt das Tal aus und nimmt das Licht des Nachmittags mit sich nach Holland. Warum macht er es nicht wie sein Hund? Felix schläft zu seinen Füßen und hat den Versuch aufgegeben, sich mit der Pfote den Maulkorb vom Kopf zu schaffen, den Berndorf ihm am Morgen gekauft hat oder hat kaufen müssen …
»Einen solchen Hund können Sie ohne Maulkorb aber nicht mit ins Abteil nehmen!«
Überhaupt war seine Abreise mit Hindernissen verbunden gewesen, Villekens hätte ihn am liebsten dabehalten …
»Unser Ulmer Kollege hat uns das übrigens dringend anempfohlen, wie finden Sie denn das?«, hatte er ihm am Vormittag in seinem Büro im Bonner Polizeipräsidium erklärt. »Wenn Sie wo ihre Hand dazwischen hätten, dann könne ich Gift drauf nehmen, dass es vermurkst wird. Hat mir dieser

Steinmann oder Steinbronner gesagt. Wie haben Sie es eigentlich bis zum Hauptkommissar geschafft?«
»Überall braucht man einen, der das Karnickel ist«, hatte Berndorf geantwortet. Das schien Villekens einzuleuchten. Aber vielleicht hatte er auch nur einfach keine Lust, eine Geschichte aufzuräumen, die ihn nichts anging, sondern höchstens die Leute da unten mit ihrem putzigen Kirchturm.
»Es wär nett, wenn ich Sie nicht mehr hier sehen würde«, hatte er zum Abschied gesagt. »Wir haben selber genug Leute hier, die Murks machen.«

Über dem New Yorker Stadtteil Queens war – gerade zwei Monate nach dem Anschlag auf das World Trade Center – ein Airbus abgestürzt, es hatte 255 Tote gegeben, »Bonner Generalanzeiger« und »FAZ« berichten ausführlich. In Afghanistan geht der Vormarsch der Nordallianz weiter, in den Korrespondenten-Berichten klingt die etwas bange Frage an, wie sich diese neuen Verbündeten der USA wohl in Kabul aufführen werden. Im »Generalanzeiger« steht nichts oder noch nichts über den Bombenalarm in Röttgen, auch nichts darüber, dass die Rotterdamer Hafenbehörde in den Containern einer angeblichen deutschen Hilfsorganisation eine ganze Ladung Schnellfeuergewehre aufgespürt hatte. In der »FAZ« entdeckt Berndorf zwar einen kurzen einspaltigen Bericht über die Pressekonferenz eines örtlichen Machthabers im Kongo, der drei ausgebrannte Panzer vorgezeigt und behauptet hatte, diese seien von der deutschen Bundesregierung an die Rebellen geliefert worden. Was sich hinter diesem Propagandamanöver verberge, sei aber noch nicht erkennbar, meldete der Korrespondent abschließend. Über den Waffenfund in Rotterdam berichtet auch die »FAZ« nicht.
Zu unbedeutend, das alles? Was geht es mich an, denkt Berndorf und schließt die Augen. In einem Zug kann er nicht schlafen, aber manchmal mag er dieses Schweben zwischen

Wachsein und irgendetwas, was noch nicht Schlaf ist, diese Schnipsel von Tagträumen, die an seinen geschlossenen Augen vorbeiziehen wie ein alter körniger Schwarzweißfilm. Von Zeit zu Zeit kehrt er in das Wachsein zurück, die Rückkehr ist unangenehm, wenn er etwas zu lesen hätte, könnte er sich daran festhalten, warum nicht wieder einmal ein Gedicht auswendig lernen? Aber die beiden Gedichtbände sind perdu, pulverisiert, mitsamt Hundedecke und -leine, Berndorfs Reisenecessaire, seinem Schlafanzug und den karierten Polsterbezügen der alten Autositze in die Luft geflogen und zu Fitzelkram und Sondermüll zerrissen. Warum hat er nicht in der Bahnhofsbuchhandlung daran gedacht?
Während er sich und seinen Rücken zurechtrückt, spürt er, dass seine linke Jackentasche ausgebeult ist. Er greift hinein und holt ein Taschenbuch heraus, »KreuzVerhör« heißt der Titel, seit wann schleppt er das mit sich herum? Seit er in der Jagdhütte war. Er saß am Tisch und blätterte das Buch durch, im Schein der Petroleumlampe, dann hat er es eingesteckt, weiß der Kuckuck warum.
Zuzeiten hat er sich auch schon das Kreuzworträtsel der Hamburger Wochenzeitung vorgenommen, wenn er mit dem Schachproblem fertig war, donnerstagabends beim Italiener, oder auch während einer ruhigen Nachtschicht. Hat man einmal den Bogen heraus, nach dessen Denk- und Assoziationsmuster die Fragen konstruiert werden, ist die Lösung nicht allzu schwer. Auch in dem Sammelband, der Berndorf irgendwie bis in diesen Zug gefolgt ist, sind die ersten Rätsel gelöst, komplett in kleinen hurtigen Druckbuchstaben ausgefüllt. Er hat von Graphologie nicht viel Ahnung, aber nach der Handschrift des Landmaschinenhändlers Neuböckh sehen sie nicht aus. Ist es also die Handschrift des Ministerialbeamten Constantin Autenrieth? Geübt in Aktenvermerken, zierlich in grüner oder roter Tinte ausgeführt…
Er blättert einige Seiten durch, bis er zu dem einen Rätsel

kommt, das nur zum Teil ausgefüllt ist, und zwar mit Buchstaben, die ihm sperriger erscheinen als die anderen und steiler.

In der rechten Hälfte klaffen Lücken, einzelne Worte sind schon eingetragen, aber die vertikalen Verbindungen haben sich offenbar nicht einstellen wollen. Wieder betrachtet er eines der Worte, die nach rechts vorstoßen, es ist das Wort 46 waagrecht, er ist ein wenig irritiert und sieht noch einmal in der Aufgabenstellung nach:

… 46: Du verstehst, das Harte unterliegt

Eingetragen ist DAODEJING. Sicher doch, denkt Berndorf. Bekommt er den Vers noch zusammen?

Es rumpelt eine Weile in den Synapsen, dann rasten die fünf Zeilen ein:

Doch der Mann in einer heitren Regung
Fragte noch: »Hat er was rausgekriegt?«
Sprach der Knabe: »Dass das weiche Wasser in Bewegung
mit der Zeit den mächtgen Stein besiegt
Du verstehst, das Harte unterliegt.«

Die Frage bezog sich also auf Brechts »Legende von der Entstehung des Buches Taoteking«, und wer immer dieses Rätsel angegangen war, hatte mit dieser Frage offenbar kein Problem. Aber warum diese Schreibweise? Die eine oder andere Ausgabe des *Buches von Weg und Tugend* hatte er früher auch schon einmal in der Hand gehabt. Aber in seiner Erinnerung war der Titel jedes Mal als Taoteking transskribiert gewesen, so unterschiedlich die Übersetzungen sonst auch ausgefallen waren…

Nun ja, denkt er schließlich, dass chinesische Schriftzeichen auf verschiedene Weise übertragen werden können, ist ihm nicht zum ersten Mal aufgefallen. Wie war das mit Peking? »Beijing« stand in der Zeitung, gestern erst… Aber welche Schreibweise hat der Rätselmacher zugrunde gelegt?

Er will sich das Rätsel nun doch genauer ansehen, aber leise

rauschend rollt der Zug vorbei an Rhein und Ruinen und abgeernteten Weinbergen, in den schnurgerade gesetzten Weinstöcken verhaken sich Wortfetzen, die Wortfetzen verschwimmen, noch ehe Berndorf sie entziffern kann, *man schaut danach und sieht es nicht, sein Name ist …*
Berndorf ist eingeschlafen.

»Na also«, sagt Tamar und weist auf den Besucherstuhl, »jetzt können wir uns ja doch noch unterhalten.«
Paco setzt sich zögernd. Vor einer halben Stunde ist er gebracht worden, er ist unrasiert und die langen schwarzen Haare hängen ihm fettig um den Kopf. Tamar hat ihm die Handfessel abnehmen lassen, und wie er so dasitzt, ist er ein eher unsicherer, fast verängstigter junger Mann. In der Kneipe war er ihr noch vorgekommen wie einer dieser Hinterhof-Rambos, vibrierend vor Aggressivität, die sofort und ohne Ansatz zuschlagen … Das ist gar nicht so selten, denkt Tamar. Wenn sie keinen Eindruck mehr machen können, wenn niemand mehr vor ihnen Angst hat, dann ist mit einem Mal die Pose weg, und das Lässig-Tänzerische auch, schade, dass diese Carmen ihn nicht so sehen kann.
»Sie haben mal geboxt, richtig im Ring?«
»Hab ich nicht.«
»Auch kein anderer Sport? Karate? Irgendetwas in der Art?«
»Ich weiß nicht, warum Sie mich das fragen.«
Das Gespräch setzt sich fort und wird nicht weniger zäh. Tamar erinnert sich an ihre Schulzeit. Sie war mit Kindern aus der Siedlung – wie das damals hieß – in die gleiche Klasse gegangen, und wenn diese Kinder nicht wollten, dann konnte kein Lehrer jemals etwas aus ihnen herausbringen. Paco ist so ein Schüler, da kann sie mit Himmelszungen den Unterschied erklären zwischen Mord und Totschlag und Körper-

verletzung mit Todesfolge, Paco kapiert nur das eine, dass sie nämlich eine Naterer ist. Und eine Frau. Da wird er nicht das Maul aufmachen, gleich zweimal nicht.
Schließlich holt sie für sich und Paco Kaffee. »Eigentlich habe ich gedacht, wir finden Sie in Rotterdam«, sagt sie beiläufig und setzt sich wieder hinter ihren Schreibtisch.
»Wieso in Rotterdam? Das ist nicht meine Tour.«
»Nicht?«, fragt Tamar zurück. »Dann hat man uns was Falsches gesagt.« Sie nimmt den Pappbecher mit dem Kaffee in beide Hände, als ob sie sich daran wärmen wolle.
»Das können Sie ruhig aufschreiben«, sagt Paco. »Rotterdam ist noch nie nicht unsere Tour gewesen. Ich fahr die Balkanroute, oder jetzt über Italien mit der Fähre, weil, durch Jugoslawien kommt keiner mehr durch ...«
»Ah ja?«
»Schreiben Sie es nur auf, wofür habt ihr eure schlauen Notizbücher?«
Tamar stellt den Kaffeebecher ab und holt ihren Notizblock heraus und ihren Kugelschreiber. »Warum ist Ihnen das so wichtig, dass Rotterdam nicht Ihre Tour ist?«
Paco blickt ratlos. »Ich hab immer gedacht, vor der Polizei soll man die Wahrheit sagen.«
»Was wissen Sie denn über die Ladung für Rotterdam?«
»Woher soll ich da was wissen? Rotterdam war ...«
»War noch nie Ihre Tour, ich weiß«, unterbricht ihn Tamar. »Sie fahren die Balkanroute. Nehmen Sie da die Ladung immer in Lauternbürg auf?«
Paco blickt hoch. »Was soll das?«
»Kann ja sein, dass woanders noch was zugeladen wird.« Sie blickt Paco an. »Oder dass Sie erst ein paar Kisten holen, und das andere kommt dann in Lauternbürg dazu.«
Paco zögert. »Das kann schon mal gewesen sein.«
»Und wo haben Sie diese Kisten geholt?«
»So was steht in den Papieren.« Paco blickt ihr in die Augen.

»Wirklich?«, fragt Tamar und hätte sich selbst am liebsten auf die Zunge gebissen. In einem solchen Gespräch darf sie nicht ironisch werden. Niemals. »Anderes Thema. Wer hat denn unseren Streifenwagen weggefahren? Waren Sie das?«
»Weiß nicht, was mit euren Wannen ist.«
»Kennen Sie die Jagdhütte des Herrn Neuböckh?«
Paco zuckt mit den Schultern. »Vielleicht bin ich mal vorbeigekommen.«
»Waren Sie schon mal drin?«
»Kann sein. Weiß nicht mehr.«
»Hat Sie der Herr Neuböckh reingelassen?«
»Muss er wohl, wenn ich drin war.«
Tamar nimmt einen Schluck Kaffee. »Sie sind so weit also ganz vertraut mit ihm. Können Sie sich eigentlich wirklich nicht erinnern, wo Sie die Zuladung geholt haben, diese Kisten, von denen wir vorhin gesprochen haben?«
»Ihre Platte hat einen Sprung…«
»Meinen Sie?«, fragt Tamar freundlich zurück. »Aber wir haben jede Menge Zeit. Wir können sie noch oft anhören…«

Die Abteiltür öffnet sich, ein Mann, Anzugträger, Mantel über dem Arm, schiebt sich in das Abteil und knipst das Deckenlicht an.
»Hier ist noch frei?«
Berndorf, hochgeschreckt, nickt höflich und packt den auf dem Boden ausgestreckten Felix am Halsband, um ihn mehr zu sich heranzuziehen.
»Lassen Sie nur«, sagt der Mann und verstaut seinen Mantel in der Gepäckablage. »Mit Hunden hab ich kein Problem, noch nie gehabt.« Er setzt sich schräg gegenüber von Berndorf und betrachtet Felix, der sich inzwischen auf die Hinterpfoten gesetzt hat und zu Berndorf hochsieht.

»Ei du guter Hund!«, sagt der Mann. »Verträgt er denn das Zugfahren?«
»Das wird sich zeigen«, antwortet Berndorf. »Wir sind zum ersten Mal so unterwegs.«
»Zum ersten Mal?«, echot der Mann. »Das hört sich nach einem kleineren Malheur an.«
Er lächelt, und das Lächeln gefällt Berndorf nicht. Der Mann steckt in einem dunklen Anzug, der auf unaufdringliche Weise elegant ist. Schmales Gesicht, vorspringende Nase, dichtes braunrotes Haar. In den Augen Argwohn… Berndorf registriert dies alles, ohne zu verbergen, dass er sein Gegenüber mustert. Wir müssen nicht mehr so tun als ob, denkt er, gar nichts müssen wir.
Der Mann gibt den Blick zurück. Das Lächeln ist verflogen. Er zieht den kleinen Fahrplan zu Rate, der auf allen Abteilsitzen ausliegt, und blickt auf seine Armbanduhr, um die Abfahrtzeit zu vergleichen. Auch die Armbanduhr, die unter dem Jackettärmel zum Vorschein kommt, sieht teuer aus.
»Mal wieder Verspätung«, konstatiert er dann. »Sie werden erst bei Dunkelheit in Ulm sein.«
»Wir werden es ertragen.«
»Das klingt gut«, meint der Mann. »Gelassen. Souverän. Gefällt mir.« Plötzlich lächelt er wieder. »Sie spielen Schach, nicht wahr? Siebtes Brett, Bezirksliga. Respekt.«
»Ihre Dossiers«, antwortet Berndorf, »sind nicht mehr ganz auf dem Laufenden. Nachwirkungen Ihres kleineren Malheurs? Vor ein paar Jahren war da doch was.«
Der Mann lacht kurz. »Das ist aber nun ganz der Herrn Berndorf, wie er im Buche steht. Immer ein wenig ironisch. Ein wenig von oben herab. Wer es sich leisten kann…« Er greift in seine Jackentasche und holt eine Visitenkarte heraus. »Wir kennen Sie, und Sie kennen mich nicht, das muss für Sie unbefriedigend sein…«
Berndorf nimmt die Visitenkarte und liest:

Gustav Meunier, Konsulent
»Sie müssen das nicht ganz wörtlich nehmen«, fährt Meunier fort. »Nach den politischen Veränderungen in unserem Vaterland haben sich einige Kollegen beruflich neu orientieren müssen, darunter auch meine Wenigkeit. Aber ein neues Berufsfeld können Sie sich nicht einfach so in der Kaufhalle besorgen, da braucht es eine gewisse Kreativität auch im sprachlichen Bereich.«
»Konsulent klingt gut«, sagt Berndorf, die Hand auf Felix' Kopf gelegt. »Sie haben da sicher bereits eine reiche Erfahrung.«
»Zu freundlich«, wehrt Meunier ab. »Vor allem bin ich beratend tätig. Ich stelle Kontakte her, die sonst kaum jemand vermitteln kann, und ich bin in Maßen erfolgreich. Dabei ist unser Neubeginn alles andere als einfach gewesen, glauben Sie mir das… Da hat es Leute gegeben, die haben gedacht, Sie dürften uns gegenüber die elementarsten Regeln der Fairness und eines korrekten Geschäftsgebarens außer Acht lassen.« Meunier unterbricht sich und betrachtet Berndorf. Der gibt den Blick zurück, noch immer höflich, aufmerksam.
»Sie fragen sich, warum ich Ihnen das erzähle.« Meunier lächelt knapp. »Sehen Sie, unsere Welt hat sich seit den Achtzigerjahren dramatisch verändert. Es gibt keine berechenbaren Fronten mehr, keine klaren Linien. Die Amerikaner haben das jetzt zu spüren bekommen, die Russen übrigens auch. Niemand weiß, wo die wirkliche Gefahr ist, von wem sie droht, welches Gesicht sie hat… Deshalb ist es meine Philosophie, Berechenbarkeit herzustellen. Es ist nicht gut, andere Menschen täuschen zu wollen. Tricks zahlen sich nie aus.« Er schüttelt den Kopf. »Nicht langfristig. Für niemanden. Den einen legt man herein und lacht noch darüber, und dann fährt man vor lauter Lachen das eigene Auto gegen den Baum, und das Auto ist so kaputt, dass man nicht einmal mehr die Hundeleine darin findet…«

Er deutet auf Felix. »Ziemlich neu, dieser Maulkorb, wie?«
Felix steht abrupt auf. Berndorf zieht ihn zu sich her. »Ganz ruhig«, sagt er und klopft ihm auf das Hinterteil, bis der Hund sich wieder setzt.
»Aber was ist schon ein Auto?«, fährt Meunier fort. »Es geht um die Menschen, und die sind überall in Gefahr. Selbst in der eigenen Wohnung, selbst im kleinen Ulm, oder irgendwo in Berlin, was weiß ich, in Dahlem vielleicht...«
Oder irgendwo in Berlin. Berndorf sieht sich Meuniers Lächeln an. Es ist ein freundliches, ein verbindliches Lächeln. Ganz ohne Häme. Denk dir ruhig aus, was da passieren kann. Und wem. In Dahlem vielleicht. Es kann ein Brief sein, oder ein Umschlag, der aussieht, als sei eine Seminararbeit darin. Und dann ist eine Hand verstümmelt oder abgerissen, und das Gesicht hängt in Fetzen. Oder es ist auch nur noch ein blutiges Etwas da, aus dem das Leben entflieht. Glaub bloß nicht, dass die das nicht fertig bringen.
»Mit meinen bescheidenen Lebensumständen haben Sie sich sehr viel Mühe gegeben«, sagt er schließlich. »Es wäre unhöflich, Ihnen nicht weiter zuzuhören.«
Meunier zögert einen Augenblick. »Hört sich für den Anfang nicht schlecht an. Also – ich sagte Ihnen, dass wir zu Beginn unserer geschäftlichen Aktivitäten einen herben Rückschlag erfahren haben. Einen sehr herben. Man hat uns kalt lächelnd beschissen. Es war ein Fall wie aus dem Lehrbuch: Was passiert, wenn man sich mit dem Klassenfeind einlässt... Aber wir bekommen unser Geld zurück. Wir werden es finden, und wir werden es holen. Glauben Sie es mir.«
»Schön für Sie«, sagt Berndorf.
»Sie sollten nicht so tun, als seien Sie unbeteiligt«, antwortet Meunier. »Das ist nicht klug. Klug wäre es, gemeinsam zu prüfen, welche Interessen wir haben und wie wir sie auf einen Nenner bringen können. Ich habe Ihnen meine Situation dargelegt. Nun sind Sie am Zug.«

Berndorf lehnt sich wieder zurück. In seinem Kopf rumort es. Zu wenig Schlaf. Da gibt es eine Wohnung in Berlin. Zu viel Versatzstücke. Der nach Argentinien abgereiste Ministerialbeamte Autenrieth. Der Bundessicherheitsrat, was immer der tut. Eine Stasi-Seilschaft, in den Kapitalismus gewendet.
»Sie haben also herausgefunden«, sagt er schließlich, »dass der Herr Autenrieth nie in Südamerika angekommen ist.« Es ist ein Schuss ins Blaue, nichts weiter. »Meinen Sie nicht, dass Ihnen das etwas früher hätte auffallen können?«
Meunier schweigt einen Augenblick. »Er ist nie angekommen, sagen Sie«, wiederholt er schließlich. »Das ist sehr interessant für uns. Gewiss doch. Aber können Sie mir auch sagen, warum Sie da so sicher sind?«
»Je einfacher denken, ist oft eine wertvolle Gabe Gottes«, antwortet Berndorf. »Hat der alte Adenauer gesagt.«
Meunier schüttelt den Kopf. »Wir haben hier keine Rätselstunde.«
»Dabei ist das ein gutes Stichwort«, meint Berndorf. »Vorhin zum Beispiel habe ich mir ein Kreuzworträtsel angesehen, und wie Sie hier ins Abteil hereinkamen, fiel mir eine Geschichte dazu ein, die Sie kennen müssten.« Er setzt sich seitlich, so dass er Meunier besser ins Auge fassen kann. » Ein Sexualmord, ziemlich scheußlich, irgendwo in Halle verschwand ein Junge, die Leiche wurde in einem Koffer an einem Bahngleis gefunden, die Leichenteile in Zeitungspapier eingepackt, und die einzige Spur waren die Kreuzworträtsel in den Zeitungen, die irgendjemand zu lösen versucht hatte... Ich wusste gar nicht, dass es in den Zeitungen der guten alten DDR Kreuzworträtsel gab, ich dachte, die seien von vorn bis hinten mit den Erklärungen des Zentralkomitees bedruckt gewesen.«
»Sie können mich nicht provozieren«, sagt Meunier. »Aber reden Sie nur. Wir haben Zeit. Notfalls bis Ulm.«
»Nun gut«, fährt Berndorf fort. »Da waren also Kreuzworträt-

sel, einige gelöst, bei einigen anderen war mit der Lösung begonnen worden. Und was tut die Volkspolizei? Sie schickt ihre Männer los, treppauf, treppab durch die Plattenbauten, und lässt die Leute Druckbuchstaben schreiben, und dann mussten die Graphologen heran und die Schriftproben abgleichen. Über Monate ging das so, mein Gott, muss das auf die Plattfüße geschlagen haben…«

»Der Fall hat sich in Halle-Neustadt ereignet«, bemerkt Meunier, »nicht in Halle. Aber davon abgesehen – was hätten denn Sie getan?«

»Ich hätte mir die Lösungen angesehen. Was ist richtig gelöst? Was falsch? Was weiß die Person, die sich die Rätsel vorgenommen hat, was weiß sie nicht… Aber vermutlich wäre es in der DDR Zeichen eines reaktionären Gesellschaftsverständnisses gewesen, wenn man aus jemandes Bildungsstand ein Profil hätte ableiten wollen.«

Eine Lautsprecherdurchsage unterbricht ihn.

In wenigen Minuten wird der Zug in Mainz Hauptbahnhof halten.

»Spielereien«, sagt Meunier, als die Durchsage verklungen ist. »In Halle-Neustadt hatte es die Polizei mit einem richtigen Mord zu tun, und da hilft nur knochenharte Recherche. Damit ist der Kerl schließlich auch gefasst worden. Aber warum erzählen Sie mir das? Um mir durch die Blume zu sagen, dass Sie mich für einen dummen Ossi halten?«

Berndorf wirft einen Blick nach draußen. Der Zug fährt langsamer, andere Gleise verlaufen neben dem ihren. »Ich habe Ihnen das erzählt, um Ihnen klarzumachen, dass Sie ihre Strategie ändern müssen«, antwortet Berndorf. »Sie können nicht mehr die Genossen Volkspolizisten losschicken, treppauf, treppab durch die weite Welt, und fragen lassen, ob jemand Ihr Geld gesehen hat. Oder den Herrn Autenrieth. Wie lange schon suchen Sie Ihr Geld? Seit zehn Jahren? Aber Sie finden es nicht. Ums Verrecken nicht… Folglich muss Ihr

Geld dort sein, wo Sie es nicht suchen.« Er lächelt. »Ich suche nicht, ich finde. Hat Picasso einmal gesagt.«
»Adenauer. Picasso. Allmählich übertreiben Sie.«
»Wie Sie meinen«, antwortet Berndorf. »Aber sehen Sie – wenn ich mit Ihnen ins Geschäft kommen soll, muss ich sicher sein, dass Sie mit Informationen vernünftig umgehen. Und dass Sie sie fair honorieren. Bisher bin ich da nicht so sicher.«
Meunier hebt die rechte Hand. »Wenn Sie Sicherheiten brauchen – kein Problem. Nennen Sie sie uns.«
Berndorf schüttelt den Kopf. »Nicht jetzt.« Er steckt den Rätselband ein und steht auf und nimmt seinen Mantel. Felix steht wartend neben ihm. »Es gibt ein paar Dinge, an die wir uns erst gewöhnen müssen, mein Hund und ich«, fährt er fort. »Das Zugfahren gehört dazu, und eine bestimmte Gesellschaft auch. Am Anfang soll man nicht zu viel zumuten. Ich verlasse Sie jetzt. Wenn es noch etwas mitzuteilen gibt, wissen wir ja jetzt beide, wo wir uns erreichen können.«
Der Zug fährt in den Mainzer Hauptbahnhof ein. Berndorf steht auf, den Hund an der kurz genommenen Leine. Er geht an Meunier vorbei und schiebt die Abteiltür auf, als der Hund sich plötzlich losreißen will, hochsteigt und Meunier durch den Maulkorb hindurch böse anknurrt. Mit einem heftigen Ruck an der Leine zieht ihn Berndorf zu sich her.
»Entschuldigen Sie«, sagt er zu Meunier.
»Nichts passiert«, antwortet der. »Und vergessen Sie nicht: Null-null-drei-fünf-acht. Die Vorwahl von Finnland. Sie werden jetzt doch sicher ein Ferngespräch mit Helsinki führen wollen …«
Berndorf schiebt die Abteiltür zu. Ruhig tut er das, beherrscht.

Tamar verstaut den Staubsauger in der kleinen Abstellecke hinter der Küche. Dann geht sie noch einmal durch die Woh-

nung. Sie hat nichts vergessen. Ihre beiden Taschen sind gepackt, auf dem Schreibtisch liegt die Tüte mit den getrockneten Schweinsohren für Felix, sie kann Berndorf schließlich keine Blumen in die Wohnung stellen, jetzt schon gar nicht. Sie setzt sich an den Schreibtisch. *Danke für die Gastfreundschaft.* Was noch? *Passen Sie gut auf sich auf.* Das klingt, als ob sie der Fernsehpfarrer wäre. *Machen Sie's gut.* Wir sind hier nicht im Sondereinsatz, kurz vor dem Zugriff. *Gruß an Felix.* Das geht. Kurz entschlossen schreibt sie es hin und steht auf. In diesem Augenblick schlägt das Telefon an. Sie wirft einen Blick auf das Display, eine ausländische Nummer.
Zögernd hebt sie ab und meldet sich. »Ja?«
»Tamar, sind Sie das?«
Sie erkennt die Stimme der Professorin Barbara Stein, die Stimme klingt wie immer hell und präsent. Aber diesmal hört sie sich zugleich angespannt an, fast so, als sei sie am Umkippen ins Schrille.
»Berndorf ist noch nicht da?«
Was weiß ich? Und vor allem: Was kann ich ihr sagen? »Nein«, antwortet sie zögernd, »ich weiß auch nicht, wann er zurückkommt.«
»Wo steckt er überhaupt, und was treibt er da?«
Tamar überlegt. Für seine Beziehungskisten bin ich nicht zuständig. »Wir wissen nur, dass er gestern in Bonn war.«
Moment. Ich weiß, wo er in Bonn war … Ich hatte ihm die Adresse herausgesucht. Der Zettel müsste noch im Papierkorb sein. Unsinn, er ist im Müll.
»Sie müssen entschuldigen, wenn ich etwas durcheinander bin«, fährt Barbara fort. »Aber er hat mir ein Telegramm geschickt, hier – ich lese es Ihnen vor: *bitte in helsinki bleiben stop keine unbekannten briefe und pakete annehmen* … Können Sie mir sagen, was ich davon halten soll? Wieso überhaupt ein Telegramm?«
Tamar fährt sich über die Stirn. Die weiß von dem Bomben-

anschlag ja noch gar nichts. »Das Handy wird kaputt sein.« Glückwunsch. Dümmer kannst du es nicht sagen.
»Wie bitte?«
»Entschuldigung«, sagt Tamar. »Aber in seinem Wagen ist gestern eine Bombe gefunden worden, die Sprengstoffexperten in Bonn haben sie ferngezündet...«
»Was ist mit Berndorf?«
»Ihm ist nichts passiert. Die Bonner Kollegen haben ihn gestern Abend vernommen, aber es ist wohl kein sehr ergiebiges Gespräch gewesen.«
Barbara schweigt.
»Sie wissen vermutlich«, fährt Tamar fort, und während sie spricht, hört sie am Nachhall, wie unsicher ihre Stimme klingt, »dass er sich für eine Geschichte interessiert, die seinen alten Kollegen Seiffert betroffen hat. Vierzig Jahre liegt diese Geschichte zurück, aber aus irgendwelchem Grund ist er überzeugt, dass ein Todesfall, der sich vor einigen Tagen ereignet hat, damit zusammenhängt...«
»Der Journalist, der ihn auf Seifferts Beerdigung angesprochen hat«, sagt Barbara. »Ein Fall, der ihn gar nichts angeht. Aber wieso tauchen jetzt Leute auf, die Bomben legen?«
»Ich kann Ihnen nur sagen, was wir herausgefunden haben«, sagt Tamar und erzählt die Geschichte von dem Schrotthändler Neuböckh und den Gewehren, die in Rotterdam beschlagnahmt wurden.
»Er hat sich also mit Waffenhändlern angelegt«, fasst Barbara zusammen. »Was soll man mit einem solchen Mann nur tun... Und was hat er in Bonn gesucht?«
»Ich habe ihm vor einigen Tagen im Netz eine Bonner Adresse herausgesucht. Leider habe ich den Zettel nicht aufgehoben, es war eine Adresse in Bonn-Röttgen, eine Frau...« Tamar überlegt, ob sie Barbara von den Amerikanern erzählen soll. Lass es bleiben. Dass Berndorf die National Security Agency am Hals hat, macht die Sache nicht lustiger.

»Könnten Sie mir vielleicht auch noch den Namen dieser Frau in Bonn geben?« Barbara gibt ihre Telefonnummer durch, und Tamar verspricht zurückzurufen.
Sie legt auf. Sie fühlt sich müde und zerschlagen. Sie hat sich den halben Nachmittag mit Paco abgequält…
Ja doch, er hat auch schon woanders Ladung aufgenommen und ist damit nach Lauternbürg. Bei Fürstenwalde war das, in Brandenburg. »Da war so ein Depot im Wald draußen, da bist du kilometerlang über eine Betonpiste gebrettert, und dann war's mit Stacheldraht abgesperrt.« Kisten hat er da aufgeladen. Nein, er hat nie nachgesehen. »Schrott war da drin. Stand ja in den Papieren.« Ja, das kann schon sein, dass er den Zollbeamten in Griechenland Geld zugesteckt hat. »Dollar oder Mark. Anderes haben die nicht genommen.« Nein, die haben dann die Ladung nicht weiter angesehen.
Nein, den Herrn Hollerbach oder wie der heißt, den kennt er gar nicht. Also das war so, er hat ihn wegen der Fotos fragen wollen, und was das soll. Aber dann waren da schon zwei Typen in der Wohnung, eigentlich drei, aber der dritte lag auf dem Boden. Ja, der war tot. Mausetot. Dann ist er weg. »Ich hatte Schiss, ganz einfach.«
Also von dem Streifenwagen hat er noch nie nichts gehört. Die beiden Grünen haben sich einsperren lassen, und es ist einer mit der Wanne weggefahren? Nicht wirklich.
Ja, die Jagdhütte vom Herrn Neuböckh kennt er. Das heißt, er ist da mal vorbeigekommen. »Da war so ein Mann mit einem Hund, so einem gelben Köter ohne Schwanz, der hat mich reingelassen, weil, es hat geregnet.«
Irgendwann hatten sich Pacos Lügen und halbe Eingeständnisse zu einem Bild verdichtet, von dem Tamar ahnt, dass es der Wahrheit sehr nahe kommt. Aber eben das ist ein Grund mehr, warum sie schleunigst aus Berndorfs Wohnung ausziehen muss. Plötzlich erscheint ihr das neue Appartement wie eine ferne Zuflucht. Wäre sie nur erst dort und könnte die

Jalousien herunterlassen! Mit einem Male wären alle und alles ausgesperrt, Stuttgarter Schwadroneure und Münchner Galeristinnen, der totgeschlagene Schmierenjournalist, die Lügengeschichten um Liebe und Aktfotos und Waffenschmuggel, sie stünde unter der Dusche und spülte alles weg…

Aber nun darf sie erst einmal den Mülleimer durchsuchen. Sie wirft einen Blick auf die Schreibtischmappe. Vielleicht hat der Stift beim Schreiben durchgedrückt? Nichts. Der Name war irgendetwas mit *Au…*, ein Name, wie es ihn nur im Württembergischen gibt.

Sie horcht auf.

In die Wohnungstür wird ein Schlüssel gesteckt und umgedreht, ein gelbschwarzgrauer Hundekopf schiebt die Zimmertür auf, Felix kommt auf Tamar zu und wedelt mit seinem Stummelschwanz.

»Das freut mich, dass Sie noch da sind«, sagt Berndorf und tritt ins Zimmer. Er ist unrasiert, und die Linien in seinem Gesicht sind schärfer eingekerbt.

»Eigentlich wollte ich schon weg sein«, antwortet Tamar.

»Trinken Sie einen Tee mit mir? Ich brauche einen.«

»Nein«, antwortet Tamar, »wir trinken jetzt keinen Tee. Ich fahre in meine neue Wohnung, und Sie setzen sich jetzt hier an Ihren Schreibtisch und rufen Barbara an. Und erklären ihr, was Sie in den letzten Tagen getrieben haben. Und wer diese Dame Autenrieth ist.« Wieso weiß sie plötzlich den Namen? Sie steht auf. »Machen Sie's gut.«

Diesmal passt es.

Tamar nimmt ihre beiden Taschen und steigt die Treppe hinab, hinaus nur und fort! Draußen fährt ihr Nieselregen ins Gesicht, vom Gehsteig aus sieht man gerade noch bis zum

Bahndamm, der Lichtschein der Stadt dahinter ist vom Nebel verschluckt. Sie hat ihren Renault weiter oben an der Straße geparkt, gleich wird sie auf dem Weg sein in die Straße hinter den sieben mal siebenzig Koniferen. Ursprünglich hatte sie vor, zuerst noch im Bauernhaus vorbeizufahren und ein paar ihrer Bücher mitzunehmen und Bettzeug. Vielleicht auch etwas Geschirr und Besteck.

Aber jetzt ist es zu spät. Oder vielmehr nicht zu spät, sondern sie hat einfach keine Lust. Die Espressomaschine hatten wir doch in Italien gekauft, willst du sie behalten oder soll ich sie nehmen? Und was ist mit dem alten Schaukelstuhl? Hannah hatte ihn auf dem Flohmarkt gefunden, als Geschenk für sie.

Sie kommt an einem BMW vorbei, der Fahrersitz ist halb nach hinten gekippt, ein Mann liegt darin, als ob er schlafe.

Tamar bleibt nicht stehen und sieht sich nicht nach dem Nummernschild um, es ist ein Münchner Kennzeichen und sie hat es sich gemerkt, wenn sie will, kann sie so etwas speichern.

Vielleicht sind die Letzten Gespräche deshalb so grauenvoll, weil es irgendwann auch um die Geschenke geht. Und weil von den Gefühlen, an die sie erinnern, nichts mehr gilt. Weil das Behalten so peinlich ist wie das Zurückgeben. Wenn du liebst, schenke nichts. Nichts, was bleibt.

Sie startet den Wagen, und fährt langsam die Straße hinab, an dem BMW vorbei, und durch die Unterführung nach rechts auf die Straße, die zum Blaubeurer Kreisel führt und weiter hinaus. Die erste Ampel, an die sie kommt, ist rot, ohne weiter nachzudenken, ordnet sie sich wieder rechts ein. Sie wird Hannah einen Brief schreiben und sie bitten, ihre Bücher und die restlichen Klamotten in Kartons zu packen.

Geht auch nicht. Ich will nicht, dass sie meine Sachen zusammensucht.

Die Ampel schaltet auf Grün, sie fährt an und biegt in die Frauenstraße ab und fährt über die Eisenbahnbrücke wieder

auf die andere Seite der Bahnlinie. Auf einem kleinen Platz mit Altglas- und Papiercontainern steigt sie aus und zieht ihren Mantel an.
Am Samstag wird sie Zeit haben. Sie wird Hannah vorher anrufen, und dann hat sie in einer Viertelstunde ihre Sachen beieinander, für den Schaukelstuhl ist sowieso kein Platz, und dann wird die Viertelstunde vorbei sein und sie werden keine letzte Tasse Kaffee trinken, um Gottes willen nicht.
Vor ihr liegt das Gelände eines Autohändlers. Zwischen den Schuppen und der Bahnlinie führt ein Fußweg hindurch, der für Autos gesperrt ist. Sie geht den Weg entlang.
Was sie an Geschirr braucht, kann sie sich in den nächsten Tagen kaufen. Sie kommt an die Einmündung des Weges in die Straße, die zu dem Appartementhaus mit Berndorfs Wohnung führt. Der Nebel scheint noch dichter geworden zu sein. Die Stelle, wo ihr Renault geparkt war, kann sie von der Einmündung aus schon nicht mehr sehen.
Auch nicht, ob der BMW noch dort parkt. Sie wechselt auf die andere Straßenseite, um dem Lichtschein auszuweichen, der aus den Ausstellungsräumen des Autohändlers fällt, und geht ein Stück die Straße hoch.
Schemenhaft sieht sie vor sich die dunklen Konturen von Autokarossen. Der BMW müsste von ihr aus der dritte Wagen sein. Sie wird sich jetzt ganz einfach die Papiere zeigen lassen. Dann weiß er zwar, dass ich weiß. Aber vielleicht genügt das schon, als erste Warnung.
Aber während sie sich das vorsagt, weiß sie schon, dass es lächerlich ist. Das glaubst du doch selbst im Traum nicht, dass diese Leute sich davon beeindrucken lassen! Ein rotgelber Lichtschein springt auf und fällt wieder zusammen. Tamar bleibt stehen. Auch recht. Er hat sich eine Zigarette angezündet. Irgendwie muss die Nacht ja herumgehen.
Sie dreht sich um und geht zurück bis zur Einmündung und holt ihr Mobiltelefon heraus. In der Wache im Neuen Bau mel-

det sich Polaczek und notiert die Straße und das Kennzeichen, das Tamar ihm durchgibt. »Die Kollegen sollen ihn mit auf die Wache nehmen und überprüfen. Wir haben einen Hinweis, dass er sich schon längere Zeit hier herumdrückt...«

Berndorf sitzt zurückgelehnt an seinem Schreibtisch, den Telefonhörer am Ohr. Die Tischlampe gibt ein freundliches Licht, ein wenig davon fällt auf die Fotografie einer Frau. Sie lächelt nicht, aber es ist ein Gesicht, von dem man glaubt, dass ihm das Lächeln steht.

»Und woher hast du gewusst, dass dieser Kerl ein gewendeter Stasi-Mensch ist?«, fragt Barbara.

»Er hat gar keinen Hehl daraus gemacht«, antwortet Berndorf. »Außerdem merkst du es einfach, wenn Leute vom Fach sind. Es ist diese Aura von verfolgender Paranoia.«

»Haben das nicht alle Bullen?«

»Danke«, sagt Berndorf. »Aber bei diesem Meunier war noch etwas Besonderes dabei. So etwas wie der schwelende Verdacht, die List der Geschichte bestehe darin, ausgerechnet und vor allem ihn hereinzulegen.«

»Aber wieso arbeitet er jetzt für die Amerikaner?«

»Das weiß ich nicht, ob er das wirklich tut. Die Leute, die die Jagdhütte angegriffen haben, sind angeblich von der NSA geschickt worden. Und Meunier hat sich über Tricks beklagt. Es klang so, als ob er damit die Sache mit dem verkleideten Dachs meint...«

»Womit bitte?«

Berndorf versucht es zu erklären.

»Es ist das Alter«, stellt Barbara fest, als er fertig ist. »Da wird man kindisch. Mach dir nichts draus. Aber wieso geht es diesen Leuten um die Gewehre, die in Rotterdam gefunden wurden? Die haben sie doch selbst verschoben.«

Berndorf zögert. »Auch das weiß ich nicht«, sagt er schließlich. »Ich glaube eher, es geht um eine Geschichte, die schon lange zurückliegt und in die ein gewisser Constantin Autenrieth verwickelt ist. Er war Ministerialbeamter, und zu seinem Aufgabenbereich hat angeblich der Bundessicherheitsrat gehört, er hat dessen Sitzungen vorbereitet, was immer dieser Sicherheitsrat zu tun hat…«

»Es ist eine Art Ausschuss des Bundeskabinetts«, antwortet Barbara. »Bundeskanzleramt, Verteidigungsministerium, Auswärtiges Amt sind darin vertreten, vielleicht auch das Wirtschaftsministerium… Dieser Bundessicherheitsrat hat das letzte Wort bei der Genehmigung von Waffenexporten, er muss entscheiden, wenn dem Bundesausfuhramt in Eschborn ein Antrag zu heikel ist. Anfang der Neunzigerjahre war da eine Geschichte, die jetzt wieder hochkocht…«

Berndorf wartet. »Das war Anfang der Neunziger, dass Autenrieth sich abgesetzt hat«, wirft er schließlich vorsichtig ein.

Barbara ignoriert den Einwurf. »Es ging damals um eine Lieferung fabrikneuer russischer Panzer, die noch für die NVA geordert worden waren und mit denen nach der Wende in der DDR niemand mehr etwas anfangen konnte. Ein Konsortium hat sie dann für drei Mark fünfzig übernommen und wollte sie an irgendwelche arabischen Emirate weiterverkaufen. Eigentlich ein klarer Verstoß, die Bundesrepublik liefert angeblich nicht in Spannungsgebiete, aber auf amerikanischen Wunsch kam das Geschäft dann doch zustande…«

»Und warum ist diese Geschichte plötzlich wieder heiß?«

»Ich denke, dass es genau die Panzer waren, die jetzt im Kongo aufgetaucht sind«, sagt Barbara. »Aber warum um alles in der Welt musst du dich da einmischen?«

»Nicht einmal das weiß ich so genau«, antwortet Berndorf. »Aber jetzt hab ich ja keine andere Wahl mehr, ich stecke mittendrin. Man hat mich eingemischt.«

»Nein, mein Lieber«, widerspricht sie ihm. »Niemand hat

dich gezwungen, deine Nase da hineinzustecken. Und mich hast du freundlicherweise mit hineingezogen. Auch noch ungefragt, das ist alles sehr aufmerksam von dir. Aber komme mir nie wieder mit einem so absurden Vorschlag wie dem, ich solle hier sozusagen um politisches Asyl nachsuchen. Ich fliege Donnerstag zurück, und zwar nach Stuttgart, wo du mich abholen wirst. Und von da an werden wir gemeinsam unsere Post darauf durchsehen, ob Bomben dabei sind …«

Heftig schlägt Berndorfs Türklingel an. Felix steht steifbeinig auf und läuft zur Tür.

»Du bekommst Besuch? Wenn es die Stasi ist, erzähl es meiner Box. Ich bin sowieso noch zu einem Drink unten in der Bar verabredet.«

Das Gespräch bricht ab. Berndorf geht zur Tür und wirft dann doch erst einen Blick durch den Spion. Es ist Tamar.

»Ich wollte wirklich nicht noch einmal zurück«, sagt sie, als sie im Wohnzimmer stehen. »Aber da draußen saß einer, der mir nicht gefallen hat. Ein Kerl in einem Münchner BMW.«

Ich habe begriffen, dass Sie wirklich in Gefahr sind. Sie und Barbara. Aber das sagt sie nicht, sondern denkt es bloß.

»Ist er noch draußen?«

»Nein, Polaczek hat eine Streife geschickt, und die haben ihn mitgenommen. Die Kollegen werden ihn jetzt zu jedem Einbruch befragen, den wir noch nicht aufgeklärt haben, und zu jeder Vergewaltigung. Darf ich mal telefonieren?«

Sie geht zum Schreibtisch und nimmt das Telefon und wählt. Es meldet sich Polaczek von der Wache im Neuen Bau.

»Wegenast. Habt ihr den Vogel?«

»Es ist ein gewisser Lungner, Franz-Josef«, antwortet Polaczek. »Aus München. Ein Privatdetektiv.«

»Franz-Josef Lungner, Privatdetektiv«, echot Tamar und blickt zu Berndorf. Achselzucken. Der Name sagt ihm nichts.

»Er hat eine Zulassung«, fügt Polaczek hinzu. »Was sollen wir mit ihm machen?«

»Fragt ihn, wie er die letzten Tage verbracht hat«, sagt Tamar. »Vor allem will ich wissen, wo er in der Nacht vom 6. auf den 7. November gewesen ist. Fragt ihn, bis er eine detaillierte Aussage macht. Oder einen Anwalt will.« Sie legt auf und sucht Berndorfs Blick. »Ein kleiner Zeitgewinn. Mehr nicht. Was haben Sie vor? Und kann ich Ihnen dabei helfen?«

Noch immer stehen sie. Berndorf weist einladend auf die Sitzgruppe, aber Tamar rührt sich nicht.

»Ist Neuböckh in Haft?«, fragt er dann.

»Nein. Steinbronner hat ihn laufen lassen. Diese Kalaschnikows sind von den Amerikanern verschoben worden. Oder von Strohmännern. Jedenfalls in ihrem Auftrag.«

»Das hat Ihnen Steinbronner gesagt?«

»Natürlich nicht. Aber als diese Ladung in Rotterdam aufgeflogen ist, hat er sofort gewusst, wen er bei den Amerikanern anrufen muss.«

»Also weiß man in Stuttgart Bescheid«, meint Berndorf. »Das macht es mir nicht einfacher, Sie um Hilfe zu bitten.« Verlegen blickt er zu Tamar. »Aber wenn Neuböckh wirklich wieder draußen ist – dann bräuchte ich jetzt jemanden, der mich nach Lauternbürg fährt.«

Tamar blickt ihn an. »Ich fahre Sie. Aber diesmal spielen wir nicht Indianer. Ich schwor's Ihnen.«

»Das ist richtig«, sagt der Kirchenpfleger Heilbronner und nickt mit seinem Kopf, dass man den nach hinten gekämmten Haarschopf wippen sieht, »der Zuschussbedarf für die Einrichtungen des Kirchenbezirks verringert sich im kommenden Jahr fast auf die Hälfte, rein zahlenmäßig, muss ich hinzufügen, und das ist auch wirklich zu einem Teil unseren äußersten Sparbemühungen zu verdanken …, leider nur zum sehr viel kleineren Teil.«

»Und zum größeren Teil?«, will der Fragesteller wissen, ein rotgesichtiger Kirchengemeinderat mit dem ernsten Gesichtsausdruck eines Menschen, der zutiefst von seinem Recht überzeugt ist, die Dinge erst einmal nicht zu verstehen.
»Der Einführung des Euro«, antwortet Heilbronner. »Sie haben die Mark-Beträge dieses Jahres mit den Euro-Beträgen des nächsten verglichen. Wenn Sie die richtigen Vergleichszahlen nehmen, in der letzten Spalte des Haushaltsentwurfs, werden Sie feststellen, dass die Defizite vor allem der Bildungseinrichtungen sogar größer geworden sind.«
»Aha«, sagt der Kirchengemeinderat. Eine Weile lang sagt niemand etwas.
»Eine Frage noch«, dringt nach einer Weile Rübsams Stimme durch das Schweigen, »ich finde im Entwurf keine Kosten für den Umbau des Wohnhauses Grüner Hof. Ist das in irgendeinem Sammeltitel untergebracht?«
»Wie kommen Sie darauf«, fragt Heilbronner, »dass das Dekanatsgebäude umgebaut werden soll? Da liegt auch überhaupt kein Beschluss vor.«
»Dass da kein Beschluss vorliegt, weiß ich auch«, sagt Rübsam. »Aber in den Kirchengemeinden kursiert das Gerücht, das Wohnhaus müsse umgebaut werden.«
Der Kirchenpfleger hebt verlegen beide Hände. »Davon weiß ich wirklich nichts.«
»Es heißt«, hakt Rübsam nach, »Frau Hartlaub habe darum gebeten. Oder es gefordert.«
»Ich finde«, sagt die Synodale Christa Fricke, »dass wir keine Zeit haben, uns über Gerüchte zu unterhalten. Ich finde es sogar ausgesprochen ungehörig.«
»Manchmal«, widerspricht Rübsam, »manchmal muss sogar über Gerüchte gesprochen werden. Es gehört sich geradezu.«
»Ich weiß jetzt, worauf Sie anspielen«, sagt der Kirchenpfleger. »Da war tatsächlich ein Gespräch. Frau Hartlaub hatte gefragt, ob sich für das Dekanatsgebäude nicht der Einbau einer

Solarheizung lohnen würde. Ich habe ihr gesagt, dass das wegen des in Ulm manchmal sehr strengen Denkmalschutzes wohl nicht möglich sei. Außerdem habe ich ihr erklärt, dass es wahrscheinlich sinnvoller sei, die Wärmedämmung im Haus zu verbessern, und wenn sie und ihr Mann einverstanden seien, würden wir das einmal durchrechnen.«

»Das war also ein einvernehmliches Gespräch? Die Frau Hartlaub hat auch nichts verlangt oder gefordert?«

»Nein, gefordert hat sie nichts«, antwortet Heilbronner widerstrebend. »Das war sicher als vernünftige Anregung gedacht, und in einer Aktennotiz habe ich das auch festgehalten. Ich meine, wir machen uns ja auch unsere Gedanken. Aber wenn von dieser Seite ein solcher Vorschlag kommt, hat das ein besonderes Gewicht.«

»Wie erklären Sie sich dann, dass in den Kirchengemeinden kolportiert wird, Frau Hartlaub habe einen Umbau verlangt?«

»Also dieser inquisitorische Ton geht zu weit«, protestiert die Synodale Fricke. »Sie treten hier auf wie ein Staatsanwalt. Darf ich Sie daran erinnern, dass Sie Pfarrer sind?«

Ja, denkt Rübsam. Ich bin Pfarrer. Wir gehen brüderlich und schwesterlich miteinander um. Auch mit Verleumdern tun wir das. Sein Blick fällt auf das rotbackige Gesicht des Prälaten. Wildenrath hat seinen Blick aufgefangen. Unmerklich hebt er beide Hände über den Tisch und senkt sie wieder. Nichts weiter tun. Maul halten. Keine Wirkung zeigen.

»Ja«, sagt Heilbronner, »wenn weiter keine Fragen sind …«

Vor ihnen kriecht ein Lastwagen. Wie lange schon? Verschwommen leuchten die roten Rücklichter durch den Nebel. Es ist eine fremde Landschaft geworden, durch die sie fahren, die Proportionen stimmen nicht mehr, die langen Strecken sind länger, als Berndorf sie kennt, die Kurven kommen schneller auf sie zu und sind enger, als sie es früher je waren. Aus dem Autoradio kommt SWR-1-Unterhaltungsmusik, gut abgelagerter Pop für die Vierzigjährigen, dazwischen Berichte aus der Region, in Stuttgart tagt der Beirat des dortigen Fußball-Bundesligisten, bei dem sich ein Schuldenberg von zwanzig Millionen aufgehäuft hat, man weiß nur nicht, sind es Mark oder bereits schon Euro…

»Ich glaube, Steinbronner hockt da drin«, sagt Tamar. »Er hat sich mit einem seiner Busenfreunde dort verabredet.«

»Da passt er aber gut dazu«, sagt Berndorf und stellt sich die VIPs aus dem Gottlieb-Daimler-Stadion vor. Bankmanager mit gesträubtem Schnauzbart und pelzgefüttertem Mantel. Mittelständische Unternehmer aus dem Remstal, denen der Nacken aus dem Brioni-Anzug quillt. Porsche fahrende Immobilienmakler und Anlageberater, mit flinken Augen auf der Suche nach einem neuen Gimpel, Fangnetze im jovialen Stuttgarter Schwäbisch ausbreitend. Mir könnet älles außer Hochdeutsch. Politprominenz aus der Region, der beim teuersten Italiener in Ludwigsburg die persönliche Flasche Chivas Regal über der Theke reserviert ist. Kurzberockte Damen, einmal zu oft geliftet und den Pappbecher Schampus in der Hand, der ein Becher zu viel ist… Zwanzig Millionen Miese. Einfach so verfumfeit. Und Steinbronner dabei.

Der Lastwagen vor ihnen setzt Blinker und biegt auf den Zubringer ab, der auf die Autobahn A 8 führt. Nun ist nur noch Nebel vor ihnen. Fahrbahnmarkierungen und Randpfosten sind kaum mehr zu erkennen.

»Sie wollen mir nicht erzählen, was Sie in Lauternbürg erwartet?«

»Es ist Neuböckh, den etwas erwartet«.

Tu nicht so wichtig. Sag ihr, was Sache ist.

»Ich halte es für möglich, dass ihn die gewendete Stasi in die Mangel nimmt.«

»Erwarten Sie das, weil Sie diese Leute auf ihn gehetzt haben?«
Berndorf antwortet lieber nichts.
»Und was versprechen Sie sich davon?«
Berndorf schweigt weiter. Wenn Meuniers Leute wirklich bei Neuböckh auftauchen, gibt es zwei Möglichkeiten.
Entweder sie werden fündig, bekommen ihr Geld und ziehen ab. Steinbronner beerdigt den Fall, hängt den Hollerbach-Mord dem inzwischen eingefangenen Paco an und bleibt wieder in Stuttgart. Dann ist Ruhe im Karton.
Ruhe ist nie zu verachten.
Oder die Stasi wird nicht fündig. Dann hat Neuböckh ein Problem…
»Sie wollen diesen Leuten also eine Falle stellen«, fasst Tamar die Antworten zusammen, die er nicht gegeben hat. »Glauben Sie nicht, dass die damit rechnen? Einmal haben Sie diese Leute abserviert. Dafür haben Sie jetzt kein Auto mehr. Und um ein Haar hätte auch Felix dran glauben müssen.«
Links der Straße dringt kaltes Licht durch den Nebel. Schemenhaft werden hohe Mauern und Silotürme sichtbar und Gestänge, das sie verbindet.
»Ich kann nicht darauf warten, was diesen Leuten noch alles einfällt«, sagt Berndorf schließlich. »Es ist wie in einer Partie Schach. Wenn Sie nicht verlieren wollen, müssen Sie die Initiative zurückgewinnen.«
»Das Leben ist keine Schachpartie«, fällt ihm Tamar ins Wort. »Wissen Sie, dass ich mich immer öfter frage, wann Sie eigentlich erwachsen werden wollen?«
»Wenn ich aus dieser Geschichte heil herauskomme, will ich's versuchen. Aber vermutlich bin ich schon zu alt dafür. Barbara meint das.«
Die Straße beginnt zu steigen. Der SWR schaltet um in das Nachrichtenstudio, in diesem Winter werden in Deutschland vier Millionen Menschen arbeitslos gemeldet sein, in Afgha-

nistan setzt die Nordallianz ihren Vormarsch fort, die Bundesregierung weist Vorwürfe zurück, Kriegsgerät aus den Beständen der ehemaligen NVA in den Kongo geliefert zu haben, draußen scheint der Nebel noch dichter zu werden, er schluckt das Licht der Scheinwerfer nicht mehr, sondern wirft es zurück, die zwanzig Millionen Miese des Stuttgarter Fußballclubs sind wohl doch eher in Euro als in Mark gerechnet …

»Was passiert eigentlich mit jemand, der so etwas versaubeutelt hat?«, fragt Tamar.

»Der wird Präsident des Deutschen Fußballbundes …«

Dann wird es heller, der Nebel reißt auf, vor ihnen liegt sternenklar die Hochfläche der Alb. Der Nachrichtensprecher leitet über zum Wintersport. Berndorf dreht den Ton ab.

Die Straße senkt sich wieder und taucht ein in die Nebelbank, die das Lautertal ausfüllt wie eine voll gelaufene Wanne. Dann kommt – an einer Stelle, an der Tamar es nicht erwartet – die Kehre, und sie ist noch enger, als sie es erinnert.

»Wir sollten den Wagen vielleicht noch vor dem Ortsschild abstellen«, sagt Berndorf.

»Nichts dagegen«, meint Tamar, »wenn Sie mir nur sagen könnten, wann wir vor dem Ortsschild sind.«

Sie durchfahren eine zweite Kehre, eine dritte, vor ihnen weitet sich der Randstreifen, das muss die Parkbucht sein, denkt Tamar und steuert den Renault von der Fahrbahn, aber dann rutscht der Wagen rechts weg, dumm und weiß angestrichen steht ein Begrenzungspfosten vor ihnen und kippt mit bösartiger Langsamkeit nach hinten. Der Renault setzt mit der Bodenplatte auf der Böschung auf und bleibt hängen.

»Na prächtig«, sagt Tamar und stellt den Motor ab.

Berndorf öffnet vorsichtig die Beifahrertür. Unter ihm ist kein Abgrund, sondern nur der Straßengraben. Behutsam lässt er sich mit beiden Beinen aus dem Wagen gleiten, bis seine Füße auf der abschüssigen Böschung Halt finden.

Tamar beugt sich zum Handschuhfach und nimmt ihre Pistole heraus. Dann schaltet sie die Parkleuchte ein und steigt aus. Um sie herum ist graue, nasse, wattige Dunkelheit. Sie geht den Renault entlang. Der Wagen steht – oder hängt – knapp außerhalb der Fahrbahn. Vielleicht kommt der nächste Molkereiwagen doch noch an ihm vorbei, ohne ihn vollends in den Straßengraben zu rammen.
Sie steckt die Pistole in ihren Hosenbund. Allmählich gewöhnen sich ihre Augen an das graue Wattemeer um sie herum. Undeutlich erkennt sie die schwärzlichen Konturen von Dächern unterhalb der Straße.
Zwei Glockenschläge hallen gedämpft zu ihr her.
»Halb zehn«, sagt Berndorf, der neben sie getreten ist. »Gehen wir?«

Die beiden Männer bleiben vor dem Münsterportal stehen. Nebelfetzen treiben an den runden Wänden und Einschnitten des Stadthauses vorbei.
»Sie haben mit Ihrem Auftritt rein gar nichts erreicht«, sagt Wildenrath. »Im Gegenteil. Sie haben die Leute nur darauf aufmerksam gemacht, dass da allerhand Nachrede im Umlauf ist. Das war ein Fehler. Krottenfalsch war das.«
»Ich versteh Sie nicht«, meint Rübsam. Nach dem Ende der Ausschusssitzung hatte ihn der Prälat gebeten, ihn ein paar Schritte zu begleiten. »Was hier abläuft, ist Rufmord. Sie dürfen dem nicht zusehen. Gerade Sie nicht. Sie haben die Hartlaubs durchgesetzt.«
Der Prälat hebt abwehrend beide Hände.
»Tun Sie nicht so«, fährt Rübsam fort. »Es war Ihr Trick, den Vater Hartlaub ins Spiel zu bringen und damit eine Art Martin-Walser-Syndrom auszulösen. Sie haben den Besen gerufen, jetzt gebieten Sie ihm auch Einhalt.«

»Wenn es so wäre, dann sollten Sie eigentlich wissen, dass das nicht so einfach ist.« Der Prälat wendet sich dem Durchgang zu, der zwischen Stadthaus und einem Bankgebäude zur Neuen Straße führt. »Wir haben es hier nicht mit Zauberei zu tun, sondern mit ein bisschen Klatsch, kleinstädtisch und also eine Spur bösartiger als sonst. Aber eben Klatsch. Die Leute brauchen von Zeit zu Zeit jemanden, über den sie sich das Maul verreißen können. Besonders gerne über jemanden, der nicht von hier ist.« Er senkt die Stimme. »Das Einzige, was man da tun kann, ist zuwarten. Irgendwann gibt sich das von selbst. Davon abgesehen…«

Der Prälat spricht nicht weiter.

»Da ist doch noch etwas«, sagt Rübsam. »Irgendetwas, an das Sie nicht heranwollen.«

»Ja«, sagt Wildenrath bedächtig, »ich will an diese Geschichte nicht heran. Aber aus dem Grunde, den ich Ihnen schon sagte. Je schärfer Sie den Leuten das Maul verbieten, umso heimtückischer werden die Gerüchte… Ich will Ihnen etwas erzählen. Vor ein paar Tagen war ich in Jena, habe dort einen alten Bekannten besucht, jemanden, den ich in den Fünfzigerjahren kennen gelernt habe, vor dem Bau der Berliner Mauer waren solche Kontakte noch möglich. Mein alter Bekannter hat die Hochschullaufbahn eingeschlagen, war Professor für Praktische Theologie, inzwischen ist er emeritiert. Es war ein bewegendes Gespräch, irgendwann kamen wir darauf, dass sich nicht wenige Kirchenleute in das Spitzelsystem der Stasi verstrickt haben oder verstrickt wurden. Seid im Westen nicht zu selbstgerecht, hat mich pötzlich mein alter Bekannter zurechtgewiesen und mir gestanden, dass auch er…«

Wildenrath lässt den Satz unvollendet.

Na schön, denkt Rübsam. Der Jenenser Prof wird seinen Freund Wildenrath bespitzelt haben. Wozu um Gottes willen soll das gut gewesen sein?

»Also auch mein alter Freund hat kollaboriert«, fährt Wildenrath fort, »hat in seinen Seminaren Arbeiten schreiben lassen, sie dann ein wenig poliert und dann an die Stasi weitergegeben, Arbeiten über Prüfungsthemen, verstehen Sie?«

»Und die Stasi hat dann nachgesehen, ob die Studenten verdächtiges Gedankengut zu Papier bringen?«

»Sie verstehen gar nichts«, sagt Wildenrath. »In dem Jenenser Seminar wurden die Prüfungsarbeiten gefertigt, drei oder vier oder vielleicht auch mehr, mit denen junge viel versprechende Informelle Mitarbeiter ihre Examina hier in der Bundesrepublik bestanden haben. Wissen Sie, wenn man so ein gesinnungstüchtiges Prachtexemplar an Land gezogen hatte, das sein Christsein im Dienst am Sozialismus leben wollte, vielleicht aus den Reihen der Friedensbewegung – nichts für ungut, Sie waren ja auch bei der Menschenkette dabei –, also wenn man so etwas am Wickel hatte, dann musste man doch auch dafür sorgen, dass der nicht durchs Examen fiel.«

»Und was, bitte, versprach sich die Stasi davon, ausgerechnet Pfarrer anzuwerben?«

»Ach, Rübsam!«, antwortet der Prälat. »Haben Sie nicht oft genug Kinder zur Konfirmation begleitet? Und haben die lieben Kleinen nicht mehr von zu Hause erzählt, als Sie hören wollten? Stellen Sie sich doch das Potenzial vor, das hier verborgen ist, schließlich wird ja auch in Ulm jede Menge militärischer Forschung betrieben ...«

Rübsam lässt in seinen Gedanken den letzten Konfirmandenjahrgang an sich vorbeiziehen. »Wenn die Stasi ihr Wissen wirklich von unseren Konfirmanden bezogen hat«, sagt er bedächtig, »wundert mich allerdings nicht mehr, was aus der DDR geworden ist.«

»Sie müssen das nicht lächerlich machen«, erwidert Wildenrath unwillig. »Für die Stasi war das doch schon ein wichtiger Ansatzpunkt, wenn sie wusste, wie es bei Diplom-Ingenieurs zu Hause zugeht, wo die Ehe nicht mehr stimmt, oder

der Vater zu Hause zu viel trinkt. Wenn Sie mir nicht glauben, fragen Sie die Gauck-Behörde. Sie werden sich wundern. Jedenfalls sollten Sie jetzt verstanden haben, warum ich diese Gerüchte hier bei uns für läppisch und unbedeutend halte … Lassen Sie doch den Leuten ihre Freude. Und bringen Sie sie um Gottes willen nicht dazu, sich die wirklich bösartigen Sachen auszudenken.«
Ach so, denkt Rübsam. Es dauert eine Weile, bis er sich darüber klar wird, dass er noch immer nichts begriffen hat.

Tamar und Berndorf gehen einen Drahtzaun entlang. Links ist ein Gebäude mit einem Sheddach zu erkennen, weiter vorne verschwimmt das Licht einer Straßenlampe. Sonst ist es dunkel. Fast dunkel. Aus einem der vorderen Fenster des Gebäudes dringen Lichtstreifen, gerade so schmal, wie sie von der Jalousie durchgelassen werden.
»Neuböckhs Büro«, flüstert Tamar.
Berndorf wirft einen Blick auf Tamar. Was er in der Dunkelheit von ihrem Gesicht sehen kann, erscheint ihm fremd, abweisend fast. Noch etwas zu besprechen? »In einer halben Stunde sollte ich zurück sein.«
Der Zaun endet an einem Tor mit verzinkten Stahlrohr-Flügeln. Einer der Flügel steht auf. Berndorf betritt den Hof, zögert dann. Offenbar keine Wachhunde.
Also hätte er den Hund doch mitnehmen können. Um eine Hundebeißerei zu vermeiden, hatte er Felix zu Hause gelassen.
Auf dem Hof sind mehrere Wagen geparkt, er erkennt einen Landrover, ein Peugeot-Coupé und eine größere Limousine. Weiter hinten steht ein altertümlicher Traktor, schon wieder halb vom Nebel verschluckt und halb ins Groteske verzerrt.

Berndorf holt die Punktlampe aus seinem Trenchcoat, bückt sich und leuchtet kurz die Nummernschilder an.
Der Landrover hat ein Ulmer Kennzeichen, mit einer Nummer, wie sie für den Alb-Donau-Kreis ausgegeben wird.
Die Limousine ist in Saarbrücken zugelassen, der Peugeot in Bonn.
Er steckt die Lampe zurück. Ihm ist unbehaglich. Er kommt zum Eingang des Gebäudes, die Tür ist nicht abgeschlossen, er öffnet und tritt ein und ist in einem verlassenen Großraumbüro. Im Lichtschein, der durch die Milchglasscheibe einer Tür fällt, erkennt er Schreibtische mit Computern, dazwischen Kübelpflanzen und Aktenschränke.
Er bleibt stehen, wie erstarrt. Hinter ihm ist eine Bewegung, mit eisenhartem Griff werden seine Oberarme gepackt, er wird herumgeschleudert und gegen einen Aktenschrank gedrückt. Seine Arme werden nach oben gerissen.
»Hände gegen den Schrank, Beine spreizen.« Die Stimme klingt sachlich. Geschäftsmäßig.
Dich hab ich schon mal gehört, denkt Berndorf. Hände tasten ihn ab. Holen das Mobiltelefon aus seinem Jackett, ziehen die Brieftasche heraus. Routiniert tun sie das.
Gelernt ist gelernt.
Der Mann hinter ihm tritt zurück. »Gehen Sie rein.«
Berndorf wendet sich um, geht zur Glastür, klopft an und öffnet sie, ohne zu warten.
»Na endlich«, sagt Meunier. Er sitzt an einem Besprechungstisch und weist einladend auf einen freien Stuhl. »Ich habe mich schon gefragt, wie lange Sie noch brauchen werden.«
Berndorf nickt grüßend. Bevor er sich setzt, sieht er sich im Zimmer um. Neben Meunier sitzt ein zweiter Mann, hager, kinnbärtig. Der Blick, mit dem er Berndorf ansieht, ist anders als zuletzt. Nicht mehr vom Landrover zum Wandersmann herab.
Am Fenster lehnt schmal und schwarzhaarig Cosima Auten-

rieth, die Arme verschränkt, eine Zigarette in der freien Hand.
Berndorf lächelt ihr zu. »Nett, Sie wiederzusehen.«
Ihr Blick geht durch ihn hindurch.
»Setzen Sie sich«, sagt der Mann, der mit ihm ins Zimmer gekommen ist. Berndorf wirft einen Blick auf die alten Holzgabeln und die Dreschflegel an der Wand. »Hübsch. Richtig rustikal.« Dann nimmt er Platz.
Der Mann tritt an ihm vorbei und legt Brieftasche und Mobiltelefon vor Meunier auf den Tisch. »Keine Waffe.«
»Danke, Egon.« Meunier deutet mit dem Zeigefinger erst auf Egon und dann auf Berndorf. »Mein Mitarbeiter Kadritzke. Berndorf. Ihr habt euch schon gesehen.«
Berndorf betrachtet Kadritzke, Egon. Er kennt ihn. Jonas' Beerdigung, Gedränge auf der Empore. Um sich den Reporter Hollerbach und seinen Mundgeruch vom Hals zu halten, lässt er einen massigen Kerl im Lodenmantel den Vortritt. Jetzt wundert er sich, wie er Kadritzke für den Vorsitzenden des Hegerings hat halten können.
Zwar findet man unter Bauern nicht selten solche gepanzerten Leute, unerschütterlich in ihrem Fleisch. Aber dieser da ist anders. Vielleicht liegt es daran, wie er seine gut zwei Zentner Lebendgewicht bewegt. Oder sie – mit dem Gewehr in der Hand – über die Balustrade einer Jagdhütte wuchtet.
Kadritzke ist zur Tür zurückgegangen und lehnt dort an der Wand. Meunier macht sich nicht die Mühe, Berndorfs Brieftasche durchzusehen. »Sie kriegen das nachher wieder. Da Sie den Weg hierher gefunden haben, werden wir uns ja wohl verständigen können. Haben Sie mit Helsinki telefoniert?«
»Ja«, antwortet Berndorf.
»Das beruhigt mich«, meint Meunier. »Die Dame ist, glaube ich, ein wenig vernünftiger …«
Er deutet auf den Mann neben sich. »Herrn Neuböckh kennen Sie ja. Sie haben ihm ja sogar Ihre Visitenkarte überreicht.«

Meunier lächelt kurz. »Anfangs wussten wir gar nicht, warum Sie das getan haben. Jetzt ist mir klar, dass Sie Kontakt aufnehmen wollten.«
Meunier wartet kurz. Als keine Reaktion kommt, fährt er fort. »Sie haben etwas zu verkaufen. Das wird kein Koffer mit Geld sein. Pensionierte Polizisten haben so etwas eher selten. Also wollen Sie uns eine Information verkaufen.«
»Wobei diese Information von der Art ist, dass man sie nicht mit Handkantenschlägen herausfindet«, sagt Berndorf. Er dreht sich um und blickt zu Kadritzke. »Handkantenschläge sind überhaupt so etwas von bescheuert... Ehe man sich's versieht, fällt einer um und ist mausetot, und dann gibt es Zeugen und man muss hinter ihnen herlaufen, und die sind plötzlich gar nicht so einfach umzubringen...«
»Wieder ganz der alte Berndorf«, meint Meunier lächelnd. »Überhaupt nicht mehr einsilbig. Das trifft sich gut. Unser Gespräch hier ist nämlich ein wenig ins Stocken geraten...«
»Ach ja?«, macht Berndorf. »Ich dachte immer, zwischen Ihnen und dem Herrn Neuböckh hat eine wunderbare Freundschaft begonnen.«
Das Lächeln in Meuniers Gesicht verschwindet. »Worauf soll das nun wieder hinaus?«
»Er karrt Ihnen doch Ihr Mordgerät außer Landes. Die Geschäftsbeziehung ist vermutlich schon von dem abwesenden Herrn Autenrieth geknüpft worden. Wenn ein Deal zu anrüchig war, als dass Eschborn oder der Bundessicherheitsrat es hätte genehmigen können, hat man auf die Dienste von Autenrieths Jagdfreund zurückgegriffen...«
»Könnten Sie bitte mit Ihrem gespreizten Gerede aufhören?«, fragt Cosima Autenrieth. »Ich würde gerne wissen, wie es weitergeht.« Ärgerlich schnippt sie Zigarettenasche auf den Boden.
Meunier macht eine Kopfbewegung in Richtung Berndorf. »Fragen Sie ihn. Er ist der Initiator dieser Veranstaltung.«

»Das ist mir neu«, sagt Berndorf. »Im Übrigen – wenn Sie nicht einmal die Dinge wahrnehmen, die Ihnen vor Augen gehängt werden, kann ich Ihnen auch nicht helfen.«
»Hören Sie mir einmal zu, nur einmal«, sagt Cosima Autenrieth, und ihre Stimme ist glasharfenscharf. »Sie haben uns gegenüber angedeutet, dass mein Vater hier verschwunden sei. Wir sollten bei den Steinen suchen. Also auf der Alb. Auf der steinigen Alb. Sagen Sie mir jetzt, wie Sie zu dieser Annahme kommen. Ich habe ein Recht, es zu wissen. Es geht um meinen Vater, verstehen Sie das?«
Berndorf betrachtet sie aufmerksam. »Es geht um Ihren Vater, ja? Nur um ihn? Nicht um Aufzeichnungen, nicht um Geld?«
Der Blick kommt kühl und unbewegt zurück. »Wenn das so ist, bringe ich Sie zu einer Kriminalbeamtin. Sie erstatten Vermisstenanzeige, und ich werde meine Aussage machen. Vielleicht finden wir dann sehr rasch, was Sie suchen.«
»Sie vergessen, Berndorf, dass Sie hier nicht allein zu entscheiden haben«, wirft Meunier ein. »Sie werden nämlich nichts dergleichen tun, und Sie wissen auch ganz genau, warum nicht ...« Er beugt sich vor. »Was für Dinge sind wem vor Augen gehängt worden?«
Berndorf deutet auf Neuböckh. »Fragen Sie doch ihn, was er in den Tagen gemacht hat, als sich Autenrieth abgesetzt hat.«
Neuböckh blickt hoch. »Was soll das ...?«
»Oder fragen Sie ihn einfach, wie er zu der Krieghoff gekommen ist, die er Paco in die Hand gedrückt hat.« Berndorf betrachtet Neuböckh. »Sie haben das getan, damit man Paco in Notwehr erschießen kann, nicht wahr?«
Auch Meunier blickt auf Neuböckh. »Das ist doch alles Unsinn«, sagt der. Über dem Kinnbart ist sein Gesicht fleckig geworden. »Das ist wieder ein Trick von diesem Schnüffler da .«
»Was war im September '91?«, fragt Meunier.
»Als Autenrieth nach Südamerika ging, war ich nicht da«, sagt Neuböckh. »Ich war in Jugoslawien, das war die Zeit, wo

dort der Krieg losging, und die Serben hatten einen Truck von uns kassiert…« Er steht auf. »In meinem Schreibtisch sind meine Notizbücher, ich kann heraussuchen, wie das damals war.« Er geht zum Schreibtisch, wie ein Schatten folgt ihm Kadritzke, zwei Zentner Lebendgewicht auf lautlosen Sohlen.
»Und was, Neuböckh, war mit diesem Jagdgewehr?« Meunier hat sich nicht einmal umgedreht.
»Das war in der Hütte«, sagt Neuböckh und zieht die Schreibtischschublade auf. »Autenrieth ging ins Ausland. Da nimmt keiner das Gewehr im Handgepäck mit…«
»Da ist was dran«, wirft Berndorf ein. »Fragen Sie ihn doch, Meunier, ob er für den Autenrieth nicht auch einen Koffer aufgehoben hat. Einen mit Geld drin. So besonders gescheit ist das ja auch nicht, damit durch den Zoll zu marschieren…«
Neuböckh greift in die Schreibtischschublade. Berndorf blickt hoch. Mit einem mächtigen Sprung wirft sich Kadritzke auf Neuböckh, ein Schlag trifft krachend irgendetwas, das entzwei geht, Neuböckh stolpert nach hinten und knickt ein. Kadritzke steht schon wieder. Er greift in die Schublade, nimmt einen großkalibrigen Revolver heraus und entlädt ihn.
»Diese Sonntagsjäger!«, sagt Meunier, der sich nun doch auch umgedreht hat. »Kaum haben Sie einmal einen Rehbock getroffen, mit Müh und Not, glauben sie schon, sie könnten einem einen Revolver unter die Nase halten.«
Kadritzke bückt sich und zieht Neuböckh zu sich hoch. Irgendwie ist dessen Gesicht aus den Fugen geraten, Blut läuft ihm aus der Nase. Kadritzke packt ihn am Hinterkopf und sieht sich das Gesicht an. Neuböckh schreit auf.
Kadritzke lässt ihn in den Schreibtischsessel gleiten. Fast behutsam tut er das. Er holt ein Papiertaschentuch aus seiner Lederjacke und drückt es Neuböckh in die Hand.
»Und?«, fragt Meunier.
»Er wird's überleben«, antwortet Kadritzke.

»Das ist nun gerade nicht ganz so glücklich gelaufen«, meint Meunier. Auf seiner Stirn bildet sich eine ärgerliche Falte. Berndorf horcht auf.
Die Tür fliegt auf und Tamar steht im Zimmer, ihre Pistole, die sie in beiden Händen hält, auf Kadritzke gerichtet.
»Polizei!«, sagt sie. Und: »Gehen Sie von dem Mann weg!« Sie geht auf den Schreibtisch zu. »Drehen Sie sich um, die Hände auf den Rücken!« Kadritzke betrachtet sie ruhig, aus schmalen, unbewegten Augen, dann dreht er sich um, legt die Hände auf den Rücken und lässt sich Handschellen anlegen. Tamar greift sich den Stuhl, auf dem Neuböckh gesessen hat, und stellt ihn hinter Kadritzkes Kniekehlen.
»Setzen Sie sich!«
Langsam lässt sich Kadritzke auf den Stuhl nieder.
»Das ist ja alles ganz nett, junge Frau«, sagt Meunier. »Aber Sie überschreiten Ihre Befugnisse. Stecken Sie Ihre Pistole wieder weg, und schließen Sie die Handschellen meines Mitarbeiters wieder auf. Und wenn Sie sich dann ausgewiesen haben, werden wir selbstverständlich allen Ihren Anweisungen Folge leisten.«
Tamar antwortet nicht, sondern geht zu Neuböckh und betrachtet sein Gesicht. »Soll ich den Notarzt rufen?« Der Mann versucht, den Kopf zu bewegen. Halblaut kommt ein »Nein«.
»Ich glaube doch«, meint Tamar, zieht das Telefon zu sich her und wählt.
»Junge Frau«, sagt Meunier, und seine Stimme ist noch immer leise und ruhig. »Sie sind keine Polizistin. Sonst wären Sie nicht allein hier. Und Sie wüssten, dass Sie ohne Hausdurchsuchungsbefehl so nicht auftreten können.«
Tamar bekommt eine Verbindung, sie meldet sich und fordert einen Krankenwagen an und ein Einsatzfahrzeug. »Ein Verletzter nach tätlicher Auseinandersetzung, mehrere Personen sind zu überprüfen.«
»Hören Sie«, sagt Meunier und hält Tamar ein silberglänzen-

des Mobiltelefon hin, »ich habe hier die Kurzwahl von Kriminaldirektor Steinbronner aufgerufen. Wenn Sie wirklich Polizeibeamtin sind, wissen Sie, wer das ist. Nehmen Sie das Handy und rufen Sie ihn an, schildern Sie ihm die Lage, mein Name ist Meunier, sagen Sie ihm das, und ...«
»Wir werden Sie jetzt in die Polizeidirektion bringen«, antwortet Tamar und betrachtet ihn, als nehme sie ihn erst jetzt wahr. »Dort werden wir sehen, ob Kriminaldirektor Steinbronner für Sie zu sprechen ist.«

Der Mann, der an der Wand neben Kuttlers Schreibtisch steht, ist mittelgroß, hat das Haar nach hinten gekämmt, über den Jeans hängt ein schlampig zusammengefressener Bauch. Ein unbeteiligter Blick aus angestaubter Brille streift Berndorf und geht über ihn hinweg.
»Ich wollte Sie fragen, ob Sie diesen Herrn schon einmal gesehen haben?« Kuttlers Stimme klingt belegt.
Berndorf betrachtet den Mann. Der Blick ist es, denkt er. Daran erkennt man sie als Erstes. Er ist so eindeutig, als würden sie ihre Hundemarke vorzeigen. Aber dieser hat keine Hundemarke. Rausgeschmissen. Ein privater Schnüffler.
Also ist es der Typ, den Tamar vor seiner Wohnung aufgespürt hat. Lungner, Franz-Josef. Guter Vorname. Passt zur Connection.
»Habe die Ehre, Kollege«, sagt Berndorf und nickt dem Mann zu. Der reagiert nicht. Berndorf wendet sich wieder Kuttler zu. »Tut mir Leid. Ich sehe ihn jetzt zum ersten Mal.«
Dann ist er fürs Erste wieder entlassen, Kuttler bittet ihn, draußen Platz zu nehmen. »Für den Fall, dass wir noch eine Frage haben.«
Ganz korrekt und respektvoll fragt er das und lässt doch keinen Zweifel daran, dass Berndorfs Aussage möglicherweise

ebenso ergänzungsbedürftig ist wie die eines x-beliebigen anderen Zeugen.
Berndorf geht hinaus und setzt sich wieder auf die Bank und lehnt den Kopf gegen die Wand. Das fahle Licht des Korridors drückt ihm auf die Augenlider. Es ist eine merkwürdige Erfahrung, die Innenansicht des Neuen Baus aus dieser Perspektive wahrzunehmen. Wie viele Leute waren wohl auf dieser Bank gesessen und hatten darauf gewartet, dass er – der Kriminalhauptkommissar Hans B. – sie hereinbittet? Mit welchen Gefühlen hatten sie das getan, und welche Verwünschungen hatten sie gegen den ausgestoßen, der sie hier warten ließ, nachts oder zu anderen Stunden?
Der Schichtführer Polaczek kommt mit einer Thermoskanne vorbei und füllt Berndorfs Becher mit richtigem Kaffee auf, das hat man im Neuen Bau nicht vergessen, dass er keinen Kaffee aus dem Automaten mag, respektvoll tut Polaczek das und doch auch auf seltsame Weise distanziert, als sei Berndorf in einer Eigenschaft anwesend, die sich für jemand vom Fach nicht gehört.
Um ihn herum ist das nächtliche Getriebe der Ermittlungsarbeit und der Einvernahmen im Gang, das Dezernat arbeitet in voller Besetzung, aber er sieht weder Englin noch einen der Stuttgarter Soko-Leute.
Wenn schon eine Sonderkommission, dann wäre sie jetzt gefordert. Doch Tamar scheint entschlossen, die Sache in eigener Regie durchzuziehen.
Morgen wird sie Ärger haben.
Paco wird vorbeigeführt. Als er Berndorf erkennt, wirft er ihm einen entschuldigenden Blick zu und hebt kurz die gefesselten Hände, als wolle er sagen: Tut mir Leid, alter Mann, vielleicht wär ich doch besser bei Ihnen geblieben …
Das ist gar nicht gesagt.
Wenig später kommt Kadritzke an der Bank vorbei, für einen Augenblick bleibt er stehen und wirft Berndorf einen echsen-

haften Blick zu. Dann wendet er sich wortlos ab und geht weiter.
Eine Gegenüberstellung? Kuttler erscheint und erklärt Berndorf, dass er gehen kann.
»Aber Sie sollten vorerst in Ulm bleiben.«

Von der Decke fällt das Licht einer Neonröhre auf Aktenschrank und Schreibtisch und auf die Frau, die Tamar gegenübersitzt. Die Frau hat kurz geschnittenes schwarzes Haar, das wie eine Badekappe an ihrem Kopf anliegt. Sie sieht nicht müde aus, sondern nur missvergnügt.
»Ich habe Sie bereits darauf hingewiesen«, sagt Cosima Autenrieth, »dass Sie kein Recht haben, mich hier festzuhalten.«
»Ich habe es verstanden«, antwortet Tamar.
»Dann werden Sie nichts dagegen haben, wenn ich jetzt gehe.«
»Einen Augenblick noch«, sagt Tamar. »Ich würde Ihnen gerne noch etwas zeigen.«
Sie greift sich das Telefon und bittet, ihr aus der Asservatenkammer ein Paket zu bringen. Sie nennt das Aktenzeichen.
»Wie Sie meinen«, kommt es über den Tisch. »Aber es ist Nötigung. Und Freiheitsberaubung. Den ganzen Abend bereits.«
»Das sagten Sie schon. Soll ich Ihnen einen Kaffee bringen?«
»Zu freundlich. Aber irgendwann möchte ich in dieser Nacht noch schlafen können.«
Tamar blickt auf ihre Armbanduhr, die sie auf den Tisch gelegt hat.
Es geht auf Mitternacht zu.
Ein spöttischer Blick streift über den Schreibtisch.
»Was ist das eigentlich, was Sie mir zeigen wollen?«, fragt Cosima Autenrieth. »Nicht, dass es mich wirklich interessieren

würde. Aber wenn Sie sich schon so Mühe geben, mit mir Konversation zu machen…«

»Gedulden Sie sich noch etwas.« Warum kommt dieses verdammte Paket nicht?

»Wann haben Sie Ihren Vater zum letzten Mal gesehen?«

Cosima Autenrieth blickt unverändert. Missvergnügt. Aber wer sieht im schattenlosen Licht einer Neonröhre schon vergnügt aus, sieben Minuten vor Mitternacht?

»Wie oft wollen Sie mich das noch fragen?… Ich sagte es Ihnen doch bereits, dass ich es nicht mehr genau weiß. Ich nehme an, es war im Herbst 1991.«

»Wussten Sie da schon, dass er nach Südamerika gehen würde? Oder würde gehen wollen?«

Cosima Autenrieth schlägt ein kurzes helles Lachen an. »Ich wusste gar nicht, dass sich Polizistinnen so gedrechselt ausdrücken können…, dass er würde gehen wollen… Leider weiß ich heute nicht mehr, ob ich es damals wusste. Aber ich erinnere mich, dass er schon längere Zeit geplant hat, den Dienst zu quittieren und in die Wirtschaft zu gehen.«

»Das ist auch so ein Punkt, der mir nicht recht klar ist«, sagt Tamar. »Ihr Vater war ja kein nachgeordneter Beamter, er hatte eine Position, die man nicht so leicht aufgibt… Gab es da politische Differenzen?«

»Sie sind gut«, stellt Cosima Autenrieth fest. »Glauben Sie, mein Vater hätte politische Differenzen im Bundeskanzleramt bei uns zu Hause zum Abendbrot ausgebreitet? Und wenn er es getan hätte, glauben Sie wirklich, ich würde Ihnen das hier darlegen, ausgerechnet Ihnen? Wüssten Sie denn überhaupt, wovon die Rede wäre?«

»Sie könnten es mir ja erklären«, sagt Tamar. »Bisher hatte ich angenommen, solche leitenden Beamten würden nicht ausgewechselt wie die Hilfskellner. Man lernt nie aus.«

Ein kleines Zucken läuft über Cosima Autenrieths Gesicht. »Vermutlich haben Sie wirklich keine Ahnung. Aber das ist kein Vorwurf. Wie sollten Sie auch.« Sie blickt sich in dem kleinen schäbigen Büro um. Dann richtet sie wieder den Blick auf Tamar. »Mein Vater war kein Bierkellner und trug auch keine Ärmelschoner und hatte keinen dieser Jobs, bei denen um 17 Uhr der Aktendeckel zugeklappt wird. Der nicht. Mag sein, dass er irgendwann das Gefühl bekam, dafür werde er eigentlich nicht gut genug bezahlt.«

»Ist das eine Vermutung, oder hat er darüber gesprochen?«

»Natürlich hat er darüber gesprochen. Und sicher war es so, dass er die Chance nutzen wollte, noch einmal richtiges Geld zu verdienen. Das konnte er nur in der Wirtschaft.«

»Welche Verbindungen hatte er eigentlich nach Südamerika?«

»Das weiß ich nicht. Ich weiß auch nicht, ob er solche hätte haben müssen. Er sprach Spanisch, las Borges und Bioy Casares im Original, wenn Ihnen das was sagt.«

»Wie war Ihr Vater finanziell gestellt?«

»Gutbürgerlich. Wie Beamte sich finanziell so stellen. Er hatte zwei Mehrfamilienhäuser in Stuttgart geerbt. Falls Sie glauben, dass das Goldgruben sind, haben Sie sich getäuscht. Aber Sozialhilfe muss meine Mutter nicht beantragen.«

Es klopft an der Tür, der Polizeihauptmeister Polaczek kommt herein und legt ein längliches verschnürtes Paket auf den Schreibtisch.

»... 'tschuldigung, dass es so lange gedauert hat. Aber es war hinter einen Ballen mit Hanfpflanzen geraten.«

Tamar holt eine Papierschere aus ihrer Schreibtischschublade und beginnt, die Bindfäden des Pakets aufzuschneiden und es vorsichtig auszupacken. Polaczek fragt, ob er gehen kann, aber Tamar schüttelt nur den Kopf.

Unter dem Packpapier kommt blaumetallisch schimmernd das Jagdgewehr zum Vorschein, das sie in der Hütte sichergestellt hat. Sie zieht Plastikhandschuhe an, und plötzlich hat sich etwas geändert. Wir reden jetzt nicht mehr von Borges und von Stuttgarter Mietshäusern, sagen die Handschuhe.

Wir reden jetzt von Mord.
Vorsichtig hebt sie das Gewehr hoch, untersucht es, bis sie die Gravur auf dem Verschluss findet. Sie hält das Gewehr so, dass Cosima Autenrieth die Gravur sehen kann.
»Kennen Sie diese Waffe?«
»Mein Vater ist Jäger.« Cosima Autenrieth wendet den Blick ab. »Und er hat mich unterwiesen, wie man mit Schusswaffen umgeht. Besonders hat es mich nicht interessiert.«
»In der Jagdhütte bei Lauternbürg waren Sie nie?«
»Doch. Als junges Mädchen. Später hat mein Vater es hingenommen, dass wir – also meine Mutter und ich – diese Hütte weder romantisch noch gemütlich fanden. Die Betten waren immer klamm, es gab nicht einmal Warmwasser zum Duschen, und ein totgeschossenes Tier zu zerlegen, ist überhaupt nicht lustig.«
»Diese Gravur sagt Ihnen nichts?« Noch einmal hält Tamar ihr das Gewehr vors Gesicht.
»Gehen Sie weg damit«, antwortet Cosima Autenrieth. »Natürlich kenne ich dieses Ding. Ich war dabei, als er es sich ausgesucht hat, und weiß noch, dass ich es unverschämt teuer fand. Er hat auch den Entwurf für die Gravur selbst skizziert, die Initialen werden Sie ja erkannt haben… Wo ist es gefunden worden?«
»Ich habe es gefunden«, antwortet Tamar. »Offenbar hat Ihr Vater es in der Jagdhütte zurückgelassen, als er sie an den Herrn Neuböckh übergeben hat.« Sie wartet. »Wundert Sie das eigentlich nicht, dass er ein solches Erinnerungsstück nicht nach Argentinien mitgenommen oder es wenigstens in sein Bonner Haus gebracht hat?«
Cosima Autenrieth blickt zu Polaczek, dann zu Tamar. Plötzlich sieht das Gesicht unter der schwarzen Badekappe anders aus. Missvergnügt wäre nicht mehr der richtige Ausdruck.
»Könnten wir unter vier Augen sprechen?«
Tamar nickt. Polaczek hebt grüßend eine Hand und geht.

Cosima Autenrieth klappt ihre Handtasche auf und holt ein silbernes Zigarettenetui heraus. »Ich darf rauchen?« Sie wartet die Antwort nicht ab, sondern zündet sich eine Filterzigarette an.

Tamar wartet.

Cosima Autenrieth hält die Zigarette zwischen Daumen und Zeigefinger, als wolle sie sie in der Hand verbergen.

»Es ist albern, darum herumzureden«, sagt sie plötzlich. »Natürlich weiß ich, dass er tot ist. Seit ein paar Jahren weiß ich das schon.«

Mittwoch, 14. November 2001

Das Gesicht des Leitenden Kriminaldirektors Steinbronner ist nur zu einem Teil zu erkennen, zum anderen ist es hinter einer großen getönten Brille verborgen. Steinbronner muss am Morgen den Versuch unternommen haben, sich zu rasieren. Aber entweder war die Klinge schartig oder die Hand nicht so sicher, wie sie es bei einem solchen Geschäft sein sollte.
»Ich habe Ihren Bericht nicht verstanden«, sagt Steinbronner. »Entweder liegt es an meinem Kopf oder an Ihrem Bericht. Aber alles, was ich begreife ist, dass Sie ein halbes Dutzend Leute festgenommen haben, ohne dass Sie mir auch nur in einem einzigen Fall erklären könnten, weshalb.«
»Diese Leute sind sämtlich unter Umständen angetroffen worden, die verdächtig sind«, antwortet Tamar. »Unter Umständen, die auf Straftaten hingedeutet haben oder auf die Verabredung dazu.«
»Wissen Sie, was ein Anfangsverdacht ist?«, unterbricht sie Steinbronner. »Hat man Ihnen in der Fachhochschule nicht beigebracht, dass Sie nicht einfach durch die Gegend rennen können und einsperren, wer Ihnen gerade komisch vorkommt?«
»Die Sachverhalte, um die es hier geht, sind nicht komisch …«
»Unsinn! Warum sind Sie in dieses Höft gefahren?«
»Weil mich der Kollege …, weil mich mein früherer Kollege Berndorf darum gebeten hat.«
»Ihr früherer Kollege Berndorf! Da fängt die Scheiße doch schon an … Das war also eine private Fahrt?«

»Nein. Ich wusste, dass Berndorf sich darauf eingelassen hat, in der Sache Hollerbach zu ermitteln. Ich wollte wissen, mit welchen Leuten er Kontakt aufnimmt.«
»Ach nee.«Steinbronner nimmt seine Brille ab und betrachtet sie aus verkaterten roten Augen. »Sie kommen mir vor wie beim Bienzle im Tatort. Was wollte Berndorf in Lauternbürg?«
»Er wollte Neuböckh nach den Umständen befragen, unter denen dieser vor zehn Jahren die Jagd im Revier Lauternbürg vom vorigen Pächter Autenrieth übernommen hat. Das können Sie in seiner Aussage nachlesen.«
Steinbronner beugt sich nach vorn. »Was ich kann und was ich nicht kann, überlassen Sie gefälligst mir. Und die Aussage von Berndorf – das geht mir, verehrte gnädige Frau, aber so was am Arsch vobei. Der lügt. Der linkt, wo er kann ... Aber weiter. Was war in Lauternbürg?«
»Wir haben den Wagen am Ortseingang abgestellt. Berndorf ging zu dem Werksgelände der Firma Neuböckh, weil er im Büro dort Licht sah. Ich wartete außerhalb.«
»Unsinn. Sie sind ihm gefolgt. Warum?«
»Da sagte ich Ihnen schon. Ich wollte wissen, mit welchen Leuten er sich eingelassen hat.« Sie lächelt knapp. »Außerdem war es die einzige Möglichkeit, seine Extratouren zu unterbinden.«
Steinbronner blickt hoch. »Und warum haben Sie ihn dann nicht einfach in den Neuen Bau gebracht? Und zwar vor dieser Extratour, bei der Sie ihm den Harry gemacht haben?«
»Vorher hatte ich dazu keine Handhabe.«
»Sie nahmen Ihre Dienstwaffe mit?«
»Ja. Und auch ein Paar Handschellen.«
»Warum?«
»Ich hatte das Gefühl«, sagt Tamar und bereut sogleich, dass sie es sagt, »ich hatte das Gefühl, dass diese Leute gefährlich sind.«

»Sie hatten das Gefühl ...! Schön, wenn Frauen fühlen. Sie gingen also auf das Firmengelände. Was haben Sie dort gesehen?«

»Nichts«, antwortet Tamar. »Es war neblig.«

»Und dann standen Sie also im Nebel herum und fühlten, wie?«

Tamar steht auf. »Ich glaube nicht, dass ich dieses Gespräch so weiterführen möchte.«

Steinbronner hebt die Hand und zeigt mit dem Finger auf sie. Der Finger ist dick und beringt. »Sie nehmen sich mehr heraus, als Sie sich leisten können, wissen Sie das? Setzen Sie sich wieder und schildern Sie mir Ihr weiteres Vorgehen. Das ist eine Anweisung ...«

»Ich werde mir keine einzige Ihrer Zwischenbemerkungen mehr anhören«, sagt Tamar und bleibt stehen. »Ich muss es auch nicht.«

Sie erwidert den Blick der rot geäderten Augen, bis diese sich abwenden. »Ich habe zunächst nur gewartet. Nach einiger Zeit bin ich näher an das Büro herangegangen. In diesem Augenblick habe ich Gepolter gehört und einen Aufschrei. Ich habe meine Pistole gezogen und bin in das Büro. Ein Mann hing blutend im Sessel hinter dem Schreibtisch. Eine zweite Person stand bei ihm. Ich konnte nicht erkennen, was diese Person beabsichtigte ...«

»Das war der Herr Kadritzke. Er wollte sich gerade um den Verletzten kümmern. Nur haben Sie ihm dann Handschellen angelegt. Was, bitte, ist die Rechtsgrundlage dafür?«

»Um den Verletzten hat sich diese Person erst gekümmert, nachdem sie ihm zuvor die Nase eingeschlagen hatte.«

»Zu dem Zeitpunkt, um den es jetzt geht, wussten Sie das noch gar nicht«, antwortet Steinbronner. »Und überhaupt – was geht Sie dieser Krawall eigentlich an? Dieser Neuböckh handelt mit Schrott. In dieser Branche geht's rau zu. Dass da einer die Fresse poliert bekommt, gehört zum Geschäftsrisiko. Da müssen Sie nicht Geiselbefreiung in Mogadischu spielen.«

»Sie vergessen, dass Herr Neuböckh nicht nur mit Schrott handelt«, sagt Tamar. »Das sollen ziemlich neuwertige Gewehre gewesen sein, die in Rotterdam sichergestellt wurden. Und Sie vergessen auch, dass wir den Mord an dem Journalisten Hollerbach aufzuklären haben. Niemand kann ausschließen, dass dieser Mord und der Waffenschmuggel etwas miteinander zu tun haben…«

»Das ist alles Unsinn«, widerspricht Steinbronner. »Aber ich erkenne jetzt, um was es Ihnen geht. Es geht Ihnen darum, meine Anweisungen zu unterlaufen. Ich habe Ihnen gesagt, dass Meunier in amerikanischem Auftrag tätig ist. Im Rahmen dieses Auftrags und – nehmen Sie das endlich zur Kenntnis! – durchaus im Rahmen der Gesetze haben Meunier und Kadritzke in Lauternbürg recherchiert…« Plötzlich bricht er ab. Sein Blick irrt durch das Zimmer.

»Ach ja«, fragt Tamar, »diese Jagdhütte ist ganz im Rahmen der Gesetze durchlöchert worden? Und das war kein gezielter Schuss, der auf diese Gestalt im Sessel abgegeben wurde?«

»Ein ausgestopfter Mantel!« Steinbronners Blick kehrt zurück. »Machen Sie sich nicht lächerlich. Natürlich sind in dem Milieu, mit dem wir es hier zu tun haben, die Sitten auch nicht so besonders fein, da kann es schon mal knallen… Wie auch immer. Jedenfalls haben Sie meine klare Anweisung ignoriert, die besonderen Ermittlungen nicht zu stören, die von der amerikanischen Seite geführt werden. Sie haben diese Ermittlungen geradezu torpediert.«

»Die Entwicklung im Fall Hollerbach hat mir gar keine andere Wahl gelassen«, antwortet Tamar kühl. »Inzwischen liegt uns ja die Aussage von Jiri Adler vor, der zugibt, dass er in der Nacht von Hollerbachs Tod in dessen Haus gewesen ist. Aber er behauptet, dass Hollerbach zu diesem Zeitpunkt schon tot gewesen sei. Und zwei Männer seien bei ihm gestanden. Bei einer Gegenüberstellung hat er sowohl Meunier als auch Kadritzke identifiziert.«

»Diese Gegenüberstellung«, sagt Steinbronner, »ist von allen peinlichen Dingen, die Sie gestern Nacht angestellt haben, das womöglich Allerpeinlichste. Sie lassen einen Mordverdächtigen aussuchen, wem er das Verbrechen freundlicherweise in die Schuhe schieben möchte. Wenn das Schule macht, werden wir demnächst die Herren Ladendiebe fragen, wer denn bitte Ihrer Ansicht nach gestohlen hat.«

»Sowohl Adler als auch Meunier und Kadritzke sind tatverdächtig«, gibt Tamar zurück. »Alle drei waren am Tatort…«

»Wir hatten einen Haftbefehl gegen Adler«, fährt Steinbronner sie an. »Den können wir jetzt vergessen. Diese Leute haben clevere Anwälte, und wenn von denen einer mit einem Haftprüfungstermin kommt, ist das Vöglein draußen und ab in den Kosovo oder sonst wohin.«

»Nicht, wenn die Staatsanwaltschaft ernsthaft diesen Waffenschiebereien nachgeht. Adler hat zugegeben, regelmäßig in einem Depot irgendwo in Brandenburg Kisten geladen zu haben. In einem abgelegenen Depot, das mit Stacheldraht gesichert war. Angeblich Kisten mit Ersatzteilen, angeblich für Hilfslieferungen in den Kosovo. In Lauternbürg kam noch andere Ladung dazu, vermutlich zur Tarnung. Und immer hatte er genug Schmiergeld dabei, damit sich niemand diese Kisten näher ansehen wollte. Wir sollten dieses Depot unter die Lupe nehmen…«

»Wir haben den Mord an Hollerbach aufzuklären«, unterbricht sie Steinbronner. »Wann geht das in Ihren Kopf?«

»Wenn Sie Adler wegen Mordes oder Totschlags an Hollerbach vor Gericht bringen wollen«, wendet Tamar ein,« dann wird man dort kaum mit der Auskunft zufrieden sein, es sei zwar richtig, dass in der Tatnacht noch zwei andere Männer auf dem Grundstück gewesen seien. Aber die hätten da irgendeine Geschichte im Auftrag der Amerikaner zu klären gehabt.« Ihre Stimme wird ganz sanft. »Stellen Sie sich doch einmal vor, Sie müssen in den Zeugenstand und wollen das dem Gericht erzählen und die Reporter schreiben das mit ...«

»So weit sind wir noch nicht«, antwortet Steinbronner ruhig. »Wir sind noch nicht an dem Punkt angelangt, an dem Sie sich über mich lustig machen können. Wir sind noch immer bei der Frage, was Sie gestern Nacht getan haben, und warum. Erklären Sie mir jetzt endlich, was Sie dort eigentlich gewollt haben.«

»Ich sagte es Ihnen doch«, antwortet Tamar. »Es ging um Constantin Autenrieth. Wir wollten wissen, wo er geblieben ist. Er oder seine Leiche.«

»Dass Autenrieth tot ist, behauptet doch nur Berndorf.«

»Nein«, sagt Tamar. »Das behauptet nicht nur er. Neuböckh schweigt, das ist wahr, Meunier und Kadritzke haben die Aussage verweigert. Das ist bei Leuten, die nach Ihren Worten fast so etwas wie Kollegen sind, ein sehr kooperatives Verhalten, finden Sie nicht? Viel wichtiger ist aber, dass Cosima Autenrieth eine Aussage gemacht hat. Daraus geht hervor, dass sie sich von dem Gespräch in Lauternbürg Auskunft über den Verbleib ihres Vaters erhofft hat.« Sie lehnt sich in ihrem Stuhl zurück und schlägt die Beine übereinander. »Sie können vielleicht Berndorfs Aussage ignorieren, aber nicht die der Tochter Autenrieth. Sie ist Rechtsanwältin, sie weiß, was sie tut, und mit ihrer Aussage hat sie zugleich Vermisstenanzeige erstattet.«

»Diese Anzeige kommt ein bisschen spät, finden Sie nicht?«

»Das ist sicher richtig. Aber sie sagt, ihre Mutter sei von Meunier bedrängt worden, sie solle nichts unternehmen, weil Constantin Autenrieth in geheimdienstlichem Auftrag nach Südamerika gegangen sei ...«

»Blühender Unsinn!«

»Die Mutter hat das aber auch Berndorf erzählt, wie aus seiner Aussage hervorgeht.«

»Dann ist es erst recht gelogen«, stellt Steinbronner fest. »Es ist völlig unglaubwürdig, dass da jemand vor zehn Jahren verschwunden sein soll, und die Familie hält bis heute still, weil der teure Verschwundene angeblich in geheimdienstlichem Auftrag unterwegs ist. Das ist doch oberfaul, das müssen doch sogar Sie zugeben!«
»Ich widerspreche Ihnen ja nicht«, antwortet Tamar. »Nur ändert das nichts daran, dass dieser Constantin Autenrieth ganz offenbar unauffindbar ist, vom Erdboden verschwunden. Nachdem inzwischen eine Vermisstenanzeige vorliegt, müssen wir ihr auch nachgehen und überprüfen, ob Autenrieth jemals in Buenos Aires angekommen ist…«
»Keine Sau in der ganzen argentinischen Pampa wird Ihnen sagen können, ob dieser Mensch vor zehn Jahren dort eingetroffen ist, und unter welchem Namen.«
»Gerade darum müssen wir in der Umgebung der Hütte suchen.«
»Und wonach bitte?«
»Nach seiner Leiche«, antwortet Tamar freundlich. »Seine Tochter hat das Jagdgewehr identifiziert, das Berndorf in der Hütte gefunden hat. Sie sagt, ihr Vater hätte die Waffe keinesfalls freiwillig dort zurückgelassen.«
Steinbronner schweigt. Er hat sich zurückgelehnt und betrachtet Tamar. Plötzlich scheint sein Blick anders als zuvor. Wachsamer. Beunruhigt.
Der Kater klingt ab, denkt Tamar.
»Dieses Gewehr«, sagt er schließlich, »zeigen Sie mir das doch mal.«

Der Tee dampft, aus den Lautsprechern kommt eine mozartsche Violin-Sonate und bringt das diesige Licht draußen vor dem Fenster zum Leuchten. Aber vielleicht ist es doch die Sonne und nicht Mozart, die den Nebel vertreibt.
Berndorf löffelt ein halbweiches Ei und liest das Tagblatt. Innerhalb der Regierungsfraktionen zeichnet sich noch immer keine sichere Mehrheit für einen Afghanistan-Einsatz der Bundeswehr ab. Ein Hamburger Richter zieht einen Schlussstrich unter die Affäre der beim letzten Regierungswechsel im Bundeskanzleramt verschwundenen Akten und verurteilt die Journalisten, die darüber berichtet hatten. Als Berndorf die Zeitung weglegen will, sticht ihm eine einspaltige Meldung ins Auge: Im Rotterdamer Hafen sei eine deutsche Hilfslieferung nach Angola angehalten worden, weil ein paar hundert Schnellfeuergewehre dazugepackt waren …
Vom Schreibtisch her mischt sich ein raspelndes Knirschen und Schmatzen in die mozartschen Klavierläufe, Felix frisst das Schweinsohr, mit dem Berndorf ihn zu bestechen versucht hat. Denn er hat ein schlechtes Gewissen, weil er erst tief in der Nacht zurückgekommen war. Es war keine Vorzugsbehandlung gewesen, die ihm seine einstige Kollegin Tamar Wegenast hatte angedeihen lassen, durchaus nicht …
»Da fällt mir ein«, sagt er zu Felix, »das Schweinsohr ist ja auch von ihr, sozusagen in vorauseilender Wiedergutmachung gekauft.«
Er legt die Zeitung weg und nimmt sich einmal mehr das Taschenbuch mit dem angefangenen Kreuzworträtsel vor. Die Szene im Zugabteil fällt ihm wieder ein, und die Erinnerung ist ihm unangenehm. Er hat den Mund zu voll genommen. Die Behauptung, man könne aus ein paar falsch oder unvollständig ausgefüllten Buchstabenkästen ein Psychogramm ableiten, ist Hochstapelei …
Er wendet sich dem Rätsel zu, oder genauer: der einen Ecke, in der einige Worte eingetragen sind:

Wieder irritiert ihn die Schreibweise von DAODEJING. Wer schreibt das so? Jemand, der besonders p. c. sein will? Er sieht sich die Legende an.

Waagerecht: 33. Wohin Liebe auch führt. *39.* Was es ist, ist es hoch. *43.* Was der linksrheinische Pächter in sein Herz geschlossen hat. *46.* Du verstehst, das Harte unterliegt. *51.* Kein Patensohn, im Gegenteil. *55.* Belaubt.

Senkrecht: 25. Wem die Erde scheint. *33.* Immobil. *34.* Plüsch, kurz. *40.* Opfer von Familienbande. *41.* Wenn es fällt, kannst du rauf. *44.* Die Liebe stammt von den Zigeunern stammt von ...? *47.* Recht, fürs rechte Wohl zu sorgen.

Mir scheint die Sonne und manchmal der Mond, denkt Berndorf, die Erde scheint mir nicht, es sei denn, ich müsste mir die Erde ansehen wie einen Mond ..., also kann *senkrecht 25* in der Tat ein ASTRONAUT sein, warum nicht auch ein KOSMONAUT, wenn es nur aufgeht. Ein Opfer von Familienbande war LEAR ohne Zweifel, und wenn das FallREEP runterkommt, kann ich an Bord ... Dass die Liebe von den Zigeunern stammt, mag ja wirklich so sein und außerdem von BIZET, Berndorf hätte es nicht gewusst, mit Opern kennt er sich nicht besonders gut aus, singt die Carmen das? Aber der, der sich zuerst an dem Rätsel versucht hat, scheint es gewusst zu haben, eine kultivierte Person, er hat es ja schon an der Schrift gesehen.

Aber dass Monsieur Fermier vor allem seine FEMME ins Herz geschlossen hat, will Berndorf weniger glauben. Es wird die FERME sein, die er gepachtet hat. Also ist es nicht der KOSMO, sondern der ASTRONAUT, dem die Erde scheint, weil das »R« als vierter Buchstabe für die FERME gebraucht wird. Dass PUZO kein Patensohn ist, leuchtet ihm dagegen wieder ein, denn Puzo hat den Paten zu Papier gebracht. Aber wieso soll JURA das Recht sein, fürs rechte Wohl zu sorgen? Kein wirklicher Jurist verfiele jemals auf eine solche Definition.
Wenn freilich, so überlegt er, die 81 Verse des Lao-Tse als TAOTEKING geschrieben werden, wäre nicht nach JURA, sondern nach der KURA gefragt worden... Berndorf steht auf und geht zum Brockhaus und findet dort tatsächlich den Begriff Kura als eine seelsorgerliche Befugnis des katholischen Kirchenrechts vermerkt.
Schön, denkt er. Was haben wir nun davon? Zwar wissen wir, dass das Immobil von 33 *senkrecht* die HAFT ist, weil wir jetzt als letzten Buchstaben kein »D« mehr haben, sondern das »T« von Tao, aber sonst wissen wir gar nichts. Fast gar nichts. Wir suchen eine Person, die womöglich die Oper »Carmen« kennt. Die weiß, was das Dao-De-Jing ist und dass man es auf diese Weise schreiben kann. Und die jemanden, der im Weltraum herumkugelt, einen Kosmonauten nennt. Und daraus willst du ein Psychogramm basteln ...?
Moment. Für einen Augenblick bleibt er sitzen, fast betäubt.
Dann schlägt das Telefon an, widerstrebend steht er auf und geht zum Schreibtisch, wobei er über Felix hinwegsteigen muss, und meldet sich. Eine muntere Stimme ist untröstlich, Berndorfs Morgenruhe zu stören. Die Stimme gehört Rübsam.
»Ich wollte Sie fragen, ob Sie heute Nachmittag Lust auf eine Partie Schach haben? Auch Ihr Hund wäre willkommen.«
Nein, denkt Berndorf. Ich habe keine Lust auf eine Partie Schach.
»Gerne«, hört er sich sagen. »Gegen 17 Uhr?«

Viel zu früh neigt sich die bleiche Nachmittagssonne den Berghängen im Südosten zu. Die Lichtung liegt bereits im Schatten. Durch die zerschossenen Fensterscheiben dringt feuchte Kälte in die Jagdhütte. Tamar fröstelt. Auf dem Tisch vor ihr ist eine Flurkarte im Maßstab 1:5000 ausgebreitet. Sie sieht Steinbronner zu, der die Karte studiert und Entfernungen vermisst. Das Licht einer tragbaren Lampe, die an ein Stromaggregat angeschlossen ist, wirft schwarze Schatten an die Wände.

Der Wind hat sich gedreht. Wann? Und warum?

Es ist passiert, als er das Gewehr in den Händen hatte. Das Jagdgewehr mit der Gravur. Das war etwas, an dem er sich festhalten konnte. Gewehre sind Männersache. Da muss – die Kollegin erlaubt doch – der Chef selber ran. Vernünftiges Kartenmaterial! Suchtrupps! Bereitschaftspolizei vorwarnen! Wo ist eigentlich der Kuttler? Spurensicherung rausschicken! Und, Wegenast, finden Sie heraus, wer der Zahnklempner von diesem Menschen war… Zwei Taucher natürlich auch, Kuttler, und gucken Sie nicht so blöd! Gibt es in dem Höft einen Kerl, der sich auskennt, einen vom Albverein vielleicht? Und fragt in Stuttgart nach, ob wir notfalls einen Hubschrauber mit Infrarotkamera bekommen…

Steinbronner hat sein Kartenstudium beendet und blickt zu dem Mann hoch, der neben dem Tisch steht und ihm zugesehen hat. Es ist ein schweigsamer Mann, was weiter kein Wunder ist, denn es ist der Mann der Waltraud Ringspiel.

»Was ist das für ein Wasserloch, 300 Meter südlich der Hütte?«

Ringspiel beugt sich über die Karte. »Ein Bombentrichter«, antwortet er.

»Da hat einer abgeladen, was er über Ulm nicht losgeworden ist?«

Ringspiel nickt. »Weiter unten hat es noch ein paar solcher Löcher.« Er zeigt sie auf der Karte.

»Wie tief sind diese Löcher?«
»Schon ein paar Meter«, meint Ringspiel.
»Woher wissen Sie das?«
Ringspiel hebt seine rechte Hand an und dreht sie ein wenig.
»Das haben Sie doch nicht bloß geschätzt«, sagt Steinbronner.
»Man weiß das im Dorf, weil man totes Vieh hineingeschmissen hat, das der Veterinär nicht sehen durfte. Na?«
»Das kann schon mal vorgekommen sein«, antwortet Ringspiel diplomatisch.
»Das war so«, beharrt Steinbronner rechthaberisch. »Ich komm auch vom Land. Mir macht keiner was vor. Also …« Er spricht nicht weiter und wirft einen Blick zu Tamar. »Dieser Tümpel hier bietet sich schon mal an. Aber er ist sehr nah an der Hütte. Zu nah, meinen Sie nicht?«
»Nein«, sagt Tamar und stellt sich vor, sie hätte soeben Steinbronner umgebracht und müsste ihn nun 300 Meter weit schleppen. »Wenn es hier in der Hütte passiert ist und der Täter das Wasserloch für sicher hielt, war ihm das weit genug.«
Steinbronner wiegt abschätzend den Kopf. »Das ist eben die Frage. Ob ein Mörder ein Wasserloch für sicher hält. Was ist das da?«
Er deutet auf eine gestrichelte Markierung. »Ein steiler Abhang, wenn ich das richtig sehe. Und eine Einbuchtung. Soll das eine Höhle sein?«
»Das ist nicht bloß ein Abhang, das ist eine Felswand«, sagt Ringspiel. »Und was Sie meinen, ist das Schwedenloch. Eigentlich ist es nur ein Vorsprung. Früher soll dort ein Zugang zu einer Höhle gewesen sein. Aber er ist schon lang zugeschüttet.«
»Und warum Schwedenloch?«
»Angeblich sind hier im Dreißigjährigen Krieg schwedische Soldaten in einen Hinterhalt geraten und totgeschlagen worden. Die Leichen hat man in die Höhle geworfen.«
»Na«, sagt Steinbronner. »Das ist doch was. Der Genius Loci,

sagt man nicht so? Wie nah kann man da mit einem Wagen heran?«

»Bis ungefähr fünfzig Meter.« Ringspiel deutet auf eine Stelle in der Karte. »Es ist ein Holzweg. Er endet hier in einer Kehre. Manchmal parken da Pärchen und gehen rauf zur Felswand …«

»Ach so.« Steinbronner schüttelt den Kopf und blickt zu Tamar. »Dann eher nicht. Stellen Sie sich vor, Sie haben einen umgebracht … Den werden Sie doch nicht einen Abhang hochschleppen, auf die Gefahr hin, dass da oben zwei blöd aus der Wäsche gucken, die sie nicht anhaben.«

»Sie opfern die Dame«, sagt Rübsam, halb fragend, halb ratlos.

»Wenn Sie meinen«, antwortet Berndorf.

»Aber vermutlich bin ich dann matt.«

»Vermutlich sind Sie das.«

Rübsam legt den König um. Die Dame war mit dem Läufer gedeckt, er hätte mit dem Turm schlagen müssen, aber dann wäre das Matt durch den Springer gekommen. »Ich habe schon besser verloren.«

»Vielleicht sind Ihre Gedanken woanders.«

»Ist das so auffällig?«

Berndorf macht ein Handbewegung, als zeige er auf die Stellung und reiche zugleich die Frage zurück.

»Was unternimmt man eigentlich gegen multiple Verleumdung?«, fragt Rübsam. »Also gegen Lügen, die sich schneller vervielfältigen, als man sie widerlegen kann?«

»Was Sie beschreiben, deutet auf Mobbing hin«, meint Berndorf leichthin. »Leider bin ich da nicht kompetent. Wenn man bei der Polizei lernen würde, wie man damit umgeht, wären uns in den letzten Jahren einige Selbstmorde erspart geblieben. Mobbing gedeiht übrigens besonders in geschlossenen Gesellschaften mit einem besonderen Sendungsbewusstsein, wenn Sie mir diese Definition nicht übel nehmen … Das Opfer sind aber nicht Sie?«

»Nein«, sagt Rübsam. »Es ist eine Frau. Sie kennen Sie …«

Er beginnt vom Vorabend zu erzählen. Unverändert sitzt Berndorf ihm gegenüber, leicht zurückgelehnt, die Haltung scheinbar entspannt. Aber das Gesicht hat sich verändert. Nichts mehr, das auf beiläufiges Geplauder hindeutet oder auf eine linkshändig dahingespielte Partie Schach.

»Es geht also um die Dame Hartlaub«, sagt Berndorf langsam. »Ich hätte es mir denken können.« Er blickt Rübsam in die Augen. »Sie haben ein persönliches Interesse an ihr?«

»Ich bitte Sie!«, sagt Rübsam. »Nein, wir sind mit dem Ehepaar Hartlaub noch nicht einmal befreundet, allenfalls näher bekannt …«

»Das schließt ein persönliches Interesse nicht aus.«

»Nein«, wiederholt Rübsam. »Wirklich nicht. Bei manchen Bekanntschaften ist von Anfang an klar, dass es für dieses gewisse persönliche Interesse absolut keinen Anknüpfungspunkt gibt. Sie bilden sozusagen einen Reinraum, frei von jeder erotischen Kontamination. Falls es das ist, wonach Sie gefragt haben.«

»So etwas kann man sich auch einbilden«, meint Berndorf. »Wann haben Sie Marielouise eigentlich kennen gelernt?«

»Nach ihrer Haftentlassung«, antwortet Rübsam. »Sagte ich Ihnen das nicht?«

»Nein«, sagt Berndorf. »Aber ich weiß, dass sie in Haft war.«

Irgendwer hatte es ihm erzählt. Die Puppenfrau war es.

»Marielouise Hartlaub kommt aus Thüringen«, fährt Rübsam fort. »Ende der Siebzigerjahre arbeitete sie in einer Dissidentengruppe mit, in einem Bürger- und Umweltbüro. Damals war in der Bundesrepublik Deponieraum knapp geworden, neue Müllverbrennungsöfen konnten nicht sofort gebaut worden, weil die Bürger sie nicht haben wollten und dagegen klagten, und so kam man darauf, sich die DDR als billige Müllkippe zu kaufen. In der Folge ist jede Menge Wohlstandsabfall nach Osten verfrachtet und auf schlecht oder gar nicht gesicherte DDR-Deponien gekippt worden. Als das Bürger- und Umweltbüro die Abwässer zu kartieren begann, hat die Stasi den Laden dichtgemacht und die Mitarbeiter eingebuchtet. Auch Marielouise saß mehrere Monate im Knast, ehe sie dann freigekauft wurde. Es wäre eine interessante Frage, ob sich die westdeutschen Müllunternehmer an den Kosten für den Freikauf beteiligt haben …«

»Die hätten dafür kein Geld gehabt«, antwortet Berndorf, »die mussten ihre örtlichen Politiker schmieren. Wann kam sie in den Westen?«

»Das muss 1981 oder 1982 gewesen sein. Sie wollte in Tübingen ihr Theologiestudium abschließen, und ich fürchte, sie ist nicht sehr glücklich gewesen. Das war ja damals die Zeit der Friedensbewegung und der Sitzblockaden, im Religionsunterricht wurden Friedenstauben gebastelt und gebetet, dass der liebe Gott den Amerikanern die Pershing-Raketen wegnehmen solle. Es ging um die großen Menschheitsfragen und -ängste, da gehörte es sich einfach nicht, dass da eine mit ihrer privaten Ost-Biographie daherkam und auch etwas sagen wollte. Sie war in einem Frauenknast bei Potsdam gewesen und hatte in der Anstaltswäscherei die dreckigen Unterhosen aus der Bonzensiedlung Wandlitz waschen müssen. Als sie uns einmal von den Arbeitsbedingungen dort erzählen wollte, ist ihr auf der Stelle eine unserer Friedensaktivistinnen dazwischengefahren und hat sie gefragt, ob sie vielleicht glaube, dass es die türkischen Arbeiterinnen in den Wäschereibetrieben bei uns lustiger hätten …«

Berndorf sagt nichts. Auch er erinnert sich an diese Zeit. Aber er ist nicht aufgelegt, über die Menschenkette zu reden oder die Demonstrationen vor den Wiley Barracks oder im Kettenhauser Forst, und wie es ist, wenn einer auf der falschen Seite der Barrikade steht. »Und solche Dinge reichen aus, dass jemand nicht dazugehört?«

Rübsam hält inne und nimmt einen Schluck Tee. »Damals hat es ausgereicht. Aber es war nicht allein die Friedensbewegung, die an Marielouise irgendwie vorbeilief. Man hat damals ja eine Reihe weiterer Themen entdeckt, schließlich wussten wir, dass wir diesen emotionalen Hochdruck von Menschenkette und Sitzblockaden nicht unbegrenzt durchhalten könnten. Wir mussten Themen finden, die überschaubar waren und bei denen konkrete, greifbare Erfolge erzielt werden konnten. Eines dieser neuen Themen war der Kampf gegen den Bau neuer Müllverbrennungsanlagen, das stand bald ganz weit oben auf der Agenda... Ich erinnere mich an eine Diskussion über eine drohende flächendeckende Dioxin-Vergiftung ganzer Landstriche zwischen Neckar und Alb, irgendwann meldete sich Marielouise zu Wort und wollte etwas von dem Sickerwasser erzählen, das aus den Westdeponien in der DDR austritt... Ich weiß noch, wie wir uns alle angesehen und gedacht haben, nicht die schon wieder.«

»Guntram Hartlaub hat das etwas anders gesehen?«, fragt Berndorf.

»Ja, das hat er«, meint Rübsam. »Zunächst haben wir uns zwar ein wenig gewundert, als er sich um Marielouise zu kümmern begann. Die meisten haben das wohl als eine Art persönlicher Behindertenseelsorge verstanden, dabei war sie ja schon damals eine aparte Erscheinung, wenn man sich an diesem geraden, ernsten Blick nicht stört, den sie manchmal hat... Später hörte ich dann die Version, Hartlaub habe sich damit nur bei der Kirchenführung lieb' Kind machen wollen. Eine DDR-Dissidentin als Verlobte war dort selbstverständlich sehr genehm, und wenig später ist er nach Bonn an die Ständige Vertretung berufen worden, die die Evangelischen Kirchen in Deutschland bei der Bundesregierung unterhalten.

Wie es der Zufall will, war der Ständige Vertreter der EKD zu jener Zeit zugleich der evangelische Militärbischof. Da sehe man es ja, hab ich von Leuten gehört, denen Hartlaubs Verlobte schon immer verdächtig war.«

»Ihre Kollegin hat es nicht leicht mit den Leuten«, sagt Berndorf. »Eigentlich wundert es mich auch nicht.«

Rübsam blickt fragend.

»Egal«, fährt Berndorf fort. »Erst war es die Friedensbewegung, von der sie gemobbt wird. Nun ist es die Fromme Gemeinde… Das ist zwar alles nicht sehr schön, aber für sich genommen noch kein Grund, einen pensionierten Kiberer zum Schach einzuladen.«

»Ich habe einen Fehler gemacht«, sagt Rübsam, »und zwar habe ich unseren Prälaten zum Eingreifen aufgefordert. Leider ist unser Prälat notorisch unfähig, ein Feuer ausnahmsweise nicht zu legen, sondern es zu löschen…«

»Was ist ein Prälat, und warum hat man in der evangelischen Kirche so etwas?«, will Berndorf wissen.

»Der Prälat ist in der württembergischen Landeskirche eine Art Regionalbischof«, antwortet Rübsam, »und hat die Dienstaufsicht über die Dekane. Also hat er auch eine Fürsorgepflicht und müsste handeln.«

»Und mit welcher Begründung tut er es nicht?«

»Er sagt, gegen Klatsch hilft nur Abwarten, bis er aufhört. Das verharmlost die Sache, aber zur Erklärung hat er mir eine merkwürdige Geschichte von einem Jenenser Theologieprofessor erzählt, der in seinem Seminar hat Prüfungsarbeiten fertigen lassen, für irgendwelche IM, die im Westen Karriere machen sollten… Was schauen Sie so?«

Zwischen niedergetretenem Gestrüpp ziehen sich Kabel an Weidengehölz vorbei. Scheinwerferlicht fällt auf laubbedeckten Boden, auf Gesträuch und auf schwarz schimmerndes Wasser. Von Nordnordwest fegen Windböen heran und wirbeln Buchenlaub über die Wasserfläche. Eine lehmige Spur markiert die Stelle, an der einer der beiden Polizeitaucher sich in das Loch hinabgelassen hat. Aus der Tiefe steigen Luftblasen hoch und zerplatzen an der Oberfläche.

»Trotzdem würde es mich wundern«, sagt Steinbronner und bietet Tamar einen Kaugummi an, »verdammt wundern würde es mich, wenn wir da unten etwas fänden. Es ist nicht die menschliche Natur, wissen Sie …«

Tamar stellt fest, dass sie einen Kaugummi mit Menthol-Aroma erwischt hat. Das kommt davon, wenn eine nicht zickig sein will.

»Was tot ist, das muss unter die Erde«, fährt Steinbronner fort. »So steckt es uns in den Genen. Nur wenn wir es selbst zugeschüttet und festgestampft haben, ist es aufgeräumt und kann nicht wieder raus, was immer es ist. Und für einen Mörder ist das ja noch viel wichtiger, also ich zum Beispiel hätte keine Ruhe, wenn ich nicht genau wüsste, der ist da unten gut verwahrt und kommt nicht mehr raus. Ein Wasserloch, ich bitte Sie! Das fällt trocken, oder das Forstamt legt einen Entwässerungsgraben …«

Leider kann Tamar den Phantasien des Kriminaldirektors Steinbronner nur mit halbem Ohr folgen, weil sie vor allem den Kaugummi loswerden muss.

Schon deshalb, weil sie jetzt weiß, woran sie dieser Menthol-Geschmack erinnert.

»Dabei ist es merkwürdig, wie viele von meinen Mördern ihre Arbeit nur lausig aufgeräumt haben. Ein bisschen Erde und Laub darüber gescharrt, oder einen Stein dran gebunden und in den Neckar geschmissen. So aus der Welt wäre das also gar nicht, wenn wir hier etwas fänden … Manchmal hab ich schon gedacht, die machen das so lausig, weil sie entdeckt werden wollen … Verstehen Sie, ich hab' mit diesen Psycho-

Gurus nix am Hut, aber irgendetwas ist in meinen Mördern gewesen, als ob sie sich selbst verraten wollten.«

Sie war 16 gewesen. Als ob die Tanzstunde nicht schon grauenvoll genug gewesen wäre, war sie regelmäßig von einem dicken, blonden, täppischen Jungen nach Hause begleitet worden, der ständig Menthol-Bonbons fraß, weil er glaubte, sie würden gegen Mundgeruch helfen. Irgendwann hatte er sie in der kleinen staubigen Anlage hinter der Bushaltestelle abgedrängt und ihr einen Zungenkuss verpasst.

Wahrscheinlich hatte sie nicht zickig sein wollen.

»Berndorf hat einmal einen solchen Fall gehabt, das war in seiner Mannheimer Zeit, bevor er den Einsatz gegen diesen Iren vergeigt hat... Ein Zahnarzt und Jäger, der seine Gehilfin erst geschwängert und dann umgebracht hat. Die Leiche hat er auf die Luderplätze verteilt... Als man ihm dahinter kam, ist es als großer Erfolg der Kollegen gefeiert worden, dabei war es von dem Zahnarzt doch nur eine Brunzdummheit, ehe er sich umdreht, hat ein streunender Hund oder ein Fuchs einen Knochen oder womöglich den Unterkiefer verzogen und sonstwohin verschleppt...«

Das schwarz schimmernde Wasser bewegt sich, inmitten von Luftblasen erscheint der Taucher an der Oberfläche und lässt sich an die Böschung hieven, und mit ihm kommt an die Oberfläche, was auch unter Schlamm und verfaultem Laub irgendwie nicht organisch aussieht, sondern rechteckig und mit etwas, was ein Griff sein könnte.

»Meine Fresse«, sagt Steinbronner, »das sieht ja aus wie...«

Tamar reißt ein halb vertrocknetes Blatt von einem Strauch ab und entsorgt den Kaugummi.

»Da ist noch ein zweiter Koffer unten«, sagt die vom Mikrofon verzerrte Stimme des Tauchers, »und da drunter liegt etwas, was wir uns erst noch ansehen müssen.«

Das Haus der Begegnung, unter Einbeziehung von Turm und Chor der zerbombten Dreifaltigkeitskirche nach dem Krieg erbaut, liegt im Südosten des alten Ulmer Stadtgebiets, auf einer Anhöhe über der Donau, die durch die Adlerbastei zum Fluss hin abgesetzt ist. Rübsam parkt seinen Familienkombi auf dem Besucherparkplatz und blickt zu Berndorf.

»Kann Felix im Wagen bleiben? Der Prälat hat vor Hunden panische Angst.«

»Felix, gleich!«, sagt Berndorf. Es wird, denkt er, nicht schon wieder jemand eine Bombe legen.

Sie steigen aus und gehen über den Grünen Hof zu einem Fußweg, der am Dekanat vorbeiführt. Es ist der vordere Teil eines zweigeschossigen, eher bescheidenen Doppelhauses. Durch unverhängte Fenster im Obergeschoss fällt das Licht einer nackten Glühbirne nach draußen und wirft helle Rechtecke auf Weg und Rasen. Berndorf verlangsamt den Schritt.

»Was ist?«

Berndorf schüttelt den Kopf. »Nichts.« Sie gehen den Weg weiter, bis Rübsam vor dem erleuchteten Eingang der zweiten Hälfte des Doppelhauses stehen bleibt. Er klingelt, fast sofort wird die Tür von einem hoch gewachsenen, rotbackigen, dunkel gekleideten Mann geöffnet.

»Auch der späte Gast soll willkommen sein«, sagt Prälat Wildenrath mit einer einladenden Geste. Die Besucher treten ein, Rübsam will Berndorf vorstellen…

»Wir kennen uns«, unterbricht ihn der Prälat, »wir haben schon einmal ein Glas Wein zusammen getrunken und dabei über die Sünde gesprochen, denken Sie nur!«

Berndorf erinnert sich. Es war während des Schwörmontags vor zwei oder drei Jahren gewesen, nach der Schwörrede des Oberbürgermeisters hatte die Menschenmenge beim Empfang im Rathaus sie aneinander geschwemmt. »Sehr angenehm!«, hatte der Prälat gesagt, als sie sich bekannt gemacht hatten. »Wir sind ja sozusagen Kollegen, Sie befassen sich mit

Sündern und wir mit der Sünde...« Und Berndorf hatte geantwortet, er hoffe nur, die Kirche habe eine deutlich höhere Erfolgsquote als die Polizei.
Die Besucher werden in ein Studierzimmer mit hohen Bücherwänden gebeten, für einen Tee ist es zu spät, nicht aber für einen gepflegten Rotwein, doch Berndorf bittet um ein Wasser. Irgendwann hat man sich gesetzt, durch das Fenster ist ein Garten zu ahnen und die Sicht auf das Neu-Ulmer Donau-Ufer oder die Bäume, die dort hochragen. Rübsam beginnt, den Grund ihres Besuches zu erklären.
Während Rübsam redet, beobachtet Berndorf den Prälaten. Unverkennbar nistet sich in dem Gesicht mit den roten Wangen und dem trotzig aufgeworfenen Mund ein Ausdruck tiefen Unbehagens, ja geradezu äußerster Missbilligung ein. Mit der Bitte um dieses Gespräch habe ich Rübsam keinen Gefallen getan, bei Gott nicht...
»... ich weiß, unser Anliegen muss auf den ersten Blick befremdlich erscheinen, aber die Situation ist ungewöhnlich und verlangt ungewöhnliche Antworten.« Rübsam ist zu einem Ende gekommen. Der Vortrag, findet Berndorf, hätte etwas stringenter ausfallen können.
»Ungewöhnlich und befremdlich, sagen Sie...« Der Prälat lässt seinen Blick von Rübsam zu Berndorf und wieder zurück wandern. »Das sind Worte, die ich verstanden habe. Befremdlich vor allem, denn das ist Ihr Besuch in der Tat. Es tut mir Leid, aber offenbar sind meine Maßstäbe der Diskretion und der Vertraulichkeit Ihrer Generation nicht mehr zu vermitteln, anders kann ich es mir nicht erklären.«
»Auch für meine Generation gibt es verbindliche Normen«, antwortet Rübsam nicht ohne Schärfe. »Zum Beispiel, dass man Verleumdungen entgegentritt. Dass man es nicht zulässt, wenn jemand mit einem Netz von Lügen und Verdrehungen überzogen wird, bis er sich nicht mehr wehren kann.«
»Sie sind Theologe«, weist ihn der Prälat zurecht, »übertrei-

ben Sie nicht ihr dramatisches Talent. Mich interessiert mehr, warum Sie eine sehr persönliche, sehr vertrauliche und private Mitteilung ungefragt an einen Dritten weitergeben.«
»Ich bitte um Entschuldigung«, sagt Berndorf, »aber es geht hier nicht mehr um Diskretion und andere Wohlerzogenheiten. Es geht darum, dass jemand in Gefahr ist.«
Der Prälat betrachtet ihn aus großen Augen, das Gesicht zu einem Ausdruck abweisenden Erstaunens erstarrt.
So kommen wir nicht weiter, denkt Berndorf. »Nach der Wende hat sich eine Gruppe ehemaliger Stasi-Mitarbeiter mit Waffengeschäften versucht«, fährt er fort. »Dabei sind sie hereingelegt worden. Sehr begrüßenswert. Offenbar aber haben diese Leute jetzt eine Spur gefunden, die möglicherweise zu dem Geld führt, das sie als das ihre ansehen. Es gibt Hinweise, dass diese Spur etwas zu tun hat mit einem ihrer ehemaligen Einflussagenten. Einer Person, die in der kirchlichen Hierarchie platziert worden ist. Diese Person, aber auch Menschen aus ihrem Umfeld, sind in unmittelbarer Gefahr. Diese Leute, die ihr Geld zurückwollen, haben es eilig. Sie müssen das Geld finden, bevor die Umstellung auf den Euro kommt. Vor allem sind es Leute, die über Leichen gehen, wenn es sein muss.« Das sollte reichen, denkt Berndorf.
»Dieser Abend ersetzt mir drei Theaterbesuche«, bemerkt Wildenrath. »Waffenhandelnde Einflussagenten in der kirchlichen Hierarchie, sehr komisch. Schade, dass man bei uns keine Soutanen trägt, man könnte Kalaschnikows darunter verbergen.«
»Den Agenten, die sich in die Gottesdienste der Leipziger Nicolai-Kirche gedrängt haben, kam die politische Rolle der Kirche keineswegs lächerlich vor«, wirft Rübsam ein.
»Schade nur, dass die heutige Staatsmacht Ihnen diese Bedeutung nicht zumisst«, spottet Wildenrath. »Aber bitte!« Sein Blick richtet sich wieder auf Berndorf. »Wenn das alles so dramatisch ist – warum gehen Sie dann nicht zu Ihrem frü-

heren Arbeitgeber, der Polizei, und veranlassen das Notwendige? Sie müssten da doch die besten Kontakte haben.«
»Wenn Sie das wünschen«, sagt Berndorf, »und wenn Sie glauben, dass die Polizei in Jena Ihren Studienfreund diskreter einvernimmt, als Sie ihn befragen könnten…«
Wildenrath hebt den Kopf und betrachtet Berndorf aus zusammengekniffenen Augen. »Das riecht nach…« – er scheint nach einem Wort zu suchen – »nach Erpressung riecht das, nach Nötigung zumindest. Ich habe Sie für einen umgänglichen Menschen gehalten, so kann man sich irren… Aber was stellen Sie sich denn vor, das ich auf diskrete Weise von meinem Studienfreund erfahren könnte, ohne dass er mir die Tür vor der Nase zuschlägt oder den Hörer auflegt?«
Berndorf holt sein Notizbuch aus dem Jackett und notiert einen Satz. Dann reißt er das Blatt heraus und gibt es dem Prälaten. »Ich hoffe, Sie können meine Schrift lesen. Fragen Sie Ihren Studienfreund, ob er zu diesem oder einem verwandten Thema eine größere Arbeit hat anfertigen lassen.«
Nur widerstrebend nimmt der Prälat den Zettel.
»Sie muten Ihrem Studienfreund mit dieser Frage nichts zu, woraus dieser einen Vertrauensbruch ableiten könnte«, fährt Berndorf fort. »Das Thema kann Ihnen in sonst einem Zusammenhang aufgefallen sein. Und mir müssen Sie nur sagen, ob ja oder nein. Ob eine Auftragsarbeit zu dieser Fragestellung gemacht worden ist oder nicht.«

Es ist Nacht geworden. Im Scheinwerferlicht liegt der Tümpel wie entblößt, aufgewühlter Schlamm treibt an der Wasseroberfläche. Auf dem morastigen Ufer steht Steinbronner, nach vorne gebeugt, und betrachtet – ohne es zu berühren – ein modriges Bündel, festgezurrt in der Plane, mit der es die beiden Taucher heraufgeholt und ans Licht gebracht haben.

»Besonders groß war er ja nicht«, sagt er schließlich, »wir hätten ihn nicht genommen.« Er geht in die Knie, greift vorsichtig mit zwei Fingern nach einem glitschigen Fetzen und hebt ihn leicht an. »Eine Lederweste«, sagt er zu Tamar, »da ist sogar noch ein Knopf dran … Komisch. Als ob sie aufgeknöpft gewesen wäre.« Er will den Fetzen wieder fallen lassen, dann schlägt er ihn zurück. »Augenblick mal«, sagt er, zieht einen Plastikhandschuh an, greift behutsam mit zwei Fingern zwischen Schlamm und Knochen und holt ein schmales, rechteckiges schwärzliches Ding hervor.
»Na, was haben wir denn da?«, fragt er.
»Ein Zigarettenetui«, sagt Tamar. Es ist noch nicht lange her, dass sie ein solches Etui gesehen hatte. Irgendwer hatte es gehabt.
»Denk ich auch«, sagt Steinbronner. »Trotzdem wird er daran nicht gestorben sein.«

»Was haben Sie ihm eigentlich aufgeschrieben?«, fragt Rübsam, als sie am Haus der Begegnung vorbei zum Parkplatz am Grünen Hof zurückgehen.
»Meine Telefonnummer«, antwortet Berndorf. »Und das andere wissen Sie doch. Sie haben es mir ja selbst gesagt.«
Rübsam wirft einen verwunderten Blick auf den Mann neben ihm, aber Berndorf wirkt abwesend. »Wie Sie meinen«, sagt Rübsam schließlich, etwas pikiert, und holt seinen Fahrzeugschlüssel aus dem Mantel.
Berndorf hebt kurz die Hand. »Warten Sie!«, sagt er und schaltet eine Taschenlampe ein. Der Lichtstrahl tastet sich über die Motorhaube und die Türrahmen entlang. Im Laderaum erhebt sich schattenhaft Felix' dicker runder Kopf.
»Ich habe Schwierigkeiten, Ihnen zu folgen«, meint Rübsam. »Weder verstehe ich, was Sie sagen noch was Sie tun.«

»Wenn Sie es nicht Ihrer Frau weitererzählen, kann ich es Ihnen ja sagen«, antwortet Berndorf. »Ich will nur sichergehen, dass mein Hund und Ihr schönes Auto und wir selbst nicht in die Luft fliegen.«

»Und? Tun wir es?«

»Ich denke, es ist keine Gefahr.« Berndorf schaltet die Lampe wieder aus. »Der Hund wäre sonst unruhiger.«

Rübsam öffnet die Türen mit der Fernbedienung, und Berndorf lässt Felix aus dem Laderaum heraus.

»Sie kommen nicht mit?«

»Nein«, sagt Berndorf, »ich habe hier noch etwas zu tun.« Dann bedankt er sich für Rübsams Hilfe. »Ich hoffe, seine Merkwürden wird Ihnen unser Gespräch nicht nachtragen.«

»Ach, der trägt viel nach. Er ist es gewöhnt.« Dann startet Rübsam den Wagen, stößt zurück und wendet und fährt zum Bibelabend mit dem Altenkreis. Berndorf sieht ihm nach, wie die Rücklichter sich auf der regennassen Straße spiegeln und in der Nacht verschwinden.

»Dann wollen wir mal«, sagt er zu seinem Hund und geht mit ihm die Fahrzeuge ab, die auf dem Platz geparkt sind. Dann schlägt er den Weg ein, der an dem Haus mit den hell erleuchteten und von keinem Vorhang verhängten beiden Fenstern vorbei zur Adlerbastei führt. Er geht langsam, ein älterer Herr, der seinen Hund ausführt.

Vor einem unbeleuchteten Eingang bleibt er stehen, und mit ihm Felix. Selbst im diesigen Licht, das von den Straßenlampen durch die Dunkelheit dringt, könnte man sehen, wie sich auf dem Rücken des Hundes ein Streifen Fell aufrichtet.

»Ja, der Kollege Lungner! Immer auf Trab…«

Es kommt keine Antwort.

»Nicht sehr gesprächig, wie?«

»Mensch, hau ab«, sagt eine heisere Stimme. »Oder du kriegst noch richtigen Ärger…«

»Ja«, sagt Berndorf, »da hört man doch gleich die gute alte

Schule heraus! Duzen, anschnauzen, Knüppel raus... Was halten Sie davon, wenn ich jetzt bei der Polizei anrufe und sage, ihr sucht doch einen Spanner, hier im Grünen Hof steht so ein Kerl und lurt nach den Mädchen vom Evangelischen Jugendkreis? Menschenskind Lungner, stellen Sie sich das doch mal vor, wie Meunier und seine amerikanischen Freunde im Viereck springen, wenn die Ulmer Polizei schon wieder wegen Ihnen nachfragt.« Er holt sein Handy heraus und schaltet es ein.

»Ich geh ja schon«, sagt die heisere Stimme. »Aber mit Ihnen sind wir noch lange nicht fertig.«

Der Schatten löst sich aus dem Eingang, Berndorf und sein Hund gehen einen Schritt zurück und lassen Lungner vorbei, der zur Neuen Straße vorgeht und nach wenigen Schritten im Zwielicht verschwindet.

Dann geht auch Berndorf weiter, bis zur Adlerbastei vor, und wirft einen Blick auf das blütenlose Gesträuch des Rosengartens und auf die Donau, die unter ihm schwarz und zielstrebig ihrem Lauf folgt. Er kehrt um, biegt dann nach rechts ab auf den Weg, auf dem noch immer der Widerschein der erleuchteten Fenster liegt. Am Hauseingang zögert er kurz, entscheidet sich dann, nicht zu klingeln, sondern holt aus einer Jackentasche einen schmalen biegsamen Plastikstreifen heraus. Im nächsten Augenblick schnappt das Türschloss auf, Berndorf schiebt die Haustür auf und tritt behutsam ein.

Von oben hört er Schritte.

Es sind leichte Schritte, die einmal hierin gehen und einmal dorthin und dann wieder verharren.

Berndorf bückt sich zu seinem Hund und deutet wortlos mit dem Zeigefinger auf den Boden. Er muss die Geste wiederholen, dann begreift Felix und streckt sich auf den Steinplatten des Flurs nieder, die Pfoten ausgestreckt.

Berndorf, die Hundeleine über die Schulter gehängt, geht an der Tür des Sekretariats vorbei und steigt die Treppe hoch.

Dabei achtet er nicht darauf, ob seine Schritte zu hören sind oder nicht.
»Entschuldigung«, ruft er, als er oben in einem kahlen Flur angelangt ist, »ich suche Frau Hartlaub...«
»Einen Augenblick!«, antwortet eine Stimme von oben, dann sieht Berndorf grobe Schuhe und Jeans die Treppe herabsteigen, die Jeans gehören zu langen kräftigen Beinen, es kommt – den Oberkörper in einen grob gestrickten Pullover und das blonde Haar in ein Kopftuch verpackt – Marielouise Hartlaub insgesamt zum Vorschein und steht vor Berndorf auf dem Flur.
»Sie sind das!« Sie zieht den rechten Gummihandschuh aus und tauscht mit Berndorf einen kräftigen Händedruck. Auf ihrem Gesicht erscheint die Andeutung eines Lächelns. »Wo haben Sie Ihren Hund gelassen?«
»Unten«, antwortet er, »ich muss mich sowieso für mein Eindringen entschuldigen, aber die Tür war nicht richtig geschlossen...«
»Nicht richtig geschlossen?«, fragt sie zurück. »Das wundert mich. Aber es ist sehr aufmerksam von Ihnen...« Aus graublauen Augen mustert ihn ein fragender Blick. »Wie gut kennen Sie sich mit Türschlössern aus?«
»Nun ja«, sagt Berndorf, und seiner Stimme ist anzuhören, dass er sich unbehaglich fühlt, »zur Not kann ich eines auch ohne Schlüssel aufmachen.«
»Vielleicht sind Sie jetzt genau der Mann, den ich brauche«, meint sie und schüttelt einen Schlüsselbund. »Von diesen Schlüsseln hier passt keiner für die Tür zum Speicher, und ich sollte wissen, wie viel Platz zum Abstellen ich dort habe.«
»Ich kann's ja mal versuchen«, meint Berndorf, und sie nickt ihm zu und geht ihm voran die Treppe hoch. »Sie wissen nicht, was sich in alten Pfarrhäusern an kirchenamtlichen und anderem Krempel ansammeln kann... Hier.« Sie bleibt vor einer braun gebeizten Holztür stehen.

Berndorf holt seinen eigenen Schlüsselbund hervor und macht sich an der Tür zu schaffen. Er muss ein wenig ausprobieren und ein bisschen Kraft einsetzen, denn das Schloss ist angerostet, aber dann schiebt der Dietrich den Riegel zurück und Marielouise Hartlaub sagt artig: »Bravo!«
Die Tür öffnet sich auf einen Korridor, der zu einer Holztreppe führt. Im Schein einer einzelnen Lampe gehen sie die Treppe hoch. Der Speicher ist leer, bis auf zwei Rollschränke, die Überreste einer Dachantenne und einen abgehängten Deckenleuchter im Stil der späten Fünfzigerjahre.
»Das sieht ja noch recht aufgeräumt aus«, sagt Marielouise Hartlaub. »In dem Pfarrhaus, in dem ich aufgewachsen bin, hat es auf dem Speicher einen kompletten verzauberten Ardennerwald gegeben, den außer mir freilich niemand jemals gesehen hat, mottenzerfressene Kostüme von den Krippenspielen, Regale mit Bündeln von irgendwelchen Papieren, es werden Sitzungsprotokolle gewesen sein, aber ich habe mir ausgemalt, darunter wären Aufzeichnungen verschollener Liebespaare versteckt, verschollen zu sein fand ich überhaupt sehr interessant.«
Von unten kommt Felix angetrottet und äugt zu ihnen hoch.
»Ich habe dich nicht gerufen«, sagt Berndorf missbilligend.
Der Hund steigt, Pfote vor Pfote setzend, zu ihnen hoch. Marielouise Hartlaub beugt sich zu ihm herunter und beginnt, ihn hinter den Ohren zu kraulen, und sein dicker Kopf streckt sich der Hand entgegen.
Sie setzt sich auf die oberste Treppenstufe, die Hüfte gegen das Geländer geschoben, und Felix legt sich neben sie, sodass Berndorf nichts anderes übrig bleibt, als sich zwischen seinen Hund und die Wand zu zwängen und sich ebenfalls hinzusetzen.
»Und – was haben Sie unter den Protokollen gefunden?«
»Ich habe mich nicht getraut. Die waren sorgfältig verschnürt, einige auch versiegelt, mein Vater konnte sehr streng sein.« Sie

hält inne, die Hand auf Felix' Kopf gelegt. »Vielleicht war es nicht so sehr Angst, sondern Scheu… Was wäre denn gewesen, wenn ich wirklich solche Aufzeichnungen gefunden hätte, Liebesbriefe zum Beispiel? Ich bin mir gar nicht sicher, ob ich die hätte lesen wollen.«

»Als ich zwölf war oder dreizehn«, sagt Berndorf, »und das Zeitunglesen entdeckt hatte, hab ich auf dem Speicher alte Zeitungen durchforstet, nach Fußballberichten, die ein paar Jahre alt waren, aus der Zeit, als ich so klein war, dass ich noch nicht einmal einen Club hatte, von dem ich Fan war…«

»Alte Zeitungen gab es bei uns auch, einige sehr ordentlich abgeheftet, das musste ein Vorvorgänger meines Vaters getan haben, denn es waren Zeitungen aus den Zwanzigerjahren, ich habe nie wieder so spannende Fortsetzungsromane gelesen und alles davon vergessen… Die wirkliche Sensation aber war ein Buch, in Packpapier eingeschlagen, so, als ob es zur Post gebracht werden sollte und vergessen worden ist. Es war ›Alice im Wunderland‹, eine gebundene Ausgabe, auch noch mit Illustrationen, ich habe damals sofort gewusst, dass es als Geschenk gedacht gewesen war für irgendeines der Mädchen, die vor mir in dem Pfarrhaus gelebt hatten, und dass das Mädchen das Buch nicht hat annehmen dürfen.«

»Warum nicht?«, fragt Berndorf.

»So denken Sie doch: ein Buch mit Illustrationen, die kein biblisches Thema haben und das auch nicht von Kindern handelt, die auf den rechten Weg der Tugend zurückgeführt werden, sondern von falschen Suppenschildkröten und Spielkarten, die sprechen! Das konnte damals keinen Platz in einem Pfarrhaushalt haben, nicht in den Zwanziger- oder frühen Dreißigerjahren, und erst recht nicht, wenn dieses Pfarrhaus in einem thüringischen Dorf stand… Ich komme aus Thüringen, müssen Sie wissen.«

»Ich weiß, dass Sie aus der DDR kommen«, sagt Berndorf.

Marielouise Hartlaub wirft ihm einen raschen Blick zu. »Ach

ja? Ich wusste nicht, dass man das hören kann wie bei den Sachsen. Sind Sie ein wenig ein Mr. Higgins?«

»Es ist nicht der Dialekt«, antwortet Berndorf. »Es war die Brause.«

»Das müssen Sie mir erklären.«

»Es war im Café, Sie bestellten für Ihren Sohn und fragten nach einer Brause, der Kellner schaute etwas ratlos, ihr Sohn nutzte das aus und wollte eine Cola ... Schließlich haben Sie sich für einen Apfelsaft entschieden. Die Brause ist im Westen schon lange verschwunden, in den Fünfzigerjahren gab es noch dieses rosafarbene Pulver, das man aufgießen konnte und das einen mit Himbeergeschmack in der Nase kitzelte.«

»In Giftgelb gab es das auch«, sagt sie. »Dass ich das im Café bestellen wollte, weiß ich gar nicht mehr. Aber es muss wohl so gewesen sein, wie Sie sagen. Denn diesen ratlosen Blick, den kenne ich. Ich weiß noch, wie ich eine Zuckertüte kaufen wollte, und die Verkäuferin mich ansah, als sei ich auf dem falschen Bahnsteig. Dabei ist das doch schon so schlimm genug, dass man den Kleinen so ein betrügerisches Ding aufdrängt.«

»Ach so«, sagt Berndorf, »Sie wollten eine Schultüte ...«

»Die Verkäuferin hat dann auch ›ach so‹ gesagt«, meint Marielouise, und in ihrem Tonfall scheint ein leichter Vorwurf mitzuschwingen.

»Eigentlich ist es merkwürdig, dass von diesen vierzig Jahren nicht noch mehr solcher unterschiedlicher Bezeichnungen geblieben sind«, sagt er, als ob er ablenken wolle. »Etwas vom Essen, der Broiler, vom Trinken die Brause und der Rotkäppchen-Sekt. Und, natürlich, die Sternstunde des Systems ... Ich bin neulich auf sehr abseitige Weise über dieses Thema gestolpert, es ging darum, wem die Erde scheint ...« Er bricht ab.

»Vermutlich dem Mond?«, rät Marielouise Hartlaub.

»Nein, nicht dem Mond. Es wurde nach einem Menschen gefragt. Einem Menschen in einer sehr besonderen Lage.«

»Nach einem Raumfahrer also«, sagt Marielouise, »einem Kosmonauten.«
»Wenn es Jurij Gagarin ist, ja«, antwortet Berndorf. »Wenn aber Neil Armstrong auf dem Mond herumspringt, ist er ein Astronaut. Ihr Kosmonaut ist sozusagen auch eine Zuckertüte. Das ist tückisch, wissen Sie? Die Worte haben die gleiche Bedeutung und gleich viel Buchstaben, aber bei dem einen geht das Rätsel nicht auf.«
»Nun sind es Sie, der die Rätsel aufgibt«, sagt Marielouise. »Ich kann Ihnen nicht so ganz folgen.«
Berndorf holt aus seinem Jackett das Taschenbuch hervor mit dem wie in einem Kreuzworträtsel gesetzten Titel »Kreuz-Verhör«. Er zögert kurz und hält es ihr hin. »Das ist es, worüber ich gestolpert bin. Eigentlich saß ich schon, trotzdem bin ich gestolpert. Aber das tut nichts zur Sache. Bei einem der Rätsel ist mit der Lösung begonnen worden, aber dann ging sie nicht auf, wenn Sie das Buch aufschlagen, werden Sie es vermutlich gleich sehen.«
Marielouise Hartlaub betrachtet das Taschenbuch. Es ist ein ratloser Blick, wie es Berndorf scheint. Ratlos, aber auch unversehens wachsam. Vor allem ist es ein Blick, der plötzlich aus sehr weiter Ferne kommt. Noch immer sitzen sie nebeneinander, der Hund liegt zwischen ihnen, aber nun sind sie sich wieder so fremd, als hätten sie sich nie über Liebesbriefe auf einem Speicher unterhalten.
»Warum wollen Sie mir dieses Buch zeigen?«
»Nehmen Sie es ruhig und sehen Sie es sich an«, sagt Berndorf.
Entschlossen greift sie danach. Das Buch blättert sich auf der Seite mit dem nur zum Teil gelösten Rätsel auf.
»Das ist …«, sagt sie und unterbricht sich. Abrupt steht sie auf, verharrt kurz, und geht die Treppe drei Stufen hinab. Dann dreht sie sich zu Berndorf um. Sie hat das Buch wieder zugeschlagen und hält es ihm hin. »Was soll ich damit?« Das Licht

der Glühbirne, die über ihr in einen Blechschirm eingeschraubt ist, wirft scharfe Schatten in ihrem Gesicht.

»Ich sagte Ihnen doch, es ist tückisch«, plaudert Berndorf und macht eine Handbewegung, als wolle er das Buch zurückschieben, das sie ihm hinhält, »der Pächter ist ein Landwirt, ein Fermier, und hat deshalb nicht seine Frau, sondern seine Ferme in sein Herz geschlossen, aber dazu brauchen wir ein ›R‹, wo uns der Kosmonaut leider nur ein ›M‹ anbietet, und das Ding, das es selbst ist und zugleich hoch, ist ein Altar, ein alta ara, Sie werden das besser wissen als ich, aber dann muss der dritte Buchstabe des Raumfahrers ein ›T‹ sein …«

»Warum zeigen Sie mir dieses Buch?«

»Der Rätselmacher ging also vom Astro- und nicht vom Kosmonaut aus«, fährt Berndorf fort, »und bei *46 waagerecht* fragt er zwar nach den 81 Versen des Lao-Tse, aber in der herkömmlichen Schreibweise Tao Te King, weshalb in *47 senkrecht* das Recht, fürs rechte Wohl zu sorgen, die gutkatholische Kura ist. Übrigens finden Sie diese andere, vermutlich korrektere Schreibweise asiatischer und chinesischer Namen auch im angelsächsischen Raum, aber in der DDR hat sie sich früher durchgesetzt als in den alten Bundesländern …«

»Lassen Sie diesen Unsinn«, fährt ihn Marielouise Hartlaub an, »und erklären Sie mir endlich, was Sie mit Ihren Anspielungen bezwecken, und was mit diesem Buch? Welches Spiel spielen Sie? Warum überhaupt sind Sie hierher gekommen und haben sich Zutritt verschafft, ich weiß nicht wie? Denn ich bin sicher, dass die Tür zugezogen war.«

»Ich wollte Ihnen dieses Buch zurückgeben«, sagt Berndorf. »Wir wissen beide, dass es Ihnen gehört. Und dass es Ihre Schrift ist.«

Marielouise Hartlaub starrt ihn an. Ihr Gesicht ist blass, fast maskenhaft.

»Wo haben Sie dieses Buch gefunden?«

»Nur wer keine Spuren hinterlässt, hat seinen Weg gefun-

den«, sagt Berndorf. »Steht im Tao Te King. Ich hab mir jetzt eine Ausgabe gekauft und ein wenig darin gelesen …«
»Wo?«
»Können Sie sich das nicht denken?«, fragt Berndorf zurück. »Außerdem – welche Bedeutung hat das noch? Ich gebe es Ihnen ja zurück.«
Noch immer ist ihr Blick auf ihn gerichtet. Er versucht ein Lächeln, es bleibt unerwidert. Sie begreift nicht, was ich ihr angeboten habe, denkt Berndorf. Schweigen breitet sich aus, und wird unvermittelt unterbrochen von einem tiefen Knurren. Felix, das Rückenfell gesträubt, hat sich halb aufgerichtet und wittert in den leeren Raum unter ihnen.
Dann hört auch Berndorf die Schritte, die von unten das Treppenhaus heraufkommen.
»Berndorf, hören Sie mich?«, ruft von unten eine Stimme. »Nehmen Sie Ihren Köter an die Leine …«
»Der falsche Müller«, sagt Berndorf, nimmt die Leine von seinen Schultern und hakt sie am Halsband des Hundes ein. Meunier – dunkler Straßenmantel, dunkler Hut – tritt durch die Tür zum Dachboden und lüftet grüßend den Hut ab.
»Binden Sie den Hund am Geländer an«, sagt er. »So, dass ich es sehen kann.«
»Wenn es Sie beruhigt«, meint Berndorf und hakt die Halteschlaufe der Leine am obersten Treppenpfosten ein.
»Danke«, sagt Meunier. »Das ist scheußlich, wenn man einen Hund zusammentreten muss. Die sind ja nicht gleich hinüber. Ich hab das mal gesehen. Furchtbar.«
»Kennen Sie diesen Herrn?«, fragt Berndorf, an Marielouise Hartlaub gewandt. Sie hält noch immer, wie erstarrt, das Taschenbuch in der Hand.
»Nein«, kommt die Antwort. »Ich kenne ihn nicht, und ich weiß nicht, was er hier will und wie er hier hereingekommen ist, aber das weiß ich ja auch von Ihnen nicht …«
»Dann darf ich Ihnen den Herrn Meunier vorstellen«, sagt

Berndorf, »ein sehr gewandter Herr, trägt auf beiden Schultern das Wasser, mit dem er sein Gewerbe betreibt, gleich wird auch der Herr Kadritzke dazukommen …«
Unten tritt, im schweren Lodenmantel, Kadritzke in den Dachraum und senkt dabei den Kopf mit dem grauen Bürstenhaarschnitt, damit er nicht am Türrahmen anstößt.
Wieder wendet sich Berndorf an Marielouise. »Ihn kennen Sie auch nicht? Er ist mehr fürs Grobe zuständig.«
»Nein«, antwortet Marielouise. »Ich glaube, ich bin auf der falschen Baustelle. Falls wir uns hier aber doch im Ulmer evangelischen Dekanat befinden sollten, sind vielleicht doch Sie es, Sie alle, die sich in der Hausnummer geirrt haben.«
»In so was irren sich diese Herren nicht«, antwortet Berndorf. »Wissen Sie wirklich nicht, mit wem Sie es hier zu tun haben? Es sind die letzten Schakale aus Wolffs Rudel, inzwischen mit dem Sternenbanner als Schafspelz getarnt, aber der Geruch ist geblieben. Eigentlich müssten Sie sie daran erkennen.«
»Hören Sie auf«, sagt Meunier. »Ihre Späße nerven nur. Die Dame sagt die Wahrheit, sie kennt uns wirklich nicht. Es genügt, dass wir sie kennen. Und wir könnten einige Details erzählen, die der Dame vielleicht nicht sehr angenehm sind. Aber wir sind ja unter erwachsenen Leuten und kommen alle drei aus einem Land, in dem man nicht prüde war.«
»Nein«, antwortet Marielouise, »ich bin nicht prüde, wirklich nicht, aber mit Ihnen habe ich kein Gespräch zu führen, schon gar keines mit Details für Erwachsene.«
»Das müssen Sie auch nicht.« Meunier gibt seiner Stimme einen fast verbindlichen Klang.
»Wir sind nämlich an solchen Einzelheiten gar nicht interessiert. Wir wollen nur unser Geld zurück. Das Geld, das uns Constantin Autenrieth schuldig ist. Es sind 3,8 Millionen Mark, Zins und Zinseszins nicht eingerechnet, unsere sonstigen Unkosten auch nicht, aber darüber können wir uns unterhalten, wir sind keine Unmenschen. Wenn die Dame sich

zurückgelegt hat, will sie davon auch was zurückgelegt haben. Dafür hat sie unser Verständnis.«
»Sie sind zu gütig«, sagt Marielouise Hartlaub. »Und ich weiß, wer Constantin Autenrieth war. Vielleicht schuldet er Ihnen auch Geld, aber ganz sicher keine 3,8 Millionen, das war...«
Mitten im Satz bricht sie ab.
»Nu?«, fragt Meunier. »Was war das, wovon Sie nicht weiterreden wollen? Sie meinen, das war ein kleiner Beamter? War er doch. Aber was glauben Sie denn, wovon er das Appartement angemietet hat, drei Schritte von der U-Bahn-Station Stadthaus Bonn, klein, aber intim, das zahlt keiner aus seiner Zulage für die Ärmelschoner...«
Marielouise Hartlaub richtet sich auf. Sie blickt auf Meunier, ohne ein Wort zu sagen.
»Nee, Teuerste«, fährt Meunier fort, »Sie haben für Autenrieth die Beine breit gemacht, da werden Sie auch Bescheid wissen. Ich hoffe, es hat Ihnen Spaß gemacht. Jetzt geht es nicht mehr um Spaß, sondern um das Geld, das Autenrieth nicht gehört und Ihnen auch nicht. Es gehört uns. An Ultimo ist sowieso Schluss, dann kommt der Euro, und mit den alten Tausendern können Sie hier oben den Speicher tapezieren. Meinen Sie wirklich, Sie könnten so viel Geld umtauschen, ohne zu erklären, woher Sie es haben?«
Er macht einen Schritt die Treppe hinauf, aber in die Bewegung hinein platzt ein kurzes Knacken, Felix hat sich losgerissen und springt mit einem mächtigen Satz den Mann auf der Treppe an. Der Aufprall ist so heftig, dass Meunier den Halt verliert und nach hinten fällt, auf Kadritzke, der ihn auffängt und dabei selbst ins Straucheln kommt. Felix setzt nach und schnappt sich Meuniers Arm.
Auch Berndorf ist aufgesprungen und läuft die Treppe hinunter. »Felix«, brüllt er, »Fuß!«. Und während er in dem Gemenge aus Meunier, Kadritzke und Felix das Halsband seines

Hundes zu packen versucht, drückt sich Marielouise Hartlaub an ihm vorbei, rennt zur Tür und in langen weiten Sprüngen das Treppenhaus hinunter.

»Fuß!«, brüllt Berndorf noch einmal, reißt Felix zu sich her und hält ihn am Halsband. Aus den Augenwinkeln sieht er, wie Kadritzke auf ihn zukommt.

Felix windet sich, um aus dem Halsband herauszukommen.

Berndorf zerrt ihn einen Schritt zurück und noch einen.

Meunier zieht sich am Treppengeländer hoch. Der eine Ärmel seines eleganten blauen Mantels ist aufgerissen.

Kadritzke kommt noch einen Schritt auf Berndorf zu.

»Lass den Scheiß«, sagt Meunier. »Hol mir lieber die Frau zurück.«

Kadritzke zögert einen Augenblick. Dann dreht er sich um und setzt polternd die Treppe hinab.

»Der Mantel ist ruiniert«, sagt Meunier.

»Schicken Sie mir die Rechnung«, antwortet Berndorf.

»Wollen Sie nicht lieber die Karten auf den Tisch legen?«, fragt Meunier. »Allein kommen Sie doch auch nicht an das Geld.«

»Und weshalb nicht?«

Meunier betrachtet noch immer den aufgerissenen Ärmel. »Weil Sie sonst gestern nicht zu dem Trottel Neuböckh gefahren wären.«

Weit draußen flammt ein scharfes, reißendes, rutschendes Geräusch durch die Nacht. Berndorf horcht auf. Es dauert eine Weile, bis er das Geräusch erkennt.

Eine Vollbremsung auf regennasser Straße.

»Die Nacht ist noch lang«, sagt Dr. Roman Kovacz, »wollen Sie einen Kaffee?« Tamar will gerne einen, und so bringt Kovacz ein Tablett mit einer angeschlagenen weißen Porzellantasse. »Sie trinken ihn schwarz, nicht wahr?«

Tamar blickt fragend.
»Ach so!«, sagt Kovacz. »Sie vermissen den Becher.« Der Becher war aus Porzellan und geblümt und trug die Aufschrift »Susi«. »Er ist mir abhanden gekommen. Und bisher habe ich keinen Ersatz gefunden. Jedenfalls keinen mit einem roten Herzen auf dem ›i‹, und sonst gilt es ja nicht.«
»Ich werde mich umsehen«, verspricht Tamar. »Gemalte Herzen sollten so schwer nicht zu finden sein.«
Dr. Roman Kovacz wirft einen Blick auf Tamar und setzt zu einer Frage an, die er dann aber doch lieber bleiben lässt.
»Sie kommen wegen Ihrer Moorleiche«, sagt er dann und setzt sich hinter seinen Schreibtisch. »Dass es kein steinzeitlicher Jäger ist, den Sie da herausgeholt haben, wissen Sie vermutlich schon selbst... Obwohl, ein bisschen kurz geraten ist er schon, die Leute sind heute größer, wären nicht die Fetzen gewesen, hätte ich auf den ersten Blick gedacht, es ist einer aus der Zeit vor dem Ersten Weltkrieg.«
Tamar nimmt einen Schluck. Der Kaffee ist heiß und kräftig, und so kann sie sich mit Geduld wappnen.
»Ein Blick auf das Gebiss zeigt es dann aber«, fährt Kovacz fort. »Teuer und sorgfältig saniert, eine Laborarbeit vom Ende der Achtzigerjahre, vermute ich mal. Das passt auch zum sonstigen Erhaltungszustand, was bedeuten würde, dass er vor etwa acht bis zwölf Jahren dorthin verbracht wurde, wo Sie ihn gefunden haben. Nicht eben groß, das sagte ich schon, knapp 1,70 Meter, aber keine durch Krankheit oder Unterernährung bedingten Mangelsymptome, einfach von Haus aus ein eher zierlicher Herr... Er ist etwa 45 Jahre alt geworden, die Wirbelsäule bereits etwas in Mitleidenschaft gezogen, aber nicht von schwerer körperlicher Arbeit.«
Tamar holt aus ihrer Jacketttasche den Umschlag mit dem Passfoto und den Daten, die die Bonner Polizei am Nachmittag per Funk übermittelt hatte.
»Da ist noch etwas«, sagt Kovacz, » ein Herr aus unserer Zeit,

kein Steinzeitjäger, was aber gewisse atavistische Gepflogenheiten nicht ausschließt. Irgendwann einmal hat er oben an der Stirn eine Schnittverletzung davongetragen, wie von einem Schlag mit einem scharfen Gegenstand, ich glaube nicht, dass er durchs Fenster gefallen ist. So etwas ist typisch für eine Mensurverletzung, Sie können guten Gewissens daraus schließen, dass er einer schlagenden Verbindung angehört hat, also konservativ-reaktionäres Oberschicht-Milieu ...«

Tamar schiebt das Passfoto über den Schreibtisch.

»Passt das?«

Kovacz betrachtet das Bild. Es zeigt ein Gesicht mit der Andeutung eines sarkastischen Lächelns, das vielleicht gar kein Lächeln ist, sondern nur die Wirkung eines ein wenig schief ins Gesicht gesetzten Mundes, die blonden Haare bereits zurückweichend, auf der Stirn die Einkerbung einer alten Narbe, ein deutlich sichtbarer Schmiss.

»Perfekt«, sagt Kovacz. »Sie sind auf der richtigen Spur, glaube ich. Übrigens – bei seinem Tod hat er auf weniger atavistisches Gerät zurückgreifen lassen.« Er schiebt eine durchsichtige Plastiktüte über den Tisch. »Hier. Als es für ihn so weit war, hat er eine Lederweste getragen, praktisch und haltbar. Und Ihre Taucher haben das alles sehr sorgsam herausgeholt, die Weste und was darin war! Diese Kugel war darin ...«

Tamar nimmt die Plastiktüte behutsam auf und hält sie gegen das Licht der Schreibtischlampe.

»Die Weste war übrigens aufgeknöpft, post mortem, vermute ich«, fährt Kovacz fort. »Und wissen Sie, warum? Bevor er ins Wasser kam, hat man ihm die Bauchdecke samt Unterhemd mit einem sauberen Schnitt aufgetrennt. Damit die Leiche nicht auftreibt. Der Täter ist ein Mensch, der sehr praktisch denkt. Er knöpft die Weste auf, setzt das Jagdmesser an. Umsichtig und nervenstark.«

»Steinbronner ist das auch aufgefallen«, sagt Tamar. »Was können Sie über die Kugel sagen?«

»Sie hat den Brustkorb durchschlagen und das linke Schulterblatt fast zertrümmert. Sie werden das ja ins LKA bringen lassen, und den Fachleuten dort will ich nicht vorgreifen. Aber das ist kein Projektil aus einer Faustfeuerwaffe. Es ist Jagdmunition.«
Wenig später verlässt Tamar die Villa, in der das Gerichtsmedizinische Institut der Universität Ulm untergebracht ist. Vor ihr liegt die Pauluskirche und dahinter die Stadt unter der vom Straßenlicht angestrahlten Dunstglocke. Ein Windstoß weht ihr ein paar verirrte Regentropfen ins Gesicht. In der Ferne jault ein Martinshorn.

Berndorf hält seinen Hund an der halb abgerissenen Leine. Sein Mantel ist geöffnet. Ohne es zu bemerken, hat er mit der linken Hand seinen Hemdkragen weit aufgeknöpft.
Vor ihm, an der Einmündung des Grünen Hofs in die Neue Straße, steht eine Gruppe von Menschen.
»Platz«, befiehlt er. Felix zögert. »Menschenskind Hund, mach Platz!« Widerstrebend legt sich Felix auf den Gehsteig. Berndorf geht auf die Gruppe zu und schiebt sich durch die Zuschauer. Eine Frau protestiert. Er hört sie nicht.
Dann steht er vor Marielouise Hartlaub. Sie liegt auf dem Gehsteig, auf der Seite. Jemand hat einen Mantel unter ihren Kopf gebettet, ein Mann kniet bei ihr und hält ihr Handgelenk, als ob er den Puls zähle.
Berndorf kniet sich neben ihn. »Sind Sie Arzt?«
»Der Notarzt kommt gleich«, antwortet der Mann, »ich war Sanitäter, beim Bund … Gehören Sie zu ihr?«
»Nein«, sagt Berndorf und wirft einen Blick auf die Straße. Im Rinnstein liegt ein Taschenbuch. Schräg steht ein Wagen am Straßenrand. Neben dem Wagen steht ein Mann. »Das muss man mir glauben.« Beschwörend, fast zitternd zeigt er seine Hände vor, als seien sie der Beweis.
»Die ist einfach auf die Straße gerannt, ich hab sie noch kom-

men sehen und die Bremse reingehauen, aber wenn es so nass ist…«

»Die ist vor jemanden davongelaufen.« Eine magere Frau mit einem Hut wie ein umgedrehter Blumentopf schiebt sich vor den Fahrer und fordert Aufmerksamkeit. »Ich hab es gesehen, ein Kerl war hinter ihr her, so ein großer, im Lodenmantel. Wie es passiert ist, war er plötzlich weg…«

»Ich glaube«, sagt der Mann, der Sanitäter beim Bund war, »sie hat noch Glück gehabt, der Puls ist stabil.«

Das Heulen eines Martinshorns nähert sich. Ein Streifenwagen fährt mit Blaulicht über die Kreuzung und stoppt vor dem schräg abgestellten Wagen.

Berndorf steht auf, das Taschenbuch in der Hand, und geht zu der Frau, die den Kerl im Lodenmantel gesehen hat.

»Sie müssen das der Polizei erzählen«, sagt er.

»Mit der Polizei will ich aber nichts zu tun haben…«

»Das ist jetzt zu spät«, antwortet Berndorf und steckt das Taschenbuch in seine Jacke.

Von der Frauenstraße her jault ein zweites Martinshorn auf.

Weißer Mantel, Tennisschuhe. Das blonde Haar zur Seite gekämmt. Goldbrille. Stethoskop in der Brusttasche. Es gibt Tage, an denen es knüppeldick kommt.

Normalerweise müsste frau jetzt das Nett-dich-mal-wieder-zu-sehen-Lächeln aufsetzen, strahlend und beschwingt, aber gerade deshalb mag Tamar nicht und begrüßt den Oberarzt Dr. Benno Burgmair so knapp und kühl, wie ihre Laune schlecht ist.

»Nett, dich mal wieder zu sehen«, sagt Burgmair, über dessen Gesicht sich eine leichte Röte gezogen hat, »hoffentlich kann ich was für dich tun?«

»Ihr habt da eine Frau auf der Intensivstation«, sagt Tamar

und sieht in ihrem Notizbuch nach, »eine Marielouise Hartlaub, 41 Jahre alt. Ist vor drei Stunden von einem Wagen angefahren worden.«
Verdammt, denkt sie, sie hat diesen Namen schon einmal gehört, Kuttler hatte damit zu tun…
»Im Augenblick nur zur Beobachtung«, antwortet Burgmair, »schwere Gehirnerschütterung, Fraktur des rechten Armes, Prellungen. Der Neurologe muss sie sich morgen ansehen, die Erinnerung ist weg, eine partielle Amnesie, sie weiß, wer sie ist, aber sonst nicht mehr viel… Du hast also auch Dienst? Komisch…«
Ja, komisch, denkt Tamar. Als wir zusammen waren, hatten wir das nie gleichzeitig. Aber nicht deswegen, mein Lieber, ganz bestimmt nicht deswegen. Außerdem habe ich keine Zeit, um über die Vergangenheit zu turteln… Mit Hollerbach hatte es zu tun. »Kann ich mit ihr sprechen?«
»Eigentlich nicht«, meint Burgmair, »jedenfalls nicht, wenn sie schläft.«
Der Oberarzt geht ihr voran, Tamar folgt ihm, hat er diesen mantelschwingenden Schritt schon früher gehabt?
»Aber sag doch – wie geht es dir?«, will Burgmair wissen. »Lebst du wieder allein…? Ach, was red ich! Du bist ja mit…« Irgendwie weiß er nicht, was er weiter sagen soll. »Also wir wollen im Frühjahr heiraten, kennst du eigentlich Viviane? Ich glaube, sie würde dir gefallen.«
Wieso, verdammt, soll mir deine Schnepfe gefallen? Außerdem, mein Lieber, was machst du denn, falls sie es wider Erwarten doch tut? Ein dummes Gesicht machst du dann, ich bin nämlich nicht gut drauf und könnte auf sonst was für Einfälle kommen.
Sie treten in einen Raum, der von den pulsierenden Kurven zweier Monitore und einer Notbeleuchtung erhellt ist. In einem Bett hinter einem Paravent liegt eine Frau, das Alter ist schwer zu schätzen, ein scharf geschnittenes Profil, einge-

kerbte Linien, die vom Nasenflügel zum Mund führen, der Mund schmallippig und doch wie entspannt. Tamar ahnt Erschöpfung. Da ist jemand, der losgelassen hat.
Neben dem Bett erhebt sich ein Mann. Dunkler Anzug, dunkles welliges Haar, nach hinten gekämmt, Geheimratsecken, ein flaches Gesicht, aufmerksame dunkle Augen.
Tamar stellt sich vor, dann fällt ihr ein, dass sie diesen Mann schon einmal gesehen hat. Er hatte auf Kuttler gewartet.
»Hartlaub«, sagt der Mann mit leiser Stimme, »ich bin erst vor einer Viertelstunde gekommen, von einer Abschiedsveranstaltung in Stuttgart, Sie müssen entschuldigen, aber ich verstehe das alles gar nicht, meine Frau hatte sich unsere neue Wohnung ansehen wollen…«
Die Frau öffnet die Augen. Der Blick irrt durch den Raum, gleitet über Hartlaub und versucht sich an Tamar festzuhalten.
»Frau Hartlaub?«, fragt Tamar und beugt sich über das Bett, »können Sie mich verstehen? Ich bin Polizeibeamtin…«
»Ich kann Sie verstehen«, antwortet die Frau. Sie schließt wieder die Augen.
»Sie wissen, dass Sie im Krankenhaus sind?«
»Ja«, sagt die Frau und hält die Augen geschlossen. »Ich bin nicht zu Hause. Ich weiß.«
»Wissen Sie, was passiert ist?«
Keine Antwort. Der Oberarzt Burgmair macht einen Schritt auf Tamar zu und legt ihr die Hand auf den Arm. Sie zieht den Arm weg.
»Ich möchte jetzt nicht reden«, sagt die Frau. »Könnten Sie morgen kommen.«
»Ja«, antwortet Tamar, »ich komme morgen.«
Sie nickt dem Ehemann zu. Burgmair beugt sich zu ihm. »Vielleicht ist es besser, wenn Sie jetzt auch gehen. Ihre Frau wird morgen eher ansprechbar sein…«
»Lassen Sie mich noch einen Augenblick hier sitzen«, ant-

wortet Hartlaub widerstrebend, »ich bin ja eben erst gekommen…«
Tamar hat den Wachraum verlassen und geht den Gang hinab. Jetzt weiß sie es. Es ist die Theologin, Eugen Hollerbach hatte einen Artikel über sie geschrieben, irgendetwas über viel Lärm um nichts. Kuttler sollte herausbringen, ob Hollerbach vor seinem Tod mit ihr gesprochen hatte, es hatte da einen Widerspruch gegeben. Es gibt nur Widersprüche in diesem Fall. Oder Dinge, die nicht zusammenpassen.
Ein Mann wartet am Ende des Ganges, dort, wo das Arztzimmer ist. Der Mann trägt seinen Trenchcoat über dem Arm und hält sich sehr aufrecht.
Nicht auch noch der, denkt Tamar. Sie verlangsamt den Schritt. Er ist älter geworden, denkt sie. Als ob es über Nacht geschehen sei. Hektische Flecken im Gesicht. Sie bleibt vor ihm stehen. Er lächelt. Flüchtig. Angestrengt.
Tamar hat keine Lust, das Lächeln zu erwidern. »Was wollen Sie hier?«
»Das wollte ich eigentlich mit dem Arzt besprochen haben, der hier Dienst tut.«
»Bitte.« Sie geht einen Schritt zur Seite. Den Gang kommt mantelwehend Benno Burgmair entlang, er erkennt Berndorf und begrüßt ihn mit dem Respekt, der einer Amtsperson auch dann noch eine Weile nachhängt, wenn sie es nicht mehr ist.
»Sie kommen aber nicht wegen der gleichen Patientin?«, fragt er dann und macht eine Handbewegung, die von Berndorf zu Tamar zeigt und dann wieder zurück. »Bei einem Verkehrsunfall würde mich das irgendwie wundern.«
»Der Name ist Marielouise Hartlaub«, sagt Berndorf, »ich hätte gerne gewusst, wie es ihr geht, und ob ich mit ihr sprechen kann.«
Ich hätte darauf wetten können, denkt Tamar.
»Also doch«, sagt Burgmair und erklärt, dass es zu einer Beunruhigung keinen Anlass gebe, es sei gerade ihr Mann bei

ihr, er habe aber den Eindruck, dass sie jetzt nur Ruhe wolle: »Ich würde Sie bitten, es morgen zu versuchen.«
Berndorf fragt nach den Verletzungen, Burgmair zögert kurz und sagt dann etwas von einer Gehirnerschütterung: »Wir werden es sorgfältig beobachten, aber es liegt keine Schädelfraktur vor.«
Tamar beobachtet die beiden Männer. Berndorf zögert, er will diese Frau unbedingt sehen, denkt sie, Burgmair ist zu höflich, ihn wegzuschicken … Schließlich greift sie doch ein.
»Kommen Sie, wir haben ihn lang genug aufgehalten«, sagt sie zu Berndorf und deutet dabei auf Dr. Burgmair. »Ich habe Frau Hartlaub gesehen, sie braucht wirklich Ruhe. Und davonlaufen wird sie Ihnen auch nicht.«
Sie nickt Burgmair zu, mit gemessener Freundlichkeit, nimmt Berndorf am Arm und zieht ihn mit sich zum Aufzug.
»Wie sind Sie hierher gekommen?«, fragt sie, während sie auf den Lift warten.
»Mit dem Taxi.«
»Und der Hund?«
»Den hab ich in der Wohnung gelassen.«
Der Lift kommt, sie steigen ein. »Ich fahr Sie zurück, ist das okay?«
»Ich bin ja schon froh, wenn Sie mich nicht schon wieder vorläufig festnehmen.«
Tamar wirft ihm einen schiefen Blick zu. »Kann alles noch kommen.«
Schweigend gehen sie durch das Foyer hinaus in die Nacht. Tamars Dienstwagen ist neben dem Eingang halb auf dem Gehsteig geparkt, sie steigen ein und Tamar startet.
»Sie wollen mir nicht sagen, warum Sie sich für Marielouise Hartlaub interessieren?«, fragt sie, als sie auf die Straße eingebogen ist, die zur Stadt hinunterführt.
»Finden Sie nicht«, antwortet Berndorf langsam, »dass das ein bisschen viel verlangt ist?«

»Nein«, meint Tamar, »das finde ich nicht. Sie sind auch nicht der Einzige, der sich für diese Frau interessiert. Kuttler tut es, und Hollerbach hat es getan.«
»Ich habe ein privates Interesse, ein persönliches«, sagt Berndorf. »Genügt das? Außerdem habe ich nach ihr gefragt, weil ich dazugekommen bin, als der Unfall war. Eine Zeugin will gesehen haben, dass sie vor einem Mann davongelaufen ist. Ich war es, der die Frau zur Polizei geschickt hat.«
»Besten Dank«, sagt Tamar. Ohne dass sie es darauf anlegt, klingt es sarkastisch. »Und warum sind Sie dazugekommen, so ganz und gar zufällig, wie ich annehmen darf?«
»Ich hatte den Prälaten Wildenrath besucht. Er ist eine Art evangelischer Hilfs- und Leihbischof und wohnt an der Adlerbastei.«
»Sie entwickeln sehr merkwürdige Interessen, wissen Sie das?«
Berndorf antwortet nichts.
»Ich glaube Ihnen kein Wort«, fährt Tamar fort. »Vom ersten Tag an haben Sie sich in diese Hollerbach-Geschichte eingemischt und Ihr eigenes Spiel gespielt. Und ich dumme Kuh bin Ihnen noch dabei behilflich gewesen. Gestern Nacht dachte ich noch, jetzt ist mit Ihren Extratouren Schluss. Ich habe ernsthaft angenommen, Sie hätten begriffen, dass diese Arbeit nur von den Leuten zu Ende gebracht werden kann, die dafür auch einen Auftrag haben … Ja, und dann ist kein Tag um und Sie stehen da oben wie das Gespenst von Canterville, das sich beim Anmalen in den Wasserfarben geirrt hat.«
Berndorf sagt nichts.
Sie kommen an die Eisenbahnbrücke, deren von neogotischem Eisenzierrat gekrönte Bögen nur Platz für zwei sehr enge Fahrbahnen lassen. Vor ihnen muss ein Bus einen zweiten, der entgegenkommt, passieren lassen.
»Wobei störe ich Sie eigentlich?«, fragt Berndorf in die Stille.

»Wie ich den Kollegen Steinbronner kenne, hat er den Fall doch längst aufgeräumt und die Fakten in die Schubladen gesteckt, in die sie gehören oder auch nicht.«
»Könnten wir ausnahmsweise mal vernünftig reden?« Der Bus fädelt sich in die Brücke ein. Tamar folgt, nach der Brücke überholt sie und biegt an der Kreuzung unten in die Karlstraße ein und beschleunigt, dass das Heck auf der Fahrbahn wegrutscht. Sie steuert gegen und fängt den Wagen ab.
»Ja«, sagt Berndorf, »wenn Sie uns vorher nicht totfahren.«
»Sie haben während der letzten Tage doch nach Constantin Autenrieth gesucht?«, fragt Tamar. »Heute Nachmittag haben wir ihn gefunden.«
Ja so, denkt Berndorf.
»In einem dieser alten Bombenlöcher, keine 300 Meter von der Jagdhütte entfernt.«
»Wie sicher ist die Identifizierung?«
»Ziemlich sicher«, meint Tamar. »Der Tote muss auf der Stirn einen solch martialischen Schmiss gehabt haben wie der frühere Oberstaatsanwalt von Grövenitz, und das stimmt mit der Narbe überein, die man auf dem Passfoto sieht. Morgen liegen die Röntgenaufnahmen von Autenrieths Zahnarzt vor, dann werden wir es genau wissen. Außerdem haben wir bei der Leiche ein Zigarettenetui gefunden, das diesem Autenrieth gehört hat. Die Tochter hat es erkannt.«
»Eine Narbe, ein Etui …, für eine Identifizierung müsste da aber noch ein bisschen Fleisch an die Knochen.«
»An den Knochen ist keins mehr«, sagt Tamar. »Und das Etui ist als Indiz ziemlich gut. Es ist eine Spezialanfertigung, und die Tochter hat ein Duplikat.« Sie verlässt die Karlstraße und fährt durch die Eisenbahnunterführung zu dem Appartementhaus, in dem Berndorfs Wohnung liegt. Der Wagen rollt aus, sie lässt den Motor laufen. Die Scheinwerfer beleuchten Abfallcontainer, die am Straßenrand für die Müllabfuhr bereitgestellt sind.

»Wie ist er ums Leben gekommen?«
»Wir glauben, er ist erschossen worden. Kovacz hat die Kugel gefunden. Sie gehört zu einer Jagdwaffe. Morgen werden wir wissen, ob es das Gewehr war, das Sie uns freundlicherweise haben zukommen lassen. Es hat übrigens auch Autenrieth gehört, sagt die Tochter.«
Auf einmal ist es viel, was die Tochter weiß und sagt, denkt Berndorf. »Kommen Sie auf eine Tasse Tee mit?«
»Nein«, antwortet Tamar.
Schweigend bleiben sie nebeneinander sitzen.
»Ich weiß nicht, warum ich überhaupt mit Ihnen rede«, sagt Tamar schließlich. »Und auch noch über Interna. Aber es ist zu blöd. Erst hat Steinbronner diesen Landmaschinenhändler Neuböckh in Watte gepackt, als der Kerl wegen dieses Waffengeschäftes schon längst in Stammheim hätte sitzen sollen. Und jetzt, kaum dass wir den toten Autenrieth gefunden haben, die Kehrtwende … Er hat Neuböckh noch heute Abend in den Neuen Bau bringen lassen und verhört ihn seither. Aber das ergibt überhaupt keinen Sinn.«
Warum ergibt das keinen Sinn? Dafür kann es nur einen einzigen Grund geben. »Sie haben also das Geld gefunden«, fragt er gleichgültig in die Dunkelheit vor ihnen.
»Woher wissen Sie? Ach egal … Es war in einem Aktenkoffer, einem stabilen Ding. Es ist zwar etwas Wasser eingedrungen, aber man kann die Scheine noch zählen. Und man wird sie sogar noch umtauschen können.«
»Den Wendehälsen fehlen 3,8 Millionen, behaupten sie. Angeblich hat Autenrieth es ihnen gestohlen.«
Tamar beugt sich etwas nach vorne, um ihm ins Gesicht zu sehen. »Sie meinen Meunier und Konsorten? An die will Steinbronner nicht heran. Ohnedies ist das keine Geschichte, die nur mit Geld zu tun hat, sonst hätten wir es nicht gefunden. Wieso eigentlich 3,8 Millionen? In dem Koffer sind höchstens etwa 50 000 Mark gewesen, nicht mehr … Das passt alles nicht

zusammen. Ich muss Sie deshalb noch einmal in allem Ernst fragen, was ist das für ein Interesse, das Sie an dieser Marielouise Hartlaub haben?«
Berndorf schweigt.
»Oder wenn Ihnen eine andere Frage lieber ist«, hakt Tamar nach: »Welches Interesse hatte Eugen Hollerbach an dieser Frau? Kuttler hat mir gesagt, dass Hollerbach in Stuttgart war und ihren Mann besucht hat. Das war nachmittags, gegen 15 Uhr. Angeblich ist er nur kurz geblieben. Aber als es dunkel wurde, stand Hollerbachs Wagen noch immer dort.«
»Er wird auf sie gewartet haben. Schließlich hat er einen Artikel über sie geschrieben.«
»Das hat er«, sagt Tamar. »Einen Artikel über diese Frau und über Posaunenchöre. Er hat sie in diesem Artikel niedergemacht, aber es gibt kein Zitat und keine Stellungnahme von ihr. Sie kommt nicht zu Wort. Das ist das, was Kuttler nicht versteht. Und deswegen glaubt er, dass Hollerbach dieser Frau aus einem ganz anderen Grund aufgelauert hat.«
»Das ist doch der ganz normale Journalismus«, sagt Berndorf. »Die Leute nicht anhören, aber sie niedermachen. Nur nichts totrecherchieren, hat mir Frentzel einmal gesagt.«
»Es gibt noch etwas, das Kuttler nicht glaubt«, fährt Tamar fort. »Er glaubt nicht, dass Hollerbach in den Wasserlöchern nach Nazi-Gold gesucht hat. Die Zeitungsleute haben das behauptet. Aber er glaubt es einfach nicht. Er glaubt, dass Hollerbach nach Autenrieths Leiche gesucht hat.«
Wieder schweigt Berndorf.
»Wollen Sie mir nicht endlich sagen, was Marielouise Hartlaub mit diesem Constantin Autenrieth zu tun gehabt hat?«
Berndorf schüttelt unwillig den Kopf. »Befragen Sie diese Zeugin, die ich zu Ihnen geschickt habe. Stellen Sie sie Kadritzke gegenüber. Befragen Sie ihn, was er von Marielouise Hartlaub wollte. Erwirken Sie einen Haftbefehl gegen ihn. Wenn Sie das schaffen …« Er unterbricht sich. »Aber ich glau-

be nicht, dass Sie es schaffen. Steinbronner wird es abblocken. Und deshalb...« Er breitet seine Hände aus, so, als ob er jetzt leider auch nichts mehr tun könne.
»Sie beginnen, mir sehr fremd zu werden«, sagt Tamar leise.
Berndorf löst den Gurt und öffnet die Tür. »Trotzdem würde ich mich freuen«, antwortet er, »wenn Sie bei Gelegenheit noch einmal einen Tee mit mir trinken.« Er steigt aus. »Irgendwann. Bevor ich nach Berlin gehe.«
Tamar legt den Gang ein und wendet. Berndorf ist stehen geblieben und sieht ihr nach. Als die Rücklichter um die Kurve verschwunden sind, schiebt er einen der Abfallcontainer auf und wirft ein Taschenbuch hinein.

Donnerstag, 15. November 2001

»Also rein von der Mentalität her«, sagt der Mann mit den lockigen Haaren, »ist der Schwarze als solcher nicht für die Panzerwaffe geeignet…« Er beugt sich zum Zweirad-Schnäutz. »Der Schwarze sieht einen Panzer und denkt, wo der drübergeht, wächst kein Gras mehr, da häng ich mich dran und bin auf der sicheren Seite… Aber Pustekuchen! Der Panzer als solcher ist hoch verwundbar, ich werd's Ihnen zeigen… Sie erlauben.« Er greift zu Schnäutzens Zigarettenschachtel. »Stellen wir uns einmal vor, das wäre einer dieser russischen Tanks.« Er beginnt, die Zigarettenschachtel langsam über die Theke von Tonios Café zu schieben, vorbei an einem Zuckerstreuer, einen Aschenbecher zur Seite drückend, weiter und durchaus bedrohlich auf den Zweirad-Schnäutz zu.

Beunruhigt bricht der Dackel, den Schnäutz auf dem Arm hält, in wütende Kläffe aus.

»Ruhig, Purzel«, sagt Schnäutz und setzt ihn ab. »Wir haben grad Häuserkampf in Kabul.«

»Also ja. Danke«, sagt der Lockige, der bei Tonio als der Kuhberg-Rommel bekannt ist. »Was ich hab sagen wollen, der da wär jetzt schon verloren und verratzt.« Er deutet auf die zwischen Aschenbecher und Zuckerstreuer eingeklemmte Zigarettenschachtel. »Wenn der jetzt von zwei Seiten Zunder kriegt, hilft ihm keiner mehr raus, ein stählerner Sarg ist das dann. Zum Beispiel in Budapest 1956 haben die Ungarn den Russen T-Träger in die Panzerketten geschoben, das hat die Ketten zerrissen wie nichts…«

»Wenn ich das noch recht weiß«, wirft Frentzel ein und winkt der Bedienung Maria mit seinem leeren Weinglas, »haben damals aber leider nicht die Ungarn gewonnen.«
»Aber schwer getan haben sich die Russen«, sagt der Kuhberg-Rommel, »sehr schwer haben sie sich getan, glauben Sie mir das! Und was war in Afghanistan, bitte sehr? Wenn mit dem Panzer nicht die Infanterie vorrückt und ausschwärmt, dann geht das ganz schnell nach hinten los, die Amerikaner werden es schon noch merken…« Er hält inne, aber bevor er etwas findet, was die vorrückende Infanterie darstellen könnte, öffnet sich die Tür.
»Jessas! Der schon wieder«, entfährt es dem Schnäutz, und er bückt sich nach seinem Hund.
»Lassen Sie ihn«, sagt Berndorf, »ich habe meinen nicht dabei. Außerdem hatte er schon sein Frühstück.« Misstrauisch nimmt Schnäutz trotzdem seinen Dackel wieder auf den Arm.
Berndorf bestellt bei Maria einen großen Milchkaffee und ein Salami-Sandwich.
»Ich wollte die Herren nicht gestört haben«, fährt er dann fort. »Größere strategische Operationen wie? Gewinnen wir gerade den Krieg in Afghanistan?«
»Und den im Kongo dazu«, sagt Frentzel. »Der Herr Kuhberg-Rommel erklären uns gerade, warum es eher keinen Sinn macht, den Herren Eingeborenen Panzer zu schicken, ob das jetzt die Italiener getan haben oder wir.«
Berndorf nickt. Das »Tagblatt« hatte über ein Dementi der Bundesregierung berichtet, wonach die im Kongo erbeuteten Panzer nicht aus NVA-Beständen stammten, sondern aus einer Tranche, die noch nach der Wende geliefert und dann an Italien verkauft worden sei.
»Ich weiß ja wirklich nicht«, sagt der Schnäutz, »warum sich die Leute so aufregen. Da muss man doch froh sein, wenn jemand den Russenkrempel abnimmt, einen Orden müsst's

dafür geben, und nicht so ein Geschreibsel…« Verächtlich deutet er auf das »Tagblatt«.
»Also rein mentalitätsmäßig…«, sagt der Kuhberg-Rommel.
»Kusch!«, sagt Frentzel. »Suchen Sie sich einen anderen Sandkasten…« Er wendet sich an Berndorf. »Man munkelt, Sie seien aushäusig gewesen, in fremden Revieren unterwegs. Im Neuen Bau schätzt man das gar nicht.«
»Sie wissen, dass mir das inzwischen ziemlich gleichgültig sein darf.«
Marie bringt die Schale mit dem Milchkaffee und das Sandwich. Berndorf trinkt einen Schluck. »Wie gut sind Sie eigentlich noch unterrichtet?«, fragt er dann.
»Nun ja«, antwortet Frentzel. »Wer die Seite ›Christ und Hund‹ betreuen muss, hat nicht so ganz den direkten Zugang zum Pulsschlag des Weltgeschehens.«
»Ich frage«, sagt Berndorf, »weil ich heute Morgen in Ihrem Blatt etwas gesucht und nicht gefunden habe.«
»Es werden keine Stilblüten sein, die Sie nicht gefunden haben«, antwortet Frentzel. »Und wenn ich Sie so ansehe – also dann glaube ich fast, das, wonach Sie gesucht haben, wird erst in einer guten dreiviertel Stunde mitgeteilt, um 11 Uhr. Dann soll nämlich im Neuen Bau eine Pressekonferenz stattfinden, im Schulungssaal, eingeladen haben die Herren Englin und Steinbronner, also hochkarätig besetzt.«
Ja so, denkt Berndorf und betrachtet sein Sandwich. Entschlossen beißt er ein großes Stück ab. Wieder öffnet sich die Tür, herein wuselt, eine mächtige Aktentasche schleppend, der Rechtsanwalt Kugler, in seinem Gefolge ein schwarzhaariger junger Kerl mit einer Narbe an der Stirn.
Der Schwarzhaarige blickt sich misstrauisch um, dann sieht er Berndorf und hebt kurz die Hand.
Berndorf nickt zurück.
»Außerdem«, sagt der Kuhberg-Rommel in die Stille, »sind die russischen Panzer gut für den Winter und die Taiga, aber

nicht für den Wüstenkrieg ausgelegt, die Luftfilter sind nämlich im Handumdrehen vom Sand verstopft.«
»Ist das da unten im Kongo überhaupt Wüste?«, fragt Schnäutz in die Runde.
»Für ihn ein richtiges Frühstück mit einem richtigen Kaffee«, bestellt Kugler, »und mir einen Espresso…«

»Ja«, sagt Steinbronner und reckt sein Kinn ins Licht der Scheinwerfer, »Sie haben hier in Ulm ja eine sehr stattliche Medienlandschaft, die braucht sich hinter der unserer Landeshauptstadt nicht zu verstecken…« Er blickt sich um, zwinkert der Reporterin der »Landesschau« zu, einer Blondine in knapp sitzenden schwarzen Lederhosen, tauscht einen respektvollen Blick mit der Dame von der »Stuttgarter Zeitung« und nickt aufmunternd Englin und Tamar zu, die links und rechts von ihm sitzen.
Was tu ich hier?, fragt sich Tamar und gibt sich auch gleich die Antwort, du bist die Quotenfrau, warum sonst haben sie dich hier heraufgebeten…
»Jedenfalls danke ich Ihnen sehr für Ihr Interesse«, fährt Steinbronner fort, »dies auch deshalb, weil wir Sie über ein sehr schwerwiegendes Verbrechen in Kenntnis setzen wollen, bei dessen Aufklärung wir in besonderem Maße auf die Mitwirkung der Öffentlichkeit angewiesen sind…«
Schräg vor sich, neben dem hohlwangigen Menschen von »dpa«, sieht Tamar den gewesenen Gerichtsreporter Frentzel sitzen, wenigstens diesen Fall hat er sich nicht wegnehmen lassen, ganz leicht hebt er die Hände, wie um eine Entschuldigung anzudeuten… Eine Entschuldigung wofür bitte?
»In der Kürze, auf die Sie Anspruch haben, kann ich Ihnen mitteilen, dass wir gestern in einem Waldstück bei Lauternbürg die Leiche eines Mannes gefunden haben, der inzwi-

schen zweifelsfrei als der 1949 geborene Constantin Autenrieth identifiziert worden ist. Gefunden wurde die Leiche in einem Wasserloch, von dem uns gesagt wird, dass es ein ehemaliger Bombentrichter sei. Autenrieth war Jurist und lebte in Bonn. Zu dem Zeitpunkt, um den es uns geht, war er Pächter des Jagdreviers, in dem wir seine Leiche gefunden haben. Zuletzt ist er im Herbst 1991 gesehen worden. Den Feststellungen der Gerichtsmedizin zufolge müssen wir davon ausgehen, dass er wenig später ums Leben gekommen ist…«

Warum sagst du eigentlich nicht, denkt Tamar, dass Autenrieth Beamter im Bundeskanzleramt war?

Steinbronner blickt auf seine Notizen.

Dann sieht er wieder hoch. »Das heißt, ich sollte das etwas konkreter ausdrücken. Eine Selbsttötung können wir ausschließen. Autenrieth ist erschossen worden, und wir haben auch die mutmaßliche Tatwaffe sichergestellt, ein Jagdgewehr, das dem Toten selbst gehört hat. Damit gewinnen das Verbrechen und seine näheren Umstände weitere Konturen. Allerdings sollten wir wissen, ob Autenrieth noch nach dem September 1991 gesehen worden ist, und gegebenenfalls in welcher Begleitung. Nachher erhalten Sie dazu noch Bildmaterial.«

Er lehnt sich zurück und nickt Englin zu.

»Fürs Erste sollte das genügen«, sagt der Kriminalrat eifrig. »Sicherlich haben Sie jetzt noch Fragen…«

»War der Tote als vermisst gemeldet?«, will die »dpa« wissen.

»Nein«, antwortet Steinbronner gedehnt. »Er ist im Herbst 1991 um seine Entlassung eingekommen – er war Beamter, sollte ich hinzufügen –, angeblich, um in Südamerika für die deutsche Industrie tätig zu werden. Wir haben aber bisher nicht verifizieren können, ob es sich hier um ein vertraglich fixiertes Arbeits- oder Auftragsverhältnis gehandelt hat.«

»Geht denn das so schnell, wenn er Beamter war?«, fragt Frentzel, die rot unterlaufenen Augen über die Halbbrille hin-

weg auf Steinbronner gerichtet. »Er kommt um seine Entlassung ein, und schon ist er weg…«
Englin blickt besorgt zu Steinbronner. »Eine gute Frage«, sagt Steinbronner. »Wir haben sie uns auch gestellt. Autenrieth war politischer Beamter. Das bedeutet, dass über ihn von heute auf morgen disponiert werden konnte.«
»Ah ja?«, macht Frentzel. »In welchem Ministerium war er denn?«
»Bundeskanzleramt«, antwortet Steinbronner.
Kurz angebunden, denkt Tamar. Zu viel John Wayne. »Oval Office«, hätte der geknurrt. Keine Silbe mehr. Im Kino sollte jetzt ein Raunen durch den Schulungssaal gehen.
»Bevor jetzt jemand politische Verschwörungstheorien zusammenköchelt, darf ich den Topf gleich wieder vom Herd nehmen«, fährt Steinbronner fort, plötzlich überhaupt nicht mehr kurz angebunden. »Herr Autenrieth ist in ungetrübtem Einvernehmen mit seinen Vorgesetzten ausgeschieden.«
»Was war denn sein Aufgabengebiet?«, hakt Frentzel nach.
Steinbronner schüttelt den Kopf. »Ich sagte Ihnen doch, dass da nichts ist. Gar nichts. Und alles, was wir über die Umstände seines Todes wissen, sagt uns, dass wir den Fall nur hier aufklären können. Die nächste Frage, bitte.«
»War der Mann denn allein stehend?«, fragt die Dame von der »Stuttgarter Zeitung«. »Wenn es eine Familie gegeben hat, hätte die sich doch beunruhigen müssen.«
»Autenrieth hatte Familie«, antwortet Steinbronner bedächtig, »aber sie hat sich offenbar mit den Erklärungen, die er ihr gegeben hat, abgefunden.«
»Der Mann hat also seine Familie verlassen wollen?«
Steinbronner zögert kurz. »Er selbst scheint lediglich von einem neuen beruflichen Beginn gesprochen zu haben. Mehr können wir im Augenblick nicht sagen.«
»Sie haben die Tatwaffe, sagen Sie.« Erneut hat sich Frentzel gemeldet. »Haben Sie denn jemand, bei dem sie dieses Ding

gefunden haben? Oder lag das auch zehn Jahre im Wasser?«
Steinbronner macht eine Handbewegung zu Tamar, als ob er sie einbeziehen wolle. »Nein«, sagt er dann, »die Waffe lag nicht im Wasser. Und wir haben auch jemanden, den wir dazu befragen.«
»Jemanden aus der Familie?«
»Nein«, antwortet Steinbronner. »Diese Person gehört nicht zur Familie Autenrieth. Aus ermittlungstechnischen Gründen können wir im Augenblick nicht mehr dazu sagen.«
Wieder meldet sich Frentzel. »Vor einer Woche hatten wir in Lauternbürg ja bereits einen Toten, der nicht an Altersschwäche gestorben ist. Unsere Leser werden nicht glauben, dass die beiden Fälle nichts miteinander zu tun haben…«
»Meinen Sie, wir sollten Ihre Leser über die weiteren Ermittlungen abstimmen lassen?«, fragt Steinbronner zurück und wartet, bis unter den übrigen Medienleuten Heiterkeit aufkommt. Dann stoppt er mit einer brüsken Handbewegung ab. »Aber im Ernst. Was Ihren Lesern auffällt, gibt sogar uns dummen Polizisten zu denken. Unsere Ermittlungen und Vernehmungen sind deshalb nicht nur auf eine Person fokussiert… Ja bitte, der Herr da hinten hat noch eine Frage.«
Hinter dem Gestänge für Scheinwerfer und Kameras steht ein Mann auf. Grauhaarig, straffe Haltung.
Tamars Blick fällt auf Frentzel. Der hebt nur kurz die Augenbrauen. Hab ich dich nicht gewarnt?, soll das wohl heißen.
»Meine Frage gilt ebenfalls dem Komplex Hollerbach«, sagt Berndorf. »Trifft es zu, dass sich zur Tatzeit zwei Mitarbeiter des amerikanischen Geheimdienstes NSA in Hollerbachs Wohnung aufgehalten haben? Trifft es ferner zu, dass es sich bei diesen beiden NSA-Mitarbeitern um ehemalige…«
»Das geht nicht«, fällt ihm Steinbronner ins Wort. »Stopp! Aufhören! Sie sind hier nicht zugelassen…«
»…um ehemalige Agenten des Ministeriums für Staatssicherheit handelt?«

»Halten Sie den Rand!«, brüllt Steinbronner. Die meisten der Journalisten sind aufgestanden. Einer der Fernsehtechniker wuchtet seine Kamera in Richtung Berndorf. »Ich muss doch sehr bitten«, jammert Englin und steht nun auch auf.
»Wie kommt der Kerl hier herein?«, will Steinbronner von Tamar wissen.
»Würden Sie bitte die Frage beantworten?«, setzt die »dpa« nach. Die Dame von der »Stuttgarter Zeitung« meint, dass sie ebenfalls gerne ein Antwort hätte. Englin bittet um Ruhe. Steinbronner erkärt, dass er kein Wort mehr sagt, solange diese Provokationen nicht aufhören. Der Kameramann filmt Berndorf, der wartet, dass er weiterreden kann oder eine Antwort bekommt. Ein Mensch mit Kugelbrille hält ihm ein Mikrophon hin.
Tamar steht auf und geht zu ihm. »Bitte«, sagt sie, »Englin hat das Hausrecht. Setzen Sie sich doch nicht ins Unrecht.«
»Lassen Sie ihn doch«, sagt der Mensch mit der Kugelbrille, »das interessiert uns alle, was der fragt.«
Tamar schüttelt nur den Kopf. »Soll es heißen, Sie ertragen es nicht, wenn Steinbronner eine Pressekonferenz gibt?«, flüstert sie Berndorf zu. »Tun Sie sich doch das nicht an ...«
Und Berndorf lässt sich am Arm nehmen und hinausführen, gefolgt von dem Menschen mit der Kugelbrille und dem Kamera-Team und der Dame der »Stuttgarter Zeitung« und Frentzel und der »dpa«.
»Also das«, sagt Steinbronner, »das müssen Sie mir erst noch erklären, mein Lieber, wieso Ihre Leute den hereingelassen haben ...«
Hektisch zuckt das Augenlid des Kriminalrats Englin.

Berndorf kommt vom Alten Friedhof, Felix trottet missmutig neben ihm her, ein Spaziergang auf dem Alten Friedhof gilt eigentlich nicht, nicht als Mittagsspaziergang, drei Saatkrähen aufstören, was ist das schon! Berndorf hingegen freut sich auf Tee und ein belegtes Brot und ist fest entschlossen, seinen Auftritt im Neuen Bau zu verdrängen.

Im Innenhof hatte er dem Pulk von Medienleuten Rede und Antwort gestanden, nun ja, nicht gerade Rede und Antwort, oder jedenfalls nicht vollständig, er hat den Fall ja nicht aufzuklären und auch keine Pressekonferenzen zu geben. So hat er nur dafür gesorgt, dass ein paar Fragen nicht untergebuttert werden, nichts anderes! Unsinn, dass Tamar ihm unterstellt, er gönne Steinbronner die Pressekonferenz nicht...

Das Peugeot-Coupé ist ein paar Meter oberhalb des Appartementsblocks geparkt. Er ist so in Gedanken, dass er es erst wahrnimmt, als die Fahrerin aussteigt und zielstrebig auf ihn zukommt, das lackschwarze Haar in die Stirne frisiert.

Er bleibt stehen und deutet ein leichte Verbeugung an.

»Entschuldigen Sie den Überfall«, sagt Cosima Autenrieth, »aber könnte ich Sie ein paar Minuten sprechen?«

Berndorf murmelt eine höfliche Einladung und geht ihr voran, um aufzuschließen. Vor der Garderobe hilft er ihr aus dem kurzen schwarzen Ledermantel, dabei streift ihn ein herbes Parfüm und ein rascher Blick blauer Augen, die statt Lidschatten Verwunderung oder eine Art Staunen aufgelegt haben. In seinem Wohnzimmer sieht sie sich unauffällig um. Kurz verweilt der Blick auf der Fotografie der grünäugigen, beinahe schon lächelnden Barbara. Eher ratlos betrachtet sie, was an Lektüre herumliegt: Montaignes Tagebuch seiner Italien-Reise, eine Ausgabe des TaoTe King, das Taschenbuch mit Lewis Carrolls »Alice im Wunderland« und eine antiquarische Ausgabe von Mörikes »Stuttgarter Hutzelmännlein«...

Cosima Autenrieth sagt, dass sie gerne eine Tasse Tee trinkt und geht mit in die kleine Küche und sieht ihm zu, wie er den Tee aufgießt. »Woher wussten Sie eigentlich, wo man meinen Vater finden würde?«

Hatte er das wirklich gewusst? »Ich sollte Ihnen noch mein Beileid aussprechen«, sagt er und stellt Tassen und Unterteller auf das Tablett.

»Ich danke Ihnen«, antwortet sie, »aber mein Vater ist ja nun schon eine Weile tot, finden Sie nicht? Sie haben übrigens meine Frage nicht beantwortet.«

»Sie vergessen«, sagt Berndorf und trägt das Tablett an ihr vorbei ins Wohnzimmer, »dass ich dieses Gewehr in Neuböckhs Jagdhütte gefunden habe… Ich wundere mich übrigens, dass Neuböckh es dort gelassen hat. Womöglich ist es das, was ihm das Genick brechen wird.«

»Das klingt fast so«, meint sie und setzt sich ihm gegenüber, »als glaubten Sie nicht, dass er der Mörder ist.«

»Darauf kommt es nicht an. Jetzt ist die Staatsanwaltschaft am Zug. Sie muss wissen, was sie beweisen kann.« Er schenkt ein. »Und was sie beweisen will. Wenn man den Fall als einen Streit unter Jägern verkaufen kann, wird sie das mit Handkuss tun. Dann bräuchte sie nämlich keine Zeugen, mit deren Vorladung sie womöglich ein Stirnrunzeln des US-Botschafters in Berlin auf sich ziehen könnte.«

Cosima Autenrieth nimmt einen zierlichen Schluck Tee. »Sie müssen verstehen, dass ich etwas in Sorge bin. Diese Geschichte ist für meine Mutter und auch für mich schrecklich genug. Ich möchte nicht, dass das Ansehen meines Vaters…« Sie lässt den Satz unvollständig.

»Ich weiß nicht, ob Sie wissen, dass bei Ihrem Vater einiges Geld gefunden wurde«, sagt Berndorf, »mehr Geld, als es irgendjemand vernünftigerweise in bar mit sich führen würde… Dieses Geld wird ja wohl zur Sprache kommen müssen, übrigens auch ein Grund, warum es mit der Anklage gegen Neuböckh Probleme geben könnte. Verstehen Sie, das Ansehen ist eine Sache, und das Geld eine andere, vielleicht sollten Sie sich auf eines davon konzentrieren.«

»Ich glaube, Sie mögen uns nicht«, antwortet Cosima Autenrieth. »Schade. Aus Gründen, die ich nicht kenne und nicht verstehe, sind Sie an meinem Vater interessiert gewesen. Es liegt auf der Hand, dass mein Vater sich in Dinge hat verstricken lassen, die nicht gut sind. Sind Sie jemand, der den ersten Stein aufheben darf?«

Berndorf schüttelt nur kurz den Kopf. »Darum geht es nicht. Sie sind nicht gekommen, um hier das Andenken Ihres Vaters schönzureden. Sie sind wegen Meunier hier. Ich nehme an, Sie werden schon längere Zeit von ihm unter Druck gesetzt.«

Cosmia tastet nach ihrer Handtasche und holt ein Zigarettenetui heraus und klappt es auf. »Stört es Sie sehr ...?«

Berndorf zögert. »Rauchen Sie nur«, sagt er dann und steht auf und holt aus seiner Küche einen Aschenbecher.

»Darf ich Ihnen eine anbieten?« Einladend hält sie ihm das Etui hin.

»Ein hübsches Etui«, sagt er. Er nimmt es in die Hand und betrachtet es, ohne eine Zigarette zu nehmen. In die schimmernde Deckelseite sind die Initialen CA eingraviert, umgeben von einem Rankenwerk. Weil das Etui das Licht der Tischlampe spiegelt, dreht Berndorf es ein wenig hin und her, um das Rankenwerk genauer betrachten zu können. Die Initialen sind so ineinander verschlungen, dass sie auch einen Kreis darstellen könnten, der sich um ein Dreieck schließt.

»Mein Vater hatte das gleiche Etui«, sagt sie, das Feuerzeug in der Hand. »Man hat es bei ihm gefunden, es war ganz schwarz. Aber ich habe es wieder erkannt.«

»Warum die gleichen Etuis?«, fragt er und gibt ihr Feuer. »Weil Sie die gleichen Initialen haben?«

»Es war einer seiner spontanen Einfälle«, antwortet sie. »Er hatte in Zürich zu tun und mich mitgenommen, bei einem Juwelier suchten wir nach einem Mitbringsel für meine Mutter und fanden nichts, bis er das Etui entdeckte. Ich sagte, dass es hübsch sei, weil ich dachte, er wolle es für sich, und dann kam er auf die Idee, zwei zu bestellen, und gab auch die Gravuren in Auftrag. Er hatte ein geschickte Hand für solche Dinge und hat selbst die Entwürfe dafür skizziert. Damals war mir das eher peinlich, ich brauchte ein solches Ding gar nicht und schon gar keines im Partnerlook mit dem eigenen Vater, ich bitte Sie! Aber als er dann verschwunden ist…« Sie nimmt die ersten Züge und inhaliert.

»Es waren zwei verschiedene Zeichnungen?«, fragt Berndorf. »Die Etuis sind dann doch nicht ganz gleich…«

»Auf seinem war auch so eine Spielerei mit den Initialen C und A«, antwortet sie. »Ich glaube, er konnte sich nicht entscheiden, welcher Entwurf besser war. Da hat er beide in Auftrag gegeben. Eitle Leute sind so. Die finden alles gut, was sie machen… Aber Sie haben nach Meunier gefragt. Das erste Mal war er bei uns, als mein Vater etwa ein halbes Jahr verschwunden war. Er war sehr höflich, sprach davon, dass er mit ihm eine geschäftliche Verbindung eingegangen sei und ihn dringend erreichen sollte. Und während er sprach und in einem der Empire-Sessel saß wie ein Dienstbote, der sich in den Salon verirrt hatte, gingen seine Augen von meiner Mutter zu mir und wieder zu meiner Mutter… Ich glaube, dass ich damals erst begriffen habe, dass mein Vater in eine wirklich schlimme Geschichte verstrickt war. Die Besuche setzten sich fort, Meunier saß bald nicht mehr wie der verirrte Dienstbote im Wohnzimmer meiner Mutter, sondern wie eine Art Revisor, der Abgesandte einer höheren ungreifbaren Kontrollinstanz, zu Beginn höflich, danach auch drohend, aber immer die gleichen Fragen. Ob wir, also meine Mutter und ich, Post bekommen hätten. Ob mein Vater angerufen hätte. Ob Geld überwiesen worden sei. Meine Mutter ist dazu übergegangen, Ordner mit sämtlichen Kontoauszügen und Rechnungen und der gesamten Korrespondenz bereitzuhalten, für den Fall, dass wieder einmal der Herr von der Kanalisation käme, wie wir ihn für uns nannten. Manchmal brachte er Kadritzke mit, der saß dann schweigend daneben… Und

natürlich haben wir gewusst, dass meinem Vater etwas zugestoßen sein muss. Aber wenn wir ihn damals hätten für tot erklären lassen, hätten wir ja das Bonner Haus und die Stuttgarter Mietshäuser geerbt und hätten darüber verfügen können. Und wer hätte uns dann davor geschützt, dass der Herr von der Kanalisation kommt und seinen Anteil will?«
»Entschuldigen Sie«, sagt Berndorf, »Sie sind Anwältin, Sie machen auf mich den Eindruck einer toughen jungen Frau – warum haben Sie das nicht abgestellt? Sie hätten zur Polizei gehen können, Sie hätten sich an das Bundeskanzleramt wenden können …«
Cosima Autenrieth lacht silberhell. »Sie haben doch den Herrn Villekens kennen gelernt – würden Sie zu dem gehen, wenn Sie um das nackte Leben fürchten müssen? Und was hätten wir dem Bundeskanzleramt sagen sollen, wenn wir dort überhaupt angehört worden wären? Hätten wir erzählen sollen, da gebe es Leute, die wollten von meinem Vater eine Provision zurückerstattet haben, eine Provision von 3,8 Millionen? Sehr lustig wäre das geworden, glauben Sie nicht?«
Berndorf sagt nichts.
»Natürlich war das alles überhaupt nicht lustig«, fährt Cosima Autenrieth fort. »Meine Vater hatte einen großen Freundeskreis, Leute aus Politik, Verwaltung und Industrie, Leute, denen er in irgendwelcher Weise hatte behilflich sein können, die öfter bei uns zu Gast waren, mein Vater war ein großzügiger Gastgeber und ein charmanter Unterhalter … Ja, und dann war er weg, vom Erdboden verschwunden, wissen Sie, dass so etwas ansteckend ist? Plötzlich waren alle unsere Freunde weg, irgendwie müssen auch sie sich in Luft aufgelöst haben, vor allem für die engsten Freunde galt das, für die Alten Herren seiner Verbindung, und noch mehr für die, denen er behilflich gewesen war. Eine allgemeine Arbeitsüberlastung brach aus, so dass leider niemals auch nur ein einziger unserer Freunde erreichbar gewesen wäre … Ich

übertreibe jetzt, ja doch. Einer von den Freunden unserer Familie hat mir dann reinen Wein eingeschenkt.«

Sie bricht ab. Berndorf wartet.

»Ich denke aber nicht daran, das alles vor Ihnen auszubreiten«, sagt sie schließlich. »Nicht, solange ich Ihnen nicht vertrauen kann. Und das kann ich nicht, solange ich nicht weiß, welche Interessen Sie eigentlich verfolgen.«

Kannst du nichts Leichteres fragen, denkt Berndorf. »Ich will, dass Meunier und Kadritzke hinter Gitter kommen«, antwortet er, »sie haben diesen Journalisten Hollerbach umgebracht, und das ist eine Geschichte, die auch mich betrifft. Einfach deshalb, weil Hollerbach vor seinem Tod ein Gespräch mit mir gesucht hatte. Leider kam es dazu nicht mehr …« Lüg doch nicht so. Du hattest keine Lust. »Außerdem will ich sicherstellen, dass nicht auch mein nächstes Auto in die Luft fliegt.« Er senkt den Blick.

»Apropos: Gehe ich recht in der Annahme, dass Meunier über meinen Besuch bei Ihrer Frau Mutter von Ihnen in Kenntnis gesetzt worden ist?«

»Warum sollte ich so etwas tun?« Eine leichte Röte legt sich auf ihre Wangen.

»Es wäre Ihnen kein Vorwurf daraus zu machen. Sie haben mir gerade sehr bewegend geschildert, unter welchem Druck Sie gestanden haben. Da Sie offenbar von keiner Seite Unterstützung erwarten konnten, werden Sie versucht haben, sich Meunier gegenüber nach Möglichkeit kooperativ zu zeigen … Aber Sie wollten mir von Ihrem einzig verbliebenen Freund erzählen. Offenbar hat auch er Ihnen abgeraten, sich an die Behörden zu wenden?«

»Dieser Freund …« Cosima Autenrieth betrachtet missmutig die Teetasse in ihrer Hand. Dann stellt sie sie ab. »Ein Abgeordneter. Sie werden ihn nicht kennen. Einer, den Sie nicht im Fernsehen erleben. Der aber seit nahezu zwanzig Jahren im Haushaltsausschuss sitzt, wenn Sie wissen, was das bedeutet.

Dieser Freund hat mir gar nichts geraten. Er hat mir nur gesagt, was Sache ist.«

»Er wusste also Bescheid?«

»Wie ich herausgefunden habe, wussten sehr viele Bescheid«, antwortet sie. »Nur wir wussten es nicht. Ich hatte damals gerade mein Examen gemacht, die Punktzahl muss ich nicht verstecken. Und ich war in einem politischen Studentenverband aktiv gewesen, keineswegs nur als zweite Schriftführerin. Und so dachte ich…, ach, ist auch egal. Dieser Freund meines Vaters hat mir dann sehr freundlich, sehr bestimmt und völlig schonungslos die Augen geöffnet. Unter denen, die im Netzwerk der Bundespolitik etwas zu entscheiden hätten, wisse jeder über meinen Vater Bescheid, erklärte er mir, eine politische Karriere solle ich mir daher ein für alle Mal aus dem Kopf schlagen. Er meinte sogar, ich sollte mich als Anwältin weder in Bonn noch in Berlin niederlassen, sondern am besten in Stuttgart oder sonst einer süddeutschen Kleinstadt.«

Sie streift Asche ab. »Ich habe diesen letzten Rat nicht befolgt. Es war ein Fehler. Ich bin keine erfolgreiche Anwältin. Falls meine Mutter Ihnen das erzählt haben sollte.«

»Dazu hat Ihre Mutter nichts gesagt«, antwortet Berndorf. »Aber verstehe ich recht – wegen ein paar Provisionen, die Ihr Vater kassiert hat, nimmt man Sie in Sippenhaft?«

Sie wirft ihm einen Blick zu, der müde ist und zweifelnd. »Ich glaube, Sie haben wirklich keine Ahnung. Wie sollten Sie mir da helfen können, Meunier abzuschütteln?«

»Ich stelle mir vor«, antwortet Berndorf, »dass Provisionen zum politischen System gehören. Wer keine Provisionen bezahlen kann oder nicht weiß, wie man das tut, der gehört nicht dazu. Man kann ihm keinen heiklen Auftrag anvertrauen. Irgendwer hat mir das mal erklärt… Wenn Ihr Herr Vater es also mit der politischen Klasse verschissen hat, dann nicht der Provisionen wegen, sondern weil diese nicht dort ange-

kommen sind, wo sie hin sollten. Richtig?« – Cosima Autenrieth überlegt kurz.
»Mein Vater hatte die Sitzungen des Bundessicherheitsrates vorzubereiten«, antwortet sie nach einer Weile. »Dabei ging es auch um die Genehmigung von Rüstungsgeschäften, denen größere politische Bedeutung zukam. Bei solchen Geschäften werden sehr erhebliche Provisionen gezahlt, bis zu einem Drittel des Auftragsvolumens und mehr. Mein Vater hatte die Aufgabe, sicherzustellen, dass angemessene Anteile davon an die Regierungsparteien gegeben wurden …«
»Und irgendwann hat er herausgefunden, dass dabei auch etwas für ihn abfallen sollte«, vollendet Berndorf den Satz. »Ich kann mir das gut vorstellen. Der liebenswürdige Gastgeber, zuweilen witzig, nicht ohne Charme, vielen Leuten bei allerhand Geschäften und Karrieren behilflich, selbst auf ein Beamtengehalt samt Ministerialzulage angewiesen, die Mieteinnahmen nicht zu vergessen, man kann davon leben, man ist einflussreich, aber vom richtigen Geld und von der richtigen Macht ist und bleibt man doch sehr weit entfernt … Ja, und dann kommt eine kleine oder mittlere Lebenskrise, man zweigt einen kleinen Betrag für sich ab, kontrollieren tut das ja niemand, sind ja alles Zahlungen, über die nichts aufgezeichnet wird … Und weil das so gut geht, werden die Beträge mit der Zeit etwas stattlicher, es ist ja auch bis heute niemand zum Staatsanwalt gelaufen und hat gesagt, hey, mir fehlen da ein paar Millionen Mark, die gehören mir, sind ehrlich verdientes Bestechungsgeld … Keiner hat das getan, soviel ich weiß, nur Wolffs Schakale heulen, aber zum Staatsanwalt laufen die auch nicht.«
»Ich glaube nicht, dass es mir gefällt, wie Sie über meinen Vater reden«, sagt Cosima. »Niemand weiß, wie und warum er an Meunier geraten ist. Mit seinen Überzeugungen hatte das nichts zu tun, er hat solche Leute verachtet.«
Eben ein Charakter, denkt Berndorf, korrupt, aber mit gefes-

tigten Überzeugungen. »Von den 3,8 Millionen mal abgesehen, die Meunier zurückwill – wie viel hat Ihr Vater denn für sich abgezweigt?«
»Das weiß ich nicht«, antwortet Cosima Autenrieth. Plötzlich blickt sie ihm voll ins Gesicht. »Würden Sie mir denn helfen, das Geld zu finden?«

Marielouise Hartlaub ist nicht mehr auf der Intensivstation anzutreffen, nach langem Irren durch Stationen und über Flure findet Berndorf sie in der Neurologie, in einem Doppelzimmer, in dem er zunächst nur ein junges Mädchen wahrnimmt, das in einem Comic-Band liest.
Vor dem zweiten Bett, an der Fensterseite, steht ein Mann mit gebeugtem Rücken, er richtet sich auf und betrachtet den eintretenden Berndorf mit einem Blick, der eine kurze, kaum merkliche Weile lang ratlos oder befremdet ist. Dann scheint er ihn zu erkennen, Guntram Hartlaub nickt Berndorf zu, mit gemessener, aber doch auch distanzierter Freundlichkeit.
»Das freut mich sehr, dass Sie gekommen sind«, sagt er halblaut, während er Berndorf die Hand reicht. »Woher wussten Sie …?«
Berndorf tauscht erst einen Händedruck auch mit Pascal, der klein und rothaarig neben seinem Vater steht.
»Ich kam an der Unfallstelle vorbei«, antwortet er, beiläufig und doch mit so viel Nachdruck, dass es zu keinen weiteren Fragen ermutigen soll. Erst jetzt kann er sich der Patientin zuwenden. Marielouise Hartlaub liegt blass, die Gesichtszüge entspannt, in ihrem höher gestellten Kissen, der linke Arm ist geschient, die graublauen Augen betrachten ihn merkwürdig fragend.
Berndorf murmelt etwas davon, dass er nicht stören wolle.
»Sie stören nicht«, sagt Guntram Hartlaub, »ich muss ohne-

dies weiter, eine dringende Besprechung mit der Kirchenpflege, durch diesen bösen Unfall ist ja unsere ganze Planung durcheinander geraten … Es ist nur – Sie werden kaum mit ihr sprechen können, vermutlich weiß sie gar nicht mehr, wer Sie sind, eine partielle Amnesie, wissen Sie.«
Berndorf geht zum Kopfende des Bettes und sagt, wer er ist, und dass sie sich in Ulm kennen gelernt haben.
»Sie waren an der Unfallstelle, sagten Sie eben?«, unterbricht ihn Marielouise Hartlaub. Sie spricht leise und angestrengt, aber ihre Stimme ist klar und entschieden.
»Ja«, antwortet er und muss sich räuspern, »ich bin dazugekommen.«
»Marylou, ich sollte jetzt gehen«, meint Guntram Hartlaub, und Pascal fragt mit einer wohlerzogenen höflichen Stimme, ob er bei Mama bleiben darf. Berndorf greift das auf und bietet an, er könne Pascal später in die Stadt mitnehmen. »Wo soll ich ihn dann absetzen?«
»Das ist sehr liebenswürdig, aber das dürfen wir Ihnen keinesfalls zumuten«, antwortet Hartlaub – höflich, aber entschieden.
»Bitte«, sagt Pascal. Vater und Sohn sehen sich an. Dann gibt Hartlaub nach. »Nun gut.« Er wendet sich an Berndorf. »Könnten Sie ihn zum Münsterplatz bringen? Ich bin im Gebäude der Kirchenpflege.«
»In einer Stunde?«
Hartlaub ist einverstanden und geht allein.
»Könnten vielleicht Sie mir jetzt bitte erklären, was eigentlich passiert ist?«, fragt Marielouise, als sich die Tür des Krankenzimmers geschlossen hat.
»Sie sind auf die Straße gelaufen«, antwortet er, »auf die Straße vor dem Haus der Begegnung, ein Autofahrer hat noch eine Vollbremsung versucht …«
»Vermutlich sollte ich ihm dankbar sein«, antwortet sie, »leider fallen mir solche Gefühle etwas schwer, ich weiß ja nicht,

was ich auf der Straße wollte. Woher bin ich gekommen?«

»Vom Dekanat. Sie haben sich das Haus angesehen. Sie werden dort einziehen.«

Keine Antwort. Berndorf, der inzwischen auf dem Besucherstuhl Platz genommen hat, sieht sich um. Pascal hat sich in die Ecke zwischen Fenster und Wand zurückgezogen.

»Entschuldigung, aber das sollten Sie ihr nicht sagen.« Wieder diese wohlerzogene Kinderstimme. »Sie will nichts davon wissen, dass wir dort einziehen.«

»Das stimmt nicht ganz«, widerspricht die Kranke. »Es ist nicht so, dass ich nichts davon wissen will. Ich weiß nichts davon.« Sie blickt Berndorf an. »Und Sie? Wie habe ich Sie kennen gelernt?«

»In der vergangenen Woche in Ulm. Ich hatte meinen Hund dabei. Wir wurden uns vorgestellt und kamen ins Gespräch.«

»Nett«, kommt es nach einer Weile. »Sie also sind nicht mit mir verheiratet. Ich mache Fortschritte.«

Berndorf zieht das als Geschenk verpackte Taschenbuch heraus und wirft einen Blick auf den geschienten Arm und entfernt das Geschenkpapier. »Bei unserem letzten Gespräch hatten wir uns über ›Alice im Wunderland‹ unterhalten...«

Marielouise nimmt den Band. »Danke.« Sie schlägt ihn aber nicht auf, sondern hält ihn in der rechten Hand. »Dass wir uns darüber unterhalten haben, ist nicht ganz und gar unmöglich. Ich habe es als Kind gelesen, auf einem Dachboden, glaube ich, aber mit meiner Erinnerung ist es nicht weit her, wie Sie bemerkt haben dürften... *Wer bist denn du, sagte die Raupe,* und Alice kann es nicht beantworten, denn sie weiß es selbst nicht... Sie haben also ganz die passende Lektüre ausgesucht, ich weiß nur nicht, ob ich lesen soll oder darf.«

Berndorf überlegt, ob sie ihm damit bedeutet hat, sein Besuch werde zu anstrengend.

»Aber bleiben Sie doch«, sagt Marielouise Hartlaub, »wenn ich Ihnen von ›Alice‹ erzählt habe, kann unser Gespräch so

niederschmetternd nicht gewesen sein.« Berndorf wirft einen Blick in ihr Gesicht. In ihren Augen sieht er weder das Funkeln von Sarkasmus noch von Spott.
»Jedenfalls nicht so, dass ich deswegen vor ein Auto laufen muss, finden Sie nicht?«

Der Nachmittag ist grau geworden, die Autos, die dem Taxi entgegenkommen, haben bereits die Lichter eingeschaltet.
»Mir hat besonders gefallen«, sagt Pascal, »wie die Katze grinst und verschwindet, bis nur noch das Grinsen da ist. Ich stelle mir vor, wie das bei Felix ist…« Pascal hat »Alice« im Frühjahr gelesen, im Mai, fügt er hinzu, als er neun wurde, er hat das Buch zu seinem Geburtstag bekommen.
»Boxer grinsen eher selten«, gibt Berndorf zu bedenken. Sie sitzen im Fond und reden über »Alice im Wunderland«.
»Ich habe auch eher an das Wedeln gedacht«, meint Pascal. »Er wedelt ja manchmal, obwohl er keinen Schwanz dazu hat, und ich stelle mir vor, dass nicht nur der Schwanz verschwunden ist, sondern auch der Hund, und nur noch das Wedeln da ist.«
Der Taxifahrer biegt in das Hafenbad ein und fährt vor bis zum Beginn der Fußgängerzone. Berndorf bezahlt und steigt aus und geht mit Pascal bis zum Münsterplatz. Vor einem roten Sandsteingebäude verabschiedet er sich von dem Jungen.
»Kommen Sie wieder, meine Mutter besuchen?«
Berndorf zögert mit der Antwort. »Vielleicht am Samstag, wenn sie da noch nicht nach Hause darf.«
»Morgen nicht?«
»Nein, morgen nicht.«
Pascal blickt fragend.
»Morgen bin ich nicht in Ulm.«

Der Flug AF 453 aus Helsinki landet nach Plan. Berndorf steht neben einer Gruppe von Männern, beginnende Bierbäuche, Freizeitkleidung in den Farben der Schnäppchenjäger, muntere Wechselworte in Reutlinger Schwäbisch zur Frage, warum es wohl heiße, die Teutonen seien mit Kind und Kegel ins römische Imperium eingefallen.
Die Gepäckausgabe schwemmt einen sonnenverbrannten Rucksacktouristen zum Ausgang. Berndorf blickt zum Monitor hoch. Neben der Gepäckausgabe für AF 453 läuft auch die für LH 311 aus Arrecife. Lanzarote?, überlegt Berndorf. In die Gruppe der Männer kommt Bewegung, ein Pulk von Frauen im gefährlichen Alter und in sommerbunten Kleidern schwärmt kichernd dem Ausgang und den Ehemännern entgegen, tiefbraun alle, auch wenn bei einigen sich keck die Nase unterm Sonnenbrand schält.
Berndorf wendet sich zur Seite, fast hätte er übersehen, was schlank und zielstrebig auf ihn zukommt, einen Segeltuchkoffer im Schlepptau. Kurzes Lächeln, das aufflammt und wieder geht und doch zwischen ihnen bleibt. Kein Wort, weil es manchmal kein Wort gibt, auf der ganzen Welt nicht, das diesem Lächeln gleichkommt.
Berndorf nimmt den Segeltuchkoffer. »Du siehst gut aus«, sagt er, ohne dass er wüsste, warum ihm das in den Sinn kommt. Gegen die Kegeldamen aus Reutlingen sieht Barbara schmal aus und blass, und doch gelöst und heiter.
»Und du, du hast abgenommen«, antwortet sie und mustert ihn. »Durch den Trenchcoat hindurch seh ich das... Haben das die Spaziergänge mit dem Hund gemacht? Wo ist er eigentlich?«
»Beim Auto«, antwortet Berndorf und geleitet Barbara über die Zufahrtsstraße zu den Kurzzeit-Parkplätzen. »Es ist ein etwas merkwürdiges Auto, lass dich bitte nicht davon irritieren. Einen Fahrer habe ich auch. Er ist ein Profi.«
Barbara wirft einen Blick auf ihn, sagt aber nichts, auch nicht,

als Berndorf auf einen schwarz schimmernden, tiefer gelegten Opel mit Weißwandreifen und einem rotgelbviolette Flammen speienden Drachen auf der Motorhaube zusteuert. Neben dem Opel steht ein schlaksiger junger Mann, schwarzhaarig und mit einer Narbe auf der Stirn, der an der Leine einen großen, gelben, gelangweilten Boxerrüden hält.
»Das ist Jiri Adler«, erläutert Berndorf. »Guter Fahrer.«
»Sie können mich Paco nennen«, sagt Paco.
Man tauscht einen Händedruck, dann wendet Barbara sich dem Hund zu. »Und das muss Felix sein, mein Gott, einen kleineren Hund hast du nicht gefunden!« Felix schnüffelt kurz zu ihr hoch und äugt dann weiter an der Front der Autos entlang. Aber wen immer er erwartet, er wird nicht kommen.
»Es dauert, bis du zum Rudel gehörst.«
Barbara sitzt vorne, Berndorf und der Hund klettern auf die Rücksitze, Paco steuert den Wagen auf die Autobahn, und ehe Barbara es richtig wahrnimmt, gleitet der Wagen auch schon durch die Kolonnen des Feierabendverkehrs, Paco beschleunigt mit röhrendem Motor, wo es möglich ist, und wechselt die Spur, wenn es nicht anders geht. Im Autoradio kommen Schlager aus den 60er-Jahren, »Wir wollen niemals auseinandergehen«, schluchzt Heidi Brühl, bis der Verkehrsfunk ihr den Ton abdreht und vor vereinzelten Nebelfeldern warnt, die Straße ist feucht, die Scheinwerfer schieben Tunnels von Licht durch die diesige Nacht.
»Schön, wenn es nicht langweilig wird«, sagt Barbara, als Paco rechts an zwei Benzen vorbeizieht, die sich auf den Spuren zwei und drei ein Wettrennen liefern. Ihre rechte Hand tastet nach dem Haltegriff am oberen Türholm. Sie dreht sich zu Berndorf um. »Wie hast du ihn engagieren können?«
»Paco ist eigentlich Fachmann für die Balkanroute«, antwortet Berndorf. »Kann man doch so sagen?«
Paco nickt.
»Aber die Geschäftsbeziehungen sind im Augenblick etwas

eingeschränkt. Die Kollegen im Neuen Bau haben seinen Arbeitgeber eingebuchtet.«
»Wegen des Mordes an diesem Journalisten?«
»Nein«, antwortet Berndorf. »Wegen des Mordes an einem Jagdfreund. Einem Bonner Beamten mit einem Jagdrevier auf der Alb ...« Er berichtet in groben Zügen.
»Nett«, meint sie, als er zu Ende gekommen ist. »Ein Beamter, der die Sitzungen des Bundessicherheitsrates vorbereiten muss. Sein Jägerfreund, der Altmetall in den Balkan entsorgt, oder in Afrika. Und was haben jene Männer damit zu tun, wegen derer man seine Post nicht aufmachen soll?«
»Nichts haben sie damit zu tun«, sagt Berndorf. »Alles höchst reputierliche Persönlichkeiten. Schon lange im Geschäft, auch wenn man vorübergehend wegen allgemeinen Staatsbankrotts auf der Straße saß. Dafür ist man jetzt bei einer ersten Adresse untergekommen und wird mit Nachstellungen subalterner Polizeibehörden selbstverständlich nicht behelligt ... Es sei denn, es hilft einer ein wenig nach.«
»Und wie, bitte, willst du das tun?«
Berndorf antwortet nicht. Aus dem Autoradio schwingt sich Edith Piafs Stimme und bereut nichts, Berndorf schaut auf die Uhr, es ist kurz vor 21 Uhr. »Warte mal, ich würde gerne Nachrichten hören.« Paco fährt den Drackensteiner Hang hoch, an Kolonnen von Lastwagen vorbei, die Sicht wird klarer. Über der Albhochfläche sind die Sterne zu ahnen.
In Berlin ist der Regierungschef guter Dinge, dass er auch nach der Vertrauensfrage am nächsten Tag zu regieren haben wird, außerdem bekräftigt er die uneingeschränkte Solidarität der Bundesregierung mit den USA im Kampf gegen den internationalen Terrorismus, die Arbeitslosenzahlen sind im Oktober wieder gestiegen und die Wirtschaftsweisen haben ihre Gutachten wieder einmal nach unten korrigiert ...
»Als haltlos hat ein Sprecher der Bundesregierung Vermutungen zurückgewiesen, wonach der Tod eines früheren Be-

amten des Kanzleramtes im Zusammenhang mit dem umstrittenen Verkauf von Panzern aus Beständen der ehemaligen Nationalen Volksarmee stehen könnte. Der Verkauf der Panzer an Italien sei 1993 erfolgt und damit Monate nach dem Ausscheiden des Beamten aus dem Kanzleramt. Die Leiche des Mannes war gestern in einem Waldstück im Alb-Donau-Kreis gefunden worden ...«

Das ist es dann auch schon, davon abgesehen, dass der DAX schon wieder 50 Punkte verliert. Der Verkehrsfunk meldet einen Stau am Biebelrieder Dreieck, und auf der A 8 befinden sich in Höhe Günzburg Tiere auf der Fahrbahn.

»Das ist doch ein Scheiß«, sagt Paco, »die müssten doch sagen, was das für Tiere sind, ob das eine Kuh ist oder was ...«

Barbara dreht sich um und versucht, Berndorfs Gesicht im Dunkel des Wagens zu sehen.

»Dich hat etwas geärgert«, stellt sie fest. »Die Nachrichten?«

Auf der Autobahn A 81 in Fahrtrichtung Singen kommt den Autofahrern vor Rottweil ein Falschfahrer entgegen.

»Ja.«

»Und warum?«

»Weil ich versucht habe, die Medienfuzzis auf die gewendete Stasi zu hetzen.«

»Was hast du?«

Berndorf erzählt. »Am Schluss ist der ganze Pulk von Journalisten mir in den Hof vom Neuen Bau nachgelaufen und hat mich interviewt und meine Geschichte angehört ...« Und während er das sagt, kommt er sich noch alberner vor.

»Hat er doch Klasse gemacht?«, fragt Paco. Doch Barbara lacht nur. Das Lachen klingt nicht sehr lustig.

»Ihr seid naiv«, sagt sie dann. »Bodenlos naiv. Hast du nicht gehört, was gerade eben über die uneingeschränkte Solidarität mit den USA gesagt wurde? Und dass sich die Amerikaner die Stasi-Spione unter den Nagel gerissen haben, das wissen wir seit der Geschichte mit den Rosenholtz-Papieren. So

etwas ist keine Nachricht. Das haben wir alles ganz schnell vergessen, weil wir es so genau noch nie wissen wollten.«
Berndorf schweigt. Die Rosenholtz-Papiere – die Datei mit den Namen der wichtigsten DDR-Agenten – war nach der Wende an die Amerikaner verkauft worden. Irgendjemand, der rasch noch Kasse machen wollte, hatte das getan. Jemand wie Meunier, aber sehr viel höher in der Hierarchie angesiedelt und vor allem ein bisschen cleverer. Und die Amerikaner hatten die Datei für sich ausgewertet, wozu auch den deutschen Staatsanwälten Arbeit machen!
»Außerdem«, fährt Barbara gnadenlos fort, »was glaubst du, was die Leute sagen werden? Ein pensionierter Polizist, ein vorzeitig pensionierter, wird mit dem Ruhestandfrust nicht fertig und denkt sich Verschwörungen aus …«
»Das ist mir egal«, sagt Berndorf trotzig. Eigentlich will er sagen, dass es jetzt nicht mehr ganz so einfach sei, ihm das nächste Auto wegzubomben oder sonst wohin einen Sprengsatz zu legen. Aber dann meldet sich die unhörbare Stimme, die ihn schon die ganze Zeit nervt, und will wissen, warum das nicht mehr so einfach sein soll? Weil du vor einem Pulk Journalisten den Narren gegeben hast? Wenn Steinbronner oder der Staatssekretär Schlauff bei den Chefredakteuren anruft, erscheint keine Zeile von deinen famosen Interviews …
»Aber mir ist es nicht egal«, sagt Barbara. »Ich mag es nicht, dass du dich lächerlich machst. Und ich mag nicht, dass unsere Autos in die Luft gebombt werden. Wenn wir hier etwas erreichen wollen, müssen wir professioneller an diese Geschichte herangehen.«
Berndorf sagt nichts. Im Autoradio läuft inzwischen eine Country-Sendung, Johnny Cash tritt wieder mal im Zuchthaus von San Quentin auf.
»Vor allem müssen die Fakten auf den Tisch. Ich will wissen, was du außer deinem kaputten Auto und einem komisch gravierten Jagdgewehr an Beweisen hast.«

»Das Geld wäre ein Beweis.«
»Welches Geld?«
»Das Schmiergeld. Ich bin sicher, dass es auf einem Zürcher Konto gebunkert ist.«
»Und wer oder was befugt dich, dich an dieses Geld heranzumachen?«
»Die Erbin hat mich befugt.«
»Bitte?«
»Sie hat mich gebeten, ihr zu helfen«, erklärt Berndorf. »Sie hat sogar eine notariell beglaubigte Vollmacht ausgestellt.«
»Wozu?«
»Um Einblick in das Konto zu nehmen. Oder in die Konten. Die Vollmacht …«
»Makulatur«, fällt ihm Barbara ins Wort. »Ohne den Erb- oder wenigstens den Totenschein kann sich diese famose Juristin sonst was damit abwischen.«
»Sie hält es für möglich, dass das Konto auf ihren Namen eingerichtet ist.«
»Und warum nimmt sie dann nicht selbst Einblick?«
»Weil sie das Passwort nicht kennt. Weil sie fürchtet, dass der gewendete Müller und seine Knechte sie keinen Augenblick unbeobachtet lassen.«
»Ach!«, sagt Barbara zornig, »aber du darfst ihr die Kastanien aus dem Feuer holen … Du wirst keinen Schritt tun können, ohne Wolffs Schakale im Nacken zu haben.«
»Das ist ja meine Absicht«, antwortet Berndorf bedächtig. »Die Vollmacht ist auf dich ausgestellt.«

Durch die Jalousie fällt das Licht einer Straßenlampe und zeichnet Streifen auf die Decke. Berndorf liegt mit aufgestütztem Oberkörper im Bett und betrachtet die Nackenlinie Barbaras, die ihm den Rücken zugekehrt hat.

»Ist dir klar«, sagt sie in die Dunkelheit, »dass ich vorhin, auf der Autobahn, am liebsten aus dem Wagen gesprungen wäre? Jedenfalls wollte ich raus, an der nächsten Ausfahrt.«
»Und wann soll das gewesen sein?«
»Bist du wirklich so abgestumpft? Was hast du dir eigentlich gedacht, als du diese Vollmacht hast ausstellen lassen? Du ziehst mich da in etwas hinein, dessen Ausgang völlig ungewiss ist, und fragst mich nicht einmal …«
»Ich hab dich schon vorher hineingezogen«, antwortet Berndorf. »Unfreiwillig. Und diese Vollmacht musst du nicht annehmen. Wir geben sie zurück.«
»Das ist zu spät. Jetzt hast du mich schon ins Spiel gebracht.« Barbara dreht sich zu ihm um. »Du wirst schon noch sehen, was du davon hast. Aber ich weiß immer noch nicht, wie du an dieses Konto herankommen willst.«
»Ich glaube, die junge Autenrieth hat eine Ahnung, welche Bank es ist. Vielleicht hat sie sogar bereits versucht, an das Depot zu kommen. Allein oder in Begleitung von Meunier, seine Hand an ihrem Ellbogen. Aber Fehlanzeige. Ohne Passwort oder Zahlencode hat sie keinen Zugang.«
»Und warum meint sie, dass ausgerechnet du den Code kennst?«
»Den kenn ich ja gar nicht.« Er wendet sich zur Seite und tastet auf dem Fußboden nach seinem Mobiltelefon. »Ich kann nur raten.«
Er hat das Handy gefunden und schaltet es ein. Das Display zeigt an, dass es eine halbe Stunde vor Mitternacht ist. »Hast du was dagegen, wenn ich kurz Tamar anrufe? Mir ist da eine Frage eingefallen.«
»Bitte.« Barbara dreht sich zur Seite.
Das Rufzeichen wiederholt sich mehrmals. Schließlich hört Berndorf ein unterkühltes: »Ja?«
»Tut mir Leid«, sagt Berndorf, »Sie so spät zu stören …«
»Das fällt nicht mehr ins Gewicht«, schneidet ihm Tamar das

Wort ab. »Ich bin schon zufrieden, wenn Sie keine Blumen für Ihren Auftritt von heute Morgen erwarten.«

»Sicher nicht«, meint Berndorf demütig. »Ich habe nur eine Frage zu etwas, von dem Sie mir erzählt haben…«

Tamar schweigt.

»Sie sagten, bei Autenrieths Leiche sei ein Zigarettenetui gefunden worden, von dem die Tochter Cosima ein Duplikat besitze… Ich wollte wissen, ob das Labor das Etui schon untersucht und vielleicht eine Gravur darauf gefunden hat…«

Das Schweigen hält an. »Sind Sie noch da?«

»Ja«, antwortet Tamar. »Ich bin noch da. Nur ein wenig sprachlos. Wenn ich Sie etwas frage, mauern Sie. Sie behindern unsere Ermittlungen. Sie randalieren auf unserer Pressekonferenz. Und jetzt rufen Sie nachts an und wollen auch noch Auskünfte…«

»Ich versuche nur, Beweismaterial zu beschaffen, das anders nicht zu bekommen ist. Material, das ich nur Ihnen…«

»Wenn Sie Beweismaterial besitzen, haben Sie es der Polizei zu übergeben. Nicht irgendjemandem, dem Sie gütigerweise einen Gefallen tun wollen.«

»Ja doch. Aber sagen Sie, die Gravur…«

»Auf dem Etui waren die Initialen Autenrieths eingraviert. Wenn Sie es genau wissen wollen: Es ist eine figürliche Darstellung und erinnert an eine Frau, die einen weiten Rock trägt. Der Rock bildet das A, der nach vorne gebeugte Oberkörper mit dem Kopf bildet das C. Ich sehe gespannt den Rückschlüssen entgegen, die Sie daraus ziehen.«

»Sieht es so aus, als ob die Frau läuft, oder springt?«

»Ja, so sieht es aus. Genügt das?«

»Sie haben mir sehr geholfen.«

»Und mir würden Sie sehr helfen«, antwortet Tamar, »wenn Sie meine Telefonnummer aus Ihrem Verzeichnis löschen wollten. Ich wünsche Ihnen eine gute Nacht, oder was davon übrig ist.«

Das Gespräch bricht ab, und Berndorf schaltet sein Gerät aus.
»Das klang, als ob Tamar nicht sehr entzückt gewesen ist«, stellt Barbara fest.
»Das wäre auch ein Wunder gewesen.«
»Und was ist mit der springenden Frau?«
»Es ist keine Frau«, antwortet Berndorf. »Es ist ein springender Mönch.«
»Wenn du meinst.«
»Es ist ein Motiv aus Mörikes Geschichte von der Schönen Lau«, erklärt Berndorf.
»Die Nixe aus dem Blautopf?«, fragt Barbara. Vor Jahren waren sie einmal dort gewesen.
»Ja, aber Mörikes Lau lebt nicht mehr hier«, antwortet Berndorf. »Sie war vom Schwarzen Meer in den Blautopf verbannt worden, weil sie nur tote Kinder bekam. Die Lau war nämlich immer traurig, weißt du?«
»Kennst du keine fröhlicheren Märchen?«
»Sie durfte erst zurück, wenn sie das Lachen gelernt hatte. Aber ihr Hofnarr zog nur Grimassen, sonst brachte er nichts zuwege. Erst als sich die Lau mit einer Wirtin aus dem Städtchen Blaubeuren anfreundete und sogar abends in die Spinnstube kam, wurde es lustiger. Du kennst den Zungenbrecher: *'s leit a Klötzle Blei glei bei Blaubeura, glei bei Blaubeura …* und so weiter?«
»Das ist von Mörike?«, fragt Barbara. »Nett.«
»Vermutlich hat er's nur übernommen. Jedenfalls hat sich die Lau in der Spinnstube daran versucht und ist darüber so gestolpert, dass sie selbst ins Lachen kam. Ein ander Mal hat es ihr geträumt, der Abt des Klosters habe der Wirtin nachgestellt und müsse nun eilends Reißaus nehmen …«
»Und wie geht das Märchen aus?«
»Die Schöne Lau hatte das Lachen gelernt und durfte zurück. Aber in dem Gasthof, mit dessen Wirtin sie sich angefreundet hat, soll noch lange ein Bild von ihr zu sehen gewesen sein,

die Hände kreuzweise über der Brust … Ihre Heimat war das Schwarze Meer, und wer dorthin kommt und ein Rätsel aus ihrer Blaubeurer Zeit weiß, dem wird sie helfen.«

»Was für ein Rätsel?«

»Ein gereimtes.« Berndorf gähnt. »Es ist der Besucher, der das Rätsel stellen muss. Es geht um ein Spinnrad. Und weil nur die Lau das Lösungswort kennt, weiß der Besucher, dass sie es auch wirklich ist und er ihr vertrauen kann.«

Freitag, 16. November 2001

»Ich wüsste zu gerne«, sagt Cosima Autenrieth und beugt sich über den Rücksitz ihres Peugeot-Coupés, »wie man diese Hundehaare wieder aus dem Sitzpolster bekommt.«

Neben ihr steht Felix, den Kopf hochgestreckt, und wittert in den Wind, der aus Südwest kommt und nach Regen und Möwen riecht. Der Verkehrsfunk hatte einen Stau auf der Autobahn nach Singen gemeldet, so hatten sie sich entschieden, die Fähre von Meersburg nach Konstanz-Staad zu nehmen.

»Ich kann es Ihnen nicht sagen«, antwortet Berndorf und sieht dem Schaffner entgegen, der die vor ihm wartenden Autofahrer abkassiert. »Ich hatte bisher ein einziges Auto mit Hundehaaren. Aber die sind auf eine Weise entsorgt worden, die ich Ihnen nicht empfehlen möchte.«

Er bezahlt die Überfahrt und sie gehen zum Passagierdeck hoch, Kaffee trinken. Die Nacht mit Barbara ist kurz gewesen, und Cosima Autenrieth hat ihn schon um sieben Uhr herausgeklingelt. Vom Deck aus sieht der See bleigrau aus, krisselige Wellen nagen an der Mole, weit drüben liegt das Schweizer Ufer unter der Wolkenwand, die ein Tiefdruckgebiet vor die Berge geschoben hat. Felix schleicht merkwürdig geduckt über das Deck, es dauert eine Weile, bis Berndorf begreift, dass dem Hund die leichte Dünung und das Vibrieren der Schiffsmotoren unheimlich ist.

An der Reling wirft er noch einen Blick auf das Parkdeck. Es ist voll, unter den Autos, die nach dem Peugeot noch einen Platz gefunden haben, scheint ihm keines auffällig. Auf der

Wartespur am Hafen steht als fünftes oder sechstes der Autos, die erst auf die nächste Fähre kommen, ein Opel mit einem Feuer speienden Drachen auf der Motorhaube.
Wir hätten einen Wagen mieten sollen, irgendeinen, der unauffälliger ist, denkt er und folgt Cosima, die ihm in die Cafeteria vorangegangen ist.
Der Kaffee ist lausig, aber wenigstens heiß. Berndorf schlägt das »Tagblatt« auf, das mag unhöflich sein, aber von einem alten Mann, den man noch nicht einmal seine Zeitung hat lesen lassen, ist nicht allzu viel Höflichkeit zu verlangen.
Frentzel hat mächtig zugeschlagen. Ein großes Foto von Constantin Autenrieth, er blickt selbstbewusst in die Kamera, eine Hand ausgestreckt, als halte er gerade eine Rede oder deklamiere einen Text, die Bildunterzeile teilt mit, das Bild sei 1988 aus Anlass seiner Ernennung zum Ehrenpräsidenten der Kreisjägerschaft Alb-Donau entstanden, dazu passt, dass er auf der Fotografie in eine Art Tracht gewandet ist…
»Peinlich, dieser Lodenjanker«, sagt Cosima Autenrieth. »Wie der Wildschütz Jennerwein auf der Raiffeisen-Jahreshauptversammlung. Dabei hat er sich das Teil in München maßschneidern lassen.«
Und nun ist der Wildschütz tot, denkt Berndorf, und wer ihn derschoss'n hat, wissen wir noch immer nicht. Oder doch? »Sie haben den Artikel schon gelesen?«
»Heute früh, im Hotel«, antwortet sie. »Sie werden übrigens wenig Freude daran haben. Von unseren Freunden so gut wie kein Wort. Und von Ihnen auch nicht. Sie hatten doch gesagt, Sie hätten in der Pressekonferenz Alarm geschlagen?«
Berndorf sagt nichts. Von unseren Freunden, hat sie gesagt. Das soll ironisch klingen, und doch ein bisschen zu kumpelhaft. Wir sind keine Partner, denkt er. Er überfliegt den Artikel, unter das Bild Autenrieths ist das Foto eines von Gesträuch umgebenen Tümpels platziert, offenbar der Fundort der Leiche. Neben dem Hauptartikel steht ein Interview mit

dem eingeblockten Bild des Kriminaldirektors Steinbronner. Das Foto ist so geschnitten, dass das Kinn des Kriminaldirektors allein schon die Spaltenbreite zu sprengen droht.
Berndorf legt das Blatt zur Seite und blickt hoch, in die Augen von Cosima Autenrieth.
»Wollen Sie nicht lesen, was dieser Kriminaldirektor sagt?«
»Nein.«
»Wenn ich es richtig verstanden habe, deutet er an, dass Meunier jetzt auch für die Amerikaner arbeitet«, bemerkt sie.
»Wussten Sie das nicht?«
»Doch«, antwortet sie. »Meunier hat es mir einmal gesagt. Aber ich habe es nicht geglaubt. Und es wundert mich, dass dieser Kriminaldirektor so etwas herauslässt.«
Freiwillig hat er das nicht getan, denkt Berndorf.
»Warum hat Sie das Bild Ihres Vaters geärgert?«
»Sie haben es doch gesehen«, antwortet sie. »Er sieht aus wie verkleidet. Wie eine Frau, die overdressed ist. Manchmal hatte er einen Hang, sich zu produzieren. Ich mag…, ich mochte das nicht.«
»Sehen Sie das so kritisch, weil Sie an ihm hingen?«
Ein spöttischer Blick streift ihn. »Wollen Sie unsere Familiengeschichte explorieren?« Sie lächelt knapp und nimmt eine Zigarette aus ihrem Etui und zündet sie an. »Aber es stimmt, ich hing an ihm. Vielleicht lag es daran, dass ich dachte, ich verstehe ihn besser, als meine Mutter das tat, vielleicht war es auch das alte Spiel zwei gegen eine… Meine Mutter sieht sich heute noch gerne ein wenig als die Märchenprinzessin, die nicht aus dem Serail entführt wurde. Einmal ist sie in einem Salzburger Café von Karajan mit einem Handkuss begrüßt worden, wie lange haben wir das zu hören bekommen! Da haben wir dann unsere eigenen Rituale entwickelt, unsere eigenen Spiele und Codes, in denen die Welt der Oper allenfalls ironisch zitiert wurde, wenn sie denn überhaupt vorkam.«
Eine zweite Fähre, von Konstanz kommend, schiebt sich

backbord vorbei. Ein Möwenschwarm wechselt das Schiff. »Eine wichtige Rolle bei unseren Ritualen spielten die Verstecke«, fährt sie fort. »Irgendwann hat er damit begonnen, Geschenke nicht nur an Ostern zu verstecken, auch an Weihnachten, oder wenn ich Geburtstag hatte, ich musste sie dann in einer Art Schnitzeljagd suchen … Mit der Zeit wurde mir das lästig, es kam mir vor wie eine Art Pfadfinderei, die nicht erwachsen werden will, und ich wollte erwachsen sein. Einmal hat er mir aufgegeben, bei einem gelben Ding im See nachzuschauen, und gemeint war *A yellow submarine,* ich hätte in der Plattenhülle nachsehen sollen, das ist doch albern. Irgendwie hatte ich später auch keine Antenne mehr für seine Anspielungen, es ist, als ob er mir lange vor seinem Verschwinden verloren gegangen wäre.«

»Sie hingen an ihm, sagten Sie. Und wie war das mit ihm?«

»Wie meinen Sie das?«

»War er stolz auf Sie?«

»Ich weiß nicht. Vielleicht.« Sie drückt ihre Zigarette aus. »Ich glaube, er wollte vor allem, dass ich auf ihn stolz bin.«

»Solche Väter können anstrengend sein«, meint Berndorf. »In den Fotoalben Ihrer Mutter habe ich einige Bilder gesehen, da sind Sie 14 oder 15 und wandern über die Schwäbische Alb. Das soll ja nicht das einfachste Alter sein, aber diese Bilder stellen Sie ganz selbstverständlich in den Mittelpunkt, als sei der Fotograf auf sehr wache und fast kameradschaftliche Weise neugierig auf Sie. Ihre Mutter sagte mir, dass Ihr Vater diese Fotos gemacht hat …«

Sie wirft ihm einen Blick zu, der plötzlich unsicher scheint. »So besonders kameradschaftlich ist mir das gar nicht in Erinnerung«, antwortet sie schließlich. »Ich fürchte, ich wäre damals sehr viel lieber auf den Malediven gewesen oder auf Ibiza. Statt dessen Rinderschmorbraten in Blaubeuren, inmitten von Busladungen voller Touristen aus Eßlingen und Ravensburg, ich bitte Sie!«

Steuerbord rückt der bewaldete Hügel der Mainau ins Blickfeld.
»Haben Sie sich nie überlegt«, fragt Berndorf, »ob das, was wir in Zürich suchen, auch so ein gelbes Ding im See ist? Ein Rätsel, das Ihnen Ihr Vater aufgegeben hat?«
Cosima Autenrieth schüttelt ärgerlich den Kopf. »Mein Vater war kein Kindskopf, was denken Sie denn!« Sie blickt ihm in die Augen. »Im Übrigen wissen wir beide ganz genau, wie die Dinge stehen. Sie waren in der Jagdhütte. Sie haben sein Gewehr gefunden. Sie wussten, dass er dort ums Leben gekommen ist. Ich weiß nicht, warum Sie das gewusst haben. Aber Sie wussten es. Nur kann das nicht alles sein. Sie müssen seine Aufzeichnungen gefunden haben. Das ist die einzige Erklärung für Ihr Interesse an uns.»
»Das ist nicht ganz logisch«, wendet Berndorf ein. »Wenn ich seine Aufzeichnungen gefunden hätte, wäre ich wohl kaum zu Ihrer Mutter gefahren.«
»Natürlich hat mein Vater Sicherungen eingebaut. Daten, Zahlen, was weiß ich. Irgendetwas, das Sie brauchen werden, um den Schlüssel zu finden. Sie werden mich schon noch danach fragen. Vielleicht mussten Sie auch erst herausfinden, wie viel das sein könnte, was da…« – sie sucht nach einem Wort – »… was da gebunkert ist.«
»Wie Sie meinen.« Duckdalben schieben sich am Fenster vorbei, die Fähre läuft in den Staader Hafen ein. Berndorf hakt Felix' Leine los und steht auf. Cosima folgt ihm, gemeinsam gehen sie über die Treppe zum Parkdeck und zu dem Peugeot-Coupé, dem man bei Tageslicht ansieht, dass es nicht das neueste Baujahr ist.
»Diese Frau…«, fragt sie, als sie sich angurtet, »ist sie hier auf dem Schiff?«
Am Morgen, als sie ihn abholen wollte, hatte er sie mit Barbara bekannt gemacht. Die beiden Frauen saßen in seinem Wohnzimmer und lächelten sich an. Aber bei beiden, da ist

sich Berndorf ganz sicher, waren die Krallen ausgefahren.
»Sie wird eine der nächsten Fähren nehmen«, antwortet er.
»Ist sie Ihre Lebensgefährtin?«
»Ich weiß nicht, ob man es so nennen kann«, antwortet Berndorf. »Wir kennen uns seit über dreißig Jahren, und fast ebenso lange sehen wir uns meist nur in den Ferien, oder an einem Wochenende.«
»Ein Fall von Entscheidungsschwäche, wie?«

»Und das Mobiliar in der Jagdhütte«, fragt Kuttler, »hat er Ihnen das geschenkt? Oder haben Sie einen Abstand bezahlt?«
»Wir haben ausgemacht, dass er immer wieder kommen kann«, antwortet Neuböckh.
Er spricht widerwillig und näselnd. Seine Wange ist verfärbt, die Nase unter einer Plastikschiene verborgen. Das Büro von Tamar und Kuttler liegt nach Südosten, und weil es noch Vormittag ist, fällt das Licht Neuböckh ins Gesicht, wenn er sich an Kuttler wendet. Aber er vermeidet es, Tamar anzusehen, als sei es für ihn besonders unerträglich, von einer Frau vernommen zu werden.
»Also Sie sollten nur die Hütte für ihn in Schuss halten?«, hakt Kuttler nach. »Autenrieth wollte die Jagd gar nicht aufgeben, Sie waren nur der Strohmann, der Platzhalter…«
»Hören Sie«, sagt Neuböckh müde, »der Autenrieth wollte nach Argentinien, das hat sich ganz plötzlich ergeben, von heut auf morgen. Und er hat auch nicht gewusst, ob das auf Dauer sein würde oder nur für ein paar Jahre. Aber es war klar, dass er die Jagd nicht behalten kann. Deshalb hab ich sie übernommen, zuerst mal so lange, bis die Pacht neu vergeben werden sollte. Das wusste ich ja nicht, ob die mich dann nehmen. Wenn ein Einheimischer die Jagd haben will, gibt es immer welche, die sich quer legen, grad' drum oder weil man

einmal Händel gehabt hat. Da kommt ja einiges zusammen, wenn man nebeneinander im Dorf lebt.«

»Aber Sie – Sie haben die Jagd dann bekommen?«

»Hab ich«, antwortet Neuböckh mürrisch. »Und für den Fall hatten wir vereinbart, dass die Hütte und was er dort hineingesteckt hat und auch das Inventar abgegolten sind, weil ich ja für ihn die restliche Pacht bezahlt hab.«

»Haben Sie eine Übergabe gemacht?«, will Tamar wissen.

»Wozu?«, fragt Neuböckh zurück. Er hält den Kopf gesenkt, als könne er so besser über die Plastikschiene hinwegsehen. »Über das Revier wusste ich besser Bescheid als er. Wenn ich es noch recht weiß, hat er mich im September 1991 angerufen und die Sache mit mir ausgemacht. Am Wochenende danach wollte er kommen. Bloß ging damals der Krawall in Jugoslawien los, und die Serben haben einen von unseren Transporten angehalten, mit fadenscheinigen Lügen. Ich bin runter, um den Lastzug und den Fahrer loszueisen... Das tut auch nicht jeder, da gibt es welche, die lassen ihre Fahrer irgendwo im Knast hocken, bis sie schwarz sind... Den Fahrer hab ich freigekriegt, den Lastzug nicht. Und wie ich zurückgekommen bin, spät abends, lag ein Umschlag mit den Schlüsseln für die Hütte bei mir im Briefkasten. Das war alles.«

»Als Sie dann erstmals danach in der Hütte waren – ist Ihnen da etwas aufgefallen?«, fragt Kuttler. »Irgendetwas, das anders war, als Sie es erwartet hatten?«

Neuböckh hält den Kopf gesenkt. »Weiß nicht«, sagt er schließlich. »Es war alles aufgeräumt. Vielleicht ist es das, wo ich... Nein, gewundert hab ich mich nicht. Es war aufgeräumt und sauber gemacht, also richtig mit Schrubber, damit hatte Constantin es sonst nicht so.«

»Waren persönliche Gegenstände von ihm zurückgeblieben?«

Neuböckh zuckt die Achseln. »Weiß nicht, was das hätte sein können. Die Bücher vielleicht. Ich weiß nicht, warum er sie dagelassen hat. Aber es hat mich nicht gestört.«

»Aber da war doch noch«, fragt Tamar mit milder Stimme, »dieses Gewehr. Hat Sie das nicht gewundert, dass er das zurückgelassen hat?«

»Ach ja«, sagt Neuböckh. »Das wundert mich jetzt nicht, dass Sie das wundert. Haben Sie schon mal versucht, in Echterdingen mit einem Gewehr in den Flieger zu klettern?« Er betrachtet Tamar, als habe er mit ihr die ganze Inkompetenz des Polizeiapparats überführt. »Etwas war seltsam. Es war alles sauber gemacht. Nur dieses Gewehr nicht. Irgendwer hatte damit geschossen, aber danach hat er es nicht gereinigt. Er hat es abgewischt, wie eine Nippesfigur. Sonst nichts.«

Er blickt von Tamar zu Kuttler. »Mit Waffen werden Sie sich ja auskennen. Wenn so ein Gewehr nicht richtig gereinigt wird, dann fängt es null Komma nix zu rosten an. Und das ist ja ein teures Ding gewesen, das können Sie mir glauben.«

Das Hotel liegt in einer Seitenstraße des Limmatquais und hat angenehm geheizte Zimmer, deren mit blütenweißen Stores verhängte Fenster auf einen Innenhof hinausgehen. Das Bett mit seiner hart gepolsterten Matratze tut Berndorfs Rücken gut. Fast drei Stunden hat er im Auto gesessen.

Felix hat sich nach einigem Suchen unter ein kleines rundes Tischchen geschoben, so dass die Kristallschale darauf fast ins Rutschen gekommen wäre, samt den appetitlich darin arrangierten Schokolade-Täfelchen. Murrend kratzt er sich mit einer Hinterpfote am Maulkorb, ohne den ihn Berndorf freilich nicht hätte ins Hotel bringen können. Auch so war das Stirnrunzeln der Saaltochter in der Reception nicht zu übersehen. Ob es dem Herrn etwas ausmache, hatte sie gefragt, das Frühstück im Zimmer zu sich zu nehmen? Der Hund, verstehen Sie, ist ein wenig groß, die anderen Gäste …

Falls man die Dame an einer Schweizer Hotelreception Saaltochter nennen darf. Berndorf holt sein Handy heraus und schaltet es ein. Sirrend signalisiert das Gerät eine SMS-Nachricht:

sind im parkhaus was nun?

Gute Frage, denkt Berndorf.

Warten, simst er zurück, und gibt den Namen des Hotels durch und die Straße, in der es liegt.

Kurz vor Zürich hatte ihn Cosima Autenrieth mit der Mitteilung überrascht, dass sie zwei Hotelzimmer reserviert habe … Er hatte weder protestiert noch nachgefragt.

»Wir werden sicher noch den morgigen Tag zur Abwicklung brauchen«, hatte sie hinzugefügt.

»Morgen ist Samstag«, hatte er geantwortet.

»Das macht nichts. Das war auch ein Samstag, als wir diese Etuis entdeckt haben. Ich bin ganz sicher, dass er davor einen Termin hatte. Damals dachte ich mir nichts dabei. Heute denke ich, dass es ein Termin bei seiner Bank war.«

Berndorf hatte sie nur kurz von der Seite angesehen und nichts weiter gesagt. Sie hatte ihn noch gefragt, ob er eine Pistole bei sich habe. Irgendwie schien sie enttäuscht, als er antwortete, dass man damit nur die Kantonspolizei anlocken oder sonst ein Unheil anrichten könne.

Er steht auf und holt sich ein Mineralwasser aus der Minibar. Hunger hat er auch, aber einstweilen gibt es nur eine halbe Mütze Trockenfutter für den Hund.

Worauf hat er sich da eingelassen? Aus irgendeinem Grund glaubt Cosima, dass er Autenrieths Aufzeichnungen kennt. Vielleicht ist das sogar so.

Immerhin weiß er, was Autenrieth *gezeichnet* hat: die Entwürfe für die Gravuren, die sich auf dem Jagdgewehr und den beiden Zigarettenetuis befinden.

Eine Frau, Blätter im Haar, Hände vor der Brust.

Ein springender Mönch.
Etwas, das wie ein Kreis auf einem Dreieck aussieht. Oder wie ein Rad auf einem Gestell.
Die Schöne Lau. Der ertappte Abt. Das Spinnrad.
Als Vater Autenrieth das alles aufgezeichnet hat, stand Cosima daneben. Gelangweilt. Papa muss mal wieder demonstrieren, wie gut er zeichnen kann. Bäh! Vermutlich hätte sie am liebsten ein Gesicht gezogen wie auf jenem Foto, als sie vor dem Blautopf steht, neben dem Steinbild der Schönen Lau, und in die Kamera feixt. *Er wollte unbedingt, dass das ins Album kommt.*
Heute Morgen sind der Anwältin Cosima Autenrieth zu Blaubeuren nur noch der Rinderschmorbraten und Busladungen von Touristen eingefallen. Kein Nerv für Papas Rätselspiele. Diese Aufzeichnungen haben doch Sie! Juristen, wortblind vor lauter Begrifflichkeit...
Die Schöne Lau? Nein. Constantin Autenrieth schlüpft nicht in die Rolle einer Nymphe. *'s leit a Klötzle Blei glei bei Blaubeura... ?* Seit jeder Werbetexter seine Talentlosigkeit am Dialekt austoben kann, wird ein Schwabe mit dem Schwäbischen zurückhaltend sein, jedenfalls in der Schriftform.
Der Blautopf? Zieht mächtig Mythen an. Die Helfensteiner Grafen entsorgten dort das Ding, das unsichtbar macht. Und bis ins 17. Jahrhundert hinein haben die Blaubeurer, wenn Hochwasser drohte, die Wassergeister damit beschwichtigt, dass sie ihnen vergoldete Becher in den Blautopf warfen. Schöne Christen.
Er nimmt sein Handy, zögert, tippt dann doch entschlossen ein SMS ein und sendet sie ab, und während er auf das Display schaut, denkt er, es ist ein Fehler, ich ruf die Simse zurück und lösche sie...
Auf dem Display erscheint die Mitteilung: »Nachricht gesendet«. Außerdem schlägt das Hoteltelefon an. Er nimmt den Hörer ab.

»Könnten Sie in mein Zimmer kommen? Aber bitte ohne Hund. Ich möchte barfuß gehen können, ohne in Hundehaare zu treten.« Aus dem Hörer klingt Cosimas Stimme heller, fast schrill, als verstärke das Telefon ihre Anspannung.
Er trinkt das Mineralwasser aus. »Tut mir Leid«, sagt er zu Felix. »Mach schön Platz.« Das ist ein blöder Befehl, denn Felix liegt bereits. Nun schaut er zu Berndorf empor, wie es nur ein Hund tun kann, den man mit fadenscheinigen Aufträgen allein in einem fremden Hotelzimmer zurücklässt.
Berndorf strafft seine Schultern und steckt das halb herausgerutschte Hemd wieder in die Hose. Gib dir keine Mühe, denkt er dann. Die Dame will nicht wegen dir barfuß gehen.
Und wenn doch?
Dann wäre es ein besonders dummer Bauernfängertrick.

Er geht über den Flur und klopft und tritt ein.
Auch in diesem Zimmer gibt es ein rundes Mahagoni-Tischchen und Sesselchen. In eines davon hat sich Meunier gezwängt.
Cosima liegt mit übereinander geschlagenen Beinen auf dem Bett und raucht.
»Nett«, sagt Berndorf und setzt sich auf das zweite Sesselchen. »Wo haben Sie Ihren Frankenstein gelassen?«
»Ihre Späßchen können Sie sich abschminken«, schlägt Meunier vor. »Vielleicht ist dann ein Gespräch möglich.«
»Wer spricht für wen?«, fragt Berndorf.
»Jeder für sich«, antwortet Meunier. »Leider ist das in Ihrem Fall nicht so ganz klar. Es war der Vorschlag unserer trauernden Hinterbliebenen ...« – er deutet auf das Bett – »Sie mit ins Boot zu nehmen. Das hat unsere Zustimmung gefunden, und selbstverständlich müssen Sie auch angemessen honoriert werden, Sie haben ja auch Einbußen gehabt.« Über sein Gesicht gleitet ein Lächeln. »Das Angebot sind zehn Prozent von der Gesamtsumme, nicht wahr, Cosi-Maus?«

Cosima Autenrieth bläst eine Rauchwolke zur Decke und zuckt mit den Achseln.
»Nu, ein faires Angebot«, fährt Meunier fort, »wobei Sie aber beachten wollen, dass unsere Forderungen vorrangig bedient werden müssen. Wir haben Constantin Autenrieth seinerzeit einen sehr erheblichen Betrag anvertraut. Leider ist dieses Geld nicht vereinbarungsgemäß weitergeleitet worden, um im Beisein einer trauernden Hinterbliebenen das hässliche Wort Unterschlagung zu vermeiden …«
»Das war Bestechungsgeld, um den Export der Russen-Panzer genehmigen zu lassen?«
»Ach Gott, reden Sie doch nicht zu mir wie ein Leitartikler des ›Neuen Deutschland‹«, fährt ihn Meunier an. »Diese Panzer hatte noch die Regierung Maizière übernehmen müssen, übrigens war diese Regierung nicht unsere Idee gewesen, auch nicht, dass es die letzten Tage der DDR sein sollten, gewiss nicht … Jedenfalls standen im Sommer 1990 die nagelneuen Panzer auf einem Truppenübungsplatz in der Uckermark und waren uns so notwendig wie ein Strohhalm im Arsch – Entschuldigung, Cosi-Maus. Dabei war es erstklassige Ware, westlichen Erzeugnissen deutlich überlegen, wie Ihnen jeder Fachmann bestätigen wird … Also haben wir …«
»Wer ist wir?«, fragt Berndorf dazwischen.
»Ein kleiner Kreis von Freunden, die sich nach 1989 beruflich neu orientieren mussten«, antwortet Meunier. »Das wissen Sie doch … Jedenfalls haben wir uns behilflich gezeigt und die Panzer übernommen. Abnehmer fanden wir sehr bald, eigentlich hatten wir sie schon vorher, und wir haben uns auch den Gepflogenheiten unterworfen, mit denen in der Bundesrepublik solche Geschäfte gehandhabt werden. Trotzdem mussten wir Lehrgeld bezahlen, teures Lehrgeld. Plötzlich hieß es nämlich, die Bundesrepublik liefere kein Kriegsgerät in Spannungsgebiete, keine Panzer niemals nicht in die Emirate, so wurden wir beschieden. Wer die wahren Verhältnisse

kennt, und wir kennen die wahren Verhältnisse, kann darüber nur in Hohngelächter ausbrechen.«
»Ihre Provision war weg?«
»Und mit ihr der über Nacht aus den Diensten des Bundeskanzleramtes ausgeschiedene Herr Autenrieth. Er muss ganz genau gewusst haben, dass die Konsortien, die den bundesrepublikanischen Waffenhandel kontrollieren, keine Schmutzkonkurrenz aus der popligen abgewickelten DDR dulden würden. Trotzdem hat er uns die Provision abgenommen. Er hatte von vornherein die Absicht, uns hereinzulegen.«
Nun wirft Berndorf doch einen kurzen Blick auf Cosima. Sie hat die Zigarette ausgedrückt und liegt da und schaut zur Decke, die Hände unterm Kopf gefaltet. »Aber die Panzer sind dann schließlich doch verkauft worden?«, fragt er dann.
»Ja«, sagt Meunier, »nachdem wir die Ware an einen anderen Interessenten abgegeben haben, für 'n Appel und 'n Ei, aber der Käufer konnte gegenüber dem Bundessicherheitsrat anders auftreten als unsereins, der brauchte sozusagen nur die Stirn zu runzeln, und hat die Ware dann über Italien verschoben… Aber wir, wir guckten in die Röhre, weshalb wir denn auch der Meinung sind, dass man uns wenigstens die 3,8 Millionen samt der bis heute aufgelaufenen Zinsen zurückerstatten sollte. Kulanterweise werden wir uns mit sechs Millionen Schweizer Franken begnügen, aber so weit sind wir jetzt noch gar nicht. Erst mal betrübt mich die Hinzuziehung dieser Professorin Stein. Cosi-Maus hat mir gerade eben von dieser Vollmacht erzählt, und ich finde das höchst unklug, Berndorf, was Sie da treiben. Wir wissen, dass Ihnen Ihre Professorin sehr am Herzen liegt…«
Berndorf betrachtet ihn aufmerksam und sagt erst mal nichts. Meunier schüttelt den Kopf. »Ich verstehe nicht, wie Sie diese Dame einem solchen Risiko aussetzen können… Sehen Sie, mein Kollege Kadritzke ist – wenn man ihn näher kennt – eine Seele von Gemüt. Aber er kann auch anders. In Angola zum

Beispiel hat er Leute der MPLA in geheimdienstlichen Verhörmethoden ausgebildet. Sie sind ja ein Mann vom Fach, Berndorf, aber solche Dinge haben auch Sie noch nicht zu Gesicht bekommen. Und ich bin ganz sicher, Sie wollen nichts davon sehen, und am allerwenigsten wollen Sie sehen, wie ihre gute Freundin aussieht, wenn sie diese Methoden …, wie soll ich sagen? Wenn sie sie überlebt hat.«
»Mit diesen Methoden, von denen Sie sprechen«, sagt Berndorf, »hat Ihr Gemütsmensch Kadritzke auch den Journalisten Hollerbach totgeschlagen, nicht wahr?«
»Vorsicht«, sagt Meunier. »Zu den Vorgängen im Haus dieses Journalisten haben wir unsere Aussage vor der Polizei gemacht. Und wir sind von einer Seite bestätigt worden, gegen die Sie nicht anstinken …«
»Das wird langweilig«, sagt unvermittelt Cosima Autenrieth und schwingt sich vom Bett. »Sie beide führen sich auf wie bei einem Hahnenkampf. Das ist albern. Könnten wir uns vielleicht endlich um das Geld kümmern? Vielleicht ergibt sich alles andere dann von selbst.«
»Da bin ich zwar nicht so sicher«, sagt Berndorf. »Aber bitte! Der Herr Meunier hat doch sicher einen Plan?«
»Wir suchen jetzt ein Juweliergeschäft«, antwortet Meunier, »den Laden, in dem Cosi-Maus ihr Zigarettenetui bekommen hat. Irgendwo in der Nähe war ein Café, dort ist sie von ihrem Väterchen abgeholt worden. Irgendwo in der Nähe des Cafés muss eine Bank sein.«
»Ich weiß nicht, ob wir in Zürich ein einziges Café finden, in dessen Nähe sich keine Bank befindet«, wirft Berndorf ein.
Cosima hebt einen Stadtplan hoch. »Ich habe eine ungefähre Vorstellung«, sagt sie dann. »Mein Vater und ich haben uns damals den Spielplan des Zürcher Theaters angesehen. Ich weiß noch, wie wir vor den Aushängen standen und uns mit den Regenschirmen in die Quere kamen … Wir sollten zum Schauspielhaus fahren. Es muss dort in der Nähe sein.«

»Und was ist mein Job dabei?«, fragt Berndorf.
»Sie kommen mit uns«, sagt Meunier. »Zürich ist eine nette Stadt, ach was! Man sollte so gescheit sein, sich hier zur Ruhe zu setzen, hat ein berühmter Sachse einmal gesagt...« Er steht auf und zieht sich einen beigen Kamelhaarmantel an. »Wir werden einen wunderbaren Gesprächsstoff haben, das Geld nämlich. Man kann über die hübschen Dinge reden, die man damit kaufen kann, wie heißen die Klunker, die man einer schönen Frau um den Hals hängt? Collier? Wenn denn noch ein hübscher Hals da ist, Berndorf, um den man es hängen kann. Wenn die Frau ihr Décolleté noch zeigen mag.«

Vor einem weiß getünchten Haus mit einer Patisserie im Erdgeschoss ist ein Ford geparkt. Der Ford ist so beigebraun, wie Ford das nur an eine Autovermietung verkaufen kann. Radio DRS spielt alte Cajun-Platten. Hinter dem Steuer sitzt Paco und isst ein Schinken-Sandwich, neben ihm liest die Professorin Barbara Stein in der »Neuen Zürcher Zeitung« einen Korrespondenten-Bericht über die Warlords des kongolesischen Bürgerkriegs. Radio DRS will nach Berlin umschalten, wo der deutsche Bundeskanzler soeben eine Mehrheit für seine Vertrauensfrage und die Beteiligung am Afghanistan-Krieg bekommen hat. Barbara drückt auf die Aus-Taste.
»Moment«, sagt Paco kauend und deutet mit dem Rest seines Schinken-Sandwichs nach vorne. Vor dem Hotel, das gut dreißig Meter unterhalb von ihnen liegt, wartet ein Taxi. Barbara sieht, wie Berndorf und sein Hund aus dem Hotel kommen, und nach ihnen diese Cosima. Aber sie sind nicht allein. Mit einigem Abstand zu Berndorfs Hund geht ein Mann in einem beigen Mantel. Am Taxi gibt es offenbar einen Disput mit dem Fahrer. Schließlich schiebt Berndorf einen Schein vorab durchs Seitenfenster, und alle steigen ein – der Mann mit dem

beigen Mantel vorne, Cosima und Berndorf hinten. Auch der Hund darf sich irgendwie hineinquetschen.

Warum der Mann mit dem Mantel? Ist das Meunier? Also ist der Ausflug nach Zürich nicht lange verborgen geblieben. Nicht vor denen, denkt Barbara, die am wenigsten davon hätten erfahren sollen.

Das Taxi setzt sich in Bewegung, und auch Paco hat den Ford gestartet und schwenkt aus der Parklücke heraus. Barbara wirft einen Blick in den Spiegel auf der Rückseite ihrer Sonnenblende, hinter ihnen ist ein Motorradfahrer mit einem dieser schwarzen Helme, bei denen man kein Gesicht erkennen kann… Sie sieht wieder dem Taxi nach, dem Paco folgt. Eigentlich müssten die da vorne Tomaten auf den Augen haben, wenn sie nichts merken. Der Ford ist von einer solch beigebraunen Unauffälligkeit, dass jedermann misstrauisch werden muss, dem man damit nachfährt.

Den Wagen zu wechseln, war Berndorfs Idee gewesen. *Bitte Auto ohne Drachen mieten,* hatte er gesimst. Im Übereifer hatte sie in einer Autovermietung in Kloten den unscheinbarsten Wagen genommen, der zur Verfügung stand, und den Opel mit dem Feuer speienden Drachen stehen lassen.

Aber warum tut sie das alles? Entlaufene Stasi-Agenten durch Zürich verfolgen, auf der Jagd nach dem verbunkerten Schatz… Ist sie denn noch bei Trost? Es fehlt noch, dass sie sich eine Sonnenbrille aufsetzt wie Audrey Hepburn als verhuschte Witwe in Paris.

Es ist Mittagszeit, dichter Verkehr staut sich links und rechts der Limmat, der Motorradfahrer überholt sie und muss an einer Ampel vor ihnen einscheren, was ein breitärschiger Kerl! Kurz schimmert drachengrau der Zürichsee, dann geht die Fahrt einen steilen Hang hoch, Barbara glaubt rechterhand das Zürcher Schauspielhaus zu erkennen. Weiter vorne hält das Taxi. Paco biegt nach rechts ab und hält.

»Suchen Sie einen Parkplatz irgendwo in der Nähe«, sagt Barbara. Paco nickt. Auf der Konsole liegt griffbereit sein Handy. Sie steigt aus, klappt ihren kleinen grauen Taschenschirm auf und geht durch den Nieselregen vor bis zum Schauspielhaus. Vor einem Café auf der anderen Seite des Platzes sieht sie die Gruppe neben dem Taxi stehen, der Hund etwas abseits, mit hängendem Kopf, als sei er ziemlich angeödet. Barbara wendet sich ab und geht in das Foyer des Schauspielhauses. Eine Vorverkaufskasse ist besetzt, an den Wänden sind Spielpläne, Szenenfotos und Kritiken ausgehängt. Sie betrachtet die Aushänge, ohne richtig zu lesen, dann geht sie wieder zur Tür und sieht gerade noch, wie die Gruppe mit Berndorf und Felix in einer Seitenstraße verschwindet. Sie wartet eine halbe Minute oder ein paar Augenblicke länger, bevor sie das Foyer verlässt und der Gruppe durch den Nieselregen folgt.

Ein Schaufensterbummel zur Mittagszeit also, unterm Regenschirm betrachtet sie die Auslagen, doch doch, denkt sie, ein wenig eleganter wird das schon präsentiert, als sie es in Berlin oder zuletzt in Helsinki gesehen hat. Die Beträge auf den Preisschildern, die es freilich nur in den etwas weniger exquisiten Auslagen gibt, erscheinen ihr auf den ersten Blick nicht einmal so abschreckend, bis ihr einfällt, dass für den Franken derzeit gut 1,25 Mark bezahlt werden müssen. Sie sieht sich nach den jungen Frauen um, die an ihr vorbeihasten, können die diese Preise bezahlen, einfach so? Ein Motorradfahrer mit schwarzem Helm kommt ihr entgegen …

Schon wieder?

Das dritte Schuhgeschäft rechts hat sehr hübsche italienische Sachen, wirklich, würde man sich nur nicht die Füße ruinieren damit! Sie bleibt kurz stehen und blickt dann die Straße hoch.

Der Mann mit dem schwarzen Helm ist nicht mehr zu sehen. Im Schaufenster zwei Häuser weiter sind neonkühl drei Nichtigkeiten von Dessous präsentiert, das Sektionsbüro der Schweizer Volkspartei hängt aus, dass sich das Schweizer

Volk nicht den Brüsseler Bürokraten unterwerfen soll, vorne hebt Felix das Bein vor einer Filiale des Helvetischen Trust.
Noch immer fällt Nieselregen. Vor einer in Stahl und Glas gefassten UBS-Filiale studiert Barbara Aktienkurse und versucht, in der spiegelnden Glasscheibe des Aushanges einen großen stämmigen Mann zu beobachten, der auf der anderen Straßenseite aufgetaucht ist. Als sie das Gefühl hat, sie habe lang genug Zackenlinien angestarrrt, geht sie weiter, kommt an einem Büro der Thurgauischen Assekuranz vorbei und danach an einem schmiedeeisern vergitterten Barockhaus, an dem sie das diskret-unauffällige Messingschild der Privatbank Kuehbacher & Göldi wahrnimmt…
Im gleichen Augenblick bemerkt sie, dass die Gruppe vorne stehen geblieben ist und Anstalten macht, umzukehren. Sie rettet sich in eine Passage, die in einen Innenhof und dort zu einem Dritte-Welt-Laden führt.
Sie könnte eigentlich ein Päckchen Tee kaufen, der Darjeeling in Berndorfs Küche bekommt ihr nicht besonders. Aber sie weiß nicht, was sie heute sonst noch mit sich herumschleppen muss. Im Schaufenster des Ladens sind Plakate eines Netzwerks Freier Ärzte ausgehängt, die um Hilfe für ein Krankenhaus in Sambia bitten. Fotografien zeigen provisorische OP-Säle, in Baracken eingerichtet, und stellen Patienten der Klinik vor. Kinder lächeln strahlend, andere scheinen wachsam und fast ängstlich in die Kamera zu blicken. Einige der Kinder haben nur noch ein Bein, weil das andere von einer Mine abgerissen worden ist.
Eine große Frau mit kurzen blonden Haaren bleibt neben Barbara stehen und beginnt ihr zu erklären, was es mit dem Krankenhaus auf sich hat. Leider spricht sie Dialekt, und so versteht Barbara nur, dass es um einen Monatsbeitrag von zwanzig Franken geht. Höflich antwortet sie, dass sie sich gerne informieren möchte, und bekommt auch schon einen Prospekt aus Recycling-Papier in die Hand gedrückt.

Am Eingang der Passage ist der Hund Felix stehen geblieben und wittert durch seinen Maulkorb zu ihr her. Sie vertieft sich in den Prospekt. Aus den Augenwinkeln sieht sie, wie Felix draußen weitergezogen wird.
Sie wartet noch ein wenig, bis sie wieder vorsichtig auf die Straße hinaustritt. Es gibt keine Hilfe, denkt sie und überlegt, wo sie das nun wieder herhat. Sie geht einige Schritte zurück in Richtung des Schauspielhauses. Vor dem Haus mit den schmiedeeisernen Gittern bleibt sie stehen. Sie kann nicht den ganzen Tag hinter Berndorf und der Gruppe herlaufen.
Der Kerl in der Lederjacke ist nicht zu sehen, auch kein Motorradfahrer mit schwarzem Helm. Was immer sie jetzt unternimmt, ist mit an Sicherheit grenzender Wahrscheinlichkeit falsch. Juristen würden daraus den Schluss ziehen, nichts zu tun.
Sie ist keine Juristin. Entschlossen geht sie die Stufen des Barockhauses empor und öffnet die Tür und geht zum Empfang. Ein grauhaariger Herr, so würdig wie zwei Berliner Universitätsrektoren zusammen, hebt sein Haupt.
»Bei Ihnen wird ein Konto geführt, für das ich Vollmacht besitze«, sagt sie höflich. »Ich hätte es gerne eingesehen. Das Konto ist mit einem Passwort gesichert.«
Sie legt die Vollmacht mit Cosima Autenrieths notariell beglaubigter Unterschrift auf den Tisch, legt ihren Reisepass dazu, holt ihren Füller aus ihrer Handtasche und schreibt auf die Rückseite ihrer Visitenkarte das Wort: *Blautopf*

»Zürcher Kantonalbank eher nicht. Also Helvetischer Trust, UBS oder diese koschere Privatbank«, fasst Meunier zusammen und nimmt vorsichtig einen Schluck von seinem Café crème und verzieht das Gesicht.
»Komisch. Früher hieß es immer, die Schweizer hätten be-

sonders guten Kaffee. So wie es bei der Schokolade ist. Aber ich weiß nicht…«

»Sie rösten ihn anders«, sagt Berndorf.

»Es ist diese Privatbank«, sagt Cosima Autenrieth.

»Nu?«, macht Meunier und schüttet Zucker in seinen Kaffee nach. »Woher plötzlich diese Sicherheit?«

»Weil ich meinen Vater kenne«, kommt die Antwort. »Er war ein Snob. Wenn er eingekauft hat, eine Krawatte für sich oder die härteren Sachen für die Hausbar, hat er das immer in besonderen Geschäften getan, in Läden, die einen eigenen Stil hatten und die natürlich auch teurer waren. Und selbstverständlich haben wir den Wein von einem Winzer im württembergischen Unterland bezogen, den nur die ganz ganz Eingeweihten kannten.« Cosima zündet sich eine neue Zigarette an. »Es kann nur diese Privatbank sein.«

Meunier starrt in seinen Kaffee. »Na schön«, sagt er schließlich. »Dann sind Sie am Ausspielen, Meister. Oder vielmehr diese Professorin. Sie haben ungebeten die Dame mit an Bord gebracht als blinden Passagier – nun rudern Sie beide mal schön.« Auffordernd weist er mit der Hand auf Berndorf. »Los, rufen Sie sie an. Sagen Sie ihr, dass Sie zu dieser Privatbank gehen und es dort versuchen soll.«

Berndorf sieht sich um. Sie haben einen Ecktisch gefunden, Berndorf und Meunier sitzen sich gegenüber, so dass Felix einigen Abstand von Meunier hat. Das ist notwendig, weil Felix zu knurren beginnt, sobald ihm auch nur ein Hosenbein des Meunier'schen Anzugs zu nahe kommt.

Berndorf nimmt sein Mobiltelefon und gibt Barbaras Kurzwahl ein. Es meldet sich der Anrufbeantworter. »Sie ist nicht erreichbar«, sagt er zu Meunier. »Das ist auch kein Wunder.«

»Und warum ist das kein Wunder?«

»Weil wir es so ausgemacht haben«, erklärt Berndorf. »Sie ist für mich nicht erreichbar. Sie wird sich melden, wenn sie etwas herausgefunden hat.«

»Das will ich nicht«, fährt Cosima Autenrieth auf. »Das ist gegen die Vereinbarung. Sie hatten mir beim Notar gesagt, dass diese Frau nichts unternehmen wird, was sie nicht mit mir abgesprochen hat.«
»Wir hatten auch nicht vereinbart, dass Sie Meunier zu diesem Ausflug einladen«, antwortet Berndorf.
»Diese Frau kann doch nicht ...«
»Halt den Rand«, unterbricht Meunier und holt nun seinerseits ein Handy heraus. Fast sofort meldet sich sein Gesprächspartner. Es ist ein Gespräch, bei dem Meunier nichts zu sagen braucht. Während er zuhört, notiert er sich auf einem Bierdeckel einen Namen.
»In Ordnung«, sagt er schließlich. »Kein Grund zur Panik, Cosi-Maus«, sagt er dann. »Alles unter Kontrolle. Diese Professorin wird uns nicht davonlaufen. Übrigens hat sie sich tatsächlich diese Judenklitsche ausgesucht. Sind doch alles Hebräer, diese Privatbanken, ist doch wahr.«
Kadritzke, denkt Berndorf. Barbara und Paco haben zu spät den Wagen gewechselt. Mein Fehler. Ich hätte niemals zulassen dürfen, dass Barbara es mit diesem Totschläger zu tun bekommt.
»Wir gehen jetzt zu dieser Bank«, fährt Meunier fort, »und erklären, dass wir zu dieser Frau Professor Stein gehören und einvernehmlich mit ihr beraten werden wollen. Schließlich ist ja Cosi-Maus die rechtmäßige Erbin. Aber wenn die Professorin bei den Krummnasen schon wieder rausgeflogen ist, weil unser Meister hier nur geblufft hat, müssen wir die Karten neu mischen. Kann sein, dass es dann ein wenig ungemütlich wird.«
Berndorf schüttelt den Kopf. »Sie werden nicht zu dieser Bank gehen. Wenn es auch nur eine einzige Störung gibt, wenn Sie oder Cosima oder Kadritzke sich dort blicken lassen, dann wird die Professorin Stein umgehend die Stadtpolizei davon verständigen, dass es sich bei dem gesamten Geld

um Beweismaterial in einem Mordfall handelt...« Er winkt der Bedienung und bittet um die Speisekarte.
Meunier starrt ihn wortlos an. Eine Blondine mit schwarzen Haarwurzeln überreicht Berndorf die Speisekarte.
»Sie sind verrückt«, sagt Meunier, als die Bedienung wieder gegangen ist, »niemals werden Sie das wagen, Sie haben ja keine Ahnung, welches Risiko Sie da eingehen...«
»Das Risiko gehen Sie ein«, antwortet Berndorf, während er die Speisekarte durchsieht. »Aber gehen Sie nur und ziehen eine der Nummern ab, die Sie bei der Stasi gelernt haben. Nur beklagen Sie sich dann nicht bei mir, wenn Sie von Ihrem Geld keinen Rappen und keinen Pfennig mehr zu sehen bekommen.« Er hebt die Hand und nickt der Bedienung. »Ich hätte gerne dieses Vegetarische Tagesgericht...«

»Ich darf Ihnen gestehen, dass wir über Ihren Besuch sehr froh sind«, sagt der nicht mehr ganz junge Mann und blickt Barbara durch seine hellrot gerandete Brille mit einem Blick an, der artige Freude, ja fast ein zierliches Wohlwollen zum Ausdruck bringt. Er trägt einen dezent dunkelblauen Anzug, das Haar ist kurz geschnitten. Barbara und er sitzen sich an einem großen, polierten Tisch aus gebeiztem Nussbaum gegenüber, der so wenig zu der Kassettendecke – Renaissance? – über ihr passt, dass es schon wieder Stil hat.
»Sie wissen sicherlich, dass wir Anweisung hatten, das Portfolio konservativ zu verwalten«, fährt der Mann fort, »etwas anderes wäre in unserem Haus auch gar nicht denkbar gewesen. Allerdings war die Entwicklung der Börse in den letzten Jahren dann doch so, dass wir ganz gerne Rücksprache genommen hätten. Aber wir waren ja angewiesen, von uns aus keinen Kontakt aufzunehmen.«
Barbara nickt höflich. »Ich hoffe, Sie haben dann doch die not-

wendigen Dispositionen treffen können.« Das wäre doch zu lustig, denkt sie, wenn diese dezenten Gnome den ganzen Zaster in den Teich spekuliert hätten.

»Gewiss doch«, kommt es über den Tisch, »wir haben einige Umschichtungen vorgenommen und teilweise respektable Kursgewinne realisieren können, alles betont defensiv… Wären Sie früher gekommen, hätten wir Ihnen womöglich zu einigen Engagements geraten, von denen ich jetzt doch sehr froh bin, dass wir sie nicht eingegangen sind. An der Börse haben wir in den letzten Monaten so manches Grounding erlebt, glauben Sie mir!«

Habt ihr das nun verzockt oder nicht?

Er schiebt einige Computerausdrucke über den Tisch, der oberste zeigt eine Zackenlinie, die zuerst in Intervallen, aber insgesamt doch kontinuierlich ansteigt, um dann plötzlich mit einem scharfen Knick einzubrechen. »Sie sehen, das Portfolio ist von den Verlusten nicht verschont geblieben, auch die *blue chips* haben bluten müssen, bei einigen bin ich fast zweifelhaft, ob ich sie noch blue nennen soll…«

Wie viel, verdammt, ist denn noch da, geht es Barbara durch den Kopf. Zugleich wundert sie sich über sich selbst. Das ist doch, verdammt noch mal, nicht dein Geld.

»Sie sehen es hier«, höflich deutet ein manikürter Zeigefinger auf die Zahlenkolonne oberhalb der Zackenlinie.

»Was sind das? Schweizer Franken? Deutschmark?«

»Es sind Dollar«, kommt die Antwort. »Das Depot sollte in Dollar geführt werden, so war doch die Vereinbarung…«

Barbara rechnet den Betrag um. Ja, denkt sie dann. Warum nicht? Das ist nicht nichts.

»Und hier können Sie die Segmente der Anlageformen ablesen. Der Anteil von fast 50 Prozent Aktien ist übrigens recht hoch, falls Sie hier etwas modifizieren wollen. Außerdem haben wir einige Werte, bei denen aktuell Kapitalerhöhungen anstehen, wir sollten entscheiden, ob wir hier einsteigen…«

»Nicht so schnell«, sagt Barbara. »Ich bin zunächst nicht davon ausgegangen, dass ich über das Depot verfügen kann. Ich wollte ursprünglich nur Einsicht nehmen…«
»Das liegt bei Ihnen«, kommt die Antwort. »Sie haben uns das Passwort genannt, damit können Sie Einsicht nehmen, aber Sie können auch darüber verfügen. So ist es bei der Einrichtung des Depots angeordnet worden.« Aus rot geränderter Fassung tastet ein fragender Blick über den Tisch. »Selbstverständlich können Sie mit den Personen, die Sie zu befragen wünschen, Rücksprache nehmen. Aber da Sie über das Passwort verfügen, sind Sie für uns der nun einmal gegebene und einzig berechtigte Ansprechpartner.«
So ist das also, denkt Barbara und blickt noch einmal auf das Blatt mit den Zahlenkolonnen und den Diagrammen. Was für ein Gesicht macht man zu solchen Summen? Ein kühles. Eines, das ungerührt höflich ist. Das allenfalls zum Ausdruck bringt, bei etwas professionelleren Engagements hätte das auch etwas mehr sein dürfen. Wenn ich mir das bar auszahlen lasse – wie viel Koffer brauche ich dazu?
Lächerlicher Gedanke. So schnell geht das nicht.
Muss ich diese Cosima Autenrieth davon in Kenntnis setzen? Sie hat mir eine Vollmacht gegeben, das ist richtig. Doch auf diese Vollmacht kommt es offenbar überhaupt nicht an. Dennoch ist es ein Depot, das Cosimas Vater angelegt hat. Also ist es… Falsch. Es ist nicht ihr Geld. Es war auch nicht das ihres Vaters. Es ist gestohlenes Geld. Punkt.
Trotzdem könnte ich diese Cosima anrufen. Später.
Sie blättert die Bankauszüge durch und stößt auf die Abrechnung der Bankgebühren. »Ich sehe gerade, es gibt ein Schließfach zu diesem Depot? Allerdings sind mir keine Schlüssel übergeben worden…«
»Das hat nichts zu bedeuten. Es besteht Anweisung, den Inhalt des Schließfachs dem Zugangsberechtigten auszuhändigen.« Ob die Dame gleich Einblick nehmen wolle?

Barbara will, und so wird sie in ein marmorschimmerndes und stahlglänzendes Kellergeschoss geleitet, wo sie eine Unterschrift leisten muss und sich wenig später in einer fensterlosen Kabine wiederfindet, allein mit einer Kassette, in der eine dick angeschwollene Klarsichtmappe liegt und ein Briefumschlag mit der Aufschrift:
Für Cosima
Barbara lehnt sich zurück und überlegt. Es gibt Dinge, die man nicht tut. Zum Beispiel öffnet man keine Briefe, die nicht für einen bestimmt sind. Schon gar nicht Briefe eines verstorbenen Vaters an sein einziges Kind.
Also wirklich.
Hast du gerade von Kindern gesprochen?
Die Fotografien, vorhin, zeigten auch Kinder. Kinder, die überlebt hatten. DM 11 hießen die Dinger. Oder DM 31. DM wie Deutsche Mark oder Deutsche Mine. Heute werden sie nicht mehr produziert. Angeblich nicht. Die Bundesrepublik ist ein Vorreiter im Kampf gegen die Anti-Personen-Mine. Hat einer ihrer Außenminister gesagt. Was von der Bundesrepublik an solchem Gerät exportiert wird, das heißt jetzt Submunition. Anti-Panzer-Minen. Wenn ein Kind drauftritt, hat es Pech gehabt. Es hätte sollen ein Panzer sein.
Dann wollen wir mal nicht so zartfühlend sein. Entschlossen reißt sie den Umschlag auf. Es ist ein handschriftlicher Brief, die Schrift ist zierlich und gut zu lesen.

Liebe Cosima,
… kommt einmal ein schwäbisch Landeskind an unsere Gestade, so ruf er mich beim Namen, dort, wo der Strom am breitesten hineingeht in das Meer, dann will ich kommen und dem Fremdling zu Rat und Hilfe sein …
So, ungefähr, heißt es bei Mörike, den Du freilich, wie ich fürchte, nicht sonderlich spannend gefunden hast. Dennoch bist Du selbst es gewesen, die mich auf unser Lösungswort gebracht hat – erin-

nerst Du Dich? Es war auf unserer Wanderung am Südrand der Alb, wir kamen an den Blautopf, Du wolltest Dich nicht fotografieren lassen, höchstens als Hofnarr der Lau. »Bei so vielen Touristen wär ich auch genervt«, sagtest Du und hast ein Gesicht gemacht wie es die Lau am liebsten tun würde, wenn Steinbilder so etwas könnten. »An der Fontana Trevi werfen die Leute wenigstens Münzen hinein«, sagtest Du noch.
Ich habe dir geantwortet, dass im Mittelalter nicht nur Münzen, sondern sogar vergoldete Becher in den Blautopf geworfen worden seien, um die Wassergeister zu besänftigen. Es war dieser Augenblick, in dem ich das Wort gefunden hatte, mit dem ich verschlüsseln konnte, was Du – und nur Du! – herausfinden solltest. Wenn es denn notwendig werden sollte.
Nebenbei: Auch in diesen Blautopf hier sind einige vergoldete Becher geworfen worden, Du wirst nicht enttäuscht sein.
Wie auch immer – es ist nun wohl doch so gekommen, dass Du dieses Rätsel lösen musstest, dieses letzte, das ich Dir aufgegeben habe. Und weil Du es gelöst hast, weißt Du auch, dass dies ein Brief ist aus jenem Land, aus dem keiner wiederkehrt. Aber keine Träne, ich bitte Dich! Eine Zigarette freilich könntest Du Dir jetzt anzünden, wenn Du magst.
Nein: zünde zwei an. Und die zweite legst Du in den Aschenbecher.

Für einen Augenblick lässt Barbara den Brief sinken. Produktionsanlagen für irakisches Giftgas. In 30 Jahren sieben Millionen G3-Gewehre, mindestens. Eine Viertelmillion Kalaschnikows für die Türkei und eine Munitionsfabrik dazu, damit der Nachschub nicht ausgeht im Krieg gegen die Kurden. 200 Panzer für Griechenland. Panzerschlepper für die algerische Armee, an nichts soll es ihr fehlen, während sie den Massakern in den Dörfern zusieht. Zünd mir eine Zigarette an. Sie zwingt sich, weiterzulesen.

Bin ich jetzt zu sentimental? Mein melancholischer Beginn wun-

dert mich übrigens selbst, denn während ich dies schreibe, fühle ich mich voller Vorfreude. Heute Morgen war der Grottenschleich bei mir, das Gesicht wie immer glatt und unbewegt. Ob das Prüfungsverfahren für den Bahrein-Antrag abgeschlossen sei? Ebenso unbewegt antwortete ich ihm, dass dieser Antrag nicht genehmigungsfähig sei, weshalb eine weitere Prüfung sich erübrige.
Er nickte und glitt wieder aus meinem Büro. Ich sah ihm nach, und es schien mir, als wedelten ihm seine Rockschöße hinterher wie die Flossen eines Schleierschwanzes. Dieser Regierungsapparat ist oder war – aber das weißt Du sicher – nach den Gesetzen eines Aquariums organisiert: Alles muss in den geregelten vorgegebenen Bahnen verlaufen, lautlos, und damit das so ist, hat ER für jeden seiner Schleierschwänze eine sorgsam bemessene Futterration bereit, je nach Flossengröße und Beflissenheit.
Vor Jahren habe ich beschlossen, dass diese Gesetze für mich nicht länger gelten sollen. Das kurze Gespräch mit dem Grottenschleich hat nur einen Zug ins Rollen gebracht, der schon lange auf den Gleisen stand. Aber jetzt muss ich aufspringen. Noch heute Abend werde ich ihn anrufen und ihm erklären, dass ich nicht mehr an meinem Arbeitsplatz erscheinen, sondern ins Ausland gehen werde. Ich bin sicher, dass er sofort begreifen wird. Ich werde nicht einmal das Wort »Dossier« in den Mund nehmen müssen.

Barbara nickt. Sie glaubt zu wissen, wer der Grottenschleich war. Autenrieth hat Recht, denkt sie. Kein überflüssiges Wort wird gefallen sein.

Danach bleibt mir in Deutschland nicht mehr viel zu tun. In wenigen Tagen werde ich den Staub von meinen Füßen schütteln. Und dann? Ich neige nicht zu Illusionen. Immer und überall ist die Welt dem Menschen ein unheimlicher Ort. Wer auf freier Wildbahn leben will, muss wissen, dass es keine Sicherheit gibt, nirgends. Und da Du dies liest, weißt Du ein paar Dinge mehr als ich.
Du weißt, dass ich zu Tode gekommen bin, bevor ich meine finanzi-

ellen Angelegenheiten auf eine andere, weniger verrätselte Weise habe ordnen können.
Weil das so ist, weißt Du auch, dass meine Pläne von einem neuen freien Leben fehlgeschlagen sind. Fehlgeschlagen ist auch mein Versuch, mich durch dieses Depot und die darin niedergelegten Dokumente und Belege zu schützen.
Trotzdem. Wenn Du diese Papiere durchsiehst, wirst Du den Mechanismus erkennen, in den ich eingebunden war. Du wirst wissen, wer die Hauptgewinne aus dieser Maschinerie der Geldbeschaffung gezogen hat, und wer dafür verantwortlich war. Ich selbst habe erst sehr spät damit begonnen, mich und meine Familie zu sichern, und höchstens für diesen späten Zeitpunkt habe ich mich zu entschuldigen. Die Anteile, die ich für uns sichergestellt habe, waren maßvoll, und sie sind meiner eigenen, weithin unbeachtet gebliebenen Arbeit durchaus angemessen.
Zuletzt allerdings ist meine Lage unhaltbar geworden, auch wegen der Intrigen, die der DDR-Agent und Waffenhändler Meunier gegen mich gesponnen hat.
Dennoch ist Meuniers Rechnung nicht aufgegangen. Es ist gut möglich, dass ich dafür einen sehr hohen Preis bezahlen muss. Wenn es so gekommen sein sollte, dann weißt Du jetzt, wer der Mörder ist.
Oder sein Auftraggeber, denn Meunier wird sich nicht selbst die Hände schmutzig machen. Einer seiner Handlanger heißt Kadritzke. Hüte dich vor ihm, aber mehr noch vor Meunier.
Ich überlasse es Dir, welche Verwendung Du für diesen Brief und die anderen Dokumente findest. Aber tue nichts, was die angesammelten Vermögenswerte gefährdet.
In Liebe
Dein Vater Constantin Autenrieth
Zürich, im September 1991

Barbara hört auf zu lesen. Sie massiert sich den Nacken. Schließlich nimmt sie den Hörer des Haustelefons und lässt sich mit dem nicht mehr ganz jungen Mann verbinden. »Wie viel kann ich abheben? Ich meine heute, jetzt gleich …«

Tonios Café ist noch leer, bis auf einen einzelnen unrasierten Gast, zu dessen Füßen ein schwarzer Labrador sitzt. Was haben alle diese Männer nur mit ihren Hunden? Vermutlich ziehen sie sie ihren Frauen vor, denkt Tamar, weil sie mit den Hunden nicht reden müssen. Der Unrasierte grüßt, als ob er mit ihr bekannt sei. Ihr wäre es lieber gewesen, er hätte sich nicht die »alternative zeitung« genommen, so muss sie das »Tagblatt« lesen und den Artikel, den Frentzel dort über den Fall Lauternbürg geschrieben hat, »eine bemerkenswerte journalistische Leistung«, hatte Steinbronner vorhin in der Morgenkonferenz geraunt.
Sie schlägt die dritte Lokalseite auf und fast gleich wieder zu, denn aus der äußersten Spalte springt sie das Kinn des Kriminaldirektors Steinbronner an, triumphierend, selbstgefällig. Während des ganzen gestrigen Nachmittags hatte er mit Chefredakteuren und Rundfunkräten telefoniert, hatte Interviews gegeben und versichert, sie seien exklusiv, und von Gespräch zu Gespräch sei seine Laune, so meldete der Flurfunk, immer besser geworden, tatsächlich war er am Abend von geradezu perlender Liebenswürdigkeit gewesen …
Eigentlich kann ihr niemand zumuten, das auch noch zu lesen, denkt Tamar, aber dann kommt Maria – heute in Jeans und einem grauen Rollkragenpullover – und bringt ihr den Latte Macchiato und blickt ernst und forschend und irgendwie gar nicht aufsässig, und Tamar ist es plötzlich … sie weiß nicht wie, und so sagt sie nur: »Danke …« und nimmt wieder das »Tagblatt« vor und den Artikel mit der Schlagzeile: »Den Eisberg haben wir jetzt geortet«, was immer das mit Lauternbürg zu tun haben kann.

»Jedes Tötungsverbrechen ist für sich genommen ungeheuerlich«, sagt Kriminaldirektor Steinbronner, »niemals würde ich deshalb erlauben, dass man von dem Mord an Eugen Hollerbach als der Spitze eines Eisbergs spricht.« Steinbronner schüttelt seinen mächtigen Kopf und blickt suchend auf dem mit Akten überladenen Tisch seines Schreibtischs im Neuen Bau umher. »Das klingt so, als wäre dieser Mord weniger schwerwiegend und würde nur an der Oberfläche schwimmen. Davon kann keine Rede sein.«

Dennoch ist das Bild, das der Journalist gewählt hat, nicht ganz unpassend. »Ich stimme Ihnen zu«, sagt Steinbronner, »wenn Sie von einem Eisberg an krimineller Energie sprechen.« Dem sei in der Tat so. »Aber wir haben diesen Eisberg geortet und kennen seine Umrisse. Er wird kein weiteres Unheil mehr anrichten.«

Bedeutet das, dass die Morde an Hollerbach und an dem Regierungsbeamten Constantin Autenrieth in Zusammenhang stehen? Gibt es das mordende Phantom des Lautertals?

»Kein Phantom«, korrigiert Steinbronner sofort. »Aber der Zusammenhang ist nicht von der Hand zu weisen. Vor allem gibt es ein Verbindungsglied, das auch konkreten Personen zugeordnet werden kann. Aus ermittlungstaktischen Gründen haben wir dies bisher sehr zurückhaltend behandelt.«

Kenner des Neuen Baus wissen, dass dieses Verbindungsglied mit den Waffengeschäften zu tun haben könnte, in die ein Landmaschinenhändler aus dem Alb-Donau-Kreis verstrickt ist. Der Beamte Autenrieth, zuletzt unter anderem für den Bundessicherheitsrat tätig, betreute bis zu seinem Ausscheiden aus dem Dienst die Genehmigungsverfahren für Waffenexporte. Ist er dabei auch mit mafiosen Waffenhändlern in Kontakt gekommen?

»Das ist natürlich ein ganz heißes Eisen«, sagt Steinbronner dazu. »Aber es gibt erhebliche Verdachtsmomente, die in diese Richtung weisen. Es kann sein, dass Eugen Hollerbach in einer Sache recherchiert hat, die für ihn eine Nummer zu groß gewesen ist.«

Und was ist mit der American Connection, von der in Ulm in den letzten Tagen gemunkelt wird? Steinbronners Gesicht verdüstert sich. »Da wird zu viel Wind gemacht«, antwortet er entschieden. »Aber es stimmt, die Amerikaner haben sich für diese Waffengeschäfte interessiert. Ist ja auch ihr gutes Recht. Und wir hoffen, dass einige ihrer Informationen auch für uns nützlich sind. Leider halten sich die betreffenden Mitarbeiter gerade im Ausland auf. Diese Auskunft ist, vorsichtig gesagt, suboptimal.« Dann aber straffen sich Steinbronners Gesichtszüge. »Aber glauben Sie mir. Wir werden den Fall aufklären. Brutalstmöglich.«

Der Mann mit dem Labrador ist aufgestanden und nickt ihr noch einmal zu, bevor ihn sein Hund zur Tür zerrt. Tamar gibt den Gruß zurück und legt das »Tagblatt« zur Seite. Frenzel! Aber dass Steinbronner beide Morde dem Landmaschinenhändler Neuböckh anhängen will, das ist wahr.

Seit dem Morgen putzt Kuttler die Lauternbürger Haustürklinken mit der Frage, wer wann welche Veränderungen im Geschäftsbetrieb des Landmaschinenhandels Neuböckh wahrgenommen hat. Kopfschüttelnd tut Kuttler das, denn eigentlich würde er viel lieber diese eine Frau befragen.

Aber die kann sich ja an nichts erinnern.

Tamar selbst hat am Nachmittag einen Termin bei einem Kreisjägermeister, der ihr über mögliche Querelen bei der Vergabe der Lauternbürger Jagd berichten soll.

Dabei ist sie sich ganz sicher, dass Neuböckh nicht der Mörder dieses Autenrieth ist. Wer aus Lauternbürg ist, versenkt keine 50000 Mark im Wasserloch. Niemals.

»Wir sind gerade allein«, sagt eine Stimme neben ihr, Tamar blickt hoch, in dunkle Augen, die so groß sind, dass es Tamar schon wieder ganz merkwürdig wird. »... und da wollte ich Sie fragen, ob ich noch wegen der Fotos zu Ihnen kommen soll. Es hieß doch, wir sollten Ihnen erzählen, was damit war.« Maria zieht sich einen Hocker an den Tisch und setzt sich und schlägt die dunklen Augen nieder.

Ach!, denkt Tamar. Was denkt man, wenn man *Ach!* denkt? Nichts. Tamar kann gerade nichts denken. Irgendwie geht das Denken nicht.

»Ich hab auch eines machen lassen«, fährt Maria fort und lächelt, dass Tamar nicht weiß, ob es ein verschämtes Lächeln ist oder ein aufsässiges, oder eines, das noch ganz anderes im Schild führt, »ich dachte, Sie wüssten es ...«

Tamar murmelt etwas davon, dass sie eigentlich nur wissen müsste, ob eines dieser Fotos in falsche Hände gekommen sei oder es sonst einen Ärger gegeben habe.

»Ärger hat es schon gegeben, damals«, sagt Maria. Wieder schaut sie Tamar voll ins Gesicht. »Ich hatte den Ärger. Stellen Sie sich vor, die dumme Pute nimmt das Foto in die Schule mit und lässt es von der Klassenlehrerin finden ...«

Barbara tritt aus der Bank und schaut sich um. Kein Kerl mit Lederjacke, kein schwarz behelmter Motorradfahrer. Von der Bank aus hatte sie Berndorf angerufen, mit einer unbeteiligt, fast gleichgültig klingenden Stimme hatte er mitgeteilt, er befinde sich in dem Café gegenüber dem Schauspielhaus, in Gesellschaft von Cosima und Meunier ...

Sie hatte ausrichten lassen, Meunier solle seinen Motorradfahrer zurückpfeifen, sie komme jetzt in das Café. »Bestell mir schon einmal einen Café crème.«

Der Regen hat nachgelassen, und in den Wolken ist ein Licht, als könnte vielleicht doch noch ein später Sonnenstrahl hindurchdringen. Sie geht beschwingt, eine mit Einkaufstüten schwer bepackte Frau kommt ihr entgegen, Barbara lächelt ihr aufmunternd zu und ist schon vorbei und auf dem Platz vor dem Schauspielhaus.

Das Café ist noch nicht sehr voll, in einer Ecke sieht sie Berndorf, der vor sich einen halb leer gegessenen Teller stehen hat. Ihm gegenüber sitzen Cosima Autenrieth und der Mann, der Meunier sein muss. Felix streckt sich und stemmt sein Hinterteil hoch, um schließlich vollends aufzustehen und sie mit einem Wedeln des Stummelschwanzes zu begrüßen.

»Ich hoffe, Sie alle haben nicht zu lange warten müssen«, sagt Barbara, greift sich ohne Umschweife einen freien Stuhl und setzt sich neben Berndorf. Sie nickt Cosima zu und lächelt das Lächeln, das zum Ausdruck bringt, wir wollen doch bitte die Form wahren. »Sie sind Herr Meunier, nicht wahr?«, sagt sie dann zu dem anderen Mann und stellt sich selber vor, denn Berndorf kaut noch immer an seinem Blumenkohlgratin.

»Machen Sie nur keine Umstände, gnä' Frau«, sagt Meunier deutet eine Verbeugung an, »Sie sind mir angenehm, wenn Sie etwas Angenehmes mitzuteilen haben. Und vor allem mitzubringen.«

»Ich bringe Ihnen etwas mit«, antwortet Barbara, »aber es dauert noch eine Viertelstunde oder zwanzig Minuten, bis die beiden Aktenköfferchen – wie soll ich sagen? – bis sie gepackt sind. Ein Bote bringt sie dann hierher.«

Die Bedienung bringt den Kaffee. Barbara dankt.

»Heißt das«, fragt Cosima scharf , »Sie haben über das Konto verfügt? Dazu waren Sie nicht befugt.«

»Doch, meine Liebe«, kommt katzenmild die Antwort. »Der Sachbearbeiter bei der Bank hat mir erklärt, dass ich befugt bin. Der Zugang war einzig an das Passwort geknüpft. Das kenne ich. Sie kennen es nicht. Also bin ich befugt. So einfach ist das.«

»Sie genießen diese Rolle, nicht wahr?«, fragt Cosima. »Aber Ihnen gehört kein einziger Pfennig von diesem Geld, und täuschen Sie sich nicht: Ich werde Sie für jede einzelne Verfügung haftbar machen.«

»Sei mal still.« Nun ist es Cosima, die unterbrochen wird. »Mich interessiert, wie viel das ist, dieses Geld«, sagt Meunier, »und was davon in die Aktenkoffer geht, von denen sie redet.«

»Lassen Sie nur«, meint Barbara. »Sie hat ganz Recht. Mir gehört schon deshalb kein Pfennig, weil das Portfolio in Dollar geführt wird. Es ist also Geld da, und was davon für Sie beide verfügbar ist« – sie deutet flüchtig auf Cosima und Meunier – »erhalten Sie nachher. Vorher muss ich Sie aber davon in Kenntnis setzen, dass zu dem Depot ein Schließfach gehört mit Dokumenten, die Constantin Autenrieth hinterlassen hat.«

Sie holt zwei Kopien aus ihrer Handtasche und reicht sie an Cosima und Meunier weiter. »Wenn Sie sie gelesen haben, sollten Sie die Kopien vernichten. Es wäre nicht gut, wenn sie bei Ihnen gefunden würden.«

»Das ist die Schrift meines Vaters«, sagt Cosima, und für einen kurzen Moment klingt ihre Stimme weicher oder unsicherer als sonst. »Aber das ist ein ganz persönlicher, privater Brief, und er ist an mich gerichtet.« Die Stimme zieht wieder an. »Wie kommen Sie daran? Wo ist das Original? Und wer gibt Ihnen das Recht, Kopien davon zu machen?«

»Das Original ist ein Beweisstück«, antwortet Barbara. »Und Sie sollten mich nicht ständig nach meinem Recht zu diesem und zu jenem fragen. Was ich tue, tue ich. Sie sollten sich besser überlegen, wie viel Zeit Sie jetzt haben, und was Sie damit beginnen.«

»Sie reden genauso kariert wie dieser vegetarische Schwätzer da«, stellt Meunier fest. »Im Übrigen geht mich dieser Wisch einen feuchten Kehricht an.« Er beginnt, die Kopie – die er nur überflogen hat – in kleine Fetzen zu zerreißen. »Wir haben diesen Autenrieth nicht liquidiert, das ist doch Unsinn. Wir

wollten unser Geld zurück, wieso sollen wir ihn da umbringen, bevor wir es haben?« Er wendet sich an Cosima. »Sag du ihr, dass wir bis zuletzt nach ihm gesucht haben. Und dass wir es schon deshalb gar nicht gewesen sein können.«
Cosima hält noch immer die Kopie in der Hand. Plötzlich blickt sie hoch. »Gar nichts weiß ich.«
Berndorf schiebt den Teller zur Seite und winkt der Bedienung und bezahlt für Barbara und sich. Aus den Augenwinkeln sieht er, wie ein beigebrauner Ford vor dem Café hält.
»Mich müssen Sie gar nicht überzeugen«, bemerkt Barbara. »Es kommt darauf an, dass der Untersuchungsrichter hier in Zürich Ihre Geschichte glaubt. Oder der Staatsanwalt in Deutschland. Bei einem von denen werden Sie nämlich antanzen müssen, sofern Sie sich nicht schleunigst aus dieser Geschichte verabschieden.«
Draußen stellt ein Motorradfahrer eine schwere Honda ab. Er trägt einen dieser schwarzen spiegelnden Helme.
»Das sind doch sinnlose Drohungen«, sagt Meunier.
»Jetzt sei bitte du einmal still«, fährt ihn Cosima an. Sie wendet sich an Barbara. »Sie wollen dieses Material, von dem mein Vater spricht, an die Staatsanwaltschaft geben? Soll das eine Erpressung sein?«
»Kaum«, antwortet Barbara.
Über den Platz kommen zwei Männer, seriös dunkle Anzüge unterm Trenchcoat. Jeder trägt einen dunklen Aktenkoffer.
»Das Material«, fährt Barbara fort, »ist bereits an die Ermittlungsbehörden weitergeleitet. Vor einer halben Stunde hat es ein Bote der Bank auf der Hauptpost aufgegeben. Ich kann für Sie den Einlieferungsschein kopieren lassen.«
»Was haben Sie …?«, fragt Meunier. Die Frage bleibt unbeantwortet.
Die beiden Männer nähern sich dem Tisch. »Frau Professor Stein?«, fragt der Ältere der beiden. Barbara nickt, die beiden Koffer werden vorgezeigt, aber Barbara legt keinen Wert da-

rauf, dass sie geöffnet werden. »Stellen Sie sie hier auf den Stuhl neben mir«, sagt sie, nimmt den Füller, der ihr gereicht wird und unterschreibt zwei Quittungen.
Dann sind die beiden Herren auch schon wieder entlassen. Als sie gehen, müssen sie an einem massigen Mann in Lederkluft vorbei, der sich zwei Meter von dem Ecktisch entfernt aufgebaut hat, den schwarzen Helm unterm Arm.
Felix knurrt. Berndorf tätschelt ihm beruhigend den Kopf.
»Der eine Koffer ist für Sie, die Tochter des Verstorbenen«, sagt Barbara und legt ihre Hand leicht auf den Stuhl neben sich, »der andere für Sie, Meunier, und für Ihren Motorradfahrer da hinten. In jedem dieser Koffer befinden sich 300 000 Schweizer Franken. Hier in Zürich ist Ihnen damit eher gedient als mit Dollar oder Mark.«
»Zu aufmerksam«, meint Cosima. »Sie verteilen Almosen von dem Geld, das Ihnen nicht gehört. Würden Sie jetzt endlich das tun, was wir vereinbart haben, und mir den tatsächlichen Kontostand nennen?«
»Das Geld auf diesem Konto«, antwortet Barbara, »gehört nicht Ihnen und nicht Ihrer Familie. Es ist Schwarzgeld, das zur Seite geschafft worden ist. Sie beide haben nur eine Wahl. Sie können diese Aktenkoffer nehmen und Adieu sagen. Oder Sie sind nicht damit einverstanden. Dann ist es mir auch recht. Wir bitten die Bedienung, bei der Zürcher Stadtpolizei anzurufen. Die nimmt dann die Koffer zum übrigen Beweismaterial.« Sie nimmt einen Schluck Kaffee und blickt über die Tasse. »Für Sie, Meunier, wäre das gar nicht so dumm. Wenn Sie das Geld brav abgeben, gewinnen Sie als Unschuldslamm enorm an Glaubwürdigkeit.«
»Hören Sie«, wendet Meunier ein, »wir haben das Zwanzigfache zu bekommen…« Er macht eine Bewegung, die Berndorf nur aus den Augenwinkeln wahrnimmt. Sein Blick ist auf Kadritzke gerichtet, den Kerl in der Lederkluft, der plötzlich am Tisch steht und seinen Helm darauf abstellt.

»Machen Sie die Koffer auf«, befiehlt Kadritzke. Barbara zuckt mit den Schultern, schiebt dann aber die Kaffeetasse zur Seite, hebt die beiden Aktenkoffer auf den Tisch und klappt sie auf. Bündel Schweizer Banknoten, mit Banderolen zusammengehalten und sorgsam nebeneinander gestapelt, bieten sich dem Blick dar.
Kadritzke greift nach einem der Geldbündel und blättert ihn prüfend mit dem Daumen auf.
Berndorf, seinen Hund hinter den Ohren kraulend, sieht sich um. An den Nachbartischen wenden sich Köpfe ab, rasch, wie ertappt.
»Ich will Sie nicht drängen«, sagt Barbara in die Stille, »aber bis Sie das alles durchgezählt haben, ist die Polizei hier, ohne dass einer von uns sie rufen muss.«
Kadritzke greift zu einem zweiten Bündel und fährt wieder mit dem Daumen prüfend die Kante entlang. Schließlich hat er genug gesehen. »Machen Sie die Koffer wieder zu.«
Auf der anderen Seite des Tisches steht Meunier auf, die rechte Hand in der Tasche seines Jacketts.
Barbara klappt die Deckel herunter und lässt die Verschlüsse einrasten. Kadritzke klemmt seinen Helm wieder unter den Arm und nimmt mit einem raschen Griff erst den einen, dann den anderen Aktenkoffer auf.
»Egon!«, sagt Meunier, leise, warnend, die Hand noch immer in der Jackentasche.
Für einen Moment verharrt Kadritzke und blickt auf Meunier. Unbeteiligt, gleichgültig.
»Egon«, wiederholt Meunier. Schweigend wendet sich Kadritzke ab.
Hastig schiebt sich Meunier an der Tischecke vorbei, die rechte Hand ist nicht mehr in der Jackentasche, sondern hält eine kleine schwarze Pistole. Er macht einen raschen Schritt auf Kadritzke zu, an Berndorf vorbei, es ist ein Schritt zu viel, ein Schritt, der die Fluchtdistanz zwischen Mensch und Tier un-

terschreitet, rumpelnd bricht unterm Tisch Felix hervor, gerät zwischen die Beine Meuniers, der stolpernd nach vorne stürzt und der Länge nach auf dem Boden aufschlägt.
Über den polierten Terrazzo rutscht, sich drehend, die kleine schwarze Pistole.
»Ruhig Felix, hierher!« Berndorf ist aufgesprungen und holt die Leine ein. Der Hund, die Ohren zurückgelegt, die Lefzen unterm Maulkorb hochgezogen, lässt widerstrebend von Meunier ab. Berndorf blickt um sich. Barbara steht neben ihm. Kadritzke hat sich der Tür zugewandt. Ein Mann in einer weißen Schürze kommt ihm entgegen und will ihn mit erhobenen Händen aufhalten, aber dann – ohne dass ein Wort gefallen wäre – weicht er zurück und gibt den Weg frei.
Wo ist Cosima? Berndorfs Blick irrt über den Tisch und hakt sich wieder bei Meunier ein, der kniend sich das rechte Handgelenk hält. Gestaucht?
Auf der anderen Seite des Tisches taucht Cosima auf, das Gesicht gerötet, stemmt sich an der Tischkante hoch und läuft blicklos an Meunier und Berndorf und Barbara vorbei, Kadritzke und den Aktenkoffern hinterher, die kleine schwarze Pistole in der Hand.
Was jetzt? Barbaras klare Stimme holt Berndorf ein.
»Du hast doch bezahlt?«
Sicher doch. Ja.
»Dann lass uns gehen.«
Berndorf zerrt den Hund an Meunier vorbei, aber dann versucht es der Mann in der weißen Schürze noch einmal. »Wir haben die Polizei gerufen, bleiben Sie doch, bitte!«
»Das ist Recht«, antwortet Berndorf. »Aber ich muss diesen Hund hier wegbringen, er ist sehr gefährlich ...« Noch einmal reißt er Felix zu sich her, der Mann mit der Schürze geht erschrocken zur Seite, wie durch eine Gasse neugieriger und furchtsamer Gesichter werden Barbara und Berndorf und der Hund zur Tür geleitet und verlassen das Café und gehen ge-

rade so schnell, dass es noch nicht wie eine Flucht aussieht, zu dem beigebraunen Ford, der mit laufendem Motor und offenen Türen am Gehsteigrand wartet.
Bei einem Blick zur Seite sieht Berndorf, wie Kadritzke vor der Honda stehen geblieben ist, wartend, wie erstarrt. Nur zwei oder drei Schritte hinter ihm hält Cosima die Pistole auf Kadritzkes Rücken gerichtet, sie hält sie mit beiden Händen. Als sie Schritte hört, wirbelt sie herum und richtet die Waffe auf Berndorf oder Barbara, so genau ist das nicht zu erkennen, es sieht aus, als ob die Mündung vom einen zur anderen irrt.
»Glauben Sie bloß nicht, ich kann nicht damit umgehen…« Cosimas Stimme ist atemlos und franst aus wie ein zum Zerreißen gespanntes Seil. »Mein Vater hat es mir beigebracht. Und Sie bleiben hier. Beide. Bleiben Sie stehen…«
Kadritzke lässt Koffer und Helm fallen und dreht sich um, den rechten Arm angewinkelt. Cosima springt zurück, die Pistolenmündung kehrt zitternd zu Kadritzke zurück und rastet auf ihn ein, groß genug ist Kadritzkes Brustkasten, da ist nichts zu verfehlen, denkt Berndorf und schubst Barbara auf den Beifahrersitz und wirft sich selbst in den Fond, den Hund mit sich zerrend.
Paco haut den Gang rein und startet, dass die Reifen aufkreischen, und weil vorne die Ampel gerade auf Gelb schaltet, schießt der Ford auf der Gegenfahrbahn an der Schlange der wartenden Autos vorbei und schert erst ganz vorne wieder ein, knapp vorbei an der Blechschnauze des ersten entgegenkommenden Wagens.
An einem der Autos hinter ihnen platzt ein Reifen. Falls es ein platzender Reifen ist, der diesen trockenen, scharfen Knall macht.
»Ins Hotel?«, fragt Paco.
»Auf die Autobahn«, sagt Barbara.

Samstag, 17. November 2001

Über dem Münster und der Stadt und dem oberschwäbischen Land liegt ein grauer Wolkenteppich, aber ganz im Süden hat ihn der Föhn aufgerollt und gibt den Blick frei auf das Zackenband der Alpen. Die Luft ist frisch und vertreibt den Anflug von Kopfweh, den Berndorf dem Wetterwechsel zuschreibt oder der Nacht, die wieder eine kurze gewesen ist. Erst gegen Mitternacht hatte Paco sie vor Berndorfs Wohnung abgesetzt.

Und man geht dann auch nicht so einfach schlafen und dreht sich um und schnarcht sich eins. So geht es, Gott sei Dank, doch noch nicht.

Felix läuft ihm voran und weiß schon im Voraus, welche Stellen er beschnüffeln und markieren muss.

Ein Wagen hält neben Berndorf. Für einen Augenblick erstarrt er. Aber es ist nur der rostige Kombi des Pfarrers. Johannes Rübsam kurbelt das Fenster herunter und ruft etwas heraus. Berndorf versteht es nicht und muss sich zum Autofenster vorbeugen:

»Wir haben Sie gestern gesucht. Unser Prälat will mit Ihnen reden.«

Berndorf dankt, der Kombi stößt eine Qualmwolke aus und rollt weiter.

Eigentlich habe ich meinen Job getan, denkt Berndorf. Davon abgesehen, dass es gar nicht meiner war. Er schreitet zügig aus, bis er zu der Hangstraße kommt, denn da muss er seines

linken Beines wegen langsamer gehen. Er freut sich auf seine Wohnung und auf Barbara, die noch warm und schlaftrunken in seinem Bett liegen wird.
Den Daimler, der etwas oberhalb des Blocks geparkt ist, nimmt er erst wahr, als er fast schon daran vorbei ist.
Wer weiß, wie bestimmte Dienstkarossen aussehen, erkennt sie sofort. Sie sind nicht anders als andere Daimler. Es gibt kein besonderes Zubehör. Und doch riechen sie nach Besoldungsgruppe B wie ein Rohköstler nach Knoblauch.
Er geht weiter, die Treppe hoch zu seiner Wohnung, schließt die Tür auf. Keine schlaftrunkene Barbara im Bett, von irgendwoher dringt Smalltalk. Berndorf hängt Trenchcoat und Hundeleine auf, Felix stößt mit der Schnauze die Tür zum Wohnzimmer auf, weil er wissen will, was für ein Besuch da gekommen ist. Berndorf folgt und bleibt stehen, weil in seinem eigenen Sessel der Kriminaldirektor Steinbronner sitzt und Tamar ihm gegenüber auf der Couch.
Berndorf nickt Tamar zu und wechselt einen kurzen Blick mit Barbara, die doch schon irgendwie in das Kleid aus braunem Cashmere gekommen ist.
»Das ist gescheit, dass ihr nicht angerufen habt«, sagt er dann. »Ich hätte euch nicht eingeladen. Was wollt ihr?«
»So ist er immer«, sagt Steinbronner anklagend zu Barbara.
»Hast du dich eigentlich vorgestellt?«, fragt Berndorf.
»Das hat er«, sagt Barbara, »und ich habe ihm auch schon gesagt, dass wir uns schon einmal begegnet sind … Aber setz dich doch. Es spricht sich dann leichter.«
Berndorf nimmt einen Hocker und setzt sich dann an den Tisch. Wieso steht Weiß plötzlich auf Gewinn? Keres hat doch verloren.
»Ja, das hat mich überrascht«, sagt Steinbronner, an Barbara gewandt, »Sie müssen schon entschuldigen, ich habe sonst ein gutes Gedächtnis, und Ihr Gesicht wäre mir sicher …«
»Lass das Gesülze«, unterbricht ihn Berndorf. »Es war auf ei-

ner Demonstration in Heidelberg, und du hättest ihr den Schädel eingeschlagen, nur hab ich dir vorher den Arm ausgekugelt.« Irgendwer hat die Stellung verschoben, ich muss es von Anfang an nachspielen. Später. Morgen. Wieso duze ich den? Das hab ich 30 Jahre lang nicht getan.

»Ach!«, sagt Steinbronner, »diese Geschichte …«

»Wir hätten gerne von Ihnen gewusst«, ergreift Tamar das Wort, »ob Sie sich gestern Nachmittag in Zürich aufgehalten haben?«

Berndorf und Barbara tauschen einen Blick.

»Ja«, antwortet Berndorf, »haben wir. Ein privater Besuch. In einem Tagescafé beim Schauspielhaus habe ich ein Blumenkohlgratin gegessen. Ist das wichtig?«

»Berndorf«, sagt Steinbronner, »wir sind heute Morgen im Guten gekommen. Aber wir können auch anders, und dann verbringt ihr beide den Vormittag im Neuen Bau.«

»Vielleicht kommen wir besser miteinander zurecht, wenn Sie ihm zuerst erklären, worum es Ihnen geht«, sagt Barbara.

»Bitte sehr«, antwortet Steinbronner. »Bei einer Schießerei in einem Café in Zürich ist gestern ein Mann verletzt worden. Sie beide sind als Zeugen benannt worden.«

»Und deswegen«, fragt Berndorf, »machst ausgerechnet du den Amtsboten?«

»Der angeschossene Mann ist ein gewisser Kadritzke, Egon Kadritzke«, antwortet Steinbronner. »Das weißt du doch. Mit diesem Mann hätten auch wir gerne gesprochen.«

»Und worüber?«

»Wir haben da ein paar Fragen in Zusammenhang mit den beiden Tötungsverbrechen in Lauternbürg.«

»Weiß man denn«, fragt Barbara, »wer da geschossen hat?«

Steinbronner wendet sich ihr zu. »Ich glaube, gnädige Frau, Sie wissen darüber mehr als ich. Sehr viel mehr. Geschossen hat eine junge Frau. Es ist die Tochter dieses Constantin Autenrieth. Und von dieser jungen Frau gibt es eine merkwürdige Aussage ... Am Tatort sind nämlich zwei Geldkoffer mit insgesamt 600000 Schweizer Franken gefunden worden. Sehen Sie« – Steinbronner beugt sich nach vorne und versucht, Barbaras Augen zu fixieren – »diese Cosima Autenrieth behauptet nun, dieses Geld gehöre ihr, aber Sie, Frau Stein, hätten es von der Bank geholt ...«

»Interessant«, sagt Barbara. »Von welcher Bank denn?«

»Die Aussage der jungen Frau ist sehr unvollständig«, meint Steinbronner. »Eigentlich ist es überhaupt keine Aussage. Sie sagt nur, dass man bitte sehr Sie fragen solle.«

»Ist die junge Frau vielleicht ein wenig verwirrt?«

»Sicher. Gewiss doch. Das ist auch kein Wunder. Aber sie hat wohl darin Recht, dass Sie beide am Tatort gewesen sind. Ich nehme an, Sie sind nicht bloß am Nebentisch gesessen, einfach so?«

»Nein«, antwortet Barbara, »wir saßen mit diesen Leuten zusammen. Und bevor das Schießen losging, haben wir die Beine in die Hand genommen und uns davongemacht. Was sollten wir sonst tun? Ich bin eine schwache Frau, und Berndorf hat keine Lust, sich noch im Ruhestand totschießen zu lassen.«

Steinbronner hat es aufgegeben, Barbara ins Gesicht zu starren.

Er blickt auf den Schachtisch, aber die Stellung sagt ihm nichts.

»Sie wollen uns nicht sagen, was es mit diesen 600 000 Franken auf sich hat?«, fragt Tamar.

»Nein«, antwortet Barbara, »dazu sage ich nichts. Soviel ich weiß, ist sowohl den Zürcher Ermittlungsbehörden als auch der Staatsanwaltschaft Ulm per Eilboten Beweismaterial zugestellt worden. Beweismaterial, das ein sehr helles Licht auf die Umstände wirft, unter denen der Ministerialbeamte Autenrieth verschwunden ist. Wenn dieses Material mit dem gebotenen Ernst geprüft würde, dann hätten Sie, lieber Herr Kri-

minaldirektor Steinbronner, heute Morgen keine Zeit, mit uns Konversation zu machen.«
Sie steht auf. »Da Sie nun aber hier sind, muss ich daraus schließen, dass die Ermittlungsbehörden die Vorgänge nicht erhellen, sondern verdunkeln wollen. Sie können uns nun gerne mitnehmen. Eine Aussage bekommen Sie unter diesen Umständen von uns jedoch nicht.«
Auch die anderen stehen auf, als Letzter Steinbronner, mit einem betretenen, fast ratlosen Gesicht. »Das wird immer merkwürdiger«, sagt er schließlich, »ich weiß nichts von irgendwelchem Material...«
Irgendetwas jault. Tamar bittet um Entschuldigung und holt ihr Mobiltelefon aus der Jackentasche und meldet sich.
Sie hört zu. »Nehmen Sie das mal«, sagt sie dann und reicht das Telefon an Steinbronner weiter. »Es ist Staatsanwalt Desarts.«

»Sehr freundlich, dass Sie sich herbemüht haben«, sagt der Prälat Wildenrath und geleitet Berndorf in sein Studierzimmer und an den Besuchertisch. Das Licht einer Schreibtischlampe hellt den trüben Novembervormittag auf.
»Sie haben mich gebeten, mit meinem Jenenser Studienfreund zu sprechen«, beginnt Wildenrath, als sie Platz genommen haben. »Dass ich davon nicht gerade rasend begeistert gewesen bin, dürfte Ihnen nicht verborgen geblieben sein. Aber...«
Er breitet die Hände aus und faltet sie dann wieder über seinem Bauch. »Der Mensch ist ein von Natur aus neugieriges Wesen, und ich musste ja annehmen, dass Sie Ihre Frage nicht ohne einen triftigen Grund gestellt haben. Allerdings hat es mir einige Mühe bereitet, meinen Studienfreund zu näheren Auskünften zu überreden, seine Auftragsarbeiten für die Sta-

si sind ihm aus nachvollziehbaren Gründen ein wenig peinlich.«

Berndorf nickt höflich.

»Nun haben Sie mich nach einer bestimmten Arbeit gefragt«, fährt der Prälat fort. »Und als ich meinem Freund Ihre Fragestellung vortrug…« Er nimmt den Zettel auf, den ihm Berndorf vor drei Tagen gegeben hat, hält ihn weitsichtig von sich und liest missbilligend vor: »›Das Strafgericht über die Hirten – Innerkirchliche Konsequenzen nach 1945‹… Das ist eine Fragestellung, die ich Ihnen nachsehe, weil Sie Laie sind. Aber niemand, der die jüngere Kirchengeschichte wirklich kennt, hätte eine solche Formulierung zugelassen oder sie gar als Thema für eine Dissertation angenommen. Es gab kein Strafgericht über die Hirten, schon deshalb nicht, weil das unterstellt hätte, die Hirten seien in irgendeiner Weise schuldig geworden… Lesen Sie das Stuttgarter Schuldbekenntnis vom Oktober 1945 nach, man ist nachlässig gewesen, hat es an Liebe mangeln lassen, gewiss doch. Aber steht dort ein Wort von einem irgendwie angebrachten Strafgericht, wer immer befugt gewesen wäre, es zu halten?«

»Konsequenzen werden aber doch wohl zu ziehen gewesen sein?«, hört sich Berndorf zaghaft einwenden.

»Die Kirche ist kein Amtsgericht und auch kein Politbüro«, fast zornig wischt der Prälat den Einwand beiseite. »Sie müssen schon entschuldigen, aber Ihre Frage hat meinen Freund missgestimmt. Kennen Sie das, wenn durch das Telefon plötzlich dieses kalte Unverständnis kriecht? Wenn kein Lächeln, kein mimisches oder gestisches Zeichen der Verbindlichkeit das auffangen kann? Er hat mir dann reichlich unwirsch erklärt, dass es selbstverständlich keine derartige Arbeit gegeben hat, nicht in seinen Seminaren. Wohl aber…« Der Prälat lehnt sich in seinem Sessel zurück, die Beine übereinander geschlagen.

»…wohl aber habe er eine Untersuchung betreut über den

weiteren Berufsweg einer kleinen Zahl von Theologen, die wegen ihrer Gegnerschaft zum Dritten Reich Repressalien ausgesetzt gewesen sind und trotz Gestapo-Haft, KZ oder Strafbataillon überlebt haben. Das Ergebnis der Untersuchung bestand darin, dass keiner – oder kaum einer – dieser Theologen nach 1945 in der kirchlichen Hierarchie aufgestiegen ist oder auch nur in die jeweilige Landessynode berufen wurde…«

Der Prälat macht eine Pause und hebt wieder beide Hände, als ob er zeigen wolle, dass die menschliche Natur nun einmal viel Verständnis erfordere. »Mir erscheint das sehr einleuchtend«, fährt er fort. »Das tut doch nicht gut, wenn man den Gemeindegliedern einen Pfarrer zeigt und sagt, seht her, das ist ein besserer Mensch als ihr, der hat mehr Mut gehabt, der hat sich für seinen Glauben sogar in die Strafkompanie schicken lassen oder ins KZ, und dafür erhöhen wir ihn jetzt oder machen ihn zum Dekan…« Väterlich schüttelt der Prälat den Kopf. »Nein, nein, das hätte nicht gut getan.«

»Die Arbeit handelte also von der anhaltenden Diskriminierung von Pfarrern, die keine Nazis waren?«, fragt Berndorf.

»Diskriminierung! Wieder so ein Wort aus den Schubladen der politischen Korrektheit«, antwortet Wildenrath. »Es war Fürsorge. Fürsorge für die Gemeinden, Fürsorge auch für die betroffenen Pfarrer, denen kein Gefallen getan worden wäre, hätte man es anders gehandhabt.«

»Sehe ich das recht«, fragt Berndorf, »dass ihr Freund die Arbeit benutzt hat, um sich selbst ein rechtfertigendes Mäntelchen aus anderer Zeit zu stricken?«

»Durchaus nicht«, antwortet Wildenrath. »Er sagt, er habe ganz unverhohlen Hinweise eingebaut, dass Theologen zu jeder Zeit zu merkwürdigen Dingen gezwungen würden. Wer die Arbeit sorgfältig gelesen habe, hätte daraus durchaus den Zwangscharakter dieser Auftragsarbeit erkennen können… Freilich ist das nun wirklich blauäugig. Niemand liest heute noch wissenschaftliche Arbeiten mit der Sorgfalt, die erforderlich ist, um die unsichtbaren Schriftzeichen im Palimpsest zu erkennen.«

»Ist die Dissertation denn angenommen worden?«

»Ja«, antwortet Wildenrath. »Sie ist angenommen worden. Aber das wissen Sie doch. Und Sie wissen auch, wessen Visitenkarte dieser Doktortitel schmückt.«

Die beiden Männer sehen sich an.

»Ich dachte«, fragt Berndorf behutsam, »Ihrem Freund sei unbekannt geblieben, für wen er die Arbeit gefertigt hat?«

»Ist es auch. Aber ich habe mir erlaubt, mich selber kundig zu machen. Im Internet finden Sie die entsprechenden Verzeichnisse.«

»Und welchen Gebrauch werden Sie von diesem Wissen machen?«

»Keinen«, antwortet der Prälat. »Ich sagte Ihnen schon, wir sind nicht das Amtsgericht. Außerdem habe ich meinem Freunde versprechen müssen, seinen Bericht vertraulich zu behandeln.«

»Aber mir haben Sie Auskunft gegeben.«

»Sie haben mich dazu gezwungen. Wen Sie suchten, hatten Sie ja schon im Visier. So werden Sie jetzt jedenfalls nicht behaupten können, die Kirche hätte keine Auskunft gegeben.«

Berndorf steht auf und bedankt sich.

»Und welchen Gebrauch werden denn Sie machen?«

»Sie werden lachen«, antwortet Berndorf. »Ich bin auch nicht das Amtsgericht.«

Marielouise Hartlaub sei mit ihrem Sohn in die Cafeteria gegangen. Das erfährt Berndorf von dem Mädchen, das an diesem Nachmittag keinen Comic liest, sondern eine Abhandlung über Astrophysik, und das auch kein Mädchen ist,

sondern eine junge Frau mit einer bereits grauen Strähne im dunklen Haar.
Berndorf dankt und geht wieder durch die Krankenhausflure zurück und das Treppenhaus hinab. Durch die gläserne Außenfront wirft er einen Blick hinaus. Regen schlägt gegen die Front, die Tropfen laufen zu Rinnsalen zusammen und die Scheiben hinab.
Die Cafeteria ist voll besetzt, er sieht sich um, vorne im Foyer bemerkt er einen Trupp Männer in regennassen Mänteln mit merkwürdigen Koffern in den Händen.
»Kommen Sie uns besuchen?«, fragt eine Stimme neben ihm. Es ist Pascal, Berndorf nickt und sagt: »Hallo!«, und lässt sich zu einem Tisch führen, der hinter irgendwelchen Kübelpflanzen mit Immergrün versteckt scheint. Nein, sagt er, Felix, den Hund habe er nicht dabei, das geht nicht im Krankenhaus, habe er sich sagen lassen, aber das sei auch nicht weiter schlimm, »es geht jemand mit ihm spazieren.«
»Ihre Frau?«, fragt Pascal.
»So ungefähr.«
Wenn er genauer hinsehen würde, könnte Berndorf bemerken, dass Pascal das für eine merkwürdige Antwort hält. Aber in diesem Augenblick sind sie auch schon an dem Tisch angelangt.
Marielouise Hartlaub trägt Jeans, ein weites T-Shirt, Wollweste, die Jacke über die Schultern gehängt, denn der eine Arm ist noch immer geschient und in der Schlinge. Auf dem Tisch liegt ein Spiel mit Fragekarten, Trivial Pursuit, Berndorf wundert sich, dass es das noch gibt und nicht alle denkbaren Fragen schon längst von RTL für das Millionen-Quiz aufgekauft sind.
Kann man das mit jemand spielen, der eine Amnesie hat?
Marielouise Hartlaub betrachtet Berndorf aufmerksam, eher vorsichtig als abweisend.
»Vielleicht erinnern Sie sich, ich habe Sie vor zwei Tagen

schon einmal besucht …« Blöder kannst du das bei Gott nicht sagen.
»Er hat dir das Buch von ›Alice im Wunderland‹ mitgebracht«, assistiert Pascal.
»Ja«, antwortet Marielouise bedächtig, »ich glaube, dass ich Sie schon kennen gelernt habe. Aber setzen Sie sich doch … Dieses Spiel ist uns sowieso schon langweilig geworden. Irgendwann sind sich diese Fragen alle gleich. Sie werden sich übrigens wundern, aber ich weiß, was Audrey Hepburn bei Tiffany bekommen hat, und ich weiß auch, dass der Genfer See größer ist als der Bodensee.«
»Aber du weißt nicht, wer das Siegtor bei der WM 1974 geschossen hat«, wirft Pascal ein.
»Nein«, sagt seine Mutter, »das weiß ich nicht, aber ich würde es in einem anderen Zustand als meinem jetzigen wohl auch nicht wissen. Merkwürdiger ist, dass ich Ihnen zwar glaube, dass Sie vor zwei Tagen hier gewesen sind, aber gewusst hätte ich es nicht … Dabei habe ich mich über ›Alice‹ wirklich gefreut. Ich weiß, dass ich es als Kind gelesen habe, und ich habe es jetzt wieder entdeckt. Es ist zauberhaft, weil es immer auch böse ist. Und deswegen hat es mir sogar geholfen, ein Stück meiner Erinnerung wieder zu finden …« Sie bricht ab und betrachtet nachdenklich ihren Sohn.
»Erzählen Sie es mir?«, schlägt Berndorf vor.
»Warum auch nicht?«, sagt sie schließlich. »Am Schluss von ›Alice‹ findet ein Gerichtsprozess statt, die Herzkönigin verklagt den Herzbuben, weil er der Tortendieb sei …«
Mit ihrer ungeschienten Hand greift sie in die Jackentasche und holt das Taschenbuch heraus. »Ich lese euch eine Stelle vor.«
Etwas mühsam blättert sie das Buch mit dem Daumen auf. »Es geht um ein Schriftstück, das der Staatsanwalt – der Staatsanwalt ist das Weiße Kaninchen – dem Gericht vorlegt und das den Herzbuben überführen soll:

… Dabei faltete das Weiße Kaninchen das Schreiben auf und setzte hinzu: ›Nun ist es doch kein Brief, sondern vielmehr ein Gedicht.‹
›In der Handschrift des Angeklagten?‹, fragte ein zweiter Schöffe.
›Nein, eben nicht‹, sagte das Weiße Kaninchen, ›das ist ja gerade das Sonderbare.‹ (Die Schöffen schauen alle ratlos drein.)
›Er muss eine fremde Handschrift nachgeahmt haben‹, sagte der König. (Die Schöffen waren alle erleichtert.)
›Mit Verlaub, Euer Majestät‹, sagte der Herzbube, ›Ich habe das nicht geschrieben, und das kann mir auch keiner beweisen, es steht keine Unterschrift darunter.‹
›Dass du nicht unterschrieben hast‹, sagte der König, ›macht die Sache nur schlimmer. Du musst ja etwas im Schilde geführt haben, sonst hättest du deinen Namen darunter gesetzt wie ein ehrlicher Mensch.‹«

Marielouise legt das Buch auf den Tisch und lächelt kurz. »Als ich das gelesen habe, wusste ich es wieder. Ich bin auch einmal vor Gericht gestanden, das war in der DDR, und die Gerichtsverhandlung lief genau so ab wie hier im Buch. Nur dass der Staatsanwalt kein Weißes Kaninchen war. Aber wenn er republikfeindliche Hetze nicht nachweisen konnte, so war dies nur ein strafverschärfender Beweis für die besondere Gefährlichkeit und Verschlagenheit der Angeklagten.«
»Alice steht zum Schluss auf«, sagt Berndorf, »und wirft den König und die Königin und ihren ganzen Hofstaat über den Haufen, denn es sind ja nur Spielkarten.«
»Ja, in Wirklichkeit ist das auch 1989 passiert«, antwortet Marielouise. »Mein Verfahren war einige Jahre vorher. Leider überstieg es meine Kräfte, das Kartenspiel zusammenzuwerfen, überhaupt überstieg dieses Wunderland unsere Kräfte. Ich erinnere mich an einen unserer Freunde, es war jemand, der unser Informationsmaterial abgezogen und vervielfältigt hat … Er war unermüdlich bei der Arbeit, aber die Stasi hatte unsere Papierstapel radioaktiv markiert, um jeden einzelnen

unserer Informationszettel aufspüren zu können. Ich weiß, dass mein Freund davon die Leukämie bekommen hat.«
Berndorf erinnert sich an seinen Besuch in dem Krankenzimmer, in dem Jonas Seiffert lag, todkrank. Damals war noch ein Mann im Zimmer. Marielouise saß vor seinem Bett.
»Wissen Sie, ob Ihr Freund noch lebt?«, fragt er schießlich. Er tut es, obwohl er weiß, dass auch dieser andere Mann tot ist. Sie selbst hat es ihm gesagt.
Sie zögert. »Nein«, sagt sie dann, »ich weiß es nicht.«
»Sie sind damals selbst in Haft gekommen?«
Marielouise blickt ihn fast misstrauisch an. »Sind Sie nicht jemand, der das wissen sollte? Oder testen Sie mich gerade?«
»Es ist mir erzählt worden«, sagt Berndorf.
»Ich war in einer Haftanstalt bei Berlin«, fährt Marielouise fort. »Ich musste in der Wäscherei arbeiten. Wir haben die Wäsche für die Bonzen in Wandlitz und sonst wo besorgt ...«
Wieder lächelt sie. Es ist ein karges, angestrengtes Lächeln. »Der Dampf, die Hitze, der Geruch, die Empfindung, wie sich die rissig gewordenen Hände anfühlen – das ist alles wieder da. Aber wer Sie sind und warum Sie mich besuchen, und wer die anderen Leute sind, die zu mir kommen, das alles weiß ich nicht. Noch immer nicht.« Sie blickt zu Pascal. »Nicht einmal ...«
Sie will weitersprechen, doch schmetternd ertönt Blech, getragen untermalt von Tuba und Bass, die Tassen und Teller auf den Glastischen der Cafeteria beginnen zu vibrieren. Weil es draußen aus Kübeln schüttet, haben die Männer des Posaunenchors im Foyer Aufstellung genommen und intonieren jetzt: »So nimm denn meine Hände ...«
Berndorf macht eine Handbewegung, die nach oben zeigt, doch sie schüttelt nur den Kopf. So hören sie geduldig zu, Berndorf sieht sich um, auch an den anderen Tischen hat sich allgemeines Schweigen breit gemacht, weil gegen den Choral nicht anzureden ist. Ergeben lauschen die Patienten in ihren

Bademänteln und die Besucher und deren gelangweilte Kinder, auch der türkischen Großfamilie links hinten bleibt nichts anderes übrig, bis denn der Choral zu seinem erhebenden Ende kommt.

»Was um Gottes willen ist das?«, fragt Marielouise in die plötzlich wieder einkehrenden Stille. »Wir sind doch nicht auf dem Friedhof?«

»Es ist ein Posaunenchor«, sagt Berndorf. »Er kommt jeden Samstag und bereitet die Patienten auf das Jenseits vor. Ist das kein frommes Werk?«

»Im Krankenhaus ganz gewiss nicht«, antwortet Marielouise. »Nicht auf diese Weise. Warum lächeln Sie?«

»Entschuldigung«, sagt Berndorf, »aber Sie haben das schon einmal angemahnt. Als Sie hier jemanden besucht haben, ich nehme an, es war der Freund, von dem Sie erzählt haben, spielten die Posaunisten ›Näher mein Gott zu Dir …‹. Sie haben das nicht so besonders glücklich gefunden und einen Brief geschrieben.«

»Ach ja«, sagt Marielouise. »Mein Freund war hier? Dann ist das wohl nicht gut ausgegangen, ich sehe es an Ihrem Gesicht … Und ich habe mich also schon einmal beschwert? Gut, dass ich das weiß … Aber Sie – warum wissen Sie das alles?«

Berndorf will zu einer Erklärung ansetzen, aber inzwischen haben die Posaunisten die Spucke ausgeschüttelt und heben zum nächsten Choral an. Berndorf lehnt sich resigniert zurück und sieht, wie zwischen den Tischreihen hindurch ein Mann auf sie zukommt.

Es ist Dr. Guntram Hartlaub.

Berndorf steht bedächtig auf. Hartlaub nickt ihm zu und gibt Pascal einen Klaps auf die Schulter und beugt sich zu seiner Frau, aber sie wendet den Kopf ab und der Kuss auf die Wange bleibt ein angedeuteter.

Dann tauscht er mit Berndorf einen Händedruck und dreht

sich um und hört – stehend, den Hut in der Hand – den Posaunisten zu …

Er wolle nicht länger stören, sagt Berndorf, als die Posaunisten wieder das Gerät absetzen, und verabschiedet sich.

»Sehe ich Sie noch einmal?«, fragt Marielouise, als sie Berndorf die Hand reicht.

»Ich glaube nicht«, antwortet er, und hält ihre Hand einen Augenblick fest. »Ich …«

Aber da setzt der Posaunenchor auch schon wieder ein und bläst weg, was immer Berndorf hatte sagen wollen. Er lächelt und nickt Marielouise zu und dreht sich um und geht an den Bläsern vorbei dem Ausgang zu.

Die Posaunisten sind dabei, ihre Instrumente einzupacken, Guntram Hartlaub – auf dem Weg zu seinem Wagen – bleibt noch einen Augenblick beim Dirigenten stehen, einem rotgesichtigen Herrn, und dankt ihm für diese klangvolle Bereicherung des Samstagnachmittags. »Das ist eine sehr schöne Einstimmung auf den Sonntag gewesen, und ich darf Ihnen auch im Namen meiner Frau für das bewegende Spiel Ihrer Bläser danken … Es hat uns allen sehr gut getan.«

»Ich danke Ihnen«, antwortet der Dirigent und wischt sich mit einem großen weißen Taschentuch die erhitzte Stirn ab, »leider hören wir so etwas nicht immer.«

Hartlaub geht weiter, durch die automatisch sich öffnende Tür hinaus ins Freie, und setzt seinen Hut auf. Der Regen hat aufgehört, von Südwest her fegt ein erfrischender Wind über die Anhöhen. Hartlaub bleibt einen Augenblick stehen und atmet durch.

»Ich hätte Sie gerne kurz gesprochen«, sagt eine Stimme neben ihm. Hartlaub verharrt kurz, dann dreht er sich halb um.

»Ich bin leider sehr in Eile«, sagt er und blickt fast mechanisch auf seine Armbanduhr. »Ich habe noch eine Besprechung mit dem Pfarrverein.«

»Ich begleite Sie zu Ihrem Wagen«, sagt Berndorf.
»Wie Sie meinen«, antwortet Hartlaub und geht langsam weiter. »Was kann ich …?«
Berndorf geht neben ihm. »Ich habe sozusagen eine Frage an den Seelsorger.«
»Solche Fragen sollten aber nicht zwischen Tür und Angel besprochen werden«, wendet Hartlaub ein.
»In Zürich und Ulm befinden sich drei Männer unter Mordverdacht in Haft, von denen ich weiß, dass keiner von ihnen das Verbrechen begangen hat«, fährt Berndorf fort, ohne auf den Einwand zu achten. »Zwar sind diese Männer Verbrecher, alle drei, aber diesen einen Mord, der ihnen angelastet wird, den haben sie nicht begangen.«
»Und was ist Ihr Problem dabei?«
»Wenn sie verurteilt werden, geht der wahre Täter straffrei aus.«
»Kennen Sie denn den wahren Mörder?« Hartlaub biegt auf den Gehweg ein, der zu den Besucherparkplätzen führt.
»Ja«, sagt Berndorf, »ich kenne den Täter. Ein Mörder ist er, glaube ich, nicht. Von allen Beteiligten gehört er sogar am wenigsten ins Gefängnis.«
»Ist das nicht eine Entscheidung, die Sie der Justiz überlassen sollten? Und die kann nur richtig entscheiden, wenn sie alle Sachverhalte kennt.«
»In diesem Fall eben nicht«, sagt Berndorf. Er bleibt stehen und legt die Hand auf Hartlaubs Arm. »Sie kannten doch Constantin Autenrieth?«
Auch Hartlaub bleibt stehen. Dann wendet er sich langsam von Berndorf ab, so dass er seinen Arm aus der Berührung lösen kann. »Ich kann Ihnen nicht ganz folgen …«
»Autenrieth«, wiederholt Berndorf, »Constantin Autenrieth, erinnern Sie sich nicht? Der junge Mann, der die Pfadfindergruppe in Lauternbürg aufgebaut hat. Er war der Sohn des Landrats, mit dem Ihr Vater befreundet war …«

»Mir ist mein Vater in einer nicht ganz einfachen Erinnerung«, antwortet Hartlaub. »Sie ist nicht schmerzfrei, verstehen Sie? An Constantin Autenrieth erinnere ich mich aber selbstverständlich, auch wenn ich damals für seine Pfadfindergruppe zu jung war. Und selbstverständlich weiß ich von seinem schrecklichen Tod, es stand ja gerade ausführlich genug in der Zeitung. Aber warum fragen Sie mich hier danach?« Er wendet sich wieder zum Gehen.

»Sie erinnern sich sicher auch an das Haus in Lauternbürg, das über Nacht abgebrochen wurde?«, fragt Berndorf weiter und geht wieder neben ihm her. »Es war Constantin, nicht wahr, der die Idee dazu hatte?«

»Was fragen Sie mich das!« Hartlaubs Stimme klingt ärgerlich. »Aber wenn es denn heute noch eine Wichtigkeit hat: Ja, es war Constantin, der die Idee hatte, ich war damals ein neugieriger Junge und habe mehr mitbekommen, als die Älteren es sich hätten träumen lassen, auch mein Vater nicht…«

»Und was ist es, was sich Ihr Vater nicht hätte träumen lassen?«

Hartlaub antwortet nicht, sondern geht zu seinem Wagen, einem dunklen Passat und schaltet die Türen frei. »Hören Sie – ich habe eine wichtige Besprechung. Ich kann Sie in die Stadt mitnehmen, und dann können Sie mich während der Fahrt befragen. Mehr kann ich Ihnen jetzt leider nicht anbieten.«

Das sei sehr freundlich, meint Berndorf, und er nehme das Angebot gerne an. Sie steigen ein, Hartlaub startet den Wagen und stößt von seinem Parkplatz zurück und fährt los.

»Ich will Ihrer letzten Frage nicht ausweichen«, sagt er, als er auf die Straße zur Stadt einbiegt. »Als dieses Haus abgebrochen worden war, ist auch mein Vater, der Ortspfarrer, dazu von der Polizei befragt worden, von einem Inspektor, einem riesengroßen, knochigen Mann… Ich sehe noch, wie ich ihn zum Studierzimmer meines Vaters bringe und an der Tür bleibe und lausche, denken Sie nun von mir, was Sie wollen!«

»Und was hat Ihr Vater gesagt?«

»Er hat gelogen«, antwortet Guntram Hartlaub. »Mein Vater hat gelogen, so kläglich, wie ich zuvor noch nie jemanden habe lügen hören. Er wisse nichts von dem Abbruch, das Haus sei ja wohl auch unbewohnt und verfallen gewesen, sagte er. Dabei war an jenem Abend eine von den Zigeunerfrauen bei uns gewesen und hatte Hilfe holen wollen, aber mein Vater hatte sie fortgeschickt.«

Berndorf sagt nichts.

»Warum wollen Sie das eigentlich alles wissen?«, fragt Hartlaub plötzlich.

Berndorf antwortet nicht. »Sie haben Autenrieth in Bonn wiedergetroffen.« Er sagt es nicht als Frage, sondern als Feststellung.

Hartlaub muss abbremsen, weil vor ihm ein Radfahrer ist. Die Fahrbahn ist nass und spiegelt die Lichter der entgegenkommenden Autos wider.

»Ja«, sagt er, als er den Radfahrer überholen kann, »sicher habe ich das.«

»War er Ihnen behilflich gewesen, die Stelle bei der ständigen EKD-Vertretung zu erhalten?«

»Die Stelle ist ordnungsgemäß ausgeschrieben gewesen, und ich habe mich beworben«, antwortet Hartlaub. Seine Stimme ist beherrscht und höflich. »Ich wüsste nicht, welchen Einfluss Constantin hier hätte nehmen können.«

»Ihre Dissertation ist bei der Bonner Universität eingereicht worden?«

»Ja.«

»Sie entstand also neben Ihrer Tätigkeit in der Ständigen Vertretung. War das nicht eine zu hohe Arbeitsbelastung?«

»Als junger Mensch kann man einiges aushalten.« Sie kommen an den ersten Wohnblocks des Alten Eselsbergs vorbei. Die Straße ist leer, aus den Wohnungen schimmert das blaue Licht der Fernseher. »Sie wissen, dass dieses Gespräch an ein

Verhör zu erinnern beginnt? Ich frage nicht, ob Sie dazu befugt sind.«

»Ich bin zu nichts befugt, und Sie müssen mir nicht antworten«, erwidert Berndorf. »Sie und Ihre Frau hatten mit der Familie Autenrieth näheren gesellschaftlichen Umgang?«

Hartlaub zögert, ehe er antwortet. »Ich weiß nicht, ob man das so nennen kann. Ich übernahm ab und zu vertretungsweise den Gottesdienst in Bonn-Röttgen. Dort lebten Autenrieths. Ich glaube, ich war das eine oder andere Mal dort zum Tee eingeladen …« Seine Stimme klingt gleichgültig. »Jetzt würde ich aber gerne wissen, wo ich Sie absetzen kann?«

»Wenn es Ihnen recht ist, fahre ich mit Ihnen bis zum Münsterplatz.«

Vor ihnen springt eine Ampel auf Gelb, Hartlaub fährt durch.

»Wann wurde Ihre Frau die Geliebte Autenrieths?«

Hartlaub bremst scharf ab und zieht den Wagen nach rechts in eine Parklücke. Hinter ihm hupt ein Fahrer und blendet auf und zeigt den Effenberger, als er vorbeifährt. Hartlaub lässt den Motor laufen. »Bitte verlassen Sie jetzt meinen Wagen.«

Berndorf bleibt sitzen. »Sie sollten Ihren Pfarrverein anrufen. Sie werden sich um eine Viertelstunde verspäten. So viel Zeit muss übrig sein.«

»Verlassen Sie meinen Wagen.«

Berndorf rührt sich nicht. »Wenn es um die Existenz geht, um das Überleben in einem gesicherten Beruf, sollte eine Viertelstunde nicht zu viel verlangt sein, finden Sie nicht?«

»Muss ich die Polizei rufen?«

»Warum nicht?«, fragt Berndorf. »Nur wird Ihr Pfarrverein dann noch etwas länger warten müssen. Das dauert nämlich, bis das alles protokolliert ist. Diese Geschichte zum Beispiel, wie Sie Ihre Verpflichtungserklärung als IM unterschrieben haben. Oder wie die Stasi Ihnen die Dissertation hat schreiben lassen. Wie Sie im Auftrag der Stasi sich an Marielouise herangemacht haben, um zu verhindern, dass sie ein Netz-

werk mit anderen DDR-Dissidenten aufbaut… Was ist mit Ihnen?«
Hartlaub starrt auf das Lenkrad. »Das ist nicht wahr«, sagt er leise.
»Sie haben noch mehr getan«, antwortet Berndorf. »Sie haben Marielouise mit Constantin Autenrieth zusammengebracht. Autenrieth war für ihre Führungsleute hochinteressant, der Sekretär des Bundessicherheitsrats, ein erstklassiges Zielobjekt! Leider aber ideologisch nicht zu knacken. Aber er hatte eine Schwäche. Er war eitel. Er genoss es, brillant oder zynisch oder beides zu sein. Vielleicht hatte er auch Charme, bei der Tochter klingt leiser Verdruss darüber an… Vermutlich war es nicht einmal besonders schwierig, Marielouise für Autenrieth zu interessieren. Ein munteres Gespräch an der Autenrieth'schen Kaffeetafel, leider müssen Sie vorzeitig weg, Sie sind untröstlich, Ihre Frau zurücklassen zu müssen, aber sie ist ja in guten Händen… So ungefähr. Ich stelle mir vor, dass Marielouise erst mal die Stacheln gestellt hat. Sie wird Autenrieth und seine großbürgerlich-weltläufige Attitüde unerträglich gefunden haben, vielleicht haben sie sogar gestritten, aber während sie noch stritten, flogen plötzlich Funken, von denen Marielouise gar nicht mehr wusste, dass es so etwas noch gibt, schließlich war Sie ja mit Ihnen verheiratet… Und irgendwann konnten Sie stolz Ihrem Führungsoffizier mitteilen, dass es geklappt habe und Ihnen ein Gehörn gewachsen sei. Meunier wird zufrieden gewesen sein.«
Hartlaubs Hände halten noch immer das Lenkrad umklammert. »So war das nicht.«
»Dann ist es eben auf andere Weise dazu gekommen«, wischt Berndorf den Einwand weg. »Aber Sie hatten alles unter Kontrolle, von Anfang an. Wusste Marielouise eigentlich, dass es ihr eigener Ehemann war, der ihr all das zugedacht hat? Und dass dieser Ehemann sorgfältig über jeden Schritt, über jede Abwesenheit Report erstattet? Dass er sie so aus-

späht, als wäre er unsichtbar dabei? Und zwar bei jedem gottverdammten einzelnen Fick?«

»Sie können mir keinen Vorwurf daraus machen«, sagt Hartlaub mit beherrschter Stimme, »dass ich keine kleinbürgerlichen Besitzansprüche an meine Frau gestellt habe. Alles andere haben Sie frei erfunden.«

»Nun, wie kommt es denn«, fragt Berndorf, »dass Autenrieth plötzlich erpressbar geworden ist? So erpressbar, dass er im Herbst 1991 keinen anderen Weg mehr gesehen hat, als sich abzusetzen?«

»Damals hatte ich keinen Kontakt mehr zu ihm«, antwortet Hartlaub. »Wir sind 1990 nach Stuttgart gegangen …«

»Aber sicher«, meint Berndorf, »Bonn war Ihnen nach der Wende zu heiß geworden. Kann ich verstehen. Und mit alldem, was aus Ihren beflissenen Dienstleistungen geworden ist, wollen Sie heute nichts mehr zu tun haben. Ist Ihnen klar, dass es bereits zwei Tote sind, die auf Ihr Konto gehen?«

»Ich habe mit dem schrecklichen Tod von Constantin Autenrieth nichts zu tun, und erst recht nicht mit irgendeinem anderen Todesfall.«

»Sie haben mitgeholfen, die Falle aufzubauen«, fährt Berndorf fort, »die Autenrieth das Leben gekostet hat. Erschossen haben Sie ihn nicht, freilich nicht. Sie haben ihn nur ein bisschen mit ins Verderben getrieben. Und was ist mit Hollerbach, Eugen Hollerbach, Mundgeruch und schlechtes Deutsch? Der ist doch plötzlich bei Ihnen in Stuttgart aufgetaucht und hat merkwürdige Fragen gestellt, Fragen nach Lauternbürg und Ihrem Herrn Vater und dem Herrn Landrat, und nach dem Sohn von dem Herrn Landrat, der ja leider irgendwie nicht mehr vorhanden sei …«

»Dieser Hollerbach war bei mir«, sagt Hartlaub, »das ist richtig, aber darüber habe ich der Polizei bereits Auskunft gegeben.«

»Haben Sie der Polizei auch gesagt, dass Sie nach Hollerbachs

Besuch bei Meunier angerufen haben? Meuniers Netzwerk ist auch nach der Wende intakt geblieben. Also waren auch Sie noch immer eingebunden. Für den Fall, dass Autenrieth auftaucht oder sich meldet oder sich sonst ein Hinweis auf ihn ergibt, hatten Sie bei Meunier Bericht zu erstatten. Und dass da einer kommt und solche Fragen stellt – das war ein solcher Hinweis. Da war jemand dran an Constantin Autenrieth, so erschien es Ihnen und so war es wohl auch. Denn Hollerbach hat schon länger nach dem verschwundenen Autenrieth gesucht, unter allerhand windigen Vorwänden. Und als er Sie besucht hatte, ist er nicht gleich weitergefahren. Sein alter VW ist bei Ihnen gesehen worden, als es bereits dunkel war. Auf wen hat er gewartet? Sie wissen es. Er hat auf Ihre Frau gewartet. Und vielleicht hat er sie auch erkannt. Wieder erkannt, sollte ich sagen, weil er sie früher einmal zusammen mit Autenrieth beobachtet hat, beim Liebesspiel in der Jagdhütte, Hollerbach war ein notorischer Voyeur... Hat er Sie nicht doch noch einmal angerufen? Keine Andeutung? Kein einziger verdruckster schmieriger Hinweis? Ich glaube doch.«

»Das sind alles Hirngespinste«, antwortet Hartlaub.

»Aber Meunier haben Sie verständigt, nicht wahr?«

»Wenn das alles so sein soll, und wenn Sie Beweise dafür haben«, sagt Hartlaub, »warum rufen Sie nicht die Polizei?«

»Ich muss nichts beweisen«, meint Berndorf. »Und ich muss Sie nicht in den Knast bringen. Das werden Meunier und Kadritzke besorgen, falls sie aussagen. Sicher ist das nicht. Ich glaube eher, die beiden werden mauern. Denn mit jeder Aussage reiten sie sich nur tiefer hinein. Vor allem werden sie mit dem Fall Hollerbach schon gar nichts zu tun haben wollen. Schließlich haben Sie ihn ja umgebracht... Vorläufig also haben Sie nichts zu befürchten. Immer vorausgesetzt, Sie kooperieren mit mir.«

»Ach ja?«, fragt Hartlaub. »Warum sollte ich mit Ihnen zusammenarbeiten? Heißt das, Sie wollen mich erpressen?«

»Wenn Sie es so nennen wollen«, antwortet Berndorf. »Es sind drei Bedingungen, die Sie erfüllen werden. Erstens: Sie werden Marielouise in jeder Beziehung behilflich sein, wenn sie sich von Ihnen trennen will. Zweitens: Sie werden keine Besitzansprüche auf das Kind erheben. Drittens: Sie werden, sollte jemand Sie danach fragen, alles abstreiten, was Sie über die Beziehung zwischen Marielouise und Autenrieth wissen.«

Hartlaub schüttelt den Kopf. »Ich verstehe das alles nicht. Was bezwecken Sie mit alldem? Wollen Sie vor meiner Frau den lieben Gott spielen?«

Berndorf zieht eine Grimasse. »Das würde sie sehr schnell durchschauen. Im Übrigen habe ich nicht die Absicht, Marielouise wieder zu sehen. Aber ich will nicht, dass sie wegen dieser Sache« – er unterbricht sich und zögert, als suche er nach einem Wort – »dass sie irgendeinen Ärger bekommt. Aber mit Ihnen habe ich auch etwas vor.« Er lächelt. »Ich will Ihnen zusehen, wie Sie als Dekan in Ihr Amt eingeführt werden, und ich will Ihrer Predigt zuhören. Und die ganze Zeit sollen Sie wissen, dass da hinten einer sitzt, der weiß, wer Sie sind …«

Der Wind hat die Regenwolken vertrieben, und der Sternenhimmel sieht aus, als sei er frisch gewaschen. Über der Stadt, über den Lichtern der Häuser und der Straßen schwebt das Münster.

»Warum hast du ihm nicht gesagt, dass du Marielouise vor einem Mordprozess schützen willst?«, fragt Barbara. Sie stehen, Arm in Arm, oben an der Wilhelmsburg und warten darauf, dass Felix seine Inspektion der Mauerkanten und des Buschwerks abschließt.

»Ich glaube«, antwortet Berndorf, »Hartlaub hat noch nicht

einmal begriffen, dass es seine Frau gewesen ist, die Autenrieth erschossen hat. Als er von Bonn nach Stuttgart ging, hat er geglaubt, die Vergangenheit sei vergessen und vorbei. Vielleicht hat er sogar verdrängt, dass die Beziehung zwischen Marielouise und Autenrieth auch danach noch weiterging. Aber warum soll ich ihm die Augen öffnen? Übrigens muss ich Marielouise nicht vor einem Mordprozess schützen. Den wird es nicht geben. Wo wären die Beweise?«

»Da ist zum Beispiel das Taschenbuch mit den angefangenen Rätseln.«

»Das kann irgendwo gefunden worden sein«, entgegnet Berndorf. »Und damit beweist es gar nichts mehr. Außerdem ist es weg, gone with the wind, ich glaube, ich hab's versehentlich zum Altpapier getan. Sorry.«

Barbara schweigt.

»Irgendetwas passt dir nicht«, stellt Berndorf nach einer Weile fest.

Barbara schweigt noch immer. »So ganz fein ist das ja nicht, diesen Menschen zu erschießen, einfach so«, sagt sie schließlich. »Du bist doch sonst nicht so leichtfüßig über einen Mord hinweggegangen?«

»Ein Mord war es nicht«, meint Berndorf.

»Was dann?«

»Allenfalls ein Totschlag im Affekt«, antwortet er. »Ich nehme an, Autenrieth hat mit Marielouise noch einmal seinen Spaß haben wollen. Vielleicht hatte er sie auch schon abserviert und es war sie, die noch eines von diesen schrecklichen letzten Gesprächen haben wollte. Er wird ihr erklärt haben, dass er ins Ausland geht, und sie wird gesagt haben, nimm mich mit... Vielleicht hat sie ihm auch gesagt, dass sie schwanger ist, Pascal ist im Mai 1992 geboren. Beeindruckt hat ihn das nicht, schließlich ist er wegen seiner Beziehung zu Marielouise erpressbar geworden. Ich bin sicher, dass er ihr die Schuld daran gegeben hat.«

Berndorf stellt sich vor Barbara hin. »Spielen wir das doch mal nach…«
»Mag nicht die verstoßene Frau spielen«, sagt Barbara.
»Es geht auch so«, meint Berndorf und hebt seine Stimme. »Das glaubst du doch selbst nicht, Schätzchen, dass ich dich da mitnehme? Wie ist es denn gekommen, dass du in meinem Bett gelandest bist, und wer hat dich da hingeschickt? Du hast ja sehr schön die verfolgte Dissidentin gegeben, fast hätte ich dir's geglaubt. Aber jetzt hab ich die Stasi am Hals, warum wohl? Ich denke, du…«
»Genug«, ruft Barbara.
»Eben«, sagt Berndorf. »Das wird Marielouise auch gefunden haben. Und vermutlich war das Gewehr gerade zur Hand, und so hat sie's halt genommen. Vielleicht wollte sie es ihm nur über den Kopf schlagen, das hätte sie schon dürfen, niemand kann von ihr verlangen, dass sie sich als Stasi-Hure beschimpfen lässt. Ja, und dann löst sich ein Schuss… Wenn es so war, war es eine fahrlässige Tötung, oder bestenfalls eine Körperverletzung mit Todesfolge. War es anders und Marielouise hat ihn wirklich und eigenhändig erschossen, dann war's eben ein Totschlag im Affekt… Das eine wie das andere scheint mir mit Marielouises Haft im DDR-Knast längst abgegolten. Außerdem kann ich nicht erkennen, was an dem Schicksal des Constantin Autenrieth so besonders unverdient sein soll.«
»Selbstjustiz haben wir aber eigentlich noch nie so besonders gut gefunden«, wendet Barbara ein. »Und wie sie die Leiche dann entsorgt hat…, also mir sieht das nicht sehr nach einem Unglück und auch nicht nach einem Affekt aus. Einem toten Mann den Bauch aufschneiden, ich bitte dich!«
»Das war ein wenig krass«, räumt Berndorf ein. »Aber sie hat als junge Frau einmal in einer Tierklinik volontiert. Offenbar hat sie dort einen recht unbefangenen Zugriff gelernt.«
Er macht eine Pause. Warum erzählst du ihr nichts von dem

Luftröhrenschnitt? Weil du nicht für sie hausieren gehen musst. »Jedenfalls macht es keine Mörderin aus ihr«, fährt er fort. »Vergiss nicht, dass sie den Koffer mit Autenrieths 50 000 Mark Reisegeld gleich mit in das Wasserloch geworfen hat.«
»Geld war ihr eben nicht wichtig.«
Berndorf überlegt.
Kann es sein, dass es Frauen, wenn es um andere Frauen geht, gelegentlich an Nachsicht und schwesterlicher Liebe mangelt?
»Das soll vorkommen«, antwortet er schließlich, »dass Geld manchen Leuten nicht so wichtig ist. Der Weg des Himmels nimmt von denen, die zu viel haben, um denjenigen zu geben, die zu wenig haben. Hab ich im TaoTe King nachgelesen. Ich kenne jemand, der verteilt Koffer mit 300000 Schweizer Franken drin, und dann gibt es erst recht Ärger.«
»Das ist noch gar nichts«, sagt Barbara wegwerfend. »Du weißt ja gar nicht, was auf dem Konto wirklich war.«
»Ach ja? Ich denke schon die ganze Zeit, dass du mir das irgendwann mal sagen könntest.«
»Wozu soll das gut sein?«, fragt Barbara. »Im Übrigen ist nichts mehr da. Oder vielmehr wird nächste Woche nichts mehr davon da sein. Verkauft und aufgelöst und der ganze Ramsch überwiesen, Husch, da fiel's wie Asche ab ...«
»Was, um Himmels willen, hast du gemacht?«
»Na ja, erst mal waren die 600000 Franken weg, die in die Geldkoffer kamen. Dann habe ich Paco etwa so viel gegeben, wie ein guter gebrauchter Lastwagen kostet, damit er sich selbstständig machen kann. Und der Rest wird auf das Konto eines Krankenhauses überwiesen. Eines Krankenhauses in Afrika. Weißt du, mir hatte zufällig jemand einen Prospekt in die Hand gedrückt, auf dem um Spenden gebeten wurde. Und weil da eine Kontonummer draufstand ...«
Sie zuckt mit den Achseln.
»Eigentlich ging es mir so ähnlich wie Marielouise mit Au-

tenrieths Gewehr. Ich nahm halt auch, was gerade zur Hand war. Und es waren ja nicht einmal mehr ganz 17 Millionen ...«

Aus dem dunklen Weg, der von der Burgsteige zur Wilhelmsburg hochführt, kommt leichtfüßig und schattenhaft ein schwarzer Labrador, erblickt Felix, nähert sich ihm mit erhobenem Schwanz und gestelltem Nackenkamm, einen Augenblick lang stehen beide Hunde Seite an Seite, dann wendet sich der Labrador ab und läuft, den Schwanz gesenkt, auf der Straße weiter, rasch nach einer Stelle suchend, an der er mit sicherem Abstand markieren kann.

Der Mann, der zu dem Hund gehört, tritt aus dem Weg heraus und nickt Berndorf und Barbara zu. »Ist doch schön, wenn es zur Abwechslung mal gewaltfrei ausgeht.« Er folgt seinem Hund auf den Weg, der um die Wilhelmsburg herumführt. Barbara und Berndorf blicken sich an, ihre Gesichter sind ganz nah, dann gehen beide, Arm in Arm, den Weg zur Burgsteige hinunter. Felix läuft an ihnen vorbei, und schon sind alle drei in der Dunkelheit verschwunden.